韦庆远 著

正德风云

上册

北方联合出版传媒（集团）股份有限公司
万卷出版公司

ⓒ 韦庆远 2020

图书在版编目（CIP）数据

正德风云：全两册 / 韦庆远著 . —沈阳：万卷出版公司，2020.1
　ISBN 978-7-5470-5270-9

　Ⅰ. ①正… Ⅱ. ①韦… Ⅲ. ①长篇历史小说—中国—当代 Ⅳ. ①I247.5
　中国版本图书馆 CIP 数据核字（2019）第 265134 号

出 品 人：刘一秀
出版发行：北方联合出版传媒（集团）股份有限公司
　　　　　万卷出版公司
　　　　　（地址：沈阳市和平区十一纬路25号　邮编：110003）
印 刷 者：辽宁新华印务有限公司
经 销 者：全国新华书店
幅面尺寸：160mm×230mm
字　　数：800千字
印　　张：44.5
出版时间：2020年1月第1版
印刷时间：2020年1月第1次印刷
责任编辑：胡　利　张洋洋
装帧设计：李　雪
责任校对：高　辉
ISBN 978-7-5470-5270-9
定　　价：128.00元

联系电话：024-23284442
传　　真：024-23284448
E－mail：vpc_tougao@163.com
网　　址：http://www.chinavpc.com

常年法律顾问：李福　　版权所有　侵权必究　举报电话：024-23284090
如有质量问题，请与印刷厂联系。联系电话：024-31255233

目 录

楔　子		001
第一章	弘治驾崩权力重组　正德即位悬念迭出	007
第二章	谋夺兵权群阉得志　务除祸患群臣谏诤	022
第三章	君臣歧见交锋殿陛　中旨频下架空内阁	029
第四章	阉权高张刘瑾三迁　气味相投群丑猬集	035
第五章	张徐文瘗匿身为幕　孙田弁役分典粮兵	054
第六章	开皇盐国库难为继　增皇庄百姓苦流离	072
第七章	韩文无畏挺身抗旨　顾佐大义勇济时艰	079
第八章	金夫人顽护张国舅　李才子铁笔斗皇亲	086
第九章	九卿痛切请诛八虎　三老疾首誓除大奸	096
第十章	风云突变众正求去　皇帝护短群小嚣张	103
第十一章	刘谢失势辞官获准　东阳受辱难辩苦心	114
第十二章	毒刑滥施尸横天街　囚禁拷拶朝士黑狱	127
第十三章	老王岳殒命临清驿　勇徐智落发五台山	145
第十四章	牟斌舍身义恤钦犯　守仁闻道远赴谪途	157
第十五章	施辣手炮制奸臣榜　揭隐秘从容道玄机	180
第十六章	千夫戟指害人黑榜　百官罚跪匿名文书	189
第十七章	刘谢坦然迎对恶逆　胸怀定志宁折不弯	204

第十八章	刘大夏劲节遭远戍	师友黎民共诉离情	210
第十九章	乌龟奴歪才得歪用	春宫画妙趣入宫闱	218
第二十章	游兔窟醉听霓裳曲	逛勾栏荡漾采花心	234
第二十一章	身世迷离五内俱痛	心怀逆反出走宫廷	249
第二十二章	教场谈兵侈言韬略	豹房公廨新辟黑窝	256
第二十三章	禁室中女嬖新花样	离宫里变乱旧朝纲	264
第二十四章	佞钱宁自称皇庶子	刁于永密献阴毒计	270
第二十五章	学梵语为传淫密术	事番僧自封大法王	279
第二十六章	拒献妹于永遭谴戍	迟送妾马昂被罢官	287
第二十七章	皇无嗣群臣忧国本	朝有奸刘瑾起异心	293
第二十八章	王九儿策反托神鸟	朱寘镭夺位起叛兵	305
第二十九章	豹房内君臣议征剿	李东阳力荐杨一清	319
第三十章	八虎内讧各夺权宠	刘张火并御前过招	325
第三十一章	朱寘镭帝梦成空幻	杨总制韬略有远猷	333
第三十二章	杨张共事交浅言深	内外合谋计撼巨奸	342
第三十三章	天鹅房张永揭奸佞	西四口刘瑾受凌迟	357
第三十四章	补偏救弊东阳尽瘁	鹰瞵鹗视江钱擅权	381
第三十五章	朝野疾首同危国计	杨梁入阁共济时艰	389
第三十六章	东阳辞世长留遗憾	老夫本色只是诗人	395
第三十七章	商海潮涌动淘金热	大栅栏繁盛冠京华	402
第三十八章	杨廷和夜探皇店街	蒋敬之聆教时势机	428
第三十九章	天子坐柜千古一奇	皇商垄断尽占商机	436
第四十章	草莽揭竿城乡动荡	赵燧起义烽火中原	442
第四十一章	周磐作间舌如簧巧	陈翰卖友心比蛇毒	449
第四十二章	剥人皮吓死陈皮匠	制马鞍皇帝逞兽性	458
第四十三章	众大臣伏阙拦移驾	蒋学士犯颜说四空	467

第四十四章	破樊笼莽撞奔宣府	铁御史横剑镇居庸	475
第四十五章	宣德府慷慨论兵事	大同城恣意戏群芳	486
第四十六章	酒大姐不屑真天子	金彩凤勇斗荡游龙	495
第四十七章	性变态淫癖祸塞北	虐待狂血债遍连城	508
第四十八章	哪堪追思祖母怜爱	何处寻觅生母幽魂	522
第四十九章	太原城厌寻常歌舞	心绪恍惚别有衷情	526
第五十章	晋王府初遇刘良女	偏头关缔结畸恋缘	532
第五十一章	逢鬼魅赵燧成梦魇	对知心倾怀诉隐衷	544
第五十二章	朱厚照改名称朱寿	大将军晋封镇国公	549
第五十三章	耀武狂言扫荡腥膻	令出钧帖亲历戎行	560
第五十四章	战应州漠北大溃败	夸战绩京城丑表功	566
第五十五章	谏南巡热议盈朝野	慕风月执意下扬州	580
第五十六章	书生忧国拍案而起	忠良卫道血溅宫门	585
第五十七章	朱明皇族百年恩怨	五代宁王积恨难平	597
第五十八章	朝无道藩王觊皇位	国有难百官判忠奸	615
第五十九章	乐出巡喜宁王造反	得借口好御驾亲征	622
第六十章	龙场驿冥思识心性	何陋轩养晦系苍生	630
第六十一章	王守仁奇兵平祸乱	朱宸濠梦断南昌城	636
第六十二章	君忌臣功厌闻捷报	守仁被诬遁迹九华	646
第六十三章	保定府急颁禁猪诏	临清驿亲迎刘娘娘	658
第六十四章	蒋知府巧思抗逆旨	刘良女善心护诤臣	665
第六十五章	火者阿三夤缘攀附	风生浪起仓促班师	676
第六十六章	天街受俘虚张皇威	众叛亲离殒命豹房	695

尾声……700

楔　子

距今近六百年前，时当明朝中叶，出现过一个品格作风大异于常人，出奇地怪诞放荡的皇帝。

此人姓朱名厚照，年号正德，庙号武宗，是明朝第十代皇帝。他年刚十四岁就继位登基，直到三十岁猝然去世，在位十六年（1506—1521）。这十六年剧变频起，政情险塞，祸乱相继，事多悖离政俗世情，奇骇莫测。很主要的原因是，朱厚照根本不顾及当时被尊为最高圣典的《皇明祖训》，肆意蔑视传统的纲常名教，狂妄与狂想加上强烈的自我表现欲，使他极度自恋，不可自拔。他先后宠任权奸恶宦、娈童班头和野心勃勃的武夫为亲信，肆无忌惮地联手作恶，建豹房、收义子、调边军，狩猎无度，又极其贪婪，霸建皇庄，广设皇店，挥霍国帑。更轮番微服出幸，假名御驾亲征以遂游乐之兴，自加大庆法师、镇国公、威武大将军等古怪头衔，以特别残忍的手段迫害直言劝谏的臣僚。他还蓄收女嬖，大量抢掠妇女，包括孕妇与寡妇，可谓恶行昭彰。时人及后代史家痛斥其为荡子皇帝、混世魔王、淫虫恶棍等，都是有根据的；又指责因为他的胡作非为，"祸延朝野，狂焰四沸"，导致危机四伏，国将不国，也是符合历史事实的。

但是，脸谱化的形容和粗线条的描述，似乎还未能深入地反映出正德皇帝其人以及所谓正德时代的具体实情，还存在不少扑朔迷离的矛盾和疑惑，以及难以草率回答的悬念。

譬如：正德的狂悖秽行，对当时的国政民生确实产生了极其严重的冲击，时人痛切地认为国势已经到了病革垂亡、危如累卵的地步，也有人直指其所作所为是"桀纣之行"，死有余辜。但是，事态发展的结果，却与舆情民愿大有偏差。正德的恶行虽然类近夏桀和商纣，而且在某些方面花样翻新，比之有过之而无不及，但其本人的命运却与两位"前辈"大相径庭：夏桀出奔而死，商纣兵败自焚；而正德却能够在臣民共指、众叛亲离的状况下，"寿终正寝"于豹房，还被礼貌地尊悼为"承天达道英肃睿哲昭德显功弘文思孝毅皇帝"。经过正德败行的严重颠覆，明王朝却应亡而未亡，而且在风雨飘摇的局势中，跌宕起伏地维持了百余年的国祚。历史弄人，善恶不彰，实在令人诧异。

又譬如：正德本人并不是一个愚蠢弱智之辈，他个性聪颖，多才艺，好学习，反应敏捷，擅长书法，能挥笔草书大匾额，"作诗挥笔辄就"，"能自度曲被歌声"，他还学会了梵文，也有意学习西文语言，对新鲜事物反应灵敏。他的这些个性特点，即使只是因为爱慕新奇和纵情享乐，也实在不容忽略。他不太讲究身份的特殊高贵，也不介意皇威尊严，与嬖童义子同卧起，偕同在坊间狎妓宿娼，"微行"于市肆，甚至在商铺中扮作小伙计，吆五喝六，推销议价，引为大乐。这样的聪明才智和造诣，却无助他成为匡国济民的有道之君，反而成了他刁钻古怪地追欢纵欲的本钱。这样的人格障碍和禀性异化，原因何在？很是值得深入探索。

又譬如：正德时期特殊的政治格局和人物动态，存在着一些微妙的征象，也应该引起特别的注意。大体说来，正德的暴戾恣睢、执拗拒谏，在朝野人士中引起急剧的分流和冲突，谄谀与抗争并存，有人拼死抵制，更有人为虎作伥，从而激发起不同层次的激烈冲突。

前来诤谏的，不但有尚书、侍郎等高官以及御史、给事中和各部署的中层官员、翰林士子，甚至有贴身的御医、御前锦衣卫、天文生员，等等。他们纷起非议，卷入抗争的怒潮，甚至不惜扶榇上朝以表示决心，引刃自裁于宫门，期望以忠忱和鲜血唤醒迷惘，但都罹入刑网，被采取诸如刑杖、百官罚跪天街、谪戍远塞，甚至杀戮等野蛮手段来镇压。但奇怪的是，作为辅政中枢的内阁，十六年间却大体保持稳定，除了在正德元年十月，因为受到刘瑾等"八虎"的重大压力，贬退了内阁首辅刘健和阁臣谢迁以后，再未见有严重的驱逐改组。直到正德七年年底以前，内阁基本上是由李东阳、王鏊、杨廷和、梁储等主持阁政，虽有佞人焦芳一度入阁，但旋进旋退，无法久安于位。东阳退休以后，便由杨廷和、梁储、蒋冕、毛纪等人长期担任大学士之职，直到正德十六年三月正德辞世之前，未有大变动，正德时期宰辅人员的稳定在明史中是有数的。其间内阁职权虽然大受削弱,地位尴尬,但对于正德的一系列乱政,却还是一贯保持着异议和力谏缓冲的态度,有时也敢逆批龙鳞,在一定程度上反映着官绅和社会的意见。奇怪的是,这样风格的内阁却能够在朝廷中枢赓续存在,与整个正德时期相终始。内阁于混乱中亦保持有微弱的政见,是勉强维持日常的政务动转,使"朝纲紊乱而不底于危亡"的重要原因之一。皇帝与阁臣的关系时张时弛,但终未决裂,这是由于正德的宽容顾忌,还是对这批重臣情非得已的让步?是因为必须借助这样的架构以维持乱局,还是由于各种复杂的矛盾因素而形成这样奇怪的政治组合,根底的原因又在哪里?

更值得注意的是,当时的大臣和作为舆论代表的谏官士人中,不少人因为直言进谏,敢于抵制和批评正德的倒行逆施,遭受到诸如廷杖、罚跪、下狱、革官、抄家、谪戍、流放以致斩绞之刑,有些人甚至屡受凌辱和毒刑,侥幸逃得性命。但奇怪的是,当皇族中有藩王造反,或者农民暴力反抗声势浩大,已危及正德皇座的关键时刻,这些惨受过奇刑重创的人,却往往能奋迅而起,拼尽死力声讨平叛,坚决捍卫正德的皇统,矢志不渝。正德朝之能幸免颠覆,这类刑余之人实有过决定性的贡献,其底细原因又在哪里?

又譬如:从正德的言行,似可以窥见当时的宫闱隐秘,异乎寻常的亲情关系和恩怨情仇。正德对于两位皇族尊长的态度是迥然不同的。一是对其祖母,就是宪宗成化皇帝的遗孀,当时称为王太皇太后,有着非常深厚的感情。十三年二月,正德出游宣府,闻知王氏去世,立即单骑冒雪,奔驰三日回京发丧,自称"哀痛悲切非常"。在营修王太皇太后陵墓开凿隧道之时,他又拒绝群臣谏阻,亲自去昌平视察工程。到六月出殡入葬之时,更冒着炎热盛暑,甚至拒乘金辇,坚持骑马送殡,又跪行陵前,亲视入瘗。之后,又在陵帐住宿,历时两日,才奉王氏的神主还京。正德对于王太皇太后的孝敬远远超过了明朝皇家礼仪的规定,表现出诚挚深固的亲情。这在他一生中是从未有过的。

与此相反,他对于孝宗弘治皇帝的皇后,号称是他亲生嫡母的张太后却一直采取极其冷漠的态度。在位十六年,除了在皇室的重大典礼上偶尔相会,从未见他晋谒坤宁宫朝拜的记载,母子形同陌路。张太后虽然耿耿于怀,但亦无可奈何。到正德朝后期,传说张太后痛感面临大乱,曾暗与杨廷和等合议,有意废立，或趁非常大丧之际，彻底翻盘以改变局面。母子二人已隐然成为政敌。这样极不正常的复杂宫闱关系，是否也从侧面反映出曾流传了数百年的所谓"正德生母之谜"，在正德心窍中确实深藏着诡谲的恋母情结？是否为这个亦真亦幻的隐情提供了不容忽视的旁证？它对正德的品格和正德时期政局的影响，又是否也有着经过发酵的投射？

又譬如：正德本人自少崇尚武功，一直幻想能够扬军威于边塞，气壮山河，超过历代帝王，百世流芳。嗣位以后，更是追求以皇权兼统帅权，甚至是直接领兵征战的将权，屡次自加"镇国公""威武大将军"等名号，总想亲自斩将搴旗，攻城拔寨，做大大的盖世英雄。这既反映出他极度自我膨胀的虚荣心理，也反映出他对自身历史定位的焦虑。是否真能超越前代所有帝王，建立空前神功的担心，是支撑其狂悖行动的精神力量。他昧于形势，不度德，不量力，刚愎自用，以蛮干为威武，轻启战端。而又临战鲁莽，战略失误，差一点儿被俘遭殃，大损军威，受到应有的惩罚，却又不肯认输，不惜捏造战功，虚夸胜利，伐功矜能，贻人笑柄。但是在军行途中，正德又能经常"却辇马，佩弓矢，冲风雪，历险阻，往返数千里，不以为劳"，又亲临战役前沿，在第一线指挥，顽强奋战，临危不殆。正德捍卫边塞和驱逐犯敌的勇敢和决心，而且不惮冒险犯难，这在历代帝王中是罕见的。这样的品格行为何以产生？是功是过？是否其志亦可嘉？是否也有微劳足录？都是一个聚讼多年的悬念。

更譬如：正德的纵欲暴虐，史书有着大量记载。他不理会冷置深宫的后妃，而在豹房内外大量蓄锢美女，还不论先后驻跸在大同、宣府、扬州、南京，甚至在巡游沿途州县，都下旨强行"搜刮妇女"，将无数女人囚禁于密室，或强载在特制花车之内，混同僧俗，着令跟随皇驾行进，组成一支史所罕见的淫乱队伍。对于这些掳劫而来的妇女，除少数被他奸占以外，绝大多数或因饥寒毙命于沟壑，或被尽情折磨凌辱，等赏玩厌足之后被驱出遣回，还出陈入新，换上另外一批俘获而来的性奴。正德疯狂的占有欲，似乎体现出他对个别女人宿怨的报复。

更恶劣的是，他在严令搜刮的妇女中，又特别强调要着重选掳其中的寡妇、孕妇和处女。挟皇权的威势以强蛮劫掠，必然会酿成大灾难，迫使一些不幸的女人陷入牢网，惨遭蹂躏。这种恶癖完全违背传统道德，将一切皇纲国法置于不顾，极大地摧毁社会世俗伦理，完全是一种兽性的表现。它必然会使民怨沸腾，不少人为此携妻带女逃窜于山林，更有人为了保卫妻女愤而参加造反，用刀枪来反抗他的恶行。

但是，在正德的感情领域和性取向方面，又存在着极为特殊的例外。

正德晚年，从十三年起以至去世之前，在他身边出现过一个女人，就是在太原索掳而来的乐籍已婚女人刘良女。正德对这样一个女人情有独钟，嬖宠异常，不论出巡在太原、榆林、宣府、偏头关，还是返回北京以至南下扬州、南京，都必带着良女亲密随侍，偕同饮食起居。正德一些悖理反常、出猎扰民的行径，或者盛怒任性鞭挞内侍官女，甚至贬谪惩治来谏官员的时刻，往往因良女进劝，便一笑而解，这是任何贵宠臣僚都做不到的。正因此，良女便扮演着一个特殊的角色，连钱宁、江彬等人都恭敬奉承，尊称她为"娘娘"。

刘良女是正德一生中用情最深、至死不渝的女人。他毫不在意贵贱之分，也不畏惮非议，实际上亦不看重秀色佳丽，而是看中了良女内涵中母性的敦厚温良，似乎恰好填充了不知生母谁属而引为毕生哀痛的大憾。他对良女示爱，根本不遵守任何礼教体统，甚至远远超出一般人情规范。例如，他在南巡进行所谓御驾亲征时，曾经安置良女在通州候召，并取一支金簪为信物，嘱命只有来迎接的人执以为信，良女才可启行。但他在途中驰马失簪，大索数日不得，及至到达山东临清，害怕良女未见簪而不敢来，竟然不通知内外侍从，独自乘快舸日夜疾行，北上通州的港口张家湾，来回十五日，才亲载良女南下。随驾的官员发觉皇帝失踪，惊慌失措，分头追寻未获之时，皇上却亲载良女回到临清。又如，龙驾到南京后，他常偕同良女遍游各大佛寺，竟下敕令着人绣制特大的幡盖幔帐和经帘等物，普遍竖立在各寺的大雄宝殿和寺门内外四壁，在幔帐内堂而皇之地大书"威武大将军镇国公朱寿与夫人刘氏施用"的金字。江南士人当然都知道所谓的大将军镇国公朱寿就是当今皇上，夫人就是乐籍女子刘良女，认为这样书写幔帐是亘古未闻的丑事，是离经叛道、惊世骇俗的做法。

一方面，他疯狂搜寻和残害无以数计的妇女，可以说是一个贻祸全国、遗臭万年的恶棍；但另一方面，他又对某个女人一片深情，缠绵悱恻，以至倾诉衷肠，甚至可以接受其一些婉劝，直到离世仍此情不渝。对女人从极滥到罕见的专宠,从极度暴虐到极度的体贴,这种奇异的畸恋,竟然集于一人之身,特别是一位皇帝!其中的心理隐秘何在?

当然,这个非常时期令后人疑惑的大小悬念还有很多,难以在此全部举出。无论如何,正德是一个具有特别秉性的历史人物,正德时期是一个复杂而动荡的时代,其中有许多惊心动魄的事件,折射出历史中鲜明的时代痕迹:官场人等的正邪分流,人性善恶的矛盾变换,等等。有人为牟取私利而奉承迎合,高唱谀媚之调,甘当打手和帮凶;也有人出于救世和义愤,无畏无悔地抨击丑恶,不顾杀身灭族之祸,义无反顾地捍卫道统和良知。这些生动鲜活的事件和人物比任何升平年代都众多和突出,矛盾冲突更为集中和尖锐。对于这样一个乱象丛生、是非颠倒、混乱不堪的时代,如果能遵照历史原本的发展脉络,加上文学血肉的合理填充,充分描绘以正德皇帝为中心的各类人物形象和变化多端的故事情节,或能丰富浓缩简枯的历史记录,有助于人们了解时人时事,体会时代的突兀变迁和未来的历史走向。

笔者不揣浅薄,草拟这部小说的稿本,算是一次大胆的探索。当然也有可能画虎不成反类犬,成为一次失败的试验。不管怎样,历史是一面镜子,后来的世事人情,或者可以从中照出影子来。

第一章

弘治驾崩权力重组　正德即位悬念迭出

事故来得十分突然。

弘治皇帝朱祐樘的身体，平素看来并不太坏，在死前数月，还多次召见内阁的刘健、李东阳、谢迁，以及兵部尚书刘大夏、户部尚书韩文、吏部尚书马文升等人，处理军政边务及考察选用官员等问题，直到弘治十八年四月上旬，才因病停止视朝。当时弘治正当盛年，宫廷内外，都以为偶然患病，并不太在意。

弘治十八年五月初五，正是端阳佳节，官员们都休息在家。当天晌午时分，忽见一员内侍率领数随从，飞马来到刘健的官邸前紧急求见，刘出见，忙问何事，内侍神色慌张地说："禀告阁老，万岁爷今早突然病势沉重，服药无效，已昏厥两次，现在稍微神志清醒，紧急召请阁老及李、谢两位立即入乾清宫受遗命！"

刘健因事出意外，来不及穿戴朝服，急命备轿。为了节省时间，他未按照常规，由承天门经午门入殿，而是从宫廷北边的玄武门进入，经顺贞门直奔乾清宫。来到宫前，见李东阳、谢迁二人早已抵达，司礼监掌印太监王岳和近侍戴仪、李璋等正在等候。王岳仓皇宣谕："请三位相公即入宫见驾。"

刘、李、谢三人疾步进入寝宫，未及叩拜，先看视仰卧在龙床上的弘治皇帝，只见朱祐樘头缠杏黄色软缎折角头，身穿白色绛纱睡袍，时当初夏，但在齐肩以下还盖着厚被。张皇后愁容满面地坐在榻前，半碗残药仍放在几案之上。虽然只有半个月未见，但弘治的颜容却有了很大的变化，人突然消瘦了许多，只剩下一副骨头架子，头颅青筋暴突，面颊憔悴焦黄，唇口干裂，鼻端透出急促的呼吸声，正在闭目歇息，也不知是否已经入睡。三人一看就明白了，皇帝的病情严重，显然是受急发毒症的摧残，生命垂危。

三人正要跪拜，张皇后却对他们低声嘱道："三位老先生免礼吧！皇上急着要召见你们呢！"

她转过身来，伏在弘治耳边，轻轻地说："皇上，皇上，刘健几位到了。"

重复低唤了几次，弘治才半张眼睛，断断续续地说道："来了吗？来了吗？来了就好，赶得上就好！"

三人俯伏在地，齐声说："臣刘健（李东阳、谢迁）奉召来见，恭祝圣主安宁！"

弘治未答。张皇后用手势招呼他们起立，并同样用手势命内侍搬来坐垫，赐座。

弘治想挣扎着坐起来，内侍赶忙送上细狐毛大氅袍，想给他披上。但他刚扶榻欲起，便喘着粗气，无力撑持，只好又躺下来。张皇后赶快搀扶他侧卧，面朝外边，将被子在胸脯之下盖好，以便与刘健等说话，然后又低声说："皇上，该服药了。"

"不要，要人参汤。"弘治回答。

内侍送上人参汤，扶着弘治喝了两口，但他吞咽困难，大部分汤汁都从口角流淌出来，张皇后忙用丝巾接抹，仍安排他躺下。

弘治微微睁开眼睛，凝神望向榻前的三位重臣，声音稍有提高："朕有话要和你们说哩！"

刘健等三人赶快又跪下，由刘健代奏："臣等恭听圣训！"

君臣之间目光相接，好一阵沉默，空气好像凝固了一样。

张皇后挥手让内侍们退出。

弘治还是艰难地挣扎着要坐起来，张皇后扶着他倚靠在龙床上首处，在他的背后安置好厚靠垫，半身仍盖着厚被。他又歇息了一会儿，喘着粗气说道："朕自登基，便与三位卿家相处。多年以来，可说君臣相知。朕总是惦记着三卿襄辅之功……"

弘治焦黄的脸颊逐渐透出一片燥红。他神志恍惚，仍勉力支撑，两眸闪现着一种临近衰竭却又亢奋的神色。刘健、李东阳和谢迁俱已悲痛垂泪，张皇后更是泣不成声。

弘治继续动情地说:"朕今年三十六岁,十八岁时继承宪宗纯皇帝基业,今又十八年,本期与诸卿共相扶持,以臻郅治。但是,上月突发恶疾,脏腑绞痛。寝食俱废,服太医药,了无疗效,反而日见加重,看来沉疴难起,寿限已到,是要与先生们诀别了……"

刘健强忍着椎心的哀痛,安慰说:"皇上龙体素健,一时患病,是必能康复的,臣等切盼珍摄。"

弘治口角挂上一丝苦笑,摇头说:"朕自知之。人命寿夭是不能勉强的……"又断断续续地说:"朕本平庸,但不敢过恶为非,只是多思少断,缺乏作为。明知内外诸司弊端日积,本欲听纳先生等之言,痛加厘革,以复祖宗之故,但总认为除弊不能过骤,故此一再因循……优柔误朕,朕误国家……先生等以及百官们,前此曾多上谏章,指出朕在位以来,对外戚太厚,赐予太广,宦官权势太盛,文武冗官太多,朕深知所言都很在理,但朕宽于纳言,而怯于改过,未敢轻有裁革罚谪。身居宝位,未履帝职。朕不自律,谁能律朕?人之将死,其言也哀,后悔已经不及。朕死后,先生等当以此起草遗诏,并为嗣皇帝警诫。"

弘治这一番言辞条理清晰,切中实情,显然是在病中反复思考过,实乃肺腑之言。三位内阁大学士感动恸哭,伏地叩首。因为说到对外戚太厚,显然是指历来受群臣指斥的张皇后兄长张延龄等诸多不法之事,张皇后为此也下跪在地,涕泪交流。

弘治似乎看不到皇后和三位重臣的反应,他继续倚枕喃喃自语,声音虽然细微,却充满感情,思路清晰,这是他在离开人世前的最后回顾:"朕并非昏聩暴戾之主,但亦非振作有为之君……朕守祖宗法度未敢荒怠,但未能弘扬祖德,严肃朝纲,实是有负祖宗的重托……"

弘治闭目歇息,寝殿的气氛更加凝重,但是谁也想不到该如何答话,似乎一切语言都是多余的了。这时只有病人的粗重喘息声,皇后和三臣的低低哽咽声。

过了好一阵,弘治睁开眼睛,似乎又来了精神。话题一转,着重交代后事:"朕身后,陵墓建筑不准过费,随葬器物,必宜简朴,玄宫内只停放朕及将来皇后的两副灵柩,朕无妃嫔,玄宫可以节省安静,总在与民休息。皇太子厚照年已十五，未选婚，不必拘泥三年大丧不婚的老规矩，可命礼部筹备，于今年办理大婚。"

将这两件事交代完毕，弘治似乎还有气力，还有重要的话要说。他示意让伏跪在地的人都起来，并招拢他们都走近前来。张皇后仍坐在榻边，一手扶持着皇帝的病躯，另一手还在抹泪。刘、李、谢三人躬身恭立，只听到弘治郑重地叮嘱："皇太子年轻，又好嬉游逸乐，近来有关他渐涉荒荡的传闻，朕也知道，这是朕最放心不下的大事，请先生们认真辅导他，要帮助他读书明白道理，勉为令主。"

弘治边说边下泪，紧执着刘健的手，并亲切地依次望向李东阳、谢迁，语带恳托地说："三位卿家都是顾命大臣，辅导嗣君不易……希望能铭记朕诀别之言……"

话未说完，弘治已将近气竭力尽，他睁眼强望，口角歪斜颠动，吐音间断不清，但仍似意犹未尽，情难割舍，恍似油尽灯枯前的最后一丝火焰，现在也临近熄灭了。张皇后慌忙命传太医。刘健等饮泣叩拜辞出，由太监王岳送到东角门外。

垂危的弘治仍忽有所悟，挣扎着对张皇后叮嘱："皇后和皇太子还是要亲切和睦才好。"

张皇后满脸羞愧，哀泣着低声回答："皇上放心，皇上放心吧！"

三位大臣在宫门口惘然默立，脑子里都在翻腾着许多问题。大变骤起，应该如何应对，都感觉肩上的担子千钧沉重。好一会儿，只见刘健向李东阳、谢迁叮嘱："两位回府稍事休息，即赶来敝处商议。"

李东阳和谢迁赶到刘府，已近掌灯时分。两人无须通谒，亦不烦仆从带引，下轿后径直走进刘健的书房。

就座后，刘健首先说话："方才觐见，看到圣体病况严重，旦夕必生大故，如何筹备奉安大典和拥戴皇太子继位，如何保持政局的持续平稳运行，如何将国丧及今后政局新猷布告各方，如何安抚天下军民之心，内阁都应该及早谋算，不知西涯先生和于乔先生有何考虑？"

西涯是李东阳的别号，于乔是谢迁的别号。他们三人按照习俗，都是以别号相称。刘健字希贤，又号晦庵，故此李、谢通常都尊称他为晦公。

谢迁发言道："晦公所言极是。目前时局外似升平，中实溃败。近两年来，应天、浙江、山东、河南、湖广俱闹灾荒；全国户口、军伍、赋税都有耗损，内帑亏空；云南、琼州相继发生变乱，荆州、襄阳流民集聚，剿抚两难；蒙古小王子部入寇大同、进迫河套，火筛诸部则进犯固原。皇上虽屡颁整顿官常、裕财防边之诏，慨然要搜剔弊端，但内府诸库及仓场，俱由宦官掌管，户、兵两部无权检核；京边各军空名支饷，冒功讳败已成风气，皇上健在，犹可维持，一旦不测，实难了局……

"更要考虑的是，皇太子年幼，虽称聪颖，但京畿内外，已有不少关于他的失检传闻，立即掌权登位，内阁如何着于辅导，亦非容易之事。"

谢迁还要说下去，刘健以目示意止之。当前事态紧迫，要务不在分析形势，而在于如何针对变局，提出策应的方案。

李东阳语调缓慢，边想边说："于乔先生所说的都是事实。军政陋习弊政，是多年积累而成的。我等三人在阁十年努力，仰赖皇上支持，才勉强推缓恶化。乱茧抽丝，但难用大刀阔斧砍割。当此面临大丧，嗣君就位，首先似宜紧密控制好新旧交替之机，警惕宦官奸佞乘丧挟持新君，防范发生混乱。皇太子逞情任性，是共所知闻的。我等三人既受顾命之重，绝不能辜负皇上临危托孤之情，必须从现时开始，熟筹导引他沿循正轨，勉为守正之君……"

刘健和谢迁都频频点头。刘健打断东阳的话，急问："西涯先生，你看如何着手为好？"

东阳似胸有成竹，答道："皇上命我等三人起草《遗诏》，似可借此代言之机，托赖皇上为君为父的威灵，对嗣位皇帝有所训勉和约束。皇太子明智，谅不致违忤君父遗命……即使偶有背离，臣民等亦可据《遗诏》劝导阻谏。"

谢迁插话："西涯先生高见。此诏要颁布天下以及藩属外国，为亿万臣民所共知，应该为嗣位皇帝恪守。君父之言，是不能视为儿戏的。但这样的大文章，一应减少套话；二应避免冗长，尽量简明，使贩夫走卒均能通晓；三应对嗣位皇帝的期许具体得当。这样的大文告，非西涯先生的大手笔，实难达意。"

东阳谦让，刘健一锤定音，说："于乔先生的意见甚是，西涯先生就不必推辞了。现在看来，皇上一半天就会出事。按照惯例，御驾弃世当天，与发讣的同时，便应颁布《遗诏》，所以，这桩事还得从速。一旬之后，嗣位皇帝卜吉登位，又应颁布《登极诏》，这是与《遗诏》相呼应的另一重要文告。前者是大行皇帝的临终嘱咐，后者是嗣位新君的表态，都具有稳定局势、安定民心、指明动向的作用。两诏都宜由西涯起草。而且事机紧急，刻不容缓，可否请西涯先生就在敝舍厢房，先将《遗诏》稿拟出，我和于乔先生再一起参详斟酌，如何？"

东阳应允。刘健即命仆人准备笔砚，领他到厢房。在等待李东阳起草诏旨的同时，刘、谢二人仍待在书房，一时无语。刘健年老，经过此番紧张，顿觉疲惫，便倚几闭目静坐，但脑际仍在翻腾旧事，瞻望前景，忧危恐惧，头绪万千。

谢迁无聊，在书橱中抽出弘治版的《皇明诏令》一书，翻到最前几页，乃是十八年前朱祐樘即皇帝位时颁布的《登极诏》，内言："忍闻凭几之言，猥以神器之属，哀疚方殷，罔知攸措……顾兹付畀之重，深惧仔肩之难。勉图弘济，一惟恢张治道，惠绥黎元。"想不到当年以皇太子身份登上宝座的弘治皇帝，而今又得立遗诏传位了。十八年转瞬已如逝水，时局几度折腾翻新。可是当年《登极诏》所表达的愿望和言诺，大多数却未有实现。人将盖棺，一朝政治将告结束，未知后人作何定论？世局如棋，最尊最贵的皇帝，其实也不过是其中一个角色、一枚棋子而已。谢迁在刘健的书房内踱步徘徊，诵念旧诏，不觉感慨多端。

不多久，李东阳手持一页刚起草的《遗诏》稿入室，向刘、谢两位招呼说："晦公、于乔先生，我初拟了一稿，请两位过目。"

刘健说："就请西涯先生读一下，我们细听，好吗？"

李东阳展篇恭立，朗声念道："朕以眇躬，仰承丕绪，嗣登大宝，十有八年，敬天勤民，敦孝致理，夙夜兢兢。惟以上负付托是惧。今遘疾弥留，殆弗可起。生死常理，虽圣智不能违。顾继统得人，亦复何憾。

"皇太子厚照，聪明仁孝，至性天成，宜即帝位，其务守祖宗成法，孝奉两宫，进学修德，任贤使能，节用爱人，毋骄毋怠。中外文武群臣，其同心辅佐，以共保祖宗万万年之业。"

东阳读罢，刘、谢都在认真思考。

还是谢迁先说话："西涯先生捷才快手，所起草《遗诏》简短明了，甚为得体。上段是一般遗诏必有的内容，不必多论。下段是为切对皇太子现状及臣民期许的，可否再具体一些？因为《遗诏》是先帝的留训，嗣皇帝理应恭谨恪行。拙意可在原稿'毋骄毋怠'之下再加数句，强调嗣位皇帝必须严守祖宗成规，执行先帝遗训，应该正身清心，戒除好尚，崇俭朴、节财用、慎兴作、勤政务、公赏罚、远宦竖、近正人，等等。以父谕子，似可尽言，更何况当今皇太子又是……"

东阳执笔记录，刘健闭目沉思，谢迁似乎言犹未尽。

好一阵沉默，才听到刘健深思熟虑地说："这份草稿其实也点到要害了。根据皇太子的现状，稿中'进学修德，任贤使能，节用爱人，毋骄毋怠'十六个字，本来已经将意图概括清楚了。君父训谕，也贵在含蓄。两份诏书的内容可以各有偏重。《遗诏》出自临将崩逝的君父，不能不维护嗣皇帝的威望尊严，似宜将劝诫之言纳入期许之中；《登极诏》出自初承大业的嗣皇帝，是他登位后第一份颁布治道方针的宣言书，似可将应行应否各事，尽可能具体地一一转化为诺言信条。嗣皇帝如果有悖离登极诏书的内容，我们便可以据诏书以劝谏规范，他也不好自己打自己的嘴巴。于乔先生所言各点，全部可以纳入，甚至还可以再扩而充之，诸如限制太监干预军政，裁减内侍数量，废止传奉官，禁止皇亲勋贵之家恃仗权势讨盐引等以牟取暴利，禁止接受投献以侵夺土地人口，吞没赋役等。对宫廷的过量消费也要削减，等等。凡近年臣下屡有奏请，皇上也有意兴废的要政都可列入，条列不遗其详，规范必求具体，才可一元复始，万象更新……"

"我们三人受皇上顾命之重，内阁又有起草两诏之责，是应该在颁行两份诏书中切实下功夫的。如果两诏行文得体而又通晓明畅，天下臣民亦会寄厚望于新君，并据此衡量新政。我看，《遗诏》就以西涯先生的初稿，参照于乔先生的补充意见斟酌定稿，及时颁行。新君的《登极诏》也请西涯先生执笔。还有几天的时间，是要经过奏请裁定的。"

李、谢唯诺，正要告辞退出，还未走出书房门口，只听刘健又请他们回来，说："呵！还有新君的年号，也只能由我们拟好再奏准颁行，还请两位考虑。"

谢迁转身，还站在房门内侧便应声道："我看就取年号为正德吧！身御皇位，理应自正其德，然后才能正人之德……"

刘健和李东阳交换了一下目光，对谢迁的意见都有所领悟，还是李东阳开口对谢迁说："不必再解说了，晦公和我都是同意的。到时候，就以这两个字作为内阁拟定的年号，奏请上裁便了。"

五月初七日中午，宫内的更鼓亭和京城的钟鼓楼，都敲响了沉重的丧钟，承天门楼上竖起了成列的白幡，宣告弘治皇帝去世。按照规定，京城各寺观，从知闻丧耗之时开始，也要各鸣钟三万杵，宫钟、京钟、寺钟，不分昼夜，沉重地交鸣着国丧的噩音，烘托出弥漫天地的哀思。

当天，皇太子朱厚照循例改易冠服，穿白色孝服，素冠、麻衣、麻绖匍匐于宫中设立的灵位前哭奠。次日又率领百官在奉天殿前恭听《遗诏》。《遗诏》由内阁首席大学士刘健肃立泣读。读毕，恭捧呈递给即将继承帝位的朱厚照，由他供奉在先帝几筵之前。

五月十八日，厚照遵礼即皇帝位，又由他本人颁布经内阁草拟的《登极诏》，交由鸿胪寺卿诵读，其中着重说道："……顾国家创造之艰，眇躬负荷之重，惟正道是遵，惟古训成宪是守，率皇考未终之志扩而行之。……其以明年为正德元年，大赦天下，与民更始。所有合行事宜，条列于后……于戏！天位至重，民事至艰，尚赖中外臣僚，协心匡辅，以裨朕之不逮，用克绍先业，共保亿万年无疆之体……"

对刘、李、谢等人苦心厘定的几十条"合行事宜"，对所有应行应否应引以为戒的具体事务，新皇帝一条未动，一字未改，庄严宣读，真有从善如流的样子，不少朝臣由此感到鼓舞，"皇上登极诏条，中外欢忻"。刘、李、谢也自认为，由此便拨正了新政的走势，为新君设置了应遵循的规范。诏书皇皇，皇言曰制，都是神圣不可侵犯的，难道还会有太大的反复吗？

老于宦海的政治家有时也会显得幼稚可笑，后来事态的发展表明，刘健、李东阳、谢迁一厢情愿的设想是要落空的。

弘治皇帝的去世，使继位的正德皇帝朱厚照感到迷惘和意外，未料到父皇突罹恶疾，不到一个月便撒手人寰。他在天性使然的亲谊之痛之外，更是前所未有地兴奋，未料皇位这么快就可以到手，由皇储地位骤然君临天下，使他飘飘欲仙，恍然若梦。

但是，大丧期间烦琐的礼仪，却令新登位的少年天子感到极大的烦恼。

按照礼部进呈的规制，对先皇帝的丧礼，一切殓奠馈饮和奠拜祭祀都有具体的规定。热丧期间，嗣位皇帝除了每天清早和傍晚都必须在宫内哭奠，不许嬉游，不许饮酒食肉外，还要穿着规定的服制"斩衰"。斩衰是一种丧服，上衣下裳都要用最粗的麻布做成，而且衣裳侧边不许缝纫，有意使断裂处外露，以表示拒用任何装饰，叫作斩；在上衣外衿当心之处，还要用长六寸广四寸的麻布连缀，叫作衰。一般惯例，皇帝的"斩衰三年"，可以缩减为二十七个月，又以日代月，实际上只要穿这样的丧服二十七日便算尽了礼。遇有临朝视事或召见大臣时，可以改穿素服，戴乌纱翼善冠，用黑角带；但退朝或事毕，仍应恢复衰服，以志哀思。明朝自建国以来，从继承祖父朱元璋皇位的建文帝直到弘治的历届皇帝，都是按此规例斩衰，未有公然违背的。正德的父亲弘治在成化皇帝去世，斩衰期满后，礼部请恢复常制，弘治还说于心不忍，坚持延长斩衰到百日，视朝时从不鸣钟敲鼓，退朝回宫也绝音乐，断饮酒，不亲妃嫔。他死后被谥为孝宗，亦与这种孝行有关。

但朱厚照从内心深处就厌恶这套久成定制的礼仪，认为是俗套，是做给臣民看的，更讨厌它打乱了自己恣情放纵的生活方式，焉能让死人管束活人，因死皇帝而干扰活皇帝？

弘治去世刚过头七，厚照循例穿着衰服，早上在梓宫前奠祭毕，便乘辇回到他暂住的钟粹宫——这是历来皇太子的居停之处。但是当时的钟粹宫久已成为刀枪剑戟林立演武之场，轻歌软舞玩乐之所，与宠幸的宦官们厮混寻欢之地。此地一直被视为"禁地"，是绝不许其他人擅入的。弘治对儿子有所宣谕，奉命传谕的太监也只能到钟粹宫门前而止，再恭请厚照的随侍太监刘瑾等人转达进去。这一天，他下辇刚入宫门，见到钟粹宫内也是白幡白帐，觉得十分丧气，边走边卸去麻衣麻裳一应衰服打扮，扔在庭院地上。

早已候在宫门的太监高凤、罗祥二人慌忙将他迎入寝宫。进入寝宫，厚照一蹬腿，将两只缠绕着白布带的麻鞋甩入墙角，悻悻然咆哮道："敬拜祖宗贵在内心，岂在乎穿戴这样似衣似裳，又不衣不裳的丧气服？朕每当服用，便觉得头晕目眩,心烦意乱,像戴着枷锁似的,竟似囚犯一样。朕难道是先帝在押的死囚,每日早晚要到灵前认罪吗?"

高凤随声附和,但又低声劝道:"这是礼制所规,还请爷爷再将就几天,晨昏祭奠时,在皇太后等面前就暂穿这套麻衣,回到钟粹宫,便可以恢复原样了,爱怎样穿,怎样玩,还不是一凭爷爷的意思吗?"

高凤、罗祥其实早就准备好了另一套服装,是匆忙量身制作的皇帝常服。这种常服,是乌纱镶玉石折角向上的帽巾,黄缎袍,盘领,窄袖,前后及两肩各织有金色盘龙、金色配带,软皮便靴等等——好一派帝王气象。按照规定,丧期过后才可穿嗣位皇帝的正常装束,但高凤、罗祥等早就知道朱厚照已急不可耐,尚未行登极礼,就请他在钟粹宫内提前穿上了。

厚照转怒为喜,一边在高凤、罗祥侍候下逐件穿戴,一边吹着口哨,低声呼唤:"豹儿、豹儿……来,来呀!"

只见从屏风后面蹿出一只巨大的黑狗,高三尺有余,身长八尺开外,头大如斗,两只耳朵高竖,张嘴似一个大血盆,双目闪出绿色凶光,全身漆黑卷毛,但在颈脖之下从胸肚到四足却都是一色金黄。听到主子叫唤,它发出一阵呜呜的亲昵叫声,摆头摇尾地走到厚照身边,用两条后腿支撑,前两腿竟伸架到厚照两肩,血红的舌头对准厚照的脸颊一阵狂舔。厚照低语哼哼,巨犬轻吠呜呜,互相表达着爱宠之意,一时难舍难分。高凤和罗祥一面抚摸狗体,为它按摩筋骨,一面迎合说:"豹儿这几天少见万岁爷,在惦记着哩!"

原来这一条黑狗,乃是刘瑾专门嘱托番僧从远地带来的名犬,出自青藏高原,当地叫作獒犬,这种狗凶猛善斗,能敌虎豹,一犬可敌群狼,牧民们用以保护牛羊、看家护宅。它善解人意,最听从主人命令,胜似一个随身侍卫。这头藏獒在当地是百里挑一的良种,辗转带来北京,刘瑾又嘱咐在京熟悉驯狗之道的番僧严加训练,使它对主人忠心温驯,必要时又勇于听从命令凶狠扑杀,特别贡奉给朱厚照。厚照一直视之为最大的宠物,取名黑豹,昵称豹儿,收养在钟粹宫内,每日饲以一活羊二活兔。每见它在宫内庭院追杀羊兔,咬噬吞食活物,羯腥血污遍地,咆哮撕咬声和哀鸣惨叫声相杂,厚照总引为最乐。

厚照抚弄着黑豹:"这几天还给豹儿喂用活羊活兔吗?"罗祥答道:"大行皇帝治丧期间,连皇太后老娘娘和万岁爷都吃素,还敢让豹儿开荤腥杀活物吗?"

想不到这句话竟又激起了厚照的恼怒,厉声喝道:"难道畜生也要和人一样守什么礼制吗?畜道也同于人道吗?真是岂有此理!怪不得豹儿皮毛褪色、形神衰减,即传谕光禄寺,每日仍进鲜活羊兔,是专为豹儿用的!"

高凤和罗祥连声答应:"是!"

稍过一会儿,厚照穿戴整齐,安坐喝茶,高凤和罗祥又奏告说:"刘瑾公公嘱咐转奏:爷爷前谕令番经厂转嘱住禅北京的番僧,教导十几个内侍学习番经舞蹈,诵念梵呗歌咒。前日为首的番僧来说,已经训练完毕,本来要带领前来表演,请爷爷察阅,只因大丧不敢渎扰,但他们住禅已毕,日间要回西域,无法等待,不知是就此作罢,抑或准令他们前来表演?"

厚照略为思索,道:"番僧在佛前做法事,吹大法螺,击大锣,戴傀儡面具,舞蹈诵念,本与中土僧众行香念经唱忏,披袈裟缁衣,持佛珠,敲钟鼓相同,正是为先帝祈福,梵汉本来一理,焉有渎扰之说?可即谕令番经厂,准番僧人等,自今日起一连三日午未二时,来钟粹宫悬幡挂榜,携带一切道具盔甲器械,准时表演。"

一线宫墙,实难隔断内外讯息,热孝在身,正在斩衰期间的待嗣位皇帝,竟然改服盘龙黄袍,又杀生饲狗,还召集番僧奏梵乐、供番佛,锣螺喧天,一时惊动京城,引得宫眷朝臣们咋舌错愕。位于会极门里的内阁值房,每日都可以清楚地听到从钟粹宫传出来的歌舞声、叱喝声、击锣吹螺声,甚至恶犬吠叫声和羊羔被扑杀时的惨叫声。朱厚照有时玩兴正酣,临到该祭祀时,竟然"罢朝夕奠",或经屡屡催促才来应卯。刘健、李东阳和谢迁每天穿戴白麻布,裹纱帽,垂带、素服入阁视事,但耳闻目睹的是钟粹宫内的嘈杂哄闹和乌烟瘴气,他们心底感到无比的痛楚和惶恐。这三位受命托孤的顾命大臣蓦然醒悟,原来的筹算看来都落空了,企图用两纸诏书来规范这位嗣位皇帝的言行活动,希望辅导这位跅弛不羁的皇上以恪守起码的君箴帝范,无异于痴人说梦!宫廷笾豆罗列,钟声丧音和鸣,奠礼香火缭绕,只是意味着一个相对稳定,尚能勉强维持的政局的结束。今后沧海横流,世变何极,是他们三人无法预见,也无力控制的。

其实，对于弘（治）正（德）交替之际，将可能发生什么变动，又如何驾驭这些变动，使政局朝着有利于自己的方向发展，心态最为敏感而且预先谋划最为周详的，既不是弘治和正德两位皇帝，也不是赓续在内阁辅政的阁揆们，而是久已集聚在皇太子朱厚照身边的宦官"八虎"。

从弘治皇帝突患重病开始，身为"八虎"之首的刘瑾即已警觉地嗅出时局大变动的气息。他有意接近轮值在乾清宫侍疾的太监戴义和李璋，以及太医院视疾处方医士张瑜、刘文泰等人，托词皇太子关切父皇病况，嘱令问疾，向他们详细询问弘治的病情变化。当他了解到弘治病体已入沉疴，难期痊愈的确讯后，不觉喜不自胜。

刘瑾，北直隶兴平人，本姓谈，在弘治初年，因走刘姓太监的门路入宫，改姓为刘。此人素不安分，在宫内曾犯法当死，被赦免后，通过巴结司礼监太监王岳，得入皇太子朱厚照宫内服役。他表面上对王岳毕恭毕敬，其实盘算着有朝一日取而代之。他与马永成、高凤、罗祥、魏彬、丘聚、谷大用、张永等七人结成团伙，因为都曾在东官服役受赏识，所以都得到重用。刘瑾狡猾凶狠，有口才，有机智，善于观察政治风向，又熟谙文墨，知悉典章，他非常羡慕正统皇帝时的得宠宦官，即擅权乱政，引导正统皇帝亲征漠北而被陷为俘虏的王振，认为王振以一刑余之人，居然能威慑朝官，定夺大计，是了不起的大人物，所以有志当王振第二。他深知太监要能掌大权得富贵，必须先取得主子的宠信，从而必须根据不同对象的特点，采取不同手段，投其所好，奉承巴结，转而利用和驾驭之。他从朱厚照年纪尚幼，就在他身上下了大功夫。他摸透了朱厚照的品格、嗜好和心理，知道这位太子爷不但爱好多端，而且狂妄任性，敢作敢为，还有臆想性的怪癖。他首先针对厚照喜好嬉玩游猎，崇拜军功，不时进奉鹰犬，推荐番汉歌舞，陪同他练习棍棒刀枪，侈谈边塞战守，引导他出宫微行，企图借此博取欢心和宠信，最终攫取朝政大权。

对弘治帝的英年早逝，正德帝的提前嗣位，最感振奋的，莫过于刘瑾了。他隐约看到一条通向权势顶端的金光大道正展现在自己面前，有十足的信心操控正德这样一个任性而浅薄的皇帝于股掌之上。但是，他也看到，不论在官廷中的宦官系统内部，抑或在弘治朝在职当权的文武大臣中，甚至像御史、给事中等所谓主持风宪的"言官"之中,对于他企图做王振第二的梦想之路,还是存在着不容忽视的绊脚石,只有着力分化,着重打击异己,培植自己的势力,才有可能为夺取最高军政权力荡平道路。

弘治十八年五月初六,即弘治皇帝临终前一日,一方面是皇帝在乾清宫悲怆托孤;另一方面,是"八虎"在钟粹宫侧殿聚会密议,商量他们的应变对策。

原来"八虎"与朱厚照厮混日久,早就可以自由出入这个专为皇太子设置的禁宫,甚至当皇太子应召朝觐外出,他们仍可以留在宫内耍乐,随便留宿。这一天,刘瑾从乾清宫轮值太监处打听到弘治的病况更加沉重,性命已经朝不保夕,便兴冲冲地赶回钟粹宫,召集其他七人到侧殿来议。

八人围成一圈,就坐在侧殿地砖之上。刘瑾由于过度兴奋,两边脸颊透出红晕,嘴角上的皱纹连成几道深沟,两眼闪现出莫名的奇异光彩。他压低声音向七人说道:"皇上昨天连续晕厥失禁,不省人事,经太医抢救,才勉强缓过气来,折腾了一个通宵,张娘娘一直守着侍候。刚才又紧急诏命内阁几位阁老和皇太子入寝宫,听说是受遗命。……看来,能过得了今天,也势难熬过明天了。"

七人对这一讯息并不过分惊诧,因为他们对弘治每天的病情变化,都能够及时知晓,并且早已料定难望康复,只是对于即日便会"驾崩",多少有点意外。曾经读过几年儒书,成年后才自阉入宫的魏彬接着说:"死生常理,大势已定。我们的爷早已正位东宫,而且今上又再无他子,太子接承帝位是理所当然的事,不必操心。"

向有"智多星"之称的马永成却从另一角度考虑。马永成自小跟随卖野药的父亲闯荡江湖,饶有社会经验,父死后自阉入宫,又专好打听官闱逸事,了解成败兴衰,在"八虎"中以有智略,能运筹,备受刘瑾重视,成为他的左膀右臂,具有仅次于刘瑾的地位。他慢条斯理地说:"太子爷必然继承皇统,这是没有什么问题的。但稽诸往史,我朝凡新旧君主交替之际,往往发生大动荡大变乱,建文和永乐的往事已远,不必多赘;近期英宗睿皇帝北狩后又复辟;景泰爷已被废而帝号又得恢复;皇祖宪宗纯皇帝在储位时被废而又复立,都说明每当权位承接之际,也必然是多事多变的时刻,对这方面的情况不能不倍加警惕……

"还要注意的是，我辈均是内侍之人，虽亲近天颜，但位置不在朝班。外廷臣庶多以奴竖视我，看作刑余之人，鄙蔑形于笔墨。虽有忠贞护主之心，但难有得志当权之日。偶有机缘亦必引起嫉忌，众口铄金，唯恐攻之不倒，锄除不净。英宗朝王振老公公忠君爱主，竟在土木一役为乱兵所杀；宪宗朝汪直老公公势倾天下，屡立殊勋，但一旦宠衰爱弛，便被夺尽华衮，贬斥至南京御马监看守马匹，郁郁以终……

"近期以来，某些朝臣的奏疏，外表上似乎是劝谏太子爷勤学止游远佞，其实锋芒所向，正是我辈兄弟，杀机已经萌露。当此新君正将临御之际，不能不引起警觉。"

马永成这一席话，虽然是泼了一盆冷水，但言之有据，触动了刘瑾久已蕴积在心的隐痛和愤恨，道："永成所见极是。太子爷爷和我等相知很深，信任不移，他嗣帝位以后，绝对不会有什么改变，而且还会更加重用，这是不难预见的。但要看到，朝臣中以内阁几个糟老头子为中心，对太子爷以及我等兄弟都积有成见，对立情绪非常严重，难免有一番恶斗。即使在内侍之中，像原东宫太监、现任司礼监掌印太监的王岳、秉笔太监范亨等人，也一向和我们唱反调，是和外廷朝臣勾连在一起的。不论宫内宫外，我们都可以说是处在众敌环伺之中，不是固宠当权，便是被驱斥治罪。须知：得志猫儿雄似虎，败翎鹦鹉不如鸡啊！"

丘聚说："百篇劾章，不顶皇上一言。只要新君对我们宠信不移，宫内宫外的反对势力都是无奈我何的！"

兵痞出身，在皇太子的练武场中担任教练指挥之责的谷大用高声叫道："我看最关键之处，还是我们在新朝中要更加紧攫权力，而重中之重，又在于掌握兵权。百官言论纷纷，不顶一阵刀枪斩伐。我看，御前宫内的警备，京师五军各卫各营的提督、监枪、监军，各行省都邑的守备、镇守，都要奏请新君委派我等亲近之人充当，这才是稳牢可靠之策。"

刘瑾颔首称是。他满有把握地说："等太子爷御帝位以后，我们就应当快速以此奏请。我看一定会准奏的。因为三军兵权掌管在我们手里，也等于掌握在皇上手里。遇有抗命逆旨之事就可以随时用兵剪除，展示皇威，震慑天下，没有比这更有力的了。"

"八虎"经过在钟粹宫的密议，一时信心倍增，野心更炽。他们忽高忽低、不男不女的嗓音吵嚷了一个多时辰，宛如一群公鹅在觅食嘶叫。自以为只要尽速将全国兵权夺取到手，便可不必担心异己的敌对，可以高枕无忧，长保荣华富贵了。

第二章
谋夺兵权群阉得志　务除祸患群臣谏诤

　　果然，朱厚照刚登上帝位，便全部接纳了刘瑾等人的献策，以最快的速度将兵权转移到宦官手中。

　　还在正德的年号尚未启用之时，他就在登极的第八天（弘治十八年五月二十六日），不恤尚在热孝斩衰期间，迫不及待地匆忙下旨，敕命太监张林堂负责警戍京畿的神枪营，掌握炮铳等锐利武器；敕命太监苗逵为监军，增加兵员六千归他统领。随后，更将京军中的三千营，改由"八虎"之首的刘瑾统率，神机营由"八虎"之中的张永统率，禁军中的腾骧四卫勇士由另一虎谷大用统率；再分遣亲信太监二十四人分赴全国沿边要塞充当监枪分守守备内臣，掌握实际兵权。兵权谁属是正德初元朝议冲突的焦点。

　　在大幅度改变军事统帅，大力加强宦官力量的同时，正德皇帝也彻底改变了御前的警卫部署。按照传统规定，宫廷内侍不准执持兵械，不得配备战马，不得穿戴武官戎装战袍，不得披甲，不得担任朝会的仪从警卫。皇帝上朝或出行时，一切卤簿、仪仗、禁卫、殿前警备，俱由兵部车驾司负责，为此专门设置的亲军卫和兼充仪仗性质的大汉将军等官兵，也俱由兵部管辖。但是，所有这些规矩，都完全被打破了。

　　这样的改变给社会带来极大的震撼。正德元年元旦，是皇帝亲祀天坛、行祭天祈谷礼仪之日。这是国之大典，更是嗣位皇帝头一遭出面主持，所以在年前便由礼、兵等部奏报一切礼节仪注，太常寺、光禄寺等部门准备好一切应用的祭文祭品以及奠馔、香烛等；鸿胪寺的司仪、鸣赞等官也早就齐集伺候，顺天府的府尹在前三天便派人沿途洒水、垫土、清道。按照规定，正阳门的正门是常年关闭的，平常不允许任何官员以及黎民百姓从正门出入，只有在皇帝御驾到天坛祭天,到先农坛"亲耕"的时候,才敞开大门,供御驾出入。等到御驾回宫,大门便立即关闭。每逢这样的特殊日子,一般官员勋贵和百姓们,才能邀恩进出正门,平常只能从城楼两侧的瓮城下的门洞出入。这一天,内阁、各部、院、寺、监、五军都督府及顺天府尹等文武百官,俱于典礼开始前便纷纷出城,肃立排列在圜丘、祈谷坛前,恭候皇帝亲临主祭。京城老百姓,也有专门赶到正阳门城门内外,瞻仰皇驾威仪的。

可是,正德皇帝并没有在辰时正点出发,直到巳末午初,才见皇帝御驾的队伍从宫城南面出午门,穿越端门、承天门、大明门,朝正阳门走来。队列刚出正阳门,百姓和众官便骇然发现,今年皇帝祭天的拱卫官兵,怎么全变了样?作为前导的御前警卫大汉将军的队列,竟然都改由宦官统领;靠近御辇前后,另由约三百名内侍带刀披甲,手持刀枪剑戟,金瓜铁钺,紧随护行;"八虎"则跨乘骏马,刘瑾本人更是神气活现,指挥和统率队伍,俨然是御前总承应官。这队宦官武装的衣着打扮也不伦不类,头上仍戴着乌纱描金曲脚的内使专用帽子。身上则披着武官校尉用的,绣有诸色辟邪、宝像图徽的战裙战袄,外罩盔甲护心镜。至于"八虎",则杂穿明黄、柳黄、姜黄蟒服,前后绣有飞鱼、斗牛等官阶标记,蟒袍玉带,类似一二品武官的公服。原来已经把禁止内臣僭妄,不许擅服黄色蟒服的规制完全置于脑后了。内侍武装极力炫耀其威武雄壮,而兵部的司官和亲军卫官兵们,则尾随在后,垂头丧气,踽踽而行。

队列经过正阳门再往南,就到了北京的商业中心,人烟稠密,大栅栏和鲜鱼口,开张着许多绸布店、吃食店、当铺,以及专做首饰贡金的作坊、黑白铁店,也是全国客商云集的地方。由于当地是皇帝主祭天地坛必经之处,所以临街铺户的东伙和居民,都有聚拢在道路两旁瞻仰皇驾出入的习惯,有些老年人甚至能从正统爷、景泰爷、成化爷、弘治爷说起,从途经的路程、仪仗的阵势、皇辇的模式,各届皇帝的仪容风采,甚至天气阴晴雨雪,等等,如数家珍。他们是世代相传的老观众,所以熟悉老典故。但是从未看到过像今天这样一支以宦官为主体的护驾队伍,不觉惊讶错愕,互相交换着疑问的眼光,到底是新皇上立了新规章,还是什么世道变了?突然有一个愣头小伙子,冲口而出一句:"怎么今年保护皇上的,都是一些没有卵子的兵将?"他这样一说，周围一阵哄然大笑。一个老者惊惶不已，急手掩盖这个小伙子的嘴巴，另手紧执他的衣领，推他转身走开。

这样的御驾亲祀天地坛队列，当然引起文武百官们的特别注意。因微见著，他们都意识到，随着新旧皇上交替，宦官的势力正在异常急速地膨胀。在这样人品淆杂的公开场合，谁也不愿多言，只好相视以目。当即草草成礼，各怀心事而退。

刘健、李东阳和谢迁都是大典的陪祀官。祀礼结束，叩送御驾还宫以后，三人不约而同地聚在一起。只听刘健一字一顿地低声吐出："不伦不类！"稍后，他勉强抑制怒容，用低沉的声调对李、谢二人说："虽然正当新春佳节，看来我们还要到内阁议事哩！"

内阁值房设在午门东南角，文华殿侧，是南向的小房，规模很狭窄，阁门开在西边。进门有一小牌坊，上面悬挂着历朝皇帝有关设立内阁和内阁职责权限的谕旨。经过牌坊，阁内东、西、南三面放置有凳子，不设北面的正座，据说是因为宣德皇帝曾驾临内阁，并在北面坐过，所以臣下不敢再坐。阁内有一些简易的条桌和文房用品，是准备给内阁大学士们票拟奏疏和起草诏敕等文件用的。所谓票拟，就是内阁大学士对全国文武官员上给皇帝的奏疏，先通读一遍，然后对各奏章提出的情况或问题，草拟出一个初步的处理意见，另纸附在原奏上，供皇帝审批时参考。这样的票拟，实际上就是履行对军国大政的参议权，被认为是大学士实际拥有相当于丞相职权的体现。

元月初六一早，刘、李、谢三位大学士相约来到内阁值房，他们带着满脑子的困惑和忧思，无心互贺新禧，默然进入阁门，点头为礼，相视苦笑，一时无言。

他们过去从未估计到皇上登极后会有如此肆无忌惮的变化，也没估计到"八虎"猖獗嚣张的程度。数日之内，国家兵权基本落入宦官之手，传统礼仪典章尽遭践踏，还在京畿内外普遍搜刮民田辟为皇庄，将国家主要财政来源的盐税收入尽数拨归内府，宫廷费用直线上升，比以往膨胀十倍有余。刘瑾等还直接干预吏、户、礼、兵、刑、工六部的政务，尚书、侍郎若不甘为傀儡，即被驱斥。他们完全没有想到，新皇帝嗣统之日，亦是与以内阁为代表的朝臣们矛盾急速激化之时。

三人就座,刘健坐东朝西,这是内阁传统的首辅专座。李东阳和谢迁分坐两旁。一阵沉默,还是谢迁先发言:"晦公和西涯先生都知道了,元旦的祀天盛典,皇上即不守斋戒之规,大年除夕,还和刘瑾等率鹰犬打猎于南郊;致祀时,又未照太常寺卜定的吉时出发,卤簿仪仗等完全不遵照《洪武礼法》安排,改由宦官主导……这样的做法,实在骇人听闻!"

李东阳补充说:"宦官们身穿黄蟒袍,腰横玉带,披甲,是完全违背《兵部规制》和《内臣守则》的。行礼时,刘瑾和张永班列在兵部尚书之后、侍郎和五军都督之前,更是无法无天。"

刘健显得特别疲惫,他半闭双目但极着意地倾听谢、李的说话。好一会儿,他睁大眼睛,痛心地说:"两位应该还记得,去年八月,皇上登极才两个月,但在宫闱和政务各方面已经出现了严重的问题,朝野议论沸腾。当时我们三人也是上了一道公本,由西涯执笔,是从朝纲体制的利弊立论,登载在邸报后,内外朝臣纷纷表示赞同,各部堂司官、御史、给事中等言官受到启发,纷纷响应,各陈时弊,一时众议成潮,朝野本认为必能促使皇上猛醒,他一定会幡然觉悟,改辕换辙,更新政治。想不到,皇上不但对所有谏疏全不接受,反而下谕阁臣拟旨对上奏的官员给予申斥,指为出位妄言。我们没有奉命起草,拖着不办,这件事才搁置下来的。"

谢迁似有领会,说道:"我理解晦公的用意了,这一次我们把调门放低,尽量不触恼皇上,只望能收到实效。"

刘健没有答复他。他似乎在回忆着一场虽然炽烈但终归失败的战斗,过了一会儿,语调惆怅地说:"去年八月,新君嗣位两月,内阁就上了那篇针砭时弊、猛烈指出失误的奏章,在历史上确是不多见。此事不能以成败论,它将来总会在历史上留下记录,也可为我等三人表明心迹。西涯先生,能把疏文的主要段落为我们再朗诵一次吗?"

东阳答应,他从脑海中慢慢回忆,诵出:"……陛下登极诏出,中外欢呼,想望太平。今两月矣,未闻汰冗几何,省冗费几何。诏书所载,徒为空文。此阴阳所以失调,雨旸所以不若也。如监局、仓库、城门及四方守备内臣增置数倍,朝廷养军匠费钜万计,仅足供其役使,宁可不汰?文武臣旷职偾事,虚縻廪禄者,宁可不黜?画史、工匠滥授官职者多至数百人,宁可不罢?内承运库累岁月支银数百万,初无文簿,司钥库贮钱数百万,未知有无,宁可不勾校?至如纵内苑珍禽奇兽,放遣先朝宫人,皆新政所当先,而陛下皆牵制不行,何以慰四海之望?……"

七十三岁的刘健、五十九岁的李东阳和五十二岁的谢迁,在重温四个月前联署上奏的颇具檄文性质的奏稿时,心情既兴奋又失落。他们联手主持内阁十年,力求稳定政局,深得先皇信任,也得到群人士庶的好评,被称为"李公谋,刘公断,谢公尤侃侃",辛勤劳瘁,竭尽了心力。可以引为自慰的是,自认为读圣贤书,虽身居高位,但还能恪守敢言直谏,务求致君尧舜上的教导;令人沉痛的是,这个由他们全心辅导的君主,不但无心当尧舜,而且迷溺邪道,愈陷愈深,对于什么"宁可不汰""宁可不黜""宁可不罢""宁可不勾校"等尖刻言词,却是端坐在宝座上,充耳不闻,闭目不视,竟是一概"宁可不理"。今日,刘健试图改用比较温和的、就事论事的方法以"感悟圣心",难道真会奏效吗?

正德元年的夏秋之际极不平常。以皇帝为后台,以"八虎"为代表的宦官势力,和以内阁为中心的朝官们展开了无比激烈的、决定着全国政治走向和相关人物政治命运的全面较量。其实,这一场斗争早在新春即揭开序幕,内阁刘、李、谢三人一开始就被卷进旋涡的中心。

正月间,内阁送上有关元旦祀天大典违背礼仪规制的谏疏,虽然语调还算温和,但明眼人都看到,其锋芒直指宦官,特别是其中的"八虎"。此疏送上后毫无下文,促使刘健等逐渐认识到,自己面对的是一个狂悖固执、软硬不吃的皇帝。但是,每想到顾命之重,他们便不忍心目睹沉沦,不愿意回避矛盾,不肯缄默不言,不敢卸去担子。

一天,刘健巳时入阁,昨夜失眠,稍迟入值。进入阁内,看到李东阳和谢迁正在低低细语,几案上放着一厚叠文件。

"晦公,早晨安泰!"二人起身行礼。

还礼就座后,刘健问:"两位一早入阁,有什么事要商量吗?"

两人对视了一下,谢迁回答:"昨晚我到西涯先生府上,和他商谈了半宿,有些问题正准备今早向晦公禀告……"

"愿闻其详。"

"是这样的,朝廷和外地官员上的奏疏纷至沓来,都是经过内阁转递给司礼监,由司礼监再转给皇上贴身内侍上奏的。其中不乏言词恳挚、说理有据者,披沥血诚,以谏阻皇上登极以来的种种逾规违制的行动,但是,我们担心这些奏章会被搁置,未能上达天听。"

刘健颔首:"这是完全可能的。"

李东阳接着说:"昨晚我和于乔先生商量,可否由内阁将近日录存的重要奏章副本的内容摘要,写成一份奏疏,直接送达御前,或可有助于皇上体察臣下的衷情,了解当前形势的严峻。"他用手指着几案上堆放的文件,"有关的奏疏太多了,我和于乔先生只选出了十几份。"

"但不必过滥。要挑出最突出最重要的问题,文字力求简要明了。过长了,怕皇上无耐心看;深奥了,也怕……"刘健不愿深说下去,他提出的点子,表明他是支持李、谢的想法和做法的。他缓慢地站起来,踱到摆在阁房西边的几案上,拿起其中一份录副奏疏披阅,边看边说:"是兵部尚书刘大夏上的团营实数,三大营精锐原额十五万四千二百八十七人,现在实存六万五百七十四人,已耗失了九万三千七百一十三人。一旦有警,将无足够兵力可供防御,问题够严重的了。"

谢迁干脆请刘健坐下,准备把已选中奏疏的要旨向刘、李汇报,以便共同商量取舍。他逐一推荐:"这是礼科给事中周玺等六人联名上的,其中颇有警句。疏文说:'陛下即位以来,今日饲鹰,明日饲犬,如此不已,则酒色游观,便邪辟,凡可以役耳目变心志者将日甚焉,宁止鹰犬哉!光禄寺九月内添席七十有奇,增费五千余金,兵荒财匮,将何取办?愿修身养德,放鹰犬,止浮办,节国家之财……'

"这是吏科给事中安奎的奏章,其中言:'……中外冗员,奔竞贿赂,大为新政之玷,请加裁汰。'

"这是户部尚书韩文在奏疏中有关盐政的谏议,他力言盐政收入是国家重要财政,今有插上'钦赐皇盐'黄帜的巨舟遍布江河,宦官贵戚各蒙特赐盐引十万、数十万,甚至上百万,关卡不敢问,税款无法收,官盐无法卖,如此下去，国家财政将难以支撑。请问何以为继？

"吏部主事孙磐的奏章激切尖锐，笔锋凌厉，真是铿锵之作，指出：'今日庶政之弊，莫甚于内臣典兵。今镇守、分守、监仓诸内臣，诛求百计，役占健卒，或抑买弦缨，或扣减马料，或猎伤战马，或私夺耕牛。恶少聚敛，武职夤缘，遇警辄驱羸卒当之，故不能决胜。及有微功，虚捷报，甚至迹未离于京师，名已登乎奏牍，没者衔冤，创者抱痛，欲兵威之振，得乎？乞尽撤沿边内臣……'"

"孙磐年轻有为，国家的希望，就在这样的人身上。"刘健插话说，"我看不必再念诵其他奏疏了，就请两位将这些奏疏的主要内容尽快归纳为几个问题，不外是皇上德行修养、国家军事政治经济危机等，而重中之重又在于必须革除内臣典兵擅政，力求早日送呈御览……但也必须考虑到，这样没有前例的做法，也可能会引起皇上雷霆之怒。"

李、谢点头："事态至此，是无法顾及一己荣辱的了。"

稍后，李东阳放低声线，郑而重之地说："这份综合群臣奏议的疏稿，事关重大，又多是针对当权内宦而言的，绝不能仍交文书房和通政使司转奏。"

他站起身轻轻启开阁门，向阁外四周环视，然后关上阁门，转过身来对刘健和谢迁说："御马监太监宁瑾去年十一月曾乞免将腾骧四卫勇士交付刘瑾辈兼领，深为朝官称赞，此人正直有血性，是司礼监掌印太监兼领东厂王岳亲近的人，而王岳为人正直，和刘瑾有过节，他也谏阻过皇上不宜溺于游猎，荒废政务。看来宦官们也不是铁板一块的，必须因人因事而异，分别对待，有些人还是可以加以联络。我的想法是，由我派人请宁瑾来寒舍一叙，转请他将奏疏交给王岳当面递呈给皇上。事实上，也只有东厂太监才有权不经文书房，可以有随时单独面觐的方便。"

刘健、谢迁完全同意李东阳的意见，他们还互相叮嘱，一定要保守秘密，见机而行。散值时，三人偕同走出内阁，经过文华殿侧的夹道出宫。宫门外，三人的轿班早在等候。刘健与两位同僚揖别上轿前，迎着北京初春凛冽的寒风，仰头望着黄沙阵阵的阴霾天际，深沉地自言自语："孝宗皇帝英灵有知，臣等绝不敢辜负陛下顾命之恩！"

第三章

君臣歧见交锋殿陛　中旨频下架空内阁

综合群臣谏议的奏疏经东厂太监王岳递上后，内阁三辅臣的心中都忐忑不安。汇集了群臣中最坦诚最尖锐的诤谏之言，好像一束捆绑起来的烈性炸药。为了治理沉疴重病，根除顽疾，不能不投入猛药，可谓用心良苦。半年多来，他们对这位当朝皇帝的秉性已多有了解，很担心因此激成暴怒，指斥内阁怂动朝臣，恃众要挟君上，罪在"大逆不道"。当然，他们更热切盼望，但愿良药苦口能治病，忠言逆耳利修身，天子圣明，能幡然觉悟，及时刹车换辙，重振朝纲。焦灼、担心和期待交织在一起，恍若一个共同的梦魇缠绕在他们脑际。

要来的事总会到来的。

忽一日下午申末酉初，一名内侍来内阁传旨："明日早朝，在文华殿召见内阁刘健、李东阳、谢迁三臣。钦此。"

历年来，弘治召见他们三人，多在宫内的暖阁，所谓"君臣促膝议政"，带有相知互信的亲切感。事先也不一定专门传旨，往往是在朝会之后便谕命他们留下，由内侍引入暖阁。今天，他们在设案接旨以后，倒感觉这样郑而重之地宣召，有些不大习惯。

次日一早，三人便来到文华殿外候旨。

文华殿的位置在奉天殿东北，它不如奉天、华盖、谨身等三大殿的恢宏壮阔，但殿前玉砌雕栏，殿内丹阶朱墀，却也在庄严肃穆中显出精巧典雅。殿中设一御用腾龙屏风，正面朝南，屏风前正中放置着御座和御案。御案两侧各立一只镀铜仙鹤，东西相向。鹤口都衔着一根蜡烛粗细的西域名香，是外国贡献而来的。每当传旨升殿，内侍们一清早就将西域香燃好，异香轻烟，袅袅沁人心脾。时当春寒，内侍们更在阶陛之下两个仿古宝鼎式的大铜盆里生起熊熊炭火，用以驱寒保暖。一切准备完备，就等皇帝陛下驾临登殿了。

但是，正德皇帝直到巳时才乘坐金辇到来。虽然是在宫廷之内，还是簇拥着一小队由宦官组成的仪仗和警卫队伍，金瓜成对、龙扇成行，看来今天的召见是有针对性的。

三位大学士站在文华殿外近两个时辰，冻得直哆嗦，清水鼻涕在胡须上结成薄薄的冰碴。一闻传见，急忙入殿，叩拜如仪。

正德皇帝今天的装扮也比较正规，他头戴赭黄色翼善冠，身穿团龙皇袍，腰系蓝田玉带，脚穿乌油革履，完全是登朝理政的模样。

正德皇帝的长相不愧是皇家血脉。他身材适中，五官清俊，面部轮廓分明，额头宽阔匀称，鼻梁挺直,眉清目秀，漆黑的瞳仁深不可测，嘴唇较薄而且绷紧，下颚微微上翘，似是充满自信果断、有主见，神情中隐约现出高傲和轻蔑。他今天本来是带着不满情绪而来的，但还是强力压抑着，他希望三位重臣能够知趣转圜，一改固执的态度，答应不再和皇上顶撞争拗，收回汇集众臣的谏议。最好还能以他们的身份，转而为皇帝的诸般行径澄清辩解，申斥诸臣的狂妄，维护皇上的尊严。因此，他迫切希望这一次特殊的召见会收到如期的效果，自己也可以保持和煦雍容的帝王气派。

还是皇上先开口："三位老先生为国事操劳，朕常惦记在心。"

按照规矩，在朝会中与皇帝说话，应该由首辅先发言。刘健回答说："臣等受先帝特达之知，又蒙皇上不弃，理应竭智尽责以为朝廷效劳。"

两方的开场白都是一套场面话，随后陷入僵硬的沉默。

正德本以为，三位辅臣会先说话，甚至希望他们说一些顺承皇意的吉祥话，但是，三位内阁大学士并未开口，君臣面面相觑。

正德只好说："朕年幼继承大统，凡事多赖几位老卿家多方扶持，务要君臣同心。"

三位顾命大臣互相看了一眼，叩头顿首，仍没有开腔。

正德再说："近日有大小臣工欺朕年幼，对朕的言行活动诸多挑剔，甚至造谣污蔑，总希望几位老卿家持正扶直，对这些不臣不道的言论，拿出一个制裁的措置。"

三位顾命大臣脸色沉郁，依然没有答话。空气像凝固了一样。

还是这位少年天子沉不住气，他提高声线，一下子转入主题："内阁将一些臣工的奏章分类摘要送呈御览，是何用意？有必要吗？"

听到这样的质问，三辅臣知道已进入了雷区，也明白了今天特殊召见的"圣意"所在。

李东阳试图缓和一下气氛，说："其实别无他意，不过是为了节省皇上披览章奏的时间和精力，祈望皇上博闻广听，或者可以裨益治道。"

皇上瞪了他一眼，不理。稍过一会儿，横瞄了一下还跪伏在地的三辅臣，说："起来说话。"

三人谢恩起立，还是无言。

皇帝的口气转趋严峻，说："你们摘引了臣工们的意见，对这些意见是怎样看的？"

谢迁的答话比李东阳加了一点热度，他表明了态度，一板一眼而且庄重缓慢地说："臣等以为，各部、院、寺、监大小臣仆之所以纷纷给皇上奏疏劝谏，其实都是有感而发，是出自对皇上的忠爱，愿为直臣以事上。内阁之所以将这些奏章摘要汇奏，无非是为转达他们的忠忱，或有可供圣虑之处。若有逆耳之言，还望皇上念其初衷，谅其憨愚，曲赐保全……"

谢迁话未说完，皇帝已经很不耐烦地打断了他的话，用手指向刘健："刘先生，说说你的看法。"

历来以刚正倔强，被称为"木强阁老"的刘健，从殿上的气氛中明显看到，已不存在委婉陈言可以奏效的可能，经精选汇编入奏的诸臣奏议也绝不可能起到感化的作用。为了做最后的努力，他鼓起勇气直率陈言："皇上刚即位的时候，全国军民盼望太平，对皇上寄予极大的期待。但是大半年来，大明祖制和先帝立下的规章，几乎被篡改净尽。有关国计政令，皇上并不关注，往往朝令夕改，难有安宁的一日。特别是，对于忠心进言的人，竟指为生事；对于尽职负责、主张整顿的人，竟斥为多言。坚持正见，累章执奏，则曰再扰；查革弊政，则曰纷更。案件涉及宦官近侍和贵戚的，则概不受理……

"皇上常常以中旨方式颁发指示，根本不知会内阁。内阁对政事的拟议，中旨有时竟全部予以废除更改，臣等明知照这样下去，必将造成难以挽回的损失,不能不再次申明意见,但皇上概不采纳,却以宦官的主张转为御意。这样排斥忠良正直之臣,视为仇雠;重用奸佞宦官之辈,亲如骨肉。臣等无力挽回,实在不敢再恋栈职务……"

刘健以顾命老臣和当朝宰辅的身份,倾诉出积蕴在心的忧虑和苦恼,说到动情处,热泪盈眶。说到最后一段话时,不自觉地再次跪倒,俯伏在阶陛之下,连连叩首。李东阳和谢迁看见首辅如此,也抢步过去,跪伏在刘健身后。

正德皇帝对于刘健的长篇奏语根本听不进去,他脸上红一阵白一阵,额头青筋毕露,薄嘴唇微微颤抖,似乎在龙椅上如坐针毡,几度转侧,最后将右腿架放在左膝上,才算安稳下来。他极力按捺着盛怒:"你们还有什么要说的没有?"

李东阳尽力用平常语气说:"当前问题的关键所在,在于内官擅权不法。"

这句话像是触及了皇帝的痛处,他几乎跳将起来,提高嗓门喝道:"天下的事难道都是内官故意弄坏的吗?十个内官,好的也有三四个吧?朝臣难道都是好人?我看十有六七的事情还是坏在他们手上。三位先生久居显位,恐怕对此也应有自知之明吧!"

说完,正德从御座中站起来,在案前来回踱了几步,本来还想发作,但又勉强止住,他怒目瞪视一遍还跪伏在阶陛下的三位顾命大臣,不再理会他们,转身对随侍的内臣们厉声吩咐:"退朝!"

刘健在奏对中所说的"中旨",是指未经内阁票拟和主管部、院陈奏的重大事件,或已经票拟或陈奏的事件,因意见不同,皇帝置之不理,直接在宫中下旨宣布另外的决定,强令执行的诏旨。

这样的中旨,违背了朝政正常运行的常规,只能是完全体现皇帝的专制独断。在中国传统政治学说中,对它一直采取批评和抵制的态度。因为在中国三千年的政治体制中,一直存在着一种对君权和对各级各部门官府职权制约的原则,明代也不例外。例如,对中央重要行政部门的吏、户、礼、兵、刑、工六部,专设同名的六科对口检查监督它们的工作;对于皇帝的不当言行,监察御史和广大朝臣有权以劝谏的形式来进行批评,吁请改正。从明成祖永乐皇帝朱棣以来,内阁学士或大学士对全国送来的奏疏负责票拟,也就是提出初步的处理意见；皇帝发出的诏旨，一般应通过内阁下达，实际上也就是取得同意，内阁对皇帝处理的政事认为不合适，还可以"封还"御旨，请求再议。甚至还出现过连续"封还"的先例。明代前期，凡在政治比较清明的时期都是这样执行的。现在，正德皇帝大量采用中旨的形式来决定重要政务，强制推行谬误的主张，既不容内阁事先参详，又不许事后驳议，更不听群臣谏阻，一意孤行，自然会引起臣下强烈的反弹，将政局推向动乱。

频繁颁发中旨，强制推行不当不法之事，几乎是与正德登极同时出现的。

弘治十八年五月，命太监苗逵监督军务，保国公朱晖为征虏将军、总兵官，统领大军御寇于宣府。在战争中，仅斩获了对方八十余首级，而苗、朱却虚报大捷，上报有功将士应受奖赏的竟达二万余人。像这样荒谬绝伦之事，已成为朝野笑料，但因刘瑾坚持，还是颁发中旨给这二万多人各予升官重赏。

六月，兵部依照遗诏，请求罢免全国各地镇守太监及沿边监枪守备太监，中旨不许，一概依旧。

七月，经中旨命户部调拨白银二十万两入内库，供皇帝御用，户部请免，中旨不许。

八月，监察御史高良弼，提供大量确凿证据，弹劾监军太监苗逵"奏功欺妄，乞枭之边廷"，但中旨全不理会实际情况，硬说苗逵"有大军功"，不但升官和重赏金银，还命写进国史。

九月，兵部尚书刘大夏奏请甄别淘汰冗余武官六百八十五人，其中包括充任大汉将军薛福敬等四十八人。薛福敬等故意在应值班时缺席，以激正德之怒，正德即命立刻停止甄汰，并以中旨责斥刘大夏，要加治罪。

如此等等。

这样的中旨当然是违背众意、不得人心的。事实上，内阁已被架空，成为一个名副其实的看守内阁，顺同皇意的事可以继续转达，悖于皇命的事，均要依中旨行事。九月间，御史刘蒲即针对这样极不正常的状况，慷慨陈言："今梓官未葬，德音犹存，而政事多乖，号令不信……户部奏汰冗员，兵部奏革传奉，疏皆报罢。夫先帝留（刘）健等辅陛下，乃近日章奏，以恩侵法，以私掩公。是阁臣不得与闻，而左右近习阴有干予矣……"

几乎与此同时，户科都给事中张文等也上奏，务请"谨内批"，意即不要滥发中旨制造混乱，正德概不理会。同一天又以中旨任命太监郑广、王欣前往甘肃和宁夏为监枪守备，兵科给事中杨一漠坦率指出："似此中旨任官，（兵）部（兵）科不予闻，真伪何辨？"

皇帝对中旨的滥用和百官的激烈反弹，其焦点都在于皇权是否可以绝对不受制约，是否可以由宦官掌权代替国家机器的正常运转。

中旨的内容，当然是受以刘瑾为首的宦官集团所左右，不少中旨，实际上是"刘旨"。

刘瑾等人已经摸清这位少年天子的特殊秉性和癖好，能够有效地加以控驭和利用。每当正德正在耍枪弄棍，或在击球听乐，或已备好鞍马准备出游，或正在倾听番僧咒念梵经的时刻，刘瑾就故意拿出一些有重大机密或存在重要争议的章奏进来请批。正德正在游玩听乐的兴头上，便会不假思索地叫道："为什么现在来烦扰朕，你拿去办理就是了。"

于是，刘瑾就取得了奉旨做主的权力，将这些章奏带回内宅，命他豢养的文士张文冕、徐正二人将自己的意志作为旨意，以中旨的形式下达。"刘旨"便等同中旨，刘府就成为凌驾于内阁之上的"内相府"。就这样，刘瑾逐步剥夺了内阁大学士的实权，将这几个老头儿变成了装点朝廷门面的活摆设。

第四章

阉权高张刘瑾三迁　气味相投群丑猬集

朱厚照登极，以刘瑾为首的"八虎"也一步登天了。

以刘瑾来说，弘治末年，他在钟粹宫侍候皇太子，住在宫内的内侍宿舍，另在宫外鼓楼东大街以南沙井胡同租赁了一个小宅院，供他父亲谈荣和从陕西随来的亲眷居住，靠皇太子恩赏和禄米维持家计。一到新皇上嗣位，他权势地位突飞猛进，在冠服、居所、随从仪卫、宾客往来等方面，都大大变了样，真是风生水起。恶虎腾跃于山林，毒龙冲浪于湖海。刘瑾自认十多年来辱身降志，收敛野心，不惜奴颜婢态地承欢讨好，在这个名为储贰、实为荡子的人面前取巧卖乖，不外是为了攀缘这棵参天大树以换取未来的富贵。现下，可说夙愿得偿了。

半年之内，刘瑾三迁。

还在弘治皇帝治丧期间，刘瑾看准政治气候已经发生了重大的变动，久盼的机缘已经降临，为了在宫外有一个合适的场所便于联系各方，将住宅迁到东华门外的锡拉胡同，典进一处共有二十来间房子的两进四合院，院内每进正房五间坐北朝南，厢房东西相对各三间，另有耳房，抄手游廊相连。刘瑾将后进正房辟为雅室待客。这是刘瑾的首迁。

当时京城中已有一些官僚缙绅看准了刘瑾的权势和作用，赶着来烧热灶，往往于夜深人静时前来拜谒联络，分别送来家具、字画、古董，以及奴仆车轿，作为一种高利息的投资。刘瑾也酌情收受和注意物色有用的人物，一方面为了积聚党羽，另一方面为了了解、掌握各方面的朝政隐秘。只是当时恰于国丧和准备新君登极大典，互相都不敢过于张扬，但刘太监的新宅事实上已经成为京都政坛的热门。

果然，宦官权势急涨，"八虎"相继出山，分别掌握了京军、禁军和边军守备的实际兵权，刘瑾本人更被委任为内官监，兼领京军精锐的三千营。不久，又重上加重，被委任为提督十二营，神机营、练武营等俱归管辖，俨然是京军统帅。

顺天府尹陈良器是一个老于官场而又热衷利禄的人，他深知巴结刘瑾实际上就是献媚皇上，正是自己积极谋取高升的门槛。为了切中刘瑾的需要，他主动精选了一所新近没收入官的大宅院，即刚被撤职拘捕入狱的前礼部尚书崔志端的府第作为见面礼。这个崔志端原是道士出身，擅长步虚玄经，极能侈言人间天上的幻景，先后取得成化皇帝和弘治皇帝的宠信，居然以方外之人跻身官场，而且逐步升迁，历任掌管中央朝廷祭祀礼仪部门的太常寺少卿，又转为正卿。弘治末年，更赢得皇帝欢心，被敕任为礼部尚书仍掌太常寺事，朝官们纷纷反对，认为崔某以道士羽流之辈，不宜担任六部堂官之一的要职。且其人贪婪受贿，私占道观财产，高价出售道牒，朝官一致主张查办。但还在纷扰未定之际，弘治皇帝便告驾崩。吏部尚书马文升和左都御史张敷华立即疏请将崔志端免官论罪，所住大宅亦敕命顺天府没为官产。府尹陈良器当年奔走于崔府前后，自吹为崔尚书的入门弟子，一看势头不对，也带头揭发崔的秽行劣迹，亲自率领吏役，协同厂卫人员查抄崔府。现在他认定刘瑾气运大盛，急图攀上这个关系，给自己找到一个新的更硬实的后台。于是，他借办理地方公务为名，先命差役和保甲人等，将坐落在厂桥三座桥胡同原崔氏空宅打扫干净，装修完好，家具用物配备齐全，然后揣着全份产权房地契约，直奔锡拉胡同刘宅，请求谒见。

刘瑾酉时三刻出宫回宅，已是掌灯时分，在门前，看到有顺天府的牌扇灯笼，并不理会，径入宅内。

刚卸装坐下，贴身小太监刘炳进来送上名帖并禀告："顺天府尹陈老爷请求面见公公。"

"这么晚了，改天吧！"刘瑾闭目养神。

刘炳因已受陈良器的门包重礼，替他说话："人家从午时就来见，已等候了近三个时辰哩！听他说，有紧要的事请示哩！"

刘瑾睁开眼睛，看在地方官的情分，勉强地说："那就请他进来吧！"

陈良器进入书房,趋前两步,要行叩拜礼,被刘瑾扶住,作揖坐下,刘炳送上茶来。

陈府尹躬身说话,腔调恭柔中听:"卑府早应来谒候刘公公,但因知道公公军机事忙,更要随皇伴驾,所以不敢冒渎,只是安排在东华门外贵宅到入宫沿道,每日加派人夫洒水清道,加班巡逻,不准有碍观瞻,影响公公大驾出入……"

刘瑾打断了他的唠叨:"足感贤尹盛意,还有什么公事吗?"

陈良器才转入正题:"卑府考虑到公公现在统领十二营京军,身领戎机,每日宫廷宣召的内侍来往不断,前来拜谒和受召见的将领官员又多,锡拉胡同住宅狭隘简陋,实在难容车马,有碍机务。故此,选择了一所宅邸,如果公公认为合适,便恭请公公荣迁。"

刘瑾也不客气,问:"坐落何处?"

陈良器从怀中取出契证,介绍道:"该宅坐落厂桥三座桥胡同,两进三院,共有房屋一百六十间。各院之间,都有小花园相隔。大门前左右各有精雕石狮子,有下马石、拴马桩,入门有影壁,穿过庭院才进入正院……"

"该宅原主是……"

"是前礼部尚书崔志端的物业,入官后已另立官契文书,手续是齐备的。"

刘瑾边听边说:"原来是崔业行的旧址,他道号玄机,当年在宅内办斋醮,我是进去看过的。房子是不错,地点也适中。"

"那就请公公笑纳契证,择吉迁入。卑府会事先做好一切准备,到时伺候的。"

陈良器双手将一封文契端放在几案上,后退两步,不再就座,请告退,谄媚之态可掬。

刘瑾微微点头,以示认可,带着赏识的眼光从头到脚瞄看了这个聪明的府尹一眼,略带笑容,端茶送客,还破例送到院前。陈良器再三揖请回院安歇,刘瑾才回身入内。陈良器满怀欢喜,当年巴结崔志端的伎俩完全适用于刘瑾,只是要更加揣摩和更加用心在意。

刘瑾二迁是在弘治十八年十一月,但只住了两个多月。正德元年正月,又作三迁。

刘瑾第三迁,是由正德皇帝做主的。为表示对这位贴身大太监的特殊宠信,正德以中旨谕令,将坐落在东单牌楼北边石大人胡同的一所大宅院赐给他作为府第。

这所大宅院的宽广高贵,在北京城是享有很大名声的。因为它与一段极不平常的政治历史密切相关。它原来的主人姓石名亨,军籍,明英宗朱祁镇正统初年,他不过是一个宽河卫的指挥佥事,一个普普通通的中级武官。但由于此人骁勇善战,屡立军功,又善于走上层路线,被破格升拔为都督同知,被视为明军镇守边关的名将,朝廷待如统帅。

正统十四年,正统皇帝听信大宦官王振的鼓动,御驾亲征蒙古也先部落,不幸在土木堡兵溃被俘。在京由张太后和众大臣议定,由正统皇帝的弟弟郕王朱祁钰出任监国,继而称帝,年号景泰。石亨受兵部尚书于谦命,设伏于北京德胜门外,击退了来犯之敌,论功封侯,加太子太师。景泰帝和于谦对石亨大加信任,命他统率京军,总揽军权。

但是,石亨在政治上却是一个大阴谋家和投机家。当时,因蒙古也先已将正统皇帝遣送回北京,景泰皇帝害怕他复辟帝位,便将自己的亲哥哥重门深锁在南官之内,并依靠石亨的军力作为自己在位掌权的保障,石亨也一再表示愿竭血诚捍卫景泰的皇统地位。但到景泰八年,石亨眼见朱祁钰病重,便急忙转舵,与曹吉祥等发动兵变,拥立已退位的朱祁镇复辟,改年号为天顺。石亨高踞首功,得进爵为忠国公。他掌权后,竟因嫉忌和私憾,唆使天顺皇帝下旨杀害了当年荐引自己得到重用的于谦,又将两京大臣斥逐殆尽,任用自己的部属亲故四千余人为官,连群结党,势焰熏灼,垄断朝政。天顺皇帝在复辟改元初期,对石亨也是言听计从,特殊眷顾。在东单牌楼北侧的大府第,就是天顺命工部专门为石亨构建的。

建成后的房子却引起了天顺帝对石亨的戒心。因为它的宽广壮丽远远超过规制,京都人把它看成是仅次于皇官的重要建筑,所在的街道也因石亨之名而被俗称为石大人胡同。有一次,天顺帝登上官内翔凤楼,眺望到东边那座高阁崇楼,惊问:"是谁所居?"旁边的恭顺侯吴瑾故意挑动说:"这一定是王府。"天顺说:"不是吧?"吴瑾又进一步说:"如果不是王府,哪一个人敢斗胆僭越制度到这种样子?"一个贴身内侍领会吴瑾的用意,点明说:"启奏皇上,这是忠国公石亨的府邸。"天顺点头沉思,不说话,但已开始醒悟到,对石亨是蓄之不易,而养之又难驯,起意拔除他。这一座不祥的府第,是石亨从极盛走向衰败的标志。

果然,石亨在住进这座壮丽华美的府第的第二年,天顺帝即感觉到石亨恃着复辟有功,已露出不臣的迹象。在进见时,有些请求得不到同意,不满之态便形于颜色。其后,天顺帝更了解到石亨招权纳贿、肆行无忌的具体事实,尤其是与术士邹叔彝等私论天文,妄谈历朝成败气数;蓄养无赖,散播妖言,专门窥探朝廷动静,宅内屯聚敢死勇士;又在其亲族家中搜出绣蟒龙衣及仅准作为御用特别样式的寝床家具,显见他又在密谋搞另一次篡位的兵变。天顺帝听从群臣密议,以迅雷不及掩耳之势,命锦衣卫逮捕了石亨及其党羽,抄了他们的家,在搜出御用袍服、大量军器和密信等物之后,按照谋叛律,将石亨等人判了斩刑。

石亨败死后,这座豪华冠京城的准王府,在成化和弘治期间一直空置,被视为凶宅,没有人敢住。到正德登极,他不礼天不信命,鄙视风水舆地之说,随便把石大人胡同的巨宅赐给刘瑾,完全是其特别宠爱的表示。

刘瑾身边也有人向他说到石亨故宅是不祥之物,是否入住宜加考虑。想不到刘瑾只是哈哈大笑,志得意满地高声说:"皇上隆恩,我岂敢辜负,吉人天相,福泽自天。况且石亨怙恩傲上,俺则小心侍候幼主,恪守恭顺谦卑。石亨是自'夺门之役',才获得英宗睿皇帝的深知,他骤兴旋败,为期仅历三年,我则与当今皇上相知相契,十多年来一直被倚为股肱,君臣如同鱼水,岂有他变?绝不能因一宅而有他想,迷妄之言,不可轻信。"

刘瑾兴冲冲地命工部和顺天府赶紧修葺石亨故宅,工部侍郎程国柱、顺天府尹陈良器等都是善于观察风色、随机应变的官场老油子,深知这是巴结讨好的极好机会,两人亲自拨款督工,召工募匠,进行大装修大改建,特意从御用大木库调来金丝楠木,从大石库取到太湖山石,破壁砌墙、栽花种树,但求尽善尽美。不到两月,便将这座荒废多年的府园整治得美轮美奂,雕梁画柱,金碧辉煌,好不气派。既便于刘太监安息休憩,又利于延见宾客、召集会议,运筹军国大事。京师不少人专门前来石大人胡同,在新宅门前瞻仰,称为屈指京华的第一豪宅。刘瑾迁入后,又因文武大臣们早参晚谒,轿马如流,冠盖云集,俨然军机重地。这里便逐渐被人称为"内相府"。

刘瑾的命运难道真的不同于石亨吗?

刘瑾和石亨确实有很大不同之处。

石亨是一介武夫,他是依靠一次特殊的军事政治投机,以阴谋夺门,为朱祁镇复辟帝位立有首功而跻上权位顶峰的。但此人浅薄鲁莽,喜怒形于颜色,他公开收纳重贿,势焰熏天,绝大多数文臣被其驱斥,对不同派系的武臣又尽夺兵权,重用私党旧属,一时内外将帅半出其门。家中又蓄养死士,公然以悍将权臣、"权侔人主"的面目出现,终于为天顺帝所疑惧,为群臣所侧目。故不到三年时间,便从首功重臣沦为阶下囚,坐谋叛律处斩。这个人的暴发暴败,有其必然。

刘瑾则不尽然。他本人有着复杂的经历,先是怀着不测的野心,冒刘姓宦官之姓入宫,但在弘治时,犯了死罪,通过多种关系和重金行贿幸得免死;其后,以曾被判死刑的人居然又能混入皇太子的侍从队伍,并取得最大的宠信,可见其有特殊心计,狡狠过人。他长期在宫中生活,和朝中勋贵大臣厮混,"颇涉猎文义,谙世故",熟知宫廷和官场的形态奥秘,精心揣摩和巧为利用这些复杂关系和人物,认为最易于受操纵的人就是这一个先为皇太子,其后继位为帝的朱厚照。于是他把朱厚照的昏聩躁动作为自己能够发迹的莫大机遇,不断地勤进鹰犬,屡荐番僧,举办歌舞,以至陪同操练弓马击球,迎合和助长厚照亲率大军,扬威边塞的幻想,又引导他出宫微行,劝说不必临朝视政,等等,投其所好,骗取欢心。经过阉割的宦官,一般都注意柔和顺从,甘以奴才身份侍候皇帝和皇室,即使受到喝斥拷打等种种凌辱,俱不敢表露出任何异见、不满和反抗,这与石亨之类的武夫是截然不同的。刘瑾最善于将野心和贪婪深深隐藏在忠诚恭顺的面具之下,他嫉恨以儒生官僚为主体的统治架构,极力要掀翻这样的纲常秩序,把一切不顺己意的人都掀翻在地,尽情羞辱、踩蹦,把他们罢官、谪戍甚至锁拿杖枷,关押天牢直到杀害。刘瑾得志之后,其用心的残忍、手段的毒辣、无限揽权和贪婪的程度,都出人意表,是一般凡夫俗吏不敢为或不忍为的。正德皇帝的轻佻多欲和偏信,为以刘瑾为首的"八虎"的得势和造祸,提供了客观的可能。

果然,朱厚照继承帝位的头几个月,刘瑾即急不可耐地连续献计,奏置皇庄三百余所,引起京畿骚动;勒令镇守各地的内官多向皇帝贡献巨金,又由这些内官十倍百倍地榨取于百姓;挑动和扩大皇帝与朝臣的矛盾,拒绝任何诤谏,激发臣民愤懑。恶迹昭彰,顿使刘瑾臭名远扬,迅速成为千夫所指的人物。

刘瑾深知,要持久地保持和进一步扩大权位,除了极力满足和平衡其他各虎的利益外,还必须在朝中拉拢一些人物,收为己用;特别要加意蓄养一些文人谋士为自己出谋划策,承担文墨工作。他很快就建立了自己的班子,时人称之为阉党。其成员几乎都是一些精选而来的政治投机者,京师的人暗底下叫这些人为"人渣"。他们如同蛆蝇逐臭,相继投奔到刘瑾门下。

阉党成员中,地位最高,资格最老,依附"八虎"最深,而又最不择手段谋取富贵的人首推焦芳。

焦芳是天顺八年进士,因走大学士李贤的后门,得入翰林院,历任编修、侍讲、学士等职。翰林院是讲究学问的地方,但焦芳粗陋无知,亦无心治学,仅靠献写一些吹捧当道大官和得势宦官的文章奔走迎合,得以混迹官场四十年。此人阴狠有心计,能敏锐地随政治风向的变化而变色。故此,刚转入正德初年,他便窥测到政治气候已经大变,于是极其用心地侦刺朝中内阁大臣刘健、谢迁、李东阳及吏部尚书马文升、兵部尚书刘大夏、户部尚书韩文等人的言论动态,故意与这些人对立,甚至于公众场合放肆诟骂,目的是得到正德和刘瑾的赏识。

有两件事足见这个政治无赖的卑鄙龌龊。

第一件事是,正德上台后大肆挥霍,滥索不已,造成国库空虚,户部尚书韩文在廷议中力言财政入不敷出的窘况,并申述理财无奇术,唯一的办法是劝说皇上节俭。焦芳知道,每逢廷议,皇帝都会派人来窃听,于是故意装出爱君敬上的模样,开腔放言:"怎么能单责备皇上呢?庶民家居也有用度开支,更不用说州县官府了。古语说'无钱去捡旧字纸',沽卖旧字纸也是生财之道啊!现在全国积欠的租赋和匿交的税款多得不得了,为什么不去检查追索,反而只知道限制皇上呢!"

焦芳这段议论，显然是为了说给屏风后的窃听者听，让他们将自己"耿耿忠君"之心奏报给正德。果然，正德听闻密报后大喜，对焦芳有了极好的印象，认为他是大大的忠臣。不多久，就把他破格提拔为主管全国文官任免的吏部尚书。

第二件事是，正德元年十月，群臣看到正德皇帝荒诞日甚，国势朝政岌岌可危，都认为祸害之源来自以刘瑾为首的"八虎"，户部尚书韩文痛心啼泣，除单衔上疏外，还联合九卿等人共同采取行动，请诛"八虎"以谢天下。所谓九卿，是指吏、户、礼、兵、刑、工六部的尚书，加上负责监察纠弹全国文武官员纲纪的都御史，主管中央司法审判的大理寺卿，以及负责传达旨意和官内外文书讯息的通政司使，共九人，都是负责重要政务的官员。既然要联合九卿共同上疏，当然要将疏文通报给已升任吏部尚书的焦芳。想不到，这个焦芳表面上慨然附议，会后即星夜向刘瑾告密，出卖了九卿会议和疏文内容。还建议先发制人，并巧为筹谋用计，使刘瑾有所准备，对九卿以及内阁的揭发作出反击，从而导致一场由请诛逐阉宦的斗争急转为驱斥囚谪正人的政治大风暴。焦芳因此立了大功，升任吏部尚书兼文渊阁大学士，入阁辅政，进入官僚架构的最高层。他入阁后，成为刘瑾在内阁的耳目和代理人，坚持迫害刘健、谢迁等人，反对一切澄清政治的措置，坚决贯彻推行正德皇帝的乱命。刘瑾的浊乱海内，变置成法，荼毒缙绅，大多是由焦芳出的点子。焦芳每去谒见刘瑾，必口称"千岁"，自称"门下"。裁阅章奏，全都根据刘瑾的意见，四方来赂刘瑾的官吏亦必先向焦芳行贿。

焦芳推荐其同伙刘宇给刘瑾。刘宇是一个极善于以贿开路，买通权要以谋升迁的官场老手。他是成化八年的进士，在官场沉浮了三十余年，熟谙奥诀。早在任大同巡抚时，一方面在边界茶马贸易上大发其财；另一方面，又专门挑选良驹骏马分赂当权达官。因而广结官缘，拉拢到不少关系。他极善于揣摩主要当权者的意向，然后顺其意而行之。刘瑾当权后，朝政斗争极端激烈，刘宇便以政坛打手的面目出现，故此被用为执掌监察官衙，督管众御史，掌有实权的左都御史一职。他深知刘瑾怀恨屡次弹劾自己的御史、给事中等言官，便极力对这些人挑剔打击，用各种借口对他们笞辱驱斥，贬官谪戍，以

· 042 ·

便于抑制舆论，同时也为刘瑾泄愤雪恨。当然，他也没有改变大行其贿的惯伎，而且手面极大。刘瑾初受贿，只望数百两，刘宇首先送以万两，刘瑾大喜曰："刘先生为什么对我这样好啊！"随即升转他为兵部尚书。这万两白银实为"廉价"的买官之费。

刘宇在兵部，贿赂狼藉，赃声远播，边将纷纷对他贡献。以后转为吏部尚书，但用人的实权操在更受刘瑾宠信的文选司郎中张彩手里。而且文官的赠贿远不如武将的慷慨，因为武将在所属部队中吃空额已成定例，虚报战费已成惯常，来钱容易；而文官贫富不一，所任官缺的油水亦丰瘠不同，故有些人能用以行贿的金钱往往较少。刘宇认为这是自己在宦途上的大歉收，引为失意，愤愤不平地说："兵部本来就不错，转为吏部真是失策！"

阉党中的高级谋士、才俊而兼有美男子之称的则推张彩。张彩比较年轻，弘治三年进士，是投入阉党后暴发起来的新贵。

张彩，安定人，字廷芳，其人少年早慧，有才气，遇事头脑清晰，反应敏捷，有口辩之才，议论有条理有见地，中进士后任吏部主事，曾取得尚书马文升的重视。焦芳知道刘瑾掌权后要极力网罗党羽，更重视起用陕西同乡，于是推荐张彩给刘瑾。

宦官是受过阉割的人，自认为体残形垢，常有自卑但又不甘自弃的心理。他们本人缺乏男子汉的须眉气概，但有些头面的宦官人物却极喜欢手下随从有轩昂壮汉，让浓髭长髯的人伺候自己于鞍前马后，也喜欢有才貌俊美富于文采的书生作为自己的幕僚清客，借以抬高身价，获得心理补偿。张彩来觐，刘瑾见他头戴高冠，穿着得体官服，身材修长硕伟，五官均匀白皙，浓眉皓齿，双眼有神而微露温顺之态，唇髭修剪得又短又齐，下颌五缕乌须，答言词辩泉涌，有主见、有智慧风采。难得的是，张彩又表示出对刘太监的心仪素仰，极愿投奔效力。刘瑾大喜，他握着张彩的手半晌不放，连声说："你的形体和才气真像神人一样，我们今天相会真是有缘。"当时吏部文选司郎中空缺，原来已由尚书许进疏荐原验封司郎中石某继任，刘瑾命令立刻追回原疏，改为张彩充任。自此，张彩便死心塌地地紧跟刘瑾，认为他是自己取得大富贵的强硬靠山。

张彩初得刘瑾宠信，其擅长挑拨离间，善于从人际关系的空隙中谋取利益的歪才便显露无遗。一切言行活动俱以承欢于刘瑾作为总出发点。他打听出尚书许进不附从刘瑾，刘瑾有意撤掉许进之职，但一时未找到借口时，便心领神会，极力收集大量不利于许进的"事实"，而且在部内外纠集势力，发动倒许，最终取得成功。新任尚书刘宇本来也是阉党中人，但这个老滑官僚深知张彩后台更为硬实，害怕得罪张彩而失宠于刘瑾，所以凡事放任张彩做主。文选司郎中是负责查核和对全国三品以下文官提出升擢贬降的官员，职责十分重要，但遇事还应禀告尚书批准，而张彩恃宠，有事多不请示便越权处理，刘宇却不敢过问。偶有来见，刘宇必温言躬身接待。张彩手拿公文站立一旁，刘宇也赶忙起立，不敢端坐，不敢以部属视之。

张彩任文选司郎中才半年，便被拔推为左佥都御史；不数月，又转为吏部右侍郎；再急转为吏部尚书加太子少保，所经历的都是关系政权要害的职位。一年之间，从一个区区六品兵部主事，经过四级跳，骤升为居六部之首的二品吏部尚书，且加少保衔，这是明朝建国以来所未见的。

官大了，人品的恶劣也就更充分地暴露了。吏部的侍郎、郎中、员外郎、主事等各级官员，本来都是张彩的旧日同僚，有些人还曾是他的长官。张彩当了尚书，众僚友知道这个政治暴发户爱摆架子，逞威风，经常提心吊胆地向他禀告请示，张彩却往往拍案戳指，厉声训斥，或者退回文卷，无理挑剔，企图借此以立威。小人得志之嘴脸表露无遗。

他所恃靠的其实只有刘瑾一人。张彩与刘瑾的特殊关系是朝臣共知的，他以此炫耀。每当刘瑾休假在家，公卿大臣纷纷来谒候，但这些人恭候在府前，往往从早晨到入夜仍未得见，而张彩却故意徐徐而来，无须通传，径直进入刘的书房畅谈欢饮，然后阔步走出府门，藐视仍枯立着的众官，冷笑一声，揖别上轿，扬长而去。众官因此对张彩更加畏惧，见彩如见瑾。张彩对朝臣说话，总是称刘瑾为"老人家"，以示亲同一家。官场中流传一句话：刘府门前宾客多，独得青睐是张郎。

在朝政上，刘瑾对张彩言无不从，张彩也经常为刘瑾出点子。他提出用不时考察内外官员的方式以锄除异己；建议要御史给事中等风宪官定期互劾，借以瓦解他们合力，制造矛盾；又根据刘瑾的爱憎大量升贬官吏，功罪不分，政绩不问,将国家的吏部转为刘氏的人事署。有一个荆州知府名叫王绶,性极贪婪残刻,但因与刘瑾同乡,与工部主事、监税荆州的冯友端,被湖广人称为"二狗",但王绶和冯友端连进巨赂与刘瑾和张彩,受到特殊的庇护,故此气焰熏天,湖广的巡抚和布政使、按察使等主要官员都不敢招惹他们。吏部反而将他们升级,朝廷赐给飞鱼服以为荣耀。当地人制一对联:"两司畏其胁制而考语欺天,百姓苦其诛求而怨天动地。"即使如此,像王绶、冯友端这样徒具人形的恶狗仍然不断升官。刘瑾和张彩二人都广收贿赂,狼狈为奸,但张彩的狡黠处又在于,他有时又建策对个别形迹过露、官声过坏,或素已厌恨之人责以不廉不职,治以重罪。御史胡节巡按山东向刘瑾行贿,未满刘瑾所欲,张彩就建议借此立威,于是逮捕胡节下狱,将此事作为刘太监的廉政事迹广为宣扬;少监李宣、侍郎张鸾、指挥同知赵良三人到福建查办案件,回京馈送白银两万两给刘瑾,因为三人在福建早已赃声远播,闽人称之为"李张赵,伸手要"。张彩知道这三个人恶迹昭彰,是保不住的,不如将他们作为祭旗的牺牲,作为提高刘瑾威望的活样板抛出来,于是建议立将此三人逮捕判以死刑,并代刘瑾专写一道疏文上奏,洋洋洒洒地畅论严惩贪官的决心和必要。张彩既为刘瑾牟取大利,又为他延揽名誉,自然更得宠爱。他几乎每日都到被称为"内相府"的石大人胡同刘瑾府邸议事,被称为"内相的内相"。

纳贿与好色本来就是孪生兄弟。张彩亦极好渔色,为了将喜欢的女人搞到手,可以不择手段。他的同乡刘介任江西抚州知府,有一美妾,被张彩看中,处心积虑地要把这一美妇抢过来。他故意提升刘介入京为太常寺少卿,让他携带美妾入京,然后盛服往贺,向刘介说:"你这次升官,该怎样报答我?"刘介未知其用意,回答说:"我一身之外,都是您的。"张彩说:"那太好了,嫂子当然是你身外之物,我就笑纳了。"随即命随从直入内室,强将刘妾拽出上轿,抬将回家。他又知道平阳府张恕的妾也很美貌,向张恕索取,张未答应,张彩乃命御史罗织张恕各种罪名,声言要将他治罪谪戍远恶地方,张恕被逼无奈,只得献妾避祸,戍罪于是得免。不论在政治上还是在私事上,张彩都是一个地道的流氓。

阉党中也有本应以学术为业，应被认为是儒学领袖、职在教诲青年士子的国子监祭酒王云凤。国子监是明代最高的学府，祭酒是国子监最高级的主官，相当于后代的国立大学校长。这个职务在人品、修养、学问各方面都应该是士林翘楚，要起到表率群伦的作用。但王云凤却是以最无正经学问，最善于揣摩形势，最喜欢逢迎权贵，最敢于狠谋私利，最擅长随机应变、唾面自干、模棱圆滑而著名，国子监的师生私底下给他起了个"五最祭酒"的绰号。

王云凤，扬州人，字虎谷，天顺八年进士，也算是一个老资格。他在弘治朝中期，曾极力巴结大宦官李广，撰写为李广歌功颂德的碑文，谀称李广为"朝之重臣，国之大老"。其后，看到李广将崩败，又以投机一搏的心态，急忙上疏弹劾李广，一反初态，因而一度博得敢言的声名。但其后醉心爵禄，巧佞钻营之性不改，贿卖监生学籍以取财，又最喜欢命监生们代为搜集诗文，汇编成集，窃占主编之名，以炫耀学问，掩饰其不学无术。还借担任祭酒的权力，将自己两个连生员资格都没有的儿子塞入国子监附学，极为士林不齿。每对人说话，他必装出嬉怡笑脸、示友好亲切状，而实际上多方算计。人们逐渐认清了此人褊忌阴贼，笑里藏刀，柔而害物，故此又称之为"王鼠"。

这只官场狡鼠因秽声远扬，多年抑郁不得志，直到正德临朝，才走张彩的门路，进入阉党高层。但他第一次由张彩领见刘瑾时，却差一点儿捅了娄子，吓得惶恐无地，只因能处变不惊，及时转圜，才于顷刻间转祸为福，反赢得刘瑾青睐。

王云凤五短身材，背脊削薄，额头狭窄多皱纹，留有斑白的山羊胡子，走路时头颅低垂，上体前倾，可谓其貌不扬，近于丑陋。但此人能说会道，机变敏捷，开腔就能以激切悠扬的声调吐出惊人警句，顿时引人注目。张彩早已屡次向刘瑾称誉此人乃鬼谷子的信徒，熟习鬼谷著作，被誉为无字天书的《纵横经》，善于思虑智谋，有捭阖之才，可以用为身边谋士。因此，刘瑾也急于召见他。

王云凤在晋见之前，早就对刘瑾的性格特点揣摩得很清楚，他深知这个大太监是在落魄负气之后才自宫做宦官的，又是在宫内历经艰危挫折，才高攀上今日的地位，他内有历受屈辱郁结之气，外有进入钟粹宫亲近皇太子并受宠爱的机遇，一旦新君嗣位，顿时地位急升，成为不可一世的人物。他体认到刘瑾此人必具有强烈自卑而急图报复的嚣傲野心,又急于抓权用权;为了笼络多方面人物和乔装打扮,他有时也能作态宽容,礼下于人,又特别喜欢交结有名望的文士,但更多的是不惜使用各种摧凌甚至杀戮手段排除异己。王云凤是带着对此人不能不巴结,却是不易伺候周到的紧张心情,随同张彩应召来见刘瑾的。

原来刘瑾是在成年后才受阉割,除根未净,在下巴和唇边还保持着几点稀疏的胡根,有时还隐约浮现出残存的喉核。王云凤初谒刘瑾,忘记了自己是国子监祭酒的崇高身份,竟然慌忙跪下行叩拜礼,刘瑾就近搀扶请免,云凤举头仰望,恰巧看到这位太监下巴的胡根和藏在颈脖里的半粒喉核,不觉闪露出一丝惊讶的眼光。

刘瑾对于王云凤不意间流露出来的惊讶,极为敏感,认为他斗胆窥探和讽刺隐私,本能地起了反感,沉下脸来,瞪了王云凤一眼,压低声线但严厉地说:"这是什么意思?"说罢,再不理他,径行归座。

王云凤闻言惊觉,自己刚才不自觉流露的眼光正好扎到刘太监内心最痛处。如果刘瑾认为这是有意窥探他的致命短处,是来找他的茬儿、揭他的丑,那么,一定会采取难以想象的残暴手段来封住他的嘴,甚至灭口,想到这里,他情不自禁打了一个寒战。

站立在旁的张彩也万分紧张,他深知现在的刘瑾已是一个容不得任何轻蔑和干犯的人,又是一个什么事都干得出来的人。自己荐引王云凤来谒见,发生了这样的意外,难免受到迁怒,急得满脸涨红,一时又说不出话来,只是怒视跪伏在地的王云凤。

千钧一发之际,王云凤却显示出随机转舵的应变急才。他虽然十分惊惧,两手冰凉,湿淋淋地冒汗,但外表上还是镇静自若,似乎并未感觉到刘瑾的疑怒,极力克制情绪,保持着恭敬诚挚的态度,不惜以国师之尊,对这个大太监自称为"在下",更有意针对刘瑾的疑心,从容而道:"在下此次随廷芳兄晋谒刘公公,一是为亲聆教诲,亦是专为瞻仰威仪……"

刘瑾含怒不语。王云凤继续进言:"在下略知星相之学,知道贵人必有贵相。古人所谓以道为形,以德为容,也就是说相由心生,貌与德齐。容貌可以识人,可以料事,不但能寓意吉凶,而且可预卜功业盛衰。在下素仰刘公公辅佐皇上理政，是国家栋梁之材，拨乱反正，排除万难以旋转乾坤，实为苍生造福。以大有为之人，主持大有为之局，必有涵于内而形于外的威仪。刚才注目瞻仰，无非是稍申敬爱之意。公公之相，贵重罕见……"

王云凤娓娓道来，却又投中了刘瑾心坎中另一热点。原来宦官们，即使是一些掌有军政重权的大太监，对于自己未来的命运，大都缺乏完全的自信，内心深处总隐约有着前途未可尽测、难以完全主宰命运的顾虑，总害怕难以永葆富贵，忌讳由内官主政，会被人视为邪道异途。故此，为了保持权势，往往不择手段，甚至不近人情地骄纵残暴，以刑杀立威，但总未能真正消除这些深埋藏于心的阴暗情绪。宦官普遍迷信鬼神，迷溺扶乩灵术，相信占卜星相的程度，大大超过常人。刘瑾暴得高位，也渴望从鬼道神道和星术相术中取得自己鸿运当头是天与人归的结果，增加福禄天授的信心。王云凤的一席话，迅速消减了他刚才担心暴露丑陋的怒气，而且颇愿听取下文。他示意王云凤起立，站立在张彩右侧，改用较为温和而又不经意的口气对他说："你且说说看。"

王云凤察言观色，知道侥幸摆脱了厄运，已经转入坦途，便竭力贩卖自己从鬼谷子《纵横经》中歪曲得来的所谓学问。他时而认真凝视刘瑾的脸部口、鼻、耳、目、眉等五官，时而注目他的头、颈、胸、腰以及四肢手足。更难以相信的是，这个权倾一时的大太监居然能听从王云凤的请求，自己离座绕室慢行一圈，让王云凤观看他的步姿仪态，更允许王云凤站在身后审视他的颅后、背后的长相。王云凤边看边啧啧赞羡，一再说："真是贵人奇相，贵人福相，贵人异相！"

刘瑾坐定，云凤鼓起如簧之舌："在下刚才细看了刘公公的面相和身相，天生贵重凝厚，可谓叹为观止。人之身相大体可以分为三个部分，古人谓之三仃。上仃指头颅颈脖，中仃从肩到腰，下仃从腰到足。上中下三仃贵在匀称适度，所谓'身相三仃，不在长短，贵在方正，配合有情'。刘公公正是这样相顾相称、彼此均衡的全福全贵之相，所以能蒙受圣主特达之知，授以重权而不疑，广纳天下豪士而各尽其用，必能建成万世之功，这都与身相独有尊贵密不可分。"

刘瑾凝神静听，张彩心领神会，示意王云凤继续进言："人的精、气、神俱体现在面部，而面部五官，贵在整体端正调和，不能畸长畸短，过宽过窄，因为其中包括着五行生克的关系。所谓一寸短，一分险，一寸长，一分强。公公眉骨隆起，伸入发际，眉毛浓黑，宛如双剑在额，是威震寰宇的象征，绝非常人所能具有；公公眼秀有神，足能洞观万物，知人论世，权衡大事，端在此一清澈锐利的目光；鼻若悬胆，此是统率五官的部位，亦是公公雍容大度，气宇轩昂，足能上分主忧、下解民瘼的象征；耳大而垂，耳后肌肉丰富，脑后不见腮，乃是公公福寿绵长的确证；口大容拳，必能大吃四方，群雄授首，财源广进。人的面相以奇为贵，公公五官俱奇，所以能得大福，臻大贵，绝非偶然。公公行路，沉稳有力，坚实稳健，不疾不徐，有龙凤之姿，不凡之气，此乃负重致远，能承受人任的象征，非一般凡夫俗了所能企及……"

刘瑾并不以王云凤所言为肉麻为猫腻，也不一定完全相信，但这些谀词美言却能够填充他内心密藏不露的迷惘和空虚，得到某种安慰和鼓舞。他饶有兴趣地倾听这些半真半假的言辞，并不掩饰自己愉悦的心情。八面玲珑的张彩完全看透了王云凤玩弄的把戏，演双簧一样配合王云凤，频频向刘瑾致以祝贺的微笑。但他有时也在嘴角边上挂着一丝不易察觉的冷笑，以目示意，要王云凤适可而止，不要忘乎所以，怕一旦说得太过分了，露出馅来。

王云凤背着刘瑾向张彩点头，表示领会，总结道："公公的面相和身相，俱是木金俱强互相调和之局。如果木受金克，木必枯萎；如果木强金弱，金必朽腐，唯有两强才成双赢，养育成必胜之局，这是应该为公公祝贺的。"

刘瑾转身向王云凤："照你看来，俺还有什么事要注意的吗？"

王云凤表示出虔诚关切的样子，说道："公公天庭顶端略窄，发脚颇有不平，此是早年曾经忧危贫困，曾受小人欺凌陷害之相，幸而上窄下宽，天庭下半挺露饱满，所以厄困颠危不能长远为害，似是冥冥中有贵人扶持，所以逢凶化吉，转危为安。在下浅见，不知符合否？"

这一番话引起了刘瑾苦涩的回忆，他绷紧脸孔，没有说话。

王云凤清楚自己已经触到这位宦官头子内心的伤痛，此时正是由献媚转为献策、引入现实政局的最好时机："当今世途险恶，朝臣中多有奸恶之徒，敌视尽忠主上、维护社稷的忠良。这些不轨之徒嫉忌捣乱，小人犯正，贼心不死，今后一定会继续蓄意挤陷的，还请公公小心在意才好。"

刘瑾频频颔首，颇带欣赏地顾看站立着的张彩和王云凤，他显然已将王云凤看作自己人了。这位能言的祭酒，不但星相之学过人，而且顺意承志，极力表达对自己的敬重和忠心，确是难得的人才。他终于转怒为喜，敞开心扉，对张、王二人郑重问道："这些人中有的已窃据高位，又拥有声名，大多数人还憨不畏死，顽固不移，怎样对待这些茅坑里的硬石头，皇上和我也费了不少心思。"

刘瑾的话刚收声，张彩便迈前一步，似早有决断地答道："对待这些不逞之徒，不外恩威相济。别看他们吵吵嚷嚷沸扬一片，其实还是可以分化的，其中有些人不过是随大流，爱出风头，一遭狠狠打击，便会变成缩头乌龟，尿裤的脓包；还有一些人本来是随风而动，看清楚了风头所向，便会投顺过来。故此，对于能悔误前非，幡然归正的，应不惜授以高职，赐予厚禄，尽量收为我用；至于对那些与公公等作对到底的人，就只好陆续贬逐谪戍，甚至行杖收押，判处绞斩，不能不操刀以割了。"

他边说边挥手作出挥刀斫杀的手势以加重语气："两军对垒，本无不忍可言，任何镇压杀戮的手段都是正当的。制人而不能受制于人。乱中取胜，方见英雄本色啊！"

王云凤逢迎刘瑾的方法与一般官僚勋贵大有不同。

当时朝中不少大员每逢因事进谒刘瑾，或者疆吏边将入京，平日在端阳、中秋、过年等所谓三大节以及刘瑾寿辰等日子，无不各出心裁，分别搜罗各种金珠宝贝或奉送巨额银帖进贺，只有王云凤从未以钱财金帛作为买好的赞礼，而且故意对这些行径时露不屑之状，以自炫清高。

他的亲近学生，时任兵科给事中的屈铨初时对此很不理解，曾经私下询问："老师，下月是刘太监大寿之辰，京内外各方官爵明里暗里都在争送奇巧寿礼，为什么未见老师有动作？"

王云凤冷笑了一下，答道："你以为我会这样的俗套吗？"

屈铨不解，搔着头皮，呆立。

王云凤又冷笑，徐徐而道："京内外各勋爵官僚送给刘太监的，不外是巨额银两、金佛寿星、奇珍异宝、人参鹿茸以及绫罗绸缎等物，送的人太多了，礼品又多重复，这些东西刘公公早就见熟了、收惯了，视为平常，他可能只过目一下礼单,便命管家收入内库,连礼品实物也来不及细看,甚至连送礼人是谁,送的什么东西都记不住。官僚贵族们费力搜括而来的宝贝,岂不像扔到大海里,连响声也听不到吗?"

屈铨略有所悟,问:"老师是不给刘太监送贺礼了?"

"当然不是。现下不给刘太监送贺礼的人,还敢望能邀皇上恩宠吗?我是第一批收到刘府专门派小内侍持帖邀请参加寿筵的人,可见他对我是特别地亲近尊重。其他送过厚礼的官僚们还在眼巴巴地盼望是否能早点收到请帖呢!"

"学生鲁钝,实在不知道老师的深意。"

王云凤一手摸着山羊胡子,双眼闭成一线,招呼屈铨移近座椅,低声说道:"官场犹如战场,必要筹谋在帷幄,才能出奇制胜。我是国子监祭酒,是文翰之臣,国子监是教育部门,被认为是清水衙门,如果我用重货送大礼,不但落入俗套,而且易招非议。外间议论犹好解释,最讨厌的是本监内那些教师和监生,几百双眼睛盯着我,总想找出祭酒的纰漏,恃着人多势众起哄闹事,还时兴在讲学的斋堂中集会议论,大放厥词,写出匿名揭帖,张贴到官墙附近。国子监是非之地,其中不少人本来就是好事之徒,专好搬弄是非,前任两位祭酒都是被撵走的。我和刘太监的关系,宜隐不宜露,宜密不宜宣,切不可张扬。"

屈铨以为已经猜出了其师的用意,便说:"老师的意思是,专门准备一份薄礼,以堵众口,以示清高。"

王云凤摇头,故弄玄虚地说:"不是。我要送的是一份最厚最贵重的礼物,是一份千金难买的礼物,是比庸官俗吏们送的高于百倍的礼物。"

作为最亲近的门人,屈铨有点蒙了。他瞪眼看着自己被认为擅长开阖纵横之术的师长,急于恭听他的门道。

王云凤斜眼看了一下这位窘态百生的爱徒,颇以他的悟性有限为遗憾。他以当年教读提问的语气问屈铨:"你知道鱼朝恩是什么人?他的主要事迹又在哪些方面吗?"

"鱼朝恩是唐玄宗即俗称唐明皇李隆基末期,经肃宗李亨到代宗李豫初年当权的内官首领,当过观军容使,统领神策军征讨各方,曾辅佐两朝,功业显赫。特别是，他曾力挫掌握军权的天下兵马副元帅郭子仪，夺去其职权以维护皇帝威权。鱼朝恩虽为内官，但亦兼长学术，曾奉敕升座对诸臣讲授《易经》，又受命管理国子监，可谓文武兼资，一代伟人。但……"

王云凤打断了屈铨的话，不让他再说下去："你刚才说了唐代鱼朝恩的故事，为什么没想到，当今的刘瑾大太监亦是统领京禁两军的人物，他早年也熟悉诗书，在内官中的文史才识首屈一指，翰林诸臣亦多不能企及，也是文武全才呢？"一言点醒，屈铨顺杆儿攀爬，忙说："我看刘太监的功业才识还在鱼朝恩之上哩！"

王云凤没有对这样的评价表态，却招呼屈铨再靠拢自己，狡黠自得地咬耳道："正因如此，我送的礼是上月疏请皇上发专谕敕命刘太监兼管国子监，恭请他不时来监讲学，这样不但师生们得受教益，得沐春风甘霖，还可以提高刘太监的威望，表明确实是名实相副的允文允武、能内能外的全才。可开一代的典型，树立盛世重臣的伟象。算好在刘太监生辰前十日，批准的中旨便会颁发下来。你说，这是不是刘太监现在最需要的礼物？"

屈铨诺诺连声："这真是一份最大最贵的奇礼，门生茅塞顿开，对老师的深谋远虑，真是佩服得五体投地！"

王云凤故作矜持，亲切地对屈铨说："还不能到此为止。我深切考虑，有一桩大事还得你来协助。"

"门生唯命是从。"

"刘太监自正德元年主政以后，行新政，用新人，对原有的典章制度多所厘革，又颁示了大量新的典章、法令、条例，目前急于刊定一部《正德元年以来见行事例》，用以颁示中外，确立为定制。对于刘太监主持制定的新章新令，还要逐章逐令逐例加以诠释颂扬，大力阐发其立法之完善，见解之确切，对社稷人民关爱之深厚。这是为刘太监树碑立传之作，我意由我你师生二人共同编辑定稿。用文载史，以史成文，用以讴歌伟业，为刘太监争光辉，对皇上表忠忱，此亦我等文人之天职，斯文之荣幸……"

屈铨听到王云凤要吸收他参加编辑这样歌功颂德的大书，不觉大喜，连说："铭谢老师栽培，门生必竭尽心力，将这部大书编好刊定。"他似乎看见自己不久后就能躺在这部大书的扉页上腾空而起，从兵科给事中转为都给事中，再转为左右都御史，再拜相入阁，成为正德皇上的殿前近臣和刘瑾大太监府邸中的亲随，穿红着紫，玉带横腰，从此迈上了金光辉煌的宦途。

以上焦、刘、张、王等人无疑是阉党中较为突出的人物。其实，权势移人，几乎与刘瑾等"八虎"当权的同时，内而六部、都察院，各寺、院、监，甚至有被认为清华之选的翰林官；外而各省的总督、巡抚，甚至还有一些知府、知县、通判等低级官员，武职中的总兵、镇将等，都费尽心思地觅门路，找关系，想尽办法投靠到阉党中去，刘瑾身边云集了各种奇形怪状的政治投机者。短短几年间，阉党根蔓伸长，似乎已成气候。焦芳、刘宇、张彩、王云凤等人，都陶醉于分享"八虎"的余唾，各取一定的权位。自以为只要有正德这样一个皇帝在，有刘瑾这样一个强有力的大宦官在，就能够永无止境地叱咤风云，呼风唤雨，从此稳坐铁打的江山。

第五章

张徐文痞匿身为幕　孙田弁役分典粮兵

在"内相府",刘瑾还专设了一套保管机密文件,负责起草"中旨",密藏府内金银财宝及其账籍,统率府内外兵戈弓弩和精锐甲兵的班子。这套班子随着他的野心愈益炽烈,而愈益扩大和诡秘。

人们称刘瑾的府第为"内相府",全称应是"内丞相府"。既然"中旨"频下,原来执掌丞相职能的内阁便被架空了,只能处理一些例行公事和收转各方面对皇上诤谏的奏疏,逐渐被皇帝视为鸡肋,用起来不顺手不顺心,但又不能完全撤销。内阁形同虚设,"内相府"却实权在握,总揽了军国大政。

说刘瑾府邸是内相府,实际上还是低估了它。从某个角度看,刘瑾本人还篡夺了部分皇权,石大人胡同的巨宅有时还起到第二宫廷的作用。当时各机关部门的章奏,都要事先以副本关白刘府,称为白本,甚或也有绕过内阁,直接将正本送交刘府的。在外地的总督、巡抚、巡按御史等官员一切举措,都一定要以揭帖的形式向刘瑾进上,然后秉承刘瑾的意图行事。甚至有揭帖未上,章奏未进之前,刘瑾授意拟好的"旨稿"已经发下来,中外传播,有关臣僚赶忙依稿上奏,批下的中旨竟然与先发的稿子一字不异。小道消息变成大道政闻,"旨稿"变成正式圣旨,其实是正德皇帝根本不知闻或者不屑知闻的。京城私下议论,说正德是坐着的"朱皇帝",而刘瑾是站着的"刘皇帝"。

为办理十分繁重而且涉及绝对机密的事务,刘瑾在府内豢养了四个分管文、财、军等事的亲信幕僚,府内称之为"四大金刚":张文冕、徐正、孙聪、田文义。这四大金刚各有所长,分管刀笔、谋议、理财和军务等,这些人除兼职锦衣卫指挥使、官拜正三品武职的田文义外,一般只匿居在刘府,并未挂着显要的官衔，概不出头露面，与外廷朝臣，甚至与其他"七虎"也不多联系，仅就自己分管的事务单线向刘瑾请示参议，有时也参与范围极小的阴谋密议。他们的能量很大，所管事务上干庙廊，中涉阁部，下及民生。就文职幕僚来说，是以张文冕为首，徐正为辅。

张文冕，字炎光，华亭人。此人早年中了秀才，在本乡以缙绅自居，包揽词讼，代人追债追婚，是当地有名的劣生恶衿。十余年间，他四次参加乡试落榜，在本地却用刁计讹置了百余亩良田。华亭地狭人众，有百亩良田已是中等人家，如果他以秀才和土老财的身份过日子，也能终老故乡。但此人性好渔色，邻近几个青年媳妇都被他诱奸，早已引起乡人公愤。一日，张文冕竟乘夜将归宁亲妹强奸，其妹不甘受辱，诉之族众。张族的族长在祠堂集会，众愤难平，用乱棍将他双腿打瘸，又决定第二天绑石沉江。岂料他半夜里挣脱捆绑的绳索，拖着瘸腿逃脱。他先在松江半山一座古庙内养伤，然后投奔他乡。华亭县官闻讯后，也褫夺了他的衣冠。

多年来，张文冕隐瞒了自己被黜生员的身份，流浪江湖。他自知正途科举功名的途径已经断绝，便下力攻读权谋术数之书，研究阴谋诡道、刚柔相济之理，总想傍靠某一个强藩权门，觅取获致富贵的偏门。他外表上以占卜星相为生，实际非常关心时势的演变、政局的转移、显要人物的沉浮及其背景，伺机从中找到可资利用的空隙。此人能说善道，又擅长察言观色，因人因事论说滔滔，对不同对象，或饵以厚福巨利，或恫吓以厄运危言，有时又能为达官豪绅献策解困，竟然获得了"瘸脚神仙"的名声。他在弘治末年辗转进入京城，一眼就盯上了刘瑾，因为他早就打听到刘瑾是皇太子跟前的第一大红人，是得宠宦官们的首领。皇太子总有一天要正位九五，届时必然鸡犬俱升。张文冕看准了刘瑾的前程无可限量，便决心要走刘瑾的门路，要在皇太子尚未继位，刘瑾还未大红大紫、掌握重权之前，赶紧和他拉上关系，所谓放长线钓大鱼，江南人又叫作投机烧冷灶。他巴望能当上这位太监贴身的亲近人，便可以依靠这棵大树，取得荫庇，一雪在故乡被褫夺衣冠、革出宗族之耻。

张文冕之能攀上刘瑾，并终于和他结成如胶似漆的亲近关系，是靠善用计谋，以告密的手段达到的。事情要回溯到弘治末年。

原来张文冕入京以后，结识了太常寺博士边贡。边贡是山东历城人，弘治九年的进士，为人慷慨倜傥，以文学知名，且性好交友，不在乎三教九流、地位高低，只要能谈得来，都愿意接待。他在偶然的场合认识了张文冕，颇赏识他的能占善卜、议论风生，其实亦不过是以门客视之，宴会时偶尔请他陪席。张文冕因而得以不时进出边府，甚至能径入书房。

弘治十八年二月，皇帝下诏求言，户部郎中李梦阳应诏陈言。李梦阳是弘治六年的进士，才华出众，思维敏锐，他虽然年纪较轻，但所作诗文已经享誉全国，被公认为未来的文坛领袖。他当时在户部担任郎中，仅是五品微员，但他锐意革新，主张清除弊政，改革政治。他读到弘治的诏书后，十分兴奋，以青年人的锐进之气，怀抱饱满的政治热情，针对当时的政治腐败、社会矛盾尖锐，连夜撰写了一份五千余言的《上皇帝书》。他大胆坦诚地指出，当前社会上存在着"二病""三害""六渐"等重大祸患。所谓"二病"，一指大臣不职不廉，是为"元气之病"；二指宦官擅权，肆行不法，是为"腹心之病"。所谓"三害"，一指"兵害"，军队空额，军权为权势掌握；二指"民害"，民贫役繁，重赋伤民；三指"庄场"殃民之害，指的是京畿良田多为皇亲国戚强占，良民田产尽入其手。所谓"六渐"是指贫匮之渐，盗贼之渐，坏名器之渐，弛法令之渐，方术眩惑之渐，贵戚骄恣之渐。李梦阳甚至点名道姓地指斥弘治张皇后的弟弟张鹤龄、张延龄这两个国舅爷的种种秽行恶迹，请求弘治下大决心除病消害。这篇奏疏言人之不敢言，不但痛陈时弊，而且敢于触批皇帝的逆鳞，干犯皇威，是冒死进谏。由于李梦阳和边贡是要好的朋友，所以他将连夜写成的奏稿送请边贡参详，边贡设酒款待，和他边对酌边议论，对梦阳的奏议表示完全支持。梦阳告辞后，边贡因醉午寝。恰于此时，张文冕来访，本来要在书房中稍候边贡酒醒，不意看到案头上放有李梦阳尚未奏送入内的稿子，披读之后，不觉咂舌："这个李某提着头颅上书，敢情是活得不耐烦了！"

他不觉又灵机一转。对于李梦阳提到的什么病什么害什么渐等等，自己可以暂不理会，但对于猛烈尖刻地攻击宦官，要求立即驱斥和法办，却是一条非常有用的卖得出大价钱的讯息。特别是张文冕急于投奔刘瑾而苦于无门可进的时候，现在正好趁这份奏稿虽已拟就，但尚未递上之前，赶快向刘瑾密告，定然是一份进见大礼。

为此，他将有关段落用心默诵记忆下来，快步赶到沙井胡同刘瑾的原住宅紧急求见。

直到傍晚，刘瑾才从钟粹宫下值回家。刚入沙井胡同，便远远看到有一个人拐着腿迎着自己走来，举起右手来打招呼。细看此人头戴着皂色儒巾，身穿青绡直裰，京鞋白袜，不过是平民打扮，其体形因瘸腿而腰背佝偻，但脸面清秀，具有文人气派。刘瑾随行的小宦官看张文冕走近，一把当胸揪住，喝问："干什么的？"

张文冕神色自若，答道："有要紧事来禀告刘公公。"

小宦官仍不撒手，厉色质问："什么要紧事，这样冲撞前来？"

文冕礼貌地将小宦官的手轻轻拨开，面向刘瑾作揖打躬，恭敬而道："华亭儒士张文冕，确有关系公公等切身重大关系的机要事，急于禀告公公。"说罢，又一揖。

刘瑾皱了一下眉头，仔细端详面前这个陌生人，注意到此人虽然身已残废，其貌不扬，但眉宇间却显出机智，还看到他急于效忠和祈求的眼神，以及谦恭得体、遇变不惊的镇静态度，判断此人并非寻常，似非白撞之辈，便略带威严地说："既然如此，就随我进内吧！"

张文冕与刘瑾的一夜深谈，奠定了他晋身为刘瑾首席幕僚和谋士的基础。

刘瑾领着张文冕进入书房，自己端坐上位。文冕侧面侍立。

张文冕重新施礼，作自我介绍："晚生张文冕，浙江华亭人氏，自小读书入庠，但无志科举功名，只愿遍历江湖，饱览山川名胜，结识天下豪雄。素仰刘太监公公辅导东宫，为国家百年利益不辞劳瘁，深愿能面谒风范，亲聆教诲……"

刘瑾摆手，对这些阿谀套话并不感兴趣，他打断张文冕的话说："这些话不必多说了，你在门前说有什么关系重大机密的事，可如实说来。"

张文冕知道已转入正题，但又卖了一下关子："晚生刚从至好朋友处知道，户部郎中李梦阳准备应诏上书，其中最重要一事是对内臣历年伺候皇上，为国分忧的殊勋概予抹杀，反而肆行诬蔑，竟奏请尽数驱斥。晚生想方设法，得以披读到该疏文的原稿,难以捺制义愤,是以急来禀告公公,敬请预为防备。"

"你将李梦阳的奏稿拿给我看。"

"没有稿子。"

刘瑾的脸色有点儿难看,说:"这又为什么?"

张文冕婉言叙说:"公公应该知道,这是何等大事,奏章尚未送达御览,岂容随便传抄?晚生承知友过信,惠允私下披阅,才得知原委的。"

"你还记得主要内容吗?"

"不但能记得,对有关奏请锄灭内官的段落,还能一字不误地背诵下来。"

刘瑾颇感诧异:"哦?我倒想听听。"

张文冕走前一步,清了一下嗓子,抑扬顿挫地背诵:"夫心腹之病者何也?攻之则难攻,不攻则亡身者也。臣切计当今事势,内官者,腹心之病也。

"内官阴性而狠贪,其地逼近,又朋比难剪……陛下以此辈为忠实可用耶?抑例不可废也。夫例诚不可废,每处置一二辈足矣,今少者五六辈,多者二三十辈,何耶?且夫一虎十羊,势无全羊,况十虎一羊哉!

"昔人有言,宦官有罪不可赦,有缺不肯补,言难除也。今皇城之内通名籍者几万人,亦多矣……田野小民,无故犹阉割亲儿以希进用……阴性狠贪之徒安行于中国,不危者鲜矣,臣故曰:内官者,腹心之病也。……今诚欲腹心安,莫如铲内官之权。铲内官之权,莫要于有罪不赦,有缺不补……"

张文冕还要再背下去,只听到刘瑾一声喝止:"李梦阳算什么东西,真要赶杀净绝,要挖掉内侍的根啦!岂不知道自古以来,历朝历代的内侍匡君护国,忠于社稷,不少前辈公公为国舍命,为尽忠皇室捐躯,屡建扶危挽倾之功,今却要指为腹心之病,竟然要铲之再铲之,要赶尽杀绝啦!真令人寒心啊!"

张文冕故意不说话,既已激起了刘瑾的怒意,就不妨让他充分发泄,然后再看情况说话。

想不到刘瑾很快就能将激动的情绪克制下来,转为沉着的思考:"李梦阳要铲除的内官,恐怕不是指我们在钟粹宫伺候皇太子的几个人吧!我们仅仅是侍奉皇太子的饮食起居,陪年幼的皇太子玩儿,不当权,不管事,恐怕还不会被看上眼。现在皇帝驾前得力的是司礼监太监王岳、李荣、范亨,贴身随侍太监宁瑾等人，派往各地的镇守、监织造等内臣都是由他们奏荐的，李梦阳坚请铲除的只应该是这些人。钟粹宫的太监不在风头浪尖上，似乎不必过分紧张。"

张文冕略有迟疑，然后鼓起勇气，大胆说出自己的意见："公公所言虽是，但应知，李梦阳和大多数朝官是将宫廷使用内侍作为一种制度和一个整体来攻击的，并没有过细区别。更重要的是，数年以来，在《邸报》刊载的章疏中，早就充斥着什么'请予教皇储''请戒鹰犬逸欲之好''请远佞幸、亲贤人'等等。可见朝臣的视线早已瞄准着钟粹宫诸臣，公公似应居安思危，予以戒备。诸葛有言：欲思其利，必虑其害；欲思其成，必虑其败。还请公公卓裁。"

刘瑾一时缄默，张文冕的话显然引起了他的进一步思考。朝臣对于钟粹宫存在的问题，三番五次专门上奏，早已引起了刘瑾的不安。眼前这个拐子还真是见多识广，一语中的，考虑问题比较周密，特别是毫无保留地表现出对自己的关爱和效忠，真是交浅言深啊！

稍过一会儿，刘瑾示意张文冕坐在自己的右侧，似乎自言自语，又似想倾听一下这个唐突来客的意见，说："当今朝臣势力强盛，内阁和各部以及言官等都抱起团来攻击内官，皇上又比较信任他们，内臣是难以和他们对抗的。今后局势发展实难预料。"

张文冕察言观色，知道刘瑾对自己的话还听得进去，窥测到了他内心的一些顾虑，便援攀而上，进一步发挥："当今局势确实如公公所言，内官左右上下备受攻讦，确实处于重围之中。幸而皇上柔和宽容，对朝臣们的猛烈攻击仅作敷衍，小加裁抑而止，眼前绝不会发生大破裂，似可放心。但应看到，时机定会演变，盛衰之势必然要转移，成败之局必有颠倒。当前，正是大反复大裂变的前夜，唯在识时因势顺应之而已。"

刘瑾的脸庞转向张文冕，双眼紧盯着他："详细说，详细说！"

张文冕成竹在胸，侃侃而道："事态是明摆着的。皇上自去冬以来经常因病辍朝，进入今春更是频频告病。晚生向太医院的医士打听，他们都蹙眉不语，显而易见是病态严重，他们实在不敢透露而已。我朝自仁宗洪熙皇帝、宣宗宣德皇帝、英宗（正统）天顺皇帝、宪宗成化皇帝，一连四代都是英年崩逝，三十多岁便弃绝臣民，大行不返，都是由几岁或十几岁的稚年太子继位的，算是气数使然吧！晚生为祈求当今皇上圣寿绵长，曾私下占算，可惜天命难违，大限恐在今年春夏之间了。"

刘瑾虽然也知道，私习天文，暗底下为皇帝卜占寿限，犯的是"大不敬"死罪，但他并不顾忌这些，因为他也急于知道在位的弘治皇帝还能活多久。便让张文冕继续说下去。

"大丧之后，不论内廷外朝必有大变，此正是公公腾飞、事业不朽的绝好时机。但也是出现性命交关危殆的关头。"

刘瑾招呼张文冕将座椅移近，张文冕郑重地耳语说："皇太子聪明天授，睿智识人，他最信任公公，这是人所共知的事。皇太子一旦继承大位，当然要依靠公公襄理国政……"

刘瑾并不讳言这点，又问："即使如此，当以何者为先？"

"必应先抓兵权。兵者危道，但制胜不可无兵。制裁异议，扑灭颠覆，摆脱危殆，都赖兵权在手。"张文冕不假思索地回答。

但刘瑾又另有顾虑，说："内臣掌兵，必会受到朝臣激烈反对的……"

"何止对兵权，对内臣掌握的不论什么用人权、理财权和厂卫缉捕权，都是必然要受到反对的。这些方面的对垒自古已然，于今为烈。但决定斗争胜负的关键在于是否得君，是否取得继位皇帝坚定的信任。只要能保有皇帝的支持，任何激烈的反对都不过是纸上的空言、笔墨官司、口沫争论而已。故此，公公必须毫不松懈地不惜任何代价，要更取悦于今日的皇太子，即得到不日登基的皇帝的特殊器重……"

刘瑾虽然感觉张文冕口无遮拦，但却说出了自己久埋在心而不敢明说的话，便不加阻止。

"至于朝臣们的言行作用，似应重视，但又不必过分重视。新君继统，时移势改，他们的根基便已发生动摇，自然有人会转而迎合新皇帝的意图，配合内官掌权执政。对这样的人，应该怀柔之，笼络之，升拔之，陆续收为我用。至于对那些仍然顽固忤君犯上的人，则必须削株掘根，应免官者免官，应驱斥者驱斥，应谴戍者谴戍，应诛戮者诛戮，作一大清洗大扫荡。立威宜早，用权宜尽，锄患于萌芽出土之先，形兆初现之时。古语有云，先发制人，后发者制于人。切不可有不忍之心，切不可与祸患为邻……"

说到这里，张文冕目露狰狞，似乎要将他前半生受杖遭黜、断绝仕途的一切仇恨，都指向现存的社会政治和伦理架构上。他知道，刘瑾性格刚狠，以上的话，正合乎刘瑾的心意。在他本人而言，如果不投奔刘瑾，不走宦官的偏门，就绝无其他出路，只能四处流浪，沉沦于江湖。

刘瑾对张文冕的放言高论并无反感，而且觉得这些说法与自己的意见如出一辙。他十分佩服眼前这个人的博闻强记、思深虑远，正是自己图建大业不可缺的班底人才，不觉放下架子说道："今天幸会，实在有缘，以后还要多请张先生指教。"

文冕连称"不敢"，告辞而出。

刘瑾为示亲近，挽着张义冕的手臂，同步走出堂屋："幸而我在钟粹宫还有着张永、马永成、谷大用等几位兄弟，都是相知时深、肝胆相照的。"

张文冕突然停下脚步，嘴角微微抽搐了一下，表示对这话不尽认可。眼光虔诚地望着刘瑾，用掏出心窝进言的语气说："公公宽厚信人，晚生由衷感动。但防人之心不可无。公公在钟粹宫诸人中更特别受宠用，同伴中不一定都心悦诚服的。须知人类天生有嫉妒心理。同类相妒，同贵相害，同利相忌。共患难易而共富贵难，古今同理。恩仇中变的往事数不胜数。对于近身伙伴，知情契友，更宜戒备，防止祸起萧墙啊！"

这几句话恰好扎到了刘瑾心中最痛处，不觉扑的一跳。宦官们一般都心地狭隘，小器量，敏感多疑。近日以来，刘瑾对于其他"七虎"，特别是其中的张永早有怀疑，不满张永在底下过多亲近和求宠于皇太子，又背着自己拉拢其他"六虎"，不能不有所警惕。他觉得张文冕说得确有道理，虽然没有答话，却将张文冕的手臂紧握了一下，以示会意。

刘瑾怀着一种亲近的心情，将张文冕送到门外，目送他一瘸一拐地走出沙井胡同东口。果然，几个月后，刘瑾刚掌权，便将张文冕迎入府邸，引为自己的首席幕僚。

徐正入幕的情况，与张文冕大有不同。

徐正，字丰凡，福建福清人，天顺八年进士，和谢迁是同科同年。他原分发在刑部任主事，其后升任郎中之职，可以说是官场老资格，因此熟谙律例,擅长刀笔。但此人素不安分,过于躁进,不择手段,总以为在部里当司官,循序升迁过于缓慢。成化年间,他极力巴结当权的大宦官汪直,上书称颂汪直功德。当时汪直倡议置西厂,作为另一特种缉捕衙门,滥捕无辜,除了已屈死在西厂狱的人以外,又要将另一些犯人在刑讯逼供后,移送到由刑部、大理寺、都察院三部门组成的所谓三法司,由三法司或判刑期,或予处决。无非是按照西厂的意见定案,算是了却法律手续,其实是为西厂分谤。有些司法官员遇到催办这一类的重大冤案时,往往执卷徘徊,难免有不忍之心,个别人甚至掷笔辞官,不愿畏势屈法,充当杀手。徐正则不然,他总是竭尽心思摸透汪直的意图,不惜曲解法律,滥引例案,为西厂迫害官民找到根据。其执笔的案牍,对犯人或囚或杀,无不符合汪直的心意。徐正手上实分沾了不少血渍,汪直对他的狠心刁笔也极为欣赏,认为是配合西厂协调称意的干员,多次邀宴于府,拍肩誉为"好徐郎!"还明确许愿,不日当提升他为刑部侍郎。

可惜好梦不长。正当徐正浮想联翩,想象步入刑部大堂的荣耀时,忽然传来罢西厂的消息,汪直被贬斥到南京待罪,并穷治其党羽。徐正一方面惊惶畏惧,另一方面又迅速改换脸谱,赶快检出奉汪直意图由西厂历年来的办案帖子,积极揭发汪直"胁迫"三法司制造冤狱的罪恶,将自己装扮成一贯抵制汪直和西厂、一向受压抑迫害的正派法官。他日夜伺候于另一派得宠宦官、新任东厂太监尚铭的门前,哀恳尚铭为他说话。

尚铭亦有意收徐正为己用,主张对徐正投靠汪直为虎作伥的恶行不予追究,徐正才幸免于罪,仍得任原职。他用恭维汪直的殷勤改事尚铭,以巧于配合西厂炮制冤案的能耐,改而为东厂效劳。

可惜,命途诡变,新的靠山尚铭又败倒了。徐正巧言令色的面目久为群僚认识,他虽然竭力表白,用饱含义愤的音调控诉尚铭,但见者侧目,闻者齿冷。大家都知道,徐正这类人是不惜卑躬曲节巴结当权者,而狠狠鞭笞失势一方的,哪怕本来是被自己奉为恩主、倚为后台的人物。官员们看到徐正的再次表演,纷纷议论说:"徐丰凡是再扬不起风帆的了!"

徐正幸逃一死,被贬官到陕西兴平县当县丞。

徐正到兴平后,心中愤愤不平,终日酗酒骂街,不理政事,总认为自己背着因罪贬谪之名,以候任侍郎降为八品县丞,是天大的委屈。平日,他更钻研刀笔,将县衙门收存的自明初洪武以来历次颁发的《皇明律例》温习多遍,自言:"翻身并未绝望,只要有风,我必能扬帆再起!"

无巧不成书。原来兴平正是刘瑾的故乡。弘治初年,刘瑾尚未发达,他的父亲谈荣,二弟谈玑,三弟谈珣,侄儿谈大汉、二汉等一家子还住在原籍三里沟村。当时,刘瑾老家的亲丁仍未改姓为刘,仍然是谈姓,但谈荣已经自恃儿子是太监,其后又被选入钟粹宫侍奉皇太子,在村里开始耍刁强横,经常口出大言,欺凌乡里。刘瑾初得宠后,开始捎寄一些银两回来,谈荣用来置买田亩牲口,居然升为富饶之家。一年,因田土疆界问题,与村中王姓缙绅发生纠纷,谈荣竟然率领本家族众强行占地,捣毁王家宅院,打伤王姓老少多人,被扭控到县衙。

王姓的儿子王殷,是成化十一年的进士,在京任御史,在乡下人眼中已是很显赫的门户了。本县知县姓熊,名来旺,不过是举人出身,只看到王家有人在朝为官,在家乡具有缙绅地位,却没有估量到刘太监潜在的力量,判决谈荣败诉,将有争议的地亩判给王家,还将老谈荣处以刁蛮不法、讹诈伤人的罪名,关押在县牢。

身为县丞的徐正却比正堂知县看得深远。他看好刘瑾,不仅着眼于他正在钟粹宫当差,还因为自己长期任京,下台后仍与北京保持多种联系,讯息通畅,了解人事行情,看准了刘瑾在不久的将来,必能以东宫旧伴的地位暴发。认为这是一匹黑马,是自己趋炎附势,为在官场打赢翻身仗的头等对象,其中大有可投机之处。

徐正深知,对于刘瑾,一般甘言奉承是没有什么实际作用的,后者对此已经耳熟能详,难言感动。要真能巴结上并受重用,必须另出邪招。他反复琢磨,认为自己身在刘瑾家乡,实大有空子可钻,如果能对他本人和他的家族,在关键事件上表示关心和有效帮助,就有可能获得青睐。他非常熟悉本县衙门各机构的职能和运作程序,认为只有想办法翻了这个案,将老谈荣释放出狱,平安回家,反败诉为胜诉,又将有争议的田地判给谈家,才会引起远在北京钟粹宫的刘太监的注意和好感。

原来,县衙门亦设有吏、户、礼、兵、刑、工六房,各有书吏掌管,这些老书吏都是好几代吃衙门饭的油子,被人称为"衙蠹",即官府蛀虫,都是善于弄虚作假、颠倒是非、索贿卖放、吃了原告吃被告的刁徒，又总是极力讨好知县、县丞等具有正式品级的官员，彼此勾结分肥，所谓官凭吏猾，吏恃官威，狼狈为奸。徐正来自刑部，为人精明刁钻，熟谙官衙的弊端和窍门，而且刀笔犀利，兴平县的书吏们都非常畏惧这个"佐堂徐老爷"，不但不敢开罪于他，而且特别注意伺候孝敬。

　　为翻刘瑾家的案子，他先命刑房送来谈、王两家斗殴的案卷，其中记载有保甲长及在场目击邻人等的口供，都指证是谈荣领人到王宅挑衅闹事，又捣毁王家宅院财物，牵走骡马，情节确实，难以完全抹杀。徐正皱眉细想，忽悟出可以捏造一个情节，在谈荣口供中加上因为孙儿谈二汉被王家掳为人质，且禁闭在院内拷打虐待，谈荣救孙心切，才率同族众破门救人，并非无故寻仇，而且救回二汉即刻回家，并无捣毁王宅及掠去骡马等事。对保甲人等的证词亦大肆删改，变成众口一词，都指证王家掳人勒赎，惹起斗殴事端，自应追究刑责。

　　这一来，谈荣竟被说成是蒙冤受辱之人，理应开释。徐正做了手脚后，召见刑房总书吏莫如福，命他照此定调，重新采证并威胁保甲乡人等翻供。莫如福矮小精干，年四十有余，两鬓已见秃白，是一个头脑灵活，熟悉刑律典章，擅长在诉讼程序、证人证物口供案卷中钻空隙，从而牟取财利的人。他大半辈子混在刑房，被称为"官司耗子"，身充吏职，底下又是包揽官司的讼棍。对于此类改供和炮制伪证的事，本来就是个中老手，县丞是他的顶头上司，自然不敢违忤，对徐正要助谈抑王，一经示意，便心领神会，诺诺连声，答应立即照办。

　　第二天，徐正又命户房送上谈、王二家争产的有关契证。他认真审阅后，发现有争议的田产，原本是王家祖辈早在数十年前即照时价购入的产业，官私契约及缴纳田赋税捐的要证一应俱全，毫无疑问是拥有合法产权的；而谈家仅具一纸王家族人冒卖的伪契，要讹索别人的财产，于情于理都说不通。因此，他召见了户房总书吏梁锦培，要梁也想想办法。

　　梁锦培是一个癯瘦的老头，年将六旬。三十多年来，终日在浩如烟海的账册契证中管理检寻，对于全县的户籍田产了如指掌。他多年理财核产，养成比较审慎的习惯，感到这一件案件，一方契证俱全，另一方以不足为凭的伪契索产，必然难操胜算。他亦知道王殿正在朝为官，御史是风宪之官，岂肯甘赔产业，又在家乡大伤颜面。一旦闹将起来，府县调核案卷，曲直不难判断，到时候，自己吃不了兜着走，最易成为替罪羊。故此，他感到很为难，难以想出改判田产归谈荣的办法。

县级衙门的书吏，一般尊称县主为"堂官""大老爷"，尊称县丞为"佐堂老爷"。梁锦培婉转地向徐正陈述："小吏看得，户婚田产的官司，一向以文书契证为主，此案王家拥有的契证齐全，已呈送徐老爷审阅，看来不易翻案，还请佐堂老爷再作参详。"

"你是说，只要这些契证在卷，此案是不好更改的了？"

"正是。"

徐正站起来，低头踱步，忽然又问："梁总吏，就你所知，王家的人近年亲自看过卷内的契证吗？"

"这倒没有，案卷储放在县衙户房，当事人是不许调看的。不但王殿未看过，他上三代也没有人看过，但王家是知道官府保藏有原件的。"

"为什么？"

"因为王家在二十年前遭遇火灾，家藏契证全被烧掉，故此要求调用官卷，凭官卷定案，这是在诉状中说清楚的。"

梁锦培的话刚说完，见徐正霍地站住，兴奋地说："这就是说，如果户房没有了这些契证，王家的官司就赢不了，是吗？"

"是的。不但赢不了，还会输。因为谈家手上却有一件真伪难辨的置产买卖契，立契的人又早已去世，无从查考。"

徐正大步走回桌边，急翻案卷，把王家一应置产契约和纳赋税的单据都捡出来，扬手问梁锦培："就是这些吗？"

"没错。"

大大出乎梁锦培意外，只见徐正手拿这些文件，快步走向佐堂衙所阶前取暖的炭盆，一下子把它们都抛掷在炭火上，瞬间扬起一阵熊熊火焰和燃烧陈年旧纸的焦味。梁锦培气急败坏地抢到炭盆前，又不敢伸手拦阻，几乎要哭起来："徐老爷，您可毁了我啦，《大明律》规定，隐匿或私毁卷宗是死罪呀！"

徐正冷冷一笑："梁总吏，你隐匿和私毁卷宗，难道今天才是第一遭吗？控告你的状纸，在鄙人手上就有好几件呢！"

梁锦培想不到这位佐堂老爷的脸翻得这么快，心中一阵寒栗，他被徐正迅雷不及掩耳的动作和绝情揭短的言词打了一闷棍，呆若木鸡。但又听到徐正急转过来，轻拍自己肩膀，语气温和地说："梁总吏，今天的事只有天知、地知、你知、我知，你就不必担心了，一切有我担待着呢！"

"但我怕，王家也不是一般人家，是御史呢！"梁锦培讷讷道。

"梁总吏，你但知其一，不知其二；但瞧近处，不知道高瞻远瞩。王家出了一个御史不假，但身为监察吏治的言官，一般不敢过多为自己家事说话。你还要看到，谈家的大小子今改姓刘，名瑾，是太子爷最亲近的人，将来前程极为远大。兴平县宁可得罪有理的王家，而绝不应开罪无理的谈家。梁总吏明智，难道不知道这个官场的通理吗？什么司法公正，什么不可伤天害理，在官场都是面子话。知县正堂处，我会和他说明白，一定让他同意改判的，梁总吏，将来的大富贵，我绝不会忘记你的……"

梁锦培哭笑不得，心里七上八下，但事已如此，也无可奈何，只好说："多请徐老爷照拂了！"

徐正待将刑房和户房的事务摆平以后，才到县衙后院熊知县的私宅谒见，他无须将唆使刑房增删案件情节和口供之事和盘托出，也无须将在户房焚契灭证的事情详细叙述，仅以大局利害晓谕分析。这位熊知县本来就是一个庸碌无为而热衷宦途的人，他听说谈家有人是皇太子的近侍，又一向对这位从刑部贬谪为县丞的人物不敢小觑，便痛快地同意释放谈荣，改判王家败诉，将有争议的田产判归谈家。

对徐正来说，事情还未结束。他连夜为尚在狱中的谈荣代笔，拟就一篇状纸。真是笔走龙蛇，片刻而就。诉状中用谈荣的口气，哀陈本身田产惨被豪绅吞并，又因嗣孙被掳为质，自己年老气衰，因救孙索产而受殴辱，今又被冤系狱，请求秉公释放，给还产业，并向王家索偿，等等。活灵活现地描写出一副抱冤求申的样子，说得有理有据，可谓情文并茂。

徐正一方面将这份状子送县，作为结案依据；另一方面，又怀揣状子稿本，前到县狱，着令守狱衙役，立即释放谈老太爷。

老谈荣本以为这一次耍刁碰到硬对手,自己又理亏,儿子在宫中远水难救近火,难免要蹲大狱。想不到,一天他正在牢房发怔,猛听到狱卒高喊:"谈荣,取保出狱。"他大感意外,如在梦中,茫然地挟着铺盖走出狱门,忽见一个身穿八品官服的人在恭候,打躬说话:"谈大爷,在下徐正,向在北京做事,今在兴平衙署任职。在京时素仰令郎瑾公公轩昂仗义,尽忠皇家,可惜尚未有缘亲承教诲。日前,在下惊悉大爷蒙冤在狱,特向正堂熊县太爷禀求开释,来不及告知府上各位来接,在下就来送大爷回府……"

谈荣一头雾水,稀里糊涂地被簇拥乘上徐正备好的大青骡子,徐正另骑马匹同行,后面两个小厮步随,各挑着一副礼盒。

到了三里沟谈家,老汉还未搞清楚是吉是凶,只好领着徐正入屋。谈家老少都感到意外,乡里邻舍纷纷出来看热闹。

谈家当时住的还是农家宅院,但显然是新近经过砌墙粉刷。北边是堂屋,按照当地习俗,屋内右侧屋砌有一铺长炕,铺着新炕席新被褥,炕的对面是一长排两尺半高一尺半宽的木柜子,是用来存放衣服杂物的。堂屋正中放有一张崭新的硬木八仙桌,配有四张背靠椅,墙壁悬挂着梅、兰、竹、菊四幅木雕画,显然都是不久前才购置的,与原有的旧炕旧柜很不协调,正是刘瑾刚刚发迹但尚未显赫的背景。老谈荣进屋后也不坐靠背椅,却请徐正也脱鞋上炕,盘腿对坐。

徐正命小厮送上礼物,退出,在院子里等候。

谈荣是村里有名的刁黠老头,出过几次门,见过一些世面,会说几句客气话:"今天,多承徐老爷搭救,让俺能平安走出大牢,恩德啊!"

徐正略带夸张地把如何巧妙地在刑房和户房摆平事件,如何艰难地说服知县,如何冒着王家报复的危险营救等情况向谈荣陈述。然后,又从怀里掏出自己撰写的状子边念诵边解释给老头子听,谈荣边听边在炕上拱手感谢,竟然有点涕泪交零的样子,一再说:"徐老爷,您是我老谈家的大恩人啊!"

徐正看到火候已到,更是半句不离刘瑾,连说:"在下是看在瑾公公的面上,顾及瑾公公的威望,不能眼看瑾公公的尊人亲属受人欺侮。古人说,路见不平,拔刀相助。这是朋友公义,大爷不必介意。"

但是,他又紧紧嘱咐:"务请大爷将在下的心意和此事的原委,更请将在下代书的状子转达瑾公公，请他指正。"

谈荣当然答应，并告诉徐正，刘瑾原要迎请他在去秋到北京居住，因吃官司误了行程，目前官司已妥，也考虑不日进京。

徐正殷勤推荐一个原从北京随来的奴仆护送谈荣入京，谈荣几番推辞不遂，只好答应。徐正放长线钓大鱼，终于使这条老鱼吞饵上钩，乐为他用，成为他向刘瑾表示投效的信使。

谈荣来到北京，当然一五一十地对儿子诉说徐正的大恩大德，还把状子的稿件递给刘瑾看。刘瑾通篇读罢，拍案称赞："真是老刑部老刀笔，全篇前后连贯，滴水不漏，文字简练，辩理犀利，可说攻敌于未防，制胜于意外。因小可以见大，这个徐某真是名不虚传，是难得的人才啊！"

不久，弘治和正德交替之际，他就急调徐正入府，主理文墨事务，经刘瑾炮制的不少文告和中旨，就是出自徐正之手，成为在刘府中地位仅次于张文冕的二金刚、二军师。刘瑾有时还夸耀："谋略有张炎光，刀笔有徐丰凡，是我的卧龙和凤雏啊！"

孙聪和田文义受重用于刘瑾，与张文冕、徐正相比，又是另外一番机缘。

孙聪，陕西兴平人，是刘瑾的妹婿孙。他只读过几年私塾，十三岁便随本县商人当学徒，以后充当本县当铺的司账。此人秃头矮胖，脸白无须，眉毛稀疏，口鼻细小，远看他的头颅像一个水熘肉丸子，但接触过后，才知道此人头脑极为清晰细密。他聪明内敛，记忆力特强，又能左手算盘右手笔，极善理财，而且工作卖力勤奋，对当铺内一应柜货和来往账目了如指掌，制作的账目条款分明，日清月结，年有总账，盈亏账目算到毫厘以下。平日身穿青布直裰，套袖围裙，脚蹬家做布袜布鞋，仍然是商家掌柜的打扮。他终日守在账户之内，寡言少语，与柜上伙伴和客商亦极少往来，伙伴中经手钱货稍有出入，绝过不了他这一关。人们称之为"看门孙狗""孙铁算盘"。

刘瑾早就看出这个亲戚是一条具备特长的好狗，故此早就召他来京，先托人把他安排在礼部的仓库中当司务一职。司务是入不了品级的人员，说是吏，又有职衔；说是官，又算不进职官序列。刘瑾叮嘱孙聪不要计较，先小心供职，静待时机。

果然，刘瑾一发迹，便将孙聪调入府内。不论任何场合，孙聪从不因亲缘关系称呼刘瑾为表舅，口口声声只称刘公公或刘太监。

孙聪在刘府四大金刚中是唯一一个没有科举功名的人，但却是刘瑾绝对信任和重用的人。刘瑾命他主理府中财务，这个职责很不简单，因为内外官僚勋贵们奉献给刘瑾的财物数量既大，品种亦多，收入几近于国库。孙聪将各种银帖银票一概兑换为现银，在府内设立专门作坊，开炉熔炼，铸成五十两一锭的银元宝，再以五十万两为一库分库保存；又将黄金熔炼为十两重的金条，五十两一锭的金元宝，密储在专门的金库内；龙涎香最为宝贵，所藏质量均过于官中；至于宝石，则按猫睛、翡翠、洋钻、醉红等分类，再按大小和成色分匣保存；珍珠分几等，最上品的大颗夜光珠是一珠一锦匣，中下品的则以斗量，金银用品、首饰、古董字画、玉琴玉盅等则按件登记；其他皮帛、绫罗绸缎、药材等亦分设专库储藏；庄园田产、房宅等分别派专人出佃和收取租息，田房契约都办好转户手续。为慎密起见，孙聪自编了一套对金银珠宝数量、田房产业所在、奉送者姓名、进奉日期等的秘密隐语，制为专册，除了他和刘瑾二人以外，谁也无法看懂这份秘册的真正内容。

刘瑾精选了十六个谨慎可靠的小内侍供孙聪统率使用，孙聪对这些人分别直线管理，指派某人管某库某物，但不许打听其他库房其他物品的情况。平日不许串门，不许单独外出，不许单人入库，不许互相交谈沟通，银物出纳必须立时报告，绝不许盗窃隐占，有违犯的，轻则杖笞，重则交给田文义送锦衣卫关押，直至处死。孙聪出色地看护和保管着刘瑾的巨额赃产，扮演着看家犬的角色。

田文义则是另一类型的人物。他也是陕西兴平人，军籍家庭出身，自小生长在军旅之中。本人武功超卓，亦熟谙带兵练兵之道，但他的父亲崇仰文人，自小就给他延师教读，要他参加文科举的考试，居然在陕西乡试中中了举人，会试下第被送入北京国子监做"举监"，即是具有举人身份的监生，正在等待分发任官。祭酒王云凤知道刘瑾急用一个文人并通晓武事者，便举荐田文义来谒见刘瑾。刘瑾最喜欢使用同乡之人，听到他的兴平口音，已经高兴，见他宽额浓眉，面色红中透黑，身材壮实，虎背猿腰，举手投足间显出武人功底，更加赏识。接谈之下，又知道他的文才虽然有限，但颇精于练兵战阵之道，且自小随父行军，有实战经验，便决定收纳府中，更命他改文就武，委任为锦衣卫千户，兼任刘氏府邸军兵的总教头。

原来刘瑾得势后，在禁军中精挑了三百名精壮士兵，外加五十名经过操练熟悉宫内殿堂位置和卫戍情况的小内侍，编组成本府的武装力量。他在府邸后院内修建有几排兵房，另外有总教头公署，储存刀枪剑戟弓箭的武库，几乎是一座小兵营，是刘府的禁区，一般宾客和侍应人等是绝不许进入的。刘瑾的用意，绝不是要这些军兵作为看家护院之用，他的目的是要拥有一支精悍善战、必要时能敢死维护自己的生命和利益，绝对听从本人命令的亲兵队伍。遇有局势变化，甚至在发生政变时，可以配合自己统率的京军和禁军内外接应，顺利攫取军权，然后挟兵威来号令各方，胁迫地方藩镇顺从，甚至拥立新君。府邸这一支亲军，规模虽然不大，但刘瑾却要求将之培训成为精兵中的精兵。所有士兵都享受双饷，田文义还奉敕兼为锦衣卫指挥使之职，掌有实权。

田文义秉承刘瑾的意图，用最大的精力训练刘府的亲兵。他要求每个兵丁都能头戴铁盔，身穿浸泡过的熟牛皮厚甲，背负硬弓和五十支长弩，手执兵杖，从刘府经过天街往西，出西直门直奔香山，经稍息后又原道折回，严令队列整齐，无人掉队。日常训练的课目，则以在城市中短兵作战为主，要求兵丁们都能腾空上屋，纵跃高墙，擅长巷战，甚至能在室内对垒，单兵作战以一当十，具有徒手对白刃的能力。有时，田文义也亲领这些兵卒进入禁军校场，与锦衣卫官兵混合编组，共同训练，讲究互相配合，协同作战。张文冕和徐正经常被邀来给亲兵们上课，竭力宣讲刘太监的卓著功勋，仁人爱物，雍容大度，是皇上的左膀右臂，是社稷之臣，国之栋梁。忠于皇上者必先忠于刘太监，忠于刘太监也就是忠于皇上。特别是徐正，宣讲时慷慨激昂，振臂捶胸，口沫横飞，貌似癫狂，却颇有煽动性。

一日，刘瑾戎装整齐，身穿绣狮蟒袍，外披杏黄罩甲，骑白色骏马来到校场，视察府邸亲兵和锦衣卫官兵对练。只听田文义一声号令，全体官兵肃穆跪接，高呼千岁。刘瑾登上高台，锦衣卫各官甲胄恭立，以军礼致敬。只见田文义飞步下台，跃上黄骠马，纵马疾跑绕校场半圈，然后勒马紧缰，黄骠马前蹄腾空，嘶叫一声，四蹄屹立，恰好停在阅兵台前中央的位置上，面向阅兵台，不差毫厘。田文义左手执缰,右手高举红色金边的令旗高声报告:"锦衣卫指挥使田文义率领所辖官兵,前来接受刘太监千岁大人,本卫都督、副都督、佥都督列位将爷检阅军容。听候军令。"刘瑾听报,威风凛凛地走前一步,朝台下挥手,传下命令:"开始检阅!"

  刘瑾刚发出"开始检阅"的军令,立见旌旗招展,金鼓齐鸣,两拨队伍分成攻守两方对战。但见阵图变化有序,将士骁勇争先。阵战毕,又在百步之外,竖立箭靶,比拼百步穿杨之技。上阵的士兵,几乎每箭都射中靶上红心。每中一箭,金鼓之声大作,值场军佐,高声报箭。刘瑾传令,凡连中五箭的,赏白银三两;中四箭的,赏白银二两;中三箭以下的不赏。比箭过后,再演示拳术武功、对搏技击,看来是注重实战需要,并非花拳绣腿。检阅结束,台上诸将进行总评,一致认为,府邸亲兵在阵图弓马和技击等方面,都略优于锦衣卫正规军。又一再恭维,说什么家兵亦同于国兵,亲兵优于卫兵,卫兵亦不逊色,皆因刘太监治军有方。又颂扬说全军振奋,我武维扬,实是天子洪福,刘太监盛德之赐。刘瑾闻言大喜,传令收兵。

  在回府道上,刘瑾对田文义大加称赞,偕他并辔而行。政府内已有焦芳、张彩等辈为心腹,宫廷内则有虎兄虎弟为臂助,邸宅里又安置了四大金刚作为贴身爪牙,京内外不少文臣武将更随风趋附,一呼万诺,一片颂扬效顺之声,更助长了刘瑾骄盈的气焰。他自认为气候已到,羽翼渐丰,已成大有可为之势,又恰逢大有可为之时,更坚定了粉碎反对势力的决心,务求斩斥净绝,徐图大举。成者王侯败者寇,顺者兴,逆者亡,本来就是权势角逐的普遍公理啊!

第六章

开皇盐国库难为继　增皇庄百姓苦流离

　　正德元年春夏，政局急剧恶化，各种政治势力迅速集结，各式人物激切表明自己的主张，又互相串联渗透。朝内朝外无有宁日，人人都被卷进前所罕见的重大局势变化之中。有人惊诧，有人激愤，有人惶恐，有人窃喜，有人在动乱中夺取利益，有人负气隐逸山林，也有人宁冒廷杖谪斥，甚至牢狱杀戮之灾，坚持抗争。很少有人能脱身局外，真是山雨欲来风满楼。

　　及至入秋，山崩地裂的政治飓风呼啸而来，像滂沱的暴雨淹遍了华夏，洪涛横流，祸及亿万子民。对人性的善恶，纲常法纪的存废，风俗伦理的结构，都存在着不同的认知和诠释，进行着不断的颠倒和再颠倒。廊庙朝堂上的衮衮诸公和在野士夫中的正直之士，都被迫脱去含蓄谦和的外套，纷纷蹙眉瞠目，拍案而起，前仆后继地投入这场政治与思想的白刃战中，不屈不惧，无怨无悔，只为坚持自古以来士人修身立志的宗旨。

　　正德元年仅是斗争进入高潮的序幕，但已是一场令所有人震撼的序幕。而酿发这场大动荡，并促使它全面恶化的始作俑者，便是登上帝位不久的正德皇帝朱厚照。

　　从继位之日始，正德就毫不掩饰地展露出自己的个性特点，出乎寻常地任性胡为。朝臣们对于这位新皇帝的放荡不羁，好骑射鹰犬，好出宫荡游，好豪奢极侈，好重用亲信宦官，经常超越内阁和有关部院以中旨推行乱政，造成朝纲紊乱，等等，分别上过几十篇谏疏。但这个少年天子是一个极端刚愎倔强的人，不管臣下们如何痛心疾首，如何泣血陈词，仍然我行我素，而且变本加厉。

　　财政方面矛盾相对集中和尖锐，原来皇帝不但热衷游乐，而且酷爱财货，奢华挥霍，不管国库亏空，一意需索。他变着法子，以各种名义要钱要物，还将国库的许多税收转拨为皇家内库的收入，以便不受限制地开销。而所有这些开支和违规，无不需要经过户部办理，因为户部是主管国家的土地以及盐、茶、关、工商等赋税，掌管国家财政收支、监盘国库溢亏的部门，户部长官尚书被俗称为财神爷，副长官侍郎被俗称为财神庙住持。

可是，正德时期的财神爷和庙住持却极不好当。宫廷的需索日繁日巨，国家财源日窘日窄，兵荒财匮，而巨额浪费的项目却连续推出，严旨勒令拨款应支，真是左支右绌，寅吃卯粮。尚书和侍郎搜索张罗，挖掘俱穷，两个老头儿绕室彷徨，望着空荡荡的库房叹气：这样的日子怎样过下去呀！

户部尚书姓韩名文，侍郎姓顾名佐。

韩文，字贯道，山西人，是成化二年的进士，为人朴实凝厚，对师友宽容关爱，但临国家大事，则秉公刚正，绝不徇私，一向敢直言，敢抗上。他刚入仕任工科给事中，在核查边塞军功时，据实奏劾受宠的宁晋伯刘聚、都御史王越等滥杀妄报，且语涉后妃，被成化皇帝在文华殿庭中重挞一场，但挨打后丝毫未改耿直的脾气。不久，又极力揭发内官在督理太和山事务中干没公费，追出赃款买谷万石备赈，因此直声振天下。弘治末年，出任户部尚书。

顾佐，字良弼，安徽省临淮人，成化五年进士，比韩文晚一科，年纪相近，而性格则比较柔顺，循分供职，但知秉公办事。前任职刑部主事和郎中时，也先后依法揭发了锦衣卫指挥牛循，内侍顾雄、钟钦等的不法罪行，无所畏惧，不受阻挠。他避免与外间交往，外号"顾独坐"，也是在弘治末年出任户部侍郎。

正德登极，韩文和顾佐面临一系列棘手的问题，肩负着巨大的压力。

首先碰到的难题，是正德皇帝勒令大量扩建皇庄。

顾名思义，皇庄就是皇帝御有的庄园，一切田租赋税收入全归皇帝私有。明代的皇庄，主要是从成化年间开始的，当时将没收来的犯罪太监曹吉祥的田地转为宫中庄田；到弘治末年，京畿附近共有皇庄五处，土地一万二千八百余顷，当地农民叫苦不迭。正德登极，刘瑾等更给他出点子，说这是扩大财源、收入固定的妙法。正德大喜，下中旨命在顺天府属和真定府下辖各县增建皇庄七所，由宦官们指划"荒地""无主之田"二万余顷作为皇庄占地。事实上，京畿人烟稠密，焉有什么"荒地""无主之田"？其实都是上好的良田，都是农民赖以生计的，一旦转拨为皇庄，原归国家征收的田赋便化乌有，原地的农民则全部转为庄里的家奴，负担苛重。皇庄的官校在静海、永清、隆平等县抄没土地和勒收"皇赋"时，乱捕民人，激发农民骚动，官校们动用兵力才将之残酷镇压下去。皇庄扰民，实为一大祸害。加以上行下效，有些亲王贵戚们也纷纷奏请将当地"荒地""无主之地"收为"王庄""赐庄"，纷扰半天下。

韩文和顾佐坚决支持顺天府尹和真定巡抚等地方官的意见，疏请革除皇庄，将土地还给农民领种，中旨不准。再疏请，又不准。韩、顾无奈，请求内阁召集九卿会议讨论，内阁以研究国家财政为名奏请，正德无奈，命廷臣开议。

在开议前夕，韩文和顾佐仔细查阅了当地的赋役册，充分了解到要划入皇庄的土地所在和历年领种人户状况，宦官们在抄没土地时乱捕滥杀的罪行，两人在户部办公值房一直工作和讨论到天将告晓，差役们几番前来换点灯烛、上茶。东方曙明，工作告一段落，韩文也要入内参加廷议了。

顾佐命亲信差役将两人精细挑选出来成撂的赋役册、民人的告状文书等送到韩文的轿前，端放在轿子底座，然后握着韩文的手，送他穿过大堂，走到庭前轿侧。两个老人四目相对，顾佐先开口，殷切地说："贯道学长，廷议只准各部的尚书参加，我不够出席的资格，一切就拜托您了。能否革除皇庄，将管庄内官撤还，实关系二万余顷土地的国赋收入，数万户小民的生计啊！"

"良弼兄放心，先帝钦派你我二人为户部正副长官，就是要委托我们善持国计，利济黎民。皇庄害民，朝野侧目，如果不力争将它革除，我们身为主管官员，既是失职，又有何颜面对全国官民呢？经过连日的议论，特别是昨夜通宵核算，我已经成竹在胸了。在廷议中，我一定会据理力争，知无不言，言无不尽。"

韩文深情地望着这位和自己同历几番险恶风云，共同解决过多次财政危机，而又肝胆相照的老搭档，他发鬓星霜，两眼燥红，眼窝下坠，显得十分疲惫，但在神情上仍然显出职责和良知的热望，盼望皇上能体察下情，改弦更张，恩准撤销刚建立起来的新皇庄。韩文很感谢他的合作和支持，但一时间又悲从中来，因为顾佐大半年来确实衰老多了。他关切地对顾佐说："良弼兄，快回府上休息一下吧！"

想不到顾佐断然摇头，他送韩文上轿之后，向他低声说道："我也不回去休息了，就在部里恭候您的佳音吧！"

九卿廷议，一般应由皇帝主持，但正德皇帝极少出面，多由内阁首席大学士即首辅主持。

首辅刘健心情沉重。他明知正德皇帝之所以恩准召开廷议，实是迫于无奈，其实希望廷议能议定大量增设皇庄的必要和合法，驳回户部请革除皇庄的奏请，假手内阁来代替皇上承担责任。刘健和另两个内阁大学士谢迁、李东阳当然不愿意这样做，他们希望与会大臣能一致支持户部的合理呼吁，甚至能通过廷议，对近期财政混乱的其他问题进行清理。今天的廷议，不论明里或是暗里，都必然是斗智角力，暗潮涌动。

韩文来到会场，刘、李、谢三位大学士已经在座，看到韩文入场，都起立相迎，亲切地招呼道："贯道先生辛苦了！"

随后，吏部尚书焦芳、礼部尚书张升、兵部尚书刘大夏、刑部尚书闵珪、工部尚书曾鉴，左都御史张敷华以及大理寺卿、通政使等官相继来到，一一落座。

刘健首先讲话："皇上为审批户部再请革除皇庄的奏疏，口传谕旨，敕命内阁召开廷议讨论，还有其他有关国家财政的问题。请各位大臣发表意见。"

各人面面相觑，一阵沉默。吏部尚书焦芳开腔说："此事由户部发议，还是请贯道先生先说吧！"

韩文也不推辞："此议因为本部奏请革除增设的皇庄而起。自皇上登基，已奏准在顺天府属各县及北直隶各府之中，新增建了七所皇庄，划入土田二万一千七百余顷；已划定界址奏请再建立的还有十一所，辖属土田亦有二万余顷，遍及北直隶八府。据有关外戚勋贵和内府官员奏称，这四万多顷俱是湖荡荒滩无人耕作的空闲土地，将它拨归皇庄，不但能丰裕皇产，且有利增殖，裨益民生，等等。但事实绝非如此。自扩建以来，各地民人状告耕地被侵占夺产，家口被驱赶出外，因而丧失生计，被迫转徙流离，沦为饿殍，乞请地方巡抚、巡按等官查勘的即有数百起。各地州县官亦纷纷呈禀不堪骚扰，无法执行公务。赋出于田,役出于民,州县田地被割归皇庄,农民亦转辖于皇庄,所缺之赋,不知从何处弥补?必用之役,不知由什么人充当?这样的做法,国计民生都难以维持……"

说到此处,韩文实在按捺不住内心的激动。他摊开携来的一摞文件,指着说:"这里有顺天府昌平州已建皇庄原有的土田鱼鳞图册,有北直隶永平府的赋役黄册底册,都证明皇庄所占的土地田亩,百年来都是有人耕种有人纳赋应役的膏腴之地,绝不是什么湖荡荒滩。这里还有各地州县官转呈来户部的,民人们申诉被侵占耕地和受欺凌虐杀的状纸,请三位阁老和诸位大人审阅……"

刘健示意韩文,不必出示文件了,还是请他说一下今后如何妥善处置的办法。韩文稍加平静自己的情绪,说:"本部前两次上的疏文已经提到,恭请皇上宸断,革除新增皇庄,将管庄人员尽数撤回,严禁皇亲功臣及内府宦官再行投献。今日在廷议上还是这样的意见,请各位大人参详。"

三位内阁大学士和几位部院大臣都静穆地聆听韩文的陈述。他们中的多数人早就对新皇帝的荒唐极为不满,同时,他们对皇庄扰民已成民害的认识,和韩文的感受是一致的。其中,刘健、李东阳、谢迁早在阁议中申明过自己的意见,其余张升、刘大夏、闵珪、曾鉴、张敷华等人也都在正德元年上半年上过谏疏批评时政。尤其是兵部尚书刘大夏和左都御史张敷华两人最坦率敢言,他们直斥皇帝失德的章奏,早已传遍京内外,被认为是代表正气的铿锵之言。他们都发言赞成革除皇庄的意见,表示应该将廷议决议再上一份剀切直陈的奏本,请皇帝重新考虑。吏部尚书焦芳虽然心中另有算盘,明知这样的奏本必然大大抵忤皇上和刘瑾等人的心意,但在大臣们慷慨激昂地声讨皇庄的氛围中,也不敢多言其他,于是显出投机本色,违心地发言附和。

刘健有意再次询问韩文:"贯道先生,在贵部掌管的政务中,还有什么紧迫的重大问题需要上陈御听的?"

韩文会意,知道以刘健为首的内阁,也希望在今日的廷议中,把当前已成为国家财政最大难题、群臣与皇帝争执不下的盐政问题提出来。他站立起来,略作思考,从容说道:"盐政专卖,是国家财政收入的重要部分。太祖高皇帝颁定盐法,禁绝私盐,更不许任何人私讨盐引。但现在外戚周太后之侄庆云侯周寿，张太后之弟寿宁侯张鹤龄、建昌侯张延龄等人，勾结奸商盐枭等，先后奏请赐给盐引各八九十万，得准后，便以钦准皇盐名义，组成贩卖私盐武装，擅插杏黄色皇家令旗，暗增十倍的数量，以专门船只行销各地，造成公盐滞销，盐课无着。前几天，皇上又特批给太监崔杲十万二千引，其他内官亦陆续奏请，敝部坚持祖制，疏请皇上收回成命，但未蒙恩准。敢请在廷议议决奏章中加入禁止私盐，追回外戚宦官等所得私引一事，请各位大人核察。"

请禁私盐案也同请革皇庄案一样，是户部的职责范围。韩文所谈理据充分，廷议各官亦一致赞同，并请内阁草拟奏章上报。

韩文未尝不知，廷议的决议并不一定可以使皇上回心转意，但总算首战告捷，似乎又燃起一线希望，心绪登时轻快许多。散议后，时过正午，他步出宫门，仆人韩福趋前迎候，对他说："老爷，回府吧？"

"不，先回部里，顾老爷还在等着呢！"韩文兴奋地说。

而那边厢，当天入夜，焦芳的儿子焦黄中便乘坐小轿，不带随从，径直进入石大人胡同刘瑾的府邸。

记载廷议事项的奏章经内阁递呈之后，韩文和顾佐忐忑不安地等待回音。

回音终于来了。一日，内侍飞骑来告：内官监太监马永成即前来宣谕圣旨。韩文和顾佐立即吩咐大开中门，在大堂上准备香案，两人则赶赴户部大门前恭候。

好一会儿，马永成在二三十骑大小内侍和锦衣卫官兵簇拥之下来到户部衙前下轿。

韩文先说："臣韩文、顾佐等恭候御使前来宣谕圣旨！"

马永成也不答话，径直进入大堂，韩、顾二人恭请圣安如仪，等着聆听皇帝的旨意。

马永成并没有出示圣谕文件，而是口头宣谕："万岁爷已经先后看到过户部屡次上来的奏疏，以及内阁上奏的廷议奏本，特命咱家来传知圣意。"

"臣等恭候圣旨。"

马永成扫了一眼跪在堂阶下的韩、顾二人，冷笑了一声，阴阳怪气地说："其实圣谕也只有两句话。万岁爷嘱咐，这两句话除了向内阁几位老先生宣谕外，还要专到户部向两位老爷宣谕。"

韩、顾愕然，仍齐声表示"恭听圣谕"。

马永成清了一下嗓门，板着脸孔："户部和内阁历次奏章均悉。只照前旨行，再不必来说。"

停顿了一会儿，他加强了语气再补充一句："不必数数奏扰。钦此！"

无论谕旨的格式、语气还是内容都是前所未有的。韩文和顾佐大吃一惊，惶然对视，颤抖着声音说"领旨"。马永成也不多说，径自出衙，韩、顾二人神思恍惚地到门外揖送。内侍和锦衣卫队伍渐渐走远，两位老人还呆呆站立，失魂落魄。

第七章

韩文无畏挺身抗旨　顾佐大义勇济时艰

"再不必来说""不必数数奏扰"的谕旨，固然粗鲁蛮横，拒谏于千里之外，但对正德皇帝来说，倒也言如其人。

顾佐听到这样的谕旨后，顿觉脑袋嗡嗡作响，胸中积愤汹涌澎湃，数十年来致君尧舜上的理念一下子崩塌了，君圣臣贤、共臻至治的期望荡然无存。他回府后一病不起，病榻上恶梦不断，恍惚中有凶神驱赶，自己无处藏匿，又无力反抗。有时他突然梦醒，大汗淋漓，冷静下来又想到那两句挥之不去的、不伦不类的口头谕旨。再不让上奏说话了，眼前这么多棘手的政务又该如何应付呢？他思虑再三，毫无头绪，茶饭不思，心悸气促，渐觉四肢麻痹，起卧无力。户部司官和门生故旧常来看望，他总是急切地询问衙门里又发生什么事。来人好言相慰，他又摇头叹气，并不相信这些平稳顺意的吉祥语言。他更为关心的，还是韩文目前的状况："贯道学长还好吗？我病倒了，更难为他了！"司官们如实告诉他："韩尚书依然每天辰时来部办公，酉末回府，部务如常运行，未停顿呢！"

客人离去，老仆顾荣进来伺候，轻声告诉说："韩老爷来过两次，您都正在睡着，他不让我们叫醒您，静坐在榻前半个时辰就回去了。"

"为什么不唤醒我？"

"韩老爷不让惊动您。"

"他有什么话留下？"

"韩老爷说，我家老爷的病在心不在身。还说，心病还要心药医啊！"顾荣重复韩文的留言，并取出一封书柬，说是韩文留下的。

顾佐扶床而起，急急拆开缄封，原来只是一页素笺，上面端端正正地抄录有几段老子《道德经》语录，顾佐念道：

"大道废，有仁义；……国家昏乱，有忠臣。"

"宠辱若惊，贵大患若身。"

"知其荣，守其辱，为天下谷。"

一共三十二个字，上无题款。下无签署。

顾佐反复诵念和思考，几次折叠放在枕边，又几次郑重地打开，半晌，他蓦然若有所悟，自言自语道："贯道学长的深意我算粗知了。自古以来，每逢世局败乱，纲常失序，民人挣扎于水深火热之时，才会显露出真正忧国忧民、以天下疾苦为疾苦的人物，才更需要坚执不渝、敢于面对昏浊、坚持抗争的人物。我顾佐虽然鲁钝，但在大是大非面前还是清醒的，绝不敢推卸责任，畏难苟存。学长引录《道德经》的话也点醒了我，给我找到了病根。时难见忠节，荣辱本来就是相辅相随的，要有平常之心，更要特别珍视灾患，将它看作是人生难得的历练。要善处逆境，在逆境中更要不堕其志，不失其守，不改其行。户部职司全国财政，皇上需索日巨，国家开支浩大而收入日减，在目前政治旋涡的要冲，我岂能借病回避，而让贯道独肩艰难呢？"

顾佐恭恭敬敬地把韩文手书的素笺放在案上，回头大声对顾荣说："我的病好了，准备公服冠履，明早就到部里办公！"

户部的日子确实不好过。正德皇帝从来不问家底，只管放手挥霍。他登极以来，一再传旨采购奇珍异宝；大量升擢武官，或委任宦官守备兼任京军禁军高职，提拔传奉官近千名，薪俸自然骤增；又不断延揽番僧，大量增加内府各监局佥书官、匠役、画士；光禄寺几乎每日都传办宴席，赏赐之费日增月益。所有这些开支都是以中旨形式，敕令户部立即如数拨款。他更是委派宦官兼督仓场盐池、购运为营建所用的梁木和金砖等，主管与少数民族的茶马贸易，使大量财富流入贪囊；大笔批给贵戚宗藩的田土盐引，亦都是从国家收入中割裂出去。户部从原来的"财神庙"急转直下，很快便成了负债累累的"破落户"了。

作为"破落户"正副掌柜的韩文和顾佐，终日左腾右挪，拆东墙补西墙，总是无法平衡开支。目睹仓库空虚，多年的存银已经挥霍将尽，难免全面破产，二人心急如焚，反复商量，认为不进行全盘整顿，危机已经迫在眉睫。韩文对顾佐说:"问题的关键在于皇上。我考虑还是要顶风再上一疏,将国家财政的全面情况奏报,或可感动上意,警惕危机。"

顾佐点头,转念又说:"不是刚有过'不必数数奏扰'的谕示吗?"

只见韩文凛然正色,似乎已鼓起了最大勇气:"不应说而说谓之失言,应说而不说谓之失职。我反复思虑,处此危殆之局,再不向皇上剖明原委,就是有亏臣节,就是失德了。"

顾佐闻言,被韩文勇毅的气魄所震撼。他平素小心谨慎、温煦谦抑,此时也蓦然坚定起来:"我完全同意再上一疏,并在奏疏上副署,受到何种指斥贬罢亦在所不惜。贯道学长,大道废,有仁义;国家昏乱,有忠臣啊!"

第二天刚到户衙,韩义便将一份疏稿交给顾佐。顾佐看到他眼睛通红,知道又是个未眠之夜,又见他神情亢奋,像是一个正要勇赴战场的将军,不觉肃然起敬。

顾佐捧稿细读,首段是对今昔国库情况的回溯:"京库银两,既往每岁岁入为一百四十九万两有奇,以岁用言之,给边折俸及内府成造宝册之类为一百万两,余皆贮之太仓以备饷边急用,故太仓之积,多或至四百万,少亦半之。近岁年入,以积欠蠲除,亏于原额。而所出乃过于常数,盖一岁之用已至五百余万两矣。今海内虚耗,兵荒相仍,以有限之财供无穷之费,若非痛惩侈靡,务为减节,岂能转啬为丰,以济一时之急邪?"

顾佐频频颔首称是,抬头看着韩文,由衷地说:"以百余字勾勒全局,指明要害所在,贯道学长真是大手笔啊!"

"下文就说到户部有关的问题了,良弼兄请加斟酌。"

顾佐再往下读:"臣等追维近年支用加增之由及再陈可行长策:盖银两之用,由于京军屡出,调度频繁,山陕饥荒,供输加倍。但,往者孝庙(弘治)登极,赏赐悉出内帑,户部止凑银三十余万两,今则银一百四十余万皆自户部出矣;往者内府岁造金册皆取诸内库,今则户部节进过一万四千八百余两矣;往者户部进送内库银止备军官折俸,今则无名赏赐,无益斋醮,皆取而用之矣;此银费所以日增也。

"招收投靠之匠,传升乞升之官,役占影射之军,皆夤缘权贵,蠹公营私。或臣下建白而裁革不行,或方行裁革而旋复其旧,深根滋蔓,潜耗京储,此冗食所以日增也。

"光禄寺供应迭告不敷,内监局工作略无停息,至如玉带蟒衣,一概滥赐,其他琐屑,不能枚举,此冗费所以日增也。

"夫天下之赋,不少加于前,而军国之费乃数倍于昔……民怨日结于下,天道屡变于上,将来时事岂不诚为可忧哉!

"伏望陛下深惩夙弊,俟诸司查奏到日,将冗官冗兵冗匠及冗费等项,应裁革减省、停止者,即赐施行。"

疏文简明扼要,但针对性强,全都与皇帝奢侈滥用有关。其所谓"可行长策"又集中在要求皇帝裁革冗费,节约开支上,可谓锋芒凌厉,已不顾皇上的"龙颜"了。

这份奏疏递上去之后,石沉大海,没有一点儿讯息,显然是被"留中"了。所谓"留中",是对奏章不加处理,永远搁置,禁锢在宫廷档案库。韩文、顾佐对于这份措词严厉的奏章被"留中",既在意料之中,也在意料之外。

意料之外的还有,正德皇帝不但不理会户部奏章所陈述的问题和建议解决的办法,反而加紧敕命户部解交各种名堂的巨额款项。仅在正德元年四月到八月,即有以下重要项目:一、为弘治皇帝建立皇陵,购置建筑材料及支付工役费用一百零二万两;二、为正德皇帝准备"大婚"用费四十万两;三、为修葺寝宫用费十八万两;四、命内官监太监等前往南京织造彩绸缎匹,购买珠宝等用费一十五万两;五、赏赐外戚勋贵等用费十二万两。

以上数项费用一百八十余万两,竟超过京库每年的总收入数十万两。户部捉襟见肘,而太监又连日奉命催迫,韩文等无奈,只好硬着头皮,奏请先发承运库存银应支。

所谓承运库,是指设在宫内的御用金库。原来规定,户部和各省每年都要给承运库上缴若干万两银子作为专款,以备皇帝为宫廷和皇族事务应支,不用再开支国帑。弘治皇帝比较节俭,本人许多开支都由承运库拨支,十八年来,还积存了数百万两银子,作为遗产留给正德。所以,正德初年宫内的承运库比外朝国库宽裕得多。韩文等本以为,当国库支绌,无力支付以上特殊开销时,请由宫内承运库垫支,是公私两便而且合乎情理的事。可是,正德皇帝虽然最能挥霍,但又爱财悭吝,颇善算计,知道户部请由承运库开销各种特殊费用后,龙颜大怒,急派马永成来户部传诏,不许动用承运库的存款。

马永成大模大样地来到户部,传诏后就端坐在大堂之上,尚书韩文和侍郎顾佐两侧列坐。马永成瞅见这两个老头子闻诏后,都现出愁眉苦脸的样子,有意用比较缓和的声调向他们询问:"万岁爷的旨意,想两位都清楚了。不知有什么要复奏的事?"

韩文倔性又起,直言道:"今户部库存只有六十余万两银子,祀礼大典、边防战备军需、各省灾荒救济、文武官员俸禄、护漕治河、修葺城池,等等,都只能在这笔钱内开支,实在已经不敷,确无能力应支其他。还请马公公鉴察实情,妥言陈奏。"

马永成又问:"不知韩尚书有无运筹应急的办法?"

韩文说:"办法是有的,看来也可行。除我部历次疏陈和廷议奏章论及的以外,拙意还可以采取另外一些措施。其实也不外开源节流之道。"

马永成双眼向上,冷冷地说:"愿闻其详。"

韩文也豁出去了:"在节流方面,尽数罢除各种不符合规章的冗费和不急的开支,除京边军士以外的赏赐,一律改发银票钱钞,稍为缓减白银的开支,如仍然不足,则请以官内承运库的银钱酌为补充供用,以渡过目前艰难;开源方面,敕令所有赐给勋戚庄园的田税暂借供用,并下敕核查内侍管理的承运库所存金银账目,清出弊漏;不允许混报乱支,必能查出巨额银两以供国用。"

马永成脸色阴沉下来,双眼瞪着韩文:"韩尚书之意,是否认为核查宫廷内府钱粮,整肃内侍官员,是当今急务呢?"

韩文平静回答:"这又不尽然。朝臣内官,各有良莠不齐,目前为办理先帝陵墓和皇上大婚,都有一些人发了大财的!"

这句话更刺激了马永成。谁都知道,建造陵墓和筹办大婚,包括马永成在内的"八虎",在承包工程、购买珠宝、督办织造等方面都垄断在手,大操大办;索贿纳贿,得到了巨大的利益。权幸宦官们一直把这一类大工程和大典礼看作发财致富的绝好机会,"八虎"当然都猛捞了一把。

韩文当面揭丑,让马永成难以下台,他脸孔抽搐,强压怒火,声音听起来更加怪异骇人,他并不正面回应韩文的话,而将话题转到传诏方面,抬出皇帝,开始给韩文扣帽子:"俺今日奉旨传诏,皇上圣意是不许动用承运库存银,这是宣示明白的。但韩尚书提出的所谓办法,还是口口声声要动用内库的存银,还要核查承运库的账目。看来,韩尚书是要和皇上算账了!"

韩文知道这番话的分量,但已顾不了太多,他回答说:"鄙人并无此意,不过为谋解决窘困,为皇上分忧而已!"

马永成自认已转入优势,步步进逼:"须知抗命忤旨,是触犯国家大法的。"

韩文怒气上冲,正要反驳,却见顾佐频频以目示意,便不再答话。顾佐着意缓和气氛,打圆场说道:"今日马公公和贯道学长各抒己见,坦率直陈,足见谋国之忠,忠君之愿,原是殊途同归的。"

马永成并不领情,冲着韩文说:"既然户部承办皇差有那么大的难处,俺看缓建先帝陵墓,推迟皇上大婚,岂不是都结了吗?就看谁胆敢提出这样大逆不道的救时长策了!"

话音未落,马永成起身拂袖而去。

户部按照全国的行政区划,设置十三个司,分管十三个省份的户口、田土、赋役等政务。司的负责官员名为郎中,是正五品官员,其下还有员外郎(从五品)、主事(正六品)等职官。这些官员分管具体业务,熟谙情况,职责相关,都十分理解韩文的态度。韩文和马永成今天的激烈交锋,片刻便传遍部内外。

马永成刚走,户部的僚属就不约而同地来到韩文和顾佐的值房,想了解事态的究竟,也希望能对这两位老首长表达慰问和支持。大伙坐定,韩、顾二人仍是双眉紧锁,不仅愤恨阉党的欺侮,更担心的是来日大难,财政崩解迫近眉睫。顾佐低头无语,韩文把马永成最近两次来传诏和自己再次上疏的内容,以及今日对话的情况如实地告诉僚属们。说到最后,韩文激动得不能自抑:"他们是要抬出皇上的威权挤出巨款来,他们是要加给我们忤旨抗旨的罪名,好下手栽害啊!"一向刚直坚强的老汉也忍不住潸然下泪,以袖拭目。

全场静穆,传出一阵唏嘘啜泣的声音。

忽然在房间东侧的座位上霍地站起一个人,高声叫道:"大臣为国,奋不顾身,义不辱节。当此政局昏浊、群魔乱飞之际,正是鼓勇竭力、报效朝廷之时。事似不可为,往往正可大有作为。唯有智深勇沉,方可突破难关,决胜千里。岂有堂堂尚书措手无计,偷泣于扉下的?"

大家一惊,循声张望,原来是本部浙江司郎中李梦阳。梦阳,字献吉,陕西庆阳人,弘治六年方二十二岁,即中进士高第,曾在京师和地方任官。素以文采出众、有谋能断、锋芒毕露、豪言盛气见称。韩文一向对他器重,反问道:"献吉,有何高见?"

李梦阳似早有谋虑,躬身施礼,胸有成竹地回答:"容当面禀告!"

第八章

金夫人顽护张国舅　李才子铁笔斗皇亲

李梦阳颇有一些传奇事迹。

他在中进士前即以文学知名，自少天资聪慧，博览群书，又能从古籍中提出自己卓异的见解，所作诗文，早就传诵省内外，被公认为陕西一杰。在性格上，他感情充沛，易激动，好仗义，胸怀坦率，敢作敢为。但也有恃才傲物、睥睨当世、不屑谦恭的习性。

弘治五年秋，恰逢三年一次的乡试之期。所谓乡试，就是在全国各省区，对本省儒生进行选拔考试，被录取的便拥有了举人的身份，有资格在第二年春天进京参加会试，被取中的即成为进士。不论乡试或会试，都被认为是"抡才大典"，特别受朝野重视。那一年，年方二十一岁的李梦阳从故乡庆阳赶到省会西安应试。抵达西安时，已经夜幕沉霭，考房早已关闭，不许梦阳入内办理登记手续。梦阳气往上冲，大言道："梦阳不入试，本科无解首！"所谓解首，又称解元，是乡试第一名的俗称。主持考场的官员知道来者是享有盛名的李梦阳，才破格开门让他入内办理应考手续。梦阳登榜时果然名列乡试第一，是货真价实的解首，陕西李梦阳遂以才子兼狂生的名声喧腾于京华。

李梦阳是具有多方面才能的人。他在弘治六年中进士，被委任为户部山东司主事，其后又积资升任为浙江司郎中。到正德元年，他已经入仕十多年了。在此期间，他和著名文人何景明、徐祯卿、边贡、康海、王九思、王廷相互相唱和，主张文必秦汉、诗必盛唐，推动文学复古运动，号称"七才子"。

虽然李梦阳在中国文学史上是一颗光彩夺目的明星，但绝不是一个酸腐文人，他热忱于时事政治，同意"文以载道"。他主张文学要如实记载历史兴亡的教训，对当前政局正邪善恶的评骘，抒发朝野士夫以至草间庶民的愤慨和嗟怨。他也主张"风雅"："以一国之事系一人之本，谓之风；言天下之事，形四方之风，谓之雅。"故此，李梦阳所说的风雅不是故纸堆中不食人间烟火的超世绝俗，而是提倡关切国事和民生。他认为，历史事件不应该以当时人当事人的评价为评价，既不应该因时人的谄媚称誉永享盛名，亦不应因一时的诬陷误解而永蒙污垢。他用文学的语言抒发主张，说"人亡故国还祠庙，世异阴崖尚品题"；又说"云雷昼壁丹青壮，神鬼虚堂世代遥"。

李梦阳政治上敏感，亦有行政才能。正因为具有上述思想素养，他入仕后，才更为留心时政，疾恶如仇，在自己职权范围内狠革腐败。但亦因此，屡次遭受贵戚和宦官的打击，几致性命不保。弘治十二年，他在户部任主事，被派往京师附近的通州，监管设在该地的储备粮仓；十四年，又被委派"监税三关"。所谓三关，是指居庸关、倒马关、紫荆关。以上两个职位都至关重要。通州是由南至北漕运的总汇，它的储备库是全国储藏粮食最多的大型仓库，宫廷"玉食"和在京文武百官、京禁各军的俸米食粮均由通州储备仓调发；三关环绕京畿，边塞外的牛马皮革，内地的茶盐布帛铁器，大多数以此为出纳卡口，不论进出，都在此征收税款，然后汇总缴交户部，供给京城俸饷。梦阳不论在通州或三关任内，都骇然发现，有关仓库，绝大多数都是储藏亏空，粮账、银账不符；在关税征收方面，漏洞更大，大小官役无不"吃关而肥"。陋规极多，凡出纳仓储，货物进出关卡，都必须向各仓官关吏贿赂疏通。特别是外戚、宦官和权要经营的特权商帮，入库时可以以少报多，纳税时则可以以实作虚，以多报少，从而谋取暴利，侵吞粮款和税款。尤其是以弘治皇帝的妻弟国舅爷张鹤龄和张延龄为后台的商帮，打着张府旗号闯关越卡，从不纳税；而一般肩挑手提少量商品过关的老百姓，则被百般盘剥，货被没收，人被殴挞，百姓称这些关口为"鬼门关"。梦阳针对这样的情况，惩罚了有关特权商帮，对横行一时的皇亲张家的管家伙计亦当廷杖责，严令补税，具结不得再走私漏税才予释放。他还革退了作恶多端的"仓耗子"和"关油子"，罪恶昭彰者判刑入监，又重新颁制了关口仓储运输及榷税的法规，严令官私人等，一律遵守。一时关口秩序肃然，税款大增。但梦阳因此严重损害了外戚、宦官和权要的利益，竟被诬告为目无法纪，擅改朝廷律令，弘治十四年，一度被革职并被捕入诏狱。

梦阳在狱中不屈不挠,在过堂时列举确凿事实狠揭弊端,而且词锋激昂,以滔滔雄辩驳回一切指控,审判官员理屈词穷,不敢深问。梦阳还将事件原由、是非所在,以及本人因公受害的冤案,写成书启送呈刘健、李东阳、谢迁三阁老处,并点名反诉张鹤龄、张延龄等皇亲。三阁老素知梦阳才气横溢而又为官廉正,出面干预此案,以张氏皇亲为首的违法走私团伙,也怕事件闹大,丑事张扬,不敢硬咬下去。梦阳终得以在蹲大狱数月之后被释放,重回户部任职。

李梦阳并未因遭受诬陷和蒙受冤狱而消减英锐之志,他仍然不避忌讳,坚持正义。不久,又惹下一场震动全国的官司。

弘治十八年正月,即朱祐樘去世前数月,因内阁刘健等人的一再吁请,准备为国政做一些改革,曾颁下一道诏旨,表示要广开言路,倾听朝野大小官员兴利除弊的言论。

李梦阳毕竟是书生。他善良、轻信,对兴革政治存在的艰难险阻估计过低,对皇帝求言纳谏的诚意和限度缺乏全面的认识。他本来具有强烈的忠君理念,从政十余年亲历官场昏暗,目睹奸佞横行,流弊山积,久已积愤于心,早就想尽情上告,只是未有机会,如鲠在喉,引以为憾。现在得闻诏旨,感奋莫名,要将自己对国家前途的至诚关注,对反复考虑的朝廷政治得失,以及如何拨乱反正之方,以一腔热血转化为文字,完整如实地奏报皇帝。他虔诚地连夜写成一篇《应诏上书疏》,洋洋洒洒五千余言,递呈御览。

他以如椽巨笔,将国家当前的重大危害概括为"二病""三害""六渐"三大部分:"夫天下之势譬之身也。欲身之安,莫如去其病;欲民之利,莫如祛其害;欲令终而全安,莫若使渐不可长。今天下为病者二而不去也,为害者三而不之祛也,为渐者六而不可长也……夫易失者势,难得者时。今观可畏之势,而遇得言之时。使人缄默退缩以为自全苟禄之计,是怀不忠而欺陛下耳。臣今据所见昧死以开具,唯陛下矜察哀怜,俯赐观鉴焉。"

他所说的"二病",第一病是指在朝大臣中有人庸碌无能,窃居高位;亦有人刚愎自用,恶人诤谏,更有人鲜廉寡耻,联群结党,贪婪自肥,是谓元气之病。第二病是,宦官的本职只应限于在宫廷内侍候打扫,而当今的宦官却掌管国家重要仓储厂库，干预朝政，其危害极大，是谓心腹之病。

所谓"三害"，一是兵害，指军队中严重的积弊，如虚报军额等。二是民害，指庶民百姓难堪赋重役繁。三是庄场畿民之害，指皇亲国戚以及得宠宦官等大量兼并土地，失去土地的农民被迫流离失所。

所谓"六渐"，一是匮之渐，指的是连年用兵，修建寺观，靡费极大，国库渐告空虚。二是盗之渐，指的是百姓迫于饥寒，铤而走险，京师及外省多有警报，所谓民穷起盗心，要防止集结酿成变乱，必应大力恤饥赈寒以安抚民心。三是坏名器之渐，指的是原有颁定对官员升黜和处分的吏律吏法渐成空文，卖官鬻爵成风，贪渎残酷的官僚充斥。四是弛法令之渐，指的是有法不依，执法不严。权钱交易以干法纪，且赦非善政，滥行赦免，其实是庇纵奸恶之徒。五是方术眩惑之渐，指的是寺观林立，佛道之教盛行，法师、真人充斥于朝野，惑诱百姓，耗费国帑，为害甚大。

以上所述"二病""三害"和"五渐"，措辞虽然严峻，但言之有据，殷切吁求纠正，大体上还在最高统治阶层能够容忍的范围之内。问题出现在第六渐，即"贵戚骄恣之渐"。李梦阳在这一段里，点名抨击了弘治张皇后的弟弟寿宁侯张鹤龄的种种罪行，惹起了这个国舅爷的强烈反弹，怂恿张皇后及其母金夫人出面，对弘治皇帝施加压力，誓将李梦阳置于死地。

寿宁侯张鹤龄和其弟建昌侯张延龄二人自恃是皇家至亲，以国舅爷的身份骄横放纵，气焰嚣张，无恶不作，北京内外称"二张"为"二瘴"，官民对之痛恨入骨，但无人敢对他们揭发和批评，都怕触及他们的瘴恶之气，反遭灭顶之灾。

李梦阳则以极大的勇气和胆识，对这个权势熏天的国舅爷的累累罪恶，逐点进行揭露，吁请给予制裁，文曰："今陛下至亲，莫如寿宁侯，所宜保全而使安者，亦莫如寿宁侯，乃固不严礼以为之防，臣恐其溃且有日矣。今寿宁侯招纳无赖，罔利而贼民，白夺人田土，擅拆人房屋，强虏人子女；开张店房，要截商货；据占盐课，横行江河；张打黄旗，势如翼虎。此谓之不替，可乎？替则陵，陵则逼，太逼则法行，目今侧目而视，切齿而谈，孰非敛恨于寿宁者也。夫川溃则伤必众，万一法行，陛下虽欲保全而使之安，得乎？臣切以为宜及今慎其礼防，则所以厚张氏者至矣，亦杜渐剪萌之道也。"

这一段话义正辞严，反映出朝野共同的心声，实际上是声讨贵戚恶霸张鹤龄的檄文，一字一句铿锵有声。

但张氏家族，包括张皇后、她的母亲金夫人、两位国舅爷，却不知收敛，反认为李梦阳是存心和他们作对，觉得蒙受了奇耻大辱，誓除李梦阳遮羞解恨。

张皇后出生于一个国子监监生的家庭。曾被授读一些经书、女学等，因此亦略知文墨，工心计，聪明有决断。成化二十三年，她年方十三，被选为皇太子朱祐樘的妃子；同年，朱祐樘继位为帝，她被册立为皇后。

弘治皇帝朱祐樘，在明代诸帝中，也可以说在中国古代帝王中，是唯一一个名义上实行一夫一妻制的皇帝。除了弘治个性不甚喜女色外，亦与张皇后驭夫有术有关。他们夫妇感情较好，张皇后在宫闱生活了十多年，增长了不少知识，熟谙应对权术，因和弘治同住坤宁宫，朝夕相处，有时亦能参详国事。其父张峦被追封为昌国公，其母金氏被封为昌国夫人，其弟张鹤龄被封为寿宁侯，延龄为建昌伯，可谓一门贵显。但如同历史上多数皇后一样，张皇后亦特别偏袒娘家。张鹤龄、延龄兄弟之敢于横行不道，亦是恃宠生骄，有这样的姐姐可为强硬后台。

张家在知悉李梦阳对张鹤龄点名揭斥的疏文后，急于要和张皇后取得联系。按照礼制，两个国舅爷是不许进入后宫的，但金夫人作为皇后的生母，长期以来随便进出宫闱，"大内禁垣"成为她常相来往之所。鹤龄兄弟叮嘱母亲赶快入宫晋见皇后，请皇后主动向皇上辩解，并反咬李梦阳借诬蔑皇亲以影射皇上，抢告头状。

金夫人五十多岁，生性精明干练，说话斩钉截铁，滴水不漏，有时在坤宁宫见到弘治皇帝，除例行国礼外，亦敢以丈母娘的口气絮语家常。有些请托，弘治拉不下面子，也会勉强答允。宫中的侍女，都怕她敬她，夫人长夫人短地争着奉承。

一清早，金夫人便带同李梦阳奏疏的摘抄件，气冲冲地从神武门进宫。宫门的守卫早就习以为常，即唤传官女抬出小辇，让金夫人乘坐，经御花园进入坤宁宫，官女们赶忙报知张皇后。张皇后昨晚已听弘治皇帝说到李梦阳参劾张鹤龄的事件，知道金夫人必为这件事而来。

母女见面，只行家礼。

金夫人抢先说话："你知道了吧，户部有一个姓李名梦阳的人，居然欺侮到我们老张家头上来了，对你弟鹤龄百般诬蔑，造谣中伤……"边说边把奏疏摘抄件送上："你看看，你看看！"

张皇后打断了母亲的话："不必细说了，皇上昨晚已说到此事。"

金夫人急问："皇上有什么看法？"

"皇上说，关于鹤龄和延龄的事，过去已有几个御史上疏奏劾，都被搁置下来了。这次李梦阳把它作为天下大病之一提出来，列举的事实也更具体，比御史们说法更严重，而且要求皇上采取措施制裁。"张皇后说。

金夫人焦灼地说："我问的是皇上准备怎样处置？"

张皇后低头思索了一会儿，告诉金夫人："皇上说，鹤龄、延龄许多行为，也实在过分放肆。现在满朝文武都在议论此事，都非议他们的行为。"

金夫人像受了沉重一击，早已忘了对面的人是当今皇后，只看作是自己的亲生女儿，两个宝贝儿子的姐姐，语带不满地问："你是怎么样办的呢？是见死不救吗？"

张皇后辩解道："我已经奏告皇上，鹤龄等可能确有不是之处，但嫉忌富贵是人之常情，历来皇亲都会受刁难的。李梦阳等人对鹤龄等的指摘，实有夸大之处。"

"皇上怎么说？"

"他是认真听的，但面容肃穆，偶有颔首，不过没有说话。"张皇后说。

沉默了好一会儿。金夫人难卜祸福，顿觉胸臆郁闷，手足发冷，啼哭起来，开始还是无声饮泣，稍后更是放声痛哭。张皇后陪同落泪，忧心如焚。

正在这个时刻，宫女入报："万岁爷回宫了！"

张皇后赶忙扶母亲避入寝宫，自己疾步出坤宁宫门外迎候。弘治近日来形体清癯消瘦，每日午后燥热难耐，脸额焦红，饮食少进，夜难安寝，虽服用太医开的汤药，但情况未有好转，今日也显得特别疲惫。

进入坤宁宫坐下，宫女奉茶，弘治举杯未饮，看到张皇后双目红肿，脸有泪痕，问："皇后为什么哭泣？"

张皇后知道为兄弟说话的机会来了，于是低声泣述："我是为我娘家苦命而哭。我父张峦以一个穷贡生得入国子监读书，但屡试不第，未能出任一官半职以报效朝廷。因我被选为皇太子妃，以后又被立为中宫，他蒙恩被封为皇亲贵爵，但福浅命薄，壮年故世，只留下我母亲金夫人独持家计，支撑门户。我自知出身贫寒，十八年来恪守礼法，不敢逾份奢求，却因得皇上过爱，也招来不少嫉忌，更因为有两个没出息的弟弟屡次惹是生非，不但羞辱家门，也给皇上增加麻烦，我真是罪孽深重，百死难赎呵！"

弘治素性惧内，听到张皇后边泣边诉，明知是为张鹤龄乞求赦免，一时也不知说什么好，只是木讷地接道："有朕在，你不必悲伤，还要多加珍摄！"

正说话间，忽然从寝宫内撞进来一个老女人，只见她已卸去头上凤帔，拔去金簪，抹掉脂粉，披头散发地扑到弘治座前跪倒在地，连声哭嚷："请万岁爷饶命，请开恩免除我张家满门抄斩呀！"又一连叩头。

进来的正是金夫人。

不但弘治，连张皇后也对金夫人这样的举动很感意外。

弘治在吃惊之后镇静下来，对金夫人这样的撒泼也很懊恼，喝止她："成何体统，还不给朕站起来说话！"

弘治话音未落，只见张皇后也趋前跪在金夫人旁边，俯首叩头："请皇上开恩！"

弘治有点无措，用手搀扶张皇后，说："都起来，都起来，坐下来说话！"

金夫人谢罪起立，抹干眼泪，略为整理乱发，告坐。

弘治和张皇后坐在坤宁宫中央，金夫人恭身坐在东侧的矮榻上。

弘治朝她发问："你有何话要说？"

张皇后以目示意，请她以情动人，不要激动。

金夫人是见过世面的，而且泼辣惯了。她沉下气来，依照出门前张鹤龄逐句教唆的话一一道来。对于李梦阳奏疏中列举的事实，能抵赖的一概抵赖；难以抵赖的，便推脱说是寿宁侯府内个别不法家人奴仆假借名义所为，一经发觉便已把这样的家人奴仆严加惩治了；而鹤龄和延龄历来自爱，绝无放纵不法之事；等等。

弘治皇帝倚着御座闭目听她背书，面无表情，偶尔露出不耐烦的样子。

张皇后向她摆手。

金夫人知道情势确实严峻，准备拿出张鹤龄搜肠刮肚想出来的点子作为撒手锏，改守势为攻势。她稍为提高嗓门："皇上，李梦阳的奏疏中说陛下厚张氏，这里所说的张氏就是指皇后，皇后是国母，是与皇上共配享天地的，今竟指着皇后的姓氏凌侮，岂不也是辱及皇上吗？按照《大明律》的规定，这样的言论属于'指斥乘舆'，属于'大不敬'的叛逆，是应处斩的……"

弘治听她愈说愈离谱，微微睁开眼瞅她一眼，又闭目养神。

张皇后眼看金夫人使出撒手锏并未奏效，只好亲自出马。她离座走前两步，再次跪下，降低调门哀求道："臣妾自十三岁被选入宫服侍皇上，十八年来无德才可称，如今两个弟弟又蹈犯刑章，引起众议沸腾，影响朝廷威信，皆是臣妾教导无能之故。如果不将李梦阳处置，如同证实张氏一门皆有罪孽，臣妾亦无颜面窃据中宫，不如请皇上恩加贬降，革去皇后之位，用以酬答李梦阳等，亦以谢国人！"边说边泣啼顿首。

弘治无奈，只好起身扶起张皇后，安慰说："卿家不必为此过分哀伤，我即传旨将李梦阳逮捕入锦衣卫狱看管便是了。"

锦衣卫吏役个个都是玲珑透顶，善于窥探风色的官场老手，他们早就清楚皇帝是在无可奈何的情况下才传旨逮捕李梦阳的。故此，李梦阳在狱中并未受过什么酷刑，不戴枷、不戴镣，反而专辟一间静室让他自主作息，容许家人送入菜肴酒饭、纸笔，以客礼相待。

狱外的情况也对李梦阳有利。大小朝官，甚至北京的老百姓，都在传诵他敢于掊击权贵中的最大恶霸张国舅，对其备加赞扬和同情。疏文中的相关部分，还被刻版印刷成单张，遍贴大街小巷。内阁及都察院、大理寺、刑部等司法部门，都主张对李梦阳不必深究，不应处刑。

弘治皇帝的态度是决定性的。他在明代的皇帝中虽无雄武奋发治理之才，却颇知持盈保泰之道，对事对人能保持宽容清醒，他宠惧张皇后，但并不尽听枕头状。对于两个国舅为非作歹多行不道，他是了然于心的。在逮捕李梦阳入狱的同时，他召见张鹤龄、张延龄于南宫，在僻静处对他们严词申斥，二张脱冠叩首请罪而出，一时不敢不有所收敛。此事亦传出宫外，播扬远近。

初时也有人受张国舅等的唆使，向弘治进言，将李梦阳交由锦衣卫杖责，弘治不准。他事后对人说："这些人是想施用杖刑处死李梦阳，让朕背上滥杀谏臣的污名，朕是不能答应的。"

李梦阳被关了十天,便由皇帝传诏："李梦阳妄言大政，姑从轻罚俸三月。"算是象征性地给予一个处分，给张皇后和金夫人一个台阶。

李梦阳出狱，回到户部复职，受到同僚们热诚的欢迎，京中文士纷纷为他设宴，庆贺他得脱牢狱之灾。

一日，七才子中在京的康海、边贡、何景明、徐祯卿等人特邀李梦阳在丽正门，即俗称前门的大街猪（珠）市口拐弯处的南恒顺饭馆吃饭，说是"镇惊"。这间南恒顺饭馆是北京专以吃涮羊肉、绿豆杂面和芝麻烧饼驰名的饭馆，其本店自行酿造的高粱酒更是醇甘香洌，最宜于在涮羊肉席上饮用。饭馆的门前立有拴马的桩子，是准备给乘马而来的贵客拴束马匹的。楼上还专辟有一间临街小阁，四壁悬挂名人书画，比较安静雅致，以为有身份的官绅或文士聚饮专用。七才子们只要在北京，每年冬寒季节，总会邀约来此聚会。往日是谈诗论文，这一次因梦阳脱狱归来，便自然而然地以时事为话题。酒至薄醺，梦阳豪情大发，大骂宦官外戚等误国殃民，他背诵《应诏上书疏》的警句，康海等连声称赞，每读一段，劝进一盅。

饮宴已毕，众才子在饭馆前揖别。时已入夜，前门大街各商铺华灯纷上，车水马龙，正是热闹的时候。不觉之间，天气转阴，下着小雪，雪花落地便化作泥泞。跟随梦阳的小厮李晋，早就在拴马桩上解下主人骑乘的白马，递上马鞭，扶梦阳上马，出猪市口，转入前门大街，朝丽正门方向走去。

真是无巧不成书。忽见迎面一个胖圆臃肿的中年汉子，头戴织锦厚实头巾，前后绣有金蝉，身穿紫色灰鼠皮袄，腰缠四指宽楠香带，粉底绒靴，像是一个富商的打扮，骑着一匹大青叫驴，身后随着几个仆从由北往南，朝前门大街深处而行。原来恰好正是寿宁侯张鹤龄。为什么他不穿贵爵服饰，又未摆齐仪仗，昏夜便装简从来到北京熙熙攘攘的商业闹市呢？原因是张鹤龄贵而兼商，在前门大街出货开有盐店、绸缎店、珠宝、银楼、钱庄等十余所，虽各派有掌柜的管事，但有时亦亲自来盘查指点。最近因闹腾京内外被劾的官司刚告一段落，便急于来前门各店巡视一番，不仅为了解买卖盈亏，更重要的是给手下人表示自己已经平安大吉，安抚一下日前动荡的人心。

李梦阳和张鹤龄迎面相撞,冤家路窄。张鹤龄心存畏懦,不敢再惹李梦阳,两骑相近,想绕道已经来不及,便驱策叫驴在大街上靠侧而行。不想两骑交会之际,听到李梦阳大喝一声:"姓张的,哪里走!"

张鹤龄抬头怒目,大声回骂:"李梦阳,你不要再猖狂,你鼓腾了半天,还能咬我国舅爷的鸟!"

只见李梦阳面庞涨红,两目圆瞪,也不再说话,策马走前半步,左手执缰,右手挥动马鞭,从右而左朝张鹤龄的面上狠打过去,国舅爷左半脸从额头到下巴立即显出一条殷红的血痕,痕上滴血。张鹤龄痛入骨髓,胯下的大青叫驴也惊骇嘶叫,它后退两步,又往前转身蹿到李梦阳骑乘白马的右侧,大白马前蹄腾空,也在大声嘶叫。

张鹤龄破口大骂:"你小子没有皇法了,敢当街殴辱本爵!"话音未毕,白马的前蹄刚落地,李梦阳更挥鞭由左而右地再朝张鹤龄的脸颊横抽,鞭梢落在嘴鼻之间,张的鼻子被削去小半,嘴唇登时裂成兔唇,口吐鲜血,两颗门牙落地。张鹤龄被打得头面迸裂,似觉满天星斗。李梦阳仍然余怒未息,双目圆睁,手上继续挥舞鞭子,凶神恶煞般地要进一步厮打。张鹤龄不由得心生恐惧,不敢再作勾留,口里含混地骂骂咧咧,低头伏在叫驴鞍上,向前门大街南口急奔,几个随从也狼狈逃遁。

这一幕怒鞭国舅爷的活剧在北京闹市中心上演,街上游人和两旁店铺的伙计们,都围拢观望,拍手叫好!

张鹤龄因为刚受过弘治皇帝责骂,一时不敢再惹事,原要等待合适时机再报仇雪恨。想不到,不久后就传来弘治病入膏肓、行将驾崩的噩讯。国丧期间,形势急变,更不敢提及此事了。

第九章

九卿痛切请诛八虎　三老疾首誓除大奸

　　李梦阳在户部大堂的豪言壮语，给尚书韩文很大的激励。后生可畏，时局仍有可为。正德元年九月，一天清早，他密召梦阳到自己住宅的书房里，要单独倾听这位青年才俊的意见。

　　韩文放下长辈和长官的架子，向梦阳请教怎样才能解开困局。他十分诚恳地对面前这位比自己年轻三十岁的后生说："国事艰危，兵财两务均有燃眉之急。老夫计穷力竭，所进之言，皆未受皇上采纳。每想到来日大难，不觉泣血椎心。但正如你所说的，徒泣何为。我很想听一下你有何救时良策，有什么办法解开当前的死结？"

　　梦阳正色道："政潮激荡，时势危急，今日已无退缩转圜的余地，唯有鼓勇前驱，戒在柔软懦弱，只有与'八虎'为首的恶势力作一殊死之战，才是唯一的出路。"

　　韩文长叹，不无忧虑地说："但一切都决定于皇上，皇上不采纳、不支持我们的意见，恐怕也是徒有斗志，而难有战功啊！"

　　李梦阳表示不同意这样悲观的看法，他侃侃而谈："事实也不尽如此。一年多以来，宦官'八虎'们恶行昭彰早已引起官民公愤，口诛笔伐已渐成气候，我这里带来了南京御史陆昆等人在七月间上的请求摒斥'八虎'以绝乱源的疏文，疏文劝请皇上切勿蹈秦二世信用赵高因而亡国的覆辙。以亡国为警告，不可谓不严峻，不大胆，而且疏文上去后，皇上虽未摒除'八虎'，但亦未对陆昆等加罪，好像也在有所考虑呢！"

　　"陆昆等的奏疏，我在《邸报》上也看过了，的确是敢言，而且是首先点出马永成等人姓名的。但陆昆不过是七品科道官，且有风闻奏事之责。大臣则有所不同，措词处事就不能不稍加慎重。"韩文回答。

李梦阳针对韩文的话，有意使用激将之法："大臣历事久，官位隆，身家厚重，因而顾虑亦多。说穿了，还不是因为一二品的大乌纱帽子得来不易，数十年辛勤挣来的资历地位不肯轻弃，所以陆昆等敢于点明'八虎'中人的姓名和恶行，敢于旗帜鲜明地提请驱斥，但大臣中却少有同样勇气的。"

韩文并不认同，反驳说："绝大多数朝臣士大夫，人不分老少，位不分高低，对于皇上的纵情恣欲都是痛心疾首；对于刘瑾等八人蒙蔽圣聪，引导奢费游荡，都是无比义愤的。大臣中亦确有不少人宁弃官爵，敢于力持正道勇批逆鳞的。你应该记得，今年四月，原吏部尚书马文升因坚持汰革传奉官，被指斥为抗旨，愤而辞官；五月，原兵部尚书刘大夏又因坚定执行惩治不法镇守中官、革除武官冗员，不惜因此得罪皇上，也挂冠归里。三位阁老亦屡次在廷议中激切面诤，岂可谓大臣们俱为徇私畏死之辈，都是为了保存本身富贵而不敢直言抗争的人！问题是，根据当前的情况，怎样行事才能奏效？"

李梦阳果断地说："当前正是纠转昏乱之局，锄除'八虎'腐恶势力的最好时机！"

韩文惊问："为什么？"

梦阳胸有成竹地分析形势："古语有云，贵在制人而不制于人。兵法三千，无非是因人知事，因时举事，因势行事而已。据晚生的看法，刘瑾等'八虎'假借皇威，倒行逆施，其恶行已经充分暴露，已经到了神人共愤、人皆曰可杀的地步。朝野公众不约而同，都推崇因反对'八虎'而受贬辱的人为英雄楷模，蔑视依附'八虎'以牟取官禄财富的人为狗腿败类，这样的人心向背，切不容忽视。刘瑾等集谤于天下，千夫所指，实为他们盛极而衰，必然走向灭亡的征兆。近月以来，北京和南京的御史、给事中和群臣纷起抨击；主政的重要官员，如您刚才所说的马文升、刘大夏两尚书等，宁可辞官而拒绝执行乱政；受先帝顾命的三位阁老亦当廷激切辩争，坚持甚力，朝廷虽然概不采纳，但尚未敢过分打击挟制，都说明当前两种截然不同的治国方针、两种鲜明对立的是非标准正在尖锐对峙，国家安危系于一发之间，或乱中覆败，或乱中取胜，都决定于今日。皇上睿智，或者还能权衡利害，俯听众言，疏远'八虎'，似不应放弃期待。韩大人素以忠君爱国、刚直忠耿闻于世，岂可忧时彷徨，坐以待毙？拙见认为，击灭奸佞，时机已渐成熟；拨乱反正，当前是最好的时机。所欠缺的是威望孚众，又能以大智大勇直言要求诛锄'八虎'，以谢天下之人而已。马、刘二尚书去职后，三阁老减弱了臂助，韩大人实应当仁不让，率领众大臣坚持固争。满朝臣工争于外，内阁持于内，事必可为。应知一人之辩，重于九鼎之宝；三寸之舌，强于百万之师。深望韩大人处变不乱，因时乘势而行，扶危振倾，为我等后辈树立典范……"

梦阳说得激切，韩文听得激动。他感觉梦阳的一言一语都挖掘出了自己心中久已蕴积的激情和勇气。梦阳话未结束，只见韩文霍然起立，老人抒须昂肩，声音略微颤抖，对这个年青人披肝沥胆的言论点头赞赏："你说得很对。我决定就照你的建议而行，义无反顾，立即上疏坦言，对以刘瑾为首的'八虎'必须依法制裁。皇上能采纳忠言当然是苍生之福，社稷之幸；万一不予采纳，反而要治罪，牢狱之灾，杀头之痛，我一身担当。老夫今年六十有六，也已经到了该死的年纪了。不死不足以报国啊！"

老少隔代两个人物，从此肝胆相照。

韩文缓和了一下情绪，又转向梦阳说："献吉，就请你代我起草这篇奏疏吧！"

梦阳痛快地回答："是！"

梦阳辞别韩文，刚要跨出门槛，韩文忽有所思，疾步上前把梦阳叫住，郑重地叮嘱说："献吉，必须将'八虎'一一点名，不要遗漏一个，必须着重提到，要将这八个丑类交付法司审判正法。还有，奏疏不可写得过分文雅，怕皇上看不懂；也不要写得过于冗长，又怕他无耐心阅读。"

梦阳为老人的坚定和周到而感动，他回步入室，扶韩文坐下，躬身回答："韩大人德高望重，年纪虽然老迈，仍不辞艰险为国操劳，梦阳一定铭记终生。承您不弃，嘱晚生代写这封重要奏疏，梦阳一定竭尽智虑，力求无负重托！"

梦阳回到家中，不更衣，不吃饭，一头钻进书房，凝神执笔，起草奏疏。

他思潮泉涌，近日所见所闻所悲所愤的事实回环脑际。他挥毫疾书，像一个勇悍的将军横槊挥戈冲突战阵，目标直指以"八虎"为首的宦官集团。其中重要段落的火力最为集中和猛烈："臣等伏睹近岁朝政日非，号令失当，中外皆言太监马永成、谷大用、张永、罗祥、魏彬、丘聚、刘瑾、高凤等，造作巧伪，淫荡上心，击球走马，放鹰逐犬，俳优杂剧，错陈于前。至导万乘之尊与外人交易，狎昵媟亵，无复礼体，日游不足，夜以继之，劳耗精神，遂使天道失序，地气靡宁，雷异星变，桃李秋华，考厥攸古，恐非吉兆。窃观前古阉官误国，为祸尤烈，汉十常侍，唐甘露之变，其明验也。今永成等罪恶彰彰，若纵不治，将来益无忌惮，必患在社稷。伏望陛下奋乾纲，割私爱，上告两宫（皇太后，太皇太后），下谕百僚，明正典刑，潜消祸乱之阶，永保灵长之祚。"

梦阳将"八虎"的罪恶，也将"八虎"的总后台皇上的失德乱政，一一进行揭批，把久蕴在心的忧危之思都饱蘸笔端。他起草后又复读了两次，自觉笔酣意顺，已尽所言。

不觉已到了掌灯时候，梦阳草草吃了一点饭，便急忙怀揣奏稿，披衣出门。他没乘轿也没骑马，只带着老仆李晋一人相随，准备连夜将写好的奏稿送给韩文过目。

一出门，他便感觉一阵寒风扑面，九月下旬的北京已进入秋深季节，半轮上弦月凄凉地照耀着大地，冷风萧索，胡同里老槐树的枯枝噼啪断裂，败叶坠地沙沙作响，也有落在梦阳主仆冠履之间的，正是"黄叶从风点客衣"。如果在往常，这样的情景，最易引起这位文坛巨子的吟哦之兴，引发悲秋伤时的幽情。但今天，他了无诗意，只觉得胸膛有一股激昂澎湃的心火。他斗志昂扬，满怀信心，迎着秋风踏着落叶而行。他坚信此疏理据充分，是非分明，必能给猖獗已极的"八虎"迎头痛击，促使皇上猛醒。他边走边默诵自己奏稿中的片段，颇有得色。

到达韩府，梦阳摆手叫老苍头不必通传，轻步走近韩文的书房。隔着窗槛，看见老人家戴着秋绒帽，身穿深灰色棉布夹袍，正端坐在几案之前，双目微睁，双眉深锁，正在凝神思索，脸颊上刀刻般的皱纹风霜毕现，像一个披挂整齐、枕戈待命、凛然不可侵犯的战场老将！

一场政治上的殊死搏斗正在加速进行。

卷入这场大搏斗的，几乎囊括了明朝政权中所有最高层次的重要政治人物，包括皇帝、宦官头目、内阁和部院大臣以及御史、给事中等职司风宪的言官，等等，如同狂风暴雨考验着丛林中所有的强弱枝干，政治上的对垒也使敌对双方的阵营更加鲜明，一切有关人物都被迫除去各种粉饰伪装，依其立场、观念、人品，尤其是利害关系而重新站队，人人原形毕露。

韩文接受李梦阳的建议，这一次奏请将"八虎""明正典刑"的斗争，不能再限于以户部或个别尚书具衔，必须大张声势，力争内阁和九卿大臣都参与，务必倾全朝之力恶战奸顽。为此，他首先持着奏稿来到内阁，征询三位阁老的意见。

事情进行得非常顺利。刘健、李东阳、谢迁三人都在阁，听到韩文说明来意，都很兴奋，来不及三人传阅，就请韩文诵读一遍。韩文念毕，请问奏稿有何不妥之处，向来老成持重的刘健却首先说："没有什么不妥之处，依我之见，还可以再严厉一些！"

韩文问道："提出对'八虎'明正典刑，皇上会不会认为我们说话出了格？"

刘健立即回答："不是出格不出格的问题，八个丑类万死而有余辜，说明正典刑已经是抬高了他们！"

谢迁、李东阳都表示，可照原稿呈递上去，不必改动。

韩文又道，此疏拟以九卿联署送上，现已知道三位阁老的意见，准备分别拜访其他大臣，请他们签署。所谓九卿，是指吏、户、礼、兵、刑、工六部的尚书和通政使、大理寺卿、都御史。三位阁老都表示赞同。但李东阳却心有顾虑："九卿中其他人都没有问题，只是对吏部尚书焦芳应有戒备。此人性阴狠，急功利，近来看到刘瑾显贵，在皇上面前能说上话，便已百般献媚，科道官们暗底下骂他为阉党之狗。今要诛灭'八虎'，当然不能不请吏部尚书联署，但不能不格外小心。"

谢迁也说："焦芳小人，却是极擅长闻风变色。此事如不找他，就组不成九卿一致了。我看，找他联署，实际上也是给他一个洗脱阉党污名的机会。他看到大势所趋，也有可能签署。如果拒不参加，就另作考虑便了。"

刘健郑重地对李、谢二人说："为锄灭'八虎'，贯道兄倡议于前，我等三人忝受顾命，岂可缄默于后？岂可徘徊旁观，畏难退缩？我看，为配合九卿上疏，内阁三臣亦紧急上疏，吁请皇上以国家为重，务必摒绝私宠，请即下诏将'八虎'交付法司审决。除恶务尽，一定要除恶务尽啊！"

李东阳和谢迁都连连点头。

刘健又面向东阳："西涯，还是照老习惯，这篇奏稿只有烦您的大手笔了。"

李东阳毫不推辞："锄奸去佞，匹夫尚且有责。笔墨之力，东阳岂敢推辞？当连夜撰写，与九卿上的疏本同时入奏。"

请九卿联署上奏的事，进行得基本顺利。最出乎意外的是，吏部尚书焦芳似对此事早有所闻，未等韩文叙说来意，便在言谈中流露出对宦官们过分放肆的不满，还沉痛表示对国事紊乱的忧心。韩文出示奏稿，说明来意，焦芳一面认真地细读稿子，一面频频点头称是。读毕，对韩文慷慨说道："贯道兄登高疾呼，请求除奸安邦，我十分钦佩，自然参加联署！"言毕，提笔署名。

韩文又说："吏部为六部之首，九卿领袖，自然还要请您领衔。"

焦芳略作谦辞，最后还是同意了。

韩文颇为欣慰地离开焦府，认为像焦芳这样的人还能认识到大势所趋，民心所向，愿意疏远刘瑾势力，可见刘瑾等已经众叛亲离，请加锄诛是有胜利把握的。

他绝没有想到，他刚离开焦府，焦芳立即伏案疾书急呈刘瑾的密禀，又命儿子焦黄中亲自到石大人胡同刘府面交。

在拜访刚刚继任刘大夏为兵部尚书的许进时，却引发起一阵深谈。

许进，字季升，成化二年进士，先后任过御史、佥都御史、陕西按察使以至兵部侍郎、尚书等职。

许进为人有智谋才能，敢任事，有军功。他在四十年的宦海生涯中多经打击挫折。刚任御史时年少气锐，弹劾得宠宦官陈钺激变辽东，被掌握军国大权的太监汪直构陷，受廷杖濒死。以后，又曾因一再违忤权贵，多次受过贬谪革职、捕入诏狱、勒令退休的处分。但他又总是绝处逢生，脱离险境后又得升迁，直到正德元年出任兵部尚书。

宦海沉浮，许进渐知收敛锋芒，对人对事谨言慎行，不敢轻率表态，但内心仍然是清醒和有判断的。刘瑾弄权，他并不出面顶抗，有时也虚与委蛇，但刘瑾还是对他提防戒备，许进亦自知危殆。韩文来到许府，被迎入内。只见许进近年衰老多了，人更瘦削，额上皱纹密布，紧裹的头巾外飘动着稀疏的白发，但双目炯炯有神，沧桑中闪露着睿智和敏锐。韩许二人成化二年成为同科同年，又是深交互信的老同僚、老朋友。许进接过韩文出示的奏稿后，认真读了一遍，再重复细读末段，遂问及当前的进展。

韩文如实告知："内阁三位阁老都坚决支持。刘阁老还表示，内阁也要上一本奏疏配合声势……"

"这是意料中的事。"许进插话。

说到焦芳的慷慨态度时，许进的表情忽然严肃起来，他看着韩文兴奋和憨厚的样子，嘴角露出一丝冷笑。

转入正题，韩文问道："季升兄，此疏有不妥之处吗？"

"并无不妥之处。"

"季升兄同意签署吗？"

"当然附骥，义不容辞！"

许进不无忧虑地对韩文说："贯道兄振臂一呼，义薄云天。但请诛'八虎'是当前天下第一大事，阻力极大，而且阻力还在最高峰，不能只估计顺势而成，还要预防激变。"

"预防激变"这四个字是极具震撼力的，韩文听罢，不觉凛然。他知道许进对当今皇上和当前形势可能有更深入的判断和估量，所言不无道理，但他已经铁定了心，置生死于度外，回答说："季升兄，千刀万剐，我甘之如饴！"

许进紧握韩文的手："个人生死事小，社稷兴废事大。我担心的是，如发生激变，必引起更大反动，形势会向更险恶的方面发展啊！不得不早加防备！"

第十章

风云突变众正求去　皇帝护短群小嚣张

一场特大的政治阴云笼罩着北京城，曙明初现，随即乌云蔽天。

这是一场忠与奸，善与恶，正与邪，纲常正道与昏浊乱政殊死相拼的激烈战斗，两方营垒分明，中间并无缓冲的余地。战场虽然集中在京城，但其风波却席卷神州大地。

九卿和内阁的奏本是在同一天相继送到正德御前的。正德登极一年多，虽然也收到过大小臣工许多谏劝的奏本，但一般是置之不理，有时看也不看，搁置了事；有时性起，便将言词锋利的几个人扣上亵渎君上、忤旨叛逆等罪名，轻则降革职位贬谪远方，重则当廷杖责，或逮捕入锦衣卫狱。他认为这些谏疏不过是好事者的文字游戏，皇权至上，皇威无限，谁也无法触动自己一根毫毛。但是，他终究还是一个十几岁的顽童，未经历过真正酷烈的政治搏斗，这一次由内阁、九卿分别联署，声势浩大、措辞严峻的上奏，指名道姓要将自己最宠幸的人物"明正典刑"，令他措手不及。所有重臣举朝一致要开杀戒，任性已惯的年轻皇帝顿觉得难以应付，压力巨大。要下旨处决这几个与自己臭味相投，为自己提供种种欢愉享乐的宠臣，实在不甘不忍；但断然驳回奏疏，开罪满朝臣工，一时也不敢不愿，害怕失去了主要的支持和臂助，真正变成孤家寡人。正德看过这两份最后通牒的奏疏后，心慌意乱，两眼发直，竟然焦急地哭了起来，嗷嗷之声，惊动了殿陛。

对皇帝的啼哭，侍从的小太监不敢劝慰，只有老太监王岳上前用丝绢为皇上揩泪捶背，并恭请珍摄保重。

原来王岳的资历地位非比寻常。正德皇帝朱厚照出生后，便照宫中规矩，由指定乳母哺养，并派忠谨可靠的太监监护，王岳当时便是监护太监的领班。

弘治五年三月，诏立朱厚照为皇太子。当时朱厚照还是一个半岁大的婴儿，就是由王岳乘辇抱出行礼的。朱厚照二三岁时，常依附于王岳怀中，称之为王公老伴，亲密无比。厚照继帝位后，王岳仍随侍在侧，对刘瑾等"八虎"乱行的不满时形于颜色，"八虎"亦不敢和他计较。

王岳关切地询问正德为何难过，正德泪眼滂沱地看着王岳，一副焦急无助的样子："他们要杀掉刘伴当、马伴当他们八个人呢！"

当时的皇帝习惯上将亲近的太监昵称为伴当。"八虎"中的刘瑾、马永成、张永因得到这样的宠称，自傲为高人一等。

王岳叹息了一声，慢慢地说："爷爷想亦知道，刘瑾和马永成等人近来也确实太放肆了，他们借着爷爷的名义在宫内外无恶不作，是犯了众怒啊！"

正德并不认同，但也没有驳斥，只是说："这件事怎样办才好哩！"

王岳略为迟疑，毅然而道："阁老们的意见，也是为国家社稷，为爷爷永享鸿业而发的。不杀刘、马等人，恐风潮不易平息！"

正德瞪了他一眼，不理会。

沉默了半天，正德的眼泪早干了，似乎又有了主意，连连呼叫："杀人不杀人，是朕的权力，谁干涉得？谁干涉得？"

当天，年轻的皇帝寝食难安。

这一场斗争，不可避免地将外朝内宫全都卷了进去。

事实上，宫内的大小太监也不是铁板一块。刘瑾等八人一年多以来暴得重用，早已引起其他宦官的不满。特别是一些宦官头目，对"八虎"的嚣张跋扈也看不惯，对他们窃据军政大权，引诱皇帝无节制地放荡冶游也很反感，只是平常无从表露、无法进言而已。

这一次外廷要处决"八虎"的大风潮，在宦官内部也引发起从未有过的震撼和分歧。

反对"八虎"的宦官集团早就形成，其中以十多年来保抚皇帝、司礼监掌印兼督管东厂、享受三品高俸的老前辈王岳和司礼监太监李荣为首，司礼监秉笔内官监太监范亨、徐智，御马监太监宁瑾都是重要的成员。王岳一派基本上是在弘治朝比较受重用，现在权势逐渐失落的人，这些人惯于恪守传统的宫闱规矩，希望皇帝正常治国，遵守君德帝范，对正德临朝以来的乱局也有忧虑和愤激。故此，他们大体上同意和支持内阁阁议和九卿奏本。大风潮汹涌而起，他们亦胸怀激荡，只是恪于太祖皇帝朱元璋原有规定宦官不许参议国事的禁令，无权直接上疏论事，没有资格正面进入冲突的主流，只能便中进言敲打边鼓。

正德皇帝任性放荡，喜怒无常，但并不愚蠢。事件发生后，他并不敢为此事开罪阖朝大臣，力图避免引发全面冲突；但又绝对不能接受处决最受宠爱的八个太监。在彻夜无眠的思索中，他想出一个敷衍的办法，就是先将刘瑾等八人安置到南京，躲过风头再说。为此，他一早就宣谕王岳和李荣进入乾清宫，命他们二人立即前去内阁宣谕自己的意见。

王岳和李荣来到内阁，将皇上的意见转达完毕。刘健不假思索地回绝道："请两位公公回奏皇上，轻纵奸佞，后患无穷。汉、唐前事，可为鉴戒。臣等之意，仍以割除私爱，明正'八虎'之罪，概予正法为宜！"谢迁和李东阳亦同声附和。

王、李回宫复旨。想不到皇帝也是固执原意，听到内阁不肯遵旨，不觉恼怒，看到王、李二人仍跪伏在阶下候旨，便大声对他们喝道："你二人再去内阁宣谕，着令再议，说是朕的定见！"

二人急忙再赶回内阁，只觉得阁内的气氛更加不同寻常了，三位阁老脸色铁青，似乎预知来意。二人将皇帝的意见传达，三位阁老面面相觑，沉默了半天。

李东阳先说话，语气委婉缓和："内阁之所以坚持将刘瑾等八人正法，实在因为这八个人恶贯满盈，已引起臣民公愤，不处死不足以抵罪，亦有损皇上威严。处决八人，正是皇上附从众意、大振乾纲的表现。仍请公公回奏时妥为说词。"

谢迁对东阳这种文绉绉的说词有些不耐烦，冲口而出："当前对刘瑾等八人如何定案处置，已成举国关心的第一大事。如果再予纵容，必失全国臣民之望，众愤难平，乱萌滋长。务请转奏皇上，请加三思。"

刘健更是推案而起，目光如炬，沉痛地说："先帝临终托孤，亲执臣手，命臣等三人承顾命之重，而今日陵土未干，嬖幸'八虎'，朝政紊乱，至于如此，我等有何面目见先帝于地下？忧危逼人，我等仍不尽言，是为大不忠……"

说话之间，不觉热泪盈眶。

东阳看到刘健过分激动，怕生意外，上前扶持婉劝。

王岳和李荣很受震慑和感动，他们一时忘记了自己仅是奉命传达之人，情不自禁地频频点头："三位老先生请放心，内阁的意见是正确的。"

王岳和李荣的回奏，丝毫没有改变正德皇帝的心意，他下旨在第二天集九卿诸臣于左顺门候旨。

九卿各大臣早就知道皇帝与内阁议事冲突互不妥协的事，亦估计今天的召集，必然是为了重申旨意，软硬兼施，强制九卿大臣接受赦免"八虎"的意见。

左顺门前，各大臣齐聚，人群窃窃私语，议论纷纷。

兵部尚书许进对户部尚书韩文再次进言，他拉着韩文的衣角，走到宫墙僻处说："贯道兄，弟上次签署奏疏时，曾对您谈及预防激变，看来今日之会绝不乐观，激变可能正在今日。知君莫若臣，皇上必会加大压力，拙意对此事还是适可而止，可以暂时将刘瑾等安置南京，等待时机再彻底清算，不知尊意如何？"

韩文不耐烦地推开许进的手，断言道："愚见亦知激变可能迫在眉睫，诚如尊论。但如果同意将刘等八贼安置南京，是养痈为患，留下一个大祸根，不日必酿成更大灾难。鄙人老矣，今日请以身殉！"

许进无言。

稍一会儿，司礼监太监李荣拿着九卿的奏疏出来："皇上知道各位先生上疏请将刘瑾等八人明正典刑是出自忠爱之心，但皇上因这些人长期侍应，不忍即置之于法，可否请各位稍缓要求，待皇上徐徐处置？"

众人听到旨意，大多嗫嚅无言，内心都对皇帝的庇护不同意，但又不敢冒"忤旨"的罪名公开顶撞。在气氛凝重的沉默中，李荣的眼光有意地看着韩文，当然是希望他说话。

韩文果然正步走到众臣队列之前，手捋长髯，目光悲壮："当今民穷盗起，灾变日增，但是皇上还是追求声色，搜罗珍宝，日夜游宴，置国事于不问。其中重要原因就是狎宠群奸，受刘瑾等人摆弄。宦官专政，亡国之兆，历史教训决不能忘记。现在这八个阉徒窘于公议，企图暂以南京为避死的窟穴，亦为他日翻案反噬的据点，是绝不能迁就的。请李公公向皇上剀切说明。"

李荣点头："九卿的疏文已经说得很清楚了，各位大人今日意见我一定如实奏报，请放心，就请回吧！"

李荣临将离场，吏部侍郎王鏊上前询问："如果皇上还如前宠用这些人，怎么办呢？"

李荣辞色严肃地回答说："大义当前，内臣亦不敢求苟免，亦必须尽言尽力，如有耽误，难道我的颈脖是铁铸的吗？我等焉敢误坏国事？"

王鏊闻言揖谢。

九卿们对于王岳、李荣的坚决支持，颇受感动，连说："我朝建国将一百五十年，内臣能这样明辨是非的，实在少见，足证刘瑾等罪恶滔天！"

也有人说："皇上深居宫中，有些事情即使倾外朝臣子全力也未必听从；但内臣晨昏在侧，熟悉脾气爱憎，看准机缘进言，作用反大于百十份奏疏。借内臣之力以剪除内奸，未尝不是上策。"

大臣们说话间走近左顺门侧的内阁值房，只见刘健迎面而来，红光满面，表情兴奋，大声对众人说："只要各位坚持下去，事件很快就会圆满解决的，'八虎'就刑只是日间的事。"

他还信心十足地宣布："万一皇上还留恋刘瑾等贼人，不肯置之于法，老夫将带头偕同各位伏阙面争，不准不休！"

困兽犹斗。刘瑾连日来已从焦芳处得到了许多不利于己的讯息，特别是，皇帝暂先安置他们在南京的意见，亦被内阁和朝臣们拒绝；还知道，刘健这个倔老头要率众伏阙面争，不将自己等八人处死誓不罢休；更令他吃惊的是，宫内老太监王岳和李荣竟连续在内阁和朝会中公开表态支持外朝意见，而其他宦官范亨、徐智、宁瑾等也附和朝臣的主张。真可谓宫内外联手，合计谋我，自己的处境大为不妙。他亦看到，宫内的紧张气氛日甚一日，似乎只要等皇帝一声下诏，便会将自己和另七个哥们儿绑押西市，以"奸阉恶竖诱惑圣聪"的罪名处死。他深知生死荣辱定于霎时之间，自然不会坐以待毙。

刘瑾等并不绝望，他们明白皇上不忍将他们处死。事实上，皇帝追求放荡纵欲，自己的主动迎合，是两者的一拍即合，确实是气味相投。皇上如果下诏将最贴身宠爱的人"明正典刑"，等于在自己脸上抹灰，是循众见而自灭皇威。刘瑾在惶恐震惊之余，认为大势仍有可能挽回，甚至还存在反败为胜的前景。刘瑾认定，事态下一步的发展，完全决定于正德皇帝的转念之间。

这两天，他没有回石大人胡同，而是住在原钟粹宫的值房内，频繁地和马永成、张永、谷大用等七人分析形势，研谋对策。

得知焦芳带来的刘健准备率领众臣伏阙面争的情报后，当天晌午，刘瑾命小太监紧急将马永成等七人召来。

八人环坐在钟粹宫殿堂侧室，刘瑾居中："众位哥儿们，爷爷今早命王岳和李荣向九卿大臣传谕宽容我们，岂知韩文带头顶撞，拒不奉旨，更想不到王岳和李荣吃里爬外，居然和朝臣们同腔同调，为他们打气，而刘健这条老狗还想在明日率众伏阙，必要置我等于死地。事情已到了生死一线的关头，众位老哥们都要拿捏主意。"

魏彬灰心丧气地说："他们人多势众，又抓到我们的把柄，要冲出难关是不太可能的了。反正，我们兄弟是同生共死，祸福与共的，杀头不过一刀快，等爷爷下诏吧！"

刘瑾冷笑了一下，不复说话，环视其他人，目光冷峻。

高凤似乎更愿意接受安置南京的措置，平和地说："能够安置在南京孝陵，为太祖皇帝司香供祠，也未尝不可，我本来无多奢求。"

刘瑾瞪了他一眼说："高哥愿意到南京过安逸生活，就怕人家还不许呢！你以为到了南京，人家就会放过俺们吗？南京校场外也有杀头的刑场呀！"

马永成从刘瑾的态度，看出他已另有谋略："我看事机紧急，刻不容缓。刘哥有什么盘算，就给兄弟们交一下底。多年相处，俺们都是听从刘哥的！"

谷大用也说："现在再不容三心二意了，必须一致进退。马无首不成行列，雁无头不成飞阵，我们都听刘哥的。"

众人点头。

刘瑾清了一下嗓子："现下俺们的处境危急，但并非无可挽救。哥儿们都知道当今皇上爷爷的脾气。第一，他和俺们同游戏共欢乐，一直亲密投契，绝不甘轻易答应斩掉俺们脑壳的，必须激发他的不甘不忍之心，坚决顶回朝臣们的狂妄要求；第二，爷爷心高气傲，是吃软不吃硬的，对于外朝臣子对他施加的压力一定非常反感，必须引导他下决心反击，狠灭朝臣们犯上的气焰；第三，宫廷内侍出现了王岳、李荣、范亨、徐智、宁瑾等卖主求荣、胆敢勾结外朝好事之徒而亵渎皇威的败类，是埋藏在御前的心腹之患，皇上爷爷是绝不会容忍的。针对这三点下功夫、说道理，不但能够安度危机，而且还可能反败为胜。"

说罢，"七虎"无不点头称是，忙问应该如何着手。

刘瑾将早有准备的对策端出来："首先必须对皇上动之以情，最好的办法就是向他痛哭哀求饶命，尽量促使他产生怜悯之心、同情之念，顾念君臣寻欢作乐的鱼水之情。如果皇上之心已有松动，就要抓紧机会，全力咬定朝臣与内臣中一些人勾结成奸，阴谋篡夺皇上权力，贬低皇上的威严，要杀害我们，就是要迫使皇上孤立无援，一切要听任他们摆布，如果不将内奸外党一并剪除，皇上今后的日子一定不好过。俺们的贱命不足惜，实在是为皇上担心，对这些乱臣贼子气愤不平。"

刘瑾结合形势，针对正德皇帝的性格，作出以上策略安排，先求立于不败之地，然后迅速转入反守为攻的态势，谋取反败为胜的效果，各虎听后无不佩服。张永在内心暗暗嘀咕，惊觉这位刘哥确实老到毒辣，自己此次若能脱险，日后必须戒备提防。

马永成趋前请示："刘哥，下一步应该怎样走？"

刘瑾宣布："今天下午，未末申初，乘皇上爷爷歇晌以后，俺们先在钟粹宫集合，然后一齐进入乾清宫面觐，先是跪在御前叩头放声哀哭，请求顾念多年殷勤侍奉的劳苦，恳请开恩怜惜残生，给予超生之路。视皇上的态度如何，再见机而行。"

马永成补充说："应哭则哭，应嚎则嚎，应止则止，一切视刘哥眼色行事。所有反诉控告之词，由刘哥一人说话，俺等附和，切不许你一言我一语，乱了阵脚。"

众虎像吃了定心丸，由悲转喜，诺诺连声。

正德皇帝自少纵惯，继位后更是随意放纵，从来听不进逆耳之言，绝不接受异议之事。这两三天，接到内阁和九卿要求诛杀"八虎"以谢天下的奏疏，开始时颇为惊惶，原想自己出面转圜，群臣会答应放过这些人一马，给自己一点面子，同意先将刘瑾等安置在南京。想不到，这样的意见先在内阁被刘健硬顶回来，又在左顺门朝议中由韩文带头反对，群臣声势汹汹。他们表面上虽归罪于刘瑾等八人，但言词之间已毫不掩饰对自己言行的揭批。王岳、李荣将情况回奏以后，他恼羞成怒，推倒御案，顿足嚷叫："反了，反了！"

午膳后，皇帝在乾清宫坐立不安，蓦然感觉空虚孤立，身处至尊，竟然无人可以依恃，让这些前朝大臣倚老卖老放肆胡言，可一时又奈何不了这些身居要职，甚至还顶戴顾命光环的老家伙。在如何处置刘瑾等八人的问题上，继续僵持下去也不是个办法。正德郁闷烦躁，一时又拿不定主意。

向来最受宠爱的藏獒黑豹不知好歹，仍像平日一样摇头摆尾走到御前，高举着前肢要攀爬到正德胸前撒娇求宠，想不到恰碰正德生气之时，一把将它推走，再照狗腰猛踢一脚。这头畜牲被踢得龇牙咧嘴，汪汪叫了两声，不敢再招惹，夹着尾巴逃了出去。

一条宠犬刚被踢开，八个受宠的活人却鱼贯进来了。

原来正德登极以后，废除了宫中的一些规矩，刘瑾等人可以不经通传，自由进出乾清宫。有时，乾清宫内竟也成为君臣们嬉笑玩乐的地方。

这八人由刘瑾带头，一入宫内，便环跪在正德面前，个个除去冠帽，披头散发，伏在阶前磕头鸣叫："爷爷饶命，爷爷饶命！"

正德一时发愣，语气缓和地对他们说："怎么啦，你们要干什么？"

八人还在磕头啼哭，而且更加凄厉哀切。

正德有点儿不耐烦了，厉声喝道："你们这是要干什么？有话就说！"

还是刘瑾先说话："请爷爷救奴才们，也只有爷爷才能救奴才们，他们要杀奴才等的头哩！"

正德负气地说："不经朕同意，谁敢杀你们的头！生杀之权，掌在朕手上！"

刘瑾领着众人叩头谢恩："如果不是爷爷知道奴才们爱主的忠诚，不是皇爷爷开恩，奴才等便要被碎尸万段，用来喂狗了！"

正德不觉心有所动，对眼前这几个侈乐游玩紧紧相随，总是为自己添乐助兴，从不逆意顶撞的贴身太监，有着又爱又怜的感情。他虽然没有答话，但聪明狡黠的刘瑾从他的眼神中已经看到希望，他哭声放缓，但仍然泪眼盈眶，忠顺进言：

"俺们在御前伺候，无非是要尽职尽责地让爷爷舒坦自在。爷爷喜欢狗马鹰犬，奴才等想尽办法搜寻进奉；爷爷喜欢出猎习武，奴才等出力相随。这些难道就会损害国政吗？这都是别有用心的人借机攻击奴才等而诬蔑爷爷，企图诛杀奴才等而使爷爷身边再无忠信之人罢了！"

正德未说话，若有所思。

刘瑾知道这番话已起作用，又叩头道："有一些话，奴才过去不敢奏告。近日外朝为什么闹得这样凶，敢置爷爷的话于不顾，实因宫内有与他们联手之人，吃里爬外，企图内外勾结谋害爷爷！"

正德一怔，厉声问："是谁？"

刘瑾逐一陈奏："爷爷恐怕还未知道，司礼监太监王岳奉旨传谕内阁，竟敢表示同意刘健等人忤旨的意见；李荣奉旨在左顺门谕知九卿众大臣，竟敢公开说九卿顶撞皇上之见是出自忠爱，并以自己颈脖并非生铁铸就以示坚决；范亨、徐智经常将爷爷的行止活动密报内阁；御马监太监宁瑾更向外朝泄露军机秘密……他们都是埋藏在宫里的毒刺，是煽动外朝风潮的内奸……"

正德勃然变色："这些事你怎么知道的？"

"回奏爷爷，大多是忠于皇上的吏部尚书焦芳密报而来，也有一些是奴才等有心打听而来，俱是确凿可信的。"

正德起立踱步，盛怒不已。

刘瑾知道关键时刻已经到来，他趋前一步，跪倒在正德面前，低声奏道："奴才万死进言：内奸不除，外朝永无宁日。王岳等卖主求荣，都是因为他们盘踞在司礼监的位置上。奴才之言如有不实，甘受剐绞之刑！"

正德扶起刘瑾，恨恨地说："朕即下诏，就让你当司礼监兼提督团营，丘聚提督东厂，谷大用提督西厂。厂卫权力非紧握在朕的手上不可！"

刘瑾目示丘、谷，让二人上前叩头谢恩。

正德怒火未熄："即传旨，将王岳、李荣、范亨、徐智、宁瑾下诏狱，听候处置！"

八人连声答话："遵旨！"

正德向刘瑾问道："对于外朝的刘健、韩文等老朽，怎样处理为好？"

刘瑾眼露凶光，胸有成竹地回奏："不劳爷爷耗神费心，他们待不住、留不下的。"

任命刘瑾为司礼监太监,丘聚、谷大用分领东、西两厂,是政治气氛全面逆转,风云突变的讯号。

明代中叶以后的司礼监太监,号称"内相",是与内阁的首席大学士,号称为"外相"相对称的。因为中央各衙门和地方各省送呈上来的奏章,照例应先送内阁,由内阁首辅或其他大学士审读后拟写初步的处理意见——叫作"票拟",然后再通过会极门送入宫内,请皇帝最后裁定、御笔批示。可是,正统皇帝朱祁镇宠信大宦官王振,成化皇帝朱见深宠信大宦官汪直,弘治皇帝朱祐樘一度宠信大宦官李广,这几个人都任过司礼监太监,而皇帝往往又将阅读奏章审批内阁"票拟"的工作交付给他们,司礼监太监居然能对内阁的"票拟"拥有准驳之权,成为皇帝的代笔人兼代言人,可以代行皇权。"内相"的权势便凌驾于"外相"之上。以刘瑾其人而得任为司礼监掌印太监而且兼督团营,其权势当然是当朝内外臣工第一人。再加上,将特务机关东厂和西厂交给丘聚和谷大用二人,"八虎"便从几被诛杀的败局一转成为可以肆意诛灭对手,掌握重权的人。

当天,东西厂和锦衣卫押送持正的宦官王岳、范亨、徐智于宫门受笞,准备发放到南京太祖朱元璋的陵园服役。正德随后又下旨,将李荣、宁瑾革职下东厂狱,再发落到先皇陵园做苦役,反攻倒算的毒焰已在宫廷内蔓延。

朝臣们请诛"八虎"的斗争已陷于全面失败,大势已去。

大臣们还在左顺门候旨,多数人对这一次举朝死谏本来都存着希望,听到宫内传出的特别擢用刘瑾等、重笞王岳等的消息,恍似晴天霹雳,一时晕头转向,绝料不到皇上竟然偏执任性至此,绝情断义至此,不但对朝臣的公议绝不接受,而且反其议而行。大臣们相对凄然惶然,有捶胸顿足、泣不成声的,也有呆如木鸡、像丢了魂儿一样的。

三位阁老到底多年历练的重臣,闻讯后仍然保持镇定。特别是刘健,还是"木强"常态,他转身便回内阁,步履稳健,神色从容,李东阳和谢迁紧跟入内。

内阁值房空气像铅铸一样沉重,但却十分平静。三位内阁大学士各自坐在自己的位置上,好久不说话,偶尔相顾惨然一笑。他们像酣战过后败阵下来的将军，来不及抚疗创伤，但要先脱卸甲胄。事已至此，他们反而觉得已经尽到了责任，竭尽了忠诚，耗尽了心力，无所愧疚了。

谢迁道："事已无可为，我们自请休致吧！了不起，无非辞官归里！"

刘健接着说："这是理所必然的，难道我们还能厚着脸皮，待在这个位置上吗？"说话间，他的倔劲又来了，愤懑地说："更了不起，无非将我们关押诏狱，将阖朝文武'明正典刑'罢了！"

"我早有求退之意，现在的形势更是非退不可，我们合上公本吧！"李东阳说。

刘健点头，说："这个请求休致的联名公本，还是请西涯最后一次执笔吧！"

他喃喃自语，仍像首辅口授机要一样，为公本措词曰："臣等谬受顾命，精诚未孚，补天无术，屡忤圣意，罪孽深重……"

刘健还要再念下去，李东阳缓和地敦劝他："我看就不必再说于事无补的负气话，与皇上争一时的短长了。这个公本就只写几十个字，不涉其他，但求辞位休致便足够了。"

刘、谢再没说话，只叮嘱务必将请求退休的奏本在今日之内递上。

第十一章

刘谢失势辞官获准　东阳受辱难辩苦心

往常内阁的辅臣请求退休，皇帝就算同意，甚或有意撵他们走，表面上也要作出挽留的姿态，一般是经过一请一留，再请再留，然后才批准辞职去任。这样做，不仅是虚文假礼，而且还是表示君臣之间的融洽信任，给天下臣民树立榜样。但这一次三阁臣求退，却出现了两个异常的情况。

首先是神速批准。上公本的第二天，便传来诏旨："刘健、谢迁着准致仕，恩赐给驿回籍，各月给廪粮如例。"这说明，正德皇帝对于这两位顾命大臣之去唯恐不速，尽快让他们滚蛋，免得再遇事嘟囔阻碍。实际上，他也是以此对刘、谢这两位顾命大臣进行羞辱。

其次是特别诏示"李东阳仍留任，继续在内阁办事"。这一特殊做法，原来是经过正德和"内相"刘瑾认真琢磨算计过的，主意出自刘瑾。他向正德建议，尽快赶走刘、谢而单留东阳是一妙招儿，一是利于对他们三人的区别对待和分化；二是李东阳不但在政坛上因廉洁守正而享有清名，而且是公认的文坛领袖，四方仰慕的对象，有很大的影响力，留用他可以作为新局面的装饰品、挡箭牌，可以有效缓冲反对情绪，收拾天下人心；三是李东阳此人柔懦软弱，遇事多妥协，易于接受压力；四是政事繁杂，实不宜立即空阁而去。正德对于李东阳的恶感，一直低于刘、谢，加以他对刘瑾本来就言听计从，留下李东阳便成定局。

内监来内阁传旨。罢官休致本是刘、谢意中之事，亦是本人的坚定诉求。最感意外和震撼的，却是李东阳，他听闻自己被指定留任的诏旨后，头脑嗡然涨痛，遍身冷汗淋漓。刘健和谢迁领旨谢恩，站立起来，李东阳却似乎已经瘫软，爬不起来。在一个小内侍的搀扶之下，东阳才颤颤起立，随刘、谢之后送走御使。

东阳委屈而无助地凝视刘、谢两位老同僚，谢迁扶他坐下，温和地说："西涯先生，这是圣意，您是只能遵旨的，好自为之吧！"

东阳忍耐不住，掩面而泣。

"木强相国"刘健却不肯饶人，竟将一口怨气喷向东阳："还哭什么？前两天若和我们一起坚持除恶务尽，今天不是也一同离开这个是非地，不再受窝囊气了吗？"

东阳知道刘健是对自己爱殷望切，他默默点头，没有答话，心思恍惚。

李东阳在回家的路上思潮翻滚。今天皇帝陛下绝情轰走刘、谢，却独留自己"继续辅政"，让他措手不及。他感觉受击最重的是自己。十年来与刘健、谢迁二人在弘治朝同心辅政，合作无间，世人早已将三位阁臣视为一体，称誉为"贤相"，所谓"李公谋、刘公断、谢公尤侃侃"早已传诵朝野。入正德朝以来，三人凛于受顾命之重，一再合疏痛谏新帝诸多不德、狎近群小；至于共请诛锄以刘瑾为首的"八虎"，也是同心一致，甚至声讨群阉罪行的内阁公本，也是由本人执笔拟稿。疏出，天下传诵，均认为是抒发了臣民的心声，是伸张正义的一代檄文。自己从来没有与刘、谢和朝臣存有二心，怀有异意，是矢志共同进退的。只是自己秉性软弱，在冲突激化的场合总是出言较为缓和，难以表露慷慨决绝的激情，这是性格使然，绝非矫揉造作，更不是故意做状妥协，为自己谋一退路。这一次被单独留任，与其说是受器重，不如说是受侮辱，使自己蒙受不义，坠入特设的政治陷阱，从此将生不如死。

东阳决心再次表态坚决求退。轿子刚入李阁老胡同，他便嘱令李贵，命轿夫们不必将轿子停在府门，径直抬入庭院。东阳下轿，疾步进入书房，未卸冠服，未进晚膳，就命仆人们点起羊角灯，自己伏案草疏，文曰："今前日臣与刘健、谢迁各具本乞休，臣于本内明开三人之中，臣最当退。过蒙优旨，并赐勉留。昨者恳乞退休，事同一体。健、迁皆得圣恩，获蒙俞允，而臣独被存留。校臣之病，比之二人独劣。若依栖眷恋，苟幸保全，正恐累陛下知人之明，孤先帝顾命之重。非唯智穷力尽，不能复有裨益，抑且沉溺颠覆，无以自容，展转激迫，实不知所以为处。"

东阳写完这一段，重读了一遍，觉得还未将自己内心深处最顾忌、最感恫痛的事实写出来，同官皆去而自己独留，有何词以塞世人悠悠之口？有何词以谢天下？有何面目立朝以领导群臣？于是他又挥笔写道："伏望圣慈，愍臣衰病，收回成命仍许退休，使臣得与二人同赖栟櫕，并生天地。纵莫效衔环之报，犹当结草之图，臣无任恳悃激切候命之至！"

他放下笔来，继续沉思。一轮朗月从窗楹间射入，照得几案笔笺盅砚清晰，灿然入目，书房花瓶里斜插的一丛桂花，幽然散发出沁人心肺的清香。东阳恍然记得，今天是正德元年十月十四日，怪不得月华如水，桂子飘香。这是他有生以来永难释怀的金秋十月，永难忘记的充满激情的日子，众多大小同僚椎心泣血以陈词，激昂地共指奸佞、愿与偕亡的气概，百官对三位顾命大臣的殷切期待。内阁内外，左顺门前后，一场又一场的剀切论辩，正是儒家官僚匡时济世、临难不苟的动人之处，都深深镂刻于胸臆，激励自己挺身奋发。也与刘、谢二公一同坚决求退，绝不恋栈。但今天的诏旨，却使自己陷入极大的尴尬。这篇再次坚决请退的奏疏，确是情词恳挚的由衷之言。

东阳吹灭了羊角灯，枯坐在几案前，此时万籁俱寂，但心潮起伏，难以平静。回忆起自己十几年前写给持身自爱、不屑攀附权贵而坚决求退的兵部郎中林蒙庵的《南归诗》序中的几句话："时有所不可则去，不得其职与言则去，居其位而力不足以胜之则去。是其退也恒易，而进也恒难。"

当时自己还在翰林院读庶吉士，入世未深，对政海关系的复杂诡谲一无所知，以为难进易退既是儒者的理念，似乎只要本人坚定便可以决定去就。如今在宦海中浸泡了许多年后，才发现事情并不简单。东阳悚然感到一个阴谋正向自己逼近，即使百般退让躲避，还是难以脱出重围。

在自己过去所作诗文中，有与今日人事情景相仿佛的，今夜总是自然而然地涌入脑际。东阳步出庭院，但觉寒风萧瑟，连一轮朗月似乎也顿成冷月，冷眼俯看人世间的恩怨情仇。一阵寒风吹袭，倒使东阳清爽了一些，他情难自已地诵念自己的旧作，这是对正统、景泰年间两位忠烈之臣章纶和钟同二人的挽诗。其一是为悼念和称颂章纶的："极知天下无难事，闻道先朝有直臣。万死不输三寸舌，一生谁是百年生。英灵地已归河岳，遗草天应护鬼神。欲殉朱云借时剑，九原重斩负恩人。"

其二是为悼念钟同并礼赞章、钟二人生死不渝的交谊："渺海惊波竟殒身,豸冠曾触怒龙鳞。生无赧色居台省,死有丹心质鬼神。午夜虞渊终见日,百年宰木再回春。南宫懋老英灵在,地下唯应两故人。"

东阳反复吟哦,回忆起自己当年对这两位人物的景仰,对他们不惜逆鳞殉身,虽百死而不悔的钦敬。章纶和钟同以死抗争的事迹,是发生在正统、景泰之间震动全国的大案。当时英宗正统皇帝朱祁镇宠信宦官王振,轻率发动亲征蒙古也先的战争,竟至兵败被俘;其弟景泰帝朱祁钰代位执政,随即废立英宗之子朱见深的皇太子位,改立己子朱见济为皇太子,造成朝纲大乱,加以重用宦官贵戚,花费大量国帑以度僧道五万余人。章纶和钟同慷慨论事,不避忌讳,直言批评诸多不德不法之事,激起景泰盛怒,深夜传旨从门隙中递出,立即将二人执下诏狱,抄家没产,并封巨杖就狱中将二人各杖一百,刑掠惨酷,钟同登时死于杖下,章纶则受重创未死,但长期被囚禁在黑牢之内。李东阳当年因两人的壮烈而发为诗篇,亦在诗中抒怀述志。想不到,事过五十年,正德时期的放荡荒诞,竟有过于景泰时期。自己的旧作爱憎鲜明,光芒照人,不由得反躬自问,自己的志气还豪放如昔吗?必要时,能够如同章、钟那样不惜殒身毁家以勉为直臣吗?敢于继续坚定顶抗当今皇上的诸多罪孽,敢于与以刘瑾为首的邪恶势力抗争到底吗?东阳思索及此,不觉颓然彷徨,对前景的险恶感到心慌意乱。

已泡在官场近四十年的内阁大学士,从来未有过如此深重的懊恼和丧气。

老诗人憔悴了。

刘健和谢迁被准休致后,便清理家事,督促家人收拾行李,要尽快离开北京回籍。

因为在诏旨中暂时还保留着准予乘驿回乡,赐给月廪和每年供给夫役的表面礼遇,故此,不少门生故旧还是上门问安致慰,也有要设筵饯别的,刘、谢一一婉辞。但也确有一些熟谙官场气候的伶俐之徒,看透了这两位阁老已经全面失宠,再难有复起的希望,也知道他们忤犯了皇帝,得罪了新任司礼监掌印太监刘瑾,后患将接踵而来,有意和他们疏远,避之唯恐不速,甚至赶快转身去烧刘瑾、焦芳等的热灶,揭刘、谢的短处以求宠于新贵,希图在新局面中抢占一位置。"喜只喜的乌纱帽,爱只爱的大红蟒袍",什么门生座主的情谊，同年同乡知交契友的恩义，往时鞍前马后的趋附，统统都扔到茅厕去了。刘健和谢迁老于宦海，看惯了此中的冷暖势利，只是一笑置之。

东阳却连日都到刘、谢两家访候，并邀约他们来自己家中饯别，说明再不邀请任何人，仅是三个老朋友、老同僚小酌叙话，刘、谢二人都欣然答应了。

席间，东阳持盅劝酒，祝愿两位一路平顺，今后安享林泉之乐。他总是觉得自己有愧疚在心，有些话如鲠在喉，但一时又不知该如何表达，真是欲语还休，不觉潸然泪下。谢迁眼眶也微有潮湿，举盅还敬东阳，动情地说："我们都明白西涯是身不由己，切勿再自苦了！"

一向以"木强"见称、轻易不流露感情的刘健，今天也酒兴甚浓，连干数盅，斑白的长髯上沾着数点酒液，清癯苍老的脸颊上浮露酡红。他对于李东阳的为人，是有深切了解的，他鄙视东阳的委顿软弱，怨其不振，怒其不争，但从来没有怀疑过东阳淳厚正直的人品。对于东阳今日的处境，转而产生了一些同情，他改变了日前嘲讽的口气，诚恳地对东阳说："时势变幻难定，上意不测，西涯，你要凡事小心啊！"

三个老人，寥寥数语，十多年来朝夕相处、合作无间的深厚情谊，尽在这一杯杯像泪水一样清澈、苦涩的闷酒中。

刘健是河南洛阳人，他退休回籍走的是旱路，从北京南下保定，经石家庄、安阳、郑州到洛阳，一路上都有通畅的驿道。刘健决定在十月十九日上道。一清早，京师城南崇文门城垣门外，便聚集了不少前来送行的人。刘健和家眷的车轿在巳时抵达，他本人下轿向人群揖别。李东阳赶到轿前，还想再说几句话，刘健摆手阻止，上轿自去。

谢迁是浙江余姚人，他回籍走的是水路，从京郊通州登舟，经天津、德州、临清、徐州、淮安、扬州、苏州、杭州到余姚。一路沿着通运漕粮的运河向东南，水驿方便。谢迁启程比刘健晚两天，是在十月二十一日出发的。一清早，谢迁和家属携行李等来到京城东边的朝阳门，要从这里乘车轿去通州，再转水道。也有不少人集中在朝阳门外相送，李东阳却改乘一顶四人抬的便轿前来。

谢迁和送客一一揖别后，也要向东阳辞别，却见东阳微笑摇头："于乔兄，还未到辞别的时候呢！我今天恰好是休沐之日，要送您直到通州哩！"

谢迁屡辞未获，急向东阳命道："这里人多口杂，您怎么能这样做，不怕再惹是非吗？速速回去，速速回去！"

"我把轿子也换成便轿，就是要送一程的！"

东阳知道谢迁被罢官后已不能再乘八人抬大官轿，所以自己也换了轿班，好一道前往通州，又说："人多口杂，难道人少口就不杂吗？谁不知道我们是僚友兼知交？谁不知道我们本来要共进退的？于乔兄，从此一别，后会难期，还不让我再送一程吗？"他竟然带着哭音了。

只见谢迁顿然改色，仍然低声严肃地向东阳说："就是不许送，不准同往通州。这对我，特别对您都大不好，西涯，您懂吗？"

一揖，断然上轿自去。

东阳木然呆立，许久才回过神来，乘轿回府。

那一天，他未入阁，也吩咐门下，拒见任何宾客。

他把自己紧闭在书房里，焦灼烦恼，翻了几卷书，都看不进去，扔回桌上。谢迁临别时的样子总是不断浮现脑际，驱之不散，放之不下。

当晚他彻夜无眠，辗转反侧，却吟出两首为谢迁离去而写的七律，说是骊歌送别，其实也是因时伤情：一首是"十年黄阁掌丝纶，共作先朝顾命臣。天外冥鸿君得志，池边蹲凤我何人。官曹入梦还如昨，世路论交半是新，仄柁欹帆何日定，茫茫尘海正无津。"

另一首是："暂从中秘辍丝纶，同是羔羊退食臣。偶为庭花留坐客，岂知宫树管离人。杯余尚觉情难尽，棋罢惊看局又新。极目春明门外路，扁舟明日定天津。"

拂晓，他蓦地从卧榻中起身，披衣点灯，伏案疾书，将这两首口占而成的新诗记在纸上，真想即送谢迁请正，但转念一想，谢公已登上归程了！南下的车轿，东去的舟帆，渐行渐远了。多年来三人在内阁研讨政事，已成习惯，历历在目，但却永远不会再来了。如今只留下自己孤子一人彷徨在阁，面对着各种如山的难题。风雨如晦，真是"茫茫尘海正无津"啊！

李东阳在刘健、谢迁罢官以后，连续上过四五份请求偕同退位的奏本，都被驳回了。

怎样对待李东阳的一再请辞，刘瑾和他的谋士张文冕、徐正在"内相府"

极其认真地进行过谋算。刘瑾厌恶李东阳在每封奏本上都将自己和刘、谢联系在一起，表示要共同进退，不耐烦地将李东阳的一份奏本扔给张、徐二人："这个老混蛋真不知好歹，总是不休地疏求与刘、谢一起休致，要回茶陵吃老米饭，难道没有他，京城这台戏就演不成吗？"

接着，他目露凶光地说："他还不知道，刘某、谢某的死期都不远哩！让他也同日同时死，也未尝不可！"

张文冕和徐正怔然恭听，缄默不言。

"你们有什么看法，说呀！"刘瑾催促。

张文冕犹豫了一会儿，起身躬立，娓娓道来："公公请息怒。李东阳不过是一条老狗罢了！留去唯公公之命，死活亦在公公一念之间。但对他的去留似应从当前朝政全局着眼，应留之时则羁縻而留之，应去之时则断然而逐之，关键在于时机而已。因时因事因人以制宜，因轻重因缓急因利弊而决定取舍，当前甚适用于李某的问题。"

刘瑾命张文冕："说得详细一点儿！"

张文冕继续说："皇上听从公公之意，毅然罢斥刘、谢，是顺应舆情、符合天道的盛事。但目前因倒刘、谢而引发为一大风潮，迄今未息。一个多月以来，先有刑科给事中吕翀、刘臣等人上疏乞留刘、谢，继有南给事中戴铣、御史薄彦徽、蒋钦等三十人联名指斥罢免刘、谢为不当，虽已尽逮戴铣等人入下诏狱，但又有兵部郎中王守仁上疏为戴铣等呼喊叫屈，受廷杖后，诏令谪戍贵州龙场驿。据说，不少官员昏夜前往诏狱和寓所慰问，改装为他送行。所有这些事实都说明，上下之情尚未洽通，朝野之见仍然混乱。当前似不宜放走李某人，相反，正宜利用他作为挡风之墙，堵口之塞，实大有利于公公鸿业！"

刘瑾微微点头，转过脸来问徐正："你的看法怎样？"

徐正更为卖弄自己的深刻周到，进言："公公执政，旋乾转坤，力摧忤上不臣之徒，真是替天行道，广布皇仁。但必应看到，尚有刘、谢等余孽憨不畏死，仍在猖獗活动，冥顽对抗新政，继续攻击公公等的事端。十月中旬已罢刘、谢，但十一月上旬还有南京监察御史陆昆等指名举劾公公等八人为'蒙蔽左右，游宴无度'，诬蔑为'祸端'，'乞尽行摒斥'；更值得警惕的是，高层官员中,像左都御史张敷华、工部尚书杨守随等人仍然斗胆指控公公等'各以奸险之性,巧佞之才,希意导谀,诬上罔下,恣意肆情',诬蔑公公等为'八虎',煽动蛊惑,可谓恶毒至极。当此敌焰仍然嚣张之际,实不易更多树敌。防患于未然,消祸于未萌,是为上策。"

张文冕抢过话头:"李某其人,政见与刘、谢一致,本为一伙,是没有疑问的。但此人秉性软弱,惧怕风险,得失之心又甚重。据悉,他虽然一再坚请退休,但每日还是巳入酉出,依时入阁办事;又据悉,张敷华、杨守随上疏前均曾到他寓所,意在请他在劾疏上领衔,李某均避嫌不见,不敢参与此事。再细读他几篇请退疏文,亦未再有一字涉及公公等的,足见他虽未怀德而实在畏威,不敢继续对抗。照晚生之见,对于这样一个在目前仍有很大用处的人,实不难驭而制之,胁而用之。"

刘瑾哼了一声,颇为自得地说:"俺早就奏准任命焦芳入内阁,这是一招制衡全局的妙棋,足可挈制于他,内阁一动一静,俺都了如指掌,他是做不了主、翻不了天的。焦芳在这场大风潮中,一再给俺们密报讯息,功不可没啊!"

李东阳在内阁的日子实在不好过。

表面上,由刘瑾"内相府"主稿的诏旨里,总是用最崇高的词藻嘉勉和挽留他任职,甚至不惜肉麻地说"朕与卿义虽君臣,情犹父子",什么"卿之出处,关系国事重轻","在任一日,有一日之益",等等。刘瑾本人也多次亲自造访李东阳寓所,自称"特来聆受教言",恭维说"李老先生功业述作,俱为天下文臣第一",等等。随后,又提升李东阳的职衔为"少师兼太子太师吏部尚书华盖殿大学士、内阁首辅",似乎已经是"位极人臣,备受圣眷"。其实,所有这些都是表演给朝野看的,目的是利用李记的市幌,编造李东阳与刘瑾亲密无间的假象,衬托刘阉擅权的正当性和合法性,分化和瓦解仍然此起彼伏的反对"八虎"邪恶的浪潮。李东阳明知底里,又不敢抗拒,有时还要委蛇避祸,心情矛盾,真是口含黄连,有苦自知。

但在实际处理政务方面,李东阳这个内阁首席大学士却备受委屈。刘瑾的本意,只要求李东阳扮演一个超级傀儡的角色,只允许外朝的内阁作为"相府"的派出机关,一切只能秉承"内相府"的意图办事,着重依靠焦芳、刘宇、张彩、王云凤等阉党进行运作。经过李东阳按照法规常例在各方奏疏上批好，作为初步意见的票拟，以及代替皇帝起草的诏旨敕书，却经常被"内相府"驳回，着令重新拟写，再写又再驳；甚或由刘瑾的私臣张文冕、徐正等径自窜改，再打着刘瑾的旗号，大摇大摆地来到内阁，向身历两朝的十年阁老、今居首辅地位的李东阳指指点点；有时，更由他们将机要文件带回私宅批改，或者送递出所谓御旨誊黄，即诏文的副本，逼令照抄照办，实在难辨真伪。对一般政务，东阳多抱因循隐忍的态度，有时只好听任焦芳处理，有时干脆不再审读，径行签发，有时对于过分悖情违法的事件，只好采取搁置不理的办法。

一日早上，东阳已初入阁，却听到阁内有人一板一眼、抑扬顿挫地念诵诗句，细听，原来正是自己不久前送别谢迁后失眠而作的七律诗："杯余尚觉情难尽，棋罢惊看局又新。极目春明门外路，扁舟明日定天津。"东阳好不诧异，自己这一诗作极少流传，怎么会有人熟知，而且在内阁公堂上着意吟咏呢？

东阳疾步入阁，看到手里捧着单页诗稿，踱着方步，专注地念诵自己诗作的，却是次辅焦芳！

焦芳看到东阳进来，满脸笑容地迎上去，意味深长地说："老先生文采风流，今日又喜读大作……"

东阳不语。

焦芳故作恭维状，接着说："老先生和谢于乔，真可谓金石之交，肝胆相照，不渝不弃，实在令人钦佩、钦佩！"

东阳警觉到此人来意不善，面露愠色。

焦芳还不放过，嘴角上挂着一丝冷笑，又像在自言自语："可惜，谢于乔却是因忤旨而被放归田里的罪臣呀！"

东阳变色，瞪了焦芳一眼，不理睬他，径自进入自己的办公值房。

李东阳身处逆境，无力脱身于急湍复杂的政治旋涡，常有身困陷阱之感。他心情沉重忧郁，身体也日见衰弱。他的诗文本以典雅流丽见称，近来却常有反映宦途险恶和本身处境的沉郁之作，诸如："试问白头冠盖地，几人相见绝嫌猜","岂谓人生非梦幻，极知平地有崎危","世路悲欢如此，旧游何处忘情","忧时更觉江湖远，阅世方知道路艰"，等等。他甚至自比为一匹无用的老马，"十载沙场无一战，老来林下啮霜蹄"。

东阳在官场上受屈受气，但仍然没有放弃以诗文引导后进，还不时在散值后或休假日，邀请在京的诗人文士、门生故旧，在家谈论文学，或定韵联句，或共同议论海内新出诗文。这是他数十年的习惯，也是最引为怡然至乐之事。

正德二年正月，北京城刚下了一场大雪，将城阙街巷粉饰得一片白亮，飞雪飘落在枯树上，成排的银装素裹。人们高兴地说："好一场雪，瑞雪兆丰年哩！"在城东，却有一些人踏着深雪朝李阁老胡同走去，他们大多介于三四十岁之间，足蹬油布靴，也有披着防雪大氅，腋下夹着布巾包裹的书籍或诗稿，簇拥而来。胡同的街坊多年来看惯这样的情景，连声说："李阁老今天又开诗会了！"

这些人有些是在京中央部院任职主事、员外郎、郎中等司官，少数已晋职为卿寺等高官，也有御史、给事中等言官，还有尚在翰林院进修的年轻庶吉士，甚至还有提前来京，住在会馆或亲友家，准备应考会试的外省举人。其中有些是老诗友，有些是仰羡盛名而来的新交。在这样的聚会中，从来不问官爵身份的高低，只是以文会友，以友辅仁，习惯上不供酒肴，不谈公事，不言政治。

今天来客近二十人，并没有因为风雪而减少。东阳难得有些雅兴，有意放开一切烦恼事，偷得浮生半日闲。他招呼客人坐下，环视了一遍，问道："怎么景鸣还未到？"原来在集会前夕，东阳已专门派人送去请柬，务请这位别号叫景鸣的人早来。

景鸣姓罗名玘，南直隶南城人，是李东阳在成化十六年任应天府乡试主考时录取的举人，二十二年又中进士，一直奉东阳为恩师。他被选在北京翰林院当庶吉士和任侍读时，经常与老师研讨诗文，是李阁老胡同的常客，也是李东阳最得意的学生之一。罗玘一度被委派到南京任太常寺少卿，弘治末年奉调回京，任太常寺卿，师生情意相投，来往密切。

罗玘博览群书，自视很高，曾自称除宫廷中秘藏的图书无缘索读外，其他官书政书、古今文集均已遍读。二十年前，时任北京国子监祭酒的丘浚不信，认为罗玘自我吹嘘，为灭其狂生狂言，专门对他严格考试，一试再试，他居然六经俱能通晓且有创见。丘浚一改初见，认为罗玘的学问在国子监所有监生中无人能及，称之为硕学奇才。

但是，罗玘此人特别有个性。他厚积薄发，不轻易撰写文章。每当要写作文章时，便攀上大树的顶端，呆坐其上，不食不睡，冥思苦想，摒绝他念，以便集中精力构思体例，遣词择句，有时则将自己反锁于一室之内，面壁枯坐，不与室外通音问，唯以撰写文章为务。有人从隙间偷窥，只见罗玘容色枯槁，有死人气色，不写成文稿绝不出室。有时为写作一篇文章，他竟晕倒四五次。

罗玘为人正直倔强，脾气刚烈，喜怒形于颜色，宁折不弯。对于正德无道，刘瑾等"八虎"横行霸道非常愤激。经常痛切发表汉贼不两立，正邪不并存等言论，声言切不可忘记宦竖祸国。对平素僚友中有表现奉迎正德秽行，趋附刘瑾作恶的，一律割绝交好，自言不屑续交这样的朋友，不肯玷辱自己的清名。他还一再坚请辞去太常寺卿的职位，说太常寺本来是专为祭祀祖先鬼神而设的衙门，当前污瘴浊乱已极，祖宗和鬼神痛心不遑，岂肯再享受污秽的供奉？

罗玘一向深信自己老师李东阳的学问渊博，人品高洁，长期奉为楷模；但当他知道东阳未与刘健、谢迁同退，且留任后时常委婉敷衍以依违刘瑾，不觉灰心绝望，自悔没有带眼识人，二十余年竟奉这样一个软弱胆小、恋栈高位的人为尊师。李东阳送来的请柬，更激起罗玘的心头之愤，国事艰危至此地步，还搞什么雅集？还有什么心思赋诗论文，粉饰休明盛世？他又将自己反锁在深室之内，先是闷饮，继又痛哭，将李东阳送来的请柬再三诵读，然后把它撕得粉碎。最后他提笔疾书，写成一封决绝文书，也不再作思量，携出室外，吩咐童仆必须在雅集之际，准时送到李府，署明"东阳先生亲启"。

这完全出乎李东阳意外。当他热切问起爱徒罗玘时，门外即送入信函，坐在末座的一个叫程浩的小门生接过函件，向东阳禀告说："是景鸣兄送来的，还写着请老师亲启呢！"

东阳笑道："景鸣大概又有什么暂不示人的新作了，我们大家听听又何妨，你就代拆代念吧！"

程浩打开缄封，展开念道："屡登变故，虽尝贡书，然不敢频频者，恐彼此无益也。今则天下皆知忠赤竭矣，大事亦无所措手矣！《易》曰'不俟终日，此言非欤？'彼朝夕献诌以为当依依者，皆为其身谋也。"

念到这里，满座肃穆变色。程浩不敢再念，说："请老师亲览即可，不必念下去了。"

东阳严肃起来，语调沉重地向程浩说："不要紧，再念下去吧！"

程浩迟疑地望着老师，东阳颤抖着声音厉声喝道："念下去！"

程浩赶紧接着念："不知乃公身集百诟，百岁之后，史册书之，万世传之，不知此辈亦能救之乎？白首老生，受恩居多，致有今日，然病亦垂死而不言，谁复言之？伏望痛割旧志，勇而从之，不然请先削门生之籍，然后公言于众，大加诛伐，以彰叛恩者之罪，生小甘焉。"

众文士面面相觑，一时鸦雀无声。坐在正厅当中的李东阳脸色苍白，眉宇间血脉搏动，老泪纵横。众人上前温言告慰，有说请老师宽怀的；也有说老师的苦心孤诣，千秋万世自有公论的；也有人指斥罗玘此人一向任情偏激，久必悔疚，前来请罪的。东阳闭目不语。稍后，他睁开眼睛，哽咽道："景鸣爱我，但不知我！他告绝于我，我是断不会割绝于他的！"

如果说，罗玘自请注销门生籍一事，对李东阳是一大打击，那么，朝臣文士们在廊庙中不意流露出来的讥诮冷嘲，京城士庶们在他轿子前后交头接耳的窃窃私语，甚至街坊父老们遇到他出入时，仍然恭敬肃立称呼他为"阁老"的时候，东阳感到的却是一种难以言传的负罪感，承受着无比沉重的压力。他深知，上到卿相，下及升斗草民，缄默无言并不等于没有辨别善恶和判断是非的能力。众目睽睽之下，贵为太师、内阁首席大学士的李东阳心情特别复杂。

一天入暮，他散值乘轿回家，刚从西长安街转入府右街，忽然有人用黄色笺纸裹着一小土块准确掷入轿窗之内，连随从侍卫也来不及拦阻。东阳捡起笺纸，因为天色昏暗，无法即读，便纳入袖内。

回到寓所更衣，他把这张黄色笺纸翻出来，灯下细读，原来是一首七绝："声名高与斗山齐，伴食中书日已西。回首湘江春草绿，鹧鸪啼罢子规啼。"

老诗人沉思良久。他完全能够理解作者借诗讽事的深意：名誉高、地位隆，夕阳垂暮之年，何必再蹚在污水浊流中俯仰从人，甘作乱政的装饰物和陪葬品呢？鹧鸪是说"行不得也"，子规是说"不如归去"，故乡湖南茶陵春光正好，该是归去的时候了。作者是善意规劝自己急流勇退，快点儿辞官归田；而自己又何尝不殷切企盼呢？但是形格势禁，退后一步即是深渊，自己又缺乏投渊述志的勇气，真是内外煎迫啊！

东阳拿着这张不寻常的诗笺，一再诵读，逐字逐句地推敲玩味，由衷佩服这位匿名作者的鞭辟入里。他对自己的处境和心态了如指掌，但是并不真正理解。自己并非不知道"不如归去"，而是"不能归去"，自己不但受到时人的扼腕和唾弃，还必然会招致千秋万代的骂名，这才是东阳心中最深的创痛。思虑至此，他心烦意乱，推开房门踉跄步出庭院。

北京暮春的风沙正在猛刮，院子里尘土飞扬，树木摇曳，天际不见星斗，只有一弯昏月朦胧地照着人间。东阳倍觉氛围惨淡，在飒烈春寒中站立，思绪万千，无法自解。他不顾扑面而来的黄沙和尘土，只觉胸臆之间痛楚难禁，不觉仰天唤道："苍天哪，苍天！"

第十二章

毒刑滥施尸横天街　囚禁拷拶朝士黑狱

刘瑾掌握大权之后，采取了两大措施：一是紧紧控制行政系统，改组和架空内阁，驱逐刘健和谢迁，留用李东阳，但插入焦芳来钳制他。当时群臣奏事，不分巨细，必须先关白上报刘瑾，然后奏闻。特别是矫旨命吏、兵二部，凡进退文武官，在外边关镇将有关军情机密，六部有关主管的政事，都要写成两份，先用红纸写成揭本送呈刘瑾，叫作红本；知道无碍后，再照常规用白纸写成奏疏，交由通政使司转内阁的渠道送奏，叫作白本。所以，不论内阁还是皇帝所收到的讯息，其实都是过滤后的第二手材料，都是经过刘瑾裁定了的成案。人们暗底下称呼朱厚照为"朱皇帝"，又称"坐着的皇帝"；而称呼刘瑾为"刘皇帝"，又称"站着的皇帝"。

刘瑾深知，光抓住行政系统的权柄是很不够的，还必须牢牢掌握作为特种缉捕系统的厂卫。

什么叫厂卫？它是由皇宫内廷直接指挥，负责侦缉逮捕和刑狱的部门。起源于明朝第三个皇帝太宗朱棣在位时期。朱棣借"靖难""清君侧"的名义，起兵抢夺了自己侄儿建文帝朱允炆的帝位，建立永乐年号。但是，臣民们明里暗里反对他杀侄篡位的呼声甚高，抨击之声不断，也有结成盟党，组织武装以谋颠覆的。朱棣为了镇压这些异端势力，防范外朝官僚互相纵容包庇，在政府系属特务镇压机关锦衣卫之外，另委任亲信宦官主管名为东厂的特种缉捕机关，设在东安门北边。东厂有权监视一切衙门的运作和自藩王之下所有朝野人士的活动，可以随时就近密送情报，有权随时奉旨拘捕囚禁甚至杀戮被认为可疑的人物，凶狠地扑灭一切反对势力。朱棣为了保住自己的"永乐"，特别颁给主持人以"钦差总督东厂官校办事太监关防"。这是一颗凌驾于一切文武衙门之上具有极大权威的印章,拥有侦查、密告、监视、拘捕、施刑等凌辱文武官僚士庶、决定他们生死荣辱的权限。

东厂内部有自己特殊的等级森严的组织系列,被任命为总督校事太监的人,多由司礼太监担任,是最受皇帝宠信、关系最密切的宦官,厂内称他为督主,或称厂公。在督主底下设有掌刑千户一员,理刑百户一员,这两个人被称为"贴刑",都是从锦衣卫精选而来,被认为是最阴狠狡黠、精于办案的人物。在贴刑底下,又分别有"掌班""领班""司房"等四五十人,这些中级头目头戴圆帽,脚蹬皂靴,身穿束袖过膝长袍。实际在京内外和官民各界担任侦查缉访的人叫作"役长"和"番役"。役长又叫"档头",共有一百余人,分为十多班办案。这些人一律戴尖帽,着白皮靴,穿着青色或灰色带褶贴身衣服,腰束布带,便于随时执行缉捕。每一役长的手下,又各有番役数名至十数名,这些人被称为"番子",又叫"干事",是随同该管役长属下的"马仔",也都是从锦衣卫中"最轻黠狷巧"的兵痞中挑选充当的。有些番子还在社会中招徕一些流氓恶棍,充当自己的线人狗腿,遇有破灭大案或讹索得财,分一些余润喂养他们。由东厂组成的特务网络遍及社会各部门、各行业、各阶层,官民无不受到震慑。

每日辰时,自校事太监至役长以上的大中小头目都聚会于厂,按级分配当日工作,有时也在庭中按事项抽签以分定任务。他们分别前往各个官府,而又特别注意政府中刑部、大理寺、都察院等所谓"三法司"的会审大案,以及锦衣卫北镇抚司拷讯重犯的情况,对审讯过程进行认真监督和记录,名叫"听记";对于其他官府或各城门的访缉,则称为"坐记";对一些部门和官员以及某一城门发生什么事,由担任坐记的人一一登录,立即上报给厂,称为"打事件"。

所谓听记,实质上是对重大刑狱案件的司法监督,记的是负责审讯部门和官员的执法态度,刑讯拷打的数目,犯人的口供。坐记的重点内容是兵部的军机信息和户部的财政收支,以及皇城、京城的安全,士人的活动等情报。明朝的皇帝认为,只要通过东厂抓住军事、司法、财政和京畿治安的要害,皇权便可巩固,皇位便可安稳。

但是,实际上东厂的各级特务却恃势要挟官民,挟仇诬财,炮制各种假案冤案。特务们的嗅觉最灵敏，采用的诬陷手段亦最狠恶。他们广布线索，搜罗情报，不惜以重金收买社会中的流氓无赖密报，以奖励告发。有人侦得或伪造某一事件告密，档头们便称此一事件为"起数"，花的奖金称为"买起数"。有了这样的由头，他们便可以率领番子们到被控告有犯事嫌疑的人家监视侦查，名叫"打桩"。打桩之后，往往进行抄家搜捕，不必有什么证人证物，也无须正式的衙符官牒等文件，便可以将有关人员拘捕入东厂狱。对已入狱的囚徒，更是可以随意讹诈勒索。如果贿款得偿所欲，也可以不动重刑，或予释放结案；如果未满所欲，便对之施用毒刑，名叫"干酢酒"，也叫"搬冒儿"，其惨毒痛楚十倍于官府采用的笞、杖等刑。更恶毒的是，在刑讯之下，迫令牵连有地位或有财力的人物，广事株连。受株连的人又再被迫牵引其他人，一案翻成数案，小案变成大案，一人牵及数十人、数百人。有关人之中能付出重金的便可以赎命；如不肯纳贿或纳贿未足的，便以刑讯所得的口供作为证据奏报给皇帝，从严法办，不少人因此家破人亡。

皇权专制需要依靠特务，但又不会完全相信单一的特务部门和人员，因此往往另设特种侦查缉捕机关，以牵制原有的特务部门。正德皇帝登极，刘瑾任司礼监后，便怂恿朱厚照将早已停闭、原设在北京西城灰厂，被称为西厂的特务机关恢复过来，并请委派"八虎"中的丘聚提督东厂，谷大用提督西厂。西厂的内部人员架构略同于东厂。由于职能和权责并没有划分清楚，有油水的案件，两厂都抢着插手；因受贿多少不同，对案件的评估和对犯人的处置也各有不同意见。由于权力利益冲突，争执倾轧不休，丘聚和谷大用也分别向刘瑾和正德皇帝告状，指斥对方纳贿徇私、卖放重囚。狗咬狗，一嘴毛。刘瑾对丘、谷二人和东、西两厂的运作都不放心，于是又奏请在两厂之上再设立一个内厂，亦称内行厂，由自己亲领，连东、西两厂亦列入内行厂的伺察范围，在两厂任职宦官的活动也归由内行厂侦缉，这是以特治特，在特字号之上再加上权势更大的特字号。刘瑾擅政时期，三厂并立，既反映着由宫廷宦官主持特务机关的极盛，又反映出其内在的严重矛盾。

除了集三厂大权于一身外，刘瑾也紧密控制着负责皇帝安全的贴身警卫，在政府系统内本来已没有主管对全国官民进行缉捕的特种监狱——诏狱，以及重要特务机关——锦衣指挥卫。他奏请任用自己"内相府"中"四大金刚"

之一的田文义为锦衣卫指挥使。于是,厂卫两大系列的特务机关都紧攥在手中,刘瑾沾沾自喜,自认为宠不会替,权不会倾,势不会移了。

正德元年十二月底,正是急景残年,岁聿云暮,又正是数九寒天、滴水成冰的日子,寒气袭人。连日下了大雪,雪后刮起凛冽的北风,吹得积雪飞扬,扑人脸面。北京承天门外的天街路上,结起厚厚的一层冰。特别引人注目的是,今日天未曙明,顺天府的府尹、府丞等地方官便一律冒着严寒,亲自来到午门广场前,下轿步行,率领着两百多个夫役,手持铁铲和扫帚、箩筐,赶着一队各在车架上围着荆条蒲席的骡马车,有些就是平日在北京各城载运渣土的车子。夫役们先沿街遍洒盐水,再一路铲除冰碴,清扫积雪,将冰碴堆雪满满盛放在骡马车上,吆喝着牲口朝西口运卸。府尹和府丞等人忙碌地涨红着脖子指挥检查,生怕遗留一点残碴剩雪。这些官老爷们不辞辛苦,不怕官靴湿透,喉咙因大声叫嚷变得沙哑,额头上也渗出了层层汗珠。

辰时刚过,午门外广场已经被打扫得光洁干净,最后一班骡马车被驱赶撤出广场。一匹黄色的公马迈蹄前行,边走边喘着粗气,打着响鼻,突然仰首长啸一声,划破了阴冷凝重的长空。

今日的午门外广场,难道要出现什么特别事件吗?

辰末巳初,便见锦衣卫指挥使田文义亲自率领五百名锦衣卫卒,列队进入广场。卫卒都是侍卫亲军,又称为缇骑,是从京军精壮的士兵中挑选入卫的,是明军中地位最高、装备最好的特种卫队。兵卒们戴着镂金头巾,外罩杏黄色头盔,身披飞鱼胸服,甲胄齐全,脚蹬黑色皮靴。骑兵先导,步卒紧随,随身俱佩带着斧钺刀枪。他们入场后便迅速分列队形,其中骠骑六十人高举旌旗,手持长枪巨斧拱列在金水桥两侧。其余的卫卒身佩绣春刀,沿着东西长安街,在正阳门以里设岗立哨,真是百步一岗,五十步一哨,宣布戒严,不准路人通过。田文义更是耀武扬威,披戴着只特许锦衣卫官才准穿用的绣有麒麟的二品武官公服,腰缠犀带,金盔银甲,骑着白色骏马,从东到西,又由西到东巡视一周,锦衣卫众副指挥、佥指挥等人亦骑马相随。所到之处,岗哨的官兵无不持械握刀高声敬礼。田文义认为警戒已经森严,于是飞骑回到承天门前,在金水桥旁滚鞍下马,领着副指挥、佥指挥等七八人正步进入午门。

原来在午门内五凤楼前，已临时垒起一座横宽六丈、纵深三丈的高台，台前台后俱由内行厂番役部署警戒，最内端有四品衔太监一员，六品衔太监两员，领着十余个小内侍恭立伺候，负责传宣谕命。高台之上，摆放着三把虎皮大交椅，端坐当中的便是司礼监太监兼领钦差总督内行厂官校的刘瑾，左边是东厂提督太监丘聚，右边是西厂提督太监谷大用。三个相貌猥琐，下巴光秃的半老头儿，内着官服，外披狐裘大氅，在寒风中仍然闪缩，但神情严峻，眼闪凶光。

田文义正步走到台前，躬身抱拳向上行了军礼，稍息，放开嗓门禀告："钦派锦衣卫指挥使，刘太监门下沐恩小的田文义敬谨向刘公公及丘公公、谷公公三位厂公禀告：天街广场内外戒严严密，午门之内施刑场所以及人手刑具等俱已安排妥当，经小的等检查并无疏虞，恭候钧旨！"

刘瑾点头，左右看了丘聚和谷大用一眼，也不等二人反应，便高声命令说："传谕六部尚书、侍郎以下，各寺正卿以下各官、六科给事中、十三道御史、翰林院等众官员一概进入午门内观刑。"

田文义闻命，立即转身出午门，站在金水桥上，高声传呼："奉司礼监刘太监钧旨，命众官员进入午门内观刑！"

明代中央政府各部门，大多设在承天门对面，即天街南侧，坐南向北。吏、户、礼、兵、工五部在东边；刑部和大理寺、都察院等所谓三法司，以及太常、光禄、鸿胪各寺、翰林院等衙署在西边。田文义传达命令后，锦衣卫各官校立即分赴各衙门传令催促，不得有违，不许借故规避。各衙门的官吏们无可奈何地放下公事，走出办公值房。他们面面相觑，不知又发生了什么不测的事，按捺不住内心的惶恐。

随后，又有一小队由一名锦衣卫百户率领的卫卒开进各衙门，凶神恶煞般地遍查各办公值房，喝令所有官员一律到本衙门门前集中，像赶鸭子一样把他们驱赶出去，再按官阶大小分别整队，通过广场进入午门。众官员看到广场内外戒备森严，又听到锦衣卫卒们擂起的军鼓轰鸣，声声震撼心弦；吹奏的唢呐和长柄宽口喇叭声更显得音调悲凉，气氛恐怖，令人心惊胆战。"百官观刑"的说法，是过去从未听说过的新名词，不知道这句黑话里卖的是什么毒药。大多数官员蹙眉垂头地挪动脚步，少数人嘴角挂着一丝冷笑，面有怒容。

百官齐集后，田文义又昂头大步走向高台前，大声禀告："各衙署官员俱已齐集场内，列队肃立，听候刘公公钧旨！"

刘瑾起立，用眼光横扫了一遍寒风中瑟缩的百官，然后面向田文义，一字一顿地吩咐："先将荷戴立枷的罪犯押解入场示众！"

枷本来就是一种残酷的刑具，它以特定的硬木制成，分左右两半，中留一孔，宽窄仅容犯人颈脖，将两半枷具锁合在犯人头颈之间，让犯人承荷着重大的压力。按照法律常规，枷作为刑具的重量是有限制的，仅分为十五斤、二十斤、三十斤数种；处罚荷戴枷具的人一般限于十日以内。犯人戴着这样的枷具勉强可以在室内起坐跪卧、饮食便溺。但由宦官掌管的厂卫，往往大大加重枷的重量，无限期延长犯人荷戴枷锁的日期，用以折磨罪犯，达到恫吓、取供、勒索重贿或宣泄宿怨的目的。

刘瑾掌权后，更创立了重量达一百斤、一百五十斤的大枷，专门施用于自己的政敌。犯人们以血肉之躯，承受着这样大枷的重压，往往在三数日内便告死亡。当时，对那些激切弹劾刘瑾等"八虎"或因索贿不足的官员，被判荷戴重枷的人为数众多。

内行厂还创立了一种更为残酷的刑具，叫作立枷，即将披戴枷锁的人圈禁在一个仅容挺直站立，不得屈伸的囚笼内，笼的四周，皆倒插有尖钉荆棘，更逼使犯人丝毫不能动弹，这是一种变相死刑。刘瑾经常命将戴枷的犯人锁置在所属衙门门前或三法司牌楼下，不论炎暑烈日、寒冬风雪，听任这些犯人呻吟哀号，以致僵死在囚笼内，还规定三日内不许收尸。当时，大多数官员出入衙门，莫不战栗丧气，疾步闪过，不敢近视。

今天，他命令将判处荷戴立枷的人押入午门内，在百官面前示众，是震撼京华官民的一件大暴行。起因是，自罢免刘健、谢迁两位顾命重臣后，群臣仍然上疏，请挽留弹劾刘瑾等人的舆论竟然一浪高于一浪，足见朝局大变而人心未变。刘瑾与丘聚、谷大用以及"内相府"的张文冕、徐正等私党密议，认为若非采取更残暴更血腥的措施，实难遏止这样一股风潮，"百官观刑"，立枷示众，无非是一系列迫害举措的序幕。

只听田文义一声号令，厂卫校尉以八人为一拨，从午门外推入上置囚笼的囚车四辆，笼内装着锁戴立枷的犯人。这是从众多人犯中挑选出来的抨击刘瑾等"八虎"最激烈的四人：湖广按察副使姚祥、尚宝卿崔璇、工部郎中张玮、给事中吉时。每辆囚车左右，各有手持出鞘绣春刀的校尉八人随车警戒。田文义命将四辆囚车一字排开停放在高台之下，距离三丈以外。又传刘瑾钧旨，命百官列队绕行囚车一周，好让这些官员们亲眼看到囚笼内戴着立枷的犯官们所身受的惨毒痛楚。

囚笼内披戴立枷的崔璇、姚祥等四人，显然在锦衣卫主管的诏狱中已受过拷打毒刑，躯体发鬓和衣裳冠履都沾染着大量血渍，头脸臃肿，伤痕斑斑，两眼半开半闭，喘着粗气，偶尔发出微弱的呻吟声。其实他们四个人都已是无力再站立起来了，只能躺靠着囚笼的侧壁，对刺进体内的铁钉和荆棘，好像也失去痛感。只有崔璇似乎还有一点感觉，当百官队伍绕经他的囚笼时，居然还能睁开充满血丝的眼睛，挣扎着搜寻这些昔日的同僚，偶然点头惨然一笑，口角颤动，想要说话，却又无力表达。囚车旁边一个锦衣校尉看到他异样的表情和直透人肺腑的眼神，壮着胆子高声喝骂："崔璇，你死到临头，还看什么？"这一声喝骂，却又唤醒了崔璇的感觉和意志，他像回光返照一样，双目圆瞪，突然青筋暴裂，怒不可遏地鼓起毕生的力量作最后一搏，大"呸"一声吐出一口带着黑血的浓痰，透过囚笼的柱隙，直喷到校尉的脸上。校尉勃然大怒，挥刀刺向囚笼，却见崔璇口吐鲜血，已经瘫死在囚笼之内。

官员们似已木然，克制着极度的悲痛，不敢有丝毫表露。待恢复原来队列肃立之后，四辆囚车被推出午门，送回诏狱。众官员以为事毕，可以回衙署喘息一口气，想不到田文义又疾步走到队前，再次厉声宣布刘瑾的钧旨："各衙署官员现在一律不许回转，仍要继续观刑！有不遵照钧旨者，校尉们督察拘办！"

众官员愕然，不知道勒令观看的又是什么刑？又有什么人要受到花样翻新的迫害？

午门外鼓声又起，唢呐和喇叭声勾魂摄魄。厂卫的校尉们在队前队后巡逻，密切监视着官员们的动态。众官员却如雕像般静默，似乎已忘了寒冷和恐惧。

忽然间，从午门外开进一长列奇特的队伍，先由锦衣卫卒三十人，内行厂宦官三十人前导和负责警戒，然后是每两个锦衣卫卒挟持着一个身穿赤色囚服，被指称为犯官的人，鱼贯入场。这些犯官有些还能在挟持中跟跄前行，有些人已是遍体鳞伤，是被拖拽着入场的。众官员偷眼一看，大多是认识的，原来是南京给事中戴铣、李光翰、徐蕃、杜相、任惠、徐逻、御史薄彦徽、陆昆、葛浩、贡安、王蕃、史良佐、李熙、任诺、姚学礼、张鸣凤、蒋钦、曹闵、黄昭道、王弘、萧干元等二十一人。这些人的身份都是给事中或御史，年纪都在三四十岁之间。

按照明朝的规章，给事中和御史的职责之一就是遇到皇帝有荒政失德时，可以上奏劝谏，还有权弹劾奸邪腐恶，可以闻风奏事、监察朝政。他们的官秩只有六、七品，但可以超越职级评议天下事，纠举天下官，所以被称为言官、察官、风宪之官。明朝设立这种职官的原意，是企图采用以小制大，以轻驭重的办法来维持君德臣纲官纪，监督国政。有些给事中和御史也视自己的职责为神圣，不惜冒犯君上和权势，不惜丢官殉身以直言，实践着儒家官僚以社稷安危为己任，有志"致君尧舜上"的素养。

戴铣等二十一人正是这类典型。他们每个人在正德元年以后，都曾单独或联衔，先后上过奏章，或切谏皇帝朱厚照不要"宠幸阉寺，颠复典型"，要求"广开言路，摒绝佚游放荡"；或指名弹劾刘瑾、马永成、谷大用等"八虎""蒙蔽左右，有干天和"，要求"概予斥退，以绝祸端"。在刘健、谢迁被罢官后，这些人又连章挽留，极言"顾命元臣不可去，巨恶大憨不可用"，甚至声言，宁可"伏阙死谏"，不屑做权奸门前的走狗。所有这些言论和活动，不但严重开罪了刘瑾等人，也引起正德皇帝的极端憎恶。

今天要在午门内，在众官员面前狠狠整治戴铣等人，是由刘瑾等怂恿，又得到正德皇帝许可的。

整治的方法，是对他们每个人，都公开施用廷杖。

廷杖，就是在宫殿廷阶之上，对忤犯皇帝或权贵阉宦的官员施用杖刑。这样的杖刑一般是在午门外施行。这一次，由于刘瑾要亲自设台监督，也因为正德皇帝谕示要亲临午门以内的五凤楼上观看行刑的情况，故此破例改在午门之内举行。

戴铣等人被带入后，左边由内行厂，右边由锦衣卫人员持械森严警戒。一时，鼓声停顿，唢呐声竭，广场上鸦雀无声。刘瑾从虎皮大椅上徐徐站起，阔步走到台前，尖声宣布："钦奉皇上圣旨，着将犯官戴铣等二十一员杖于阙下，人各三十，即刻用刑！"

田文义以下的旗校禁卒等齐声应诺，高呼"遵旨"，声震大内。

田文义转身下令："押上犯官戴铣受刑！"

只见几个锦衣卫卒如狼似虎地将戴铣揪出，掀翻在地，一人手持麻布兜，将戴铣自肩脊以下用绳索捆绑，使他左右不能动弹；另一人则缚住他的两足，四面牵拽，俯卧场中，头面触地，扯下衣裤，只露出屁股受刑。

六个壮健卫卒手持木棍，等待动手。

一个内行厂的管事太监负责号令和监刑。他上前验明正身，踢了戴铣一脚，下令："动刑，与俺着实打！"

第一个卫卒抡棍便打，有小宦官高声唱报数目。打了五棍，便换上第二个卫卒接着打，三十棍共换了六人。

戴铣受杖，开始时还能发出呼号，每一呼号，地上的尘土却扑满他的口鼻。十棍以后，呼号的声音渐渐低沉微弱，只听到短促的喘息声；最后几棍，竟然听不到声息，原来他已经气绝身亡了。施刑的卫卒目视监刑的宦官，请示如何处置。只听这员司礼监管事太监怒吼："不管死活，必须按照圣旨规定数目足额施刑，再给俺着实打！"于是，重棍又落在戴铣的尸体上。

三十棍打毕，管事太监喝令卫卒将戴铣的尸体拖下去，将轮次的李光翰押上来受杖。

李光翰在刚受杖时，还奋力连声呼喊："臣子忠诚，皇上明鉴！"他竟不知道被他认为神圣的皇上，正站在楼阁上兴高采烈欣赏他们如何受刑呢！

随即便连续听到行刑人的吼喝声和计算行杖的数目声，目睹这样的人间惨剧，众官员皆面如死灰，有的难以承受，昏倒在地。

将近两个时辰，总算将二十一人轮杖完毕，已死的被拖尸而下，还活着的仍由卫卒抬回诏狱。

忽听高台之上的刘瑾向台下的田文义发话，命令众官仍不可退，又尖声吼叫："蒋钦还活着吗？把他带过来，俺要当众见识见识他！"

蒋钦字子修，南直隶常熟人，弘治九年进士，先在翰林院充庶吉士，再转为南京御史。

蒋钦为人性格刚直，疾恶如仇。早在弘治时期，即一再奏弹国舅爷张延龄、鹤龄兄弟不法，要求查办。当正德皇帝登极，刘瑾等当权以后，他偕同南京多位御史如薄彦徽等人联衔上疏劝谏，声讨阉宦祸国罪行，被刘瑾派人到南京逮捕，押解到北京下诏狱，廷杖后革职为民。刘瑾本以为，经过这样的惩创，蒋钦大概会屈服，不敢再和自己过不去了。却未料到，蒋钦是一个宁折不弯，认理不认势的硬汉。仅在三天之后，他便独自具衔再上了一道进一步弹劾刘瑾多方面罪行的疏文，文中的主题更集中，态度更鲜明，措词更激切，要求立即处死刘瑾以谢天下。这份奏疏铿锵有力，在当时反阉宦斗争的舆论中是最坚决和定调最高的，一时传诵京内外。疏中痛切指出："刘瑾，小竖耳。陛下亲以腹心，倚以耳目，待以股肱，殊不知瑾悖逆之徒，蠹国之贼也。忿臣等奏留刘健、谢迁二辅，抑诸权奸，矫旨逮问，予杖削职。然臣思畎亩犹不忘君，况待命衽席，目击时弊，乌忍不言？

"刘瑾要索天下三司官贿，人千金，甚至有五千金者。不与则贬斥，与之则迁擢。通国皆寒心，一贼弄权，万民失望，愁叹之声动彻天地。陛下顾慭然不闻，纵之使坏天下事，乱祖宗法。陛下尚何以自立乎？幸听臣言，急诛瑾以谢天下，然后杀臣以谢瑾，使朝廷一正，万邪不能入；君心一正，万欲不能侵，臣之愿也。"

蒋钦这一道疏文，无疑是全面声讨刘瑾的檄文，而且锋芒所向，不仅是对着台前作恶的刘瑾，而且还指责作为刘瑾总后台的正德皇帝。请杀刘瑾，无疑符合绝大多数官民的心愿，言人之不敢言，正是蒋钦为人的气节。

那一天，刘瑾正在内相府书房内和徐正密谈，忽见司礼监一名秉笔太监神色张皇地手拿着一封疏文疾步进来，未打招呼便抢着说话："禀告刘公公，蒋钦这厮又上疏捣乱了！"

刘瑾接过疏文急忙阅读，脸上的表情急速变化，从冷笑藐视转而紧张恼怒。当读到"急诛瑾以谢天下"一句时，再也按捺不住怒火，两眼圆睁，猛一拍桌，几案上茶盅翻滚在地，又将手上的疏文狠狠掷在地上，尖声叫嚷："斗胆蒋钦，公然要杀害俺，满朝文武还未有人敢这样猖狂的，俺倒要看看是谁能杀谁！"

徐正一直密切注视着自己恩主的表情，忖量该怎样伺候和影响刘瑾对这一突发事件的处理。他躬身将疏文捡起，用衣袖轻轻擦去溅落在疏文上的茶渍，目示那名秉笔太监退出，语调平静地说："请公公息怒，蒋钦以蝼蚁之微，焉能撼泰山之重，皇上是绝不会听他的话的。依属下之见，这封疏文干脆不必转奏，在这里便给沉没算了。"

刘瑾仍然满脸怒容，愤愤地说："这个狗杂种挨杖后又胡言，是个不怕打的，着田文义派人将他收拾掉！"

徐正进言："对于蒋钦这样的人，似不宜鲁莽行事。他在科道官中是带头的人物，影响很大；此人文笔又犀利，很具有煽惑能力。据说，他写好这篇疏文后便交给自己的学生，由他们连夜刻板印成单张，分发京内外。属下这里也收集到一份。这个人和他新近写的疏文，当前都成为朝野议论的热门题目，如果简单地收拾掉他，必会引起更大的风潮，不能不慎重考虑。"

刘瑾问："丰凡的意思是……"

徐正献议："属下的浅见：第一，不宜放任他再在庙廊左右放肆活动蛊惑人心，可命锦衣卫秘密将他逮捕，单独囚禁在深室之内，隔绝他与狱内外任何人的来往。有人询问，则以对已革职为民的人，官府无法亦无责任了解行踪，对他的失踪无可奉告。"

"然后呢？"刘瑾紧问。

徐正眨了眨眼睛，卖了一个关子："依属下之见，对蒋钦这样的人，还有可变通利用之处。"

刘瑾惊诧地瞪着徐正。徐正靠近刘瑾，在他耳边放低声调说："蒋钦经过重杖折磨之后，仍敢于再放肆上言，不过是行险侥幸，哗众取宠，博取更大声名而已。此亦文人之常态，公公不必过分重视。

"人皆爱生畏死，羡慕富贵，蒋钦岂能例外？孱弱书生，意气用事，总是不能持久的。严刑之后，再将他隔离囚禁，促使他在痛楚与孤寂之中产生动摇，再进以甘言，饵以高官厚爵，未尝不可能使他迷途知返，悔悟前非……"

刘瑾听出了一点意思，半信半疑地问："要使蒋钦改口，恐怕不容易吧？而且，有什么必要呢？"

"意义实在重大。公公须知，事在人为。蒋钦终究是血肉之躯，总还是有着五官七窍之人，总还是攻科名求显达的人，岂能无妻孥老小之恋，岂能无功名爵禄之念？只要动之以情，喻之以理，辩之以利害，决之以生死，也是有可能转为刘公公所用的。而且此人素被北南两京科道官奉为首领，作为捣乱人物的旗帜，愍不畏死的典型。如果能劝导他归诚效顺，能够撰写一篇文章为当前政局辩解，申张皇上朝乾夕惕，习武是为了自强，周游是为了深入民间，了解黎民疾苦；剖明刘公公等殚精竭虑以斡旋国事的苦心，它的效果将胜于焦芳、刘宇等人的千言万语，时局或可因此得到澄清，乱党抑或因此闻风瓦解。善用叛人，诸葛早有明训，招降纳叛，攻心为上啊！"

徐正巧舌如簧，竟把奸险老辣的刘瑾说动了："丰凡，就由你试办此事，如何？"

稍过片刻，刘瑾又叮嘱道："如果他死硬不悔，怙恶不悛，也不能姑息，该用刑还得用刑。撬开他的嘴，说不定还能挖出一窝虫蚁呢！我就等你的佳音了。"

徐正一躬到地："属下甘愿效力。"

蒋钦上了这道奏疏后，颇有一吐为快的感觉。对于再次被逮捕入诏狱，本来是意料中事，当锦衣卫官校来锁拿的时候，他强忍伤痛，从容入狱的态度，让那些如狼似虎，已习惯于以侦伺和拘捕人犯为职业的官校们也感到意外。

蒋钦被关押在狱中最后院的单人重犯囚室，与他上次被捕时能与难友们同关在大囚室，彼此可以低声言谈、互相关照的情况完全不同。这次一入狱，他还立即被钉了脚镣，戴上了手铐。

蒋钦定下神来，环顾了一下关锁自己的囚室。身后和左右三面是粗厚的石壁，前面朝北是用粗大木柱搭建而成加以重锁的坚固围栏。三九隆冬的寒风从围栏外猛刮进来，使囚室内像一座冰窖。从木围栏朝外，可以仰望到围墙外一棵高大国槐树，树尖上的秃枝正在风中摇晃，哗哗作响，和怒号的风声交鸣。囚室的左壁，架设有一铺柴草垛，上面盖着一领破席；右边放置着一张小几，几上居然置有笔墨纸张，显然是便于犯人撰写供词。

时已入夜，狱卒抛进来一个带糠的馊窝头，放一碗在做窝头时留下来的蒸锅水，吆喝说："吃饭！"

为防止重犯自戕，便于检查巡视，狱卒们还在囚栏外悬挂着一个防风的灯笼，阴森的光时明时暗，随风摇曳。

　　蒋钦无意吃饭，只喝了几口水，闭目躺在柴草铺上，可以清晰地听到巡逻狱卒敲打的报时梆鼓，还有不时传来的被拷打犯人撕肝裂肺的惨叫声。蒋钦心潮起伏，不禁回溯自己的平生。自入学中举成进士，进入宦途以来，从未辱志阿世，巴结权贵，一直持正执言，热切盼望当今皇上"受谏则圣"，本人则坚决奉行古圣贤有关忠信明辨、不辞斧钺、勉为直臣的教诲，这是最值得安慰的。年将半百，遭遇到史所罕见的昏聩浊乱，焉能视而不见，焉能怕受廷杖牢狱之灾而放弃信念和操守？自己受杖后再次上疏，无非是为了坚持一士之谔谔，耻于做一个屈服于严刑，从此钳口结舌，坐视世道沉沦，国运土崩，黎民遭受劫难的孬种。再次上疏必然会面临更严酷的折磨迫害，这是自己早有估计，而且甘之如饴的。

　　人大凡到了这样的思想境界，心已放横，便无畏惧，安之若素了。蒋钦思想至此，心平气静，杂念不兴，倦极而睡。

　　一觉醒来，已是第二天的早晨，几阵鸦声入耳，蒋钦仰望木栏外的上空，大槐树秃枝上停有两只大乌鸦，朝着诏狱的囚室放声喧叫，好像是为人间申诉冤酷和悲情；又似在质问：人类为什么总是喜欢自相残杀，专门制造如此多的不公不平，还不如自然界的鸣禽可以自由喧叫呢！

　　忽然，一个狱卒走来开了锁，递给他一份拜帖，上书："子修仁兄珍摄，后学年弟徐正拜谒。"

　　蒋钦记不起徐正是什么人，但对拜帖上写着"后学年弟"的称谓感觉不伦不类：既是同年，怎么又带上"后学"；既是"后学"，怎么又是同年？正在寻思间，未及表示是否接受来访，便见另一狱卒领着一个身材颀长瘦削、脸庞清癯、行动斯文的中年汉子进入囚室。此人头戴青布头巾，外加一顶狗皮冬帽，穿着一身直裰灰棉长袍，黑布棉鞋白袜，装束朴素，俨然一介书生。他手里提着两瓶细瓷药酒，刚进入囚室，便闻到刺鼻的霉臭腥味，不觉眉头一皱，但迅速恢复常态，一边呵着寒气，一边脱下皮帽，将酒瓶放在几案上，朝着蒋钦亲切地说："子修兄受苦了，怪我来迟，怪我来迟了！"

　　蒋钦愕然地看着这个不速之客。未待发问，来人便自我介绍："子修兄，兄弟名徐正。去年春季，在李阁老召开的诗文会上，曾与兄台幸会，得以瞻仰风采。我对子修兄的学问人品，清风亮节，都是极为景仰的……"

看到蒋钦还拿着那张拜帖沉吟，徐正又急忙解释道："子修兄是弘治八年在南直隶乡试取中的举人，兄弟这一年也在福建乡试中举，所以我们确实有同年之谊。但际运不同，兄台在第二年便春闱告捷，高中进士，而兄弟则科场失意，屡战屡败，只好远走陕西，在州县混饭吃，去年才来北京谋事，不论在学问或在仕途，都是兄台的后学啊！"

听到徐正这样乱扯关系，蒋钦觉得很腻烦，默不答言。他蓦然忆起，去年在李东阳府上议论诗文会中，此人确实在座。而且给众人留下了特殊的印象：每当李东阳出到堂上，此人便急急趋前问候，点头哈腰，以表恭敬；东阳说话时，又频频谀笑称颂，表示赞佩，却又极为注意参加李府聚会人士的言论动止。当时便有人底下对蒋钦提醒，此人可能是刘瑾派来的侦探。蒋钦警觉起来，觉得徐正来意不善。

徐正自觉尴尬，转口道："日前便已听说子修兄和南京的科道联衔上奏，触发皇上之怒，受到廷杖之苦，遭受无妄之灾，兄弟难过已极。昨天又知道兄台再次上疏，被捕入诏狱，所以赶来探视，聊表慰问之意。"

蒋钦冷眼看着徐正的亲热态度，仍然沉默无言。徐正也意识到，这是一个不易应付的对手，便绕过弯子，借自己带来的瓶酒作为话题："这是兄弟专门从大栅栏赵家老药铺买来的蟾蜍跌打驱风酒，是专门采用蟾蜍、麝香、雄黄、防风、当归、肉桂等药材酿制的，最能舒筋活络，止痛去瘀。对于受过杖刑的人有疗治创伤，更新肌肤的特效，对子修兄是最合用的。"

蒋钦淡淡回答："谢谢你的好意，这些药酒，我是再也用不着的了。"

"何以见得？"

"我是不敢奢想再活着走出这座监狱的。"

徐正以为抓住时机，急忙进言："这又何必呢！上天有好生之德，蝼蚁尚且贪生。子修兄弘扬忠爱，朝野钦佩；但世事复杂，善未易察，道未易明，有时当道的人亦不能不委曲求全，徐图匡救。譬如，司礼监太监刘瑾亦常遭到误解，他实有为难之处……"

蒋钦一听到徐正为刘瑾辩解，便清楚是来说降的。他怒气填膺，走前两步，铁镣拖在地阶上当当作响，举起戴枷的右手指着徐正，厉声说："你不必在我面前再提起刘瑾两字，他是当前局面的罪魁祸首，本人上的第二疏就是请求皇上立即将他绑赴法场，开刀问斩。世有诣谀巴结阉贼的斯文败类，但亦有誓不与奸宦同生于天地的硬汉。你请回吧！"

徐正还不死心，再劝道："子修兄，我是纯出于敬贤爱才的考虑，而且看在同年之雅，才甘冒风险来到囚室拜候兄台，一尽肺腑之言的……"

蒋钦布满伤痕的脸庞蓦然严肃起来，充满血丝的双眼闪着一股凛然不可侵犯的正气。他发出一阵令人战栗的冷笑，随手将徐正的拜帖撕得粉碎，掷到地上。一阵风将这些碎纸片吹得旋转飘动。

徐正因为还未开篇，便被兜头喝止，昨晚花了半宵准备的说词根本无法表达，自觉懊丧无趣，但他还要尽最后的努力："朋友处于生死关头，本人不能不尽朋友之义，不能见死不救，子修兄，还请三思。"

蒋钦喝止他，手指狱门："你给我滚出去！"

徐正一边往外走，一边收敛了和蔼关切的态度，骂骂咧咧地说："死到临头，不识好歹，有你好看的！"他的话未说完，只听到砰然一声，原来蒋钦已将蟾蜍趺打酒猛掷在他的脚下。

徐正气急败坏地走进诏狱的门厅。原来他预先作了布置，暗带锦衣卫一员校尉、八名卫卒前来守在门厅，听候差遣。他刚进入门厅，校尉迎上前来："徐老爷，一切还好吗？"

"不必多问了，立即对蒋钦这厮行杖！"

校尉又请示："怎样打法，打多少？"

徐正凶狠地吩咐说："打门杖！"

什么叫门杖？这是厂卫内部的黑道行话。廷杖是在午门外施刑，动手前还要卸脱镣铐，事先宣布杖打之数；门杖则是在诏狱内用刑，是不卸脱镣铐刑具，不必计算数目的更酷烈的杖刑。

校尉和卫卒们得令，高声答应："是！"

徐正低头思索了一下，又对校尉说："用门杖，但不要将这厮立毙于杖下，要留着活口。这个案件还要禀告刘公公，由他作出最后决断。"

锦衣卫的校尉领着卫卒们闯入囚室，把蒋钦拖到诏狱大院，按倒在地上乱棍齐下。蒋钦旧伤之后又添新创，一阵剧烈痛楚之后晕死过去，只在口鼻中喘着粗气。待打了一阵之后，喘气的声音也逐渐转弱，几乎听不出来，校尉怕一下打死，违背上头的意图，便下令停手，端来半桶凉水，照蒋钦的头脑猛泼下去。等听到恢复了呼吸，又把他拖回囚室，抛在柴垛上，又令狱丁们勤中巡逻，加强灯火照明，以便于随时监视，防止出事。

时至中夜，蒋钦辗转醒来，但觉口干唇燥，头颅剧痛，身体像散了架一样，便高声呼唤狱卒，要求给喝一口水，狱卒不理。蒋钦强忍疼痛，撑持着爬起来，摸索到破席上面沾满了黏糊糊的血迹。他急于小解，艰难地拖着伤腿，扶着墙壁挪到囚室角落的便桶前，一撒尿便觉得剧痛难忍，灯光下一看，撒出来的全是血水。尿未撒完，突然感觉一阵晕眩，力气已尽，一下子瘫倒在便桶旁边。

不知经过了多少时候，蒋钦才从晕死中逐渐清醒过来。囚室外面朔风怒号，细听梆鼓，已是四更时分。蒋钦回忆起今天徐正劝降的丑态，以及再次受杖的情景，反而觉得心明力定。他深知，除非肯背叛节操，向刘瑾、焦芳、徐正这些奸佞低头服软，是绝对不会有生路的了，刘瑾这一伙是什么毒手都会施展的，而自己又绝不屑做甘从狗洞中爬出去的软骨头。但只要留得残生，口诛笔伐便不能停止，一定要拼战到底。一疏受杖，再疏再杖，他决定更上第三疏。

蒋钦主意已定，他拖着伤腿，爬到几桌之前，人是坐不起来了，只能俯身就案，借助用来监视自己的光，还可以勉强写字。他刚要提笔，发觉砚台的墨汁已经结冰，他干脆将砚台放入衣襟内，借体温将墨汁化冻。他的构思早已成熟，正要挥毫撰写，忽听到一个狱卒在木栏外大声喝问："蒋钦，你在写什么？"

蒋钦大声道："我要给皇上撰写奏章，你敢阻挡吗？"

狱卒不敢再问，低头自去。

蒋钦凝聚精神，正要着笔，却仿佛在耳际间听到几声啾啾鬼哭，柱门之外好像又有几个鬼魂在左右徘徊，不时瞩望着自己，似有所诉，但因阴阳隔阻，言不能达，情难自已，因而哀号痛哭。蒋钦的精神愈紧张，这样的幻觉愈加重,他知道第三道疏文一送上,必立招奇祸,不只亡身,而且还会毁家灭族,先人的坟茔亦将不保。声声鬼哭和若隐若现的鬼魂,莫非列祖列宗在地下急灼难禁,故此发声现形以示哀劝,以保全身命和家族的平安?蒋钦搁笔沉思,自知本人和全家阖族正处在存亡断续的关头。他理解祖先显灵的苦心,但自己亦有不能屈从的隐痛。为此,他用尽全力扶几起立,将衣服稍加整理,面向柱栏之外的冥空,肃穆而言:"如是先人显灵,请以大声昭示。"

言未毕,便听到哭声更加凄怆,柱栏外的鬼影跳跃更急。蒋钦的心情极端矛盾,为人子孙,焉能无宗族坟茔之思?为人夫为人父,又焉能无伦理之爱?若非万不得已,岂肯贻累祖先,株连妻孥?但既已许身于国,苍生为重,又岂能只顾及一人一家一族的安危?他再次整理衣服,忍住创痛肃立敬礼,热泪盈眶地颤抖祷告:"蒋门列祖诸宗在上,恭请垂听陈告:钦幼承庭训,长读诗书,深知缄默负国最为先人羞耻,是最大的不孝。今日三度上疏以死谏,秉笔直书以锄奸,甘冒刀锯斧钺,知必死而不辞,实在是为君国尽大忠,对祖先尽大孝。不论如何惨烈,这份奏稿不能中止,敬请先人鉴谅。"

祷告毕,鬼声渐停,鬼影渐散。蒋钦重新俯身案前,奋笔而书:"臣与贼瑾势不两立。愿借尚方剑斩之……

"陛下试将臣较瑾,瑾忠乎?臣忠乎?忠与不忠,天下皆知,陛下亦洞知之,何仇于臣,而信任此逆贼耶?臣骨肉都销,涕泪交作,七十二岁老父,不顾养矣。臣死何足惜,但陛下覆国失位之祸起于朝夕,是大可惜也。陛下诚杀瑾枭之午门,使天下知臣钦有敢谏之直,陛下有诛贼之明。陛下不杀此贼,当先杀臣,使臣得与龙逄、比干同游地下……"

奏稿写毕,蒋钦重读一遍,觉得言犹未尽,又咬破手指,再加血书一句:"臣诚不愿与此贼并生!"他掷笔躺卧,但觉对国事朝政,对草野黎民,已经尽了自己的责任,一生言行无负于天地,无愧于鬼神。

他知道这一道疏文,必将引致更大的厄运。他心如止水,静待风暴的到来。

刘瑾本人并未与蒋钦直接打过交道,但蒋钦连上三道奏疏,竟然要将自己枭首正法,令他既十分惊惶,又极端愤恨。在勒令百官观刑之当天,他下令将蒋钦和其他科道官共二十一人破例在午门内廷杖示众,之后,又命留下蒋钦,正是为了发泄刻骨的仇恨。

等锦衣卫的官校架着蒋钦拖到高台下面时，刘瑾在一群内侍和厂卫官校簇拥下，从台上走下来，他想当面认识和羞辱这个顽强的对手。

蒋钦受到三度重刑，两腿已经折断，面目全非，头颅肿胀得像一个充血的大斗，双目紧闭，已经无力睁开眼睛，只有微微的呻吟和喘息。他已经被折磨得将近走到生命的尽头了。刘瑾并不以羞辱这样一个接近死亡、完全丧失了反抗能力的对手为可耻，他狞笑着走近蒋钦，嘶叫着说："好个蒋御史，你不是一再要斫我的头吗？看看今天是谁斫谁的头！哈哈！"

处在弥留状况的蒋钦，对刘瑾的狂笑，已经没有任何反应了。

刘瑾看到接近死亡的蒋钦未能领受自己的侮辱，心有不甘，随手从身旁的校尉手上夺过一把马鞭，狠狠地向蒋钦的头部抽打。想不到刹那间，蒋钦巨大的充血的头颅突然抬起来，口角挂着轻蔑的冷笑，两眼圆睁，逼视着面前的刘瑾，锐利的目光凝聚着愤怒、轻蔑、不屈和战斗到底的意志，恍如一把寒光闪闪的利刃。猛士就义，死不瞑目。刘瑾大惊失色，马鞭失手坠地，倒退了两步，慌忙吩咐说："快，快，把他拖下去，拖下去！"

第十三章

老王岳殒命临清驿　勇徐智落发五台山

　　刘瑾近日的精神一直处于亢奋状态。他沾沾自喜于反击胜利，一举挫败了朝中宫中势力巨大的对手。但他最高兴的，还是夺取到司礼监大权，满足了自己多年来寝寐不忘的企望。在宦官系统中，司礼监兼提督团营，已是官居极品，屹立在权势的最高峰了。但是，他禀性狠毒，思虑细致，报复心又极强，比马永成、魏彬之流看得更为深远。他惊觉到，不论是已被挫败的朝中大老或是宫中大珰，都还是僵而未死，必须进一步穷追猛打，赶尽杀绝，才能算是取得完全的胜利。刘瑾信奉的是无毒不丈夫（虽然他已经不可能是丈夫了），对于敌人绝不宽容，绝不留下隐患，绝不给对手任何翻身反击的机会。他认为既得罪了人就干脆得罪到底，只有将对手逼入绝境，置于死地，才可能保存自己，维持权势。现在，令他深深恐惧的是，敌对营垒摧而未垮，大量反对者会在某种气候中重新集结反击。他想到这些人物的凛然正气和坚定顽强，想到他们在朝野中的巨大威望和影响，顿觉危机严重，不禁毛发悚然。

　　刘瑾深知，外朝的斗争和宫内的斗争是紧密相连的。如果不能在宫内夺得全权，只能说是打了半个胜仗。宫内斗争历来是外朝斗争的延续，是另一重要战线。原司礼监掌印太监王岳和秉笔太监范亨、徐智等人，在宫内宦官系统中长期拥有高位实权，而且王岳和正德皇帝又有着多年的密切渊源，他们虽然眼下已被革职答责、发放南京，但必须防止意外之变。他了解正德此人禀性轻浮多变，说不定在什么气氛、什么情绪之下，又会产生新的主意，甚至出现全面的大反复。留下王岳几个人，终究是一条大祸根。因为不久之前，外朝官员通过"以内臣剪内臣"的策略，几乎要将自己和同伙们送上刑场。特别是，正德皇帝对王岳等人的处理还未有决绝之意，未有要将他们置于死地的表示。

原来明代的刑法,分为笞、杖、徒、流、处决五等,谓之五刑。笞是最轻级别的体罚刑,是用竹片作为刑具,抽打犯人的脊背,犯人光背受刑。采用笞刑的数目,一般是二十、三十至五十下,具有对犯轻罪者警戒的性质。

对王岳仅处以笞二十的轻刑,实在让刘瑾忧心忡忡。他害怕正如日前要将他们发配南京是一种缓冲,现在对王岳等的处置也可能是一种权宜之计。按明朝历届皇帝的先例,亲近宦官一时失宠被发配到南京,但其后又被调回北京,再受到进一步重用的事实是很多的。

刘瑾回到石大人胡同,进入内书房,传谕一概不接见来客,在书房中来回踱步,反复思考,将在这次风潮中涌现出来的对头,一一按情节轻重,仇怨深浅,影响力大小,以至人品性格排出队来,逐个进行分析估量,什么人必须立即予以锄灭杀害,而不至于过分震撼舆论;什么人不宜立即处决,但可以先罢官休致,再逐步升级,指为奸佞,借用诏书谴斥,剥除其华衮,毁损其声名;什么人可以挑剔他在原职位的"过失",加以公私罪名,予以贬谪远戍。看来,他必须抓紧,按部就班地进行,不能放松,不能手软。经过这样的策划后,刘瑾顿觉心明眼亮,胸有成竹。他握紧拳头,猛击书案,狞笑自得。

王岳、范亨、徐智,被列入第一批谋害的名单。

次日一早,刘瑾传本府四大金刚之一,兼任锦衣卫指挥使的田文义立即到内书房。另外两个金刚张文冕、徐正已经在座。

很显然,对于怎样收拾王岳等三人,刘瑾已和张、徐做过认真的密商。

田文义平常向刘瑾禀告或请示事务,一向没有座位,只是躬身挺立回答。在刘瑾眼中,田文义不过是一员武弁,一条可以用来缉捕的得力猎犬。这一次有点儿例外,刘瑾和煦非常,请他就座,眯着双眼,亲密地说:"有一件事要委托你妥善办理,俺立即有事入宫,就由两位先生和你细谈吧!"

田文义是个老手,知道是要交办秘密的而见不得人的事,过去每逢交办这类事件,刘瑾大多是不亲自下达命令的。

"请刘公公放心,门下尽力效劳。"

刘瑾连声说:"这就好,这就好!"起身往外走。

三人恭送出室，然后坐下。

先是由张文冕简要地说到王岳、范亨、徐智等三人如何勾结外朝的内阁和六部等官，甚至要对刘公公等八人狠下毒手，现在已遵照御示答打完毕，即行发配到南京守陵的事。田文义早就知道王岳事情的经过。作为一个机警的老牌特务头子，他对于宫内宦官中间的派系分党，重要人物的影响和态度，肯定比座前的两个文人了解得更具体，但他还是貌作恭敬的样子聆听张文冕的讲述。未待张文冕说毕，他便清楚地知道刘瑾紧急召唤他来的用意，是要由他派人去收拾掉王岳等人，迎合道："本人对于王岳等人的所作所为，亦是非常义愤，对这样背恩弃义的败类，恨不得亲手宰了他们，以报刘公公的恩遇。"

张、徐二人连连表示敬佩，张文冕继续说："正是因为知道你是血性男子，又身负锦衣卫重任，所以刘公公才决定命你派人将王岳等三人在前往南京途中收拾干净。"

"这是举手之劳。"田文义爽快地回答。

张文冕却郑重叮嘱："此事又不可鲁莽，因为他们都是奉有御旨处事的人，皇上也可能在什么时候查问他们下落的，所以要办得干净利落，做到尸不见血，死不见尸，半途在人间消失，无法查找追究才好。"

田文义说："受刑后发配，可以由锦衣卫派出解差。我派两个心腹卫卒当解差，半路上取了他们性命便了。"

"不成，这样有太明显的破绽。"

田文义惊诧地望着张文冕，等着听他的高见。张文冕慢条斯理地说："在发配前可以告诉王岳他们，他们受的不过是答责轻刑，发配到南京还要担任守陵差使，按照规例，是不一定指派解差押送的，由他们自己带着结案书状，逢驿投报，限期内到达南京报到便可以了。王岳可能认为是锦衣卫对他们的优容照顾，其实是为了便于行事，失踪灭迹后，锦衣卫既未派人解送，便可以完全摆脱干系。"

田文义恍然大悟，继续请教。

徐正接着张文冕的话，具体布置："目前河道已渐结冻，他们三人无法从水道南下，只能走旱路，一定要经过天津、德州、济南前往南京，又一定要经过临清，入住临清驿。临清是水陆码头，人口嘈杂，流动性大，临清的驿官羊承启本来就是锦衣卫的人，可以派人先间道去临清，命令羊承启负责执行，全力配合；还要用重金礼聘两个江湖上武功高强的人，先严密尾随监视，等他们到达后，乘夜深人静，在临清驿馆内干掉他们，切要不动声色，切不可惊动地方，然后埋尸于运河冰层之下。明春解冻后发现尸首，以畏罪投水自尽结案便了。"

"我锦衣卫内也有高手，何必再找江湖中人呢？"田文义不解地问。

徐正笑道："这正是为让锦衣卫完全摆脱杀害钦犯的关系，如果有人过问，你便可以一推二六五！"

田文义频频点头，服其高见，答应遵命行事。言毕，他正要辞别，又听到徐正唤他留下。只见平日彬彬有礼、文质温雅的徐先生，今天却在苍白清秀的脸庞上蓦然冒出一股杀气，他命令说："你另外派四员精干卫卒，化装为商贾，从北京崇文门外远远尾随王岳等三人行止，同时监视那两个江湖杀手的行动。"

"是否让那两个武林中人得手后便自行逃遁呢？"田文义问。

"不是。"

"那是否要将两个有立功表现的杀手带回北京，收编入锦衣卫内？"

"更不对。"

田文义不明其意。

徐正狡黠地说："你责令四个卫卒，在武林中人杀了王岳等人之后，随即就将他们处决，不留活口。对此事，他们可以报告说：奉差巡查，格杀了前经本卫通缉，今又拒捕的两名江洋大盗，交给地方官收殓结案了事。"

在徐正布置行动的时候，张文冕不断点头，还不意中说出一句话："江湖武林人物，不过是一些好勇斗狠，不惜性命的匪类，可以因事利用，但切不可因轻信而误大事，切不可留下活口，留下祸根。"

田文义又主动提出："还有宁瑾和李荣两人，看来也应处置……"

张文冕和徐正交换了一下眼色，看来对此早有考虑："对宁瑾和李荣，当然是留不得的。宁瑾的影响较小，你们便中在狱中收拾掉，报告说此人畏罪自杀便可以了。难的是李荣，皇上一时还念旧情，未下决心处置他，只好先放一时日再议。锦衣卫应抓紧收集他的材料,等待合适的时机再动手。刘公公教导我们,饭得一口一口吃,对于宫里的内奸,绝不能饶掉一个!"

田文义喏喏遵命,走出刘府,已是辰末巳初,他急忙赶回锦衣卫衙门安排。

今天,他算领教了刘公公跟前两位谋士的利害和分量。在心狠手辣方面,这两个人的确不在自己之下,而在考虑周详、部署严密方面,则是自己远不能及的。今后切不可开罪他们,必须处处提防,事事戒备。

王岳、范亨、徐智在司礼监中是三代人,他们中间还存在师徒关系。当时,新入宫当差的年轻宦官,都要在分配到的机构中,由一个年龄大、地位高、资历老的总管太监或首领太监负责指导礼仪规矩和职事,言传身教,使小宦官逐渐熟习差使,胜任工作。小宦官们通称这些老太监为师傅,间中也有行拜师礼,以正式确定师徒名分的。当年范亨拜王岳为师,十年后,徐智又拜范亨为师。

司礼监的职任包括来往转递全国各方面呈递进来的奏疏,又负责代替皇帝审阅内阁起草的票拟和批红,司礼监的掌印和秉笔太监被视为"大内辅臣",王、范、徐三人在多年历练中也都熟谙了国家政务,而且自然地形成了自己的政见主张。从弘治中期开始,由王岳、范亨主持的司礼监和以刘健、李东阳、谢迁为主的内阁,在工作上密切联系和配合。由于他们的政见接近,票拟和批红往往上下贯通,阁监关系协调融洽。因此,当正德继位,政局发生重大变动,王岳等支持内阁九卿等请求将刘瑾等"明正典刑"的意见,就是根据自己的识见和判断做出的抉择,并非偶然。

正因此,刘瑾决意杀害王岳等人,除了个人恩怨因素外,也是根除反对势力的一环。

王岳、范亨和徐智被笞责后,遵旨南行。

所幸笞责的伤害并不太重,贴用疗伤膏药之后,三人还可以勉强就道。王岳年纪较大,已经鬓发飞霜,受刑后脊背曲驼,无法挺直,腰腿屈伸不便,步履维艰,幸而有范、徐二人扶持照顾,出崇文门外便雇了一辆拴有一骡一马的架子车,上有草席编成的拱篷可以遮阳挡雨。徐智特意在车上铺有一席棉絮,让王岳可以躺卧养伤,自己和范亨两人则或躺或坐,交替休息。车把式张老头是来自德州的一个庄稼汉，为人憨厚，从不过问他们的案情，反而有时说几句宽解的话，或行或歇，完全听从徐智的调遣。

车行中，三人默默无言，但心里却并不平静。特别是王岳，从近二十年阅读奏章和参与批红的工作中积累起来的政治阅历，他完全能估量到当前朝政已经发生大变乱，自己所受罢官和笞责的遭遇无非恶涛浊流中的一点浪花而已。他准确地料到三位阁老已难再安于位，还有韩文、刘大夏、顾佐等一大批尚书侍郎亦必难逃厄运。众正溃退，小人当道，自己作为一个曾参与实际政务的老宦官，身残位贱，但不敢忘忧国，未肯辜负先帝的重用，虽因尽忠陈言而受到殃害，亦算无愧无悔，或者能以微残之躯，为历来素被丑诋为刑余阉竖，被鄙视为异类的宦官，树一劲节，为这类可怜人留一清白。想到这里，王岳老泪纵横，朦胧中进入了梦乡。

三个人的出身经历不尽相同。王岳是北直隶静海县人，范亨是沧州人，都是当地贫苦农民的后代。当年由于家乡连年灾荒，缺衣少食，几乎沦为饿殍，父母无奈将亲生骨肉阉割"净身"，将他们送上了这条断子绝孙的悲惨道路。入宫以后，他们都熬过几年学徒的生活，才侥幸被选派在司礼监当差使，逐渐做些文墨工作，又逐步上升，得以侍奉御前，甚至跻身"内辅"的行列。

徐智的经历迥然不同，他原姓程，籍贯宛平县，但却是在北京城内长大的，他的父亲程超，自少浪荡江湖，饶有武功，最善于使用一条丈二长的熟铁软鞭，挥动起来，一二十人不能近身。他本来在前门大街著名的顺胜镖局当镖师，经常领着本局镖师武丁人等押运金货，北抵辽海，南下江浙闽粤。镖局倒闭后，也曾投入江湖，自立为帮主，与官军对抗，在黑白两道俱有名气，也经历过不少危险，甚至曾数次在外地被裁害，关入牢狱。由于武功高强，凭拳脚立威，又讲究义气，在几处监牢里都被难友们奉为龙头，尊为"狱神"。他在监牢中广收徒弟，依然饮酒食肉，还经常与难友们交换江湖讯息，了解三山五岳豪杰的动态，甚至交流越狱脱逃的窍门手法。他最自我夸耀的是在蹲狱过程中练就一套"解铐脱镣神法"，因为在狱中的重案犯人或得罪了狱官、狱卒的犯人，往往被扣上手铐，钉上脚镣，意在防止脱逃，亦为进行惩罚。程超着意琢磨方法和苦练骨节，居然练得骨骼柔软，必要时可以运气使两手掌和两足脚跟的骨骼收缩，手掌合拢起来，其粗细不超过小臂末端；

两足的脚跟又能与小腿拉成直线，这样就能顺当地脱卸开手铐脚镣。他自言，一次蒙冤在江南常州蹲大狱，被扣钉上铐镣，关押在重囚牢房内。一天半夜，暗中用法脱了镣铐，然后高声呼叫，假称急病，骗取狱丁来开闸察看，等狱卒刚进门，便使用箍颈锁喉击顶之法制服了狱丁，顺利地越墙逃出。他对儿子程智自幼便教练武技，并家传解铐脱镣之法，给他作为防身之用。

程智早年丧母，十一二岁时，父亲程超在江湖中与人结怨，被怨家诱杀于保定府。程智只好投靠舅父徐二，为避开程超牵连，便改姓为徐。徐二本来在西单牌楼摆摊卖山货为生，但近年多病，摊子摆不动了，典卖俱穷，两餐难继，实在维持不了家庭开支，只好想办法将小外甥送进宫里当太监。他跑门子找到南长街会计司胡同的"小刀毕五"家，这是专门从事阉割儿童入宫内的专业户。徐智伤好后，便被送入宫，从此决定了终生作为太监的命运。徐智禀性聪明伶俐，本来已经略识文字，又有幸被分拨到司礼监由范亨收为徒弟，王岳成为他的太老师。他本人刻苦好学，更因王、范二人循循善诱，不几年便基本掌握了司礼监有关典礼刑名、章奏文书运转等方面的业务，年刚三十便被破格提拔为秉笔太监，有权在一般章疏上照阁票批红，也经常奉命前去内阁传达事务，只有重要事件才要请示范亨和王岳。

徐智虽然逐渐崭露头角，在司礼监内地位上升，但他为人小心谨慎，对王岳和范亨一直以晚辈自居，鞍前马后照料唯谨。除了本职工作以外，他一直没有放弃习武，每日早晚在寝室外的庭院站桩练气，复习家传拳棒，将一根围腰皮带当软鞭使用，左旋右转，鞭随人动，恍如赤蛇出洞，蛟龙飞腾，攻守有序，泼水难进。亡父说过的江湖恩怨、武林黑道，他也铭记未忘。

前几年，皇太子朱厚照听说他武功超卓，还通过王岳调令徐智间中到他习武的蹴园亭协助练武，对他十分赞赏。

对于这一次受笞南下，王岳和范亨思索的多是政潮起伏，时局动向，而徐智则多了一个心眼，他顾虑到此次千里远行，是否还潜藏着暗害的杀机？

一路上，徐智机智地留心观察。对于受雇驾车的张老头，他判定是一个淳朴的庄稼汉，不会对自己三人加害，在这方面放了心。他经常侧倚在车辕上，边与张老头搭话，边留意观察车前车后的行人动态。刚出崇文门，他就远远看到半里外有两个壮汉穿着黑缎密扣窄袖袄，头裹挡风遮阳马尾巾，一派武士打扮，骑着两匹快马，不紧不慢地尾随在后面。到德州，三人按照规定，进入驿馆换发文书和住宿，车把式牵引骡马到驿馆马厩喂草料，徐智有意踱出门前观看，又见这两个黑衣人正选住在驿馆对面的客店里，在店面喝酒，不时注目驿馆，显然是为了监视王岳等人的动向。徐智心中有数，加意提防，为怕师傅和年迈的太师傅担忧，不敢告诉他们。

受谪戍的犯官，路上应该入住驿馆，向驿官报到，并请签发注明到站和动身日期，呈递给前途驿站的文书。驿官等多是长期在通衢要道任职的人，见多识广，熟谙宦海世情，眼光势利，知道官场沉浮反复，屡次看到有刚受廷杖，由解差押送过境的犯官，转眼间又官复原职甚至更受升擢，居然乌纱蟒袍，跨骑高头骏马，或乘坐绿呢大轿鸣锣开道重来驿馆。为了留一后手，他们对于犯官大都不敢过分苛待。各个驿馆大院内左右两侧虽然都设有囚室，围墙栅柱，锁禁严密，镣铐刑具俱全，是临时监狱性质，但一般只用以关押刑杀重犯、江洋巨盗。对于犯官，多半还是参照原来品级地位，仍让歇宿在大小客房之内，对解差则酒肉相奉，唯恐怠慢。

沿途的驿官也知道王岳原任宫内司礼监掌印兼管东厂的要职，眼下也只受最轻级的笞刑，发配南京也未用解差押送，更不敢对他们不恭，分别安排在客房住宿。少数地方的驿官，还抱着烧冷灶、留后路的打算，有时进入客房，送上粗肴淡酒，尊称王岳为"老前辈"，说几句不痛不痒的安慰话，第二天早晨，以礼相送。

但是，一到临清驿馆，气氛就完全不同了。三人刚进驿馆大门，便觉得戒备森严，驿丁俱配备刀棒，似是早有准备，专门等候他们到来似的。来到堂上，他们正要投交文书，请求签发往前途驿站，忽听到堂上一声喝叫："且慢！"

堂上驿官姓羊名承启，早年是在京都天桥地区混事的一个痞棍，专门刺探天桥人户，特别是各地来京演艺卖武流动人口的隐私，精于攀染栽诬，密告给锦衣卫头目。每一次告密的事件称为"起数"，发放的赏金称为"买起数"。此人心狠手辣，最能毒噬平民，又最擅长扩大株连，因一人而牵数十人，因一家而破数十家。正因为他具有这样特殊的嗅觉和手段，便被锦衣卫吸收为番子，以后又被提拔为档头。就是说，从"线人""驳脚""卖起数"

进而取得正式侦伺缉捕人员的地位，成为正牌的特务。天桥地区的善良人户，避之唯恐不速，暗里给他起一绰号，叫他"血羊"。

这头血羊实在具有豺狼之性，他是用无辜平民的大量鲜血浇灌着从痞棍无赖上升为特务的通道。由于卖身有术，屡为锦衣卫侦缉"建立功勋"，前年才由田文义亲自提名外放到临清当驿官，官拜从八品，成为临清水陆码头的一条看门恶犬。

羊承启升堂，披阅王岳等呈送上来已经住歇驿站签押过境的文书，这本是例行公事，羊承启却要借端找茬，以作为将他们枷锁关押的借口。他仔细审阅文书后，厉声向站在堂下的王岳发问："文书中为何缺少杨各庄驿站的签押？"

王岳想不到会有此事，被问得有点茫然，倒是徐智头脑清楚，回答道："事因道过杨各庄时正在晌午，我们急于赶到德州入宿，所以未进杨各庄驿，亦未办签押。"

羊承启铁青着脸，厉声训斥道："你们不要忘记自己的身份，你们是皇上亲点的钦犯。犯官发配在途中经过大小驿站，都要逢站报到，一一领有签押文书，以免流窜外逃，这是朝廷的法度。你们知法故违，眼中还有皇法吗？"

羊承启这一番借题发挥的言语，已使王岳等三人，特别是徐智意识到来势不善。三人默然不语。

羊承启提高嗓门，话题已完全离开了驿站的业务，居然扮演了刘瑾恶政捍卫士的角色："你这个王岳老而不死，辜负圣恩，胆敢勾结外朝奸党，阴谋危害刘瑾公公。刘公公忠心为国，维护皇上，振作朝纲，为文武臣工树立榜样，为黎庶万民造福，为天下谋太平，你等身为内侍，竟然窝里造反，背后使坏，几乎动摇社稷，真是罪大恶极。现在发配途中，还敢藐视驿官，不遵皇法。本官必须移文杨各庄驿站，弄清你们的行止活动，暂将你们三人收押，听候处置！"

羊承启这篇演辞，其实不是专为斥责王岳等人而发，主要是说给早就布置在临清驿站内的厂卫番子们听，好让他们转报给田文义和刘瑾，以示忠心。

羊承启的话音一落，堂下早已准备好的番子、驿卒们分别揪住王岳、范亨和徐智，押往驿馆前院的囚牢，隔离关闭，并给他们钉扣上手铐脚镣。羊承启亲自检查牢房栅柱，重锁牢固，又与心腹番子再次算计。

入夜，两骑身穿紧身皂衣、背插单刀的武士进入早已洞开的驿门。羊承启的心腹番子牵过他们的坐骑领入后厩，引领进入客房款待。

徐智熟知江湖黑道，他清楚知道，这是官私合谋杀害人命的老手法。官方预设陷阱，对要谋害的人关押束缚，为杀手准备一切条件，杀手便不费吹灰之力动手，可以兵不血刃、鸦雀无声地缢杀人命，事后让买通的仵作上报为自缢身死，结案了事。徐智有了这样的警觉，便暗作戒备，以防万一。他假装躺卧在柴草垛上歇息，借用盖在身上的破棉絮为掩饰，使用家传"解铐脱镣神法"，暗中卸去自己手脚上的铐镣，然后蹑手蹑脚走到牢门偷窥，只见有不少人来往走动，路上遥见的两个骑马配刀的壮汉也在其中，更证实了今晚对方就要在临清驿馆内下毒手的猜测。让他苦恼的是，牢门栅栏巨柱坚固，又已下重锁，实在无法冲出，无法与师傅、太师傅联系，急得脑筋暴凸，心血沸腾。

他竖起耳朵倾听牢房外边的动静，却听不到正常更鼓。到了下半夜，他忽听到另一牢房有脚步声、开锁声，随即便听到几声低沉惨烈的嚎叫声和短促的喘息声，之后是顿然静寂。稍过一会儿，又听到从另一牢房传来的脚步，又是一阵开锁、启门，蹬腿挣扎和低沉短促的喘息声。徐智听闻，只觉得寒毛直竖，知道太师傅和师傅已遭害殒命。他咬牙切齿，仇恨满腔，但无法穿越囚笼扑救，真是五内俱裂，肝胆如焚，恨不得将这个狗驿官和杀手们碎尸万段。

徐智知道，下一个就要轮到自己了，与其束手送命，不如以死相拼，绝处求生，更企望能伺机反击，为两位师长复仇。他从柴垛上霍地站立，沉住气，紧扎头巾，收束腰带，结好绑腿，在黑暗中活动了一下筋骨腰腿，感觉还能跳跃搏击。他转身一看，扔在柴垛上的锁脚铁镣，中间有近两尺长的铁链，两端各悬有一个有三斤半重量的铸铁镣扣，徐智把它捡起来，轻步贴近牢房的栏柱，躲在牢门右侧墙角，屏息等待。

两个手提棍棒绳索和门匙的驿丁，后面跟着两名杀手，来到关押徐智的牢门前。他们本以为，也可以像缢杀王岳和范亨一样，轻车熟路地结果对方性命。一个驿丁将棍棒夹在左腋下，用右手开启锁头，左手打开牢门，探头进内，却突被一条铁臂箍住颈脖。徐智五根铁爪一样的手指直锁其喉咙，另一臂则握成铁拳，照他的脑门重重一击。这个驿丁登时七窍流血，立时送命。门外的另一个驿丁和两个杀手不知就里，正在疑惑之间，只见徐智一脚踢开牢门，疾步冲出后院之中，他手持铁镖，双足站定，摆出一个金刚挺立，预备格斗的姿态。两个杀手见状便各拔腰刀，一边叫嚷"死囚徒不要猖狂"，一边挥刀扑向徐智，三人在庭院中厮杀。另一个驿丁急忙回窜堂内，向羊承启报告。两个杀手围着徐智，以二对一，杀成一团。只见徐智挥动铁镖，恍如一条黑色苍龙，在夜空中上下翻腾；镖端两个铁扣，又像两个左右飞舞、落点不定的锤头。内三路，格开了来袭双刀，保护住自己躯干；外三路，几次有力还击，将杀手迫近墙角，一时锤如雨下。两个杀手虽然老于江湖，熟知十八般武器，但从没见识过这个太监使用的这种又短又软又重的秘密兵器。几个回合以后，两个武道中人只有招架之功，几无还手之力。他们气急败坏，但还想侥幸图胜，其中一个杀手擅长滚刀之法，一度迫近徐智，使出饿虎偷心的招数，伸刀直插徐智胸脯，想不到刀未近身，便听到当啷一声，手中虎口断裂，腰刀已被铁锤猛击折断，半截刀把也掉在地上。他正慌忙要跳出圈外，却被徐智追上，持镖猛扣，一锤击中腰背后心，杀手顿时摔倒在地，口鼻鲜血直喷，转瞬间一命归阴。另一杀手眼看同伴猝死，心慌意乱，已经失去战意，他挥刀直砍，其实是想虚晃一招，便于逃窜。徐智洞知其意，架开他的刀再迫前一步，躬身蹲腿，手里紧紧攥住镖索的一端，挥舞铁镖，尽力向这个杀手的脚下横扫，这一招式名叫扫堂鞭，是下三路最狠着。霎时间，这个杀手两小腿被齐齐击断，脚踝骨粉碎。瘫倒在地，徐智向前再加击一镖，让这家伙追赶同伴，一齐到阎罗殿报到去了。

徐智喘息片刻，正想翻墙逃走，忽见驿堂内冲出十来个人，手执刀枪剑戟，高举灯笼火把，大声呐喊："擒拿反贼！"

带头的就是羊承启。羊承启痞棍出身，又长期以讹吓缉捕为业，具有无赖凶狠的本色，竟想生擒徐智，以洗脱自己的干系，并图败中取胜以立功。他本人也手持棍棒，仗着人多势众，层层围住徐智，羊承启大声叫喊："别让这头阉鸡跑了，格杀不论，重重有赏！"

但是，驿卒们眼看两个武师都已伏尸庭院，深知厉害，没有几个敢向前和这个屹立院中、血染袍袄、杀相毕露的太监交手的，多是虚声嚷喊。

徐智看到羊承启还在那里声嘶力竭地督战，仇人见面，分外眼红，恨不得将这个恶棍立毙于镣锤之下。他怒目圆睁，脸色从酣战中的燥红转为青白，杀性大起。他毫无畏惧地舞动铁镣，只格架开众人的刀枪，一意要追杀羊承启。羊承启只知虚张声势，并无扎实武艺，他看到徐智紧盯住自己，知道来意不善，惶恐地急叫随从应战，自己却向驿堂方向急奔。徐智哪容他逃出一命，使出轻功，腾空一跳，正落脚在他的身后，用尽平生之力，挥动镣扣，照羊承启头颅猛砸过去，但见羊承启的脑浆鲜血一齐涌出，蜷缩在地，徐智还不肯罢休，抢开铁镣，狠狠抽打，砸得羊承启尸身稀烂，像一摊肉饼，真正变成一只腥臭的血羊了。驿丁们看得心惊肉跳，手颤脚软。徐智猛然回首，大喝一声，他们便四散奔逃。

徐智知道不能久留，赶步进入后厩，解开一匹杀手乘坐的快马，也来不及配上鞍套，飞身跨乘。冲出驿门，向北急遁。

住在驿馆外的四个锦衣卫番子闻讯赶来，但见尸横满驿，他们知道王岳、范亨已被勒毙，武林中人已身死，于是合计了一下，回京还可以报告说王岳等俱已处死，驿官羊承启被武林杀手狙击身亡，自己则遵命结果了杀手灭了口，算是完成了谕示。复命后他们都领了重赏。

却说徐智乘马急驰，未见身后有追截之兵，便在途中卖了马匹，将价银作为盘缠，夜行日息，绕道来到山西五台山上最高僻之处，在一个只有一位老和尚当住持的小寺里落发为僧，自取法号为止止和尚。所以叫作止止，就是他已看破了世俗红尘，毫不恋栈京城宫阙，无意再介入人世间的功利恩怨和是非，深深领悟到知止能止才是大彻大悟，也是自己抉择的最后归宿，甘愿在青灯黄卷中寄托余生。他在禅房中为王岳和范亨两位前辈立下灵牌神位，每日早晚燃香拜祀，为他们祈求冥福。

第十四章

牟斌舍身义恤钦犯　守仁闻道远赴谪途

受刘瑾指派，锦衣卫企图使用武林中人，在遣谪途中截杀的另一人是兵部主事王守仁。

王守仁字伯安，号阳明，浙江余姚人，出身于世代官僚家庭，弘治十二年中进士，先后任职刑部和兵部。

王守仁有着突出的个人特点，并且在少年时期就显现出来。他在十一岁时，即以好读书、善思考出名。他曾问自己的塾师："什么是人生第一等事？"塾师回答说："当然是登第中科举，做大官以光宗耀祖哩！"想不到，童年的守仁却对此表示怀疑，顶撞说："登第做官不应该是第一等事吧，读书以效学古代圣贤才是最重要的！"塾师大惊，知道此子不凡。

另一特点是，王守仁从小就对军事战阵有着特殊的兴趣，喜爱读兵书，钻研武略。他在十二岁时就曾制造了大小战旗，自己居中调度，命一些儿时伴侣演习阵势，左青龙，右白虎，前旋后转，作攻防战守之势。十五岁时，又背着父母，出游居庸三关，在八达岭最高处远眺群山，细心观察边塞形势，奔驰骑射。

一日，他又梦游纪念东汉名将，尝有志"以马革裹尸还"的伏波将军马援庙，并赋诗说："卷甲归来马伏波，早年兵法鬓毛皤。云埋铜柱雷轰折，六字题文尚不磨。"其后，他还在北京城垣一再巡游，要考察本朝景泰初年，兵部尚书于谦在兵凶势危之时，胜利地在京师城下击退蒙古也先大军的实战经过和用兵要领，在于谦的祠堂题写了对联：

赤手挽银河，公自大名垂宇宙。

青山埋忠骨，我来何处吊英贤。

这些事实都说明，王守仁从早年开始即以马援和于谦这样武功超卓的英雄作为典范，也自励要成为建功立业、流芳百世的人物。他又发文议论，认为国家不但需要熟悉经典、擅长文学的才人和擅长骑射搏击的勇士，更需要文武兼资，既有文采学养，又有武功韬略，能统驭大军驰骋战阵的帅才。当时有人讽刺他是大言不惭，但亦有人预见他将来必成大器，能干出一番事业。

到正德元年，守仁虽然刚三十七岁，但已经早生华发，额头上的抬头纹和眼角的鱼尾纹已然初露，显得老成持重。他细目美髯，平日寡言少语，但每当说话时都能抓住要领，常有经过深思熟虑的警句，语惊四座，因而声名鹊起。当时，他正处在经历了十载官场，年华壮盛的时期。他与著名文人，后来被称为明代文学前七子领袖，而又饱有政治激情，时在户部任职的李梦阳结交为挚友，二人都是在成化八年出生的，但梦阳中进士是在弘治六年，比守仁早两科。在性格上，梦阳是才子型的人物，富于文人气质，处事易激动，较为情绪化；守仁则兼有政治家和思想家的潜质，立言办事审慎端详，讲究分寸而又能处变不惊，应变有度。正因此，两人相交密切，在切磋砥砺中互相补益。虽然当时都不过是官秩五品的郎中，但在京华士庶当中，都已被公认为出类拔萃的人物。

从弘治末年开始，王、李二人都热切关心时局，敏锐地看出全国政治和社会存在日益深重的危机。守仁曾因公巡历边陲，结合自己在兵典武学方面的深厚知识，精心撰写成《言边防军务疏》，在疏中极言西北边防空虚，兵马虚额，将帅无能，指出边务不振的根源乃在于内政腐败，吁请急求补救。而梦阳差不多在同时也上了《上孝宗皇帝疏》，系统地提出"二病""三害""六渐"等问题，更勇敢地点名抨击当时气势熏天的张家国舅。及至转入正德朝，李梦阳挺身代韩文起草请诛刘瑾等"八虎"的奏稿，而王守仁则为反对刘瑾迫害南京御史戴铣等二十余人，上章抗诉。两人不论在弘治末年或在正德元年先后撰写的奏疏，都是震撼朝野、传诵天下的大文章。

在每篇重要疏文的构思、起草和定稿过程中，王守仁和李梦阳都一再交谈沟通，一再审阅对方草拟的初稿。但是，两人都是出奇地固执，他们对时局症结和议题本来都有共识，但在章奏的写法、着重点上，总是直抒己见、激烈争论。

"献吉兄，你才气横溢，撰写的疏文论述透彻，可称淋漓尽致。但章奏公文，似应与文学作品有别，不宜过露锋芒，不必过多词藻渲染，要考虑皇上能接受的程度，否则，好事会变成坏事，过急恐怕会激成大变，易于被人抓住某些词句作为话柄，因一子而误全局啊！"守仁在梦阳书房里，剀切劝告。

李梦阳反驳："伯安兄，没有锋芒，焉能戮痛奸顽，击中要害？焉能触动圣心？文章之道贵在尽言，贵在傲睨当世，务求一呼百应，力挽颓风。至于被抓话柄，或者遭受无妄之灾，我既敢言，就敢担当，岂可因一身安危而钳口结舌呢？"

梦阳接着说："恕我直言，伯安兄撰写的章奏虽然有理有据，但文过稳重，失于过分含蓄。试看您前年费尽心力，给先帝上的《言边防军务疏》，送上后就像石沉大海；而我点名谴责张国舅，要求法办，言词尖锐犀利，可谓不留余地，却马上就有反映。对于邪恶丑类，必应加以暴风疾雨式之扫荡，必得以重拳猛击，绝不能容忍姑息。我事后还在前门大街挥鞭横抽张鹤龄，打落他两只门牙，创本朝未有之先例。伯安兄，你大概是不敢的吧！"

看到梦阳得意之色，守仁微微一笑，道："不是不敢，是不愿。"

梦阳还是不饶，转而正色地对守仁说："您以为自己上奏言事能保持分寸，刘瑾就会轻易放过您吗？"

守仁不解："为什么？"

梦阳翘起嘴角，凝望着守仁，冷然一笑："伯安兄，不为什么，就只因为您是王守仁啊！"

李梦阳是不幸而言中了。

正德元年十二月初六日，正德皇帝受刘瑾怂恿，下旨将上奏请求挽留刘健、谢迁，又继续弹劾刘瑾、高凤等宦官，兼论及正德本人沉溺游宴射猎而失德的南京科道官戴铣等二十一人，立即逮捕押解来北京入锦衣卫狱。对这样违常规常法的举措，王守仁是到月中才知道消息的。他极为愤慨，连夜撰写奏章吁请正德皇帝改变决定，释放戴铣等人并将他们官复原职，他句斟字酌，疏文说："君仁臣直，铣等以言为贵，其言如善，自宜嘉纳，如其未善，亦宜包容，以开忠谠之路。乃今赫然下令，远事拘囚，在陛下不过少示惩创，非有意怒绝之也。下民无知，妄生疑惧，臣切惜之！自是而后，虽有上关宗社危疑难制之事，陛下孰从而闻之？陛下聪明超绝，苟念及此，宁不寒心？伏愿追收前旨，使铣等仍旧供职，扩大公之仁，明改过不吝之勇，圣德昭布，远迩人民胥悦，岂不休哉！"

从疏文本身来说，完全是平心静气地据理陈词，据情吁请，语调温和，而且有意避开刘瑾等及宦竖们在其中唆使和矫旨的作为，只求补过自新，未请追究责任，应该说是不会引起太大反感的。

但是，王守仁却以盛名招祸。

应该说，刘瑾本人虽然不是粗鲁无文之辈，但他对于士人的各自特点和不同的实际影响却是知之未深的。但其门下的文人，像张文冕、徐正之流，却具有特别敏锐的嗅觉。

张、徐在刘府替刘瑾披览奏章和拟写批红，像极两只斯文警犬，总是能从奏章的字里行间寻觅出政治瑕疵，从奏章的正面和反面解读意向，能够结合当前形势，估量出每一篇被认为有问题的奏章的实际分量。这一天，王守仁的奏章副本，落在徐正的手里。他拿着稿子细读，窃喜自己又找到了一次进言立功的机会，赶快求见刘瑾。

刘瑾深夜回府，徐正不畏严寒，在刘瑾未回之前便几次向小内侍官说有急事求见，请刘公公示下，可否连夜召见。

刘瑾回府，听到小内侍禀告，即传徐正来见。他卸去冠服，身穿软缎驼绒便袍，内书房内早生起两盘御用马口炭燃烧的火盆，温暖如春。他倚坐在太师椅上闭目养神，徐正入见参拜，也不答礼，懒洋洋地问道："丰凡夜深来见，有什么要事吗？"

徐正躬身回答："今天披阅奏章，发现有兵部郎中王守仁竟上疏要求对戴铣等人免罪复官。"

"王守仁？不就是兵部那个被称为'亚圣人'的迂书生吗？他在奏章里胡诌些什么？"

徐正双手送上王守仁的奏章，刘瑾一挥手："你念吧！"

徐正念毕。刘瑾并未有太大的反应，只是说："也不过是舞文弄墨的废话而已。"

徐正上前一步，郑重其事地禀告："公公有所不知。王守仁这厮近年窃盗虚名，有时议政，有时论学，被十三道御史、六科给事中和六部郎中以下官员奉为魁首，尊称他为'亚圣人'，就是表示对他的景仰。其人平常锋芒不露，正是深沉可畏，值得我们警惕重视之处。这篇奏章就事论事，调门较低，不似有些言官那样浮躁，但这正是他能得人心，甚至能蒙骗圣聪的地方，切不可轻视。"

刘瑾稍为振起精神，身体在太师椅上挪动了一下，问徐正："你看这篇奏章有什么重要？值得这样重视？"

徐正清了一下嗓音："公公自必清楚，自今年十月末奉旨休致内阁刘健、谢迁，罢斥户部尚书韩文等以来，京内外臣工噪音不绝，动荡日甚。刑科给事中吕翀甘冒天下大不韪，带头上疏请留刘、谢；南京监察御史陆昆仍悍然将攻击矛头指向公公等八人；三品以上高官以左都御史张敷华、工部尚书杨守随二人为首，更公开支持恶逆，不但藐视圣躬，还继续诬蔑公公等为'希意导谀，恣意肆情'，仍奏请驱斥公公等，直接引发南京戴铣等人联名要挟朝廷，忤旨抗命，制造更大的风潮，足见天下滔滔，远未平静。现在如不扑灭，则野火必然蔓延，难以收拾。当前王守仁就是看准时机，以援救戴铣等为名，实为掀动阴风之实。以此人素具虚名，又故意不说过激之话，对于一般憨蠢官民反而诱惑煽动之力更大，其心甚毒，其行实险，必须立予制裁，才能镇慑舆情，刹住歪风。这就是门下深夜求见，请公公卓裁的缘故。"

徐正这番议论，倒是真正透入刘瑾的心窍。近日以来，两京各级官员，并未因严厉处置刘健、谢迁、韩文、刘大夏等人物而善罢甘休，忤旨抗命的声浪不绝于耳，声讨的奏疏如同雪片一样飞报而来，又一波反"八虎"的风潮似乎正在兴起，戴铣等联合南京留都科道官合群抗争，正是这样一个信号。刘瑾色厉内荏，内心也有些惶恐。枪打出头鸟，借王守仁作为严加镇压的典型，未尝不是釜底抽薪的办法。问："丰凡，你看怎样处理为好？"

徐正略加思索，道："对王守仁的奏章不可'留中不问'，这等于助长放肆之气；对他本人亦不能姑息。正因为他有名望有影响，对他的处置，必应更加从严，所谓惩一儆百，才可以震撼士林，起到遏阻忤旨风潮的作用。"

"具体怎么办？"

"似宜乘戴铣等尚在押解来京途中，对替户部尚书韩文起草恶毒奏章的李梦阳等人尚未判罪之际，先将王守仁当众革官重杖，远谪至极僻极远、万瘴丛棘、穷山恶水之处，这样既可威吓众官噤口，亦为陆续严惩戴铣等树一样榜。"

刘瑾点头："丰凡所见极是，这样部署亦极妥善。可即传谕锦衣卫，明日即逮捕王守仁入锦衣狱，无须再事审讯。决定日期之后，事先传谕百官，齐集午门外，共同观看对王守仁受重杖五十，杖后谴戍贵州龙阳驿任驿丞。"

就这样，两天之后，王守仁被绑押到受刑地。他倔强地环望四周，百官列队在寒风中站立，然后伏地受刑。杖数既多，下手又重，守仁被挞几死。但他咬牙坚持，不呼痛不求饶，其丈夫气概连执杖的人也暗称罕见。他受刑后由卫卒拖入牢狱，官员们目送他伤重回狱，无不悲怆。由此，守仁更名闻天下。

徐正听说守仁受刑的表现，内心不由得战栗恐惧。

王守仁在锦衣卫狱，是一个特殊的犯人。

一方面，徐正已知会田文义，对王守仁要严加监管，随时报告他在狱中的言论动向；而且，在他前往贵州途中，要派人将他收拾掉，一切事宜应慎密准备。另一方面，王守仁却受到以锦衣卫北镇抚司指挥佥事、诏狱主管牟斌的特别照顾。

牟斌，北京人，军籍家庭出身，成化年间，十六岁刚成丁便被征召入锦衣卫为士兵，因精明能干，多次在侦缉重案中立功，被调入锦衣卫最要害的部门北镇抚司当番子，不久又被升拔为档头，再因立有功绩，经皇帝下旨任职为北镇抚司指挥佥事，官秩六品，主管诏狱事务，掌有对犯人监管、刑讯的大权。能担任这个职务的都是在锦衣卫中最受信任的人，牟斌半生混迹在这样一个以残虐镇压为手段，杀人如草不闻声的特种侦缉部门中，积累功绩上升为中层头目，手上当然也沾染过无辜官民的鲜血，是一个实实在在的老牌特务。

但是，锦衣卫的大小特务也是有区别的，多数人死心塌地助纣为虐，但也有个别人因置身这样的血泊深渊，深知其中的丑恶黑幕，逐渐萌生了厌恶感和负罪感，触发起良知。特别是，目睹一些忠节义士在长期囚禁和严刑拷打的过程中，在明显遭受栽陷的困境中，仍然保持着不屈不挠的凛然气节，仍然坚守自己忠于国运民生和先忧后乐的信念，甚至不惜慷慨捐躯，毁家纾难，情不自禁地从内心表示敬佩。虽然没有勇气自拔出泥沼，摒弃官秩职务，彻底洗脱血污，但有时还想少作些孽，为子孙积点阴德，尽量避免血债上再加血债，在可能的范围内，对上司的谕示也会暗中打点折扣，对某些犯人适当松刑宽绑，在生活上适当照顾，或者私自给点医药来治疗伤病，有时也会通融犯人的亲友入狱探视，代为收转衣物饮食，甚至大胆私与某些案件的狱外关连人物通消息，对犯案人表示同情。特务中个别人物的这种心理和举措，在牟斌身上表现得最为突出。

牟斌对于工守仁的品格和学问素有景仰，在近年的邸报中曾多次阅读守仁递上的章疏言论，感觉都说到要害处，持之有故，言之在理，在心中暗暗佩服。

王守仁受重杖时，牟斌亦在场，深受守仁刚劲之气震撼。当卫卒将已受重伤的王守仁拖押回诏狱时，他亦骑马随行，但一路上却深深陷入沉思：这样一个文弱书生，为什么却能如此坚强无畏？他是为了什么而遭受这样的屈辱和酷刑？肯定不是为了一己的私利私禄，肯定不是为了同流合污，分赃窃取富贵，而是为了国计民生，仗义执言，甘愿自投网罗，受酷刑重杖而不悔。对于这样一个磊落不屈的硬汉子，现在却是归由自己监管的重案囚犯，应该怎样对待他呢？是像惯常一样，重枷严锁，坐待其伤重致残，让他瘐死狱中呢？还是借用自己掌有的权力予以庇护，为社稷保存一个难得的人才呢？念及此，牟斌心里怦然一动，决心已定。

守仁被押送入狱，仍然处于昏厥的状况。直到夜幕降临，他才逐渐苏醒过来，闻到一阵刺鼻的药酒气味。他睁开眼睛，意外地看到睡榻旁边还坐着一个人，正用蘸满药液的湿巾给自己的伤腿热敷，还手法熟练地给自己按摩腰腿以松筋活络。狱室中间，放着一个燃烧得通旺，火舌吐焰的炭盆，盆上架放着一个青花宽口瓷瓶，从瓶里发散出阵阵药味。

"你是谁？"守仁茫然问道。

这个人站起来，借着盆火的光亮，守仁才朦胧看到。他身躯高大瘦削，约有五十岁，浓眉和连鬓胡须已见斑白，眼光深沉，似是多经风霜世故。只穿着紧身短袄和丝绵套裤，没戴冠帽，看不出是官是民，站立行动敏捷，不像斯文中人。他躬身向仰卧在床的王守仁低声自我介绍:"鄙人是锦衣卫北镇抚司都督佥事牟斌……"

未待他说下去,王守仁本要一跃而起,因腰腿伤无法撑持,不得已又躺下来,一边将敷在自己伤腿上的湿布药巾扔开,一边严厉喝道:"你来干什么?我从来不认识、不交结锦衣卫的人!"

牟斌并不介意,温言解释说:"王相公请不要着急。牟某并无他意,本人略谙医道,只是看到您的腿伤严重,必须及早治疗,否则伤口溃烂再加以急火攻心,必会损及肝脾,发为终生残疾,故此才乘在诏狱工作的方便,为您做一些护理。"

守仁并不领情,他目光所及,注意到囚室牢门悬挂着棉布障,牟斌忙道:"刑伤之后,最忌风寒,是我命人悬挂的。"

"太费心了。其实,也用不着你费心。"守仁冷冷地说。

"须知救危恤疾,是人同此心的。牟某虽然在锦衣卫任职,亦粗知这个道理。"

不提"锦衣卫"还好,一听到"锦衣卫"三个字,王守仁不觉怒火中烧:"真是闻所未闻的奇事,原来在锦衣卫黑狱中还供奉着一尊发善心的观音菩萨,真是领教了。可惜的是王某生性愚倔,不知恩惠,不受感化啊!"

牟斌呆立着听他的冷嘲热讽,仍然耐心地说:"王相公心中有气,牟某能够理解。对我们这些人有成见,也并不奇怪,但是……"

守仁打断他:"不是什么成见!你知道官民人等是怎样评说贵衙门中人的吗?大家说锦衣卫从指挥到卫卒,都是专门挑选一些心狠手辣,无恶不作的人来充当的。有几段民谣,不知你愿意听听吗?"

也不等牟斌表示,守仁便念诵:"其一,锦衣诏狱衙门八字开,无数官民百骨脱。万千冤魂塞满衙,四方冤案不得结。其二,头戴尖帽,脚蹬白靴,身穿青布素褶,此是豺狼披人皮,蛇蝎其心,怀中揣着害人驾帖。其三,宁闯阎王殿,莫入镇抚司,镇抚司内有干酢酒,灌饮之后无活口。"

守仁故意提高声调朗诵,他感觉在囚室对着特务头子念这些民谣,十分地畅快:"你听清楚了吗?听明白了吗?"

牟斌不答。其实他对这些谣谚并不生疏,甚至曾经派人追查和搜捕过传诵的人。但此时在他的脑子里，特务职业的界限似乎模糊，善良和是非之心，却有些复苏。他听着听着，不觉脸红耳赤，试图再解释："王相公，人面有百貌，人心有百态，都是不断变化的。对于锦衣卫中人，亦不能一概而论……"

王守仁已经疲惫不堪，躺在床上喘息，不想和牟斌纠缠下去，只是哼哼两声，仍然决绝地说："你走吧，不要再进来！"

牟斌退出，回首道："王相公，日久见人心。你自加保重吧！"

守仁入狱后，因伤致病，连日高烧不退，不进饮食，口中喃喃自道的全是斥骂阉党之语。牟斌派狱中懂医理的犯人给他把脉，认为他是得了伤寒重症，开了处方后，牟斌又暗中派人照方抓药，每日灌服。田文义多次来催起解，牟斌总是托辞病重难以成行。历经一个多月，守仁才逐渐恢复。不觉已到正德二年闰正月。

一日，天刚拂晓，守仁醒来，自觉杖伤已经结疤，精神也较为清爽，正欲起坐，忽见牢门半开，牟斌领着三个儒生打扮的人闪身进来。守仁一看，原来是几位最知己的朋友：何景明、湛若水和倪宗正，不觉大喜。正要挣扎起来和他们行礼，被三人按住，何景明略带感怆地说："伯安，您受杖重伤，又曾重病，还讲究这些虚礼吗？"

守仁惊问："你们来了，真好！你们怎么能进来的？"他知道，要到锦衣卫狱探视犯人是极不容易的。

湛若水用手指着立在屋角的牟斌，说："是牟金事深夜改装来告诉我们，才知道您受杖后在狱中的近况，还约好私带我们凌晨入狱探视。您的杖伤和伤寒重病，也是牟金事冒着万险，为您寻医抓药，抢救过来的，应该感谢他的高谊。"

牟斌缄默不语。

守仁颇觉惊诧，但还是不解，只是卧中拱手，对牟斌说了一声："有劳了！"

牟斌对他们四人关照说："几位相公就随便谈话吧，我失陪了。"自出牢门而去。

守仁望着他背影，问道："这是怎么回事？"

倪宗正道："这位牟金事，既往的经历就不必提了。但自从先帝崩逝，皇上登基，世局大变以来，他的态度确有转变，不但对您，对其他因犯颜直谏或受株连入狱的官员，都能宽容善视。其实，他对阉竖横行，也是反感的，只是敢怒不敢言罢了。"

何景明微笑着戳了王守仁一下："伯安，您刚劲坚强，气节挺然，师友们都大为佩服。但失之在迂，对人性变化参悟未透，岂可因一时一事判定平生？从近来几桩事实看来，牟斌此人确有改恶从善的表现，不宜因他的身份而排斥。历史上不是也有早岁峥嵘慷慨，晚年却堕落为奸佞的？但也有半生用人血泡饭，无恶不作，却能觉悟前非，放下屠刀，参禅成佛的。人未盖棺，不可定论啊！"

湛若水进一步说："盖了棺也不一定就有确论啊！以这个牟某人来说，如果不是我们知道他近日的私衷和善行，将来为他说几句公道话，一旦死了，也不过被视为为虎作伥、恶贯满盈的走狗，供人唾骂而已。"

四人感慨万分，不胜唏嘘。

何景明，字仲默，河南信阳人。四年前，即弘治十五年中进士，现任中书舍人。他年未三十，即与李梦阳一起提倡文学复古，以擅长诗文享誉全国。所作文章，被誉为"天才腾逸，咳唾成珠"，时人称之为"李何"。景明作为一个青年进士和诗人，对时事政治亦具有特殊的敏感，常以诗文讽刺时局颠倒失序和正德皇帝的怠懒放荡。例如，早在正德元年元月，因新嗣位的皇帝竟然不参加庆典，景明便愤然写成五言政治诗一首，以寄托自己的失望和焦灼。诗曰：

元日王正月，传呼晚殿班。千官齐鹄立，万国候龙颜。

辨色旌旗入，冲星剑佩还。圣躬无乃倦，几欲问当关。

诗歌表达忧患之思，锋芒直指皇帝，居然"几欲问当关"，当然是逆批龙鳞的壮举，与王守仁、李梦阳等的奏疏可谓异曲同工。这是他与王守仁深厚友谊的基础，也是不惜冒险犯难入狱探视的原因。

湛若水，字元明，广东增城人。一年前，即弘治十八年才中进士，目前还在翰林院当庶吉士，比何景明更年轻，但对正德登位后阉竖当权、朝局萎烂亦抱切肤之痛，经常向守仁请教。特别是，若水致力研讨人生哲理，出入禅道之间，倾向以存心为主，以心格物的理论，和守仁思想中尚处在萌芽状态的"致良知"学说比较接近，他们都憎恶当时读书人只知诵习八股文的恶习，主张在学习四书五经的基础上,应旁通其他学问,认为真正的学问,实贯彻于兵农钱谷之间。故此,若水对王守仁一直以半师半友相待,十分尊重景仰,视为在政治见解和研究学问方面均为最相投契的人。是他主动邀约何景明和倪宗正来探狱的。

倪宗正,字以训,浙江余姚人,是王守仁的同乡兼世交。他自少即听乡里人说守仁不但通经史,擅诗文,学问自成系统,而且任官又卓有政绩,十分景仰。他在弘治十五年的会试未被录取,因看到政坛浊乱,自己又疾恶如仇,决心不再应科举,宁可留寓北京,参加李梦阳、何景明等创立的社诗,专精在作诗上下功夫。他经常是守仁的座上客,执弟子礼,守仁对他在诗学方面的造诣亦十分赞赏。

四个好朋友,难得在狱中见面,首先谈论的还是政局。何、湛、倪三人将近日在狱外发生的重大政事告诉守仁:

御史陈琳请挽留刘健、谢迁,疏救戴铣等,已被革职,谪官任广东揭阳县县丞;

户部郎中李梦阳被指斥附和户部尚书韩文和司礼掌印王岳,被革官为山西布政司吏;

兵部主事王纶被指斥为附和兵部尚书刘大夏,被谪官任广东顺德县推官;

给事中艾洪、吕翀、刘臣,南京给事中戴铣、李光翰等二十一人在"百官观刑"的情景下受杖于阙下,御史蒋钦三度上疏三次受杖,都已被毙于杖下。

还有:

正德皇帝在二年元旦仍然不肯上朝,自在宫内玩乐;

皇帝频发中旨,钦派宦官二十余人,分任提督九门,守备全国各地,督管武备;

贪贿之风大起,吏部郎中张志淳是跑官能手,用五千两白银向刘瑾行贿,买得太常寺少卿之职;

宣大右都御史刘宇向刘瑾行贿白银万两,取得调回北京为左都御史要职,还要花更大本钱,企图进入内阁。

等等,等等。

守仁听到这些消息,心情十分沉重。显然,狱外的斗争是在更加激烈地进行着，恶焰更加嚣张，形势更加险恶。特别是，当他听到崔璇在立枷囚笼中垂危怒目，蒋钦泣辞祖先神灵舍生取义，既极为悲愤又十分敬佩。他逐一回忆一些熟悉僚友的音容，想象他们的峥嵘壮烈，热泪盈眶，不由自主地肃然起立，移步到囚室牢门前，扶着柱木对着天际敬拜，即兴口诵了一道简短祭文："崔、蒋二兄以及死难各兄英灵在上，兄长等生为英烈，死为国殇。忠魂不没，劲节留存，青史有情，理无埋没。诸兄赴义捐躯，后死者岂敢卸责？馨香不远，请为瞑目。狱室哀忱，神其来格。呜呼哀哉，尚享。愚弟王守仁敬挽。"

王守仁边哭边念，何景明等亦惨然动容，湛若水上前搀扶他坐下。

稍为歇息了一会儿，湛若水进言："伯安兄，京畿是当前旋涡中心，腥风血雨不断，刘瑾视兄为祸胚，一定不会就此罢手，我看此处不是久留之地。贵州僻远，或可暂时隐伏待时，您还是早日前去为好。"

何景明和倪宗正都点头同意。景明说："要改变皇上的奇癖恶行，击败'八虎'阉党，看来不是一蹴可就的事。目前力量悬殊，未可争一时短长。伯安树大招风，早离险地是上策。"

倪宗正郑重地从怀中取出一篇诗稿，双手递给守仁。守仁接过诵读，题目是《送王伯安谪龙场》，诗曰：

一凤鸣初日，悠悠别上林。流离文士命，慷慨逐臣心。

但得精神继，何忧瘴疠侵？风花长满月，豪情还自珍。

守仁完全能够领会宗正赠诗的寓意深远，诗句虽然含蓄，但"文士命""逐臣心""豪情还自珍"，一切关爱、勉励和期待都在其中了。他满怀感激地对三位好友说："我听从三位的良言，当尽快前往贵州修文县龙场驿。谪戍平常事，当以平常心看待它。心性之学，原不计较一时的否泰、一己的安危。士人以德行名节为先，必须有社会良心和社会责任。请相信我不会自暴自弃的。前日，我在狱囚室中写了《狱中吟》数首，其中第五首的四句是'心之忧矣，匪室匪家。或其启矣，殒予匪恤'。今为三位诵念，便可知我的心事了！"

守仁的意思是，自己考虑的不是一人的家室，而是民生休戚和社稷的安危。三人点头称是。

一个狱丁走近示意，要三人及时离开。

临别，何景明充满感情地说："伯安，很难再来探狱了。从此一别，不知何时再见。您是大才，必有施展之日，务请在赴谪途中，凡事小心，多加珍摄，为国保重吧！"

此去黔山千万里，难忘知己送我情。

四人挥泪而别。

几天之后，王守仁就要动身前往贵州了。按照规定，他是谪官，还不能算是罪犯，只要办妥路引文书，便可以自行到指定贬谪的地方任职，也不必由锦衣卫派人押送。守仁的父亲王华在南京做官，守仁要求绕道东南，先到南京探亲，再转而向西前往贵州，竟然也顺利得到吏部和锦衣卫的批准。阉党田文义和刘瑾门客张文冕、徐正等人经过密议，认为正合己意，王守仁绕道愈远，愈便于在途中结果他，愈易于让人相信他半途丧命失踪，没有人能知道他的死因死地。对于如何摆布，他们也做了部署，密派两名锦衣卫杀手一路暗中跟踪，遇便下手。但又再三叮嘱，王守仁是一个知名人士，他的社会影响远过于王岳、范亨，杀害他必须做得干净利落，而且以远离开北京才合适。

出发前夕，王守仁见到平日奉牟斌之命常给自己照顾的狱卒马小雄，几次闪缩来到囚室门前，似乎有话要说，便低声问他："我明早就要动身去贵州谪所了，请你代向牟佥事致谢。"

想不到这个狱卒顿时哭丧着脸，慌慌张张地照看囚室内外左右，旁顾无人，才嗫嚅而言："牟佥事已经不在了。"

"为什么？"守仁吃惊地问。

"他在三天前奉令由北镇抚司调到南镇抚司去了。"

"是转职还是升官了？"

马小雄摇头，几乎是要哭出来的样子：

"未想到，牟佥事一进入南镇抚司大门就被抓起来了。"

守仁惊诧，追问："其后呢？怎样发落的？"

"当晚就开庭夜审，由田指挥使亲自主审，追问牟佥事为什么要特别优待犯钦案的官人，为什么要代这些人通传狱内外消息，为什么带人私自探狱，带进狱内的是什么衙门的人，什么姓名。"

守仁大惊失色,马小雄已经泪如雨下:"牟佥事这些事都是犯了锦衣卫大忌的,是本卫法规不容的。三天前,牟佥事领来您的几个朋友探狱,当天就有人写了密告帖子。"

守仁听了,更觉难过,忙问:"现在情况怎样了?"

马小雄又注意窥看了牢门外的情况,急促地说:"牟佥事对被追问的事件概不回答,田指挥使下令用杖,杖毕又问,还是不答,田指挥使下令押在南镇抚司牢房……岂知,牟佥事入牢房不久,竟一头碰撞到墙壁上,当即丧命了!"

小雄说罢,抹泪摆手,急急转身离开。

守仁如五雷轰顶,只感到椎心痛苦,心潮起伏,情难自已,他喃喃自语地说:"牟佥事,您有志自拔于污泥,可惜终于未能逃脱魔手。您的所作所为,顺应人心,可见但能存天理,就可去人欲,在妖魔鬼怪中亦有勇于洗手脱身之人,您就是其中的典范,不惜殉身以向善。可是,我不杀伯仁,伯仁实为我而死。牟佥事,您为我们这样的钦犯,付出了自己的生命,恶耗传来,真令我感铭和惶恐!人鬼路殊,天人冥隔,既不能前去向您凭吊,又没法做到棺前一恸,就请心照不宣吧!"

王守仁知道了牟斌的死讯,一夜无眠。他望着囚室的顶壁,直到天色曙明。让他激荡于胸的是,连牟斌这样身份的人也终于能分辨正邪,以死相争,当前是非颠倒、阴森恐怖的日子,难道真能长久下去吗?

王守仁动身赴谪,只带着一个年青的仆人王添相随,以便照料。王添本来是守仁居家时的书童,很是伶俐机警,又有胆识,由于长期为守仁查书觅卷,也略懂文墨。

今年因有闰正月,所以到了二月初,运河已经解冻,在北方过冬的漕船纷纷结帮南下。王添事先到通州和一艘漕船的船主讲好了价钱,答应附载他们南下。船主特地腾出了一间尾舱,供他主仆二人歇息,他们途经临清、徐州、淮安、扬州、镇江、苏州,直达运河南端的杭州。守仁准备到杭州后,再转旱路到南京探亲。他们并未发现,在同一漕帮后尾的另一艘船上,有两个改装为漕丁的锦衣卫杀手紧相追随,密切监视着自己的动向。只是因为运河是交通要道,漕船上不但漕丁众多,又载有乘船南下的许多客货商人,众目睽睽，杀手才无法下手。

船行十多日，守仁独卧船中，仍在不断思考当前的世运，也特别怀念在北京与自己同志同道的学友和诗友。有时夜不成寐，往往披衣而起，迎着初春清冷的寒风，站在甲板上，但见运河上月色如银，照耀着两岸残破的村落房舍和枯林败木。急湍的河水裹挟着未化的冰凌，顺流而下，冲撞着船舷噼噗有声。守仁并不在意自己被贬官赴谪，他反复惦记的，却是文采风流、激情洋溢的李梦阳；诗文气势雄壮，如搏巨蛇、如驾风螭的何景明；积学深思，苦心探索人生哲理的湛若水；还有仍带着几分天真，往往忘情淳朴的青年诗人倪宗正，他们的志气和深厚情谊一直激励着自己，伴随自己远行，淡化了一己的厄患。"皇天常无私，日月常盈亏"，世道多变，必须坚持信心和理念。他诗情涌动，以诗述志，答谢这些挚友：

洙泗流浸微，伊洛仅如线。后来三四公，瑕瑜未相掩。

嗟予不量力，跛鳖期致远。屡仆还屡兴，惴息几不免。

道逢同心人，秉节倡予敢。力争毫厘间，万里或可勉。

风波忽相失，言之泪徒泫。

他又默诵了几次，不觉天渐曙明，听到船主大声呼唤漕丁们："该起舵啦！快到杭州了！"

还是王添心眼灵活，十多天来，他注意到漕帮船只每天停泊之后，总有两个漕丁打扮的壮汉，来到主仆乘坐的漕船前后探头探脑。遇到漕帮船只为等风候水，需要在闸镇之处多湾泊一朝半天，这两个人更是紧盯不放，有时久坐岸边的茶寮酒馆沽饮下棋，好像放哨一样。守仁偶尔偕同王添上岸溜达，或到附近的小镇市集购买日用什物，也发现身后远处有人秘密跟踪。王添判定这两个从北京一路同来的人物，绝非善类，便在私下里将情况和担心告诉王守仁："这两个人必然是密派来加害老爷的，只是在运河航行途中，他们无法下手。这两天，看来他们已经急不可待，估计到杭州，上岸以后，摆脱了漕帮人多眼杂，他们便会动手，或在闹市，借斗殴殒命为名；或在荒郊间，以抢劫杀人为掩饰来杀害老爷的，不可不防，不可不预谋对策。"

王守仁并不是一个不食人间烟火的呆弱书生，他曾多次来往边塞，出入江湖，深入社会各阶层，熟悉厂卫狠毒手段，也深知自己招风惹恨，早为阉党所不容。他认为王添的判断是正确的,外表上不动声色,而在底下,二人密切计议。

船到杭州,王守仁主仆二人辞别了漕船船主,若无其事地登岸进入市内,先在一家客店里订下住歇房间,放下行李,便走出客店,相偕到大街上游逛,饶有兴致地观看这座江南名城的崇楼高阁、俊秀人物;之后,又到西湖畔赏玩湖光山色,顺便进了湖畔一座名叫鸿运楼的食肆,点吃糖醋鲤鱼、卤鸭和清炒虾仁等名肴美食,叫酒保温了一壶桂花佳酿,主仆对酌,一副悠闲自在的样子。

杭州春暖,与运河上的气候大不相同,已是春意阑珊,淅沥的春雨滴滴答答地落在鸿运楼的檐外阶前,空气里弥漫着雾蒙蒙的潮湿水汽。两个杀手从漕船码头跟到客店,从客店追到大街,又从大街尾随到西湖畔,早已腰腿疲乏。为捕捉杀机,便在鸿运楼底层堂座里坐了一桌,眼睛紧盯着上楼的扶梯,竖起耳朵偷听楼上的谈话,却只听到王守仁絮絮细说自己早年从故乡余姚前来杭州游玩读书的回忆,十分感慨地说什么"少年弟子江湖老","湖山依旧我重来",还念诵什么"忆得少年乐事多,深夜灯火上樊楼"等诗句。这两个家伙似懂非懂,枯坐了近两个时辰,喝了两壶闷酒,暗暗叫骂:"这两个蠢猪,死到临头了,还在楼上唠叨不休呢!"

及至入暮,才听到王守仁在楼座上叫人算账的声音,还有酒保讨赏谢赏的声音。两个杀手以为他们该下来了,也紧跟着算账,忽然又听到王添说:"老爷怎么喝醉了,先休歇一会儿再走吧!"随着又听到他呼唤酒保拿热敷脸巾、岩茶,和酒保的高声应诺。两个杀手只好坐而又起,起而又坐,也要了两盏龙井茶,耐着性子静候。

又过了半个时辰,天色全黑了,大街上的店肆都点起了各式灯火,照耀得通街明亮,要做夜市生意。在夜色中,才见王添扶着守仁跟跄下楼,守仁醉态可掬,脚步浮软,二人步出了鸿运楼,但却又不回客店,竟冒着浓雾细雨,朝钱塘江畔走去。两个杀手心中暗喜,江边月黑风高,正是杀人的好地点和好时机。他们揣摸着腰间的匕首,相距百来丈尾随着,只待下手。

钱塘江的边沿长着一片芦苇,江的靠岸路边则稠密地生长着一丛丛以杨槐为主的杂树,足有两三丈高,如一道绵亘不断的树墙。有几艘商船和渔船下碇在江上，炊烟袅袅，有些船老大蹲坐在船头，等待开饭。

正走着，两个杀手忽然听到王添急灼地连声叫嚷："老爷，老爷，您怎么了，不要这样，不要这样！……"一边喊叫，一边疾步向路西追赶。

两个杀手以为王守仁情急逃走，或者是寻短见，便拔出匕首朝着王添奔跑的方向急追。王添年青敏捷，没跑两三里路便蹿入丛林中，两个杀手跟着冲进丛林里搜索，毫无踪影。

守仁看到王添成功诱引两个杀手向西奔跑，自己便疾步向东，来到一处小码头，看到有一艘商船离岸较近，便脱下衣裳扔在江岸，将头巾和鞋袜浮放在江畔，自己急急蹚水爬近商船，悄声呼救。船上的老艄公发觉，便伸手拉他上船，急问何故，守仁谎称自己是被仇人追害，请船老大发善心，给予搭救。这个老艄公原来也是余姚人，他看到守仁读书人气派，又听到他乡音未改，遂动了怜悯之心："我的船是到舟山的，你合适吗？"

守仁忙道："愿意随老丈到舟山，船资照付。但仇人不久便到，如何是好？"

老艄公饱经沧桑，见过不少世面，他镇定地挥手指引守仁急进舱内，叫他伏身在舱板之上，不要露面；自己则在船顶篷架上取下长篙，只见他持篙一撑，船只便迅速离岸，顺流而去。

却说两个杀手追拿王添未获，突然醒悟，是中了调虎离山之计，便急急赶回路东，要继续搜杀王守仁，但来回几次，都看不见踪影。直到天色黎明，才发觉在一处小码头旁边的江面，浮着王守仁穿戴的冠履，一件直裰长袍被扔在岸边。仔细搜索，衣裳之内藏有一张白色素简，上面写有两句诗："百年臣子悲何极，夜夜江涛泣子胥。"说明他是投江自杀了。两个杀手只好捞起头巾鞋袜，带着遗物遗诗回京复命。

守仁投江自杀的讯息不胫而走，传遍四方，浙江省一些地方官，像杭州知府杨孟瑛等人以及当地一向景仰他的文人，都来到钱塘江岸志祭，深为这个享有盛名的人才痛惜。王守仁在余姚的老家和北京住宅以及父亲王华在南京的寓所，门前都高高悬挂着白幡和蓝墨书写的举丧灯笼，家属都改穿孝服，完全是办丧事的模样。在京的锦衣卫头目一时搞不清楚王守仁已死未死，只好将他的事件搁置起来。

噩讯传到北京，感情丰富的青年诗人倪宗正悲痛难已，他急急赶到湛若水家，意外地看到湛若水正在安详地研读《易经》，宗正一手扯开他的书本，眼泪簌簌地说："元明兄，您还有心读《易经》，您知道伯安兄已在钱塘投江自尽了吗？"

湛若水若无其事地捡起《易经》，仍然注目在书上，淡淡地说："今早我卜卦排爻，知道有人要来干扰我读书的！"

宗正又急又气，高声嚷道："我要告诉您，伯安兄投江自尽了！"

若水知道不能再惹这位年青人焦急生气了，转过脸来望着宗正说："以训，您真相信吗？"

"当然，我刚到伯安家志祭，全家都在举哀哩！"

"这就对了，必须遵礼成服，按照丧礼举哀的。"

宗正摸不着头脑，面露愠色。

若水离开书桌，踱步走到宗正面前，和他并坐："以训，您关爱伯安，我岂少减于您？但您还未真正理解伯安，像他这样品性坚强和志存远大，以当代圣人自居，以发扬圣贤之道自命，以建功立业自期的人，岂肯因一时的挫折而轻生呢？"

他又说："您应该知道，伯安饱有机智谋略，他明知刘瑾等人对他既恨又怕，是绝对不会轻易放过他的，沿路必设暗算。所谓沉江自尽，故意留下衣帽诗句，岂不是故露形迹吗？显然是设置现场来迷惑敌手，暂时躲开风头以避世的，真正要死的人还会有这样的闲情吗？"

若水说罢，宗正也大有醒悟：搞哲理的人还是比作诗文的人睿智聪明，看得远，想得深，他认为若水的看法有理，不断点头。

湛若水眼看说服了倪宗正，颇为自得，竟又摆起学究的架势，摇头晃脑地踱着方步，吟出两句："佯狂欲浮海，说梦痴人前。"宗正心中不满："难道我是痴人吗？"

若水不顾对方有什么想法，叮嘱宗正："伯安的事，是绝对的秘密啊！"

也只有湛若水才真正理解王守仁。

王守仁乘坐的小船刚出钱塘江口，老艄公就招呼他不必伏在舱板之内了，可以在船舱中自由卧立，给他换了湿衣服，吃饭饮茶。老艄公升起风帆，商船乘风朝着东南方向疾驶，他告诉守仁："船要出海了。"

头两天，风平浪静，第三天入夜，风浪逐渐大起来。船舱里没有点灯，夜空也不见星光，船内海上一片漆黑，只听到海风呼啸，浪涛震耳，小商船随着海浪颠簸，像漂在大海上的一片树叶。老艄公不时站在船头观察海潮动向，守仁则躺卧在舱内倚枕静思。忽然他听到老艄公惊叫："不好，不好，起飓风了！"守仁慌忙起身，只见老艄公忙着收帆把舵，命令他立即回到船舱内躲避。但觉风声愈急，浪势愈大，小商船已经无法按照原定航线行进，竟被刮到福建北部的海岸。

守仁谢过艄公，辞别登陆，询问当地人士，知道此处是福建建宁府崇安县境内，靠近武夷山。守仁素闻武夷之名，深知该地山高林密，人迹稀少，官役少到，应该是最合适的匿居隐遁之处。于是，他下决心进入武夷山。

王守仁是政治逃亡，所以入山唯恐不深，攀登唯恐不高。他跨越岩壁断崖，穿过丛棘乱莽，过铁索桥，伏身蛇行，盘壁过坳，从石罅间蹑蹬而上山峰，从早跋涉以至傍晚，衣服早被沿路的荆棘勾刺破裂，鞋底亦已磨穿，真是饥寒交迫，似乎已陷于绝境。他举目四望，才发现半山里有一座墙倒壁塌的古庙，守仁循道前往，只见山门洞开，原来庙门早被卸去，进入庙内，佛祖塑像仍在，但久无烟火拜祀，却看到庙宇庭园内有涌出的山泉，守仁猛喝泉水，疲惫已极，双脚一软，在拜坛前倒头而睡。

半夜，他听到有老虎吼叫的声音，朦胧中似乎也感觉有猛虎绕庙咆哮，自己转身又睡着了。可能这是一只饱虎，没有入庙觅食。守仁醒来，天已大亮。

一个和尚进入山门，看到有人仰卧在拜坛前，不觉大惊，忙问守仁何来。守仁并不隐讳，自称是为逃避仇人追杀，才入山躲藏的。和尚连称："阿弥陀佛，善哉，善哉！"并告诉守仁，山中有虎，这一破庙早已荒废，僧众亦已迁离，此处久已成为虎穴，又连说："施主昨夜单身在此酣睡而未受噬咬，真是菩萨保佑！"

这个和尚自称法号悟灵，是山后一座名叫涌泉寺的住持，清早前来担水。他领着守仁绕过峭壁悬梯，来到涌泉寺，送上斋饭，换了衣履，让守仁在僧舍休息。第二天早上，他对守仁说："施主为避仇入山，贫僧岂有不施援手之理？慈航普度，原是佛家常理。但涌泉寺仍常有福州和崇安县官宦缙绅前来参禅拜佛，人烟杂乱，并非隐匿藏身的善地。施主可在敝寺歇息两天，贫僧派人领你经一线天、虎啸岩、鹰嘴岩、大王峰直上武夷山最高处，俗名三仰峰，该处有一座名叫'会真观'的道院，内住一个得道的道士，道号一知。他在观中虔修道术，为人豁达，学问渊博，该处人迹罕至，才是适宜施主避居之处，不知施主意下如何？"

"法师是佛门子弟，但刚才推荐的怎么却是道家的羽士？"守仁疑惑地问。

悟灵和尚淡然一笑："佛、道两家各有皈依，信仰不同，但施主岂不闻佛道同源，甚至还有人认为儒佛道三教也是同源之说？贫僧和一知道长在教门上互不干扰，而且还是好朋友哩！"

守仁闻言，知道面对的是一个高僧，当即表示同意前往会真观，投靠一知道人。

守仁随着悟灵派的小和尚来到会真观，见到这个道观建筑古朴，观侧有瀑布，飞流直泻，山秀泉清，四周林木参天，观前一棵古枫树扶疏挺拔，围宽十抱，荫盖数亩。凭空下眺，只见青山翠谷，远近峰峦青紫万状，山光水色交加入览，真是世外洞天。守仁在朝廷苦斗奸顽，历经艰危，才算逃得性命，进入这样清静平和碧水丹山的境界，顿觉心胸舒展，油然有久匿之想。

进入观内侧室，他便扑鼻闻到鲜花和丹药混合的香气，一位道长正端坐在蒲团上闭目打坐，只见他身穿过膝粗布道袍，未戴道冠，只在头顶上将斑白的长发盘成小髻，用骨簪穿插，两道长眉几乎盖住眼睛，大耳下垂，五缕长髯飘在胸前。年纪大概已过七旬，脸庞虽然瘦削，但颜色红润。道长听到守仁进室，睁开了眼睛，对他上下打量一番，说道："悟灵法师早已派人来关照，说你今天会到敝观。请宽心住下，勿嫌山僻简慢。"

守仁知道他就是一知道人，因冒昧投靠，心里有点紧张，还未来得及答话，一个道童奉上热茶，一知温煦地指着盅里的酽茶说："武夷山高处早晚云雾浓重，时有阴雨，但日中阳光又强烈，所以能出好茶。贫道在敝观四周，移种了几棵土名为大红袍的茶种，这是新摘下来的春茶，请品尝。"

守仁喝茶，顿觉香洌甘和，知道非同凡品。他一一将自己的家世、经历，在京因言得祸，受杖后被谪戍贵州，途中险遭暗杀，乘船往舟山，又遭飓风漂到福建崇安县境，意欲在武夷山暂作隐匿的过程如实地告诉一知。一知听得非常用心，不住点头深思，自言自语地说："当年孔子问礼于老子，老子曾告诉他：'君子得其时则驾，不得其时则蓬累而行。'这就是说，人世有善恶，人生有顺逆，时机有好坏。如果世道还有可为，为之堵塞漏洞，纠正失误是必要的；但如果暂时无可为，则深隐以待时，亦不失为明智。"

守仁听到这番议论，大为惊诧，原来在深山绝岭，与世隔绝的荒凉道观里，竟有如此异人。他乘一知出室方便之际，浏览了室内满壁的藏书，看到不但有《易经》、老子和庄子的著作，宋元的道藏，著名道士葛洪、张三丰等人的遗集，竟然还有儒家经典的四书五经，自《史记》《汉书》《资治通鉴》依次的史籍。更可称奇的是，先秦鬼谷子撰著的《纵横经》也赫然在架。

守仁借住在会真观里，一知道人以客礼相待，他独居静室，在空寂中获得了难得的休养和反思的机会。道童每日送来茶饭，无非是山茶糙米，却有北京难以品尝的时鲜竹笋、蘑菇、木耳、金针等山珍。不到半月，他自觉杖痛和伤寒遗疾都已经康复了。有时，他独自出观，离观百步，面对着层烟叠翠，峭壁断崖，自己悠然发声，便听到群山回音，似乎是在响应，又像是在召唤。再往前走，即见两峡之间，飞泉悬空而下，直坠深谷石峡之中，像悬挂着的一领大水帘，溅玉飞珠，有沁人心脾的清凉，在心灵上得到从未有过的净化，顿有非复人世之感。但是身在山林心未灰，王守仁无法淡忘师友同僚们的谆谆期许和社稷黎庶的危难，"愿言无诡随，努力从前哲"。但是，目前自己的处境吉凶未卜，虽然接受了放逐，但却险遭暗算；一次暗杀未遂，还会有第二次、第三次的谋害，如何逃过阉党的魔掌，的确煞费思忖；即使侥幸到达龙场驿，在万山丛棘、蛇虫瘴疠之间，又能够有什么作为呢？何去何从，王守仁在悬崖边上左右徘徊，苦苦思索。

他忽听到背后有一个苍老而亲切的声音："王先生为何自苦？"

守仁回头，见是一知道人正站在自己身后不远处。忙道："有劳道长关心，正要向道长讨教哩！"

一知道人早就留意到，王守仁近日貌似恬静休闲，其实正陷入非常的焦躁窘境之中。

十多天来，一知道人和王守仁都在留心观察对方。

从藏书和谈吐中，守仁判断出，一知绝不是从小入道的人，他必然是士人，甚至是官宦出身，历经沧桑，屡受挫折，在中年以后才幡然悟道，隐居于武夷山中。当守仁向他倾诉自己的政治遭遇和政治见解时，发觉他听得非常专注，对朝政世事亦相当熟悉，每发一言，都是点中要害，更坚定了守仁的认识：这位道长是曾经深深入世然后断然出世的，是饱览人世沧桑而后卸脱铅华，毅然披上羽衣的。

一知和守仁有过几次深谈。

但是，一知对自己的经历却绝口不言。一次，守仁冒昧地问："请问道长的俗姓？"

一知礼貌地淡然一笑，不答。

"晚生窥测，道长是经历过科举，任过职官的，不知对否？"

一知神色微变，顷刻之间便恢复平静，又是淡然一笑，不作答。好一会儿，才深沉地说："太上老君（老子）著作的《道德经》有言：'知其雄，守其雌，为天下溪。'又言：'知其荣，守其辱，为天下谷。'就是教导我这样入道的人应该悟明世道，安守卑静，放宽怀抱，所谓守柔不争，守术无为，对既往的事不愿提起了，只愿借武夷山僻远之地，在真山真水之间，虔心修道，以了余生。"

守仁不敢再问，只是恭请道长为自己分析形势利害，决定进止。

一知缓缓地说："要知世上看台上，若论今人看古人。"

他接着说："夏桀、殷纣自取败亡，是自食恶果，史书早有定评了。当前这个皇帝老倌荒唐放荡不次于桀纣，是不可能免于覆败的。"

用"这个皇帝老倌"来称呼在位的正德皇帝，并认定他必归于败亡，这样大胆放肆，是王守仁未听说过的，但却是完全符合自己内心的判断。一知继续说："老君又有言：'圣人去甚、去奢、去泰'，而这个皇帝老倌却是走极端不留余地，崇奢侈不留余财，制造骚乱不容安定，驰骋狩猎令人发狂。当前天下滔滔，动乱未已，王先生自应善为自处。"

"正是因此，才殷切求教道长，请尽教言。"守仁恭敬地说。

一知说："我赠送您八个字，叫作'屈而能伸，屈而后伸'，不知切用否？"

"愿闻其详。"

一知分析说:"王先生与贫道不同。您正处盛年,来日方长,还应建功立业。有人议论我道家,只偏重清净无为的一面,不知老君亦有言'国家昏乱,有忠臣'。可见,在我们道家看来,出世和入世只有一线之隔,都是圣道通途,是互为因果、难易相成的,贵在因人知事,因时举事,因势行事而已。

"王先生当前的处境仍然是严峻的,但已减退了危险。阉党虽然知道投江之事,但未掌握确凿死讯,半信半疑,虽然仍未放心,会十分注意您的行踪活动;但他们目前主要力量在对付朝中大佬,像刘健、谢迁、韩文、刘大夏等高层人物,一时未顾及对您进行第二次暗杀。您宜乘此空隙,尽快赶到贵州,泰然就任龙场驿丞之职。到龙场之后,仍必须深自隐晦,暂停发表政见议论,亦不宜与京中师友多作联系,只有无声无臭,才可以最好地麻痹对方,换取到安全时机。照贫道的估计,重大的变乱必将接踵而来,远史不说,仅以本朝曾经得势的阉党头子,不论王振、汪直、李广,都逃不脱终归覆灭的命运。刘瑾之辈猖獗过分,盛极必衰,当然也是在劫难逃,可谓去死不远了。您必有再起之机,必有成大事业、做大学问之时,这就是所谓的明造化,法阴阳,以柔弱胜刚强啊!"

王守仁听到这番议论,顿时豁然开朗,深觉一知道人的见解与挚友湛若水等相同,且更为透彻深远。僻远在西北最为贫瘠之处,与少数民族居民语言不通的龙场驿,正是自己最理想的潜隐之地。他向一知顿首道:"敬谢道长的教诲,我日间便起程往贵州!"

第十五章

施辣手炮制奸臣榜　揭隐秘从容道玄机

正德二年三月下旬，北京城正是开始沙尘暴的天气，黄沙遍地，阴霾满天。北京人在这样的恶劣天气中，往往足不出户。但人们感觉更为可怕的，却是扑面而来的政治风暴。

去年秋冬以来，刘瑾等人兴风作浪，颠倒黑白。官员士人们人人自危，偶在途中相遇，只能施以眼色，不敢停留交谈。有些人自知不免，甚至上吊自刎，以求免于诏狱，受廷杖之辱，更不愿株连别人。但是，还是有一些人不避险祸，仍然伏阙直斥阉党罪恶。阉党刚从欢庆胜利中醒过神来，便恍然察觉人心未服，舆论对自己极其不利，实际上是陷于千夫所指的境况当中。

因此，刘瑾等认为清洗还不够彻底，还未起到足够的威慑和恫吓的作用，而要策划另一轮声势更为浩大的镇压行动。

于是，"奸臣榜"出笼了。

三月中旬，一连两个晚上，在石大人胡同刘府的内进厅堂里，灯火通明，阉党的头面人物，像朝臣中的焦芳、刘宇、张彩、王云凤，锦衣卫指挥使田文义，东厂提督丘聚，西厂提督谷大用等，都奉召前来会议。这些人来到厅堂前，就看到在府门以里、厅堂前后，都有带刀内侍巡逻警戒，岗哨密布。"内相府"的两名智囊兼笔杆子张文冕、徐正迎候堂前，一一按名单请进。这样的会议形式和戒备森严，是从未有过的。

他们鱼贯进入，肃穆敬礼，恭立两旁。刘瑾端坐在虎皮交椅上，神情严肃，似要作出重要决策。他环顾众人一周，示意就座，但并未立即说话。

好一阵沉默，气氛更加凝重。

刘瑾终于开腔，语气严峻："自去年十月，赖皇上圣明，毅然罢免了刘健、谢迁以及韩文等罪魁祸首，锄除了宫内王岳等内奸，惩治了陆昆、蒋钦等言官，本以为从此可以安常处顺，共享升平。但是，树欲静而风不止，试看，不少受贬革谪戍的官员反而受到朝野更大的礼敬，城乡都有传单揭帖，为这些人抱屈申冤。有身居首辅之人还与谢迁、刘大夏等连续诗文唱和。可见这些人还是死而不僵。还有一些仍然在位的人，怙恶不悛，继续对我们诬蔑攻击，足见余孽未清，这是当前最大的隐忧。"

说到这里，对张文冕说："炎光，你可将二月以来查获的重大案件和处理情况向大家通报一下。"

张文冕起立，从怀中掏出两页纸张，照本宣读："江西清军监察御史王良臣继续上疏攻击刘公公和丘聚等公公，已在都察院门前枷锁一个月之后，谴戍到辽东铁岭卫。

"巡抚山东御史邵武、济南知府赵璜、推官张元魁先后上疏，认为前司礼监太监王岳、范亨在临清驿暴死可疑，要求追究，已将此数人革职、戍边。

"现已查明，南京监察御史潘镗曾致函王岳，吹捧王岳附从刘健、韩文等为义举，尊崇王岳为宦官中义士，对潘镗已逮捕押解来北京候审。"

他说到这里，被刘瑾喝止："处置宫廷奸恶内侍，对区区一个王岳的问题，竟然会引起外朝官员的强烈反弹，足见内外官员勾结已成气候，这是本朝建国一百四十年以来从未有过的，足见事态严重！"

接着他又转向张文冕："继续说！"

张文冕偷眼看了一下田文义，嗫嚅不敢言。刘瑾看在眼里，更为严厉地喝道："说下去！"

张文冕放低声音，按照名单念道："锦衣卫北镇抚司指挥佥事牟斌私通犯官王守仁等，受审讯后自杀身死。

"锦衣卫百户姚景祥、小旗张锦密谋私放王岳，查实后已将两人杖毙。"

"还有什么事可以照实说来！"刘瑾对张文冕指示说。

张文冕转眼望了一下丘聚，四目相接，丘聚低下头。张文冕念道："现已查明，东厂官校王缙、郭仁、张刚、罗锦、薛昂、沈锐、刘雄、朱绶、董安等九人都是王岳的党羽，对王岳受笞谪戍又死因不明，都表示不满，甚至有说要为王岳洗冤报仇的，现在俱由本厂逮捕严审。"

丘聚起立，承认过失。

这些都是刘瑾亲自收集的情报，张文冕仅是照本宣科而已。

张文冕要继续宣读，刘瑾阻止了他："不必再读了。"

他从大交椅上站起，踱了几步，盯着众人，郑重地说："你们都听到了吧！内廷外朝紧相勾结，连锦衣卫和东厂也出现卖主反噬的败类，可见利刃已经横在颈脖，烽火已经烧到眉毛了！我看你们还不知死活，以为经过去年秋冬的整治，大患便已平息，可以尽情享乐。我告诉你们，一旦出现反复，在座各位没有一人能逃脱的！"

焦芳等人受了一顿臭骂，面面相觑。他们意识到刚取得的胜利并不牢靠，自己一伙像在火焰山上乘凉，随时有化为灰烬的危险。

吏部尚书刘宇汗流浃背，连称自己目光短浅，居安未有思危，幸得刘公公一席教导点拨，茅塞顿开，嘟囔了半天，也说不出个三七二十一。国子监祭酒王云凤是文人出身，得失之心极重而胆量最小，听到险情危机，差点尿了裤子，但也只会颠三倒四地表态："我们是跟定了刘公公的，有刘公公在就不怕他们猖狂，在下一切都听从公公的教导。"刘瑾皱着眉头，似听非听。

田文义、丘聚、谷大用这三个厂卫头子，一下子就明白刘瑾要进一步加强镇压的意图，表现出摩拳擦掌、同仇敌忾的样子。

焦芳自认为摸清了刘瑾的思路，迎合说："拙意认为，这些案件虽然重要，但不过反映着内外孽障窃据多年，盘根错节，不甘坐毙而已。有当今皇上圣明，更有刘公公的英断，对这些残渣余孽，既不能掉以轻心，但亦无须过虑。只要断然处置，处乱世用重刑，古有明训，现在务必深入巢穴，拔树寻根，穷搜细索，切不可养痈为患。当前急务，是对已垮者应扬其臭，已仆者应使之僵，再有露头的即予痛击歼灭。只要这样，安泰必能保持，升平亦必可得致。"

刘瑾颔首。

张彩进一步说："处置当前乱局，当然要采取快刀斩乱麻的办法，除恶务尽。但亦必须考虑，为什么在锦衣卫和东厂这样要害的特种部门，最近亦相继发生内变。这可能是由于先帝长期信任王岳，委任他为司礼监掌印兼东厂提督；而前锦衣卫指挥使陈毓又是由刘大夏推荐，从兵部调任过来的，由此种下了祸根，潜藏着叛逆，我们还来不及穷搜深索，以致变生肘腋，防不胜防，这是值得忧虑的……"

刘瑾接过话头，正色说："廷芳所见甚是。厂卫是我们最可靠的两只手，岂可在内部长蛀，听任反噬？当前，田文义、丘聚、谷大用三位必应加强稽查密访，严加整顿！"

田、丘、谷起身躬立，齐声答应。

刘瑾命他们归座："俺考虑在现有厂卫之外，再建立一个内厂，或叫内行厂。该厂除承办重大御案外，兼有权监督现有厂卫运行状况，有稽查现有厂卫员役言行的责任。内行厂员役的配备，由你们三人共同选定，务要人人有效忠之心，必须绝对可靠，绝对服从指挥，办案迅速准确，切不可再让牟斌这类人潜伏在内。内行厂是厂上之厂，卫上之卫，所以不设正提督，由俺亲领，你们三人都兼任副提督，不知意下如何？"

三人齐声致谢，表示要誓死报效。

刘瑾面对张彩说："廷芳还有什么高见，请继续说。"

张彩侃侃而谈："对于异端势力，似不宜因一人治一人，因一案办一案，只有将他们的叛乱罪行广布周知，使天下士庶，都指斥他们为罪臣贼子，不敢再听他们煽动，不再与他们联系，我们的处置才能收到顺舆情、服人心的效果。须知诛人不难，诛心为上呀！"

刘瑾精神振奋："对呀，廷芳所说攻心服众之策完全正确！"

焦芳趋前问道："公公的意见是……"

刘瑾成竹在胸，满有把握地宣布："俺想要奏明皇上，将自去年秋天以来历次判处的首恶和他们的罪行，开列为一份《奸臣榜》，颁布于全国，用以激发全体士庶军民的义愤，发扬爱君爱国的忠诚，对乱臣贼子人人共弃之共讨之。这份《奸臣榜》一定威力无穷，凡被列入榜内的人都等于被打入十八层地狱，受朝野唾弃，永世不得翻身！"

在座众人恭维刘瑾的高见卓识。刘瑾面有得色，吩咐张文冕和徐正："就请两位议定名单，起草榜文吧！"

春寒料峭，又是一个风沙弥漫的大阴天。

当日早朝刚结束，司礼监的宦官们便分头传命下来，着群臣立即到金水桥南端听读敕旨。半年多以来，类似这样的齐集百官，不是"观刑"，就是候杖。

官员们忐忑不安,从左顺门走出,按照各衙门的行列迎风站队。

未见锦衣卫的骠骑巡逻,也未见手执刀枪的京军设岗立哨,只有一些内侍前后奔走,几个礼部和鸿胪寺的官员恭立在桥畔候命。众官的心情稍为放松了一些,今天大概不是押解立枷众犯示众,又不像是要施行廷杖的样子,葫芦里卖的是什么药呢?

忽然听到"圣旨到,众官跪接!"官员们齐齐面向承天门下跪行礼,恭叩圣安。

司礼监太监刘瑾在一群朝官内侍簇拥之下,来到金水桥桥拱之上,手持金黄缣帛写成的御旨,递交给恭候在旁的鸿胪寺卿金正和。原来鸿胪寺的重要职能,就是担任大朝会的司仪和宣读重要谕旨。选任鸿胪寺卿历来都以京音纯正、嗓门洪亮作为最重要的条件。金正和有两个绰号:众僚友当面奉承他为金嗓子,背后就讪笑他为金草包,讥讽他凭着一副大嗓门,竟然高升为四品寺卿。只见他手捧御旨,毕恭毕敬地展开,面向群臣,朗声诵读:"中旨:敕文武群臣曰:朕幼冲嗣位,惟赖廷臣辅弼,匡其不逮。岂意去岁,奸臣王岳、范亨、徐智窃弄威福,颠倒是非,私与大学士刘健、谢迁,尚书韩文、杨守随、刘大夏、张敷华、林瀚,郎中李梦阳,主事王守仁……"

以下是一长串的名单,有各部的司级官,有翰林院官,而重点又是近期发表过反刘言论的给事中、御史等言官,共有五十三人,已被杖毙阙下的蒋钦等人亦在名单之内。

名单之后,榜文又严词开列这些人的罪状,指斥他们:"递相交通,曲意阿附,或伤残善类,或变乱黑白,煽动浮言,行用颇僻。朕虽察重审,尚务优容,后渐事迹彰露,彼各反侧不安,因自陈休致,若自偾则真谴谪。其敕内未罪者,吏部勒令致仕,毋使稔恶,追悔莫及。张懋等遇奏列衔,朕皆尔释,后毋蹈覆,自贻累辱。"

金正和宣读毕,将敕旨捧还给站立在背后的刘瑾,刘瑾接过,瞧了一眼还跪在桥下不敢动弹的众多官员,冷笑了一声,吩咐说:"叫他们散去吧!"

这份榜文的出笼,是经过仔细研究推敲的。

首先是列入《奸臣榜》的名单。张文冕和徐正本来起草了大、中、小三个方案,听候刘瑾裁定。

大名单是将正德二年以来两三个月之间继续弹击刘瑾等"八虎"的有关人员，在锦衣卫和东厂内部因叛反被处刑的官役均予列入。这份名单首先遭到田文义、丘聚、谷大用等厂卫头子的反对，他们认为厂卫是特种缉捕部门，官役们应该是最忠实的鹰犬，如果将牟斌、姚景祥等人也列入《奸臣榜》，必将会引起舆论哗然和讥讽鄙视，也更激起人们对厂卫依恃特权横行霸道的憎恶，故此要求删去。焦芳和张彩又认为，不宜将最近查获案件的有关人员都列入进去，避免被人认为，敢于冒险犯难的风潮难以平息，前仆后继者不断，透露出目前当权集团不得人心的虚弱态势。大名单遂被否定。

小名单则仅将内阁大学士、各部尚书、侍郎以上官员指为"奸臣"，其余的未列入。张彩等认为，当前聚众集议，挺身上疏，词锋最凌厉，揭发最深刻的，乃是部中的青中年司官，特别是恃有言责的给事中、御史等辈。这些人血气方刚，锋芒逼人，软硬不吃，不以牢狱廷杖为可畏，最能蛊惑人心。要刹住反侧风潮，绝不能轻饶这一部分人，必须逐一点名，以儆效尤。

于是他们采用了幅度中等的名单，避开了厂卫官，却将敢于出头、活跃于论坛的人物列为打击的重点。在五十三人的名单中，给事中十六人，御史二十五人，共四十一人，占了总人数的五分之四。

《奸臣榜》是以中旨的名义发出的，并未经过内阁。但身为内阁首席大学士的李东阳，以及新由吏部侍郎拔擢为内阁大学士的王鏊，不能不关注这样一桩骇人听闻的事件。二人心情复杂，难以自解。

王鏊字济之，南京人，成化十一年廷试第三名，即所谓探花，在翰林院任编修，师事时任侍讲学士的李东阳。

王鏊为人耿直正派，曾参与韩文等大臣请诛"八虎"的活动。他能够进入内阁，是朝中两派大臣相持斗争的结果。自刘瑾得势，刘健、谢迁退位，内阁只剩下李东阳一人，按照惯例，应该召开九卿廷议来推荐继位大学士的人选。刘瑾施加压力强命焦芳和刘宇入阁，而九卿们则同时推荐王鏊，用以抵消焦芳入阁的影响。正德迫于公论，批准王鏊入内阁。入阁后，他与李东阳的处境和态度大体相同，虽不能不对刘瑾、焦芳等人敷衍，但对刘瑾助长正德荒荡不走正道，以及严苛折辱士大夫等也曲尽办法抵制。刘瑾深恨韩文，欲杀害以泄愤，又企图找各种借口置刘健、谢迁、刘大夏等于死地，王鏊都协同李东阳力救得免。

当天，在鸿胪寺卿诵读榜文时，另一大学士焦芳已经得意扬扬地陪同刘瑾在金水桥上，只有李东阳和王鏊二人待在阁内。坐落在左顺门内侧的内阁值房本来距离金水桥不远，鸿胪寺卿朗读的内容清晰可闻。刚一听到开头语，李、王二人即大惊失色，随即听到具体的人名和事实，两人心里阴云密布，脸色转为苍白。东阳跌坐在公案前皱眉细听，王鏊则快步走出值房，站在小院中间仰头倾听，间中难以自禁地握拳跺脚。

诵读声停息，王鏊返回值房，紧张地说："李老师，您都听清楚了吗？"

东阳没有说话，惨然一笑。

王鏊愤愤地说："搞出这样的《奸臣榜》，百官臣僚还能再说话吗？老师，我看内阁应该上一公本，请皇上收回这份《奸臣榜》，如果焦某不肯同意，我们两人单衔具奏。"

东阳面有难色："不能再说话了。"

"为什么？"

"济之，你难道还没看清楚，当今皇上岂是听得进直言诤谏的君主？刘太监等人岂能容得下敢于揭短的人物？在这个风头上上奏，只能是引火自焚，自招其祸。更何况，说了等于没说啊！"

王鏊还是不服气："难道我们就甘于尸位素餐，上不能匡主，下不能益民，窃据宰辅之位，坐视同僚遭害，不畏千秋万代的谴责吗？特别是老师，您是天下人望，文坛宗主，盛名有玷，岂不可惜！"

东阳听罢，潸然泪下，面颊上满布的老年斑更为明显。

他掏出手巾揩抹了眼泪，动情地说："处在我这样难堪的地位，求退不得而事难有可为，唯有秉持忠荩，不敢有失诚信，绝不敢欺君卖友，在委曲求全之中做些力所能及的事，利用朝廷和刘太监等对我表面的礼敬，尽可能保护善类，减缓民生的痛苦。千秋万代必然加罪于我，但亦望有人能知我谅我！济之，我们自在翰林院开始已相处了三十多年，我向您说的都是肺腑之言啊！"

东阳哽咽，王鏊也倍觉感伤。他回忆起二十多年前，在翰林院听李东阳讲授《孟子》的情景。当时东阳正在盛年，儒雅倜傥，一派学者气象。他在授课时一再说："关心军民利病，时政得失，就是士人本色。民为贵，是孟夫子学术的精髓。"言犹在耳，英锐奋发的形象鲜明如昔，今日却是如此在夹壁中生存的尴尬状况，油然而生对老人的怜惜和同情，诚挚地说："您的话我能够理解，但唯恐世人难以理解。老师，您也不要顾忌人言了！"

"我亦不敢求世人都能理解。善未易察，道未易明，不是哲人的名言吗？"东阳缓缓回答。

东阳作为多年来负责起草重要诏旨、撰写重要章奏的老公事，一眼就看明白了这张《奸臣榜》表面的文字背后潜藏着特别的玄机，是针对自己与王鏊这类官员的危言警告。

他对王鏊说："济之，你没有看到在这份榜文里还藏有更为重要的伏笔吗？"

"我亦察觉到了一些。"

"说说看！"

"看来，榜文里要判定为所谓奸臣的人物，绝不止榜内已点名的五十余人，这些人都是已明令罢官的、发配贬谪的、已受廷杖和已被处决的，而现在榜文中又有'其敕内未罪者，吏部勒令致仕，毋使稔恶，追悔莫及'的字句，这就是说还要对大多臣子继续清除追究，进行更大规模的镇压……"

东阳捻着胡须，点头同意："还有呢？"

"这就要老师指教了。"

东阳脸色阴沉，忧虑地说："榜文末段说：'张懋等遇奏列衔，朕皆尔释，后毋蹈覆，自贻累辱。'这是最要紧的几句话，针对性也最强。"

"对，是这样的。"王鏊醒悟。

东阳继续说："这就是要翻一年多以来的旧账了。英国公张懋是开国功臣河间王张玉的嫡派子孙，袭爵勋臣之首。他为人正直敢言，疾恶如仇，对皇上嗣位以来诸多失德怠政之事，屡次面奏廷诤，又因我们三个顾命大臣之请，由他在去年四月领衔上疏，指出皇上纵情逸乐，已引起臣民寒心，吁请从速改正，以避免天下瓦解。语重心长，言人之未敢言，当时内阁的阁臣和所有部、寺大臣几乎都签名联衔于上……"

"是啊，这是当时传诵一时的鸿构杰作，一代名文，备受朝野推崇，共认为是针砭时弊，切中要害，门生也曾附骥于上。"王鏊回忆说。

李东阳指出："这不就是说几乎每个朝臣都被网罗其中了吗？要算谁的账就可以顺手揪出来，新账旧账一起算，不就是要给所有有关官员的头上都隐隐扣上一顶黑帽子，发出一个严峻的警告吗？"

王鏊凛然说："问题正是这样，这篇榜文确是充满杀机。"

东阳似乎早有考虑："特别是对于我。你知道英国公领衔的疏文，正是鄙人执笔起草的，而且，三位顾命大臣请诛'八虎'的奏章也是鄙人的手笔，刘太监等当然洞悉此事。榜文不点名而要着重警告的，首先就是鄙人啊！"

王鏊对于自己的老师年虽老迈，但仍头脑敏锐，对人对事缕分细析，临大事有静气，十分钦佩。他担心地说："对于这份榜文，我们应该怎样对待呢？"

东阳略加思考，回答说："既然是由皇上使用中旨形式，未通过内阁而发布的，我们既无反对的能力，也无附和的道理，只好钳口不言，不议论，不表态，就当作不知道这件事算了。"

"如果皇上或刘太监责问下来呢？"

东阳似乎不愿再想下去。他凝望王鏊，答非所问地吟出两句诗："亦知世上公卿贵，信有人间行路难。"

稍过一会儿，又吐出两句："明年乞身向天子，不待弹劾归耕桑！"

王鏊心领神会，禁不住凄然长叹。

第十六章

千夫戟指害人黑榜　百官罚跪匿名文书

《奸臣榜》向百官宣示之后,刘瑾更命将榜文大量张贴于北京各城门和通衢要道上,并通过驿道急速递送给十三布政使司以至边塞各地,务求广为知闻。

多数朝臣对这份奇文非常厌恶,私下对榜文的内容冷嘲热讽,指斥它可以与唐代大奸臣李林甫和大宦官鱼朝恩代唐玄宗起草混淆黑白、锄灭善类的文告相媲美。有个别御史曾经参加弹劾"八虎",但现在榜内却未被列入,反而愧疚羞耻,害怕人们怀疑自己首鼠两端。士庶人等,甚至草间百姓,对于列名榜上的人物本来所知甚少,现在却引起注意,情不自禁地打听这是什么人,犯了什么罪,甚至刨根问底。等到了解案情,反而会引起深思:这样的人物和这样的事体,难道真是奸臣吗?相反,对有关人物还表示衷心敬佩和同情,并在底下窃窃私语,偷偷传播。一纸《奸臣榜》,在有良知的人看来,倒成了"光荣榜"。

一日,刘瑾正与焦芳、张彩二人在府内议事,忽见东厂提督太监丘聚满头大汗地仓皇冲进大厅,高声叫道:"反了,反了!"

刘瑾抬头瞪了他一眼:"丘伙伴何事惊慌?坐下说话。"

焦芳和张彩还来不及向丘太监问安,便见丘聚将手上的一张黄纸递给刘刘瑾展开一读,脸色骤变,咬牙切齿地说:"哼!要和俺对着干哩,要在阴沟里烧鬼火哩!"随手将纸掷给焦芳和张彩。

二人见上面用红墨书写着几句打油诗:

诸君且看奸臣榜,是非功罪甭言讲。

贤良头上浇大粪,蛇鼠盘踞白玉堂。

高揭榜文人神厌，奇腥恶臭盈街巷。

倒过来读最合适，榜上诸公有荣光。

谁家育有好子弟，有幸列名奸臣榜。

张彩将纸朝亮处一照，说："这是一张刻版印刷的传单，不是手写的，估计散布的数量不止一处。"

"正是这样。在东四和西单牌楼都有发现，甚至张贴到承天门东侧刑部大门外，有些还故意覆盖在御制敕文《奸臣榜》的上面。"丘聚说。

焦芳顿足："这样看来，也必然流散到京外各地了，毒焰嚣张，贼胆包天，不可不防！"

刘瑾皱着眉头，一时想不出对策，将怒火发泄到丘聚头上："东厂这么多人，是干什么吃的？"

丘聚听到呵斥，起座恭立，战战兢兢地说："是俺失职，有罪！俺已命令逻卒们紧密巡视京城内大街小巷，仔细检查，一定要将已发现的所有传单都揭下来。"

刘瑾又从张彩手上拿过传单，重新细看了一遍，狠狠自语："问题不仅在传单，重要的是要查出起草、刻印和张贴传单的人，特别是背后的主使者。御颁敕诏刚颁布，丑化榜文的传单便几乎同时贴出，可见策划人是隐藏在听读诏文的百官队伍里。一下子便贴出多处，又可见同谋者不止一人，可能也有贩夫走卒，是官民串结为奸！"

刘瑾随即命令丘聚："事态重大，绝不能轻视，你必须立即与锦衣卫、三厂共同全力缉查，务必穷搜细索，一定要查出撰写、刻印和张贴的一干人犯，通通抓起来，认真审讯。再顺藤摸瓜，找出主谋。"

丘聚赶忙答应，表示一定遵办。刘瑾挥手让他退下。但丘聚刚走出厅门，刘瑾又厉声叫道："你且回来！"丘聚忙问："刘太监还有什么吩咐？"

刘瑾从太师椅上站起来，走近丘聚叮嘱说："特别要注意官员们近日的彼此往来和表现的神态，搜集他们在底下的言论，凡有可疑的情况，赶快报来；还要派人乔装打扮，深入城坊集市、茶馆戏园和食肆之中，打听有什么人看过这份传单，如有传播或议论的，一律视为叛逆攻击，概予逮捕！"

从正德二年暮春三月到翌年炎夏六月，在长达一年多的时间内，虽然厂卫倾尽全力在京内外加紧侦查，确实抓来许多刻书雕版工和一些说话不慎的人，对他们进行了日夜拷问，刑讯逼供，但始终查找不出真正制作攻击《奸臣榜》传单的主犯。更令丘聚和西厂提督太监谷大用，还有锦衣卫指挥使田文义等焦灼的是，派往各地的厂卫校卒等陆续前来密报，传单已先后在天津、保定、南京和江南各处，以及边塞的大同和宣府等地都有发现，有些是乘夜深人静张贴于通衢要道，有些是偷偷塞入官爵缙绅家的门缝和府学、县学斋舍当中。这些传单大多数是在各地重新刻版印刷的。更令丘聚等懊恼的是，各地发现的传单，有些改动了文句，有些增删了内容，也有改编为顺口溜、歌词小令的，版本甚多，散播极广，可以说已遍布城乡，其内容无不是从各方面对皇皇诏敕进行攻击，甚至述插绘有身穿宦官冠带的妖魔鬼怪挥舞刀杖的狰狞图像。总而言之，是措词更尖刻，形象更生动，内容更充实，寓意更明显，绝不能是出于一人之手。

刘瑾经常传见丘聚、田文义和谷大用，追问他们搜捕的情况。几个特务头子使尽解数，忙得焦头烂额，还是无法交差，总是挨刘瑾的指责斥骂。他们互相推卸责任，有时又一同诉苦："想不到乱党刁民这么多，京城内外，大江南北，妖言纷纷，刻印歪诗，不畏抓捕，难以稽查，难道天下真要大乱了吗？"

更大的乱事果真发生了。

正德三年六月二十六日，皇帝事先宣布要在华盖殿上早朝，这是一年来未有过的盛事，文武百官都带着兴奋期待的心情准备上朝。早朝前三日，内外侍从官员便准备好一切銮舆仪仗，御案宝座，几番清扫检查，务求干爽明朗，一尘不染。殿内外和阶陛上排列的灵龟、宝鼎、仙鹤、瑞兽的腹腔中，都点燃西域进来的异品奇香，霞霭缭绕，气象庄严肃穆。一声"万岁驾到"，文武百官跪拜如仪，待听到鸿胪寺卿传呼"众卿平身"，才整齐有序地起立，按班次官阶肃立两厢，空出陛前一条御道。但正是在这条御道正中，赫然发现一封端正放置的文书，十分刺眼。这样罕见的事体，不但引起了百官的注意，连高坐在上的正德皇帝也发觉了，感觉很诧异，垂问殿前当班的纠仪御史说："这是什么东西？"

纠仪御史不敢怠慢，疾步上前，捡起这份文书，看到它的用纸、折叠形式和尺寸，都与通用的题奏本章相同，在封面正中也赫然写有一个"奏"字。

"启奏圣上，这是一份奏书。"

"奏本为什么不由内阁，由通政使司呈递前来？却放置在殿前御道之上？"正德问。

御史将文件捧递过来，由内侍接转，交呈御览。

这样异常的奏报方式，让满朝文武都吃惊不小，内心各自嘀咕，不知又有什么祸福？怪事年年有，这个年头特别多啊！

正德似乎还不太在意，口气平和地说："既然是奏本，通政使司念一下吧！"通政使司陈文纲走出班来，双手接过内侍交下来的文件。原来通政使司的职务是负责收受全国章疏的部门，对未经本司而直接封进的题奏本章有责任参驳。陈文纲对于今天发生的奇特事件，本来就十分担心会被指控为渎职失责，现在由皇上御命读念，更是提心吊胆地跪捧文件，翻开首页。

岂知道，不读犹可，一看首页的题要，他便吓得魂飞魄散，惊慌失色，不敢念出来，原来该件的题要开宗明义写道："微臣等披沥血诚，甘冒万死之诛，严劾不法阉宦刘瑾等人贪墨奸诡，趋媚奉上，屠戮贤良，揽权误国……"

陈文纲颤声读了题要，伏在地下不断叩首："本件诬蔑内廷重臣，微臣以为不宜当众诵读，敬请皇上裁定。"

正德厉声问："是什么人上的奏？"

陈文纲慌忙翻看了奏件的起首和结尾，回奏说："回皇上，没有署名，是一件匿名文书。"

正德不语，示意将文件送上来。

朝臣们听到这样的题要，各有各的想法，有人心有余悸，又怕再闹出新的文字大案；有人在内心兴奋，高兴看到刘瑾当众出丑；也有人估计事不关己，干脆看看热闹。但众官都不敢流露表情，像雕塑一般僵立殿前。

正德皇帝粗略披览这份匿名文书，有时蹙起眉头，有时又翘起嘴角，微微冷笑，间中又扫一眼殿下那群呆若木鸡的大臣，更没有忘记瞄看神情异样、局促不安的刘瑾。最后说："不过是匿名文书罢了，众卿退朝吧！"

散朝之后，刘瑾尾随銮舆来到乾清宫门前，请求觐见。

正德未及更换冠服，闻奏便说："让他进来吧！"

看到刘瑾进来，正德嬉皮笑脸地望着他："刘伙伴，朕料定你要来朝见的，没错吧！"

刘瑾伏地下跪，以头碰地："奴才一片忠心伺候皇上，却是到处招人忌恨，今天又不知什么人，竟用匿名文书陷害于我，还请皇上明察。"

正德还是满不在乎的样子，似乎不耐烦再过问此事，把带在身边的匿名文书朝刘瑾扔过去："你自己看吧！是什么人，你自己去查吧！"

刘瑾揣着那份匿名文书，疾步走回钟粹宫。这座宫殿百余年来本是专供皇太子居住的，是储君潜修待位之地。现在正德尚无子息，又以正德未正位前，刘瑾等人就随侍在这里，等到正德登上帝位，刘瑾随即得势，仍旧盘踞在这里，作为"八虎"聚会的地方。刘瑾的办公值房，也设在钟粹宫内。

刘瑾坐定，赶忙细看那份匿名文书，不觉心惊胆战，原来这个人深知自己的底细，一一列出自己和同伙历年所行不道不法的事件，条款分明，证据确凿。揭帖结尾，还大书一笔："查奸竖刘瑾罪大恶极，所犯迷惑圣聪，导引嬉游之罪八，欺罔之罪三，僭越之罪六，贪婪之罪十一，残忍滥杀之罪十五。合共四十三款，俱为常赦所不原。元恶巨憝，非诛戮无以正人心，严国法，应请照《大明律》，援处分大逆例，立予正法示众。"

刘瑾读到这里，勃然大怒："妈拉个巴子，要斩我脑壳哩，那么容易吗？看谁斩谁的脑壳吧！"

他一下子把揭帖揉成一团，本想立即烧掉，转念一想，又把它翻展开来，掷放在书案上，在值房里来回踱步。正在此时，一个贴身小内侍不知就里，手捧一盅香茶轻步走进，口里说"请公公用茶"，不意惊动了正在苦苦思索的刘瑾，便把一腔怒火撒到小内侍身上，瞪了他一眼，挥手将茶盅掀翻在地。小内侍又惊又怕，赶快跪伏在地上请罪。刘瑾还未消气，又朝他身上猛踹两脚。小内侍赶快收拾破碎的茶盅，站起来呆立一侧，也不敢退下。

稍过一会儿，刘瑾转过身来，对这个贴身内侍吩咐道："去告知焦芳和田文义，着焦芳速以皇上名义，草拟追查匿名文书的圣旨，又命令锦衣卫召集在京文武百官，到承天门前跪听圣旨，等候追查！"

小内侍答应之后刚要走出去，又听到刘瑾怒吼："听旨后也不许起立，一直要跪下去，等候查办！"

六月下旬的北京，中午阳光火辣辣的，承天门阶下铺垫的石砖都被晒得滚烫灼人。朝廷各部门和顺天府的官员们被勒令紧急列队，由锦衣卫的官校押送着进入广场。众官员正在疑惑之际，只见焦芳和田文义分别乘轿策马而来，田文义以钦差身份，迈步登上高台，喝令肃静，命各官下跪听旨："奉天承运，皇帝诏曰：为追查匿名叛逆文书，特谕命百官在此跪地反思；有参与编造者应即自首认罪，有知情者应即指名检举，务使甘为乱阶之徒无所逃遁，诬蔑忠良之流言归于遏息，俾常保国泰民安，永享升平之盛。如胆敢隐瞒庇纵者，治罪不宥。钦此！"

田文义宣毕，官员们照例谢恩领旨，零零落落地呼号"万岁，万万岁"，无奈地继续跪地，不敢起身。锦衣卫的官校们更是摆出凶神恶煞的样子，大声吆喝官员们不许抬头，不许交谈。有年老体衰的人偶尔伸舒腰腿，官校们便上前揪发批颊，将其按倒在地。

一时间，承天门下，几百个品级不同的大小官员跪伏在地，一排排的乌纱冠帽和花锦朝服，众官佩戴的黄、绿、赤、紫各颜色的绶带散乱交错，构成一幅五色斑斓的百官跪地待罪图，煞为壮观。真是史所罕见，亘古未有！锦衣卫的官校们如久经训练的狼犬，在队列中间前后监视巡逻，不许动弹，甚至还扬起手中的鞭子，发出噼啪的响声。

官员们跪定半晌，刘瑾才踱到承天门左侧，焦芳和田文义赶忙趋前伺候。刘瑾先不说话，放眼环视承天门前跪伏在地的一大片官员。他干笑了两声，在焦芳、田文义和一群侍从的簇拥下，威风凛凛地走到队列前面："胆敢告御状，为什么不敢写出真名实姓来？为什么不敢和俺当面对决？有种的，现在站出来也不晚啊！"

官员队伍里一片沉默。

刘瑾细看，发觉跪在六部最前列的首长，像吏部尚书刘宇、户部尚书刘玑、礼部尚书周经、兵部尚书曹元、刑部尚书王鉴之、工部尚书李遂，都是在自己掌权之后，经精心挑选换上来的新人，刘宇、曹元还是自己的心腹；至于吏部侍郎张彩，更是自己的智囊，是最受宠爱的私党。将他们当众罚跪，列为追查对象，实在不合适。而且，其他已经在官场中厮混了二三十年，最后才爬上六部尚书、侍郎，或是左右都御史，各寺、院、监正官的人，品级既高，年纪又大，估计不会是撰写匿名书的人。便高声向田文义斥责说："谁叫你将各部、院、寺、监的堂上官都传集来的？快快请侍郎以上各位老爷起来，护送回去休息！"

田文义会意，忙说："门下不识体统，错误传集了各衙门堂上官老爷，实在有罪，有罪！"

命官校们请有关高级官员起立回衙门。刘宇和曹元还想上前向刘瑾叩谢，焦芳摆手示止。

堂上官得以优免，在跪地官员中引起了一阵骚动。

刘瑾 行走近翰林院的队伍前，忽有两个资深翰林官膝行出列，一个是侍读吴金铭，另一个是修撰丘其进，跪近刘瑾面前，脱冠伏地叩首。吴金铭首先开言："卑职吴金铭哀切禀告刘太监千岁，翰林院是清要部门，是国家储才之地，日常只知解读圣贤经书，编注皇家典籍，绝不会写什么匿名文书的，还请千岁爷明鉴秋毫，不使有玷清白！"

丘其进更是泪眼盈眶，进一步说："翰林院众官人等，都是高第进士出身，知书明礼，向来循正道而行，绝不交结匪类，而且一向钦仰刘太监千岁的勋德，甘愿以笔墨文字歌颂功德，为当今圣上和刘千岁创建的盛世撰文礼赞，决无甘堕下流，参与写作匿名书之事。还望千岁爷俯察效忠的愚诚，切求怜恤斯文，恩出格外。"

刘瑾看着这两个满头白发，读了大半辈子诗书的老翰林，心里颇有快意。他略作迟疑，大度地对两人说："既然两位老翰林说了话，我看贵院诸位也可以先起立回去，若发现有人有问题，再另行传讯好了。

吴金铭和丘其进得到特许，趴在地上叩头谢恩："雷霆雨雪，俱是天恩，我等读书人，永世不忘皇上万岁爷的功德，不忘刘太监千岁恩典！"

御史队伍中，有一个御史姓宁名杲，陕西人，是刘瑾的同乡。近年来，在反对以刘瑾为首的阉竖势力的斗争中，不少御史和给事中以监察官身份，都以坚决和敢言见称，有些人已为此付出了鲜血甚至生命的代价。而宁杲此人世故很深，不但从不参署揭批的章疏议论，从不参加此类集会活动，有时还借口乡情，奔走于石大人胡同刘府前后，着意奉承。可惜刘瑾见此人两眸不正，言语支吾，对他并不赏识，只是将他作为无才缺德、溜须拍马的闲人看待。这次，当刘瑾等人走近御史队伍时，宁杲也蓦地爬起，弯腰走到刘瑾身前跪下，哭诉说："刘公公，您素知在下一向遵纪守法，实心诚意地钦敬千岁爷，对于匿名作书人深恶痛绝，请公公为在下说句话吧！"

刘瑾本来就怀疑匿名书可能出自御史之手，有意将御史们作为整肃的重点，对宁杲不合时宜的举动十分不满，厌恶形于颜色，不加理会，继续前行。锦衣官校察言观色，一把揪住宁杲的衣领，推他退回队列，按着他的头，喝骂道："不许放肆，跪下！"

拉扯之间，宁杲突然蹦出一句话："我还有事要密告公公，请让我尽言！"

听说有密告之事，刘瑾转过身来："什么事？"

宁杲放低嗓门，故作神秘地说："匿名书像是新科进士写的！"

"为什么？"

"因为这新科进士刚从全国各地录取而来，在原籍广听流言，入后又不知朝廷法度，是以敢谋不轨，请公公从这人中深查，必能找出撰写之人……"

刘瑾并无兴趣，将他喝断，同时借题发挥，说给跪在宁杲身后的御史们听："你要嫁祸给新科进士，有事实证据吗？几年来，恶毒诬渎朝廷和诬告当道的，大多出在众御史之中。你们这些人捣乱成性，无事生非，唯恐天下不乱。俺依法整治，维护朝廷纲纪，引起了你们的不满。从今天发现的匿名书看来，又是有人要再煽阴风，点鬼火，放冷箭了。听着，不要忘记太祖高皇帝留传下来《奸党录》和《逆臣录》，更制定有断手、剁指、挑筋刖足、黥脸、去膝、枷死、剥皮实草、枭首、凌迟、族诛等刑法。不管是十三道御史，六科给事中，还是什么鸟言官、监察官，凡撞到俺刀口下，一律严刑伺候，法无旁贷。你宁杲休得多言混淆，休想为撰写匿名书的人开卸责任。还不给我滚回去，跪候处置！"

官校们扑上前将宁杲的乌纱冠帽掀翻在地，揪住头发掐住脖颈拽回原来跪处。其他御史见他不顾身份，出乖露丑，内心鄙薄队伍中这个败类。

从午时到未时，是一天中最炎热的时刻，百官被罚跪在广场上已有两个时辰了。他们汗如雨下，又不敢脱卸冠服，干受晒烤，又饥又渴，个个喘着粗气。

年纪较轻、身体较壮实的，还勉强保持着下跪姿态；而六部一些郎中和员外郎等中级司官，年资较深的御史、给事中等，大都是年近半百的人，不少人还体弱有病，实在无法坚持。有人干脆伏在地上，偶有歇坐一会儿的，官校们就上来揪骂，甚至踢打。最难堪的是，有人憋不住屎尿，更不敢请求方便，只好拉撒在裤裆里，恶臭四溢，有些人已经晕厥过几次，少数人已出现危殆的样子，他们像已被关在屠场里听候宰杀的猪羊，又像蜷缩在旷地里接近僵死的秋虫，无力主宰自己的命运。

这样的情景，连在宦官系统内部，也有人看不下去了。

刘瑾等人引以为乐，他时而踱回宫内歇息，时而头戴细草编织的遮阳便帽，身穿绉纱短裰，阔步走出承天门外，饶有兴致地观看跪地人群东倒西歪、衰竭憔悴的样子。侍从们早就在承天门东侧搭起一座凉棚，中设雅座香茗，另有近侍打扇招风。刘瑾与侍坐的焦芳、田文义等谈笑风生，忽见官校前来禀告：

"刑部主事何钺、礼部主事陆伸和顺天府推官周亚臣三人已经渴死了，现仍停尸在场内！"

焦、田两人惊惧地看着刘瑾，不敢说话。

刘瑾若无其事地问："就三个人吗？"

"是。"

"这有什么大惊小怪的，把三人尸体拖走便了！"

刘瑾指示已毕，招呼焦芳、田文义一起回钟粹宫午膳。乘刘瑾离开承天门，司礼监太监李荣着令手下的小宦官抬出几筐瓜果，投掷到罚跪队伍中，对官员们说："各位先站起来缓一下筋骨，吃点瓜果解渴。"官员们闻言道谢，先后站立起来。瓜果未到嘴边，已有在场的厂卫人员急向刘瑾报告，刘瑾闻报大怒，带着众人疾步赶回承天门。李荣远远听到脚步声，忙向官员们招呼："他们又要来了，快快跪下，快快跪下！"

话音未落，刘瑾一伙已经来到，他满脸怒容，厉声喝斥李荣说："你要干什么？谁让他们起来的？谁给他们送的瓜果？"

李荣看了刘瑾一眼，不答话。

原来李荣也是在正德皇帝幼小时便伺候在侧的人,并曾深受正德宠幸亲近。李荣为人正派坦率,在官内外都有很高威信,而且十分清楚刘瑾的为人和底细,有时并不怎么迁就刘瑾。前年刘健等朝臣要求诛灭"八虎",李荣就和司礼监原太监王岳一起公开支持过朝臣,因此与刘瑾结下深仇。刘瑾在驱杀王岳的同时,本来也要干掉李荣,只是一时未敢向正德提出,又怕事后被追问,暂时搁下。对于李荣的不配合,刘瑾一直耿耿于怀。今天在罚跪的百官面前,李荣竟然又站出来公开对受罪中的百官给予同情,刘瑾认为李荣公然和自己对着干,更是咬牙切齿,朝李荣怒道:"李伙伴,好样的,你认识俺,俺也知道你,咱们走着瞧吧!"

李荣瞪眼不答,退出广场。

除了李荣以外,还有一个老太监黄伟,也是正德当皇太子时伺候有功的老人。他对刘瑾今天的做法,也极为不满。刚发现匿名书时,刘瑾提出要严查御道边匿名书附近的人员,黄伟就嘲讽说:"焉有在自己脚下投放匿名书,故意留下痕迹,等待你来抓的蠢人!你要拷讯匿名书位置周围的官员,只是又糊弄出几宗冤案罢了!"

刘瑾又提出要普遍搜查百官的住宅,黄伟冷冷地说:"难道也有另一种蠢人,会将匿名书的草稿留在家里,好让你去搜查,把真赃实据拱手交给你不成?你这样做,必定一无所获,只能骚动京城,制造混乱!"

黄伟一再泼冷水驳斥刘瑾,其实是反对刘瑾借匿名书大搞血腥镇压。在罚跪百官的现场,黄伟不时流露出对株连无辜的不满,对跪伏在地受烈日暴晒的官员们的同情。申时已过,并未有任何缓释的迹象。黄伟心急如焚。

刘瑾暂时离开承天门的当口,黄伟竟然按捺不住,毅然走到百官跪伏的队列前,慷慨陈词:"匿名书所说的都是为国为民的大事,作者当然是以社稷为己任的血性男儿。但是,大丈夫一人做事一人当,若是真有忠君爱民之心,就应该挺身出来自己承认,虽死不失为男儿豪杰,何必枉累这么多的人呢?"

众官体会到他的好意,百感交集。

黄伟的说辞未停,刘瑾又闻报赶来。他怒不可遏,命官校将黄伟拉下去,不容他再讲话,自己却大声驳斥说:"这是什么话?匿名书诬告已经是死罪,放置在御道上，更是藐视皇上，叛逆朝廷，就算碎尸寸磔也不足抵罪。这样的人罪大恶极，能算好男儿吗？有这样的好男儿吗？"

刘瑾讲罢，愤愤地转身进入宫门，招手让田文义走到身前，低声耳语："饶不了这两条老狗，也不必为此奏报皇上了，你可即以皇上名义传旨，立刻将李荣、黄伟二人捕下诏狱，绝不能再让他们乱吠，也不能再让他们逍遥自在了。在狱中先修理修理他们的贱骨头，稍后彻底收拾掉！"

田文义不断点头，躬身回答："遵命！"

暮色渐深，北安门（地安门）鼓楼上已响起初更鼓音。北京夏日较长，虽然已敲起更鼓，但太阳的余晖仍未退尽。

田义义奉命宣布："将跪地犯官三百余人尽数押解入诏狱！"

诏狱，亦即锦衣卫狱，附设在北镇抚司衙门内，名义上是负责关押和审讯由皇帝亲自下诏逮捕的罪犯，其实已经完全归由刘瑾紧握，与东厂狱和西厂狱合称为京城三大黑狱。

从承天门到北镇抚司，要往东行走三里多的路，沿路的店铺都已关门罢市。官校们如狼似虎，在两侧吆喝，官员们已经疲惫不堪，有些人还能勉强拖着脚步行走，也有一些年老体弱和发病的人，只能由同僚们搀扶着跟跄而行。这自小读书应科举，入仕做官，常年高坐在衙署里拟稿批文的官僚们，今天受到了前所未有的折磨。

京里的老百姓本来畏官如虎，能躲且躲，但今天看到官员们在烈日中罚跪的可怜相，甚至目睹三具穿着官服的尸体被拖出广场，扔在路边，不让掩埋，又不让亲属认尸，现在又看到他们像赶牲畜一样被押解行进，不觉大起怜悯之心，淡忘了官民隔阂。出于义愤和同情，许多贩夫走卒、老少妇孺，纷纷提着水罐箩筐，放着馒头、窝头、玉米饼等食物，不理官校们的喝斥，把水碗和食物塞到犯官们手上。一个秃顶老汉叹着气地说："不管犯了什么皇法，总得让喝水吃饭啊！"

有一个官员忙将一些碎银递过去，意思是要偿付水费和饭费，想不到这位老汉面红耳赤，一把将银子塞回去："你可别误会了，我们可不是冲着银子来的。京师首善之区，坊众邻佐们合计给你们送水送饭，是因为看不惯这个世道，看不惯成群的活人受折磨欺侮！"

旁边一个满脸皱纹的老大娘口念佛号,将一块玉米面饼塞到一个青年主事手里:"看到你们受罪,咱也难受啊!大慈大悲观世音慈航普度,一定会保佑你们的。阿弥陀佛!"她还摘下自己的头巾,像母亲一样,给这个略带稚气的青年官员揩抹汗水。

官员们被深深感动,青年主事接过老大娘递来的玉米饼,热泪夺眶而出,一时不知如何表达谢意,竟噗通一声跪倒在地:"大娘,您雪中送炭,是我的恩人啊!"

押送官校挥舞着鞭子,驱赶围拢过来的街坊人众,有些官校从老百姓手中抢过盛水的瓦罐摔碎在地,将箩筐内的食物倒到污水沟里。

锦衣卫狱没有设置同时关押三百多人的大牢房,田文义吩咐将这些人分拨,每拨五六十人,硬塞进一个长宽不及十丈的囚室内。关锁停妥,天已漆黑,官员们挤拥在牢室里,无法伸腿躺卧,又不给饮水和饭食,只好蹲坐在潮湿的土地上忍受饥渴。气候炎热,狱气熏蒸,恶蚊轰叫,还有硕大异常的老鼠窜行在人群之间。有人中暑发烧,又受蚊叮鼠咬,忍不住哀号呻吟;也有人渴极哭求饮水。

在一间囚室里,夜半突然有人急叫:"不好了,不好了,快来人呀!"

狱卒提着灯笼,过来喝问:"什么事?高声怪叫的!"

"我旁边的工部主事张其敏,一直说口渴难受,引起心疼抽搐,刚才突然蹬腿翻滚昏倒,现在已经难以听到呼吸,快要死了。请开狱门,找医士急救吧!"

狱卒转身禀告狱官。原来现任的狱官姓魏,名英杰,是从田文义属下最忠悍狡黠的档头中提升过来的。此人因在擒拿格斗中被人打瞎了一只眼睛,故诨名魏独眼;又因擅长对在押犯人放声毒骂和用重刑迫供,向犯人亲属张开大口讹诈,因此亦被称为魏大炮。他带着酒气,闻讯赶到囚室外,大声喝问:"什么张其敏,怎么回事!"

狱内有声音哀怆地回答:"已经过世了,请将他的尸首运出室外吧!"

魏大炮哼哼几声,冷冷地说:"既然已经死了,还有什么好叫嚷的?深更半夜,不能给你们开牢门,不能拉出尸首,等天亮再说!"

听到囚室的官员们纷纷抗议,魏大炮瞪着独眼,狞笑着说:"你们这些在官场上混的人，大概还不知道锦衣诏狱是什么地方，今天让你们见识见识吧！"说罢吩咐狱卒："加严监视，不许他们喧哗！有敢于闹事的，狱规刑杖伺候！"扬长而去。

当天深夜，石大人胡同刘府的厅堂里仍然灯火通明。除了内阁大学士焦芳和锦衣卫指挥使田文义以外，还有刘瑾心腹张彩、丘聚和谷大用。他们数人正在机密地商议一件大事，原来，对匿名文书的侦查已经有了结果。

刘瑾又气又恼，挥手命所有侍从都退出，自己在太师椅上也坐不住了，站起来对丘聚说："你就把破案的情况，向各位说一下吧！"

丘聚手持半页烧毁未尽的残纸，讲述事件出来："自今天在早朝发现匿名书之后，遵照刘公公的指示，东厂即在外朝内廷普遍侦查，俺秘密召集早已安插在内官各监的细作前来钟粹宫，着令报告近日各监内官人等的动向。尚衣监小太监钱鸣谦本是俺使用多时的亲信线人，他在众人面前并不说话，却在会议之后前来单独求见，密报说，尚衣监监丞陈非近来神色不对，终日长吁短叹。低头思索，前几天又闭门用心写字，写后，又将不少已写过的纸张在室内烧毁。钱鸣谦对此留了心眼，在奉命清理残灰的时候，有意将小半页上面还遗留有几个字的残纸保留下来。当听闻发现匿名书大案后，心中起疑，又因俺召集宫内细作询问情况，为此，特将这半页残纸送来，并密报陈非近日的可疑情况……"

出乎大家意料，制作这份匿名文书的并不是外廷朝官，而是宫内的宦官！在座各人四顾失色。

丘聚继续说："俺首先将这张残纸留下的几个字和匿名书同样的字比对，发现字迹完全相同，可谓物证确凿，匿名书千真万确是出自陈非之手。

"临晚，我命捕获陈非，立即送出宫门，交给本厂官兵，押解到东厂，连夜审讯。不料，陈非毫无悔意，竟坦然自认，并说了一大堆激于宦竖弄权祸国殃民，故此写出匿名书，祈盼感悟圣聪等等胡言。还说愿以身殉，任由剐杀凌迟，为的是使人间知道内官中亦有正人，亦存正气，等等。"

刘瑾不耐烦地打断了丘聚的话："想不到在宫廷之内，不但连续出现了王岳、范亨、徐智、宁瑾这样的败类，又有李荣、黄伟这样的老不死，居然还藏着陈非这样的叛逆，竟然反噬倒戈，暗算于俺，实在令人痛恨！

"这个陈非，自小被选派在内书房读书，故此小有文墨。平日寡言少语，恭顺非常。他当尚衣监监丞还是俺提拔的，真是背恩负义，养虎为患了！"

焦芳连忙进言宽解："树有百种，人有百脸，大树之下，难免有枯枝。不论官中朝中，总都是有坏人的。此一大案，当日告破。足见刘千岁盛德感人，洪福齐天，反而应为千岁祝贺哩！"

刘瑾并不理会他，转过身来对丘聚、谷大用和田文义三人叮嘱："陈非干出这样的叛逆大事，必是在极为机密中进行的，不见得有同党。对此人，立即在东厂内杖杀就可以了。但犯此案的竟是内官，不论对皇上或对众官，都不宜披露真相，免得给人口实，用来讪讽俺等。所以，暂不要宣布此案已经侦破，仍说尚在侦查当中，这还是一个可以用来查办其他案犯的好题目。"

丘、谷、田、焦、张等人都连连点头，称赞刘瑾高瞻远瞩，部署严谨。

张彩提出："此案轮廓已明，责有咎归，对于现在关押在诏狱的数百朝官，似亦应妥善处置。"

刘瑾点头，默然算计。

田文义趋前附在刘瑾耳边，轻声密告道："京城百姓，对于数百朝官罚跪承天门外，又关押在锦衣狱，有不少非议，还有传闻明天各商铺要统统罢市抗议哩！"

刘瑾冷笑："他们敢！"

田文义回答说："但不可不防，门下已命官校们加紧巡逻，随时准备宣布戒严了。"

刘瑾虽然外持镇定，但心里也觉得手上端的是一个烫手山芋，总得找出一个不失体面的台阶才好。

正在这个节骨眼上，守门的内侍头目急急进来禀报："内阁李东阳老先生，未用仪仗，身穿便服，乘便轿前来，说有要事和刘公公商议。"

焦芳急忙道："李阁老一定是为众官说情求释而来的。"

"来得正好啊！"刘瑾冒出一句。

众人疑惑地看着他。刘瑾道："你们数人即到后厅回避，由俺一人来接待他。这叫作顺水推舟,一石二鸟。一是把放出百官的大人情送给这个糟老头子,让他领情;二是由他出面,将罚跪百官的问题妥善收场,他只会含糊地把责任往上推给朝廷,绝不敢涉及俺一字的,就此了事,岂不为妥?"

未等数人退出,刘瑾便吩咐门官:"迎李老先生的轿子进门,直接抬入轿厅,我即到轿厅恭接,请他到书房议事!"

第十七章

刘谢坦然迎对恶逆　胸怀定志宁折不弯

最令刘瑾等寝食难安的，是一些已被革去官职，榜示为奸臣，已成平民甚至还被继续查究的原任大臣，如刘健、谢迁、韩文、刘大夏、顾佐、杨守随、张敷华等，他们都是深受先皇器重，掌握重要国政、叱咤一时的官场大佬，虽然先后被赶下政坛，并被加上各种罪名，但在臣民中仍拥有很高的威望和影响。人们每当苦于虐政压迫，愤懑于昏君奸竖及其爪牙横行霸道，无恶不作时，往往就自然而然地流露出对这些下台人物的怀念，甚至神乎其神，不无夸大地念诵他们。这些小道流传的信息，虽被卫卒一再追查，但总不能禁绝，而且还经常炮制出新的情节和新的版本。

刘瑾一方面严令厂卫头子，对刘健、谢迁等在近期被贬斥的大臣们，不论在京在外，一律派人严密监视。对他们的言论和交往，每十日必须以密揭禀报，并以重金收买这些人物家中的奴仆或远亲作为内线；另一方面，又责成以内阁大学士焦芳为首，连同新近提拔的吏、兵、户三部的尚书、侍郎等，调出上述人物任职期间的档案，包括奏疏、公文批示、钱粮账册等，另辟密室，指派亲信的司官，对每年每月每疏每册每事，逐一进行稽查，务求鸡蛋里头挑骨头，用以问罪追赃，甚至杀头抄家。

刘健和谢迁首当其冲，是被重点监视的人物。

刘健和谢迁在正德元年十月被革职后，分别回到家乡。他们经历了请诛"八虎"失败的政治挫折，又经过正德二年三月列名《奸臣榜》的冲击，更有部分朝臣师友趋炎附势转投阉党，甚至落井下石。但对这两位宦海沉浮数十年的大佬来说，完全是波澜不惊。

刘健回到家乡后很少出门，与北京的僚友学生们也罕通音讯，只是偶尔偕一老仆，在洛阳近郊溜达。

正德三年早春，洛阳牡丹盛开，在近郊著名的留园里，摆放着数百盆品种不同的牡丹花，花大如碗，瓣质似绸，红、黄、紫、白、黑，各具姿采，国色天香，植株挺秀。一日，在争相赏花的人潮中，有一个身穿青色布袍，脚蹬黑履白袜，头戴包头盖耳的黑色暖帽的老者，由一老仆相随，在摩肩接踵的人群缓慢而行，步履稳健，神情专注。这时，忽然一个眼尖的人惊叫一声："啊！是刘阁老来了！真是刘阁老来了！"

话音未落，立即引起一阵骚动，人们围拢过来，热情欢呼，有些人不禁伏地行礼。有一个连腮胡子，颧骨突出，鼻架眼镜，似是缙绅身份的老汉带头说道："早就听说阁老回家乡已近两年，我们先后前来拜谒，但都被挡拒未见，大家惦记着阁老哩！今日不意得见到您，看来贵体尚还清健，乡亲父老都安心了！"

刘健被认出来，有一些尴尬，答也不是，不答也不是，还是他一向不易流露感情的木强姿态，仅是微微颔首，以眼光微示谢意，便转身要出园上轿。

人群中忽然出来两个年青人，他们头戴方巾，身穿过膝夹袍，显然是已入学的生员。二人拨开众人，挤上前来，兴奋地拦住刘健主仆，深深打躬："洛阳士庶都知道阁老受尽委屈，沉冤必有洗雪之日，是非自在民心，切望老人家珍摄，为国保重！"

刘健不置可否，只是向众人拱手一揖，急忙上轿。人流送行到留园门外，望着老人的小轿远去。厂卫的暗探们目睹这样的情景，认为民心不测，事态非常，赶紧写成密揭，飞报给刘瑾。随即将表现突出的缙绅士庶人等，记录在案，更将这两个公然发表政见言论的青年秀才逮捕入狱。

这样一桩极为普通的观赏牡丹事件，却让刘瑾等人坐立不安。

刘瑾在收看这些密揭时，适逢张彩在座。他顺手把密揭递给张彩，一边骂骂咧咧地说："洛阳是这条老狗的巢穴，怪不得乡亲人等都还向着他。这群饿不死的老少混蛋，竟敢违背圣谕，礼敬逆臣，可恶已极，必须将为首的人严加惩办！"

他又哼哼冷笑，自言自语地说："这群乡愚混蛋，不明事理，不识时势，什么民心向背，什么同情和尊敬，都不过是浮在水上的泡沫，一遇风吹浪打，立刻化为乌有，顶个屁用！"

张彩把密揭折叠整齐，端放在案上，进言："千岁爷想亦深知，刘健此人性格极为倔强，他被列名《奸臣榜》上，竟无一字忏悔谢罪，胆敢视皇皇诏榜如无物。据锦衣卫买通他在家中的贴身童仆名叫刘成的告密，他还在私室内供奉着孝宗先皇帝的灵位，有时对着灵位叹息不食，恸哭而道：'臣宁死不负先帝，绝不敢轻忘顾命之恩，臣必保留清白以叩拜先帝于地下！'真是冥顽死硬，毫无悔改之意。又据刘成密报，他最近还将自己书室中多年前手写的'养志延年'匾额除下来，改写了一道'存志终年'的新匾挂上去。旧匾不过是世俗常见的文字，'存志终年'，却是表白自己的政见和志向，要坚持终生是铁了心的。可见，他虽然败退而归，但态度不但未有更移，反而更加固执，不可不严加防范啊！"

刘瑾点头："不能轻饶了他！"刘瑾对买通刘健家人的做法，显得特别欣赏："这个刘成，就是我们安插在刘老头身边的一员特殊骁校，可以随时掌握动向，要不惜重金厚赏这样有忠心的人，尽可能在谢迁等处也要这样做。"

说到这里，他眨了一下眼睛，压低声音对张彩叮嘱："李东阳那边，也不能放过啊！"

刘健有一个非常器重的门生，名叫李良，是弘治六年刘健任主考官时录取的进士，现任翰林院侍读。此人文思敏捷，擅长释讲儒家经义，平日常常宣讲操守气节，申论"士必先器识然后文艺"的道理。他在各种场合必尊刘健为"恩师"，自称为"白首门生"，甚至还多方托媒，将自己的女儿许配给刘健的孙子刘承学，并收了刘家的聘礼。

但是，进入正德初年，形势大变，刘健先是被免职退休，黯然归里；其后，又名列《奸臣榜》，被剥夺权势，诬为不赦的罪人。面对突如其来的政治大风暴，李良惊慌无措，自怨自艾，后悔当年错投师门，更不宜恃为靠山，深怕因此受到牵连，误了自己的前程。自从刘健被革职斥退后，他便有意表示疏远，故意流露与刘健的相左政见。李良的脸谱和言论迅速更换，传到洛阳，也确实引起过刘健的戒心，但他认为人情如此，不过一笑置之。但在《奸臣榜》公布后，李良认为事态严重，刘健不但不能再做自己的靠山，反会成为事关身家性命的大危害,轻则会累至丢掉乌纱帽,重则会被指为奸党近亲和得意门生,招致不测之祸。他苦思冥想,试图找出一条转祸为福的途径:一是要改换门庭,断绝与刘健的一切关系;二是利用与刘健多年的亲密渊源,狠狠倒戈反噬,作为给新主子的进见礼。为此他连夜给刘瑾的亲信大学士焦芳上书,并恳求转禀刘太监,百般辩解说,自己当年对刘健的请求未加推辞,错将闺女缔婚刘门,是愚憨不智;今日迷途知返,幡然觉悟,愿意采取切实行动,求得宽恕。李良主动"揭发"了刘健弄权忤君、构害忠良内臣的"八大罪状",表示诚心追随刘太监和焦阁老,甘愿效劳于鞍前马后,戴罪立功。

另一方面,他又立即派专人将婚帖、聘礼以及自己的门生帖等,一齐送还给刘家,并附上绝交信,声言不愿再以奸臣为师,从此恩断义绝,并要求刘健退回交换的婚帖和历年尊师唱和的诗文、信件等。

李良派到洛阳的管家李金贵,亦是一个势利之徒,他认为刘家气数已尽,永无翻身之日,更无须以礼相待。他来到刘家,未待通传,便大模大样地直闯书房,要当面交割婚帖,索回诗文信札。他进入室来,刘健正在展卷读书,这一年春寒,书房中生着一盆炭火。刘健听到脚步声,抬眼看到一人携着文件什物直入书房,错愕问道:"来客有何贵干?"

李金贵也不施礼:"今奉家主李良老爷之命,有函帖等件交付与刘老先生。"刘健接过函帖,先打开信件阅读,知道了来意,平静询问:"你的家主还有什么话吗?"

"没有了,要等刘老先生的回示。"

"他还索要回示吗?是什么样的回示呀?"

刘健边说,边从抽屉里取出李家当年的求婚书信、门生帖等,问道:"是这些吗?"

未等李金贵答话,刘健便踱到炭盆旁,把来函和婚帖等一齐扔到炭火中,立即升起一阵火焰,冒出几缕青烟。李金贵不知所措,又不敢拦阻,呆若木鸡。

刘健冷冷一笑:"你都看清楚了吗?回去告诉你的主人吧!"

李金贵呆立了一会儿,又迟疑地说:"家主人还要索回当年送给老先生的祝寿颂词和诗文哩!"

人之无耻,孰过于此!刘健不觉勃然大怒:"他的谀颂文字,我当年就没有保存,但几位同门学生,会有人抄录下来的,是不是要通知他们将这些东西公布于众,作为今日绝交的陪衬呢?以显示你家主人变色迅速和节操卓越呢?"李金贵汗流浃背,连说"不敢,不敢",也不告辞,抱头而出。

谢迁辞官后,却是另一种情景。

谢迁才气横溢,少年成名,他在本县以榜首取为秀才,到成化十年应浙江乡试,以第一名中举人,第二年又以第一名中进士,即俗称状元。在当年,被称为"连中三元",又叫作"三元及第"。他在翰林院当侍讲官时,以能精解经义,讲解深入浅出,有吸引力而受到弘治皇帝的激赏。入内阁之后,与刘健、李东阳三人齐心辅理国政,又取得良好的政绩和声誉。

谢迁以科举高第入仕,十余年间就从一个翰林院修撰急升为内阁大学士,秉国之钧,事业有成,一直顺利得志,难免有自满之气。正德初年,虽然连续受到挫折打击,仍然不屈不挠。他的弟弟兵部主事谢迪、儿子翰林院编修谢丕,都因受株连而被中旨革官,贬斥为民。谢迁并未颓丧,只是勉励弟弟和儿子,切勿恋栈官职,不能当好官,宁可当好民,兄弟父子相偕回余姚故乡,共守田园。

他回到故乡家居,仍然未断交游,经常与故乡的缙绅名士诗酒唱酬,遨游山水,好像并没有将刘瑾等"八虎"的毒焰,焦芳、刘宇、张彩等的小人得志,以及迫近身边的危险放在心上。

余姚县属于浙江绍兴府,是人文荟萃、文化气息浓厚的地方。余姚不但高中科举的人数众多,退休回籍的缙绅人数众多,而且读书做学问有成的人数也众多。加以士人喜好结社讲学,关心政事,学风切近经世实用。正统朝反对宦官王振,成化朝声讨宦官汪直,都有余姚籍贯的官员参加,以气节互相勉励。前年抗章严劾刘瑾,几被置于死地的王守仁也是余姚人。守仁受杖后,在余姚被引为乡里的光荣。谢迁被贬回家,故乡的多数旧友和士众,仍与他往来无间,谢迁亦不韬晦,颇以徜徉在姚江岸畔,得享读书渔樵生活为乐。

情况被密报到北京,引起了刘瑾和焦芳极大的顾虑和恼怒。

刘瑾对焦芳意味深长地说:"谢迁此人以在野负罪之身,居乡依然广泛交结招摇,全不以皇诏为重。加以他年未满六十,又以干才见称,一旦风吹草动,此人势必乘风再起,号召倒算,实是俺等心腹之患。还必须注意到,他在位时徇私援引余姚籍的同乡进士周礼、徐子元、许龙等人，显然是为安排羽翼树立私党。这些人一直紧跟谢迁，现在仍给他报信息，通声气，正形成潜在的势力，实在令人忧虑。"

一次奉廷议增加内阁成员时，谢迁力举王鏊，明确反对焦芳，焦芳因此怀恨入骨，进一步怂恿说："千岁爷必须看到，余姚向为失意文士会聚之地，其实是不逞之徒群相聚集，讥讽朝政、鼓吹逆反之地。谢迁、王守仁不过是其中的首恶而已。在职的京官当中，出身余姚的为全国各州县之冠，怕将来会酿成大患。"

刘瑾击案点头说："焦先生所言甚是，必须立刻将由谢迁推荐的余姚籍京官周礼等人一律革职追究，该下狱的下狱，该戍边的戍边，绝不能留下隐患。我还要即拟中旨，自今之后，不得再委任余姚人士在中枢部门任职，不得再选为京官。"

"限制某一县的人不得当选为京官，是《大明会典》未载的，合适吗？"对这样自明朝建立以来百余年从未有过的极端举措，连焦芳也有点胆怯。

刘瑾冷笑："什么《大明会典》？《大明会典》不也是由人编撰制定的吗？《大明会典》得按俺的意见来修订，俺说的话就是《大明会典》！懂吗？"

一天，谢迁正和两位友人饮酒下棋，忽有传报：有浙江省和绍兴府的地方官派人前来公干。

原来这些官员是专门为传交《奸臣榜》的副本而来，并转告要追缴历年由先皇赐给的玉带袍服，说明今后停止每年派来服役的人夫，等等。

谢迁头也不抬，对地方官淡淡地说："榜文我知道了。玉带袍服等早就封箱贮藏，随时可以抬走。前奉皇上恩赐每年拨派给人夫代役，我也从未使用过，今后停派，再合适不过。请代为上报吧！"

地方官辞出，在座的友人很为谢迁的处境危惧，但谢迁本人却镇定自若，吩咐仆人添酒，亲手在三个酒盅内斟满当地名酒姚江春，自己带头先干一盅，指着桌上的棋盘，招呼两位客人："不要忘了，还有一盘残局哩！"

第十八章

刘大夏劲节遭远戍　师友黎民共诉离情

原任兵部尚书刘大夏被治罪远戍肃州，受到京师百姓自发夹道泣送，让刘瑾、焦芳和新任兵部尚书刘宇等人又气又恨。

刘大夏，号东山，字时雍，湖南岳州华容人，天顺八年进士。登科后长期在兵部任职，自主事升郎中，再升员外郎，通晓军事行政的积弊和诸般运作。且善用兵，有实战指挥才能。他一度出任广东布政使，抚平田州的山民叛乱；任左副都御史时，又主持清理了宣府地区积弊数十年的兵饷贪污，惩办了吃空额、喝兵血的军中巨贪；任右都御史总制两广军务时，更严禁内外镇守官私役军士，卓有成绩。弘治十五年，经刘健推荐为兵部尚书。

几十年来，刘大夏对于宦官监军，出任镇守，一直坚持反对。成化朝，宦官阿九得到宪宗成化皇帝朱见深的宠信，在京内外凌辱军民并克扣兵饷，刘大夏将他逮捕，笞责八十，因此被诬告逮捕入诏狱，受杖而释。弘治朝，他又揭发宦官苗逵谎报在延绥用兵，有所谓"捣巢灭虏"之功，以万人以上的兵力，在战事中损失惨重，仅俘得妇稚十数人归来，却谎报大捷，主张革去苗逵典兵之职，并予严惩。

进入正德朝，内臣全面典兵，军政方面的腐败更加恶化。正德皇帝在登极后刚十日，在大丧期内即于弘治十八年五月二十八日下诏擢用犯罪累累、久被废黜的太监苗逵为御虏宣府的参军，成为在最前线统率全军的指挥官。稍后，又陆续委任太监韦兴为湖广行都司分守，姚举为江西镇守，刘璟为浙江镇守，岑章为辽东镇守，梁裕为福建镇守，刘云守备南京，于是京军和各要害地区的兵权均已牢牢掌握在以刘瑾为首的宦官集团手里。所有这些重要任命，都未经过兵部，兵部的主要职权已被剥夺。大夏还核查出，京军三大营军兵的原额应有十五万四千二百八十七人，但已流失了九万四千三百四十人，现在只有五万九千九百四十七人；现存兵员半数以上又是六七十岁的老者和未及十六的童稚，其中伤病者又众多，用这样严重缺员的残破部队，焉能抵御来自北方的强悍敌人？

刘大夏痛感边防危急，忧心如焚。军政范围以内的问题，他绝不肯缄默迁就，因此坦率上疏，尖锐陈言："今日弊政，莫甚于内臣典兵。夫臣以内称，外事皆不当予，岂可使握兵柄哉？前代盛时，未尝有此。唐、宋季世曾置监军，而其国遂以不永。

"今九边镇守，监枪诸内臣，恃势专恣，侵克百端。有警则拥精卒自卫，克敌则纵部下攘功。武弁借以夤缘，宪司莫敢诃问，京营冗员多至千百；招募武勇，收及孩童。紫绶金貂尽予爪牙之士，蟒衣玉带滥授心腹之人……空额多于实战，坐食优于荷戈，致使三军丧气，百职灰心，没者衔冤，创者抱痛，此极危殆之局也。欲兵威之振，得乎？欲边塞奠于磐石之安，得乎？乞尽撤沿边内臣，专以军务责诸将帅，对京边各军严加整顿……"

疏文理据充实，笔锋凌厉，对已抓紧兵权的宦官势力进行猛烈抨击，获得朝野的热烈好评，刊登在邸报后，被反复传抄，军中亦普遍传诵。

刘瑾等人故意散布流言，指刘大夏企图收买人心，掌控兵权，挟军队以自重，是阴谋不轨，怂恿正德皇帝下敕命大夏退休回籍，另任自己的心腹刘宇为兵部尚书。

刘宇更是全力兴风作浪，要置大夏于死地。

刘宇，钧州人，成化八年进士，素性阴险贪婪，善于钻营。任大同巡抚时，曾在马市贸易中向少数民族勒收贿赂，并用在私市中没收的名驹骏马遍赂京师权贵，以作为谋取升迁的关节。这些不法之事为兵部尚书刘大夏查出，依法查办，并奏报给弘治皇帝。弘治撤免了刘宇的官职，还对大夏说："刘宇小人，不可大用。"故此，刘宇对大夏恨之入骨，时刻未忘报复。刘瑾等人之所以力荐刘宇接掌兵部，既是为了沆瀣一气，共同营私；也是为了利用两刘恩怨，联手构陷大夏。

刘宇接任兵部尚书后，极力搜罗可以诬蔑刘大夏的事实材料。他深知刘瑾等"八虎"嗜好财利，有意散播大夏做官积有家财："如果抄没刘大夏家产，可顶当边费十二三年！"刘瑾一度兴奋不已，积极部署抄家清产，但经派人密查，才知道大夏的家境实在清贫，搞不出半点油水，才颓然作罢。刘宇又从兵部旧档中找出前几年出兵田州征伐岑猛时，前线一度失利，便借口兵部尚书指挥失误，请正德下诏，将已退休在家的刘大夏逮捕来京。当锦衣卫校尉和内行厂的理刑百户赶到刘家时，大夏正在菜地锄地灌园。校尉等出示逮捕厂帖，大夏入室携带数百钱，跨乘小驴上道。

  刘瑾和刘宇本来都想按照所谓"激变律"将大夏处死，但朝臣纷纷反对。李东阳也提出，岑猛投降后未有再叛，不存在激变的问题，不能据此定罪。朝臣们对"八虎"借端杀害大臣，刘宇公报私仇议论纷纷。刘瑾知道一时难下毒手，不敢立即将大夏杀害，愤愤地说："让他逃了死罪，能逃戍罪吗？"判决将刘大夏充军遣戍。三法司初拟将大夏发配到广西，焦芳坚决反对说："广西就在湖南的近邻，这不是送他回乡吗？"于是，决定将大夏远戍到环境最险恶的肃州。

  肃州是远在西北边陲的苦寒地带。刘瑾和刘宇、焦芳等是企图借此折磨刘大夏，把他的老命断送在那里。已经密示肃州该管的卫所官，必须要将这个老头子与一般充军的犯人同样对待，每日命令他应卯出操、站岗和做苦工。

  起解当日，年已七十三岁的刘大夏，只由一个老仆刘德陪同，身穿皂布棉袄，脚蹬便于跋涉的用麻线扎绑的厚实棉鞋，缠绑裹腿布，头戴一顶连带披肩的防风帽，脸颊皱纹遍布，两道寿眉修长而紧致，花白长髯在寒风中飘拂。他颤颤巍巍地步行到承天门下，严肃静穆，眼含清泪，遥向朝南的宫阙殿堂三跪九叩首，向历代先皇和当今皇上告辞谢恩。老臣远戍，未忘君国。他跪伏在广场阶下默祷上苍，祈求皇上幡然觉悟，重整朝纲，国运能从危殆转回昌隆，自己虽横死于戍所，亦无怨无悔。祷罢，起立，深情远眺广场对面的兵部衙门，雄踞大门两侧象征忠勇威武的巨大獬豸石雕，似乎也在回望着这个老熟人。当年大夏以新科进士进入这个衙门，风风雨雨四十多个春秋，大半生的精神心血几乎耗尽，而今垂老，却被驱逐于外，加罪于身，此去很可能成为永别。孤臣吁天泣血，申诉无门。

  刘大夏带着迷惘悲凉的回忆，木然呆立，陷入痛苦的沉思之中。蓦地听到解差一声喝叫："时已近午，该起行啦！"

在解差押送下，大夏主仆沿着长安街朝西出宣武门，准备转入往西北的驿道，前往肃州。按照朝廷的规定，受谪戍的犯人要从这个城门出去，戴罪离京。

北京的居民早已熟知刘大夏，他的事迹在民间广泛传诵。在大夏任职兵部的数十年间，北京沿边屡次受到来自北方蒙古族小王子等部的袭击，大同、宣府、延绥、固原等地各要塞久成战地，首都处在敌骑威胁之中，多次被迫宣布戒严，人心震动。而大量溃兵和灾民又退入城内。每当这样的时刻，先是作为兵部司员，其后出任兵部长官的刘大夏，总是挺身而出，迎难而上，置身险境，运筹帷幄以对敌安民。他一方面大力督勉京营将士和居民加强防御工事，困守城防，及时调拨兵械粮饷，连日食宿于城头戍楼之内；另一方面，大量收编溃兵，安置灾民，保持京畿的稳定。遇有警报，总见刘大夏身骑白马，一卒高擎"兵部刘"字样的大旗开道，直奔前线。京城居民称呼他为"白马尚书"。兵凶战危之际，人们每当看到白马尚书率领兵民驰骋于城郊，便像吃了定心丸，知道北虏绝不能攻入京城，刘大夏几乎被看成北京的保护神。进入正德朝以来，人们闻听他不肯依附宦竖，坚决反对内臣掌兵，因而被革职查办，现在又被远戍肃州，更为钦佩和同情。刘大夏布衣麻履，拜辞宫阙之时，已有一些百姓旁观叹息，潸然下泪。随着大夏主仆沿着长安西街前行，越来越多的人紧随在后，拱手相送。两个内行厂的便衣混杂在人群中，警觉地注视着送行的人群。

令这两个特务诧异的是，沿街两旁，大多数商铺已闭门罢市，不少老百姓站立在街畔注目相送。人群中叹息声声，还有人禁不住掩袖抹泪。临近城门，两位老汉匆匆赶上，手提食盒水罐走上前来，先将盒罐交给刘德，向大夏深深一揖，又下跪拱手说："京师五城三十六坊坊众，七十二行商铺，特别嘱托小老儿为刘尚书送行。各家都在焚香祝祷，盼望能见到刘尚书活着回来！务请您老人家多加珍摄，放宽心怀，特别要注意保重身体啊！"说话之间，老泪纵横。

大夏一惊，忙伸手将两位老汉扶起，躬身答礼。再看两位老者身后，还簇拥着一群坊众，其中既有商铺东伙打扮的生意人，也有穿着短裤破袄的贩夫走卒，更有披戴儒巾的士人，向大夏作揖惜别，致意祝福。黎庶盛情，使大夏由衷铭感，但他不敢有任何表态，也不敢答话，只是向坊众注目示意，偕同刘德加快步履,尽快出城。

刚出宣武门,忽见门洞右侧恭立着一个中年职官。此人头戴三梁乌纱冠,身穿赤罗青领袍,腰缠带银钗花的皮革带,脚蹬牛皮乌靴,显然是一个刚从衙门赶来的五品官员。他趋前一步,向着刘大夏深揖施礼。大夏一眼便认出,他是户部郎中李梦阳。原来梦阳尾随着刘大夏从长安西街一直走来,抢先赶到城门等候。他抢步过来紧握大夏的双手,颤声说道:"东山公,我是专门来给您送行的啊!"

大夏深知,李梦阳因为替户部原尚书韩文起草要求诛锄"八虎"的奏疏,已与刘瑾结上仇怨,正处于安危不测的关头。因此正色斥责道:"献吉,你根本不该来的。你的官司尚未结案,随时会受到追捕,横生不测,此时此刻切忌轻举妄动,多惹是非。"

梦阳仍然是书生气派,并不计量利害轻重:"东山公,鄙人坚定以为,弭灾革弊,是士夫天职;公是公非,不容混淆。临难不苟免,关系士人操守气节。梦阳不敏,不敢不遵从圣贤教导……"

他又说:"当前大患,不在无直言之人,而在于此等耿直敢言的人士俱受到贬斥杖戮。东山翁,您为国竭诚,却忠而见弃,几罹杀身之灾,现在又被迫高龄赴戍。是非颠倒,功罪混淆,正说明时势沉沦,必得有人敢于舍得一身剐,坚持正气,梦阳今日前来,也正是为作一表示!"

梦阳滔滔不绝,还想再说下去,被大夏打断,大夏低声说道:"献吉,你文章名满天下,还能够关切时事,而且憨直敢言,极为难得。但是,对官场中的阴森诡谲,你还要多加注意,不要做出其识可贵,其志可嘉,而其愚不可及的事,切戒鲁莽啊!"

梦阳点头,还想再送,被大夏厉声喝止,挥手让他回转。

梦阳回到寓所,心潮起伏,愤慨未已,他展笺挥毫,奋笔疾书:"宣武城门水云白,是日观者途路塞。城中冠盖尽相送,尘埃遮断长安陌。人生富贵岂有极,男儿要在能死国,不尔抽身早亦得。君不见汉二疏,千载想慕传画图。即如草堂何处无,禄食腼窃胡为乎?乃知我公真丈夫!呜呼,乃知我公真丈夫!"

梦阳写罢,自觉笔酣意顺,似浇块垒。他摇头晃脑地反复吟诵,忽听门外人声嘈杂，仆从惶恐来报，寓所已被包围。十几个内行厂和锦衣卫的逻卒手持刀枪，破门而入，直闯书房，一把揪住梦阳，扣上链铐，大声喝叫："奉刘千岁钧旨，锁拿犯官李梦阳，押入锦衣狱候审！"

刘大夏主仆和解差出了宣武门，步行不到一个时辰，便转上了驿道。刘德怕主人年老体衰，要在当地雇乘一辆骡车，以便赶路。正交涉间，忽见两骑快马从后面赶来，远远叫嚷："刘老爷留步，刘老爷留步！"

两骑赶到面前，滚鞍下马，向大夏施礼，恭敬地道："小人等是李阁老的亲随家人，今奉家主人之命，给刘老爷送上粗布羊裘一件，以备抵御边塞严寒；又送上一席水酒粗肴，来给刘老爷饯行。家主人一再叮嘱，务必向刘老爷致意，一定要沿途保重。"

两个解差本来都是刑部的老衙役，又是受了内行厂的特派而来，这些人虽然狡黠，亦十分世故，他们见到是李阁老派来的差官，表面上不敢开罪，只是密切紧盯着来人的动向。李府的家人也熟谙公事门道，对他们笑脸相向，连说："两位差官辛苦，还请赏给薄面，允许小留片刻，一路上还请多加照顾。"一边递上各装有二两碎银的红包："家主清寒，两位差官想是知道的，只是备些茶水之资罢了！"

两个解差连声答应，暗底盘算将今天的情况赶紧密报。

李府家人边说话边领着刘大夏主仆和解差等走进路旁一家食肆。食肆门外挂着一挂长帘，上写"旗亭"两字。

原来在宣武门外大街与驿道交会处，向来开设有几家小饭馆，平常为路人备些普通饭食。这里是赴戍犯人必经之道，可以方便人犯的亲友故旧设席送行。大夏等人入肆就座，李府两位亲随推大夏坐上首，请两位解差两侧作陪，自己和刘德末座侍候。他们忙着摆放酒肴，先代李东阳向大夏敬酒饯别。大夏举起酒盅沾了一下，略为表示谢意，并不说话。在座的人各怀心事，是一席闷酒。

席间，一个亲随郑重地从怀中取出两页笺纸，敬奉给大夏说："我家阁老昨晚通宵未寝，专为刘老爷写了两首律诗，还亲笔誊就，嘱面呈刘老爷，聊慰旅途寂寞。"

大夏接过诗笺,只见上面写的是《送刘东山谪肃州二首》:

其一

历尽悲欢几岁年,始知安乐是神仙。
途危自喜肱犹在,嫁晚非关貌不妍。
贝锦有词难剧辩,圜扉无事且孤眠。
眼中同调知应少,莫更高吟白雪篇。

其二

蓬莱通籍屡经年,暂谪人间七日仙。
翼折岂妨陶梦吉,颊伤翻益邓妆妍。
休劳吏报催晨谒,却有诗情搅夜眠。
世事阅来今已熟,不须重问解牛篇。

大夏吟罢,闭目沉思。

两个解差粗识几个字,紧凑过来盯着诗笺。大夏抬头,目光相接,解差不觉脸红,敷衍说:"好诗,真是好诗!"

原来李东阳和刘大夏早年在翰林院是庶吉士同学,少年豪情慷慨,经常在一起抒发怀抱;二人俱有文采,诗酒唱酬,肝胆相照,至老不辍。李东阳的《怀麓堂集》中,与刘大夏的诗文交往,数量上在所有师友中稳占第一位。加以二人又在中枢共事多年,不但公务联系密切,长期以来政见一致,所以友谊愈深愈厚,老而弥坚,互认为金石之交。东阳赞同大夏关于军政的措置和坚斥内官掌兵的意见,他对大夏的坚毅和敢言,一直也很钦佩。他们志同道合地经历了自成化末年到整个弘治朝的政治风云,并肩战斗,惺惺相惜,交情很不一般。

但是,从正德元年夏秋间,出现了极其复杂激烈的政治形势,东阳为自己构造了一个艰难屈辱的处境,他既参与了反对刘瑾等的斗争,并亲笔起草了要求擒斩"八虎"的疏文;但被留任以后,又表现出委曲求全,寻求妥协的态度。对事关重大的问题,东阳既然是非但又不敢力争,不敢与刘瑾势力决裂。他既有疾恶之心,而又有恋栈之意,甚至有失身份地为刘瑾的父亲谈荣(被赐姓为刘荣)撰写祝寿和封诰文字,为因满足正德皇帝玩乐而建造的玄明宫写作颂词。所有这些,都令大夏深为鄙视,对这个深交了数十年的老朋友产生轻蔑厌恶之情。

但大夏也在狱中闻知，东阳虽然留任内阁首辅，仍能同流而不共恶，经常利用自己的特殊地位和刘瑾等人的忌惮，一再出面说理求情，全力保护刘健、谢迁、韩文等同僚，以及不少敢持异议的御史、给事中等官员，使他们免于更残酷的凌辱折磨以至杀戮。包括大夏本人在内，所以得幸免受刑毙命，其中亦有李东阳的苦心周旋所在。对于正德君臣的暴政苛敛，李东阳亦尽力劝说缓解。有人在狱中告诉大夏，李东阳不时受到冷嘲热讽，被丑诋为无耻，曾经自譬为夹缝中求生，是政坛悲剧性的苦人。

今天李东阳不避嫌疑派人追别，大夏在赴戍途中意外读到这两首意蕴隐晦的送别诗，心情更为复杂痛楚，真是诗如其人。他在心里默念："西涯啊西涯，你可要好自为之啊！"

大夏看已近未时，还要赶路，起身匆匆走出食肆，向李府的两位亲随道别："多谢二位。请转告贵主，饯席和赠诗都拜领了，盛情可感。只可惜我以待罪之身，又临当远行之际，没有什么诗情可以奉和了！"

第十九章

乌龟奴歪才得歪用　春宫画妙趣入宫闱

"八虎"之中有一个特别的人，名叫罗祥，他从未被任用过军政要职，只挂着内官监掌印太监的职衔，似乎受到冷落。事实上，他肩负着刘瑾交予的特殊任务，专门在正德皇帝跟前亲密服侍，既是这位少年天子的贴身随从，又负责监控皇帝的一切言行动向。更重要的是，加意对这个本性放荡不羁的浪子皇帝进一步诱导撩拨，投其所好，将他推向无法无天、荒诞不经的不归路。

罗祥是京南大兴县人，出身破落地主家庭，父亲罗斌是当地有名的二流子，吃喝嫖赌，不务正业，祖上留下的二三十亩地早就典卖精光，其后便拆卖房屋，先卖瓦片，再卖梁柱，最后卖砖石，弄到难蔽风雨，只好在原址搭盖一个草篷栖身。妻子早已气愤而死，剩下一个八岁的儿子，就是罗祥。在衣食难继的窘境下，罗斌竟打起卖子的主意。

一个严冬的早上，罗斌领着罗祥，顶着凌厉的北风，进入北京城，直奔崇文门。

当时的北京有专门公开买卖人口的集市和日期。每逢三、六、九日，在崇文门内大街，除了定期开放的骡马市、牛市、羊市之外，还专设一个"人市"。"人市"里有许多贫困无依前来卖儿卖女卖老婆甚至自卖的人，有单身的，也有全家男妇老幼数口的，亦有由原来的奴主或债主牵押着自己的奴婢来转卖，或要取得欠债人的身价以抵偿债项的。"人市"上有负责管理的人牙儿张罗买主和议价。卖身的人与骡、马、牛、羊同列，习惯上要在衣领插着一根草标，或套上一个草环作为标志。买卖双方可以通过人牙儿中介，也可以直接讨价还价，议妥后再由人牙儿作为中保，书立卖身契约。人钱两讫，便告成交。

罗斌领着罗祥入市，先和人牙儿打了招呼，由人牙儿领到人市东侧一个角落，指定位置，给罗祥插上一截草标，罗斌便蹲在儿子旁边招徕买主。但过了晌午，却没有一个人来问价，大概是买家们认为罗祥年纪幼小，身不能扛肩不能挑，一时承担不了劳役；要用来做奴仆，也嫌少不懂事，不懂得怎样伺候主人。爷儿俩饥肠辘辘，但无钱买吃的，只好干挨着。

天色将晚，才有一个五十岁左右的妇人走过来仔细观看罗祥。这个妇人姑苏口音，身穿枣红色缎子丝绵袄，镶着黑细丝的荷叶绒边，紫色长裙，发鬈间斜插珠翠，颇似老来俏的风月中人。这个半老婆子眼光闪利，显得世故而精明。她对着蹲在地上的罗祥端详了半天。又问了孩子几句话，才开口问罗斌："这个孩子是你什么人？"

罗斌忙答："他是我的亲儿，因连年闹灾荒，无力供养，才来为他找一个主儿的。"

妇人问："你要多少？"

罗斌回答："你就给四两吧！"

妇人道："这样的半拉小子，只会吃不能用，哪里值四两呢？给你一两五钱，足够了。行，就到人牙儿处写立契约，把孩子给我领回；嫌钱少，就拉倒。"

罗斌苦苦哀求添价，最后以二两银子成交。契纸上写明："立契卖亲生男罗斌：今因急用，自情愿将亲生男一名，名唤祥儿，年八岁，凭保出卖与韩宅名下为仆。当日受得身价白银二两整。其银当即收讫，其男祥儿即交韩宅，听从更名使用。自卖之后，倘有逃走失踪，拐窃等事，尽是自身承值，不干买主之事。倘有风烛不常，各安天命。今恐无凭，立此卖亲生男契存照。"

罗斌爷儿俩各按了手印，人牙儿冯三作为媒保，收了买卖两方各一钱银子的佣金。

原来这个韩姓妇人，本名韩蕙儿，年轻时是南京秦淮河的名妓，名噪一时。惹得不少王孙公子的青睐，缠头金帛无数。三十年前，由于明初推行的官妓制度名存实亡，官设的教坊司妓院已演变成众多的私人窑子，又因皇亲国戚、达官显贵、巨商富贾、墨客名流都集中在北京，北京成为全国最大的销金窝。当时刮起过一阵南妓北来的旋风，说的是江南苏（州）、松（江）、常（熟）、镇（江）四府籍的妓女，在北京组成了所谓"南班子"。韩蕙儿也在北上淘金的"妓潮"之列。当时她年轻漂亮，又擅长丝弦歌舞，确实香车络绎，颠倒众生；但随着年华渐老，门前车马渐稀，她的辉煌也迅速褪色。幸而她有心眼，老早就将部分脂粉银积存下来，在北京原来教坊司的所在本司胡同盘下一所房子，从南方买来几个女孩子，开设一座取名为清吟小班的高级窑子，她本人便从名妓转为老鸨，亦即窑子的老板。她的相好孙棠则在韩家潭胡同经营一所名叫和风堂的"相公堂子"，兼营小唱的戏班业务，则是从南方买来一些男孩子，训练他们演唱戏曲，分别扮演生、旦、净、末、丑角色，称为小官，又称象姑，一个个打扮得粉妆玉琢，酷像妖姬靓女，以适应当时京城的达官豪绅富商们听歌逐色、宠狎男色的需要。

韩蕙儿所以选买罗祥，是因为清吟小班刚好需要一个在门前迎送嫖客，给嫖客端茶送水，也兼伺候红牌妓女的小厮。这种小厮在妓馆中被呼为"小乌龟"，或叫"龟奴儿"。韩蕙儿看到罗祥这个孩子五官清秀，四肢均匀，京南口音清楚，所以才决定将他买下。

自此以后，罗祥便在窑子中生活和长大，有时班中的妓女应召上茶楼酒肆陪席，他便手捧琵琶在轿后随行，在厅堂外等待歌阑酒歇，才跟着轿子回来。在这些场合，他目睹权贵们挥金如土的豪奢，狎妓买醉，妓女们打情卖俏，敷粉调脂的风月生活，内心非常羡慕。有时和风堂承接节令堂会较忙，或狎客较多，韩蕙儿也会命罗祥到和风堂担当小厮工作十天半月。在这里，罗祥又熟悉了另一欢场的底细，知道在丝弦管乐、轻歌曼舞声中，仍然留存着教坊司娼妓的遗风，又适应了当时崇尚男色的社会时尚。相公堂子被人诮笑为兔子窝，罗祥也就被叫作"小兔儿爷"。

十年过去，这个被称为"小乌龟奴"和"小兔儿爷"的罗祥，已经长成一个大小伙了。他生性聪明，略识文字，又爱看各种曲本和秽艳图书，在清吟小班和和风堂中的地位也上升了，成为两处小厮的领班，是韩蕙儿和孙棠的得力助手，每年可赚二三十两银子。他常年浸泡于淫窑脂粉池，耳濡目染，对北京的小曲戏班、歌场舞榭、声伎娼窑等等，都十分熟悉，极精门道。他巴结一些阔绰嫖客和当红妓女，拉皮条当狗腿，添欢助兴，以赚取更多的赏钱，然后把赚来的赏银，也消耗于花枝胡同等处的土娼窑子。他在这些土娼窑子摆阔气，装老手，俨然富家儿郎。

乐极生悲。有一天,因为争风吃醋,罗祥和另一嫖客曾二侉子厮打起来,一时性起,将一个酒坛子猛击曾二侉子脑门,曾二侉子立时殒命。罗祥夺路逃出土娼窑子,他知道曾二侉子的父亲曾大头是帮会中人,是雄霸前门一带的黑帮头目,绝不会和自己罢休;而且事关人命,一经送官,搞不好就要问成死罪。当天,他狼狈奔逃,不敢再回到清吟小班住处,一连几夜在荒林野庙藏匿,曾经摸黑找熟人打听,都说风声甚紧,曾大头正广派爪牙,声言一定要取他性命,又已买通顺天府的刑房书吏,行文各地,画像张贴,严密缉拿,衙役们已经到他的住处和原籍大兴县搜捕过。他知道情势严峻,难以逃脱。

百思无计,罗祥把心一横,准备走一条绝路以求生。原来当时有一种习惯性的规定,除了犯下十恶不赦,诸如谋反叛逆大罪的人,其他罪犯只要自阉,并找到门路进入紫禁城当了太监,地方官是不敢闯入官闱或行文追捕的。他左思右想,也只有如此办法,才可能幸逃大难。

一天半夜,他撞进受命专门阉割人口送进宫廷的老毕家,原来毕家的二少爷也是清吟小班的老嫖客,罗祥和他混得极熟。

一见毕二,罗祥伏地便拜,一一将自己犯案的情由说出,请求毕二为自己阉割,并想办法送入宫中,苦苦哀求:"恳请二爷救我,只有二爷才能救我!"

毕二甚觉为难,说:"当前对你的案件查缉得很紧,我家未便收容;而且你已成年,做阉割的手术,说不好还会送了性命,不如我送你二两盘缠,你想办法混出城门,往远地逃奔为好。"

罗祥伏地不起:"各个城门都贴有画像,高悬在门洞边,对行人逐一比对检查,实在混不出去。二爷,您不能见死不救啊!"

毕二摇头,不说话。

罗祥看到毕二并没有松口的样子,竟一咬牙,站起来急急卸去下裳,拔出一把利刃,猛地扎向左大腿根,再向右拉,要把自己的阴囊割掉。刀口过处,半边阴囊已经离体,半吊在体外,一时鲜血涌喷,昏厥倒地。毕二抢拉不及,但又不能把这个半死的血人送出去,怕担不起干系,只好急忙为他敷上家传秘制的金疮还阳药散,口灌十全大麻醉汤,顺着刀口给他做了阉割手术。毕二明知罗祥是以这样的无赖手段讹弄自己,自认倒霉,做手术后便将罗祥送入暖室将养,幸而外间也无人知闻。

半个月后,罗祥的伤口已经愈合,毕二情知自己私阉案犯的事实,一旦被查知,也是不小的罪名,只好走宫内熟悉管事太监的门路,将罗祥送入宫里。

就这样,罗祥从一个龟奴兔儿爷的身份,成为太监,从此改变了人生道路。

新入宫服役的太监,不论年纪长幼,都一定要拜一个年长的首领太监为师,教导宫廷的礼法规矩,了解本职工作和服役细节。

各监的首领太监们,了解到罗祥的底细,都不愿意收领他,只有当时已在钟粹宫任首领太监的刘瑾,却特别赏识此人具有丰富的风月冶游和性事经验,认为正是自己需要的难得人才,乐于接受他为徒,并收纳在钟粹宫工作。刘瑾认定,歪才必有歪用。

果然,十年之间,罗祥迅速适应了宫廷生活,特别是能够妥帖配合刘瑾和马永成等在钟粹宫内的活动,被派在太子寝宫里贴身伺候。这个前兔儿爷遇事能心领神会,最会察言观色,曲意迎合,哄得太子爷喜不自胜,旦夕不让离开身边。为此更受到刘瑾的器重,将他看作特意安排在最要害处关系全局的一个棋子。亦正因此,罗祥的地位直线上升,逐渐跻身"八虎"的行列。

朱厚照在继位前一二年,年届十三四岁,身体已然发育,正从幼童向青年转变,渐失童音,喉核逐渐显现,唇边也长出了一抹薄薄的微髭。作为伺候皇太子生活的贴身太监,罗祥多次在换穿衣裤中发现遗精,注意到朱厚照看见年轻秀丽的小宫女和小太监,往往两眼发直,有时还借故搂抱抚摸,缠住不放。罗祥向刘瑾、马永成等及时汇报,认为这是保持特殊受宠地位的关键时期。对于这个情窦渐开,而且比一般男童早熟,对异性的爱慕表现得异乎寻常地亢奋和强烈的储君,必须投其所好,才能更拉近彼此亲密的程度,巩固恩宠。北京城有一句谚语道:"聪明不过太子,伶俐不过老公。"老公,是北京人对太监的通称。所说的"聪明不过太子",不过是一句衬托之词;而"伶俐不过老公",却是真实的反映,常年整日守望、窥测、哄奉着这样一个一人之下,万人之上的候补皇帝,有什么事能瞒得过他们细如丝发的眼光?能脱开他们已预先编织好的网罗呢?

更何况朱厚照本身就是一个狂热追求淫乐的坯子。

一天，刘瑾约罗祥晚间来他原住的南沙井胡同住宅相叙，罗祥应邀前往。

来到刘宅，只见在东屋里已摆有一小桌，上面放有几式家常小菜，无非板鸭、卤肉，再加上海蜇、拌粉皮、腌黄瓜之类的凉菜，不让小内侍在旁伺候，便于深谈。除了刘瑾外，只有马永成在座。

马永成在刘瑾帮中是第二号人物，身体干瘪瘦削，脸色苍白，也是成年后自阉入宫的，据说当年也读过几年书。此人平日说话不多，阴声柔气，喜怒不形于颜色，但最能出馊主意、歪点子。刘瑾戏称他是料事如神的"马军师"。二人经常密谈细斟，合计好才对其他人公布，其他各虎亦不敢干扰。

刘瑾请二人入座，说："最近宫里瞎忙，大家都累了，俺有一坛子绍兴黄酒，特意约请两位来共享！"

二人道谢，轮流把盏。前半席扯的都是天南地北的闲篇，宫内外的趣闻。

罗祥心中明白，刘老师专门约请自己来，又有马哥在座，必有缘故，但不敢启齿询问。

酒过数巡，绍兴酒已喝掉半坛，三人都有点儿酒意，刘瑾脸带微醺，诉说心曲："我们这些当内侍的人，被人们称为老公，是畸零人，是受常人看不起的。如果侍奉的是开基创业或雄武有为的君主，就只能安于下贱，勤劳职事，随时会被斥退、杖责，以致处死。即使侥幸熬到年老体衰，也只有被赶出宫门，或者在道观寺院挂单养老；或者投奔老公堂里惨度余年，死后用一领破席卷出，无棺无椁埋在老公义地。那里的坟头垒垒，都是我们这些苦人啊！"

罗祥听出，这不过是开篇的由头，还未到自己说话的时候，只是频频点头。

果然，马永成很快就配合上了，他扬起脖子干了一盏，意味深长地说："自古以来，我们内侍辈是难以得到朝野尊敬，难享人间富贵荣华。世道的不平，没有过于这一点的了。"

刘瑾接过话茬儿，发表了另外一番言论："这也不尽然。贵在知时、见机、识君，善于事上。历史上也有能识人用人的帝王，能够了解到内侍中亦确有忠心耿耿，在才能器识上甚至高于外朝文武的人物，能够破格重用，充分发挥他们的才具，破格授予军政大权，成为一代名臣的。譬如，我朝正统年间的王振公公就是这样出类拔萃的人物，受到英宗皇帝特达之知，委以重任，君臣相得，勋业有成。可惜，王公公却因朝臣的陷害，不幸蒙冤殉国。但英宗皇帝重掌大权后，就立即为王公公昭雪，赐祭葬，为他专门建立旌忠祠，王公公虽死犹荣，留芳千古，可称无憾了！"

这时，马永成才点出："刘瑾哥哥平素最景仰的就是王振公公，勉励我们都要效学王大太监的为人和处事，竭忠事主，建立勋业。"

罗祥久经江湖，又是何等聪明的人，对于刘瑾、马永成等的用心，平日就早有体会，可谓心有灵犀一点通。今经马永成点明，更是心领神会，急忙表态："感谢马哥点拨，兄弟茅塞顿开，今后一定唯兄长之命是从，不惜肝脑涂地，绝无反悔！"

马永成听罢，狡黠地盯着罗祥，说出自己隐埋在内心最深处的心得，郑重其事，一字一顿地说："内官奉侍君主，最无奈的是碰到没有嗜好的人。只要他有嗜好，尤其是有突出的嗜好，愈奇特怪僻，愈顽固执着，事情就愈好办。"

罗祥闻言顿悟，仔细道来："皇太子的嗜好可真不少。他厌恶宫廷礼仪，极好游荡玩乐；厌恶经书讲习，极好酒宴歌舞；厌恶练习政事，极其崇尚武道；擎鹰搏兔，驰马击球，视为最乐。所有这些嗜好都积习极深，绝非一般的爱好程度……"

罗祥见刘、马都听得极为认真，接着说："近来，皇太子对于男女情事，似乎表现出特别的狂热，不时对年轻宫女和小太监们……"

马永成听到这里，突然眉睫开朗，频频点头，将手上的酒盅猛放在桌上，急问："他有特别钟意的人吗？"

"看来还没有，只是随时发泄而已。"

刘瑾带着赞赏的口气对罗祥说："罗兄弟心地还真明白，刚才说到皇太子的性格嗜好，像给他打出一个模子一样。你能够这样忠心实意地伺候殿下，我们都放心了。"

马永成叮嘱说："男女之事是情欲之本，又是各种嗜好的根，你要认真抓住这样的要著，因其嗜好而善导之，才算胜任职守啊！"

他说罢，用请示的目光望着刘瑾，见刘瑾点头，他才凑近罗祥悄声说："罗兄弟，刘哥就是看到你伶俐聪敏，而且忠心，才将你安排到皇太子殿下身边。

你应该知道，皇上近日病势沉重，皇太子极可能提前嗣位，当前实在是关系重大的时刻，俺们兄弟下半生是离不开皇太子的，也必须让皇太子不愿离开俺们。罗兄弟，你贴身侍奉，随时见机而行，你肩头的担子是很重很重的呀！"

罗祥站起来，向二人躬身而道："兄弟绝不敢辜负刘师和马哥的重托！"

马永成忙示意罗祥坐下，准备把底牌亮出来，狡黠地说："你的专门才能，在宫内无人能及。我看，当此皇太子春情发作之际，你应该把自己所知的桃色艳事、风月烟云详细介绍引导，使他专注追求，心不外骛。须知，珠环玉翠，路柳墙花，是最能培养出一代明君的啊！"

自此之后，罗祥在朱厚照面前，便找各种机会，由浅入深地，从试探到毫无遮拦地讲述各种有关情欲欢愉的奇闻乐事，着力描绘宫廷之外的烟花迷楼，尽情寻欢作乐的醉人风光。他发觉朱厚照听得津津有味，无限向往。

对皇太子朱厚照的色情传授刚进行不久，弘治皇帝就英年殂丧，一命归西了。

皇太子继位后，朝局波澜翻卷。为了配合全面夺权，牢固控驭这位少年天子，刘瑾敕命罗祥加紧诱导，全力满足他各方面的狂热嗜好，借以冲淡他对国政朝事本来有限的关注。

还在大丧期间，朱厚照一早醒来，发现自己的龙床枕边，端端正正地放着两部装裱精美的画册。

正德起坐，随手拿起一部翻看，见封面的书名写着《花阵六奇》四个字，署名的作者是"姑苏唐寅"。

正德一翻开这本《花阵六奇》，就被牢牢吸引住了。他全神贯注，不觉心跳加速，亢奋之情现于眉睫。他半躺半坐在床上，专注看图，小内侍赶忙将丝绵厚睡袍给他披上，在他腰后垫上一个软枕。

原来在这本画册上有六幅色彩缤纷的画图，在丝绢上画成，每一幅都是不同款式的床上戏。前五幅画的都是一对少男少女在忘情欢好；第六幅竟然是两个男人一前一后地搂抱着寻欢。每幅画上面都有配诗，正德兴奋地读下来，感到画中配诗，诗中有画，真是相得益彰，更加深了对各款交配姿势的美妙欢乐的领略。正德浏览了一遍，又翻过来对每幅图画重复细看，对这六首艳诗反复诵读，似乎得到了一种难以言宣的精神享受。

正德顾不上下床，又拿起第二部画册，封面的书名也是四个字：《洞房春意》，没有作者的署名。这部画册的篇幅比《花阵六奇》更厚重一些，有二十幅画图之多，每一幅都是描绘男女床上戏的图景。看来，它必然是供官绅商贾、风流士子们在嫖娼狎妓时阅读的春宫图。《洞房春意》一书既无品题，亦无配诗，但更是露骨煽情。皇帝陛下左看右看，横看竖看，不忍释手。

这时，有一个内侍进来跪报："奏报皇上，今日为大行皇帝二七祭奠上香之期，现在已近巳时，太后娘娘、皇亲国戚、三品以上文武大臣俱已齐集灵堂，请皇上起驾吧！"

正德猛然想起此事，极不情愿放下这两部具有特殊吸引力的读物，但因为是重大的祀典，不得已急忙下床，对着那个仍跪着候旨的内侍喝道："起去！朕自有安排！"

正德限于礼制，急忙戴上素冠，穿着麻衣麻鞋，腰缠麻带，赶到弘治皇帝的灵堂，在灵柩前跪拜叩首，照例上香、奠酒，仪式结束后，又礼送张太后上辇回宫，才转回自己的寝宫。陪奠的官员似乎感觉皇帝今天在奠礼上，神情恍惚，魂不守舍，还以为他是追思先帝，哀痛过深所致。其实，正德在神香缭绕，哀乐低鸣当中，心里自有欢喜事，他满脑子都是那些赤条条打架妖精们的形象。

回到钟粹宫，正德一边急脱麻布袍服，一边吩咐小内侍："即传罗伴伴来见！"

罗祥早已问过侍寝小内侍，心中有底。急忙进来向皇上行礼。

正德故意逗弄罗祥，斜视着跟前这个太监："罗伴伴，你知罪吗？"

罗祥知是玩笑话，但仍一本正经地奏言："奴才有罪，请皇上处分。"

"怎样处分你才好呢？"

"奴才以后不敢再将那些混账画册恭奉御前了，还请将昨晚误放的两册交回奴才，立予烧毁。"

正德扑地一笑，说："要从严处罚你呢！"

"奴才甘愿领罚。"

"罚你以后再多多挑选上好有趣的画册送来，供朕选看，懂吗？"

罗祥不由得满心喜悦，赶快回答："奴才领旨，以后一定尽力效劳，将上好的图画陆续送到御前备览，务求圣心欢喜。"

此后，正德皇帝乐此不疲，阅读和探讨春宫画的内容，倾听罗祥讲述的男女荤事。

一天，他身穿紫色缕金的软缎便袍，束发垂肩，一副闲逸的样子，舒服地靠在御榻上，指着榻前的小矮凳，着罗祥坐下。内侍得命而坐，这是有违体制的。罗祥犹豫不敢，正德见状，大声命令说："坐，是朕命你坐下的！"

罗祥只敢以半个屁股坐在凳上，躬身待问。

正德眯着眼睛，似在思索，忽然想起一事，询问罗祥："绘制《花阵六奇》和配诗的唐寅，是什么人呀？"

罗祥事先有准备，回答说："此人字伯虎，在江南与祝允明、文徵明、徐祯卿，号称吴中四才子，能诗善画，曾中乡试第一名举人。但因使酒任性，专写些香艳词曲，供给歌妓吟唱，为官府乡里指斥为浅薄，说他有才无德，所以既未得中进士，也未任过官职。"

正德却另有评价："对这样率真任性，又富有才华的人，应该大大重用才对呀。那些阁老和尚书们，谁能画出这样的好画？写出这样的好诗？"

罗祥点头，但不敢插嘴。

正德又叮嘱说："唐寅还有什么诗画作品，你要呈递进来给朕看。"

稍过一会儿，正德又问："两部画册描画的人和事，都是实在有的吗？"

罗祥乘机发挥，回答道："当然都是实有其人，实有其事的。人，生而有情欲，连孔夫子也说'食色性也'。男女虽异，爱欲则同。男女交媾，其实是调理阴阳，成就天地之和，本来不是什么不可言不可看的事，何必禁忌？春宫诗画，无非是绘出实事，画出真容，抒发出真情，有什么不好？有什么被指为狎亵导淫的道理？只不过是那些愚夫笨妇，不知人伦深奥，不懂寻求其中乐趣；还有那些虚伪士大夫，道貌岸然，满口仁义道德，而实际上，却是偷鸡摸狗，追腥逐臭，或者广纳姬妾，享尽齐人之福，甚至奸拐别人妻女，不顾伦常，才是言行不符的真正的淫棍呢！奴才以为，不必管什么道德伦理，尽可撇开一切世俗礼仪，尽情纵欲交欢，是顺乎人情，符合人的本性的。"

正德想不到，这个出身低贱的太监却能滔滔不绝地说出这一片议论，自己似有同感,不觉放下皇帝的架子,仔细倾听。

正德又问道:"身为帝王,也可以这样做吗?"

罗祥知道谈论已触及主题,他从矮凳上站起来,准备跪下说话。正德对他摆手:"不必跪奏了,站着说!"

罗祥说:"周公制礼,便判定周王享有正后和六宫、三夫人、九嫔、二十七世妇、八十一御妻,一共一百二十一个女人的制度。

"我朝在高祖钦定的《大明典礼》一书中,也明确规定皇帝应配有皇后、贵妃、妃、嫔、美人等为配,名号繁多,等级森严,我朝的后宫制度是远远超迈前代,最为至美至善的。"

正德忖算了一会儿,又似不尽满足地说:"只限于纳入宫廷的女人一种模式吗?"

罗祥迎合说:"帝王是天下之主,普天之下,莫非王土;率土之滨,莫非王臣。全国的俊男美女,不论城邑村野,都是为供帝王享用的。得蒙雨露之恩,正是他们的造化,怎能限于宫墙之内呢?"

"那为什么大行皇帝却只立一后,不设妃嫔呢?"

罗祥在宫内多年,早已听说过弘治皇帝有生理缺憾,张太后并非正德皇帝的生母,嗣位的皇帝身世又有隐私的传闻。但对于这样的宫廷绝密,事关重大,他不敢答言,故而支开话题,只讲说皇帝最感兴趣的性事逸闻:"历代雄武有为之君,直到我朝太祖高皇帝,都曾经在得国之后,仗战胜之威,网罗全国美妇人以归享用,甚至故意行淫败国的后妃,以宣泄百战艰难才获得胜利的得意,宣泄对败国君主的报复之情。女人,不过是享用品,或者是战利品罢了!"

"有事实根据吗?"

"当然有。奴才日前收集有两幅帝王行乐的图画,但因其中一幅事涉太祖高皇帝,不敢奉呈皇上阅览。"

正德大感兴趣,从榻上一跃而起:"这又何妨,这又何妨,快呈递上来,待朕观看!"

"那么,就请皇上先降纶音,绝不会为此事追究奴才轻蔑祖宗之罪!"

"当然,当然。这有什么?难道祖宗的风流韵事就不让人叙道的吗?这样的美事荣幸难道就见不得人吗？朕绝不追究此事，而要对你的殷勤奉侍论功行赏呢！"

罗祥先打开两卷画轴中的一卷，徐徐展开，正德迫不及待，从榻上一跃而起，只穿着袜子疾走过来一把接到手上。细看这幅图，左上角端端正正地写着《太祖高皇帝选幸伪汉妃嫔图》。正德放眼一看，就被图画上的罕有情景紧紧地吸引住了，这幅画背景奇突，人物形象特殊，反映的情节是他闻所未闻，甚至是从未想象过的。

图画右侧昂然站着一个身穿绛纱龙袍，头戴翼善冠的人物，背后有两个随侍太监。此人面目特征很是突出，两道浓眉斜插在额头上，恍若悬挂双剑，双目细长而精神炯炯有杀气。大鼻子下面是一个加宽加长而微翘的大下巴，满脸密布麻斑。正德一看就认得，这是他从小在年节和寿忌等日子参拜祖宗御容时常见的老祖宗——太祖皇帝朱元璋。画图中的朱元璋正处在四十岁左右的年纪，但已流露出有功成业就、意满自得的样子。

再往下看，图画左侧是站着的八九个身穿赭红色囚服的年轻妇女，年龄从十五六岁到三十岁不等，她们大都蓬头垢面，发髻不整，个别人还以袖遮脸，掩盖不住惊惶恐怖的神情。她们分成两排，像在等待查验和处置的女俘。这些穿着囚服的女人，大都面貌娟好，身段匀称，各有姿色。她们奉谕被提送前来，是供朱元璋赏玩和挑选的。朱元璋的眼光集中在站在前排当中一个身材颀长的女人身上。这个女人皮肤白皙，乌黑的长发散在两肩，发髻未结，更衬出她鹅蛋形的洁白脸庞，确实是一个美人坯子。她的年纪虽然看上去已近三十岁，也是穿着囚服，但亭亭玉立，显得与众不同，朱元璋近来的情欲倾向，正是钟意这样已经成熟的美妇人。在画图中，朱元璋用色淫的眼光盯着这个女人，还用右手食指指着她，显然已经选中猎物。但对这个看中的妇人，却又命令内侍们将她的上衣强行扒掉，露出雪白的胸脯和一对丰满的乳房，她羞怯地低下头，表情狼狈，脸泛红晕，其他妇女都不敢放眼正视。朱元璋似乎要进一步验看和羞辱她，然后才决定是否"选幸"。这绝不是通常选立妃嫔，甚至不是挑选宫女入侍的样子。

正德很为这样特殊的景象诧异，他一手仍然拿着已展开的画轴，一边颤声问罗祥:"这些穿着囚服的女人是什么人?太祖高皇帝为什么要……"

罗祥退立一旁,低声奏告:"这是记载太祖高皇帝击溃劲敌伪汉王陈友谅,刚登吴王时的情景。爷爷知道,陈友谅彪悍善战,占据江西、安徽、湖北一带,窃号汉王,长期与太祖争霸。在鄱阳湖大战中,竟使用重炮轰炸御舟,几乎危及圣躬,夺去太祖的性命。幸而天佑真主,太祖及时走避,逢凶化吉,又挥军激战,反败为胜,陈贼中箭而死,全军覆灭。太祖遂登上吴王之位,为我大明江山奠下基础。"

正德两眼未离画卷,逐一细看那些身穿囚服美女的姿色,也被那个半裸的女子深深吸引,又问:"那与这些妇女何干?"

罗祥放胆说:"皇上知道,陈贼在赣、鄂地区称孤道寡多年,此人好色,搜罗了不少美女在伪宫内享乐,画中的女人,有些是妃,有些是嫔,都是千万中选一的佳丽。"

"呵!老皇上是看中这些绝代佳人,要接收过来呢!"正德不无艳羡地叫了一声。

罗祥接着说:"这对,也不全对。太祖高皇帝艰难苦战,当然有权力享用这些俘获而来的伪汉妃嫔,但还有另一重意思……"

"什么意思?"

罗祥放肆地说:"这种意思就是,你陈友谅常年和我激战,还差一点夺了我的性命,看今天,我偏要睡你的老婆妃妾!"

正德连连点头:"太祖高皇帝英雄神武,原来也是风流种子啊!"

过了半响,正德让罗祥卷起画轴,嘱咐保留在自己身边,以备随时赏览。他还在沉浸在画图中的美妙情景,对那个肤白发乌顾长半裸女人的姿色难以忘怀:"看来,那个被剥脱上衣的妇女是被太祖高皇帝收用了。"

罗祥回答:"据说,她是陈友谅最宠爱的女人,被封为丽妃。"

"太祖和她睡了以后,便给她封号为妃,留在宫中吗?"正德追问。

"不是这样的。"

正德十分关心这个百余年前绝代佳丽的命运:"是怎样处置的?"

罗祥只好据实回答:"睡后第二天,便绑出去杀了。"

正德大惊,几乎跳起来,禁不住嚷道:"真是想不到,这是为什么呀?"

罗祥说:"没有被选中陪寝的伪汉妃嫔的下场还比丽妃好一些,一般都是发落到浣衣局做苦工兼充官妓,任从千人睡,作万人妻,这也算是对陈友谅的报复吧。但是丽妃既经太祖选入睡了一夜,就不能再做官妓了,已经吴王御用,又发落为官妓,岂不是有辱圣躬吗?而身为伪妃,既经御用,又在内侍面前裸露过胴体的女人,既不好留在宫中,纳为妃嫔,又不能发为官妓,因此就无法让她活下去,只好杀掉。当时,不只丽妃一人,凡经太祖御用过的伪官妃嫔,是一律在次日就刑的。"

正德闻言,大为震撼,对这样的事难以置信。他很为丽妃惋惜,对她的姿容念念难忘,又好像看到那个绝代佳人丽妃的鬼魂,披着一头乌黑美发,脸容惨白地在官殿里游荡,似乎在诉说自己的薄命沉冤。年轻的皇帝心潮起伏,有点迷惘,也有点感伤,对这样的历史公案也感到无奈。他挥手让罗祥退出,喃喃自语:"朕要效学太祖高皇帝,也要尽情享用天下美女。但朕不忍心杀害她们,要把她们都收养下来,尽数收容罗列,多多益善,随时选用,岂不是比太祖高皇帝更高一筹吗?"

第二天,正德又召罗祥到钟粹宫殿前,从容问他:"你手上不是还有一幅更有趣的画卷吗?"

罗祥急忙将早已携带在手的画卷呈递上。

这一轴画卷气派非常,装裱华丽,画在锦缎上,装在锦匣之内,封盖上贴有"宋太宗临幸南唐小周后图"的黄纸记。

正德手持画卷一轴,罗祥握着另一轴将画幅慢慢展开,妥放在寝宫的几案上,只见色彩斑斓,图像清晰,人物形象生动,但略显陈旧,作者署名是"大元延祐二年曾天锡绘",算来已是近二百年前的古画了。

正德看到画的中间,有一个纤细美丽的裸女,仰卧在一张有靠背的躺床上,两个官女站在躺床左右两侧,用手将这个裸女按住,不许动弹。再细看,这个裸女五官清丽,柳眉秀眼,两眸间似乎还渍留着泪痕,透露出无限哀怨;口角微张,露出一排碎贝般的牙齿,似乎在低唤求免;她露出的胸膛上,有两只耸起的乳房,像刚出笼的馒头,乳头上轻抹猩红;细腰下阴处袒露,纤弱柔韧的曲线配上两只修长的玉腿,整个匀称的身材配上含愁带嗔的脸蛋,另有一种凄楚动人的风情。

画幅的另一端，站着一个年约四十岁的壮汉，脸膛红紫发亮，蒜头鼻子，斜挂着双眉，唇间留有浓髭，一派赳赳武夫的样子。此人未戴冠冕，仅在头上包裹着一条锦巾；也未穿袍服，身穿短褂，居然自己卸开了下裳，狰笑着望着床上的女人。

正德兴趣盎然地观看这张构图奇特的另类春宫图，不解地问："这是什么人物？画的是什么事？"

罗祥指着画上的汉子说："这是宋朝的第二个皇帝，被称为宋太宗的赵光义。"

罗祥又指指被按在床上的美女，说："她是南唐后主李煜最宠爱的小周后。南唐战败国亡，李煜投降，连同小周后都成为宋朝的俘虏，被押解到京城汴梁。李煜是一个无能的君王，日常不理国事，却擅长写作诗词，专与后妃宫娥调情嬉戏。降宋之后，还写了不少哀愁之作，但作为亡国之君，他已失去保护自己的能力，更没有能力保护自己最爱的女人小周后了。"

"就是说，赵光义可以随意召小周后进来陪寝了？"

"正是。赵光义十分欣赏小周后的美貌和楚楚可人的气质。每过几天，他就下谕召取小周后入宫，强迫交媾，然后才放她回李煜处。李煜和小周后有着极为深挚的爱情，对于赵光义的强暴，他们既无力反抗，更不敢拒绝入宫，两人经常抱头痛哭。李煜在亡国后有些词作就是委婉申诉自己受损害和受侮辱的情爱和痛苦，说什么"小楼昨夜又东风，故国不堪回首月明中"；又说什么"流水落花春去也，天上人间！"对于这样的怀旧和呻吟，赵光义岂能容许，不久便将李煜毒死。小周后失去自己的至爱，又不愿继续忍受污辱，哀痛欲绝，不久也去世了，有传说是悬梁自尽殉情的。"

正德唏嘘，似乎也为这一段被政治强暴的爱情悲剧感到惋惜，他说："照画面看来，赵光义这厮是在强奸小周后呢！"

"按平常人这样做，可以说是强夺人妻，是强奸有夫之妇；但帝王这样做，却是恩幸，宽赦被俘的败国之后于不死，反而宠爱有加，赵光义真是具有英雄的本色，帝王的大度啊！元人写作这幅特别春宫图，不正是歌颂宋太宗的不落凡套，留下千古美谈的偶傥风流吗？"

"当了皇帝，就可以这样做吗？"

"当然,皇帝奉天承运,以一人独制天下,具生杀之威,万民的肝脑,天下的子女,都无例外地是皇上的财产,当然可以独占独享,不必受为凡人设置的法律规章的限制,无须因世俗伦理而受束缚。予取予携,正是恩被天下,区区女子,岂能例外?"

正德听得入神,双眼一直未离这幅春宫画,从心眼里羡慕赵光义的淫乱作为,可惜眼前没有小周后这样的特别人选。他边看画,边觉得五内焦灼,欲火难耐。正在此时,他看到一个呆立在宫殿角落,等待呼唤的小太监。这个小太监名叫五儿,年纪才十一二岁,身长只及成人腰际,完全是个孩子,是刚被送入宫里来,派在御前当小侍应的。正德猛然疾步向前,一把将这个小太监拉过来,紧搂在怀,一只手伸入他的后腰裤裆乱揉乱摸。小太监意外惊惶,不知所措,他失神地对这位才比他大三四岁的皇上低声哀叫:"爷爷,爷爷,怎么了?怎么了?"

他边叫唤边用双眼瞅着罗祥,盼望罗祥能为其解脱窘境。罗祥却故作严肃地对他说:"五儿,爷爷喜欢你疼爱你哩,你一定要听爷爷的,记着,一定要听爷爷的!"

罗祥目睹这位还在大丧期间,尚未迁入乾清宫,年刚十五岁的少年天子,却表现出狂热的狎童癖,当然是一突出嗜好,想起前些天刘瑾和马永成的谈话,心中一阵暗喜。

正德强拥着五儿进入寝宫,罗祥知趣地退出。

第二十章

游兔窟醉听霓裳曲　逛勾栏荡漾采花心

正德元年三月初，京城正是早春气候，玉簪花偷偷摸摸地在墙根冒出尖尖，显露出久违的充满生机的碧翠；宫墙外的老柳树，树梢上微微吐出嫩黄色的叶芽，北京的文人雅士，赋诗称颂柳枝鹅黄隐约，新绿初绽。

这是春意盎然，又是春情萌动的季节。

年刚十五岁，但情欲亢奋非常的正德皇帝，在饱览春宫画，了解宫外有着极其繁荣绚丽的花花世界后，大受吸引，心痒难禁，迫切想要冲出紫禁城，享受到世俗所有的声色玩乐。他对随侍太监罗祥说道，自己打算化装"微行"，令罗祥内外妥为准备。

罗祥及时将正德的动态向刘瑾、马永成报告，刘、马都认为这是天大的好事，是鼓励正德纵欲，更便于控驭的无上机会。他们一再密议导游的布置，并嘱咐罗祥落实安排。

罗祥净身入宫十年，与北京的风月场所一度疏离。为了摸清近情和妥善准备正德"微行"，他几次乔装打扮，回到当年厮混过的娼寮集中地本司胡同，和密集歌郎相公堂子的韩家潭一带窥察情况。十年人事几番新，当年的红姑娘、红相公已经换了几茬，当年的主家韩蕙儿、孙棠二人亦已告老迁出，已经没有什么熟络的人能认出这个当年的龟奴了。他发觉京城这些著名的烟花脂粉地区，近年来更加繁荣兴旺了。他经过仔细观看和打听，为正德选好了最奢靡的相公堂子和最豪华的妓院，以便引领他在"微行"中获得最大的佳趣。

其他方面也都准备妥当。

那天傍晚，天色刚昏黑，正德皇帝没戴冠冕，只用一个金色头箍笼住头发,让它披散在肩,身穿鸭绿过膝长袍,鹅黄绸裤,黑缎软靴,活脱脱一个风流浮荡的京华贵族子弟。他偕同罗祥从西华门走出紫禁城,禁卫护军等既不敢索看腰牌凭证,也不敢诘问,眼送这两个民间打扮的人物施施然步出禁城,原来这都是刘瑾事先给锦衣卫的头目打过招呼的,禁军们不准拦阻,不准诘问,更不准将此事传扬,有违反的,一律处以极刑。

君臣二人出了西华门,沿着红墙往左边一拐,在岔口边已停着两乘二人抬的小轿,轿夫都是由精选的锦衣卫卒改装扮任的。罗祥也不说话,躬身推正德乘上头一顶轿子,自己上了第二顶,直奔南城韩家潭。

韩家潭和附近的百顺胡同、胭脂胡同一带,数十年来艳声远播,集中了级别不等的相公堂子。有些相公堂子,是挂着戏班、歌寮的幌子,兼营唱戏、歌舞和男娼的勾当。北京人有一句老话:"人不辞路,虎不离山,兔儿爷离不开百顺韩家潭。"

原来自殷周以来,便有嗜好男风,即男子间同性恋的习惯,但逐渐演变过来,主要的内容已不是同性之间相恋,而变成为权贵豪富们狎昵少男、亵玩娈童的风气。明初一度禁止官吏嫖娼,相公堂子便蓬勃发展起来,当时被称为"销魂之桥,飘香之洞"。正德自逼奸了小太监五儿之后,像尝到腥味的馋猫,对这方面的要求愈加炽热,罗祥看在眼中,所以首先导引他到韩家潭来。

北京人最早称呼男娼之类人物,名之为"象姑",意即他们不男不女,是男人而又酷似姑娘,以后又借"象姑"的谐音转称他们为"相公"。

相公堂子既然演变为京城重要的风月场所,便必然注意对相公的挑选和培养,以便把他们当作招牌,变成摇钱树。当时一些相公堂子的老板,大都在南方苏、杭、皖、鄂等地发生涝旱灾荒的时机,乘人之危,到这些地区以贱价从贫苦人户中选买五官端正、眉目美俏、皮色洁白的男孩子,带到北京来,一般称呼他们为"优童"。对这些优童,从幼年起就施以特殊的训练,严格要求他们"学语、学步、学视",就是说言语务求斯文,行走务求婀娜多姿,目光务求脉脉含情。每日早晨,还专用淡肉汁洗脸,饮以蛋清,节制饮食,夜晚睡眠时则用特制药液敷搽肢体,极力培养出粉妆玉琢,宛如美女的人物。另一方面,又延聘老歌郎教授他们舞姿歌技,舞蹈中的声情姿态,乐曲中的腔调板眼，都由师傅口传指授，一定要极妍尽俏声调悠扬，才准转入新的课程。日常除了学习弹唱外，概不让这些优童们参加粗重劳役，偏引导他们描眉画眼，施朱敷粉，穿戴靓装。经过若干时日的"调教"，这些男孩子便逐渐迷失了本性，被塑造成妍媸娇俏、能歌善舞的尤物，实际上是专门准备供达官豪绅富商们狎亵的玩物。一些红相公便告脱胎而出，可以高张艳帜，出堂应客了。

罗祥今天领着正德，就是要在韩家潭里最宏丽的相公堂子，会见最红牌的相公。

两乘小轿在韩家潭东口停下，罗祥前头引路，正德紧步相随。只见这个地方不比寻常，大多数住户的门口都挂着点燃红烛的纱灯，大门上贴着红帖，上面分别写着诸如春和、三喜、和风、怡乐、兰圃等名字的标志，每家门前都有头戴圆帽，身穿蓝布长袍，腰束革带的门房，也就是另一种"兔儿爷"，或叫"兔儿爷的跟班"在笑脸迎人，鞠躬行礼，客人一进门，即大声唱道："贵客到！"并且在前引路，领入院内。正德君臣到达时，不少门前已停有香车骏马，传出阵阵笙箫弦索和调情卖俏的声音。

罗祥领着正德进入一家挂着"春和社"招幌的大宅院。春和社是两进的四合院，两进之间有一个宽阔的大天井，种有一棵大槐树，另有一树夹竹桃，摆设大金鱼缸和太湖假山石，显得清静幽雅，与大街上的尘嚣间隔开来。但今天并不接他客，原来是罗祥事先吩咐过的。正德被领入后进大厅，厅内陈设华丽，摆放着一式八张阔大的紫檀木太师椅，还配套有几案，都是为贵客设的上座；厅的右后角，另设有两条枣木长凳，是为调琴击鼓的乐手准备的；地上铺着大红猩猩厚地毡，显然是为了便于歌郎们就地演出歌舞。

正德放眼一看，忽然发现在大厅正中的长桌上，供奉着一个用檀香木雕刻成官殿式的佛龛，龛内交椅上端坐一个头戴九龙皇冠，身穿杏黄绣金龙袍，形态潇洒的老头儿。桌上点有长明灯，供有鲜花水果，铜制香炉和蜡扦都擦抹得锃亮，龛前香烟缭绕。正德不解，便顾问罗祥："为什么供奉着这个像皇帝老倌模样的老汉，他是谁呀？"

罗祥答："这是大唐朝的玄宗皇帝李隆基，又是鼎鼎有名被称为唐明皇的大人物。这位玄宗皇帝禀性风流，妙解音律，又最宠爱美貌的妙龄男女，他挑选了几百个歌坛子弟和宫女在官内梨园里演习歌舞，自己还亲自为之击羊皮鼓伴奏定调,真可说是两千年帝王中第一人。他皇恩广布,历代的歌郎舞女都由此得沐皇恩,薪火承传不断,故此家家社社,都为他塑像供香,奉他为祖师爷,称他为老郎神。"

正德听说,虽然是闻所未闻的古代故事,但他却特别雀跃兴奋,对唐明皇十分敬佩,似乎找到了一个和自己旨趣相投的前辈皇帝。因而再问罗祥:"玄宗皇帝有啥功业?"

罗祥于是截头去尾,胡扯一通,有意为这个八百年前的风流天子夸功颂德,大力渲染:"那可是一个得道明君,开元全盛,天宝风情,是历代史家赞扬不已的。"

正德闻言,更是高兴:"这样说来,当皇帝的,既可以尽情享受声色风流,又可以坐致天下升平了,是吗?"

"正是,正是。"

正德忘形,大肆发挥道:"看来,什么尧、舜、文、武,什么周公、孔子,什么秦皇、汉武,没有一个能比得上这位唐明皇,这才是真皇帝,好皇帝啊!应该为他建立一座大庙才对呀!"

正德一边大发狂言,一边恭敬地走近神龛,双手抱拳,一躬到地,向唐玄宗的偶像执礼甚恭:"明皇老倌,朕要拜您为师哩!"

忽然,正德听到一片笑哗,原来是这座相公堂子的老板郭仁衍领着一群穿红着绿、俏声娇气的小相公们从后堂走出来。这些小相公,个个都是千里挑一的美人,秀色可餐,明眸皓齿。他们都盯着这位年轻而富贵的稀客,不断用勾人魂魄的眼神向他献媚示好,引得正德心痒难禁,目不转睛地挨次欣赏这些尤物。

郭仁衍年过四十,但脸膛柔白,眼角略现皱纹,仍然目光明亮,加以衣饰整齐,出言雅致,是相公堂子领班的上好人才。原来他也是相公出身,年华渐老后才转为堂子老板。他仪容大方地恭请正德和罗祥当中就座,示意那群俏丽郎君列队上前行礼。

郭仁衍坐在下首,众歌郎分站两旁。

郭仁衍拉开话门,仰视坐在上首的正德君臣:"这两天敝院内槐树上的喜鹊噪叫不停,原来是因为两位贵客今天光临,真是欢喜不尽!"

随后他又恭敬地向罗祥询问："未知两位贵姓，在哪一行当得意？"

罗祥早已编好一套，随即回答："在下姓罗，名在贵，做些盐业买卖；这位少爷姓洪，名二冠，山西太原隆泰盐行的少掌柜。"

"盐业是商业中的首富，隆泰宝号更是闻名遐迩的大财东，久仰久仰了。"

郭仁衍说完几句应酬话，便命众歌郎暂且退下，让听差先送上茶果点心桌。

不一会儿，送上名茶碧螺春和龙井，还有用山楂、果仁、瓜子、枣泥为馅的各种精细饼点。郭仁衍举着茶杯，殷勤地说："南方天暖，春茶刚下来，请两位品尝。点心都是从前门外大街一品居买来的，也请赏用。"

一品居虽是京师点心第一家，但它烤造的饼点焉能与御厨相比。正德取来一小块，咬了一口，觉得粗劣难咽，就放下了；持杯呷了一口新茶，也觉得苦涩无香味。他拿着杯子精神恍惚，若有所思。

罗祥知道，真正令这位小皇帝神不守舍的是刚退下去的歌郎小相公们，便对郭仁衍说："我们今天来贵社，是因为素仰贵社久执歌坛牛耳，培养出一批艺貌双馨的小郎君，特来领教的。"

郭仁衍忙说："二位精通音律，必能指出他们的谬误。曲误周郎顾，不是三国时期的佳话吗？正好让他们献丑呢！"

他说话未毕，呈献一部《剧目曲谱》，说："敝社的曲谱齐全，歌郎们又都是经过名师教习，色艺俱佳，百中挑一的俊俏子弟，能分扮生、旦、净、末、丑等角色，可以清唱，又擅长合演全套完整戏文，小锣、角鼓、胡琴、笙笛等，一应齐备。请二位贵客过目随点。"

正德示意让罗祥点曲。

罗祥本以为正德一向崇尚武功，从幼年时就幻想亲自领军征战，驰骋疆场，因此先点了一首称颂军威祝捷的歌曲：《高君保把南唐下》。郭仁衍转到厅后，带进一个圆脸宽额浓眉大眼的歌郎，介绍说他叫小平儿，学的是净角，擅演黑头角色。只见小平儿先向客人举手过额，然后抱拳行礼，颇有赳赳雄风。他手持檀木鼓板，自击自唱，一开腔便如听到瓦釜雷鸣，铜钟大吕，声调威严雄壮，这是一首逐一叙说自古以来多位名将赫赫战功的曲子，唱词是："高君保他把南唐下，提兵调将，樊梨花、杨六郎独把三关人人怕，尉迟公匹马单鞭去救驾，薛仁贵白袍征东转回家，小燕青打擂把梁山下，因为打擂把梁山下……"

忽然转调,声音更为高亢:"众将官旗开得胜,马到成功,忠心赤胆把烟尘扫,加鞭纵辔,齐乐升平,盛世兴隆。"

一阵密击鼓板声过后,小平儿收了腔,走上前来,向正德和罗祥磕头。

罗祥看在眼里,正德今天似乎对军事武功的故事不太感兴趣。

罗祥掏出三枚崭新的各重一两的小元宝,赏给小平儿,小平儿谢赏退下。

郭仁衍看到客人出手阔绰,更加巴结道:"不知洪、罗二位客官,还要点唱什么曲艺?"

罗祥答道:"我们洪少爷最爱观赏有剧情有曲调有美人角色的戏文,不知贵社是否有备?"

郭仁衍连声答应:"敝社最擅长上演全套《西厢记》等著名戏剧,听任客官点选。"

又说:"扮演《西厢记》主要角色的,都是敝社最俏丽的小郎们。"

正德抢先说:"就演《西厢记》吧!"

便见几个身穿一式红袄裤,手中分别拿着笙、笛、琵琶、鼓板、弦子、箫等乐器的乐手鱼贯而入,先向上座的客人躬身施礼,然后排列有序地坐在大厅右后角的长枣木椅上,稍作调弦,演奏出短短一曲《升平乐》。

奏罢,出场四个分别扮相为老夫人、书生、小姐、丫鬟角色剧中人。男角朝上座揖折腰,女角半跪万福。郭仁衍低声向正德和罗祥介绍道:"饰演崔府老夫人的小郎叫小英;饰演书生张君瑞的小郎叫小凤;饰演小姐的小郎叫小兰;饰演丫鬟红娘的叫小茶,都是敝社的拔尖儿。"

只见饰演小姐的小兰走前一步,在笙、笛伴奏声中,唱出几句定场诗:"娟娟月亮照黄昏,你做张生,我做崔家里的莺莺,花前月下,吟诗寄情,千秋万载也要留个风流好声名。客官若弗信,请看古人留下这本《西厢记》,惹得诗人说到今,惹得诗人说到今。"

定场诗唱罢,四个小郎都按角色身份分别道白,自我介绍,便转入剧情。

《西厢记》一剧,本来是元朝大德年间著名戏曲家王实甫编写的。本剧的情节是书生张君瑞赴试长安,路过洛阳,在普救寺游玩时,偶遇崔相国家里的小姐莺莺，被莺莺的美貌风姿强烈吸引，至于神魂颠倒，故此拉着关系借住在崔府西厢里，希望能够亲近莺莺。两个年轻人得到接近的机会，后花园见面，月下联诗，互倾爱慕之意。正当此时，贼将张飞虎领着五千军马前来围困崔府，要强娶莺莺，崔老夫人逼于无奈，公开宣布，不论何人，只要能将贼兵击退，便将莺莺许配于他。

张君瑞的好友白马将军拥有强大军力，他为抢救并娶得莺莺，便急派僧人惠明下书求援。白马将军发兵前来，果然一战便将张飞虎贼军击溃，张君瑞以为姻缘必可成就，想不到老夫人赖婚，改命他与莺莺以兄妹相称。张生气愤得疾，而且病势日趋沉重，病中鼓琴自叹福薄缘悭，不能与莺莺共结连理，而且自己今日命将不保，但痴情不移，不会改变对莺莺铭心刻骨的爱情。莺莺小姐闻琴心碎，绕室彷徨，对张生的关爱更切，也怨恨娘亲背信，生生拆散一段好姻缘。正在此时，聪明俏丽的丫鬟红娘，既可怜张生委屈，又同情小姐的痴情，竟冒着危险，瞒着老夫人，暗领莺莺夜入书院，成就了怨男痴女的密约幽会，同床共枕，成就了好事。

但是，鸡卵虽密也有隙缝，老夫人不久就知道了张生和莺莺偷欢的事，特别是知道了小红娘撮合而成的情节，将一腔怒火发泄到红娘身上，严加拷问。想不到，红娘伶牙俐齿，并不屈服，还敢于对老夫人针锋相对地答辩说理，细言是非，又论说利害，使得老夫人窘态百出，狼狈不堪，只好放下拷打红娘的鞭子，收回食言，答应将莺莺许配给张生，终于让才子佳人结合良缘。

《西厢记》从元朝大德到明朝正德二百年间，经历了多少代骚人雅士的吟哦，名优红伶的演出，热情歌颂敢于冲破礼教樊篱的真挚爱情。特别是小红娘善良、勇敢、机智而刁钻的可爱形象，更是深入人心。正德今天点演这出名剧，在意的却不仅是跌宕起伏的曲折剧情和优雅的词曲，他注目的是那几个粉脸桃腮、体态娇娆、眉眼传情，不是女人又胜似女人的小相公们。

特别是扮演红娘的小茶。他在演出中丰姿绰约，娇态结合着憨态，温婉糅合着坚强，双耳佩戴珠玉耳环，在脸腮间轻轻晃动，更增添了煽情的媚妍。莲步乍移，舞蹈旋转中律，时而如春风轻柔，时而像一江春水暖流曲折，使正德心神荡漾，不能自持。小茶唇启榴齿，倾吐出如怨如慕、如泣如诉的诸多心事，既有对张生和莺莺的同情和关爱，也有对老夫人凶焰愤激、言而无信的不屑，个性鲜明可爱。更令正德醉心的是，小茶在表演中不但流露出对张生和莺莺得结连理的羡慕，对美好爱情的向往，还流露出自己难以耐止春心荡漾的迷人神态。他在弦索配乐中边舞边唱："约定佳期，倒把我红娘关在门儿外，禁不住自叹自揣。几番推门推不开，几番偷视无缝隙。只听到房间内二人颤声柔气，哼哼唧唧。小红娘两颊现红霞，口咬衣襟，无端春兴难描画……

"细思量，小姐小姐多风采，君瑞济川才，红娘我领引她到书斋。想他两个：一个是风流才子，一个是美貌佳人，才貌世无双。一个是又惊又爱，一个是姣羞满面，一个是春意满怀，倒入罗帏，倒入罗帏。花心摘，柳腰摆，露滴牡丹花开，襄王神女会阳台。口对香腮，揉散乌云，坠失宝钗，旋播锦被，冻却酥胸，今宵勾却相思债。只是全不顾，全不顾，我红娘冷阶呆立窗槛下，冷阶呆立窗槛下，我亦自有相思债。……"

正德听到这段动人唱词，看到小茶表演出少女怀春百般幽怨和追求情爱的炽热，不觉目瞪口呆，全身都酥软了，只觉得欲火焚心，恨不得立即将小茶拥在怀里。只见他双眼瞪圆，神经绷紧，情不自禁地从太师椅上跃起，一步跨入红地毡当中，将正在演唱的小茶紧抱过来，转回身扯坐在自己怀中，一边狂嗅他的发鬓和脸腮，一边轻咬他的耳朵，喘着急气说："好红娘，好亲亲，我来还你的相思债呢！"

众乐工一时停下鼓弦，而小茶本人也有点扭捏，又不敢挣扎，只好低声对正德说："奴家还要接着唱下去呢！"

这样当众的狂热举动，即使在相公堂子也是很少见到的。但正德在宫闱内久已养成无所忌惮的纵欲习惯，并不当是什么事。郭仁衍拉着笑脸不说话，罗祥明白，上前谄笑道："洪少爷放心，小茶得到您的青睐，高兴还来不及呢！他的相思债也只有您才够资格来还！他早晚还不是您的人？我们再听他唱下去也不迟呀！"

正德稍为放松了小茶，柔声细气地在他耳畔说："也好，你就再接唱下去，我喜欢听哩！"

小茶重新走进红地毡当中，乐手们弹奏又起，只见小茶搔首弄姿，靠拢到正德座前，加意演唱《拷红》一段："我劝夫人您休打吧！慢动家法，听小红言陈：你言而无信，怨不得人家。是您自己行的差。既不与他成婚配，就不该留他歇宿在西厢下。仔细端详，仔细端详：一片柔情，两人热恋，谁肯轻丢下？男爱美姿容，女爱真典雅，婚缘是天假。老夫人，您忘记了在两廊之下，自己说的是什么话。您亲口许过他，又怎能弄虚作假，不如依我红娘说，叫他们成就了吧！"

他又唱："小红娘不认罪，紧蹙双蛾。尊一声老夫人，您要拷打奴，还要听奴回话。想当初，兵围普救何人退？写书求援亏了谁？原许下莺莺小姐配君瑞，理难反悔。到而今，兵退身安就把婚姻昧，是您老夫人的理短，谁是谁非，您还能有什么话？"

红娘舌战老夫人的唱词刚罢，《拷红》一曲仍绕梁不绝，小茶脸上似乎也沾有胜诉的骄矜，轻盈地走近正德的座前。正德将他紧紧搂在怀中，抱坐在膝前。

罗祥吩咐，《拷红》之后的《饯别》等折子不必再演唱了。他拿出一封五十两的银子，故意卖弄，拆开，都是十两一锭的官银，松纹足色，摆放在几案上，铿锵有声，吸引众人注目。他将其中的三十两递给郭仁衍，说："这是洪少爷赏给堂子各位的。"

郭仁衍和几位演员、乐工等齐齐上前谢赏。小茶本要从正德的怀抱中站起来一起谢赏，但被正德死劲抱住，起不来。罗祥又将剩下的二十两银子递给郭仁衍，说："这是洪少爷专赏给小茶郎君的。"

小茶又要起立谢赏，却被正德搂抱得更紧了。小茶久经相公堂子的调教，熟擅卖俏，他趁势柔媚地坐在正德怀中，贴着脸，对着耳根，半似娇嗔半似感谢，柔情万种地低声说："洪少爷对我真太好了。我就在您怀中道谢吧！"

正德嬉皮笑脸地咬着耳根回答："这样谢还不够呢……"小茶搂着他的颈脖，笑着呸了一声。

罗祥看到火候已到，便对郭仁衍招呼说："我看，今晚就让洪少爷到小茶房间歇宿，让他们好好说说话吧！"

郭仁衍连忙答应："正是，正是，让小茶好好伺候洪少爷。"

等小茶领着正德到他住房以后，郭仁衍又讨好地询问罗祥："罗大官人也有看中哪一位小郎的吗？"

罗祥正在踌躇之间，郭仁衍主动推荐："我看扮演莺莺的小兰，一直用眼睛瞅着您呢！"

话声未落，小兰已经过来甜蜜招呼，亲热地挽着罗祥的手臂，领他到自己的房间去了。

原来已净身为太监的人，虽然失去了性功能，但仍然对异性有着微妙的心理追求，需要从异性那里取得关怀和精神安慰。明代宫廷中的太监和宫女，大都和特定对象半公开地盟订终身，同饮同食，同床共枕，情同夫妇，宫中称之为"对食"，也有人把这种情爱生活称为"意淫"。罗祥更是这样，他是从北京风月场中混出来的，从熟谙嫖经的脂粉油子变性为太监。身虽阉割，春情犹在，春心未死。今天，他还必须守护着正德，绝不可能单独回宫，郭仁衍主动送上来的温柔让他欢喜不已。他随着小兰入室，虽然没有能力真正颠凤倒凰，但对小兰又搂又抱又掐又拧，摆弄了一夜，充分满足了自己的变态情欲。可怜小兰被他折腾得遍身青紫，哭叫不得，心中叫苦。罗祥自知短处，塞给小兰二十两银子，小兰见钱眼开，转嗔为喜。

罗祥不敢熟睡，留心听着更鼓。刚交五更，他就轻轻踱到小茶的闺房，拍门招呼正德："洪少爷，该起床了，乘早出城，要谈生意呢！"

正德赖着不起，小茶缠着不放，罗祥迫不得已："洪少爷，来日方长呢！天亮才出门，必误了大生意，您还是起来吧！"

正德无奈，睡眼蒙眬，起身由小茶伺候着稍作梳理，随着罗祥走出春和社大门。一阵早春的晨风吹拂而来，似乎清爽了一些。

不远处，两乘特备的轿子已在等候。

其实，正德早在元年八月便已举行了"大婚"典礼，册立了夏氏为皇后，同时还册封沈氏为贤妃，吴氏为德妃。父丧未满周年，便匆促立后，原来是根据弘治皇帝临将前的遗嘱，正式写在《遗诏》之内的。老皇帝大概希望独生子能早日繁衍子息。知子莫若父，也大概想让他早日成亲，约束他放荡不羁的野性。

可是，正德对于自己的"大婚"，却是非常无奈和厌恶。把洞房花烛夜看作一场劫难：按照礼制的册封皇后仪式，皇帝婚前要斋戒三日，还要派遣官员祭告天地、宗庙；前一日，又要设册宝于奉天殿、行礼；结婚当日，列卤簿、陈甲士、奏嘉乐、立香案，皇帝要穿上全套衮冕袍服上殿受百官祝贺，宣布立后；婚后次日，皇帝又要御殿再受贺；卜定日期，再到太庙谒告祖宗。叩拜太后册妃亦有一定的礼仪。这一套繁文缛礼，使正德懊丧不堪，几次示意减简，均被张太后驳回，才勉强当上了新郎。

更主要的是，选立皇后，必须在良家淑女中，挑选性格温婉端恭，体型方正宜男，以所谓贤、淑、庄、敬、惠、顺、康、宁为条件，将这些所谓"妇德"放在首要的地位，甚至认为不可挑选姿色过于美艳的女人，以免君王迷溺女色，认为只有容貌端庄，举止敦厚庄重、不苟言笑的女子才能"谨夫妇之道"，"有正家之仪"，才能"母仪天下"。皇后夏氏，妃子沈氏、吴氏，在受册立前又受到礼官和父母的一再教导，必须谨言容，识妇道，笑不露齿，步履必应端缓。正德一看到她们呆头呆脑的苦瓜脸，就丝毫引不起情爱的意趣。在殿上册封时，正德对于头戴九龙四凤冠，身穿彩褶皇后吉服的夏氏，态度极为冷漠，不愿意多瞧一眼。

按照规定，皇帝举行大婚后，应和皇后同住宫中一个月。而对于正德来说，这个传统的皇家洞房真是满布荆棘的囚笼。三天之后，他便赌气搬回乾清宫，从此，再未和夏皇后同宿过。年方十三岁的夏皇后从此寂寞无聊地苦守冷宫，一直到正德去世，再未有过夫妇之爱、人伦之欢，一片痴心，从未得到应有的报偿。这个身世可怜的国母，"梦中正待君王宠，却被黄鹂叫一声"。这一声黄鹂啼叫，使她的生命变成一场充满悲情的噩梦。

紫禁城内殿宇恢宏，御花园里朝晖夕阴，宫闱之内气象万千。但是大内的崇楼垒阁、五彩飞檐和环绕的汉白玉雕栏，还有那几位固守冷宫的后妃，都拴不住少年天子的野性，不能遏止他日益频繁的"微行"，韩家潭和本司胡同才是他神往的欢场，别有天地非人间啊！

自此之后，正德便成为韩家潭一带相公堂子的常客。

差不多同时，他又成为本司胡同一带娼寮的豪客。

正德是在去韩家潭之后半个月就来到本司胡同的。本司胡同东口有一座古庙，立有一个女人铜像，高四尺，脸容清秀俊美，头向左偏，顶盘一髻，髻上插有两朵鲜花，身穿短袄，盘着右腿，露出不足三寸的莲钩，左腿伸出，左手握着脚尖，唇角微翘而轻笑，情态妖冶。正德进入庙内，对这位美艳煽情的女神像久久凝视，人间真有这样俏美而风情的女子吗？问罗祥，回答说，这是妓行的祖奶奶马娘娘。

来到勾栏之地，正德已经摆脱了刚进入韩家潭时的一点拘谨，虽然罗祥还是每次随侍在侧，但洪少爷已经能够来去自如，日日追欢，朝朝逐色，一日两头眠妓馆，三番五次入章台，识风尘之意趣，赏丝竹之佳音，恣意选嫖勾栏里的红粉了。

最遗憾的只有一点，就是要在天亮前赶回宫内。

作为一个年轻的嫖客，正德不久就在本司胡同名噪一时。

首先，是他骇人听闻的豪奢，挥金如土，由此成为众娼寮的特别贵客，倾城名妓争先延接。姐儿爱俏，姐儿爱金，正德都够份儿。正是皇帝逛窑子，不问时价。

当时北京的青楼妓院是分等级的，最上等的小班，都有自己的院落房屋，是整齐的四合院，或两进或三四进，灰墙明瓦，门框上贴有红漆书写的本班字号；门楣上挂有红绿彩绸，晚上则改挂精致灯笼，点燃红烛，进门标有本小班红妓的名牌；门外恭立着笑脸相迎的小龟奴，一般也叫这种伙计为"站院子的"，或者戏谑为"大茶壶"。

这里的红牌妓女如同相公堂子的红牌相公一样，也多是由鸨母们早年从南方拐买来的俏丽女童，从小便教授她们练习笙管丝弦琵琶书画对弈，训练她们熟习雍容高雅的仪容礼节。北京人指鸨母们是"养瘦马"，意思是，等瘦马养育成膘肥体俊的名驹时，再高价待沽。为了提高规格和价码，北京的小班子中有一些妓女能略谙水墨丹青、书法或诗词，以适应不同嫖客的要求。这样的做法显然是仿效南京的秦淮河风月。正德闯进这些小班，像饿牛进了百草园，任意嚼食和践踏，神魂颠荡，乐而忘返。他有时乘兴召各小班的名妓聚集一堂，摆设华筵，左拥右抱，以为最乐；筵席临散，每人及随来的鸨母龟奴等各赏三钱到五钱重的金锞子两枚到数枚不等；得留宿一宵的妓女，缠头钱是不计数量的一大把金锞子，或者是数以百两计的银票。

正德的情欲要求是多方面的，是尽情占有，他并没有专门钟情于娈童，也没有偏爱于美女，对于相公或妓女，都是一体欣赏，但求随意寻欢，尽情泄欲，可谓无所不爱。在当时，也没有任何一个特定的相公或妓女，能够得到他较为持久的爱宠。对于这些人物，只如同对待时新玩物一样，乘兴狎玩，再随手抛弃，一经得手，给予厚赏，打发过去，便视同敝屣，没有任何眷恋和忆念，随后另寻新欢。

正德以阔少爷的身份出现，但有时连伪装的身份也从不顾惜。既是头等相公堂子和高级妓女小班的常客，也不介意到二等、三等，甚至土娼窑子去闯荡。一旦性起，不管什么已经年华渐老，比自己还年长数岁的"男娼"，或者久经风尘，已沦落在"小下处"倚门卖笑的土娼，也去招引留宿。京师人称这种行径，叫作"滥嫖"，或叫"虎狼嫖"，视为欢场人物中的呆头和浪子。罗祥偶有示意，但正德不管不顾，仍然我行我素。罗祥只好赶紧向刘瑾和马永成禀告。

由于正德的行径过分奇特和招眼，也引起了负责京师治安，专门逮治游民奸宄的五城兵马司探子们的注意。他们对于这个出奇富有而且挥霍无度，无所忌惮地放肆闯荡于脂粉圈的年轻人大起疑心，准备将他拘捕讯问，汇报到兵马司指挥使何志诚处。何志诚本来也是锦衣卫中人，连忙求谒田文义请示，岂知说话未毕，便挨了田文义啪的一记大耳光，打得何志诚两眼金星直冒，田文义气急败坏地严词申斥："你狗胆包天，敢过问这样的事？告诉你的手下人，谁捅了娄子，立斩不赦！"

何志诚邀功未遂，反吃了耳光，招来一顿臭骂，只好唯唯而退。他是一个特务出身，久在江湖，实际上也受锦衣卫控驭的人，心中自然知道这个年轻人的来头大。回到兵马司，立即召集探子、巡卫们严加训斥，不但不许追查，反而敕令手下暗中保护。

可是，正德的异常行径，也引起了妓馆中人的特别注意。在本司胡同占顶尖地位的延春小班，拥有人数最多的红牌妓女，是正德经常光临的地方。这个延春小班的老鸨毕氏是一个极有心计的人。她在几十年间阅历过多少官商嫖客，自认为洞晓世情，具有知人之明。她仔细观察这位号称为洪少爷的阔客，发觉他的言谈举止，有特别的矜贵气象，绝不似市侩中人。她又特别留意偕同洪少爷而来的盐商罗大先生，发觉此人声线如同公鹅，尖短无底气，步履又酷似妇人形状。细问曾给罗祥陪宿的妓女，更知道这个家伙原来是一个没有把子的半男人，不过是假凤虚鸾，并不能干人伦之事，于是判定所谓罗姓盐商，实际上只是宫中一个"老公"。由这个老公侍奉来的阔少爷是什么人物，便朗然清楚了。特别是京师市井已有"游龙"嬉游于烟花风月场所的传闻。毕氏经过仔细估量和算度，计上心头。她幻想如果能巴结好这个名为商家阔少，实为真龙天子的年轻人，就是从天上掉下来的大富贵；本小班里如果有人被赏识纳入宫内，成为贵妃，自己也可以糊弄一个皇亲的身份。为了进一步摸清底细，她把当红妓女佩兰召到房间密议，如此这般。

一日，正德果然又来到延春小班，毕氏当然殷勤接待，奉上茶果席后，便主动介绍："我们小班的佩兰姑娘，日间曾专为洪少爷度唱了一曲，未知能否再献清听？"

正德无可无不可地说："听听也好。"

毕氏又说："此曲高雅，以清唱为好。"

正德和罗祥都点头同意。

佩兰盛装入堂，只见雾鬓云发，楚楚动人，她先向座上客躬身敬礼："奴家今天唱的曲子，名叫《皇恩浩荡》，请洪少爷、罗大官人垂听，多多指教。"

佩兰轻启朱唇，音色非凡，词曰："万岁庆无疆，奇花铺锦开放，祥云瑞彩，纷纭灿烂飞扬。尧天舜日，际会昌期，率土民欢畅，欣欢歌。海晏河清，齐仰君圣臣良。"

佩兰边唱，边含情瞅望端坐上首的洪少爷："庆吾皇，世无双，供奉蟠桃万载扬，愿福如东海，寿与山长。臣妾表虔诚，祝愿国运兴隆，吾皇龙体安康。"

歌罢，佩兰倒身便拜，退下。罗祥听到这样的唱词，怵然警觉身份已经暴露，有点儿惊惶。他瞪了毕氏一眼，又斜眼看正德，这位"游龙"却似浑然无觉。

次日一早，罗祥便赶到石大人胡同刘瑾的府邸，紧急求见。

想不到，马永成、田文义二人已经在座。

罗祥将在延春小班，老鸨毕氏命妓女佩兰试探性奉唱《皇恩浩荡》的情况报告。刘瑾显然对正德在宫外活动的情况已有所闻，他和马、田二人似乎正在琢磨这事。

刘瑾命罗祥坐下，缓缓说道："皇上出宫散心，陆续发生了一些情况，田指挥使已来谒报。最近，御史单宇等人也公然上疏，说什么皇上'以万乘之尊，微行于外，日游不足，继之以夜，狎奸寝亵，无复礼体'等语。看来，官民内外，都已注意此事，是会引起大风潮的。而凡出事故，必有人指斥我等兄弟，不能不加防堵。"

马永成接着说："皇上多次指示我等，要建立一处可以随意收纳俊男美女，以及一切珍宝玩物，顺意玩乐演武的所在。这样既拥有至尊至贵，尽善尽美，又不再为宫闱礼仪体统所限。如果建成这样的场所，一切在内里都已妥备，而且可以随时随意指引中意的人入侍，皇上就无须再乔装出宫了。"

刘瑾点头，说："这是最上之策，既可以更周到地满足皇上的要求，又可以堵住奸人犯上的借口，遏止市井的流言。这样的场所，更便于我等窥测颜色，亲近侍奉，必须立即开工，刻不容缓，由马哥全力督造好了。"

马永成连声答应。

刘瑾得意，不觉话多："其实，皇上多次在底下对俺说过，他非常讨厌宫廷内和朝议中的虚文缛节。还说，奉天、华盖、谨身三大殿，乾清、坤宁两宫，好像是专门为囚禁他而建的围城，是阴森的大牢狱。每天清晨要向太后娘娘问安，更是腻烦极了……"

马永成听到刘瑾的话出了格，以目示意，让他打住。罗祥也噤声不语。只有田文义到底是官外的武人，冒失发问："觐见太后，尽母子之情，行国制之礼，为什么会腻烦呢？"

此语一出，刘瑾蓦然醒觉，突然变脸，紧张地喝道："此事不许再提及，明白吗？"

田文义赶忙告罪，连声说是。

第二十一章

身世迷离五内俱痛　心怀逆反出走宫廷

　　正德身为皇帝，本应在金銮宝殿上执掌政柄，在紫禁城享受人间尊荣，高踞宝座发号施令，统治千万臣民。巍峨的殿宇庄严宏伟，本来正是皇权至高无上的象征，是历代帝王绝不轻易抛弃的。但是，这个少年天子却几乎从登基之日开始，便将红墙重垣的皇城，看作一座阴森可怖的特种牢狱，他情不可耐地想要冲出围城，要求摆脱历代皇制礼乐的规制，不愿承受冠冕、朝仪、礼节、车辂、名号的束缚，甚至将母子之情、夫妇之道也置之度外，企图尽可能疏离宫禁，另辟新境，做一个自由自在恣意放荡的逍遥皇帝。

　　其实，除了他本人突出的不羁品性、狂热追求淫乐等因素外，还因为皇家的恩仇变幻，宫内骇人听闻的权诈阴谋，血泪斑斑的事实，曾经给他带来过异常的困惑和惶恐，严重戕伤过他的童心。尤其是他对本人的身世，又怀有难言的恫痛。

　　早在弘治时期，北京城曾经发生过一桩轰动朝野的大案，那就是东厂缉事衙门在北京东郊农村捕获了一个自称为皇亲，自称是皇太子朱厚照外祖父的老头，名叫郑旺。郑旺是贫穷的军籍人家，他有一个女儿，名叫郑金莲，自幼被送入皇宫为"都人"，也就是低级宫女。郑旺在女儿入宫后，曾找一个名叫刘林的太监，请他帮助打听郑金莲在宫中的情况。不久，刘林悄悄带来消息，说郑金莲现被收养在太皇太后王氏的宫中，已被立为皇太子的朱厚照就是郑氏所生，但被弘治皇帝的正室张皇后夺取过去，冒称为自己的亲生子，而且不许任何人议论此事，亦不准厚照和生母相见。郑旺知道自己的女儿生育了太子，心中当然欢喜，但有时鲜的面麦瓜果，即托刘林送入，也得到郑金莲回赠的一些衣服针线等物。郑旺回家以此夸耀，乡下人便奉承他是皇亲。

京城内外，也有不少人争相趋附，已有二三年之久了。东厂显然是受到指示，突然派番子到原籍将郑旺逮捕，加给散播妖言惑众的罪名。此案奏报到弘治处，不久即有他的御批："刘林依律决了，郑金莲发落了，郑旺且监着。"这样含糊的批示，当时就引起官内外很大的疑问。因为郑旺如果真是捏造妖言，冒认皇亲，自应处斩；郑金莲如果事实上未被"御幸"过，竟敢冒称生育了太子，当然也是死罪，怎么仅是含糊"发落"了事？相反，仅是为他们父女通点消息，传送点瓜果衣物的太监刘林却受到极刑。对于朱厚照是谁所生，御批却一字未提，也未有指为"妖言"而严词驳斥。有人便在心中怀疑，弘治这样下旨，一方面是受到张皇后极大的压力，不敢再保留金莲在官内；另一方面，又怜惜旧宠，不忍将金莲父女诛戮，因此只好敷衍结案，在不久之后，又借大赦的名义，将郑旺释放回家。

问题的要害是，正德皇帝的生母到底是郑氏，还是皇后张氏？如果是郑氏，她又被"发落"到何处？

一方面，朱厚照在懂事以来，特别在他做了皇帝以后，陆续就听到一些传说，而且言之凿凿，说他的亲生母是郑氏。奶娘朱姥姥是幼年朱厚照最亲近的人，她临将去世，哀求再见厚照一面，见面后，哭泣惜别，紧握着厚照的手，挣扎着说："圣母的命真苦啊！死得冤枉，她比先朝纪太后还苦上十倍呢！"

谁能被称为"圣母"，而且又已经死去，她的悲惨命运又近似生前备受折磨的祖母纪太后？朱姥姥临终前的话，勾起了厚照埋藏很深的心事，引起了他对自己身世的沉思。

原来厚照的祖父明宪宗成化皇帝朱见深、父亲明孝宗弘治皇帝朱祐樘，他们从当皇子，后被立为皇太子，终于晋位为皇帝的曲折过程中，都经历过一段十分惊心动魄的艰危过程。皇室内为争宠夺嫡，官内外相勾连，使用毒如蛇蝎的残酷手段，进行血腥的斗争，其离奇诡吊本来就不是一般人想象得到的。这些近期的史事，因为都已写入官方史书，是厚照幼年读书时，不断从师傅口中听说的。各种传言，特别是朱姥姥的遗言，都使厚照联想到，自己的身世，是否也和祖父、父亲的命运有相似之处呢？

成化皇帝朱见深，是英宗正统皇帝朱祁镇的长子，他坎坷的身世命运是和当时的政局动荡密切关联的。正统皇帝偏信宦官王振,轻率统军亲征蒙古瓦剌也先,大败被俘,由祁镇的弟弟郕王朱祁钰称帝,年号景泰,初期仍以见深为皇太子。但是叔侄而非父子,当然是一桩很别扭的不正常组合。不久之后,景泰便废除了朱见深皇太子的地位,降为沂王,改立自己亲生儿子见济为皇太子。作为废太子的朱见深便处在一种非常尴尬而且危险的境遇之中,随时会有人为迎合景泰锄除隐患的心理,将他谋害而死。朱见深在忧惧惶恐中度过了悠悠八年。以后,因父亲英宗皇帝朱祁镇复辟成功,他的命运才又翻转过来,英宗革去景泰儿子朱见济的皇太子名义,恢复了朱见深皇太子的身份,失而复得地重新夺回皇位继承权。

朱厚照父亲弘治皇帝朱祐樘早年的境遇更为悲惨。由于成化皇帝朱见深当年受贬降和处境艰危的时期,曾受到他的保姆宫女万氏无微不至的照护,产生了非同一般的感情,复位为皇太子后,万氏依旧入侍东宫,见深竟与比他年长十七岁的万氏发生畸恋。登极后,封为皇贵妃。

朱见深由于命途多厄,经历过大起大落又复起的变动,故此在生理和心理上都极不正常。对于万贵妃,好像孺子之于保姆,凡事听从,而且十分畏惮。而万贵妃又骄悍泼辣,心狠手毒,严厉控制着软弱成性的成化皇帝。自己生过一个儿子,不到一岁便夭折了,但却极力防范成化亲近其他妃嫔,尤其妒恨别的妃嫔孕育孩子。

弘治早年的悲剧就在这里。他的母亲纪氏本来是广西平乐府贺县瑶族土官的女儿,是在年幼时被明兵俘虏送入宫内做宫女的。由于她聪慧好学,逐渐通识文字,能够解读诗书和算计账目,在宫女中是难得的人才,被派担任宫中内承运库"典守内藏"的差使,也就是为皇帝登记和管理私财私物的工作。

纪氏不但聪明,而且美丽。颧骨较高,鼻梁挺直,头发乌黑中又闪现略带金黄的颜色,微微窝进的眼眶更显出双目清莹明亮。骨骼虽然细小,但苗条丰满,显得特别娇小玲珑,具有南方少数民族美女的风韵。一天,成化皇帝经过内承运库,偶然见到纪氏,对她询问数语,便产生好感,因而召幸。想不到,纪氏初承宠爱,居然怀上了孩子。这个孩子便是朱祐樘,也就是未来的弘治皇帝。

但是,这个"喜讯"传到万贵妃耳中,却引起了极大的怨恨。她一方面严密封锁消息，不让成化皇帝知道；另一方面，又派亲信宫女设法给纪氏打胎。恰巧这个宫女是信佛的，戒杀生，不愿做阴鸷之事，不肯下手，便以谎言搪塞万贵妃，说纪氏不过是生了膨胀病，并非怀孕。即使如此，万贵妃仍然惧怕成化皇帝再次召幸纪氏，竟谕命将纪氏移送到安乐堂禁闭。

安乐堂是一个由宦官司礼监管辖的部门，是专门用来收容老病或有过错宫女的，地处羊房夹道，比较偏僻。万贵妃满以为，纪氏这个"情敌"从此便要销声匿迹，不会再分享到君王的宠爱了。

岂知在成化六年七月，纪氏怀孕足月，竟在安乐堂产下一个皇子。对于万妃来说，这又是一个特大的噩耗。她召来一个太监，名叫张敏，着命他设法将纪氏所生的皇子抢过来，带出去投在水中淹死。张敏知道淹死皇子罪在不赦，事一查出，必罹杀身之祸，因此不敢下手；而且，又考虑到成化没有别的皇子，如果杀了这个孩子，便存在皇统绝嗣的危机，不忍下手。他假向万贵妃回报说已经遵命办理，实际上却和一些宫女密议，暗将皇子匿藏在别室，用乳糕之类喂养。朱见深的生母王太后爱惜这个孙儿，也暗中常来安乐堂照料。不知不觉，这个皇子已经长到六岁了。

成化十一年，成化皇帝年将三十，而万贵妃已经四十有六，人老珠黄，但怨恨之心未息，皇子的生命仍然存在极大的危机，随时会被谋害刺杀。一天，成化召命太监张敏给自己理发，不觉对镜感叹说："我将近老了，但还是膝下无儿！"张敏认为揭开小皇子身份的机会已经到来，便伏地连称："死罪，死罪！"成化问其缘故，张敏才紧张地说出："皇上早已有子了！"

成化愕然。

这时随侍在侧，深得成化信任的司礼监太监怀恩，也跪伏在地，诚惶诚恐地奏报当年的情况："皇子潜养在安乐堂，现在已有六岁，为保皇子平安，匿不敢闻。"

成化回忆起当年和纪氏的恩遇，知道已有了亲子，不觉大喜，即派使者，前去迎接太子。

这使安乐堂内大为震动，纪氏亦悲喜交集。当使者到达时，小皇子已经打扮整齐，穿一件小红袍，发长披地，因为自生下地，即未剃胎发，亦未取名字，只是一个"黑人"。

当时万贵妃威焰仍在，纪氏害怕万贵妃饶不了她，故此在临别时，紧抱着儿子痛哭说："儿子一去，我恐怕不能生存，从此要永别了。你进入宫中，见到身穿黄袍有胡须的，就是儿的皇父啊！"

当孩儿乘小轿入宫，披着长发，一见面就投进成化的怀抱，坐在膝下。成化抚视良久，悲喜泣下，连说："孩儿像朕，是朕之子无疑！"

成化立即命怀恩到内阁，细述始末，并嘱即将此事颁诏天下，命礼部为皇子取名为"祐樘"，立为太子。

这时的万贵妃，既羞愧又怨恨，但她当时仍然得宠，以大宦官汪直、钱能等为羽翼，弄兵窃权，成化皇帝对她仍然偏爱不移。纪氏虽被封为淑妃，但因为害怕，不久便自缢而死，太监张敏亦吞金自杀。朱祐樘虽然已贵为太子，但亦难免不再遭毒手，幸好有祖母王太后将他接到自己身边抚养，尽力保护，严防万氏的暗杀和下毒，不时嘱咐小祐樘，不得食不知来源的饼点汤羹，不得随便到其他宫室游玩。这样从小便形成了的随时戒备和自我保护心态，也养成他日的弘治皇帝一生小心拘谨、畏首畏尾的懦弱性格。

自己是私生子还是嫡出子？生母是谁？是正德皇帝解不开的心结。

作为皇太子的朱祐樘是在十六岁时结婚的，太子妃是鸿胪寺卿张峦的女儿。祐樘继位后，她便成为正宫张皇后。张皇后为人骄妒类似万贵妃，但更有心计，表现得比较含蓄，狠毒收敛在心，但却极力装扮为正面的形象出现。她最大的抱憾，是和弘治大婚已经五年，但一直未能怀孕。很主要的原因是弘治身体孱弱，经太医诊断，认为有阳痿之疾，性功能不健全，不容易得为人父。弘治也考虑过纳妃以广生育，却被张皇后一句话抢白："你这样的病夫，一个皇后也对付不了，还想广纳妃嫔，自促短寿吗？"

这一句话打中了要害。从此之后，弘治再不敢提选妃之念，并不甘愿地成了中国历史上唯一一个以一夫一妻始终的皇帝，他的无奈竟成为宫廷史的美谈。

但是，弘治的阳痿并不等于完全丧失生殖功能，不纳妃嫔不等于色心已死。一个偶然的机会，他暗中"御幸"了宫女郑金莲，却出乎意外一索得男，朱厚照呱呱坠地，成为皇长子。

郑金莲产子一事，对张皇后是极大的震撼，因为这关系着她本人今后的命运，甚至日后能否成为皇太后也成了问题。由于弘治当时别无他子，只好答应立厚照做皇太子，但她抓住弘治"惧内"的毛病，又堂而皇之地说，只有给予厚照嫡出的名义，才有利于辉煌皇统并取誉于天下，故此坚持在宣诏之时，强调皇长子是自己所生，又要挟必须将郑金莲和她的父亲以及传递宫内外讯息的太监刘林一律处死，以扑灭"妖言"，免除后患。弘治表面上不敢顶撞，但在实际下诏书时作了变通，对郑氏父女从宽"发落"：郑金莲被送到浣衣局，谕令优厚安置；郑旺免死，其后还被释放回乡；仅是将太监刘林作为替死鬼处决了事。这也就是本回开篇时引用过的那道含糊御批的内容和其中的原委。

郑旺和金莲父女未被处死一事，十多年以来，一直是张皇后极大的一块心病，她害怕已成为皇太子的朱厚照万一了解到实情，便会全部露馅，也害怕厚照一旦继位为帝，会全面翻案，进行报复。为此，她心怀鬼胎，忐忑不安，一直在筹算剪除隐患之计。当弘治刚去世，正德皇帝刚上台时，她乘局势未稳之机，便以正德的名义下中旨，着即重新逮捕郑旺，并在浣衣局提出郑金莲，一齐处死。正德皇帝以后才了解到，用自己名义颁发的最初几道谕旨中，其中有一道就是处死自己的亲外公和亲生母亲的，不觉气愤难平，对张皇后（已经升位为张太后）满含恨意，但又不愿放弃"嫡出"的高贵身价，也不敢突兀地将郑金莲的亡魂祭奉出来，不敢动摇张太后的地位，怕引起天下震动，只好隐忍下来。正德皇帝和张太后的母子关系，就是建立在利害和仇怨交错基础之上的。张太后心中有鬼，也只求能保住名位，保护自己娘家的特权财富为满足。对于正德皇帝是否做到孝顺侍奉，并不敢强求。

正德皇帝幼年，是在明英宗正统皇帝朱祁镇的妃子王太后的抚育下长成的。王氏是一个不同寻常的女人。她在景泰年间，保护和抚养着已废太子、其后成为成化皇帝的朱见深；在成化年间，又保护和抚养着不能见天日的"私生子"、其后成为弘治皇帝的朱祐樘；在弘治年间，再保护和抚养着被张皇后强夺为亲儿、迫害其亲母郑金莲、其后成为正德皇帝的朱厚照。六十年，她从青春年少以至老迈，甘冒逆流，顶逆风，连续做的就是维护着朱氏皇家统嗣三代相继，免于坠断，真可说是大有功于皇室的人。同时她又是巍峨宫廷内人性绝灭，人际关系极端险恶的活见证。

以上就是朱厚照从正德元年秋冬起，就一直紧紧催促，务要建立一座傍于宫廷，但实际上又基本脱离宫廷，另立别宅住地的原因之一。

果然，刘瑾等迎合正德的意图，以最快的速度，加意建立起一座美轮美奂，构料取材、建筑模式、使用功能等方面都别具特色的建筑群，到正德二年六月便告落成，这就是被取名为"豹房"的离宫别宅。正德随即从乾清宫搬出，迁入豹房居住。从此，便基本辞别了原来的宫廷，极少再回到他深深厌恶的大内去。

临将搬迁，随侍在侧的内阁大学士焦芳，对于皇上的明智决断，对于豹房构建的良工巧思，不断称赞歌颂。他从关心提醒的角度，向正德奏说："皇上迁入新宅，是否还在原来大殿召见众臣工议事呢？"

"不必了，有事可以在豹房召见，也可以在豹房议事。"

焦芳又故作殷勤地问："按照《大明仪礼》的规定，皇上每五日要到坤宁宫晋谒太后娘娘问安致孝，以后要怎样安排呢？"

正德不耐烦地回答说："朕自有主张！这一套虚文假礼，也废除了吧！"

焦芳不无担心地说："如果太后娘娘见怪呢？"

正德瞪了他一眼，冷冷地吐出一句："管她见怪不见怪呢，随她吧！"

第二十二章

教场谈兵佞言韬略　豹房公廨新辟黑窝

一片连接宫内外的设计特殊的建筑群，以最快的速度建成了。这片建筑群紧靠紫禁城西华门外南边，是在拆迁大量民居的基础上建成的，外有高墙围护，是一座独立的呈"亚"字形的庭院，但与宫内仍有夹道相通，内侍和禁卫们遇有传唤，仍可顺利出入。

这是一座类似宫殿，而又不是正式宫殿的庭院。正中建有一所名叫太素殿的殿堂，但从未在这里召开过正式的议政朝会，实际更像一所宽阔的歌舞场。太素殿后面有一间名叫天鹅房的宽敞房舍，是正德休憩和召见得宠大臣宦官的处所。殿和房两厢，是勾连排列的数百间密室以及相互隔离的小院落，曲径通幽，深邃莫测，是准备用来蓄养美女娈童以及义子番僧的处所。所有这些结构，都是刘瑾、焦芳等经过精心揣摩正德的心意和习性，专门督造起来的安乐窝。几年之间，又陆续扩建。

建筑群占地广阔，从西华门外通往皇城的西北，紧邻羊房夹道，直达北海金鳌玉蝀桥岸边，与中南海的凝碧池相望。院内还特别辟有一个大广场，适合蹴鞠（踢球）和骑马射箭、演习拳脚，并观赏人与人、人与兽的格斗表演。这个广场可以容纳上千人，足可供操练御前亲军和义子武装等特种禁卫队伍之用，还可以用来斗鸡玩狗、放鹰逐兔、游乐嬉戏，可说一场多用。故此，也被称为"内教场"。

刘瑾等人忙着建立这座为正德度身设计的内教场，是有多方面用意的。首先，可以减少皇帝频繁"微行"而引起的丑声外扬，议论沸腾，便于推卸臣民们对近幸导引狎游淫乐的攻击，但却又能充分满足正德多方面的情欲癖好，收到比"微行"更丰富更有刺激性的享乐效果；其次，它最能迎合正德心理，因为皇帝急于摆脱朝政纷扰和群臣面谏廷诤的麻烦，能够完全不受国家体制、宫廷礼仪和皇室伦理的约束，可以肆无忌惮地纵情玩乐，任性而为。更重要的还在于，皇帝幽居别院，最有利于对他的欺隐蒙骗和全面操纵。

正德听到要建立另一离宫的建议，果然乐不可支，叮嘱刘瑾和马永成赶快动土施工，并不时催促工期。

于是，刘瑾和马永成等便高捧着皇帝的旨意，勒令户部拨支巨款，工部调来各种指定的建筑材料，派来大批匠人民夫，还敕命顺天府强行拆迁西华门外一些居民房屋，腾出用地。他们不理会北京地区在数九寒天向不破土建房的习惯，强命用席箔拦围工地，用开水浇解冻土。从正德二年正月起，不管积雪三尺，滴水成冰，都在赶工营缮。

西华门外人声嘈杂，既有负责监工的内侍和禁卒、工头们的吆喝声，施工工匠民夫受鞭打斥骂的哀叫声，还夹杂着被迫拆房迁出民户老小的啼泣悲号声。原来在这一大片要强行征用改为内教场的土地上，数百年来早已成为居民辏集的住宅区，邻近几条胡同鳞次栉比地建立着大小的四合院，居住着不少世代生于斯长于斯的百姓。这些居民世住祖屋，多数人根本没有其他栖身之处，一旦被勒令在三天内拆迁，都是惶恐彷徨，在天寒地冻之际被赶出居室，只有冻死街头。顺天府的吏役们受命而来，如狼似虎地拆毁门窗，捣碎炕铺，推倒院墙，将老百姓过日子用的锅盆缸瓮、衣物铺盖，强行扔到街外。居民百姓扶老携幼，哭声震天。

这片居民区间中也建有少数世家勋贵的府邸，其中有曾辅佐明太祖洪武皇帝朱元璋开创帝业的统军元帅徐达的第七代嫡孙，袭爵为定国公的徐光祚；又有曾为明太宗永乐皇帝朱棣篡取帝位立下汗马功劳，被尊为大将之首张玉的第六代嫡孙，袭爵为英国公的张懋等人的公府，也一律在勒令拆迁之列。尤其对于张懋，因为他曾领衔上奏要求斩"八虎"之首以平民愤，刘瑾等对他恨之入骨。他的府邸在河沿，本来并不在划定兴建的界线之内，马永成却三番五次派人威迫，限期拆迁，否则就要以"忤旨"罪名论处。张懋等虽然家世显赫，但也知道抗争无效，反而会招来革爵灭族的横祸，只好忍一时之气，眼睁睁看着自己的府邸被夷为平地。这座特殊的御用工程，终于在官民咬牙切齿的愤骂声中奠基、施工、落成了。

七月底，这片特殊的建筑群便告建成。它在紫禁城的西边突出了一角，酷似长在皇城边上的一块赘肉，不伦不类。正德君臣视为至宝，是天上人间的安乐窝。

房子建成，只是第一步。

马永成奉刘瑾之命，又赶紧张罗布置，精心配备合适的家具陈设，务求豪华气派，而且最要迎合正德的喜好。然后，又精选可靠的内侍和宫女入豹房充当伺候，担任拱卫的禁卒武师人人精壮。甚至连禽兽鹰犬，也是精选世间名种，凡间少见之物。一切准备齐妥，才择定吉日，请皇上驾临检视。

八月中旬，北京城暑热已退，正是秋凉天气，是一年中最美好的时光。刘瑾等人奏告新宫已经落成，一切准备妥当，请皇上驾临视察。正德闻此喜讯，好不高兴，立即传旨在次日，即八月十五那一天，率同刘瑾等同人及一些臣僚一起观光。刘瑾几经斟酌，邀请了大学士焦芳、吏部尚书张彩、国子监祭酒王云凤，以及锦衣卫指挥使田文义等人，都是刘瑾口袋中的人物，其实是要他们前来喝彩助兴的。

辰时刚过，正德兴冲冲地乘坐金辇，打着黄旗紫盖，在内臣们簇拥下，从乾清宫出发，横穿大内，直奔西华门新宫。内外臣工早在大门前跪接。

正德走下金辇，粗看了一下新房的外部轮廓，只见在紫禁城鼓出的部分建有高墙，与宫墙连接，也是红墙黄瓦，看不出有什么特点。正德眉头皱了一下，刘瑾知机，走近御前，低声陈奏："新宫的建设，外朴内华，注重隔离内外，外人无法窥测活动，无从妄作议论。不知皇上意下如何？"

正德随声回答："这样也好。"举步入内。

一进入前厅，正德便受到浓重武道氛围的感染。关羽和岳飞两尊巨大的塑像巍然端坐堂前，周仓、关平以及岳云分别拱卫在侧，显得威武雄壮。神坛上香烟缭绕，坛顶高悬朱元璋手书的"勇武维扬"和"名彰不朽"两块匾额。两侧挂着朱元璋大军师刘伯温撰写的"百年礼乐重兴日，四海风云庆会时"楷书对联。在厅堂两边，陈列着高大的兵器架，架上满插刀、枪、剑、戟、槊、斧、棒、铜，以及椎、钯、镖、弓、箭等兵器，十六个头戴盔帽，身穿甲胄戎装的武士，雄赳赳地担任护坛差使。看到皇上驾临，趋前跪拜，恭行军礼。正德见状，意外惊喜，这正是他寝寐不忘的追求耀威武坛的理想境界。正德刚要上前对关、岳两偶像行礼致敬，忽闻坛后钲鼓振作，号角昂扬，军歌嘹亮，原来在这里还藏有一支小乐队和歌郎秀女，齐声唱道：

千载中华生圣主，王气成龙虎。提剑起淮西，将勇师雄，百战收强虏。

驱驰鞍马经寒暑，将士同甘苦。次第静风尘，除暴安民，功业如汤武。

正德伫立听歌，不觉神采飞扬，感觉自己的尚武韬略已同于太祖高皇帝朱元璋。焦芳等人看在眼里，纷纷上前祝颂。忽听坛后又高唱《感皇恩》之曲，词曰："当今四海宁，颂声作，礼乐兴，君臣庆会跻太平。衣冠济济宴彤庭，文臣武将，共荷恩荣，忠心尽微诚，仰答皇明。"

听到这样的恭维，正德更加高兴，精神为之一振，转头向刘瑾："刘伴伴，你可真有精心巧思啊！"

刘瑾故作谦虚，以诚惶诚恐的样子回奏："奴才等认为，一切设计都必应符合当今盛世的规模，切合皇上的风范，恭候皇上教诲。"又说："奴才等有所变通，未完全按钦定军礼安排，恳请不要因有失规矩而见罪。"

正德闻言哈哈大笑，挽着刘瑾的臂膀，亲昵地说："什么规矩！在豹房里，还要什么规矩不规矩？快领朕往里看吧！"

太素殿以殿为名，似乎是模仿宫中的奉天殿，是供正德就近举行朝会和裁决政事用的。但仔细观察，又实在不像。它虽然仿照宫内大殿，采用杏黄色包金粉刷墙壁，但既无象征御用的黄色琉璃瓦铺盖屋顶，亦无飞檐重脊斗拱，殿内没有雕梁画栋，殿外也没有例设的白玉栏杆和臣工陛见登临的石阶，不过是一座徒具殿名的大房子而已。更奇怪的是，殿中向南的御座并不是传统的以红绮为褥的金交椅，而是一张铺着整块虎皮的御用大椅，大椅子前留有广阔空间，可容百人歌舞。殿堂墙壁裱贴着由宫廷"供奉"画匠专门绘制的彩绘装饰画，题材虽有山水、花卉，但更多的是人物，这些人物又以俊男美女为主。不论男女，大都身段婀娜，媚态万千。一些美女，轻纱蔽体，近于裸露，有仿效飞仙女凌空翱翔的；也有男女携手相拥，在柳下花前定情细语的。正德对这种似殿非殿的布置十分欣赏，连说："不错，不错，别出心裁，别有洞天哩！"

天鹅房的设计，更是特别讲究的温柔乡。前边摆设有御座宝案，两旁各放置四把织锦软缎包裹的矮凳子。是专为被召入来见的内外臣工座谈用的。能进入天鹅房而被赐座的人当然都是有来头的,不是受重用的太监,就是特受宠爱的佞臣。这间房子的墙壁被粉刷成淡红色,悬挂着两行由苏杭特制的细纱宫灯。房门和窗棂都悬挂着粉红色的薄帏纱幔,斜挂在帘钩上,房间内外似由一层红色霓霞笼罩,更觉绮艳。御座左侧醒目地镶嵌有巨幅"杨贵妃华清池出浴图",画中的杨贵妃束着高髻,穿着低胸浴衣和拖地浴裙,由两个宫女搀扶着出浴。背后华清池温泉热雾缭绕,她略显慵软无力,又带着浴后的舒畅,水灵灵地像是一个降落凡尘的云中仙子。画幅右角有宋代词人晏殊题写的两句话:"池塘水绿风微暖,记得玉真初见面。"更使房中充满温煦欢爱的诗情,引人遐思。

天鹅房的后边是皇上寝宫,绣有龙凤图案的杏黄锦缎铺陈在阔大的御榻上。这是一张特别制作的龙床,长七尺,阔却有一丈,可容几个人共卧,最便于同参欢喜禅。榻边置有精致橱柜,其中排列着各种特别选定的春宫画。正德看到这样的特殊陈设,立即领会到设计者的美意,微笑点头;焦芳、张彩、王云凤等人心中有数,却似乎视而不见,默无表示。

步出天鹅房,正德和刘瑾走在前头,向两厢走去。马永成领着一行人等随后,他带着炫耀的口气对焦芳等人说:"为皇上营造这座离宫,房子外边看来确实十分简朴,其实采用的材料完全和大内相同,甚至还更优美精细。砌围墙的方砖都是在山东临清指定烧造的;石料采自北京附近的房山县;木材则是在宫内神木作逐件精挑细造;太素殿和天鹅房室内铺的是在苏州和松江烧造的金砖。施工期间,对匠役民夫严加督责,不容稍有疏忽,耍刁取懒。不然的话,半年内完此大功,实不可能。"

焦芳等人当然是顺势溜须:"马公公实在劳苦功高,不辜负皇上的赏识和刘千岁的栽培。今后,我们外臣人等都要仰望马公公提掖呢!"

说话间,君臣穿行到两厢各院落和密室之间,只见这些小幢建筑虽然栉比排列,但互相保持距离,音讯隔绝,非经传唤互不通行,实际是各成密室。在建筑风格上,又各有特色,有北京四合院式的,也有江南苏杭情调的;有独立庭院以便娇客居停的,也有连排数十间,酷似兵营的。所有这些,都是周到地适应正德不同的嗜欲需要,和对各式人等的不同安排。正德边走边点头,面露满意颜色，刘瑾和马永成察言观色，深喜自己又立了新功。

那一天，数百间密室大多数还是空置，为的是等待正德亲自选拔钟意的美女俊男充实进来。只有少数几间，已由太监罗祥在宫内选中了几十个平常受皇上青睐的宫女和贴身内侍入住，便于开张时应用。她们在正德路过时，都跪伏在地，高呼万岁，正德也不理会她们。临将走出西厢房时，忽听两个娇滴滴的声音呼唤："皇上请停御步，奴奴在这里恭候圣驾哩！"

焦芳等闻声吃惊，刘瑾、马永成以及等在这里的太监罗祥却是心中有数，他们小心窥看停步下来的正德皇帝。

跪在地上女装打扮的，原来是来自韩家潭相公堂子春和社，在《西厢记》中饰演红娘角色的小茶和饰演莺莺的小兰，都是皇上的老相好。正德看到他们，稍觉愕然，不由得走过去伸手搀扶站起，亲切问道："你们怎么进来的？"

罗祥看到正德不加掩饰的喜悦，知道这一招儿正合上意。他装模作样上前两步，噗地跪在御前，叩头说道："是奴才斗胆，未经御准，擅命他们入来伺候的。请皇上赐罪！"

两个相公也再次下跪，媚眼含情地望着正德。

罗祥这样的做作与其说是请罪，不如说是请功。小茶和小兰又配合默契，串演了一场喜相逢。

正德又惊又喜，佯作恼怒，踢了罗祥一脚："这一次饶了你，他们既然闯进来了，且住下吧！"

君臣游赏了殿、房和两厢密室，相偕来到内教场。秋日轻风微拂，阳光温煦，正德领头进入这个广场，见到场地广阔整齐，阅兵台高耸威肃，演武设备齐全，不觉精神抖擞，兴致高昂。

广场入口，左边安置着一排巨大的铁笼子，其中分别喂养着鹗、鸱、鸳、鹳、鸢、鹜等猛禽，其中最引正德注目的，是两只特别圈养的猎鹰。两只鹰目光犀利如炬，喙和爪锐利弯曲呈钩状，看到众人临近，不但不慌不惧，反显得有雀跃欲出的气势。正德略一伸手，两只鹰都作出听命展翅奋搏的样子。

刘瑾上前介绍说："这两只猎鹰不是凡品，都是专门准备给皇上今年秋冬出猎时使用的。"

他指着右边那只体型较大，两颊暗灰，背部羽毛呈麻褐近黑色斑纹，腹部有白色横斑的猎鹰说:"这只鹰是奴才命辽东都司着高手在长白山密林中特别猎获,再驯养训练成功,然后进奉御用的。它悍勇善斗,不但能擒捕飞鸟野兔,还有力搏杀麋鹿狐狸,当地人叫它'灰脸神鹰',是千中取一的良种。"

正德很高兴,转眼看左边那一只,这只猎鹰形态较为细小,周身羽毛也是浅褐色,但散缀着细斑,稠密而松软,腹部雪白,喙长得特别尖长锐利。刘瑾颇为得意地陈奏说:"这是今春乘太监金义、卜享出使朝鲜时,着命他们亲自向朝鲜国王索要来的最名贵的猎鹰,名叫海东青。这种海东青在高空飞翔时能远眺数十里,对域内禽兔逐一搏捕送纳主人。它忠于养主,虽放纵飞行,绝不飙扬而去,所以最为朝鲜国人钟爱,视为珍宝。这头海东青是经过反复甄选又受过严格的调驯试用,驯服听从指挥,才进贡前来的。"

刘瑾等人知道自己的主子酷爱鹰犬,在新宫里事先搜罗到灰脸神鹰和外国的海东青奉献,果然大为正德嘉赏。

在广场右边竖立的巨大围栏内,分别喂养着狮、虎、熊、豹等猛兽。刘瑾照例领在前头,指着一头有金色鬃毛的大雄狮对正德说:"这头狮子来头可真不小哩,中国不产狮子,所以御苑从未喂养狮子。远方的波斯国国王听说皇上威德远震,万邦臣服,特别着人从极远处叫作莫桑比克的地方捕获,经远航海洋进贡给皇上的。"

正德粗粗地看了一下这头正在围栏内腾步咆哮的狮子,并未留步,原来他被另一围栏里一头安详躺卧的大花豹吸引了。

这是一头非常俊美的强健公豹,头颅圆硬威武,银灰色的躯体上均匀地密布着黑圆斑点,还拖着一条呈条纹式的长尾巴,像是穿着一件斑斓夺目的礼服。豹子是正德最喜爱的兽类,他绕着围栏观赏,啧啧称美。

宠臣们看在眼里,赶紧迎命附和。张彩以熟悉豹道的口气,絮絮而道:"豹子平日栖隐于岩穴,静如山石,但一出动便如闪电惊雷,震动原野。它矫健机警,除了在陆上奔驰速度最为迅猛,还能攀登巨树巅冠,上下如履平地。豹子的战斗意志最顽强,扑杀之力最狠劲,这都是狮虎所不及的。林中之圣,实应以豹为首。"

王云凤摇头晃脑地说:"中国古代的兵书,在《六韬》中有《豹韬》,称颂运筹帷幄,擅长用兵的谋略,叫作'豹略',所谓'豹略操全胜,龙图挥所长'。微臣以为，当今长于武事，威加于敌，谋断兼资，具'豹韬'与'豹略'而合一的，唯有我皇上陛下一人而已。微臣等恭奉明君，亲临盛世，实在钦佩景仰，无任荣幸！"

一直向往兼任军旅元戎的正德，听到这样的吹捧，不觉心酥脑涨，忘乎所以，仿佛觉得自己真是上天降生的武神，人间的锦豹。他昂首阔步跨上阅兵台，回眸眺望这一片由太素殿、天鹅房、两厢密室和内教场组成的建筑群，不觉浮想联翩。有了这座新宫，软玉温香的享乐与叱咤风云的豪情，可以兼而有之，这是历代帝王包括朱家的列祖诸宗从未得到过的风流和壮烈，只有自己才能承此重任，享此厚福，真是天与人归。想到这里，正德更加傲视群伦，志得意满。

正德十分喜爱这座刚刚落成的特殊宫殿，更欣赏王云凤将所谓豹韬、豹略和自己的功业联系在一起，不觉踌躇满志："是的，这里就是朕安身之所，神豹制胜之地，它是朕的豹房啊！"

第二十三章

禁室中女嬖新花样　离宫里变乱旧朝纲

正德急不可待地搬入豹房。从此之后，直到他的生命结束，再未入住大内。这是他人生道路的另一起点。

豹房自有新天地。在豹房，这个少年皇帝可以完全不顾祖规祖法、宫寝制度、朝仪朝议等章程，可以恣行淫乐，广置女嬖男宠，用尽花样放荡淫乱。在这里，一切疯狂颠倒，都是公开的和合法的，还美其名曰"君臣共乐，无拘礼制"。哪管官民议论纷腾，谏章奏议雪片递来，一墙隔断，外面的一切都可以不理不睬。

人欲横流，极端放纵，性行为畸形变态，是豹房的一大特点。

正德从此无须改名易装，在北京城"微行"于脂粉场。他喜好音乐戏剧，又特别喜欢玩弄歌郎舞女，认为最有情趣。现在，他可以端坐在豹房之内，堂而皇之地谕示教坊司，调取最能歌善舞而又仪容俊秀、体态娇盈的乐工歌手来新宫承应差事。北京的乐工歌手未能满足意欲，便又敕示礼部，发文到河间诸府、江南各地精选色艺双全的男女歌伶，将他们解送来京，送入豹房。这些少男少女，都是乘驿马，坐软轿，享用四品官的饮食，由专责钦差恭送而来。其中有些人被正德皇帝看中，便被禁闭在豹房里，作为御前的娈童和秀女，成为特别的"性奴"；落选的或已经被玩腻的，便会被毫不留情地驱赶出去，或者发放到浣衣局，或者敕令押回原籍。

当然，正德也未忘情旧游的相公堂子和娼寮佳丽，有时也专从这些地方，指名将一些人调取入宫，供作消遣。

豹房供"御幸"的妇女有多少，谁也不清楚，正德本人也从不在意计算，因为她们来源众多，流动性强。豹房的佞臣经常向皇帝进献选中的幼女；正德出外巡幸所到之处，也将抢来的妇女带回京师。豹房容纳不了，就收养在浣衣局，随时听候召用，浣衣局常常人满为患。时间长了，人又多，正德也从未将这些女人放在心上，浣衣局又不敢擅自释放她们回去，这些人只好忍受作为备用的性奴隶，被囚禁在浣衣局之内，忍受思家怀乡的熬煎折磨。有的人忍受不了，导致神经错乱，成为疯子；也有人被迫上吊服药自杀；也有因食物不足，或因病无法得到医治，而饥病死去。豹房里夜夜笙歌、脂粉飘香，而浣衣局等待御用的众多妙龄妇女则是过着惨绝人寰的、前途无望的囚禁生活，浣衣局成了这些妇女们的黑地狱。

正德对绝大多数被临幸的女子，只是为了宣泄淫欲，把她们看作一次性性用品，玩弄完毕，赶出豹房了事。

本来在宫廷，除了皇后和妃子，还有着"佳丽三千"，但这些按照宫闱制度配备齐全的女人，竟然没有任何一个能取得君王的钟爱。正德对自己的后妃极端冷淡，对众多后宫佳丽也是概不动心，不屑一顾。

他绝不满足于一般夫妇之爱，或者是帝王随意临幸宫娥美姬之乐，他认为这样的做法太平常太传统了，完全不符合自己的需要，甚至颇有厌恶之感。

难以令人相信，作为大明王朝一国之君的正德，竟然不断索求臣下的妻妾，民间的孕妇、寡妇，以至流莺娼妓。正德最喜欢迫奸民间的寡妇、孕妇。他认为，这些妇女哭哭啼啼地求免，或逼于权势的违心顺从，最能满足肉体享乐，最能满足犯奸得逞的精神快感。

正德往往在酣醉之后，敕命赤裸的男女杂坐，进行追扑筋斗游戏；有时又命得宠的娈童与女嬖同卧大榻上，指令群奸群宿，目睹欢呼，似乎在观赏禽兽杂交，引为大乐。

当然，在众多被迫献身的妇女中，也有几个人，或者因为具有特殊的身份、姿容和歌舞技艺，或者恰好符合正德某些方面的隐秘心理，能对他保持着较为长久的吸引力。从而得以较长期受宠，甚至竟能一时左右政事，家族亦得邀恩暴发。这样为数不多的几个女人，与正德各有不同的暧昧情爱，又正好反映出正德畸形的性心理和异乎寻常的感情特征。

第一个得到正德特别宠爱的，是一个已婚怀孕的马姓妇女。她本来是因犯罪"罢闲"武官马昂的胞妹，而且，已嫁给毕姓指挥，为军人妇。所谓"罢闲"就是仅保留军籍而不得再担任军职的革退人员。马昂自被罢官后，不能再带兵吃空额，无职无权，实难维持生计。穷极无聊之中，竟然打起自己妹妹的主意。因为他的妹妹不但美貌非凡，而且善骑射，娴熟胡乐，通晓梵文和鞑子语，能够用梵语、达语唱曲，跳异邦舞蹈。马昂知道自己妹妹的条件正符合正德追寻异族女子情调的需要，便通过太监罗祥向正德推荐，在宣府行宫召见马氏。

却说这个马氏，自小生长在边塞多民族聚居的地区，广泛吸收汉、蒙古、藏文化，多才多艺、允文允武。她虽然已婚有孕，但闻说皇帝召见，却也有别攀高枝、贵为妃嫔的意愿。那一天，她精心打扮，戎装佩剑前来朝见。正德看见这个威武而妖媚的红颜女子，大感新奇，特准她带剑伺候。正德命她献演歌舞，马氏并无丝毫羞怯，落落大方地解除佩剑，换上长袖女袍，腰缠金黄色彩带，手抱马头琴，奏弹歌唱的却是边塞情歌。歌词内容是一个多情的公主，正在怀念率师征战在外的情郎，表达出缠绵悱恻的至爱恋情。真是"临风一曲最妖娆，唱得行云且住"。正德听得神魂颠倒，似乎自己就是那个出征在外，受闺中人深情眷恋和祝福的将军。歌罢，马氏又遵命翩然起舞，只见她舞姿妖柔婀娜，绰约多姿，恍似降入凡尘的仙女，加以雾鬓云鬟，明眸浅笑，更勾引得正德心痒难禁。当日便命侍寝，真是如鱼得水，即下令将马昂的妹妹载回京师豹房，万千宠爱在一身。这一来，失职"罢闲"的军官马昂也平步登天，以皇舅身份被越级授予后军都督府右都督之职，成为二品高官。

马氏在定情之际，并不隐瞒自己已婚毕氏，而且怀有身孕的事实。想不到正德根本不在意这些世俗伦理，更不在乎血缘和贞操，一切只求开心满足，他竟然嬉皮笑脸地说："这有什么关系？臣子的老婆就不应该奉献朕躬，以表忠心诚笃吗？至于有了胎孕，朕还不是白捡了一个儿子，占了便宜吗？卿且宽心勿虑，加意伺候朕就好了！"

马氏忙将谕旨传出给马昂，兄妹二人心中算是一块石头落了地，一意享受富贵荣华。

孰料，皇帝不计较，群臣却在意，认为这是荒唐淫乱，关系天家血脉的大丑闻。他们一致指出，皇帝岂能强夺臣妻，焉有以天子之尊，置国法祖制于不顾，娶入再醮已孕之妇？他们连上奏章，言词激切地将马氏指斥为"祸水",又严正诘问,马氏肚子里这个不三不四的胎儿,一旦出生,是具有天赋身份的皇子?还是夹带而来的杂种?他们稽考前代史事,列举吕不韦献"有娠之妾"给秦庄襄王,黄歇进"已娠之女"于楚孝烈王,都是暗藏巨大的政治阴谋,而又终酿灾祸的事实,认为夺嗣可危,吁请正德引以为鉴。有些人更从必须紧急挽回当前危机,防止外戚擅权立论,说"马姬专幸于内,(马)昂等树威于外,弛张予夺,渐出其手,一旦祸机爆发,天下将难以收拾",要求正德立即放逐马氏兄妹,将心怀叵测,无耻卖妹求荣的马昂交付法司审判。这些谏言尽管言词激烈,反复陈说利害,但正德却是充耳不闻,反感大骂:"这些迂腐混蛋一嘴猪毛,是说不上人话的。朕和什么女人睡觉,干他们屁事?又来唠叨未完,讨厌至极!"

正德又着内侍传谕:"宫闱内事,朕自有权衡。如再有以危言哗众的,重杖不贷!"

正德另一个受宠女嬖叫王满堂,是北直隶霸州民人王智的女儿,生长得非常漂亮,头脑又灵活,当地人传诵说:"霸州一枝花,长在王智家。皇上选妃子,当然就是她。"王满堂听到这些传言,便痴心沉迷,以王妃自居。正德二年,她曾被选拔参加过一次秀女预选,由于自视甚高,以为必得,不肯向主持选拔的内侍和地方官行贿,因此落选。满堂受此刺激,神经有些失常。她日夜梦想,总要嫁给一个出类拔萃,能够称孤道寡的人。正在此时,江湖术士段钺正在利用道教中的偏门歪说,扯起"大顺平定"的黑幡,宣扬"天道已变,五行中以金克木,段为金,朱为木,朱家气数已颓尽,段氏金长坐皇廷,义信男女来结拜,封王赐爵共荣华",居然纠集了上万人。段钺也将自制的皇冠龙袍披戴起来,在北直隶和山东一带活动。声势日大,居然称孤道寡,自称"平顺大帝",分设丞相、元帅等官。段钺在当游方道士时,就已经垂涎王满堂是霸州第一美人,举事后便派人到霸州册封王满堂为贵妃,携带她从霸州转进到山东峄县等处。王满堂也心满意足,认为自己天命宫中、贵为妃子并非虚言,不过嫁的不是朱皇帝,而是段皇帝。

不料,段钺到底势孤力薄,经不起明朝派大将仇钺率领大军来剿灭。刚一接战,段氏乌合之众便全军覆灭,段钺以及贵妃王满堂,一应伪丞相、元帅等都被擒掳，打入囚车，未满百日的皇帝梦和贵妃梦完全泡汤。段钦、王满堂及诸文武大臣均被判凌迟处死。想不到，正要对绑赴法场的王满堂行刑的前一刻，一个钦差内侍从北京乘快马飞驰而来，赶到刑场，大呼："刀下留人！"紧急传下旨意，谕曰："犯妇王满堂立即开释，派专人保护，送入豹房。"仇钺接旨，哪敢怠慢，急忙给王满堂卸下枷铐，脱下待决囚服，请她更衣沐浴，移住上房，待如贵宾，然后恭送上轿赴京，派人沿途小心伺候。

原来正德早就听说霸州有一绝色美人，芳名叫作王满堂，想不到正要派内侍将她征召进豹房时，却听到美人已被夺爱，归属了段术士，亦即扯旗造反的"平顺大帝"段钦。在女人问题上，正德久已习惯于有求必应，逢索必得，对于失去王满堂，实在愤怒不堪。当知道仇钺已剿平段氏，擒获首要后，他的妒恨之心和好胜脾气合并发作，急急下檄索回王满堂归自己享用。他认为，只有这样，才算是取得平叛的完全胜利。

正德初见押送到来的王满堂，见她恓惶畏惧的样子，确实另具风韵。王满堂遍身战栗，两行清泪，梨花带雨，早就引发了正德不同寻常的情欲。他带着胜利的傲情和失而复得的喜悦，一把拉起王满堂，厉声问道："你知道朕是何人？"

"是真命天子，是大明朝的朱皇帝。"

"那段钦呢？"

"他是称兵作乱，万恶不赦的草头皇帝。"

"你是愿意和草头皇帝段钦一齐受刑，共赴阴曹呢，还是愿意伺候朕？"

王满堂是何等聪明的女子，她知道正德并没有杀害自己的意思，便噗地跪伏地下，不断磕头，娇声呼救："犯妇王氏，甘愿伺候皇上，甘愿以身赎罪，永为皇上的奴婢。万望皇上开恩！"

正德听到王满堂这一片哀恳陈词，特别是对于"甘愿以身赎罪"这句话，更是悦耳，甚为欢心。这个曾被叛逆首领抢占过的娇俏美人，现在正跪伏在自己面前，啼泣求生，并且表示要献身于己，不但满足了正德久已爱慕的好色之心，更满足了他的虚骄好胜。已经碎尸万段、焚骨扬灰的狗才段钦，你能夺去我的美人吗？他不管内侍和禁卒在旁，也不在乎失去威仪，跳下御座，一把将王满堂拥入怀中，咬着她的耳朵，哄着说："亲亲，朕想你几年了，朕恕你无罪了。"

王满堂自少仰慕荣华，又在段铢小朝廷混过一些日子，极知妖媚取宠的诀窍。她欣幸自己曾失足贼巢的经历，在正德这里，不但不是难以洗脱的污垢，反而是可以邀取更大宠幸的本钱。当她侍寝时，每乘正德情急之际，总是在喘息呻吟之外，再如娇如嗔如悔如怨地嗲声念叨说："犯妇在献身赎罪了，是在献身伺候皇上哩！""犯妇知罪啦，犯妇知罪啦！在任从皇上细剁慢剐啦！"这极富挑逗意味的床上台词，更令正德大为兴奋，龙颜大悦。

群臣知道正德纳取了叛乱首领的老婆作为新宠，大为惊异，纷纷上奏谏阻，认为"与贼妇连衾共枕，难防不测之忧"，请求立即逐出法办。正德不但拒谏不听，反而自恃有理，连声斥骂：这些死不了的迂奴才，他们不懂人情，不懂道理，更不知国史为何物，枉为翰林和御史，难道不知道我朝太祖高皇帝在剿平伪汉陈友谅之后，就将陈友谅的宠姬美妾，逐个召入侍寝，以发扬武德弘烈吗？大英雄自有本色，女人不过是掳获之物，皇帝不享用，难道要归叛人贼首享用？这些迂腐奴才老劝说要朕遵守祖德祖制，朕今日就是身体力行，效学太祖当时的大智大勇，纳宠于贼穴之中，夺伪妃为我所玩，有什么不德之处？有什么不测之忧？不论何人，如敢再危言耸听，再来干扰，就是蔑弃祖制，就是侮辱太祖的功业，就是大不敬的死罪！再有议论的，一概绑赴太庙，在太祖神位前重杖一百，发配远恶边塞！

第二十四章

佞钱宁自称皇庶子　刁于永密献阴毒计

豹房绝不只是皇帝单纯的安乐窝，它还是主宰国政的权力中心，是真正的朝廷，集中体现着畸形的政治。

正德虽然在豹房内外享有最高的权威，但是他并不亲掌权柄。

正德对于一般性的政事概不过问，但为了方便，仍在天鹅房后面的第一排厢房，辟有几间房子，作为处理政务的密室。人们称呼这里为"豹房公廨"。

豹房公廨的首脑是刘瑾，朝臣中的焦芳、刘宇、张彩，锦衣卫指挥使田文义，还有刘瑾的心腹谋士张文冕、徐正等人都是重要的成员。遇有重大政事，刘瑾往往召集他们在此商议，组成处理和裁决政事的黑班子。

正德将一切章奏都交给刘瑾审批，刘瑾紧紧抓住这个权力，对内阁已经过"票拟"送上来的各省军政长官直接呈送入来的和厂卫密报而来的奏章，都一一代替皇帝用朱笔"批红"。经过批红，便具有了御批圣旨的地位。这些所谓御批，实际上只是"刘批"，刘瑾因此轻而易举地取得了全面的决策权力。一切军政要务，国计收支，文武大臣的升贬任免，刑狱杀戮等大事大案，都唯"刘旨"是从。每日，刘瑾将已审批过的奏本，交由内侍送到内阁，内阁大学士李东阳、王鏊等对批件的荒谬内容虽然诧异和气愤，但一般也只能隐忍，有时相对嗟嘘，但无济于事，只好遵照办理。对个别过分悖理违法的"批红"和"中旨"，即使不得已再上奏恳请改变，也一概是石沉大海。因此豹房公廨又被称为"内内阁"，是真正掌握实权的地方。

天下臣民对豹房公廨，都看作是一个毒瘤和怪胎，多数人虽然对它深恶痛绝，但敢怒不敢言，怕招惹大祸。但还是有敢于持正不挠，捅马蜂窝的人，其中以右副都御史林俊最为突出。

林俊，莆田人，历任刑部主事、员外郎、佥都御史之职。他任官三十余年，历经成化、弘治、正德三帝，由于一贯性格侃直，不唯上，不唯官，不屑随俗迎合，多次因顶风谏奏，受到罚俸罢官入狱，但他总是仆而又起，屡受挫折之后，仍然保持刚正之气。朝有弊政，必侃侃陈论，中外仰其风采，士民把他看作朝中一硬汉，亦有人称他为"倔老林"。他对豹房公廨的不伦不类和刘瑾垄断朝政，极为气愤，准备扶榇死谏。他事先遣散了家人仆从，当日带着自备的棺材，以示必死的决心，亲持一道奏本，径直来到豹房门前，免冠跪伏在地，声言是要投递给皇上亲阅的奏本。林俊毕竟是一个传统官僚，他以为写上"皇上亲阅"，便会送到正德御前，却不知，反而被更迅速地送到刘瑾手里。奏章的内容强劲坦率，而且文词浅白，很值得一读："臣唯人臣进言。非尽死不足以为忠。夫死岂人心所欲，言而人主不听。又从而怒之，则不幸死耳。

"今日弊政，莫甚于内臣僭权，而人主不察也。夫豹房，藏垢纳污之所也；公廨，古今典制所无者也；而居然号令四方，操持国政者，因古今恶魁之首刘瑾是也。

"今近而京师，远而天下，皆曰两皇帝。谓陛下居皇帝之位，而刘瑾实秉皇帝之权。陛下朱姓，谓朱皇帝；刘瑾刘姓，谓刘皇帝也。陛下时不视朝，刘瑾西面踞之，故谓陛下坐皇帝，刘瑾立皇帝也。陛下尊为天子，受制于一权宦，则天下将乱，宗社将危，无可免也。唯有急除权宦以应大变，始足重奠天下于磐石之安。臣甘冒斧钺之刑，敢为皇上痛言之。"

刘瑾读到这封奏章，又知道林俊正在门外携带棺木死谏，亦有些惊惶，觉得林俊奏章言辞犀利，说出了自己深深潜隐在心，一旦有机会便改变朱姓皇统为刘姓皇统的心愿，确是击中了要害；他也害怕引起正德的疑心和社会舆论的连锁反应。由此，他对林俊仇恨刻骨，咬牙切齿道："这个死不了的林俊，竟敢在外示威要挟，胡说什么朱皇帝、刘皇帝，要给俺加上死罪哩，要请皇上清除俺等哩！此人恶毒已极，绝难轻饶！文义可即带人收毁他的棺木，将他本人逮捕入诏狱，再仔细收拾他。不杀林俊，俺一日不得安生，难解心头之恨！"

田文义闻命，立即率领厂卫禁卒，如狼似虎地奔出大门，先将林俊带来的棺材夺取，就地捣毁焚化，再扑向林俊，踢了两脚，扭转双臂，拽住髻发强行拖走。围观的士民暗泣不敢言语。

经过这样的闹腾，豹房公廨的面目逐渐为京内外人士知晓，人们虽然还不完全清楚底细，但都意识到，高墙之内是天字第一号的魔窟地狱。

集中人间腐恶的豹房也使得各种政治流氓、弄臣、嬖幸、江湖骗子等猬集其间，如蚁附膻，如蝇逐臭。

围绕在正德御前承欢取宠、窃权取利的，当然是以刘瑾为首的"八虎"为主，但品流复杂的各种人物，也各出奇招，纷纷钻进豹房。他们在豹房之内，互相利用，串通勾结，又互相戒备，倾轧暗算，像关在箩筐里的一堆螃蟹，既互相挤迫和咬噬，又各自口吐白沫，以求生存。

其中最崭露头角，极受宠爱的大红人是钱宁。

钱宁一直隐瞒着自己的真实姓名、籍贯和家族出处，只知他幼年曾攻读诗书，又曾远走武当和少林，拜投名师习武，不但善于耍刀弄棒，而且吹弹拉唱样样出色。此人聪明外露，人又长得娇俏秀美。少年时因犯了奸拐骗财之罪，不容于乡里，卖身到太监钱能家，名为奴仆，实际上是钱能的娈童。他变尽法子，不惜做出常人不屑的龌龊事，极力满足钱能变态的性欲，所以极受嬖爱，被改为钱姓，认为义子。钱能死后，便以此名义被恩赐为锦衣卫百户。

钱宁有很大的野心，又特别有心计，他失去钱能的背景后，便急于寻找新门路，好攀缘往上爬。经过反复琢磨，认定以当时权倾一时的刘瑾为目标。他利用锦衣卫百户的身份，朝夕伺候在石大人胡同刘瑾府门前。遇到刘瑾出入，不但谄笑奉迎，还不时呈递有关京内外百官动态的情报，留心侦察为刘瑾深恶的人物，有针对性地提供有价值的材料。刘瑾逐渐把他看作是一头嗅觉灵敏的忠心警犬，给他在官中补上个内御林亲军百户的职分，让他随从左右。自己进入豹房，也让钱宁在鞍前马后随从。

一天，正德在豹房广场内兴致勃勃地检阅豹房御林亲军——又名内亲军的擒拿格斗武艺。正德偕同刘瑾、田文义登上阅兵台，田文义手执令旗指挥，只见二百个内亲军在教头佟明和肖贵率领下整齐入场，排成四个方阵，听到号令，集体表演了操练纯熟的金钢拳，只见动作刚劲有力，吼声震天动地。

接下来，又分为对打、少对多、空手夺白刃、还击、擒拿、搏击等多种套数。骤然看来，个个出如猛虎，矫若游龙，各套武艺娴熟自如。正德大喜，刘瑾、田文义等也急忙称贺。

但是，正德的兴致还未满足。他走下台来，率同刘瑾、田文义等转到广场右边，只见已安置好两根大铁柱悬架在半空，每根铁挂上又排吊着十来个鼓鼓的沙袋，每个沙袋约重二百斤，两排沙袋之间相距不到两丈，武林称为沙袋阵，要求入阵的人必轮次遍击两柱悬吊的沙袋，被击的沙袋一定要凌空升到近于铁柱的高度，然后急速下坠。入阵的人既须击而必中，又须躲闪有法，不受回坠的沙袋击中，才称得上平安破阵。原来正德久已听闻有此阵法，今日特别命令竖立起来，对亲军人等进行考练。他看了一眼田文义，发话说："朕要看看卿的手下将士有没有冲决沙袋阵的武艺？"

田文义一愣，知道碰到难题，又不敢推搪败兴，更不敢暴露自己的训练未到家，只好连声答应。他立即命令佟明和肖贵出列，要他们二人带头冲击沙袋阵。原来武林中人都知道冲打沙袋阵是最能考验武功强弱的硬功夫，必须真功实码，发拳有力，逢击必中，而二百斤重的沙袋，受击回坠之时，如天降重物，反击力必在千斤以上，如被击中，定必颅裂骨碎，不是当时殒命，就是终身残废。故此，武林中人都视冲打沙袋阵为畏途，敢于入阵的人一是不许轻击漏击，二不得挨受回坠的沙袋击中，必须具有连续猛力攻击的实力和兼有灵巧躲闪、能攻善防、进退有度的功夫。佟明和肖贵虽然习武，但被提拔为教头之后，忙于官场应酬，酒色伤身，技艺久已荒疏。听到田文义命令他们在御前冲打沙袋阵，都不觉心慌意乱，双腿发软，自知难免出丑，只是不敢抗命，只好硬着头皮，咬牙接令。

内亲军知道两个教头要冲打沙袋阵，照例擂起助威战鼓。站立在队列的钱宁别有心计，早就预料佟、肖二人必然败阵，装作若无其事的样子随众观看。

先是佟明挥拳入阵，他企图讨一个巧，先集中力量打击第一根铁柱悬挂的沙袋，暂先放下第二根铁柱的袋子，以为只有一边的沙袋回坠，易于闪避。岂知他刚打击了七八个沙袋，便已气力衰竭，气喘吁吁，瘫倒在地。田文义急令将他拖出，命令肖贵入阵。

肖贵自认为武艺高于佟明，他手脚并用，轮流击打两柱悬挂的沙袋，等第一柱的沙袋被击凌空摇晃，便用脚踢起第二柱的沙袋。谁知才闯进两柱中段，沙袋便交替加快回坠，密如连珠，使他进退不得，陷入重围，难以闪避招架，恍觉左右两边都有流星压顶，一时手足无措，不知如何应付。慌乱之间，他被一个回坠的沙袋重击头颅，立时倒地，口吐鲜血。田文义只好也命拖出。

　　正德看到这两个内亲军首领都功夫疏劣，无力破阵，大感失望，不觉铁青着脸，将一腔怒气喷向田文义："你平日自吹自擂，对朕说，内亲军都已经过严格训练，战必胜，攻必克，都是一派胡言。今日看来，不过是一些孬种屄包、酒囊饭袋，演习的是花拳绣腿，中看不中用，经不起摔打。堂堂锦衣卫，就没有一个像样的吗？"

　　田文义满脸通红，厚着脸皮听任责骂，在众军面前，好不掉脸，正要跪伏请罪，一时又想不出说什么话回奏。刘瑾也慌乱无措，正在苦思挽回的办法，忽然听到军中冒出一个清脆的声音："末将不才，恳请恩准入阵，必能冲破沙袋重围！"

　　田文义和刘瑾大感意外。正德却惊喜地寻找说话的人，见到的是一个身着百户冠服的俊美少年，样貌文弱，并不雄武威壮，对他能否破阵有些怀疑。回头向田文义："这是什么人？"

　　刘瑾抢着回答："他名叫钱宁，曾习武艺，今在田指挥使麾下担任百户之职。"

　　正德半信半疑地说："既然他口出大言，命他试冲沙袋阵便了。"

　　田文义回身挥旗发令，场内擂起三通战鼓。

　　钱宁心里，把这一次冲击沙袋阵，看作自己争取出头的要着和险着，真正是生死一搏。他闻命后，却与佟明、肖贵不同，先是脱去全身盔帽甲胄和过膝官服，上身只穿一件白色露臂单衫，下身则是窄腰裹腿练功裤，灰布头巾紧护着头颅发鬓，脚蹬熟牛皮软靴，一身轻装。然后，他绕着两个铁柱架走了一圈，目测两个铁架和各沙袋间的距离，估量沙袋的重量和回坠反击的速度。等到心中有数，才朝正德君臣躬身敬礼，说了一声"献丑"，便冲入阵内。

　　他自少熟习蹴鞠之戏，亦俗称为打球的功夫，注重轻矫便捷；又苦练过武当的醉拳和少林的逍遥拳。这两套拳都是不拘套数成法，随机变通，既长于凌空跳跃，又可以屈身弓腰，甚至有躺倒作战的卧姿，运用腿脚之力灵活对敌，最适宜借一边沙袋凌空回坠之力，撞击另一边的沙袋晃动起来；又便于瞄准一个沙袋回坠的间隙，猛击另一沙袋，然后躺倒闪避，看准才乘隙一跃而起，继续攻击前进。只见他从东往西冲入阵内，先是左右开弓，上下跳踯，或使用直拳为主，勾拳为副，连续进击，或用肩胛之力顺势推击，或躺倒以脚力踢击，拳脚并用，两边翻滚，前后闪避，击中有巧闪，闪中有突击，忽起忽伏，翻腾跃转，踢、敲、扫、劈、拦，虎虎生风。两架沙袋遍受击打，上下摇曳，却未见有任何一个回坠的沙袋触及毫发。片刻之间，便冲出铁架西头，挥手呐喊。在场的君臣官兵都看愣了，亲军们急擂报捷之鼓。正德、刘瑾、田文义都喜上眉睫，正要向他发问，却见钱宁又鞠躬拱手，再次冲入阵内，从西而东，仍然是击闪结合，又一次顺利破阵。他出阵后，稍作停顿，才跑近御前，泰然下跪："末将接受将令，遵令进出沙袋阵，蒙受圣恩洪福和诸位大人鼓励，侥幸平安，今跪伏交令。"

正德最喜欢讲究武功和具有卓越武艺的人物，又热爱脸净目秀、肤色白皙，身段匀称而又具武艺的美少年，现在跪在自己跟前的钱宁，真可说是兼而有之，是千百人中难再挑出的拔尖尤物，不觉心痒，也不讲究威仪，抢前一步扶起钱宁，亲自用御巾代他揩去汗珠，亲热地说："看不出你这小子还真有两下子呢！"

钱宁又要下跪叩谢，正德止住："今年几岁了？什么时候任职的？"

"末将今年十九岁，是蒙恩荫职的锦衣卫百户。"钱宁回答。

正德满不在乎地说："百户这样的芝麻官算得了什么，今后就调入朕的驾前，随皇伴驾，岂不更好？"

钱宁闻言大喜，强自抑制，轻轻摆开正德的手臂，转身跪伏在地："小的甘愿伺候皇上，承受恩泽，赴汤蹈火，粉身碎骨，万死不辞！"

钱宁得到正德的特别宠爱，在豹房的地位直线上升，是由于他有多种邀幸之方。

他经过钱能几年的亵玩，已经十分熟练于以男色求宠于人，而且能以不同姿态面首求欢身份不同的对象。对于钱能这样不男不女的人物，钱宁是尽可能顺应蹂躏，着重在心理上给他解渴。对于正德这样血气方刚而又偏爱武艺美男的人，则是在轻健飒爽的气派中突出娇娆放荡之态，倚姣作媚，集粉白红黛黑于一身，发挥风骚入骨的本事，使正德在身心两方面都得到异乎寻常的快感，难舍难弃。于是钱宁很快飞上枝头变凤凰，成为正德朝夕不离的娈童首领，收为义子，赐给国姓，改称朱宁，升职为锦衣千户。他不但接受正德亵玩，有时也君臣同乐，一起淫狎抢夺而来的妇女。正德在天鹅房，往往醉枕在钱宁的裸体上卧睡。官私事务，更是言无不听，百般放纵，钱宁竟敢在名刺上自称为"皇庶子"。百官有事朝见，从早到晚都搞不清楚皇上的起居，只好密切注视钱宁的动向，一见钱宁出来，便知道皇帝将起驾了。

钱宁不但以声色媚人，献出自己的身体作为求宠的本钱，还针对正德淫荡成性、好色若狂的观淫癖，在豹房内对众多娈童美女，左拥右抱，旦旦而伐，好像两柄利斧，对他轮番砍挖，身体精血渐被淘空，不时显现腰酸腿软，出现心有余而力不足的疲惫现象，遂千方百计地搜罗社会上著名的春药，如"百战丹""铁钩丸""遍宫恩""金枪不倒方"等陆续奉上，也让正德遍用。

钱宁为了固宠，还怂恿正德下诏，命兵部转敕广东巡抚，特派专人到沿海口岸，向西洋开来贸易的洋舫高价购买名为"龙涎香"的神奇药品，供给御用，并据以作为评估这些地方官政绩的依据。只要能买到并及时送到豹房的，便优予奖赏奖拔，认为政绩卓绝，相反，便以失职论处。所谓龙涎香，据说是用神龙交媾时遗留下的精液炼制而成，效力极强，但此物极为稀罕，百两黄金只能搜买到半两几钱。正德用后大为称意，问钱宁："你怎么知道这种洋玩意有如此的神奇效力的？"

钱宁故意卖弄，说："儿子知道父皇有这样的需要，所以遍查古今书籍，又周详询问名医方士，才知道这是世间独有的神奇妙药，所以才专门在京内外搜罗的。"

"它还有什么神效？"正德急切问。

钱宁神乎其神地说："龙涎香吸收神龙的精血，不但有特殊壮阳之功，还具有精于调理气血、补肾扶元健脑之效，借攻伐为采补，所以能愈战愈强，百战而不殆。"

正德愈听愈高兴，钱宁则愈说愈来劲，又添油加醋地胡诌："父皇或已听说过，彭祖连御百女，汉武帝逞威于宫掖，唐明皇高龄而能帖服杨玉环，在天愿为比翼鸟，在地愿为连理枝，成为千年传诵的宫闱恋情，靠的都是采用龙涎香啊！"

钱宁为了进一步加强在豹房的势力，在正德面前极力推荐锦衣卫指挥同知于永。

于永和钱宁是锦衣卫的同事，二人相交数年，都有爱色好嫖的嗜好，日常一起征歌逐色，结成酒肉朋友。钱宁特别欣赏的是，于永专心精研房中术，熟读各种《花榜》《嫖经》《春意妙方》等淫秽书籍，自称是个中老手。加以于永本人是乌斯满族和汉族的混血儿，自小在西域生长，经常评说各少数民族妇女不同的姣俏美丽。钱宁知道，这样一个嫖媒淫棍，特别是他掌握的色情知识，正是当今皇上殷切需求的。

正德召见于永。一见面，就为他特异的外貌而惊奇。只见此人身材高大，脸色黝黑，头发乌黑卷曲，同样卷曲的大胡子几乎遮住半个脸孔，肌肉强壮发达，撑满六品武官的官服，鼻骨隆起，紧挨着的两道阔眉毛下闪动着一双栗色的眼睛。正德询问："来人是何方人氏？"

于永下跪，用纯正的汉语回奏："微臣锦衣卫同知于永是西域人氏，生父于江是乌斯满族人，微臣的家族数代以来，一直效忠朝廷，所以得入卫军，而且因屡建战功，生父得升为锦衣卫佥事。微臣恩袭其职，以后又调入京卫升为指挥同知。微臣世受国恩，愿为皇上效死力。今奉召来叩，恭祝圣主康宁。"

"你既然生长于西域，当然知道那里的风俗习惯，特别是人情特点的了？"正德问。

于永前番已经钱宁交代，所以答言比较放肆，迅速引入主题："奏报皇上：西域地沃土肥，物产丰美。特别是，由于灵气所钟，当地盛产美女，那里的女子皮肤皙白，鼻高嘴阔，唇红齿白，身材修长，风姿绰约，又能歌善舞，穿着艳色长裙，演唱着天山高亢的乐曲，与流水和鸣，同鸣禽合奏，确实与中土妇女风韵大不相同。"

正德兴趣盎然，不无遗憾地说："西域的美女这样娇俏，可惜都在数千里之外啊！"

于永立即回奏:"这有何难!皇上至尊,是天下之主,西域何能例外。西域的美色,亦极愿沾沐皇恩,引为氏族的荣幸。可以敕令镇守宁夏总兵官,就近选拔女乐来京,送入豹房,收养于西厢密室之内,便可以供皇上悦耳目、欢身心,享受西域风情了。"

正德闻言大喜,但这个急色儿又流露出,远道往来,太费时日,搔头而道:"发敕前去到解送佳丽而来,恐怕要一年半载,远水难解近渴啊!"

于永早有准备,说出一个刻毒的阴招儿:"要立即取得西域佳丽的办法也是有的,只要皇上下决心就可以了。可即敕令在京的色目侯、伯、将军等人,立即将各家年在十三以上、二十五以下的妇女,不论已婚未婚,尽数送入豹房听候皇上选幸。选中的留下,落选的退回,有隐瞒不送者,革爵罢官,并处以欺君之罪。不知圣意认为可行否?"

正德连连点头,大声回答:"可行可行!就这样办理好了。着司礼监立即下敕书执行!"

于永这一阴损主意,引起在京色目官卒的切骨痛恨,声言要将他千刀万剐。于永为防袭击,不敢夜行。

第二十五章

学梵语为传淫密术　事番僧自封大法王

钱宁为壮大自己的势力而推荐于永,二人又为固宠,向正德大力推荐番僧。

所谓番僧,其实是西域信奉喇嘛教的少数民族僧人。元朝封大喇嘛为国师、帝师,作为统领全国佛教的首领。明初喇嘛教在内地的势力虽大为消减,但喇嘛仍有被封为法王、国师的。在宫内的荣华殿,又名降禧殿,一直供奉着西番佛菩萨神像,设有专门的番经厂,还传派一些内侍学习西方的梵呗经咒。遇到重大节日,番经厂亦按照喇嘛教的仪式,高悬幡榜,按照番经所载规程,吹大法螺,执击大锣,诵念梵经呗语,跳跃舞蹈,为明朝皇帝和国运祝福,称为做好事。正德少年时期,作为皇太子居住在钟粹宫内,已经十分欣赏西番僧徒另有韵味的音乐歌舞,不时召入宫内表演。

来自西北的番僧,都居住在北京的喇嘛寺内。有些高僧已经生活在内地数十年,熟悉汉语和内地风俗文化,长期研讨喇嘛经典,洁身自爱,沟通番汉文化。但也有少数番僧,却变成在内地的特别居民,横行无忌,宣扬邪道迷信,并与明代社会封建伦理的崩溃,官僚士绅追求奢侈淫乐的风气相结合,专门以兜售特产春药、传播性事妙诀来图利,借邪教歪理骗奸妇女。

钱宁和于永向正德极力推荐的,就是此类西番花和尚。

钱宁和于永在京城内外,精心寻觅这种西番花和尚,终于挑选了两个,一个名叫那蒂饶巴,另一个名叫洛敦坚赞。

奸僧将奸淫众多妇女的行径和宗教迷信紧密结合起来,宣扬放肆淫乱是"度己度人",是能够达到"无上智慧"的途径,是发挥"摄护众生"的大慈悲。对被骗献身的妇女,哄她们说是"借助佛力,免于沉沦",是"共参欢喜禅,同享三生福"。奸淫之后又勒骗"布施",从而财色兼收。

这些西番花和尚为了推行他们的教义，更有效地勾骗和玩弄妇女，历来注重性事的研究，制作成多种特效春药，又将记载各种歪门邪道的性事经验技能样式，绘制成精细图谱，加以梵文说明和行事咒语，汇编成书籍，称为《秘籑》。《秘籑》用来提供给中原地区的高官显爵、豪商巨绅们在放纵情欲时观摩仿效，不少人趋之若鹜，推崇为佛法东传做出的最大贡献，由此也助长了当时放荡淫靡的风气。借助内地权贵豪富的庇纵，西番花和尚们的奸拐活动取得了合法或半合法的地位，毒害于城乡。

奸僧的眼光还紧紧地盯着明朝的宫廷。他们知道，高高端坐在紫禁城最高层的皇帝，才是最大的财主，掌有最高权威，而且大多都是色中馋鬼，炽热追求花样翻新的性享受，但因为欲焰过盛，漫无节制，又大都气血两亏，对粉妆玉琢千百成群的美女，心有余而力不足，急需取得弥补缺欠的能力和增进淫乐的方法。奸僧们投其所好，想方设法钻进宫廷，呈上《秘籑》，献上"秘术"，教以可以促进持久和取得最大快感的"密咒"，身传口授，迅速取得格外的重视。正德皇帝的爷爷宪宗成化皇帝朱见深，就是这样一个重用西番花和尚的色鬼。他贴身的番僧鉴巴坚参最能讲究性交中的"引气吐纳"之术，又能将一些异淫的梵文咒语翻译为浅白汉语，口授给成化助兴。于是，这个番僧头目居然被拜为"大智慧佛""大悟法王"，他的徒弟鉴实巴、索南坚参等人也被封拜为大国师，赐给诰命，其他徒子徒孙都被授予西天佛子、国师、禅师等称号，包养起来，"服食器用，僭拟王者"。其实说透了，不过是为皇上的性事效劳。不过，番僧们的大法力，只是能很快就将年刚四十的成化皇帝弄到蹬腿气绝，呜呼哀哉，快速进入他们所说的"极乐世界"。

正德的父亲孝宗弘治皇帝朱祐樘登位后，驱赶了番僧，清理了宫廷，并下诏警告子孙们应引成化早死为戒，绝不能再亲近番僧。但他绝未想到，二十年后，他的宝贝儿子正德皇帝朱厚照却不听他的叮嘱，宁可重蹈爷爷的覆辙，又引进了这些花和尚。而且不论在数量还是宠爱程度上，以及礼拜的虔诚等方面，都远远超过自己的爷爷。

钱宁和马永成领着那蒂饶巴和洛敦坚赞进入天鹅房，皇帝已在等候。

这两个番僧双手合十，弯腰致敬，并不下跪，连声祝颂："祝颂大皇帝福体安康，万事吉祥！"

两个番僧都是一式打扮，内穿褐色僧衣，外罩大红袈裟，各披戴一串大数珠，右边的胳膊裸露在外。二人目光炯炯有神，双眸灵转。

　　那蒂饶巴年近六十，高鼻梁，眼眶深陷，眼珠黄浊，脸颊有几道深刻的皱纹，卷曲的短发和络腮胡子都已斑白。他的行动沉稳镇定，精神矍铄，谈吐不俗，显然是见过大世面，经过大风雨的。在致祝颂词时，说的是一口带着京音的纯正汉语。洛敦坚赞是那蒂饶巴的高徒，才三十多岁，长得结实魁伟，脸色红润，嘴唇鲜红，唇边长着一撮浓黑的髭须，两颊也是络腮胡子，能说汉语，不过比较生硬。这是一个壮实精明的喇嘛，看似愣头愣脑，其实粗中有细，知晓及时进退，掌握兜售歪经邪术的火候和深浅，有着一肚子坏水。

　　正德蛮有兴致地接待他们，命近侍移近矮几，赐座，赐茶："不知两位大师有何要陈告之事？"

　　那蒂饶巴起立回答："喇嘛虽是方外之人，但寓居京师已近五十年，当年曾随先师大智慧佛鉴巴坚参伺候宪宗先皇帝，铭感皇恩。喇嘛也略知中土风俗世情，诵读过儒道佛等书。但浅见认为，诸般儒经道书佛典，并不博大精良，奥妙深邃，既通谙上天神理，又贴近人世自然。今日请求觐见皇上，正是为奉献身心安泰、万寿无疆之理，永远享受人生欢乐之道。"

　　"怎样才能既得邀上苍神明庇佑，又能享受人生最大欢乐呢？"正德问。

　　那蒂饶巴不慌不忙地回答："中原地区的儒、道、释（佛）三大学说，其实都是欺世之言。儒家用所谓崇仁重礼、男女有别来形成三纲五常的说法，其实是束缚人性常理的枷锁。古往今来，谁见有真正的仁义？纲常礼仪伦理，不过是虚设的排场；男女都是血肉之躯，七窍四肢相同，只是躯体阴阳不同，正宜密切沟通亲密互补，何必有别？至于道教倡言清净神仙，其实道士们何曾清净？谁又见过神仙？佛教宣扬的来世轮回之说，更是虚无缥缈，放弃今世欢乐，以虔修苦行为来世积福，最是蒙骗愚信的蠢话。我认为，尽情享受当前欢乐，才是人生的真谛，正是取悦神明，领受上苍恩赐之道，也是执政者治国平天下，创立人世乐园的要诀。"

　　正德听他这一大套滔滔言论，似懂未懂，有点犯怵，但总觉得听得入耳，特别是蔑视礼仪伦理，尽情享受人生欢乐之论，恰好符合自己的心意，并不介意这个老喇嘛的夸夸其谈。马永成和钱宁知机，悄悄地退出。

静默了片刻，正德发问："请问大师，长寿康宁之道有何要领？"

那蒂饶巴回答："按照中原陈说，长寿康宁必以清心寡欲为主，以隔绝男女之欢，清除人欲为要，所谓'上者别床，中者异被，服药百裹，不如独卧'……"

正德禁不住插话："这样做人，还有什么意思！"

"对呀！其实独卧岂无遐思？道学夫子最多绯闻。在家别床，却禁不了在外偷摸。喇嘛多次游历中原城乡，到处见闻怨女旷夫，通奸私奔，甚至不乏杀夫毒妻的事件，可见男女之间两情相悦，两性相交是人同此心，心同此欲，是伦理法律俱难禁遏的，什么苦行、戒律、禁欲、禅定等各种说法都是违反人的本性，从来未见过实效，所谓清心寡欲的说法更是根本行不通的。"

那蒂饶巴边说话边用眼睛紧瞅着正德，密切注意他的反应。看到正德专注的样子，更加放肆地进言："特别是，大皇帝以天子之尊，不但三宫六院是体制所必备，还应该知道。天下的女人，都是上天为供大皇帝享用而生长育成的。大皇帝对她们广施恩泽，正是上符天意，下顺人情，领悟神明好生之德，以至尊之体而广御众女，惠施吹爱，正是摄护众生，体现博爱子民的德意。"

这个老喇嘛谈锋极健，言词都是为正德到处抢掠妇女提供理论根据。

洛敦坚赞看到师傅的传道已收到预期效果，便上前进言，他不言学理，而是直捅主题。操着半生不熟的汉语说："不过人体到底是血肉之躯，大皇帝虽然被天神赐给了锦豹的气质，金龙的神体，但以一人而对付千百美艳女子，也未免再衰三竭，损耗精神。"这几句话击中了要害，触及了正德深藏的隐忧："正是这样，朕在亢奋之后，也有时感到疲惫，也有力不从心之感呢！"

洛敦坚赞抓紧进言："其实，这是不难解决的。"

正德情急地问："怎样解决才好？朕愿听哩！"

洛敦坚赞目视那蒂饶巴，那蒂饶巴颔首微笑，示意他放胆进言。洛敦坚赞便举出两指："这有两法：第一法，是遵依祖师所传神言，配制真正能强筋健骨，壮阳益精的妙药，以收取乐兼健身之效；第二法，是敬拜神灵，修习秘传的《秘篆》，从男女交媾中反损耗为补益，借以调理元阳，增体力，长精神，长盛不衰，久战不殆，定必益寿延年，享受人生真乐，体现我佛慈悲，达到梵我合一境界。第一法为治标实用，第二法才是巩固根本。"

正德情不自禁地从虎皮交椅中站起来，走近洛敦坚赞，说："你先讲第一法，朕要知道是什么奇效神药哩！"

洛敦坚赞有意卖关子，先说汉医和其他各宗各派炮制的春药都是残害健康，难有长效的毒药废品，他用早有准备的语言回答，虽然不熟练，结结巴巴，但助以手势比画，还能听懂大意："中原汉医多以鹿茸、虎鞭、毒蝎等入药，更加以用硫黄、朱砂、砒霜、黑铅、红汞、水银、硝石等炼制为丹以供御用，可能也有一时之效，但以上各物不过都是刺激亢奋之剂，耗损元气之物，而且内含剧毒，服用之人，不但要不断增加剂量，而且久必中毒亡身，大皇帝不可不察不慎。至于所谓具有特效的龙涎香，不过是用在远洋岛屿上生长的毒树果实制炼而成，却谎说是神龙交媾留下的精液。谁看过神龙，谁更看过它们交媾遗精？这些荒诞无稽之谈不过是用来诳骗钱财、哗众取宠罢了。其实，龙涎香虽有异香扑鼻，有在房事助兴之功，但毒入脏腑，更不可轻信。"

正德听了洛敦坚赞这一番议论，有点儿扫兴："这样说来，朕目前服用各种丹药，都是无长效而有剧毒的了？"

那蒂饶巴接过话茬儿："看来只有改用我秘传神药才能有效。我们天竺的丹药绝不使用铅、汞、砒霜等有毒之物，不以一时亢奋为功，完全以养精补血健肾壮阳为宗旨。采用高山巅峰的灵芝和红花等诸般神草为本，佐以产自寒域白熊的肝胆、海狗之鞭、羚羊胚胎、麝兽香囊，再提取高原各种珍禽奇兽的精髓，少女月经初潮之血，配以药食同源的一百二十八种神药，由高僧虔行法事三百六十日，日夜祈祷念咒，求神明庇佑，方能炼制而成。神药不燥不耗，不但行房时得享最大欢乐，而且还能摄阴补阳，有吸取妇人的气血转为滋补之功。"

这个老喇嘛说得忘形，竟像一个鼓唇舞舌，在江湖销售春药的郎中。说话间，他从袈裟里掏出两个小口袋，一个用红绢，另一个用黄绢，封缄严密。不畏皇威咫尺，大模大样地自己呈递给正德，说："红绢包裹有一药丸，是内服之药；黄绢包裹内装的粉末则是为同脐热敷用的，两者结合使用，有妙不可言之功，飘飘欲仙之感。大皇帝可以试用一下，必然体验到它与其他丹方不同的特效。"

正德也不在乎帝王之尊，蛮有兴致地亲手接过药包。

第二天晌午，皇帝兴高采烈，神情焕发，脸上浮现着罕见的红晕，兴奋地召两个喇嘛即来豹房觐见。

洛敦坚赞跟随在那蒂饶巴后面，刚进入天鹅房，未及行礼，便听到正德冲他们喊道："药丸服过了，药粉用过了，真有神奇之效，给朕享受到从未有过的乐趣，你们是立了大功哩！"

师徒谦谢。那蒂饶巴奏说："这是大皇帝的洪福齐天，又蒙受天神的宠佑。如果未邀得神功扶持，佛凡未能合一，药丸和粉末都是不会见效的。"正德闻言大悦，抚掌耸肩，在天鹅房左右踱步，完全放下了皇帝的威仪，转身对他们说："朕要赐给你们玉带和银章，以表彰你们的勋劳卓著呢！"

师徒二人鞠躬合十，表示无限感激。那蒂饶巴又说："药丸和药粉都不是凡品，不是旦夕之功可以取得的，喇嘛身边虽然还有少量，可以奉献给大皇帝，但难以持续供应。长久之法，还是要在北京炼造，由喇嘛祈求神灵，酌情加减剂量，才能切合大皇帝的体质和需要。"

"怎样才能进行炼造呢？"

"这就需要花重金从天竺搜罗诸式珍奇药材和配料齐全，输运来北京，再厚礼聘请通晓神功奇技的喇嘛药师七十二人前来，专辟精密房舍，上供神龛，下设丹炉，拜祷星辰，呼吸天地灵气，再使用节时缩日之法，将三百六十日压缩为九九八十一天，便可以制炼而成，及时供奉大皇帝御用。以后随炼随用，源源供应，定可获得大欢乐、大功法。"

正德听罢，立即决定："就依照大师的话办理便了。朕即传旨，派太监罗祥偕同大师的徒弟乘驿赶往天竺，务必将药材和药师从速征集齐全，急速护送回京，立即开坛设炉制炼御用丹方。"

两个喇嘛遵旨，正德又问："你们昨天说，还有巩固根本之法，可详细奏来。"

那蒂饶巴故弄玄虚，装出畏怯的样子说："这种办法略有猥亵之处，中土称为荤话，是有禁忌的，御前议论，怕冒渎大皇帝清听……"

正德打断他的话："荤话才是真话，荤情才是真情，你们如实奏来，无妨！"

老喇嘛娓娓道来："一切男女交合都是遵行神道，上升到梵我合一的境界。所以凡事必应讲究心意、模式，配以梵咒歌谣，以心运术，以术导身，才能获得最大欢娱，与中原地区一些世俗男女即兴即止的糊涂动作完全不同。"

正德半信半疑地说："中原地区也不尽如此，历代也流传有像《风月验方》《房术密谱》等奇书宝籍，朕都看过。"

那蒂饶巴闭目冷笑："这些书籍和《秘篆》相比，实在太浅显太粗鄙了！"

洛敦坚赞插话说："听说中原的房中术，关于男女行房的样式只有数十款，而著录在《秘篆》的，即已有三百余款。《秘篆》成书，现存二十四册，对中原一般善信，我们只提供四册。只有对人皇帝，才会倾其所有，尽忠奉献。喇嘛今天先带来卷首一册，恭请大皇帝浏览，便知高低深浅实有不同。"

正德接过洛敦坚赞呈递过来的，以五彩织锦封面，用上好白绵纸手抄和绘图的《秘篆》，打开一看，前几页都是梵文序首，看不懂，但其后都是男女交合的形象图画，分列不同的躺式、立式、坐式，甚至还有强奸和在旷原野合的模式，十分煽情，最能引发遐思邪欲。每幅图片旁，又各写有一段梵文诗句，确实比正德过去观赏的春宫图画更为逼真精致。他目不转睛地聚神细阅，把这本《秘篆》紧紧攥在手上，半晌不肯释手。喇嘛师徒二人看在眼里，互相以目示意，面露得意之色。

好一会儿，正德才注意到两个喇嘛还屏息恭立，站在阶前左右，他招手让洛敦坚赞走上前来，指着膝前《秘篆》的一页，让他将配在图上的梵文译为汉文。洛敦坚赞用汉语简单说明，又用梵语吟诵起来，正德虽然不懂梵文，但已经听出其中的悠悠韵味，梵咒切对主题，对画中的男女和形象称赞美化，图画如绘，咒音如歌，真是图因咒而传神，咒因图而映真，相得益彰，令人荡气回肠。正德沉浸在一种从未体验过的氛围之中，如痴如醉。吟唱暂停，正德回过神来，连说："好个《秘篆》，好个《秘篆》！"又有点儿惋惜地说："汉语的翻译像经人嚼过的馍馍，没有味道，失去了神采，可惜朕不懂梵文呀！"

那蒂饶巴郑重进言："学习梵文当然可以全文通读《秘篆》，享受最大的欢娱。而且学会了梵文，还便于全面领会神道的博大精深，用以普度众生，臻于极乐。大皇帝统御万邦，又聪明智慧，喇嘛知道，大皇帝今转世来发大慈善心，成大功业的，实在有缘。大皇帝如果愿意学习梵文，不用半年，必能精通。法轮常转，大皇帝能上通神道，下治黎民；在世为皇，出世为佛，岂不是千古一人啊！"

老喇嘛言词蛊惑，正中正德下怀，当即表示："朕要学习梵文，一定要学好梵文。就请两位大师立即搬入豹房居住，就近教习梵文和给朕传授大法，不可推辞。"

那蒂饶巴领着洛敦坚赞走上御前，恭谨回奏："喇嘛等敬领圣旨，甘愿为大皇帝效劳！"

从此之后，正德皇帝不论在京在外，出巡游历时，总见有上百个番僧紧密伴随，成为御前一支特殊队伍。

第二十六章

拒献妹于永遭谴戍　迟送妾马昂被罢官

日前向正德献策，尽取在京色目侯伯女眷入豹房听任选幸的于永，因为立了桃色功劳，大受正德宠幸，从一个锦衣卫同知破格连升三级，被委任为佥都督，一时气焰熏天。被解送入豹房的色目妇女，落选的当日便被驱赶回家，入选的人不但要受到正德的奸淫，还要接受娈童们的亵玩，在豹房的日日夜夜，更要通宵陪饮，强颜欢笑表演西域歌舞。有人不堪虐待，羞怒自杀身死，司礼监却敕命死者的父亲或丈夫自备棺柩，到豹房领回尸首收殓。有些人被亵玩厌足，被成批押送进浣衣局，由亲人花钱财托关系将她们领取回家，但也有些家庭认为自己的妻女已失身破节，是家门最大的羞耻，不肯再领回她们。这些被羞辱被迫害的妇女，只好困守在浣衣局，过着孤苦凄凉的日子，自伤自贱，怀着满腔的悲愤了此残生。

在京色目侯伯将军的家庭，几乎都因于永的丑毒行径，弄得家破人亡，都对这个淫媒恶棍恨之入骨，几次要在当街狙杀他，但因为于永防范森严，武装随护的军兵众多，未能得手。

一日，几个色目侯伯正在护国将军郑康的家中喝酒，酒酣耳热之际，自然痛骂贼人于永，但一时又无计可施。忽见一个家人兴冲冲地撞进大厅，手里拿着一页刚从外墙揭下来的招贴，捧给郑康，连说："将军快看，将军快看，是关于狗贼于永的！"

郑康手接招贴，来不及展读，几个色目侯伯已经围拢过来。这是一张用黄纸红墨书写的帖子，上面大书二十八个大字：

扳倒于永有何难，他有娇妹在人寰。

深闺密藏不进奉，欺君之罪岂能容。

几人看罢，不约而同地齐声叫好！

还是郑康先说话："由谁出面把这桩事上奏呢？"

一个上了年纪的侯爷皱着眉头，说："谁也不要出面！要知道蜂虿有毒，恶狗伤人。咱们只要将这份招贴，暗底下再刻版印刷数百张，黑夜派人遍贴京都城乡。特别要张贴到东厂、锦衣卫衙门和豹房近墙，皇上不可能不知道的。就看皇上怎样处理了。"

众人闻言，连连点头称是。

正德皇帝看到揭贴，开始时并不生气，反而因为知道了于永有一个漂亮的妹妹，引得心痒不已。

他态度如常地召见于永，问道："听说卿家中有一个妹妹，姿容姣美，为什么未见送奉进来呀？"

于永大吃一惊，但顷刻便镇定下来，回答说："微臣确有一妹，名叫小妞，因年龄才十二岁，未到征召年纪，所以未送奉进来。"

"年纪少一点儿也不要紧，童女另有风姿，朕也喜欢的，可即送进豹房来。"

于永只好奉旨答应。

没有谁比于永更了解女子陷入豹房的凄惨命运了。家族中有妻女被选入豹房的，又往往被宣传于亲友同僚之间，全家蒙受耻辱，抬不起头来。于永出了恶主意，不惜陷色目妇女于绝境，以换取自己的富贵，但聪明反被聪明误，自己玩弄的毒计却终于落到自己头上。他心情沉重，轻一脚重一脚地步出豹房，一时不知所措。他最疼爱妹妹小妞儿，不甘将她送入魔窟，又怕因此受到锦衣卫官兵的讪笑和亲友看轻，被认为连自己的亲妹子也保护不住，却又不敢违背正德的御旨。于永左思右想，到底是狡黠多端，忽然冒出一个点子，反正正德和众人都未见过小妞，何不用"顶包"之计，将自己李姓佃户的小女儿黑妞送上去，就说是自己的妹妹，蒙混过关了事。他自以为得计，将黑妞的父母传唤过来，送上几两银子，连哄带骗，软硬兼施，将黑妞冒充小妞送入豹房，还把这桩糗事讲得天花乱坠，说一旦得侍奉皇上，全家富贵荣华享受不尽，李老汉被迫答应。于是，黑妞便以于永亲妹的身份被送到御前。

黑妞是农家姑娘，长得五官端正，身材健美，肤色黑中透着嫩红，特别具有天真稚气的青春气息。正德见面后也很喜欢，当夜就将她蹂躏了。事后，对黑妞说："你献身奉朕，我要给你哥哥升官哩！"

黑妞到底是小孩儿，失口说："我没有哥哥啊！"

正德大惊，追问："于金都督不是你的亲哥哥吗？说！"

黑妞吓得放声啼哭，跪在地上颤抖说道："是于老爷命我冒充于家小姐来的，我是于家佃户李姓的女儿，名叫黑妞。请皇上恕罪！"

正德不再理会黑妞，只是怒容满脸地朝密室外厉声喝道："传田文义立即将于永捆绑带进来！"他并不在乎昨夜陪宿的少女是小妞还是黑妞，令他震怒的是于永为狗不忠。

顷刻之间，田文义就将已剥去冠带，披头散发，被五花大绑的丁永带进来。于永被押入密室，看到蜷伏在地的黑妞，心知一切都已露馅，便扑地跪下来，再跪行到正德跟前，叩头如捣蒜，连声哀嚎："微臣欺君有罪，罪不容诛，罪不容诛！"

正德铁青着脸，咬着牙，走近于永跟前，左右开弓，朝着于永的面颊猛力抽打，气急败坏地指着黑妞质问："她是你的妹子吗？你为什么不将自己的妹子送进来？你敢欺骗朕，还有什么弑君反叛的事不敢做？"

皇帝亲自动手抽打犯人，是极为罕见的。田文义既不敢拦阻，也不敢劝说，只是用手抓住于永的发髻，使他的面颊朝上，便于挨揍。

于永痛哭认罪，但还想为自己辩护："微臣有罪，是因为看见跟前这个小女子比微臣妹子更加俏丽，所以先将她献送上来的……"

正德听到他的鬼话，更是气上加气，提脚朝他胸前踢了一个窝心腿，于永几乎仰后跌倒，田文义赶快拉扯着他的发髻，推他仍正面跪着。正德恨声不断地喝骂："你还敢诡辩！"

于永连叩响头，阶前咚咚有声。

过了一会儿，正德稍为平息，坐下，对田文义说："于永胆敢欺君，这条狗是不中用的了，立即革去金都督之职，回卫重杖三十，谴戍到泸州当驿卒。"

田文义奉旨，押着于永下去。

一个月后，于永杖伤刚愈，便被押解出京，朝西南出发。不料还未走出北直隶省境，便被色目侯伯等委派的三个杀手拦截。三个杀手俱是山陕口音，虎背猿腰，各背插快刀，拦住于永，先验明正身，也不说话，挥刀乱砍。等于永气绝，还割断他的首级，挖去双目，将残尸弃于旷野，扬长而去。两个解差素知于永此人作恶多端，树敌众多，被杀亦是自作自受。他们袖手站在路旁，既不格斗维护，也不出面劝阻。等杀手走远，才慢吞吞地到地方官府，请求收殓尸首和缉拿凶徒，不过是走走过场，敷衍了事。地方官依命案例报上去，锦衣卫也并不追究。

与于永命运相似，因进女色暴贵而又急败的人物，是马昂。

马昂因为献进自己已婚有孕的妹妹，受到特别的宠信，本人从一个已被革职的落魄军官，一下子被升任为后军右都督要职，其弟马炅被任为都指挥，另一弟马冕被任为仪真守备。内侍们都谀称马氏兄弟为舅爷，皇帝则是他们的妹夫。正德还在北京太平仓东侧，为马昂营建了一座大府第，自己经常驾临马家，和马昂家人一起寻欢作乐，马氏兄弟也随时可以出入宫禁，一时势焰熏天。

可是乐极生悲。一天，正德又乔装简从，突然驾到太平仓马家，也不通传，径直进入大厅。马昂正与自己的姬妾们饮酒，一时不及走避，只好一齐叩迎圣驾。正德命各内眷不必回避，一齐宴饮并欣赏歌舞。

马昂的姬妾中，有一个最受宠爱的杜艳娘。此人原是南京秦淮河的名妓，身材修长，瓜子脸，略谙诗书，擅长歌舞，弹得一手好琵琶，有斯文气息，平日不轻言笑，另有一种骄矜高贵的风韵。特别是她的两眉微挑，双瞳如着浓墨，灵活闪转，眼神深邃清柔，眼神勾人魂魄。马昂用重金将她聘买过来，宠于专房，平常不让她见外人，更惧怕被好色之君正德知道。今天碰巧，只好命艳娘随同各姬妾一同向皇上施礼。

正德看见艳娘，色心大动。他先命艳娘坐在自己身旁献酒布肴，又握手细问小名和来京经历，听说她是从秦淮河出身的，便叫她演唱江南丝竹。艳娘闻命，告罪回内室更衣。少顷，穿着带长袖的素绢舞袍，手抱琵琶，回到厅前，先向上座的皇上叩头，听待点歌。正德紧盯艳娘发问："你要给朕演唱什么歌舞哩？"

艳娘口音略带苏白，回答说："演唱一曲《嫦娥怨》，不知是否适合圣意?"

正德连声说好。

只见艳娘移步走到大厅中央,翩然起舞。她自弹琵琶。舒展长袖,恍似两匹白练体,忽而慢蹈,忽而急旋。她双眉紧蹙,若有伤心事,酷似寂寞的嫦娥穿着皓衣霓裳在桂树下自悲自怨。一刹那,琵琶声扬,跌宕离合,琴韵屡转,由平静渐变为凄清,似是深悔当年误吞灵药,任性奔月,终天有恨,无奈孤零,不禁倾诉出在蟾宫的幽怨。一曲奏罢,如泣如诉,舞姿亦告停止。原来杜艳娘虽然被卖身入马府,但一直深深厌恶马昂的粗鄙,认为牡丹插在牛粪上,暗自怨嗟。今日知道面对的是当今少年天子,岂有不尽量取宠之理?她以歌示意,卖弄风情,引得正德神魂颠倒,一曲歌罢,便一把将她拥入怀中。

马昂看到正德在自己府中,在众目睽睽之下,竟像在勾栏妓院一样肆无忌惮,不觉满心焦躁,醋意大发。但又不敢发作,只好尴尬赔笑。

酒酣筵散,马昂巴不得皇帝尽快摆驾回豹房,但又不敢启请。想不到,正德毫无觉察,伸个懒腰对马昂说:"马卿家,朕今夜就不回豹房了,住在你家吧!"

马昂暗暗叫苦,装作高兴的样子,答应道:"皇上屈居寒舍,真是蓬荜增辉,微臣万幸!"

正德微微一笑,指着倚坐在跟前的杜艳娘,对马昂说:"朕就在她的房间歇宿,由她伺候朕便可以了。"

马昂如五雷轰顶,支吾启奏说:"得到皇上看中,当然是大好事,可惜,小妾杜氏正有病在身,难以伺候圣躬。"

杜艳娘瞪了马昂一眼,不说话。

正德加重了口气,问:"她有什么病?"

"痨病,是要命的痨病!"

杜艳娘目光一转,含情凝望正德。

正德恍然大悟,原来是马昂不肯将杜妾献给自己。一拍桌子,猛力推案而起,满桌的残羹剩酒,杯盘盅碗都摔到地上,大步朝门外走去。

马昂知道自己捅了一个大娄子,得罪了当今皇帝。他焦急惶恐,更不敢责备杜艳娘敢在自己跟前向正德卖俏。在大厅前后踱了两圈,下了决心,咬牙吩咐:"赶快备轿,送杜姨到豹房伺候皇上!"

临行,他低声向杜艳娘说:"念在往日的情分,请在皇上身边给我美言几句。"艳娘也不理他,转身上轿。

马昂骑马跟从轿子来到豹房大门前,不知内情的门卫和内侍,仍然毕恭毕敬地向他打躬行礼,招呼说:"马舅爷有什么事深夜到来?"马昂不敢多话,只请奏报:"马昂已将杜艳娘送来,在门外候旨。"

不一会儿,正德的一个贴身内侍走出来,只说即将杜氏送入天鹅房,并无一字提到马昂。

马昂不敢径自回去,仍恭候在豹房门前,忍着夜深寒露。一直到第二天晌午,他算计正德和艳娘已经起床,又求守门的内侍入奏,自己仍在候旨。

好半天,内侍走出宣旨:"革去马昂后军右都督之职,没收赐宅;马炅、马冕均夺职为民。钦此!"

马昂但觉天旋地转,叩头谢恩之后,差一点儿摔倒在地。正要踉跄往外走,忽然听到一声叫唤:"哥哥,等我一下!"

马昂往大门内一看,一个身怀六甲的女子蹒跚走过来,一个内侍代她拿着细软行李,原来是自己的妹妹,惊问:"你也给休了?"

马氏两眼红肿,诉说经过。原来今早正德的贴身内侍通知她,即日搬入浣衣局待产。原因是,半年来内外群臣对皇上纳入已婚有孕之妇议论纷纷,许多奏章都以这桩事作为话题,不断批谏,正德也觉得烦躁。更主要的是,正德对这个马姓女子已经失去了新鲜感,也担心一旦在豹房分娩,生出野种,不好处理。遂乘革退马氏兄弟军职,顺便将她扫地出门了事。马昂兄妹泪眼相看,相对无言,凄然离去。

一场闹腾了多半年的荣华梦彻底破碎了。

第二十七章

皇无嗣群臣忧国本　朝有奸刘瑾起异心

正德皇帝还有更为烦恼的事。

他父亲弘治皇帝临死遗言，谆谆叮嘱，要朱厚照嗣位后，不必守三年之丧，一定要赶快完婚，这当然是为朱氏皇家的宗裔继承着想，殷切希望独苗宝贝儿子早日繁衍子孙，确保世传的天下。所以，正德登位不久，便遵遗命册后立妃。可惜的是，年轻的皇帝完全不体会老子的苦心，对正规册立的后妃深为厌恶和抗拒，对夫妇人伦之道极之冷淡和蔑视，把皇后和几个妃子冷落在深宫，从不理睬。相反，却恣意在外寻花问柳，甚至另立豹房离宫，追欢逐乐。长达四五年，宫闱宗藩和内臣朝官从不同角度，都紧紧盯着当今皇帝有没有诞育皇子。但是，当事人正德皇帝却丝毫未觉，本人有没有生育儿子，早点或迟点生育儿子对大明王朝有什么相干，从未放在心上。

不过，在张太后，在朱姓皇族亲贵藩王，在满朝文武大臣之间，对于久未诞生皇子，却有着各式各样的反应。他们怀疑，朱厚照是不是一个天阉的废物，是不是缺乏生育能力？如果真的不能诞生皇子，那就必然出现如何传宗接代，如何处理皇位继承的问题。

张太后曾经传见夏皇后和几个妃子于坤宁宫密室，询问皇帝临幸的情况。夏皇后骤然听到太后问及房事，不觉触动了自己一腔幽怨之情，满心委屈，情不自禁地跪伏在地，涕泪滂沱，奏称："贱妾无才无德，不足匹配天子，自成婚当日起，贱妾便从未得见圣容了！"

张太后闻言，流露出惊讶怜惜的神色，让沈、吴两贵妃将夏皇后扶起来，转而询问沈、吴等妃嫔的情况，这些妃嫔们也是清泪盈眶，相继羞怯地说出内情。原来她们被纳入宫之后，皇帝从未看望过她们，从未碰过她们一下，原来她们都还是处子呢!

深宫里圈养着一群怨妇!

张太后愁眉不展,叹息不语,又不敢在后妃面前流露出对皇帝的不满,只好勉强说了几句安慰话,命后妃等各还本宫。她自知与正德关系疏远,由于是否是亲生母子关系,各怀鬼胎,存在无法挑明的隔阂。只是为了皇统大计,为了将来在地下能对先皇有个交代,张太后还是命内侍启请皇帝前来坤宁宫一次,想和皇帝面谈有关子息的问题。但内侍来回几次,正德总是支吾以对,就是不进大内。

另有一些大臣则从关系天下大局出发,纷纷进言,呈请皇上减少在外游荡嫖宿,珍摄身体,以求早日诞育宁馨儿继承香火。大学士王鏊有一次为此婉转进言,想不到正德未等他说毕,便不耐烦地瞪眼顶了回去:"朕生不生儿子,和你有什么相干?你当大学士,就是为管朕生儿子的事吗?"

王鏊张口结舌,几乎晕厥。

儒臣们的宗法观念最深,认为是否立有皇储,事关天下安危,故此,总是将早日生育皇子看作头等大事。王鏊等高级大臣说话还比较含蓄,而一些御史、给事中、郎中、主事等中级官员,却胆敢将未诞育皇子指认为莫大的政治危机,有关的奏章雪片般飞来。

有人说:"圣躬单立,皇储未建,内无手足相倚之亲,外无肺腑可托之戚,天下臣民俱引为至忧。"

又有人说:"皇子未生,储位久虚,陛下既不常御宫中,又不预选宗室,何以消祸本而永灵长?"

正德看到这样的奏章,有时大发脾气,拍案叫骂,连续发出中旨指斥进言的人"不许烦渎";有时则冷然一笑,对说话的人给予处罚,说道:"朕年刚过二十,还愁生不出儿子?这些狗官吃饱了撑的,无事生非,无风起浪,着各杖二十,以作薄惩!"

这些官员挨了杖,却自以为对朱家皇嗣尽了大忠。

正因此,臣下们的"烦渎"并未因而遏止,有人甚至建议"选宗室之贤者以备眷注"。到了这个地步,正德才大吃一惊,这些官员居然要选择皇族亲支子弟储备起来接替大位,真是大逆不道到极点了。正要重重惩办,想不到以征为首的南京十三道御史,还联衔上疏,进一步具体阐述这些"逆论"之说:"陛下嗣位多年,储位尚虚。为臣子者咸怀隐忧。……请择宗室幼而贤者一人,置之左右,以代宗庙之礼,尽展昏之职。俾中外知圣心所属,杜绝觊觎,实为万世至计。"

正德一气之下,立即口传谕旨,着将汪正等十三人全部撤职查办;另一方面,又吩咐内阁和豹房内相府,以后凡有这一类的奏章,一律"留中",不上奏,不答复,不交付《邸报》发表。

一天午夜梦醒,正德突然脑中闪念:"朕登位以来,已经御幸过几百个女子,怎么没有一人怀上龙胎的呢?连一些喜兆也没有过呢?真是怪事!"

一会儿,他又自己作出解释:"哦,问题完全在于这些女子。朕临幸的都是姣艳的女人,天生尤物,是专供赏玩的,本来就不是生儿育女的材料。看来,以后要特命送进几个丰臀肥乳有宜男之相的女子进来,还愁生不出皇子吗?"

转而释然,翻身入睡。

不久,又骤然惊醒:"这些家伙,说朕未生皇子便会存在什么大大的隐忧,说有人要乘机觊觎宝座,难道真有人胆敢僭夺皇统,窥伺皇位吗?"

他胡思乱想了一会儿,认定这些言论都是哗众取宠的无稽之谈,喃喃自语道:"朕亲领众军,手握兵权,贴身内侍、大臣、义子、将领们都一再表白要誓死效忠,都是可亲可信的人;还有锦衣卫,东、西、内行三厂的悍帅健卒,缉逻严密,将一切顽官、刁民都置入网罗,一切异端的言论都已经扑灭了。谁还敢妄生野心,敢作变天之想?朕的江山哪可轻易动摇,何必为这些危言耸听而扫兴和担忧呢!"他信心十足,一翻身又酣然入梦了。

正德并未意识到危机的迫近。事实上,内部的叛乱正在多方酝酿,快要到达爆发的边缘了。

而首先要发动政变,颠灭朱明王朝的,却是最受皇帝宠信的大宦官刘瑾。

刘瑾心计极深,他知道正德皇帝色事过度,生殖机能已经自我毁废,不但目前未生出皇子,今后也绝无生育子女的能力;再加以荒淫无度,残害了健康,看来寿命也难保长久,随时会突然崩逝。这既是正德的自作自受,又是刘瑾一手促成的。

刘瑾一直在暗自考虑，怎样才能应付未来突然的变局。

张太后为宗嗣存续的焦虑，大小群臣为皇储未立，吁请引进宗室入宫备位的议论，已逐渐成为舆论的主流，难以阻挡。刘瑾警觉，大变动终会到来的，到那时候，吉凶难卜。对自己来说，既潜藏着杀身灭族的危机，又存在乘势篡位的机遇。

是妥谋自保，还是乘乱夺权，两种思绪激烈交织在刘瑾的胸臆之中。每逢碰到最关系利害和最为机密的问题，他总是找最为心腹的张彩来密商。

一天，张彩被急召入密室。进入室内，看到仅留着一盏青灯，左右人等俱已退出，刘瑾一人单独在座，双目紧闭，似乎在苦思冥想。

这样不寻常的状态，使张彩也感到紧张，他放轻脚步，悄悄地走近刘瑾身旁，屏息静立，不敢发问。

过一会儿，刘瑾微睁双眼，对张彩说："你来了，俺等着要和你说话哩！坐下吧！"

张彩恭谨地说："请公公尽言！"

张彩从未见过刘瑾的脸容像今天这样凝重。向来以老谋深算，能紧锁心扉，擅长炫耀权势，以威严面目示人的刘瑾，今天却显得十分沮丧，左肘斜倚在茶几上，右手抱着低垂的额头，可以看出来是深怀忧虑。更想不到的是，刘瑾竟然未说话先自涕泣起来，声音哽咽地说："廷芳，几年来你一直跟随在俺身边，对国事朝局最为了解。当年，内官中的谷大用、张永等人害怕外臣要加杀害，推俺向皇上剖陈利害，幸而反败为胜。其后，又邀得皇上厚爱，俺才能居内相之位，掌天下之权。其中缘由，你是最清楚的……"

张彩恍然发觉，眼前这个权欲熏心、肆无忌惮、冷酷无情的人物，原来也有着潜藏在内心深处的恐惧和彷徨。他一时摸不着头脑，战战兢兢地说："这既是皇上卓识，也是公公的厚德，绝非侥幸而致，是举国臣民公认的……"

想不到，刘瑾今天并不想听这样的恭维话，他皱着眉头摇晃了一下脑袋，打断了张彩，伸过手来，紧握住张彩的手，表示要抵掌而谈。这样亲切的动作，使张彩感到意外。只听刘瑾继续流泪说话："五年以来，俺以一身承天下之重，秉承皇上圣意，一再摧折衣冠，罢黜大臣，增税加赋，得罪的人太多了，你知道天下臣民的怨恨都集中于俺。随从俺的人有些却已经得到了富贵，晏然享乐。如果发生突然的大变故、大动乱，他们仍可以继续享受荣华，而万端罪过，必然尽加在俺一人头上，俺是百死难赎的了……"

张彩若有所悟，他似乎明白了刘瑾内心的恐惧和隐忧。事实上，对于刘瑾以及连同自己在内的一伙当前的处境和今后的下场，张彩同样也是忧心忡忡。他觉得，自己和刘瑾早已同乘在一艘外形华丽，但底舱漏洞百出的大船上。乘今日机会，正应该对主子尽言，故不怕披露自己的思虑，他说道："现在看来，皇上大婚多年仍未有子，天下臣民对皇上治道又多怀怨怼，故此多有借口立宗室子以作储备，实际上是盼望早立新君。我打听到，张太后曾密谕宗人府呈进皇家玉牒，显然是为选立宗室做准备的。此事对我们实在太危险了。"

刘瑾认真倾听，一再点头，稍为提高声线，焦灼地说："问题就在这里。选立宗室之子的事看来是难以挡住了。但俺等所以能居高位，握大权，全然是靠着当今皇上的恩眷。皇上万一有不虞，或者在选立了宗室子之后，仍然频频外出巡幸，轻忽后顾之忧，一旦交由宗室子代摄大权，难免会发生举朝文武内外联手夹攻我等的局面，甚至以储君名义颁发谕旨，先斩后奏，出现全面颠覆的不测之变啊！"

张彩闻言，认为刘瑾果然深思远虑。他蹙眉考虑，认为对当前事态，必须妥为防备，不能听任厄运临头。他因此献策说："当前事态虽有值得忧危之处，但仍大有补救的余地，看来最好的办法是暗中使劲，施用釜底抽薪之计。到实在不能不立宗室子以备储位的时候，公公可向皇上妥为分析利害，劝说一定要选立年纪幼小的，甚至是刚出生的婴儿。只有这样，才能够无碍皇上行使大权，也不敢有人阻挠冶游的雅兴。公公还可预先留意，推荐远方藩王的幼子弱孙，作为储君之选，取得皇上同意后，御旨一下，便成定案，宫中朝中诸人即使有异议，但已无权改变了。只有确立幼弱，并一开始便加以控制，心腹之患才可消除。今日的格局仍可以确保，公公及我等还能处于无忧之地。"

刘瑾微微点头："这亦不失为一策。"接着又极为轻蔑地说："当今的皇上也确实是一个扶不起来的天子！"

张彩点头，进一步分析道："还是要劝说这个在位的皇上，绝不可以选立年纪较大之人，更不可以选立沉毅有识见，有贤能名声，受太后或朝臣赏识的人。人选关系极大。我们为了匡扶皇上，已经树敌众多，处在众敌环伺之地，若立年长而有才能的储君，万一以皇储之位，作非常处置，必受朝野拥戴，公公和我等便会陷于绝地。人为刀俎，我为鱼肉，后悔就来不及了。"

刘瑾的神情似乎缓和了许多："看来，只能按你的计议而行了。你在各方面还要多加留意。"

张彩辞出，心头悬吊着的石头似乎也掉了下来。作为谋士，所献的计策既然被主子接纳，不觉欣然。

想不到，过了四五天，刘瑾又急召张彩前来。

张彩如约来到密室，发觉室内的气氛与前几天完全不同，已经屏退了左右，只有刘瑾一人在座，但灯火明亮，小几上还设有佳酿美肴，只设两副盏箸。刘瑾一改前态，脸色红润，神采飞扬，招呼张彩在一侧就座。张彩不敢启问，告坐之后，等待刘瑾说话。

刘瑾神色兴奋，试探问道："廷芳，你知道俺今日约你来，有什么要事吗？"

"属下不知，请公公明示。"

刘瑾一字一顿地说："照你看，除了用立幼储以保权的策略，还另有良谋吗？"

张彩不明就里，定神回答说："属下未知有更好的办法，不敢妄言。"

刘瑾并不在意听他的话，举壶为张彩斟酒，自己也注满一盏，扬脖干杯，再劝张彩进饮。然后说道："你有没有考虑到，立幼储以保权之计只能济当前之急，难以作为长远保权的根本之策，其中大有纰漏之处吗？"

张彩悚然动容，内心扑腾，但意识到刘瑾已另有谋虑，不敢先说话。

刘瑾注视着张彩的颜色变化，冷笑道："你没有看到，俺对朝臣中不顺从的人物虽然已大加清洗，陆续革官、谴戍和处刑，但这些人前仆后继，反扑成风，诋毁不断。有些表面上保持缄默，但心怀叵测，静待时机发难的人更不知其数。人还在，心不死，一有风吹草动，这些人一定会集结起来，要置我等于死地的。立幼储并未能彻底消除这些势力，并不能稳定局势啊！

"而且，幼年稚子也是要岁增年长的，不出十年，幼儿成为少壮，便可以履行储君之权。人情易变，人性难测，加上内外反侧势力对他的教唆和影响，谁知道他会搞什么名堂，会有什么倾向？你估计过吗？"

张彩只做出恭敬倾听的样子，仍然不敢表态。刘瑾继续说："更加以皇上体质孱弱，损耗过度，近日已显得气血两亏，绝不是高龄长寿的体质。一旦崩殂，宫中朝中必起大变。幼年储君必受大臣们的控制，俺们是势难自保的。你似乎未有考虑到呢！"

刘瑾这一大篇议论，显然是数日间经过深思熟虑的。张彩听得出刘瑾这一席话分量极重，意在言外，使他受到很大的震动。但又只是举杯自酌，极力保持镇静，小心地说："不知公公有何良策？"

刘瑾不说话，只是举杯邀饮。饮罢，他顿杯在案，切齿说道："宋太祖赵匡胤黄袍加身，在陈桥驿兵变，取代了后周柴氏的政权，建立了两宋三百余年的天下，不是有前例吗？"

张彩闻言大惊，手中的酒盅颤抖了一下，半杯酒浆泼洒在几案上。

原来刘瑾早在府中蓄养着以俞日明、余伦、余子仁为首的一批江湖术士，这些术士们自吹精于占候天文，推测命数，能断阴阳，受到特殊赏识。刘瑾每有疑难，总要请他们占卜解说，甚至连军国大事，也要征询他们的意见。近年，术士们看到刘瑾权势熏天，炙手可热，都想攀龙附凤，企图做开国功臣。所以纷纷进言，说什么正德皇帝五行星官属火，但元阳已衰。难逃被水淹没、丧权失国的厄运。而刘瑾的侄子刘二汉，长得白净圆胖，挺胸凸肚，一派福泰之相；加以两耳垂肩，手长及膝，近日更是印堂发亮，神采奕奕，正当水星旺耀之象，已成洪流灭火之势。二汉确具有大贵之相，是当今帝王之选，刘氏必将代朱而兴。

刘瑾听到这些话，虽然心中暗喜，但仍警告他们不可泄露天机，怕引来弥天大祸，只是在府中暗藏死士，储存械械坚甲。同时，又再增委亲信内官督领京军和内地卫所，加意拉拢边军，做必要的部署。还命亲信的内侍特制两柄浸泡过剧毒液汁的匕首，仿效古代的鱼肠宝剑，密藏于扇内，经常持之进入豹房密室，必要时用以作为弑杀正德的武器。近日来，因为宫内朝中要求速立宗室为储君的议论呼声日高，他警惕到正德皇帝一旦被夺权或者短命，自己必难逃全面覆败的下场。前数日正是在苦闷已极的情况下召张彩密议，并且一时也同意拥立幼弱以为避祸保位之计，但回府后与俞、余等人密商，几个术士却一致反对这样的策略，认为弊大于利，后患无穷。特别是作为术士之首的俞日明，更是侃侃指出："张某之言，公公切不可听。立幼弱为储君，加以控制，不过是截趾适履、饮鸩止渴而已。即使可以免难于一时，但绝不能杜绝祸根于长远。加以现下天象昭明，朱家气数已尽，而公公经数年积聚，气势已成，手掌大权，力能号令内外三军，更何必再依人篱下，俯仰由人？立人不如自立。当断不断，自取其乱，古有明训。二汉称帝，公公名为皇伯，实为开创之君，实是应天顺人的鸿举呀！"

众术士你一言我一语，将刘瑾早已潜藏内心的篡位想法勾发起来。他表面上不表态，而且告诫这些术士不可多言，但内心却是高度膨胀，沸沸扬扬，难以按捺。今天召命张彩再来密议，是有意透露自己的想法，看看他的态度。张彩是刘瑾最忠实的走狗兼谋士，历年为刘瑾钳制百官，擅权用事，出的坏点子也最多、最恶毒，像建议对科道官建立互相弹劾的制度，执行不时考察百官的规定，勒令部、院、寺、监四品以上长官必须定时"自陈"，即自我检查对正德荒荡和刘瑾专权横行的态度是否忠诚和服从，等等，都是出自张彩的主意。但另一方面，他到底是进士出身，小有聪明，在吏部多年，也较为通晓世情和人事，知道官心、军心、民心和舆论的动向，也较为清醒地估量到，刘瑾虽然表面上权势熏灼，但实际上未能真正控制朝中文武和京边各军，这种泡沫性的权力并无任何坚强的社会实力作为基础。相反，人心对其积愤已经表面化，难以掩饰，普遍认为刘瑾一伙是罪魁祸首，虽经暴力镇压，但声讨的言论从未停止。张彩作为刘瑾一伙的首恶之一，对遍及朝野的捣刘暗潮，也有所知闻，有时也因此心惊胆战。他明白，自己一伙唯一依仗的只是正德个人皇权的支持，一旦打出反朱篡位的旗号，无疑是自毁靠山，自投死路，必败无疑。

张彩婉转说出自己的意见："属下浅见，俞日明等占卜星相之言绝不可轻信。当前举事，时机实未成熟，可否先行立幼弱作为储位以搪塞人言，暂时缓和局势。数年之后公公已进一步培养盛德，二汉亦可以加深历练，一视天时地利人和均备，再图大举，似更稳妥。"

刘瑾听罢变色，加重语气质问："你是不肯襄助俺达成大事的了？"

张彩一时不知所措，离座恭立，战战兢兢地解释："属下受公公厚恩，委以腹心，岂有不效死襄助之理？但认真观察当前的形势，朱明立国一百四十余年，海内外公认为正统，其势力盘根错节，难以一时锄灭。属下所焦心顾虑的，是怕过早张扬义帜，反而会招致各方敌对势力加紧汇合，共同与我对抗，我等一时势孤难敌而已。还请公公明察，仍以慎重为宜！"

岂知刘瑾已是权位熏心，胜算在握，厉声斥责说："你说的都是丧气话，辜负了俺对你的重望！"

停顿了一下，他霍地站起："实在告诉你，京内团营各军以及厂卫校卒，均已知会响应；镇守各地的内官自无异议，已由张文冕、徐正草就檄文，到时便传送全国，宣布废立，缔建新朝。准备在八月十五日，借家兄都督同知刘景祥出丧，将前来送丧的百官一网打尽，然后再逐一甄审。顺从的留任超升，逆反的或囚或逐或杀，历史上换代之间，从未有不血溅殿陛的。至于对那个不成器的皇帝，只要能自愿宣告禅位，俺仍可给予优容。现在大事即将举行，箭在弦上，不得不发。你是俺内定的内阁大学士首辅，切望你尽忠辅助！"

张彩大惊失色，汗流浃背。他扑地跪下，爬行到刘瑾身旁，抱着他的右腿，涕泪滂沱地苦劝："公公切不可这样，这是必败之道，一定会招来抄家灭族的！请公公俯听属下肺腑之言，切不可轻举妄动！"

他边说边猛力叩头，额头出血，哀求刘瑾悬崖勒马，回心转意。

刘瑾喝道："你是不愿意履任新职，效忠新朝了？"

张彩哀告："不是不愿，而是不敢见危不言，见死不救。属下赤胆忠诚，为公公效忠，矢死不渝！"

刘瑾厌恶地瞪了张彩一眼，顺手在几案上拿起一把瓷酒壶，朝他的跪地猛掷下去。壶碎酒溅，张彩不敢再顶撞，只好伏地低头。刘瑾哼哼两声，大步退入后堂。

张彩踉跄地退出密室，脑子里嗡嗡作响，好像满天星斗在闪转不停。自己的忠心危言既然没有被主子接纳，看来只好同归于尽了。

事态的急遽发展，既超出刘瑾的意料，也超出张彩的意料。

对于怎样应对当前局势，特别是如何做到在"后正德时期"不但能避免危机，而且更能扩张权势，钱宁却有较为长远的考虑。

钱宁并不敢有篡位自立的野心。但是，他一直密切注视着形势的发展：正德无子，不得人心，体质又外强中衰，内外群臣纷纷吁请选册宗室子以为储备，实质上是一种不敢直言的盼望"变天"的情绪。钱宁知道，这对他本人也是性命攸关的严峻危机。

　　这几年，钱宁的地位破格上升，由娈童、狎游伴当、奴才班头，逐渐担当着政要的角色。在豹房内，正德对他言听计从，他也为正德的荒淫放荡生活安排得周到妥帖，因此取得最大的欢心，得以擢升为豹房大总管。

　　在军政方面，又命他接替刘瑾死党田文义的职务，主持锦衣卫，而且兼任中军都督。在京军的前、后、中、左、右五军中，中军实力最强，地位最高，中军都督常被称为大都督，是武臣之首。京内外大臣的升贬荣辱，往往也由钱宁在正德面前一言而定。官员们为了保官跑官买官，或者为了避祸逃罪，纷纷向他进贿。他经常擅自以正德的名义发布"中旨"，委任重要文武官职，传升各边将官及镇守内臣。吏、兵两部虽然明知假冒，但都不敢过问，钱宁因此掠取到手的金银珠宝达数千万两。对于实在犯有杀人越货死罪的犯人，却因已经收受厚贿而让其逃亡匿藏，锦衣卫、刑部也不敢问。有些官员犯罪已死，钱宁便将其姬妾、财产没收归己。他的儿子永安才六岁，便被敕委为都督，又将自己的养子钱杰、钱清转为正德的义子，都赐国姓，入住义子府，仍兼锦衣卫的官职。钱宁知道，自己权威鼎盛、富贵已极，无非是仗着"皇庶子"的特殊身份。一旦皇统发生变动，冰山倒倒，是死是活，不堪设想，不能不有所准备。

　　根据内外形势估计，能够接替正德的，只能在朱氏藩王的子孙中挑选。而什么人能中选，则是一个十分复杂的身份、实力和人际关系的问题，既论血缘亲疏，辈分是否合适，也要看藩王们目前拥有军力、财力和号召力的大小。只有具备强大的实力和影响，才可能打通宫内外关节，取得舆论的拥护，跻进皇储的地位。因此，钱宁的自保路线是：继续邀宠于正德，同时"结强藩以自固"。

　　什么叫作"结强藩以自固"？就是在正德仍然在位的时候，便密切窥测和勾结朱氏皇族内实力最强大，而又怀有最大野心的亲王，为他出谋划策，明暗结合，鼎力促成这位亲王或其子孙得以跻位皇统。一旦得逞，自己便可以猎取到大功臣的身份，保持甚至扩大在正德时期拥有的权位。在钱宁看来，按照这一套身兼正德弄臣和"强藩"密探两重身份的如意算盘，巧妙运用长短线结合双保险的伎俩，必可以在正德在位之年，直到他丧命失位之后，都能确保无虞。

钱宁的首选，是封藩江西南昌的宁王朱宸濠。宸濠是明太祖朱元璋第十七子朱权的第五代孙。论宗人亲疏，宸濠一系本无顺序入继的可能，但他奢望能破格乱序入选。钱宁策略之一，就是利用自己与正德的亲密关系，不断在耳畔称赞宸濠的贤能，陈述宸濠对正德的景仰和忠忱，代宸濠送进金银玩物和美女，以取得正德的好感。

为增强宸濠的实力，钱宁还与宸濠死党、现任兵部尚书陆完等勾结在一起，以瞒骗手法获准恢复宸濠的护卫和屯田数额。恢复护卫，就是扩大宸濠统率的武装；扩大屯田，则是增加他占有的土地，扩展财政资源。钱宁还多方活动，谋求召取宸濠的长子入京司香太庙，作为入主东宫的准备。钱宁屡次向正德进言："诸臣陈请选宗室子备储位，如果非选不可，则以选立宁王的世子为最好。宁王忠于皇上，因世子入选，必能更加忠诚地拱卫朝廷，免除外忧。世子又年幼聪慧，即使入了宫，也不过是随同皇上嬉戏，做一个游伴便了。一旦皇上诞育出皇子，便可以打发他回藩府，绝不碍事。"

正德未表态，因为他根本就不想选宗室立储。但钱宁却擅自动用异色龙笺，附以玉带彩缎等赐给宸濠父子，诈称是正德所赐。依照旧例，只有赐给监国皇子才能使用异色龙笺和加赐玉带。钱宁在正德、宸濠之间两面操弄，为的是使宸濠更加相信他确有能量，可以依靠他达成大事。钱宁的弄虚作假，使宸濠的野心倍加膨胀。

正德最贴身宠信的走狗刘瑾和钱宁，却是最处心积虑要发动叛乱、夺位索命的人物，这是他绝未想到的。

他更没有想到，在皇族宗室之中，密谋利用他的秽行乱政作为声讨号召，夺取皇位的，也大有人在。

除了宁王宸濠正在积极酝酿，准备大举之外，封藩宁夏的安化郡王朱寘鐇竟早在正德五年，便首先揭出叛乱的旗帜。寘鐇是明太祖朱元璋第十六子庆王朱丹的第六代孙。他以声讨刘瑾罪恶激变、正德为君不道为名，声言举义兵，清君侧，靖朝政，悍然出师进攻宁夏、陕西各要塞，宣布要直捣北京。

兵车辚辚，战鼓频闻，羽檄交驰，内外危机开始爆发，会惊醒正德皇帝豹房中昏昏然的春梦吗？

第二十八章

王九儿策反托神鸟　朱寘镭夺位起叛兵

按照明朝皇族的封爵制度，皇帝生育的儿子，都被封为亲王。每一亲王的嫡长子叫作亲王世子，是亲王爵位法定的继承人；其他儿子都被封为郡王，郡王的嫡长子，称为郡王世子，也是郡王爵位的当然继承人。郡王其他的儿子，就要按每一代的顺序逐渐递降为镇国将军、辅国将军，镇国中尉、辅国中尉，直到第六代称为奉国中尉为止，就是普通的宗室了。虽然都是朱元璋的子子孙孙，但普通宗室与有幸承袭为亲王、郡王的人相比，地位待遇却十分悬殊。

亲王和郡王相比，权位和地位也大有不同。亲王被授金册金宝，每年可支禄米万石（以后减为五千石），可以占有千顷良田，作为封地。按照规定，亲王府设置有一套小而全的王府官佐机构，还准许拥有护卫武装，从数千人到数万人不等。奉敕领兵防边或奉命指挥作战的亲王，甚至还可以统率十万雄兵，威震一方，被称为"塞王"。

"塞王"的冕服车旗邸第，仅比皇帝低一等，公侯大臣来谒见的都要跪拜，有些人几乎演变成地方上的小皇帝。而郡王，不过是有关亲王的分支，归有关亲王管辖，不准设置护卫武装，只有有限的侍卫随从，他们给皇帝的奏章都要由主管亲王转呈。一个亲王辖下，可以有许多个郡王。可以说，亲王是一等王，郡王不过是二等王，郡王能动员的人力物力资源是有限的。

当年庆亲王朱丹封藩在宁夏，亦是边关重镇，负责抗御从西北来犯的蒙古劲旅，故此，统率的护卫军队亦有五六万之多。朱寘镭就是被封为庆亲王辖下的安化郡王。

但是这个人性格狂妄，既不安，也不化，既不量力，也不度德，不但藐视主管他的第六代庆亲王朱台浤，而且还暗中怀有推翻正德，自立为皇帝的野心。

朱真镐的皇帝梦酝酿已久。他少年时曾有过一梦,梦见自己独自一人攀登泰山,沿途奇花异卉盛开,艳阳高照,特别是古树参天,而这些古树都低垂着树冠,像是对他行礼致敬。及至南天门,又仿佛看到天门洞开,门内有一条若隐若现的幽径曲折地通向冥天,还隐约看到幽径尽头,竖立着一座巨大的衬以龙凤云豹的丰碑,但碑中间却空无一字。他正要走近碑前细看,却在虚无缥缈之间忽然梦醒。他对梦中的景致,特别是空白巨碑巍然屹立的情景印象深刻,多年来反复思索,纳闷不解。

真镐为人喜好交结,特别愿意亲近江湖中的三教九流,经常延请这些人入府,不分尊卑,不拘礼仪,卸冠脱袍,厮混在一起畅饮穷聊。这些人也敢将当今皇帝荒谬昏聩,乾纲不振,刘瑾掌握重权,奸佞当道,民心思乱,以及城乡道里的巷言鄙语告诉他,作为议论的资料。真镐对这些见闻听得入耳,有时还主动打听。

当中有宁夏卫的两个生员,一个叫孙景仁,另一个叫孟彬,都是多次应考乡试落榜,当不了举人。两人都出身军户世家,略懂兵机战阵之事,本来都想通过科举考试进入仕途,但总是名落孙山,年过四十,还都是穷秀才;失意之余,平日读些闲书,特别嗜好天文地理、兵法战阵和占卜星相等杂学。他们见贵为郡王的朱真镐降尊纡贵,愿意和他们结交,都受宠若惊,争相巴结这位王爷,成为郡王府的常客。

孙、孟二人早就看出真镐怀有异念,为试探和坚定他的野心,特意引进一个叫王九儿的巫婆进入郡王府,说她以一妇人而通《易经》,极擅长测断阴阳、奇门遁甲,趋吉避凶,而且能与天神交往,能知禽兽语言。

其实,王九儿此人自小拜神婆为师,自号仙姑,又曾经走南闯北,甚至还到过闽粤海滨,和东西洋人私枭也有过交往,做些走私瞒税甚至代替洋人拐卖人口的生意,因被查缉,故远走来宁夏另谋发展。她是一个饱历风尘、能言善辩的江湖女混混、女神棍。一到宁夏,便与孙景仁和孟彬结成一伙,合计利用真镐进行政治投机,把赌注下在这个郡王身上。

这一天,孙景仁有意领王九儿来安化郡王府谒见真镐。王九儿头上梳拢着一字横髻,插着一支玉簪,身上却穿着蓝色锦缎长袍,束腰带,脚蹬乌靴,竟然是半男半女的打扮。更奇异的是，她臂膀上还架着一只身长一尺有余，金黄长喙，红色冠顶，遍身彩绿翡翠羽毛的大鸟。九儿故作玄虚，神乎其神地夸说这是一只天赐神鸟，能知祸福，其实不过是在广东沿海澳门地方，向远航而来洋船上的小厮买来的，是一只受训能语的洋鹦鹉。她把这只洋鹦鹉带到宁夏，事先教它学说几句人话，针对不同对象，示意它呱呱喳喳地叫出或吉或凶的短句，说是神鸟传达神意。当地人还未见过这样稀罕的洋活物，再经九儿添油加醋蛊惑发挥，居然诱使一些人惊讶信服，对这只鹦鹉礼敬拜祀，并给王九儿奉献上大笔金钱。九儿借此发财，为自己的巫术增加了新把式。这一次在见安化郡王之前，孙景仁和孟彬就和九儿商量好，认真调教鹦鹉，借鸟进言，透露出他们一伙未敢贸然说出的怂恿寘鐇牵头谋反的心意。鸟兽之言，像是戏言，又是真言；仅是虚言，又是实意。即使不信，也不能深究；果真信服，则正好摸清了寘鐇的真正意图。

王九儿架着洋鹦鹉，随着孙景仁进入寘鐇的书房。拜见后，孙景仁首先介绍："小生今天专门带领王仙姑来晋见王爷，仙姑早知王爷奇才大德，十分钦敬，极愿前来瞻仰仪容。"

寘鐇早已听孙、孟二人一再介绍过王九儿上通冥天、下识世道的神通，很乐意会见这个被吹得神乎其神的人物。今天见她进来，打扮非常，又架着一只五彩斑斓的大鸟，不禁微露诧异和敬佩的神色，离座表示欢迎。岂知还未施礼，王九儿便暗中使劲，在鹦鹉腿上捏了一把，只见这只大鸟立即站立在九儿臂膀上，展开双翅扑腾跳跃，望着寘鐇音调清楚地呱呱啼叫："参拜老天子，万寿无疆！"

寘鐇生长在西北边城，也未见过这样长相奇异、色彩绚丽，又能说人话的洋鸟，听到鹦鹉叫嚷，饶有兴致地近前观赏，问道："这是什么雀鸟？"

"回王爷，这是产自天之涯、育自海之角的神鸟，最能预知吉凶。"九儿回答。

"它刚才说的什么胡话呀！"

九儿又重重捏了一下鹦鹉的腿，那只鸟再次展翅扑腾，又说："参拜老天子，万寿无疆！"

寘鐇心里窃喜，神色振奋，作态说："天子至尊，不是随便可以称呼的呀!"

王九儿极善于观貌察色,早看透了寘镭的心事,便放肆进言:"天下者天下人的天下,王爷帝室贵胄,难道不知道当今的局势吗?"

寘镭让二人坐下来,说:"孤王听说你善占卜天相,愿意听听你的占算!"

王九儿鼓起如簧之舌,先从天相说起:"小妇人自幼从师学习天文,眼见今春彗星四次出现,知道天下已经大乱。元月戊申,太白星竟然在白昼照耀晴空;二月辛亥,又有流星其大如瓮,坠于江都。占算都是大凶之象,其意是国有乱政,君王失德,位将不保。王爷不可不察。"

孙景仁晃动了一下身子,用手捋着唇边的短髭,进一步推荐说:"王仙姑还能够神游天庭,与玄天玉帝、太上老君通话,请示人间世情祸福的呢!"

寘镭闻言,肃然起敬,郑而重之地对九儿说:"这真要劳驾仙姑,叩问天意了。"

王九儿闻命答道:"对于天上神明,诚则灵。小妇人谒见天尊,既不必设坛焚香,也不须在场的人回避和跪拜,只要静坐默祷便可以通神。"

寘镭闻言大喜,起立与孙景仁一起恭立在旁肃穆观看。

王九儿将鹦鹉放置在案上,本人在坐椅上交叉两腿,紧闭双目,似在禀神祈祷。好一会儿,只见她满脸虔诚,像在拜领天神旨意,忽然之间,脸额上大汗淋漓,身躯哆嗦不止,待镇静下来之后,喉间突然发出声音,竟是一个男性老翁的音调,说的是四句似诗非诗的卦辞:"上元天庭凌霄远,昭昭列象布苍穹。天门只为贵人开,帝座一星现光明。"

说罢,身躯再次哆嗦,脸露恭敬,恢复原来声音,连说:"拜领老君法旨,拜领老君法旨。"

好一会儿,王九儿才渐渐清醒过来,瞪眼望着寘镭和孙景仁,静默不言。

寘镭入神地聆听这四句卦辞,又回诵了一次,低头沉思。

孙景仁若有所悟,语带煽动地说:"这就对了。天相和人世本来就是密相响应的。太上老君的指示真有道理。当今皇上荒唐不道,连黎民百姓都在传讲。今年宁夏荒年大旱,乡下有父食其子、兄食其弟,也有换儿而食的,真是惨不忍睹,有人说该变天啦!"

寘镭倾耳静听,神态矜持,并不答话,仅用敬佩的眼光望着王九儿,说:

"王仙姑的占算和拜谒神明都很有意思，以后还要不时请教呢！"

他又转头逗了一下九儿臂膀上的洋鹦鹉，十分爱惜地说："这只神鸟还是要好好供养啊！"

王九儿连声答是，与孙景仁辞出。

他们走出郡王府，便与孟彬等聚拢在一起，仔细分析寘镭的言谈神态，判定这个郡王爷的野心正在蠢蠢欲动，可以说是志同道合，隐秘的面纱可以揭开了。

一日，孙孟二人应邀来到寘镭的书房，只见寘镭独自一人在室，背着手低头踱步，锁眉深思，神色似乎有些兴奋。觉察到两人入室，才停下来，命坐。

孙景仁身材瘦削，脸色苍白，两目清秀，炯炯有神，上髭剪得整齐，额上皱纹深刻。他穿着方巾圆领，依然是秀才打扮，说话缓慢，音调低沉，但字斟句酌，显得用心细微，思虑周密。入座后，他熟不拘礼地问："刚才看到王爷徘徊思虑，好像有什么心事？"

寘镭对他们二人本来就没有什么戒备，随口而道："也没有什么特别的心事。我刚才在午睡中，忽然再现多年前登攀泰山，遥望见南天门外竖立空白巨碑的旧梦，情景逼真，竟和当年的景象一模一样，觉得有些奇怪。"

孟彬束发结髻，穿着玄色宽阔道袍，身材高大强壮，阔脸膛，粗眉大眼，长着乌黑浓密的大胡子。他自称绝意科举，志愿入道当羽士，讲究神仙之学。可是，却从未遁入深山修炼，反而十分关心政坛变幻和世情是非。他与宁夏卫所的军官和地方文武交往密切，而又将自己要建立不世功业的盘算，寄托在眼前的安化郡王身上。他屡次听过寘镭忆述当年的奇异梦境，并且从寘镭的似幻还真，早就看出他心中久已潜蓄的异谋，又经过王九儿的验证，对此更有信心了。他认为揭开隐秘、点出要害的时机已到，直言道："王爷屡次有这样的异梦，难道就未想到是天意的提示吗？"

寘镭稍显错愕，盯着这个落第秀才。

孟彬转过眼来瞧着孙景仁，孙景仁神态自若，示意他继续。

孟彬将座椅移近一步，放低声音，说出他和孙景仁密议多时的大计。他边说边着意观察寘镭的反应。孙景仁也靠拢过来，倾听孟彬的说辞："王爷受天神垂注，屡屡赐以相同异梦，无非是启示王爷厚德尊贵，天命有归，一应跻九五之位，理应应天顺人，代替当今昏君，拯救生民于涂炭罢了！"真镗像触了电一样，内心扑腾，强自按捺没有说话。其实，他对孟彬这几句话是极听得进的，可说是穿透了自己的心事，与自己多年潜隐不露的野心完全合拍，心潮激动，难免形于颜色。孟彬察言观色，心中有数，继续说："王爷应知天意实关系人事。天，西南为朱天，南为炎天，东南为阳天。九重之天，看似虚无缥缈，其实各有玄机，又以钧天为最贵。天高而深，分为九重，中为钧天，东为苍天，东北为变天，北为玄天，西北为幽天，西为白天，钧天正是决定天运和人世主宰的地方。泰山居天下中心，又是华夏巅峰最高处，有仙人之迹，是神人交会之所。自古圣帝贤皇，都专门到这里封禅敬礼，一是酬答神恩，二是申明自己是受命于天。秦皇汉武，都曾在山上立石颂德，碑刻煌然。王爷现在以潜龙之资，一时未能亲登绝顶，所以上天神灵先示以梦，明白指示前途。南天门外又预立着空白巨碑，正是等待王爷勒铭记述功业啊！"

这一片大胆说辞，无疑挑明了谋叛造反的长期默契。真镗听罢，脸泛红光，十分兴奋，但又有点儿紧张，几经盘算，他下定决心，蓦然起立，转身察看书房门窗，害怕有人偷听，归座后犹豫地对两人说："可是，我朝有宗藩规约，外地藩王不准出城，不准调动兵马，不许犯上。当今皇帝确实不道已极，但他终究是我的远房侄子辈，论亲疏，论辈分，论实力，我实难有正当名义号召四方，也实难有雄师戡乱呀！"

孟、孙二人早有成套的谋划，他们以目相接，由孙景仁接着说话："王爷应知，宗藩之法只适用于常时，而不能应用于大变之局。试考察前代和我朝历史，唐代的武则天当权，以后又由韦后临朝摄政，天下大乱，临淄王李隆基就起兵讨伐奸恶，尽杀武韦之党，又剥夺掉自己亲生父亲唐睿宗李旦的实权，虚拥之为太上皇，自己登极称帝，这就是历史上有名的开创出开元之治的唐明皇；北宋末年，徽宗赵佶、钦宗赵桓都被金兵俘虏，康王赵构本来不是嫡传宗派，但当变乱之际，便当机立断，渡江自立于临安，他就是延续了南宋一百五十年皇统的宋高宗。可见，旁支宗藩，为了国脉民生，完全应该当机立断临危受命。"

孟彬接着稍为放大声音说："即使在我朝，祖宗亦有成例！太宗皇帝朱棣，在太祖皇帝朱元璋崩逝之后，痛恨建文帝朱允炆信任奸佞，锄灭宗室，于是起兵靖难，以叔伐侄，继统为帝，重奠我大明天下于磐石之安，普天同庆，世代钦仰，永受臣民称颂。当今的正德，罪孽远过于建文，实为今世的夏桀殷纣，而王爷厚德盛誉，又未逊于太宗。古语说：'皇天无亲，惟德是辅。'这是颠扑不移的大道理。今日论天命所归，论人心向背，为社稷安危，为拯救生民出水火，王爷都应该高揭义帜，声讨当今的桀纣啊！"

寘镭点头，对孙孟二人坦言："孤对当前局面也是考虑已久。在位皇帝倒行逆施，摧毁祖宗基业，必须声罪废立。孤亦极愿效法太宗皇帝的伟业，愿意亲战阵、冒矢石以恢复朝纲，还望两卿辅佐……"

他边说边从身后柜橱里取出一瓶用玛瑙瓶子装载的美酒，启瓶倾倒一盅酒于阶下，先敬神灵，然后再斟满三盅，三人各持一盅。他接着说："这一瓶是宁夏有名的枸杞灵芝名酒，从祖上珍藏已过百年，殷红似血，而又透澈晶明，不但能扶元益气，而且意味着我们同心协力，必能取得成功。今天就用它来代替我们三人歃血为盟吧！孤赖与二卿共建大业，共享荣华，生死荣辱与共。事成之后，二卿俱为拨乱反正、开创新朝的大功臣，相同于太宗皇帝的大军师，太子少师姚广孝啊！"

原来姚广孝又名道衍，是朱棣发动"靖难之役"的策划者，临阵多有奇谋，指挥极有妙算，被朱棣称誉为大功臣。

孙、孟二人闻言兴奋不已，当即下跪阶前，改口尊称寘镭为"主公"，表白要永远效忠，矢死不渝。寘镭对于这两个死党，也是大加奖勉。

经过多次密议，三人认为，举事之前，还要加紧联系各方势力，特别要拉拢宁夏本地有实力的军政官员加盟，还要多派谍报收集北京的政情和全国的信息，事先起草有充分煽动力的檄文，务求一发动便得到四方响应，认为必能拉枯摧朽，不难成就帝业。

形势似乎对寘镭等人的谋划十分有利。

派往北京和各地刺探政情的谍报人员陆续带来令人振奋的消息。首先就是，全国政局不稳，京城内外都十分动荡。

由于正德滥增官爵，滥赏军功，不断扩大皇宫，拓建豹房，还经常传旨，要给豹房送进巨额银两，以供御用，户部只好一再成倍地增加全国各州县的夏税秋粮，还加重盐税，开征矿税、茶马税、关卡税。豹房派出的内侍和厂卫特务往往以催债迫债的姿态，到各部门和各省坐镇逼交银两，不索足数额绝不罢休。他们辱骂甚至笞杖官吏，并且勒索私贿。将征收未足额，未能兑现款项的各省巡抚、布政使和管钱粮郎中等由厂卫逮捕入狱。有一个主管马政的太仆寺卿莫焕无法遵命缴交二十万两巨款，在衙门苦苦运筹无计，回到家中哭泣，而内侍和厂卫禁卒们竟跟踪到他家，在宅门喧叫詈骂，甚至封锁了他的家门，声言不交款项就不让家人进出。莫焕终于被迫上吊自杀身亡。遗疏说："马群羸弱，草料俱已折银交纳内库，太仆寺库只存银三十两，焉能再上缴二十万？"可谓字字血泪。

京都城乡人民知道莫焕被迫悬梁，纷纷来到他的家门上香吊丧。正德这样没完没了搜刮民财，已经到了敲骨吸髓的地步，民心大愤。有人甚至写出无头帖子，趁黑夜贴在僻街穷巷，讥讽泄愤："君王万税再诛求，豹房春色自轻柔。那惧狼烟起四野，番僧宦竖保金瓯。"

一个名叫陈兴的谍报人员将揭下来的残帖呈送给真镭和孙景仁、孟彬阅看。三人蛮有兴致地一再诵读这几句诗不像诗、佛偈不像佛偈的文句。孙景仁首先说："这样的句子不是一般乡愚能写得出来的，倒像出自城市士人之手，可见反对昏君的风潮，已经吹刮到各方面的人士了。"

陈兴接着说："孙先生说得正是。小人这次出去，去程是经由蒙古呼和浩特，入张家口进京；回程是有意绕道保定、石家庄、太原、榆林。沿路所经，都见到饥民遍野，到处都有民变兵变、抗粮抗租的事；又听说在四川、湖广、云贵甚至广西都发生过叛乱，真是天下大乱了！"

真镭听得入神，情不自禁地催问："还有什么消息吗？"

陈兴小心说道："打听到的事儿还真不少。不论在京在外，小道消息都是满天飞。不论城中市民和乡村学究，甚至在流动的商贾和马帮队伍中，对于皇上宫闱起止和当权大臣宦官的动静，都暗中流传着各式各样的传闻，当作笑料，解恨宣泄，说得神乎其神，具体逼真，也不知道是从什么地方传出来的。有些流言蜚语，确实对皇上不恭不敬，小的也不敢言传。"

真镭和颜悦色地对陈兴说："这有什么，言者无罪，你就将所见闻的给我们说说无妨。"

陈兴说:"小人上个月随着运货的骆驼队从太原到榆林,一行十余天,和赶骆驼的夫役们结伴同行,一起食宿,成为哥儿们,还交换了年庚,盟誓为兄弟,彼此毫不戒备,酒后畅怀倾诉。他们毫不掩饰对朝廷君臣怀有深刻的蔑视和憎恨,往往编成歌谣,伴和着叮当的驼铃,拖长着声调边走边唱,把皇上损得够呛。小人也默记得几段。"

孟彬催促,要陈兴赶快说出来。

陈兴举目望向寘镭,见王爷也示意他照实传说,便道:"小人记得最清楚的一段歌谣是:皇帝好,抢个孕妇当活宝;皇帝强,禽人媳妇叫亲娘;皇帝乐,大小兔爷窜帏阁;皋帝好气派,佛经梵语做斋戒;皇帝好胸襟,几个老公掌朝纲;皇帝拉稀屎,成群义子舔屁股……"

陈兴念叨到这里,寘镭等人都禁不住大笑起来。

寘镭赏给陈兴五两银子,挥手让他退下。对二人说道:"这些赶骆驼的穷棒子也太大胆了,不怕厂卫禁卒逻缉严密吗?"

孙景仁解释说:"网罗虽密,必有漏洞。防民之口,难于防川啊!这些穷汉们在边塞沙漠途中狂哼乱唱,厂卫禁卒是难以听到的,就算听到也不敢管、不愿管,一是因为在这些穷棒子身上榨不出油水;二是因为这伙人也不好惹。赶骆驼的汉子都是帮会中人,讲义气,轻生死,谁也不敢出卖同伙,出首的人总难逃一死。正因此,我们才能听到这样胆大包天的歌谣啊!"

孟彬更正色道:"主公应知,时势已临大变,民心思乱,昏君已威望尽失,正是登山一呼,群峰响应,借风乘势,创建大业的好时机啊!"

他继续分析道:"当前宁夏的情况更加紧张。自上年八月,刘瑾派遣他的心腹,大理寺少卿周东来宁夏重新核查田亩数量,为了讨宠于刘瑾,周东采取惨酷的手段,敲扑追征历年负欠屯粮,追补未缴交的马匹,又苛刻虚增屯田的数目上千顷,并勒令按照虚增的数额加租,造成家家增税、户户加钱,被迫鬻儿卖妇,拆屋卖马。戍将卫卒们都咬牙切齿,恨之入骨。周东和他的爪牙,还借故杖辱将士,夺人妻室,军营内充满愤怒之气。属下与熟悉的官兵联系,都表示当前是官逼兵反,不得不反,愿意拥戴主公兴兵戡平祸乱。军心可用,正是主公率师戡乱的极好时机啊!"

寘镭还是不尽放心地说："要兴师靖难，就怕兵力不足呀！"

只见孟彬冷然一笑，胸有成竹地回答："主公不必过虑。宁夏是陕西、延绥、甘凉四重镇之一，为防御来自蒙古的鞑子不时入境抢掠，一直配备有骠骑悍卒，战斗实力冠于全国。宁夏总指挥何锦、副指挥周昂早就甘愿率兵顺义，至于其他官兵，乘着久积的怨愤，必可激而变之，收为我用。另一方面，庆亲王朱台氵凥为人懦弱昏庸，是有名的窝囊废，近年沉溺酒色，又得了瘫痪之病。他的亲王府辖有久经训练的护卫兵力万余人，所属的官兵亦因屯田增额而愤激，属下早已买通了庆王府的护卫指挥熊钧，他也答应到时参加兵变，胁迫庆王交出护卫兵权，转为主公亲兵；他还要动用兵刃，逼使庆王承认主公带头倡义，自应代替昏君，临朝称帝的地位，要他放弃族长的身份，改向主公行君臣礼。庆府护卫军力雄壮，得此劲旅作为前锋，必能无坚不摧，直捣京城。主公大可放心。"

寘镭听罢，像吃了定心丸，即时传令：明日在郡王府召集在宁夏的皇亲贵戚、文武众官集会，宣布大计。

正德五年四月初十日，边陲的宁夏城煞是热闹。一清早，寘镭出城祭祀社稷旗纛等天神地祇。祭毕，回府击鼓召集朱氏亲贵及百官来府集议。

这是一个政治上摊牌亮相的会议，是一个招降纳叛，剪锄异己，准备厮杀的会议，刀光剑影，杀气腾腾，阴谋里掺杂着血腥。郡王府内外早就宣布戒严，预伏着兵勇杀手，要对顺从附议的人安抚，收为死党；对抗命的人则一概擒拿囚禁，对其中最顽抗的人还要用来开刀祭旗，务必一网打尽。

会议开得很奇特。安化郡王府的大厅，竟然坐北朝南陈置着仿效皇帝御用的仪仗、御案和御座，两旁分立侍卫甲士和内侍。寘镭也改变了打扮，头戴衮冕通天冠，身穿金黄色绣有团龙的绛纱袍，好像已经建立了小朝廷。鸣鞭报时和奏乐之后，寘镭升座，首先宣召庆亲王朱台氵凥及庆府辖属的各个郡王入见。

朱台氵凥被自己的护卫军胁迫，不敢不来。在一队带刀护卫名为护送实为押送的情况下，率同几个郡王来到安化郡王府。朱台氵凥还是乘坐着亲王金辇，几个郡王还乘坐着软绒八人抬的大轿，但还未进入府门，便被守卫在府门的军士大声喝令下辇落轿，排队步行从右边角门进入厅堂。

朱台浤身体臃肿，脸容浮胖，两眼昏花，心神恍惚，闻命步履跄跄地走进大厅，刚入厅堂，便听到寘鐳的司仪官又一声叱喝："庆亲王及众郡王跪拜行礼，朝见圣君！"

朱台浤的脑子还未转过来，只觉得背后有人用力一推，身体便扑倒在地，他心惊胆跳，不敢对抗，只好惶恐无措地按照司仪官的口令，对自己属下的郡王、侄孙寘鐳叩拜如仪。几个郡王也只好随着朱台浤向寘鐳行君臣之礼。

倒是寘鐳显得镇静从容，传谕："庆王及各郡王平身，赐座。"又说："孤承宁夏官僚士庶军民拥戴，吁请倡举义兵以清除君侧，声讨刘瑾等人的罪恶，孤为维护祖宗基业，拯救生民痛苦，义不敢辞。切望贤王等能够洞察大势所趋，同心响应。现在宣布，庆王以次各王仍袭原爵，纛旗、仪仗、俸禄等一仍其旧。特别是各府拥有的屯田概照原额，废除擅自增加的捐税。贤王等如能共襄义举，联衔签署拥立孤家的讨贼檄文，定然能够号召四方，大张声势，复兴勋功不次于亲临战阵建立汗马功劳，事平后自应晋爵加封，共享荣华。"

朱台浤等听到寘鐳这一番话，才知道是要以减免屯田增额，保护他们既得利益为诱饵，再加以刀刃胁迫，要他们参加造反。对这样关系身家性命的大事，哪敢轻率表态？几个王爷们脑门嗡嗡作响，大汗淋漓，面面相觑，显得进退无据，都说不出话来。

寘鐳瞪眼看着这些皇叔皇侄们的窘态，冷然一笑，目露凶光，声调忽然转为严厉："如果在座诸王，有仍执迷不悟，不肯弃恶从善，身膺王爵，而不恤社稷安危，辜负了列祖诸宗亲亲之仁，有失诸侯建藩卫国之义，不论国法抑或家法都绝不容许。孤执仗朝纲，实在难以宽容！"

这就是要对不肯驯服的皇族宗藩采取强硬措施了。利诱与威逼相结合，软硬两手交替使用，显示出寘鐳其人早蓄异志，野心大，谋虑久，而且颇谙权术，手段利害，确有不同于其他安于养尊处优，恣情酒色，无所用心的皇子皇孙辈。

庆亲王和几个郡王知道已身陷罗网，实在难以逃遁，也无法规避，又怕遭到毒手，吃眼前亏，只好支支吾吾表示愿意联署檄文，愿意参加"清君侧"。

寘鐳转眼吩咐站在身旁的孙景仁："孙军师，再对各位王爷明白讲说。"

孙景仁应诺，面向庆王等宣布："从今日起义帜高张，大军即将启行。为保证各位王爷安全，一律不得擅离宁夏城。每日还要随众来跪拜朝见。"

庆王等无奈，只好点头默认。

孙景仁又接看说："兴师举义，马匹粮饷、刀枪弓矢，都是急需之物。当此非常时刻，务请各位王爷共济时艰，出力输财，即将各家库存的粮食银两、金银器皿等物，尽数借供军饷；所有护卫侍从，除酌留数人外，一律改编入营，以充实军力。所有财物丁壮，都即日清楚造册，立即移交，绝不容许打埋伏，不得隐匿瞒报。等打下了江山，再双倍补偿。但有违反，便以军法论处，各位王爷必须警觉，幸勿轻罹法网。"

这一手可真够狠辣的，在座的皇亲贵胄们一听便傻了眼，原来真刀实棒地要没收他们的财帛丁口，实在有刺骨割肉之痛。可是为了保命，谁也不敢当面驳斥顶撞，只好答应遵从办理。

待处置完皇族宗藩以后，真镭随即命令在宁夏的军政要员前来集会，要在会上决定大计。

何锦、孙景仁等还特别开出名单，指定宁夏巡抚安惟学，宁夏镇总兵姜汉，副总兵杨英，大理寺少卿周东，镇守太监李增、邓广汉等拥有实力的头面人物必须到会。

但是，这反而促使矛盾加速激化。

原来，真镭等近日的异常活动，已经风声外露。宁夏城内外谣言四起，有说是要发生战乱的，也有说是官军要开刀屠城的，弄得风声鹤唳，人心惶惶。自然引起刘瑾的心腹爪牙安惟学、周东等人的高度警觉，早就派出线人收集情报，严密监视安化王府及其来往人等的动向，判定朱真镭形迹可疑，局势不稳。当日一早，周东打听出，庆亲王等被召命入谒安化郡王府，立即飞骑到巡抚衙门，急向安惟学说："我朝建国百余年，从未有亲王奉命去拜谒郡王的反常事故。今又闻知，庆王等俱是神色惊惶，沮丧而出，足见情况蹊跷，我等必须慎重应对。"

安惟学完全同意周东的意见，回答："兄台所言极是。安化郡王三番数次来人催促我等进府赴会。看来，会无好会，议无好议。杀机已透露于言外，切不可去。还要立即请姜、杨二总兵，李、邓两镇守太监来本衙门密商大计。"

李、邓两太监不久便到，正在商议间，派出的亲信又回来禀报：总兵姜汉已遵命进入安化王府，而副总兵杨英因听到一点风声，借口有边警，率领所部五百名官兵急忙出城去了，暂驻扎在城郊，以观动静。周东闻报后，对安惟学等人说："杨英领兵出城的举措极是。有忠于朝廷的兵力部署在城外，可以作为牵制的力量，有利于反制异动，及早扑灭奸谋。姜汉头脑简单，今鲁莽应召入府，一时难卜吉凶。我等数人亦宜赶速出城，投靠杨英之军，以策安全。"

谁知他们刚要冲出去，却发现巡抚衙门已被何锦麾下的反兵严密封锁，这些官兵跨马匹、执军械，巡逻呼哨，不许巡抚衙门一兵一卒出入。安惟学和周东等人只好退入密室，一边商议对策，一边等待变机。

宁夏城内，仍然忠于正德朝廷和响应朱寘鐇造反的官兵人等，已显然分成尖锐对峙的两个营垒，杀伐之声已经鼓噪可闻了。

总兵姜汉是行伍出身，因在抗击鞑子兵进犯诸战役中骁勇善战，屡立战功，从一个百户微员逐步擢升为一镇主将。他刚从延绥调来，对宁夏的复杂局面不甚清楚。他应召来到安化府，发现一切阵仗异常，才大吃一惊，正要转身出府，却被伏兵擒拿捆绑。何锦问他，是否愿意追随造反，发兵征讨。姜汉答称，没有朝廷令旨、兵部札付，本人绝不能调遣军队。说话未毕，何锦也不耐烦听下去，便令伏兵将他带出，一刀结果了性命。

朱寘鐇等闻知安惟学、周东等都拒不赴会，知道这些人不肯附从，便命周昂、丁广立即率领亲兵赶到巡抚衙门，冲进密室，将正在密议平乱的安惟学、周东和李增、邓广汉两太监当场斩杀。因为深知军民都痛恨这几个人，便以竹竿挑吊他们的头颅，高举火把环城巡游于街道，还放火焚烧了巡抚和内监衙门，劫夺了库藏，释放了监狱中的囚犯。乱兵们焚抢城中的殷实富户和商店，奸淫妇女，甚至互相斩杀。他们狂热地高呼"杀奸贼，平民愤，奉真主，清君侧"的口号。

全面叛乱终于爆发了。

紧接着，他又宣布由孙景仁起草的檄文，历数以刘瑾为首的阉党导帝淫乱，揽权纳贿，诬害忠良，苛索百姓；还着重指斥最近增丈屯田，追加粮赋，激起民变的种种罪恶；激烈谴责正德为君不正，数年来信任奸佞、自乱朝纲

· 317 ·

的恶行。刊印告示,传布边镇,再派人联络陕西、延绥、甘凉等镇边军,吁请响应,建议联兵直捣北京,平分天下。

寘鐇又发布令旨,委派何锦为讨贼大将军,周昂、丁广为左右副将军,孙景仁、孟彬为军师,章钦为先锋将军,派兵封锁黄河西岸隘口,声言要兴师东征,一时关中大震。

第二十九章

豹房内君臣议征剿　李东阳力荐杨一清

宁夏发生兵变，安化郡王朱寘鐇杀官毁署，发布声讨刘瑾罪恶，以诛瑾和清君侧为名的檄文，被飞报到北京。刘瑾本来想隐匿事变，害怕恶迹传扬，但后来又听到传言，说反兵已渡过黄河东进，延绥等各镇亦俱告急，形势十分严峻，非派兵镇压不可，只好将情况奏报给正德，并知会内阁，商讨对策。

正德听到在皇族宗藩中，竟然有人兴兵叛乱，委实大吃了一惊。他召命刘瑾和内阁大学士李东阳前来豹房便殿议事，要他们拿出主意。

二人分别来到便殿，一齐跪叩圣安，呈上延绥抚告急的表章，还附上寘鐇发布的檄文。

正德粗粗地看了一下檄文，读到其中逐项揭露刘瑾罪恶的部分，内心怦然一动，不觉对跪伏阶前的刘瑾瞟了一眼，虽然未说话，却已引起刘瑾的警觉和一阵寒栗。

正德吩咐内侍给他们端来矮杌，命坐。

这一次皇帝未先征询刘瑾，却首先向李东阳发问："李卿家，你看这桩乱事应该怎样应对才好？"

李东阳对于宁夏的危急局势早就十分注意，但由于刘瑾当权，檄文内容又是集中攻击刘瑾，投鼠忌器，他不敢率先由内阁渠道上奏。今日得蒙召见，正德又先向自己征求意见，便恭敬地站起来奏答。

他有意撇开了与刘瑾有关的问题，仅是集中陈述应如何解决变乱的办法，谨慎地说："臣以为，宁夏据险扼河，历来是边塞重地，绝不能有失。今寘鐇背弃宗藩之亲，违忤君臣之义，揭旗谋反，可说是罪恶滔天。不仅要看到逆藩丧心病狂、恶焰嚣张，还必须防范他们和蒙古小王子部结盟，联兵东进，或者鼓动其他镇将响应，形成巨大的颠覆力量。西北有危，必使全国震动，故只能乘其初起，部署未定之际，及早派兵遣将，前去戡平动乱，绝不能招抚，亦绝不容任他坐大。"

正德对李东阳频频点头。等东阳的话告一段落，也向刘瑾发问："刘太监，你的意见呢？"

刘瑾因为这桩案件牵到本人，比较收敛气焰，只是跟着李东阳的意见，说些空话："李阁老高见甚是。寘鐇远裔疏藩，安享厚禄，不知感恩图报，反而逆理乱常，交结群小，杀害镇将巡抚，占据城池，确是大逆不道，必须擒拿治罪。"

正德又转问东阳："应该怎样运筹对付，还要李卿家多加考虑！"

李东阳到底是入仕四十年的老官僚，特别是出任内阁辅政也已经十五六年了，在弘治和正德两朝的政坛上，经历过多少风云变幻，处理过多少军政大事。故此，对于宁夏变局，能够有条不紊地提出处置方案。他说："臣以为，皇上必须明白昭示讨逆平叛的决心，即日遣官祈告宗庙，革去寘鐇王爵，正名讨罪。"

正德点头说："这是理所当然的。还有呢？"

东阳对往下说的内容颇有犹豫，但还是据实奏言："宁夏及沿边军民，历年苦于过分征敛。最近又因增丈屯田，追加欠赋和欠缴的马匹，对朝廷颇有怨言，贼党因得乘风激变。当今之计，似宜以明旨宣告，立即停止清理屯田，豁除一切丈田增额加赋，军民缴交的税款和马匹均恢复旧额。而且，因有战乱，情况特殊，一律宽免今年赋税，让军民得到实惠。还要颁布恩诏，张榜周知，禁止各衙门官吏横征暴敛，要严办几个贪官，以平民愤。这是瓦解叛民变兵的第一良法。"

正德没有表态，刘瑾却敏感到东阳之言所指，有点儿紧张，他抓耳挠腮，干瞪了东阳一眼，但未敢公开异议。

"还有呢？"正德继续向东阳提问。

李东阳接着说："兵凶战危，战机不容有失，当前要着，自然是迅速委派重臣和得力内官，共同率领京军精锐，即日誓师出发，渡河西征，还要调集四镇汉土官军，分别进剿，尽歼叛逆。"

"派什么人挂帅,又派谁去监军呢?"

关系到具体的领军人选,刘瑾深知这是要害所在,他按捺不住,顿时恢复了平日揽权擅政的跋扈气焰,抢先拿出自己的方案,说:"原兵部尚书兼督团营大臣,今任吏部尚书的曹元久历戎行,熟谙兵机,而且历任甘肃和陕西巡抚,对边塞军情了如指掌,可以诏授他总制军务,统帅出征,必能克敌制胜。"

对于曹元,李东阳素有了解。此人无才缺德又特别贪婪,只是善于饮酒谐谑,传说道里市巷奇闻逸事,在刘瑾跟前插科打诨,承欢求宠,又最能收集官民隐私,特别是政治动态,及时告密。在主持兵部和吏部工作时,一切将校官员的迁除任免都唯刘瑾之命是从,极得刘瑾信任,成为阉党中的重要人物。他曾任职的陕、甘官民恨之入骨,京城官民也对他看不起,官僚士庶都不屑和他往来。甚至有人乘夜色深沉,在他宅门上贴了"柔佞滑稽,不修士行"八个大字,还配画一头由内官持绳索牵引、人脸狗身的怪兽,讽刺曹元走狗狂奴的丑态。但是,曹元并不以此为耻,反而将这些文字和配画揭下来呈送给刘瑾,以表白自己不畏人言效忠到底的决心。刘瑾推荐这个家伙出掌帅印,显然是为了利用他到宁夏锄除反侧势力,并且毁灭有关本人的罪证。

李东阳深知任用曹元这样的人出掌兵权,恰如在烈焰上泼油,必使反情更加沸扬。从君国利害说,在此关键之时,绝不能任用曹元出任此一关系安危的职务。他沉思犹豫片刻,一字一顿地说道:"臣以为,以原任右都御史,总镇宁夏、延绥、甘肃三镇军务的杨一清最为合适。"

刘瑾骤然一惊,气恼万分。他一直怀恨杨一清在职时凡事坚持己见,不听调度,又不肯向自己行贿和趋附,故此在三年前,有意制造伪证,诬陷一清在修建边墙时侵吞军饷,把一清逮捕入锦衣卫狱,本想给定死罪,后因李东阳的力救,加以朝议沸腾,只将杨一清撤职,勒令退休,今在镇江原籍闲住。刘瑾一时搞不清楚,李东阳今天为什么一改平日的怯懦软弱,明知杨一清和自己有生死情仇,势不两立,却推荐他出任涉及自己交关利害的要职!

杨一清是何许人?他号邃庵,别号石淙,原籍云南安宁县人,父辈移居南直隶镇江丹徒县。

一清长相丑陋，毛发稀疏，身材清癯瘦削，脸色枯黄，由于天生髋骨有残疾，走起路来一瘸一拐，而且生来就没有性功能，俗称天阉子。虽然身残貌丑，但他胸怀大志，心藏韬略，以匡扶社稷、利济苍生为己任。他聪明过人，过目成诵，对经义和军机世情都有独到见解，谈吐挥洒自如，料事多中，令老一辈的儒生官僚钦佩敬服。他十一岁便被称为奇童，由南直隶官员推拔为翰林秀才，即不必经过考试便取得生员资格；十四岁在省一级的乡试取得举人身份；十九岁中成化八年的进士，名噪一时。

一清入仕后，经历了成化、弘治、正德三朝，积四十年阅历，使他从一介书生成长为能文能武，而又以熟谙边疆军政为专长的重臣。他在陕西督理马政和任巡抚之职共八年，又受命总制延绥、宁夏、甘肃三镇军务，多次率轻骑昼夜行军，出奇兵击退来犯的蒙古小王子部。他指挥的固原保卫战，重创来犯之敌，是多年未有过的大胜仗。他还在西北边陲积粮练兵，注重整肃军纪，劾罢贪酷官吏，裁减镇守当地宦官的冗费，减轻军民的屯田赋税和交缴马匹的负担，受到军民拥戴。军中称他"杨爷爷"，老百姓叫他"杨青天"。

为长远巩固边防，一清还奏请修筑从大同经延绥到宁夏的边墙，沿墙加深壕堑，增设堡垒卫所，构筑成一条半永久性的防线。这是一个有远见的大胆的防边策略，经内阁上奏并得到批准，刘瑾初时以为这是又一个发大财的机会，同意拨给库银四十万两作为经费，但他随即派曹元出面，向一清索要回扣银十万两，受到一清严词坚拒，因此刘瑾积怨怀恨，又怕露馅出丑，故假借中旨，严命立即停止修墙筑垒，并横加罪名，将一清逮捕入狱，勒令退休。

闻道要起用杨一清，刘瑾岂肯让对头人当道，气急败坏地抢着说话："启奏皇上，杨一清冒破边费，靡费钱粮，是已经罢免的罪臣，岂可让他重任要职，紊乱纲纪？"

两人意见抵牾，好一阵沉默。

李东阳鼓起勇气，再次恭立发言："杨一清在西北主张修筑边墙，无非是为国家长治久安着想，说他贪冒，经审理并无实据。他多年治边确有成绩，功大罪小。当此急于用人之际，似可宽宥其小过，让他戴罪立功……"

为了照顾刘瑾的面子，亦是为了减少阻力，东阳巧为说辞："刘公公当年定案勒令杨一清卸职南归，实在是为了让他收敛锋芒，闭门思过，以备后用。

这样的处理完全体现了司礼公的督励和宽容。今日让他重挑担子，再赴前敌，正是用其所长，亦是对他一次考验，观察他能否发奋蹈厉，将功补过。诸葛亮说用功不如用过，着意重用曾经有过错的人，终于建成不世之功，为古今传诵。对杨一清弃瑕录用，似亦符合刘公公效法诸葛亮的本意。相信杨一清必能感戴鸿慈，不会辜负圣恩和司礼公期许的。"

李东阳平日以诚信示人，不会谀词迎合，今天竟然说黄道黑，将刘瑾对杨一清的积怨恶念粉饰为美意。不过，经过他这样巧妙运用，却起到封住刘瑾嘴巴的作用，不好再坚持反对起用杨一清，违心地默许了李东阳的主张。

正德一言定案："就下旨命杨一清出任三边总制，即日从原籍镇江府兼程来京接旨，转程前往宁夏，履任新职！"

刘瑾心知中了李东阳"捧杀"之计，竟让杨一清得再出山，很可能是放虎出笼，他暗暗叫苦。为了抢夺用兵宁夏的另一半大权，他又别有用心地奏说："用哪位太监监军，也要请皇上裁定。"

刘瑾的本来意见是委用宦官，按照常例，正德必会征求他的意见。到时候，他便可以顺理成章地推荐自己的亲信出任，既能牵制杨一清的事权，又可以间接控制前线局势。

他心目中要推荐出任监军的人，是"八虎"中的魏彬或者丘聚。

魏彬、丘聚在"八虎"中是仍然紧跟刘瑾，恭谨地奉刘瑾为首领的人，所以刘瑾极力推荐他们其中之一出任总督军务。

想不到，正德并没有循例征询，竟然自有主张地说："就让总理神机营御用太监张永充任监军吧！"

刘瑾听到这样的谕旨，完全出乎意外，恍似轰雷贯顶，几乎惊呆了。皇上明白知道自己和张永素来不睦，最近又闹成火并，水火不容，为什么竟重用自己的另一对头呢？

事情还未到此为止，更想不到，正德继续指示："着命张永即速调集京军部队，择日启行。出师之日，朕当戎服送于东华门外，还要赐给关防、金瓜、银斧，以示策励，鼓舞誓必剿平叛藩的决心！"

几年来，正德从未有过这样明快专断的裁示，但这一段话，一字一句却像利刃一样扎在刘瑾心里。他朦胧地预感到，自己专有的宠眷可能已经衰替，处在巅峰状况的昌隆运道可能已经走到尽头了。

刘瑾强自抑制着沉重的心情走出豹房,为今日连遭两次大挫折而懊恨不已。他既恨李东阳和自己作梗,更恨正德皇帝不似往常那样对自己言听计从。他狰狞一笑,咬紧牙关在心中自说自道:"杨一清这个天阉鸡、丑八怪,一向诡计多端,张永又是一个心狠手辣、有仇必报的老光棍,现在让这两个家伙厮混在一起,谁知他们会搞出什么鬼名堂,还能有我的好果子吃吗?

"最可恨的是这个尿泡皇帝,居然忘记了俺扶持之功、导引之力,竟然自作主张,不听俺的主意,摆起皇帝架子来了。事到如今,不能再坐以待毙了,还是先下手为强,只有当机立断,从速起事,操刀一割才是上策。胜者为王,败者为寇,谁当权谁就是真命天子,谁失权谁就是任由宰杀的癞皮狗,古今都是一样。等刘氏称帝以后,不论杨一清,还是张永,统统都要收拾干净,也让这个尿泡皇帝跪伏在俺脚下哀求饶命吧!"

第三十章

八虎内讧各夺权宠　刘张火并御前过招

刘瑾为什么极力防范张永出任监军呢？

势以利合，利尽讧生。以刘瑾为首纠合起来的宦官"八虎"，得势之后形成巨大恶势力，但因各自获得的权益有别，亲疏有间，又由于宦官中人最有小心眼，最能互相猜疑嫉忌，最擅长互相搬弄是非和拉拢挑拨，便逐渐形成了派中有派，虎中有虎的局面，为夺宠争位，不惜对自己的虎兄虎弟使用暗算诬陷的手段。

"八虎"中的张永和刘瑾终于引发成为御前大火并，并间接导致了政局的极大变动。

张永在宫廷里是资历最老，曾被认为立有大功勋的太监。早在英宗朱祁镇正统年间，他八岁便入宫当小宦者，因聪慧伶俐被送入内书房读书，并在皇太子朱见深宫中服役。后来，由于国家发生了大事，张永的境遇也产生了重要影响，原因是正统皇帝朱祁镇御驾亲征，狼狈溃败，被蒙古也先生擒，成为俘虏，由他的弟弟郕王朱祁钰称帝，年号景泰。朱见深的皇太子资格亦被取消了，遭幽禁在深宫内，势孤位危，还担心会受到更大的迫害，甚至性命不保。在这样惶恐危殆的时刻，朱见深身旁侍从的许多人纷纷想办法离开，一为免祸，二为趁早投奔新主子，甚至有人密通景泰皇帝左右，以出卖朱见深的情况来邀功请赏，对这个已下台的皇太子放肆地苛刻虐待，人情冷暖，世态炎凉，在宫闱环境中表现得更加突出。而当此危殆时刻，只有小张永仍然忠心不移，尽力维护和照顾朱见深的安危起居。不久后，英宗复辟成功，特别是朱见深继位为成化皇帝以后，便把张永看作经历过患难的忠臣，对他另眼看待，任用为内官监，继续留在身边，有时还在茶余酒后，说起当年往事，屡有赞扬。张永本人亦因此自视甚高，认为自己的身份不同于一般宦官。弘治皇帝继位后，专门赐给他一根龙头拐杖，用来表彰他对先帝的忠贞。还特地选调他到皇太子朱厚照居住的钟粹宫任总管。朱厚照不论在居储位时，抑或登基之后，对年过半百的张永也十分尊重，称他为"公公"或"大伴"，很少直呼其名。

　　刘瑾成年后自阉入官，初时不过是一个不受注目的普通太监，但此人擅长观风察色，而且在入宫后即怀有野心，他心中有着一条为人处世的信条，就是"大丈夫"（虽然他已经不是"大丈夫"了）应该能屈能伸，屈不怕屈尽，伸必须伸足，当羽毛未丰或在失意之时，要能不惜卑躬屈节，不辞吮痈舐痔以事人，以图得意时凌驾于人。他敏锐地注意到张永在宦官系统中的特殊地位，在皇帝跟前能说上话，便曲意找关系拜张永为师，极力对他巴结奉承，遇事殷勤服役，人前人后肉麻地推崇张永为老前辈老忠臣，奢望攀缘张永这棵大树，在宫中站稳脚跟。张永年老爱谀，受到格外的吹捧伺候，心花怒放，逐渐也对刘瑾产生好感，将他看作是贴身的体己人，时时事事加以提携。一次，弘治皇帝查到刘瑾私盗宫中珍物，买通门卫要偷运出宫，被查截归案，因人赃并获，要将他处死。张永溺于私情，竟在御前叩头代求饶恕，并自愿承担管教不严的责任，自请处分。弘治看在张永的面子上，终于答允赦免刘瑾的死罪。刘瑾逃脱大难，更是口口声声称呼张永"救命恩人""大恩公"，表示永世不忘。后来，又利用张永时任钟粹总管太监的职务，恳求荐引进入钟粹宫服役。

　　刘瑾进入钟粹宫，因最能迎合朱厚照的特别癖好，以奉进鹰犬、导引歌舞、陪同演练技击的手段，迅速得到朱厚照的宠爱，一时风生水起，成为皇太子的大红人。他又纠合马永成、谷大用、高凤、罗祥、魏彬、丘聚等结成团伙。恪于张永原有的地位，亦尽力拉拢他为党，被时人称为"八虎"。

　　弘治皇帝猝死，朱厚照继位为帝，以刘瑾为首的"八虎"都得到重用，分别执掌着军政大权，紧接着又发生了贬逐刘健、谢迁等大臣，改组内阁的大政变，刘瑾被破格提升为司礼监兼督团营，成为事实上的"内相"和最高军事长官；丘聚任提督东厂、谷大用任提督西厂，也是分别掌握着侦查缉捕的特务大权；而老张永只得到一个神机营指挥的职务，显然比刘、丘、谷等虎低了一大截。在权位分配上，张永早就愤愤不平。

刘瑾小人得志，一当权就翻脸。当上司礼监之后立即气焰熏天，肆意行使生杀升贬百官的大权，放手卖官鬻爵，纳贿纵奸，居处僭比王府，出行则内侍校尉持金戈铁钺夹道拱卫，俨然一个一人之下、万人之上的准皇帝。张永是一个较为传统的老太监，虽然与刘瑾厮混过一时，但对他的张扬跋扈，硬是看不惯。他也放不下架子，做不到像魏彬、丘聚、罗祥那样甘心奉承和追随刘瑾，有时还流露出不屑的颜色。

原来"八虎"之流不过是势利之交。当年由于要摆脱被驱贬甚至被诛戮的共同厄运，因而团拢在一起来对抗朝臣和求饶于正德，匆促间推举刘瑾为首。等事过境迁，"八虎"中有人即对刘瑾一人独得殊宠，独揽大权产生了嫉忌。有时所求未遂，又难免产生怨恨之心。"八虎"中被认为是智囊的马永成和资历较深的谷大用，都对刘瑾心怀不满，和他面和心不和，逐渐滋生逆反离心的倾向，有时也和张永在底下窃窃私语，说短论长，发泄私怨，甚至想将刘瑾拉下台。在权位分配和利禄得失的鼓煽下，"八虎"渐处于分裂状态。

张永是最知道刘瑾底细的，而且本人切身体会也最为深刻。当年对自己胁肩谄笑、阿谀逢迎无微不至的刘瑾，而今居然颐指气使、摆起威风来了。也可能是由于忌讳触及老底，也为了警告张永善知自处，不要再卖弄老关系，刘瑾故意当众贬低张永，有时还公开找碴儿。当年屡屡听到的什么"老前辈""老忠臣"的称誉绝口不提起了；私下里一再表白过的"救命恩人""老恩公"等感铭之词更是听不到了。偶然在会议上总是以凌驾于上的口气叫唤张永说"张指挥听令"；底下里客气一点儿，也只是改口为"张哥"或"张头"，表示彼此之间不过是平辈，并无前后长幼之分，所以也从来不按卑辈宦官称呼长辈宦官的习惯，再也不称呼张永为"公公"。刘瑾势利逼人，踌躇满志，却使张永感到受戏弄之后的屈辱。

另一方面，张永与马永成、谷大用交往，讥讽议论和收集刘瑾过失的活动，也早就被密报到刘瑾耳边了。刘瑾得知之后，怒火中烧，霎时便将当年的生死交谊转化为刻骨仇恨，恶声骂道："蜂虿有毒，想不到祸害竟潜藏在俺的身边。身上的蝎子虽小，却最能狠咬要害处，能致人死命啊！不将它们碎尸万段，碾为灰烬，实难解俺心头之恨！"

刘瑾和张永的矛盾激化，终于引爆为御前大火并。

原来刘瑾沿用一贯的伎俩，要使用攀引诬陷的手法打击张永。他知道神机营佥都督金智是张永亲信的人，所以打算借查办金智索取贿赂的事，咬出张永是主谋。他和丘聚密商，由丘聚出面秘密逮捕金智，囚禁于东厂，先用升任为神机营副都督的职务作为诱饵，劝说金智指认所有在崇文门和张家湾水陆关卡勒收的陋规银两，俱已转送给张永。金智抵死不从，丘聚便指挥东厂骁校施以毒刑，金智熬刑不过，逼打成招，被迫在供词上画了押。

刘瑾取得金智的亲供，大喜过望，以为已取得真凭实据，足可扳倒张永，便兴冲冲地手持供状来到豹房天鹅房，急求觐见。

正德皇帝满脸倦容，匆匆出来就座，问刘瑾有什么天大的事急于面奏。

刘瑾手持东厂有关金智案件的招揭，郑重其事地奏说："启奏皇上，今经东厂查缉到犯官一名，神机营佥都督金智，竟置国法纪纲于不顾，擅自派遣官佐坐镇京都崇文门关卡，勒要过往骡马车辆，小车另交买路钱五十文，大车另交纹银一钱；又派人在张家湾，勒要过往船只分别交纳过关银。三年以来，共已勒索了四五千两，今有亲供在此……"

正德听得不耐烦，打断了他的话："既然证据确凿，就让东厂将犯官连同案卷移送法司，按照律例判刑好了。"

正德边说，就站来想退入密室。

刘瑾急急拦住，满脸凝重地说："皇上还不知道，金智还供出，他是受人指使的，是有后台的。"

"谁？"

"奴才也想不到，竟然是前钟粹宫总管太监，今任神机营指挥的张永。"

"有证据吗？"

"金智每季收取陋规，缴交给张太监的银钱数目，在口供里都一一说清楚的，请皇上过目。"

正德没有接刘瑾递来的供词，只是低声断续说道："张永呀，张永，你怎么干出这样的事呢？"

刘瑾认为关键时刻已经到来，刻不容缓，紧奏道："皇法无亲，罪难轻纵。奴才浅见，张太监既然犯了刑律，仍应稍加惩罚，以儆效尤。"

正德瞪大眼睛，问："你看该怎样办才合适？"

刘瑾提出："可以将张永革去神机营指挥，金智佥都督之职，责令他们退赃，以平民愤。还将张永黜贬到南京闲住思过，金智判刑收监。这样，便可结案了。"

正德还未表态，刘瑾斩草除根心切，又建议："张永此人老奸巨猾，在官内外关系盘根错节，爪牙甚多，知道他犯了事，难免有人出来为他弥缝过节，谏阻圣断。奴才之意，不如勒令他即日上路。还要在宫禁门外，张挂榜文，不准他再入宫来，以免烦扰圣躬。如果可行，还请皇上颁发圣旨。"

正德听罢，一时下不了决心。

正在此时，忽然听到天鹅房门前人声喧哗，有内侍、禁军的喝止声，还有张永大嗓门的叫喊声："奴才张永有重大冤情，一定要面圣，一定要面圣！"

内侍们知道张永的特殊地位，不敢驱赶，急忙奔入天鹅房奏告："张永太监手持先皇御赐龙头拐杖，还着人抬着一个身受重伤的将官，闯入豹房，现在天鹅房前候旨！"

刘瑾大惊失色。

正德平静指示："让他进来！"

张永已经年老，顶门已秃，两鬓白发如霜，但精神矍铄，脸色红润，特别是声音洪亮，中气充足。他领着两个小内侍走进室内，叩拜之后，趴在阶下哭号道："请皇上为老奴才申冤，老奴才有血海的沉冤啊！"

正德态度和蔼地说："张永先起来，有话慢慢说，是谁陷害你，让你抱冤呀？"

不问犹可。正德这一发问，正好触到张永的最痛恨处。他霍地站起来，右手持着拐杖，伸出左手直指站在对面的刘瑾，吼道："就是这个忘恩负义、吃里爬外的奸人刘瑾，就是这个心似豺狼、无恶不作的贼子刘瑾。他设毒计陷害俺，一定要请皇上明察啊！"

正德没有驳斥他，只是转脸看了一眼刘瑾，意思是要听刘瑾回话。

刘瑾有点儿狼狈，但还是老练地按捺住，他瞬间收起了刚才告状时的狠毒样子，面向张永，改用亲切关爱的口气说话："张公公误会了。俺一向受公公提携厚爱，大恩绝不敢忘，只因金智犯了法，他的口供攀涉公公，想是他为逃卸罪责而乱咬诬陷的，俺亦不信。今日为结束此案，不能不上奏请旨。"

张永听到刘瑾这一片狡词饰辩，火气更往上冲，盛怒之下，竟不顾在御驾之前，粗言秽语大声詈骂："什么误会不误会？你这个狗娘养的贼坯，卖身自阉混进官来的光棍，别人不知道你的老底，能瞒得过我张永吗？你这几年可说将坏事干尽了。金智并未在崇文门和张家湾派人勒索，与俺亦素无往来，都是你唆使丘聚以毒刑拷打逼出来的供词，要用来害俺的！"

他又转身朝着正德说："奴才已在东厂狱领出身受重伤的金智，现在也已抬到门前，候旨发落。"

为什么能将作为重犯的金智领出来呢？原来今天一早，张永就领着神机营一队官兵持刀佩剑，气势汹汹地来到东厂，指名要面见丘聚，要保释金智出狱就医候审。丘聚知道来者不善，赶快从后门溜走，躲着不敢露脸。东厂其他管事的内侍和校尉都知道张永有来头，而且这些人差不多都是他的徒子徒孙，谁也不敢硬顶对抗，眼睁睁看着神机营的官兵为金智开枷解镣，扛抬出狱。张永更亲自领着，直奔豹房。

正德从未面对过这样在御前火爆的场面，更加以刘瑾和张永都是他看重的太监，不想偏向哪一方，显得有点儿尴尬无奈。想不到，张永倚老卖老，不待谕旨，便命随从小内侍，将金智抬进来。

正德一看，倒抽一口凉气，抬进室内的竟是一个创伤极重的血人。金智的脑袋肿胀得像一个大斗，满脸布满伤痕，头顶到颈脖须发都是结了疤的血污。身上披戴着的四品武弁官服已被扯成碎片，赤着脚未穿靴鞋，因为脚筋都被挑断了。这个起起武夫现在已经气息奄奄，但神志尚清。

正德用疑惑的眼光瞧着刘瑾，问："这是怎么回事呀？"

刘瑾掩饰着内心的慌张，奏答："金智贪贿有据，东厂将他拘捕审问是必要的，但丘聚疏于督管，骁校们用刑是重了一些。"

想不到，刘瑾的话尚未说罢，躺在阶下的金智竟忍受着巨大伤痛，放声嘶诉："丘厂公对微臣审问用刑时，明白警告微臣，是奉了刘司礼指示的！"

刘瑾满脸臊红，大声斥喝："犯官一派胡言，把他抬下去，照旧收监！"

张永听到刘瑾要撵走金智，气往上冲，急急迈前一步，也大声说："且慢，皇上还未发话,哪有你发号施令的地方,还请皇上听听金智的陈诉!"

金智知道自己伤势沉重,性命难保,因此也豁出去了,他竭尽全力想爬起来,但体力不支,又抽搐躺下,仰着脸血泪交加地诉说:"丘厂公对微臣一再劝告,说刘司礼谕示,微臣但能遵命诬陷张永公公,便立即将微臣提升为副都督,以后再加提拔,永葆荣华富贵。"

金智断断续续地说完这段话,便体气衰竭,昏厥过去。

刘瑾又羞又恼,这是他当权五年以来从未受到过的在御驾前被当面揭穿,由于气急败坏而失去了常态,顿时恢复了无赖相,一边大骂混蛋,一边走上前来,提脚要踢已经失去知觉、不省人事的金智。

刘瑾刚要提脚,张永已经抢前一步,伸出御赐龙头拐杖顶往刘瑾的胸膛,高叫:"你敢?"

刘瑾大吃一惊,踉跄退后一步,不想张永竟不饶人,还要挥杖揍他。

天鹅房内顿时大乱。正德皇帝目瞪口呆,怒喝:"住手!"

众内侍忙着隔开两方,分别劝说息怒,有人接过了张永的拐杖。刘瑾以为张永已不能动粗,胆子又壮起来,走向面前朝着张永呸了一口:"老秃狗,不要撒野,料你也不敢动俺一根毫毛,俺俩走着瞧!"

张永也不答话,只是咬紧牙关,奋然抡起右臂,照着刘瑾啪的扇了一个大耳光。刘瑾猝不及防,哪肯吃这样扫尽威风的眼前亏,大声嘈叫,双手扯住张永的衣领,要还手厮打。门外由皇上义子们组成的御林亲军听到打斗声,不知出了什么事,也拔刀冲进来,要拱卫皇驾。天鹅房内乱成一团。

正德大为震撼,他霍地站起,满脸怒容:"反了,反了,你们全反了!全都给朕跪下!"

天鹅房内的人,包括所有的内侍、义子亲军,以及刘瑾和张永都只好在原地跪下,全都矮了一截。刘瑾和张永一时也不敢再说话,都在屏声静气等待正德裁理。

正德半晌不吭声,思忖该怎样处理眼前的事件:两个当事者都是自己宠重的太监,他不想过露痕迹偏向谁,也不想惩处谁。其实,这个荡子皇帝对于太监们在御前吵嘴打架,也没有认为是犯了亵渎皇威的死罪。他扫了一眼仍然气鼓鼓的刘、张两人,又环视了一遍跪伏满地屏息待命的内侍和御林军,忽然觉得这从未见过的景象，又可气又好玩，竟然禁不住扑哧一笑。跪在地上的众人见状，无不诧异失色。

只见正德转向刘瑾和张永，嬉皮笑脸地招呼说："你们两人都起来，打什么架呀，过去还称兄道弟呢！好意思吗？我看，金智就交回神机营治疗处理。这桩案件就结了，不许再过问了！我让谷大用给你们摆一席和头酒，两人都消消气、解解恨，就算一概拉倒，一概勾销了。谁也不要再怄气闹事了！"

正德这样化大事为小事，演化为无事的态度，是刘瑾和张永两人都意想不到的。两人当然都不敢再顶撞，分别叩头谢恩，退出。

但是两个人下来后，想法却各有不同。

张永认为自己大闹了一场，平反了金智的冤案，洗脱了自己遭受的诬陷嫌疑，还当御前白扇了刘瑾一记耳光，是赢家，心中窃喜。但他也深知，刘瑾此人心胸狭隘，意骄气满之际受此重挫，岂肯干休，必须加意提防。

刘瑾对于正德眼见自己挨了揍却不代为评理吐气，却使用这样和稀泥的办法，实际上是助长了张永的气焰，感到愤愤不平。有仇不报枉为人，不杀张永誓不罢休。对于正德，刘瑾一向在底下暗称他为尿泡皇帝，今天更认为是发尿昏了。从正德今天的态度，他敏锐地窥测到，自己的特殊专宠，似乎已经发生动摇，"八虎"的分裂也引起他的极度警惕。现在正德居然又让杨一清和张永领军出征，更是不祥之兆。

第三十一章
朱寘鐇帝梦成空幻 杨总制韬略有远猷

寘鐇迷信早年的异梦，想入非非，自我发酵成为狂热的野心，又因孙景仁、孟彬等的怂恿，再加上女神棍王九儿搬神弄鬼，乘宁夏骚乱之际，激变兴兵。但是，主客观的条件都不具备。以主观条件说，寘鐇此人素来以愚蠢荒诞著名，他历年来的狂言怪行，早就作为笑料遍播于城乡，被称为"混王"，在军民中间毫无威信，亦没有实在的号召力。以客观条件说，驻扎宁夏的军队，本来就分别隶属于不同的指挥系统，有本土屯田兵，有派来防边的京军，有随护镇守太监的厂卫武装。在这些军队中，附和寘鐇兴兵作乱的主要只有本土屯田兵，其他部队则多持观望甚至坚决反对的态度。

在寘鐇匆促祭旗杀官、纵囚劫库、发布造反檄文的同时，相当一部分拥有实力的军官，不但不响应附从，反而立即调动军马封锁宁夏城，部署进剿平乱。

在戡平寘鐇造反事件中，两个重要将领曹雄和仇钺起到了决定性的作用。曹雄以强大兵力威胁于外，仇钺行反间计谋取于内，两相配合，短期内便取得成功。曹雄和仇钺都是行伍出身，因屡立战功，被杨一清破格提拔。曹雄任京军总兵之职，所部驻守在黄河东岸；仇钺是游击将军，率兵镇守玉泉营一带，用以防御蒙古。曹、仇两部都是宁夏军队中的劲旅，举足轻重。

寘鐇和孙景仁等本想在发布檄文后，便会得到延绥、甘肃、陕西各镇将官的响应，孰料曹雄及早派人知会各镇领兵官，指出寘鐇轻率举事，近于儿戏，切不可响应，而且要将寘鐇派来的使节斩首，奏报朝廷。寘鐇本来又奢望，兴师之后即可顺利抢渡黄河，攻城略地以东征。不料曹雄闻变后，立即率兵进入军事咽喉地灵州，戒严布防，沿河堵截，将黄河中的大小船只一律移泊东岸，不许寘鐇一兵一卒渡河；再命令部将广武营指挥孙隆将沿河西岸积存的粮食、被服、柴草、军械等尽数焚毁，人户一律搬迁，执行坚壁清野的战略，使寘鐇无法取得必需的军用物资和人力。另一方面，他又命令副总兵杨英率舟师自灵州顺流而下，兵锋直指寘鐇据为叛乱基地的宁夏城。于是，寘鐇集团刚起事，便被重兵包围，无法扩伸势力，只能困守在宁夏城内，处在挨打待歼的地位。

其次，对于领兵防御境内的宁夏游击将军仇钺，寘鐇刚树起反旗，便派人来劝降，允诺升任他为先锋将军，命令他领兵来会合，听候差遣。仇钺反以为，这是领兵逼近宁夏城，便于发动反击的良好机会，于是佯装应命，率众回师。岂知寘鐇和何锦、周昂等另有用心，只是要借此来兼并仇钺所部军队，所以，只允许仇钺单骑入城，另委副将韩斌代领其军，企图顺利收编仇钺的部队。仇钺入城后，称病家居，表面上亦和寘鐇等假意敷衍，答应参议军务，实际上仍密嘱韩斌控制住部队，按兵不动，不得听受何锦等的命令出兵作战，在自己府内则暗藏亲信死士百人，等待内应的机会。在幽州的曹雄还一再派人泅水渡河来密通情报，与仇钺商讨配合歼灭寘鐇集团的方案。

曹雄和仇钺连日都派人散布，京军各部即将分路派兵强渡黄河，夹击宁夏城，造成人心惶惶。寘鐇派亲信将领、宁夏都指挥使何锦前来问疾讨教，对呻吟在床的仇钺说："仇将军久历戎机，多年转战于黄河两岸，极其熟悉形势，今官军来攻，请问应如何抵御？"

仇钺故作危言，想办法诱使叛军主力调出宁夏城，说道："兵来将挡，水来土掩，不必惊惶。黄河天堑，利于防守，区区数千来犯之兵，焉能得逞，但防宁必凭实力，当今之计，必须急派劲旅严守各渡口，务求歼敌于河岸之外，切不可让敌兵登岸，更要严防敌方决河灌城。这是以逸待劳，以守为攻，必能取胜之策。"

何锦闻言大喜，表示一定听从仇钺的指点，并要亲率精锐五千出防渡口，仅留周昂守城。

何锦中计出师防御河岸，造成宁夏城守空虚，仇钺大喜。但受何锦之命留守在宁夏城内的周昂对仇钺之议却有怀疑，害怕仇钺乘虚起事，派人加紧对仇的监视，并对左右说："明日祭祀大典，如果仇钺出来陪祭，则可放他一马；如果拒不前来，不如杀之以除祸。"这些话也传到仇钺耳边，遂密加戒备。

四月二十三日，寘鐇再次出城祭祀社稷旗纛等神，派人来传召仇钺陪祭，仇钺称病不出，加意观察动静，还故意约周昂前来议事。果然，周昂参加祭祀后便领亲信十余人赶到仇府。他刚入仇钺居室，预先埋伏的仇家亲兵立即用短柄铁斧——俗称为铁骨朵——猛力将他击杀，割下脑袋，随来的亲信亦俱被擒拿。仇钺霍地从病榻上跃起，精神抖擞，披戴甲胄，持剑跨马，率领精壮死士百人，声言奉诏讨贼，直击安化郡王府。攻入后，擒捉"混王"朱寘鐇以及他的儿子台晋，俘虏了所有妃嫔、王子、王孙人等，无一漏网；接着又搜捕出伪军师孙景仁、孟彬及躲藏在密室的神棍工九儿等，立即斩首示众，然后诈传寘鐇之令，召令何锦等即率师回城，还密令原部将韩斌伏兵在半途中，对何锦之军进行腰击，斩获伪都护魏镇等十余人，宣告城中大事已定，逆藩寘鐇已就擒，从逆官兵凡能在阵前反正的概免死罪，顽抗者尽数诛戮。附从寘鐇的军队欲退无路，欲战无力，立告溃散，纷纷请降。只有何锦、丁广、申居敬几个死党脱逃，企图越过贺兰山，投奔蒙古小王子部，但亦被曹雄、杨英所部擒获。随后曹雄领兵渡河入宁夏城，与仇钺之军会合，宣布恢复原来统治秩序。寘鐇起兵，仅经过了十八天便告覆败，登山勒碑、贵为天子的皇帝梦顿时化为泡影了。

杨一清早在正德二年，便受刘瑾的陷害，吃了大官司，蹲进大狱，差一点儿送了性命，只因李东阳力救，才得以死里逃生，被释放，勒令革职退休。

一清回到镇江府丹徒县，托言有病，养疴田园，外表上似乎在韬光养晦，不问外事，其实，像他这样的人，岂能忘怀君国和社稷的安危。往往夜半起立，眦裂泣下。但他亦深知，朝中刘瑾专横用事，政令苛急，自己被视为眼中钉，必然会再暗图迫害，随时会再加毒手，当此险恶处境，绝非再出山任事之时。

人算不如天算，宁夏寘鐇叛乱事件，很快就由当地的军队平息了，但北京朝廷并未知情，仍然按照前议，急急派人来镇江，着令杨一清迅速履任新职。

正德五年五月初一，忽有锦衣卫的官员王诰率领护卫骁校等十余人，飞骑来到丹徒县，向路人紧急询问杨一清的住宅所在。当时江南人士凡看到身穿锦衣制服，骑骏马，说北京口音的人来到，都看作是勾魂无常，吃人魔鬼，纷纷惊惶走避，又眼看这伙人直奔杨一清住宅，都奔走相告："杨大人恐怕又要吃官司了。"不少人尾跟着来瞧，及至看到王诰等一行在杨宅前下马恭立，等候通传，才放下心来。

杨一清正在午寝，闻报锦衣卫官役前来，未卜吉凶，赶忙出见。出到厅前，只见王诰率领着众骁校一式下跪，行叩拜礼，一清慌忙答礼扶起，问："未知有何贵干，光临寒舍？"

王诰告坐后，又起立禀称："由于宁夏有变，皇上钦命杨大人总理军务，传旨即日赴京听用，已派吏部侍郎李祯大人恭持敕旨，循驿道来宣示。因李大人是文官，乘轿按驿而行，行程较为稽缓，为了不妨碍军机，更为了便于杨大人早日登程，是以兵部咨请锦衣卫，派遣卑职等飞赶前来，先行知会。想李侍郎二三日间即到，便可开敕周知。"

杨一清本来是勇于任事的人，当此宁夏兵变，敌情严重的时候，是不会推辞责任的，但他也满腹疑虑，为什么会突然起用自己这个废员？更不愿意当着这样的关头入京觐见当权的刘瑾，但不便对王诰披露心事，自知如果不遵从皇命，不拜领委任，便会立招奇祸，于是赶忙谒告祖先祠堂，告别亲旧，收拾行装，做好一切准备工作，并没有计及自己已届花甲之年，自愿挂帅出征。

初四日，奉旨前来的吏部侍郎李祯已经到达，一清早，便在镇江府大堂陈列香案，遵照礼仪，召命杨一清接旨。镇江知府、丹口卫指挥、丹徒县知县等官亦陪跪聆听。一清从敕旨中较详细地知道了安化郡王寘镭及何锦、周昂等起兵叛乱，钦命一清总制陕西、延绥、宁夏、甘凉等处各路，率领京军精锐三万督率诸镇文武官员从征，并任命神机营指挥御前太监张永为监军等情。当即稽跪领旨。李祯作为钦差大臣，又指命镇江府为已经恢复了要职，即将入京赶赴前敌的杨一清准备轿马，丹口卫指挥则派出所属官兵十人随行护卫，听候差遣。知府和卫指挥等一一肃穆应诺。

李祯，字叔渊，是成化十七年进士，在翰林院任庶吉士时受业于李东阳，师生关系密切，是李东阳历次举行诗文会的常客。他亦奉杨一清为科名前辈，钦仰一清能文章而又胸怀经国大略，是治边干将、国家栋梁。二人在京时就经常诗酒往还，议论时局，政见相近，交情投契。

颁敕之后，李祯轻车简从，前来杨宅作私人拜会，一清倒履相迎，久别重逢，携手走进后花园小亭阁间便酌。一清屏退侍从，对前来祝贺得膺重任的官绅一律挡驾，请免礼回府，为的是好与李祯倾怀畅谈。他因为近年蛰居一隅，对朝政变化比较闭塞，也确实有一些虽然关系自己，但未为本人闻知的事，也要向李祯问知端详。

江南初夏，已略显炎热，一清请李祯宽衣，李祯也熟不拘礼，卸下乌纱冠帽和官服，仅穿一件素色软缎便袍，与穿着家居便服的杨一清对座而谈。

一清直率提问："叔渊兄，宁夏有变，朝中文臣武将众多，何以会起用已经病废的鄙人呢？"

李祯双眼眯成一条细缝，微微翘起口角，低声反问："邃庵兄，您以为这是偶然的吗？"

一清不说话，表情殷切。

李祯继续说："这是西涯老师的苦心安排，是经过在御前与刘瑾斗智，勾销了他企图任用曹元总制三边的任命，才力争到由兄担当此重任的。"

李祯简要述说了从李东阳处了解到的有关御前决策的过程。停顿了一会儿，深有感触地说："近年官民议论，总是埋怨西涯师恋栈相位，屈从刘瑾，但不知道其中的底蕴和苦衷。其实老师遇大事并不含糊，在一些关系国家根本社稷安危用人方略等问题上，他经常煞费苦心，力求缓冲转圜，谋求补救。邃庵兄这一次出任总制军务，就是西涯师顶住刘瑾的歪主意，不惜面折廷争，妥为说词，才取得皇上御准的。"

一清点头，又说："西涯兄当年挽救了我的性命，情谊深厚，大恩难忘。但鄙人已久谢中枢，淡出政坛，今日又何必再推我重蹈险域呢？"

李祯说："西涯师当年不惜屈身降节，为您免于遭受斧钺而曲求刘瑾，难道仅是为了您一身一家的安危吗？他实在是为国家留住人才，以备大用啊！"

一清连称"不敢"，但李祯似乎余意未尽，继续说下去："邃庵兄，关于结案的底蕴，因为您本人受释放后便匆匆回家乡，对内情并不了解。其实，为了换取您的性命，西涯师是付出了沉重代价的。他为这件事，受到许多诟责，几年来忍辱含羞，不肯对人言，亦不忍对人言，您恐怕还不知其详吧！"

从待决的死囚急转为恩释的犯官，逃过了生死劫，一清料到必定另有内情，仅知道是得到李东阳的大力援救，但并不了解其中的曲折过节，今天听到李祯所言，遂要求他细说。

李祯回溯旧事："邃庵兄，您受冤入狱，要判处斩刑，西涯师焦急莫名，他当然知道这是刘瑾有意制造的冤狱，但按照当时的形势，刘瑾口衔天宪，手执生杀大权，解铃还须系铃人，不通过刘瑾这厮，是绝难脱您死罪的。"

一清点头。

李祯接着说："您知道，自从刘瑾当权之后，西涯师从未到过石大人胡同刘府，从未有过对他的私访。但为了抢救您的性命，在定案前夕，决定生死的关头，老师毅然破了自己立下的规矩，深夜乘坐便轿，急到刘府求见。

"刘瑾闻说李阁老屈驾来访，认为是破天荒的极大荣耀，急忙出迎。他亦估计到李阁老此来，必是为了您的案件，西涯师亦不隐讳这一点，落座后就请求对您的案件复议改判，要求刀下留人。

"刘瑾初时还推说，杨一清的问题已经过厂卫侦查落实，又已由三法司审理定案，判决抄家处斩，正在奏请执行判决，铁案已经铸就，不好改动。西涯师闻言，勃然变色，他少有的激动，据事据理逐一驳斥厂卫和三法司牵强附会、强入人罪的谬误。还力言，杨一清是百年难得一出的边帅人才，镇守西北时有功无罪，刘公公秉国之钧，切不可轻戕国家柱石，有损声名，且亦应防范百年后为此受史家的谴责。试以英宗朝错杀于谦一案为例，错杀了于谦，官民们都呼冤抱怨，可见公道自在人心。于谦之案不久便被迫平反。官祠只有一所，但民间立祠祭礼的却遍及大江南北。公公何必为杀一杨一清而重损威名，何必不博取万民爱戴？前车之鉴，后事之师，务请公公三思。

"西涯师义正词严而又处处为刘瑾考虑的言论，确实对他有些触动，口气缓和了一些，表示愿意听下去。当然，这也是看在阁老的面子上，他一直对西涯师保持着表面的尊敬，不愿意在这个问题上与西涯师顶牛决裂。

"西涯师还深知刘瑾此人最重乡情，极想在家乡陕西树立自己的威望，亦常以陕西文教不如东南兴盛，科举及第的人才较少为遗憾，因而又有针对性地进言：'刘公公或未深知，杨一清其实亦大有功于振兴贵省文教，他任陕西学政时为贵省大力培育和选拔大量才俊，百余年历任学政从未有过这样的昭著成效！'刘瑾忙问：'有这回事？'西涯师侃侃而道：一清督学陕西，在西安、凤翔、延安、榆林四府都新建了书院，聘任名儒宿学任教，本人也亲自轮回讲学。特别是他主持乡试和入京后主持会试，弘治十五年状元康海和今科状元吕丹俱为陕西籍，又都出于他的门下，高中进士的还有十多人，若非一清勤督学业，善于识人，陕西的科第实难有今日的兴旺。关中父老不但感谢杨一清有恩于陕西，还因此讴歌刘公公的德泽呢！

"经过这样反复说辞，刘瑾终于松了口，说：'既然李阁老这样说，俺不敢有违盛意，明日就下中旨：三法司所拟案件免议，恩释杨一清出狱，改为勒令退休，回籍闲住。不知尊意如何？'"

李祯一口气将当年李东阳抢救杨一清性命的曲折过程说出来，倾诉了积久的心事，如释重负，持盅猛呷了一口："邃庵兄，您能逃脱网罗，捡回性命，实由于西涯师这一番苦心斡旋啊！"

一清潸然泪下，他肃穆恭立，遥向京华深情一揖，说："鄙人之得苟存性命，之所以能回归田园，今日更能再出驰骋，为国效劳，都是拜西涯兄的厚爱，过去只粗知梗概，今日因叔渊兄的面告，才了解到其间过节。此恩此德，没齿不忘！"

"邃庵兄，您还未知西涯师为此事背上了一个大黑锅，声名大损，近年常遭士人们讥讽谴责呢！"

杨一清忙问究竟。

李祯说："您知道西涯师曾为刘瑾的父亲刘荣写过一道封诰吗？"

"知道的，封诰文字虽是应酬之作，但这篇诰文的内容确有失于斟酌之处，我家居虽然孤陋寡闻，但亦听到一些非议。"一清答道。

李祯点头，语气沉重地说："您把听到的都说出来吧！"

一清如实说："有人认为，西涯撰写这类文字，本来可以笼统一些，含糊一些，使用几句陈言套语敷衍过去就算了。但是现在流传在外的诰文，其中不但有褒扬刘荣，还有奉承刘瑾的文句，故此受指斥，说是拍马文章。譬如诰文中有句说'积善以贻子孙尝闻其语；扬名以显父母今见其人'，显然是借着老狗刘荣来炫耀刘瑾了。更令江南士人反感的是，诰文中还有直接吹捧刘瑾的语句，说什么'号令风行于天下，威名雷动乎八方'，听说南京贡院内，有人将这两句略改数字，改为'臭秽风闻于天下，恶迹昭彰乎八方'。甚至有人将落款处的'臣李东阳敬撰'，擅改为'奴才李东阳敬撰'。我在丹徒闻说此事，亦觉诧异和痛心，西涯何必这样自贬身价，不恤名誉，卷入这样谄媚的浊浪呢？"

李祯认真地听着，两颊紧绷，双目圆瞪，脸上不时抽搐，透出椎心的沉痛。最后长叹了一声："难，难啊！"

一清喟然。

李祯略为平静，严峻地对杨一清说："世间任何人都可以为这件事非议西涯师，但却不容许您也有这样的看法！"

一清连忙解释："我因为与叔渊兄相知有素，故敢有闻必告，尽情倾告肺腑之言，刚才的话容有唐突不敬之处，但其实是出于对西涯的挚爱。我与西涯为异姓昆弟四十年，爱深望切，他受谴责，也是对我本人的伤害啊！"

李祯半晌未答话，只是低头喝闷酒。好半天，才对一清说："邃庵可知这篇封谥文是在什么情况下写出来的吗？"

一清摇头。

李祯又逼问一句："是为了谁才这样写的吗？"

一清恍然大悟，缄口结舌。

一清平生从未有过这样的激动，六十多岁的老人竟然情不自禁哀感顽绝，既感奋，又彷徨，一时难以控制自己复杂万端的情绪，不禁伏案痛哭。李祯看在眼里，挽一清坐下，倒了两盅酒，将一盅递交给一清，举盅邀他对酌，劝慰道："邃庵兄，徒有忧国忠忱，是不能改变政局现实的。当前刘瑾还在掌权，淫威肆虐。五年以来，前仆后继以直谏抨击的志士仁人已多罹迫害，或殉难于丹墀，或囚禁于苦狱，或远谪于边塞，这些同僚师友们大义凛然，确实令我们肃然钦敬。但死难贬退者再多，也只是更耗损了国家的元气，丝毫未能改变世运，当思另辟蹊径以除奸。待时、观隙、用谋、借势，或可较面折廷争、直斥死谏更易见效。遵时养晦、屈蠖求伸，藏器待用，是当前不得不采取的对策，也是西涯师期待于邃庵的。这次受命西征，正是其中一着啊！"

一清闻言，似乎被点开了茅塞，亦体会到李祯此来大肆谈故论新的用意，情绪开朗了一些，持盅向老友敬酒，吐出肺腑之言："聆听叔渊兄一席话，胜我三年蛰居苦思量。我现在才理解西涯出大力让我再次出山的深意，感谢叔渊兄不吝教诲的深情。一清不才，此后处人论事，当以师友的定策为南针，多思慎断，见机而作，不恤个人安危，不敢辜负师友的期许！"

李祯接盅在手，一饮而尽，肝胆相照。

席间，李祯还郑重介绍了受命监军的御前太监神机营指挥张永的人品经历和个性特点，特别是最近"八虎"之间公开出现严重的裂痕，张永和刘瑾竟然在御前火并的情况，嘱请一清注意。

两人还认真商量了一件大事，那就是，为了免除入京与刘瑾发生不必要的纠纷，避免不测的纠葛，一清当前以不入京为宜，可以在镇江具本陈奏，说明经与钦差大臣李祯商定，为应对军情紧急，即日便拜命启程前往宁夏，请免入京。将在外，君命有所不受，若刘瑾又有什么异议或者批驳，反正本人已驰抵军前，追不回来了。

临将分别，一清一瘸一拐地送李祯走到门前，李祯关切地说："邃庵兄，您这次拜受新命，责任可是重大啊！"

一清笑而不答，李祯又问："您准备哪一天动身呢？"

一清不假思索地说："今天接了旨，明日用一天时间准备，后天五月初六一早，便渡江启行！"

"您还是这样急性子，还是像当年一样敢作敢为，不怠不懈地勇于任事啊！"李祯由衷的钦佩。

一清仰望上天："国步艰难，匹夫有责，主忧臣辱，鄙人敢不效死吗？"

第三十二章

杨张共事交浅言深　内外合谋计撼巨奸

　　果然，杨一清第三天凌晨便雨中渡江，在泥泞道中跋涉到扬州，当天又乘舟夜过邵伯湖。但到达高邮后，因逆风顶撞，船只不能移动尺寸，便率众登岸，冒雨朝泗州行进，过虹县，到宿州。五日之间，水陆兼程，未尝稍息，行在田塍间，无法乘轿，便改为骑马，又因淖深路滑，乘马陷入泥沼，便换马继续上路，屡蹶屡起，官兵俱成泥人，互相相视而笑。一清蛰居了三年，脾肉重生，这一遭重新挑起担子，每日村鸡初鸣，便披衣上路；夜深不辨道路，仍然摸黑赶程，错过了驿站，就借宿农舍。六十多岁的人了，却并不感觉疲乏，反而精神振奋。他不断估摸着这次率军西征的意义和前景，不但认真思考应如何戡平宁夏的叛乱，还反复品味李祯郑重告知的有关监军太监张永的动态，苦苦思索朝政全局。时局变动的萌兆已经初现，虽然形迹绰绰，难以作出准确判断，但不能不郑重估量和谋划对策。他深知，形势和人际关系有着极端微妙的变化，一些看似孤立的迹象，往往都是关系存亡的契机。制人成事，乱中取胜，在历史上是不乏先例的，恶政虽严亦甚疏，必然会存在可攻之隙。暴戾恣睢，不过是收拢仇恨，自速灭亡。贵在抓住时机，善谋果断，事在人为啊！

　　连续急行半个月，他过归德、杞县，穿行河南郑州，经渑池进入陕西潼关，五月二十二日便已驻节华州。在华州，杨一清便了解到，因为曹雄和仇钺联谋合兵，已经斩杀了叛将周昂，擒获企图外逃的何锦、丁广，并已俘虏了逆藩朱寘镭父子眷属，全部家属都关押在死牢。叛乱已经平定。

　　但是，这一场叛乱却暴露出宁夏以至西北地区淤存着大量严重的问题。首先是当前情况十分混乱，西北各省都盛传谣言，有说杨一清和张永将率大军血洗宁夏城的;也有说对胁从官兵一律全家处斩,玉石俱焚的;更有说,庆亲王朱台浤以次各郡王亲贵都曾向寘镭行君臣礼,等同背叛,要一律革爵废为庶人再严加论罪的;甚至有人制造危言,说凡与寘镭家族和叛将叛官有亲戚婚姻师生朋友关系的,都在"诛九族"范围之内。这些谣言广泛传播,使宁夏城人心惶惶。因惧怕受到株连,不少人为避祸而裹粮逃亡,老稚妇女走避山野。也有人聚众潜入崇山峻岭,更有人企图偷越边境投靠北虏。加以大乱之后,地方官府已经瘫痪,体制荡然,无力担承传达政令、执行法律保安的正常职能。当此时局混沌迷离的紧要时刻,稍有不慎,必会乱上加乱,难以收拾。

一清看到问题紧急,便暂停驻在华州,赶紧处理一些迫在眉睫的重大政务。

首先,他认真书写了一道奏疏,申说大乱已平,乞将派遣在道中的三万京军全部调回北京,一则可以节省巨大军费,二则可以安反侧之心,稳定局势。他特别派人将疏文急送开往宁夏途中的张永军前,谨慎地征求张永的同意,如果能够同意,便联衔上奏。他在疏文中着重说明,采取这样的措置,乃是出自监军张太监的熟筹妙算。张永一向好功,阅后大喜,连说:"杨大人知道俺的心事!"吩咐即将疏文以日行六百里加速送内阁转奏。于是,西征大军被调返京营。

其次,他又亲拟安民告示,内容大意是,这一次的叛乱,首恶的只是几个人,其余都是被逼胁从,不过是为顾恋身家,情非得已,监军张太监和本官熟知衷情,故只诛首恶,不究胁从,有功官兵且得提升擢用。况且,近日诛贼建功的也都是宁夏官兵,足见宁夏京屯各军俱可信可用,朝廷仍将依靠作为干城,不改编,不遣散。又宣布从即日开始,官舍军民各供其事,各服其役,各营生计,保持稳定,勿疑勿畏。庄屯农牧,市贸交易,一概恢复。敢有捏造流言、煽惑人心,特别是敢于挟仇怀嫌以攀陷他人的,一律以军法严惩。他敕命刻版印刷,广泛张贴于城乡。并将告示底稿和印成的样本,派人急送至已到达渭南的张永行辕。张永看到告示文中又是将自己高抬在决策的首位,心中更加喜悦,忙命令左右:"即照杨大人在华州所拟告示加印数百张,分别张贴。"

出华州,过潼关,取道平凉固原,赶着往宁夏的道路上,一清看到沿途田土抛荒，人户缺衣少食，野无炊烟的凄凉状况，心情十分沉重。这些都是他前任三边总制时，多次巡视过的地方。当年因考虑到地处极边重镇，与北虏为邻，所以特别优惠充当屯田的官兵，划拨给足额田土，又减免他们的科差，为的是让他们半兵半农，衣食丰饶，乐于耕耘而且加强战备；他又将空闲湖滩草地，招徕牧民种草养马，编为牧军，既照顾了这些人户的生计，又保证边防军队有足够的战马和草料供给。一时农牧兴旺，屯丁牧民视为乐土。想不到数年之间，凋败荒芜竟到了这样的地步。

经过当年手创的牧马营堡，一清进去探视，许多牧卒还认识他。听说他入营进堡，老弱妇孺纷纷奔出，好像看到亲人一样。一清赶忙下马，招呼众人。一个老牧卒跪地泣诉："杨大人，当年您以种草牧马的名义招集我们前来，编组为牧卒，连年筑营建堡，修造栏圈，配给种马，繁衍马群，还规定交马交草的公平数额。数年之间，我们得以安生牧养，本以为可以世代相承。想不到，自您被革官议罪，离开宁夏以后，局面就完全改变了。做官的将牧场和马群看作最便于榨取的聚宝盆，我们负担的力役增加了十倍，勾扰科派，勒交的马匹和草料也加了十倍。现在是营堡失修，厩圈倒塌，草豆饲料无存，实无法再牧养马匹了。马匹疲饿倒毙，便要将牧卒锁拿关押，鞭押赔偿。官役们黑夜冲入营堡，牵赶马群，抢走草料，甚至逐户搜索，牧丁家家赤贫，终日惊惶，已有过半数逃亡失散了。现仍留在营堡的，非老即幼，或是病弱妇孺，这些人逃无可逃，难以存活，实在比征戍的兵卒还可怜啊！想不到今天还能活着再见到杨大人，求您为我们做主啊！"

老牧卒边说边哭，其他人也不待召唤，都跪伏在地，哭声震天。一清不忍，老泪纵横。牧卒老幼们的哭诉，像千百把利刃一样扎疼他的心，觉得自己实在有负于这一群勤劳憨直的牧卒们。他答应一定要与平凉和宁夏的现任巡抚、镇将、巡按御史等官员妥善商量办法。但他也知道要真正恢复当年的营堡、草场和马群，还给牧卒们公道，让他们安居乐业，实在有着万分的困难。自己的许诺其实不过是安抚和敷衍，面对这群善良贫弱的部民，觉得万分羞愧和内疚。

一清殷殷告别，跨马继续上路，牧卒老幼依依不舍，紧紧跟随。这一群衣衫褴褛、贫病交加的老弱，憔悴的脸容中又透露出一丝兴奋和希望，扶老携幼,为当年的老长官送行。一清刚出堡门,还未转上驿道,忽然听到背后一个老年妇女撕肝裂肺的尖叫:"杨大人,杨老爷,您可不要忘记了我们这些苦命人呀!"

一清心碎不已,不忍回声应答。

途中,一清不许摆设仪仗,不谒见封藩的亲郡王,辞免地方官员的迎送宴会,暂不恢复中军。经过固原,只留一宿,赶程要在韦州和张永的队伍会合。

刚到韦州,入驻驿站,征尘未卸,他便听到门外急速传达:"钦差监军张太监派遣来的旗牌官谷大中请求禀见!"

一清急传入见。走到官厅门前相迎。原来这个谷大中乃是"八虎"之一谷大用的弟弟,因为谷大用的缘故,几年前进入锦衣卫,任指挥佥事之职。张永和谷大用在"八虎"中结成一派,相约为死党,关系非比寻常。张永这一次监军西征,大用推荐大中随行,无非为了便于二人密切联系,以及将来为大中叙报军功,而大中也就成为张永的贴身侍卫和亲信。今天派他作为先行官来通报行程,也是为了摸探新任三边总镇杨一清的动向。

谷大中身穿特准锦衣卫人员穿着的绣有麒麟的官服,素金帽顶,显示具有四品官阶,颇有威仪。但他为人比较深沉,锋芒不露,而且几年来在锦衣卫任职,与上层官僚勋贵屡有往来,熟谙官场礼节。他刚进入韦州衙署,就看到杨一清站在官厅门前,急忙趋前行参见礼。一清扶住,相偕入厅。一清命坐,大中连称"不敢",恭立报告:"卑职奉监军张老太监的钧命,赶来韦州觐见杨总镇大人。张老太监一行将于明早到达韦州,与杨大人相会。"

一清回答:"张公公勤劳皇事,虽然高龄仍秉钺出征,一路辛苦。本镇知道张公公明日便可到达,十分欢喜,当即敕命韦州知州等立即布置行辕,妥为安排迎候。"

稍过一会儿,一清又说:"本镇早年便有缘与张公公相识,奉为前辈,承他不时教正,更深知他苦心维护宪宗成化皇帝尚在储位时的辛苦,又多年侍奉在先帝孝宗弘治皇帝驾前,忠忱出自天性,勋功卓著于内廷。这一次能与张公公共事,实是大幸。"

大中听到一清诚挚之言,感觉这位总镇大人并不像一些儒生官僚那样,无区别地鄙视和排斥宦官，而且盛誉张永的辉煌经历，顿感兴奋，认为当前一为宠宦、一为谋臣的两位实权人物，似有良好的合作前景，急于向张永密报。他说："张老太监在途中连续接到杨大人的咨文，对于杨大人提出的尽速撤回京军和及时安民等等措置，都非常佩服，而且都立即照办了。"

杨一清闻言，心中一亮，仍然谦虚地说："所有这些，因为估量到张公公必有定见，本镇不过遥测卓识，依照常理办事罢了。"

五月初九日早晨，一清率领固原卫指挥和韦州知州等地方文武官员，在韦州郊外十里亭接官，迎候张永队伍的到来。

张永的架势果然威风十足。刚过辰时，便有旗牌官飞骑报站。半个时辰过后，从东南方传来鼓乐声，一旅人马车轿衣饰整齐，仪仗辉煌夺目，排列有序地朝着韦州行进。领头的是神机营百名骠骑，各持长戟大刀，分成左右两排开路；接着是将御赐的金瓜和银斧各复制为八具，由身穿金绯盛服，黄罩甲，冠顶插有靛染天鹅翎的骁校骑着一色黄骠马高举而行；之后是十六名头戴乌纱描金曲脚帽，身穿杏黄蟒衣，腰挎绣春刀的内侍，护卫着一杆上书"神机营指挥钦差总督军务御用监太监张"大字的旗帜。紧随旗帜后面的，是一骑身穿四品内官公服的中年太监，恭捧着用黄缎包裹着的孝宗皇帝御赐龙头拐杖，这是一般官员仪仗队伍从未有过的特色，表示出张永特殊的身份。最后，才由一个彪形壮汉，穿戴四品佥都督戎装，策马走在张永乘坐的八人抬绿呢大轿跟前，随时听候传唤，叫作侍卫顶马。

张永坐在轿上，留意韦州地方文武官员会安排什么样的仪式迎接。宦官心细而多疑，他又特别着意官居二品，曾任边关和中央大吏，显赫有名，最近又复任为四镇总制的杨一清是否来迎。及至州郊十里亭前一箭之地，便遥望到一清已身穿绯袍公服，正亲自率领着卫、州官长恭候亭前，韦州的乐舞生们还敲钲击鼓，奏着《感皇恩》和《抚安四夷》的乐典，虽然音调不很协调，但也算十分恭敬隆重。张永见此情景，面露喜色。

轿子走近，杨一清一瘸一拐地迎上前，张永也急忙下轿，二人对揖行礼。一清说："下官率同地方文武，恭候钦差张太监亲临。敢问贵体是否康宁？"

张永忙答："很好，很好。"又明知故问："大人是什么时候来到韦州的？"

一清回答:"是昨天到达的。"

张永有感而言:"杨大人远自东海之滨的镇江,仅用一个月时间就赶到西北边陲的韦州,横穿中原,驰骋三千余里,真是尽忠皇事,鞠躬尽瘁了。"

他又说:"老朽从北京出发,路程比杨大人短了一多半,但还是比杨大人迟到,十分抱歉,俺确实是老不中用了。"

杨一清连说不敢当:"前辈七十多岁了,还远践幽燕,跨越晋陕,不惧长途跋涉以奉公的精神,实在令下官钦佩。"

相偕进入韦州衙门,张永在官厅上开敕宣读,一清率同众官跪听,内容与李祯带来的敕书相同。事毕,一起入后堂。

刚坐下,张永便流露出喜好揽权的旧态,摆起得宠宦官的架子,指责宁夏当地的军政官员说:"听说宁夏的镇将、巡抚、巡按等官,不等待俺到达,便将逆藩寘镭父子宫眷和何锦等都械送过河,欲以献俘请功。这样不由上命,便行擅发,可说目无监军,是何道理?"

一清道:"按照常规常法,这样做当然是不妥,但因为动乱初平,人心惊疑,恐怕发生其他变故,所以,官员们想早日将这些犯人押离宁夏城,避免受意外事件的干扰。下官猜想,他们还不敢藐视监军大人。下官在固原时亦有所知闻,已派遣人员持帖制止,命将所有人犯先收押在灵州,等公公到达再作处理。"

张永听罢,颜色稍有缓和,但又冒出一句:"这些家伙不经俺转递,便抢在俺到达前连连奏捷,是想要封侯封伯哩!是怕俺争功哩!"

一清极力说理缓解:"乱臣贼子,人人得而诛之。各官孟浪鲁莽,确有不是,但亦是为宽解朝廷的悬念,安慰监军老太监路上奔驰仍为国事担忧的苦心,是不敢与老太监比较一日短长的。譬如人家,父母师长心中有大事,为子孙为学生的晚辈,一闻好消息,便当急报,以宽父母师长之心,不敢隐而不报,早些奏捷,似乎还情有可原,还请公公体谅。"

张永点头认可。

过了一会儿,张永又提出:"俺访闻得,总兵曹雄、杨英,游击将军仇钺等人,在查抄安化王王府和各犯官家宅时,乘机掠取了大量金银珠宝等财物,每人都有几万两之多;杨英又将已捕人犯得银纵释。对于这样违法犯纪的行为必须严办,以儆效尤。"

一清知道,如果这样追查,旧案未了,又增新案,必然造成再度混乱,便又苦劝道:"这些事件,下官亦有所闻,亦有人拦道告发,但都拿不出实在证据。既往,类似抄家清产的事件,是多有人发了横财,或被指发了横财的,其中有些确是事实,但亦有是仇人冤家流言相传,是想当然之事。对于这类事件,似可见怪不怪。尤其是,当前大功既成,更不宜先追查小节。而且,即使是反逆之徒,还得到以胁从释放,怎能以暗昧不明之事,转而法办一二有功的将官,恐怕与急求稳定局面的想法不太相宜,还怕有人讥讽,我们是为反贼报仇哩!"

一清从大局出发,有理有据,张永也觉得在理,改容回答:"杨大人所说都是很对的。不知在处理宁夏善后方面,杨大人还有何高见?"

一清便将已经自己深思熟虑的事项,挑最要害的相告:"下官认为,当前有一事必须妥善处理:据镇抚、巡按公文稿,在平乱之后,已逮捕了一千余人,抄了一千多家,实在过多过滥。事同情异,宜有区别,又怕有依照法律不应连坐的人,也被牵连入内,造成冤案,因此引起地方骚动。下官的意见,请与公公会衔檄告镇将、巡抚、巡按御史等,必须慎重甄审,必应根据确实供词,分别首谋、共谋、胁从等不同等级,对有关人犯查明底细和事实。何锦、周昂、丁广等三人确为首谋,法当连坐;其他军官曾预其谋,听调从逆,但不曾抢掠杀戮,且义兵一动,便即反正,情节重者可定为共谋,但诛正犯而只徙其妻子;情节稍轻的,便一律从宽定为胁从,仍准食粮当差,只革去或贬降他的官职。即使对于首谋者的家属,凡堂侄以下子婿,已嫁许嫁的女儿和雇工人等,一概不许连坐。现已拘捕的,一律释放。拙见如此,还请公公参详。"

张永稍显犹豫:"杨大人的意见当然有理,但照这样做,已就捕的人犯将要释放十分之九,真正伏法的就只剩下一百余人了,会不会被人指斥为情重法轻,过于宽大呢?人心难保,逆党不尽数殄除,又怕留下后患啊!"

一清沉着回答:"宁夏大乱之时,迫胁为乱的何止数千人,但绝大多数不过是听命胁从。时至今日,何锦、周昂、丁广三首恶既已擒拿,寘鐇全家眷属也已经拘捕,对法无可赦的百余人处以极刑,也可说是彰天讨、正国法了。

此外,有恶迹而不显著,介乎可杀可不杀之间的,从宽免死为好。至于漏网之徒,最好暂时置之不问。若现在穷搜细追,会令人人自危,即使不敢称兵对抗,但如果蒙骗不明真相的人哗变,逃往后山,就难以收拾。皇上之所以亲自点名,钦派公公前来抚按军民,而不派他人,正是因为深知公公老成持重,仁厚为怀,必能体会圣意,全力抚平乱局,化暴戾为祥和,为西陲士庶造福。不酿乱,不激变,似是当前处理宁夏事件善后的要着,想公公亦有同感。"

张永频频点头:"先生说的是,老朽是开茅塞了。就请先生会衔起草奏章,奏报俺们二人的共同意见,还要请先生草拟檄文,急送宁夏三司遵照办理好了。"

一清注意到,张永对自己的称呼从"杨大人"改为"先生",不意露出亲善敬重。原来,张永阅人甚多,自负有知人之明。今天在和杨一清的商谈中,深切体会到此人思虑周密,有谋能断,真是名不虚传,而且处处为自己考虑,从不计较虚名假誉,确是豁达大度,通情达理,对他顿生好感。杨一清从半日的会晤中,也感觉张永虽曾列为"八虎"之一,但在当权老宦官中,又是一个头脑清楚,比较明白事理,能听得进意见,性格比较直爽,能从善如流的人,经过半天面对面紧张的交锋和交流,杨一清对于两人能和洽合作的前景有了信心。他看时已过午,便说:"公公一行辛苦,刚到韦州,便细谈公事,过于劳累,请先休息。下官先行告辞,其他事改日再论吧!"

张永送一清出仪门,蓦然想起:"俺的行辕设在知州衙门,先生下榻在哪里呢?"

一清答道:"韦州民贫地狭,知州衙门亦极简陋,实在难容监军车马,只好暂先委屈了。下官随员不多,已入住驿站宾馆,比较方便。"

张永连说:"真不敢当。"又说:"我们二人就同道前往宁夏吧,两队人马可以合为一队,俺还要在路上倾听先生的高见呢!"

从韦州出发,过灵州,六月二十二日渡河进入宁夏城。边走边停,一共走了十二天。在这十多天的旅途中,以及在沿途视察和处理善后政务,张永和杨一清一直相偕同行,遇到问题协商办理,关系十分融洽,也增进了彼此的了解。

驻节灵州时,知道真镗父子宫眷以及叛军主将何锦等人已被分别关押在千户所狱和空仓房内，二人又依照钦差出外办案的惯例，一同开庭，提讯犯人。

狱官首先带出寘鐇。这个多年来幻想当皇帝的郡王，事败被擒，野心既被粉碎，威风也一扫而光。他身穿囚服，脚戴十八斤重铁镣，神情颓丧，脸容憔悴，耷拉着脑袋，由四个带刀狱卒押入官厅，看到张永和杨一清并坐在堂上，便扑地跪伏在地，哭叫道："死罪，死罪！"

张永厉声喝斥："寘鐇，你身为宗支，背弃屏藩之道，肆行反逆，可谓罪大恶极，覆载不容。今日俺与总镇杨一清大人共奉钦命前来戡乱，将你擒拿归案，要将你等押送到京城，生致于庙阙。你还有何话说？"

寘鐇不敢抬头："老太监所言，罪人岂有不知之理。只是误听人言，说皇上宠任刘瑾，而刘瑾为非作歹，杀害不少忠良，聚敛大量金珠财富，招致万民怨愤。还听说刘瑾被称为刘皇帝，罪人怕我朱家的江山，被他篡夺，所以才出此下策，欲图兴兵除暴，锄除刘瑾，以清君侧……"

听到寘鐇一开口便说到刘瑾，一清有意窥看旁边的张永，只见张永似有所感，不经意地流露出一丝冷笑，并没有发话驳斥寘鐇，一清心中怦然一动。他没有多说话，只是喝斥寘鐇知罪认罪，接受宗法和国法的制裁，便命狱官将他带下，严加关押。

翌日，两人又提审了率领叛军攻城略地、杀官戮将的宁夏卫原指挥佥事，已被定为首恶的何锦。

杨一清很了解何锦的底细。他原来是直隶卢州府陆安卫所军人，转入宁夏卫任职，先任百户，也就是管理一百个兵卒的低级武官。这个人头脑简单，骁勇善战，腮边一部乌黑胡须，身长丈二，腰阔三围，抡起双刀入阵，颇能震慑敌兵，因此屡建军功。前几年杨一清任总镇时，看重他的勇敢，在建筑边墙时又肯卖力，屡次将他提升为副千户、千户、卫指挥佥事。想不到这个人竟甘为祸首，带头倡乱，今日沦为死囚。

何锦被押入厅内，抬头就望见老长官杨一清，跪地号哭道："何锦今日能再见杨大人，虽死而无憾了。如果大人不离开宁夏，我等怎敢犯上作乱，酿成这样的弥天大罪呢？"

一清只是严厉训斥："朝廷何负于你？你为什么背恩负义，敢为背叛？"

何锦明知自己绝无生理，要在就刑之前，将心里的委屈痛苦尽数说出，他不理会狱卒们的吆喝拦阻,死力挣扎着说:"大人不知,我们宁夏的屯牧官兵,受到镇将、巡抚多少诛求逼迫,无食无衣,还要忍受鞭扑追索,锁拿抄家,实在活不下去了。所以才受到寘鐇等的蛊惑,铤而走险。在下起而倡乱,实在是想为屯牧官兵谋一线生路啊!"

一清不让他再说下去,大声喝道:"你既然要做好汉子,为什么不奏发这些官员的罪行,等待朝廷将他们治罪?"

何锦仰头哼哼冷笑,毫无畏惧地吼道:"杨大人也应知道,宁夏的贪官污吏总是打着刘瑾的牌子,说一切横征暴敛都是奉刘公公之命而行的。我们要揭发声讨,奏告上去,还不是都落到这个老畜生手里,更逃不脱他的魔掌,无非更速祸找死罢了!刘瑾当权,坏事做尽,但他蒙蔽皇上,一手遮天,天下士庶真是有怨难平,有苦无路诉啊!"

何锦的供词又是直指刘瑾!

狱卒看到何锦越说越走板,走过来将他推倒在地,殴打掌嘴。

张永对审讯何锦没有多说话,他知道这不过是例行公事,对于寘鐇和何锦这样的首恶,不论献俘或正法,都只能是等解押到北京以后,奏请皇命才能执行的。他平静地摆摆手,示意狱卒们不要为难何锦,命令说:"将他押回死囚牢房,严密监管。"

杨一清和张永在宁夏城主持善后工作,张永多依一清的策划行事,如全面豁免当前赋税;核实屯田数额,削除近年擅增之数;将牧地草场按人户均分给牧民自牧自养;招引已外逃的军民回籍,安心复业生产;等等。由此,迅速稳定了社会秩序,农、牧、商、工都得到实惠。一切美政,一清总是将张永推在前头,自己历次上的奏章中,总是不忘加上一笔"先蒙钦差总督军务御用太监张钧帖""会同钦差总督军务御用太监张议得",等等。对于颁布民间的布告,也是采取类似语气,为张永邀誉。张永亦自知,自己处理实际政务的能力,远不如一清,干脆乐得清闲,放手让一清主理。市面有人说:"人人都说宦官做不了好事,但今日来宁夏的张老太监却很体恤庶民的艰难,为我们解除了不少痛苦呢!"谍报人员将这些舆论报给张永,他自然十分喜悦。他知道杨一清日夜操劳,脾病又发,往往因剧痛而辗转床席,彻夜无眠,一再亲来问疾,送上内廷的舒肝理脾蜜丸。

一清知道张永和刘瑾有宿怨，对刘瑾怀恨入骨，考虑要利用他们之间的矛盾，借张永之力铲除刘瑾。他知道这是一着险棋，举措有错，便会全局亏输，搭上自己的身家性命不说，而且一击不中，反而会助长刘瑾的凶焰。他连日失眠，所谓脾肝疼痛，其实是思虑过度所致。

张永为人较为直爽，口无遮拦，他也知道刘瑾曾制造过冤狱，企图杀害杨一清，故在与一清的聚会中，经常抵掌而谈，破口臭骂刘瑾，揭刘瑾的老底，并且最乐于吹嘘自己在御前掌掴奸顽的得意事，津津乐道。

一天夜晚，一清应张永的邀请，在张的行辕内室饮酒，座无他人。席间，忽见谷大中神色张皇地撞进来，在张永耳边密语，张永认真聆听，开始时有点儿紧张，脸露怒容，随后又舒缓下来，命谷大中退出。对一清说："大用派密探来告知大中，并嘱大中即转告给俺，刘瑾已经派人来宁夏收集情报，要打听俺在这里有什么失误失德之处，准备利用来对俺进行陷害，真心狠手辣啊！"又说："皇上已决定宣谕俺回京复命，但仍留老弟在宁夏继续料理善后，这也可能是刘贼分隔俺俩的毒计，不能不防。"又朝着杨一清有意无意地说："当然，他也不会轻饶老弟的。这一次在宁夏，俺与你是捆绑在一根草绳上的两只蚂蚱，一荣俱荣，一损俱损。"

"一个多月来，公公与我一直小心谨慎，一切秉公而行，力求弘扬皇恩，福祉百姓，可说问心无愧，没有什么辫子可以给他抓住的，公公不必多虑。"

"老弟是以君子之心度小人之腹，你应该知道锦衣卫特别是内行厂骁校的能耐，就是能无中生有，罗织罪名。血雨腥风就是这样刮起来的，万桩冤案就是这样炮制出来的。

"俺与刘贼势不两立，不是他死，就是我亡。兔死鹘落，只有决一死战！"

杨一清知道时机已到，毅然进言："其实，要锄除此贼，也不是办不到的事。

"这个家伙每日早晚都在皇上面前打转，他人难以进言；而且五年以来，他已网罗党羽，广布耳目，盘根错节，要撼动他也不容易。

"公公但知其一，不知其二。皇上对刘贼的宠信，其实已经有了重要变化。从细微之处，可以窥测到大势所趋。这一次用某为总制，用公公为监军，讨贼不用刘贼的心腹而付托我们，就足见圣意所在。

"其次，刘贼虽然早晚伴随在皇上驾前，轻易不肯离开，其实正是心虚的表现。豹房宫禁，他总不能寝息在内，不可能绝无空隙。特别是公公这一次功成奏捷，皇上必然要亲自召见，询问平叛军事，刘贼不一定在场，公公亦可奏请独对，说有机密内情要单独奏对，刘贼更不能赖着不退。乘此机会，公公可以全面揭发刘瑾的穷凶极恶，奏告宁夏大乱，实酿发于刘贼；天下的穷困愁怨，实亦根源于刘贼。臣民误解了皇上，诸多流言蜚语，实因刘瑾祸国殃民，将诸多恶行硬栽在皇上身上。而且，近有密报，刘贼竟怀有不臣之心，公公深惧大变骤起，危及圣躬，所以才甘冒万死，请求立诛刘瑾以安社稷。公公还可以将真镗发布的伪檄文，以及何锦等人的口供等面呈皇上。道理过硬，证据确凿，皇上英武果断焉能不信。他考虑到全局和刘贼近期的可疑动态，一定会接纳公公的意见，下旨捕诛刘贼。刘贼伏法，公公必然更受重用，今后辅助圣主，大力矫正积弊，拨乱反正，收回天下人心，公公功业不朽，实在是千古一人啊！"

张永听罢，勇气顿增，但还是担忧说："俺的进言，如果皇上不听从，又怎么办呢？"

一清进一步说："我估计，言出于公公，必会被接纳。万一还下不了决心，公公可以顿首蹈地痛哭，请求赐死在皇上之前，剖心裂肝以明不妄，以表忠诚。皇上一定会为公公之言感动。如得允准，必须立即行事，立即下旨逮擒刘贼，切不可稍有稽迟，防生变故。"

张永听罢，拍案而起："好吧！就这样办！老朽入宫已六十年，历事三朝圣主，受恩深重，岂因吝惜一条老命，而不用以报答皇家？俺意已决，老弟可以放心！"

一清也激动不已，两人举杯盟誓。一清向张永施礼说："长者蹈危犯难，铲除刘瑾，护卫社稷，如有不测，一清绝不独生！"

七月初，张永受命北返，杨一清陪同他渡过黄河，直到灵州，在郊区驿站饯别。两人举盏倾杯，殷殷惜别。张永执着一清的手说："老弟保重，俺绝不负期许。俺在皇上面前，一定奏陈老弟的贤劳和才具。"

一清回答："某在病废之余，朝廷以兵事起用，义不敢辞，强自鞭策，已觉力不胜任。但愿天子圣明，信任公公，重开新局，等宁夏平静之后，某便会上疏乞骸骨，但愿能早归江南，以耕读自娱，平静中了此余生。"

一清在驿门送别张永，车马远去后，他没走，当晚就宿在站内馆舍。他心潮汹涌，辗转难眠，起床喝了一口冷茶，绕室徘徊，吟出两句诗文："老去寸心犹不死，仗谁经略了余忠。"

韦庆远 著

正德风云

下册

北方联合出版传媒（集团）股份有限公司
万卷出版公司

第三十三章

天鹅房张永揭奸佞　西四口刘瑾受凌迟

宁夏叛乱事件很快得到平定，倡乱的真镛一伙一一就擒，使得正德皇帝"龙心大悦"。杨一清和张永历次送来的捷报，都把迅速取得军事胜利和一切善后安排，说成是由于皇帝陛下大奋乾威，才能激发官兵奋勇向前，"斩将搴旗，剿平叛逆"。总而言之，一切都归结为"皇上神谟妙算，洞见万里"，是"幸赖皇灵丕振，圣武宏扬"。这些廉价的奉承套话递送到北京，使正德十分得意。一向自吹崇尚武功、具有军事天才的皇帝，认为这一番戡乱得胜，实出于自己指挥得宜、用人得当，不觉自我陶醉起来。他不止一次地将捷报疏文出示给内阁和宫廷的达官显宦："朕早就料定真镛这厮是经不起打的，天兵还未到，便七颠八倒，被一网打尽了！"

他又转向侍立在旁的李东阳说："老卿家推荐杨一清总制四镇，实在是对极了！这个杨跛子还真有两手，写的奏疏捷报也有分寸。跛子能够归功于朕，是知道感戴君恩的人！朕已下旨，命杨一清暂留宁夏处理军政事务，先让督军太监张永押解叛逆来京献俘。张永老奴，这次不负委托，确实建立了大功。他到京之日，朕要亲自到东华门迎接，在豹房设宴慰劳！"

内外众臣顺水推舟，齐声祝贺，称颂皇上"英断"和"圣明"，并表示"切实凛遵圣旨办理"。

只有刘瑾心中七上八下，极其不愤杨一清受到称誉，也嫉妒张永得到超过常规的优眷，更畏惧因献俘赐宴而打乱了自己的篡位阴谋。

明朝自开国以来，经过多次重大的军事征战，遇到打了胜仗，俘获了叛臣逆将，在举行奏凯献俘典礼的时候，都是由皇帝禀告太庙祖先，然后择日在午门城楼上设御座，文武群臣分列恭陪，举行专门的庄严仪式，再由率领军队出征的将帅押解俘虏犯人入场，跪伏待罪。将帅恭呈捷书，皇帝收纳后，再下旨将俘虏交付刑部尚书，按律治罪，然后奏乐行礼，山呼万岁，庆贺功成，有一套完整的隆重仪式。从来未有在皇城东华门亲自迎接有功将帅，更何况是亲迎一个监军太监。刘瑾对张永又忌又恨，咬牙切齿，只是强自抑制，不敢流露。

如何献俘，在什么日子献俘，成为刘、张"两虎"斗智角力的焦点。原来，一桩篡位夺权的阴谋正在紧锣密鼓地策划当中。

几年来，刘瑾从京军各卫精选了一些悍卒骁将充实到锦衣卫，委派心腹田文义任卫指挥，企图变皇帝的御用禁卫军为自己的亲军，作为兵变的基干武装；又从兵仗局太监孙和处调拨大批刀枪甲仗；再命两广镇守太监潘干、蔡昭暗中制造了大量劲弓毒弩，分批运入北京，秘藏在石大人胡同府内备用。

刘瑾原定在八月十五日，当文武百官齐集来府，为他的哥哥——已故都督同知刘景祥送葬时，尽数将他们擒拿，再乘所有官署的职能都已暂停的间隙，发兵直捣豹房，将"尿泡皇帝"正德捉拿，胁迫他"禅让"皇位，立即宣布改朝换代，由自己的侄子刘二汉登基。他本来以为，大事得手后，张永即使来京也奏不了凯，献不上俘，甚至可以将他截杀于城外。想不到张永也闻到气息，有所戒备，竟针锋相对地请求一定要在八月十五日当天入京献俘。刘瑾急忙派人伪称皇命，叫张永缓期再入，岂知张永概不理会，仍然按照原定日期进京。当天一早，张永便率领军兵队伍，高举着钦差监军太监的旗幡，打着得胜鼓，押解着叛王寘镭和宫眷十八人，以及从逆的首要分子何锦等二百余人，由神机营兵丁押送，从北城德胜门进入北京，经过顺天门转左过东长安街，直奔正德指定的地点——紫禁城外围的东华门。

队伍将要到达东华门，便听到金鼓之声响彻于大内。原来是御用乐队协律郎和乐舞生们在演奏《天眷皇明之曲》和《抚安天下之曲》，乐声威壮悠扬。张永急忙下马，严催队伍整齐前进，自己快步走近御前。只见正德皇帝正志得意满地端坐在东华门正中的御座上，眺望从远而近的献俘队伍。这一天，皇帝头戴通天冠，一副戎装打扮，身穿亲征专用的黄衮弁服，锁子黄金甲，腰横绶带，脚蹬赤色皮军靴，奇装异服，亦文亦武。御座旁边，百官文左武右分列两行，内阁大学士李东阳和司礼监太监刘瑾恭立两侧，禁军甲士卫戍森严，旌旗飘扬。张永急忙趋前跪拜，山呼万岁，奏陈："奴才张永奉谕监军，率师西征叛藩，幸赖皇上神谋睿算，诸将士奋勇杀敌，扫荡了叛军，擒拿了逆恶。今日奏凯归来，特将叛王宸镭及首恶诸犯献俘御前，恭候皇上发落。"

正德眉开眼笑，站立起来踱了几步，高声宣谕："宸镭背祖欺宗，犯有滔天大罪，即发交宗人府，按《大明宗礼》严惩；何锦等人，都交由刑部关入死牢，等待审讯处罪！"

宗人府长官宗令和刑部尚书分别率人将犯人押下，这次别出心裁的献俘典礼便告完成。一时金鞭三响，金钟玉磬齐作，笙、笛、箫、琴并举，嘈杂喧哗。司仪官宣布"礼成"，又呼"皇上圣驾回宫，退朝！"。

正德刚要登上金辇，忽然若有所思，转身向恭立阶前的张永亲切地说："张大伴，这一遭辛苦了，今天晚上，朕还要在天鹅房设宴慰劳你呢！"

张永叩头谢恩。

金桂飘香，皓月当空，八月中旬的北京已经退尽炎暑，真是天凉好个秋。

这是一个极不平常的秋夜。

当晚，天鹅房内画烛齐明，酒筵罗列，金樽浮绿醑，玉盏泛羊羔。但是，出席御宴的"两虎"——刘瑾和张永，却是各怀机谋，暗藏杀机。表面上两人虽然推杯换盏，觥筹交错，互颂吉祥，其实是席无好席，宴无好宴。只有正德皇帝，还迷醉于胜利的喜悦，沉溺在筵前酒后的轻歌曼舞之中。

这一次在豹房的褒荣宴会，主要是为张永洗尘而设的，没有召请外臣参加，只有刘瑾、张永、马永成和谷大用应诏赴宴。正德皇帝心情开朗，没有穿戴正式袍服，除了冕冠，仅以中间缀有明珠的皂纱巾束发，身穿杏黄色绛纱袍，玉带佩绶，白袜红靴，好一派标致皇帝、风流天子的气象。席间，免不了又连续表彰张永的丰功。

刘瑾听得不耐烦，又因部署已被打乱，急需另作安排，密谋新的对策。他在酒过三巡以后，假称有紧要公事急待处理，请先告辞，正德欣然允诺。

夜色渐深，歌郎舞女退出。张永见时机已到，突然手持一束文书，跪倒在阶前叩首，颤声说道："老奴有关系极为重大的事件要奏闻圣上。"

正德一怔，忙问："张大伴有什么事，这样惊惶？"

张永先不回话，只是将手持的文书递给内侍，转呈正德。

正德接过文书，打开一看，标题上书"逆藩寘镭亲供及刘瑾罪证"，第一份文书是寘镭称乱造反时发布的檄文，在这份檄文中，寘镭猛烈指控刘瑾目无皇上，且有弑君的逆谋，有警句说："近年以来，主幼国危，刘瑾奸宦用事，舞弄国法，残害忠良，蔽塞言路，致丧天下之心，几忘神器之重，臣民恨瑾怨入骨髓，予不得已，特奖率三军以诛党恶，以清君侧，以顺人心……"

檄文一一罗列刘瑾擅权贪敛、作威作福的十大罪行。正德粗粗翻了一下，说："寘镭这篇鸟檄文，怎么朕未见过呀？"

张永回奏："据老奴所知，宁夏的将官在四月中旬缴获了这篇文字，便派快马加急送来北京恭呈御览，但却被刘瑾隐匿了，怕皇上知道他的丑事！"

"还有，寘镭在口供中说到，刘瑾以前也曾多次派人向寘镭表示亲善，索要钱粮和军马，本来是要将寘镭收为羽翼，想不到，寘镭却妄想自立为皇，不买他的账。两人各怀异志，蛇鼠不能同窝，才翻脸拆伙。请皇上看看寘镭的供词，便可清楚。"

正德醉意略消，蹙眉而道："刘太监这几年也确实过于放肆。"

张永又奏："何止放肆？他还有天大阴谋呢！"

正德问："难道还有其他阴谋吗？刘瑾已经贵极人臣，荣华已极，难道还要搞什么阴谋吗？"

张永急奏："老奴从宁夏来京，前天路过保定府，住在驿馆。黎明四更，忽有老奴麾下神机营将官李景先和肖穆二人紧急求见。密报说，刘瑾已串通锦衣卫指挥田文义等人，准备在八月十五日，即是在今天发动兵变，派人收买神机营的官兵，答应给予重金和高官，串联他们响应。李、肖二人知道事机已急，不容稽迟，便秘密离营，赶到半道截见老奴告密并问计。正因为局势险恶非常，老奴只好急行军赶回北京，也不理刘瑾力促推迟入京日期的知会，径直奏告定于今日行献俘礼，为的是要打乱刘瑾的阴谋，粉碎即将发动的兵变。李、肖二人现在也在豹房外候旨，皇上如有疑问，可以传讯他们。"

正德醉意全消，来回踱步思索，终于拿定了主意，说："不必了。等明天朝会，便质问刘瑾。"

张永抢说："等不及明天了。事机紧急，迟缓必有变。刘瑾密布心腹，知道阴谋已经败露，难免会狗急跳墙，铤而走险。老奴离开这里一步，必然会遭毒手，绝不能再见到圣容，也怕皇上遭遇到不测之灾啊！"

正德看了一下站立在旁的谷大用和马永成。提督西厂的谷大用态度明确地说："张公公所言极是，西厂也收到近似的情报，也证明刘瑾正在密谋起事，近日夜半，在刘瑾府邸所在的西城附近，及锦衣卫在南苑的兵营多次戒严，每每看到大批军队紧急调动，甲马声音铮铮可闻，确实有发动兵变的明显迹象。现在是箭在弦上，不得不发，切不可姑息养奸。若等他发动之后再戡平，损失就太大了。不如立即将他逮捕，严加审讯，以弄清逆谋真相，确保大明江山不坠，皇上圣躬安宁！"

正德越听越觉事态严重，被最宠信的人出卖和暗算，深感愤恨。他怒不可遏，拿起一个细瓷酒盅猛掷阶下，酒液四溅，气氛更加紧张。他咬牙切齿地下诏："宣谕锦衣卫，立即派兵逮捕刘瑾！"

"八虎"中素有智多星之称的马永成闻诏，感觉其中有不妥之处，慌忙进言："锦衣卫都督田文义是刘瑾死党，切不可让锦衣卫集结队伍，怕出倒戈意外。奴才之意，可以交给由张公公主管的神机营派兵执行。"

好勇好胜的正德皇帝激昂高喊："好！连夜去捕捉奸贼，查抄贼穴！"

漏下三更，刘瑾才送走刚参加过密议的张彩、田文义等人，感到十分疲倦，回房就寝。

正在这一时刻，神机营佥都督李景先和肖穆二人已领着五百精兵，悄悄进入石大人胡同，封锁了胡同两口；又分三层包围了刘瑾的府第，剑出鞘，刀在手，作好攻击格斗的准备。他们更不理会门卫的拦阻，将他们缴械捆绑，破门而入。冲突的声音惊醒了熟睡的刘瑾，连忙披衣而起，对伺候在寝室里的小内侍说："院内有刀刃之声，事有可疑。"

他打开房门，迎面看到全身披戴甲胄、带剑而立、脸有杀气的李景先和肖穆。刘瑾大声质问："你们闯入我府，有何道理？"

李景先厉声喝道："奉皇上谕旨，逮捕奸宦刘瑾！"并且举手示意。

兵丁上前揪住刘瑾的头发，剥下青蟒袍，扭转胳膊加以捆绑。刘瑾知道大事不好，颓然低首，两眼充满血丝，气急败坏地问："皇上在哪里？"

李景先回答说："在豹房，正等待我们复旨。"

他们将刘瑾押送到刑部大狱，钉镣加铐，派兵严密监管。

李景先和肖穆又指挥军兵在刘瑾府邸中，搜捕出术士俞日明，谋士张文冕、徐正，以及刘府内管家孙聪等亲信人员，还有那个准备上台当新朝皇帝的刘二汉，一一押入牢房，还封存了金窟和兵仗库。

刘瑾事败被擒的消息不胫而走，连夜从北京西城飞传到东城，又传到南北各城的通衢街道。人们想不到霎时之间便除去了这个受到万民痛恨的巨奸大恶，解除了万民心头之恨。大家奔走相告，初闻大喜讯，禁不住兴奋欢欣，有人喜极而泣，也有人敲锣打鼓，争相燃放爆竹庆祝。到天色曙明，鞭炮之声已响遍京城，街上铺满了红绿缤纷的爆竹碎纸。

正德虽然已经掌握了刘瑾的造反阴谋，但还是半信半疑，困于旧情，一时下不了将他处死的决心。对于这样一个犯了滔天大罪的元恶重犯，正德的意思竟然仅是将他贬降到凤阳，在皇陵里担任奉御之职，实际就是养起来。这样的处理，真可谓好歹不分，养虎为患，不但出乎朝臣士民的意外，甚至也出乎刘瑾本人的意外。他在狱中听到消息，心中的石头落了地，忙着馨香叩首，连说："皇上知俺恕俺，对俺开恩不杀，俺能够到凤阳当差，还可以当一个富太监哩！"

刘瑾又给正德递上白帖，狡辩自己并无谋反之意，是受了诬告陷害。他说，自己被捕时，赤身露体，没有一衣蔽体，乞请赐给一二衣服。正德看到这个帖子，竟产生了怜惜之心，下命给他百件衣服。刘瑾的党羽知道这些讯息后，也大喜过望，说："刘瑾尚可以不死，还受皇上怜惜，我等附从之人，还会被处重刑吗？"

众臣闻讯大为震惊，担心形势逆转。李东阳也坐不住了，他约请张永、马永成、谷大用等数人来内阁，说："时至今日，皇上还要怜恤刘瑾，万一再起用，开柙出虎，局面就难以挽救了。请几位公公拿出主意，早作定夺。"

三个大太监都十分不安，他们熟知刘瑾心性狠恶，一旦逃过劫难，反噬必毒。谷大用更是气愤不平："圣意真是让人莫测高深。前日下旨逮捕刘贼时，显得这样激昂痛恨，已下了除恶务尽的决心，刚过两天，竟又对刘贼怜恤优容，叫我们这些当奴才和臣子的，还能怎样说话？怎样伺候圣躬？"

张永似乎已下定殉死的决心，表情悲壮："俺明日还要紧急面圣，拼死直陈，吁请皇上切不可姑息养奸，留下后患，请求即下旨处死刘瑾。皇上如果不听，老奴宁可碰死在御前柱下，也胜于再受刘贼的报复！"

李东阳温言相劝，切不可鲁莽行事，但又拿不出什么点子。

只有马永成显得严峻而平静。他闭目不言，嘴边却挂着一丝冷笑。

张永心急，冲着他说："马哥，对这样关系到俺等生死和朝局安危的大事，你也应该拿捏点主张啊！"

马永成睁开眼睛，慢条斯理地说："要皇上下决心诛杀刘贼，这有何难？"

众人迫切听取他的高见。马永成胸有成竹地说："刘瑾可以狡辩，用旧情打动圣心换取怜恤，以为可逃过一死，但是，巧言辩色却无法消灭真赃实据。皇上既然能够霎时间从痛恨之心转变为宽释之意，为什么就不能让他立时回心转念，将宽释之意急转回更加痛恨之心呢？各位伺候驾前多年，难道就不知道我们这位皇上骤喜易怒、秉性多变的特点吗？照我看，请皇上立即下达诛杀刘瑾旨意并无困难。"

李东阳问："计将安出？"

马永成冷笑："各位都知道，刘瑾在石大人胡同的府第内密藏大批兵甲弓弩，又聚敛巨量金银财宝，还一定有僭制备用的帝王冠冕袍服，被称为'刘皇帝'。这都是大量贪贿和谋反叛逆的铁证。只要恭请皇上亲自去查看，就绝不会再宽饶于他！"

众人频频点头认可。立即议定：即日就由内阁上一本章，奏请皇上亲自检视刘家的兵戈赃物。

八月十八日和十九日两天，由神机营官兵会同刑部、都察院、顺天府官役，对刘府进行彻底查抄，果然抄出巨额金银珠玉宝物和衮衣、玉带、甲仗、刀枪弓弩等违禁物品，清单列出，计有：黄金二十四万锭，另散碎金子十一万七千两；每锭一百两的银元宝五万锭，五十两的八万锭，另散碎银两一百五十八万三千八百两；宝石二斗，珍珠三斗；金甲两副，金龙甲三十副，金钩三千；金银汤鼎五百；帝王专用的衮袍八套，蟒衣四百七十套；玉玺一，玉琴一，玉带四千一百六十二条；盔甲三千，强弓劲弩五百，刀枪剑戟无数。特别是有两把貂皮团扇，每把的中间夹缝里都藏有经毒药炮制的小匕首。

官役们日以继夜地将巨量的赃私和违禁物品，分门别类地堆放在刘家大厅，恭候皇帝亲临目睹。

十九日未时，正德皇帝果然摆驾来到刘瑾家，由张永、谷大用和马永成等随同。虽然身为帝王，他也从未看到过这样多款多样而又大量现成堆放的金银财宝，大为惊讶。尤其当他看到刘瑾私制的绣有龙纹和日月星辰的衮服和镶有白玉的革带，还有玉玺，极为反感，不觉怒形于色。他看到那两柄可以灵活开合，内夹藏有小匕首的精巧团扇，不明白这些刀具的特殊用途，询问谷大用："这是什么玩意儿？"

谷大用是此中老手，连忙回答："这是专门用来行刺的暗杀凶器，是仿照战国时期燕国荆轲刺杀秦始皇用的法子，不过变动了一点，来适应实际需要，将'图穷匕见'变成'开扇匕现'。小匕首都专门泡过最剧烈的毒液，受刺的人见血即死，绝无解药可救，所以又叫'三步倒'。"

正德恍然记起，刘瑾私下朝见时，经常带在身边的正是这把貂皮团扇，原来他是在找机会杀害自己呢！不觉毛骨悚然，怒不可遏："这个贱奴才真是心狠手辣，十足狼子野心！朕决不饶了他，立即传旨，着三法司和九卿立即在午门对刘瑾会审，文武大臣和皇亲国戚都要陪审，必须从严定罪，还要穷治党羽，绝不能听任这些反贼逃脱！"

在场的臣工官役雀跃兴奋，又立即传遍京城内外。追查搜捕刘瑾亲近党羽的工作立刻开展起来。

未等追捕到门，锦衣卫的官兵便将他们的头子——卫指挥都督田文义捉拿起来，五花大绑送入刑部大狱。为了洗脱刘家亲兵的恶名，这个特务机关的骁骑校尉闻风转舵，主动提供刘瑾几个死党的恶迹，表示要为当前的揭发和追捕效力。果然，刘瑾死党如大学士曹元、大学士兼兵部尚书刘宇，吏部尚书张彩，都御史魏讷和徐以贞，都给事中李宪，大理寺卿董恬，太常寺少卿刘介，国子监祭酒王云凤等高官，还有已经退休回原籍的原大学士焦芳及其子黄中，另有相当一批官品虽然不高，但一贯助纣为虐，专门充当刘瑾打手，被斥为"吠犬"的御史和给事中等风宪之官，也有甘愿卖身投靠，以辞章文藻来粉饰刘瑾恶行、歌颂暴政的翰林院修撰、编修等文人，都被缉拿归案。缇骑四出，铁索叮当，这些在几天前还是冠带巍峨，出则舆马，入则高堂，献谋划策，承欢谄媚的家伙们，纷纷落网，成为阶下之囚，分别被关押在都察院、刑部狱和顺天府狱。各省的巡抚、抚按御史，以至府县官，亦多有被逮捕候审的。

午门会审刘瑾是明朝建国以来破天荒的大阵仗，也是汇集着各种矛盾的特殊场合。有些人企图推卸自己与刘瑾的关系，极力洗刷罪责；也有人早就暗藏机关，预先作好刘瑾倒台的应变策略。

清早辰时，午门内外便警戒森严，在端门和午门之间的大广场中间摆设了公案，作为临时法堂。擂鼓三通，号角齐鸣，一个司仪御史走出门前，传呼三品以上的文武百官和勋戚贵族等人顺序入场。由三法司——刑部尚书刘璟、都察院都御史洪钟、大理寺少卿陈文翰主审，五部尚书等就座陪审，其他官僚勋贵分列班行，站立两旁听审。刑部郎中和刑科给事中分别手持案牍负责记录口供，东厂和西厂的骁校着意"听证"，成百衙役执拿法棍刑杖伺候开堂。

陈文翰和刘璟、洪钟简短合议了一会儿，命令："带罪犯刘瑾！"

衙役们应声吆喝："带罪犯刘瑾上堂！"

刘瑾被捕后，一度存在侥幸之心，知道可能会被恩释到凤阳，不料，事机突然发生了变化，就在正德亲自视察刘家赫然盛怒的当天晚上，情况陡变，对他的管押特别加严起来，给他卸下了一般刑具，换上二十五斤的大枷，十二斤重镣，室内日夜有人监视，不许随便动弹，赐给的百件衣服也被勒令缴回，换上猩红色的重囚服。刘瑾心知大事不好，既恐惧，又横下心来，管他千刀万剐，不就是一条命吗？反正十多年得宠，最近五年又富贵已极，人生能享受的几乎都享受过了，就差最后一步未能跨越，大事既败，求亦无益，不如豁出去就是了。

刘瑾被押到堂前，法吏给他卸去大枷，仍戴脚镣，以便听审答话。他一进入法堂，横眉扫了一遍堂上的三法司和环立的文武百官，做出满不在乎的样子，依然气焰嚣张。他还发现，不论主审陪审或者来观审的官员勋贵中，有些人表情异样，虽然有人表现义愤填膺，但也有人似是畏惧被反咬株连，更有的人本来就和刘瑾关系暧昧，怕被查出。这些人不敢和刘瑾目光相接，故意移望他处，似乎自己也在受审，如坐针毡，十分尴尬。最为突出的，是作为三法司之一的刑部尚书刘瑕，他一直耷拉着脑袋，不敢说话，掩饰不住内心的慌乱。

刘瑾深知这些人的底细和痛处，把柄都紧攥在自己手里，心中暗喜：用这些人来问俺，不过是一场应景的活剧，还能审问出个鸟！

忽听到堂前众衙役吆喝："罪犯刘瑾跪下听审！"刘瑾朝声浪最高处傲慢地瞪了一眼，不理会，拒不下跪。衙役们更高声喝叫，刘瑾仍然站着不动。三法司堂上官在僵持当中反应迟钝，不知如何应对。

只有一个年过半百，仵作出身的衙役班头对刘瑾这样狂傲放肆看不过眼，他手持一根杖棍，悄悄走近刘瑾身后，挥杖朝刘瑾小腿关节处猛击一下，刘瑾面向公案扑地倒地，恰好是下跪的姿态。

审问开始，还是陈文翰发言："本官奉皇上谕旨，审讯逆犯刘瑾。刘瑾听着，你必须从实招供！"刘瑾抬头，瞧了陈文翰一眼，不答话。

陈文翰又重复了一句："刘瑾听着，你必须从实招供！"

"满朝公卿，皆出我门，谁敢问我？"

陈文翰喝道："谁出你门，不得胡说！"

刘瑾看了一下坐在陈文翰左侧的刘瑕，说："陈老儿，问一下坐在你旁边的刘尚书就清楚了。他就是出于我门，是他送两万金给俺，自称甘愿做俺家门下的小厮，求俺赏他一个官做，情不可却，俺才奏请让他当上刑部尚书的。刘瑕，可有此事？"

刘瑾的用意，是想借捅出刘瑕给其他人严厉警告。

刘瑕慌忙矢口否认："谁送你两万银子呀？谁要当你门下小厮呀？有证据便拿出来！"他又急称，要退出主审官位，奏请回避，好还给自己清白。

两刘狗咬狗，朝臣们各有自己的看法和盘算，法堂秩序大乱。

但在勋戚队列中，霍地走出一人，年过六旬，身穿赤罗绛纱袍，前后绣有金蝉，佩有四色花锦绶带，头戴七根梁子的官帽，显然是一个高级贵族。原来这个人姓蔡名震，武探花出身，是宪宗成化皇帝所生文和公主的驸马。按家礼，他是当今皇帝的姑姥爷，是皇亲长辈。蔡震虽然是懿亲至戚，但平素不涉政事，清高正直。今天，他看到刘瑾就捕之后仍然十分嚣张，竟敢要挟别人，打乱法堂秩序，使审讯无法进行，不觉气往上冲。他按捺不住，疾步走到刘瑾面前，啐了他一口，左手当胸揪住他的衣领，抡起右臂猛捆刘瑾的脸颊，厉声喝道："我是皇亲国戚，不是出自你门吧！能审问你否？"

刘瑾意外挨揍，不及回应，蔡震又喝命衙役："给他重重掌嘴！"

四个衙役上前，一人按住刘瑾肩膀，一人拧住他的发辫，另两人对着刘瑾的脸颊各重力扇了十下，扇毕，又踢了一脚。刘瑾的脸颊当堂红肿过耳，嘴角淌出鲜血，不断喘气，不得不伏跪在地，表面威风已去了大半。

被捕的史科都给事中李宪原是刘瑾的死党。他本来是一个普通的御史，在刘瑾掌权之初，窥测到政坛风向，知道刘瑾来头很大，必然大红大紫，便主动投靠。这个人具有刀笔讼棍天分，又心思刻毒，敢咬敢打，他充分利用自己身为御史，有"闻风奏事"的特权，对凡是被刘瑾认为不顺眼的甚至是对头的人，都出头捕风捉影捏造事实，炮制证据，然后具奏弹劾，务必扳倒对方，治以重罪，甚至杀戮。几年来出现过的一系列重大冤案，李宪都是重要酿造者之一，竭尽鹰犬之劳。每逢刘瑾要发动对某人某事的诬蔑攻击时，李宪都迎合他的意图，全力配合，事先大肆制造舆论，定案时，寻法据典，从律例中找出所谓根据。他撰写的此类章奏和判词，都先呈送给刘瑾过目，然后定稿，主奴关系极其融洽。刘瑾也确实需要这样一条有专业知识的得力走狗，着意提升他为吏科都给事中，成为合法监管百官的风宪头目。

李宪被捕后，自知血债累累，罪孽深重，唯有将自己历年经办的各种伤天害理的案件，一股脑儿推给刘瑾，才有可能侥幸过关。所以，一直要求出庭指证刘瑾的罪行。

陈文翰和洪钟同意提讯李宪，认为以毒攻毒，未尝不是挫折刘瑾气焰的办法，刘璟不敢阻挡。

都御史洪钟作为最高级的监察官兼本案主审人，说道："提李宪上堂作证！"李宪被卸去枷镣，由两个狱卒押解入庭。李宪跪倒叩头："犯官李宪晋见各位大人！"

刘瑾有点意外，瞪了李宪一下。

洪钟说："李宪，你在狱中上书，愿出庭指证刘瑾罪恶，现在，允许你当面道来。"李宪刚说出"遵命"两个字，便听到刘瑾冷笑一声，抢着叫道："这个李宪还配指证俺吗？"

洪钟喝止了他，命李宪说话。

李宪吞吞吐吐地说："犯官当年职任御史，曾连续捏词弹劾原大学士刘健、谢迁，原尚书韩文、刘大夏等多人，特别是极力主张将刘健、谢迁等五十余人列为奸党，有人被削籍为民，有人被远戍穷方，甚至有人被当廷杖死，弄得家败人亡。所有这些都是刘瑾授意，犯官违心遵行的。犯官参与迫害忠良，自知罪恶深重，但首恶乃是奸竖刘瑾，犯官甘愿当堂指证，愿意将每一冤案原委、查办经过，刘瑾对重大冤案批改的奏章原稿交出。"

李宪还未说完，刘瑾沉不住气，打断说："处分刘健等是为了维护皇上威信，制定《奸臣榜》，是奉旨行事的，有什么罪过可言！你们敢追查圣躬吗？"

他又咬牙切齿地说："这个李宪，是一个反复无常的卑鄙小人，当日舔俺的屁股，今天揭俺的脸皮，你们且查俺卧房之内，有一把正在使用的阔口金夜壶，就是他专门孝敬俺的，上面还刻有'李宪敬奉'的字样，他是跪捧在地，亲眼看俺便溺一次，认为合用，才放心请俺笑纳的。俺一直也不过把他看作是可以放出咬人的恶狗，是极下作的畜生。今天，他狗学人样，竟然也要弹劾俺，能相信他吗？"

衙役几次制止，但刘瑾骂骂咧咧不肯停嘴，经洪钟喝止，方才停下。

李宪被刘瑾抢白，被揭了捧壶观溺的丑事，脸红耳赤，无地自容，无法再继续说话了。

洪钟和陈文翰感到这样的蛇鼠混咬，无助于定案，命将李宪押下。他们想到，有一个刘瑾日夕贴身、熟知底细的心腹，能够有根有据提供出刘瑾最隐秘最详尽恶行的人，未尝不可以提押到堂，让他针对要害，狠狠揭发顶证。这个人就是刘瑾的重要谋士和笔杆子徐正。

徐正这个人狡黠刁钻，机心最重。他一方面千方百计钻进了刘瑾的营垒，不惜竭智尽虑邀宠于刘瑾，幻想一旦实现变天，自己很可能拜相入阁，成为开国文臣。但是另一方面，他又暗藏算盘，与另一谋士张文冕死心塌地紧跟到底的死心眼不同，他深知，当今的皇帝任性放纵，喜怒无常，登极以来胡作非为，早已失尽人心，是一个扶不起的天子；而刘瑾既依恃这个荡子皇帝作为总后台，又暗蓄弑君夺位的野心，加以树敌众多，引起朝野的普遍愤恨，也存在阴谋暴露的极大风险。徐正到底是进士出身，比较熟悉历史，他知道历史上得宠专权的大宦官，不论秦国的嫪毐及其后的赵高，唐代的鱼朝恩，以及本朝英宗正统皇帝时期的王振，宪宗成化皇帝时期的汪直、尚铭等人，虽然曾经风光一时，又都屡兴大狱，屠戮公卿，但最后都无一例外全面覆败。自己的主子刘瑾会侥幸跨过这道坎吗？对此徐正不能不想。

徐正本人先后趋附过汪直和尚铭，借着汪、尚的势力而得以官运亨通，又因为汪、尚的垮台而受牵累，从堂堂的三品刑部侍郎被贬为八品微末的县丞，连降八级（明朝的官制定为九品，每一品中又分为正、从两级，共十八级，从三品的侍郎降为八品的县丞，是实降了八级），费尽心机，好容易又攀上刘瑾作为自己第三个主子。他当然切望刘瑾可以成为例外的成功者，以竖宦而为开国之君。但另一方面，他又担心，刘瑾的重大密谋累累罪恶，几乎每一桩都有自己的份，一旦出事实在难以侥免。近年来，这个斯文人物喜忧交集，心力交瘁，担心富贵一场春梦，还搭上全家性命。在这样的心理交煎下，他一方面更加殷勤巴结，尽可能妥帖周到地为主子出谋献策，表现出无所不在的忠心；另一方面，又准备在出现覆败的时候，为自己安排好一条可以顺势变色、及时反戈立功、换取到得以保命幸存的后路。

徐正经过反复琢磨，决定秘密着手，暗中采取"双套扣"的应变策略。

什么叫"双套扣"？就是说将绳索的一头紧紧拴在刘瑾的战车上，万一陷入颠覆，便赶快改辕换辙，将绳索的另一头尽快套到胜利一方的新战车上。也就是说，不论刘瑾是篡位成功，或是覆败就死，徐正都能凭着这个"双套扣"得到保险，不论谁得势，都是自己甘愿卖身投靠的大爷。

几年以来，徐正暗地立了一部专门的账本，就他所知刘瑾的言行活动，一一记录在内。如在贪贿方面，某官某人在何时，以什么名义和方式贿送金银多少，名贵器物的名称和数量多少；在暴虐残苛方面，对某案某人如何罗织罪名，收集伪证，实现陷害的毒计，如何采取杖责谴戍和明杀暗害；在准备兵变方面，如何搜集刀枪兵器和收买厂卫镇将等官兵备用，甚至对于决定在八月十五日起事的密谋细节，有关焦芳、曹元、刘宇、张彩、田文义、张文冕等亲信党羽的言论和活动，都有详细的登录。这实际上是一册刘瑾及其亲信们具体确凿的罪行录，只是将他本人剔除在外而已。徐正以为，只有他才能记载和掌握这样极关要害的罪行录，必要时就可以奉献出来善价而沽，足可置他的老主子和同伙们死命，而自己则可以借此赎罪论功，甚至作为赎命汤、升官符，再次卖身的进见礼。所以他在被捕时，什么也不带，只是死命抱住这套用纱巾严密包捆的册籍。狱官要收缴，他却大叫大嚷："这是要奏交皇上的极密文件，任何人不得随便收缴。"狱官怕惹事，也不敢深问。他知道即将会审刘瑾，赶快给都察院呈书，说拥有刘瑾和他的亲信们的大量罪证，愿意当堂提供和顶证。

徐正手抱册籍，被押解上堂。刘瑾不知就里，还以为徐正是以从犯身份就审的，为示意他要硬顶下去，还挣扎着低声叫唤："丰凡，你也来了。"

徐正不理会，径自到堂前下跪叩头，报上姓名和出堂根由："犯官徐正甘愿在堂前指证逆竖刘瑾的狼子野心，恶迹昭彰，谋反有据。特献上详细记录刘贼及其亲党罪行的册籍，请法庭审阅。"

刘瑾大为意外，像挨了当头一棒，狠瞪了徐正一眼。洪钟示意衙役们将册籍呈上，放在公案之上。洪钟翻看了几页，对徐正说："本官恩准你站立起来说话，可将刘瑾的主要罪行如实讲来。"

徐正有条有理地逐点揭发，思路清晰，口齿伶俐，指出了刘瑾如何勒索受贿，百万黄金进入囊中；如何陷害忠良，杀人如草不闻声；如何阴谋叛乱，加紧准备起事篡位等罪行。他还一一列出刘瑾作恶的时间、地点，有关证人和证物，以及可以据以查证的章奏和信札，等等。无虚词废话，紧紧抓住要害，再次显示出其人的文才和老于刑名。

控毕，徐正又自动跪下，禀称："犯官幼读诗书，得叨科名，是天顺八年进士，也曾在刑部任职，不幸遭受奸佞挤陷，被革职免官，流落江湖。无奈入幕刘瑾家中，本以为此人受皇上厚恩，必能尽忠事上，犯官亦得借此报效朝廷。相处之后，才发现他既贪又残，更有不臣野心，犯官位低势微，不敢明白对抗，只好暗中记录其恶迹罪行，汇编成册，以便在可能时提供确凿铁证，不容刘贼狡展抵赖，实是犯官曲线报国之念，忠贞之心，甚愿三法司堂上官体谅愚诚！"

堂上法官和观审的朝臣勋贵，大都熟知这个刘家大谋士和笔杆子，其为虎作伥，助纣为虐，早已臭名远播，听到他这一番自吹自擂的表白，都知道是在玩弄"双套扣"的把戏。洪钟命令衙役："将犯人徐正还押监狱，仍严加监管。"

陈文翰质问刘瑾："刚才徐正控告你的各种罪行，是否属实？"

刘瑾思索了一会儿，回答说："这些事都是徐正出谋献策的，有些事是他背着俺去做的。"

陈文翰厉声指斥："胡说！徐正不过是你的清客幕友，焉能随便对军国大计自作主张！你必须从实招来！"

刘瑾被自己蓄养的恶犬反咬一口，愤恨不已："想不到徐正竟然暗中算计于俺，俺是瞎了眼啦！这样一个卖主求荣的骗子，无耻已极的斯文败类，说的都是他编造的谎言。难道可信吗？"

陈文翰指着案头的册籍说："徐正的检举，我们还要认真查对，不容你赖账。"又转换话题，质问："你在家中贮有数百万两黄金白银，是做什么用的？"

刘瑾回答："是准备贡献给皇上使用的。"

又问："你家中暗藏大量兵戈甲胄，用心何在？"

刘瑾回答："是为保卫皇上用的。"

"为什么藏在私室？"

刘瑾无言以对。

陈文翰又命刑部郎中取出九龙衮袍冠带、玉玺等物，出示给刘瑾，厉声质问："你量身制作九龙衮袍，私刻玉玺，是为了篡位登基吗？"

刘瑾知道最关系重大的密谋已经暴露，脸如土色，汗如雨下，止不住遍身颤抖，想说话申辩，但又找不出词儿。洪钟接过陈文翰的质问，以目光示意刑部郎中再端出一个托盘，盘中放着的是两把藏有剧毒匕首的貂皮团扇。郎中手持托盘，由两个甲士护卫，将团扇送近刘瑾面前，甲士揪住刘瑾的发髻，命他认看。

洪钟目光如炬，紧盯着瑟缩在地的刘瑾，更严厉地质问："这两把剧毒匕首是供什么用的？是准备用来杀谁的？说！"

未待洪钟说毕，只听到刘瑾哀叹了一声，便像死狗一样，瘫倒在地。

三法司将会审刘瑾的情况写成本章，奏报给皇帝。正德读到本章中指控刘瑾"私藏军器，伪造玉玺，扇中藏刀，出入禁闱，阴谋不轨"这几句话时，禁不住恨恨连声，不再往下看了，随即下旨："着即将逆竖刘瑾凌迟三日，锉尸枭首，仍画影图形，榜示天下。"

　　什么叫作"凌迟"？用一句大白话来说，就是对受刑的犯人"千剐万磔"，或叫"碎尸万段"。对罪犯尽情折磨，然后处死。其实作为死刑的一种，凌迟并没有列入明朝正式的法典。《明律》规定的"五刑"，是指笞、杖、徒、流、处死五种。笞是使用规定尺寸的竹篾片鞭打犯人的臀腿；杖是使用法定粗细长短的棍棒殴打犯人的臀腿，但都要按照罪行的轻重规定数量。徒是将犯人关押在牢房之内，按照罪行的轻重判定刑期，如三年、五年、十年不等，是一种剥夺自由的刑罚；死刑分为绞刑和斩刑两种，未将凌迟列入。可见，凌迟之刑，一直只适用于极特殊情况的个别案件，只适用于被认为十恶不赦，犯了天条，特别是威胁到皇权统治利益的叛逆罪犯。

　　明太祖朱元璋、太宗朱棣，都是创业之君，在位时都大开过杀戒。朱元璋登极之后一再诛戮功臣、滥杀无辜，严惩贪官污吏，采用过截肢断足、枭首、锉尸扬灰、剥皮实草和广事株连的办法以"法外用法、刑外加刑"，但未见到有关明令使用凌迟的记载。朱棣兴起"靖难之役"，进行了为期四年的酷烈战争，夺取了侄子建文帝朱允炆的帝位，对于矢忠于建文的大臣和文人齐泰、黄子澄、方孝孺等人，正式下诏采用"磔刑"。这里所说的"磔刑"，就是零剐碎割的凌迟。但是，从朱棣永乐初年开始到正德五年，历经洪熙、宣德、正统、景泰、天顺、成化、弘治几个皇帝一百余年，却未见再有下诏采用凌迟之刑来处死犯人的案例。正德宣布对刘瑾用凌迟处死，是百年未见的特例。随又宣布，定于八月二十五日在西四牌楼公开行刑。

　　怎样具体执行"凌迟三日"的刑罚，包括刑部和锦衣卫、东西两厂属下的刽子手——这些杀人老手们也犯了难。皇法如天，就怕行刑时未能中规中矩，未按严格的凌迟杀人规章办事，或者剐得重了，磔得轻了，犯人死得过早，未挨足刀刃之数，未等到三日毕刑之期，便一命呜呼，这就是未能给皇上雪恨解愤，未完成皇命，无法交差，而且很可能被追究罪责。刽子手们眼看行刑的日子愈来愈近，便请示刑部和厂卫的长官，这些官们也说不出个道道，但却打着官腔，责成几个部门组成一个行刑班子，指定刑部的刽子手头目钱六、西厂刽子手头目汤明做班头，限令他们每天都要向官们汇报执刑的准备工作，如有稽迟，每人板责三十；执行中如有失误，就以疏忽皇命论处。将一切责任，都推给这些刽子手来承担。

这一下可让钱六和汤明们心急如焚。这些惯于"出官差""办皇差"，以杀人喝血为职业的刽子手们，虽然知道从祖上就传下"磔罪凌迟"的刑法，但从未见过，明知规矩很多，手法的难度也很大，稍有闪失，就是死罪。他们聚集在锦衣卫狱的值房里，十几个人喝闷酒，琢磨怎样执行"凌迟三日"的圣旨。

屋里冷飕飕的，这伙人都拉长着脸，唉声叹气。汤明斟满了一盅酒，送到钱六面前，说："六爷，这一遭'出人'不比寻常，是大名鼎鼎的刘大太监，是皇上金口点出的，怎样伺候好他，做好'凌迟三日'来交皇差，大家肚子里都没底。您老是我们这一行的老行尊，得请您拿捏个主意啊！"

钱六伸手接过酒盅，不喝，皱着眉头说："我能拿捏个屁，斩容易，绞容易，磔也容易，就是找出凌迟三日的规矩不容易，我们是提着猪头满北京城找师傅啦！"

正在这个关口，一个脸皮白净瘦削，二十出头，身上也穿着卫卒公衣的后生，未经通传，突然推门进来，气喘吁吁，急不可待地叫嚷："有了，有了！"

大伙一看，原来是汤明前几年收下的徒弟，名叫李二，浑名二愣子。这个二愣子头脑机灵，粗识文墨，自小便在京师市面厮混，结交三教九流人物，曾经在锦衣卫当"番子"，善于摸查线索，打听事件，其后犯了事，被革出锦衣卫，便辗转拜托关系，找到汤明门上，补上一个白役的名色，拜师学持刀执刑，以杀人为职业。这几天，他眼见师傅和刑班里各人都在为怎样执行"凌迟三日"而焦急，也大动脑筋。

原来他老早就打听到，有一户姓陈的人家，祖上六七代都在宛平县刑房当书吏，世代相传，直到正德时期，陈姓后人仍担任这一职务。宛平县不是一般的州县，它是首都顺天府两个首县之一，另一个是大兴县。书吏是衙门中掌管案卷、熟悉案例的人。所有处决犯人的"皇差"，包括斩、绞之犯以至被判"凌迟三日"的重犯在内,都是由宛平、大兴二县合署承办的,锦衣卫、刑部的官员和监察御史们,不过处于监刑的地位,在处决斩、绞犯人后,犯人的尸身便由大兴县刑房吏役送到丽泽园掩埋,犯人的头颅则由宛平县刑房的吏役贮放在专门的库房内备查。至于被处"磔刑",实为"凌迟三日"的案件,宛、大两县的刑房都应该有详细的记载,登录有具体的规程。二愣子早就打听到,这个陈姓书吏世家保存着永乐时期一部叫作《市曹执法录》的手抄册子,其中就有关于执行凌迟刑法的程序和方法。当天一大早,他就直奔宛平县衙门所在的地安门东官房附近锣鼓巷胡同陈家,找到陈姓书吏,以办理"皇差"急需为名,又许以重金,将这本《市曹执法录》取到手。一翻开,果然有《凌迟法则》一节,大喜过望,疾步赶回值房报告。

汤明看到徒弟手上拿着一本纸色发黄的小册子,又见他喜形于色,也引起了注意,问道:"二愣子,有什么新发现呀?"李二便把秘笈宣布出来,得意扬扬地当众扬了一下这本小册子,然后交给汤明。

汤明、钱六以及其他刽子手都是大字不认识几个的人,见这本纸质已经发脆的小本子上,密密麻麻地写着长短不等的文字,要看又看不懂。还是汤明先说话:"二愣子,你就给爷儿们说说吧!"

李二神气起来,坐在板凳上,翻开小本子,连说带念:"凌迟之刑,国朝自太宗皇帝以来,已有百年未公开使用,渐有失传之势。这本手抄册子是当年宛平县刑房录写备用的秘笈,除刑房吏役外,绝不许外传。它记载着在施刑之前一日,要在杀人法场竖立一根大柱,行刑时将犯人的头脖、腰身和四肢都紧紧捆绑住。行刑时要使用专门的短柄薄刃锋利的法刀,先割下两眉眼帘,盖住犯人双目,让犯人不辨黑白,不知宰割自己的刀刃是从何处下手,再逐处剐割犯人的肢体,随割随扔在地上喂狗。按照惯例,要分三天共割三千三百五十七刀,每十刀一歇一换人一吃喝。第一天应剐三百五十七刀,第二天剐一千五百刀,第三天再剐一千五百刀。初动刀时会流血少许,再动刀时要做到只伤肤体不流血。等剐数已足,就挖割生殖器,再用大斧开膛取脏腑,剁碎骨头,斩下脑袋枭示,画影图形,榜示天下,才告毕刑。毕刑之前,不许先让犯人断气,要保持心脏跳动,血脉流通。如果犯人未挨够刀数,在未毕刑前便毙命,有关官员吏役都要被追查责任和判罪。被判凌迟的犯人,如果是'皇差'的，便由监刑御史写一道专门本章上奏。是'官差'的，就由主判的官府验收，申报刑部存案。这就是百年前的老规矩，不知道我们可否仿用？"

虽然在座的人都是在法场操刀杀人的老手，但听了二愣子讲述秘笈的内容后，仍然觉得新鲜和紧张。汤明又问："还有什么事要注意的吗？"

李二回答说："据秘笈所言，凌迟之法又可分为两种：一种是先剐头面，次切手足，然后胸腹；另一种是先剐四肢，然后胸腹，再割头面。采取哪一种做法，准由执刑的人斟酌采用。"

见二愣子说得有板有眼，又有百年前抄下的秘笈作为依据，众人都信服了。汤明朝钱六说："六爷，就照宛平县秘笈的记载办吧！有问下来，我们也不担干系。至于两种剐法用哪一种，就请六爷裁定好了。"

钱六思索了一会儿说："我看还是采用先剐四肢的办法稳妥些，先割四肢不会发生突然断气暴死，可以拖足三天之数，免生意外。须知三千三百五十七刀，是不许多一刀，也不许漏一刀的，我干这一行四十年了，还没有经历过这样的阵仗呢！爷儿们这次办大皇差，还是要提醒精神，千万别出差错呀！"

说完，他又夸奖李二："二愣子，你有出息，今天是立了一功啦！有了这本秘笈，咱爷儿们便知道怎样办理这道'皇差'啦！"

八月二十五日的北京，秋高气爽，艳阳洒地。

但今天又是公开榜示，决定在西四刑场当众对刘瑾执行凌迟之刑的日子。北京人的心肠好，历来对于一般被判处死刑的罪犯，大都保留着一些怜惜和宽容的心态。每当刑车过道时，会有人当场送大碗酒，也有送披红，无非让犯人知道死当其罪，服罪归阴，也是祝愿他早日投生轮回，来世弃恶从善。

但是，对于磔杀刘瑾，人们的态度则完全不同。

京师五行八市以及附近城镇村庄，不论是通衢大街的集市商铺，还是拐弯抹角的小胡同；不论官绅商贾，还是儒学生员，甚至贩夫走卒和老农老圃人等，无不欢欣庆贺，纷纷奔走相告："真是天公开眼了，这个丧尽天良、做尽坏事的刘瑾，今天要被剐了。要知道善恶到头终有报，不是不报，时辰未到，今天是时辰到了！"

特别是历年有亲人被迫害致死的家族，有痛失恩师的弟子，有殉死者的同僚挚友，有经过酷刑苦狱折磨侥幸生还的士庶人等，更是悲喜交集，像在噩梦中骤然惊醒，像在浩劫中获得苏生。闻知喜信，涕泪沾衣。这天一大早，就有不少人家重新穿上孝服，分别高捧着祖宗、师长、同僚、挚友的神主，成群结队奔向西四刑场，要请先灵鉴临，目睹刘瑾伏法受刑。有人椎心哀痛地呼唤，跪地禀告："父亲大人阴灵不远，元恶巨憝今日服刑，大人沉冤得雪，可以瞑目了！"

又有人难耐激情，边走边向途人诉说："血仇血报，血债血偿，谁也休想赖债，刘瑾万死也难偿孽债！"

十几个儒生打扮的人员，一色素冠素服，举着横额，从东向西走来，上面写着："思师回眸应笑慰，人间正气未沉沦。英灵必存豪气在，穷揪逆瑾斗阎罗。"又题"子修先生永垂不朽，门弟子等泣挽"。

原来这个子修先生，就是四年前在狱中身负重伤，寒夜里挥拒祖先阴魂劝阻，坚持上奏弹劾刘瑾，终被迫害惨死的铁骨御史蒋钦。这些年来，蒋钦在北京士人的心目中，已经成为笃诚刚烈，不惜以身殉志的楷模，虽死犹生。今天他在翰林院任庶吉士时的同学、主考时的门生和钦仰者，集合起来，连夜制作好这个匾额，高举巡游通衢，褒扬他的情操，招引忠魂。

更想不到，连社会最底层的丐帮和进行偷摸的神手帮，也卷进了庆贺诛瑾的高潮当中。

丐帮，就是有组织的乞丐。乞丐，被称为"叫花子"，大多数是由城乡破产、失业者、盲人、残废人等组成，他们有的人以贫病遭灾为由，有的以唱太平鼓词、数来宝作为沿门讨赏的由头乞讨为生。当然也有连群结队，恃强讹索的。遇有居民红白大事，或者商铺开张，乔迁住宅，就会有数量不等的乞丐到门前坐候求赏。如果未能满足他们的要求，往往聚众哄闹，甚至砸锅摔门，口出恶言。"不逞无赖儿，百十行与俱。诣市任颐指，攫取蔑敢呼。"北京的乞丐最多，人数愈万，北京人早把这些流乞恶丐看作城市毒瘤，避之唯恐不速。但乞丐们游街串巷，又集中住在鸡毛小店里，不时交流着民间疾苦和社会状况，对各种层次的消息最为灵通，甚至对国家大事也有了解，常常议论宦官们特别是刘瑾的坏事丑事，作为讪笑怒骂的对象，对刘瑾之流的蔑视和仇视，和市民们实有共通之处。

丐帮有着层次分明的组织。"杆"是他们的标志,"杆头"是他们的首领,其中又有分为统率全城的"大杆头",分管东西南北中五城的"二杆头",再下还有分管某一坊或铺的"小杆头"。市民习惯称这些杆头叫丐头。在乞丐中凡事要听从杆头逐级指挥,有困难便由杆头出面解决。人们也都知道,这些大小杆头都是有来历有后台的,和北京城执管治安的五城兵马司的官佐有关。他们不但要定期向官佐们贡献财帛,还要接受兵马司的委托,监视自己管辖范围住户,特别是外来面生人员的动向,随时报告。他们多是兵马司的线人,坐地的特务,是连接黑白两道的人员。今天,因是剐杀刘瑾之期,前天晚上,便由大杆头发下通令:当行刑之日,全城乞丐都要保持安静,一律停止乞讨;有住户仍在办理红白事的,也不许骚扰讹索;特别是有受害之家为先人或师友招魂路祭,更不许干扰。乞丐们有去观看刘瑾受刑的,不准嬉笑打闹,还要帮助维持秩序,以表示出丐帮和京师人民喜怒哀乐与共,敌忾同仇。

和丐帮态度相同的是"神手帮"。所谓神手帮,是指在北京从事撬门溜锁,爬墙入室盗窃财物,或者在街衢闹市摸窃行人的扒手,就是小偷小窃的组合。神手帮的大头目叫帮主,其下又有帮头、帮目,分别管辖着不同区域或行业的小偷。偷儿们盗取到财物,三天之内不许动用,碰上被有力人士追查讨索,也是由头目们出面摆平。帮主和帮头们,当然也和衙门的差役有联手,也是介乎黑白两道的人物。神手帮帮主知悉八月二十五日是剐杀刘瑾的日期,便也发出通令,不准偷儿们乘机破门入室,更不准乘人潮涌动时摸窃。违背通令者,立即革出神手帮,永远不许在北京城混事。

有一个出名的惯偷,他当天也冠履整齐地随众进入西四刑场。有熟人认出他,问道:"是来发财吗?"想不到这个梁上君子理直气壮地回答说:"你不知道今天是什么日子吗?不知道盗亦有道吗?磔杀刘瑾也是我们的公意,我们能在今天发昧心财吗?告诉你,我们全帮大小神手,今天都一律封手了!"

清早,顺天府尹督同宛平、大兴两县的知县,带着一队衙役来到西四牌楼布置刑场。筑起的执刑台高三丈,宽广各六丈,台上铺着一层猩红的地毯,台中央竖立着一根粗大坚固的绑人柱。刑台周围新垫一层厚厚的黄土。执刑台四周各二十丈，围成一个圆圈，由全副武装的官兵里外两层组成严密的警戒线。张永统率的神机营精锐安排在内层，锦衣卫骁校放在外层。警戒线之外，挤拥着成千上万的城乡人民。

西四牌楼东侧有一座小角楼，历来都是刑部司官、监刑御史和锦衣卫官佐，以及宛平、大兴县官集中议事、发出执刑号令的场所。今天是办理特大"皇差"的日子，事出非常，角楼上下更是冠盖云集。

辰末巳初，警戒部队便已整齐入列。刀枪林立，气象森严，间歇还有嘹亮的喇叭声和敲锣击鼓声，分外威壮凄厉。北京人称呼刑场上的响乐叫作"索魂的唢呐，要命的破锣"。

不一会儿，八个身穿崭新赭色露臂号衣，不戴帽子不裹头巾，只将头发盘结在脑壳上的刽子手，由钱六和汤明领头进入刑场。头四人腰插羊角短柄薄刃快刀，后四人分持虎头大刀利斧，杀气腾腾地站在执刑台下。又一会儿，从东而西推过来一辆由神机营官兵押送的槛车，槛车上安放着一个囚笼，囚笼的四侧都安插着锐利的铁钉和荆棘，笼内倚立着一个头脸臃肿憔悴、衣不蔽体、头发略有斑白，但脸无胡须的犯人。眼尖的人一眼就看清楚了，这辆槛车和囚笼，就是当年用来押解尚宝卿崔璿等人，搞什么"百官观刑"的旧用品，而笼内的犯人就是恶名昭彰的刘瑾。这样的槛车囚笼原来是刘瑾为折磨别人而精心制作的，想不到今日却由自己享用。在押送来西四的半路上，不断有人要围拢过来，向囚笼扔砖石，连声詈骂，都由兵丁喝阻住了。但一大群人还是尾随槛车，边骂边行，直到刑场的警戒线外才停步。

槛车被推到执刑台东侧，押解的官兵打开车门，将刘瑾拉下来，解除了上铐下镣，强压他朝东下跪，恭谢皇恩赐死，然后将犯人转交给刽子手接管。刽班头目钱六和汤明亲自动手，叉住刘瑾的颈脖，反扳双手，像拖一头等待宰杀的畜生一样，将他拽上行刑台。随即熟练地用细麻编成的法绳将其牢实地捆绑在行刑柱上，双脚底下垫上一块大方砖。刘瑾喘着粗气，挣扎着睁开双眼。他的嘴角颤动，发出咕噜的声音，显然是想说话，却说不出来。原来在死囚牢中，他知道已被判凌迟重刑后，便放肆大骂，除了丑诋张永、杨一清和李东阳等人以外，还臭骂当今的"尿泡皇帝"，说出正德不为外人所知的许多阴事丑事。狱官怕传扬出去，便用一枚麻核桃塞住他的嘴巴，让他说不出话来。今天正当行刑之期，更是不容疏虞，就挑选一枚特大的麻核桃塞住他的嘴。刘瑾无法说话，只好低下头颅。

午时三刻，响起三声号炮。东角楼上走过来一个监刑御史，先验明正身，然后站在执刑台前宣读立即对刘瑾执行凌迟三日的御敕。宣读刚毕，又是三声号炮。

钱六手持短刀，走到刘瑾面前，对他说："刘太监，今天是由我们来伺候你了！"

刘瑾侧过脸去。钱六左手揪住刘瑾的头发，右手用快刀将他双眼连同眼帘削下，刀法纯熟，削肉而留皮，只有轻微流血，而且分寸大小。刘瑾脸孔猛地抽搐，哼了一声。

钱六继续操刀，李二捧着一个铜盘站在旁边，专管吆喝刀数和接受切割下来的皮肉。

头三刀，钱六按照刑曹惯例，割一刀，自己拖长音调，半吆喝半吟唱一句，刽行叫作定场词。他从刘瑾的左边肩膀开始下刀，先割下一薄片皮肉，用刀尖猛向上抛掷，腾空飞上五六尺才落下，口中念念有词："第一刀，祭天。伤天害理犯刑章，贼老公当权悖阴阳，天公也不饶哩！"

接着割下第二刀，却从刀尖上将皮肉猛掷在红毡上，念道："第二刀，祀地。贼老公作奸犯科罪恶大，打入十八层地狱理应当啰！"

割第三刀时，更将割下的皮肉扔掷在台下的黄土堆中，念道："第三刀，喂狗。贼老公挨千刀，受万剐，奸骨臭肉，狼心豺肺，只好供狗儿食啦！"

钱六自编自骂，却赢得围观的男女士庶人等大声喝彩，每切一刀，念一句，便引起"好哇！好哇！"的轰然回响。

钱六也不理这些彩声，一刀接一刀割下去。到第十刀时，李二报告刀数："十刀已毕！"钱六收了刀，汤明上来接着剐割，等割足十刀，又是吆喝叫歇，另一刽子手上来接手。第一天切割得细，等到申末酉初，才足三百五十七刀之数。二愣子计算清楚，便喝报说："第一天，施刑刀数已足！"

监视在旁的监刑御史宣布："即将逆犯刘瑾收押牢房，明日巳时继续执刑！"刽班将已经气息奄奄的刘瑾交回给神机营和锦衣卫的官兵，将他还押。

为保证今后两天能继续执刑，狱官们将刘瑾在牢中释缚，并且喂给他两碗麦粥。

第二天和第三天，来观刑的群众更多了。首善之区的北京居民，历来都比较心慈面软，现在却乐于观看刘瑾受刑的血淋淋场面，老少爷儿们连连说道："解恨！解恨！"

第二天，为在一天之内割足一千五百刀之数，刽子手们下刀和报数都很快，刀口之处，几乎看不到有血液流出来。刘瑾似乎也麻木了，几乎没有什么反应。到割足一千五百刀时，他的两肩两臂和双腿都已经皮肉净尽，只剩下骨骼，这样的骨架子不但无法站立，也难以拖拽，只好放在大箩筐里抬回监牢。

第三天一早，又用大箩筐给刘瑾抬到刑场受刑，这个时候的刘瑾，只是在鼻口上还有一丝气息了。

第三天，达到最高潮的时刻。刘瑾被抬到执刑台，刽子手还是把这个活骷髅捆绑在执刑柱上，继续剐割胸背和脸膛，还是一五一十地报数。等到报足三千三百五十刀时，刑场四周的官兵士庶都紧张起来，要观看这个头号恶棍的最后一幕。只见一个刽子手抡起小刀，朝他两腿胯下猛插进去，一旋一挖，就将他残缺不全的撒尿家伙掏出来。然后，一个精壮刽子手持着虎头大斧，正面朝他胸膛一劈，一股黑血连同内脏便喷射出来，刘瑾算是一命归阴了。刽子手们随即在台上枭首锉尸。监刑御史上前验尸毕，宣布对刘瑾凌迟三日的刑法执行完毕。

岂知，剐杀刘瑾的刑法虽然结束，官兵刚要撤走，但围观的人群却不肯散去，仍然围拢在刑台四周继续詈骂和议论，还有不少人抢到台前，有掏出银两文钱，要刽子手卖给一片刘瑾的皮肉的，也有在台前遍寻有无残骨碎肉的。善良的人们最能分辨善恶，虽然在虐政高压下默默忍受椎心的伤痛和刻骨的仇恨，但一到时机成熟，这些伤痛和仇恨便会汇聚成一股无法遏止的怒潮。

第三十四章

补偏救弊东阳尽瘁　鹰瞵鹗视江钱擅权

刘瑾伏法以后，李东阳一度兴奋不已，认为好不容易锄灭了这个大奸巨恶，期待会迎来政局一新的局面。他本以为，经过这样巨大的创痛和变乱，会激发起皇上的自省戒惧，以后能够带眼识人，区别正邪，戒除逸乐放纵，知道勤于国政。但是，愿望和实际总是相悖而行，刘瑾虽然在政治舞台消失了，但政局反而显得更加复杂迷离，更加往恶性的方向发展。眼看这样的情况，东阳深深感到失落和彷徨，心情沉重。但另一方面，自己仍然位居内阁首辅，还是要尽力谋求补救。

意外发生的一件事，又给东阳很大的刺激。正德六年五月初七日，是弘治先帝去世六周年的忌日，按照礼仪，皇帝应该斋戒沐浴，率同群臣到太庙行祭告礼。事前三日，礼部和主持祀礼的太常寺便已将祭告仪式、日期和时辰，以及参加祭告大臣勋戚的名单、宫门警卫等事宜专门写有表章上奏。大臣们本以为，今年在忌辰告祭先帝，实具有特殊的意义，因为大半年前刚锄除了刘瑾，法办了逆党，摘去了朝廷的心腹大患，正德作为皇位继承人，自应遵照祀典，将国家发生的大事祭告宗庙，祈求神灵鉴临，庇护国运昌隆。

辰时一刻，身穿浅色公服的李东阳在承天门西侧下轿，步行入太庙。他看到九卿百官宗室戚贵，以及属国外藩的使节等人，都已按照队列，恭肃站立，恭候皇帝驾到举行祀礼。他们中许多人，都是待漏而入，摸黑从远处赶来，不敢稽误迟到。太庙大殿上一色素淡衣冠衬托着香花银烛，加以在祀典中又照例不准鸣钟鼓，所以显得特别肃穆庄严。东阳入场，也不和同僚们寒暄，自行入外，站在文臣班头的位置，一心等待。

想不到，由辰入巳又入午，烈日已经高悬，还是看不到皇上的身影。臣僚的队列开始有些乱了，大家不敢打听，更不敢擅离队列，只是频频挥汗，流露出焦躁的神色。过午以后，东阳以责任在身，只好与另外两位内阁大学士杨廷和、梁储商议，命新任礼部尚书何鉴去问一下内官监的太监，皇上什么时候才能驾临？谁知内官监的太监也不知情，只回答说，皇上昨晚便出去了，未有回宫。几位内阁大学士心知有异，但也不敢宣布解散队伍，只好仍然带头枯立。

由午入未入申到酉时，天色从薄暮转为漆黑，夜幕低垂，官僚戚贵的队伍已经不成队形，有人支持不住而蹲在地下，甚至有卧倒在殿阶之上的，更有一些属国外藩的使节，"四夷八蛮"的土官们忍不住走上前来，向内阁大臣质问，骂骂咧咧，发牢骚，甚至挥手自去的。东阳无法禁止混乱，情急气馁，不停喘着粗气，说不出话来。他本人腰腿早有病痛，也实在站不下去了，忽觉两眼发黑，头脑晕眩，幸而被站在身旁比较年轻的杨廷和用力撑扶住，才不致摔倒，经灌救后才逐渐苏醒过来。

正在这个时刻，忽见一个随驾的内官驰马入庙，跑到祀殿中央，在队前高喊："皇上有旨，祀典暂停，改期举行，众官可散！"

原来正德皇帝从昨夜至今，由钱宁陪同，一直在教坊听乐观舞呢！直到午夜酒醒，他才蓦然想起，今天是父皇忌祭之期，已经来不及起驾了，干脆宣谕免了吧！

官僚勋戚和侍卫人等，仓促间听到解散的谕旨，也不等待司仪官安排顺序，登时队形大乱，一哄而散，人们争先恐后，都急着往回走。一齐挤到庙门内外，前仆后踬，互相踩践，不少人丢失簪笏，扯毁冠裳，更有人被推挤倒地，硬是被随后的人踩踏，哀号惨叫、血肉淋漓而死。能够平安冲出重围的，都互相慰藉，以捡回生命为幸。走到午门前后，只见各勋贵之家的随从和亲人们，老早都在焦灼等待，在外围企盼，不论是吏役、子侄或轿班车夫人等，见官员戚贵们可以离场往外走，都急忙围拢过来，吏觅其官，子呼其父，仆求其主，好像在灾难后情急寻觅亲人一样，又是一场大乱。

李东阳和杨廷和、梁储几个大学士没有和大伙挤，他们等人们大体走散以后，才疾步走出太庙的禁门，看到丢弃遍地的冠簪衣裳和靴鞋，看到躺卧在地等待救护的伤者，特别是已被践踏而死的尸骸，不觉凄然对视，潸然泪下。

东阳狼狈回府，老仆李贵急忙搀扶他进入书房，端上饭食，又给他按摩四肢。东阳喝了一碗粥，命李贵下去。

他身体十分疲惫，但心情却十分亢奋，思绪万千，激荡胸臆，莫能自已。

皇上今天的作为实在太离谱。孝莫大于尊亲，祭祀是皇家大典，岂能这样儿戏对待！自己从宪宗皇帝成化元年入仕，立朝近五十年，从孝宗皇帝弘治七年入内阁参与机务，也已经十八年了，曾经多少次参加过正旦令节、立储登极和祭祀的典礼，还从没有见过今天这样的荒唐事。新皇帝登极六年以来，目睹耳闻了多少骇人听闻的怪诞言行，当今皇上的放荡任性，实在悖离于常人常事、常情常理。"人怨于下而不知，天变于上而不畏"，今天竟然对自己生身皇父也悖伦蔑礼，将庄严祀典转为轻歌曼舞。自己虽然被留任做内阁首辅，但凡事都受到宦竖的掣肘，明居重地，徒拥虚衔；虽有志竭尽忠诚，曲为匡救，但或未得尽言，或虽尽言而不受采纳。刘瑾败后，他曾经多次进言，请停止京城内外的工程营造，不要扩建豹房，禁止番僧陪驾和出入宫闱，但都受到驳回，或置之不理。总而言之，政局不但未有丝毫起色，反而嬉游玩乐的花样不断翻新，愈陷愈深，今天之事，并非偶然。

对当今皇帝的失望，更激发起东阳对弘治先帝的追思和怀念。其实，弘治不过是一个中等资质的皇帝，并没有什么突出的事功，但为人比较谨慎本分，又因为处在其父成化皇帝崇拜神仙，宠信宦官汪直之后，其子正德皇帝癖好佚乐，狎弄佞幸之前，两短夹一长，便显得突出，易于受到称誉，将平庸衍化为美德。正是这样，李东阳特别怀念当年和刘健、谢迁组成的内阁班子，受到弘治倚重，"近臣常造膝，阁老不呼名。道合君臣义，恩深父子情"的情景，这些旧事陈迹经常萦回于脑际，也是他自认为一生中最辉煌最值得缅怀的日子。更由于弘治临终时委以腹心，托以顾命，更令东阳刻骨铭心，誓以死报，谁知摊上的竟是这样一个冥顽不化、软硬不吃的先皇不肖子！东阳既痛惜又惭愧，掩面痛哭，真是"从容顾命分明语，一日伤心泪万行"。但又有何办法呢？"犬马有情难报主，钧衡无力可回天"啊！

原来东阳在自己的家祠中，除像一般人家都设有"天地君亲师"神主牌外，还在自己祖先神位上方，另奉立有一座"孝宗敬皇帝神位"的神龛，专门用来祭祀弘治。每年弘治忌日，除了参加朝廷的公祀外，还要在家祠中再作祭拜默祷。诗为心声。诗人总是习惯于用诗的语言表达感情。东阳在弘治神龛前低头垂目，悲愤难已，吟咏出一首七言律诗，这首诗未经琢饰，而且语气含蓄，如泣如诉：

秘殿深严圣语温，十年前是一乾坤。

孤臣林壑余生在，帝里金汤旧业存。

舜殿南风难解愠，汉陵西望欲销魂。

年年此日无穷恨，风雨潇潇独掩门。

吟哦之间，东阳热泪盈眶，情犹未已，又诵出另一首：

六年挥泪泣遗弓，万国伤心此日同。

龙去鼎湖还作雨，马嘶沙苑尚思风。

碧桃宴已归天上，玉几言犹铭心中。

曾是白头香案吏，惊惶凝望冥天虹。

东阳步履艰难，身躯佝偻地扶着几案，恭肃下跪祷告说："孝宗先帝英灵冥鉴，老臣在这里为您的忌辰致祭了！"

令李东阳最引为深忧的，是在刘瑾垮台以后，又涌现出一批各怀野心、各显神通的人物，急于填充刘瑾的空缺。实际上就是去了一个刘瑾，立即又孵育出不止一个政坛暴发户。这些人蛊惑之功，夺宠之力，掌权之隆，噬咬善良之狠，贪婪之甚，都不次于刘瑾。眼前政坛正处在重新组合之中，情况复杂微妙，关系盘根错节，官内的权宦、朝中的高官、外地怀有异志的宗藩和镇将沆瀣一气，成为一股巨大的颠覆势力。最可怕的，是正德对危机毫无觉察，反而对狎近狡狯之徒，极为倚重和宠信，新形势下奸佞当权，坏人狼奔豕突的局面日渐浮现，歪风邪气弥漫。

刘瑾失势之后，权位得到急速腾升的政治暴发户，首要是钱宁。钱宁怀有十分炽烈的政治野心，具有非比寻常的弄权手段。他被引入豹房之后，便因姣娆足压群芳，又最擅长弄权，很快成为正德朝夕不离的娈童班头，不久便被收为义子，赐给国姓，改名朱宁。他不但献出自己的身体作为求宠的本钱，接受正德的亵玩，有时还一起玩弄抢夺而来的妇女，叫作"君臣同乐"；或者连同番僧一起，共参"欢喜禅"。在官私事务上，正德更是言听计从，百般放纵。钱宁恃宠生娇，竟在名刺上公然自称为"皇庶子"，大肆招摇。百官有事要朝见皇帝，往往从早到晚恭候在豹房门外，搞不清楚皇上的起居，只好紧盯着钱宁的动向。一见钱宁大摇大摆地走出来，便知道皇上仍在豹房，并且已经起驾。见到钱宁脸色开朗，便推测皇上今日的脾气还正常，可以奏本；但遇见钱宁颜色不对，便推测"龙颜或有不悦"，赶快知机退出，不敢触霉头。

钱宁的地位和权力在直线上升。他本来只不过是锦衣卫的一个百户，属于低级军职，但被引进豹房才一个月，便被提升为千户。刘瑾的党羽、原任锦衣卫头子田文义被捕法办以后，钱宁更被任命为锦衣卫指挥使，专责"提督巡捕"，掌握特务机关的大权。

钱宁的权势并不是孤立的。一方面，他在得势后，便将当年在江湖陋巷里结交的三教九流，在锦衣卫当百户时知心的悍兵骁卒，都逐渐收罗进入豹房，在皇帝跟前结成一伙死党，有些人还逐步成为皇上的义子。如在东直门茶馆专门演唱淫调秽歌，以《小寡妇上坟》和《床上十八摸》为首本曲目的廖飞飞，在太平观自吹能引神捉鬼的道士王璘，在天桥摆摊算命打卦、揣骨起课的小铁嘴孙越，还有倒卖禁药私盐的丁乐儿和诏狱的禁卒韩二秃等人，他们都换上锦衣公服，腰金衣紫，穿蟒戴玉，有了官衔。钱宁侄女出嫁，担任迎宾的苍头数十人，居然都是锦衣官佐。他的儿子永安才六岁，便被任命为都督；侄女婿名叫齐佐，婚后三日来拜谒，钱宁当面赠给他一个锦盒，揭开一看，竟然是被任用为锦衣卫佥指挥的牙牌，高官显职竟然被作为封赠私戚的礼物。钱宁作为"皇庶子"，自己也有义子。有一个名叫许炳的人，本来是京师有名的地痞无赖，被引进豹房后，受到正德的赏识，纳为义子，赐给国姓，改名为朱炳，于是便兼为正德和钱宁的双重义子，被任命为后军左都督，成为高级军事将领。厮聚在豹房的人间渣滓，都奉钱宁为首，他们胁肩谄笑，倚姣作媚，全力迎合和蛊惑正德，用各种伎俩和花样，充分满足他多方面的荒诞癖好。

另一方面，钱宁也绝不放弃拉拢朝廷内外掌有实权的高官贵藩，结为党羽。其中有兵部原侍郎陆完，因为贪污有据，而且久与蓄怀逆志的外藩宁王朱宸濠关系暧昧，曾被判死刑，因用巨金向钱宁行贿便得免罪，又因钱宁在正德面前美言推荐，竟被擢升为吏部尚书。二人狼狈为奸，成为宸濠安插在朝中的高级密探。钱宁自念富贵已极,但也害怕一旦发生突变,便可能发生全面崩解的危险。因为他也看到,正德在臣民中已经秽声远扬,处于众叛亲离的状况;加以纵欲无度,亏损过甚,身体外强中干,难卜寿算,而且因为无子,没有法定的皇位继承人,一旦驾崩,必然爆发争夺皇位的大动乱,吉凶难卜。为了预谋后路,他早就算计好,要结合强大的藩王自保,建立自己的"双套扣",将来不论谁胜谁败,都能保位固宠。所以,他竭力向正德进言,为远在江西、屡有谋逆迹象的宸濠评功摆好,力言宸濠矢忠皇室,解除正德的疑心;又为宸濠出点子,让他不断进献金银玩好和美女,取得正德的欢心,更建议将宸濠的长子召入北京,命他在太庙司香,以实际上取得准太子的地位,为将来入嗣帝位做准备。与此相配合,钱宁又力请恢复宸濠的护卫兵力,加强他的武装力量;又请拨赠更多的田亩,增加他的财政力量,准备好万一不能顺利入嗣继位,便发动武装篡位。为此,他甚至一再派人到南昌参加密谋,等待必要时揭旗起事。钱宁是深埋在正德身边的定时炸弹,只是这个浪荡天子浑然无知。

钱宁还进一步考虑到,要永葆富贵,成就大事,必须笼络有军事实力的人作为爪牙和保镖。他密切留意挑选,终于看中了一个人,就是以勇狠嗜杀著名的边关战将江彬。

江彬,宣府人,世代军籍,自小生活在边陲行伍之中,以后袭父职充当蔚州卫指挥佥事,以骁勇见称。正德六年,京畿爆发动乱,京军无力剿平,急调边兵助战,江彬得以随军入京。他率兵经过蓟州时,因急于冒功,竟纵兵杀害新河县苏添村村民,全村青壮年都被斩首,割取首级诬指为贼,有一家族竟被冤杀二十余口,农夫们正在田地上耕作,也被包围杀戮。江彬就是践踏在无辜人民的血泊上受到嘉赏,被升为游击一职的中级武官。一次,在与农民军对战中,他身中三箭,其中一箭从面颊射入,镞出于耳,他发狠拔镞再战,由此声震军中。正德和钱宁都耳闻过这件事,称赞为壮举。

钱宁以为,江彬不过是好勇斗狠而头脑简单的一介武夫,可以听从指挥,正好招引作为自己的心腹,因此推荐他留京任职,并带领他到天鹅房入觐正德。对于江彬来说,这是关系他一生转折的难忘会见。

正德本来十分崇尚武功,欣赏能驰骋战阵勇建军功的人物。他初见江彬,此人身材高大硕壮，气魄魁梧，在黑里透紫的方脸膛上，前额上一条结疤的箭伤直透耳根，似一道记载着功劳的绶带；浓黑卷曲的胡须茁壮稠密，双目有威严，更显得剽悍雄伟。江彬身穿大红绣有獬豸标识的七品武官公服，软皮皂履，步伐矫健，紧随钱宁身后，走近驾前，先躬身握拳行军礼，再下跪以洪亮的声调奏称："微臣宣府游击江彬叩见皇上，恭请圣驾万安！"

正德对江彬印象良好，示意他起立答话，首先就问起他在阵中受箭伤的情况。这正切合江彬的心意，可以乘机炫耀亮点："微臣深知，战阵之上，两军相逢勇者胜，容不得任何犹豫畏怯，绝不能因区区伤痛而罢阵。当日敌将对臣连发三箭，微臣负伤，血染征袍，虽然痛入骨髓，一度伏鞍昏厥，但随即猛醒，朝廷养兵千日，正为用兵一时。当前京畿告急，敌焰嚣张，正是为臣子的效忠报国之时。微臣世受国恩，不敢忘记皇恩浩荡，不敢不舍命浴血捍卫京师，酬答主上，于是挥刀回骑，率众冲入敌阵，立斩敌方贼目。微臣指挥反击，边军锐不可当。贼兵狼奔豕突，溃不成军，当时就解散重围。及至鸣金收兵，微臣才因受伤多处，失血过多，一时头晕目眩，摔倒于马下。"

江彬将战况编得有声有色，听得正德忘形入神，啧啧连声地点头夸奖。钱宁从一开始，就听出江彬所言大有虚假，在吹大法螺，但看到正德偏信的样子，也不敢多话，只是心中暗自计量，对这个由自己荐引来的家伙，还是不能不防。

当天，正德就口头授给江彬都指挥佥事之职，跃升三级，成为四品武官。又指示，江彬可以随便出入豹房，也赐给国姓，改为朱彬。

江彬迎合正德的特殊爱好，经常和皇帝高谈阔论所谓行军布阵遣将用兵的"韬略"，介绍塞外战场风光，斩将搴旗的威武和战鼓笳声的美妙音韵。所有这些，都令正德皇帝目恍神驰，入迷幻想，更加引起对兼任将帅、亲自率军战伐的向往。他与江彬同卧起，有时还搞沙盘战阵的模型作业，有时为议论"军情"，由暮至旦方休。江彬引导正德穿戴戎服，和自己联骑外出，铠甲相错，几难辨认谁是君谁是臣。初时还只是巡视京郊，逐渐更要筹划远出。为露营野外，江彬还专门制作了铺花绣有飞龙标识的毡幄一百六十余座，足可构组成野地的离宫，作为皇帝出巡的行辕。

一天，正德在南宛捕虎，不料猛虎反扑，张牙舞爪冲到御驾之前，跃起咬噬，御骑惊奔嘶叫，御前护驾官兵惊慌失措。正德急呼钱宁上前捕虎保驾，但钱宁却在心慌意乱状况之中后缩退下。千钧一刻之即，江彬一个箭步冲出，大喊一声，先是手挥铁弓狠击老虎的脑额，紧接着，又急退两步，鼓足气力，跳跃而起，对着老虎腰身猛踢两脚。老虎受到重击，哀嚎了一声，蜷缩在地，官兵们乘势枪挑刀砍，结果了它的性命。一时金鼓齐鸣，欢呼震耳。江彬又极其狡黠知机，故意不作声张，不居功，静悄悄地退下入列。正德惊魄甫定，下马视看死虎，笑着对江彬说："朕自能制伏它，本来是用不着你的。"江彬连连称是，灵机一动，大声高呼："皇上制伏猛虎啦！"各官将齐声祝颂。

经过这次意外事件，正德感到与钱宁相比，眼前的江彬更为合意和得力，对江彬日见宠信重用。钱宁看在眼里，故意在正德面前揭出江彬杀人冒功的劣迹，但正德全不理会。江、钱的矛盾渐渐激化，钱宁深怕失宠被弃，促使他加紧向正在密谋倡乱的宁王宸濠靠拢。

江彬方面，他知道钱宁不相容，而一时也无法从根本上撼倒对方，加以自己以微末军职骤然富贵，显得势孤力薄，因此极力引进防守边陲的军队边军以加强势力。他在正德面前，一再指斥留驻北京的京军长期厮守城市养尊处优，已经丧失战斗力，盛称边军骁悍能战远胜于京军，建议调取边军入京，与京军互调防地，更番戍边。这是一个危险的措置，随时可以借边军的实力来挟制朝廷。李东阳看出了隐藏着的重大危机，便和其他阁部大臣联衔连上三疏，力言引入边军，必将酿成心腹大患，吁请驳回江彬的建议。但每道疏文都被"留中"不答复。不但不答复，正德还径直下旨给辽东、宣府、大同、延绥四镇，命各派三千到五千人即日入京。内侍到内阁传旨，催促东阳即照旨意起草敕文。东阳和新任内阁大学士杨廷和等人拒不奉诏，不肯撰写这样的敕文，东阳还亲自到豹房请求觐见，要求面陈利害，但在豹房门前等候了两个时辰，终被拒见。更想不到，在第二天一早，正德就越过内阁，直接以内降谕旨的形式颁令调入边军，名之为"外四家"。边军军官许泰、李琮、神周等人都同日被召进豹房，都被赐姓为义子，分别被任命为外四家的分统领，掌握住卫戍京师的实际军权。

第三十五章

朝野疾首同危国计　杨梁入阁共济时艰

正德坚拒谏请，断然调取边军入京，是对李东阳的又一重大打击。

他是不幸而言中了。这些边军进入北京之后，便剥夺了原来卫戍部队的兵权。官兵纵横都市，漫无纪律，在市面强买强卖，闯入民宅店铺勒取财物，甚至在通衢街巷也肆行抢掠、奸淫妇女，引起很大的骚乱。更可骇异的是，边军还破例被准入内廷操练，晨夕驰逐，出入禁门。甲胄光辉照耀宫苑，呼噪声浪喧达九门，更在承天门前广场驰马摔跤，举行各种乐舞杂技，叫作"角抵"，正德引为大乐。他还将年纪较轻而又曾习武技和善射的内监编为一营，名为"中军"，参加边军的各种活动，亲自率领这一营特殊军队，高举着"三军司令"的大旗，遍历边军各营，称为"亲阅"，又叫作"过锦"。江彬、许泰、李琮、神周等边军将校都身披黄罩甲，头戴遮阳帽，帽顶插着天鹅翎，高级显贵的插三翎，次一级的插两翎，但贵为兵部尚书的王琼却只准插一翎。怪模怪样，已无军制军纪可言。

江彬受宠，豹房中的皇上义子又添了新的面孔。除了前由钱宁引进的鸡鸣狗盗之徒、穿窬拐骗之辈外，又增加了不少兵痞军汉，像什么朱安、朱福、朱刚、朱清、朱铭、朱翔、朱静、朱强等，一次就赐封了一百二十七人，而且多被分别授予都指挥、指挥、千户、百户、镇抚、旗舍等军职。正德还要为这些人建立义子府，拆迁邻近的积庆、鸣玉两条胡同的民居扩建豹房，要为边军在城郊建立新的兵营，给江彬专门构建宏伟府邸。

丞相职系天下，但当前的实际却是"养鱼于沸鼎之中，栖鸟予烈火之上"，大灾难，大变乱，都在萌动之中。李东阳自觉无力回天，更坚定了求去之意。

李东阳是在正德七年底，除夕前一日得到批准退休的，距离刘瑾伏法之日，已有两年零四个月之久。在这两年多的时日里,东阳经历了前所未有的兴奋、困惑和失望,受到重大刺激。他曾经十多次上疏请求免职为民,并且把这些疏奏汇编为《求退录》一书。

东阳吁求脱身官场,伏迹田里,表面的原因是,他确实老了病了,疲惫已极了。近年来,他气血虚弱,腰膝疼痛,眼目眩昏,曾经两次晕倒在内阁,经搀扶才得出。他自知,以这样衰弱老病的身躯,实在不能再承担艰巨。自称,"臣恐衰病日深,一旦溘先朝露,生平无以副陛下倚毗之望,他日无以见先帝在天之灵,误国之罪,万死莫赎。"

更重要的是,七年前,东阳未与刘健、谢迁一起罢官,并且还被升迁为首席辅臣,其后又被赠给少师兼太子太师的荣誉头衔。似乎官阶爵赏,已极人臣,但朝野气节之士,一直对他不能谅解,冷嘲热讽不断,甚至自己最为赏识和相知的门生故旧,也和他有意疏远,等同绝交,他一直带着自卑负疚的心理坐在这把太师椅上,时常感到苦衷难言,实在无地自容。在具体政务上,如何辅导这个奇怪皇帝,又如何与刘瑾委曲周旋,都存在着许多窒碍,受过不少窝囊气,但又自矢必须秉持良知,在力所能及的范围内,不惜违心自污以谋缓解矛盾、保存善类,减少国家和社会的损失。

对他这样暧昧软弱的态度,一直有人认为他是为了保官固位,是逢君之恶。东阳亦自知一身集百诟,受尽夹板气,但又难以启齿自辩。刘瑾败后,东阳朦胧感觉到,对自己讪议抨击的暗流正在涌动,而且已经逐渐浮出层面。果然,刘瑾伏诛之后,即有南京御史张芹上疏,严词弹劾李东阳恋栈官位,悖弃义理,附从刘瑾,为虎作伥,要求对他罢黜和惩办。

那一天,东阳因病请假在家服药,躺卧在床发汗,忽见门弟子程浩手持一份《邸报》,神色悲愤地冲撞进来,急告:"老师,今有不明事理不分是非的南京御史张芹,竟然上奏劾告老师。奏章已刊登在今天的《邸报》上了。弟子不敢不及时禀告。"

东阳不动声色:"他弹劾我什么事啊?"程浩支支吾吾地说:"这个狗御史,竟然指斥老师当刘瑾乱政之时,未能力争匡正;及至皇上拨乱反正,潜消祸变之后,又厚着脸皮觍颜留位,攘以为功。不能扶颠持危,而冒托孤之寄……"东阳挥手叫他停下来。

程浩又激动地报告:"同僚师友们对于张芹这厮以危言乱语诬陷老师,都非常愤怒,已纷纷上疏,要求处以诬告之罪。"又说:"张芹这厮知道老师仍主持内阁,有意不将奏章经内阁转奏,而直接投递给通政使司要求密奏,皇上已有批示了。"

"皇上是怎样批示的?"东阳问。

"着将张芹夺俸革官,押送来京待戍。"程浩兴奋地说。

东阳陡地起身:"切不可这样办!"

程浩不敢细问,忙搀扶老师坐下来,恭立在旁静候。

东阳稍为平静了一点,无奈地看着自己的学生说:"张御史的话大体上是对的!"这完全出于程浩的意外,更不敢细问。

东阳一字一顿地对程浩说:"这些年来,我确实怀忧抱愧,含垢纳污,有人对我愤慨蔑视,认为我不知自爱,是合于情理的。但谁知道,我要做的事不能做,要说的话不能说,而不愿做的事非做不可,不愿说的话非说不可。人生天地间,实在是遭遇到最痛苦最耻辱的际会。我不得不留任,不得不管事,但留任一日则增一日之愆,每处理棘手一事则多一事之疚,真是进退无据,寝食弗宁啊!

"遵从皇上撰写宣扬穷奢浪费的《玄明宫记》,顺从刘瑾为他的父亲撰写炫耀家世和所谓功德的封诰之文,岂是我的本意?眼见刚方鲠亮的师友同僚们相继被斥逐被谴戍,甚至被杀戮,我无力抢救,未能以死相争,岂能谓为已尽言?民生憔悴已极,权奸窃柄,我忝为首辅,既无补救之方,更无匡济之力,岂能卸却责任?张芹对我的指斥,是出自公心,是符合事实的。不但他应该弹劾我,其他科道百官也应该弹劾我。特别是千秋百世之后,也必会有人指着我的孤坟枯骨再作苛论的!"程浩听到东阳这一席话,汗流浃背,百感交集。这是他受业二十年来从未听到过的自白和教诲,也从来没有对自己的老师有这样亲切真实的理解。

他试图安慰恩师:"老师的衷情,弟子完全理解。还请老师相信当世明达之士必有辨明是非之力;后代史家亦必有公正权衡之笔。还请老师宽怀珍摄。"

东阳长叹了一声,苦笑着说:"能够这样,就是我最大的心愿,老夫死能瞑目了。"

程浩强自抑制，才没有哭出来。稍后，东阳叮嘱说："你立即代我起草一道请求收回对张芹革官夺俸流放的奏章，用词必须殷切，说理必须充分，务请皇上仍让张芹留在御史之任，只有这样，才能减轻我的罪愆，也能保全风宪之官的言责！"

程浩承诺，拜辞而出。程浩走后，东阳自觉心朗气清。他沉思了一会儿，觉得有一些话，在自己退职之前，应该向皇帝说清楚，也好为历史留下一些交代。思虑已定，坐下来抻纸挥毫，一气呵成："臣备员禁近，与瑾职掌相关。凡票本拟旨，撰写敕书，或被驳再三，或径自改窜，或带回私宅假手他人，或递出誊黄，逼令落稿，不容臣再过问。真伪混淆，无从辩白。臣虽委曲匡持，期于少济，而因循隐忍，所损亦多。今逆谋破败，乱政澄清，荷蒙渊衷明见，谓不与内阁相干。然玉毁椟中，臣责亦难辞。理宜罢黜，无任祈恩俟命之至。"他命老仆李贵立即将这道亲笔撰写的奏章送入宫闱，颇有一吐为快的感觉。

正德年间，内阁仍然是政争的重要场所，矛盾的汇聚之处。君臣之间，掌权宦官势力和儒生官僚之间，各有不同背景和政治取向的诸内阁大学士之间，往往都要通过内阁，实现自己的主张，体现自己的利益，各存机心，各出奇谋，纵横捭阖，波谲云诡。在内阁宽阔仅十丈的值房之内，却一直是风源浪口，是拉锯交锋的战场，你方唱罢我登台，是这个特殊年代政治气候的重要晴雨表。

正德元年，刘瑾得任司礼太监，便挟持皇权，将弘治时期以刘健、谢迁、李东阳组成的内阁班子强行拆散，贬逐刘、谢而独留东阳，为补充内阁人选的尖锐斗争便立即揭幕。刘瑾要将他的党羽焦芳塞入内阁，但九卿朝议却坚决推荐为人正直，曾参与诸大臣请诛刘瑾等"八虎"活动的吏部侍郎王鏊。当时刘瑾的羽翼尚未丰满，迫于公论，只好让王鏊和焦芳一起入阁。其后，刘瑾又将他的同党刘宇、曹元等引入阁内，把持政务。

王鏊入阁，稍为缓和了李东阳一人孤立的局面，但他们终究处在弱势的地位。王鏊在拯救刘健、谢迁、韩文、刘大夏、杨一清等人免遭杀害的几次事件中，都能开诚直言，以去就力争，因而有助于挽回诸人性命，成为东阳的得力臂助，但因为屡屡得罪刘瑾一伙，不久便被排挤出阁。

李东阳久在官场，当然也熟悉政坛的谋虑，深知狭小的内阁值房实不啻龙潭虎穴，无日不在钩心斗角之中，而且内阁作为中央枢垣，它如何运行，也确实关系到全局安危，影响存亡绝续。自己一时未容告退，王鏊难以久安于位，正德又成见极深，不许刘健、谢迁复出。正因如此，就更须在继任人选上妥慎筹谋。

他把朝中具备资格，有可能被选入阁的官员，在自己心中的人事天平上一一估量。他知道，在当时极为特殊的情况下，能够被接纳入阁而又能站得住脚的人，必须具备几方面的人际条件，那就是既能得到皇帝接受，取得群臣的赞同，而宦竖之辈又难以坚拒，还希望在人品上是端正耿直稳重，能够坚持正理，不趋附宦竖，能支持自己的处世态度和理解自己的用心，但又不轻率鲁莽，是能忍能战，懂得卧薪尝胆、屈蠖求伸的人物。

他知道自己并不掌有决定内阁继任人选的权力，但还是具有推荐和促成某些人得以入阁的可能。

几经考量，他看中了两个人，一个姓杨名廷和，另一个姓梁单名储。杨廷和，字介夫，四川新都人，出身书香官宦家庭，世代铸缨，父亲杨春曾任湖广提学佥事。廷和少年早慧，十二岁便中举人。成化十四年，十九岁便中进士，比他的父亲还早两科。他中进士后，被选入翰林院当庶吉士，时李东阳正在院任编修，专责为庶吉士讲授经书，与廷和有师生之谊，相知甚深。

廷和性格内向沉静，不露锋芒，温文尔雅，风采出众。他遇事慎重有主见，劲气内敛，处世周密，能三思而后行，但他又不是一个书呆子，对于国计民生、边塞防守、吏治利弊，有着较为深入的见解。熟悉他的师友，都认为他在才学和修养上都是一个拔尖的人才。李东阳不止一次地对人说："本人虽在文学上有一日之长，若论行政经济才能，实在不如介夫！"

廷和对于当前政局的错综复杂、事理曲直和场面上的人物正邪都心中有数。刘瑾掌权后，曾着力拉拢他，几次邀请来见，他都以"不敢私谒"为名拒绝。其后，他担任日讲官，又在皇帝"开经筵"讲解经书时，借历史上的典故讽刺佞幸，因而得罪了刘瑾，将他调往南京出任闲职，准备将他"冷藏"，隔离他和朝政的联系。可是，由于他讲解经书深入浅出，给正德皇帝留下了深刻的良好印象，常问道："为什么未见杨讲官？为什么要把他调到南京去？"

刘瑾迫于无奈,才不得已将他召回北京。朝臣们都知道些中原委,故此当要补充内阁大学士时,李东阳便借此机缘,向正德力荐杨廷和入阁。

杨廷和得批准入阁参与机务后,苦心协助李东阳委曲周旋,随事补救;有时在抵制阁内刘瑾死党焦芳、曹元等的无理主张,对缓减一些朝臣所受的残酷迫害,也起过一些作用。但是他们在刘瑾严密操纵的内阁中,终究不过是作为持异见的另类,发言地位很低,更影响不了决策,虽然致力调剂,但效果是有限的。但杨廷和得以入阁,总算打进了一个楔子,一旦时势变动,便会发挥出意想不到的作用。果然,刘瑾败亡之后,李东阳恢复了部分权力,杨廷和亦崭露出头角,对于清除刘瑾余党平反冤狱等做了大量工作,成效显著。特别是在李东阳退休以后,廷和便成为应对大局的领头人物。

梁储,字叔厚,广东顺德人,面孔黝黑,颧骨突出,眼窝略陷,说话带有广东土音。他是岭南大儒陈献章的学生,献章主张"忘己""无欲",梁储信奉终生。梁储是成化十四年会试第一名,也就是取得了俗称为状元的荣衔。到正德初年,年已六十出头,但精神矍铄未见疲惫。他虽然入仕多年,但一直坚持特立独行,不阿谀权贵,坦言直谏,不说假话。时人叫他"梁老广",也有人戏称他"梁南蛮"。李东阳对他的硬骨劲节暗中称许,乘刘瑾垮台,焦芳、曹元、刘宇等都被贬退查办,内阁急需进行换血改组的节骨眼上,联合杨廷和推荐梁储入阁。李东阳在退休前,还是想竭力促成一套可以信托的内阁班子,了却自己一桩大心事。从此做一个边缘人,淡出政坛,以读书论文了此余生。

应该说,以杨廷和和梁储为主干的新内阁,其后又加入广西全州人蒋冕、河南掖县人毛纪,确实是组成了一套相对稳定的以儒生官僚为主的内阁班子,一直维持到正德末日。但是,他们面对的是一个成年后更加纵情任性,更为荒诞怪行,史所罕见的荒荡猥亵的君主;是紧攥军权,能够操纵皇帝行止,比刘瑾等拥有更大影响力的江彬、钱宁一伙;是久已积聚力量蓄谋叛乱的强大宗藩势力;是哀鸿遍野、伏莽遍地,大规模动乱此起彼伏,频将崩解的社会。这几个书生局处在内阁值房,能够挽狂澜于既倒,扶大厦于将倾吗?

第三十六章

东阳辞世长留遗憾　老夫本色只是诗人

东阳在正德七年年底退休，直到十一年七月去世，是他生命中最后三年半的岁月。

罢政家居，是他人生历程中最后一次转折。退休，是他几年来苦苦以求的，但真正退下来，却面临许多困惑：生计的安排，诗文聚会的恢复，一生文稿的选编，后事的处理，特别是关切对本人功过的评论。真是人闲心未闲，身怀百岁忧啊！

对于生计，东阳入仕五十年，未有聚敛积蓄，操守廉洁是人所公认的。退休后，正德批示发给他每月食米八石，每年拨给人夫十名服役，这是对退休官员最优惠的礼遇，可谓皇恩浩荡。但是，其他达官一般都已宦囊饱满，不在乎政府每月供给的食米，仅将皇家的恩赐作为象征性的荣耀，并不作为维持生计的正项。可是，东阳除此之外别无入息。旧府邸空架子还在，除了吃饭，还有仆从礼仪、医疗应酬等各种开支，八石米是断断不敷的。东阳首先辞免了拨来的人夫，因为供应不起不菲的食宿节赏，又削减了轿班仆从，从八人抬的大官轿改为二人抬的小便轿，只留下老仆李贵一人应付门户，老妻入厨房负责三餐烹饪。还我书生本色，倒也怡然自得。平常，因为东阳名满天下，请求书写诗文书篆的人络绎不断，可以靠润笔费来补充日用。一天，老妻为他准备了纸张笔墨，他恰好感到疲倦，不想再写。老妻笑道："相公今日有客，能使食桌无鱼菜吗？"东阳闻言，只好打起精神，勉强执笔挥毫。又一天，两个门生来谒见，带来了一束鱼干和鲜笋，吃午饭时，恰好就只有刚送来的两色菜肴，一时传为佳话。

东阳恢复了以诗文引后进的活动，不时邀请门生文士等来宅雅集，抵掌谈文学。但是，衰病余生，到底年老体弱了，才思显得迟钝，论文谈诗不再敏捷。有时，众人正讲得兴高采烈，老人却眼目眩昏，打起瞌睡来。

门生文士们都为此感到忧感，为了减少干扰，参加雅集的人也逐渐疏少，李阁老胡同寂静多了。

东阳的重大心事，是在有生之年，将自己一生的诗作文稿选编成集。他把这本集子取名为《怀麓堂稿》。麓，是坐落在他的原籍湖南长沙的麓山，这是青山翠谷、风景绝胜的所在。怀麓，就是怀念这座名山，体现恋恋故乡之情。其实，东阳"楚人而燕产"，他的籍贯虽然是湖南，但已经数代生养在北京，本人亦是在北京出生。文集取名怀麓，无非是仰念"华容文献地，多奇才伟器"，既可以仰望炎、黄、舜、禹的遗迹，又更铭记屈原、羊叔子、周公瑾等人物的丰功伟业。他一直以作为湖南人而自豪。怀麓，既寄托着对层峦叠峰名山的向往，又是对功业不朽的前贤们的景仰。

但是，他在选编《怀麓堂稿》的时候，却面临着艰难的抉择，既不敢过分触及现实的复杂政局，也为自己过去某些言行怀忧抱愧，是全部披露自己一生撰写的手稿呢，还是有所隐讳和取舍？一再权衡，实在为难，总是拿捏不出准儿，十分揪心。

一日，门弟子程浩来看望老师。他意外看到，书房里放置着一个大火盆，东阳神情亢奋专注，正颤颤巍巍地将一摞摞的文件投入火盆焚烧，一时火焰飞扬，烟雾缭绕，呛人眼鼻。程浩疾步上前，先扶东阳入座，又抢步向前，伸手要扑灭盆火，但东阳焦急摆手，厉声命他不要多管。程浩不明原因，问道："老师要烧什么东西？为什么不命李贵去做？何必自己操劳呢？"

东阳盯着自己的门生，一时不说话。

程浩注意到，东阳的眼睛由于烟火燎熏显得红肿，泪水充盈，额头上青筋暴突，可见他是十分认真，下了最大决心才亲自焚烧这些文件的，是作为自己辞世前必须了结的大事。

稍过一会儿，东阳叹气说："这些文件的弃留，别人是不好代我作主的。只能由我自己逐一审阅和决定，只有把不必保留的亲自付火，眼见它化为灰烬，才放心啊！"

"这些是什么东西？"

"是我的文稿,是选编《怀麓堂稿》未收载的剩稿。"

程浩一下子想起,关于编辑《怀麓堂稿》的问题,众门生曾一再主张,要收集东阳的全部著作,包括诗赋、信札、杂著、箴、铭、赞、引、墓表、传记等文章,特别要保留历年的题奏,不加甄选,不留遗佚,由门人负责编纂成全集。但意外的是,老人坚决不同意,而且一定要在内容上有删节,有勾除,并且要由自己选辑,不容别人插手。门人们未解深意,但都不敢认同。今天,看到老师竟固执地将未收文稿付之一炬,他焦急起来,来不及细说,便要将未烧的文件抢夺回来,可惜绝大多数都已经烧透了,盆中只剩一堆纸灰。

"老师,您是何必呢?"

东阳喘着气解释道:"我已经将历年的诗赋诗论,以及所有杂著义章都编入《怀麓堂稿》了,没有什么遗漏的。"

"那么,您烧毁的是什么文稿?"

"是我入仕之后,特别是在当今皇上即位以来上的题奏本章。"

程浩大吃一惊,忍不住大声叫道:"这些文稿是最不应该烧毁的!"

东阳皱眉,闭目,摇头。

程浩又说:"这是因为,老师在任时和退休之后,仍有些人不明底细,不分是非,不体念近年朝政复杂,不知道老师以仁者之心,甘受垢辱,委曲其间,为保存国家元气,艰难撑持的苦心,对老师苛责丑诋。这是天下最不公平的事。只有披露出老师历年手撰的全部题奏,才是最有力澄清淆乱、去伪存真的证据,才能够给当代臣民和后代史家留下反映事关大局和荣辱的真情实况,怎能销毁实迹,更怎能由老师自行烧毁呢?"

这一段话猛然击中了东阳的最痛处,东阳像一个被审讯的犯人,沉痛地说:"我是有错误的,这也是本人平生最大的遗憾,最大的悔恨。我一直自受谴责,内疚不遑,日前对有关张芹问题上的处理,我已经对你说过了。难道像我为刘瑾父亲撰写的吹捧谄封,以及惑众听闻的《玄明宫记》等污秽文字,还能厚着脸皮,让它再遗臭人间吗?"

程浩不假思索地反驳说:"明眼人都知道,这些肮脏文字,是老师在迫不得已的情况下违心写出来的,为了换取黑狱和屠刀底下的忠义之士保存性命,为了营救尚宝卿崔璿、副使姚祥、郎中张玮、给事中安奎、御史张彧等众多正人，为了求免百官跪伏在承天门外受辱，特别是为了保存刘健、谢迁、刘大夏、杨一清等朝廷柱石。难道这些正气凛然的文字，也不应保留吗？"

东阳说："你刚才所说大批臣僚受迫害，都是以皇上名义发布敕旨，强制执行的，如果披露实情，就难免触及皇威。对皇上某些逾规犯矩的言行，上奏劝谏是应该的，但公之于世就很不相宜，不彰君失，为君王讳，是儒家本分啊！

"至于我自编文集，除几封求退的奏章外，未收在内阁十九年。特别是正德以来的奏疏，因为它牵涉许多微妙的关系，对先帝和当今皇上，以及一些同僚师友都有不便，更不愿为自己处于非常时期的异常举止再作辩白。我有意避嫌，宁可自咽苦果，自背骂名，也不敢有负君父，不肯有愧师友。是非曲直，留给后代史家评判吧！"

程浩并不信服东阳的解释，认为自己的老师实在过分怯懦，过分窝囊。有哀其不幸、怨其不争、悯其愚诚的情绪，于是负气而言：

"那么，《怀麓堂稿》的内容，主要只是您的诗文集了。"

东阳点头回答："是这样！我就是要编一本诗集、诗论集。"又自言自语道："老夫本色是诗人，入仕做官真是误入歧途啊！"

程浩想再说话，却都咽了下去，他感觉老人执拗，说也无益。师生相对无言，氛围凝重。

东阳看出了程浩的不满和失望，深为这个弟子的关爱而感动，但又认为他对自己的衷情并不够理解。为了缓和气氛，也为了让程浩体会自己的忧伤和创痛，便细翻已编成的稿件，从中拣出一页，亲切地说："子明，你细看这首诗吧！"

程浩双手接过，见纸面上写着"寄彭民望"四个字。

对于彭民望其人其事，程浩素有了解，知道彭民望也是湖南人，是东阳的同乡和亲密诗友。民望成为进士后一直在北京任官，先后当过御史、给事中，为人不善结交，耿直敢言，曾多次单衔上疏弹劾刘瑾并谏劝正德改恶从善，受过杖责和入狱，经东阳力救才脱险。他淹滞官场，以任给事中一职终其身。刘瑾败后，他坚决求退，入仕二十余年，仅以六品官衔退休回家。东阳对他屡经蹭蹬而怀才未得用，一直抱着特别的同情，但又羡慕他急流勇退，得以脱身混浊官场，为他庆幸。诗道：

斫地哀歌兴未阑，归来长铗尚须弹。
秋风布褐衣犹短，夜雨江湖梦亦寒。
木叶下时惊岁晚，人情阅尽见交难。
长安旅食淹留地，惭愧先生苜蓿盘。

东阳写这首诗时，还在内阁之位，但已明显透露出对官场的厌倦，对布衣蔬食生活的神往，而且，从几十年的阅历中，他对人、人性、人际关系的本质都有了痛切的体会。据说，彭民望读到这首诗，曾感动而哭，悲歌数十遍不止，反复念诵"木叶下时惊岁晚，人情阅尽见交难"两句，连说："西涯的处境就真是这样艰难吗？他真是有自知，也是最知我的。有友如此，夫复何憾！"

程浩细读这首诗，渐而体会到东阳的深意。他省悟到，老师多经世变，屡历艰难，品性人格和心理都受到严重扭曲，内心常怀悲怆彷徨，既缺乏回顾的勇气，也失去了前瞻的信心。但是，在审时、对人、处事各方面，老师还是严格遵循一定之理，恪守一定之规的。他要避嫌，但从未昧良诛心，追随恶势力，从未炫耀自己在极端艰难处境中的善举，反而时时事事严以自责，内疚不已。时到今日，仍然不肯触犯君父尊严，不愿攀连同僚师友，可以说是愚忠，是蠢念，但用心还是出于诚挚。老师在正邪激斗的夹缝中，身心俱受重创，这真是人生的大悲剧。他深深同情恩师确实生非其时、处非其位、行非其愿，未能以诗人终老。看来老师在选编《怀麓堂稿》时多加删削，并不完全出于老年性的执拗，只是依其本性，遂其意愿而已。思想到此，程浩就不想再多说话了。他郑重地把诗稿还给东阳，泪珠不觉洒滴在诗笺上。

正德十一年春夏之交，东阳的身体愈加衰弱。他经常昏厥，寒热不常，打不起精神，有时又思绪颠倒，语无伦次，似乎言难尽意，表达不了满腔的心事。

到炎夏六月底，东阳已经起不了床，长日昏睡，面色苍白，脸容浮肿，显得已是油尽灯枯，走到了生命的尽头。在京的达官和好友如杨一清、杨廷和、梁储、蒋冕等，以及众多门弟子不断来问候，他本人也不知答话，只由老夫人陪同，临床一见，各人悲伤不已。东阳本人亦自知不起。一日清晨，突然显得神清气朗，喝了半碗粥，问夫人："邃庵来过吗？"

邃庵是杨一清的别号，当时杨一清已回朝任吏部尚书。夫人答道："几乎每天都要来问疾，因为相公瞌睡，所以未叫醒说话。"

东阳急忙说："我要见邃庵！"

夫人怕他过累，劝说："等相公身体好一点，再见面，好吗？"

东阳用不容置疑的语气说："不行，一定要见邃庵！"

两个曾经共度艰危的至交，在七月初的一天见面了，时在东阳去世前数日。

一清走近病榻，看到重病缠身的东阳瘦骨嶙峋，只剩得以皮包骨，双颊下陷，呼吸短促微弱。看到一清来了，东阳勉力支撑，想坐起来说话，但体力不支，只好再躺卧下来。他伸出干瘪枯瘦的手紧握一清，有气无力地说："邃庵，我有话要和您说呢！"

一清坐下，轻声回答："西涯，有什么话您尽管说好了。"

东阳却没有力气说出整句，闭着眼睛一字一顿地说："要……防止……钱和江啊！"

一清知道，东阳叮嘱的是要防范钱宁和江彬，连忙点头："您就放心吧，我和介夫都会密切注意的。"

东阳点头。过一会儿，他好像体力略有恢复，睁开双眼说："要请皇上快回北京为好……一定要迎请圣驾回来……"

谈话间，一清看到东阳脸颊突泛晕红，神色抖擞，这是一个多月来未见的神采。他知道人的生命临将终结之前，会突然焕发精神，似乎健康已有起色，但其实不过像火焰将熄灭前一闪而过的灿烂，是终生精力的最后迸发，俗称回光返照。一清不由得感到一阵椎心的疼痛，他知道已经到了诀别的时刻，悲从中来，不能自已，又看到东阳临将弃世，仍然以皇上和国事为念，更觉怆然。他强忍眼泪劝慰道："西涯，一切放心吧！我要告辞了。"

他刚起身，却听到东阳呼唤："先别走，先别走！"

一清回身："西涯还有何心事？"

东阳伤感地说："我去世后，千秋百代，一定还会有人指着我的坟头和枯骨斥骂的！"

原来他放下了生前事，却忘不了身后评啊！本已枯竭的眼睛里泛出催人心碎的焦虑。

一清胸有成竹地说:"您放心。历史有情,公道自在人心。您的苦心危行,忍人不能忍之辱,成人不能成之事,是人所共知的,切不要过分自责才好!"

东阳嘴角抽搐,说不出话来。

一清又说:"我还要告诉您,内阁和吏、礼两部已经议定,在您百年以后。要奏请颁赐的谥号是'文正'两字。您知道,只有文章道义俱全,正色立朝而有大勋劳的人才能称为'文正'。我朝还未有先例!还有什么可抱憾的呢?"

东阳闻言,微露笑容,目送一清离去。

几天之后,东阳去世了。他是带着错综复杂的心情,既欣慰又内疚,既执着又无奈,既厌倦又不舍而离开人世的。历史总是如此吊诡,东阳去世后,仍然给后世留下了一系列的疑问、争论和歧见。

第三十七章

商海潮涌动淘金热　大栅栏繁盛冠京华

过了六七年，正德皇帝渐渐厌倦了豹房尽情纵欲的生活，需要另觅新鲜。

钱宁早就看出了这一苗头。连日以来，他苦心思索，希望能够独出心裁，准备出奇制胜，借以扭转窘境，保持住最高的宠幸。

他打算引导正德走出豹房之外，乔装便服，在京师走街串巷，趁墟赶庙，好好领略"香火鼎盛、百货并陈、士女喧阗"的都市风情和繁华的商业气息。近十来年，南北水陆运销的途径拓宽，商人活跃，商品种类大增，城市得到发展。作为皇城所在的北京，勋戚官僚混杂，居住着最有消费能力、惯于奢侈挥霍的阶层，再加上民生物用的需要，做生意的集市庙会、字号行铺、三街六市纷纷兴起，招徕了四方商贾，汇集着千式万款的商品，五光十色。行人填街塞巷，肩摩踵接，叫卖的吆喝声，讨价还价的争议声，计锱论铢的盘算声，虽然嘈杂，却显得生气盎然，别有洞天。这样火爆热闹的大场面，是前所未有的，连世代居住的老北京人，也感慨地说："咱北京城的世道真是变了！"

钱宁对此极为敏感，他极力怂恿正德体验繁荣的京华市井。

正德七年六月下旬，正是炎热的三伏天。豹房本来就有消夏去暑的设备，一是在五月初就搭盖了天栅，又叫凉栅。这种凉栅随着阳光照射的强弱和角度，可以支展起来，又可以收拢下去，四面有通风引光的窗子，用精纺的夏布做窗纱，可以根据晨昏晴雨及不同的风向随意开合。豹房的凉栅比宫内的更加精致，它是全面包装模式，可以像帐篷一样将整个天鹅房、太素殿都笼罩在内，蚊、蝇、蠓、蛾都甭想飞入。皇上大可放心不受干扰，逍遥自在地追欢逐乐。

消夏的另一办法是大量用冰。紫禁城内原来设有冰窖五所，建立豹房之后，又在邻近增设了五所，中南海、北海是取之不尽的雪池冰窖。这里的冰都是在冬至后入窖的，供宫廷特别是豹房一夏之用。在天鹅房和太素殿，每天都在大铜盘上放置冰块吸热降温，又准备了大量的冰镇莲子、菱角、嫩藕和西瓜等，宫里叫作"冰盘儿"，供皇上随时享用。豹房的三伏，实际上是广厦无烦暑的美好时日。

　　但是，正德皇帝还是显得气息困顿，疲惫乏力，而脾气却特别暴躁，不断埋怨长夏无聊，几个小内侍都被找碴打了板子，连宠物狗黑豹也因为多哼叫了一声就吃了窝心脚。他一时不想听歌观舞，也不想召见番僧，对充塞豹房的妖姬佳丽也提不起兴趣。他脸上湿漉漉地罩着一层阴云，两眼发直。侍从都在纳闷：谁惹怒了皇上呢？皇上在生哪门子气？是生自己的气吗？

　　钱宁冷眼观察，正德当前的烦躁不安，第一是由于对豹房老套的风流逸乐已经厌足，要追求新的情趣，可以说是欲壑难填；第二，是最近有许多事情都不顺意：上月发布中旨，命户部解送白银三十万两入内库备用，想不到户部经内阁奏复，库存银子只有三百两，无银可解；又再下中旨命扩建豹房六百间，但工部竟然端出旧账本，说为了修建豹房，五年来已开支了五十余万两，而今也是"库空如洗"，说什么"国乏民穷，无以为继，乞即停止或量减其半"。更可气的是，那些阁部大臣和御史人等还一再上奏，"请停京城内外工役及豹房造寺，禁番僧出入"等等，简直是蔑视皇威！

　　钱宁是何等机敏之人，他早就思忖着，北京新近扩大的庙会集市热闹非常，许多土洋物品、时尚技巧、风流人物充塞其中，都是在豹房中难得一见的。这样的场合散溢出来放纵欢乐的气氛，对皇上一定有着极大的吸引力。他打定主意，要找机会进言引导，领他去逛游庙会，巧立新功。

　　恰好一天晌午，正德酒后微醺，命豹房里的歌女演唱，乐手伴奏。谁知弦管刚刚放音，歌女方才启唇，便惹得他疾首蹙额，大声喝止："你们只会唱这些旧调子、陈词儿，不会唱点新歌吗？真是白养活你们这些废物了，还不给朕滚下去！"

　　歌女乐手们吓得惊慌失措，叩头退下。伺候在旁的钱宁则认为时机已到。他等歌女们退下，正德还在生闷气的当儿，轻轻走近御前，倚靠在皇帝身边，轻轻揉搓他的胸脯，按摩他的肩膀，柔声说："爷爷，等有工夫，儿子领您出去走走，好吗？"

"到哪儿去？"正德闷声问道。

"就在北京城呗！"钱宁卖着关子。

正德摇晃了一下脑袋，不耐烦地说："北京城内的玩意儿，韩家潭、胭脂胡同的相公堂子和本司胡同的勾栏，朕已经走遍了。而且，能够在这些地方享受的，在豹房都可以得到，何必再去呢！"

钱宁咧嘴微笑，眯着眼睛说："这些情况，儿子哪能不知。但爷爷不知道，北京城近来的变化可大啦！儿子要领爷爷去耍乐的，是前所未见的地方。这些地方有外贾内商，汇集着民间精粹，货如轮转，财如泉涌，到处珠光宝气，金碧辉煌，胜似柳巷花街啊！"

钱宁伶牙俐齿，勾得正德兴致顿起："到底是什么地方，快说！"

钱宁故意慢条斯理地回答："爷爷莫急，待儿子细细道来！"

近十来年，随着全国商品交流的发达，城乡集市贸易得到迅速的扩大和增加。北方叫作集，南方叫作市，四川叫作痎，广东叫作墟，云南叫作街子，贵州叫作场，名称不同，性质是一样的。这些集市在开始时主要是做小买卖进行货物交换的场地，是为方便邻近居民自然聚合而成的，故此，多设置在城根儿，也就是在城门外附近的地段，北京人叫作城门脸儿，摆些货摊。以后，生意做好了，又逐渐搬迁到民间祭祀集中的寺庙附近，方便善男信女在入庙烧香时，顺便购买或出售家里自产自造的日用物品。其后，由于规模逐渐扩大，又陆续招徕客商，增添了食肆酒铺茶座，还有各式娱乐演技，进而张灯演剧，百戏竞陈，商贩咸集，游人如织，定期开市。集市的内容也逐渐发生变化。不但是世俗祭祀本土神灵的传统地点，还是城乡生活中的大交易场，也是士庶人等云集的休闲欢乐地，本城本乡镇的重要景点。北京是首善之区，集市更是遍布城郊，居民们将"赶集"改称为"赶庙"。每逢重要庙会，盈街溢巷，万头攒动，人山人海，挤拥不透，而且男女混杂，不分良贱。人们不但要在这里满足生活需要，而且要借机消遣逐乐。

正德初年，北京的庙会空前发展，大多数具有相当规模和固定的庙期。以皇城为核心，正面方向有设在正阳门和大明门之间都城隍庙附近的朝前市，西边方向主要有白塔寺和护国寺庙会，东边方向有隆福寺庙会，北京人称它们西庙和东庙，"护国寺先隆福后，两边忙杀赶庙人"。往南边方向，主要有天桥和南药王庙,还有东岳庙、慈仁寺、曹老公观、蟠桃宫、白云观等有名的庙会,共有百数十处。由于庙会罗列,北京几乎天天都有开庙之处,每日都可以赶庙做生意,或者消闲和娱乐,已经演变成为商品集散地、善男信女酬神许愿之地,以及豪绅巨商和纨绔子弟的销金窝和欢乐场。

五光十色的庙会,是北京城的新事物。钱宁要利用这样的新潮流,作为进一步迎合正德的新筹码。

他事先煞费苦心,乔装打扮,在靠近皇城的白塔寺、护国寺和隆福寺等几个大庙会一再溜达,仔细观察,从开庙日期、百货品种、赴会男女人等的品流角色逐一筛选估量,确认在哪些方面是最能引起正德兴致,对他最具有吸引力的。他相信此举必能满足皇帝的特殊癖好和需求。他又按照事先选好的路线,密命锦衣卫派遣精干骁校穿着便衣沿途贴身警卫。正德走街串巷逛庙会的"微行",是经过钱宁精心策划准备的。

八月上旬,北方农村秋收已毕,城乡人民忙于酬神许愿、准备嫁娶之时,也正是庙会的旺季。钱宁领着正德皇帝,卸去冠冕袍服,改穿一般士子穿戴的方巾和襕衫,乘坐两人抬的小轿,从豹房悄悄出门,直到白塔寺附近才下轿,缓步进入庙会。"八月八,走白塔",是北京人的习俗,人们都喜欢到象征吉祥的白塔下走动,绕塔漫步,乞求身家安健,万事如意,这是白塔寺一年中规模最大的庙会。

正德头戴黑色方形软帽,俗称"四方平定巾",身穿湖色丝绢长袍,宽袖皂缘,垂带,下摆缀有横襕,俗称为"襕衫",装作生员打扮。由于气宇轩昂,面如凝脂,唇红齿白,又酷似一个俗世佳公子。钱宁眉目清秀,扮相本来就俏美,他的穿戴和正德基本相同,仅是襕衫是采用宝蓝颜色。二人边行边看,边看边谈,钱宁早就熟悉门道,频频为正德指画解说。出乎意外的繁荣和多姿多彩,好像突然打开的万花筒,让正德大开眼界。

出乎钱宁意外,正德进入白塔寺庙会,完全不依照原来的安排活动,因为庙会中的商摊和店肆的规模各有不同,到处都是撂地为摊,筑栅成店,架帐为厂,并无固定的规格和顺序,有屋则摊,无屋则厂,厂外又有栅,栅外又有摊,商贩们穿缝插针,随行就市,一切以便于经营生计着想,着眼于生意旺淡牟利丰薄。从出售的商品来看，也是高中低档次俱全，既有玉帛珠犀玛瑙、名香珍药、古董字画，甚至还有从蒙藏和西洋贩运而来的稀罕物品，但更多的是民生日用的五谷杂粮、柿枣瓜果、筛箩碗筷、刀砧掸帚、脂粉碱皂、针织布匹、鞋袜衣帽、纸墨笔砚、花鸟虫鱼，供儿童玩的泥人和熔锡制作的小杯盘、桌椅以及竹木削做的刀枪，纸糊的傀儡鬼脸，等等，可说百货俱陈，琳琅满目。这些东西和宫中的典藏相比简直是上不了等级，也不会作为收藏的内容，正德对摆卖的珍珠金玉、犀角牛黄、参茸虎鞭、古董字画等，并不感兴趣，而许多民间习用的东西，却是他在九重深宫和豹房温柔乡里从未见过的。他看到箩筐里整颗的玉米和高粱，不识何物，随手各抓了一把，放在掌心把玩，问钱宁："这是喂牲口用的吗？"

钱宁不敢当众撒谎，回答说："不是。这是老百姓日常食用的。"

"怎样吃法呀？"

"是把它磨成面，蒸窝头、摊饼子吃的。"

正德惊讶地问："这样的东西也能吃呀？"

卖玉米的郊区老农，看到正德不辨菽麦、浑然无知的样子，觉得又好气又好笑，抢白了一句："这位客官大概是喝水长大的吧？未种过田，未柰过粮，未做过饭吧？连玉米和高粱也不认得！"

钱宁担心正德发作，但奇怪的是，他并不介意，点点头嬉笑着转步到别的摊档去了，又拿起一把北京人家居扫炕用的小扫帚，做饭用的擀面棒子，看到儿童游戏时戴的猪八戒脸具和各式鬼脸，为迎接中秋节专门塑造的各款兔儿爷，还有惟妙惟肖、憨态百出的各式泥人，供小孩子穿戴的虎头帽、猫脸鞋以及长生锁等，都让正德兴奋不已。他像其他赶庙的人们一样左看右看，十分赞赏，还戴上哪吒的面具，做出挑战群魔的姿势逗乐。久经淫欲浸泡的心窍似乎又流露出一丝无邪和童趣。

从摆摊售物的地方转入庙前广场，是另一番景象。一进入场内，就听到锣鼓喧天、笙箫齐鸣，一队老少二十多人的队伍，扮作判官鬼卒，手持全套仪仗打伞喝道，簇拥着一个腰金衣紫、袍服整齐，长相方头大耳，蓄有五髯长须的官员雍容阔步而来。原来是扮演城隍爷出巡，为庙会镇邪压魔的。正德看得热闹，询问钱宁："这个鸟官儿是几品？"

钱宁回答："最高不过九品，是最微末的地方官。"

"那么，他为什么出行的随从和穿戴却是这样气派？"正德疑问。

钱宁赶忙解释："城隍是阴间的官员，不属于凡俗管束。他穿戴的不过是戏服，仪仗用品都是玩具，大伙图个热闹便了。"正德释然，又往前走。

广场中心围拢成几个人数不等的圈圈，原来每个圈圈之内都是一个演艺场，来自江湖各地的民间艺人分别在自己的圈子里卖艺。有唱皮人小戏、说鼓词的，也有变戏法、扛大幡、演猴戏、耍杂技的，北京人把这些民间演艺，叫作"蹦蹦儿戏"，也就是说随着高兴蹦蹦，蹦蹦完了便各做各的生意。有些圈圈内里，在演唱间歇，往往请观场的人赏给茶酒钱；也有兜售自吹能医治内痨外伤、男妇老幼百病的膏丹丸散的；还有成群结队雀跃欢笑地蹬高跷、走旱船、打花鼓、扭秧歌来自娱共乐的。这样将信仰、交换和休闲融为一体，民间气息浓厚的聚会和表演，确实让皇上流连忘返。

钱宁冷眼窥视，正德在庙会中定神注视、甚至按捺不住拔脚跟踪的，是那些平素不出闺门，只有在庙会中才借烧香送供、许愿酬神的名义，结队而来的小媳妇和姑娘们。这些妇女兴高采烈地串店走摊，随意品评和选购日用百货以及头巾手绢首饰杂物；还可以听歌观剧，评价歌调典词，甚至议论演出的角色，互相嬉笑打闹，尽情享受难得的、暂时的自由。有些女人艳服靓妆，身穿绫绢薄袄，头戴珠翠；另一些人虽然只穿布履粗裙，不施粉黛，家常打扮，但在简朴中另有风韵。

正德最欣赏的是那些充满着青春气息的少艾女子。她们像刚离开母体的小云雀，吱吱喳喳，明眸善睐，组成庙会中独特的景观，真是繁花似锦，目不暇接。这些处在豆蔻年华的小家碧玉、村女娥眉们，打扮和仪态都与豹房里会聚的风尘女子大不相同。正德留意到，有些少女少男，正在利用难得的公开交往机会打情骂俏，甚至暗约定情。更有些浮浪子弟三二为群，对街上的女子品头论足，甚至放肆撩逗，虽然被她们指斥责骂，仍然嬉皮厚脸，似乎是受到嘉奖似的狂笑大乐。正德对这样的风情场面兴致盎然，认为是人间美景。

一天，钱宁和正德乔装打扮，专门来到东城隆福寺大庙会。这里是为期九天的大集的最后一天，各行买卖大体上都已经成交结算完毕，有些商贩已经准备收摊，正在捆装货物，转移到别的庙会上去。但在习惯上，大庙会最末一天，也正是庙会活动进入纵情狂欢的日子，娱乐玩耍便成为主要的内容。

隆福寺庙宇正殿的对面，修建有一座以砖石构造的亭阁式露天戏台，平常日子比较冷清，每当逢年过节，像元宵、盂兰、中秋、重阳等重要节日和大庙会期间，这个戏台便派上了用场，值年主事的人邀请高腔、梆子、二簧等班子来演出，以广招徕，一下子便成为锣鼓喧天、音韵悠扬的热闹场面，以舞台演出为中心，庙前广场上还另有围圈聚众的诸色演技。

正德二人凑近舞台，听了一会儿戏文，有点不耐烦，便踱到广场挤进一个圈子观看杂技表演。这个圈子的演员和演技都不平常。沿圈插着八条红黄相间的幡杆，上面绣有"大兴汪家社伙"几个金色大字。十多面巨锣大鼓敲击得威武雄壮，颇有气势。原来大兴汪家是当地大族，又是杂技世家。这个家族的老少都特爱热闹，逢着节日或重大庙会之期，汪家的族长往往率同男妇儿童，组成班子参加演出，炫耀本族的技艺功底，娱人自娱，顺便也讨些节赏。这会儿，正表演着"危杆飞人"的绝技。圈内竖着四根高可五丈的杆子，每杆相距都在三丈以外。只见四个身穿彩衣和紧身窄腰红裤，年方十一二岁的小女孩，头上的短发都用红头绳结成丫角，鱼贯而出，在锣鼓伴奏声中绕场一圈，边翻跟斗边挥手向观众致意，随即各自走到一根高杆之前，迅速攀升到高杆的顶端，动作麻利轻捷，如同玉猴神鸟，到达顶端之后，临高视下，向地上的观众招手，嫣然微笑，继又做出金鸡展翅，在危杆顶端立大顶、夹吊金钩等各种高危姿态，令举头仰望的观众们蹙眉咋舌，捏着冷汗。正惊讶间，忽听急锣紧催，鼓声加快，杆上的女孩子似接到军令，突然腾空飞跃，扑向另一高杆，一再互换位置，空中飞人交错，好像有双翼生于两腋之间，随意翱翔，真是矫若游龙，出如飞凤，绰约多姿，英姿飒爽。好一会儿，女孩子们才顺杆而下，脸泛红晕，娇喘微微，在一片掌声和嘘叹声中，腼腆地向观众再次行礼，神采窈窕，分外娇娆。

正德不只是着意欣赏技艺，令他最动情的是这几个女孩子，特别是其中一个最漂亮的。远看这个女孩子，身材高挑，瓜子脸，颜色黑中透红，显得健康俊俏，在杆顶上做出各种舞蹈和飞跃动作，显得特别灵活，婀娜健美，笑靥带着红晕。正德像被勾了魂一样，双眼色淫淫地紧盯着她。"危杆飞人"

的节目演罢，几个女孩子各端着一个小铜盘，在圈子内绕行讨索赏钱。当这个女孩子走到跟前，正德又就近细看，更觉是一个美人坯子，出落得像水葱儿似的。最美之处在眼睛和牙齿，刀刻一样的双眼皮，眼梢微翘，睫毛乌黑浓密，两弯蛾眉上挑，特别在眼窝末梢，似乎经过天公剪裁。两颗明亮的眼睛像是镶嵌在眼眶里的黑珍珠，灵活闪动，像会说话一样。刚换去乳牙的新齿，像一排巧妙编组的洁白玉石，雅气、秀气、灵气组成她的天然美丽。

正德一向放肆惯了，忘记了自己的乔装身份，一伸手拦住女孩，大模大样地从怀里掏出一锭十两重的银子，扬了一下，当的一声扔在铜盘里。

在庙会观看戏曲杂技，通常的节赏，多是三五文铜钱，正德一下子扔出十两白银，完全出乎大家意外，小姑娘一下子愣住了，不知如何是好。人们的注意力被吸引过来，众声嘈杂。有的说："这可是一个家财万贯的贵公子！"也有的说："是刚发了大财的富商吧！"但也有人骂骂咧咧："吃饱了撑的，干什么在庙会里摆阔气？"

钱宁本想劝阻，想不到皇帝根本不管不顾，嬉皮笑脸地朝着女孩子发问："妞儿，叫什么名字？"

女孩子被他吓了一跳，往后退了一步，低头不说话。正德不肯罢休，继续追问："叫什么名啊？总有个名字吧？"女孩子不敢顶撞，满脸羞红，带着浓重的京南口音回答："叫小翠，汪小翠！"

"好个小翠，来，来呀！"正德走前一步，伸手拉扯小翠的衣裳，小翠被他的突然动作吓得魂飞魄散，禁不住哇的一声哭起来，将铜盘摔到地上，转身奔向家人的方向。

忽见汪家社伙的人群中，霍地走出十几个老少爷们，还手执长棒短棍以及演出的刀枪，怒气冲冲地走过来。带头的是一个六十来岁的老者，身穿家织灰布夹袄，脚蹬千层布鞋，十足京郊庄稼汉的打扮。他身材魁梧，两肩宽阔，脸色黝黑红润，双目有神，走起路来虎虎生风，显然是武行里手。他的上髭蓄有整齐的斑白胡须，似是为演出而特地修剪的。原来此人名叫汪金彪，是大兴汪氏的族长，又是社伙的社首。他大步走到正德面前，厉声喝问："这个客官忒地无礼，竟然欺侮我汪家小妹，意欲何为？"

他弯腰捡起那十两银子，掷还到正德跟前，瞪眼道："我汪家与民同乐，不要肮脏臭钱,你小子狗眼不识泰山,赶快捡起银子,滚出隆福寺!"汪金彪背后的族众挥舞棍棒,有人更上前来指着正德开骂:"你小子不问问我大兴汪家是什么底细,狗胆包天,要来汪家讨便宜,打野食,明摆着是要欺辱咱,不怕挨揍吗?"

正德何曾受过如此羞辱,气得青筋暴突,目露凶光,正想发作;随行护驾的几个锦衣卫便装骁校也暗揣利器,走到近前,防止出现闪失。钱宁最为狡猾,知道不能暴露,一面以眼光制止骁校不得妄动,一面连连打躬作揖,赔礼道歉,寻了个空当,硬拉着正德往寺外走。

回到豹房,喘息甫定,正德余怒未息,对着钱宁吼道:"今天遇上邪啦!什么汪家狗家,胆敢触犯皇威,看朕把他们全族抄斩!"

"那就表明皇父是在微行了。"

"那又怎么样,明行暗行,还不是一样吗?"

"就怕今后不好再出去啊!"钱宁旁敲侧击地说,"皇父要抄斩汪姓全族,那个小翠也没命了!"

"小翠倒真是可人儿,万中无一啊!"

钱宁会心而笑,哄道:"皇父一万个放心,儿子保证,明儿个便将小翠送进豹房来!"

"能够吗?"

"皇上降恩,是她的造化,还有做不到的事吗?"

正德转怒为喜,豁然开朗。

如果说逛庙会满足了正德追逐时尚和猎取另类美色的欲望,那么巡游北京的商业区,却意外地激发起这个皇帝对商人和商业贸易的强烈兴趣。

北京最繁华的商业区在正阳门外本来叫作廊房四条的地方,最近十多年来,由于各地客商云集,在这儿沿街搭盖栅房,所谓"搭盖栅房,居之为肆",人们通俗地叫它大栅栏。逐渐,大栅栏变成通用的地名,反而没有人记得廊房四条了。

以大栅栏为中心,经东牌楼街,伸展到崇文门,再到鼓楼德胜门宣武门关厢内外,偌大的一个北京城,便组成了一个生意兴旺、商品充塞、商人活跃的网络。

正德由钱宁引导，仍然装作生员身份，来到大栅栏。这是一条不长不宽的街道，紧挨开设着各行各业的店铺，竖立着各色行业的招幌，门前多有知客招徕，居然分布得有条有理，成行成市，行人如潮，财货车载肩负。有些店铺正堂大书"陶朱事业"的横匾，门前贴着"生意兴隆通四海，财源茂盛达三江"的对联。庙会和这里相比，资本和经营规模，商品品种和档次，都是小巫见大巫。在大栅栏的中心地段，还开张着好几家全北京最豪华的酒楼食肆、歌场舞榭，进出的多是生意中人。有些富商巨贾，筵开十席，朝歌晚弦，竟成不夜之天。

君臣两人一路走来，不但看到油坊、磨坊、糖坊、茶坊，还有批发贩卖粮食、棉布绸缎、瓷器、古董、纸张笔墨、药材的大铺子，更有店铺专门买卖口外皮张、蒙古特产的冬虫草和"俺答香"等珍贵药品，还有辽东的人参、貂皮，番舶夷商从远洋带来的象牙、伽楠、犀角、玳瑁等奇珍，货物俱全。商人们来自五湖四海，口音穿戴不一。不但有来自十三省的客商，还有远涉重洋而来，高鼻隆额、鬈发披肩的佛郎机商人。内地的商贾，不少人身穿绫罗绸缎，靓装盛服，甚至还绣有蟒龙、飞鱼、斗牛等本来只许高官配用的纹饰。不仅如此，他们还乘坐高车驷马，四人抬的暖轿，姣童美仆相随，奢侈程度远过一般士庶，连一般官僚也远不能及。这些本来被视为"末流"的市井之夫，现在却活跃在大栅栏内，神气活现，豪华过人，丝毫不畏惧"僭礼""越制"的罪名，早将朝廷对官民服色花样和车马的禁约抛到九洲洋外去了。奇怪的是，社会人士对于这样的颠倒变动，却熟视无睹，甚至认为是理所当然。正德看到这样的情景，也并不觉得惊异，只认为新奇，因为他并不在乎是否恪守"禁奢"的陈规祖训，也不介意世道和风俗的变迁，反而对于"崇华黜素"表示由衷的赞赏，对于新兴的富商大贾，很有艳羡之情。

大栅栏的商店、商品和人物对正德有强烈的吸引力，当然，主要是可以满足猎奇和寻觅新鲜玩乐的心理。但是，在一些偶然的接触中，却使他在思想上开了窍。

一天，他随着钱宁踱到大栅栏南口，迎面见到一座大宅门，九开间门面，却不是铺房模式，门前也未摆设什么商品，又不像是民居或者官绅的宅邸。

大门前恭立着两个听差模样的俊美少年，身穿浆洗得挺括干净的蓝布衫，白袜黑靴，束着黑色腰带，点头哈腰，训练有素地留意招徕过往客商。看来是做大生意的场所，不在乎铺面上的零沽叫卖。大门右侧，悬挂着一块精工雕刻的楠木牌子，上有楷书"程氏京寓"四个字。这样一座气象不凡、装饰华丽排场的宅门，引起了正德的注意。他往里面一瞅，只见宅内第一进堂屋阶前，高高悬挂着一副仿魏碑字体镂金大书的对联，上联是"铜山西崩"，下联是"洛钟东应"，气魄雄迈，豪气逼人。

正德在储位时，虽然在上书房也读过几年书，略通文墨，但由于一向疏懒，不肯用功，故此对历史典故和文字深意都知之不多，对对联上的八个字虽然颇有兴趣，但还是摸不清它的含意。他又习惯了颐指气使，遂放开嗓门傲慢叫嚷："什么铜山崩、洛钟应？什么意思呀？"

两个听差赶快过来打躬作揖，满脸堆笑地说："这位客官请了，不知有什么指教？"

正德还未回话，只见一个主事模样的人疾步走出来，这样的人物南方称为朝奉，北方称作掌柜的，向来是商场里的中坚人物。这个人身材瘦削，脸白无须，看来年过三十，额上微现皱纹，双瞳明亮有神，看得出是一个干练有心计的人。此人身穿七成新的酱色缎质长袍，未束腰带，头上戴着一顶儒巾，布鞋线袜，显得丰俭相宜，举止得体。他彬彬有礼地向站在门前的正德和钱宁二人抱拳施礼，连说："失迎，失迎，请恕罪，请恕罪！"又说："难得两位贵客光临，实在蓬户增辉，敢请入内面叙？"

二人推却不过，被引入堂屋。只见大厅宽敞，窗明几净，瓶花香拂，陈放有一套镶嵌着云南大理石的紫檀木家具。正中放置着三张坐椅，是供主人和主客入座叙谈用的，左右又各摆四个座位，说明必要时也可以同时招待上十位宾客。屋的正壁挂有大幅神像，像中人高冠阔袖佩剑，是先秦服式，脸如丹桂，五缕长髯，眉宇清秀，眼皮微微合缝，但仍闪露出眼光精朗，含蓄中未掩睿智聪明，画上恭书"先师范大夫神像"，神像两旁配有一副对联，上联是"济世扶倾，挟丹徒之术"，下联是"泛舟作贾，析秋毫之利"，很显然，是将战国时期越国名臣，其后经商致富的范蠡奉为祖师爷，作为自己的楷模。

主人让座，奉茶，自我介绍说，他是徽州商家巨族程氏派驻北京城的总管，主持程氏有关盐、粮、木材和典当的生意，负责协调属下各行店，并与北京官商各界联系，可说是身肩重任，中年得志，言谈中显得有条不紊，不卑不亢。

"在下姓程，名志仁，徽州府休宁县人。今承家族之命，在北京经营一些商业。帝都所在，万国梯航，胜友如云，在下极愿谒识高贤，聆听教导，今日得见两位，实是幸会。敢问高姓大名，贵乡何在？"

正德和钱宁都胡编了姓名，以秀才身份应答。二人一口京腔，不用说就知道是本京人士。正德仍急不可耐地追问"铜山西崩，洛钟东应"的典故。

程志仁回答："这两句话出自汉武帝在位时期。一日，未央宫前的殿钟无故自鸣，三天三夜不止，诏问群臣何故，东方朔回答，是由于远处的铜山有崩震，所以引起洛阳的殿钟轰鸣，表示重大事件是互有联系、互有影响的。"

"那与你处经营又有何关系？"

程志仁解释说："客官有所不知，敝邑休宁，以及徽州府属的歙县、黟县、婺源、祁门、绩溪六县之地，都是处在万山丛中，土瘠田狭，无法依靠耕作维持生计，迫不得已，只好或执技艺，或负贩他郡，以求食于四方。历经数百年，不少人往来无定，流连异乡，甚或穷困潦倒，野死沟壑。但也有一些人能够突破困境，营商有成，打造出所谓徽商的名号，闯出了自己的事业。敝祖程尚宽公是永乐朝人，也因为穷困无以为生，便持破甑、穿草履，离家远出，从做肩挑小贩，走单帮，开小店，遍历吴、越、楚、蜀、粤、燕、齐之地，甚至远涉边陲，冒险攀登海岛，终于筚路蓝缕，创下基业。再经高、曾诸祖几代人克绍箕裘，继承发扬，目前休宁程氏已在徽商中成为有名的家族，而徽州人的经营亦已遍及全国，有所谓'无徽不成镇''钻天洞庭遍地徽'之称。敝族老辈都认为，如果不是故乡贫瘠已极，尚宽公不会含辛茹苦移居异地，乡前辈们也不会冒险犯难往外发展。乡人每以能够货殖于四方为得计，借用铜山崩、洛钟应的典故，正是用以自勉的意思。"

程志仁谈吐不俗，熟谙世道，又有读书人的斯文气息，所谓侩气中有书香味。钱宁到底在社会上厮混过一些年月，懂得一些应酬礼节，疑问道："兄台身为大贾，但又佩戴儒巾，不知何故？"

志仁略作思索，嗫嚅而言："在下原于弘治十五年，在本籍休宁应过县试，已被录取入学,取得生员身份的,但其后就投身于家族的生意经营。一行作贾,十载有余,可谓学书学剑两无成,实在惭愧!"

钱宁又问:"兄台早岁既已在县试中告捷,中了秀才,为什么不赴省参加乡试,求中举人再入京应会试,争取金榜题名,进入仕途呢?"

志仁叹了一口气:"两位学长对敝邑风俗可能不甚了解。敝邑乡人不是不知道读书应科举求仕进是扬名声、显父母的正途,但是,这个途径是非常狭窄的。三年一乡试,本府之内不一定就能中一两个举人,中进士更是高不易攀了。而且,家道贫寒之家,财力不足供子弟读书应试;而家道富饶的,子弟的才力又往往不足登榜。由于敝邑土狭民贫而商业独盛,贫困者和平庸者与其为这不合算的科举而努力,倒不如及早走上经商致富的道路。在敝邑,子弟从商学贾的道路是较为宽广的,长期养成以商贾为第一生业的习惯,反视科举为次着,喜厚利而薄名高。其他地方大都是'右儒而左贾',意思是将读书入仕放在学商营贾之上;敝邑的风气却是'左儒而右贾',反将商人置于儒者之前。自古被视为末业的商业和排在四民之末的商人,在敝邑的地位是很高的。在下为谋生计,只好从俗了。"

正德冲口而出:"那你又为什么要应县试入学,考取一个不值钱的秀才呢?"

志仁苦笑,无奈地说:"这位学长所言有理,但其中亦有隐情。在下刚才说敝邑的风气'左儒而右贾',其实也是相对而言的。现在有些徽州商人发了大财之后,还是不惜斥资延师教学,希望培养子弟科举成名。但更实际和重要的是,不论在北京或在各地,要做生意,又难免要和官府和官吏打交道,因为中了秀才便可以列入衣冠之族,一顶方巾,有时却很方便办事,当有了事件,可以具帖要求禀见州县太爷,见面时又不必下跪,仅行鞠躬作揖之礼就可以了。万一发生胶葛纠纷的事件,州县太爷对秀才也不能随便用刑,不能随便拘捕入狱。故此,考中秀才,甚至中了举人,或者做了官之后再兼商;更或者破财捐纳买得官衔,然后商而兼官,都是猎取名利的捷径。敝族派在下驻京,也是为了便于办事。"

正德对于这样的官场和商场世态,并不感兴趣,他最关心的是徽州商人到底发了多大的财,拥有多少财富,又是怎样发财的。

程志仁如实相告:"徽商的资金都是从商业贸易中赚取而来的,君子爱财,取之有道,营商取利就是有道。敝邑像汪、程、方、鲍、王等姓的大商巨贾,不少人拥有一百多万两家财。"

正德突然打断:"你说他们有多少家财?一百多万两?"

程志仁回答:"不错,一百多万两!中等之户也多有三数十万两的,并不稀奇。"

商人居然拥有上百万两的资财,使正德大为惊诧。他虽然身为皇帝,却经常闹穷,因为要满足各方面的要求,历年一再勒令户部和工部上缴款项应支,每次数额不过是二三十万两,但总是十分棘手,臣下诸多推诿,甚至引起议论纷纭,有时还不能按时到手,或者讨价还价,大打折扣。正德听到豪商竟拥有如此家财,有得意也有不平。难道自己贵为天子,取用财富,还不如四民之末的生意人吗?

"商人们发了大财,是怎样过日子的呀?"正德再问。

程志仁莞尔而笑,略带得意之色:"人有了财富金钱,还有什么事办不到呢!敝邑大商人,多有极度奢靡的,住处构园建宅,别墅内亭台楼阁,花径通幽,务求壮观;广置姬妾,江南佳丽、口外婆姨都蓄养房中;穿衣打扮,则金珠彩缯,竞斗艳丽;至于饮馔食用,更是饫甘餍肥,兼四海之珍馐,高朋满座,宴集无虚日;婢仆务用俊美,俳优伎乐齐全,一呼百诺,威焰不次王侯。有人说,这些豪商是民间的天子。天子享用的,他们都能唾手而得;天子还要担忧国事,他们却乐得逍遥自在,真正是地上神仙啊!"

程志仁这一番夸张说词,无意间击中了正德皇帝心扉中的要害处——财富、美色和诸多享乐。原来商人攫取这些东西的途径,虽与帝王有所不同,但享乐和阔绰的程度却大体相同,而且还更加纵恣自如,既不受谏诤,也不受舆论谴责,如此自由自在,足使正德心痒神驰。

钱宁嗜财羡富,当然不次于正德,他追问:"商人能这样发大财,靠的是什么办法呀?"

程志仁沉吟说:"两位不是商场中人,在下将平素所知的情况相告无妨。有人只看到发达豪商的奢华享受,并不清楚他们历经攀山涉海,深入穷荒,不避酷暑严寒,不惜冒险犯难,而且锱铢必较,操觚交接的过程,豪商们都是在千百家破产失财的废墟上成功的。商场实同战场,起者独雄,落者辟易。是能者有成,拙者毁损啊!"又说:"其实,商人单靠自己的资金和经营能力是绝难致富的,必须依托官方势力才能顺遂发财。例如,经营盐业的,必要得到官府批给札付,才能准许包销;经营典当的,也必要得到官府发给执照;运销巨木和珍贵药材的,只有朝廷和官府才是最大最阔绰的买主。总而言之,离开了官,绝无法做成大生意,必须官商结合,最好是官商一体,才能够兴旺发财。"

"什么叫官商结合呢?"

"官商结合,就是商人和官府互相利用和依赖。客官有所不知,现在的时世,上自达官贵人、权势内侍,下及州县衙门、关口税卡的书吏衙役,无不见钱眼开,将商人看作运财童子,会下金蛋的神雀,明里暗里层层需索,陋规林立,只有用财才能通神,只要满足了他们的需索,再加上不惜行贿和给高额回扣,一切札付批文都可以得手,经关过卡、走私漏税都绝无刁难。官府和官吏们为了私利,大都甘愿充作商人的护符。要知道,贿款和回扣是两把万能钥匙,能够过关斩将,打开堂皇官府的重门深锁,将装模作样的十足官戚化为利害与共的连手搭档。"

正德闻所未闻,听得目瞪口呆。钱宁情不自禁地问:"那为什么又叫作官商一体呢?有什么官和商人结成一体呢?"

程志仁吞吞吐吐不敢多说,猛然后悔刚才饶舌失言,怕惹出是非。他警惕起来,虽经钱宁一再怂恿,不肯再吐一字。正德和钱宁意犹未尽,但也不好深问,只得告辞。

正德回到豹房,脑海中一直萦绕着商人们的巨额财富和豪奢生活,当晚有些醉意,对钱宁牢骚说:"想不到商人也能够这样阔绰神气,朕为天上皇,却经常为钱怄气,实在还不如这一伙地上仙呢!"

钱宁乘机进言:"听今天程某的意思,官家亦有兼为商人,结成一体,共享财利的。"

正德发脾气说:"可恨程某这个浑蛋,不肯将门道说出来!"

钱宁狡黠一笑,上前附在正德耳畔:如此这般。

正德连连点头称许。

钱宁的意思，是诱扣程志仁，摸清所谓"官商结合"的底细。

次日辰末已初，大栅栏"程氏京寓"门前，忽然来了一个锦衣卫百户，率同两个骁卒，指名要见程志仁相公。门前两个听差，见到锦衣卫官校上门点名要人，吓得屁滚尿流，急忙奔入禀告。

在北京做生意的人，可以私下和官府人等交结，但是为了避嫌，又从不请官方来人白日公开登门。特别是对于锦衣卫这样的特种缉捕衙门，更是避之则吉。商人们总是将锦衣卫的骁校人等，看作阴间地府的鬼卒。程志仁听说锦衣卫专门派人指名缉访，也吓昏了头，只好硬着头皮出见。

想不到这个百户还比较客气，看到程志仁出来，打着笑脸，拱手抱个半揖，说："阁下可是程志仁程先生？"

"在下正是。不知官长传唤，有何贵干？"

"奉上司之命，请程先生过去一叙。"

"贵上司是哪一位？何故邀请？敢请赐告。"

"程先生不必多问，随我等前去就是了。"

"可否容我更衣，并给柜上伙计们交代一下，再去谒候？"

百户蓦然收敛笑容，软中带硬地说道："不必了，我们已在贵宅门前备下坐轿，请程先生立即上轿，上司无暇久候。"

程志仁不敢多言，只好遵命上轿。轿子的前帘和两侧气窗都是密封的，像置身黑室一样。他心里七上八下，不知道是祸是福。

小轿离开大栅栏，穿过正阳门的侧门洞，疾行经过西长安街，转入西华门。来到豹房，百户和骁卒在豹房门外止步，改由一个内侍导引，直领到天鹅房门外才停下来。内侍走过来揭开轿帘，对程志仁低声嘱告说："随俺进去！"

程志仁是读过书见过世面的人，他看到传话的人头戴乌纱描金曲脚帽，身穿盘领窄袖衫，犀角带，手持蝇拂，又见他脸白无须，带着鹅公喉似的声音，便知来人是一个太监，不知自己触犯了何等天条，竟被押送入九重宫阙？想到这里，不觉汗流浃背，只好战战兢兢答应道："谢谢公公！"

到天鹅房门前，内侍先进去奏告："已将程志仁带到！"

随又听到里边有人传命："带上来！"

程志仁被引入天鹅房正厅，偷眼窥望，只见这里金碧辉煌，点着两挂小儿臂粗的大蜡烛，明亮如同白昼。虽然不是正式殿堂，但高轩敞厦，弥漫着皇家气派。大厅正中，端坐着一位少年郎君，身穿玫瑰紫缎夹袍，前后及两肩各织有一条金盘龙，系着湖色纺绸腰带，头戴乌纱折角巾，中端结有一块大红宝石，两侧各躬立着两个内侍。而另一个人，则是身穿明黄色锦袍，头戴网巾，正带着笑脸陪坐在小机上。程志仁从体制和衣饰打扮上看，立刻意识到，堂上端坐的必定是当今皇帝，而陪坐在侧的那一位，也认出正是昨天乔装来到"程家京寓"访谈的另一个"秀才"，才知道皇威咫尺，真是大晴天打焦雷。他惶恐已极，不由自主地跪倒阶前，连连磕头："小人有眼无珠，昨日不知皇上驾临，有失跪迎，加以狂言妄语冒渎天威，实在是罪不容诛。今蒙拘拿到来，自知罪孽深重，甘愿领罪！"

等了半天，皇帝才说了一句话："你这个当了秀才，又当掌柜的，还真会说话啊！"程志仁不明就里，只好再用力磕头。

又过一会儿，陪坐在小机上的那个人移步走近，程志仁抬头仰望，就是昨天一再追问"官商一体"底细的那个人。便用求饶的眼光看着他，盼望他能为自己说几句求得赦罪的话。

钱宁说："我是朱宁，原姓钱，叫钱宁，蒙皇上赐给国姓，认为义子，委任为义子府总管兼锦衣卫指挥。昨天是我陪同皇上来到'程氏京寓'，并听到你高谈阔论的。"

程志仁早就听说过钱宁的大名和威福，今听到他敢在御前自报家门，更知道这个人气焰熏天，声势非凡。

钱宁接着说："现在是圣明当道，是政肃人和的升平岁月，朗朗乾坤，你却说了不少官场黑幕，难道都是有根据的吗？须知散播流言，有反坐之罪啊！"

程志仁受了当头一棒，吓得魂飞魄散，全身哆嗦，只好猛力朝他磕头，苦苦哀求："只请大人恕我愚钝无知，体念上天好生之德，超生蝼蚁一命，千秋万代都感谢大人恩典！"

钱宁冷笑，伸手将程志仁扶起来，紧问道："你是愿意生呢？还是愿意死？是愿意立功受赏，还是甘心受刑呢？说！"

钱宁说罢，撒开了手，程志仁却是一阵晕眩，几乎要瘫软倒地，勉强打起精神，又跪倒在地："小人甘愿听从大人吩咐，唯命是从，绝不敢违忤指令！"

他又转过来，朝着端坐在上的皇帝叩拜："请万岁爷饶命！"

正德蛮有兴致地欣赏钱宁的表演，也注视着程志仁的动态。一摆手，让钱宁领他出去。

钱宁将程志仁领出天鹅房，引入院内夹道的一间厢房，继续仔细盘问。

开始时钱宁踞坐提问，程志仁跪地回答。

钱宁直入主题："你说说，什么是官商一体？"

"就是内外官府、大小官员和勋戚贵族都经营商业，开设名为官店的店铺。名义上是官，实际上也是商贾，被称为官商，所以说是一体。"

"这样的官店和官商多吗？"

"很多，不论宫廷内的司礼监，还是外朝一些部寺和五军都督府，外地的省、府、州、县、县行政衙门和卫所关卡，都有开店营商的。"

"官店和民店、官商和民商有什么不同？"

程志仁心存顾虑，讷讷不敢说。

钱宁改用比较温和的口气，诱导他如实说出。

程志仁鼓起勇气说："当然大有不同了！官店可以在商业繁盛的地方，譬如北京、南京、苏杭和宣府、大同等地的通衢大街上，修造市肆，开张店铺，垄断货源，截留商旅，低价勒买民商的畅销货物，甚至兼管钞关税卡，充当经纪牙行，霸占关厢、渡口、桥梁、水陂等通商孔道，超额抽收商税。都城内外坊市和张家湾，通州、河西务、卢沟桥等处，山海关内外的八里铺，关东站等处，都开设有官店，凡过往车辆，一车必抽银一两或五钱，一切柴、炭、鱼、菜都必须交钱才能出入。甚至京郊的农民，有事挑担进城，也必须将一枚铜钱夹放在耳窝里，便于守城门的内侍自取，交了钱才能入城厢。这样的特权和特别收入，是民商绝对不敢想象的。"

钱宁听得津津有味，他丝毫不会对官商横行，官店侵夺国家职权牟取暴利而愤慨，相反，却是证实了，此中确实大有财源。

他希望挖出更为丰富具体的材料，进一步使用软哄的手段，先让程志仁免跪,站立起来说话。其后,又让他坐在自己旁边的小木机上,对面晤谈:"那么,民间商人又怎样发财,甚至发大财呢?"

程志仁认真思索了一会儿说:"民间商人当然也有自己的生存和发展办法,有些方面,是官店官商做不到的。譬如,官商坐拥特权,坐享厚利,所以大多安富尊荣,不计算成本,不讲究经营管理,不肯吃苦耐劳;而民间商人为了生存,为了觅取货源,打开销路,总是不辞辛劳,跋山涉水,甘冒风涛峻险,并且努力熟悉商情,了解市场需求,绝不放过商机。商谚说'见利不沾,不是丈夫',正是商人的座右铭。由于江淮利于运销食盐,粮食产于湖广,丝绸布匹出自吴越,大木巨材来自川滇,于是民间的盐商、粮商、布商、木商均奔往这些地方,群相聚集,就地生财。与此同时,各行各业的民商又都积累了成套行之有效的经营经验,建立起产运销的网络。商人重利,又精打细算,别看他们有时奢侈骄人,更多时候却是悭吝成性,力求成本低而效益高,这都是官店官商无法比拟的。所谓人弃我取,将长补短,拾官商的唾余,钻穿于官店官商的隙缝之间,其中一些人便可能成为巨富。

"当然,要真正成为大商巨贾,积累百万财富,任何民间商人又都必须依仗势要,商凭官之势,官借商之力,互相勾结,才能共同牟取暴利,这也就是小人昨天说的'官商结合'了。"

钱宁点头,又转过话题:"就你所知,近年经营官店,最发财的是什么人物?"志仁支吾不敢回答。

"这是皇父要知道的事,你还有什么可担心的?出自你口,入于我耳,奏告于至尊,谁也不会知闻,谁也不敢怪罪的。只要皇父高兴,还怕没有你的前程吗?你如实把所知所闻,一一告诉我好了。"又让程志仁宽衣,命内侍奉茶。

程志仁知道此遭犹如鲇鱼上了竿,猢狲入了袋,要反抗或挣脱是万万不能了。为了保住性命,只好先顾眼前,豁出去尽情相告:"若说开张最大官店,做最大买卖的人物,最显要的应该是皇亲,所谓'椒房贵戚'。当然,在皇亲之中,也是严分等级,区别亲疏远近,论亲眷在宫廷中的地位。前一些年,最财雄势大的是庆云伯周寿,他是宪宗成化皇帝生母孝肃太后的弟弟,孝宗弘治皇帝的舅舅,当今皇上的舅太爷。几十年来,他家占据关津陂泽,特别在京郊通州、河西务开设官店邀截客商,贱价勒购商货,又强征税课,是前些年最有势力的官商。

"继周氏而起的,是孝宗弘治皇后张太后的两个弟弟昌国侯张鹤龄和建昌侯张延龄,他们都是先帝的妻舅,现在是皇上的舅父。由于张太后健在受尊礼,所以鹤龄、延龄兄弟也特别跋扈骄嚣,不但在全国各地遍开官店,甚至在京师大栅栏和崇文门大街上也设立经营各种行业的大铺户,用以倾销压价讹索而来的货物,操纵市场。另一方面,由于老一辈的周太后已经去世,周氏皇亲的权势明显下降,张氏兄弟就逐步挤压和并吞周氏的商店和田产。周氏不服,大起纠纷,两家各揭丑事,甚至聚众械斗,张胜周败,京师为之震骇。现在由皇亲经营的官店,自然是以张氏为首。"

"他们拥有的财产,大概有多大数额?"

"周氏最盛时,是在成化年间到弘治中期,子弟八人俱封爵,授给锦衣官,估计赀财有四五百万两,但现在已有萎缩;而张家两舅,京师称之为大张、二张的财势还处在扩张增值的阶段,商界评估在六七百万两以上。世态流变,权势转移,皇亲商业的隆替,所属官店的盛衰,也是随着势力而升降的。"

"除了重要的皇亲以外,经营大片官店的还有什么人?"

程志仁脱口而出:"当然以被判处凌迟死罪的大太监刘瑾为最显要啦!"

"你详细说来!"

要说到刘瑾这样的死老虎,程志仁不但没有什么顾虑,而且并不掩饰自己的愤懑。他眨了一下眼睛,幸灾乐祸地说:"刘瑾在商业上的霸道远过于周皇亲和张皇亲,他动用内侍和厂卫的势力来经营生意,在京师九门和全国重要关津都设有由内侍主管、厂卫骁校坐镇的店铺和关卡,不论商帮或小贩,不论贩运的货品多少和贵贱,一律要缴交银钱才能放行;对于市面最赚钱的民间商店,他都要硬搭上'干股',坐地分肥;紧俏的商货又要低价卖给或交由他开的店铺发售,抽取巨额佣金;哪怕是来往官员的行李,也要开囊检查,照样收税。其实,朝廷查抄出刘瑾的巨大家财,其中一部分就是他从营商中赚来的。"

说到这里,他停了一下,鼓起勇气说:"大人还不知道,刘瑾开的店,还敢自称为'皇店'呢!"

"皇店？什么样的皇店？"钱宁惊问。

"就是说这些店铺是由皇上作为东主开设的，主持店务的内侍都握有'钦差提督皇店'的关防。既然打着皇上的旗号，当然具有最高的权威，什么走私抗税、冲关过卡、贩运赃私物品，都由插着皇家标志、黄色龙旗的车船运载，由内侍和厂卫骁校押运，任何官府都不敢过问。国家正项课税，化为刘记皇店的黑色收益，朝廷公帑转为私费。这样的'皇店'，当然就成为刘瑾财源广进的聚宝盆了。"

"是由刘瑾自己出面经营的吗？"

"不是。他委派内官监太监于经总管负责。于太监被称为刘瑾的外掌柜，专门负责经营皇店。"

"刘瑾败后，于经现在哪里？"

程志仁慌张搪塞："小人确实不知。"

钱宁将询问程志仁的情况详细奏报给正德，正德不但不气恼，反而听得眉开眼笑，似乎大有所获，说道："呵！原来捞钱是另有门道的，朕过去还不清楚呢！"又自语道："早知道有这样容易捞钱的门道，朕又何必大耗精神，与户部工部的官员们磨嘴皮费笔墨呢！"

他离开御座，踱着方步，低头沉思，好一会儿，才毅然有了决断，停步下来，像要处理军国大事一样，大声对钱宁说："刘瑾那厮，借用朕的权势，盗用朕的名义私开什么皇店，捞了大钱，发了横财，孝敬给朕的不及十分之一。眼看朕闹穷，他却广积资财，就凭这一点也就应该处死他。朕想过了，与其让他们开假的皇店，不如朕自己开真正的皇店，由朕自己挣回这笔钱，岂不是名正言顺，两全其美吗？"

钱宁知机，在旁添火加温："皇父圣明，高瞻远瞩，明照万里。今将僭设的皇店纳入图账，实在是不拘常例，解除民困，兴利除弊的盛举，必请及早宣布德意，好使正牌皇店早日开张。"

正德大为高兴，钱宁接着献策道："要办皇店，还得找熟悉此道的人。听程志仁说，刘瑾开设的皇店，是交由内官监太监于经主管的。此人还在宫里，何不召来一问？"

正德说:"着呀!"

第二天就传于经来见。于经,山西介休县人,成年后才自阉入宫。他在成化末年,年方十岁就由同乡荐引,在晋帮开设的钱铺中当学徒。他头脑聪明灵活,加以勤学苦练,经过十多年的工夫,历练得一套经商赚钱的过人本领,深知其中诀窍,不论盘算营谋,阜通货贿,都能稳操胜算,生意兴隆。因此得到东家赏识,从一个小学徒逐步被提升为司账,又受任为柜上的司理,成为京师银钱业和晋帮商人中崭露头角的人物。但他性好赌博,经常利用身份之便盗用店里的银款作为赌资,可是在赌场连连失利,积小输为大输,竟亏空了两万多两银子,无法填补。原来山西商帮的规矩最严,对账目和店伙的盘查从不苟且,每年年终盘货核账,对行止不端的人,不但立即开除和索赔,还要在故乡公布周知和送官判罪,绝不宽贷。于经自知难以逃卸,便一咬牙自阉入宫当了太监。对于已经进入宫廷当差的人,不论家乡族众、财东债主、地方官府,都不敢再拘拿追捕。

于经入宫之后谨慎服役,注意收敛,平日不显山不露水。他长期冷眼观察,看准了以刘瑾为首的"八虎"团伙,正处在蹿升得势的势头,便极力奉承刘瑾。刘瑾也知道他曾经在商场中混迹多年,能写会算,在内侍中是一个有潜能的人才,将他调入内官监,收为亲信,等到要染指商业,派他出面经营。于经受任后,果然发挥专长,很快就恢复了在商界已中断多年的人脉,又充分利用特权,大力建起刘记皇店分布在全国大中小城镇的网点,扩大霸占的经营范围。几年来,他不断将赚来的黄金白银和奇珍宝货运进刘瑾的府邸,使刘瑾大为欣赏。在熟悉内情的人看来,刘瑾手下有两个"掌柜",孙聪是在府内理财的"内掌柜",于经是主管商业的"外掌柜"。

刘瑾垮台,党羽被清查,但于经却漏了网。主要原因是,他机智地及时将刘记皇店系列的资财和账籍转移,分别改送到新近得势的张永和江彬名下,作为"进见礼"。张永和江彬平白捞取巨额财富,欢喜不尽,又因为要继续经营,一时也离不开熟悉业务的于经,便网开一面,把他庇护下来。

内侍来到内官监,传唤于经立即到豹房候讯。于经以为自己事发,必死无疑,顿时脸如死灰。随内侍来到豹房门前,垂头丧气地等待处置。

内侍奉命领着于经进入天鹅房。

于经久在官内服役，熟知规矩。他进来后，一眼便看到正德端坐在上，钱宁侍立在侧，便知道自己已被押送到御前，慌忙跪拜，口称："奴才内官监太监于经奉诏来见，恭叩万岁爷金安！"

　　正德以前从未留意到于经其人，这个人身穿四品宦官公服，年近五十，五短身材，略为发胖，圆盆脸，肉厚脖子粗，酒糟鼻子，两颊各有一块赘肉，小眼睛，眼皮微微合缝，但两眼灵活有神。

　　钱宁施施然近前问道："于经，听说你为逆瑾经营商业，竟敢僭用皇店名义，有这样的事吗？"

　　于经连连叩头："死罪，死罪！"

　　钱宁声色俱厉地说："奉皇父口谕，你必须将皇店是什么时候开办，在什么地方开办，开过多少间店铺，经营过什么行业，怎样赚钱和赚过多少钱，又缴交到哪里，都一一讲清楚！"

　　于经正要具体陈说，钱宁又嫌他唠叨费时间，喝断他，叫他回去写出揭帖报来，只是紧问："皇店现在还有多少财产，落在何处，归于何人？这些店还在经营吗？"

　　"早先缴送到逆瑾府邸的金银宝货都已查封充公了，由逆瑾派遣驻守京师九门和各地的内侍骁校也都撤回了，留存下来的一部分店铺和资财，分别上交给御用监太监张永公公和中军左都督江彬大人。"

　　"你现在还为张公公和江都督管理这些所谓皇店吗？"

　　"是的。但经营规模只有逆瑾当年十分之一二，因为张公公和江都督都还未能动用全副内官和厂卫机制来配合皇店的营业，奴才也不过是代他们看着摊子罢了！"

　　钱宁突然变色，指斥道："你把皇店献给张公公和江都督，是经过皇上核准的吗？盗诈皇家财物，擅将应入官赃物私献他人，该当何罪？交给法司判处，会处什么罪刑，你清楚吗？"

　　于经知道自己犯了天条，完全够得上被处斩绞之刑，又实在说不出可以为自己辩护的话，只好砰砰磕头，求皇上和钱宁给自己留一条生路。

　　原来，钱宁和正德早就商议好，并不打算处死于经，也不打算对皇店以往的经营和赃私追查到底，反正刘瑾名下巨额的资财已经没收到手，而一时又不必过分开罪张永和江彬,因为要建立正牌的皇店系统,还少不了这样一个熟悉内情,又甘受驱策的前台掌柜。

于经自度必死,忽然听到御座上的正德向钱宁吩咐:"这些旧事等以后再说吧!问于经,朕要开办皇店,他愿意效力筹措,代朕管理,为朕募集款项吗?"

于经是何等伶俐之人,他听到皇帝说话,知道已经峰回路转,大有转机,叩头回奏:"奴才甘愿为皇上服役,赚钱以上供御用,蹈汤赴火,万死不辞!"

从正德八年四月起,正牌的皇店便陆续在全国各地挂牌开张。

于经果然是个中老手。他戴着死罪受重用,自认为因祸得福,更是要出死力服役。他煞费苦心地和钱宁商量,献出经营正牌皇店的一些要策,请钱宁转奏,马上得到正德批准,立付施行。

这是一次前所未有的特殊商业运作。

首先,先在大栅栏内及其边沿建起一条规模宏大的皇店商业街,将经营各行业的主要皇店安设在这里,还附设各式酒楼食肆和歌场舞榭,成为凌驾于大栅栏原有商业之上的繁华地段。

到了夏天,北京皇家商业街就以最快的速度建成了。这是一条崭新宽广连接大栅栏的大街,显示着不同平常的皇家气派。大街中心,矗立着六家大商店,分别悬挂着宝和、和远、顺宁、福德、福吉、宝延六块镶金边的巨大匾额,还高竖着不同行业的招幌。这六座大店铺各有分工:宝和是总管理处,主管京内外皇店系统的一切运营,委任于经为钦差提督皇店太监,提督太监的厅廨就设在这里,下有司房、司库、司账、算手、书手等近百人,相当于一个中等衙门。和远店主要经营包括西北和辽东的边塞茶马土特产贸易;顺宁店主要经营江南生丝绸缎布匹瓷器;福德店主要经营粮食和典当;福吉店以盐业为主,兼管巨材大木的采运和销售;宝延店专经营水上航运,批发洋广货物和海上贸易。这一来,关系全国经济命脉的重要商业,基本被控制在皇店手里。其他酒楼食肆、歌场舞榭等则由宝和总店另派内侍分管或者招商承办。显然,皇店商业街一开,便产生了轰动效应,熙熙攘攘,顿时成为人烟稠密热闹非凡的地段,成为大栅栏的精华所在,人如潮涌,货似轮转,海内外客商都知道这才是拥有最大资金和货源、做大生意的地方,其余崇文门大街、东西牌楼和鼓楼大街等处的商铺，反而相对冷清了。

正德看到皇店商业街旺盛发达，满心欢喜，也来凑热闹。他有时扮作洽购货物的商人，便衣褐袍，头戴同色角巾，前来出游逛玩耍。在大街上，装模作样地取货问价，经纪贸易，有时又声言要生放钱债或者囤积米盐。其实都不过是虚买虚卖，游戏一番而已。有时他取走珍贵首饰玩物，说是赊购试用。分派在各店的内侍和店伙，都绝不许细问，更不敢透露他的帝王身份，只准把他作为贵客接待；更令人吃惊的是，他居然一时兴起，身穿生意人常服的蓝大褂，青鞋布袜，装扮成为店伙跑堂的模样，站立在店堂前张罗买卖，迎客接引，说是要享受一下商场挣钱的乐趣，过一下生意人居奇觅利的瘾头。正德明知不过是假戏假做，却引为大乐。有时，他兴致未尽，就歇宿在宝和店内。了解内情的客商和店伙们都极力奉承，说他精通商业，是天赋奇才，第一流的商人，尽量让他赢利百倍。有些谋划向皇上献纳巨赀换取高位的官员，更故意在皇店高价购买出自大内的古董书画，交纳了若干万两价款后，又连夜将宝货送回去，叫作文雅进贡，投其所好，直达御前，果然有求必应。

当然，逢场作戏、尝试新鲜的劲头过后，皇上迫切需要的，还是要取得巨额真金白银。

挟有正牌的皇店凭借绝对的权势，得到迅速的蔓延，不仅在北京，很快在外地，包括张家口、大同、宣府、山海关、临清、广宁、辽阳、南京、苏杭以至广州各地，都遍设了由内侍主管的皇店。一些原来由富贾商帮开设的商业，凡是有大利可图的，纷纷被强夺和抄没；连一些本来由各级军政部门开设，名为官店的铺子，其收入一部分是归由公用或交纳给户部的，也一律改为皇店，变成皇帝私人的店铺，所有收入都改拨为宫中使用，原来委由官店征收的租税，一下子便归为皇帝个人所有的"御前正供"。一些已经失势的勋戚权贵，如周皇亲、张皇亲等经营的商业，纷纷因被挤迫而萎缩倒闭，处在半歇业的状态，原来享有的特权都被收拢到皇店那里。当然，少数得宠的新权贵，如大太监张永、大都督江彬及钱宁等人的利益却并不会受到侵夺，反而可以攀搭正牌皇店的顺风车，仍然各自开设着自己名号的"皇店"。

为营建庞大的皇店架构，进行垄断经营，于经还勒聘徽商和晋商中一些最有才干的人进入皇店系统，担任重要职务，从这些著名商帮内部来蚕食和瓦解它们。上述"程氏京寓"的负责人,驻在北京的徽商头目程志仁秀才,便被委任为京师征榷使,赐给六品文官职衔。

经过这样的操作,由皇店缴进来的钱款逐年直线增加。皇店成为皇上不加锁、不限量的大钱柜。钱宁也由此再受宠爱,与江彬并立。而于经、程志仁等特殊市侩,又都成为御前的宠臣,有权有势有财的大皇商。正德八、九年开始,直到去世以前,正德奢侈暴殄的巨额费用,近半是从皇店取得的。他不止一次地对阁部大臣说:"宝和皇店比户部和工部还顶用,你们这些做大学士、户部和工部尚书的,实在还不如一个太监于经呢!"

侍立在旁的大学士杨廷和、梁储、蒋冕相视苦笑。

正德忘形,又大肆发挥说:"朕看,将商人列为四民之末是全无道理的。商人,特别是皇商,是最有能耐的,他们能够无本生利挣大钱,能够体会君上之意,那些冠冕堂皇、满口圣贤的士人能够做到吗?那些终日胼手胝足的农人和工匠能够做到吗?朕认为应将商人改为四民之首,排列的顺序改为商士农工就对了!"

年轻的蒋冕憋不住,想据理奏驳,他认为皇商不能等同于迁通有无、调剂市道民生的商人。杨廷和知道争辩无益,以目光制止。三人默然辞出,相对长叹!

第三十八章

杨廷和夜探皇店街　蒋敬之聆教时势机

杨廷和听到正德吹嘘皇店的不伦不类的言词，心情十分沉重。

杨廷和家宅在正阳门外南孝顺胡同，与大栅栏相距不远。这一天，他心事重重，忽然起念，臣民们对皇帝开店议论纷纷，而皇上又绝不答允停闭，不如自己亲自去看个究竟。于是他吩咐随从撤去一切仪仗旗牌，掩锣息鼓，悄悄乘着轿子，进入大栅栏内的皇店街。

时当入夜，正是上灯时分，轿子从南口穿越大栅栏，直走到猪市口，再折回来。轿行缓慢，他从轿帘向外仔细探望，只见皇店街确实气势不凡。宝和等六店并排耸立，气象森严，各店门前都设有石座，座上矗立着高可两丈的冲天牌子。铺面正中悬挂着镶金边的巨大匾额，显得耀眼辉煌。檐前还各高悬着织锦彩绘的招幌。幌上居然绣有龙凤图纹，配以蝙蝠和翠鸟，再加上元宝和金钱，象征财源广进，暗喻着本店拥有无可比拟的特殊地位。六店的铺面俱宽广开阔，特别是宝和店门面九大开间，铺房上层还建有高及二十余丈的两层崇楼，都设有面向街道精巧雕制的花栏杆，可以凭栏远眺近瞰，方便了解街上往来的人潮物流。楼檐上高高悬挂着四个大红灯笼，灯笼上画有金色的宝和店标记。真是：半是官衙半是店，一手生财一手权。

宝和店门前恭立着四个身穿整齐店伙服装的知客，忙着接待客商和招徕生意。仔细打量这几个人的身型举止，不难断定都是由内侍充当。与其他商店的冷清相比，这六座皇店异乎寻常地兴隆旺盛。南商北贾、边塞夷贩，甚至漂海而来的洋客，纷纷前来洽谈贸易，真是"鬼宅神爱，人造物化，山奇海宝，不求而自至，不集而自萃"，无非是知道皇店门槛高，资金和货源充足，建有全国独一无二的运销网络，受到各级文武衙门的特殊保护。不止一队由骡马拖引的大栅子车,满载货物,在皇店门前装卸。各批车队在头车辕上插有杏黄色小旗,另有锦衣卫的护军押运。当时,一应官吏士商人等,看到插有小黄旗的车船,都知道是皇家的买卖,不敢过问。它们穿州过府不必报关纳税,甚至恃势杀人掠货,也无人敢管。至于强买强卖,择肥而噬,更是皇店经营的常态。一些贩私制假、盐枭毒贩之徒都如蚁附膻,陆续投奔皇店而来。正是:万方货物纵横列,皇店中人接踵行;藏垢纳污称霸道,敲骨吸髓生食人。怪不得人们对所谓皇店,指称它的正名应该是"蝗店"。廷和曾任南京户部尚书,熟悉金融理财,也知道商业经营的常规,他以内行人的眼光观察皇店街异样的繁荣,外表上是"华区锦市,聚万国之珍异;歌场舞榭,选九州之秋芬",其实掩盖着巨大的腐败和丑恶,酿造着难以计算的民生灾难。他仔细思忖和评估,认为问题十分严重,心烦意乱,一时又无计可施。

刚到家,老家人杨礼便迎到轿前禀告:"蒋大人已来了半晌,正在书房等候老爷哩!"

廷和知道是蒋冕来了,也不更衣吃饭,直奔书房。

蒋冕,字敬之,广西全州人,成化二十三年,年刚十八便中进士。这一届会试,杨廷和任阅卷官,刚好阅到蒋冕的试卷,认为他作的策论深谙世情治道,鞭辟入里,非一般迂腐士子可比,故此,亲拟考语,大力推荐,与蒋冕结成师生之谊,见面时往往不称官衔,而直称其别号。蒋冕入仕后,居官廉静简重,正色立朝,被李东阳和杨廷和赏识。东阳去世前,曾在病榻上叮嘱廷和:"蒋敬之为人有机智,激切敢言,将来是可以成为你得力臂助的。"东阳去世,廷和和梁储奏请将时任户部侍郎的蒋冕破格补充进内阁,任大学士。

散朝当天的深夜,蒋冕乘坐小轿,便衣来到南孝顺胡同杨宅求见,因为是常来常往的熟人,杨礼直接领他进书房,等廷和回家。

廷和看见蒋冕表情严肃,手上又拿着一沓公文,知道有要事,迎上前问:"敬之夜深而来,有何见教?"

蒋冕忧形于色:"今天听到皇上对皇店特别称赞,实完全与事实不符。皇店祸国殃民,久已积成公愤,内阁收到各地报来有关皇店的控案多件,请求转奏。应该怎样处理,特地先和介公和叔老商议。"

叔老指梁储,他字叔厚,因年事较高,同僚们都尊称他为叔老。

廷和问:"叔老的意见怎样?"

蒋冕回答:"我刚才已先向他请示,叔老比较决断,说可以将有关控案的奏章,一一加上内阁票拟,另以阁议名义上一公本,请求将北京内外凡有违纪犯法的皇店概予查封,对有违法行为的内侍人等依法拘捕审讯,待将案情问实后,再请皇上定罪。"

廷和眉头紧皱,沉吟片刻,询问蒋冕控案里有什么重要的内容。

蒋冕翻看手中的奏章,简要回答:"近日先后收到三案,都是情节重大、严重触犯刑章的,有关地方官飞报前来,六部和都御史不敢做主,都转到内阁来了。第一案,据两淮盐运使彭运开和巡盐御史李文浩联衔急奏,自正德九年开始,设在淮安的皇店,即陆续派人强霸盐场,占据盐仓,越权批发盐引,贩运私盐,自设关卡征收盐税。彭运开和李文浩以盐法功令森严,盐税是国家主要收入,故此一再交涉,不容皇店随便掠占。殊不知,提督淮安皇店太监吴声不但置之不理,反而变本加厉,竟在今年正月,率众捣毁盐运使衙门和御史公署,勒命全体职官即时免职离境,不准在淮安逗留。彭、李力争,吴声竟出示皇上授命为提督淮安皇店太监全权处理两淮盐政的敕书。二人不敢违抗,只好率僚属狼狈撤出,暂退入淮阴候命,奏请指示。"

他又说:"我朝开国以来,从未见过授权太监总理地方盐政的奇事,太监持有敕书,打着皇上的大旗,胆敢驱官毁衙,横行霸道,这与打家劫舍的强盗有什么分别?像这样国课亏损,私藏厚殖,实非社稷之福。试问国家丧失了正项课税,财政还怎样维持?职官随便可受驱斥凌辱,谁还敢冒险为朝廷办事?"

廷和思索良久,一时拿不定主意,便说:"你再说说另两案吧!"

蒋冕接着介绍:"第二案是据临清巡按御史卢仲鸣的奏报:山东商人张允祥自备资金自雇船只,从杭州运送丝绸布匹四百余箱前往天津,路过临清时,被当地皇店邀截,强迫贱价收购船货,张允祥未允,皇店人员便封船抢货,搬走全部财物。商人血本无归,奔到御史衙门哭诉,禀请制止,不料主管临清皇店的内侍随即率同爪牙赶来,竟在御史衙前,活活将张允祥毒殴致死,陈尸通衢,地方府县官都不敢殓尸掩埋,无法结案。当地商帮人等物伤同类,群集衙前请愿,请求主持公道,查清血案。御史传唤皇店人员讯问,但内侍等都拒不到堂。商民们愤慨嗟怨,亦无可奈何,知道已无法正当经营,纷纷歇业撤出,作为商业重要通道的临清'戾气充盈','闾里萧条,已成死市'。

"第三案的问题更加严重,因为它牵涉边陲安宁和与蒙古的关系。百多年来,国家一直严格控制边疆茶马贸易,在广宁、开原、抚顺、松藩等地专门设置茶马转运司和巡茶御史,又定期开放马市,规定所有商业交往一律归由官方主理,严禁私茶换马,更不许强买强卖恃势盘剥蒙古等族民人。但据报告,设在各地的皇店现已纷纷插手这一项有厚利的专卖贸易,由内侍押运大批茶、盐、丝绸棉布、铁器、瓷器等专卖物质出境贩鬻,还以小篓霉烂劣质茶砖、经过水渍的疏薄绸布及其他假劣商品,诓骗蒙古人的马匹、玉石、貂皮等物资,又拖欠货价,赖债不偿,激发蒙人愤怒,多次罢市。最近,蒙古小王子部首领洛多赞布为此领兵包围固原,声言要找皇店算清账目,追还欠款,退回假劣商货,否则,就要血洗固原,抢掠官民财产抵债。茶马转运司的官员一再赔礼道歉,垫用公帑赔偿,以求息兵。目前险情尚未解脱,所以也急如星火飞报前来。"

蒋冕的广西全州土音很重,说话又急,但廷和一直在凝神细听。他听到皇店内侍竟敢驱官毁衙、杀人越货,甚至挑起边衅,也痛愤难忍,但又感觉难以裁夺,无从着力。作为首辅,被视为"奉陈规诲""平允国政"的宰相,自知有亏职守,心痛不已。

蒋冕又打开两份奏折,第一份是派驻四川松藩茶马御史许景衡的谏章,内言:"皇店之设,乖违旧制,殊非所宜。其间内侍勾同市井无赖借权用势,冒名以觅暴利。利散于群小,怨归于陛下一人,非计之得也。"

第二份是六科都给事中石天柱等人的联衔奏本,痛陈:"皇店之设,商贾苦于科索,小民艰于贸易,以故诸货不通,物价腾踊,课税枯竭,库藏亏空,是陛下所得之利甚微,而军民公私所被之祸实甚重。皇店设立,盈耳嗟怨之声。伏思任土作贡,皇店奚为!阛阓骈阗,内市安用?俱宜拆毁撤罢……"

廷和认真聆听蒋冕的念诵,深为这两份奏章敢言直谏、持论有据而感动。

"这是两篇血性好文章,将来要留传史馆以垂不朽。"杨廷和感慨地说。

他又问:"敬之,前几天内阁会议商定,请你执笔起草一份公本,不知已否写出？"

蒋冕答："我已初拟一份草稿，今天也带来请介公审定。"

廷和还未展览，蒋冕侃侃而言，对文稿内容加以说明："介公和叔老委托起草公本，学生敢不竭智尽虑，全力以赴！但下笔之初，极感为难。既怕主次不分，又担心轻重不宜；既不愿无关痛痒，又担心触犯圣怒。最后考虑，摆在眼前的严重问题，皇店不过是其中之一。当前朝纲大乱，国政已处在存亡断续、濒临崩解的边缘。狐狸昼嗥，沐猴衣锦。内阁备员顾问，责任靡所不领，故此不但对皇店，而且还就全局性的问题，再为皇上剀切言之。"

廷和点头认可："敬之之言十分在理，叔老和我都早有此意。请敬之亲自诵读，以便斟酌考虑。"

蒋冕躬身接回文稿，念道："臣等滥竽内阁，职任股肱，窃见当今治效未臻，灾兆迭见，不敢不披沥血诚，再为陛下尽言：

"陛下舍乾清宫而蛰处豹房，忽储贰而广畜义子，疏儒臣而昵近番僧，弃文德而宠用边戍，轻朝政而滥开皇店，信童竖而日事宴游。君臣暌隔，纪纲废弛，此臣等痛心疾首而不敢已于言者也。

"曩者逆瑾窃弄威权，陛下悟而诛之，天下莫不仰望陛下之圣武。夫何今日大权未收，储位未建，义子未革，番僧未逐，纪纲日弛，风俗日坏，小人日进，君子日远，士气日靡，言路日闭，名器日轻，贿赂日行，礼乐日废，刑罚日滥，民财日殚，军政日敝。瑾既诛矣，而善政一无可举，盖陛下之惑于异端也！

"伏愿复视朝之常规，举法制之旧典，选宗室之贤以备眷注，黜义子之名以别嫌疑；逐番僧，斥优伶，罢皇店，遣边兵，停止京师土木之役，取回南京织造之官，而又简任贤能，修举职业，若臣等瘝旷，宜先赐罢斥以谢天谴。"

廷和细听，认真斟酌，又接过原稿细读。过了一会儿才说："敬之以如椽巨笔，高瞻远瞩，概括世局，数百字一气呵成，文简意赅，正气凛然。既能充分说理，又能以情动人。"

蒋冕何等聪明，听出廷和另有深意："文稿有何舛错不足之处，请介公指示。"

"并无舛错不足之处。"

"可以呈递上供御览吗？"

"当然可以原封递上。"

蒋冕面露犹豫之色。

廷和叹气说："只是不可奢望以一纸公本，便可奏效啊！"

他接着说："当今皇上岂是能够欣然纳谏、从善如流的吗？试就皇店一事来说，就是一个极其棘手的问题。皇上爱财富好挥霍，岂肯轻易舍弃为他日进万金的皇家私有金窟呢？"

"那么，我们为什么还要再上这道公本呢？"

廷和站起身来，伸手揭开红色牛角灯罩，剪掉烛台的余烬，一时光晕摇曳，两人倾怀深谈的身影映照在窗棂上："公本还是一定要上的。我们是顶着石臼唱戏，虽然明知不讨好，但还必须苦撑。有些御史、给事中等官，上谏疏前也明知不会被接纳，但他们还是冒险上言。说了是白说，白说也要说，不弃言官职守，是我们士人本分啊！"

他接着说："试想，自逆瑾伏诛，西涯师退休，我等三人就职以来，由内阁转递群臣的谏章已有数百件，罕有几件受接纳的。内阁过去上过多次劝谏公本，也未有明确的答复。现在这道公本，也不敢期待会出现奇迹。"

蒋冕领会，叹道："介公所言甚是。当前的局势实在不容乐观。刘瑾虽然伏诛，但江彬、钱宁继而代之，恃宠跋扈，威焰更过于'八虎'。皇上纵欲放肆，不但并无收敛，反而日甚一日，已经扩展到豹房之外。除普设皇店牟取巨利外，还征敛日重，工役日繁，不恤民生痛苦。日前盗贼四起，皇上不以为念，不知上回天怒，下安民心。臣民绝望，都认为大变重灾迫近眉睫，治乱存亡实在今日。我等忝列辅臣，慑怛伤悴，但无补于大局。尸位素餐，实在可耻！京城内外都有人说：当前的内阁，不过是继承李东阳的衣钵，不过是伴食中书，可有可无……"

说到痛处，素来朴实的蒋冕热泪盈眶。

廷和被蒋冕的话深深刺痛，一直沉默不语，好一会儿才说："敬之，朝野都有人詈骂内阁人等，不过是一伙厚着脸皮居高位，不恤生民疾苦，又不敢冒颜直谏的伴食中书，不过是继承西涯师的旧衣钵，我亦早有听闻。还有骂得更凶的，有人指斥我们是'哀莫大于心死，耻莫过于帮闲'，简直与江彬、钱宁之流相差无几。我们身在局中，对皇上不能不尽言，但又得维护皇上的威信，不敢轻率表态，臣民人等对我们失望，是理所当然的。"

蒋冕听得入神，脱口问道："这样子的内阁还有用吗？"

廷和不假思索地坚定回答："不但有用，有时还会发挥大作用！"

对于蒋冕的不解，廷和并不急于解释。他回溯旧事说："试看近年的风云变幻：逆瑾当权，内阁刘、谢、李三前辈坚决抵制，力主锄奸；刘、谢隐退之后，西涯师无奈留任，内受刘瑾、焦芳等压抑排挤，外承社会舆论抨击，受尽了夹板气。西涯师忍辱负重，利用自己的特殊地位，不惜听受冷嘲热讽，甚至忍受师友割裾断交，默默地做自己力所能及的事。有时卑躬屈节，委曲婉转以进言，但求以柔韧之法争取在黑狱和屠刀之下抢救出一些正人，为国家保存一些元气，他的苦心很少为人知闻。特别是，如果不是西涯师偕同百官人等力救杨一清出险，哪里有一清巧计策反张永揭灭刘瑾之事？诛瑾虽出于一清和张永之手，但促使成功实源自内阁。所有这些惊心动魄的事件都说明，当奸佞掌权嚣跋之际，内阁辅政的日常功能似乎已基本丧失；但在时局转折的关键时刻，它又能起到中流砥柱的非常作用。"

廷和此番言论，使蒋冕有顿开茅塞之感，认识到韬光养晦乃李东阳的衣钵真传。丞相职系天下，在非常时期，确实需要深谋远虑，需要逾常的忍力、定力和毅力。蒋冕意识职责重大，向廷和说："前几年以西涯先生为首的内阁诸公忍人之不能忍，不伐功，不矜能，不但保全了成批的贤良，还在关折时机发奸擿伏，实在令人钦敬。薪尽火传，晚生今日忝列辅臣之位，当然应以前贤为榜样，力图报效！"

廷和说道："叔老及你我三人俱有同心。但今日的形势，实在比西涯师在位时更为险恶。钱宁以面首嬖人，朝夕陪皇伴驾，亲昵关系过于刘瑾；江彬掌握实际兵权，以边兵为后盾，又怂恿皇上微行边塞，相继发动战事。加以皇上成年之后，更加任性胡来，一意远行巡幸，财政上予索予携，绝不体恤民生国计。处此极端复杂危殆的时局，内阁应该如何察时度势，权衡利害，如何补偏救弊，实在不易啊！"

蒋冕请求老师的教诲和指点。

廷和念诵了几句古语："虽有智慧，不如乘势；虽有镃基，不如待时；

难得而易失者时也，时至而不旋踵者，机也；故圣人常顺时而动，智者必因机而发。"

蒋冕听罢，一再吟咏"时、势、机"几个字，仔细咀嚼和领会。他再问老师："这样的时势和转机会出现吗？"

杨廷和断然回答："阴极阳生，否极泰来，乱极反治，你难道忘记了两千年的史事吗？当然，春回大地，必经雪虐风饕。内阁必然会面临更大的艰难，一定要忍受更酷烈的风雷震荡。当前的要着是切戒粗率鲁莽，牢记'遵时养晦，藏器待时'八个字。"

蒋冕不住点头，内心激动不已。他站立起来，趋前两步，郑重地说："介公，沧海横流，玉石同碎。蒋冕不敏，誓必不辞斧钺，甘蹈刀山火海，坚决追随介公和叔老，共度时艰！"

廷和紧握他的双手："我们已经别无选择了。幸好阁内能够同心同德，肝胆相照！敬之，不惧危难，方显士人本色啊！"

第三十九章

天子坐柜千古一奇　皇商垄断尽占商机

果然，由蒋冕起草的内阁公本，呈递上去第三天，便被驳回了。

更令杨廷和及梁储、蒋冕等人气愤的是，这次既未将公本"留中"，又出奇迅速地驳回来，但又不是通过正式的公文运送渠道批下来，而是由管理皇店事务的内官于经，说是奉"圣谕"来宣布的。

晨早巳时，内阁三位大学士先后进入值房，不及披阅案牍，突然听到阁门外有人叫唤："请通传几位老先生，内官监太监于经奉钦命来内阁宣谕圣旨！"

既然是"宣谕圣旨"，杨廷和不敢怠慢，忙吩咐预备香案，要步出阁门迎接。但未及准备，于经便躬着身子，笑容可掬地自己进来了，连说："老先生不必拘礼，不必拘礼！"竟屈身要向三位阁臣行礼，并没有摆钦使的架势："奉万岁爷口谕，派俺来内阁宣谕圣旨，其实也不过是转告老先生们几句话，说清楚就完事了。"

廷和等恭立，表示要敬聆圣意。但很快发觉于经神色不太自然，不难看出，他并不是真正奉命传旨的钦差，只是借着皇上一句话，前来内阁招摇，企图炫耀威风，自抬身价。

于经清了一下嗓门，先请阁老大臣们回座，接着说："万岁爷已经看过内阁三天前上的公本，为几位老先生关爱君父、忠勤国事而高兴。对当前存在的财政困难和民间疾苦，万岁爷也是恫瘝在抱，念及天下，务求圣德日新。"

廷和等不想搭茬儿，只留意细听下文，但也很为这个宦官居然在翰林出身的大学士面前抛书囊、道典故，辞藻冠冕地为皇帝粉饰败行而惊异。看来这个人巧言善辩，得到宠用并不偶然。

于经转到正题："万岁爷嘱咐俺告知几位老先生，其他军政等事，都容后再议，只是请罢皇店一事，今后不必再说，不要再转呈有关谏疏，更不要再上公本了。"

梁储忍不住："这是为什么？"

于经从容答道："只因皇店的经营有利国计，有益民生，不宜妄加议论。"

蒋冕拿起案头的一沓奏本递给于经，负气地说："这些都是弹劾皇店的奏章，可否请公公转呈皇上？"于经端坐，不答，不接。

蒋冕情急："这几份奏章，说的是朝廷钦派的淮安盐官被皇店驱逐，临清商人被皇店人员夺货害命，以及在开原和抚顺等地诓骗蒙古商民，引起边衅的问题。事实确凿，证据齐全，皇店病民蛊国，军民俱受重祸，焉能说有利国计，有益民生？还请公公据实回奏皇上！"

廷和以目示意，请蒋冕打住。于经按捺不住，一时面红耳赤，口气冷峻地说："三位老先生是不是拒受宣谕呢？"

杨廷和回答："不敢。但国朝自太祖高皇帝以来即有鼓励谏诤的诏示，有允许臣下退还批谕、奏请复议的成规。阁臣对于重大政务，不敢不尽言以匡辅君上。还请公公奏陈委曲。"

这算是给于经铺了一个下台阶，但他有备而来，冷笑道："皇店之设，本是顺应国计民生需要，既能通畅商运，繁荣市面；又可以减缓科派，舒解民生痛苦。天下之财，本来不在官，不在民，理应归于皇上。当今皇上以财生财，经营有法，取之有道。近年来，宫室台榭的营建，巡狩四方的费用，过半出自皇家商业，减省了户部和工部多少开支。试问设立皇店，有何不可？有何不善？加以皇上轸念困窘民乏，总是敦行节俭，一贯戒奢禁靡，凡百用度，量入为出，绝无苛取暴敛。足见皇店遍设于全国，实在是利济民生的大事，是盛世的创举。只是有些臣民不明底细，屡用偏激之言加以诬蔑，更有奸人借此煽动。老先生等的公本，对这样的不正之风亦未明察，提出封禁皇店的主张，万岁爷十分在意，但亦不拟深究，只是切望老先生等今后坚持正论，引以为戒，并请内阁行文全国，澄清淆乱，严禁内外官民妄加议论，共襄盛举。这就是万岁爷嘱咐俺来阁传谕的内容。老先生等明智，自当体会圣心、恪遵圣谕。"

对于经这番说辞，廷和蹙眉，梁储闭目，蒋冕不耐烦地仰望房顶，三人都木然无反应。于经脸上挂不住，只好自打圆场："俺奉命而来，该说的话都说了。告辞了！"

三人晃了一下身子，并未送出阁门。于经气急败坏地步出内阁，径直奔向豹房，骂道："这三条死脑筋的老狗，总有一天，要把他们都宰了！"

当天经过于经的干扰，廷和闷闷不乐，刚过酉时，便出阁回家。

这是中秋过后的傍晚，天色阴沉，乌云愈来愈重，满街黄叶被吹得来回旋转，哗啦作响。

轿子经过长安街，通过正阳门，要从罗圈胡同转入孝顺胡同。转眼间下起瓢泼大雨，廷和闭目默想，只觉得局面艰难，难以应撑。轿子走到街头拐角处，忽然有半截砖头扔过来，伴随着高声吼骂："杨迷糊，你听着，你是一个缩头乌龟，没有骨气的老奴才！做高官，享厚禄，不为生民做主，只知道奉承巴结，你还敢说自己读书知礼吗？"

廷和闻声大惊，忙揭开轿帘，通过雨幕，只见轿子右侧的街畔站着一个年约三十岁的汉子，这个人挺立在泥泞的道路上，不顾遍身已被倾盆的雨水打得透湿，满脸怒容，圆瞪双目，指着自己的轿子大骂。

廷和细看，这个汉子身材高大壮硕，脸色黑中透红，眼神熠熠生光，声音洪亮有力。更奇怪的是，这个当众骂街的人，却头戴四方平定儒巾，身穿蓝色圆领襕衫，竟是读书人打扮。廷和纳闷，此人从未谋面，为什么对自己视同仇雠呢？

廷和随行两名护兵，以为遇到刺客，急冲上前动手抓捕。汉子不慌不惧，立定马步，云手穿梭，左推右搡，当胸横劈，似有千钧之力，两个护兵应招倒地。之后，他不逃不躲，继续大声开骂，"杨迷糊"之声不绝于耳，斥责廷和"舐痔吮痈""无所作为"，"和李东阳一个尿样！"

廷和听出话中有话，也看出此人并非暴戾阴狠之徒，只是怀有不平之气，发些过激言词。而他开骂的内容，正是自己痛彻内心的苦恼。他从轿子里走出，喝止护卫人等，冒雨走到汉子面前，领首为礼："敝人就是杨廷和，怎么变成'杨迷糊'了？"

汉子喏嚅道："这可不是我带头编造出来的。你不知道京城内外都是这样说，都叫你'杨迷糊'吗？"

廷和点头："阁下刚才的话，都是对我说的吗？"

汉子似乎又来了劲头："一点不错，我骂的就是你！骂人有罪吗？要千刀万剐吗？"

廷和听出他是山东胶州口音，而且略有醉意，接过话茬儿说："哪有治罪的道理，我有时也在骂自己呢！"

汉子听罢，一拱手，说："既然这样，我就告辞了！"拔腿要走。

廷和急忙叫住："别忙！你刚才骂我的话，我还真想细听根由。你愿意随我到敝宅，好好倾谈一下吗？"

汉子略作迟疑，转而回答："龙潭虎穴、刀山火海，我都敢闯。丞相之府，我有什么不敢进的！"

"这样最好。转入南孝顺胡同东口第一家就是寒舍，也不必上轿了，我们相偕而行吧！"随行护兵和轿夫等，愕然面面相觑。

廷和领着汉子进入府内，不进堂厅，直接来到书房，请他就座。汉子受到礼遇，有点不自然，还是坐下了。

"请问阁下尊姓大名，何方人氏？"

汉子听到询问，警觉起来，目光疑惕："你想查清我的底细，以后可以发出海捕文书，将我捉将官里吗？"

廷和淡然一笑："看来我们的隔阂还真不浅啊！"随命家人奉茶。

汉子酒意渐消，自觉过分，自报说："学生姓齐名澄平，山东即墨人，今年二十九岁，出身武道世家。家父是即墨镖师头领，自少督导我学习武艺，由于要应武闱考试，也读点诗书。正德二年在本县考中武学生员，为了照顾镖行父业，未再应乡试，留在镖局担任镖师，护理商帮，押运货物。日前奉派押解镖货来京。"

廷和为了缓和气氛，调侃道："你姓齐，名澄平，一齐澄而平之，是以天下为己任，可谓其志不小哇！"

澄平一笑，看出廷和并无恶意，放松道："不敢当。但学生在胶州之时，以及往来南北的道路上，目睹耳闻许多不公不法、惊心动魄之事。真是豺狼当道，相率食人。来京途上，水陆码头，都看到皇店皇商荼毒军民，手段恶劣至极。这样的黑暗腐败，实在令人痛恨！

"学生来到北京之后，便改穿便服，前去皇店街仔细观看。见到这几座半官半商的铺子，半明半暗的买卖，十足是黑道营商，借皇威以搜刮，又听说当今皇上还亲自坐柜营商，真是千古一帝！耳闻目睹，不觉气从中来，又喝了几口闷酒，恰逢老先生乘轿而来，虽然未有旗牌锣鼓，但还是认出是内阁官轿。想起市井习称的绰号和传闻，一时按捺不住。回想起来，也觉唐突，请大人见谅！"

杨廷和不以为意，示意他尽言。

齐澄平有点发窘："大人真想知道吗？"

廷和点头，面带鼓励。澄平表情渐显坚毅，似要横下心来一吐为快："据学生所知，老先生是在正德三年由李东阳力荐而入内阁的。当时刘瑾权势熏天，又将他的死党焦芳安插入阁，另一死党张彩控制吏部。东阳软弱怯懦，不敢公开对抗，被讥诮为伴食中书。普天下士民，知道先生比较年轻，期望您能挟精锐之气，为一士之谔谔，作中流砥柱，挺身抗击佞顽，树立正气。可惜的是，先生入阁之后，特别是继任首辅以来，实际上是追随李东阳的老路子，在皇上和奸佞之间弥缝敷衍，委曲其间，只谋自保官爵俸禄，不敢死谏，未见除奸。未解民困，可说全无作为，实在令人失望！"

说到这里，他暂停下来，观看廷和的反应。只见廷和紧绷着脸，意态严肃，正在闭目聆听。发觉澄平停住，便睁开眼睛，示意他继续。

澄平大胆直言："对于朝廷大政，各种紊乱纲纪、大失人心之事，老先生自必尽晓于心，学生就不必多言了。学生此次押运镖货北上，眼见浙江和南直隶水患非常严重，高低远近，一望皆水，军民房屋田土，尽被淹没。百里之内，看不到一户炊烟。流徙死亡，难以数计。经过之处，白骨成堆，幼男稚女，论斤而卖，十多岁的，只值铜钱二三十文。有经数日卖不出去的，父母子女啼饥号寒，实在没有生路了，只好相拥投水而死……

"及到北方燕赵之地，则是另一番景象。经过连年兵燹，黎民家园未复，骸骨未掩，但又遭到官兵蹂躏，奸淫剽掠过于贼匪，人们说'贼如梳，兵如篦，贼掠财物，官兵杀我'。

"不论南北，或当灾荒，或当战乱之后，老百姓本来已难自活，但地方官府仍然要照旧例再加倍追迫税粮，拘捕索拿，酷刑敲扑，真正是敲骨吸髓，官迫民反。"廷和闻讯凄然，眼眶湿润。

澄平话锋一转，质问廷和："老先生身为首辅，职在奉陈规诲，平允庶政，有所知闻后，有为民扶危解困，采取有效措置否？反而麻木不仁，不感觉内疚在心，有负委任吗？"

廷和被问得发怵。过去从未有人坦率质问，还可以苟且缄默，敷衍一时。今天听到澄平直白的责问，觉得心如刀割，脸红耳热，止不住潸然泪下。

看到廷和流泪，澄平似存歉意，放缓语调："学生今天冒渎尊严，竟在街头撒野，实在唐突。但我之本意，不过认为老先生职任阁揆，既操天下之权，自应肩承天下之任，缓济天下之患。希望老先生仿效唐代的魏徵、宋代的寇准，以及我朝的刘基等，敢于谏诤献策、逆批龙鳞，坚持善政，为国家做实事，为生民造福。并无他意。"

廷和哽咽叹道："时势不同啊！历史上得为名臣者多因有圣君在上，因为有唐太宗、宋仁宗，以及太祖高皇帝，才有魏、寇、刘等前辈出啊！"话刚出口，察觉失言，不再说话。

齐澄平点头："学生只希望老先生知难而进，应知三国有扶辅不才幼主的诸葛亮；唐代有被称为房谋杜断的房玄龄、杜如晦；宋代有大事不糊涂，曾经拨乱反正的吕端，以及临难不苟免的文天祥。切望老先生建立功业，不辜负庶民期望！"边说边起身告辞。

看着齐澄平剀切的目光，廷和欲言又止。这个不速之客的言行如当头棒喝，令他更为清醒。原来草野之中，还有这样关心世运、通晓是非的有心人。但素昧平生，无法尽言，又不愿让他太失望，临别只是含糊说道："老夫会自重的，请给我一些时间吧！"

第四十章

草莽揭竿城乡动荡　赵燧起义烽火中原

"昏君坐龙廷,天下不安宁。铁马跃京畿,横扫世不平。"正德七年十二月,河南"剧盗"刘六、刘七、齐彦名、杨虎、赵燧等联军进入北直隶,连陷沧州、真定、霸州、信安、天津等州县,逼近京城近郊。所至之处,势同急风暴雨,如蹈无人之境。正德慌了手脚,急忙宣布戒严,谕命钱宁、江彬等分守京师九门,又急檄各地边兵率兵勤王。这首诗就是著名"贼首"之一的赵燧当兵凶战危之时横槊赋成的,并且刻印成帖,广泛传送京城内外,以鼓动人心。

内阁大学士杨廷和、梁储,以及兵部尚书何鉴等人日夜议论兵机。不但畿南州县连续失守,而且起自山东的农民军也连陷青城、潍县;河南农民军的另一支队伍则从水路窜入湖广,攻进云梦和黄州;山西官军溃败于武安和洛镇;四川农民军又转战入贵州,高擎造反大旗;江西华林山农民军围攻瑞州;连蒙古亦不剌部也进扰甘肃和四川边塞。真是处处闻战警,四野起狼烟。镇守各地的文官武将惊慌失措,纷纷请求援兵,催发粮糈饷械。

阁臣和兵部尚书们面对如雪片般飞来的战报和告急文书,心急如焚,但又拿不出有效的应对方案。何鉴还收到谍报,说河南农民军领袖赵燧曾多次派人假冒宦官家人出入皇宫,甚至进入豹房,窥探皇帝练武玩球、大内团操的实况,宣淫玩乐的真情,非常熟悉宫闱幽深路径和皇帝的起居作息,不难就近行刺,斩取皇帝老倌的脑壳。又据揭报,一些前方领兵官已经收受重贿,答应遇敌先退,纵敌深入。这些情报都让他们胆战心惊。百般无奈之下,梁储发议,并得到杨廷和的首肯,请求紧急面觐皇帝,召开廷议,商讨对策。

两个阁臣偕同何鉴来到豹房,请内侍通传,但从辰时候到午后未时,都不安排召见。快到申时,才见一个内侍慢吞吞踱出来通报:"万岁爷今天精神疲倦，不准备召见了，几位大人请回吧！"

梁储性急，回答说："臣等有关系国家安危重事急求面圣，今天是伏阙求见，不容稽误，务请公公再为转奏！"

好一会儿，这个内侍才返回来，领他们进入天鹅房。

正德酒后醺醺，听到汇报军情紧急之后，满不在乎地说："不是已经派锦衣卫指挥使朱宁提督巡捕，同边军统领江彬等分守京城九门，又派陆完兼任左佥都御史提督军务，率兵讨贼了吗？"

杨廷和回答："河南悍贼在京东的固安，而陆完却出兵到西边的涿州，讨什么贼呢？"

正德闻讯愕然。

当听到何鉴奏告，说赵鐩的党羽曾经潜入宫禁和豹房，窥测皇帝起居，不难就近行刺一事，正德惊惶不安，半信半疑地说："谷大用立即严密侦缉，务必查明真相，缉拿赵鐩！"

何鉴明知，赵鐩就是以重金向谷大用和马永成行贿，才得以派人进入深宫和御驾周围，叫谷大用去查，焉能有结果？但他不敢再深揭下去。

杨廷和出言奏告："今官军疲弱，饷粮不继，缺乏战志，而贼兵一人兼三马，日夜驰奔三百里。所到之处穿城而过，破仓济民收买人心；而官军马少而弱，实在无法追歼，守城将官闻得贼军将至，只知保存实力，列营株守。每当两阵交锋，贼兵为主，我兵为客，贼兵饱而逸；我兵饥而劳，我兵行军缓慢，不敢设奇，不敢分兵，不敢据险邀击，时时挨打，处处受袭。长此下去，实在难以制胜。"

正德烦躁，打断了廷和的话，又似胸有成竹，口出大言："这还不好办？立即传朕的旨意，宣布赏格：以重金和高官厚爵奖励官军。今后凡擒斩一名巨盗的，世荫为正千户，赏给一千两白银；领兵官再加三级，银两加倍；凡消灭一部贼军的，都封给爵位！"

阁臣们哭笑不得，他们都明白，皇帝不过是酒后胡言，将军情战况当作儿戏。官爵之位有限，绝不可能设置这么多的官职和爵位；帑藏枯竭，哪里拿得出巨额银两来给赏！滥赏等同不赏。这一次紧急求见，只听到几句空话。奏陈毫无要领，只好踉跄求退。

几个人还未走出天鹅房，又听到正德大声叮嘱："几位卿家切实注意，对那个蓄意弑君的狗贼赵燧，要加意缉拿，断不可轻饶了他！"

赵燧到底是何方神圣？

赵燧本来是霸州文安县秀才，性格爽朗豪迈，疏财重义，平日留心世事，爱读兵书，每每大言自负。又因文安多出大宦官，赵燧刻意与他们结纳，不惜用重金收买，刺探到不少宫中秘闻和皇帝丑事，对朝政陋弊亦了如指掌，更坚定了创立霸业的信心。刘六、刘七在霸州起事，赵燧也与弟弟赵镭、赵镐等人聚众五百人攻占河间、安肃等县，倏忽来去，势如风雨，未一年，就拥众数万，自立元帅，任命他的同窗好友陈翰为军师，势力及于河南、山东和北直隶。

赵燧有智谋，擅韬略，平日约束本部军兵，不许妄杀，不准贪财，行军之际，移檄府、州、县，命官吏师儒商贾人等不必走避，但能开门迎款的，官吏一律复任原职，师儒商贾尽复原业，只是破仓开库，分发粮米银钱给城乡贫民及资军用。人们因他不寻常的作为，称他为"赵疯子"："疯子贼来亦得，士兵来死不测。黄狐跳梁白狐立，十家九家逻柴棘。"

赵燧最得民心的，是火烧焦芳豪宅，手斩老少焦贼草人形象一事。

赵燧为人爱憎分明，疾恶如仇。正德七年二月，他率军攻唐县，转战襄阳、樊城、新野，然后集中兵力攻打泌阳。在攻入泌阳前，颁发命令于全军，要生擒原籍泌阳的阉党大奸臣焦芳和他的恶子焦黄中，并发誓必亲手斩决这对狗父子，为全国臣民除害。

焦芳在正德初年出卖和陷害刘健、谢迁和韩文、刘大夏等元老大臣，是刘瑾的重要帮凶。几年来浊乱海内，变易成法，荼毒缙绅，可谓无恶不作。他的儿子黄中更傲狠贪婪，奸狡油滑，是臭名远扬的头号坏衙内，人起绰号"滚刀筋""焦毒虫"。这对父子狼狈为奸，人们视为蛇蝎，恨入骨髓。刘瑾失败，焦芳虽被廷臣严劾，但终因重贿买通张永，得以狡脱，仅被黜官为民，回到故乡泌阳匿居。但他并不以宦囊饱盈为满足，不愿做富家翁终老，一再派黄中携巨款和金珠宝贝进京贿求权贵，上章请求免罪复官，以图东山再起。

赵燧围攻泌阳城二十八日，攻入城内，烽烟未熄，他率领麾下精兵亲自缉拿焦芳。焦芳在泌阳城衙前街建有一座豪华宏丽的府第，崇楼叠阁，错彩镂金。全部工程耗时两年，强制征用附近几县的民工服役，更掘地数十丈修造秘窖，用来掩藏金银珠宝。赵燧领兵直奔焦府，愕然发现府门大开，焦芳父子和亲眷都已逃匿一空，财物也被搬走，厅堂中央积有厚厚的一堆灰烬，那是焦芳父子临逃时，烧毁文件契约毁灭罪证留下的。赵燧大怒，严命挨户搜捕，务必要将二贼捉拿。但是，遍查不获。

第二天，泌阳的父老来报告，原来围城之初，大兵急攻东南两门，焦芳慌了神，就贿买守军，连夜私开北门城垛口，让他携带着财富和亲眷急奔逃逸了。

赵燧听闻，气得跺脚，瞪着已成空巢的焦家豪宅，愤然下令："还留着焦贼的老巢干什么，给他全烧了！"

声音刚落，军民立即动手，四处点火，只见风乘火势，火助风威，熊熊烈焰直蹿楼顶。墙坍柱折，轰隆一声全座倒塌，顷刻间，便将这座精心营建的豪宅，焚毁成颓垣败壁。火光映照着赵燧的高大身躯，他头戴铁盔，反穿光板羊裘，腰横佩剑，须髯如戟，英姿飒爽。

余烬未熄，又见几个小校搜查出几套衣冠鞋履，原来是焦芳和黄中日常穿戴的用品。他们将这些衣物披挂在两个草人上，一个写着"狗贼焦芳"，另一个写着"毒虫焦黄中"，分别捆绑在树木上。赵燧带头，手挥佩剑，先斩焦芳之头，再断黄中之首。随后，众兵将又各使枪刀剑棒一阵剐刺砍斩，立时将两个草人砍成粉碎。众军民齐声欢呼，虽然未能手戮奸恶，也宣泄了淤积在心的愤恨！

正当热火朝天、群情汹涌的时刻，赵燧一步跃上土丘，高声宣讲："众军士和乡亲们听着：焦芳狗贼父子逃走了，但活人有腿可逃，死人却无法挪动。焦家的祖坟都在泌阳，生育出这样的孽种，老辈一定也是坏坯，应该罪有应得。明儿个我们就去挖他的祖坟，起出贼种骸骨，混在猪牛骨里一起焚烧扬灰。断了狗贼的风水，绝了他们的孽根。有仇报仇，有怨报怨，乡亲们愿去的都去！"

又引起一片欢腾。

赵燧又放声宣布："乡亲们都知道，焦家宅内，曾经挖有密窖储藏金银珠宝，放着几十年抢掠而来的民脂民膏。这些赃物，岂能归他们享用？我们协力动手，挖开这些密窖,将所有财物都分给穷军汉和贫苦乡亲,大家看可好?"

焦府废墟前一片沸沸扬扬,大家纷纷挥舞刀枪锹锄,大声叫好,不再等待,立刻动手。

赵燧领军进占泌阳城,不过十日便撤出,却好像经历了一次从未有过的改变世道、扭转乾坤的盛大节日。但是,由于疏于戒备,在撤出泌阳时,赵燧受到明军左都督神周率兵截袭,损失重大。

对于另外一个高官,赵燧却采取了完全不同的态度。这人就是原任兵部和吏部尚书的马文升。

马文升历经成化、弘治和正德三朝。他早年任陕西巡抚,在陕甘边陲修建烽堠巩固边防,大力整顿茶马政策,严禁克扣蒙古商人的财货,又亲自驻兵韦州,连挫前来抢掠的北虏部落,擒斩其首领于黑水口,保持了陕甘地区的安谧。当地人民将他用兵之处,取名为"得胜坡",为他勒石纪功。

马文升一生的最主要政绩,是坚定地和当权宦官对抗。成化朝,为反对大宦官汪直侵夺军权,并揭劾他掩杀冒功激变等诸多罪行,受到汪直的陷害,被捕入锦衣卫狱,谪戍重庆卫,直到汪直败后才得以复职。弘治朝,又因为严格整顿军队,将监军宦官尽数黜革,大宦官何凤派刺客夜持刀刃藏匿在他的家门,准备暗杀;更诈作谤书射入东安门内进行诬告,只因弘治皇帝不为所动,阴谋才未得逞。正德朝,他与刘瑾的冲突更加激烈,为营救刘健、谢迁等大臣,曾在朝堂上面斥刘瑾假借皇命乱政杀人,被诬陷为抗旨和朋党,除名革官,驱遣回钧州老家闲住,仍受到严密监视和不时传讯。马文升作为元老重臣,一生磊落光明,敢发说言,直道而行,因此连续受到迫害,屡起屡仆,终不屈服。到正德五年六月才蒙冤而死,来不及见到刘瑾的覆败,可谓抱恨终生。但世人一直对他称颂和怀念,公认他在高官层次中,是难得的正派硬朗人物。

钧州地处豫西南,地势险要,是兵家必争之地。赵燧在泌刚受挫后,原打算攻占钧州以休养兵马,但遭到钧州知州李邦彦据隅顽抗,双方激战三日。

夜晚,战事间歇,赵燧在营帐内苦思攻城之策,找了两个原籍钧州的军汉来询问,一个年纪较大的目兵进言:"元帅要攻入钧州城并不难。小人当年曾被抓当过修建城墙的夫役,知道当时的内情,一个监造官为了偷工减料,在钧州城北有一段城墙,外饰城砖,中实黄土,是最薄弱不过的。只要在这里发动火攻,用炸药爆破,必能打开缺口,顺利攻入。"

赵燧闻言大喜,传令明早依计攻城。

发令之后,赵燧又向这两个军汉询问钧州的风俗和人情。年轻的军汉脱口而出:"钧州三宝:黄米、大枣,马老爹最好。"

"什么是马老爹最好?"赵燧追问。

军汉吞吞吐吐,赵燧叫他直说不妨,才继续说道:"我们钧州地瘠民贫,缺乏物产,也未出过什么重要的人物。百年来考中进士,又做大官的,只有这个被乡人爱戴,被称为老爹的马文升。"

赵燧本来就听说过马文升是个好官,但不够具体,听到这个军汉的言辞,倒想细听。

军汉将流传在本乡的传闻一一说出,讲到他抗汪直、顶何凤、斥刘瑾的细节,更是绘声绘色,十分生动感人。赵燧问:"马文升的家宅还在钧州吗?"

"是,在钧州城内。"

"家里还有什么人?"

军汉露出悲戚神态:"只有马老夫人和两个寡媳同住。"

"为什么?"

"马老爹教子最严,两子马琇、马珏一直在家安分读书。早在成化年间,马老爹被关押在锦衣狱时,长子马琇入京营救,竟被汪直派人狙杀;马老爹被谪戍重庆卫,次子马珏陪送在侧,想不到因身躯软弱,又不服四川水土,竟病倒戍所,先其父而死。白头人送黑头人,马老爹虽然悲恸欲绝,但也无可奈何,又无力运回灵柩,只好在当地停棺浅埋。所以,老马家现在只有年过八十的老夫人和两个寡媳过日子了。"

"家道怎样?"

"更不必说了,只靠两个寡媳编造草鞋,贩卖为生。"

赵燧听罢,百感交集,不胜唏嘘,连说:"世道不平,天昏地暗,为什么总是要让正人受害、奸佞得志?像马文升这样的忠臣直士,不但蒙冤抱恨,还要受迫害绝嗣,老妻寡媳无以为生,他虽死岂能瞑目?天道何存?我亦斯文身世,性情中人,有志扫除天下,岂敢再干扰马公的故乡和遗属,雪上加霜?"

他考虑既定,命令道:"本帅决定不攻入钧州了,大军转攻邻近的宝丰县。立即传命收回轰破钧州北城的军令!"

赵燧命军士退下,在帐内思忖,最后立定了主意,坐下来濡笔挥毫,给现任钧州知州李邦彦写了一封信,命人明早射入城中。内容是:

"字示钧州知州李:

本帅亲率大军进逼州城,即日可下。汝顽抗数日,伤我士卒,本应屠城以报,但念及已故尚书马公文升遗爱在民,本帅不忍扰其故里,惊其宝眷,特网开一面,旌旗别指,引军退出。恫瘝在抱,尊重乡贤,非不武也。汝当知之。

大军即日解围,汝如乘隙轻动,敢出一卒,敢加一矢,本帅必回军反击,先擒斩汝之头颅,再屠宰汝之族众,军令如山,决无戏言。汝当知机善处,勿蹈自绝之地。仰即凛遵勿违,切切此告。"

第二天,赵燧不理会军师陈翰和一些部将的劝阻,径直通布全军,命令立即拔营撤出。临行,金鼓齐鸣,整齐列队,绕城一周,呼啸而退。李邦彦果然按兵不动,不敢呐喊,不敢鸣镝戒严,眼睁睁看着赵军远去。

第四十一章

周磐作间舌如簧巧　陈翰卖友心比蛇毒

钱宁根据线报，知道赵燧的军事活动不同寻常，认为可以采取剿抚兼施、先抚后剿的办法来对付，乘便使用反间之计，并借招抚赵燧来分化农民军，逐个击破。故此特派自己的亲信佥事周磐，利用与赵燧的旧关系，持着招降黄榜，以及用锦衣卫都指挥使皇庶子朱宁名义的亲笔信来赵燧军中试探。

周磐也是文安县人，为人深沉诡谲，能言善辩，素习鬼谷之学，而且熟读兵书。近年投靠钱宁，被奉为智囊，在表面上却有意保持距离，为的是便于侦伺各方动态。童稚时期，周磐曾与赵燧、陈翰同受一个塾师教读，结为同窗好友。三人先后入学中秀才，周磐继续攻读科举成进士，入仕为官，赵燧和陈翰留在霸州一带活动，广交四海豪杰，终于揭旗举事，成为农民军中一支劲旅。官匪两道，泾渭分途，但并未损害早年的友谊。赵燧占领文安，也经常派陈翰对周磐的家族送钱米接济，保护老小安全。钱宁正是知道周、赵、陈之间不平常的交谊，才特派周磐前来。

赵燧驻军宝丰，周磐只带一名随从，两骑来到赵燧大营。只见赵军分为二十八营，应二十八宿，各有旗帜刁斗，在大营辕门上竖立着两杆金色大旗，上书"虎贲三千，直抵幽燕之地；龙飞九五，重开混沌之天"。周磐心中暗惊：这个赵疯子口气还真不小，胆敢模仿太祖高皇帝反元起义时号召军民的对联，竟有帝王之想呢！

小校领周磐入内，赵燧和陈翰在大帐门前迎候，以老朋友礼仪相见，握手寒暄。周磐留心赵燧还是甲胄在身，可见是在运筹军务间隙，抽空接见的。只见这位故人威风凛凛，已迥异于当年气象，但还是保持斯文素质，不同于一般草野枭雄。陈翰则是头戴黄冠，身穿宽阔道袍，怪模怪样，显然是模仿传说中的徐茂公、刘伯温等军师打扮。就座后，赵燧似乎早有预见，直言道："周兄此来，是为了劝降吗？"

周磐也不回避，坦然回答："赵兄所言不错，周某正为劝降而来。"

赵燧冷笑："能劝得动吗？"

周磐面不改色，从容道："如果自知劝不动，我何必亲履战地，冒险前来呢？"边说边献上朝廷招降的黄榜和钱宁的亲笔书函，赵燧收下，随手放置几上，并不披览，回头对周磐说："周兄当知，我等揭竿而起，不二年便聚众数万。只因官逼民反，合乎天理，顺乎人情。劝降焉能得逞？当知顺逆之道，人心向背之理。周兄今日亲见我等军容，不知对今后胜败有何估计？"

周磐皱眉，吐出两个字："必败"。

赵燧变色起立，陈翰较能沉住气，一边请赵燧回座，一边向周磐说："倒要听听周兄的高论。"

周磐关切道："赵、陈二兄必应知道，周某此来，焉能单为说客，只为转交黄榜和书札而来？实因念及我们总角之交，同窗至好，不敢见危不告，剖析利害，共商进退。"

赵燧打断他的话："我手执重兵，战无不胜、攻无不克，何危之有？"

"赵兄所言正是危险所在。骄兵不祥，古有明训。"周磐针锋相对，"举兵起事，贵在审时度势，因势利导，知己知彼，知天知地。两兄的危险，正在于未识时机，未知顺逆，所谓昧于知己，失于知彼啊！"

赵燧气往上冲，勉强按捺下来，对周磐说："你就尽言吧！"

周磐进一步发挥道："我刚进辕门，看到两杆金色大旗上大书的对联，什么'虎贲三千''龙飞九五'，似是模仿太祖高皇帝当年举义的口气，有代明而兴、君临天下之志，但不知时移势异，当今的局面与元末大有不同。太祖当年整军经武，未数年便削灭了群雄，而元朝廷又因人祸、天灾，特别是内部分崩离析，失尽人心，濒临瓦解。太祖提出的'驱逐胡虏，恢复中华''拯生民于涂炭'的口号，完全顺应民心，因此摧枯拉朽，顺利取得天下。此岂单凭人为？实亦得之天授。再看今日形势，皇明立国一百四十余年，根基巩固，虽然屡生变故，但都能戡平动乱，化险为夷。近年而言，先帝弘治在位十八年，任用贤能，本人又恭谨俭朴，勤政爱民，号称中兴，尚能维系民心。当今皇帝御位之后,朝纲紊乱,耽乐嬉游,确有不道之处,但弘治遗泽仍存,祖宗建国规模还在,所谓树大根深,枯而未朽,要撼动这棵大树还需要时日。弟之鄙见,明室仍有苟存之机,还有百年之运,今日绝非取代之时。贵军辕门上标榜的'龙飞九五'有失因人知事、因时举事、因势行事的要领,恐怕是飞不起来的。"

赵燧慷慨而言:"一时未能'龙飞九五',难道不可以割据一方,仿照朱元璋当年称号吴王,建立元帅府的法子,做我的草头皇吗?"

"这更不可。须知当年太祖皇帝在应天开府,是已拥军数十万,又已占领了江南重地,力能威慑群雄,挥军北伐,号召捣幽燕之地,并非空言。试作比较,目前南北树旗造反的不下十余伙,各据山头,各树旗号,互为仇雠,绝不包容。刘六、刘七虽是亲兄弟,但也争权夺利,火并拆伙;齐彦名被杀于杨虎,杨虎又被杀于马武,杨虎之妻杨寡妇受制于刘七,终于亦被杀掉。去年联军围攻北京,各伙明争暗斗,互相扯皮,遇利必争,见死不救,终于被逐个击破,溃败而退,就是最好的证明。此等流寇,忽合忽离,轻义重怨,实在成不了气候。贵军不过是其中一伙,兵力不过数万人,力难统率各部,反而必将成为被兼并的对象,各部头领无不对贵军鹰瞵鹗视,随时可施毒手。赵兄应知,智者之虑,应知利害。知利之所在,百战不殆;不知害之所在,必败亡而不悟。他日胁及赵兄身命,造成覆军杀将的大害,正在群盗之间也。"

赵燧问道:"你这些话是什么意思?"

周磐道:"兵者,诡道也,死生之道,从来没有仗义同仇,绝不能相信歃血为盟。举义群伙,既以利合,亦必以利分。赵兄崛起,威名卓著,用兵方略和诸般作为都不同凡响,戒杀禁掠,赢得民间好评。但必引起其他同伙的嫉忌和恐惧,被认为是异类。木秀于林,风必摧之,此亦古今常理。刀光血影,同道操戈,兄弟阋墙,古今多有。鄙人观察赵兄,却是不知自警,反好自伐自矜。有恻忍之心,无防人之意;有慷慨之行,无果断之计,指为必败,并非狂言。"

周磐巧舌如簧,说的多是歪理,立意在挑拨举事各团伙的关系。但他的一习话,却也反映出各头领之间几年来离离合合、内讧互斗、自相杀戮的事实。这些话像一束利镞,刺得赵燧心中发麻。他当然不肯服输,大声回答:"我与各家举事头领，同路而不同道，他们以抢掠杀戮为主。我却秉仁义举大事，志在济世救民，你岂可将我与他们视为同类？你留意我的行事，实在并不知我志向，一派胡言而已！"

陈翰怕两人各不相让，顶撞开来，以目光劝阻周磐。周磐置之不理，词锋反而更加峻刻："赵兄所言行义举事，当然是指你近日做的几件得意事。但在我看来，你做的几件事，都缺乏乱中取胜、谋定天下的大气概，不过是小打小闹而已。取小遗大，所得不及所失，只赢得虚名而招实祸，有何仁义可言？更谈不上什么济世！"

对于这样的惊人之语，赵、陈二人都感到意外。

不等二人答话，周磐接着说："譬如，江湖之上，每以赵兄能贿通中官，派遣细作深入豹房，窥探皇帝行踪，侦伺宫闱隐秘，认为是间谍奇招。但仔细想一下，国之大事，死生间不容发，胜败决于顷刻。既然已取得闯进禁地、亲近御前之机，何不隐闭深藏，等待扼敌制胜的绝好时机？又何不派遣死士，摧其坚，夺其魁，解其体，擒贼擒王，假借其名义，发布诏谕以号召全国，从中乘乱夺位？今仅以取得琐碎情报为满足，难入轻出，不但于事无补，反而促使皇帝严加戒备，截断再入豹房的门路，坐失良机。所谓当断不断，反招其乱也！"

赵燧露出窘态，周磐步步紧逼："又譬如，赵兄每以攻入泌阳，对焦芳家族掘坟焚骨，没收财宝，又火烧华厦，鞭笞衣履为得计，并以此蛊煽军民，博取虚誉，但不知此事亦大失算。未攻泌阳之前，宣扬必杀焦芳父子，是示意他们出逃也；围城之后，又疏忽城墙空隙，未堵住其去路，是放纵其狡脱也。打草惊蛇，轻敌躁进，行事不密，考虑不周，未谙战争奇正相生，动静得失之计。这些都不是大将运筹帷幄、决胜千里之道，赵兄自应深知。"

周磐意在摧毁赵燧的信心，挫折他的锐气，为劝降铺垫基础。果然，赵燧怒不可遏："岂有此理！岂有此理！"

周磐心中暗喜，更是紧追不舍："再譬如，赵兄率军围攻钧州，百战艰难，才取得即将破陷城池、全歼守敌的战机。奇怪的是，却忽因念及已故名臣马文升的声名，不忍骚扰其故里，仓促急传军令，突然解围撤兵，转攻宝丰，引起军兵惊讶，军心涣散。应知势可成而易散，机可得而易失，得势而不用，坐失战机，实在是颠倒利害，又一次得小遗大，此岂是大将风范？应知钧州为战略重地，扼豫冀之通途，势能控制险厄远近，岂是偏处一隅的宝丰所能比拟？轻弃重地，自毁战果，实为不智。其实可先全力攻陷钧州，然后褒扬马文升的节操功业，优恤马氏遗族，既保全地形之利，可攻可守，立不败之基，又实现了弘扬前贤、表彰忠节的目的，岂非两全其美！为将帅而任性，因情绪而撼动军机，此乃妇人之仁，取败之道，赵兄亦应深省。"

周磐伶牙俐齿，全面颠倒了赵燧的活动得失，果然引起赵燧悖然愤怒。而坐在旁边的陈翰却心思大动，只是不敢轻露声色，缄口不言。

周磐踌躇满志，自以为得计，口气一转说道："照鄙人浅见，以赵兄的秉性，侈言仁义，悲天悯人，只宜充当存心济世的名士，或者是庸言庸行的迂儒，实不胜任叱咤风云的大军首领，更不能成为创立基业、改朝换代的霸主。关键在于，你枉读了几年诗书，执拗保留着书生气质，不懂纵横捭阖的道理，不忍采取谲诈权谋的手段，不知趋利避害、福倚祸伏的关系，亦喜欢独出心裁，即使一时得利，但必难逃出覆败的命运。鄙人舌敝唇焦，危言相告，无非爱殷望切，聊尽故人之情，还请两兄明鉴。"

赵燧怒道："照你这样说，我注定必败，势难拯救了。既然如此，你何必来当说客呢？"

周磐以为时机成熟，捋须微笑道："不必担心，鄙人已为两兄筹划出路了。"

赵燧冷笑。

陈翰质问："什么出路？且说出来！"

周磐打出底牌："眼下有两条路径可供选择：第一，就是解散全部队伍，缴械归田，朝廷赐给两兄和官佐们田宅金钱，众兵则分给耕地，免征三年赋税，全部官兵都颁给赦罪免死金牌，从此安心生理，永为良民！第二条路径就更优厚了，所部不必解散，不必改编，仍由赵兄统率，只要改变一下旗号，作为京军一旅，听从调遣就可以了。赵兄可荣任四品武官中军金副都督之职，陈兄亦可得任为五品金事。从此按武官正途升转，绝无歧视。他日不难立下战功，出将入相，光宗耀祖。"

赵燧勃然变色，猛地一拍桌案，怒问："这是你的主意吗？"

周磐看到赵燧目露凶光，也有些胆怯，连说："鄙人职分低微，焉有决断军国大事的权力？不过奉朝廷之命和朱都指挥使的军令而来，承宣圣意、转达上命而已。"

"哪一个朱都指挥使？"

周磐吞吞吐吐地说："啊，就是钱宁官人。他已经得到御旨，赐姓为朱，为皇上义子之首。我带来的文件，除朝廷黄榜之外，另一封信函就是朱宁，也就是钱宁官人的亲笔。"

原来那封黄榜和信函，一直放在案头，未及开阅。

不提钱宁犹可，一听说钱宁这个名字，赵燧更加怒不可遏，他捡起信函，也不开拆，用力撕得粉碎，摔向周磐跟前。与此同时，他举步趋前，一手揪住周磐的衣领，骂道："你背信弃义，甘当钱贼走狗，实在是卖友求荣，以换取富贵的小人。今天夸夸其谈，机关用尽，原来是要劝我变节投降，诱我充当鹰犬，真是豺狼用心、禽兽之行！我与你恩义已绝，理难相容，只好执法对待！"

赵燧愈说愈来气，猛踢了一脚，周磐趔趄后退，扑通倒地，挣扎起来质问："你要干什么？"

赵燧看周磐仍然气焰嚣张，顿起杀心，大声发令："来人，立即将这厮绑到辕门外，斩首示众，再将他的头颅送回去，作为给狗贼钱宁的回信！"

帐外军兵大呼得令，四个健卒手持砍刀，应声入帐，三下五除二，将周磐按头扼臂，扭转双手，要押送出去。却听到周磐哈哈一笑，大声叫嚷："且勿动手，听我一言！"

"有话且说，说完再就死！"

周磐强作镇定："我为顾念故友安危，披肝沥胆，以危言相告，想不到竟被处死。本人死何足惜，但赵兄鲁莽行事，所见不同，便要将早年同窗斩首，难道不怕江湖中人指斥你不仗义，说你空谈仁义，实在毫无器量，不过是色厉内荏之徒，装腔作势之辈？被我几句话，便失魂落魄，胆怯心惊，身为将帅，竟容不下一席之言，一介之使，岂不令人耻笑？更且，杀我头，送我首，并不足以羞辱钱宁，反使他集中兵力歼灭贵部。你的所为，徒然痛快一时，却是再一次打草惊蛇，实在不智啊！"

周磐这一番说词，也令赵燧一怔。只见陈翰离座劝道："周磐胆敢胡言耸听，妄图拆散我大义，淆乱我军心，将他处斩，并不冤枉。但自古以来，两军相争，不斩来使。他除了手持钱宁私札之外，还奉有朝廷黄榜，何不据理答复？可以修书回答，不但拒受招安，还要申明我军主张。对周磐似可宽其一线，饶他一命，让他持函回报，对我方似更为有利，还请赵兄斟酌。"

赵燧对陈翰一向信任不疑、言听计从，便说："这也可以。我将周磐交付与你，关押在你帐内，明早让他拿着我写的奏章转回北京便了。"

周磐出了一身冷汗，总算死里逃生。他草草施礼，随陈翰退下。

赵燧展读朝廷黄榜，内容无非招降纳叛、诱以官爵富贵的滥调，摇头叹气。他仔细思量，坐下来写道："奏为通达下情，俯求圣鉴事。

"臣赵燧分属文安生员，本意笃志儒学，应举业以报效朝廷，讵料近年目睹耳闻，内臣主持国事，奸佞横行宗社，军兵大扰寰中，借征剿以抢掠杀戮，加以赋重役繁，良民无以活命。臣念民生倒悬，天昏地暗，非以霹雳手段实无以剪除腐恶，亦无法上闻圣听，乃举义兵，替天行道，非为一己之私也。

"由周磐持来黄榜，意在招安。但窃思之，此非猝就招抚之时，亦难报锄奸务尽之志。前者刘瑾伏诛，而钱宁、江彬继起，凶焰更过于当年。群奸在朝，浊乱海内，诛杀谏臣，屏斥元老，蠹国害民，不一而足，真可谓恶贯满盈，不诛杀之，实难平民愤。

"今乞皇上独断，枭群奸之首以谢天下，再斩臣之首以谢群奸。"

他笔走龙蛇，一气呵成，写出这篇名为奏章、实为示威的奏章，重读一遍，觉得笔酣意顺，心情舒畅。

陈翰领着周磐回到自己营帐，屏退了随从，让周磐宽衣就座，置酒给他压惊。二人对酌，酒酣耳热，回溯少年旧事，叙说别后沧桑，论述世道变幻，两心惺惺相惜。周磐又着意攻心，陈翰神摇意夺。两人当晚对榻而眠，一宿无话。

赵燧部队在宝丰，受到明军平贼将军威宁伯仇钺会同伏羌伯毛锐、右军都督神周统领京、边各军八万人的围攻。因为绝粮被迫突围，北走霸州，先后攻打香河、永清、宝坻、玉田等县，想要在京畿周围夺得立足之地。但奇怪的是，行军过处，往往遭到伏击。准备攻打的城池，又全都早有防御部署，坚城固守，守军甚至采取坚壁清野的战术，使赵燧孤军无援，处处挨打，兵员损失过半。赵燧尽失北直隶的据点，只好南下山东，经浙江入江西，长途流窜，已现溃败之势。余剩的残兵只有一千余人，好容易攻入德安县城，取得稍为喘息的机会。

设下营寨，赵燧吩咐贴身老兵，即请军师陈翰来营商议军机。

那个老兵看到左右无人，才惶恐密禀："陈翰昨晚夜半扔下黄冠道袍，改穿便服，率同亲信十余人，跨乘快骑，直奔神周大营，投降去了！"

赵燧闻言大惊，跺脚切齿，悲愤地说："想不到我和陈翰自小深交，二十余年亲密无间，而当最危难的时候，他竟背我投敌，真是知人知面不知心啊！"

这个老兵倒有一番见解："帅爷信人不疑，未防人心险诈，不知背信弃义者大有人在，祸胎暗藏于肺腑，蛊毒多侵于心膂。其实，自周磐来营，陈翰便有了异志，经常派人暗相往来，只是帅爷不察而已。"

赵燧恍如梦醒，叹道："对呀！一年多以来，我每战失利，连连遭到挫败，原来是陈翰偷送军情资敌。我是被他卖了！"他又焦虑地说，"当前如何是好？"

老兵进言："我军的兵力部署，陈翰尽知底细，他必借此出卖献功。德安绝不是久留之地。"

赵燧点头称是，急传军令，立即拆营毁寨，尽弃炊釜，改道直奔邻近的应山县。

江西多霖雨，山洪暴发。赵燧残军衣装不整，刀枪弓矢残缺，在饥饿疲惫中冒雨逃遁，狼狈不堪。行至应山境内东北坡山谷之时，他突然听到一声炮响，山前山后冒出大批伏兵，高擎火把，鼓噪高呼："众军听着，生擒贼首赵燧者赏千金，献上他头颅者封世袭千户！"

也有呼叫："赵燧贼子死到临头，还不快降！"

赵燧举头仰望，在火光中遥见敌军右军都督神周正站在山巅指挥作战。队伍已被重重包围。还隐约看见一个身穿明军六品戎装，外披黄罩甲，头戴雨帽的人，正在神周身旁指画，十分眼熟。正犹疑间，忽听这个人操着文安乡音叫道："赵兄听着，为弟陈翰在这里喊话：你已势穷力竭，只有立即投降，才有生路。皇上素知你的才华,已特下御敕,你如归降,不但免死,还可赏给高官要职,加以重用。这道御敕和免罪金牌,都在为弟的手里,可以亲自送给你收领,作为凭证,不知你意下如何?"

赵燧又气又恼,本想一箭将陈翰射死,但忽然心生一计,想抓住陈翰作为人质,再挟以转战。陈翰未听到赵燧驳斥,误认为他已动心,为了急求献功,便求神周传命暂停鼓噪攻打,本人骑着一匹白马,手持黄色封缄的敕旨和金牌,下山朝着赵军走来。赵燧也命军兵闪开一条通道,让他进入。

陈翰自以为说降成功,欣然走到赵燧跟前,正要开腔,不料赵燧突然翻脸,命贴身军兵立将他拿下,传令将他押在军前开路,掩护全军突围。

赵燧本以为,捉拿到陈翰为质,敌军或会停止急攻,自己可以破隙而出;但他未料到,神周并未将陈翰这个走狗看在眼里,看到赵燧挟持陈翰,率军夺路,遂下令冲杀。一时矢石齐下,火球炸药爆破之声不绝;又命一彪人马封锁峪口,不许一骑一卒突出。

赵燧率军几次冒死突围,都被截杀回来。战到入暮,困在岩峪内的赵军,已经尸横遍野,死伤殆尽,赵燧本人也中箭倒地。惊天震地的厮杀声转为更可怕的寂静。神周自认立下大功,领着一队官兵来巡视战地。躲在壕沟里幸存性命的陈翰大喜,急忙爬起身来,口称:"末将陈翰参见神都督!"也想分功,想不到神周神色铁青,并不理会,只转过身来,向随从的神将努努嘴,意味深长地说:"怎么偏让他活过来了?"

神将会意,也不说话,迎过来挥刀便砍,陈翰的头颅应声落地。

神周郑重吩咐:"一定要将赵燧留下活口,给他敷药疗伤,再打造槛车,押送入京。这是朱宁大都督紧急传下的钧帖,说是奉皇上御旨的,不得有任何闪失!"

第四十二章

剥人皮吓死陈皮匠　　制马鞍皇帝逞兽性

按照明朝惯例，为了防止逃走和劫囚，对应押解上京的造反死囚，都要在上路前挑断脚筋，关锁在槛车内，逐站解送。神周对于自己俘获的钦犯赵燧，当然更不敢疏忽。他下令，除挑断赵燧的脚筋外，还要在他脸颊上刺上涂朱贼字，背铐双手。又打造了一辆加长加宽的坚固槛车，专派一员参将，率领一百骑步精兵押送，还知会赣、浙、鲁、冀四省文武官吏，必须在本省段内协同警戒，既不许出事，又不得让钦犯殒命。二十多天的押解途中，赵燧无法坐立，只能挨着槛车的围栏，半坐半躺在槛车上，受尽折磨。参与押解的官兵惊奇地发现，这个钦犯绝不呻吟，更从不求饶请宽绑，终日皱眉苦思，似乎还有什么未了心事。路经山东和北直隶，特别是霸州、文安等处，以及京畿的香河、宝坻等曾经鏖战之地，更表现得神情亢奋，似乎在回溯平生，重温既往的战斗历程。英雄末路，夫复何言！

到了北京，他被押送到刑部大狱，关锁在死囚牢内。

一天，忽见刑部司员和狱官来到牢房，着狱卒给赵燧换上一身干净囚衣，解开刑具，将他移交给锦衣卫官兵。奇怪的是，官兵并未将他转押到锦衣卫狱，却是备了一辆有铺垫的马车，按他躺在车子上，严密警戒，直朝豹房的方向行进。

原来正德皇帝要亲自审讯这个久已闻名的匪首！

皇帝亲自审问犯人，所谓"龙廷鞫狱"，是太祖朱元璋和太宗朱棣大肆宣扬的要政。其实，多数不过是用来打击所谓"奸党"和政敌的威慑手段，其中充满着骇人听闻的残酷和血腥，杀人如草不闻声，令人毛骨悚然。正德对前代祖宗的狠刻暴行一直衷心仰慕，认为是圣政懿行，无上功业，是体现皇帝权威的必要手段，总想弘扬祖德，再独出心裁进一步发挥。这一遭碰到赵燧事件，便要亲自提审。

从知道赵燧曾经派人潜入紫禁城，窥侦到宫闱秘事，特别是了解到自己嬉游玩乐实情，豹房淫窟的真相，并且广为宣扬，正德就对赵燧恨之入骨。另一方面，陆续听到他在泌阳和钧州等地的奇行异事，却又增加了惊讶之心，很想亲自见识这个行事非常的贼首，所以一再叮嘱钱宁，着令他传示前方，务必生擒赵燧来见。

这一天，由钱宁操办，布置了一个饶有特色的法堂，营造出皇帝亲鞫重犯的气氛。天鹅房里里外外，顿时停止了轻歌曼舞的常态。虽然不击法鼓，不喝堂威，但气象阴森，专门调进了锦衣卫官佐、执法衙役和齐全刑具。人厅正中摆了一张紫檀木长桌，暂当法案。正德皇帝端坐其上，左顾右盼，兴致冲冲。他未用衮冕，只戴乌纱折角翼善冠，身穿盘领窄袖黄色龙袍。

正德示意开堂，钱宁接旨高喊："押送文安贼首赵燧入堂听审！"

赵燧被拖押进来，因为已不能下跪和站立，摔倒地上。钱宁奏报："巨盗赵燧已押送到堂，听候皇上亲加鞫讯。"

正德手按法案，看了一下地上遍体伤残的赵燧，满意地冷笑一声："你就是文安贼首赵燧吗？"

两个锦衣卫校尉拖起赵燧，夹持着他的身躯，让他面向正德。

赵燧瞪眼上下打量了一遍正德，紧闭双眼，不答。

正德干笑了两声，拖长声调说："我还以为你是三头六臂的模样呢！你不是气焰嚣张吗？怎么也会被捉拿来呢！"

赵燧还是不答。

钱宁和锦衣官校们齐声恫喝："罪犯赵燧老实招供，答复讯问！"

赵燧仍然紧绷着脸，不开腔。

正德有点扫兴，但还是继续讯问："你知道，今天是谁在审问你吗？"

赵燧终于张开眼睛，斜视着堂上的皇帝，傲然回答："当然知道。你不就是那个蹊跷古怪，不务正道，专门放荡的淫虫儿，不管老百姓死活，腌拉巴臜的皇帝老倌吗？"

钱宁和锦衣众官校们听到这样羞辱皇上的话，都大惊失色。正德虽然知道腌拉巴臢是骂自己的话，却不解其意，恶声质问："什么叫腌拉巴臢？什么意思？"

原来这是流行在京郊和冀中一带最毒辣的诅咒话，据说是元代蒙古兵留存下来，是专门对鬼魅精怪和最鄙视最憎恨的人才使用的。钱宁等都不敢把这句话的意思奏告给正德，可是，正德却拧着劲，继续追问："朕怎么是腌拉巴臢了？你给朕说清楚！"

"那还用说吗？你是天下最大的贱胎。有亲娘不敢认，让她在浣衣局受苦；有皇位不好好坐，登位七八年，干尽了坏事，正道的人都被赶杀净尽了，宠用的都是恶拉巴心的奸徒恶棍，君臣联手，敲老百姓的骨，喝老百姓的血，天下子民都说天公不开眼，出了你这样一个头上生疮、脚底流脓的荡子皇帝！"

赵燧未说完，锦衣卫的官校就过来揪扭，拧他的嘴，扼他的喉咙，禁止他往下说。赵燧忍住疼痛，边挣扎边说。天鹅房内乱作一团，赵燧再次被摔倒在地，却也骂得痛快。

正德被数落得发蒙，径直跳出御座，走上前朝赵燧猛踢了两脚，骂道："你倡乱谋反，是十恶之首，罪在不赦，今日又诬蔑朕躬，不知道死到临头了吗？"

赵燧满不在乎："不就是一死吗？我兵败被擒，还敢想活着回家乡吗？今天能够当面痛骂你这个昏君，可以说是千古未有的奇缘，被处死已经大有赚头了！"

正德狠狠地说："朕要抄你的家！"

"你无处可抄，我早就没有家了。"

"朕要挖你的祖墓，将你的祖先都锉骨扬灰！"

赵燧又狡黠冷笑："无须费心了，我的祖坟早就被文安地方官挖出铲平了！"

"朕要灭你的宗族！"

"更不必劳驾了，我赵姓宗亲大多数已被株连杀戮，未被杀死的，还在义军中继续造反哩！"

赵燧说话斩钉截铁，词锋锐利，正德气急败坏，恶声吼叫："对你这个匪首，朕不会让你痛快一刀毙命的。我朝祖先创下箍脑、烙铁、寸磔、凌迟等各种巧妙刑法，就是用来对付你这样的反贼刁徒的！"

赵燧毫不动容，闭目养神。

正德咬牙切齿："你贼胆包天，万死不足。朕要比前代祖先更有高招，朕要揭你的皮，用你的人皮做朕的马鞍，天天垫在朕的胯下，让你永世不得翻身！"

钱宁遵照正德的旨意，将赵燧押送锦衣卫狱。为保存全尸，第二天就将赵燧捆绑，用浸透麻药的厚绵纸紧裹头颅，封闭七窍，使他窒息而死。与此同时，又召集京城刽行头目，像刑部的钱六、西厂的汤明等前来，商量怎样剥皮制鞍。这些杀人老手虽然行刑多年，却从未做过剐剡人皮、制作人革的勾当，都表示不知如何下手，怕担当不起责任。钱六和汤明悄悄向钱宁建言："这一桩差使，看来还是要找屠行的人下手才合适。他们每日杀猪宰牛，擅长割肉剔骨，又能够干净利落地剥脱猪牛全皮制成皮革，比刽行内行。由他们来做，才不会出差错。"

钱宁想来也是，命钱六和汤明立即去找合适的人选。钱、汤二人仔细斟量，要挑选刀法纯熟、经验丰富，不但屠宰当行，而且熟悉制革的人来担任。最后选定了在猪市口经营屠坊的陈姓老屠夫，派两个衙役传命，着陈老头带同两个徒弟到锦衣卫承担差使。

陈姓老头单名一个照字，本是清河人氏，但入京当屠户已经四五辈，是同行中公认的高手。他平日杀猪牛营生，兼营皮革。今天被带到锦衣卫衙门，惊惶不安，不知犯了什么大错。

钱宁亲自接见，叫跪伏在地的陈照站起来说话："你杀猪取皮制革，是怎样做法，如实说来。"

陈照战栗答话："屠行手艺，各师各法，大同小异。小的是先用利刀割断猪的喉管，放血干净，用热水烫洗脱毛，再小心从猪脖着手向下逐段撕割，先脊胸后腿，然后脱出整片猪皮。"

"再然后呢？"

"先剔去皮上残余的油肉，用芒硝浸泡鞣制，三鞣三晾，再用清漆着色，便能够制成上等的猪皮革。牛皮制革的道理也是大体相同的。"

钱宁突然问道："剥制人皮造革，也是这般做法吗？"

陈照大吃一惊，不敢回话。

钱宁又说:"今天传你到来,就是要你剥制一个罪犯的人皮。"

陈照目瞪口呆。他干屠行几十年,从未听过天下有剥制人皮革的事,一时发愣,不知说什么才好,两膝跌跪在地,连连叩头。

钱宁并不在意,只是吩咐说:"这是钦命皇差,你必须好好干,遵命定有重赏;如果不遵命,或者怠惰误事,那可是死罪难饶,你要明白点!"

陈照伏地叩头,不敢推辞,只请求先让回家一次,好取来宰割用具,并嘱告老妻放心。钱宁脸色一沉,厉声说:"不必了。从现在起,你和两个徒弟都不得擅自离开这里一步,等做好差使才准回家。你的家事我自会安排,一切用具也都会派人取来应用。今天便动手将已死罪犯剥皮鞣制成革,缝成马鞍,必须精工细造,交出上等货色,不得有误!"

陈照和两个徒弟被领入停尸房,看到一具尸体挺卧在尸床上,只好硬着头皮,心颤手抖地动手剥制。一连几天,总算鞣晾成革,但又发现,一张人皮并不够缝造成马鞍,只好通过监工的小校向钱宁报告。

钱宁闻报,二话没说,指示小校:"三条腿的蚂蚱不好找,两只脚等待杀头的人有的是。你们立刻到死囚牢房,挑拣出几个壮实的贼犯,立时处死,将尸体交给陈老头做材料,要用多少就杀多少,不必省料,不可耽误。只有将马鞍做得结实美观,符合皇父心意才是最要紧的。"

于是,他们很快又给停尸房送来五具尸体,连同赵燧的在内,六张人皮已够用料了。陈照师徒连夜赶制,总算做成了一具人皮马鞍,用十二层人皮连裰缝合,厚重柔软过于牛皮,再涂上极品清漆和伽楠香料,不但没有腥恶的气味,而且还能发散出类似佩兰的芳香,颜色褐黄古朴。真可谓绝世之品!

陈老头和两个徒弟各领了二十两赏银,被撵出锦衣卫。离开前受到严厉警告,在外绝不许透露半点风声,不然就会遭捕,严惩不贷,全家遭殃。陈老头等只得诺诺连声,狼狈而退。

不料陈照年老体衰,在锦衣卫日夜提心吊胆,害怕冤魂缠身,谴责自己伤天害理。他踉跄走出锦衣卫衙门,疾步回家,刚进入家门,见到老妻正在饮泣苦候,未及说话,竟一头摔倒在地,四肢颤抖冰凉,断断续续地叫道:"罪孽,罪孽!"家人和徒弟急忙搀扶他上床,但见他气息渐弱,身躯抽搐,双目未瞑,竟一命呜呼了。

钱宁兴高采烈，急切邀功，捧着这具人皮马鞍来到天鹅房。

这一天，番僧那蒂饶巴和洛敦坚赞二人恰巧也在天鹅房，给正德讲授男女交媾炼精化气之法。看到钱宁郑重地手捧金色托盘，盘中盛放着一具马鞍进来，停住讲话，躬身合十向钱宁行礼。正德也转移了注意力，问道："人皮马鞍做好了？"

钱宁将托盘放置在几案上，奏道："奉皇父圣谕，儿子精选匠役，将贼首赵燧和其他刁贼五人处死剥皮，用了六张人皮，制成这具马鞍，质地结实柔软，光彩锃亮，合乎皇父需要，请皇父赐收。"

正德走近几案，仔细观看这具特制的马鞍，又敲敲点点，左右戳弄，频频点头，又突然目露凶光，猛地捆打鞍背，狞笑道："赵燧，赵燧，你现今在哪里？你造朕的反，最后还不是落在朕的掌心之中？你的臭皮囊变为朕的马鞍，朕要随时跨乘，让你在阴司九泉之下，也只能呻吟受苦，永远不得安生！"

钱宁乖巧进言："平叛除贼，皇道朗朗；刁徒们阳世受诛，阴间受罪，天网恢恢，疏而不漏，足见皇父燮理阴阳，圣德齐天！"

正德听到这些奉承话更加高兴，又蛮有兴致地把赵燧谋反诸多怪行异事一一告诉两位番僧，指着马鞍说："缝在最上一层的皮子，就是那姓赵的！"

那蒂饶巴双手高举过头，表示祝贺，一本正经地说："皇上处死叛逆，又用他们的臭皮囊制作跨乘之物，喇嘛看到皇上弘扬神功，行大威德，确实齐心颂赞，同声喜悦！"

他的徒弟洛敦坚赞头脑更灵活，竟随口念出几句似诗似偈的话：

天根同窟通往来，

佛理神咒及尘埃。

降妖伏魔化为安（鞍），

明心见性永吉祥！

钱宁知道这两个神棍在故弄玄虚，精心给自己配合，忙说："两位大师所言极是，皇父应天顺人，当然会上达天听，神人交颂的！"

正德似懂非懂，却眉飞色舞，兴致勃勃，高声发出口谕："钦命禁卫亲军，率同京军三大营，各选派精锐，择吉选日，齐集在大校场进行操练，朕亲临阅兵，而且要跨乘这具马鞍，向所有官兵人等宣谕忠君效顺之道，严惩叛逆之理，又向天下臣民公告，如再有敢称乱谋反的，赵燧等贼被剥皮锉骨，其下场就是榜样！"

钱宁接旨，连称："皇父文德武功超凡入圣，下谕亲阅军容，维扬武德，更是千秋盛事，足以铭勒钟鼎，流芳万代！"

这一次阅兵，格外隆重。检阅前一日，兵部尚书、巡视科道等官员便督率军兵肃清场地，严密警戒；又会同工部，在西大校场建起一座巨大的将台，台上设帷幄御座，正中高竖杏黄御纛，两侧遍竖彩旗锦帜，大书"三军司令""讨罪安民"等文字。一切按照奏凯献俘的规模布置。

当日辰时一刻，京军三大营官兵便甲仗整齐列队入场，另有将官四员统领骑步军丁立岗设哨，绕场护卫，以内阁大学士和六部尚书为首，文武百官都入场恭候。文官穿着朝服，武官都督以上，锦衣卫指挥使等，都蟒袍戎装，披挂齐全，分班序立。文武官兵就位以后，才由边军四镇都指挥江彬率领一彪奇装异服的兵马入场，官兵都身穿黄罩甲，头戴遮阳帽，帽上插有天鹅翎。他们趾高气扬，执掌金鼓，手持长枪斧钺，装备精良，处处显示出是一支特种高贵的部队，又承担着近卫御林军的职责。

正德皇帝今天的打扮也与往常不同，处处独出心裁。他按照大阅的礼制，头戴俗称为"武弁"的赤色皇冠，冠上缀有十二行五彩玉石，落落如星辰；上身是赤黄色的战袍蔽膝，盘领窄袖，前后及两肩各织有飞龙；束玉带，腰以下竟穿着骑兵的战裙，脚蹬带马刺皮靴。

钱宁和江彬早已妥为布置。正德乘坐金辇刚入场，就跪迎御驾，平身之后便齐声高喊"皇威昂扬，万寿无疆""皇图永固，日月生光"的口号。乐舞生接着奏唱祝捷乐曲，先是名为《武士欢》的歌词："宇内开战场，旌旗云合迷日光。皇威赫怒，三军勇猛齐奋扬，扫除叛逆如风荡，剥皮制甲传四方。"

再是《阵阵赢》一曲："皇上兵法强，神谋睿算合阴阳，虎略龙韬孰敢当？士壮马强，眠旌卧枪，嗤尔小丑，驰蛊毒，恣虎狼，终作马鞍！"

正德登上将台，放眼傲视，台下旌旗招展，一片拥戴欢腾的气象。阅兵总指挥官江彬骑着黄骠骏马，先绕场疾跑半周，然后急驰至台前，立马高叫："臣四镇军都指挥使江彬奏告：文武大臣、京边各军俱已齐集，恭候皇上检阅！"

正德并未下谕阅兵，却吩咐站在身旁的钱宁："将御马玉龙牵引入场！"

玉龙，又名玉龙神驹，是蒙古藩王进贡来的骏马，全身雪白，无一根杂毛，高近两丈，身材均匀，筋骨矫健，两目如鹰隼般奕奕有神，疾走时风驰电掣，骁腾千里；日常乘坐，却又步履安详，平稳妥帖，最识人意，是正德最宠爱的坐骑。今天，钱宁又特别嘱咐，给它配上紫缰金镫，黄金马嚼子，马背杏黄色披毯上专门放置着用赵燧等人皮制作的马鞍。马夫牵着玉龙入场，这匹骏驹在军兵逾万，军威辉煌，鼓乐相闻的大场面，却是不惊不惧，昂首稳步走近台前，四蹄矗立，待命驰骋，又向台上打了一个响鼻，低啸了一声，向主子敬礼。

正德指着玉龙背上的马鞍说："谕示众军兵知晓，这套马鞍是用反贼赵燧等六人的人皮制作而成的。敢谋反作乱的，不但生前被擒获斩决，死后还要做成马鞍被骑压，永世不得翻身。今后对俘获的反贼，以及通贼的官兵，一律剥皮制鞍，定为章程，以为警戒！"

鸿胪寺卿立即按照正德原话，加上"奉皇上御示"的开头语，向在场全军宣示。

正德又宣谕，命江彬和钱宁骑马牵领玉龙绕场一周，鸿胪寺卿和少卿随行，并且宣讲"御示"。所到之处，文武臣僚和军兵们随众连续高呼："皇恩如天，万寿无疆！"

绕场完毕，江彬和钱宁驰返台前复命。本以为正德要发令阅兵，但却不然。只见皇帝突然飞步下台，径直走到玉龙神驹面前，也不答话，一手夺过马夫手执的缰鞭，翻身跃上马背，一提缰绳，玉龙便将前蹄跃起，欢腾嘶噪。正德不慌不忙，两腿紧夹带马刺的战靴，挥鞭放缰，驱策玉龙迈开大步，全速奔驰。江彬和钱宁不敢怠慢，紧紧策马相随。正德踔厉风发，绕场疾跑了两圈，在马上手舞足蹈，蹴鞠俯卧，侧背跨乘，展示自己的骑术武艺和胯下的马鞍。他自少熟练骑术，今天更受强烈好胜和报复心态的鼓舞，不惜亲自表演，酷似杂技好手，赢得了满场的称颂和欢呼，恭祝万寿无疆的呼号震耳欲聋。正德满以为自己功高盖世，心醉神迷，于是驰马奔突，享受着任性而行、充分发泄的舒畅。但他仍然感到兴致未尽，一时性起，拐转马头，冲出西校场，继续驰奔，一路横冲直撞，闯过闹市街衢，不管市肆民居，肆意践踏行人。他冲出西直门，飞马过白石桥和紫竹村，一直到了海淀村才勒马停住。江彬和钱宁率同一队禁兵赶到，跪叩圣安。只见玉龙神驹大汗淋漓，而正德也是满脸通红，呼吸急促，显出疲惫的神色。但他强自按捺，表现出心旷神怡的样子，像大战得胜的将军一样，招呼来人起立伺候。还是钱宁会说话："皇父神武，千古罕见，古代圣帝贤王远不能及。但圣躬驰骋多时，恐有劳累，还是请圣驾回銮，稍作休息。而且，校场内的文武官员和京边各军，还在等待皇父检阅呢！"

正德答非所问，自言自语道："人皮马鞍确实舒服惬意，比用犀牛皮做的还称心呢！"

江彬和钱宁不敢多说，只好连连称是，对这具特殊马鞍又赞美一番。

最后，正德说："朕已经尽兴了，人也累了，要回豹房休息啦！不要再管校场里的文武臣僚和军兵了，叫他们散场吧！"

第四十三章

众大臣伏阙拦移驾　蒋学士犯颜说四空

正德十二年六七月间，北京城内舆论喧哗，原因是皇帝即将移驾宣府，还要御驾亲征，声言要直捣沙漠，生擒蒙古部落首领小王子！官民们担心又会挑起一场大动荡大变乱。有人说："皇上要出关打仗啦，国家大政、京师安危有谁做主呀！"也有人说："五十多年前，正统爷曾经御驾亲征，却是兵败被俘，蒙古也先大军直逼京城，幸好有于谦大人指挥解围，咱北京才免了屠城之灾，这一次怕是逃不过了！"又有人说："鞑子兵野蛮好杀，咱们这些草民手无寸铁，正好给他们试刀哩！"也有人壮胆："大乱居城，古有明训，当年京外八县四百六十乡，乡乡都被血洗，剩不下几个活人，而京城内未伤一人。咱北京城历来是福地，有上苍神灵保佑，怕啥？"说的和听的其实都提心吊胆，害怕这个丑闻不断、秽声远扬的任性君主又要轻举妄动，给万民带来刀兵之劫。

其实，对这件事最揪心惶惧，害怕此举危及社稷，君主远狩，国失重心，兵连祸结，大局难以支撑的，是内阁几位大学士：梁储、蒋冕和毛纪。

原任内阁首席大学士杨廷和因为父亲杨春病逝，得准回四川新都原籍"守制"。所谓"守制"，就是规定现任官员父母去世，就应该奔丧，并可以暂时辞免官职，回家守护庐墓，早晚行礼祭祀，以表达哀思，被认为是最重大的礼仪，是人子孝行之先。廷和离京，内阁基本上还是老班子，梁、蒋、毛都是由廷和推荐入阁的，年将七旬的梁储暂领首辅阁务。

知道正德皇帝决意移驾宣府，几位阁老慌了神。京内外文武百官闻讯纷纷上奏谏阻，这些奏章都由内阁转递。有人还另修专函给梁储等人，期待他们作中流之砥柱，犯颜直谏；指出他们位高权重，职责就在于"按典制、相机宜、裁量可否入告君上"，"规诲过失"，应该挺身而出，据理力争。

宫墙外靠近出入内阁的通道，还发现了几张无头揭帖，其中一张写道：

皇帝要落草，阁老官不倒。

火燎眉毛不怕烧，刀割肝肺不知痛。

草民生命若泥沙，万事不如官运好。

嘴里塞满糖糍粑，身披织蟒大红袍。

几个哑葫芦，当朝大活宝！

内阁中书把这一张揭帖送进值房，三个阁老正在焦灼地商议对策。须眉俱白，满脸老人斑的梁储坐在当中，目不转睛地听蒋冕和毛纪说话。

毛纪接过揭帖，粗粗看了一下便递给梁储。梁储倒是认真阅读，不由自主地长叹一声，平静地望着蒋、毛两人说："这也难怪写帖的人，他们不了解内情。事机危急，不骂我们，还能骂谁呢？"

其实，大半个月以来，几个大学士一直是忙乱不堪，他们要将纷至沓来的有关谏阻移驾的题奏及时转奏，又忙着听取前来访问的同僚师友的建议和诤言，表示一定会竭尽全力面折廷争。另一方面，几乎每天辰时，三人都一起赶到豹房请求面觐，但一连几天都苦无回音，总是到近午时分，才见到一名内侍慢吞吞地踱出来，打招呼说："万岁爷有旨：今天另有他事，着几位老先生先回！"

梁储等人不免好言再请转奏，内侍总阴阳怪气地说："一定会转奏皇上的！"

这一天，三人又白等了半天，脚步踉跄地回到值房。

刚坐定，就看到案头上又堆满一沓奏疏，蒋冕和毛纪赶紧翻阅。梁储疲累，坐在太师椅上闭目喘气。

蒋、毛已将当日接到的奏疏阅览了一遍，梁储也缓过劲来，睁开双眼问道："今天的奏章有什么重要的吗？"

"大多还是为谏阻皇上移驾宣府的。"蒋冕回答。

"主要是什么人上的？"

"部、院、寺、监等在京的堂上官，前些天都上过疏了。今天收到多是在京的御史、给事中等言官，以及巡抚、布按两司等地方官的。"

"有没有能够将事件说得透彻,能揭明要害的奏疏?"

"这倒未多见。多数奏章持论大体相同,都是说不宜草草移驾,没有什么新意。也有些更是随大流,人云亦云,仅是表明态度的文字。据我粗读,只有一篇疏文颇为高瞻远瞩,疏文上溯史事得失,深论当前大局安危。此疏行文简要,言近指远,是近日谏疏中最具说服力的。"蒋冕介绍说。

"是谁写的?"

"是巡视居庸关御史张钦。"

梁储听说张钦的名字,精神为之一振。张钦是顺天府通州人,父亲是一个不第秀才,在北京东城设塾教读。张钦随父在京,见多识广,颇为关心社会动态和世情。他在正德六年参加科举会试,所写策论的题目就是"辽蓟边事刍议",综论边塞的地势民情和防务虚实,提出整饬十策,所言皆切中时弊,受到主考官梁储的特别赏识。张钦中进士后,受派巡视居庸,也是由梁储主张的。听到他有奏疏递来,知道必有谠论,便说:"还请敬之诵读一遍,我和维之都听听。"维之是毛纪的别字。

蒋冕宣读:"臣闻明主不恶切直之言以纳忠,烈士不惮死亡之诛以极谏。比者,人言纷纷,谓车驾欲度居庸,远游边塞。臣度陛下非漫游,盖欲亲征北寇也。不知北寇猖獗,但可遣将往征,岂宜亲劳万乘。英宗不听大臣言,六师远驾,遂成己巳之变(指正统十四年,正统兵败被俘之事)。且匹夫犹不自轻,陛下奈何以宗庙社稷之身蹈不测之险。今内无亲王监国,又无太子临朝;外之甘肃有土番之患,江右有湖贼之扰,淮南有漕运之艰,巴蜀有采办之困。京畿诸郡夏麦少收,秋潦为诊,而陛下不虞祸变,欲纵辔长驱,观兵绝塞,臣窃危之。"

蒋冕念毕,梁、毛二人称许不已,毛纪说:"张钦这道奏章,行文不过二百字,但最能紧扣要害,远胜盈篇累牍的俗套浮词。简短而透彻,浅白而精粹,宜即呈递皇上一阅,或可启发圣心。"

梁储表示同意:"维之说得有道理。明早请求面圣,就带着这篇奏章当廷呈递吧!"

七月二十日,时当酷暑,三位大学士一清早便服履整齐,肃立在豹房门前请求觐见。直到巳时三刻，才有一个内侍出来传唤："万岁爷有旨：着三位老先生入太素殿面见。"

梁储等跟着这个内侍走进太素殿，行礼，赐座。

正德刚起床，倦意未退，打着呵欠问："三位老先生连日求见，不知有何要政？"

梁储直入主题："臣等闻说陛下将出关驾幸宣府，已引起朝野震惊，各官均以为不宜。臣等吁请陛下慎重，切勿轻举……"

正德不耐烦地打断："三位老先生受朕重任，身居辅弼之位，本应善体朕意，与朕同心，开导臣下的愚谬浅见，岂可闻风动摇，受浮言蛊惑，也来劝朕终止宣府之行？"

正德似乎意犹未尽，干脆端出自己久蕴于心的宏图壮志："卿等都是科举出身，自然熟读经史。自古以来，历代帝王而能功业不朽的，必以武功为尚。西汉武帝刘彻雄才大略，亲率十八万大军巡行漠北，威慑匈奴，扬大汉之天声，辉煌著于青史；我朝太宗皇帝永乐爷终身军旅，励志戎行，五度御驾北征，迫降瓦剌。六师屡出，漠北尘清。这些先帝贤皇，正是朕的楷模。当今鞑靼小王子部屡犯西北边陲，宣府、大同一再告急，正是兵凶战危之时，锋镝相拼之日，朕为天下主，焉能坐困京城，焉敢不弘扬太宗皇帝的遗烈，不思戡乱以兴邦，振军整武以卫国？朕决定移驾宣府，躬赴前敌，正是为了保国卫民，卿等应该领会。"

正德夸夸其谈，用军国安危作为幌子，以为足可压倒异议，颇为兴奋。

一阵难耐的静默。

梁储将手持的张钦奏章交给内侍呈递，说道："今有巡视居庸关御史张钦上的一道奏章，也是吁请皇上切不可移驾的。臣等认为此人身居居庸关隘，十分了解前沿形势，所言亦切中要害，文简意赅，特别带来面递，恭请皇上一阅。"

正德并不伸手接过，只是皱眉吩咐："都是那一套，不必批复了，留中吧！"

三个阁老心里冷了半截，又不敢流露，一时不知如何是好。

正德得意地站起来："朕的意向已明，卿等还有什么意见吗？"

三人不语。

"有话直说，没话就退下吧！"

三人面面相觑，都没有退下的意思。

毛纪憋不住，婉转陈词："皇上为拱卫国家，维护民生，愤北寇之猖獗，立志绥靖边廷，不惜以万乘之躯，冒鞍马驱驰之劳，臣民钦佩感激。但今日形势与国力，实与汉武帝刘彻时大有不同，当年汉朝新建，国当全盛；更不能与太宗皇帝当年军威雄武，力能长驱挞伐相比。审时度势，车驾仍以暂不远出为宜。"

毛纪字斟句酌，总怕忤犯皇威。但正德仍然按捺不住，厉声质问："卿视朕是怎样的君王？是否认为朕的才具和武略，都远逊于汉武，又无力发扬先祖的宏略？"

蒋冕想打圆场，但他的话实际上和毛纪差不多："皇上有意恭行天罚，以天骄神武之资，发奋为雄之心，禀赋当然远过汉武之上，决策兴复社稷。歼灭强寇，发挥扬厉，意气凌云，允称我朝诸先帝的圣子神孙。毛纪之意不过认为内外隐忧多端，形势变化堪虞，加以敌我强弱异于当年，故此敦劝以审慎为上。"

正德十分扫兴，瞪眼喝道："朝政有什么隐忧？形势有什么不利变化？小王子是屡败之寇，焉能抵挡天兵神勇？朕坐镇边陲，亲临前敌，以泰山压顶之势，因势扫荡，何难直捣巢穴，擒贼擒王？战必胜，攻必克，北寇必败，朕功必成！汝等颠倒是非，危言耸听，还不退下！"

梁储无奈，本要示意退下。想不到左侧的蒋冕突然卸下乌纱帽，跪下磕头。梁、毛也只好脱帽随跪。

蒋冕是广西全州人，祖上是全州瑶岭金垌的土著酋长，但汉化较早，明朝初年，就接受朝廷委任为土司，纳税服役。宣德时，他的高祖父蒋增被任为全州世袭土知州，曾、祖父辈均得准入州学读书，受到儒家的传统教育。蒋冕本人更是学业有成，由州学升府学，直到省城就读，成化二十三年高中进士，由此入仕，经历了三十余年的官宦生涯，从庶吉士逐步升转，累官至吏部侍郎、礼部尚书，又在正德十一年受命为文渊阁大学士。在少数民族人士中，能够入阁拜相的人是极少数的，蒋冕是罕见的特例。他平日谨厚守职，温文尔雅，但身体里仍然流淌着瑶族先人倔强坚定的血液，保留着刚直坦率的性格。今天他更是如鲠在喉,欲一吐为快:"臣蒋冕得累朝抚护,又受先帝及皇上特达之知,以夷人血胤入参枢垣,铭感天恩高厚,而欲报之于皇上。目睹当前危局,不敢不尽言,微臣愚忠,冀望皇上怜察……"

正德质问:"少废话!有何危局?"

蒋冕倔强,自忖必死,干脆犯颜尽言:"皇上垂问有何危局,此事臣民皆知,道路传闻,引为深忧。试观:方今朝廷空、城市空、仓廪室、边鄙空,天下皆知危亡之祸迫眉睫,独皇上不知而已。当前要移驾宣府,实必引发危机,加深危局。一击不胜,反噬必毒,消长之机,间不容发。治乱安危,在此行止。此臣所以痛心为皇上惜,也是昧死为皇上言的缘由!"

蒋冕这一番说辞,像集束利箭刺中要害。正德怒不可遏,他坐立不安,指着蒋冕厉声问道:"什么叫朝廷空?"

"皇上是孝宗弘治皇帝嫡生独子,旁无昆季伯仲之亲,今又未育皇子,储位久虚,皇上一旦车驾轻出,无人监国,岂不是朝廷空?"

"什么叫城市空?"

"城市之民,本无田亩产业,概以经营工商贸易为生计。但现在对此等人户一律编当徭役之差,再重复征收抽分铺户货物之税,更加以官吏讹索侵渔,闾巷生意十分凋敝。有素称数万之家,而至于鬻卖子女的;有房屋盈街,折毁一空的;有逃散四方,转填沟壑的;有丧家无归,号哭于道的;有无计可施,自缢投井的。人心汹汹,不能安居,岂不是城市空?"

"仓廪是空了吗?"

"确是一空如洗了。先帝在位时,库藏尚还充实,户部存银四百余万两遗留给陛下,但经过十余年消耗,目前仅余三十万两。皇上日前又敕命上交二十万两扩建豹房,另交二十万两充实边费,用如泥沙,罄库难支,民力已竭,费出无由,正是仓廪已空的证明。"

蒋冕痛心疾首,一鼓作气,接着说:"微臣所言边鄙空,亦非虚言。日前设在辽东、宣府、大同、延绥、宁夏、甘肃、苏州、山西、陕西等所谓九边的军政俱极腐败,军官吃空额浮粮,士兵只好去当挑夫小贩以维生计,卫所渐成空壳;加以边军调入京师,防守兵力更形衰薄。虏强我弱,前景堪忧……"

未等蒋冕言毕,正德已经按捺不住,掀开座椅,指着蒋冕骂道:"这个空那个空,你说够了没有?还有什么空要说的?"

他气急败坏,不自觉地走前两步,准备抬腿踢打蒋冕。但强自克制,勉强把脚收回来。

梁储和毛纪看到事态紧张,已经超越常规礼仪,连忙免冠伏地,跪在皇帝和蒋冕的中间,把这对正在顶牛的君臣分隔开来,磕头连呼:"皇上息怒,皇上息怒!"

正德自觉失态,顿足退回:"这厮藐视朕躬,丑诋朕政,还有大臣的体统吗?"

他希望梁储和毛纪为自己找一个台阶,指斥蒋冕亵渎皇威,让蒋冕当堂认罪求饶,平息异议,顾全颜面。但梁、毛二人只是一再顿首磕头,为蒋冕求情,梁储奏道:"蒋冕刚才确有孟浪之处。但其用心无他,不过出自忠君之诚,愿为皇上分忧而已。俯请皇上念其愚忠之可悯,语虽糙而意可嘉,曲赐宽宥……"

正德禁不住破口大骂:"以卿所言,蒋某不但无罪,反而是有大功劳,应该奖赏了?看来汝等都是一路货色,披戴儒冠,不知体会君心,但知沽名钓誉、标奇立异的老伧儿货。今天撕破脸皮,歪嘴和尚吹喇叭,就是要一齐来惹朕生气的吗?"

正德以天子之尊,忘记了"皇言曰制"的威严,居然采用市井污秽的语言,骂骂咧咧,实在是前无古人。广东顺德人梁储,是大理学家陈献章的得意门生,成化十四年会试第一,曾经在弘治末年奉派在上书房教书,负责指教皇太子朱厚照,也就是正德皇帝执笔开卷的启蒙老师。他被自己的学生斥骂为"老伧儿货",悲痛难抑,面如槁木,一字一顿地说:"臣等以及天下臣民,千疏百奏,万语千言,其实都不过是吁求皇上自爱自重自律!"

不说犹可,说出来更惹得正德暴跳如雷:"朕怎样不自爱不自重不自律,汝一一说来!"

梁储克制:"臣意以为,皇上为国家长治久安,必须涵养圣德,应该注意古代圣人的话:傲不可长,欲不可纵,志不可满,乐不可极。"

正德见势,觉察顶牛无效,反而难掩理亏,于是话锋突转,狡黠地以退为进,抓住梁储口齿不清的毛病,调侃说:"人家都说天不怕地不怕,就怕听广东人说官话，朕听梁师傅说书几年，今天还是听不懂你说的什么鸟话，也不想再听了，退朝吧！"

正德一边说，一边拔腿往里走，不再理会太素殿阶下跪着的几个惶然而又怵然的内阁辅臣。

正德虽然阴晴不定，反复多变，但并不完全浑噩。他饶有聪明，思想敏锐，极端任性妄为当中又有着机灵智慧。他还擅长掩饰己过，在处理人事方面，在爱憎任意、鲁莽恣睢之中，有时亦能从实际利害考虑，随机转舵，适可而止。他清楚和信任杨（廷和）、梁、蒋、毛这个内阁班子的忠心和可靠，即使常有抵牾，知道这些人用心无他，并没有产生铲除和撤换的想法，一直保持着别扭而又相互依存的特殊君臣关系。由杨、梁等组成的内阁一直维持到正德去世为止，就足以说明这种关系。

第四十四章

破樊笼莽撞奔宣府　　铁御史横剑镇居庸

三位阁老朝觐无果，而且遭到好一顿斥责嘲讽，颓然退出豹房，返回内阁值房，刚过左顺门，看见一条汉子迎候门侧。此人身穿六品赤罗裳官服，银带佩玉，衣裳前襟和后背，各绣有獬豸图像。

按照明朝的舆服规制，只有御史才可以戴獬豸冠，穿着绣有獬豸图像的官服，这与他们的特殊职务有关。獬豸是古代传说中的神羊异兽，据说具有辨明曲直、分析是非善恶的特性，遇有纷争，便会用兽角撞击那有邪恶行为的坏人。朝廷采用獬豸图像作为御史服饰，旨在授予他们耳目风纪之司的职能，拥有纠察京内外各级官员假借职权舞弊营私、欺虐人民的种种恶行，既可以公开揭露和弹劾，也可以密封奏报。甚至对皇帝本人的言行活动，若认为有失职不道之处，也可以直言诤谏。赋予职级仅为六品的御史这样重大的监察权和言论权，体现着中国古代政治哲学中以小驭大、以轻驭重，从而互相牵制的道理，以保证朝廷总体利益为目的。

在此焦急迎候三位阁老的，就是巡视居庸诸关的御史张钦。

张钦身材高大，腰背挺直，脸色黑中透红，棱角分明，年刚三十出头，但额上已深嵌着几道皱纹。他的眼光锐利有神，显得刚强干练，大有幽燕男儿慷慨豪迈的气概。但今天却有着掩盖不住的焦灼和疲惫神色。原来他骑快马连夜疾驰来京求见，一路风尘仆仆，清晨刚到京城，行装未卸，便赶到左顺门侧恭候，等待接见，好容易才看到三个阁老走来，急忙迎上行礼。报告说：

"卑职巡视居庸诸关御史张钦，有紧急事务，特来禀见三位老大人。"

三位内阁改容相敬，拱手答礼。

梁储亲切称道："敬之来了，就到值房说话吧！"

张钦随着阁老们进入值房，三人归座，也着张钦就座，张钦不敢，仍然恭立回话，但未待提问，便直陈来意："卑职卫戍居庸，责在拱卫京师，保证圣驾安谧，凭借关险抗击北寇入扰。关内加强战备，而更为重要的是必应防御于关外。古今用兵者所行皆诡道，寇酋小王子阴鸷多谋，无日不在伺机寻衅，我朝不能不洞烛机先，不可示敌以隙。当前要着是车驾切不可远出，不可坠入敌人奸计。卑职日前曾为此上了一道谏疏，不知内阁已否转奏御览？"

"已转奏了。"蒋冕回答。

"皇上圣意如何？"张钦追问。

三位阁老尴尬支吾，不知如何作答。

张钦见此情景，心里已经明白，前一份奏疏是枉费了心机，如石沉大海，没有任何反响。但他仍然力图挽回危局，又从怀中抽出另一份奏稿，双手递到案前："卑职在居庸，亦已闻知大小臣工为此事的切谏，均未蒙圣上采纳。但人臣事君以忠，直言规谏本是臣子本分，卑职为此再拟一疏，请阁老审读，再恳请急为转奏。"

毛纪担心梁储年老，自辰时到未时，必然神疲腹饥，就对张钦说："依我看，就请张御史将疏文要点说一下，不必全篇通读了。"

张钦也不推辞："卑职这一篇奏疏是接着上一疏而写的，集中论述皇上不可轻出，切勿御驾亲征，以避免可见的灾祸。主要理据有三点：第一，当前兵无训练，装备不全，人心摇动，加以兵费浩繁而财绌难支；第二，远涉险阻，朝廷空虚，国本动摇，必增加两宫皇太后的忧心悬念；第三，当前北寇经多年准备，军力集结皆已就绪，加以养精蓄锐，兵饱马腾，求战最急，最企望我君臣就彼范围，便于围歼，切不可中其奸计，也可能仿照当年也先拘禁正统爷的旧计，设伏羁留圣驾，以作要挟。微臣忧念及此，实在心急如焚。"

三人连连点头，认为以上三点确实击中要害，梁储表明态度："敬之所言极是，与阁议完全相同。我们当立即转奏，盼望皇上深省。"

张钦看出梁储言未尽意，情绪沮丧，显然没有明言隐情。他亦自知肺腑危言未必能震动君心，纠转局势，临行时昂扬言道："卑职在奏疏末尾有两句话，原话是这样的：'臣职居言路，奉诏巡关，分当效死，不敢爱身以负陛下。'所言实在是卑职的心意。请三位老大人鉴察！"

梁储等为之动容，但说不出什么话来。张钦鞠躬而退，连夜赶回居庸关。

居庸关在北京西北，距离皇城只有一百二十余里，在昌平州西三十里处。在地理形势上，雄关屹立。一水旁流，两岸壁立，中间道路仅容一车单卒通行，易守难攻，所谓一夫当关，万夫莫开。此处山高林密，壁峭谷深，是天然的军事要塞。关上用巨石整齐围砌成高达十余丈的城墙，城墙下端有六七丈，顶部也有三丈多的厚度，墙上有密集的箭孔、炮眼。下拱门高八丈，厚三丈，深六丈，都用天然石块盖顶，最大的石头有千斤之重，非常坚固。关门以原始大木制作，更钉衬钢板铜钉，非一般兵刃能捅穿击破。在与北房关系缓和的时期，可以定时开启关门，供行人出入，货物流通，一闻警报，便立即封锁关门，堵塞通道，军兵布防备战。历史上一直将居庸关作为内外边防的隔限，来敌如果突破了居庸关，北京便袒露在敌骑之前，十分危殆，只好立即宣布戒严，急召各路军马勤王。而关外的宣府、大同等处则一向是敌我对峙的前沿。

北京一行结果渺茫，但并没有动摇张钦的坚强决心。

冒着蓟燕平原七月的酷热，张钦急急赶回居庸关，道上并不歇息，一日奔驰百余里，未到傍晚便到达关前，人和坐骑都气喘吁吁，大汗淋漓。他刚下马，就举步登上关口顶端的龙虎台。在这座龙虎台上可以观察到城墙沿线砌筑的角楼和敌台，了解到守军的戒备状况，更可以瞭望到关外人流的态势和可疑迹象。他乘着落日余晖仔细察看，只见沿线旌旗飘扬，刁斗相连，戒备森严，稍为放心，向随从的吏胥命令："孙指挥何在？请他来台上相见。"

孙指挥名玺，是世袭军户。早在明初洪武元年，他的七世远祖孙陵即追随大将军徐达在这里筑建居庸关城，用以防御元朝余部入寇。其后便在这里落户，编入当地卫所，担任世袭的卫指挥使，统率官兵五千六百余人，累代守关。他本人已经是居庸土著，十分熟悉京西的地形地势以及边防攻战的要领。

孙玺身高六尺有余，虎背猿腰，长着连鬓胡须。他长期巡守边陲，日夕冲突风尘，脸容显得苍老，但步伐雄纠有力，神采奕奕。他为人寡言语，重言诺，思虑深沉有决断，与张钦共事居庸，对于国事关政经常深入议论。两人见解相同，肝胆相照，互相引为知己。孙玺不止一次地对张钦说："玺半生行伍，困守边陲,本来孤陋寡闻,虽知国家兴亡,匹夫有责,但却无从识别形势、辨明是非,不知该如何举措和着力。今得张御史循循教诲,才导引出迷津,知道虽身在居庸,但把关扼防实是肩负着社稷安危的重任,玺身当其冲,不敢不自勉自励,今后誓必与张御史齐心捍卫君国,同进退,共荣辱,披肝沥胆,至死不渝!"

孙玺疾步登上龙虎台,见面忙问张钦此行的效果。

张钦紧皱双眉:"已将新近撰写的第二份奏稿呈递上了,也见到三位阁老,充分陈述意见了。"

"那效果怎样?会蒙皇上俯察吗?"孙玺急问。

张钦回答:"看来并无佳兆。到达北京之前,我还保有一线希望,但到了北京了解到实情,连这一线希望也泡汤了。"

"为什么?"

"皇上还是偏信江彬等人的歪主意,对臣民有关奏疏,一概'留中',我的奏疏虽经阁老亲自呈交,看来也必然石沉大海了。"接着说:"几位阁老情绪低沉,似有难言之痛,看来面谏廷争已经失效。他们位高势危,却处于极其为难的境地,在位无力,进言无方,补救无术啊!"

"如此说来,皇上是一定要移驾宣府,冲出居庸关隘了!"

张钦没有立即回答,低头苦苦思索,过一会儿才自言自语:"是的。情况确实紧急。不测之变,日间就会发生,连天烽火,眼看就会烧到居庸关前。"

果然,坏消息不断传来。八月初一,正德皇帝已经改服减从,窜到昌平州,为出关作准备。孙玺急忙来见张钦,询问如何对策。

张钦神色自若地说:"事到如今,不可不挺身而出,冒天下之大不韪了。但此事关系重大,搞不好会被杀头灭族。孙指挥,你不怕丢掉世袭官爵,甚至被廷杖处斩,甘愿与某同蹈危险之域吗?"

孙玺嚷道:"张御史应知俺的心迹,玺甘愿追随左右,充当股肱,誓必同心同德生死不渝,此事何待再说!俺要知道如何解救当前的险局。"

张钦闻言感动,说道:"居庸关定时开闭,不是有祖先留下的法规,还配有关门钥匙吗?"

"对,关门启闭必须遵照卫指挥使发布的命令,门上的钥匙亦是由其掌管。"

"这就对了。皇上未启驾之前,关门开闭仍按平日启闭的制度进行,免得有误民人生计。闻知启驾前来,便立即闭关,隔断通行,将门匙由你密藏,派心腹军卒严加看管,不许任何人索取。这样做,皇上就出不了关,危机也就可以暂免了。但这是一着险棋,有可能会被处以欺君之罪。"

孙玺听闻此策,应声说道:"玺甘心依计而行,不惧因此罹欺君之罪,受斩剐之刑,为的是用孤臣孽子之心,为君困避远祸。事到如今,也只有以非常之策应对非常之局,再无他计了。"

转言说:"俺担心的,是另一个人,不知如何对付?"

孙玺说的,是分守居庸关的宦官刘嵩。

明朝的边制规定,由卫所长官负责军务,巡视御史职任监察,再设一个分守宦官作为耳目,形成三足鼎立、防止专擅的格局。但在实际运作中,卫指挥使、御史和分守宦官的权限从来就未有具体划分过,仅是建立在合议和互相牵制的基础上。各个关口的三个长官的权力总是因时因地因人而大有不同。在当时的居庸关,因为御史张钦本人见多识广,韬略过人,而且与卫指挥使孙玺同心协力,凡事保持一致,加以刘嵩为人懦弱无能,故此,大权一直掌握在张、孙手中,但有事亦不能不知照刘嵩。

刘嵩年过五十,本来是内官监派在坤宁宫侍候皇太后起居的六品宦官,平日小心怕事,谨慎当差,从不卷入宫内宦官派系的倾轧斗争,也不熟悉外朝政务。当年刘瑾等"八虎"当权,他并没有投靠,亦不敢忤犯当权势力,但知多方讨好,圆融度日。由于在宫内服役了三十余年,张太后钦命司礼监派给他一个外任,不过是作些调剂,以出任外职作为恩赐,让他取些陋规,积攒一些养老钱。刘嵩奉派到居庸关之后,既不管事亦不揽权,以能敛取得一些财物实惠为满足。张钦和孙玺喜其昏昏,乐其唯唯,也能安然相处。

对刘嵩,张钦倒费了一番思量:"这个菩萨不可不拜,但又不可真拜。藏匙封关之事,切不可告诉他,防他泄密。如果他过问,但支吾以应便可。临近关键,我当示之正理,喻以大义,不许他别生枝节,争取他附从。"

孙玺颔首,依计而行。

刘嵩知道皇上已经到达昌平,又知道从八月初三日早起,卫指挥使孙玺已经下令封关。他十分惊慌,害怕受到牵连,急见张钦问个明白。

张钦早知来意,安详接待。未待施礼,刘嵩即问:"据报告,孙指挥已经下令封锁关门,禁止车马通行,未知张御史知闻否?"

"知道。孙指挥下令前已知会本御史。"张钦回答。

刘嵩质问:"为什么要采取这样的措置?"

张钦回答:"实因事态紧急,担心圣驾轻出,会受到北寇侵袭。为了护卫圣躬,不得不从权处置。"

刘嵩又问:"这样的大事,为什么未与鄙人商议?"

张钦从容说:"按照祖制,军事举措,兵马调动,将官在事先只应知会御史,事后才通告监军中官,为的是不误戎机。当年于谦大人调集重兵,在北京城外击退瓦剌大军,诸般军务,亦奉敕不必事先知会监军的兴安、李永昌等内大人。今日之事关系重大,危急之处不减当年。刘公公明智,务请以大局为重,宽容体谅。"

刘嵩无言以对,又提出:"皇上既然已驾临昌平,俺准备明早动身前往昌平朝谒,特在行前知照御史。"

张钦毅然制止:"刘公公此意差矣!我们身在居庸要隘,却关系着君国安危,一发千钧,古有明训。当今形势,关门或启或闭,实关系社稷安危,民生祸福。车驾是否出关,亦是决定我等生死的关键。闭关不开,是违反皇上敕命,罪当死。但如或轻率开关,车驾冒险犯难,为臣子的岂忍看万乘之尊身陷绝域,又岂符合爱君之道?万一发生有如以前正统先帝关外被俘蒙难,丧权辱国,实亦由于我等瞀乱自私,但知为一己身家官禄之私,瞒心昧己迁就皇威,轻率开关,才酿成这样的弥天灾难,责难推卸,百身莫赎。拙意以为,坐不开关而且死,留得忠臣劲节,芳名不朽。刘公公当前以不诣昌平为是,不知意下如何?"

张钦义正词严,一针见血,把刘嵩说得心慌意乱。他并不完全信服张钦的言论,但又找不出对方的碴子,无力反驳。只是推脱道:"张御史和孙指挥使都是科举中人,朝廷命官,自有一番匡君济世的经纶。俺不过是主上家奴,只能遵命做一些奔走服役的差使,万一出了大事,俺可负不了责任啊!"

张钦坦然道:"刘公公不必过虑。张某前上两奏,今日闭关之后,又要再上一奏，都是全力谏阻皇上出关的，并且申明严格封关的决定。三份疏稿都由某单衔独上，一切见解和举措都和公公无关。百口之灾，绞斩剐凌，全由某一力承担。今日公公未能趋诣昌平，亦是由于某力阻之故。不知公公尊意如何？"

刘嵩半信半疑，又不敢擅自行动，只好狼狈退下，无奈地对张钦说："这敢情好，只求张御史言而有信，将来遇有大变，受到追究，能够据实而言，一定要为俺撇清干系啊！"

正德到达昌平之后，便兴致勃勃地加紧筹划出关亲征之事，江彬更是加意迎命，将宣府描绘成巨大的温柔乡，塞外则是扬威耀武的必胜战场。正德心猿意马，陶醉在新鲜享乐和不世之功的美梦之中，出关之行如箭在弦，势在必发。但万没想到，居庸关的关门已由卫指挥使孙玺下令全面封闭，不许任何人马通行。正德闻报大怒，下旨立将这个胆大妄为的卫指挥使急召来昌平，要面加质问和惩处。没想到孙玺竟然回复说："有御史在此，臣不敢擅离关塞。"把御命也顶回去了。正德岂能容忍，怒道："皇命召令而敢不来，岂不是反了？传旨着分守居庸的内官刘嵩立刻前来，弄清情况！"

御前侍卫飞骑疾驰到关前传旨。刘嵩闻旨，顿时有了底气，大步来到御史衙门，声言有紧急公事求见。门卫告知，张御史已到关门去了。

刘嵩赶到关门，只见重门深锁，警卫戒严，张钦则背负朝廷敕印，手执宝剑，端坐在关门正中，威风凛凛，巍然不可犯。刘嵩趔趄走近说道："皇上传旨，着俺即赴昌平面圣。"

张钦问："公公之意该怎样处理？"

刘嵩说："俺是主上的家奴，岂敢不奉旨呢？"

张钦冷笑一声，斩钉截铁地说："前次面晤，某已经对公公说明，当今时局紧张，国步艰危，维护皇上安全，是内外众官的共同急务。无论何人，如敢怀私意而误大局，破坏居庸关前秩序的，必以军法治罪，决不轻饶。公公是否趋赴昌平，到昌平后又如何主张，请自作抉择！"

说到这里，他挺身按剑，面对关前全体警卫官兵，大声宣布："敢言开关者，斩！"众军齐声响应，呐喊高呼。

刘嵩不敢多言，悻然而退。

当天夜半，张钦回到邸舍，伏案草疏曰："臣闻天子将有亲征之事，必先期下诏廷臣集议。其行也，六军翼卫，百官台从，而后有车马之音，羽旄之美。今寂然不一闻，辄云'车驾即日过关'，此必有假陛下名出边勾贼者，臣请捕其人，明正典刑。若陛下果欲出关，必两宫（指成化的皇后即太皇太后王氏和弘治的皇后即皇太后张氏）用宝，臣乃敢开，不然万死不奉诏。"

这篇疏文特别简短，但已经明白亮出了底线，那就是非经正式廷议，没有王太皇太后、张太后和皇帝共用御玺的正式诏旨，守关御史绝不同意开关放行，而且还要求捕惩假借名义唆使出关的奸人。这与正德准备撂开宫廷规制、朝廷典章和臣民公意，悻然以"微行"方式"移驾宣府"的做法针锋相对，比前上两疏更为坦率刚直，是迫于无奈的断然摊牌。

天未黎明，衙门外又闻呼叫："御派中使到！"

张钦赶忙披衣出堂，随即通知孙玺前来同列升堂，摆齐了仪仗迎接中使。

只见一个名叫黄功的御前太监衣冠不整、风尘仆仆地赶来，传皇上面谕曰："着巡视居庸诸关御史张钦及卫指挥使孙玺，会同分守中官刘嵩等，即妥为准备开关接驾事宜，钦此！"

张钦和孙玺表现冷漠，张钦问道："你说是奉命前来传达面谕，可有御前内阁中书官的记录？"

"那可没有。"

"你是奉有上命前来的内官，可持有司礼监的符命以资凭信？"

"那也没有。万岁爷在昌平行在，匆忙中派俺赶来居庸，来不及办出关手续。"

张钦勃然变色，拔剑喝道："你传告开关接驾，既无内阁中书官的记录；身为内官，又无司礼监的符命，显然有诈。诈传诏书，按律当斩！居庸乃朝廷命脉，皇家后门，有敢僭命夺门，更必立斩不赦！"

黄功吓得屁滚尿流，只知呼冤求饶。孙玺打圆场说："此人形迹可疑，可能有诈，但还未查获确证，似可暂免斩罪，将他赶回昌平，由皇上亲自审办好了。"

黄功不敢再吱声辩白，低头逃出辕门，狼狈窜回昌平。

一到昌平行在，便向正德哭诉："张御史坚拒开关，还差一点就将奴才斩首了！"

正德怒不可遏，对钱宁和江彬嚎叫："为朕尽快捕杀这个狗御史！"

钱宁等奉谕还未走出，忽有内侍急报："梁储、蒋冕、毛纪等三位阁老知道皇上已微行离京，急于出关，他们束意拦阻，已连夜追赶到达沙河，正在奔来昌平途中……"

正德懊恼，禁不住破口大骂："这几个老棺材瓢子早不来、晚不来，正赶着有人抗命封关的节骨眼儿，偏要来凑热闹。朕最讨厌见到他们哭丧着脸的倒霉相，不爱听他们叨咕不休的老谱儿……"

又有内侍气喘吁吁地闯进来告急："北京六部五府两院文武官员，还有皇亲驸马人等共三百余人，紧随三阁老之后起哄，他们既不乘轿，也不骑马，高举着太祖皇帝禁止后裔皇帝轻出塞外的圣谕，徒步行进，要来昌平跪谏。现已近沙河，声言不食不休，也要赶来扈跸见驾！"

正德又急又气："这群吃饱了撑的窝囊废，白领了皇家官俸爵禄，不知为朕分忧，却也来添乱，胆敢和朕抬扛！看朕把他们都撤了职革了爵，一概斩了算了！"

江彬献策说："依末将的意见，可即派出一彪边兵前去沙河和昌平大道中间堵截，冲散这伙人的队伍。不论是阁老、尚书抑或王侯驸马，一律不准前来昌平。凡有违忤的，一律以亵渎皇威、干扰圣政论罪。对带头闹事的统统枷起来，先拿几个头头就地正法，杀一儆百，才可以压住这股蔑法犯上的歪风邪气！"

江彬气势汹汹，凶相毕露，旁边的钱宁却另有考虑。他长期混迹京城官场，熟知上层贵族官僚底细，这些人实权不大，影响力却不小。瓜连蔓牵，涉及京内外军政全局。他知道如果按照江彬的点子蛮干，不但拦阻不住请愿的队伍，还会激发更大的风潮，甚至血溅驿道，舆情大哗，形势大乱，难以收拾。而自己还极可能被认为是罪魁祸首之一，再成为众矢之的，不宜冒此风险，因小失大。由此进言："江哥之言还应从长计议，斟酌利害。儿子的看法是对这样的事件不要操之过急。当前紧要之处，只是能够顺利移驾出关，而不是和这些迂腐官儿斗闲气。如果派兵堵截，抓捕杀人，只怕乱了营，捅出大娄子。

应知人急上房、狗急跳墙，他们恃着人多势众，真要在通衢大道上闹起来，一时是平息不下去的，皇父就真不好出关了，还是另谋妥善良策对付才好。"

正德只关心能否出关，也不想多生枝节，示意钱宁往下说。

钱宁眨眼说道："与其扬汤止沸，不如釜底抽薪。"

"这是什么意思？"正德问。

钱宁细说："照儿子看来，这一群杂七杂八的队伍，内中的文武百官和皇亲贵爵，不过是一些不明事理、不知大势、不体会圣衷的蠢材。他们打着反对移驾宣府的幌子鼓捣闹事，无非是一时意气，也有的人只不过是为了出风头，只要给他们铺垫一个下台阶，饵以甘言，自然就会作鸟兽散，一场风波便会平息。"

正德追问："给他们什么下台阶呢？"

钱宁小心翼翼地说："请皇父下一道敕文，派快马送到驿道要冲当众宣读：宣布圣驾暂缓出关，即日回銮北京。"

正德拍案嚷道："岂有此理！这岂不是姑息养奸，君为臣屈吗？岂能为惧怕他们闹事，便改变朕的行程，随便许诺，他们今后会更加纵恣狂妄，随事要挟的！"

江彬挑拨说："这岂不是歪门胜了正理，堂堂天子却输了官司吗？皇威何在呀？"

"皇父莫急。应知现下阁老和诸皇亲大臣追谏在道，狗御史张钦等又拦阻在前，要马上出关实在是做不到的。不如因机立断，以退为进，先化解眼前的紧张局面，再徐图反手一击。皇亲大臣等以为圣驾答应回銮，所请已经得准，必然自鸣得意，松懈麻痹，不再过问此事；而张钦和孙玺等负责防戍的区域跨越京西十八险隘四十八关口，他们的职责是每年夏秋必须沿线巡视检阅，不得滞留居庸。只要等他们离关外出，就再无敢主持关口开闭之人，留守的将官人等亦无人再掌有抗御皇驾出入的权力。儿子还要派得力细作，在居庸关前后认真侦察，一得到他们已出关外巡视的讯息，就飞快报来。到那个时候，皇父随即轻车简从，不声不响地自德胜门出，夜宿羊房民舍，次日黎明就疾驰出关，待内外符官闻报，皇父已在宣府城中优游欢宴了。这样做，出其不意，攻其不备，舍难就易，事到功成，岂不是易如反掌吗？"

正德点头，悻悻地说："只是白饶了这一伙不知遵守臣度，不知忠顺朕躬的畜生！"

钱宁上前半步，面露狰狞："皇父就不必为此气恼了。咱们是留有后手儿呢！现下的情势，无奈只好让他们驴鸣狗吠，先蹬踹一阵。但这些坏包们谁个撒泼最甚，闹事最欢，煽动最力，调门最高，锦衣卫衙门都有随行卧底记录。等风潮过后，一定要逐个算账，谁也莫想溜滑抵赖。到那时，对他们是罢官革爵还是廷杖充军，不是都由皇父裁定吗？"

正德欣然，吩咐二人："那就先从昌平回京吧！你们一切总要留心着！"

果然，只过了二十多天，隐藏在居庸关卧底的探卒，便急报回京：张钦已出巡白羊峪，孙玺亦已阅兵古北口，居庸关无掌权主事之人。正德等闻报大喜，即日化装改服，只领十余骑冲出关门。

跨出关口，正德回望重关天险，哈哈大笑，对随行人员说："这样石头和泥土砌的关墙，想要阻止孤家的行止，岂不是在做梦吗？"

说罢，他急催坐骑，扬长而去。

张钦在白羊峪闻报，连忙策马追赶，但已经来不及了。本想回关整饬，但想不到正德已任命宦官谷大用作为提督居庸关太监，授予重权统率军政，禁止一切官员未奉钦命出入关门，还赐给尚方宝剑，拥有先斩后奏之权。张钦和孙玺已被架空，一切都无能为力了！张钦愤慨西望："微臣一念血诚，披心腹，尽愚忠，皇上为什么还执迷不悟？来日大难，就怕俱无死所啊！"

第四十五章

宣德府慷慨论兵事　大同城恣意戏群芳

正德好不容易挣脱了群臣的谏阻，以及朝纲礼教和宫廷规制的约束，终于突破了严关重锁，一路奔驰到达宣府。身为天子至尊，却有着遁逃成功、私奔得逞的快活感觉，活像脱了缰的野马，可以随意奔驰咬噬，为所欲为了。

江彬早就为正德的到来做了周全的准备。他将当地最大的佛教寺庙善化寺改建为临时行宫，在大雄宝殿安设了御座，又将该寺方丈云悟大师撵出禅房，把这间持斋诵经、戒行清净的百年禅房作为寝宫，还调来一队心腹边军作为护驾的御林军，戒备森严，着令谷大用紧相配合，力阻被视为有忤圣意的官员们出关，同时又将正德的贴身内侍和佞幸臣僚等人赶紧护送到宣府。宣府和大同原属边塞之地，一时便热闹起来，因为有了一个不伦不类的朝廷。

正德称心如意，神采飞扬，大发议论："卿家柔顺忠爱，体念朕的心事。朕早就憎恶乾清幽闭、宫禁老套和饶舌臣工；也厌倦了豹房的庸脂俗粉和陈旧玩意儿，早就想另辟新天地。朕年将三十，素怀澄清之志，有雄武韬略，当前正是观兵耀武，亲率雄师征虏灭寇的最好时机。朕一定能够建立不世功业，成为万世英豪。今得到卿家等的扶持，更是如鱼得水，如虎添翼！"

江彬表白忠心："皇上的话让末将开了窍，皇上因时制变，当机立断，真是应天顺人，臣民共仰，一定能够安邦定国正乾坤，名标青史。末将有幸效力驾前，誓必矢忠矢信，甘为鹰犬，虽粉身碎骨，亦在所不辞！"

正德听得顺耳，劲头更足，顾江彬而言道："朕现在已移驾晋北边城，就要从这里开创宏业啦！"

江彬原本是宣府一带的土著，世代隶属边军兵籍，对于西北边塞的地理、历史沿革和军事形势等方面都比较熟悉，乘势鼓动说："古代山西是华夏的中心，秦始皇统一中国之前，有所谓'天下视山西而定'的说法。历史上的重大战争和事变多出山西。商汤灭夏桀是在境内的鸣条岗，晋文侯称霸则是起于太原，秦将白起坑赵兵四十万是在高平一带。大同因为作过北魏的首都而名重一时。隋朝末年，李渊和李世民父子是从太原起兵，然后夺取长安的。李世民登上帝位后，便将太原定为'北京'。诸多史事都证明，山西真是兴国建业之所，英雄叱咤风云之地啊！"

正德问："卿视朕与这些古代圣帝贤皇相比较，有何不同？"

江彬会意，忙答："这些古人古事都是陈迹了。他们的所谓丰功伟烈，或只是出于传说，是史臣的粉饰，或其活动只限于一隅，或享国短促，或因弑父杀兄而有秽德，各有偏弊不足之处，而皇上上承列祖诸宗宏烈，下有亿万臣民拥戴，国当全盛，大业方兴，正似旭日方升，前途无限啊！"

正德想入非非："卿说得甚是，朕自揣量论才论志论势，朕都略胜于古人，不但能够媲美前代英烈，还一定会超过古人万倍。当前正应乘此风云际会，立足宣府，抓住战机，开创震古烁今的大功业。卿等襄助有功，以后都要论功行赏！"

江彬听到正德不着边际的幻想，心中冷笑，再次进言："官府是京师北门，大同是百战之地，山西向来是出名将名帅的地方。汉代反击匈奴的大将卫青、霍去病，被尊为武圣的关云长，抗击辽兵保卫中原的金刀令公杨业，都是在这里起家创业的。雄关边墙都铸刻着这些英烈人物的英名。但卫青、霍去病受制于汉武，难以毕竟全功，关云长刚愎自用，不过一介武人；杨业父子含恨殉难，他们各有着亏短和不幸。皇上年富力强，以至尊之位，手执全权，运筹帷幄，令行禁止，又亲临前线，统率三军，战必胜，攻必克。斩将擒王，凯歌高奏，不过是天命所归，囊中之物罢了！

"我大明以武立国，太祖皇帝洪武爷起自田间，挥军扫荡群雄，奠定了万年基业；太宗皇帝永乐爷五次出居庸亲征，在宣府、大同阅兵誓帅。王师屡出，漠北尘清。如果没有我太祖太宗等先皇的赫赫武功，威德隆盛，又焉能驱除鞑虏，重开日月一统之天，长葆金瓯之阙？皇上今日继承遗志，决心弘扬先皇的伟业，整军经武，不愧是大明中业的英主，朱氏皇统的圣子贤孙。"

正德志得意满："这是时势造英雄啊！"

江彬旧事重提："皇上切不可忘记，正统爷正是在此大同前线被瓦剌也先俘虏，受押解到北边，以大明天子之尊而沦为阶下之囚，臣僚后妃皆为奴婢，任由鞭笞奸淫和杀戮，受尽折磨凌侮，这真是我朝累代君臣的奇耻大辱。当今也先的孽种小王子等又猖嚣疯狂，不断南侵，并以当年俘辱英宗皇帝为夸耀，用来讥讽我君臣，指为孱种软蛋，是无能之君，无勇之国。我堂堂天朝，岂能长受诋毁？不雪此耻，祖宗神庙不安，边塞亦无安宁之日。皇上英明，又岂能安然在位？"

正德霍地站立，右掌猛拍御案，指天发誓："是可忍，孰不可忍！朕发誓痛剿北虏，务必斩尽杀绝，一定要割断小王子的头颅，奉献在英宗先皇陵前祭祀！"

江彬内心暗暗得意。他是边塞老行伍，明知当前即使会合京军和边军，倾全国之力，也不是狡狯善战的小王子和北虏骁骑的对手。但他并不在乎胜败，而是考虑自己和众多边将们之所以受到特殊宠信，皇帝之所以毅然移驾宣府，主要是受到耀武边塞的鼓动和发动战争的怂恿。如果淡化了对战争的渴求和求战的迫切，自己也就大为掉价，成为无关轻重的边缘人物。更何况，他最信奉边军中流传的两句话："刀枪上战场，金飞又银扬"，开战才是边关将帅们发大财、升高官的最好时机。胜固可喜，败亦无妨，因为既可以讳败为胜，也可以斩杀平民以冒功。他心里还有更加诡谲的阴谋：皇帝驾在宣府，必须力保对他的影响和操纵。一旦时势有变，还可以挟天子以令诸侯。有军就有权，有权就可以兴风作浪，横行无忌。

江彬久踞两军对峙的前沿，与北虏首领小王子早就暗中往来，关系暧昧。万一自己不见容于中朝，还有最后一步绝棋，就是掉转枪头，将这个昏君以及随侍的所有臣僚人等一律作为俘虏，押解他们进入大漠，交给小王子，作为投靠的献礼，变正德皇帝为当年的正统皇帝，卖个好价钱。

正德在慷慨论兵的同时，也绝未忘记在边塞寻欢猎艳。经过几天歇息，困倦消除，正德旧习难除，诏令江彬和钱宁入见。

一见面，就问江彬："卿家在北京时，多次对朕说，山西山清水秀，人杰地灵，是古道关隘，兵家要地，更说到山西多出绝色美女，姿色动人……"

未等正德说罢，江彬念出四句俗谚："本地有言：蔚州城墙，宣府教场，朔州营房，大同婆娘，都是各有特色啊！"

正德饶有兴致："什么特色？还不细说！"

江彬道："蔚州是与北虏对峙的前沿阵地，百年来经过多次攻防易手，历任守将无不以加固城墙、广设战堡、巧设障塞、构筑深沟高垒来对抗北虏骠骑的冲刺。蔚州的城墙是用特定的磨砖砌成，灌以黏面灰浆反复夯实，真是铜墙铁壁，刀枪难入。内堡外墩，击柝相闻，即使城外金戈铁马，死伤狼藉，却能赖此坚城，隔离烽火，保障城内军民安谧，不让蔚州成为敌方的突破口，镇边破虏，发挥过重大功能。"

正德点头："朕要亲临蔚州视察。"

江彬接着介绍宣府的教场："宣府是边军重镇，常驻重兵，一旦时局紧张，更是京边各路大军云集。平日军马演练，各路军队会师，将帅阅兵，都需要建立一个可容数万兵马的大教场。宣府教场地跨东西四十里，南北二十里，是居庸关外最宽阔雄奇的军事设施，是翼卫神京、展示军威的最大场面。

"这样的大教场，在北京也是没有的。朕驾到宣府之后，已经亲自视察过了。卿等要加紧维修整顿，朕不日就要亲自在这个教场大阅军伍，宣示亲率三军扫荡北虏的雄心壮志。"

江彬和钱宁齐呼"遵旨"。

正德又问："朔州营房又是怎么回事呀？"

江彬回奏："朔州是通往偏头关和宁武的要道，两千年来一直是边塞上的重要据点，是紧邻宣府和大同的后方，古时叫作马邑郡，就是用来屯聚兵马的地方。大军会合，就必须在朔州驻扎重兵，随时调派到前方，入阵出击，因此历年在朔州建成了大批营房，加以朔州近山易采木，用材不成问题，所以建成的营房都牢固宽敞。密切配合军队编制，分别按营哨安营下寨，平日便于休息操练，一旦有警，又可以紧急集合，符合军伍管教养卫的统率原则。营房在朔州占地过半，成行成列的营房，是一道独特的风景……"

正德忍耐不住："说说大同的婆娘吧！"

江彬会意，遂绘声绘色地大讲山西的女人经："启奏皇上，山西自古就是产美女，盛出女佳人、女名人的地方。史上唯一成就帝王伟业的武则天就是山西女人；而历史上芳名风流的貂蝉和杨玉环，也都是山西人。至于大同地区，更是集中了山西美人的精粹，不少帝王都在这里挑选皇妃。有史可查的，这里出过二十五个皇后、九个皇妃，被称为'皇后之乡'。史书说：'九边如大同，其妇女之美丽，实边塞之无有。'"

正德打断他的话："少抛书袋了。朕要知道大同婆娘为什么能够名声远扬，到底是什么样的婀娜多姿，让男人神迷颠倒？"

江彬仔细介绍："大同的婆娘不同于京都的佳丽，并不以纤细弱质见胜。她们另有风韵，皮肤白皙，身材修长，五官秀丽而轮廓分明，而且善于打扮装饰。由于生在边塞，擅长骑射歌舞，集中了汉、蒙两族妇女的豪放和美艳妖娆，英武气质中又兼有温婉雅静的斯文气息。出门能够策马驱驰，入室则是贤妻良母。夫妇同行者，粗蠢汉子往往配得如花似玉的绝色美妇……"

正德不由得说道："粗汉尚有此艳福，朕岂能失此艳遇？朕要尽搂大同的美妇人，将她们收入行宫御榻，一一赏玩！"

江彬知道火候渐到，故作神秘地说："启奏皇上，大同婆娘之所以使男人心痒难耐，主要是凭着两双秀脚。"

正德犯了糊涂："两双脚？"

江彬狡黠微笑："第一双是步步莲花的诱人小脚；第二双是跨鞍驰马、步履如飞的矫健大脚！"

"哦！说来听听。"

"这是因为大同向来是最讲究缠足的地方，文人所谓北地胭脂，向推大同为独步。女子脚小而行动灵便，步履出于自然，脚形直而正，以手抚摸刚柔相伴，甚至柔若无骨，是其他地方所不及的。"

说到这儿，江彬口气开始淫邪："据微臣所知，大同女郎的小脚，长者不过四寸，短的不足两寸，而且脚跟周正，脚背低平，尖细均匀而柔软，妖娆纤弱，最让男人产生摧花夺玉之心，煽动偎红倚翠之念，所谓罗鞋将捧不胜怜啊！"

正德兴奋，竟对江彬调侃："卿家是一个浪荡将军，又是色中痨虫，身为当地统领，大概玩弄过不少三寸金莲吧！"

江彬连称"不敢"，转而顺水推舟："最美艳最娇嫩的小脚金莲，微臣哪敢沾染，全都留给皇上赏玩呢！"

正德连连点头，表示完全领会他的邪道儿，脱口而出："论床上枕席寻欢，女人的小脚双翘是最在趣味的。"

他又兴致勃勃地问："大同婆娘的小脚，还有什么新鲜事呀？"

"当然！正要恭请皇上垂听哩！"

"讲来！"

江彬清了一下嗓子，开始讲述大同妇女的小脚故事："全国各地都有自己的地方节日，而大同最重大的节日却是'小脚节'。每年六月初六日庙会期间，都要在寺庙举行一次大规模的赛脚会。到时候，城内外所有自认有一双骄人小脚的年轻女子，都会在父兄的陪伴下来到会场，坐在门帘后边，卸脱了红绿花鞋，将一双纤足伸出门帘之外，任人观赏品评，也容许路人手握抚摸，但容貌却隐藏在帘内，绝不许外人揭帘窥视。在赛脚会上露出小脚，不但没有羞耻之感，而且引以为荣。经过初选，挑出优胜者若干人集合在一起，再行评比，最后公决出结果，第一名称'王'，第二名称'霸'，第三名称'后'。当选者自然欣喜异常，她们的父兄还会当场表达谢意呢！"

正德听得六神出窍，意动神摇。江彬继续说："在赛脚会前一两天的夜半，大同富家女子更多以凤仙花和明矾将小脚染成红色，加麝香紧缠密裹。到第二天，便全足尽赤，纤小如红菱一般，更显得娇艳非常。"

"真是闻所未闻的艳情佳事。可惜六月初六已过，朕来不及观赏了。"正德露出遗憾。

江彬连忙接上话，一力撺掇正德宣淫，进一步煽情，说："皇上不必过虑。大同地区的赛脚会不仅限于每年的六月初六，在八月中秋的前两三天，九月重阳的后两三天，都会在城内各区召开中小型的晾脚会，互相争奇斗妍。少女们有时将小脚暴晒在日光之下，称作秋凉晒小脚。现在正当开晾脚会的节令，足供皇上欣赏的。"

正德大喜，连说："这敢情好，朕明日就要在大同城内改装微行，一定要饱览小脚风光，尽识大同婆娘风光。"

正德又若有所思地对江彬说："卿是本地军事长官，城里人都认得的，不宜随朕化装猎艳，不如仍由宁儿随行为妥。"

钱宁闻言雀跃，江彬则顿感失落，只好回答："皇上高瞻远瞩，洞察世情，所见极是。"

江彬稍后又说："还有大同婆娘动人大脚的事体，尚未奏陈圣听呢！"

正德觉得所言不合时宜，随口驳回道："赏玩小脚还未开端，欣赏大脚的事等以后再议吧！"

钱宁道："皇父所见极是。这一次出行，不宜公开宣告，也不要设置仪銮警卫，只由儿子亲随左右，另由行在锦衣卫派遣几个精干校尉密加戒护便可。"

于是，一连几天，钱宁便伴随正德，不乘马，不坐轿，"微行"在大同市肆。他们或者改装为京军派驻边陲的青年将校，或者身穿蓝青色襕衫，头戴生员的遮阳大圆帽，似是科场中人；有时也身穿绸缎绫罗，扮作营运边塞的富商，混迹于军民僧俗之间。

大同虽然僻处西北，但由于汉蒙开市，以货易货的贸易发达，东南西北的客商云集；也由于军队调动频繁，官兵和军眷都来自各地，带来了各地区的服饰时尚、语言声调和生活习惯，使这座边地小城呈现出异样的繁荣和多彩。苏、杭、粤、闽的奇珍异货山积，歌楼舞榭咫尺相望，仿佛是镶嵌在黄土大漠中的一颗异彩的明珠。当然，随处还是显现着本地区浓郁的特色。这是一座混合着外来时尚和土著风情，奢华未掩纯朴，升平气象和军情紧张交替的城市。正德备感新奇，流连忘返。当然，最让他念念不忘的，还是大同婆娘，是让他兴奋了好几天，魂牵梦萦的美人小脚和引起无限奇思邪念的晒脚会。

时在中秋过后，他和钱宁化装为六品军官，戎装整齐，在大同市面穿街过巷，东游西逛。果然发现在闹市通衢，甚至在一些胡同的大宅门前，都有中小型的"晒脚会"。有些会在帘前展放着七八双小脚，另一些则只有两三双，大都红妆绿衬，经过麝香和淡彩的熏染，随意在秋阳下晾晒。

原来在大同当地，人们一直是以平常心来看待这种风俗，已经流传近百年，不过是一种自发于民间的赛美活动，当地妙龄少女以及家人都对此饶有兴致，积极参加，很少有人抱以猥亵的想法，更无人捣乱骚扰。但是，正德君臣却是以特权大嫖客的态度来观赏"晒脚会"的。

正德虽然换了装，但秉性难移，龙性难驭，特别在女色之前，更是放肆毕张，丑态尽露。他在性事方面，本来就拥有丰富的经验和体会，能够从"晒脚会"上露出小脚的纤小肥腴，或尖弯平正，判断出小脚主人的袅娜姿色。他用一口京腔肆意谈论，津津乐道各式各样的小脚女人经和不同性趣，有时毫无禁忌地放声而谈，有时则与钱宁搂头贴耳，讲些更不堪入耳的淫词秽语，欲火中烧，色胆包天。

在东西大街拐弯胡同的东口里一座大宅前的晒脚会，是当日几个晒脚会中最为富丽整齐的。门前竖起一扇织锦帘子，阶前铺垫着一幅驼毛地毯，伸出六双绣履光艳的小脚，"莲瓣纤纤，花鬟袅袅"，可以想象小脚的主人们必然都是一时的佳丽。正德特别注意到，仕这几双小脚中，又有一双特别纤弱弯软的脚，用红绿相间的脚布缠得很紧，尖尖不足三寸，小腿不时颤动，似有隐隐痛楚，是低龄少女被迫缠足晒脚的无声呻吟。正德神魂颠倒，顿时忘乎所以，伸手紧握这双小脚，反复搓揉，又使劲拉到脸前，用鼻子狂嗅，唧唧有声，继而更用力戏弄拧捏，极尽轻狂。只听到帘内传出柔弱娇嫩的呼痛声，两只小脚不停地挣扎踢拨，正德闻声，反而极尽欢喜，竟然对手中的小脚用劲吻咬，陶醉其间。小脚女子痛苦难耐，一下子挣脱魔手，两足蹴蹬，一脚正踢在正德的鼻梁上。正德登时痛入骨髓，眼前金星乱冒。正德恼怒，嘴里骂骂咧咧，两手更悍然不顾，狠命抓住女人的小腿向外拉扯，一下子便将一个年方十一二岁，刚缠双足的年幼少女从帘里揪出来，顺手就是一巴掌。这个女孩子头上还结着丫角，稚气未除，显然是第一次参加晒脚会。女孩子早已惊惧不已，更被粗暴殴打，顿时惶恐无措，花容失色，想要逃入家门，又被拉扯着挣扎不开，又羞又气，只得一边哭泣，一边失声叫嚷："爹爹，爹爹呀，快来救我呀！"

小姑娘这一阵叫嚷，使同时晒脚的几个小姐妹吓得失魂落魄，慌忙缩回双腿，飞快退入宅门。与此同时，也惊动了大宅内的主人和左邻右里，老少爷们以及一些家眷都跑出来，要看看到底发生了什么事。

居住在大同城西一带的，主要是当地边军军官的住宅。这座大宅门，就是原任宁夏总兵神周的堂弟卫指挥使神泉的府邸。神姓军官是西北土著军事贵族，神泉本人又以作战勇敢剽悍，屡立战功著称。他自恃将门之后，平日侵吞军饷，兼并田土，借口"通贡"，欺行霸市，从来不把地方官和派驻大同的京军放在眼内。这一天，他正出巡在外，不在家里。神泉在大同势雄力大，养着一些武装"家丁"，俨然是大同一霸。神宅的家属和家丁们都习惯颐指气使，气焰嚣张，在大同市肆无人敢惹。今天受正德打骂的小姑娘就是神泉的幼女小妞儿。小妞儿本是尊贵的小姐，一向娇生惯养，是卫指挥使的掌上明珠，哪里受过这样的侮辱！她的哭叫惊动了本宅和左右街坊，神府冲出来的男女老幼看到一个京军军官正拉扯着小姐，甚至用掌掴打她，更是怒火中烧，一边赶快抢救小姐回宅，另一边则高声斥骂："反了反了，这个京痞杂种竟敢来我神府撒野了！"有人还大声叫嚷："快去禀告总镇老将军和卫指挥使，有京军贼坏胆大包天，居然到我府挑事来了！"老将军就是坐镇西北边陲的神周，卫指挥就是本宅家主神泉。

　　武装家丁已抄起刀枪围拢上来，妇女们则抢起手中的菜刀和擀面杖等，大宅门前一片嘈杂混乱。暗中随行保驾的几个锦衣卫校尉眼看要出事，都掏出暗器，诸如三棱软鞭、七寸匕首等，紧密守护在正德四周。钱宁则是心计多端，深知在大同地方，切不可得罪作为地头蛇的边军，不可触犯声势显赫的神氏家族，更不可在此时此地挑起边军和京军的互斗。他还记得，神周和神泉调防入京时，在阅兵场上都谒见过皇帝的威仪，熟悉正德的面貌长相，万一这对军阀兄弟回来，看到调戏本宅幼女的竟然是天威咫尺的皇上，就会显得更加尴尬。当前自然是三十六计走为上策。他装作劝架，一面打躬作揖，连连说此人不过是酒后失态，务请街坊邻里原谅一二，暂时稳住了场面。另一方面，又指挥随行的校尉赶快护卫正德冲出重围，跑到西大街东口尽头，扶他跨上随来的一匹黄骠马，递上鞭子。正德面对群众怒潮，也吓得脸青唇白，神态惊惶，也知不宜在此地多留，于是伏鞍挥鞭，黄骠马扬蹄向北边直奔而去。

第四十六章

酒大姐不屑真天子　金彩凤勇斗荡游龙

正德驰骑疾走，半晌便进入晋北广袤的原野，沿着逶迤的内长城行进。当时正是秋染霜林、桂子飘香的季节，路两边时有稀疏的胡杨树临风摇曳，发出沙沙的响声，似乎在安抚旅人的寂寥。正德逐渐放松了紧张的心情，纵辔徐行，放眼塞上风光，心情舒畅起来。

正德一方面恣纵放荡，任性胡为，追求新奇，为人处世异乎常人；另一方面又有着轻薄易变的秉性。他既十分重视和经常滥用皇权，对此有着过分的自尊和高度的敏感；有时又不介意屈尊降贵，放浪形骸，愿意亲近三教九流，不摆皇帝架子，偶尔还流露出人性的单纯和脆弱。对于自己继位以来一系列惊心动魄的政治风潮，都不太放在心上，可以说是拿得起、放得下，我行我素。他执迷地相信"天命有归"，从来没有任何"警蹶安危"的忧患意识。对于连续出现的"违忤意旨"，他在发了一顿大脾气后，也会迅速淡忘。这一阵策马疾驰，看到辽阔的边塞风光，原野上的金秋佳胜，不觉心旷神怡，早将在大同城内"晒脚会"中几乎挨揍的窘况扔在脑后了。

策马走了两个时辰，日已过午，正德有些饥饿和疲累，迎面看到一座巍然屹立的火城堡。

城堡北临沁水，南接村镇，沁水由东、北、西三面环绕而过。城堡呈椭圆形，周长五百丈，面积在三百亩以上，沿边挖有深沟，堡南门楼共分三层，四面开窗，可以俯视堡内外。门楼左右各设炮台一座，炮台突出墙外，三面凌空，各有炮眼，可以从不同方向不同角度抗击敌人攻城。堡墙与环城垛堞相通，形成一条宽约三丈的通道，方便巡视和调遣兵力增援。堡的外墙用青砖，内墙则用河卵石和炼铁坩渣，以糯米汁拌灰浆砌就，坚固异常，可谓森严戒备，固若金汤。古堡不设往来道口，只是在南门楼下设有吊桥启闭栅门，栅门旁边竖立着一块高达二丈的石碑，碑上镌有"得胜古堡"四个大字。当天栅门大开，人马畅通，正德也不打听，径自策马进堡。横贯全堡的十字大街，却是商肆林立，分行分市，百货齐全，蒙古驼队带着大批裘套、羊毛和马匹，来自南方的私盐贩子和百货草药商人也车载马驮，运来品种齐全的应销商品、茶叶陶瓷、蜀锦吴绫等，蒙汉两族商人熙来攘往，评货议价，似乎一切战讯都和他们无关。

正德情绪高涨，色心又起，眼睛四处搜寻美貌女人。

得胜堡的妇女多数穿着大布宽衣，以蓝灰黑等色衣料制作的长袍短袄，出门以锦帕覆面。堡内摊贩多是妇女，店肆之内亦常有"女掌柜"主持店务。她们精明干练，熟悉市道商情，绝无坐家女人的羞怯造作，也从不畏惧与外地官商交谈应对，加以礼节周到，分寸合适，显得落落大方。

为适应农牧兼作，不少妇女还常穿窄袖褶子，足蹬马靴，随时可以挥鞭策马，驰骋于草原。正德一见，蓦然想起："江彬说本地女人有漂亮的大脚，原来就在这里呢！"

得胜堡地区妇女动人之处不在娇娆娟秀，而是以身材健美、明眸皓齿、性格开朗为风韵。当地的妇女多拥有一头美发，少女们或将长发散披身后，或编结络缘，盘结脑后，在上面插簪戴花；婚后的妇女多将头发结成髻子，罩上发网；富有人家的妇女还佩戴金、玉、珠石等制作的钗簪。

正德目不转睛地盯着得胜堡里带有土著风情的女人，同样是衣香鬓影，绰约多姿，但既不同于京师，也有异于大同，自成情调，真是天涯海角有佳丽啊！

他沿着大街浏览，市面上人声鼎沸，车水马龙，城内街道虽然有官兵紧张巡逻，岗哨林立，但另一方面，茶筐陶瓷、绫罗绸缎堆积，一片繁华。正德感觉很新鲜，不过也实在疲累了，想找一个地方歇息进食。

他迎面看到一座堂皇的饭庄，酒帘飘扬，店门前竖立着一挂高约三丈墨地金字的冲天招牌，上有魏碑体四个大字："回龙酒楼"。细看之下，居然是前任总制延绥三边军务、右都御史杨一清的题款；店门两侧悬挂着一副用楠木精雕，字体飘逸的对联，上联是"晋阳风味好"，下联是"杏花佳酿醇"，落款"唐寅手书",旁边还盖有一个自刻"江南第一风流才子"的图章。门额横匾也是唐寅手书,写的是"人酒双胜",是为贴切得胜堡和酒肆生理的用意,肖妙就在"双胜"两字。一间食肆能够请到当朝一品大员和当代风月魁首题字,足见酒楼的东主,交游广阔,手眼通天,并非一般市井牙侩。

回龙酒楼迎门大厅摆设着二十多张食桌,是堡内商人旅客经常聚会进食的场所,人气旺盛,热气腾腾,十分热闹。但在大厅背后,却另辟有一个宽阔的院落,通道墙壁上有红地金字的指引标明:"内有雅座,专迎贵客,闲人免进。"

这个院落是经过特别布置的。前栽碧梧,后种翠竹,还杂种金桂、山茶、黄杨、天竺等耐阴花木,疏密相间,幽雅宜人,与大厅的喧嚣截然不同。院落东头,盖有一座华丽精致的两层小楼,上层只设一间宽敞的雅座,内可筵开数席。雅座前檐伸展,北开暗窗,悬挂着竹帘纱幔,又以彩漆围屏贴壁,吊挂玛瑙明灯,席设象箸银盅等食具,极尽金碧辉煌,充盈豪华气派。这间特辟的雅室,平常不开门接客,只有经过预订,才启槛迎客,这一天中午并无客人光顾。

正德着店伙拴好黄骠马,迈步进入酒楼。他刚走进大厅,就听到聒耳的噪声,扑鼻而来的是混合着人汗酒气和剩菜残肴的难闻气味,又看到袒腹跷足、醉态可掬的市井人等,觉得厌恶,转眼看到雅座标志,便阔步走入后院,登上小楼,踞坐雅室正中,未见有人接待,扬声叫唤:"酒保,酒保!"

等了一会儿,仍然未见有人出来,正德遂用手上的鞭梢狠击餐桌,大声呼叫:"酒保,酒保,出来个酒保!"却意外地听到一声银铃似的女声回答:"这里没有酒保,倒有一个酒大姐!"

正德一惊:"哟!什么酒大姐?还未听说过有叫酒大姐的!"

"没见过,是没见识,就让你见见吧!"

身随声来,走进一个年轻女子,答应道:"原来是一个军爷,迎候来迟,莫怪,莫怪!"

正德定神一看,女子身穿蒙古族惯穿的淡灰色"比甲"长袍,其式样是有裳无衽,背后的长度略过于前,套在"比甲"之外的是一件织金刺绣背心,腰里则束着一根色彩斑斓、绣有金线的带子,头上用蛛网束发,结着自江南传来被称为"苏样"的髻子，高不过三寸，并没有完全依照苏州样式那么高耸，髻上只插一根金色簪子，并无珠翠，风采自然，落落大方。这样的打扮，当地称作"汉头胡身"，是汉蒙两族服饰习俗的巧妙结合。它完全适合当地的气候和风情，既得其方便，又充分衬托出轻妆缓带、浓妆淡裹的美丽。他留意到，女子裙下却不是两只小脚金莲，而是穿着黑鞋白袜的自然脚式，壮实健美，举步稳当安详。

正德在得胜堡的酒楼见到这样新奇别致的女人，感到很意外，忽然想起在北京娼寮听来的两句话："野花路畔开，村酒槽头榨"，真是不出豹房，见识不到如花似锦的诸般美景。说话的口气也转为柔软："好吧，俺就叫你一声酒大姐吧！请问酒大姐，你可有名字？"

"我吗？没有名字的。"女郎答道。

"人生在世，岂有没有名字的道理！"

"名字倒有，说出来怕军爷要叫。"女郎羞怯地说。

"不愿意告诉名字便也罢了。但既不是从石头缝里蹦出来的人，爷生母养，总有个姓吧？"

"这也说得对，告诉你吧，我姓李。"

"这就好了，俺就称呼你做李酒大姐，但太拗口了，还是称呼名字为好！"

女郎冲口而出："我叫李凤姐呀！"

正德大喜，连声叫唤："好一个李凤姐，好一个李凤姐！"

原来这个李凤姐，是在当地出生的军籍女儿。祖辈是在延绥边卫世袭千户的军官，父亲李彪自幼随军征战，母亲却是一个蒙古女人。凤姐自幼命运不济，父亲出征战殁，因为没有儿子接替军职，便被开缺停俸，家庭经济来源断绝。凤姐只好随着母亲靠替人缝纫为生，度过了贫愁潦倒的童年。更不幸的是，寡母又忽罹恶疾，一夜之间弃世，十岁的凤姐成为孤儿，衣食无着，最后被亲邻送入大同的妓院充当养女。大同因地处冲要，往来人流繁杂，素多娼楼妓寨。王府乐户之数，也多出其他藩地数倍，隶属于花籍的人数，达两千余人。歌舞管弦，昼夜不绝。妓院老鸨看凤姐长得秀丽明艳，认为是上好货色，一心要"养瘦马"，把她培养成名，不惜重金延聘师傅，教她识文断字，弹琴鼓瑟，教歌练舞，只望培育出一个才貌双全的俏姐儿。但想不到凤姐早在童稚时期便极有心眼，暗中立志要跳出火坑，绝不肯沦落为娼，不屑神女生涯。按照朝廷法律，凡有诱迫军籍妇女卖身为娼的，一经告发，便要被判充军流徙的重刑。因此，每当老鸨示意要她挂牌接客，她便连哭带骂，大吵大闹，声言要扭缠老鸨见官，按律治以蔑视军法、逼良为娼的重罪。老鸨软硬兼施，毫无作用，计穷力尽，只好把她赶出妓院。

凤姐被迫栖身妓院数年，虽然洁身自爱，但在烟花之域目睹耳闻，对人世间的繁华虚幻、世情冷暖，有了一些体会，但善良纯情的秉赋未变。她从妓院脱身之后，生计所迫，在回龙酒楼充当一个女酒保，负责招待食客。酒楼东主也别有心计，他看到凤姐豆蔻年华，秀外慧中，而且通晓汉、蒙习俗，熟悉两族语言，百里挑一，是用来招徕汉、蒙富商和地方军政官宦的首选，便派她专门负责接待雅室的贵客。

因为有了俏丽的凤姐红粉当垆，自然招蜂引蝶，不少富商巨贾、达官显宦、浮浪子弟，甚至远在大漠以北的部落枭雄，纷纷前来光顾，只求一睹芳容，一亲芳泽，生意一时大为兴旺。东主对凤姐也不得不另眼相看，格外拉拢，优给雇金，只想留她多待几年，为自己多赚银两。迎来送往中，搭讪挑逗之事不可避免，凤姐年纪虽小，但心智明白，不温不火，不卑不亢。但随着年岁渐长，情窦初开，也怀有美人许配英雄，相夫教子，过平静的幸福生活的意愿。

正德看中了凤姐，凤姐却错看了正德。

凤姐摆下杯盏，问道："请问军爷，是喝酒，还是便宴？"

"酒是什么酒，宴是什么宴，有什么特色的菜？"正德问。

凤姐流利回答："论酒，有山西汾州老窖，宣化的杏花，江南的花雕，也有来自蒙古的马奶子陈酿。论菜，关外的熊掌，京都的肥鸭，东海的鲛炙，金华的火腿，本地的胎羊，鱼翅燕窝，山珍海味，火炙鹅，活剥整羊，等等，一应俱全。名厨掌勺，远近驰名。"

正德并不在意酒品菜名，他紧盯着凤姐的脸庞和说话的姿态，邪念顿生。凤姐口齿灵利，略带延绥口音，声调柔软，两腮各有一个酒窝，说话和浅笑时若隐若现，使得正德心猿意马。他故意编造话题调侃："请问凤姐，只有这些酒菜吗？都是一样价钱吗？"

"这又不然，我们的酒饭分为三等。"

"哪三等？"

"上中下三等。"

"这上等的呢？"

"就是刚才说的酒名菜式，随便点用。"

"食客是什么人物？"

"来往的文官武将、商家大掌柜们，都是贵客。"

"中等食客是什么人物？"

"是贩运货物的驼队行商，摆摊开店的坐贾老板，开小煤窑的矿主，还有本地的殷实住户居民人等。"

"这些人吃的是什么酒菜？"

"常吃的有本地有名的咸香酥软的炸兔头，筋韧的五香豆腐干、卤小驴肉、熘爆羊肝肚肺三样，还有浑源凉粉、刀削面等，也是品种繁多，却是量财吃食，论质算钱，各适其适。"

"这下等的呢？"

"就只有玉米面摊饼子，窝窝头就咸疙瘩了。"

"是何种人所用？"

凤姐停顿了一会儿，才说："这个嘛，不说也罢。"

"为什么？"正德急问。

"讲出来令军爷着恼。"

"俺答应不恼就是。"

"那我就直说了。这下等的饭菜就是专给吃粮当军的人准备的。"

正德变色："岂有此理！"

凤姐淡定自若地回答："军爷莫怪，其中可有道理的。因为不少吃粮当军的人来店饮食，常有吃了白食，一抹嘴就走的，不敢送上好的东西供他们啊！"

正德听言，从怀里取出一锭十两重的银子，啪地扔在桌上："把上等的酒菜摆上一席！取一壶最好的本地汾酒来！"

"军爷是带了多少人马前来的？"

"一人一马，人吃酒席，马吃草料。本军爷不吃白食！"

凤姐一笑："银子是太多了！"

正德转而讨好说："一是付给酒菜钱，二是与大姐花儿戴的。你就给俺准备一桌来。"

凤姐正色回答："酒菜可以给军爷准备，但买花钱可不能收。蒙古人的风俗，认为横财招殃，菩萨有言，'不贪非分之财，才能作善降祥'。"又嗔笑道："本姑娘要买花戴，也不稀罕军爷的施舍钱呀！"

凤姐转身下楼入厨，吩咐掌勺的厨子准备价在十两的"一人席"。什么叫"一人席"？就是供贵宾一人独酌进食的高级席面，无非是用材要精，炮制要细，品种要多，而每种分量要少的美味佳肴。这样的独特筵席，在回龙酒楼也是偶有接待的，来客多是贩货而来的南方巨贾，或从大漠过来的蒙古首领。这些人在行旅困顿，商机或戎务劳累之余，有时也想暂时放开俗务，独享优闲。他们都是一些不惜千金，并不计较酒菜价钱的豪客。凤姐看到这个年轻军官竟扔出十两银子，赌气摆阔，只好听命订菜，心里纳闷：这个军汉口气很大，出言不逊，到底有什么来头？

凤姐吩咐完毕，先端着一个托盘，其上摆放着一个盛满特酿汾酒的锡壶，另带象筷银盏，还有四个精巧果碟，盛有下酒凉菜，其中一碟银丝粉果，一碟软炸鸽子雏儿，一碟黄芽韭拌的海蜇，一碟春不老炒冬笋，入室送到桌前，斟了一盏酒，说道："军爷先吃点凉菜就酒，热菜随后就来。"

正德半天奔波，实在也是饿极了，加以他本就嗜好饮酒，看到酒菜上桌，忙举盏呷了一口，连声称赞："好汾酒，真是名不虚传！"边说边又把壶自斟。他吞一口摆上来的凉菜，十分高兴，举筷入口，夸奖说："这四个果碟有荤有素，有水有陆，有南有北，真亏得凤姐心思细巧！"

凤姐脸颊泛红，也不搭理他。正在此时，厨子送上六道正菜，原来是烤驴腿、火炙鹅、爆羊三样、金华火腿烹鲜蘑、黄河鲤鱼段、百鸟脑酿豆腐，还有几色时鲜的果品，诸如京都秋白梨、福州橘子、岭南荔枝干等，一桌都摆满了。

正德又是连声称赞："不但是地道的蒙古风味，连水陆珍馐、山珍海味都有了，十两银子真值啊！凤姐措办得好！"

他要再斟酒，却发现锡壶已经空了，说道："给俺再拿一壶酒来！"

"要什么酒？"

"要最烈最浓的。"

"那就是蒙疆的马奶子酒了。"

"最好，就拿两壶来！"

两壶马奶子酒入肚，正德已经是神思恍惚，美酒加美色，早已神魂颠倒。他借着酒意，又从怀里掏出一锭银子，送到凤姐面前，诚意说道："凤姐，俺是因为你的细心招待，得享美味佳肴，酒足饭饱，实在感谢！你就收下这锭银子，添置点衣裳首饰吧！"

凤姐一时未揣摩出真意，却有点感谢他的关切，并不收纳银子，只是说："妄得的钱财烫手，姑娘不收军爷的银子。谢过了。"

正德一怔，并不勉强，转过话头，关切道："姑娘是蒙古人吧？怪不得你没有裹小脚。"

凤姐认真回答："蒙古族人是不兴裹脚的。小脚一双，眼泪一缸。裹了小脚，怎样骑马呀？"

正德点头，又问凤姐的身世。

凤姐如实回答："我娘是蒙古族人，爹爹却是世代驻屯延绥的吃粮当军的千户，我是地道军籍的女儿。"

"那倒奇怪了，为什么会在这里当女酒保呢？"

正德这一问，却戳中了凤姐心里的伤痛。情不自禁地哼出当年戏曲师傅教的两句曲文："奴本是明珠擎掌，怎生的流落平康。对人前乔作娇模样，背地里泪千行……"

正德虽然没能品出其意，但也看出姑娘有伤心事，作出体贴的样子说："凤姐心有难言痛楚，军爷我十分同情。这样吧，相逢是缘分，今后不管有什么样的事，全搁在俺身上好了，千难万难，军爷都会给你排解妥当的。"

凤姐颇为他的豪情美意感动，芳心一时大动，便将身世经历尽情倾诉。萍水相逢，交浅言深，却也有些相见恨晚的感觉。少女情怀，柔情万端，被这个年轻军官的风度翩翩和卓尔不群的气概吸引，又唱出两句曲文："三春南国怜飘荡，一事东风没主张。添愁怆，哪里有珍珠十斛，来赎云娘！"

正德却并不是这样想。他虽然装作怜香惜玉，其实不过把凤姐当成野草闲花，只想图一时之快。他按捺不住，逐渐以淫秽之词挑逗，企图乘虚而入。他边吃酒菜，边向凤姐语带双关地说："今天的酒菜好倒是好，可惜缺少两样东西。"

"是哪两样？"

"红梅结着白萝卜，佳人斟酒美嫦娥！"

原来他说的是酒楼欢场的淫秽用语。凤姐一听，有点醒觉，心里升起一丝愠怒，想不到这个貌似庄严的军官也是一个浪荡男儿，眼神和语气已经现出丑陋和邪恶。刚才在姑娘心窍里产生的好感以至美好幻想一下子都冰消了。她心烦意乱，有着难以言说的失落，装作听不懂："军爷要吃红白萝卜，这里有的是，待我取来。"

"不是这个！"

"是哪一个？"凤姐负气而言。

正德淫邪地盯着凤姐："俺要的是穿红着绿跟凤姐一样的人儿啊！"

凤姐啐了一声，未待说出话来，却听到正德痴迷说道："经过俺手掌的女人成百上千，还未见到凤姐这样另具风骚的呢！"

他摇摇晃晃地手拿酒盏，塞到凤姐的手里："俺要凤姐你亲手斟酒送入俺的口！"

凤姐气往上冲，甩手说："我只会卖酒端酒，不会喂酒！"

正德以为凤姐是故意作态，不过是和自己调情，走上前来，一手仍拿着酒盏，另一手就搂住凤姐的腰肢，伸颈张嘴，想要贴到凤姐的脸上，挑逗说："好凤姐，你是斟，还是不斟？"

凤姐摔开他的手，猛地推开他的酒盏，酒浆洒地，厉声呵斥："你要干什么！姑娘我就是不斟！"她又羞又恼，转身要走出雅室。

"回来，有好东西让你开开眼！"正德叫住她。

凤姐回身一看，原来正德从怀中取出了一锭黄澄澄的元宝，举在手上晃动炫耀，朝着凤姐笑问："你知道这是什么吗？"

"未见过，但也听说过，不过是一锭金元宝！"

正德以为这十两黄金必能打动凤姐，得意地说："对呀！好凤姐，还是请你斟杯酒送入俺口，金元宝就交到你手。"

正德边说边走近前来，又要动手轻薄。

想不到凤姐拂袖一推，元宝当即滚到桌子底下。

正德意外，一时定不下神来，气焰也低了半截："这锭元宝可是出自皇家内库，还是俺从北京带来的呢！"

凤姐冷笑道："好大的口气！莫非你是打劫皇库的贼犯？应该押送到官府审问明白！"

正德放声大笑："那敢情好！只怕群官百吏争着向俺磕头跪拜呢！"

凤姐以为他不过口出狂言，故意挑刺说："不害臊，还说是从北京带来的黄金，你这样的军汉能住在北京那旮旯？"

正德并不理会凤姐的冷嘲热讽，继续吹嘘："凤姐又没见识了。人不可貌相，海水不可斗量，你就看不出俺的贵相，应知道俺是天生的真龙，可以随意神游在天底之下。北京是个大龙潭，正是俺的家！"

凤姐厌烦，不再理睬他，急着走出雅室。正德又大声叫嚷："凤姐，你转回来！"

凤姐停步："叫我转回来，是何道理？"

正德故意不理会凤姐的质问："你可知道在那北京城里，有个大圈圈；大圈圈里头，有个小圈圈；小圈圈里头，又有个黄圈圈，我就住在那黄圈圈里！"

凤姐不耐烦，只说："唠叨了半天，什么大圈小圈，鬼鬼祟祟，信口胡扯，这和我有什么相干？"

正德今天兴致特别高，似有志在必得之念。对凤姐的冷落和顶撞不以为意，反而看作别样情调。他决定亮出无坚不克的极品武器——帝王身份："告诉你吧！黄圈圈就是九重宫殿，是天子君临天下，享乐安居的地方，拱卫森严，礼乐齐备，真是物华天宝，气象万千。它的富丽辉煌是你做梦都想象不出的。"

正德挺直身子，蹍前两步，摆出皇帝的架势，端立在雅室正中："俺要带你到黄圈圈里，陪皇伴驾。让你戴上凤冠，穿上霞帔，成为百般宠爱集一身的豹房贵妃，岂不胜于做侍候别人的女酒保？"

凤姐听罢,怒不可遏,厉声警告说:"你休得在这里放肆撒野,什么黄圈圈,什么凤冠霞帔,姑娘我都不稀罕,你给我滚出去!"

正德听到斥骂,并不气恼,却更为欣赏蟆首蛾眉的怒容娇嗔,又表白说:"凤姐休要生气,朕可真是当朝年号正德的皇帝,是地地道道的真龙天子。今日轻装出游,却碰到你这样的俏凤姐,天缘巧合,确实应了游龙戏凤的佳话啊!"

凤姐更增厌恶,断然回答:"我不管你是真皇帝假皇帝,我就是不买皇帝的账,宁死也不陪皇伴驾,不进入黄圈圈火坑,孽龙休想戏凤。你还是给我滚出去!"

正德有些发窘,急得抓耳挠腮,色心如狂,继续大吹法螺:"你要叫我滚,朕不滚,还让你再看看世间难见的皇家瑰宝!"

他动手摘去六品武官帽,露出内里用黄色软缎制作,绣有金色盘龙的网巾。正德举手指着自己的脑额,得意地说:"这是至尊天子才得佩用的御用网巾,专为朕云游各地制作,你看到没有?"

紧接着,他又宽衣解带,将身上的六品武服脱下来,现出五爪龙袍,盘领窄袖,玄衣黄裳,除了配有日月星辰等帝王徽志外,最突出的是在两肩和前胸后背各绣有大小款式各有不同的团龙。正德耸肩转身,让凤姐看清楚:"让你开开眼界,观瞻一下朕的龙袍吧!朕头上是龙,身上也是龙,左边是龙,右边也是龙,前面是龙,后背也是龙,浑身上下九条五爪龙。应知日月经天,江河行地,天时人事,都是龙的神力。天下以龙为最贵,人间以皇帝为至尊,朕奉天承运,是最尊贵的真龙天子!世间妇女莫不以攀龙附凤为贵,凤姐,你得配真龙,承受皇恩,岂不是天大的福分!快快下跪讨封吧!"

凤姐看着正德的表演,又好气又好笑,一时说不上话。她觉得这个人神经乖戾,举止轻浮,哪怕他真是皇帝,自己也绝不愿彩凤随鸦,缔结孽缘。她决然回答:"多谢了。我可承受不起这样的皇恩,也不想攀龙附凤,你就死了心吧!"

正德从来没有受到过一个女人这样的拒绝,一再被当面抢白和嘲弄,伪装了半天的多情耐性,已经到了极限,原形毕露,大声吼叫:"大胆贱人,不愿意承受皇恩,难道就不知道皇威吗?"

紧接着，正德忽然忘记身在何处，命令道："侍卫们，还不把这个贱人拿下！"

话刚出口，正德旁顾左右，才猛然醒悟，不觉惶然失色。

凤姐觉得正德的表演如沐猴而冠，虽然热闹，却十分恶心。她也不多说话，只是轻蔑地吐出一声："啐！"

如同撮盐入火，这让正德怒火焚心，无法自控。他跨步向前，左手揪住凤姐的髻发，右手猛力击打她的脸颊，破口大骂："贱人！你知道皇威否？"

凤姐万没想到正德真会动粗，遭受突然袭击，一阵晕眩，失去知觉。

正德怒火发泄，好色之心复燃。晕厥的凤姐双目紧闭，髻发零乱，腮边露出几道近于胭脂颜色的伤痕，另有妩媚。他停下手来，紧紧搂抱倚靠在墙角的凤姐身体，用手梳理凤姐的鬓发，吻咬她的脸颊。他一手扯下凤姐套在外衣上的刺绣背心，又伸进一手解开贴身的"比甲"和腰带，扯开内衣，嫩如凝脂、色如白玉的少女胴体突现眼前。

凤姐突然苏醒过来，见自己的衣服已被扯开，肌肤半裸，即将受淫，岂肯就范受辱？她拼死反抗，使劲撬开正德双手，攥紧拳头，迎脸就是一拳。正德被迫松手，踉跄退后两步，强忍疼痛，暴跳如雷："斗胆贱人，竟敢抗拒皇恩，侮辱君上，罪当剐刹，朕必将你凌迟细割，碎尸万段！"

他边骂又扑上前来，要将凤姐擒拿。他自以为习武多年，颇有些拳脚功夫，根本未将这个小女子放在眼内，采取饥鹰振翼的架势，企图用双臂箍住凤姐。他却不知道，凤姐生于军旅之家，成长于蒙疆边塞之地，自小见惯营房士兵的搏击操练、摔跤角力，有时还与少男少女仿效练习，懂得一些武功门道。她见正德攘臂而来，胸腹间却是空当，等他靠近，左右两手横开旁擘，再以猛虎掏心之法照当中狠击。原来正德近年虚耗于醇酒妇人，酒色伤身，哪禁得起凤姐精壮勇健，几乎没有还手之力。凤姐再看正德两腿分立，脚尖跷起，正是挨摔跌跤的蠢样式，便用右腿猛地一绊，正德应声仰面倒地，气喘如牛，一时爬不起来，但还是不服软，嘴里骂骂咧咧："叛逆贱人，竟敢殴辱君主，等一会儿朕的侍卫军兵到来，必将你擒拿捆绑，打入天牢治罪！"

凤姐不慌不忙地理顺发鬓，整理好衣带，再走前一步猛踢了正德一脚，又一脚踩在他身上，指着他骂道："就算你真是什么臭皇帝，也不能强霸民女，欺压庶民，今天本姑娘就教训教训你！"

正德疼痛难忍："你别走开，看朕收拾你！"

"你可收拾不了啦！本姑娘今天就奔向大漠以北，看你怎么收拾我，还想看看你的皇威何在呢！你敢来吗？"

说完，她健步下楼，大步走出回龙酒楼，看到门前拴着正德的坐骑黄骠马，也不向店伙搭话，自己解开了缰索，跨上马儿，冲出得胜堡，挥鞭策马，绝尘而去。

第四十七章

性变态淫癖祸塞北　虐待狂血债遍连城

正德受到凤姐的踢打，躺在地上，又听到她飞马远遁的声音，咬牙切齿，但又无可奈何。李凤姐走脱了好一会儿，正德才挣扎过来，勉强扶桌站立，心有余悸，暗自忖量，以后还是避免单人匹马化装浪游为好。

从大同到得胜堡的遭遇，极大加深了正德对女人爱恨交加的复杂感情。他从来没有意想到，不过拉扯一下大同少女的小脚，却会激发起当地老少男女的怒潮；更没有想到，酒肆一个侍女，竟会拒绝恩宠，当面顶撞朕躬，甚至出手殴伤龙体。凤姐的一顿拳脚不但使正德受到皮肉之苦，更像利刃一样深深刺在他的心里。

忽然听到一阵人声嘈杂，一个人蹑手蹑脚走上楼来，先是探头窥望，看清楚确是皇帝本人，赶快走上前来，伏地跪拜。正德定神一看，原来是钱宁。

原来正德在大同捅了娄子，被群众围困之时，钱宁知道众怒难犯，又不能轻率暴露，一方面示意正德赶快躲开风头，掩护他突围逃脱；另一方面，又打躬哈腰，用赔罪加威吓的手法竭力平息了纷扰，然后率领随行的锦衣卫校尉人等分头追寻皇上行踪。

钱宁带着两个校尉来到得胜堡大闸门前，迎头看到一个妙龄女郎骑着皇上的黄骠马急急冲过吊桥，往北舞驰而去。他顿时警觉，正德本人必在堡内，也可能又出了什么事，紧急护驾要紧，顾不上追赶飞骑而去的女子。他直奔入堡，仔细探询搜寻，终于在回龙酒楼的雅室里看到气喘吁吁、衣冠不整、鼻青脸肿，失去了常态的皇上。

钱宁连声说："儿子护驾来迟，罪该万死，请皇父恕罪！"

他赶忙与贴身校尉伺候正德整理衣冠，扶他坐下，又说："皇上受惊了，都是儿子的过失！"

正德向来虚骄，自恋成性，从来不肯认输服软，更不愿在义子和校尉面前失去威仪，硬着头皮说："朕没有受惊，不必过虑。"

钱宁又说："儿子刚才看到一个女子盗用御驾黄骠马飞奔出堡，想必是乘虚盗马，是否由儿子率领校尉前去追捕？"

正德看到跟前连钱宁在内只有三个警卫，实力单薄；加以得胜堡处在蒙汉交界，一个时辰便可以越境，知道已经追赶不及。他更不愿意让自己挨揍受辱的丑态泄露出去，受人奚落，于是硬充好汉，大言而道："不要追捕了。是朕赐给她坐骑，让她回乡的。"

钱宁何等伶俐，知道皇上在说假话，打肿脸充胖子。不再细问端详，连声答诺，忙打发校尉去另找马匹，连夜护送正德回大同。

正德闷闷不乐地回到大同，随后又来到宣府。这是由于江彬一再前来奏报，说他已经在宣府大兴土木，建成了一座规模壮丽的镇国公府，其结构设置仿效豹房，而且内中奢华，独具西北风情的设施更胜于豹房，必有意想不到的佳趣。正德闻奏动心，认为到宣府巡游或可宽解恼怒，也可以充分享受该地的独特幽胜。但他并未因为移跸宣府，便淡化了急于报复的情绪，一直放不下在凤姐处受到的奇耻大辱。抓不回李凤姐，偏要搜掠奸占千百个类似李凤姐的女人。他想入非非，结合了强烈的报复心和色情狂。从到达宣府开始，其后在大同、延绥以至京都昌平、河西务等地，都亲自出动，或者明白下谕，着江彬等搜罗民间妇女。

在宣府，正德每当酒罢夜行，便巡游街巷，遇见高屋大宅，即撞门而入，将宅门内年在十三以上五十以下的妇女，都扣押起来，送回镇国公府。对妇女和家人们哀恳求免，拉扯不放，或碰墙求死，卧地不起的狠狠鞭笞殴打，甚至拆房毁屋，指为抗拒皇命，罪在"大不敬"。一时间，闹得宣府大街小巷鬼哭神号，老百姓们家破人去，骨肉分离。所到之处，遂成人间地狱。

江彬看到抢掠回来的妇女，不但有少艾的幼女，也有丧夫多年的寡妇，怀胎临产的孕妇，甚至还有年过不惑的中老年妇女，为了更好地领会"圣意"，偶在酒酣耳热之际，委婉请示如何处置。

正德认真叮嘱："先将她们都关闭起来，朕自有用处。"

江彬不敢多问。正德酒意微醺,说道:"你枉称风月老手、烟花大帅,其实你并不真正了解:女人是最可爱,又是最可恨的;是最可贵,又是最可贱的。"

江彬听言,似懂不懂,只是恭听皇上高论。正德满饮了一盅酒,兴奋讲道:"抓来的成批妇女,是多种款式,各有不同妙处、不同风情。朕当选来分别受用:少女们未知人事,朕当让她领略风情;寡妇丧夫久旷,朕当让她再沾雨露,重温绮梦;至于怀孕妇女,朕还未享用过在大肚子上行乐的佳趣呢!老妪等人,不过是作为陪衬,但也不可轻饶放走。"

侍候在旁的内侍们听得目瞪口呆,料想不到堂堂天子会有这样的邪思歪念。而江彬则装出心悦诚服的样子,连说:"皇上高见,非臣下所能窥测。臣儿自当努力搜索,先将已到手的妇女妥善圈禁,好待皇上随意选用。"

几百个妇女由侍卫押解,乘夜先后被集中到宣府的大校场中间,在最当中围成一圈,圈外是带刀护卫和大小宦官,他们大声斥喝,勒令女人们低头蹲下,不准随便走动,静候处置。女人们不知所以,惊慌失措,哭哭号号,不知道为什么会突然降下来这场大灾祸。有些人是一家三代,婆媳孙女姐妹一同被捕;也有的是几房妯娌无一逃避,全数沦入魔手。很多人是从卧床病榻被硬揪起来,衣衫不整。夜半又淅淅沥沥下起雨来,缺衣少食的女人们在萧瑟秋风中直打哆嗦。一位年纪幼小的女孩子哭泣着低声问旁边上了年纪的女人:"大婶,到底是怎么回事?半夜三更把咱娘儿们驱赶到这里来,是啥道理呀?"

婶子不过是一个普通妇道人家,但自小相信皇帝正大光明,是最尊严最神圣的偶像。她故作镇静地安慰说:"要相信朝纲皇法,这一定是一伙背着皇上胡作非为的歹徒强人。听说皇上已经驾临宣府,天一放亮,等他知闻此事,就一定会惩办这些恶徒,放我们回家的。"

天渐曙明,众人困顿,忽听圈外一阵吆喝:"皇上驾到!"

只见几十个边军手执兵杖,还有带刀锦衣卫校尉和大小宦官,江彬和钱宁随同,簇拥着头戴皂纱皇冠,身穿绛纱武弁服,腰围玉带,白袜乌履打扮的正德皇帝,神采奕奕、精神抖擞地走过来。

正德环行了一遭,然后再沿圈慢步,逐一仔细察视圈内女人。偶尔会停顿下来，色淫淫地盯望一个妇女。识相的宦官便走到这个女人面前，用手托起脸庞，好让皇上看清楚；有时则拉拽一个女人站起来，要她正反转身，让皇上观看身材高矮胖瘦。只要正德一点头，两个宦官便上前拉出圈外，交给锦衣卫校尉，押候一边，等待处置。每挑上一个女人，都听到一阵求免的号啕哭声，引起一片恐怖的骚动。母护其女，姑卫其媳，死力不撒手，甚至有人用头顶撞动手的宦官，以性命相拼，但终于都被宦官们推开殴打，踢倒在地，眼睁睁看着亲人被强拖出去。正德兴致勃勃，感觉异常满足，他念念不忘那个可爱又可恨的李凤姐，如果这个野味十足的贱人还在，她也休想挣脱朕的神威巨掌。

为了多方满足变态情欲，正德确是广收博取，被他挑中的女人中，既有稚龄的女孩，也有头戴白花、身穿孝服的寡妇，又有临将分娩的孕妇，第一批就有十多人，由校尉们押解而去。余下的妇女仍然留在校场。正德回头吩咐江彬和钱宁："把这些女人都收押起来，一个也不得放走！"

正德急不可耐地命内侍带上挑出的女人来寝宫伺候。

第一个被押送入室的正是那个稚年胆怯，不知灾难何来的女孩子。她从来未离开过爹娘，未闻家宅以外的人间世事，只是一个养育在家的娇弱女儿。途中她惊魂未定，只知慌张啼哭，随众被关在一间厅房里，但喘息未定，就被一个内侍指引出来，说："你单独随俺来。"

姑娘惊问："到哪里去？"

"不要多问，有好事哩！"内侍冷笑了一下。

女孩子被领进辉煌明亮的大厅，这是仿照北京豹房太素殿兴建的御宫密室。大厅内摆有龙案，厅的后座还安置有雕龙画凤、颜色斑斓的大屏风，成为一道隔离内外的围障，内中安排了御榻龙床。

女孩子遍身战栗，呆站阶下不知所措。忽然听到一个威严的声音："妞儿，抬起头来！"

随即有一个内侍走过来，用手托起她的脸，朝着上方。

女孩子一看，大惊失色，差点叫出声来。她认出端坐当中的那个人，就是冲入自己家中，指挥砸房拆屋和抢人的强徒头子。她本能地往后退，但立即被内侍按住,动弹不得。忽又听到一声鹅公喉喊叫:"民女下跪,叩拜皇上!"

一位中年宦官走过来,将女孩子按倒,命令说:"快点叩谢恩宠!"

女孩子不懂,低声哀求:"皇帝老爷,皇帝大人,开开恩放咱回家吧!"

正德看到女孩子伤心哀求的样子,怦然心动,满心想象破除女孩童贞的高度欢愉。他踱下阶前,问道:"多大岁数了?"

"十二岁。"

"呵!正好,正好!"

正德抬头喝叫:"把她扶起来站稳!"

两个小宦官闻命,走上前来一左一右抓住女孩子的双臂,拖她站立起来。并将她的身躯紧紧挟住,以便正德随意摆布。正德像欣赏一具活玩物,细细盯视。伸手摸捏女孩的脸腮,再从上而下察看女孩子的全身,然后动手乱摸,由颈脖肩膀手脚四肢到乳胸腹臀,以至脐下私处,唧唧唷唷,视为难得的性享受。他自言自语道:"这个小妞还未发育成人哩,还是童儿的骨架,很好很好,朕倒要尝尝新鲜哩!"大声吩咐内侍,"把这个小妞的衣裳都扒下来!"

宦官们动手扯解衣服,女孩子无法挣扎抵拒,痛苦慌乱到极点,神志已近昏厥。

正德又吩咐:"把她抬进围障之内,放置在御榻上面!"

内侍们遵嘱,将女孩赤裸的身体抬入放好,知趣地退出厅堂,在门外守候。

正德疾步入内。只过一会儿,就听到女孩子发出撕人心肺的一声惨叫。随后又透出微弱的呻吟啼哭声,以及正德淫荡的狞笑声。两个小宦官心领神会,相视以目。

少半个时辰,正德一边披衣束带,一边从围障里缓步而出,面带得意之色。坐到龙案前,若无其事地吩咐:"这个小妞,朕已用过了,抬走吧!"

皇帝在宣府的行乐方式比在北京时更邪乎。其实,被他亲自指挥搜刮圈禁,亲自挑选押入镇国公府的,不过是一些城镇居民和近城的村妇,绝大多数并不算得美艳标致。姿容远远比不上藏在豹房深处的粉黛佳丽;风情也远不如京城"男院"的佻达娈童。正德之淫乱,一方面是受到江彬之流的怂恿,认为宣府偏僻,可以摆脱朝廷中枢和台阁,无虞唠叨谏弹和舆论横议,而且有强大边军的拱卫,更可以恣意妄为。更主要还由于在品性中久已蕴结的性幻想和施虐狂，可以随心所欲地将众多不同年龄不同身份的妇女，强迫占有和折磨凌辱，让她们感受羞辱和痛苦，甚至神经错乱以至流血殒命，满足自己性欲倒错的自豪和快感，填充自己的心理黑洞。

连日的淫乱中，有两件事被正德引为得意之作。

正德一直认为，妇女青年丧夫本来就是身世不幸，但只要恸哭辞堂，便是已经守了夫妇之道，尽了夫妇之情，社会习惯上对她们施展有形无形的压力，强令这些寡妇守节，不得重婚，不许另觅欢爱，是违背人的本性。有些妇女矢言守节，或者是受礼教纲常的蒙蔽，更多则是被迫戴上贞洁的面具，完全违背本人意愿。他还认为，寡妇不可能没有性的要求，而且会比常人更加渴望和炽烈，不过是被迫遏制和不敢表露而已。

他的这些观点也不无道理，但他为寡妇们仗义执言，却不是对她们悲怆身世的同情，而是出于淫秽的动机。他长久以来就有与寡妇交媾的性幻想，想象对这样特殊的对象肆行淫虐，必能带来特别的愉悦。而今在宣府，开柙出虎，无所忌惮，是得偿夙愿的大好时机。

镇国公府本来就是一座巨大的淫窟，既是皇帝随意宣淫之所，也是囚禁大批妇女以供凌虐的地方，甚至还有专门设置的枷锁刑具，用以强迫妇女就范。

正德轮番传召掠取而来的寡妇，威逼利诱，寡妇们孤单无援，在强大压力下，为了自存，只好屈从。

当然，也有拼死反抗的女人。她们有自愿为夫守寡者，也有人厌恶挂着皇帝名号，实际上罪孽多端的淫棍正德，宁死不从。

有一个青年寡妇，本人是宣镇老姚秀才的女儿，出嫁给李秀才为妻，成婚后未一年，李秀才罹疾去世，姚氏情深，在丈夫死后一心守寡，以抚育遗腹子为志。这次也被拘入镇国公府，眼看不少妇女受到蹂躏，深知已堕入黑窝，但她定守贞意念，宁死不受污辱。

这一天，姚氏被押入密室，举目一望，当中踞坐的是一个束发免冠，身穿团龙软缎袍服的男子，心知这就是当今皇帝。她故作不晓，不跪不拜，背壁而立。

正德看到姚氏眼含鄙薄，面有愠色，反认为别有动人之处。他走下阶来，踱到姚氏对面，柔声询问："本人可是宣府本地妇人？"

姚氏回答："民妇正是宣府人氏。"

正德又问："姓甚名谁？"

"有姓无名，是李姚氏。"

"家世？"

"本镇姚秀才之女，李秀才之妻。"

"呵！倒是书香门第哩！听说你夫已经亡故？"

"正是。民妇守寡在家。"

正德渐露轻佻："年轻守寡可不容易呀！没有男人的日子好过吗？"

姚氏不答。

"孤衾冷枕你能忍受吗？"

姚氏又不答。

"你有想过重温床上男欢女爱的温存风月吗？"

姚氏气恼，瞪了正德一眼。

正德觉得蛮有情趣，进一步挑煽说："朕惠爱众生，最喜好解除人间窘困，最同情寡妇的悲凉凄苦和难言之隐。今日朕就要成全你，与你结欢同好，免得你苦恼终生。"

正德边说，边过来要搂抱姚氏入怀。想不到姚氏勃然变色，猛然推开正德，正色道："皇帝要自重，不要自犯了皇法！"

正德哈哈大笑："什么皇法，朕就是皇法，顺从朕就是遵从皇法！"

正德往前进逼，在紧张拉扯推拒的关头，姚氏突然发出死力，推开正德的双臂，一头冲撞到墙上，两个内侍拦阻不及，正德也大吃一惊。只见姚氏头破血流，破口骂道："你是夏桀殷纣一样的昏君，我是死也不从！"

这样的反抗更激起正德的占有欲，他命内侍取出刑具，就是用绳索串穿的五根小棍，套入手指中紧收，叫作"拶指"。姚氏剧痛难忍，咬牙不从。正德又命内侍将妇人的头发捆绑在厅柱上，再用水泡软皮鞭抽打，名之"生丝拷"，或叫"香云拷"。经过这样的非刑，姚氏血流满脸，气息奄奄。正德命停止鞭打，踱步过来看着妇人遍体鳞伤的身体，得意说："还敢抗拒朕躬吗？朕倒要让你尝尝夏桀殷纣比不上的本事！"

正德随即吩咐："把她抬进去，朕自有处置！"

正德步入内室，紧搂妇人脖颈，揑咬她的身体，像奸尸一样肆行淫辱。事毕出厅吩咐："这个贱人，朕已用过了，送走吧！"

对于孕妇，正德也不放过。这一天，被选送入密室的，是一个身材高挑，面目清秀，已经身怀六甲的妇女。

这个孕妇是宣镇东大街杂货铺主包二的媳妇，被唤作"包二家的"。包二家的随着丈夫经营商店，倒是积有一些本钱。遗憾的是和包二结为夫妇十年有余，一直未有子息。夫妇二人求神拜佛，这一次总算怀胎九月，快要临产了，一家人欢天喜地。想不到横祸天降，包二家的夜半竟在家中被搜拘而去，押入镇国公府。

正德屏退内侍，径直上前行淫。

包二家的经商日久，有一定的见识，较能应对变故。她见正德来势汹汹，知道难以坚拒，便以哀求图得幸免。跪倒叩头："请皇上恩恤，饶过了小妇人吧！小妇人年过三十，又蓬头垢面，毫无姿色，岂能攀龙附凤，承受恩宠呢？加以小妇人已经嫁夫十多年，一直未有子息，现在只是一心祈愿为夫家留一血脉！"

"什么了不起的血脉！市井粗人的血脉，总不如正宗皇统的血脉吧？"

包二家的再求："小妇人现在身怀六甲，大腹便便，临将分娩，实在不宜于承受恩爱，不敢污浊龙体，还是请放小妇人回家吧！"

包二家的边说边哭，希望打动皇帝的善心，网开一面。但正德另有心思，耐心听取包二家的陈词，浮想联翩。他嬉皮笑脸地说："朕倒是看中了你的大肚子，朕还未享受过和临产女人交欢的滋味呢！"

包二家的毛骨悚然，醒悟到对于这个皇帝来说，一切哀求说理都是无济于事的。她浑身颤抖，已经不顾安危，猛地站起来，像一只冒死冲决网罗的困兽，要冲出大厅，并且大声号啕："皇帝也不能强占民妻呀！连孕妇也要奸占，还算什么皇帝呀！"

内侍们急忙上前将包二家的拦住，拧住双臂。

正德恼怒地走近前来，又有点惧怕包二家的拼死反搏，便吩咐道："绑住这个刁妇的双手，塞住她的口！"

内侍们遵命捆绑抬入，退出伺候。

半晌,突然听到皇上在围障内紧急呼唤:"来人,来人呀!进来!快进来!"

内侍们慌忙入内,见正德赤身露体,赶忙给他披上袍服。看到他的鼻端有两道牙痕,现出血丝,也不敢动问。御榻鲜血淋淋,散发着腥恶的气味,一个已成形的胎儿被扔到地下,包二家的则仰躺在榻,胸腹暴露,脸如死灰,不知是死是活。内侍们连忙揩抹血迹,捡拾死婴,等待皇上谕示。

正德稍为定过神来,指着包二家的躯体,愤然说道:"这个刁妇不知承受朕恩,胆敢触犯朕躬,罪不容诛,把她拖走吧!"

处在西北边防要地的宣府,本来只是一个军事要塞和进行边塞贸易的市镇,但由于正德皇帝的频频光顾,宠臣、宦官、厂卫、边军云集,花费了巨量资财修建起富丽宏伟的镇国公府,将北京豹房收藏的奇珍异宝以及搜索来的妇女充实其中,正德可以花样翻新、随心所欲地嬉戏淫乐。他本来就厌恶北京宫中的仪式礼乐,对豹房也玩腻了,因此下谕宣示,以居庸关为界,京中任何臣僚亲贵,不准随便前来宣府觐见,于是,宣府成为一个不受拘束的第二豹房,全面撂开"祖训""祖制"和朝仪规矩,成为自由自在的乐园。宣府及其邻近地区,由此成为没有皇法的地方。

公开、大量搜掠各种民间妇女以供强暴,就是在宣府。宣府是这场骇人听闻、世所罕见的大灾难的始发站和重灾区。

搜索而来的妇女,有被奸淫后,"用过了"而被驱赶出去,强令家属领回;也有因坚决抗拒而受非刑折磨以致伤残,甚至牺牲性命的。宣府城郊顿时血雨腥风、人心惶惶。边城原来相对安谧的生活秩序被彻底破坏了,社会伦理道德被完全践踏。原来熙熙攘攘的街道和繁荣的商业统统衰败,蒙汉客商们都相继离开这个魑魅横行的人间地狱。不少家庭父失其女,夫失其妇,子失其母,更多的一时间无法逃离黑狱。江彬为加强控制而调入城中的边兵,更是上行下效,不但敲诈勒索,拆房毁屋,而且借势强暴妇女。老百姓心有余悸,只好用重金向他们行贿,哀求免祸。

岁聿云暮,正德十三年就要来临了。按照旧例,要举行迎接新岁的仪式。春临大地,官民人等都要进行庆贺。在北京,主要由顺天府承办,立春当天,要用绸缎珠玉扎结成各色人物和吉祥图物，装饰在专门搭成的花楼上进献给皇帝。后妃、皇子、宫人和臣僚等都要祀拜神灵，祈求新春大吉、人和年丰。而今年在宣府立春，正德却别出心裁，放弃了传统仪式，另外设计了一套僧俗男妇混杂，充满色情内容的活动来庆祝佳节。除了安排盛大的戏剧演出外，特别准备数十辆装潢华美的马车，选择骏马拖引，每辆车上各载和尚和妇女若干人，共有数百人之多。正德还强命妇女们都必须彩装打扮，手执彩球，与和尚们杂坐一起，然后发令马车驰奔，妇女们仓皇惊呼，和尚们得亲香泽，无不开心戏谑。由于车行迅速，颠扑摇晃，女人们坐立不稳，手上的彩球偶尔碰击到和尚的光头上，纷纷落地，甚至会与和尚肤体接触。有的和尚乘势动手动脚，搂抱轻薄。有一个侍卫看不惯，喝道："秃驴，不得放肆！"

但正德并不在意。对于这些掠夺而来的女人，不过视为饰演新式活动的道具，是供观赏的玩物。看到女人们与和尚同车意想不到的难堪，表现狼狈，反认为是难得的视觉享受。他开怀大笑，引为大乐，眨了一下眼睛，对那个侍卫严厉申斥说："你懂什么？谁叫你狗抓耗子多管闲事！和尚偷欢作乐有什么不好？大法师也说过，世上僧俗同心，世上难得的是作欢喜事、结欢喜缘呀！"

正德在宣府的古怪荒唐，很快就丑声远播。京华内外，特别在北方的山西和北直隶城乡，官民人等都在窃窃私语，怎么堂堂天子，竟会做出这样蔑视人伦、践踏道德、伤天害理的下流事！大明王朝的江山，恐怕要毁在这个昏君手上了。

钱宁、江彬之流，日夕顺其所好，谀颂他崇文肃武、英姿飒爽、思维新颖、除破旧规，能大开风气。将他的一切胡作非为都粉饰为盛世创举，必衍皇明万世无疆之祚。正德听得高兴，更觉顺理成章，他随后一系列的巡游活动，无不以宣府所为为样榜。

正德十三年春夏，他数度来往于宣府、大同和北京之间。皇舆所至，江彬等便传令沿途地方官府，必须在车驾到达之前，事先抢掠一些妇女以备御幸。在皇帝御驾和警卫队伍的后面，总是紧随数十车搜押而来的女人。车上的妇女抛夫弃子，心惊胆裂，不知道将会受到什么祸害，不少人因为受惊、疾病和饥渴而倒毙路上，惨不忍睹。地方官当然不敢问，御前的官佐侍卫也绝不敢让正德知闻。所到之处，远近骚动，民众逃亡藏匿唯恐不及，视皇车为传布瘟瘴的凶神灾星。千夫戟指，万民唾骂。

反抗的浪潮自然接连不断，甚至一些有良知的官吏，也在力所能及地加以抵制。

刚过新年，正德路过京东昌平州。昌平州辖属顺义、密云、怀柔三县。正德即使在奔丧期间，仍然未忘沿途猎艳。他未到昌平，便先派人传谕，着令昌平州及辖下各县，都要事先准备俏丽女人以供随驾。密云知县刘海、顺义知县韩光义、怀柔知县严玉书三人收到传谕后，都十分为难，心知这是激起民愤的大坏事，而且各县的缙绅士庶，大都听到了风声，认为大灾临头，避之则吉，都远离城邑，或者躲到深山密林，或者投亲靠友，搬迁到皇跸不经之区，三县的县城几乎都变成空城，如同鬼域。三个县太爷手足无措，莫知进退，只好一齐来到昌平州衙门，要向知州毛思义请示，商量如何应对。

知州毛思义进士出身，湘南人士，有着湖南人强项刚直的秉性。密云知县刘海哭丧着脸说："毛大人，卑职如果真的强搜妇女入衙，确实心有不忍，又恐激成民变。但皇上明日就要驾到，卑职未遵旨办理，就是犯了欺君大罪，实在不知道怎样处理才好！"

韩光义、严玉书连连点头，也禀报了和密云大体相同的情况。

其实，这三位县太爷也未尝不知，来找毛思义也不过是无可奈何之举，官阶六品的知州仅比七品知县稍高一级，也不过是微末之员，绿豆之官，绝无忤旨抗拒的力量。他们来见毛思义，既是职分当然，也不过是走走过场，吐吐苦水，不敢抱什么奢望。

想不到毛思义却是严肃认真地细听他们的陈诉，好一会儿未说话，皱眉沉思。蓦然间似乎有了主意，问道："三位大人分别是昌平职任一县的父母官，还知道本州的一些渊源掌故吗？"刘海等人未知用意，相顾茫然。

毛思义接着说："有两桩关系大局，影响国家兴亡、社稷安危的大事，都和昌平密切相关，不知三位大人注意到没有？"

三人齐声说："请毛大人明示。"

毛思义细说："第一，昌平州及辖属各县的地理位置十分特殊和险要，它距离京城不远，而又切近边关，处在京北居庸关和古北口两大要塞之南，北距长城不过百里，实为军事防御的前线，历来是兵家必争之地。昌平有失，京城便告危殆。故此，必须力保昌平地区的稳定，切不可自撼阵脚，自毁营垒。八十年前，景泰皇帝将原名永安州改为昌平州，就是企望昌盛升平的意思。"

三位知县心中嘀咕：这与当前的危局有何关系呢？

毛思义继续说："第二，我朝历代先帝的陵寝，包括太宗皇帝的长陵、仁宗洪熙皇帝的献陵、宣宗宣德皇帝的景陵、英宗正统皇帝的裕陵、宪宗成化皇帝的茂陵、孝宗弘治皇帝的泰陵，合称为天寿山陵园区。陵区周围沿山设险，修筑有十个防御据点，并派军队防守，每个据点都堵塞隘口，遍设敌台、拦截墙，布置多层次的鹿砦滚木，挖有深壕巨堑，警戒森严。保卫陵寝重地实关系皇统根本，国势和世运，是头等大事。而所有陵区设置，俱坐落在本州境内。像这样的金瓯宝地，焉能听任动荡？"

三个知县听到这里，逐渐明白了毛思义的用心，但还是大有怀疑：昌平州必须保持稳定，绝不能听任动乱，这是毫无疑问的；但怎样才能躲开当前的灾难，却不是空言道理所能解决的。

毛思义断然说："昌平州绝对不能遵谕搜索妇女，一个也不能！"

刘海等闻言惊诧。毛思义解释说："三位大人作为父母官，勤政爱民，思虑救弊，本州十分钦敬。考虑当前局势，本州窃以为我朝以孝治天下，皇上又感铭太皇太后王氏的懿德，或可借此为题，申伦常之义，动祖孙悲怛伤悴之情，遵制守丧，取消搜索妇女之命。我等借题发挥，公开向全州民众宣布：现下国丧未完，宪宗皇帝元配、今上祖母王氏太皇太后移葬山陵未毕，皇上英明，必无在谒陵途次搜索妇女之举，此必是奸徒矫诈，诓骗圣聪，私发伪谕以图私欲，借以酿造混乱。我等职任守土，加以昌平是皇陵重地，辖属各县均处于战略前沿，兵无常势之地，必须戒备周全，切不可松懈浪动，扰乱民生。今后若无吏兵各部、都督府、巡抚、巡按联合发布的正式公文，妄称驾到而扰民者，不论传谕之人是太监还是锦衣厂卫，一律扣捕惩治！"

毛思义似乎胸有成竹，但刘海等三个知县聆听之后，却是喜忧参半。他们老于宦海，颇知世态政情，而且也知道当今皇上在宣府的胡作非为，能够用此办法解决问题，当然可喜；但更害怕因此惹恼皇上，大难临头。刘海忧心忡忡地说："毛大人的意见都是正理，但最怕谗人当道，圣意难违，这样做是否行得通，还请毛大人三思！"

毛思义坚决地说："本州深知，鄙人刚才提出的方案，实在是自蹈危地，是一着险棋，但衡情度势，不这样做也绝难解开困局了。本州披肝沥胆，为民请命，绝不敢辜负国恩。如或赐罪，不过了此七尺之躯，外带一顶玛瑙珠饰的六品乌纱帽罢了！"又顾三人道："如果皇上见责，可以完全推作是遵照毛某的指示，完全是毛某一人的主意，概与诸位无关。不论廷杖枷号斩绞，全由毛某一人承受！"

担心的事情果然发生了。正德驻跸密云，听到侍从奏告，昌平知州毛思义借口国丧和所谓纲常伦理，拒绝在州治各县搜索妇女，勃然大怒，立即敕令锦衣厂卫将毛思义从昌平押解前来，既不审讯也不听辩诉，就下口谕："将这个胆敢假借陈言抗拒御命的混官就地免职，重重杖责！"

和毛思义态度相同的，还有巡按北直隶御史刘士元。

士元亦深以皇帝掳掠妇女为不道，思考怎样才能抵制正德御驾取道大喜峰口前来蓟州宣化一带，而且已收到传谕，命沿途州县搜索妇女以备幸，遂暗想应对之法。他觉得毛思义公然标榜"祖制""祖法"的做法过于张扬，不如不露声色，先在底下布置防范，采取阳奉阴违、柔性抵制的办法，坚壁清野，或可让百姓幸逃劫难。因此他抢在御驾尚未到达之前，便示意民间尽嫁其女，而且严密藏匿妇女，届时便以无法达成任务来搪塞应命。辖下各州县官大都心领神会，愿意奉行，特别是宣化知县曹俊执行最力，他通过保甲里正普遍劝导，遂使宣化城乡成为无女人之区。士元和曹俊等希望，皇上所求不遂，或会绕道而去，或者过境不留。

正德越过大喜峰口，驻跸在河西务地方，准备继续行进。途中，得到河西务指挥黄勋的密报，知道刘士元等已将妇女疏散，气急败坏："立即将逆臣刘士元以及他的同伙，什么知州知县一概撤职，褫去衣冠捆绑前来，朕要在驿道途中，亲自惩处这些蔑视皇威、目无皇法的匪类！"

江彬得令，亲自率队到宣化县，将正在衙门议事的御史刘士元、知县曹俊等十多人抓捕；又到昌平州，将知州毛思义，知县韩光义、严玉书等全部捆绑，押解到来。

御驾暂时停顿，在一处较为空旷的地方，正德正在气头上，要亲自审理这一"逆案"。刘士元等人都披枷戴锁，跪伏在地。正德厉声喝问："刘士元，你身为御史，为什么胆敢不奉御旨，暗中谋划对抗？"

　　"微臣并不敢不奉御旨，更不敢对抗御命，请皇上明察。"

　　正德本来想要穷究他疏散和分流妇女，导致搜索无功的"罪恶"，但是，这些事情又实在说不出口，便转过话题挑刺："御史本职是天子耳目风纪之司，理应时时秉承皇命，事事维护皇威，你是怎样做的？"

　　刘士元深知事态严重，难以幸免，与其委曲求饶，不如尽吐块垒："微臣身为御史，责在安抚军民。遵照祖制规定，御史有侍从、规谏、拾遗、补阙之任，微臣一直恪遵太祖高皇帝的教谕，为政之道，在顺民心，恤民疾苦，防患于未然，时时考虑君国安危，治道盛衰，这就是事事维护皇威……"

　　正德听得极不耐烦，禁不住发作起来，打断刘士元的话："你说的都是废话空话，太祖皇帝何尝有这样的陈腔腐调！虚捏太祖言论，就罪在不赦！"

　　刘士元情急分辩："这确实是太祖皇帝朱元璋的圣谕，岂敢有虚捏之处！"

　　正德根本不想和他辩论谕示的有无，听到他一时失言说出朱元璋的名字，灵机一动，喝道："你影射朕躬、污蔑皇命。可以暂置不论；仅就你刚才胆敢触犯太祖高皇帝圣讳，就是犯了大不敬之罪！"随即喝令厂卫，"拿大杖来，当场痛打这个贼臣！"厂卫们却奏告，在行道之间未有携带刑杖。

　　正德咬牙说道："焉可轻饶这个无法无天的浑蛋？路旁柳树正发青枝，完全可以代作刑杖，砍些粗条硬枝下来，不必削剪枝叶，揪头照脑尽劲鞭笞！"

　　一会儿，执刑校尉奏报，已鞭打了四十杖。正德犹未解恨，又命再加四十。未足数，士元已血流遍体，昏死在地。正德命将他囚系随驾，连同昌平知州毛思义、宣化知县曹俊等十多人都押回宣府，关押在锦衣狱，施以严刑。

第四十八章

哪堪追思祖母怜爱　何处寻觅生母幽魂

正德十三年新岁，朱厚照在宣府镇国府过年，以出猎得来的獐狍麂兔佐宴，室暖如春，酒酣耳热，妙舞笙歌，好不自在。

不料正在欢乐间，有内侍从北京飞骑来报，太皇太后王氏忽罹急疾，虽经太医抢救，但未见好转，反而日见沉重，已处在弥留之际。还说，老娘娘在病榻上凄怆呼唤，但求临终前见爱孙厚照一面。张太后召集阁臣商议，都不敢违忤太皇太后的旨意，就命司礼监立即派遣得力内侍连夜赶往奏报。

宣府的随侍人员，包括钱宁和江彬在内，都意想不到向来对宫闱亲眷寡恩薄情的朱厚照，听信之后，竟然脸色大变，情绪激动，立即撤下酒筵，急不可待地令备马，要立即赶回北京。经钱宁等苦口劝阻，才答应推迟到明早动身。

太皇太后王氏，上元人，是成化皇帝朱见深的皇后。在后位二十三年之后，朱见深去世，弘治皇帝朱祐樘继位，被尊为皇太后。十八年之后，朱祐樘去世，正德皇帝朱厚照继位，又被尊为太皇太后。她一生经历了三个皇帝，历五十四年之久。而这五十四年，朱氏皇室屡起波澜，为皇位继统，阴谋欺诈不断，伦常悲剧轮番上演。先是成化时期万贵妃专宠而妒，凡后宫妃嫔有怀孕的，都迫令堕胎。朱祐樘怀在母胎时，万贵妃迫令他的生母纪氏打胎，有宫女同情纪氏，谎报并非真正怀孕，仅为病痞，才幸逃毒手，得生于西宫，但仍畏惧迫害，藏于密室不敢露面。六年之后，虽然由于偶然机会得到公开身份，并被立为皇太子，但万贵妃拥有权威，祐樘的处境依然危殆，生母纪氏亦因此暴卒。当此时期，王氏协助成化的废后吴氏对皇太子进行照顾和保护，祐樘才得以渡过难关。

弘治即位，王氏被尊为皇太后，并且受到优礼。但喘息未已，又涌现出新的巨大阴谋。弘治的张皇后也是一个权位欲极强，而且妒火旺盛的女人。她本人初期未育，知道弘治和一个宫女郑金莲育有一子，便迫使弘治将郑金莲发落到浣衣局，让她抑郁服毒而死，再将婴儿夺取过来，宣告自己喜育皇子，并由弘治公布立为皇太子，其人就是朱厚照。可是朱厚照刚被立为太子，张皇后却诞育了一个儿子，取名厚熙。厚熙出生后，张皇后便另有机谋，打算揭出厚照本来是郑金莲生育之子，只具有庶子的身份，按照有嫡立嫡、无嫡立庶的原则，撤去厚照的皇太子身份，改立厚熙。她催促弘治宣布，并在勋贵大臣中吹风酝酿。但厚熙出生后刚满百日就夭折，此计才不售。张皇后无奈，又回过头来，转而力申厚照作为皇储并无可疑，强调自己和厚照存在亲生关系。这种翻手为云、覆手为雨，出尔反尔的做法，无非是为了保持自己的国母地位。厚照继位为正德皇帝，张氏被顺利地尊为太后，王氏亦晋位为太皇太后。但张太后的机谋诡谲却是难瞒众目，引起宫内朝中许多私下议论，扑朔迷离，疑窦丛生。朱厚照也逐渐有所听闻，不时对自己的生母到底是谁，对张太后的行为用心等产生困惑，遂与张皇后的关系日渐疏离。

王氏在弘治时期，目睹了这一段段惊心动魄的宫闱隐秘和伦理悲剧，是极少数尽知内情底蕴的人。作为皇太后，她当然关注皇胤传承，也疼爱自己的孙儿厚照，但怵于张皇后的气焰，既无力揭明真相，也不敢卷入旋涡。她能够做的，只能是加意对厚照的调护。为防止意外，特意将年幼的厚照接入她居住的清宁宫抚养。祖母犹如亲母，厚照对她自然亲昵和依恋。特别是在弘治七年八月，厚照刚满三岁，厚熙出生两个月，张皇后紧锣密鼓地酝酿易储，为了取得合法性，她曾对王太后试探暗示，希望取得她的支持。由于王太后反应冷淡，没有深谈下去。王太后意识到霹雳大变可能即将出现，情难自已，紧紧搂抱着厚照，无奈地连连悲唤："可怜的孩子，我苦命的皇孙！"由于态度异常激动张皇，给年幼的厚照留下深刻的印象。虽然当时厚照未明所以，但逐渐长大，又印照当年的时事，便朦胧感觉，如果厚熙不夭折，自己的皇位必将不保，甚至性命堪忧，更深深为祖母的慈祥关爱而感铭。由于宫廷内复杂的血缘和政治关系，厚照在极不正常的氛围中度过自己的童年。也正因此，他对张太后由疑生恨的对抗情绪更加滋长。

朱厚照领着少数侍卫，披星戴月，仅用两天一夜，便由宣府赶程回到北京。他策骑进入德胜门，直奔清宁宫，伏在太皇太后的寝榻前，双手搂住老人的病躯，急急呼唤："阿奶，阿奶，孙儿回来见您啦！"

王氏本来已处于昏迷状况，听到厚照的呼唤，似乎又触发起一线生机，想尽力睁开眼睛，但却无力做到，只是微微点了一下头，嘴角抖动，似有话要说，但又像骨鲠在喉，无法说出。她眼眶流着清泪，呼吸渐弱，在厚照怀抱中过世。

厚照抱着祖母逐渐僵冷的身体，涕泪滂沱，伏地哀号："阿奶！阿奶！"御前伺候的内侍们，从来未见到过皇上在人前落泪，更不知道，一直被认为倔强坚愎的皇上竟然这样伤心动情。钱宁快步走过来搀扶厚照，呼劝节哀，并请他回宫休息。内侍来报，张太后也知闻噩讯，要立即赶来清宁宫。厚照闻讯，也不理会，只是跪下向祖母磕了三个头，转身向钱宁等说："回豹房去！"

厚照对于太皇太后王氏去世的伤痛，和对殡葬仪礼的恭谨隆重，使许多勋贵重臣以至草野庶民们都大为惊讶。按照礼部进呈的葬祭礼仪，厚照穿着用粗麻布制作、不缝下边的斩衰服，而且在豹房内也不改装，每日早晚按时前来灵前上香祭拜，有时还止不住地低头啜泣。熟谙宫闱逸事的年长内侍们惊叹："连先帝弘治爷驾崩时，皇上也没有这样遵礼成服，按时祀拜。而今对于老娘娘却是礼节周详，哀思感人。真是仁义之君，圣德如天啊！"

按照体制，太皇太后的棺柩应该送到天寿山，在成化皇帝的陵寝茂陵之内陪葬。令臣民们惊讶和赞誉的是，厚照在送葬行礼时，其恭敬诚挚更超越礼制常规。他披麻戴孝，不乘金辇，从出德胜门起，便手攀棺柩，稽颡痛哭。当棺柩启行时，一直紧随其后步行。遇到更换夫役，送葬队伍暂停行进时，也停在道左哀恸。出城三里外，才听从百官和皇亲勋贵的敦劝，改乘白马随行。经过茂陵，又徒步谒拜。之后，亲视太皇太后下葬封掩，当晚暂住在陵旁偏殿。到次日，才亲自捧奉神主回京。

杨廷和、梁储和蒋冕三位内阁大学士自然留意到，厚照这样异乎寻常的表现，是罕见的真情流露。他们辅政多年，对宫闱隐秘、皇家两代的恩怨情仇也有所知闻，有时也警惕这样复杂反常的人伦关系会影响到国政朝局。但作为臣子，却从来不敢触及这些历史疑案，不敢戳破早已破绽百出的雾幔。

他们比一般朝贵和内侍人等看得深一些，知道皇帝在太皇太后丧仪中的表现看似古怪奇特，反应过度，其实却合于常情常理，无非是久已潜藏在心的朦胧思母恋母情结的发泄，长期蕴积的爱恨交集情绪的流露。三人回到阁中，相对叹息，都为皇家的险恶丑陋和人为酿造的不幸惋惜，不过并不敢议论，一切尽在不言之中。他们也另有担忧：不论纪太后、郑金莲，以至王太皇太后都已魂归黄土，死者长已矣，但她们的疑案和遗恨却在继续发酵，影响着当朝最顶端两个大人物——张太后和正德皇帝的心理。后果难测，后患无穷啊！

太皇太后的去世，使朱厚照的情绪显得亢奋沉郁，有些失常。从北京返回宣府的前一天，他头戴黑色翼善冠，穿着素服，一早便先到清宁宫默念辞灵，然后只命钱宁和少数侍卫紧随，径出右顺门，来到浣衣局巡视。管理浣衣局的名为照磨的九品小官惊见皇上驾到，这是一百多年从未有过的稀罕事，吓得屁滚尿流，伏跪在地连呼"死罪、死罪"，也不知道该用什么样的合适礼仪接驾。厚照并不理睬他，自己走入局内，只见几个七老八十的病弱老官女，都是衣不蔽体，迎着寒风，瑟缩在冷炕上。这些老人到底还记得宫内一些礼节，连忙滚爬下炕，跪地呼唤"恭迎万岁！"厚照略点了一下头，移步进入后院，只见院内停放着十几具久丧未埋的无衾薄棺，有些棺材上还贴有标明姓氏的黄纸，可以知道是哪一个宫女的骨骸；而另一些棺木则连姓氏标示也没有，可能是被朔风吹毁，棺中人也就成为无名野鬼了。厚照恍惚看到生母郑金莲的遗骸也在其中，她的幽灵正在流荡恸哭，埋怨亲儿虽然身居皇位，自己却沦为无所依附的孤魂。皇帝悲从中来，眼泪盈眶。他低首徘徊转了几圈，才心情沉重地踉跄走出浣衣局。在门首看到那个九品照磨官还跪伏在地，将一腔怒火都转移到此人身上，喝问："院子内的浮棺为什么不及早掩埋？"

照磨官吞吞吐吐地回奏："因为礼部还未将埋葬银两发下来！"厚照懒得听他说理，只是发狠举脚向他身上猛踢。可怜的照磨官一边忍痛挨踢，一边还不停叩头。钱宁看到皇上脸色铁青，神色悲怆，不敢多问，只是倍加小心，紧随着他的身后，默默地朝豹房走去。

第四十九章

太原城厌寻常歌舞　心绪恍惚别有衷情

经过为太皇太后奔丧送葬，以及专门视察浣衣局，厚照的心情起伏不宁。他住在豹房十天，总是闷闷不乐，感到一种难以言宣的空虚和失落。他意识到自己虽然"奉天承运"贵为天子，但不过是天赐机缘，侥幸穿越迫害的网罗。而生母很可能是含冤而死，更是他刻骨椎心的伤痛。当前，他虽然已经稳居皇位，但实际上还是处在一种复杂微妙的宫闱关系之中，仍然潜隐着难以泯灭的恩怨情仇，无法消除隔阂。太皇太后去世之后，他才更感铭老娘娘无微不至的关爱和支持，她的存在，是自己和皇室之间唯一真挚的亲情联系。而今老人西去，这一线联系实际上已经断绝，支柱也崩塌了。

正德留在北京，既不过问朝政，也不谒拜张太后，一切都似乎格格不入。对豹房的生活，也觉得平淡无奇。静极思动，他开始思念宣府的自由自在，不时自言自语："只有宣府才是为朕量身构造的窝，是朕的'家里'啊！"

江彬不断煽风点火，说在宣府又增添了不少佳丽，安排了许多专供皇上享用的新玩意儿，说边陲军民都在殷切盼望皇上早日回銮宣府。厚照下谕要立即再度去居庸关，率领着御前禁卫和宦竖人等出关直奔山西。江彬早已派遣一队精悍边军，在居庸关前迎候。

早在前次驻跸宣府的时候，晋王朱知烊便一再奏请厚照驾临王府所在的太原。

太原是山西省会，既是西北军政重镇，又是商业繁荣、人文荟萃的大都会，被认为是风月富贵之乡，所谓玩宝盈箧、珠翠盈囊、绣绮盈轴、色艳盈室、歌舞盈堂、丝竹盈架、珍错盈列、淫乐成风。种种新奇与气派绝不是宣府和大同所能比拟。厚照早就心驰神往，得到敦请，欣然就道。

朱知烊是洪武爷朱元璋第三子晋王朱㭎的嫡孙。当年洪武爷为了警卫边塞，有意使用皇家血胤分列藩国以拱卫中央，封诸子为亲王，其中又以最得力的几个儿子分据辽、燕、赵、晋等重地，授以重兵，称为"塞王"。朱㭎就是"塞王"之一，是雄踞山西的重要藩王。

朱知烊是袭封第七代的晋王，年纪刚过三十。他生长在贵爵之家，年少轻狂，风流自赏，喜欢美婢娈童、华灯骏马，追求享乐；但他又喜好亲近文人学者，耽玩诗书，是一个好财好色而又好学的高级贵族。他早就听闻厚照在宣府等地的胡作非为，不但未以为忤，反而十分羡慕和佩服，认为厚照真是帝王典范，允称天命所归，符合世变潮流的圣君明主，引为自己的知己和偶像。

晋王府坐落在太原中大街，占地千亩，百余年屡经维修扩建，十分宏伟轩敞，金碧辉煌，气象万千。为了准备这一次车驾临幸，朱知烊又敕令本地巡抚、巡按派工备料，从城门口拓建一条宽坦的御道，直达王府。对府内的亭台馆舍也全部重新装修，又精挑细选奇珍异宝充实陈设，务求美轮美奂，构建成人间乐园。

而其中，朱知烊最引为得意的，是由本王府乐户组成的歌舞队伍。

乐户是根据户籍规定，隶属于乐籍的人户。乐籍是包括京师教坊司供奉皇室音乐舞蹈的人员和官府管辖的官妓。乐户的来源，一是建国初期降附人员的后裔；二是因历次政争和平叛而罹罪犯人的亲属。例如在"靖难之役"后，永乐登基，就对建文在位时任职而不肯归附旧臣的家属，都押给教坊司，拨为乐户，作为惩处降附和株连家属的一种刑罚手段。乐户身份卑微，被指定属于贱民，不齿于士、农、工、商四民，而且必要世代子孙传承，不许轻易脱籍；又只准在乐户之间互相婚配，不许与民间通婚。在服色和行动上也有严格的限制，男性冬天戴黄骚鼠皮帽，系红绿搭膊，夏秋用绿头巾；女性则要披戴黑头巾，穿黑灰色裙子，不得与民人的装束混同；上街时只许在道路左右侧通过，不许在道路当中行走。乐籍人家也不得另谋职业，不准参加科举考试。但另一方面，乐户由于世代相传习艺，对音乐、舞蹈、演唱等方面，都会在传承的基础上不断改进和提高，不时创造出新声巧技，成为娴习乐艺、颇有造诣的专业户，间中也出现过出类拔萃的人才。

从洪武帝开始，除了北京的教坊司外，还规定给各藩王府配置乐户二十七户，以备王府举行喜丧典礼的需要。而实际上，各个藩王都将这些乐户组建成本王府佐宴消遣的队伍，歌舞管弦，昼夜不绝，户数人数也远远超过规定，成为豪门贵族各挟专长的派头，供应玩乐的场面。在山西，由于历代晋王的偏好，府内蓄养乐户的人数常在千人以上，其声艺居于全国之冠。

朱知烊为了在皇上面前露一手，连日亲自督导演练。

当日，忽有本府探马急促赶来报告："禀告王爷，皇上的法驾已经抵达城郊十里亭。城内巡抚、巡按和司道等官，正在恭候王爷率领众官出城接驾呢！"

知烊闻报，立命摆齐仪仗，高奏喜乐，抬出特备的御用金辇，率领文武各官和勋贵人等排列在城门口，恭迎皇驾。

正德进入王府，知烊先行了国礼，又按辈分行了皇室家礼（厚照是朱元璋的第七代孙，知烊是第八代），再要安排晋府属下的郡王和抚、按等官分批行礼。厚照对于这一套烦琐礼节本来就厌烦，看到这一大批皇族贵爵和文武众官顶戴齐全，都要轮番祝颂叩拜，十分头疼，挥手说："这些俗套都免了吧！"众人知趣退下。

当晚，知烊在晋王府摆设盛宴。

知烊对宴会的安排用了大心思，他吩咐王府的管事人等，晚上的宴会菜肴必须体面、丰盛，既要保持山西风味，又要照顾宫廷的饮食习惯；参加宴会的人物要精加筛选，只邀请几个能善察颜色，擅长奉承色笑的郡王和官僚陪宴，一意营造符合上意、君臣共乐的气氛。

宴会的菜色可说包罗万象：烹龙肝、炮凤腑、炖熊掌、烩驼蹄，以及燕窝、鱼翅、龙虾等，无不具备；食搜异品，果献时新；除了精选本省的极品汾酒，还特别搜罗北京精酿的"荷花蕊""太禧白"等御用酒，务求醇香甘洌，极品纷陈；餐具方面，则是金盏玉盘，象筷银匙。知烊本以为皇帝一定会喜笑颜开，但出乎意外，在宴会之间，厚照并未表现出惯常的喜爱热闹和欢乐豪放，却不时流露出闷闷不乐的神色。席前的佳肴并未引起食欲，他一向嗜酒如命，这一次只是浅啜了一口"太禧白"，便停下筷来，若有所思。

作为东道主的晋王大为紧张，担心自己迎候不恭。他急命厨下即将两款具有蒙古特色而又经过山西名厨调改的压轴菜——火炙鹅和活割羊端上厅前，并且亲自介绍。

火炙鹅就是将专门喂养的肥嫩活鹅，先灌饮特制的椒浆，然后放在精制的铁笼里，下面燃烧松香火炭，逐渐加温烧烤，务要火候合适，笼中的肥鹅受烤，惊惶扑腾，毛羽着火脱落，而椒浆则通过血脉贯注全身，肉里便已经满渗了滋味。烧烤后的肉质外焦内嫩，口味则是甘脆香浓而不腥腻。再乘它将死未死之际，用快刀片割下来，奉为特色佳肴。而所谓活割羊，就是将活羊捆绑，刷洗干净，然后逐段割取它身上臀腿肥嫩之肉，用火烧烤，边割边烤，趁鲜进食，要求肉割尽而羊未死，才算得上妙手庖厨。朱知烨以为，端上这两款压轴菜，既满足了口腹之欲，又能标新立异，所谓："金炉添兽炭，宝篆烤鹅羊。"

铁笼内受烧烤的鹅儿痛苦地扑翅挣扎，在受割的瞬间嘘嘘哀鸣；而被活割的羔羊更似具有灵性，双睛含泪，咩咩悲号以求速死，厚照蓦然感觉恶心，不安不忍，露出不愿卒睹的颜色，摆手示意将鹅、羊残体撤下。这样的心绪绝不似一个曾经制造过连番人间苦难，一向将自己的狂猖淫乐奠立在臣民血泪之上，被指斥为混世魔王的暴君。

宴会草草收场。

知烨未能揣摸厚照的真实心态，只认为皇上可能是旅途劳累，无心欢宴。为了弥补，他连夜安排次日上演的歌舞。

晋王府乐户的歌唱舞蹈，本来就以恣肆艳浪见称，着重表演惹情纵欲的节目。府内特撰的歌曲艳词和混合蒙汉的舞蹈声名鹊起，成为知烨用来笼络人士的本钱。

但另一方面，山西代出名儒，太原又是理学重镇，在本省缙绅以及来往人士中，亦有倡扬正统的学者名流，这些人尊崇"修身齐家治国平天下"的传统教义，经常讲学论道，知烨乖巧，也不敢开罪他们，还经常延请他们入府宴叙，力图左右逢源。而在接待这类人物佐宴娱乐的歌舞中，必须另作安排。他特意从北京神乐署招请退休乐师，专门训练少数乐工学习雅乐，教导他们抚琴鼓瑟吟诵唱念，使用钟、磬、笛、箫等古音，也兼用琵琶、扬琴、唢呐等从域外传入的乐器，组成另外一支表演内容和形式完全不同的乐队。钟敲一响,金声玉振;琴瑟拨弦,幽思悠扬,仿古雅音也成为晋王府乐工的特色。

第二天晚宴之后,晋王府的歌舞堂会便揭开帷幕了。

王府的侧殿上建有一座相当规模的舞台,台宽十丈,纵深四丈,可容数十人同台歌舞;左右翼各间隔有供乐手陪奏的空间。为迎接这一次演出,舞台又重新彩绘粉饰,专门缝制了各种角色的服装。

皇帝由晋王陪同端坐正中,还有两位年高德望的郡王和本省巡抚、巡按御史等高官陪坐两侧。席前几桌上陈放着佳酿名酒和香茗时果,还在御座面前放置一个盛有小块金锭和银两的玉盘,为准备皇上行赏之用。

演出开始,只见一队歌儿舞女按照节拍,女前男后排成队列,走到台前山呼万岁,恭祝万寿无疆。然后衬着《喜升平》的乐章翩翩起舞,莲步轻移,罗衫翻飞,装扮着精致宫妆发式的舞女和穿着模仿内宦礼服的俊男,体态轻盈,先后独舞、对舞和合舞,如同片片梨花飞云卷雪,袅娜多姿,又恰似飞燕迎春,风前摆柳。忽听音乐转调,舞蹈应声而止,重整队形,和声齐唱颂歌。

第一首是《感皇恩之曲》,歌词是:

当今四海宁,颂声作,礼乐兴。君臣庆会跻太平,衣冠济济宴彤庭。文臣武将,共荷恩荣,忠心尽微诚,仰答皇明。

第二首是《永皇图之曲》,歌词是:

天心眷圣皇,正大位,抚万邦。仁风宣布礼乐张,戎夷稽首朝明堂。皇图巩固,圣寿无疆。太平日月光,地久天长。

本来还要唱颂下去,但知烊偷眼窥看,觉得厚照神态木讷,似乎意味索然。遂急忙示意,改换歌舞内容。他也本来是熟谙音乐舞蹈的里手,又事先精心收集皇帝喜好,故此,早就和乐工们编导出时尚性感的唱词,又特别注意雅俗共赏,而不避秽亵,精选了一批美貌歌女加紧排练,着她们穿着袒胸露脐、轻纱短袖的惹情服饰,特别演唱男女恩爱、闺怨偷欢的缠绵故事,边舞边唱,搔首弄姿,明眸善睐,务求寄风骚于辞曲。

第一首是《一剪梅》:

春去憔悴欲眠身,尔也温存,我也温存;纤纤玉手往来频,左也消魂,右也消魂。

条桑采得一篮春,大也难分,小也难分;惟贪缕茧合缱绻,吃不尽愁根,放不下愁根。

第二首《点绛唇》：

床下银瓶，夜来侧倒流香腻。从头到底，一凑生双蒂。

前度刘郎，去后成何济。春过矣，大家同醉，各一番滋味。

厚照似乎有些兴致，眼神放亮，知烨凑趣说话："听说这两首词都是江南名士唐寅撰写的。"

厚照颔首，淡淡回答："不错。这是唐寅分别在他画的两幅春宫画上的题词。画儿比词儿还肖妙哩！"

知烨乘势奉承："皇上真是见多识广，臣侄是一知半解，聆听指示，实在启发了愚昧。"

厚照不说话，也再不理睬他，一下子又转回神情恍惚的样子。知烨心中打鼓，也不敢问，只好让预先准备的节目表演下去。

唱罢尚算含蓄的春宫词，歌女们接着扭腰摆臀，放荡吟唱山西城乡流行的色情小曲，什么《挂枝儿》《闹五更》《粉红莲》等，缠绵悠扬，性感惹情。但厚照今天却异乎寻常，时而啜茗闭目，时而蹙眉失神。厚照平日追欢逐乐之后，偶尔也浮现抑郁和空虚，但总是以进一步的狂欢放纵来掩盖和移情。但这一次离开北京到太原，一路上却无法松懈，在祭悼太皇太后和到浣衣局追寻生母遗迹之后，更起恩怨情仇心结，无法填塞情绪黑洞。知烨心生疑虑，却莫名所以。

他借更衣之便，悄悄走近钱宁，意在打听究竟，但又未敢明问。钱宁对于厚照的异常表现和情绪变化亦早有思忖，知道知烨来意，低声说道："照在下愚见，皇父今天像有心事，并不在意庸脂俗色、骊歌艳舞。若改用雅致安谧的典艺，可能更合适些。请王爷裁夺。"

知烨闻言，似有醒悟，忙向钱宁道谢不已。

第五十章

晋王府初遇刘良女　偏头关缔结畸恋缘

知烨听从钱宁的高招，仔细思量：到底选什么人，演出什么节目，才符合皇上今日特殊的情绪和需要？他左思右想，最后决定一试："派刘良女上台献艺！"

刘良女是晋王府一个歌妓，是世代乐户的女儿。她的父亲是老乐工刘良，邻右亲友便习惯叫她良女，意即刘良之女，慢慢竟成为她通用的名字。良女自小学习操琴鼓瑟，歌舞吟唱，受到父亲和乐户里名师高手的严格调教，加以本人冰雪聪明，勤奋力学，十四五岁时便色艺双全，成为山西乐籍中的拔尖角色。她的专长，是弹得一手好琵琶，特别擅长演奏当地混合了蒙汉乐器优长而特制的四弦、长项、圆腔，土名"浑不似"的乐器。晋王府每次宴请京晋儒雅名士，必派良女上台演奏，得到普遍赞扬。

岁月荏苒，良女渐近中年，改以教习年轻歌女为主业，但因身怀绝技，并未息影于歌坛舞榭，在重要堂会中仍经常奉命演出。她早年嫁夫杨迈，也是晋王府累代乐工之后，育有一子一女。乐户地位卑微，但夫妇相亲相爱，相依为命，生活也是温煦幸福。

良女奉命走进堂前，叩拜行礼，静等点奏。

厚照漫不经心地看了良女一眼，只见她身材高挑，瓜子脸，轮廓娟秀，双眉微蹙，一双眼睛却晶莹明亮。但可以明显看出，她的年龄偏大，眼梢已刻画出微细的鱼尾纹。她薄施脂粉，鬓边只斜插着一支玉簪，穿着一身沉香色潞绸芦花对襟袄，白绫竖领，镏金纽扣，配着同样颜色的长裙。袄儿宽身窄袖，显然是便于操琴的演出服。淡妆素服，倒显得另有浑金璞玉的温文风韵。厚照并未觉得起眼，只是耐着性子，随意而听。

知烨点出乐曲，只见良女不慌不忙地接过内侍递过来的"浑不似"，从容坐好，凝神专注，调理好音色，轻拢慢挑开始鼓琴。

　　第一首乐曲叫《霸王卸甲汉高奇兵》。

　　一曲瑶琴弄，弹出许多声。

　　几声和音之后，良女手中的弦索蓦然发出一阵急促轰鸣，恍似楚汉两军铁骑奔突、拼死厮杀的激战声浪，胜军扬威，急击残敌；败军遁逃，抛戈弃甲。又一阵，战役结束，鼓角声歇，战场上出现屏息的间歇和可怕的静寂。紧接着，便传来野豸秃鹰争食人肉的嚎唳之声。由远而近，又听到阵阵楚歌，惊人魂魄，一代枭雄项羽兵败垓下，发出痛楚的哀鸣，与虞姬凄怨欲绝的悲歌交融在一起。衬托出霸王坚拒再渡江东，宁可自刎乌江，江涛幽咽，寒风萧萧的音调，寄为英雄末路的哀思。转瞬间，乐音急转节奏，欢快昂扬，号炮连天，金鼓齐鸣，在一片欢腾声中，汉王刘邦视师塞上，传令祝捷，嘉奖全军将士。良女以细腻的技巧和多变的音调，将一场血战首尾相连，对比胜败双方的处境和情态，表现得淋漓尽致，战况惨烈，笳音嘹亮，悲歌呜咽。不但她本人已沉浸在自己的琴韵强音里，连崇尚武功的皇帝也受到感染，移坐倾听。

　　知烨看到厚照饶有兴致，传谕良女再演第二曲：《咏月》。

　　琴声再次飞扬，抒情悦耳，却是由阵前征战转为美好的月夜。她以大对比的音调烘托主题，将玉镜高悬的情景升华，声声带着明月。不意间，耀眼的月华竟惊起了栖宿在树丛中的雀鸟，它们错将月色当作晨曦，群声啁啾，吱喳一片，纷纷飞腾空中，围绕着丛林飞翔，及至醒悟到是被月光惊梦，又相继回归林树，恢复夜静。琴韵忽又一转，似在窥看蟾宫的隐秘，借着"浑不似"来倾诉神仙悲苦：嫦娥原有恨，本与世俗同，难奈离恨孤苦，深悔当年奔月，终天抱恨，本无人神之分，月里幽情难诉。琴音低回，缕缕不绝，渐轻渐慢，最后以舒缓的尾声黯然停止。

　　日久迷溺于淫声俗韵的厚照，竟对良女演奏的雅乐旋律发生了兴趣，感觉新奇鲜活，领略到沁入心窍的清净，触动了他多重性格和无常喜好的另一角落。不但对于音乐，而且对于奏乐人也另眼相看。他觉得面前这个女子不染铅华，只是凭超人的艺技促人感悟，有着文雅娴静的天然秀美，不觉一再注目。皇上的忘情神态，当然被知烊留心，忙命良女再奏一曲。

这一曲叫作《秋夜村居》。

这是一个秋天的夜晚，一户普通人家的日常生活。窗纱上透露出微弱的灯光，秋风淅淅作响，从窗棂吹入室内，家里的主妇本来正在捣衣，为怕睡在摇篮里的孩子受凉，放下捣杵，找出一张薄被盖在孩子身上，不意却惊醒了孩子，放声啼哭，妇人一面摇摆篮子，一面哼唱着咿呀动听的歌谣，哄引孩子安睡。乐音的节奏转为轻快，男主人从外面回到家里，疾步走近摇篮看望娇儿，孩子惊醒，喃喃要抱，夫妇二人则并首凝视稚子，恬然相乐的琴瑟交鸣，表现出一家团聚和谐的生活。

厚照本来就另有心事，听到这样安详喜悦的乐音，禁不住涌上叹羡的情绪。特别是正在操琴的刘良女，随着旋律的变化，不时闪现出母性温柔的眼神，酷肖太皇太后的目光，激发起自己对亲情难舍难弃的回忆。他甚至想到，如果自己的生母健在，也会用同样的眼神来抚望自己。他忘情地凝望着刘良女，良女不知端的，只是手抱"浑不似"，安坐在矮凳上，专心致志地弹奏乐曲，表情随着乐曲内容和旋律而变化，全神投入到音乐意境，偶然间露出温柔宽和的笑靥。她不敢仰望端坐在上的皇帝，厚照却是凝眸不移地凝望着她，似乎她是母性的化身，正在填补着自己心中的一片空白，捕捉一种久已企盼的茫然的感情。

演出结束后，良女如常卸装，穿回乐户女子服装，准备回家。

刚走出王府大门，便看到丈夫杨迈牵着家里的小毛骡，手里拿着一件过膝夹袄，正在大门前百丈外的斜角处伸长脖子遥望，焦急等待。由于今天的演出直到深夜才结束，杨迈在早春凛冽的寒风中已经站了两个时辰。看到良女出来，便快步上前，将夹袄披在妻子身上，再扶上毛骡，径往家里走去。

杨迈早年也是晋王府的出色歌郎，一曲俚歌，曾经享誉晋绥城乡。他还擅长骑术，能够一边策马驰奔，一边鼓瑟奏乐，风驰电掣，蹄声与乐调交鸣，骁骑和俊男并秀。良女和他青梅竹马，被亲邻指为一对金童玉女。十多年前结为夫妇，育有长女大妞、幼儿铁蛋。他们自知家庭属于乐户贱籍，身份卑微，不敢羡慕富贵荣华，也不敢奢望脱籍，只是不忮不求，平淡度日。十多年后，杨迈已不复当年歌郎风采，早已不参加演技，只在乐户中指导新秀和干些杂活。

夫妇二人互相体贴，相濡以沫，日子过得和和顺顺。

杨迈为人浑厚实在，说话不多。这一天，他牵着毛驴，高兴地领着老婆回家，也没有什么言语。

良女推门，一股暖流扑面，原来杨迈已经将房子收拾整齐，烧好了热炕，安排孩子入睡。桌上的陶壶有温饮水，箩筐里盛放着半扇炊饼，配有醋蛋和泡菜，是为良女下戏后准备的饮食，杨迈随即为良女温水热饭。

良女走近炕前，深情凝视疼爱的儿女，倾听他们的呼吸，抚摸他们的脸蛋，又为他们重新整理被褥。一夜安眠。

第二日天未曙明，杨家四口还在酣睡中，忽听到一阵砰砰乱响，有人蹬腿踢门，大声喝叫："开门，快开门！"

杨迈应声开门，见到的是王府的韩姓侍卫，也不进门，站在门口传达晋王爷的谕命："着乐妓刘良女前往偏头关继续献技，不得耽误！"

良女也被惊醒了，披衣走到门前施礼："请问韩爷，俺怎样去？什么时候起程？"

韩某只是奉命传谕，本来也不知道底细，随口答道："自会有人送你去的，你早做准备就是！"掉头而去。

杨迈夫妇都很纳闷儿。良女进屋对丈夫说："俺昨晚刚在王府演奏过，为什么又要转往偏头关呢？"

杨迈也摸不着头脑，只好安慰说："看来是要派你到关上再演一场吧？不打紧，赶紧收拾行装吧！"

说话间，又听到敲门声，原来是王府的长史何老爷偕同两名随从在等门，杨迈急忙请他们入室。长史是王府里的显要官员，总管一切庶务，是有头有脸的人物，这一次突然亲自驾临贱民家宅，倒让杨氏夫妇有些惶恐。杨迈问："不知何老爷前来，有什么差遣？"

何长史脸色温和，略为点头为礼，环视室内一遍，认真叮嘱说："良女去偏头关，是应一项重要公差，要小心伺候，即日就要动程，早做准备吧！"

"是俺送她前去吗？"杨迈问。

何老爷有点不自在，回答说："不必了，自有安排，你们等着好了。"

送何长史出门，良女心里陡然浮起一种不祥的感觉，但怕杨迈多心，不敢流露出来。其实,杨迈也在忖度,同样惴惴不安,但不愿意增加妻子的不安,也不说话。他只是闷头为良女收拾行李;良女则急急催醒还在熟睡的儿女,给他们穿衣戴帽,还赶忙拿起炕头的针线筐,要赶着为孩子们缝一些急用的活计。女儿大妞看到有些异样,急问:"娘,你要到哪里去呀?"

良女说:"娘接有差事,出门三天,就要回来的。你和铁蛋都要听爹爹的话。"

语音刚落,又听到外面人声沸腾。杨迈连忙开门,十分惊讶地看到,是两个头戴乌纱描金曲脚帽,身穿盘领窄袖衫,乌角带、红靴鞋的内侍,手里托着一副内用的冠服盒子,阔步走入室内,当中立定,用办理公事传达上命的口气宣布:"着刘良女改穿官人冠服,乘坐舆轿,即日前去偏头关服役!"

这两个内侍也未说明,他们刚才宣布的,到底是皇帝圣旨还是晋王谕旨,也不叫行礼拜领,将冠服盒子放下便退出。

杨迈夫妇打开盒子,只见盒内端正盛放着一件紫色团领、窄袖的绸质上衣,珠络缝金带子的红裙,刺有小金花的红鞋,饰有珠花的乌纱帽,是一式完整的官妆打扮。看到这样一套服装,夫妇二人陡然慌张,知道事件非比寻常,皇帝显然要将良女设为官人了。身份一经改变,宫禁森严,原有的夫妇母子关系便告割绝。杨迈和良女二人像遭到雷击,魂飞天外,但又无力抗避,相视凄然。当今皇帝许多淫人妻、夺人女的绯闻丑行,他们过去也听到过一些,有些半信半疑,因为怕招惹是非,从不敢参加议论,总以为天高皇帝远,不管他怎样为非作歹,总和自己这样的贱民小户拉不上关系。没想到如今还是大难临头。

憨厚的杨迈满怀悲怆地说:"孩子妈,咱们的家是要被活拆了!"

良女泪如雨下,心如刀割,伏在他的怀里啜泣。

第二天清早,就有一乘四人抬的小轿,另有两个小内侍护从,来到杨家门前,促请刘良女上路。

良女勉强改穿官妆,手里仍然紧攥着一个放有乐籍妇女衣裳的包袱,盼望能够平安回来。杨迈带着大妞和铁蛋送到轿前,良女强自按捺,不敢放声痛哭。她踏脚上轿的一刹那,女儿大妞突然挣脱了父亲的双手,发狂般扑向前来,紧搂住母亲放声大哭:"娘呀,不让您走,不让您走呀!"

杨家的四邻都是一样的乐籍人户，知道杨家发生了大变故，又在现场见到良女别夫离子的凄切场景，都觉得揪心痛惜。但因隶属卑微贱籍，绝不敢上前搭话，眼睁睁看着轿子远去，才赶过来劝慰搀扶杨迈和子女回家。

良女在轿里，心情极为焦虑混乱，事情发生得太突然了。自己已是为人妻母，已婚女子转为宫女，或者乐籍贱女改服官妆，都是闻所未闻。她对自己以后的命运，恐惧而茫然，但别家弃子，对一个母亲来说，却是生不如死。她暗自祈祷，求助各方神灵，保佑自己一家平安，回到从前的生活。

几个时辰以后，轿子停了下来，一个内侍揭开轿帘，说："偏头关到了，奉谕带领刘良女到宾舍客房安歇。"

良女下轿，手里拿着包袱，随着内侍步入宾舍，被带进所谓客房。房间里帘幔低垂，地面上铺着毡毯，燃点着麝香焙兰，灯烛明亮，温暖如春，摆有罗床绣枕，虎皮御座，另设有各式瓶花珠翠。她看到这里气派辉煌，不知内里玄机，思前想后，心里更加惶恐。

不一会儿，有小内侍送来梳篦粉黛等妆饰用品，又有内侍送来餐饮食物，良女无心取用，托腮枯坐，心烦意乱。忽听到门外传呼："皇上驾到！"步履之声也由远及近。

良女知道皇帝就要入室，忙走到门前跪下叩首："乐籍妇人杨刘氏叩见万岁爷！"

正德也是在当天才从太原赶程来到偏头关的。一路上风尘颠簸，旅途劳累，但刚入驻行宫，还未宽衣休息，便急问钱宁和江彬是否已对刘良女安置妥当。钱宁回奏，对良女的旅程车轿和住室都已做了特殊安排。正德点头。餐后，正德沐浴更衣，只带一名内侍，转到后院，要去会见良女。

正德看到良女下跪叩拜，伏地未起，摆手说："免礼吧！站起来说话！"边说边要伸手搀扶，良女稍为腾挪身子，自己站起来，仍然躬身伺候。皇帝今天脱卸冠服，只穿一件湖丝赭黄团龙袍，佩白玉革带，头上裹着软缎盘龙头巾，当中只镶有一颗明珠，黑靴白袜，是官内常服，倒也显得随和潇洒。他脸带笑容，眼神柔和，一时也无话可说。君上至尊，却以这种逾常态度对待一个乐女，倒使良女困惑不解，不寒而栗。

正德举步走入客房正中，端坐在虎皮大椅上。为了缓和尴尬气氛，命随行的内侍："给她设座！"

小内侍端来一张矮凳，放置在御座左侧，示意良女就座。

良女既未入座，也未谢恩，像泥塑木雕一样。

正德并不介意，搭讪："你就是在晋王府演奏琴曲的刘良女吧？"

良女跪奏："正是乐籍妇人杨刘氏。"

"你知道为什么要调你到偏头关来吗？"

"万岁爷要听妇人弹奏琴曲。"

"还有呢？"

"民妇不知。"

正德狡黠微笑，转过话题："朕要把你带到北京去呢！"

良女心中一凛，脸色苍白，好一会儿才想出回应的言词："妇人年龄已将四十，手技迟钝，琴艺陈旧，难以符合万岁爷雅兴，还是请另选年轻琴手入京，免得辜负圣意！"

正德眯着眼睛，耐心地听取陈词，也觉得良女的话符合情理，但却和他心坎深处另一种难以理喻、不可究诘的感情相冲撞。他也难以自解，为什么这个青春已过，难称艳丽，比自己年长十岁有余的中年女人，会对自己产生一种不可思议的强烈吸引力。

正德频频摇头，命她站立起来，说道："你的琴艺并不陈旧，年纪也正相当，正是朕要觅取的人。朕意已决，要宣召你进入宫廷。"

良女目光躲闪，不知怎样应答。忙乱间灵机一动："万岁爷有所不知，妇人是乐户贱籍。洪武爷的圣旨早有规定，凡乐籍男女冒入宫廷的，一律处斩，这是上官一再向乐籍人户宣讲过的。妇人实在不敢明知故犯，违背朝廷的纲纪。"

正德哈哈大笑："什么朝廷，朕就是朝廷！什么纲纪，朕的话就是纲纪！你不必在意，随朕回京就是！"

进一步对良女说："这样好了，朕再下特旨，蠲免了你的乐籍，改为民籍，不就结了嘛！"

良女知道难有退路，豁出去说："户籍并不是一人之事，妇人拖家带口，早已嫁夫杨迈,生育有儿女,是一个乐籍人家,个人是无法承受天恩,独自蠲除乐籍的。"

正德截断话头,断然说道:"这也好办,朕即示知晋王,将你夫杨某和子女等一概勾除乐籍便了。"接着说:"还要示知晋王,给杨某拨付田地,让他另娶一房媳妇过日子,你就安心进京入宫,享受富贵吧!"

良女痛彻心脾,遍身冷汗,也顾不得冒犯皇威,情不自禁地说:"妇人情愿安于贫贱,不敢高攀宫闱,愿意陪同民夫和儿女们过平常日子,还请万岁爷开恩宽免。"

正德面露愠色,强自克制道:"君无戏言。寰宇男女,都是朕的臣仆,一定要听从朕的安排,更何况乐籍卑贱之人,哪有求情讲价的道理?你必须遵旨转为宫人,陪伴皇驾。至于杨姓男子,如敢违旨,就不必改为民籍了,可以转为军籍,立即谴戍远恶边塞充军,绝了他非分之念!"

良女脑子一阵眩晕,不敢再说话。她知道,自己不过是一只坠进了网罗的孤雁,势孤力弱,绝无力量挣出重罗密网。

良女从未意想到,会在短短几天,意外事件突然而来,身份陡变,生离死别,完全摧毁了她的平静生活。

良女之于正德,是一个内心深处不时朦胧期盼的角色,似曾相识,相见恨晚。

偏头关是刘良女一生的转折点,是她从未经历过的悬崖险域,祸福交集,难得解脱。正德软硬兼施,当天晚上就迫不及待地要良女陪寝,谈话间动手动脚,几度搂抱求欢,良女恐惧颤抖,极力躲拒,连声哀求:"皇上饶过奴婢吧!妇人已经有了丈夫和儿女!"

想不到,正德面对良女的推拒,并未发怒,像受到一种无言的震慑,目光一时委顿,不敢进一步逼迫。

但是,一时的缓解,并不等于他消释了占有良女身体的欲念。相反,愈是未能得手,欲求愈是炽烈。他总认为,性爱是表达感情最好的方式,是绝不肯彻底放弃的。他仍然不断纠缠,几日之后,终于在客舍占有了良女。

良女在整个过程中哀怜求免,终于被迫顺从,并未舍命拼争,这显然是由于她的乐妇身份。乐妇，当时也被称为乐妓，法令本来就规定，必应接受皇亲贵族的亵狎嫖宿。良女本人虽然冰清玉洁，自小以技艺为生，及时婚嫁，建立了和睦的家庭，但终究未能完全摆脱乐籍身份的精神枷锁，挣脱乐妓地位和自卑心理。特别是皇威无上，自然对良女有着强大的震惧作用。但是，她最为担心的，是万一皇帝发怒，迫害丈夫及儿女，因此只好咬牙顺从，接受现实，面对这种难堪承受的孽缘。

正德知道，良女是迫于无奈，但他本人却有着素愿得偿的异样满足。他一反平素对女人的野蛮作为，极力表白善意和温柔。

从偏头关开始，刘良女一直被安排在正德身边，不论是在京师抑或边陲、江南，也不论是在冶游抑或行军战阵之中，直到这个皇帝猝然崩逝，从未远离过。这是一种极其罕见的际会，一种不期而至的遭遇，一种异乎常情的因缘和畸形的"不伦之恋"。

刘良女未有任何妃嫔封号，在宫禁中本应只是一个无足轻重的边缘人物，但在正德后期的历史中却扮演了一个不容忽视的角色。

良女从未有过奢望，既不想邀宠受封，也不望分润皇威，更不顾权佞之徒的奉承诣谀，她的心境从未平静，总是处在忧怛伤悴的情绪当中。

当然，她也感受到，这个被民间骂为荡子淫棍无恶不作的皇帝，对她似乎情有独钟，另具温煦脸谱，经常有着异常的关切和体贴，性的要求并不强烈，也没有过分的亵玩狎弄，在她面前还经常不加拘束地流露心事，即使是放浪莽撞、乖戾张狂的行为活动，也并不对她隐讳。反而兴奋躁动，扬扬自得，一一对良女讲述，作为炫耀。良女听不进去，只好不言不语。正德觉察到良女的冷淡，有时也知趣而止。另一些时候，正德在追欢逐乐之后，也会在宿醉半醒之时，流露出空虚失落的情绪，自道内心深处的衷情。他将良女当作可以完全信赖的知己，是有生以来唯一挚爱的女人，并且渴望在她那里得到关怀和抚慰。

良女实在无法认同他的放荡轻佻，也难以理解这个贵为天子的人，内心竟然也如此躁动。但是，在恍如梦幻的相处中，在奇涩畸异的关系中，良女也感觉到正德对自己有着不一样的深情，情意缱绻，觉得这个万岁爷既可憎可恨，但也存在可怜悯可同情的方面。良女难明所以，也无力深思究竟，对于正德的特殊关爱虽然常有尴尬之感，甚至惧怕是不祥之兆，但也闪现过感动之情，逐渐淡化了厌恶和憎恨的心态，对于"皇恩高厚"，也逐渐从屈从到接受，认为这是无法抗拒的命运安排。对于正德的出行安危、行为活动也不时表现出一些关心，对一些事件，也间中说出自己的意见，甚至对于正德的征歌选色、搜索妇女，也禁不住产生过一些愤恨和妒意。难道真是潜移默化，竟然把自己当作正德的身边人，承认了这种不伦不类的畸恋吗？每当冷静下来，良女不免自我考问，对于这样的感情异化，也深感愧疚、自责，有负罪之感。顾虑重重，处在痛苦煎熬之中，自怨苦命，只好祷求观音大士大发慈悲，将自己铡成两半，一半留侍君主，另一半则回归太原故里，伴着丈夫和儿女过着原来的平常日子，甘愿以乐妇终老。

离开偏头关，御驾队伍游幸于晋陕之间，经榆林，抵延安，过米脂和绥德，再渡黄河，重赴太原，然后回到北京。

在北京，刘良女被迎进豹房，作为最具有特殊身份的贵人。

在天鹅房后面，已经赶工构筑成一座精致的房舍，供给刘良女作为起居之所，这是豹房里唯一一座供一个女人专用的宫室，太监们私下戏称它是小坤宁宫，以别于大内供皇后居住的正牌坤宁宫。

良女向来没有非分之想。对于这样骤然降临的尊贵，居住在珠光宝气的绣房，而且受到正德身边所有嬖臣如钱宁、江彬等人的另眼奉承，一直怀着十分惊慌惶恐的心情，害怕一旦祸随福至，不但本人随时会被扔入沟壑，急转为最鄙最贱的弃妇，甚至被指斥为狐媚惑主、蛊毒宫闱的妖姬淫妇、罪人祸水。作为女人，她自知容貌已衰，比这个貌似痴情的皇上年长十岁，不但没有娉婷美色，而且也不懂得妖娆求宠，所以会受特殊宠幸，不过是浪荡君王一时兴起，猎取色情的另一模式罢了。但在随后的相处中，良女慢慢观察到，正德对于自己并不着重在性爱，却透露出一种隐蔽的意愿，一种深沉的内心思绪，似乎像对慈母或长姐的眷恋，渴求得到这方面的关爱。

正德喜欢听良女弹琴，而又特别喜好《秋夜村居》一曲。

良女留意到，正德总是全神贯注地聆听这首乐曲，十分动情，也似怅然若失。这是一曲村妇拍抚爱儿，哼唱摇篮曲，让孩子安然入睡的歌谣。良女偶然惊悚看到，面前这个混世魔王，竟然两眼发呆，似怀有终天之恨。却苦于无从倾诉，无人可诉。他凝视良女，流露出难以言宣的关爱，一种索求体贴和理解的渴望。他以目示意，让她再重弹这段曲子。良女也十分投入，似乎自己就是那个村居妇女，通过琴音来抒发一个母亲和妻子的情愫。两人因不同身世而各怀怆悌，却在《村居》一曲中引发共鸣。

　　豹房是体现皇权无限，顶端荒淫秽乱的场所，也是军痞政棍、悍将章臣聚集，大肆进行政治投机的地方。这些人物围绕着正德各展机谋，利用他的狂妄，奉承他的任性，迎合他的贪欲，助长他的残暴，猎取恩宠，得享荣华富贵。君臣肆恶，群魔乱飞，将豹房营造成人间最奢侈而又最丑恶血腥的黑狱。良女常有机会目睹钱宁和江彬之流奴颜卑态，而又诡诈多端，使用各种手段对皇帝施加影响和控制，而相互之间，又明里暗里死力倾轧和互相咬噬。良女来自民间，哪里知道在皇室秘苑，竟然会充斥着意想不到的血雨腥风。

　　最让她心悸的，是正德对一些年幼宫女和小太监们，偶有不顺心或者认为有了差错，便会对他们发作。捆绑鞭笞，裸体罚跪，使用种种酷刑惩罚。每逢急怒，正德总是凶相毕露，每以听闻鞭笞声和求饶声为满足。良女如同身受，却不敢出面劝阻，只是躲在居室里凄怆落泪。

　　一天清早，正德又因为良女住室的一名稚龄宫女送上的茶汤烫口，认为伺候不周，勃然大怒，摔下茶盅，喝令将这个宫女笞打三十。女孩呆若木鸡，立即就被行刑太监扭揪发髻，押出室外，用荆条狠抽脊背。只听到惨切恸哭之声传到室内，正德悠然自得，良女却感觉遍身的筋节阵阵痛楚，禁不住失声哽咽。

　　正德瞅见良女哭泣，觉得诧异，笞打一个宫女有什么可伤心的！柔声问道："这个小贱人冒犯朕躬，将她笞责，是罪有应得，你何必为她伤心呢？"

　　良女只是低头叹息，好一会儿才吞吞吐吐地答言："奴婢并无他意，只是听到女孩子受笞呼痛的声音，自然想起我的女儿大妞罢了。"

　　良女又说："大妞比这个孩子小不了两三岁哩！"

　　想不到，自然流露的母性柔情却打动了怒气冲冲的正德，他稍为收敛凶相，喝命："把小贱人的笞罪免了吧！"

　　一个小宫女，在受刑中间竟然蒙恩宽免，这在豹房里是破天荒的稀罕事。

她所以能够幸逃更大的劫难,是由于刘良女的哽咽叹息,这件事很快就在豹房底层的小宦官和侍女间传扬开来。大家诧异议论,为什么良女对于皇上竟具有这样特异的魅力,也纷纷称赞良女关爱弱小、拯危救难的同情心。其后,有些人在遭遇妄来之灾、甚至杀身之祸时,万不得已也前来哀求良女解救,良女总是尽可能针对正德的个性,找机会为这些人婉转进言,有时也看准时机,请正德将一些掳掠来的寡妇、孕女释放回家。她自己和这些女人不过是同类,都是受害者,物伤同类。而她的劝导居然能起到意想不到的作用,有因而免刑的,也有因而被释放的,一刹间天晴雾散,使这些人免除了灾祸。豹房内外便有人由衷地称颂良女,叫她"刘善人";也有人看到良女受到特殊的恩宠,竟尊称她为"刘娘娘"。所谓"娘娘",基本上是对皇后和皇太后等具有国母身份贵人的尊称,一个乐户歌女而被称"娘娘",实在是天下奇观。

当然也有人患上红眼病。有一个曾经受宠的美姬就妒恨不平,借进酒时向正德报告:"在豹房,居然有人称乐妇刘氏作刘娘娘,岂不是大胆僭越吗?"

她以为是抓住了要害,想不到正德闻言大笑,断然驳斥:"称她娘娘又怎么样?世间称娘娘的人有的是,谁说只有当了皇后和皇太后才可以叫娘娘?瑶池王母、九天玄女、南海观音、和番的王昭君,不是都被称为娘娘吗?连雷峰塔戏文里的白素珍也叫白蛇娘娘呢!朕有时也叫良女娘娘呢!"

美姬不敢再说话,垂头丧气,黯然退下。

自此之后,刘良女就普遍被尊称为刘娘娘了。

第五十一章

逢鬼魅赵燧成梦魇　对知心倾怀诉隐衷

最令良女惊心的，是正德和她同寝的时候，不止一次在睡梦中陡然大叫，手脚抽搐，神态失常，甚至将枕被踢翻在地。每次发作的状况也不一样，有时惊慌失措，神色惨沮；有时积恨难消，愤愤不平；有时只发出断断续续的呓语，其中有狂欢笑乐，也有凄伤呜咽。正德在发作之间，会紧搂良女，不自觉地亲昵呼唤她为"娘"。良女睁眼，见到正德脸上的激情并未消退，眼角留有泪痕。她小心地为正德揩干眼泪，轻轻抚拍他的项背，为他擦汗，理顺乱发，像是为儿女催眠。正德则翻身蜷缩到御榻的另一边，继续酣睡。原来真龙天子皇帝的睡相，和平常人并没有什么分别。更多的时候，是梦醒兴奋，急于倾吐，抱着良女诉说扑朔迷离的梦境。

近来，正德皇帝经常做噩梦，是充满恐怖、危险、抑郁、伤痛和愤怒的噩梦。

许多尘封已久的往事，深蕴内心的积怨恐惧和被压抑的欲望，在他的梦中若隐若现。

在一个暮冬寒夜，正德酒后酩酊，在良女住室就寝，渐入梦乡，幻觉自己单身一人，未带侍卫，行走在峭壁峻岭的狭道间，忽见一个修长的黑影跳跃冲躞而来，正德以为不过是山魈野兽，自恃勇武，拔出佩剑准备击杀。想不到这个黑影在相距百步之遥停下来，发出啐啐的啸叫声。正德定神一看，这个黑影实为人形，面部额骨高突，两眼漆黑深陷，头颈有斑斑血污。他仍然认为，这不过是一个孤魂野鬼，知道皇上驾到，特地前来鸣冤。自己身居帝位，鸿运齐天，自有诸神保佑，岂有惧怕野外幽冥之理，于是大声喝叫："朕是当今天子，野鬼不得挡道！"

可是，连喝了三声，鬼魂不但未有遁逃，反而步步逼近，不断发出嗥吼斥骂之声，最后竟然振臂挥拳扑杀过来。正德退后几步，慌忙挥剑吓阻，声音沙哑地大喝："野鬼不许近前，不得触犯朕躬，立即退归地府，若有沉冤，准向阎罗王投诉！"

岂知鬼魂并无去意，冷笑而道："俺不找那不顶事的阎罗王。冤有头，债有主，俺捉的就是你这个昏君！"

正德见这个鬼魂非同寻常，头裹黑巾，身穿黑战袍，腰横宝剑，加以身材魁梧雄壮，步武不离方寸，端的是一员久临战阵的勇将。特别是，他右手执着利刃，左手端着一件宽长各为一尺又半，涂有赤赭颜色的物件，不觉胆怯，问道："你是何方鬼蜮？姓甚名谁？为什么专和朕过不去？"

话未说毕，鬼魂抢着回话："俺乃是被你处死，再剥揭人皮，为你这暴虐之君制作人皮马鞍的赵燧！"

正德陡然一惊，感觉脊背发冷，结结巴巴地说："你犯了谋反大罪，已经伏法多年，受刑本是申张皇法，理所应当，还不速速退去！"

这一番强词夺理的诡辩，直如火上浇油，更激起赵燧鬼魂的震怒。只见在他身后，突然簇拥了一群黑白无常、夜叉鬼卒等，高呼索命。赵燧高举左手物件，厉声叫道："这就是用俺的人皮制作的马鞍，是你滔天罪恶的物证。今天俺要将你弹压在马鞍之下，让你永世不得超生！"

他一边说，一边举起马鞍，朝着正德猛掷过来。

正德大惊，转身奔逃，但只觉得人皮马鞍像有灵性一样，总是不快不慢地贴身追赶，发出嚓喋的恐怖之声，不断戳击他的后脑壳，掴打他的脸颊。赵燧的鬼魂又在背后高声呐喊："还我命来！还我皮来！"

正德慌不择路，狼狈闪躲，不断呼救求饶，慌乱间一步踏空，在险隘间摔了一跤，猛地跌入悬崖，骇然惊醒。

良女被正德的叫声惊醒，听见他连续喊叫："饶命！饶命啊！朕不敢了！马鞍要压死朕啦！赵燧鬼魂，还有索命无常，都快要追上朕啦！快来救驾呀！"

良女紧紧搂着正德，为他抹汗，摇晃他的身体："皇上醒醒，皇上醒醒，您是在做梦呢！"

正德睁眼，看到良女在旁，寝宫内依然灯火明亮，静谧如常，才算定了神，对良女说："朕刚才做了一个噩梦，好像全身被压在那具马鞍之下，赵燧等贼人手持凶器，追赶着朕，喊着要报仇，要伤害朕躬。"

良女听罢，忧戚进言："奴婢以为，得饶人处且饶人，饶人便是饶己。不如就把马鞍焚掉，再请法师做一台法事，诵念《往生咒》，上点香烛，解冤除孽，让赵燧等人也早日轮回超生，岂不是好！"

想不到，这一片肺腑之言竟大大触怒了正德，他严词申斥道："这是什么话？对反贼岂能轻赦，岂能做法事，念经咒，再酬以香烛？不论谁触犯皇威，都绝不能宽恕，任何经朕处死的反贼，一律不准轮回超生！生前不赦，死后也不赦，都要打下十八层地狱，阴曹地府也要畏惧朕的权威！人革马鞍是惩恶旌忠的极品，朕今后还要多多仿造，日夕乘骑！"

良女又大胆说了一句："奴婢是看到皇上刚才说的求饶梦话，才想出息事宁人的办法。"

正德悍然回答："梦魇怎当得了真？朕是真命天子，自有神明庇佑。以后勿再多言！"

良女不敢再说话，伺候正德安寝。

又一次，正德由钱宁陪同，在京军腾骧卫中精选了一百名擅长马术和箭法的弓手，呼鹰唤犬，到南苑狩猎，闹腾到半夜，才回到豹房，在良女居室歇宿。

夜半，正德恍惚进入梦境，而且人物和情节特别清晰。

他清楚记得，自己戴着通天冠，穿着绛纱衮龙袍，正在主持郊祀仪注。礼毕，乘坐玉辂回宫，但在通过午门，正要进入奉天门的时候，忽闻一声霹雳，从奉天门里冲出一簇品流复杂，似文似武，似官似民，奇装异服而且手执兵仗的团伙，带头的是一个头戴莲花冠，身穿法衣，手执麈尾拂子，慈眉善目，酷似九天玄女的老妪。随侍的太监和锦衣卫等上前吆喝清道，要冲散这伙不明来处胆敢阻道的乌合之众。想不到这个老妪却是装聋作哑，毫不理会，并不肯移避半步。锦衣校尉们拔刀扑向前来，要揪捕这个触犯皇威的老太婆。岂知她似有定身之术，刀刃不入。校尉等持弓放箭要将她当场射杀，但她还是不慌不忙，跳跃闪躲，忽高忽低，忽前忽后，使得箭箭落空，伤不了丝毫发肤。

正德听到前队喧闹打斗之声，走下玉辂，老妪迎面傲立，屹然不动，用深邃阴沉的眼光盯视着自己,似有难言的失望和哀伤。正德喝令校尉再冲,务必擒拿。但老妪似有法力无边,长袖轻拂,校尉们便动弹不得,刀枪落地。而她仍然泰然自若,镇静安详,继续向正德颔首示意,正德不寒而栗,知道一时难以斩杀驱除,壮胆挺立在奉天门夹道正中,怒目瞪视。两方僵持好一会儿,老妪冷笑几声,率众悄然退去。正德无可奈何,顿足大骂:"老妖精,不要猖狂,不要欺人太甚!"

他在睡梦中吼骂,乱蹬乱踢,惊醒了旁边的良女,连忙使劲推他。

正德睁开眼睛,愤恨未消,仍在詈骂那个"老妖精"。

良女不明所以,忍不住问:"是什么妖魔鬼怪惹得皇上生气?"

正德没有答理她,却屈肘仰首,入神地盯着房顶,仔细回忆梦中情景,那个可恶的老妪到底是什么人呢?她背后团伙又是些什么角色呢?她凭什么拥有这样出奇的神功法力呢?自己为什么像受到箍咒一样无法动弹呢?他思潮起伏,似乎看到一片补不完的离恨之天,又似乎看穿那个老妪不过是人面兽心,转身便变为吸人血、啃人骨的蛇蝎,在自己面前埋设重重魔障,迫使自己永陷沉沦。想到这里,正德恶念横生,猛拍御榻,一跃而起,狠狠地大声叫嚷:"什么九天玄女,什么化难为祥,都是鬼话!为祸作灾,制造苦难的,就是这个老妖精,朕饶不了她!"

良女以为正德中了邪,也怕他的骂骂咧咧传到室外,有失体统,遂起身扶正德坐下,端上茶汤,婉言劝说:"皇威震慑天神,哪怕小鬼画符?大人有大量,还是多多保重龙体!"

正德驳道:"不是朕招惹她,而是她折辱朕,陷害朕。朕和这个老妖精有血海的深仇呀!"

良女愈听愈糊涂:"一个老妖精哪有这样了不起的功力,她是何方神圣呀?"

正德冲口而出:"就是坤宁宫里那个老不死的婆娘!"

良女虽然不太了解宫闱内情,但也知道住在坤宁宫内的是当今最尊贵的皇太后。听到正德口无遮拦地冒出这样无法无天的悖语,失魂丧胆,遍身哆嗦,本想上前捂住正德的嘴,但又不敢冒犯君上尊严。

正德反而更加激动,再也无法入睡,对良女毫无顾忌地倾诉心底的恩怨情仇。他滔滔不绝地说话，将本来还是疑案的生母被迫害而死，本人险遭夺嫡的情节，说成是确凿无疑的事实；也把自己绝步不进坤宁宫参觐"圣母"的原因，故意冷落名义上的母子关系等隐私，坦率告知，毫不掩饰对张太后的切齿憎恨。

　　作为一个身份卑微的乐籍妇女，良女哪里想象过，原来在皇室之内，竟然有这样关系君国大位的惊天阴谋，存在这样血腥诡谲的丑恶；更惊讶发觉，面前的"天子"，也有着如同草芥凡人一样的七情六欲。良女懵懵懂懂，觉得正德所言在理，他原来还是一个饱受委屈损害的倒霉皇帝哩！油然生出同情和怜悯，紧搂着正德的身体，伏在他肩上哽咽流泪。在正德眼里，良女是唯一可以倾诉心事的亲人。良女的善良和质朴，对正德是一服具有特殊疗效的安慰剂。

　　为什么总是在和良女同寝的时候，才会有这样的噩梦呢？正德本人并不知道，良女更不知道。

第五十二章

朱厚照改名称朱寿　大将军晋封镇国公

正德兴致广泛多变。他作为皇帝，居然多次自封尊称，荒诞莫名，而且堂而皇之地通布全国，强令臣民一体接受。但不久以后又事过境迁，兴趣转移，旧号未废，新的尊号又出台，令人眼瞪瞀乱，莫知所从，引起普遍的混乱和反感。其实，这都是他心血来潮，因时因事而改，反映着不同阶段的情趣追求和精神变化。但万变不离其宗，目的是最高权力不受限制，包括神权、政权和军权。

从正德十年到十三年，短短四年之间，竟然采用过三种尊号：

十年，由于亲信番僧，自号为"大庆法王"；

十二年，在宣府建立都督府，自称"大都督"；

到了正德十三年，这方面的举措达到了登峰造极的程度。当年七月，他接连颁发了两道史无前例的谕旨。第一道说："近年以来，虏酋犯顺，屡害地方，且承平日久，诚恐四方兵戎废弛，其辽东、宣府、大同、延绥、陕西、宁夏、甘肃尤为要甚。今特命总督军务威武大将军总兵官朱寿统率六军，随带人马，或攻或守，即写各地方制敕与之，使其必扫清腥膻，靖安民物。至于河南、山东、山西、南北直隶，倘有小寇亦各给予敕书，使率各路人马剪削。"

这道谕旨不但大破常格，而且是莫名其妙。谕旨中突然冒出来的"朱寿"，也未说明是何许人，却居然被赋予了只有皇帝才可以"统率六军"的特大权力，隐约就是皇帝本人的别名，但其官衔却不过是受"特命"的"总督军务威武大将军总兵官"，仍然是一个臣子而已。谁有权颁发"特命"呢？当然只有正德皇帝朱厚照，而他授给的，却是化名为朱寿的本人。这似乎是故弄玄虚，但实际上却反映出正德本人要求直接掌控最高军事指挥权的野心，奢求以皇权兼摄帅权，满足自己难以遏止的建立不世武功的骄骜狂想。

这道谕旨像在朝野扔下一枚大轰雷，引起轩然大波。臣僚们都认为，这是明显违反了"国法规章"和"祖宗旧制"的。因为洪武皇帝亲手颁订的《大明典章》早有严格规定，只有皇帝本人才有权"统率六军"，没有皇帝亲颁的敕旨，任何人都无权调发军马钱粮，更绝不允许掌有制敕之权。现在这个朱寿，竟被赋予相同于皇帝的兵权，有权从辽东、西北以至江南，随便指挥"剪削"，岂不是出了一个紊乱朝纲的怪胎？群臣士庶们虽然也窥测出这个朱寿，不过是皇帝借用的别名，所谓"总督军务威武大将军总兵官"，不过是皇帝自封的官职，但绝难明白皇上既然有了已为全国公认的御名朱厚照，何必再炮制出一个什么朱寿；既然已登极垂统，是名正言顺的大皇帝，又何必再兼任什么威武大将军？带着满腹疑虑，也出于恪守成规祖制的忠忱，臣子们群情激涌，对这道不伦不类的谕旨提出质询。

但是，正德不但不肯收回谕旨，还要趁热打铁，将这个虚构的朱寿抬得更高，捧为超越人伦的神奇偶像，勒铸于国家典制之上，不准异议。强令全国军民接受他是最高军事统帅，一定能够创立不世之功。

他浮想联翩，沉醉于虚荣、骄狂的想象中，飘飘然、昏昏然，竟似本人已化身为朱寿，不日便亲挂帅印，直接指挥千军万马，旌麾开道，纵横战阵，旗开得胜，成为旷世未有的辉煌典范，永垂青史。

为了进一步实现这样的奇思异想，正德刚颁发第一道谕旨，才过了四天。到七月初六日又急颁另一道更为具体的谕旨，宣布授给朱寿最尊贵的镇国公爵号，发给最高俸禄。更滑稽的是，对这个刚扎起来才四天的稻草人，竟要被称誉已经建立了天大的功勋，"神功圣武"，"雄威远播"，故此必须加赐厚俸显爵。但是，要颁发爵位和支给巨额俸禄，还不能不通过内阁和吏、兵两部，办理好必要的手续，才算名正言顺，风风光光。

正德思考再三，为了减少阻力，专门诏令内阁大学士梁储前来豹房，命他起草谕旨。

为什么不请内阁其他人包括杨廷和、蒋冕、毛纪一起入觐呢？正德在这里耍了一个小聪明。他从臣僚沸腾的议论中，也觉察到他们对于自己捏造出一个朱寿作为化身，自封为大将军，视为乱命，更不要说再议加公爵、赐给厚俸，凭空加上丰功伟绩了。为了避免人多嘴杂，与其召集阁议制敕，不如悄悄单找一个合适的人，劝他执笔草拟，然后强制内阁发出，形成既定局面，群情即使未能立时平息，也无可奈何了。

挑中梁储，他是这样考虑的：

第一，梁储在内阁几位大学士中，资格最老，年纪最大，声望很高；四十年前，在成化十四年中的状元，而且为人谦和拘谨，人缘亦好，臣僚们碍于情面，不好公开反对。

第二，早在十七年前，即从弘治四年开始，梁储就被派作皇太子朱厚照的侍讲官，存在师生之谊，命他执笔，或者情不可却，不好拒绝。

第三，正德手上还抓有关系梁储声名和身家性命的大辫子。原来梁储的儿子次摅因荫得任锦衣百户，但未遵从父教，在家乡广东顺德横行霸道，与本县豪绅杨端为争夺民田起衅，杨端杀一田主，次摅遂屠灭杨端家二百余人。粤省抚按等官拘押了次摅，作为第一大案奏报朝廷，尚未结案。正德思量将此事作为一个筹码，必要时可以拿来施压，迫使当年的老师俯首执笔。

梁储应召入内。经过豹房门前，看到众官僚正在激切议论。未等他下轿，就有一些翰林官、御史、给事中等人围拢过来。他们知道梁储应召入见，纷纷对他申述众意，请他劝说皇上收回成命。梁储答揖众人，没有说话，一切尽在不言中。

正德今天特别谦和，竟然站在太素殿门前等候。

梁储要行跪拜礼，正德亲手挽扶，连称："年纪大了，跪伏不便，免礼吧！"

梁储不敢。他知道今天的单独召见，事非寻常。

正德屏退左右，赐座赐茶。

皇帝先说："今天专请梁卿家到来，为请老先生办理一件军机重务。"

梁储凝神恭听。

正德接着说："朕日前颁发了一道谕旨，以朱寿名义承担军国重任，是为了便于号令六军，有利于剿除房寇，安邦定国。这样做，是以虚寓实，出奇制胜，相信老先生一定明白。"

这等于自揭所谓朱寿不过就是皇帝的化身。正德一边说，一边留意梁储的反应。只见老头子神情木然，一时未有答话。

正德只好端出底牌："朕为了克敌制胜，速建大功，缔建烁古震今的功业，决定再提高朱寿的地位，加重他的权威，加封为五爵中最贵的公爵，称作镇国公；岁支俸米五千石，还要褒扬他已建立的伟业……"

梁储憋不住，冒出一句话："朱寿的名字在本月初见于谕旨，距今才四天，怎么就已建立了伟业呢？"

正德不假思索，断然驳斥道："难道朕在位十三年，就没有勋绩可纪吗？"这更是毫不掩饰地宣示朕即朱寿、朱寿即朕了。梁储一怔，很为皇帝这样的悖论而惊骇。

正德继续谕命："今天召老先生来，就是请你按朕的意见起草一道谕旨，通过内阁敕令吏、兵两部遵照执行，还要公告全国。"

梁储起身施礼，极力保持语调温和，但持论却十分坚定，说："皇上君临全国，为天下共主，怎么能够既为君以出旨，又作为臣下而奉旨呢？圣人有言，名分攸关，不可紊乱。钦派朱寿为大将军之事，似不合适，还请皇上三思。"

这样逆耳之言，正德当然听不进去。他的脸色由晴转阴，语带讥诮地说："读死书不如不读书。墨守成规旧制，是曲解圣人经典。应该知道，只有因时制宜，才能够超凡入圣，驱策军民。由朱寿出任公爵，行使大将军职权，正是为了便于当机立断，灵活操纵，不必受朝纲典章的限制，是万万不可少的。"

这一番刁钻的道理，并没有说服梁储，他正色道："君为臣纲，古有明训。大将军是人臣职事，绝不可以加在君主头上。皇上用朱寿别名兼任大将军，以天子之尊而行将帅之事，岂不是冠履倒置吗？

"至于公爵勋位，本来是君主用以加赐给功臣贵戚的，现在皇上自封为公爵，实在是滥蔑名器，颠倒伦常，名不正言不顺啊！

"再者，皇上富有四海，中外之财皆是皇家府库，怎能颁旨自领公爵俸禄，有失端恭之义，违背帝范尊严，是古今未见的轻薄事。务请皇上为天下万民自重，收回此议，免得贻笑于人。

"更必须说到厚照的御名是由孝宗先帝亲自选定，上告于列祖诸宗，收载于天潢玉牒之中，颁告给天下臣民，怎可一旦改变为朱寿呢……"

梁储激动难抑，本来还要再说下去，而正德已是难以忍耐。他边听边蹙步，几次要打断梁储的话头，但梁储如鲠在喉，不吐不快。正德听得脸红耳赤，突然转过身来，大声喝道："你不体会君心，反而口出狂言，放肆已极，还知道当大臣的规矩吗？"

梁储惴然住口，跪下叩头。

正德看到梁储停声下跪，以为他已经知机转向，于是更换脸谱说："老卿家既然自知不是，朕亦未忘当年在上书房授读之劳，对卿刚才的孟浪，就不再深究了！卿即从速起草谕旨便是！"

想不到老头子毫不含糊："加封朱寿，是悖于义理，老臣不敢执笔！"

"为什么？"

"君臣大器，千古名节，是绝不容许混淆的。今皇上自称大将军、镇国公，完全颠倒了君尊臣卑之义。而且，如果遵命草敕，必然要写上威武大将军的名讳，那就是以臣名君，实犯了欺君乖上大不敬之罪，不但自罹法网，更陷皇上于不义！"

正德见梁储执拗顽固，怒火复燃，决定使出撒手锏："你口口声声说不能欺君乖上，不肯自罹法网，其实是口是心非，言行相悖。你违法乱纪触犯刑章，罪状昭彰，还知罪吗？"

梁储悚然，不知何种大祸将临。

正德继续斥责说："你侈言国法，却疏于家法，竟然纵子行凶。你的公子次摅在乡屠灭杨氏一家二百余口，该当何罪？"

他梁储顿时惊慌失措。他也知道正德是借题发挥，但儿子确实犯有大罪，本人亦难以推卸责任，只能伏罪自请处分，说道："老臣教子无方，辜负国恩。早已一再致函广东抚按等官，请必申纪尽法，速将逆子处以斩绞极刑。"

然后摘下乌纱帽，放在阶前，连续磕头。

正德心中暗喜，认为正是要挟的好机会，更进逼一步："按照我朝刑章，律有株连之条。你身为宰辅，领袖群伦，而子弟肆恶滥杀，当然不能置身法外！"

梁储俯伏认罪，声泪俱下："老臣罪孽深重，悔尤无已，前已专门上奏，恳请恩赐罢官褫职，交付三法司依律严惩。只因皇上发出圣谕宽免，老臣才含垢忍耻，以待罪之身，继续赧颜供职。但法无格外，刑不阿贵，臣家老少两代，都罹犯重罪，岂敢幸逃宽免？还请皇上申明国法，立将罪臣严加惩处，以为不德不法之戒。"

正德冷笑："你还知道皇恩浩荡，还算具有天良；但屠灭二百余人命，犯的是弥天重罪，应该抄家灭族……"

正德又挖苦说："朕知道你常以理学自居，口不离圣贤之义、礼教之言，现在事关本人，又有何理说？"

梁储理屈，无词答辩，只好继续磕头。

正德却作出宽大的姿态，说："念在君臣兼师生之谊，卿家能遵照朕意起草谕旨，不但本人可保阁老之位，儿子次摅滥杀之罪也可以特赦，仍得任锦衣百户之职。卿家可自行抉择。"

正德面有得色，欣然架腿危坐，静待梁储求怜。

梁储怃然而悟，原来自己长期以来，一直以为当年的学生不过是一个鲁莽任性、放纵多欲的君主，为人还比较单纯，尚有可塑性。他心怀忠爱，敬守职务，坦率尽言，力求补过拾遗，挽回国运和世道。但在今天的交锋中，他才恍然体会到，正德在人品上也会机心术数，权诈恣睢，不择手段。他几经思量，终于狠下决心豁了出去，郑重回奏："老臣不能遵旨。"

这样软硬不吃、宠辱不惊的态度，倒真把正德气疯了，这是他完全意想不到的。只见他脸上青筋暴突，情绪难以控制，禁不住从御座旁抽出一口宝剑，拔剑出鞘，剑锋直指梁储，嘶叫道："违朕命者，血染此剑！"

梁储伏地不起，延颈待刃。

但待了半刻，闻叱骂恫吓之声，未见挥剑入体。原来正德虽然暴怒，但还不敢真的手刃授业之师兼当朝宰辅，多少还有点顾忌之心。

当此紧张时刻，忽然从豹房门外传进阵阵辩论詈骂的嘈杂声，随后又有厮打斗殴的嚎叫声。这样的事件，是从来未出现过的，一下子转移了正德的注意力。

他侧耳细听，忽见两个内侍跑来急奏："众官僚在大门外又打又闹，要出人命啦！"

正德觉得事体非常，匆忙扔下宝剑，要出去了解究竟。临出太素殿前，回头看到梁老头仍跪伏在地，喝道："你先回阁办事，等待议处！"

豹房大门前，确实发生了稀罕事。

从七月初三日颁发了任用朱寿为威武大将军的谕旨后，当天就引起了各部、院、寺、监京官们的骚动，认为这是从根本上破坏了传统、紊乱了纲纪的乱命，要求宣布作废。特别是一些中青年御史、给事中等监察官，以及在翰林院学习的新科进士和庶吉士等人。这些人刚入官场，世故未深，却最为敏感和具有胆识。对于当今皇帝诸多不法不道之事，久已内怀非议，现在看到竟然巧立名目，凭空虚构出一个叫朱寿的假精灵来，并授予相当于皇权的特大权力，实在难以接受。他们没有弑君废立的叛逆之念，只是盼望这个不争气的皇帝能够幡然改悔，可谓仍是出自一片愚诚。一连数天，众官员自发地聚到豹房前小广场，有人跃上台阶高声讲演，台下听众同心相应，轰然朋和；也有人要求发奸擿伏，说若有朱寿其人，何不亲自出来面见官民；若无其人，不如趁早取缔；甚至有人在发言中隐有所指，以种种确凿事实影射当今皇帝的狂妄莽撞，无知误国。

豹房大门前几乎成了一个忧时爱国的讲坛，一个可以敞开思想、横议国政的场所，京城有些缙绅居民也闻风赶来聆听。特别是今天七月初六日，一大早就看到梁阁老被召入觐，推测有可能要做出重大决策。人们心潮澎湃，心神不定，既寄望梁阁老能充分反映群情，皇上也能从善如流，但又担心事态会朝着更坏的方向发展。广场内人声更为沸腾，议论进入高潮。

正在这当儿，忽然出现了一股逆流。

在最贴近豹房大门的东南角，突然冒出一伙人，排成队伍敲锣打鼓，高声喊叫："庆贺皇上颁恩诏，拥护朱寿大将军统率六军！"

"皇上高瞻远瞩，神功圣武，万民感铭洪恩！"

"追查谣言，严防不逞之徒惑乱视听！"

众人惊呆，视线所及，原来这伙人多是朝中各部寺供职的主事、郎中等中级官员，也有翰林院个别文人。带头人物吴堂，福州人，弘治十二年中的进士，分在太常寺任官。太常寺官主要负责祭天祀地及办理皇室婚丧礼仪的工作，官制序列虽然排在各衙门的前列，但不过是和鬼神打交道，是地道的清水衙门，并无实权，也缺油水。吴堂在太常寺待了近二十年，总算熬到了少卿的官职，算是本寺的副头头，官拜三品，但他的主要职任无非是在有册立、册封、皇子冠婚或者征讨、大丧、请告宗庙社稷的时候，按照规制唱礼司仪，终究是闲曹冷官。但他却是一个心骄气傲、自命不凡的人，官瘾极重，自以为正途出身，头脑灵活，口才伶俐，笔杆过硬，一心想出将入相，最少也要混个尚书、侍郎，但却气运不顺，蹭蹬不达，从未受过重用。

吴堂苦心冥想，认为当前的升官捷径，是走钱宁的门路，于是极力向钱宁靠拢，甘愿鞍前马后，做应声吠犬。钱宁欣赏其才，视为"文胆"，但朝野深鄙其人，指为"文妖"。

这一次因为任用朱寿为大将军，引起大风潮，钱宁示意吴堂出面纠合一些人，打出拥护谕旨的旗号，制造声势，与广大臣僚对抗。钱宁答应吴堂，只要能够瓦解风潮，就会推荐他进入义子府，改名朱堂，跻入"皇子"之列。

吴堂自恃有硬后台，劲头十足，目空一切；但叫嚷了一会儿，就发觉势头不对，臣僚们竟未为所动，不但没有人应声附和，反而露出不屑的鄙视颜色。吴堂等人十分尴尬，呐喊的声音逐渐不振，有人更悟到自己是上了贼船，很可能会因此贻笑于师友，便想离队开溜。吴堂为了稳住阵脚，极力劝阻，拍着胸脯说道："咱们必须坚持正气，维护皇上尊严，绝不能听任这些人聚众闹事，危言耸听！"

可是他实在无法阻拦队伍，眼看颓势已成，很可能落到狼狈退场的境地；但又担心如果临阵脱逃，难以向钱宁交差，势必失宠。情急之下，他只好不顾一切，以皇威施加压力。

只见他走前几步，猛地撩开官袍，跨上豹房前的台阶，挥动双臂，尖声叫道："众位大人请暂停议论，且听吴某一言。"

众人始料未及，一时静止下来，听他有何高论。

吴堂先作出忧天悯人的诚挚姿态，劝道："众位大人连日议论国政，关心国脉民命，实在令人钦敬，但对皇上颁发任用朱寿为威武大将军的谕旨，实在也有误解，还是应该周详考虑。"

锣鼓听音，众臣僚知道他别有用意，暂未表态。

吴堂继续说："各位读书明理，又秉政在朝，当然知道设官用人是国家重务，用什么人，使其担任什么职事，唯有皇上才执掌全权。各位还是不要妄加议论为好。"

一个御史应声问道："可是，臣民等都不知道朱寿是什么人，出身履历如何，又有什么战功；为什么一下子就可以执掌最重大的军权？而且威武大将军的官衔和权限都未列于典章，难道不许询问吗？"

吴堂不敢正面回答，只好顾左右而言他："当今北虏犯边，河北山东流寇四起，国家武备不可一日懈弛，正是皇上亲阅甲兵，挥军戡乱之秋。颁发任用朱寿的谕旨，就是为了发扬皇威神武，谋求无敌于天下，各位大人切不可妄加猜测。"

一位年轻的翰林院庶吉士忍不住诘问："你说皇上亲阅甲兵，挥军戡乱，怎么又变成由朱寿来发扬军威呢？难道你是说朱寿就是皇上吗？"

这一提问，顿使吴堂陷入窘境，他既不敢明言，又无法推诿，只好含糊说道："军机关系紧要，皇上自有神机妙用，指授庙略，剿抚兼行，必能毕成全功，岂是士人辈所能知晓！"

这一说倒把在场的人都惹恼了。士子不能过问军机，难道六部、十三科的官僚人等，特别是兵部、兵科等军务部门也不能过问吗？遂引发一片质询责难之声，纷纷要求吴堂说清楚。

吴堂虽然口齿伶俐，但也无力细说，只好用捧抬皇帝至高权威的大话来搪塞："皇上承天立极，作民父母。凡我臣民理应笃信皇言，尊重皇威，惟皇谕是从，岂有滥加议论，肆意质疑的道理？加以当今皇上德隆业茂，经文纬武，励精图治，威德加于寰宇，自古以来未有能及。当前，是否恪遵谕旨，实在关系臣工大节。各位大人不能不惕慎。"

他拿出念叨祭文的本领尽量提高声调，为的是让躲在豹房大门内监视动向的钱宁能够听到，最好也让皇帝亲耳听闻，好洞知他的忠心和卖力。

但是将正德皇帝吹捧为圣帝贤王，实在背离事实，也太过于肉麻，众人难以接受。有一个御史旁敲侧击问道："十多年来风未调、雨未顺，朝廷政潮数起，郊野动乱连连不断，国匮民穷，灾黎遍野，法度不彰，难道这就是德隆业茂的盛世吗？"

吴堂又一次转移话题："多难兴邦，古有明训。自古以来，哪一朝哪一代没有天灾人祸的？何必大惊小怪。只有坚信皇上圣明，凛遵谕旨，一定会转祸为福、化难成祥。"

这一套空洞的假话废话，引起阶前一阵哄笑，又有人挖苦说："怪不得，这个太常寺少卿，本来就擅长说鬼话，说不出人话来的！"

也有人气不过，大声说："真佩服你能言善辩，敢于颠倒黑白，可缺的却是人格和羞耻！"

人群又爆发一阵哄笑。

吴堂恼羞成怒，暗自忖量，事到如今，只有将事体闹大，最好是激成变乱，自己才好复命，借乱邀功。于是他翻脸恫吓："古往今来，凡是违背皇上圣旨，敢于轻蔑皇威的人，从来没有好下场。带头闹事者，必会受到严厉惩处。君子知机，勿罹法网。可不要忘了前几年众官罚跪、百人受杖的旧事。我是为诸君的宦途祸福、身家安危着想，不得不倾诚相劝，以尽肺腑之言！"

话未说毕，激发群起斥骂，甚至有人揭出吴堂的老底："你是什么东西，'八虎'余孽，刘瑾门客，漏网之鱼，还敢在这里大放厥词，教训众官，还不滚下去！"

吴堂凶狠地怒视那个说话的人，冷笑说："不知道你该滚还是我该滚呢！群鸦鼓噪，野狗吠日，还长得了吗？"

这可真激成众愤了，广场内骂声四起："谁是乌鸦嘴？谁是野狗吠？这个神棍仗的什么势，竟敢用污言秽语侮辱众臣，不可轻饶了他！"

甚至有人叫道："把他拉下来，揍他！"

吴堂在群声怒吼之中，虽然有些胆怯，但拉不下面子，又心知钱宁早就安排好几个便装锦衣混在场内，只等正德一声令下，便要弹压抓捕。于是强挺着腰，继续发出硬话："笑话！我是堂堂三品卿贰之官，谁敢对我动粗！"

这样嚣张的气焰，倒真是大大激怒了一个人。这个人姓齐名嘉铭，山东济南人，正德九年中的武进士，分发在兵部任主事之职。性格耿直，见义勇为，有齐鲁男儿慷慨激越的气概。他参与军务，对不明不白捧出朱寿这个怪胎的谕旨非常反感，积极参加豹房前的聚议。当听到吴堂连篇悖论，又见他竟敢侮辱众官，不觉怒火中烧，迈开大步冲上前来，就近抄起一个官员们入衙上班时用以盛放冠冕的官帽盒子，一步跨上台阶，猛地将空盒子扣在吴堂头上，高呼："老子就敢揍你这个不忠不信、不仁不义的奸贼！"

语音未落，更朝吴堂腰腿之间猛踢一脚。齐嘉铭武功深厚，这一脚立时将吴堂踢翻在地。吴堂只觉头脑昏眩，满天星斗，而且罩着官帽盒子，又不辨东西。他想翻身起立，却听到一片痛斥之声，更且受到拳脚交加，轮番殴打。谁也料想不到这些摩拳擦掌、挥动武臂的人，竟然都是一些出身科甲，岁过中年，官居四五六品的在职官员，连他们本人也料想不到，竟然会怒不可遏，情不可禁地在公众前打人动武。

　　吴堂遍体鳞伤，痛楚不已，只好哀号求饶。正在生死关折，几个便装的锦衣卫装作劝架的样子，也不敢触犯众怒，只是顺着大家说："不要出人命啦，各位大人就开恩，留下他一条命吧！"然后架扶着吴堂夺路而退。

第五十三章

耀武狂言扫荡腥膻　令出钧帖亲历戎行

　　明代是在推翻元朝统治的基础上建立的王朝，元朝的末代君王顺帝虽然被迫遁逃旧地，但蒙古贵族仍然挟有强大的资源和军政实力，能够在广袤的蒙古地区保持稳定的控制，周围的部落仍然归附，奉之为首脑，听从调遣。特别是，还拥有一支为数几十万有实战能力的军队，沿着明朝的西北部边境分驻重兵，不时南下侵扰，声言要大举报仇，复辟元朝的统治。时人认为，元朝虽亡而实未全亡，一直是威胁明朝的重大边患。

　　在山西的大同、宣府到偏头关，是明朝设置的一条东西向的防线，用来防边御寇，抵挡骑兵入侵，作为保卫太原以至北京的屏障。百年以来，它又是蒙明之间军事对峙的前沿，屡经血腥厮杀的战场。

　　正德登位以后，西北的边患更加严重，这一方面是由于蒙明关系恶性发展，另一方面也由于蒙古贵族知道明朝政局动荡，皇帝失道，认为是大举入侵的最好时机。骑兵屡次突入边塞，声言要冲入居庸关，直捣北京，擒拿正德。每次都是饱掠之后才退走。他们毫不掩盖地表示对明朝的国力，特别是对正德本人，根本不看在眼里，存有严重鄙薄之意，周边各国也心知肚明。朝鲜国派驻北京的进香使屡次向国王奏告，正德是一个"狂皇帝"，正是由于此人"淫戏无节，放荡猖狂"，鞑子才敢一再犯境。

　　但是，正德本人并不这样想。

　　正德十一年秋天，小王子义率七万骑兵入侵宣府，连破城堡，杀掠人畜数万；十二年，再以五万骑兵自榆林突入，企图直捣太原。对于蒙古兵屡次来犯，正德内心是又惊又喜，既愤慨也兴奋，除了有志抗御之外，更将重大的边塞危机，看作是发挥本人天威神武的绝好机会。

正是在这样的思想指引下，促使他一再闯关出居庸，还不断放出要巡边御虏，自掌兵符亲征塞北的言论。对于正德要御驾亲征，在朝野中引起了极大的震动。

正德冲破了御史张钦闭关拦阻，又下谕命谷大用严把关门，不许朝臣追踪前来劝阻，偕同江彬等来到宣府，自以为已取到施展的条件，日夜幻想胜利的旌旗插遍漠北，蒙古各部迎风归降，自己则跃马挥戈斩将搴旗，无人可敌，被夸为统率天兵天将的天帝。

江彬、钱宁等人摸透了正德的心窍，为了迎合，都卖力煽风点火，力促实现"亲征"。当然，两人的谋算和着力点又各有不同。

江彬主要是在行军布阵和攻防战略上出主意，他一再自请陪同正德巡游边塞，说是为了让圣驾亲自了解敌情，视察山川险易、道路曲折，熟悉地形地势，以便临战之时当机决策，指挥若定。途中，他以熟悉边情军势的身份进言，指称何处最便于伏兵，何时最宜于出击，滔滔道来，似乎胸怀韬略，腹有机谋；又吹牛说要在阳和至应州之间设置一个铁桶阵，诱使小王子率军入桶，然后在应州一带以伏兵出击，聚而歼之，断言必能获得全胜。他说得头头是道，天花乱坠，其实不过是空谈兵机，只是迎合正德心理的信口胡诌。但正德却听得兴高采烈，得意忘形，连声赞许说："有这样的安排，朕何难一战成功？一定要尽歼来犯之敌，生擒小王子于铁桶之内。卿家必须抓住战机，紧急部署，准备决战！"

正德又说："大功告成，朕决不吝拜爵封侯以示嘉奖！"

江彬在马上免冠弓腰，感动而言："末将得蒙皇上选拔于行伍，又责令统率边军以随征战，誓必身先士卒，不惜肝脑涂地以报效皇恩。"

说话间，正德随口而言："朕离京前，皇儿朱宁（钱宁）也奏说，他有御虏歼敌之计，不知他又有什么考虑？"

江彬心中一怵，嫉忌之心大起，但又不敢表白。

江彬绝不容钱宁插手战局，和自己争功。他利用陪同的机会，一再旁敲侧击，贬低钱宁，既自我标榜，更是为了专擅宠信。他绕着圈子说："阵前对决，两军相逢勇者胜。而且小王子诡谲骁勇，战况瞬息万变，必须依恃智谋判断以对付。对于当前的大战役，必须专用出身军旅，熟谙战地军情智勇双全的人，才能胜任剿擒胡虏的重责，切望皇上专任责成，万万不可轻信那些京油子们的饶舌！"

正德也听得出江彬话中的用意，但认为不过是宠臣们争宠的常态，并不放在心上。

江彬的谗言，很快就传入钱宁耳里，引起他的警惕和妒恨，认为江彬这一手实在阴险，是疔毒恶疮，必须拔除。他深思苦想，誓要针锋相对，以毒攻毒，着力摸准江彬的薄弱瑕隙，准备反手猛击，挽回颓势。钱宁估忖到，正德现下虽然十分宠信江彬，但并没有完全消除向来对边军的疑虑。特别在军权上，当今皇帝也同他的祖辈一样，从来都是紧攥在手，不轻授他人。江彬表露出要在军事上独揽指挥大权的言论，很可能也犯忌讳。

钱宁深沉诡谲，也采取迂回出击的战术，并不点明江彬揽权的危害，仅是以古讽今，隐晦地影射当前政事。他利用独对和陪宴的机会，有意叙述历史往事，旁及本朝典故，而又集中在军权不可旁落这一焦点上。他绘声绘色地述说西汉高祖刘邦麾下大将韩信、英布善于将兵和立下大军功，但终又举兵谋反；又论说唐朝玄宗皇帝李隆基信任边将安禄山，孰料到安禄山竟发动叛乱，自立为雄武皇帝；甚至还说到本朝的开国丞相胡惟庸暗通蒙古，大将蓝玉居功谋反，几危社稷，不能不引以为戒，如此等等。目的都在提醒正德，切不可轻信眼前的江彬，他虽然够不上汉朝大将韩信和英布，却略似恶迹未昭前的安禄山！他边说边看正德的神色，如果听不入耳，或者不耐烦，便即时打住，转入其他话题；如果他还愿意听，就继续添火加温，企图以娓娓讲说的故事，丑化和打击那个气焰嚣张、咄咄逼人的跋扈边将。

令他得意的是，正德似乎还在乐意倾听。

言者有心，听者亦有耳。原来正德为人虽然轻狂任性，但身处皇位，当然也具有和皇帝身份相称的特定戒心。他似乎也受到钱宁谈史论事的点化，觉得所见亦有可取之处。他更进一步问道："皇儿今日之言，是指当前的战局部署吗？"

钱宁小心回答："儿子不敢妄论军国大事，只是关爱皇父，有些感觉，不敢不披露。"

"你就说吧！"

钱宁更加小心地说:"儿子觉得,当今面临决战,关系社稷安危,凡事必得慎上加慎。"

"到底是什么意思?"

钱宁故意作出闪烁顾虑的样子,吞吞吐吐地说:"儿子认为:用人不可无疑,军权必应由皇父亲自执掌。"

正德一怔,追问:"何以见得?你无妨细说。"

钱宁看到有机可乘,正是亮剑向敌的有利时机,于是端出了自己的谋划,但绝口不提江彬的名字,只是按事说理:"儿子认为,皇父神武超凡,六韬虚实尽在胸臆之中,战必胜,攻必克,原不待于旁人指点,更不许分沾荣光。当前,必应由御驾亲自挂帅将兵,绝不能另设帅座,更不能分割兵权。"

正德点头。钱宁继续说:"照儿子的看法,当前一切征集军费、调动军队、布防设阵、攻防战略,一切指挥之权,只有全部集中在皇父手里,以诏旨或大都督的令帖下达,才可能令行禁止,全国军民人等凛遵执行,这是任何人无法替代的,是当前取胜的要着。"

这番话似乎能够洞贯正德的心窍,他身躯前倾,问道:"皇儿还有什么见解?"

钱宁心中有数:"儿子的看法无他,除了必应由皇父亲掌全部军权,自主运筹帷幄,绝不容任何人分割外,还有一点更为重要之处,是不但用边军为主力,还要配置龙骧六卫京军和锦衣校尉夹辅其间,不可偏重。即使在边军之中,也不要偏用一镇之兵,对宣府、大同、延绥,甚至辽东各镇的兵将都要调动前来,而各边和各镇之兵都必须由皇父直接指挥,军令统一,绝不许任何将领逾越职分,侵夺别军别镇的兵权。皇父雷霆神算,光耀天地,岂是任何凡夫俗子、武夫庸将可窥万一!事实上,当前财赋散聚各处,兵将分辖京边各地,山头众多,积习难除,若非以诏旨或大将军令帖征召,恐怕有令难出都门,有律难求恪守……"

未等钱宁说罢,正德就霍地站起,果断地说:"朕意已决,必亲掌六军,直捣小王子巢穴,完成太祖高皇帝以来列祖诸宗未竟之志,振扬我军威武之气,为我朝书写恢宏篇章!"

正德十二年秋，蒙古以十万骑兵，集结于长城杀虎口外的玉林卫沿线，直逼大同、宣府、阳和、应州等要塞，不断以游骑挑衅，捣毁明军哨所，抢掠粮食人畜。一切都说明，兵凶战危，已揭开了大战的帷幕。

正德闻讯不惊，临危不惧，他战志高昂，不理会群臣的劝阻，多次亲自率军出居庸、临宣府，进出大同战区，深入两军对峙的前沿阵地顺圣川，巡视各镇战备。一次，正在严冬季节，滴水成冰，他率领一支精选部队从太原起程，经过半个月的急行军，有意迂回道路，然后到达宣府，历程二千余里。在整个远征过程中，他一直神气亢奋，自己跨乘战马，披戴甲胄，腰系弓箭，顶风冒雪，不畏艰险，俨然大将风度、统军元戎的气派。他顾盼自雄，自我欣赏，十分得意。各地的官员为他准备了舒适的车辇，也拒不乘坐。不少随行的文官武将都因长途困顿而疲惫病倒，但正德本人却一直神采奕奕，表示出高昂的求战决心。在行进当中，还策马视察部队，以示亲历戎行，借以鼓舞士气，振奋军心。

面临恶战，正德还作了一系列部署。他在阳和安设了驻跸的御营，称之为"军门"。奇怪的是，这座御营的仪仗颇有奇异装潢，显得不伦不类。既设有全套的皇帝仪仗，青龙、白虎、朱雀、玄武等御用旗幡招展，禁卫军甲士罗列，端的是皇威肃穆，气势森严。但奇特之处在于，御营辕门前，竟并排竖立着两杆高耸十丈的旗纛，也是杏黄底色。绣有团龙标识。左边旗纛大书十二个字："顺天应人，除残去暴，御驾亲征"，右方旗纛却是"扫荡腥膻，绥靖边陲，威武大将军司令"十五个字。等于公开宣示，所谓"御驾"和"威武大将军"其实是一身二任，君臣不过是一人。原来正德自幼就仰慕大将挂印出征，运筹帷幄，直接指挥千军万马，驰骋战阵，斩将搴旗，建立起丰功伟绩。总认为这是任何人既不能及也不能比的。他觉得只有皇帝的身份实在不够过瘾，未能充分享受亲身建立不世军功的威风。所以背离常情，力排众议，顽固坚持以皇上之尊而兼战阵之帅，自封为"威武大将军"正是基于长久蕴积在心的想象和追求。

果然，在西北前线，凡有调动军队、征发资财钱粮和装备，一律都是以"威武大将军钧帖"的形式下达，并且勒令凛遵奉行。

这又是一桩古怪的难以服众的新花样。内阁和各部、各行省的军政长官们，接到雪片般飞来的"钧帖",虽然不明所以,但又不敢不遵照执行。内阁大学士的职责,本来是承上启下,承担朝廷咽喉之任,现在的钧帖满天飞,实在不知适从,因此急急上奏,呈请停止使用"钧帖"来代替敕旨的办法。他们在奏章中力言:向来的制度,一切调动军队、指拨钱粮等重大政务,非奉到敕旨是不许擅行支应的。现在改为以"钧帖"指令行下,内阁无从核实转发,实在难以防止诈冒,军卫部门亦无法辨别真伪,必将造成极大的混乱。

正德看到这份奏章,冷笑了几声,调侃道:"嘿!这几个老屌头不体会朕意,不知时势,又来说一些不合时宜的屁话了。讨厌!"顺手将奏章扔在一边。

于是,"威武大将军"的钧帖正式拥有了相当于皇帝敕旨的权威,内容更是无所不包,可以指令户部拨库银数十万两,以至百万两巨款克期输送到宣府,作为犒劳充赏之费;也可以调动大批边卫军兵和马匹,以及匠役人等移防前沿据点,配合作战,绝不许违背军令。当时,一切征调指挥,都以"威武大将军"朱寿的名义,根据钧帖发给"火牌",由一种俗称为"夜不收"的军用驿卒负责迅速传达,责令各部门切实执行。

第五十四章

战应州漠北大溃败　夸战绩京城丑表功

一场大战果然开始了。

蒙古首领鞑靼小王子亲率骑兵冲入长城杀虎口外的玉门卫，突破了边墙要冲，他的战略意图是要循此东下，直逼大同，进窥太原，占领整个晋中平原。

面临战讯，正德并没有惊惶慌乱，他"喜以雄略自见"，正急于乘此战局施展自己的军事指挥才能。立即升帐，作了迎战的部署：他估计蒙兵东进必首攻大同，故此决定以大同作为中心安排战阵，命令大同总兵官王勋、副总兵官张铭、游击孙镇以重兵严守大同城池，再以辽东参将萧琼驻守外围的聚落堡以为策应；大同东北的天成卫处在前哨地位，则由宣府游击时春驻守；大同西北的阳和，自古以来就是决定战争胜负的重要战场，严令副总兵陶杰、参将杨玉、延绥参将杭雄等驻守；大同西南至偏头关一线的平虏卫，指令由副总兵朱銮驻守；平虏卫西北长城脚下的威远卫，则由游击周政驻守。

这样以守势为主，围绕大同城布成口袋，大体上是按照江彬所说的铁桶阵部署，根据军事需要安排不同级别的战将和军队驻守接战，自以为周密稳当。再加以正德使用朱寿名义，挟皇威征集精兵强将和粮秣军器备战，自信必能一战功成。

但问题是，明军各部从各镇调来，摆开一字长蛇阵势，主客军队之间缺乏必要的联系配合，一切战守都要听从威武大将军的钧帖指示，而钧帖却往往未能切合战况的紧急变动；加以小王子老于战阵，洞知正德部署的谋略，绝不肯陷入袋形阵势之中。蒙兵冲入玉门卫之后，立即分道南下，一举打乱了明军的布阵。正德只好急令原来派驻大同的守将王勋、张铭、陈钰、孙镇等率所部抗御；再令时春、萧琼等赴援。但王勋等前锋在绣女村接近蒙古兵，正要接战，但蒙古兵却又扔开明军，南循应州而去。明军只好尾随其后，直追到应州城北五里处才得和蒙古兵交战，战况激烈。蒙古兵先行到达应州城郊，占据有利阵地，便以逸待劳，截击明军，而明军狼狈奔袭，喘息未定，便要投入战斗，这一来，在大同布置的铁桶阵等如空设，更由于守桶各部队都被迫调赴应州，桶底桶壁自行崩解。狼狈移师应州，又猝然交战，主客之势已易，优势转为劣势，处在被动挨打的地位。王勋等部反被蒙古军重兵包围，伤亡惨重，苦战才得突围，退入应州城内。

　　正德在阳和惊闻败讯，毫无畏怯，决定亲自率领太监张永、魏彬以及江彬、钱宁等人，带着禁卫军壮武营精锐倾全力来援，在应州城外与蒙古兵遭遇。正德身披战袍，黄旗紫盖，高擎威武大将军的高牙大纛，乘马阵前，不避弓矢以督战。明军将士见御驾亲临战阵，受到鼓舞，一时斗志旺盛，愿意殊死作战。但另一方面，蒙古军看到在对方阵上嘶喊指挥的，竟是明朝的皇帝，就像发现了最大的猎物，雀跃振奋。小王子挥鞭直指，连下口谕："有生擒中原皇帝的，奖给人户三千、牲畜万头，赐给'霸都'勇号！"重赏之下，蒙古劲旅更加奋力厮杀，骑兵连番冲刺，而且都扑向正德所在的方位，战况空前酷烈。几番交锋，明军挡不住蒙古铁骑的凌厉攻击，只能勉强抗御，失去了反击的力量，边战边退。正德和张永、江彬、钱宁等也只好撤退到应州北郊一座小山丘上，临时扎下御营，命令京边各军和禁卫部队负隅死守，将希望寄托在应州的守军来援，几次发射号箭，急令应州守军立即出援，实现内外夹击蒙军以解围。但是王勋等部虽然三度出城，但都被蒙古伏兵截击，被迫退回城内，无法和御营会合。困守在土丘上的正德君臣，只能依靠禁卫部队死力坚守，蒙古军才一时未能攻入。

　　入夜，正德和近臣们只好露宿在土丘之上。

　　第二天曙明，蒙古兵大军发起猛攻，为了配合骑兵冲刺，更施用了大量的火毯火箭，密集射击。土丘上几处起火，攻防战从清早激战到傍晚。蒙古兵逐步逼近，顺风纵火，杀声四起，齐声号嚷："抓住蛮子皇帝，要留活口，不要让他跑了！"

　　正德退上土丘，保持镇定，颇有临危不惧的气概，步上前沿眺望督战。冒着矢箭如雨，再加上火攻，眼看难以守住土丘，不觉愤怒到极点，嘴唇咬出两道血印。他虽然也内心恐惧,害怕兵败被俘,更怕丧生于边塞,但仍然不露声色,愤然将刻绣有龙纹标记的头盔掷落在地,披发仗剑,吼道:"胜败兵家常事,有什么了不起!豹死留皮,人死留名,朕今天豁出去了,宁可死在阵前,决不让鞑子生俘。传话给小王子,有胆和朕单枪匹马对决吗?"

张永和魏彬知道这不过是撒泼的胡话,解不了被困之局,战况紧迫,也无暇和他搭话,只是让侍卫硬将他拖入低洼之处,好暂时躲开烽火。他们急切思量的,是怎样才能将这个好勇而狂妄,骄傲不肯认输,近似失常的皇帝救出险境。

正当此时,天际突然起了特大风沙,天色晦暗,伸手难见五指,视线模糊,明蒙两军在穿插格斗中时有混淆,辨认不清。张永和江彬等猛然醒悟,此正是突围逃生的最好时机。他们也不等奏准,便动手代正德脱卸下绛黄色龙袍,改穿军兵服装,又硬搀扶上马,由江彬率领禁卫军三百快刀手领头冲下土丘,君臣一行紧随在后,对面前挡路的,也不管是敌是我,一概挥刀猛斩,终于打开了血路。正德也是心惊胆跳,知道保命要紧,不敢再犟着性子,只好混在队伍之中,低头缩脖,策马而逃,朝着朔州方向急奔。蒙古军发觉中计,已经追赶不及。

这一仗,在战前经过充分征集军马钱粮,又用威武大将军朱寿的名义亲自调兵遣将,直接指挥部署,正德本以为必能一战功成,炫耀皇威,想不到却是一败涂地。将士死伤狼藉,辎重尽失,侥幸得到天公照顾,借风沙掩护才算捡回性命。明朝的史官不敢据实记载,只是在书上含蓄地说是"乘舆几陷",给后代留下了想象的空间。

但是,这是正德绝不能承认的。

奔逃到朔州城郊,喘息方定,知道蒙古兵未有追来,正德才算放心,却是灰头土脸,痛惜丢掉皇威,气焰难平。入城之后,张永等请正德就地歇息,朔州知州也恭奉车马饮食。座中,张永将危急中不得不安排突围的过程奏报,本以为一力拯危出险,是立了大功。想不到正德未等奏毕,便脸色一沉,放下盅箸,大声呵斥:"都怪汝等庸懦之辈,无勇无谋,只眼见敌人一时猖獗便惊骇瘫软,就想仓皇退却,奔溃逃生,不知道气可鼓而不可泄。朕退守土丘,正是为了占据有利地形,用奇兵出击,本来胜算在握,实在无须突围溃逃的。

此事未经奏准，便弃守阵地，挟挽朕躬转进朔州，谁出的主意？是要追究罪责的！"

这番奇论大大出乎张永等的意外，还是钱宁知机，忙说："皇上神算，智谋深远，绝不是臣下等所能测度的。这一次突围，有损国威，有失战机，儿子未有劝阻在先，而又追随其后，不识宏谋大计，实在辜负了皇父的教诲。儿子羞愧莫名，甘愿请罪。"

边说，边跪下叩首。张永、魏彬，连同江彬等虽然想不开，也只好跪下请罪。

正德总算挽回了面子，也不再提追究的话了。

在朔州城休整了两天，气氛似乎已经平静下来了。

但是，正德心里却升腾着战败的屈辱，这是他从未想到、也是最不能接受的结果。他绝不愿背负覆军丧师的污名，不肯坦承狼狈溃逃的事实。他在行官里徘徊，有时昏昏欲睡，有时恼羞成怒，虽然苦思冥想，但还是未想到对应州败战的合适解说。几个倒霉的内侍不知就里，如常进茶伺候，却被他找碴儿痛责，鞭打罚跪。

但想不到负责记注战报的兵部郎中却不知好歹，送上了一份记录战果的奏报。

这份奏报写道，在这一次应州大战中，共斩获蒙古兵脑壳十六颗，而明军阵亡的却有五十二人，重伤五百六十三人，战马损失八百二十匹，刀枪甲胄几乎尽失，等等。

本来，这些数字已经是大大打了折扣的，仅是为了核算和报销用的官式账目。但万万想不到，正德看到这份奏报，竟然像触了电一样，大发雷霆。他将奏报扔在桌上，连说"岂有此理！岂有此理！"随又传谕，着随驾的文官武将集合前来，听候训斥。朝官和内宦，以及各军各镇的将领等闻谕急促前来，看到皇帝脸容发青，盛怒形于颜色，都诚惶诚恐，莫测吉凶，低头屏息，静候发落。

正德怒视座前群臣，心中对他们也真有气，正是这批无能的窝囊货，没有体现朕的韬略战术，未能奔突战阵，奇兵出击，才会招来应州大败，责任全在这一伙奴才身上，却使朕躬蒙羞。看到这些人丧气无奈的样子，恨不得将他们逐一痛杖。

好一会儿，他才开腔说："兵部郎中送上的战果数目，你们都看到了吗？"谁也不敢应声。

正德又厉声质问："这样的数目，是你们提供的材料吗？我军斩杀的虏寇成千上万，怎么只算砍下来的脑壳仅有十六颗，这不是成心长敌人的威风吗？"又追问："我军怎么有这样巨大的伤亡和损失？是哪一镇哪一军报上来的？说！"

京边各军的将领面面相觑，都耷拉着脑袋，不敢答话。

正德终于说："自古以来，整肃军令，只见有讳败为胜的，未见有讳胜为败的。畏敌如虎，还为虎添翼，你们安的什么心眼？"

锣鼓听音。正德这话再明白不过了。原来他是要将应州之战说成是缔立了大武功，取得了莫大战绩的胜利。

宦官、朝臣和将领们都挖空心思，思索该怎样妥当回应正德的问话，该怎样转换思路。首先接过话来，着重在军事攻防战守各方面论说正德的见解英明正确，既切合战况实情又具有烁古震今的神机卓见的，是江彬。

江彬此人出身边军世家，半生在军旅中厮混，表面上是一个久厕行伍的军汉，粗率好勇的武夫；但他其实心地刁诈，颇有机谋，由于长期与军内外上中层官吏缙绅密切交接，揣摩到其中错综复杂的微妙关系，并且认真估量其中的合纵连环关系和存在的把柄，知道及时操纵利用，居然屡试屡中，先后攫取到大利益，因此才能从一个低级军官迅速擢升为延绥一镇的统领。以后又因缘际会，极力迎合正德皇帝的癖好，受到破格宠用。他擅长观风改色，随机应变。在这次失败的战役中，他在战前参与谋划，诸如安排铁桶阵之类的馊主意都是由他建议的，其后又被迫尾随蒙古军，在应州鲁莽接战，几乎全军覆没，理应有难辞的罪责。作为败军之将，他内心忐忑不安，担心要被追究，受到军法惩办。但在当天，却意外地听到正德将应州的溃败说成是大胜仗，不但胸中石头即时落地，而且还可以跟风捞功，遂大喜过望。

他决定为正德颠倒黑白、圆谎摆好，不但要卖力把这些谎言论证为确凿无疑的事实，而且还要从军事角度提供所谓兵法和战例作为依据。

正德也担心过于强词夺理，深怕难以令人信服，有意观察众臣下的反应。

众人还未来得及转辙，独有江彬神光焕发、气宇轩昂地大步跨出队列，躬身抱拳，抢先说话："末将聆听皇上对此次战事的英明判断，真是沦肌浃髓，茅塞顿开。回溯此次大捷，皇师驰骋于晋北大地，聚歼北虏强敌于应州。实拜皇上洞瞩机先、神机妙算之赐。

"据末将所知，皇上早在战前即有周密的战略部署，设大同铁桶阵为疑兵，慑压住北虏，不敢进犯大同一线，从而确保大同要塞免于兵燹，此所谓保其险固，兵不血刃而却敌也。之后，皇上又选定应州作为会战之场，诱使小王子倾众而来就歼，此又所谓兵不厌诈，示敌以隙，然后出其不意，攻其不备，神兵天降，终于大获全胜。之所以能取得这样震古烁今的武功，为我大明中兴作出典范，都是由于我皇上胸怀甲兵，韬略运筹于一心，用兵如神的缘故，这绝不是我等庸钝将兵所能窥测的。"

江彬极力拔高调门，使在座的文武官佐，包括张永、魏彬等老宦官在内，都觉得骇人听闻，亏他能脸不红、气不喘，刹那间就能够编造出这样一番诡论。大家虽对江彬怀有鄙视嫉忌之意，但还是叹服他的知机敏捷。他们都留意正德的态度，只见正德脸有喜色，听得津津有味，不断点头称许，知道江彬又押中了宝。

钱宁看到江彬得彩，深怕落在对手之后，也要炮制出一番既不捡拾江彬余唾，又能恰惬君心的言论。他有条不紊地说："臣儿在这次大战役当中，一直紧随圣驾鞍前马后，亲眼目睹皇父英姿焕发，奋发蹈厉，指挥若定，终于取得大捷。尤其是皇父能当机立断，督率三军转战应州，挺身鏖战阵前，不惜亲冒矢石。土丘之上，掷盔仗剑激励将士，挺身前沿，直指小王子，迫使北虏头领战栗惶恐，不战而退。这真是自古圣帝贤王所未有，试问前此朝代，哪一个帝王能追企万一？在重创了北虏来犯之敌后，皇上又决策不再恋战，统率全军移师朔州，声东击西，避实就虚，完全符合古兵书所说的绝地无留，出敌不意，进锐退速，因敌而制胜的教言，彻底摧败了小王子的奸谋，使其只好溃逃北遁。这样的辉煌战例，必应铭勒在国史之上，让子孙万代永存钦敬。"

钱宁说得头头是道，极尽颠倒黑白之能事，却能洞透正德的心窍，等如再给这个轻浮虚荣的皇帝注入一剂强心药，使他昏昏自醉。正德之所以断言在应州打了胜仗，初意不过是用来压服议论，维持皇威尊严，说白了就是要保住面子。想不到江彬和钱宁这两个爱将宠臣，居然能言善道地编造出大量的所谓事实和大篇道理，有理有据地充实了自己的论断，使他似幻还真，相信自己的谎言原来是真情实事。

江彬和钱宁却绝不会相信自己编造的弥天大谎，不过是将这些话当作应景表演的台词，是为了迎合皇帝狂悖好胜、贪慕不世之功的心理。但是，这样以谎言论证谎言的荒唐事，却收到了极其美妙的效果，立即得到正德的嘉纳和称许，不觉窃窃自喜。卑鄙者总是以其卑鄙作为最实用的伎俩的。

正德得意忘形地转眼看了一下恭立在侧的老宦官张永和魏彬，心想，这两个老陈人也该助助兴，说点中听的话啊！

张永和魏彬二人的身份很不平常，他们早在二十多年前，便被派任陪护皇太子朱厚照的近身太监，而且都是以刘瑾为首的"八虎"之一，其后因为权力冲突和刘瑾发生了尖锐的矛盾，先后从"八虎"中分化出来。特别是张永，还因为同杨一清合谋诛灭了刘瑾，立有大功。虽然是一个宦官，但却经受过政治斗争的急风骤雨，见过大世面，常以匡扶社稷的大功臣自居。张永和魏彬自恃资历，本来就瞧不起江彬这样的军汉，更鄙视作为娈童班头的钱宁，也听得出他们的话无非都是巧滑的谄谀之词，是当不了真的；当然，也知道当前绝不是败皇帝兴的时候，更不是揭发江钱之短的合适时机，在这样的气氛下，还不能不作些表态和附和，称誉皇上的圣武神功。

张永略加思索，委婉说道："这一次大捷功成，当然是皇上的神算，但也由于天遂人愿，天公作美。当我军决计突围的关键时刻，竟然天神庇护，风神鼓噪，天兵天将助阵，及时扬起连天蔽日的特大沙尘暴，掩护我军冲刺，保障了平安，亦使小王子等逆天犯顺之徒不辨东西，莫名方向，受到天人惩谴，落荒而逃。老奴忖量，这绝不是偶然的事，实在是蒙恩于上天感应，受到列祖诸宗的庇佑，说明皇上洪福齐天。古语有云：'顺天应人，福履绵长，违逆天命，必为祸阶。'可见天道亦是民意，天心实在是人心。老奴切望皇上承天纳福，永葆吉祥！"

张永娓娓道来，入情入理，也颇见态度诚挚，正德并未听出他话中有话，也不断点头嘉许。只有钱宁觉察到张永言词中实有未白之意，其中隐藏玄机，实在是暗指俺等不是诚信的正人，心中暗骂："这条老阉狗忒恶毒，竟敢暗箭伤人，对这些老瘟神还是不得不防。看来不论在外朝还是内廷，要和俺等作对的人物还真有不少呢！这些老狗不知量力，还未领教俺的厉害呢！"

正德君臣在朔州连日议论，取得了在应州会战中大获全胜的共识。正德本人更是心情酣畅、兴致勃勃，急着要将此次特大战功传播全国，激发出朝野震撼的效果，表明自己不但能够力摧强敌，成功保卫边陲，具有万夫不当之勇，是带头搴旗斩将，力能拔山扛鼎的神将；更是智勇双全、计无遗策、料敌必胜，胜过姜太公和诸葛亮的智慧元戎。皇帝而兼大将军，御驾而挂帅印，智勇双全，神人共佑，古今岂有第二？为了将虚构的胜利说成货真价实的大捷，让臣民信服和钦仰，他煞费苦心，作了周密的安排：首先谕命江彬，在败兵中精选五百人，重新整编操练，发给特制的华美服色和精良武器，配备骁骑骏马、鲜亮旌麾，装扮齐全，作为得胜雄师的样板，兼任侍从御驾班师回朝的警卫，务必军容壮盛，炫耀威仪。另一方面，他又急命钱宁偕同魏彬立即回京，传谕给内阁，特别直接指令兵、礼二部，必要遵照旨意，举行一系列盛大迎驾祝捷和庆功活动。

他从朔州转道宣府，在宣府过了正德十三年的春节，在正月上旬率领随驾将兵，浩浩荡荡地打道回京。

抵达北京之前，礼部派员来宣府奏告了预定的迎驾仪式，无非是在德胜门外矗立杏黄色大龙旗，京军官兵肃立列队，陈列香案牲帛，祭天焚香，众大臣按序跪迎，并且通知在京的官员人等届时穿戴朝服恭候迎谒，这是按照国家典礼进行的安排。但想不到，正德听后大发脾气，认为这样安排不够隆重，未能体会旨意，未能表现出皇帝师行绝域、用兵歼寇的丰功伟烈。他别出心裁，紧急传旨，命所有出迎的文武官员一律改穿特制的军装，不但原来习惯穿戴方心曲领赤罗裳乌纱帽的文官要大改其装，甚至连原来穿戴武官常服的军人，也一律要脱卸原来的冠冕，改用新款式，叫作"曳撒大帽弯带服色"。所谓"曳撒"，是当时官员出差办事时的一种行役官服，意在表示，为了庆祝大捷，在京的文武官员也必须改变常规，要带有行军的色彩。为了改装易服，又下谕赐给为数达五千四百人的五品以上文武官员每人大红丝绸罗纱各一匹，用来制作袍服，还规定，一品官必须在袍上绣有斗牛标志，二品飞鱼，三品蟒，四品麒麟，五、六、七品虎彪。为了赶在凯旋典礼时服用，更严限必须在三天之内缝制好，如有逾限，未能穿着这样的大帽红袍的古怪服装出迎圣驾的，一律革官入狱。试问，北京城里有限的裁缝工匠，焉能在三日夜间缝制成五千多件袍服？官员们迫于无奈，只好由家中的妻女连夜赶工，只见宽窄长短不一，绣像歪斜倒置不等，总算在回师当日，这一大队怪模怪样的红衣队伍，能够齐集在德胜门前祝捷迎驾。

不仅在服饰方面，司礼监还联同礼部，传旨要在德胜门外搭成几十座彩帐，其中悬挂着几百副五彩贺幛，还有几千副绣有金字贺词的彩联，夹道建立在德胜门内外，内容不外乎庆贺大捷，称誉武功，但奇怪的是，所有颂扬文字，一概必须尊崇威武大将军朱寿。不得称及皇帝尊号，众官员在幛联之内列名于下，亦不得称臣，只是各自准备羊酒白金和彩币，手持红色手本称贺，完全违背了朝廷的典礼朝仪。

众官员一清早就赶到德胜门前，按照部门和职级排列好队伍，恭候皇上凯旋回京。但从凌晨站队，由朝入午再入夜，还未盼到皇驾到来。众人在寒风中饥渴瑟缩，引颈遥盼。将近午夜才看到城门外西北处，蓦地放射出光彩缤纷的礼花烟火，鼓乐之声也由远渐近，皇上总算驾临了。

只见正德神采奕奕，骑着一匹枣红骏马，头戴极品盔冠，身穿赤罗衣，玉带佩绶，腰佩龙泉宝剑，以威武大将军的幡旗开路，完全是贵爵元戎的打扮。随行的边军身披黄罩甲，驰驱战马，手执强弓硬弩、刀枪斧钺护驾，十分威武雄壮。正德顾盼自得，真真酷像一个百战功成的大将军。

群臣俯伏在德胜门道左，叩头齐呼万岁。正德也不理会，直到御帐前才下马，在帐内正位就座。内阁几个大学士首批入叩，依照祝捷礼仪，由首席大学士杨廷和举杯，次辅梁储注酒，蒋冕奉上果品，毛纪进上金花，完全按照得胜庆功的程序进行。正德兴高采烈，更未忘记自夸，作出阵前挥刀的样子，对各位大学士大吹其牛："大胜仗得来不易呀！短兵相接，刀刃交锋，朕在榆河还亲斩一颗北虏的首级呢！"

大学士们闻言，不敢细问，叩头称贺："皇上真是勇武无比，武技超群，臣民们都钦敬无极！"

正德摆出当之无愧的样子，接过奉上来的酒盅，扬脖干杯，哈哈大笑，然后起身出帐，上马驰入德胜门，穿过东华门宫墙，直奔豹房。

苦的是那一大群枯候一整天的文武群臣，由于天气突变，下起雨加雪，寒风凛冽，他们又冷又饿又湿，只好苦撑着，未等随驾官员走远，队列便哄然大乱，都要挣扎回家，但在黑夜中也难以找到自己的车马，只好踏着泥泞一脚低一脚高，互相搀扶着，狼狈散去。

为了尽情渲染，扩大影响，正德还亲自主持了许多活动，颁布了一系列措施。

首先，他罕有地出现在多年未御临的奉天殿，大会文武群臣，为的是要隆重举办大规模的祝捷仪式，颁布庆功典礼。然后，又谕命翰林院的文士们撰写纪述大捷的庆贺诗文，大力颂扬皇上的不朽功业。当天晚上又设褒荣宴会，除了文武大臣俱要参加宴会外，还特别邀集在京的各国使臣一概与宴，彻夜狂欢。再谕命礼部立即派员驰驿将大捷佳音知会各属国的国王，唯恐未及周知。

紧接着，他又命江彬布置，在奉天门前广场展览战果实物，精细挑选出一批称作是在亲征中缴获的战利品，陈列整齐，诸如蒙古兵使用的长矛砍刀、刀剑鞘套、穿着的衣裳革靴、骑兵马匹用的鞍缰，等等；还选派十几个参加过战役，而又口齿伶俐的军士现场讲解，绘声绘色地叙述一些动人心魄的英勇故事，摧锋陷阵而夺得这些战利品的艰险过程。有些官民目睹实物，又听到声容俱备动人心弦的言词，不觉半信半疑。为了更隆重，三天以后，正德又在左顺门亲自给文武群臣颁赐专门铸制的银牌，赐给一品大臣的银牌重三十两，二品、三品的重十两，额面都镂刻着"庆功"二字；赐给四品、五品官员以及都给事中的重五两，左、右给事中的重四两，一般给事中和御史重三两，牌额也镂刻有"赏功"二字。每个银牌都系有青绿色绶带，彩色簪花，在鼓乐声中，由群臣分班领赏，然后次第叩谢退出。正德以为，让官僚们都分沾到实惠和荣光，自必封了口，断了疑惑，皆大欢喜。

除了大量颁赐庆功、赏功银牌外，正德还下旨，命京边各军各镇分别提出有功将士，应该升官受赏和荫叙子弟的名单。这一来，各级将官无不高兴异常，提出本镇本军应受升赏的人员名单，又分别编造出这些人的所谓战功事例。京内外的官员闻知消息，也兴奋不已，认为这是意想不到的大喜事，是天上掉下来的官禄富贵，绝不肯失去这样千载难逢的机会，纷纷削尖脑袋，各找门路，各拉关系，向各镇将官请托行贿，彼此蒙哄糊弄，像滚雪球一样，越滚越大，于是名单就一再增长加宽，送上来的名单竟然达到五万六千四百余人，差不多是参战军兵的总数。有人认为，这是在古今战史中从未见过的大笑话，兵部议奏，请求削减受奖赏的人数，提出一个改为九千五百余人的方案。主管监察事务的六科给事中和十三道御史也看不过去，纷纷上奏，指出庞大名单中混有大量虚假冒充之徒，所谓战功都是胡编捏造的，还指出不少人是用金钱开路，才买得入选的名额。有些人本来安居在北京，酒食征逐于城邑，从未到过晋绥战地，焉有战功可言？请求加以审核革除，并处以刑罚，以昭显国法森严，不能姑息养奸。绝想不到正德却不以为然，他认为立功的越多，受赏的人越众，正可聚拢人心，受到拥戴，也证明确实打了一场空前规模的大胜仗。他摆出宽宏惠众的姿态说："朕这一次亲统六师，全捷而归，和一般将帅领军出讨，是大不相同的，能够得到上下一心，群协群为，是大喜事啊！只有大大奖赏，好好鼓励，才符合朕的意旨，应仍按照五万六千四百余人的数目录功颁赏。兵部和御史等识见浅陋，不识大体，所议不准。"

为了夸大应州之功，正德对于重要的得力宠臣，还要另加殊勋特赏。首先，他亲自下旨晋封都督江彬和他的副手许泰为伯爵，各食禄千石的勋位，这是仅次于公爵、威武大将军朱寿一级的显要爵位，还分领东西两厂的勇士和亲兵，赐给国姓，就是改称朱彬和朱泰，入序义子府，是有实力的重要"皇儿"。

钱宁当然也没有被忽略，其实钱宁家族的子弟侄婿等早就有了荫封，都已具有了锦衣卫的金都督或千、百户的职衔。这一次，又将钱宁年刚六岁的幼子永安晋封为世袭锦衣卫千户，荫为右都督，赐给蟒袍玉带。于是，这个乳臭未干的六岁幼童便可以戴冠披蟒，前呼后拥，活模活样地扮演着二品高官的角色了。

正德以为，经过精心编造大捷谎言，又动用了巨量财富，普遍赏授功勋利禄，上演出连续的夸功和庆功好戏，已经成功地炒作出战无不胜的氛围，足可去真存伪，掩住下人耳目，达到非议不兴、谏劝不入，使天下臣民对"圣明天子"心悦诚服的目的了。

对于正德掩败为胜，耸动声势以表功的做法，朝野内外都有人冷眼观察，认定这样的做法，实在隐伏着莫大的祸根，必然会迸发难以弥补的灾难。

内阁大学士杨廷和、梁储、蒋冕和毛纪，虽然在迎驾典礼时举杯、注酒、进果和上金花，说一些祝颂的套话，但纯粹是依照礼仪行事。其实，他们对于正德劳师远征以及回京后大肆夸捷表功，心中都持有异议。又知正德在庆功之后，还准备再赴宣府，声言要重整甲兵，与小王子决一死战。不但要发动新战争，还要率领大队人马巡游天下。杨廷和等闻讯惊惶，瞻前顾后，对局势怀有极大的忧虑。他们虽然也收到了赐来的银牌、花红以及特赏的珍物，并且还特别增加了荫袭子侄官爵的人数和级别，但却高兴不起来，反而更加焦灼，认为危机逼迫眼前，是更人崩败的前奏。经过紧急商量，在百般无奈之中，打算先从拒领赐物着手，再引入主题，试图引起正德的警觉，能够临崖止步。为此，赶在正德再赴宣府前夕，上了一道奏章，开头即表示："臣等蒙赐袭衣、猎品，又给花红、银牌，复破格对子侄辈增加荫袭，臣等奉职无状，受之实有愧疚。终夜思之，不胜踌躇。为恪守官常，惕励臣节，不敢邀特沛之恩，受逾格之赏，为特拜疏恳辞……"

疏文随即转入当前关系国脉民生的正事，指出，决不能单恃武功定天下，只有重视治道和文德才能致太平，还特别提出历史上的汉武帝穷兵黩武，弄到海内虚耗，晚年深自懊悔，但已经无法弥补，盼望正德能以汉武为戒。将正德比拟为汉武，当然是抬高了他，也实在不伦不类，但杨廷和等为了劝阻正德，不得已发出警告："即今四方水旱相仍，饿殍载道，朝廷每差官赈济，犹恐不及，若复劳师费财，其何以堪！

"今有讹言传播以威武大将军名号宣布即将再兴师北伐，然后巡幸山陕、河南、山东、南北直隶之说，臣等闻言，栗栗危惧，内外人心亦转相告语，甚至扶老携幼逃避山谷……今陛下当无事之时，为有事之举，不知圣明之见，何以出此？方今邦畿远近，盗贼公行，各处灾异，奏报不绝，天变于上，人怨于下，窃恐朝廷之忧，不在边方而在腹里也。"

皇帝看到这份奏章，冷笑道："这几个老帮壳，眼光短浅，头脑僵化，就会说些不识大体，不知轻重的老谱儿，只知败坏朕的兴致，阻障朕的宏谋，井底老蛙，还在叨叨瞎叫呢！"

如果说内阁诸老上的奏疏语气还比较含蓄，火力还不够凌厉，一些青中年的御史、给事中等人就耐不住性子了。他们认为，大撒银两功牌，大刮花红赏风，其实是越描越黑，丑上加丑。都给事中汪元锡、贵州道御史李润等十人，竟揭明真相，撩开皇上的遮羞布，将自己所得恩赐各物退回，拎送到礼部衙前，请礼部主官代为转呈，并且上了一道言简意赅的奏疏，疏中文情并茂，直捅要害："前日颁赐赏功银牌，臣等实不敢受。窃念应州之役，杀戮人民，难以数计；六军之众，损折亦多，得失相较，实为悬绝，而君臣动色相贺。不知寇退之时，亦有此等重赏如中国作为者乎？民之拘系于北庭，南向而哭者，我君臣亦思何以救之乎？由此言之，则前项赐物，非唯臣等不敢受，抑亦不忍受矣！"

这道奏疏惹得正德大动肝火，咆哮道："这伙狂悖之徒，不识天恩高厚，丧尽天良。他们不愿收领赏赐之物也就算了，还胆敢上言嘲弄朕躬，岂不是要反了！"

他当即谕命锦衣卫将汪元锡、李润等十人拘捕前来，重重杖责。正当暴躁发命之时，突见钱宁未经请准便冲撞入来，慌张奏报："还有更可恶的呢！儿臣打听到，给事中刘济、御史张景旸等多人正要上奏，揭发江彬在应州一战丧师失利，全无战功，屡违军法；而许泰一直安居京城，足迹从未到过前线，怎么竟得叙大功，受封为公爵？他们正在串联，联名要发动上百人签名联署，奏请皇上爱惜名器，立即收回对二人封爵和委领重兵的成命，并收监审办呢！"

正德怒道："授职赐爵，是孤家用人的天职，大权独掌，是朕掌权用人的天职，哪容得这些乌鸦嘴妄加议论，更不许任何人侵犯，横逆君道，干犯大权。你即率同卫卒，将这些人全部抓来，和汪元锡等并案严办！"

但钱宁却没有应声而行，他这次急来报讯，原来是别有用心，怀有暗算之意，想抓住江彬和许泰的辫子，投井下石，借刀伤人。他静立了片刻，才说："其实，江哥在应州作战也确有失机，而朱泰也实在未到过前方啊！"

钱宁边说边紧张观察，留心正德的反应。

正德道："不管怎样，这些事绝不是臣子们该管的，歪风不容助长，邪气不得嚣张。更加以，朕刚面授机宜，钦命江彬、朱泰先遣到晋绥前线加紧调兵操练，随机接战，朕在日间也要驾临宣府，再举亲征。当此临敌应战之时，岂能轻率易将？将军岂可下马？"

钱宁借机献策："据儿子所知，朝臣们对于皇父近日又要离京亲征，确有议论沸扬，人心不安。特别是御史、给事中之流，像疯狗一样，最会搜罗君上纰漏，有意造谣夸大，卖弄口舌以邀名誉。但他们哗众取宠，广受朝野瞩目，最能蛊惑人心。儿子愚意是，当前切不可坠入他们的奸计，反使这些家伙出风头，增加再次出关亲征的阻力。不如暂时不答理他们。见怪不怪，其怪自败。现下对于汪元锡、李润等一伙不逞之徒，不宜立即抓捕廷杖，免得又惹起一阵大风潮，贻误皇父出巡的大计；可以先详细记注恶迹，底下严加监控，等皇父班师之时，才将他们一律逮捕归案，新账旧账一起清算。"

正德颔首依议。

正德耐心听取钱宁的献计，从半信半疑渐转为信受，思忖当此急于出关再赴宣府前夕，正受到朝臣们又一波气势猛烈的谏阻风潮，置身在众议纷纭的困扰当中，实在没必要为急于惩处御史和给事中这些吠狗而致横生枝节。他鲁莽任性中也有间歇思虑，勉强抑制，粗中有细，虽然执意独断，但心理并不完全稳定，所有这些都是正德的性格特点，其复杂微妙处是不易被人觉察的。钱宁过人之处，就是对皇帝心理揣摩入微，并且敢于在适当时机适度挑拨利用，这是江彬等武夫远远不及的。

第五十五章

谏南巡热议盈朝野　慕风月执意下扬州

正德十三年七月，正德再度冲出居庸关，声言要巡幸边塞，亲征沙漠寻求决战，但事实上却是一直待在宣府、大同和太原之间，寻欢享乐。时间过得很快，不觉已到了十四年春节。这半年间，明蒙之间边防相对平静，一因蒙古内部小王子与朵颜争权内讧，没有发动大规模的南侵；二亦因正德虽然口出大言，但实际上也不敢轻敌挑战，乐于在新豹房里沉湎酒色，陶醉风月；更因为有了刘良女为伴，引为知己，结下一段畸缘，可以倾诉内心积怨，填补了不易为人察觉的惆怅和空虚。他虽然有时也驰马出游，但久了，对于三晋景物、塞北风情也觉得腻烦了。一出城圈，放眼便是硗瘠的荒原，使他意味索然，不羁之心渴望着新的刺激。

正德另有向往的，是山清水秀、美女如云、人文荟萃、花团锦簇的江南。

皇帝还未回京，决意要南巡江浙的讯息便已传遍朝野，当然又引起了一轮震动。因为从正德十三年正月开始，他屡次来往于宣府、大同、太原、陕西、榆林、延绥等处，又打了一次名为大捷实为惨败的战争，耗财伤众。他本人出巡在外，却封锁住居庸关，使得君臣隔离，朝廷中枢各部门陷于空转，几个老臣子坐困阁房，眼见乱政如麻，心急如焚，但插不上手，真正变成一个看守内阁了。大臣们反复思考，认定祸根就在于皇帝恣纵浪游，不以政务和民生为重，因此就在正德回到北京的第三天，以杨廷和为首的内阁就联衔上奏，这篇奏章言简意赅，中心内容就是一句话："请明诏天下，自今后不复巡游。"

为了加强力度，杨廷和等还从皇家档案库里调出一件名叫《居守敕》的档案，奏进御前，吁求正德认真体会。

什么叫作《居守敕》？早在明太祖朱元璋缔建新朝之后，就逐渐认识到，要长治久安，必须奠立稳定的统治秩序，因此谆谆教诲继位的皇帝切不可轻率浪游，劳民伤财，招致政局动荡和民生不安，故此，亲笔撰写了这道《居守敕》，叮嘱子孙世世遵守。其后，明朝第四代的洪熙皇帝朱高炽、第五代的宣德皇帝朱瞻基，甚至正德的亲老子第七代的弘治皇帝，他们在位的时候，都一再奉《居守敕》为执政的圭臬，一再讲读诠释，奉守不渝。于是《居守敕》便成为历代先皇律己治国的最高守则，具有了神圣的意义。杨廷和等在正德北狩之风未罢，又扬言南巡的关键时刻，进呈这道敕文，用作"不复巡游"的依据。正德针锋相对，迅速传旨："朕不时巡狩之意已决，御批《居守敕》其勿缴。"

一边是请"今后不复巡游"，另一边却是"不时巡狩之意已决"，迎头顶撞，已经没有调和的余地了。

正德从小就对于江南秀丽之地有着难以遏止的羡慕和向往。即使在北京或晋绥边陲，他也经常看到满城士女模仿江南衣饰的"苏样"打扮，欣赏珠围翠绕、吴侬软语的江南歌舞。更因为观览江南人士绘出的惟妙惟肖的春宫图画，更经常激起别样的情欲。南方美女的风姿绰约、娇柔窈窕，更是他急于要到当地享用的尤物。江南物华天宝，风情绮丽，土软水温，纸醉金迷，流淌着数不尽的风流韵事和美丽传说，早就铭刻在他的脑子当中。

有人对他说过一句传遍南北的谣谚："腰缠十万贯，骑鹤下扬州。"可见，到扬州充分享受，被看作人生最大的福气。而怂恿正德巡游江南最卖力的人，是钱宁，其中有他多方面的政治考虑。

钱宁虽然是正德御前最受宠幸之人，但他也别有机心，一是看到这个皇父放荡不羁，政治昏乱，饱受朝野诟责，隐约出现危机四伏，有猝然瓦解的征兆。他一方面极力引导正德骄奢纵欲，但又看出正德是一个扶不起的天子，在位之时还可用皇威震慑臣民，一旦驾崩，必然身败名裂，受到鞭尸追讨。而自己树大招风，一直倚恃正德的专宠，骄横跋扈，广为树敌，一旦宠衰爱弛，便会立即冷落为狗彘不若的弃物；而万一皇统见替，树倒猢狲散，为舆论不齿，众怨所归，必然会招引杀身灭族之祸。如不及早谋划，另寻出路和靠山，一旦事到临头，就会噬脐莫及，不如狡兔三窟，另觅一个有可能继登大统的人物，作为候补的新主子。而现在这个新主子已经选定，并且也勾结成熟了，就是封藩在江西的宁王朱宸濠。他们之间的关系隐秘而亲密，早就有了变天夺位的近谋远略。

钱宁极力怂恿正德南巡，还有基于当前权势得失的重要考虑。那就是，要在和江彬的争宠中取得地利人和的优势。若论外兴军旅，力能控制边军，又熟悉边疆险要，自己都远不及江彬。江彬是晋绥地区的军头兼地头蛇，不论是在战阵交锋抑或在边城居停，不论在参谋军机抑或在当地寻欢导游，自己都输他一等，矮了半截，只好屈居其下。如果能成功耸动正德南巡，离开晋绥，又削减了随驾边军的数量，若能改为以京军为基本部队，就等于大大削弱了江彬垄断的地利和军力优势。更不用说，在导引冶游和征歌逐色方面，钱宁本来就是首屈一指的内行老手，必能赢得更大的欢心，夺回首宠的地位。

更为重要的是，他深知宁王朱宸濠举事夺位的计谋形迹渐露，各方面的准备已告成熟，而北京的朝臣士子们也渐有人嗅到这一惊天剧变的气息，不断提出戒备警告，要求及早扑灭，正是箭在弦上、不得不发。钱宁知道纸包不住火，更极力怂恿正德尽速驾幸南方。他建议从北京出发，先到山东的泰安，然后到徐州、扬州，再到南京，下苏州、杭州，遍赏江南名胜繁丽，更设法鼓引他驾临宁王藩地的江西，或者临近宁王势力范围的地方，以便乘势挟迫禅退皇位；必要时也可以借兵乱弑其性命，然后宣布因无皇裔，由宸濠继登大统。这样天大的阴谋，是经过仔细权衡，认真策划，然后定议并由京赣两方紧密配合行动的。钱宁发议后，特派密使送到南昌宁王藩邸，宸濠闻计大喜，一方面赶紧修表恭迓"翠华南幸"，以引诱正德自投罗网；另一方面，则选派精兵悍将密加训练，准备发动逼宫兵变，实现阴谋。他通过密使对钱宁大加奖誉，称赞他立下了缔建新朝的首功，事成之后，一定要拜爵封侯，入主中枢。

十四年二月，北京正处寒峭刺骨、滴水成冰的季节，但在豹房之内，却是热气腾腾。正德亢奋地想象南巡的欢乐，并为此做准备，大事铺张，大造声势，旌麾南指，皇上启驾在即，绝不动摇。十日之间，皇帝亲自以手敕的形式，连续给吏部、礼部和工部发出谕示。

给吏部的手敕是："威武大将军朱寿宜加太师，镇国公，总督军务。其具仪以闻。"

这就是给自己再加了太师的尊号，并以这样的名义，执掌全部军权。

给礼部的手敕是："总督军务，威武大将军总兵官太师镇国公朱寿，今往南北两直隶、山东、泰安州等处公干，兼尊奉圣像，供献香帛，祈福安民，为国宣劳。所有文武大臣、地方官吏，一体凛遵教令，勿违。"

实际上就是正式颁布以朱寿名义统率南巡的决定。所谓南北两直隶，一指北京，称为京畿；一指陪都南京，又称为南畿。将南京列为"祈福安民"的重点，所谓南巡的范围主要着眼于江南，就显而易见了。

与此同时，又给工部下手敕："为配合祈福盛举，着该部急修黄马快船备用。"

当然，急用的不仅是黄马快船，他还谕命户部立即解送白银三十万两，作为启程前的开支。以后，还要随时听谕，陆续输缴巨款，供应南巡过程的经费。率领南巡的头衔有了，出巡的"理由"颁布了，一切交通工具和经费也都下谕搜刮了。为了南巡，正德亲自发出手敕，内容周到，巨细无遗，是他在位十多年仅有一次的"勤政"记录。

士民对所谓南巡的抗争，不论范围和力度，都是空前的。

首先是对朱寿一再被加封尊号和加重权力，都认为是古今未见的邪门事，断难理解和接受。以礼部尚书毛澄为首的廷臣们便以质疑的口气上疏，大意是："九州四海，只知道陛下有皇帝之号，但今日又出现了总督军务、威武大将军、太师、镇国公的称号，于法无据，于情不合，臣等更不知受此号者是何人，何不请出示于众，以便瞻仰尊严，恳请明示。"

这等于说，所谓朱寿其人以及他享有的奇异爵位职衔，都不过是别出心裁炮制出来的怪胎，是无法现身于天日之下的。

正德对于此类诘问，借了聋子的耳朵，既不批，又不答，置之不理。

兵部郎中黄巩、员外郎陆震等六人也忍不住。认为名不正则言不顺，言不顺则事不成，干脆揭明真相："陛下近日以来，忽无故自称威武大将军、镇国公，远近传闻，莫不惊骇以为怪事。夫陛下自称为公。谁则为陛下者？天下不以陛下事陛下，而以公事陛下，是天下皆公之臣而非陛下之臣。臣等窃实耻之。"

这段话痛责皇帝故弄玄虚,词锋凌厉,是对正德荒谬行径的严切谴责。

在这篇奏章中,黄巩和陆震等还对正德南巡之命进行力谏,说自决意南巡的信息传扬,南方各省的老百姓便争先携妻带子逃避,流离奔踏,敢怒而不敢言,不少人为谋生存,不得已流为盗贼。南巡实为当前的祸源乱阶,吁请正德切不可劳天下之力,竭四海之财,伤百姓之心,必应停止南巡。

他们还指出,怂恿皇帝南巡的人,不外是掌权争宠之人,这些人簸弄威权,贪图富贵,企图乘机谋利。其中又点出了江彬、钱宁二人的名字,直斥此二人最是恶迹昭彰,俱有应诛之罪,要求正德大振朝纲,立置江、钱于法,以为奸邪小人导乱之戒。

这份奏章戳中了正德的痛处,当然引起雷霆盛怒。但更意料不到,黄、陆等发出的重话仅是开端,此后,逆鳞之言相继涌出,谏阻南巡、指摘昏聩乱政的活动竟在更大范围和深度广泛展开。

反对南巡乱命的人群,以在京各部、府的中青年官员和在翰林院、国子监等文教部门工作和进修的青年士子为主,向来不直接干涉政事的武职和杂职官弁也被卷进热潮当中。在京畿之地、帝辇之间、豹房之前,在皇帝眼皮之下,居然连续出现了大规模的集会,这些在不同衙门当差或读书的人物,竟然不约而来,有些人手捧疏文,长跪伏阙以死谏;更多的人则是三五成群相聚交谈,针对君聩世乱来日大难的危局,顾不上身份和禁阻,无不是义形于色,难以遏制担忧和愤慨,一吐为快。个别士子激情难禁,当众讲演,影射君王无道,说到悲愤之处,泪如雨下。

第五十六章

书生忧国拍案而起　忠良卫道血溅宫门

这期间，出现了几桩非常事件，像连声惊雷，震撼了朝野。

很突出的一桩，是由新科状元、翰林院修撰舒芬带头，率领青年士子和少壮职官上奏，并上街抨击时政，痛论危乱，引起正德和幸臣们大怒，将百余人重杖，捕入诏狱，并罚跪阙下，遂激成公愤事件。

舒芬，字国棠，江西进贤县人，自少聪慧好学，被称为神童，当地人称赞说"进贤多俊彦，才器数舒郎"。他十六岁应县试中秀才，十九岁经院试被录取为举人，二十岁入京参加会试和殿试，又高中正德十二年辛丑科一甲第一名，就是俗称的状元。三试连捷，科名畅顺，被钦派入翰林院任修撰之职。

翰林院是朝廷最高级的文教学术部门，职责是考议制度，掌修国史实录，参与皇家其他纂修著作，也负责给皇帝或太子讲解经书，向来被认为是清贵之司，同时也是国家储才之地。因为当时政治的潜规则是非进士不能入翰林，非翰林极少能入相，即当不了内阁大学士一级的高官。翰林院是士人进入高官阶层的重要中转站。修撰是翰林院最高级的职衔，声望最隆，更是升官的首选。舒芬年刚二十，便荣任此职，本人又以富有才能和识见见称，官场中人都认为他必能梯步青云，不日便能高升，大富大贵唾手可得。

可是舒芬绝不向往一般庸官俗吏的追求。他生长在江西农村，熟知民生艰苦，更了解地方吏治的极端腐败，真是鬼魅横行，蛇鼠袭人，万家墨面。更因为他的出生地邻近宁王宸濠的藩区，清楚地看到宁王谋夺帝位的野心，皇家内讧的危机已经萌动。他进入北京才大半年，但耳闻目睹，知道皇帝巡狩边塞无功，却讳败为胜，虚掩国人耳目，而且未及喘息又执意巡游江南，引起举朝反对，痛感正是安危治乱的关折时刻。他怀抱忠忧，操心甚危，几经考虑毅然作出抉择，不惜放弃自己的锦绣前程，拍案而起，勇揭腐恶，愿作逆流中的砥柱，浊世的诤臣，也觉察到举国政潮激荡，实在无法安坐翰林院从容谈经论史了。国事戾变，翰林院绝不可能超然世外。

让他感到欣慰的是，在翰林院内外结识到一批朝气蓬勃，有胆识，有见解，有勇气，敢于挑战现实的青年士子。院内有在正德九年乙丑科高中过一甲第三名，被称为探花，现任编修的崔桐，还有汪应轸、江辉、王廷陈、马汝骥、曹嘉等庶吉士。庶吉士就是在每届科举会试之后，由主考官在二、三甲中榜的进士中挑选若干名年纪较轻，比较干练的人员，送到翰林院读书进修，实际上是全国最高级最拔尖的官学生。培养庶吉士是为了在不久之后补充到中央各部府任职，故此也被认为是发迹官场的坦途。翰林院外，也有一些已在中央部府任中低职位的官员，如吏部员外郎夏良胜、礼部主事万潮等，都是慷慨激昂、愤世嫉俗的有心人，允称一代英才。这些经过科举层层筛选的精英人物，却并不专注于追逐升官发财之途，反而联合起来，义愤填膺，敢于冒革官杀身的危险，对君主的骄奢淫逸和佞臣们的权诈阴贼发动不懈的冲击。

寒夜，翰林院一间斗室，烛火明亮，气氛紧张而凝重。

不少人经过串联来到，这是他们经常聚会沟通消息、议论时事的地方。这些人似乎都有默契，见面没有客套礼仪，只是从眼光中就可以看出，有些人是要将连续发生的血腥事件通告大家，另一些人则是急于打听讯息，商量怎样应对紧急局势。

夏良胜在吏部任职，消息灵通，首先说话："近日来，内阁诸老以至各部府大臣都上疏谏阻南巡，但丝毫未受听纳，所上的奏章石投大海，阁老杨廷和等看到上奏无效，急于当面申述意见，便借请皇上'御经筵'，也就是想利用公开的仪式得到晤对的机会，却遭到严拒。御史徐之鸾、杨秉忠等人在豹房前伏阙，请赐批答，从清早辰时在门前候命，直到暮夜，才得到传旨：'朕因气感疾，免朝，罢讲。'又严词谕示：'伏阙有罪，着即解散。'这样固执地隔绝君臣，坚拒任何进言诤谏，做臣子的真不知该怎样竭忠尽言了。"

万潮未等良胜语毕，冲口而出："还说什么竭忠尽言呢？黄巩、陆震等人已在昨晚被捕，连夜押入锦衣卫狱了！"

众人愤激，但也在意料之中，因为正德从即位以来，对于逆耳之言，都是惯于采用廷杖、拘捕、贬斥等高压手段来进行镇压的。他们认为，当前的事态严重远非从前可比，表面上似乎仅仅是一个南巡与反南巡的问题，实际上却存在着关系朝廷存亡绝续的严重危机。但是正德却麻木不仁，不但拒听闭谏，反要野蛮惩治来提醒的人。大家正在思索之际，忽有一个最年轻的庶吉士马汝骥站起来，激动地说："主忧臣辱，古有明训。皇上固执南巡，上干祖训，下伤民俗，潜酿着巨大隐忧。方今天下大势，如人体衰病已极，内而腹心，外而百骸，莫不受病。皇上纵情任性，轻率妄动，以危为安，以灾为乐，过去臣民们不敢直揭疮疤，不敢尽言；现在朝野渐有觉醒，北京城关内外，议论滔滔，似狂潮冲闸，足见民心难遏。黄巩、陆震等前辈已不惜身罹黑狱。可是，在我翰林院内虽有激情，却未见有行动，难道当此乱局，还能摇头晃脑诵读经书，忘性世事解读文献吗？"

马汝骥说完，盯着坐在案首的舒芬，因为舒芬是当时院内科举功名最高，是唯一具有修撰职称的人，而且人品见识素受敬重。在座诸人都认为舒芬一言九鼎，盼他表明态度。舒芬苦苦思索，一时未说话。

编修崔桐为了打开闷局，接着说："国棠兄，事情刻不容缓，大家都在盼望您拿主意呢！"

舒芬离座站立："朝野间往往将本院视为清贵之地，闲散部门，养着一批闲人，谈经论史，是远离世俗，不食人间烟火的机关，其实是荒谬已极的。为皇上'开经筵'讲解四书五经，目的就在于辅导皇上经世致治，为了致君尧舜上，勉成圣贤之君，绝非虚文摆设；至于考议制度，是为了从既往典章中取其精华，弃其糟粕，学以致用，一切对古代典章制度的研究，都不能脱离现实；而编纂国史，特别是编辑先皇实录，要求据事实书，不溢美，不讳恶，更是为了多闻成败，鉴往知来。所以翰林院应该是密切关系困运民生、君德臣节的地方，绝不是吟风弄月、舞文弄墨之所。同仁们必应砥砺情操，涵养德性，保持直书直言、光明耿介的品格，不阿君、不媚俗，不可逢君之恶，这才是翰林本义，斯文本色啊！"

舒芬一席话似乎是空泛的道理，但却有实在的针对性，语重心长，此时此地，更具有高屋建瓴的巨大作用。

崔桐说："国棠兄所言振聋发聩，我们都极为赞服。还请国棠兄指点，大家应该怎样着力才好。"

舒芬说道："臣子对皇上进言，当然还是要循上奏的途径。"

他停顿了一下，又说："但是，我们要上的奏章，绝不是通常的奏议。病入骨髓，绝非使用甘草、木槿等温和药剂所能疗治，必须采用大黄、芒硝才能泻毒化瘀。当前急务在于抢救，所以我们所上的奏章，必须是敢冒天下之大不韪，触动龙鳞，言人之不敢言。既不能放过当前的紧急事态，又必须瞄准全局的忧危。"

他接着说："奏议中必须严肃指出，自古皇帝巡狩，其效果大有不同，有利于社稷者，但亦有大害于国家者。当今皇上西北再巡，已是劳民、伤财、败军，所到之处，连续制造大灾难，哀痛之声上彻苍昊，祸国殃民。所以百姓听到又要南巡，群情慌恐，逃避唯恐不及。当此民不聊生、民怨沸腾之际，万一有不逞之徒，借机发难，此响彼应，烽火燎原，一定是万民涂炭，天下大乱。

"还要指出，皇上以镇国公自命，如果驾临亲王藩地，不知亲王应以觐见之节跪迎，还是以接待勋臣之礼对待，是北面朝拜，还是南面受朝呢？这样做，实际上是自行颠倒君臣之纲，自弃至尊之位，是自甘下流，自取危亡啊！"

马汝骥听得入神，建议道："舒老师说得在理，但最好能归纳为简明的几句话，才可以登高一呼，披露士人扶倾救亡的苦心，也好引起皇上的警惕！"

舒芬一笑："这一点，我早考虑过了。我昨晚半宵未睡，为奏章写了几句话，不敢说画龙点睛，但亦知能指出要害。"

大家催促快说。

舒芬凝神念道："尚有事堪痛哭不忍言者：宗藩蓄刘濞之衅，大臣怀冯道之心，以禄位为故物，以朝署为市曹；以陛下为弈棋，以革除年间为故事；特左右宠幸智术短浅，无能以此言告陛下耳。使陛下得闻此言，虽禁门之外，亦将警跸而出，尚敢轻骑漫游哉！"

舒芬念毕，一阵鼓掌佩服之声。这段话要言不烦，清晰鲠直，真是一鞭一痕，一刀一印。

万潮任职礼部，最熟悉史实典故，略作解说："所谓'宗藩蓄刘濞之衅'，是指西汉景帝时，有宗室吴王刘濞联合楚、赵等七国举兵叛乱，要夺取景帝的皇位，史称'吴楚七国之乱'，可见皇族懿亲，有时却成为倡乱篡位的首恶。古今事态有惊人的酷似。试观今日，不但十年前有安化王寘镭在宁夏兴兵作乱；现下又有宁王宸濠在江西蓄养死士，聚财练兵，暗结御驾前的重臣佞幸，阴图大举，他的反谋已露，举世皆知，只蒙哄着皇上一人而已！

"所谓'大臣怀冯道之心'，冯道是什么人？他是五代时期政坛上的不倒翁。不论什么人得位当权，他就立时抛弃旧主，奉承和伺候新主子，故此连续在后唐、后晋、后汉、后周和契丹小朝廷中担任过太师、中书令、宰相、太傅等显赫职务，还恬不知耻，自号为长乐公。人们十分鄙视他，骂他是'冯道老狗，五姓家奴'。现在的朝廷高层，也确实有人盼望一旦政朝换代，便立即更换脸谱，粉墨登场，力争做今日长乐公的。有些人已经搭好了门路，准备好架步，只等时机成熟，就倒戈反噬，皇帝不过是棋局博弈中一个特价棋子罢了！

"关系最紧近的，是'以革除年间为故事'。所谓'革除年间'，是指我朝一个特定的时期。当年，太宗永乐皇帝领兵攻入南京，取得了靖难之役的胜利。已经登位四年，年号建文的朱允炆自焚而死，但太宗皇帝并不承认建文年号的合法性，下诏在一切官书文件中都要将建文元、二、三年改为洪武三十二到三十五年，以已经去世皇父的纪年代替被废皇帝已经颁用的年号，在历史上是仅见的，所以被称为'革除年间故事'。由此也可看到，皇位一旦不保，一切位号存废也就听任摆布，什么骨肉之恩也就荡然无存了。今日极不寻常的形势下，革除旧事，难道不值得我们警惕吗？"

万潮这一番夹叙夹议、论古譬今的言论，为舒芬奏稿中的警句做了极好的注脚和发挥。

舒芬深受感染，连声说道："我当下就赶写，估计一个通宵便可以写得，明早就带到院里来！"

夏良胜说："国棠兄大笔如椽，此稿必然会引起很大的震动，但还要注重鼓动群情，我准备明天就将誊录稿送到中书科，找熟人商量，破格提前载入《邸报》，以便尽早刊布于天下。这样做，当然会有受追究的风险，夏某不敏，不敢辞鼎镬之危。"

万潮说:"据我在礼部所知,藩属国中朝鲜和安南的朝天使现在正在北京,住在迎宾馆内。他们也极关心中朝政局,经常打听。我准备借接待的机会,也将奏章的誊录稿各送给他们一份。万一出现了大变乱,藩邦君民也可以知道祸患根源。"

议论之间,一个庶吉士不意瞥见,在窗根底下,影影绰绰一个人影,紧贴窗户纸偷听室内的议论,甚至还舔破窗纸穿成一个小洞。庶吉士怒不可遏,放声喝骂:"什么人鬼鬼祟祟在窗外偷听?要干什么勾当?"

众人听到,急急转眼看去。那人惊慌失措转身逃窜,几个庶吉士奔出门外,赶前几步,一把揪住。出乎意外,被当场逮住的人,竟然是本院掌院学士李闻道。

这个李闻道,在翰林院内外都有点名声。他的名声并不是来自文章练达,学问渊博,而是擅长观察政治气候,并能及时转变态度。他亦是进士出身,曾经在翰林院待过,其后被分发到兵部任主事。他任职时极力奉承时任兵部尚书的刘大夏,卖力贯彻刘大夏整顿军制、革除冗官、清理军籍的一系列主张,取得大夏的信任,视为心膂干员,让他参与谋划机宜,并擢为郎中一职。却想不到,大夏因受刘瑾挤迫险罹杀身之祸,李闻道看到刘瑾权倾中外,便立即知机"起义",捏造情节、歪曲事实,向刘瑾告密,坐实刘大夏"擅权欺君"等大罪。事后,刘瑾将李闻道转任吏部,朝夕出入刘府,成为阉党的亲信爪牙。但刘瑾刚告失败,李闻道立即跟风改道,装出义愤填膺的样子,勇揭刘瑾的隐私,以反瑾急先锋的面目出现,因此幸而未被列入逆案。此人翻手为云,覆手为雨,品格卑污,深为舆论不齿。刘瑾垮台后,他赋闲了几年,又走上钱宁的门路,甘愿卖身效劳。钱宁看到他小有才能,而且头脑灵活,笔头也劲硬,有可利用之处,便提携他转回翰林院任掌院学士之职。钱宁也是别有用心,让他在翰林院看好门户,监管近日"士气渐趋嚣谲"的士人,刺探和控制这些书生们的言论活动,防止起哄闹事。李闻道受任后,便以警犬的敏锐嗅觉,总想发奸摘伏,挖出一些"不轨之徒"。近日整个北京城风起云涌,不少官吏和庶民都卷入了反对南巡的怒潮当中,更促使他急于捕风捉影,摸探翰林院内的动态。企图及时向钱宁密报,借以立大功,卖个好价钱,同时策划灭火震慑之计。这一天,看到院内人声鼎沸,还见有吏、礼等部的在职官员也来聚会,心知有异,如临大敌,觉得是天赐机缘,誓要做到人赃并获。也顾不得改装换服,轻步摸索到会议室窗前,先是竖耳倾听,其后急于看清聚会人员及各人的态度举止,竟然舔破窗纸紧盯动态。正在得意间,不料竟被当场揪住。

两个年轻力壮的庶吉士,左右扭住李闻道的肩膀,一个用手扯下他的帽巾,扔到地上,厉声喝问:"李掌院,你要干什么?"

另一个则故意扯了一下李闻道的山羊胡子,嘲讽道:"想不到堂堂掌院,竟然破壁穿洞,偷窥窃听,干出这样鲜廉寡耻的事,还能算是翰林主管、斯文班头吗?"

李闻道虽然紧张,但仍然口硬:"你等不得无礼!"

几个庶吉士不容他辩说,将他拽进室内。

李闻道到底是一个经受过政治风云的官场油子,很快镇静下来。进入室内,看到舒芬在座,便做出恼怒的样子质问:"请问舒修撰,本人正在院内巡视,你的几个学生竟敢犯上作乱,对本人拉扯指骂,是何道理?"

舒芬未及回答,李闻道偷视室内,见到在座众人都面露鄙视之色,有些人还相顾冷笑。并不把他的恼羞成怒放在眼内,不觉有些胆怯。却有一个庶吉士走到李闻道面前,拉着他走近窗前,指着那个小洞眼说:"李掌院,这个巧夺天工的神奇小洞,就是你别藏玄机的巡视杰作吗?就是你为人师表的示范吗?"

李闻道窘态毕露,哑口无言。

舒芬开口说:"掌院为一院之长,巡视院务当然是职责攸关。但应该按规章办事,光明正大,偷听窃窥,似非长者平治之道。加以同仁今日聚会,并无任何歪思邪论,更没有什么出格的言行,无非看到当前时局艰危,认定再举南巡,必罹丧权辱国之祸,陷民生于水火之灾。当此存亡绝续之时,急谋补偏救弊而已。掌院如有意共济时艰,大可登堂入室,和大伙共同磋商。即使有分歧异见,亦无妨碍,何必蹊跷古怪,躲在暗处,隐蔽偷窥,使同仁不解呢?"

李闻道听出了舒芬言词的分量,他避实就虚道:"舒修撰所言有理,本人十分佩服。君国安危，凡是臣子都是关切的，人同此心，岂有歧异？本人所以急于了解院内言论活动，其实也是一片好心，惧怕万一出事，有碍师弟前程。本人了解实情，知道各位无他，万一出了什么不测，也好为师生们说话呀！"

众人鄙视着他，谁也不说话。

李闻道见此计不售，为挽回面子，竟然摆起架子："当今皇上不辞辛劳，乘舆数出，整军经武，都是为了卫国安民，实在是超凡脱俗，功过三皇五帝。为臣子的，只应该讴歌鼓舞，共颂皇仁；只应该竭智尽忠，尽瘁效劳，岂有聚众哄闹，唯恐天下不乱，发出危言耸听，归过君上以沽直名之理？翰林院是皇家的翰林院，绝不容许辜恩负德、叛君犯上之人把持……"

他自弹自唱，越说越来劲，舒芬、夏良胜、万潮以及众庶吉士，竟然一个接一个拂袖出室。最后，只剩得李闻道一人孤身只影，对着空荡荡的房间。

李闻道作茧自缚，自取其辱，更加咬牙切齿。他走出室外，喝令立即备轿，要赶往钱宁府邸。

舒芬起草的奏稿很快传遍京内外，不但在《邸报》上全文登载，而且有人自动雕版复印，发给城乡军民，引起普遍共鸣。驻京的朝鲜、安南的朝天使，也派人连夜将文稿送回国内，好让本国及时了解中原实况。一纸风行，沸沸扬扬。

北京各衙门职官闻风而起，出现了罕见的以中级官员为骨干的群众性抗议活动。其中有，吏部郎中张衍瑞等十四人，刑部郎中陆俸等五十三人，礼部郎中姜龙等十六人，大理寺寺正周叙等十人，行人司司副余廷瓒等十人，工部主事林大略等三人，还有南京六科、十三道御史等都相继联名上疏。各疏内容主题相同，都是呼吁立即煞车止巡，安民除暴，与民休息，避免变生不测。

正德十四年三月中旬，承天门前，甚至在豹房门前，早晚都聚集着一些头戴乌纱、身穿官服的中青年官吏。这一次以在职官员为主力公开反对皇帝乱行的活动，迅速影响到其他层面人士。

一位太医院御医徐鏊，从医疗保健方面进言。他批评正德："轻万乘，习嬉娱，跃马操弓，捕鱼玩兽，近复不惮远游，冒涉寒暑，脉息不戒，膳饮不调，诚非养生之道也。"徐鏊的话，实在远远超过了医疗养生的范围，对正德的纵欲任性、荒怠政事作了直率的劝谏。他建议"乞念宗庙社稷之重，勿事鞍马，勿过醉饱，喜无伤心，怒无伤肝，欲无伤肾，劳无伤脾，就密室之安，违暴疾之祸"，与舒芬等人的奏谏密相呼应。

最让臣民震撼的，是一位负责警卫御驾的现役军官——金吾卫指挥金事张英，他脱卸了戎装，裸露胸背，手持谏疏，还手执一把锋利的匕首，跪伏在跸道当中痛哭，大声对围观的人群说道："皇上南行，朝廷失去主脑，京城百万生灵何所依赖？军国大事谁来定夺？万万不可！"又说："英职任拱卫，必当随驾，自分遇变必死，与其死于变乱，不如舍命死谏，希以一死挽回圣意！"

他一边说一边执利刃自刺其胸，登时血洒宫门，随即昏厥。旁人抢救不及，卫士们急急抢去刀刃，将他捆送诏狱。

张英意欲牺牲个人生命，采取极端的行动，用鲜血引发全国警惕，切望让皇上有所感动。但正德对他这样的行为极为反感，认为是给自己出丑，雷霆大怒，严命将他重杖八十。张英在重伤之后复受重杖，终于惨死刑场。

对于发生在宫门前的大风潮，司礼监、东厂、锦衣卫的宦官和探子们都紧盯不放。风潮初起，特缉人员纷纷乔装改扮，隐瞒身份，或者冒充在京应考的举子，或者伪装来京买卖的行商，混迹人群之中，甚至也手持谏疏，装出慷慨义愤的样子，到处搭讪，见人示好，主动拉扯关系，其实鹰视狼步，是为了"种妖言"，密切注视动向，侦查挑动风潮的人物。

聚会处在高潮之际，锦衣卫一个番役像发现猎物一样，看见新科状元、翰林院修撰舒芬偕同夏良胜、万潮以及几个庶吉士坦然入场，他们激动万分，留心倾听人们的议论。舒芬等人虽然说话不多，但他们一出现，便被人群认出，聚拢过来请教高见。

锦衣卫番役断定，这一场非比寻常的大风潮，就是由舒芬、夏良胜等挑动起来的，与翰林院掌院李闻道的密报完全相同。

一场疯狂的镇压开始了。

首先，由锦衣卫和五城兵马司联合派出兵卒，暴力驱散聚会。并宣布，若有敢在奉天门广场和豹房门前聚众议政、诋毁当道的,一律拘捕法办。

另一方面,枪打出头鸟,将舒芬、夏良胜、万潮、周叙、余廷瓒等一百多人捕入诏狱,勒令他们每天披枷戴镣在奉天门前罚跪示众,晨入夕出,入夜再押入狱。滴水不进,再加鞭扑,一个个被折磨得半死。

这样似乎还未解恨。正德又下诏,将舒芬等一百零七人在午门外行杖,每人三十。李闻道为了泄愤,暗嘱行杖的卫卒,对舒芬、夏良胜、万潮以及列名翰林院的人犯都加重杖责。

重杖后的舒芬奄奄一息,由东厂一个宦官和锦衣卫一个小头目领着四个差役,用一块门板抬回翰林院,宣布说:"今将奉旨廷杖已毕犯官舒芬发回原衙门监管。"

说毕,回身就走。

院内众人忙将舒芬扶起,用被服垫在门板上,扶他躺下。只见他冠服已被扯成碎片,脸色苍白,双目紧闭,腰部以下血迹斑斑。众人又忙着给他擦抹血污,涂上活络止痛的药膏,灌饮跌打药酒,连声呼唤:"国棠,国棠,你好一点了吗?"

舒芬勉强微睁双眼,点头。

这个时候,原先躲在后堂的李闻道却迈着方步踱了进来,也不打招呼,径直走前看了一下身受重伤的舒芬,蹙着眉头说:"自作孽,不可逭,不可逭啊!"

众人怒不可遏,不及发作,又听到他说:"舒修撰是钦案重犯,留在本院不太合适!"意思是要撵出衙门,通知家属来领回。他一面说,一面就吩咐工役们将舒芬抬走。

舒芬听到,挣扎着睁开双眼,瞪直看着李闻道说:"我是翰林院的职官,死也要死在本衙门之内,好让史书记载:翰林院本年本月有一个负创而死的修撰!"

舒芬正气凛然,李闻道不敢回视,不禁退缩两步。

众人却饶不了他,群起呵斥。一个中年侍讲官一把扯住李闻道的袍带,大声说:"李掌院,舒修撰重伤在身,你忍心将他赶出本衙门,同僚情谊何在?良心何在?"

另一位侍读官说:"掌院亦应知道,舒修撰苦谏皇上停止巡行,正是爱戴朝廷、忠诚君上的表现。今次,同被罚跪阙下者有百多人,难道都要把这些人都定为叛逆,都要赶出本衙门不成?你要将舒修撰赶出,难道不怕道义谴责,舆论指斥,不怕今后在史书上的记载吗?"

李闻道正要开口辩白,却听到一个四川口音的庶吉士吟道:"疠毒恶疮害人的酒,官迷心窍冷血的狗,翰林帽子锦衣的手!"

这几句非诗非谣的讽刺,确实击中了李闻道的痛处,他实在挂不住了,凶神恶煞地指认这个庶吉士的模样,正要质问他的姓名,却又听到一声广东口音,也有意和他叫板:"李冯道,勿要狐假虎威,猖狂过甚!"

李闻道一边揣摩这个年青庶吉士的用心,一边骂骂咧咧地回答说:"我姓李名闻道,有堂堂正正的官名,你凭什么将我改称为李冯道?亵渎师长,不但违背了院规,也干犯到刑律!"

小老广并不畏惧。他挺然起立,从容说道:"李掌院政迹辉煌,名闻遐迩,学生十分叹服。当年卑躬屈节巴结刘大夏尚书,成为兵部能员,一见势头不对,便反踹一脚,甚至倡议从速将刘尚书处决,可称气魄过人;随后投靠刘瑾,出入司礼监,鞍前马后,受到刘公公重用,但在生死存亡之间,又能洞察机锋,及时和刘瑾切割,带头揭瑾,竟以反宦阉先锋知名;今日又摇身变成义子府红人,不久便可改充国姓,真是大才虎变,绝非下愚所能窥测,足可与五代的冯道相媲美,辉映古今,并肩垂名青史。学生不敏,沦肌浃髓,无非钦仰心切,盼望不日可以得到掌院提携。故此冒昧为掌院的尊名改了一个字,将闻道改为冯道,似乎更切合实际。幸能体念愚衷,笑纳为幸。"

这个庶吉士论黄数黑,戏谑不敬,极尽挖苦之能事。说到来劲处,自己也禁不住啐笑起来,更引发众人哄堂讥笑。

李闻道被揭老底,狂怒不已,顾不上身份,挥拳扑向那个庶吉士,可是小老广灵活利落,转身闪藏在人堆里。李闻道跺脚瞪眼说:"小兔崽子,老子饶不了你!"

他破口骂人,立即引起连声回骂:"掌院说粗话,有失身份,玷辱斯文!"

也有人干脆开骂:"要戴大纱帽,不如钻到义子府求当义子的义子!"

更有人嘲弄说:"豹房有的是优缺,改称豹房学士好了!"

李闻道陷于孤立,眼看众怒难犯,寡不敌众,一时难以抵挡,便想抽身退出,再徐图报复之计,他一转脸打着官腔说:"我受钦命充当掌院之职,四品堂官,岂能和乳臭之辈一般见识,不屑再和汝等论说……"

他一边说一边就趔趄蹿出,不敢回头,也不敢理睬身后一片骂詈之声,疾步赶往钱宁府邸。

镇压还在升级。

除了瘐毙和当场杖死的人外,对其他涉案人员的处理也是严酷的,不但一律革官,而且诏命吏部,今后对这些人一概不得推举录用,实际上就是进行了一次大清洗,还将翰林院的舒芬、吏部的张衍瑞、刑部的陆俸、兵部的黄巩、礼部的姜龙等人判为"倡首",分别发配边远地区,由地方官严加监管。而且不论伤势轻重,都限期五日之内押解离京。

舒芬被遣到远在海滨的福建市舶司,让他远离政治中心。

起程当日,翰林院的师生不约而同地前来相送,殷殷嘱咐他为国保重。舒芬忍着伤痛,揖谢各位师友的盛情,冒着京都三月的沙尘风暴,蹒跚而去。

如果认为诏狱、廷杖、谪迁以至杀戮,便可以压制民怨,化解南巡的阻力,显然是不符合实际的。士民们也有着巧妙的对抗办法。

朝廷大臣和各衙署官吏每早入朝的时候,在出入的道路上,常遇有士民从四方八面暗处,向他们投掷瓦砾、土块甚至粪污,还高声骂他们是"孬种""狗官",是帮凶。众大臣不敢辩白,只好低头缩颈,避入衙门,以当天未挂彩为侥幸;但也有人被击中,头破血流,或被污秽沾遍袍服。于是,多数人只好尽量减少车马仪从,不敢鸣锣开道,乘着天色未亮而入,天色已黑才出,偷偷摸摸地入衙当差。有人请求通政司负责追查劝禁,但沟谷土墩之间,嘲讽詈骂之声仍然不绝,田野里掷击之事还是时有发生,诘问并无答应,追捕亦无踪迹。此禁彼起,防不胜防。通政使马文俊无奈叹道:"民怨沸腾,民风嚣悍,通政司焉有能力遏止?作为通政司长官的本人,脑壳上也有被击中的两处伤包呢!"

第五十七章

朱明皇族百年恩怨　五代宁王积恨难平

宁王宸濠之变到底是怎么回事？他为什么以一隅之力，仅以小半个江西微薄的人力财力，就敢揭旗造反？他的身份不过是疏远宗室，但却妄图僭夺皇位？

其实，宸濠之变绝非偶然，既有百年前的远因，又有腾涌于前的近事。

朱明家族内部因为争夺皇位，长达百年诡谲难测的斗争，其残狠惨烈的程度，远远超过一般民间宗族的伦常巨变。

宸濠是老宁王朱权的五世孙。朱权是朱元璋的第十七个儿子。在洪武诸子中，他最为骁勇，是著名的"塞王"，被封藩在汉蒙边境重镇的大宁，不但直接统率着"带甲八万，革车六千"的边防大军，而且拥有指挥朵颜三卫骑兵的权力。在防御元朝残敌南侵战役中，他屡建奇功，与燕王朱棣齐名，被称为两大塞王，有人称誉"燕王善谋，宁王善战"。当朱棣兴兵"靖难"，和建文皇帝朱允炆决一死战，胜负未定之时，朱权的向背，关系大局成败。

原来朱元璋封自己诸子为亲王，授以重兵，让他们驻戍边防要地，一方面是为了防御元朝复辟，另一方面是只有将军权交给亲生儿子才放心，因为都是朱氏皇族手足，自然会敦睦亲谊，互爱互敬，万一朝中发生变故，亲王们就可以联兵平乱，"屏藩中央"，拱卫朝廷。但事实证明，他的构想一厢情愿，大错特错。他原来册立了长子朱标做皇太子，如果能够顺利继统，封藩边塞拥有兵权的各位王爷都是皇弟，似乎还能维持皇家伦常和君臣大节。但朱标早年崩殂，朱元璋决定由朱标的儿子皇太孙允炆顺序继位，就是后来的建文皇帝。这一来，君临天下的朱允炆不过是各位塞王的侄子，是晚辈。不少塞王又都身经百战，性格桀骜不驯，不肯受管束，更有人藐视这个侄子无能而幸登帝位，有意取而代之。另一方面建文皇帝也疑惧拥兵自重的叔父们会心怀不轨，深怕养痈为患，有意推行"削藩"政策，于是，皇权和王权的矛盾潜滋暗长，迅速发展成正面冲突。

朱允炆刚上台，就听从身边亲信人物——兵部尚书齐泰、太常寺卿黄子澄、翰林院侍讲方孝孺等人的建议，将周王朱橚、齐王朱榑、岷王朱楩、代王朱桂等四人革爵，废为庶人，又迫使湘王朱柏自焚而死。最终打算要用合适的借口锄灭燕王朱棣和宁王朱权，因为这两个藩王对皇权的威胁最大。只是因其兵力强大，投鼠忌器，一时未敢动手。

两王之间，又以燕王朱棣首当其冲，成为首先要剪除的对象。建文多次派遣得力人员，到朱棣藩封所在的北平担任军政要职，"察燕阴事"，以便严密监控。之后，又逮捕了燕王府的旗校官吏，下诏指斥朱棣不安本分，为彻底削灭做准备。朱棣洞知其意，一方面"佯狂称疾"以麻痹对方；另一方面则积极部署，尽杀建文派来的文武官吏，举兵造反，自称"靖难"，号称"清君侧"，实际要颠覆建文的帝位。建文也调兵遣将进行镇压，两方展开了长达三年的大战。

两军对峙之际，拥有强大军力的宁王朱权便受到极大重视，双方都要对他进行拉拢和防范。建文最惧宁燕合力，一再派使笼络，又诏令他出兵合攻朱棣，而朱权意图先坐观成败，然后再定去取。朱棣却心怀鬼胎，绝不肯让朱权坐山观虎斗，更怕他到关键之时，出兵给自己致命一击，于是便施诡计，亲自出面串演了一场政治阴谋，用欺骗手段挟持了朱权，掳押了他全家，兼并了这个弟弟的兵力。

早在发动靖难战争之初，朱棣就有这方面的预谋。他对亲信人等说："我多次巡视塞上，深知宁王的军队最为彪悍，最有战斗力。如果他投效朝廷，就是如虎添翼，为患必不浅。为今之计，只有夺取大宁，控制住宁王，取其边骑助战，才能稳操胜券。"

建文元年六月，朱棣本人突然间道来到大宁，装成兵败狼狈之状，谎称兵败求救。朱权念及手足之情，允准朱棣单骑入城，朱棣哭诉朝廷对自己的猜忌和陷害，是不得已才起兵，引起朱权的同感，欣然留住，盛情款待，完全放松了戒备。想不到，在此期间，朱棣已派遣了精锐部队埋伏在城外，谍作人员亦悄悄潜入城内,分别串联和收买了朱权的三卫统领和王府官佐。等到时机成熟,朱棣便说告辞,朱权懵然不知,设宴饯行,亲送出城。未料正在揖别之际,燕王伏兵突起,强行挟持朱权。朱权惊呼护卫,岂知大宁部队已叛归燕王。朱权以及妃妾世子等人顿成俘虏,被押解到燕藩的首邑北平软禁。

朱棣接统了大宁的兵力,又将朱权严密监禁,但又过来面见,一再痛哭流涕,极言是为时势所迫,不得已用计夺权,并非辜恩背义,务请弟弟顾全大局,不予计较。他又对天设誓,表示绝不会忘记借助之恩,更不会改易宁王的地位和封号,许诺一等靖难胜利,就要晋封朱权为一字并肩王,中分天下。朱棣这样惺惺作态,软硬兼施,为的是继续牢固控制朱权,好胁诱他出面收编所属分布在边陲的军队,也防止发生护权反水的意外。朱权心知肚明,这位哥哥无非是为了进一步剪除自己羽翼,彻底吞并自己实力,十足恣肆暴戾,心狠手辣,而又言行相诡,两面三刀,哪里还有一星点手足之情。但本人已陷囚笼,只好违心敷衍。

及至"靖难"胜利,朱棣登上了皇帝宝座,根本不再提什么晋封一字并肩王、中分天下的诺言了。朱权识相,不敢请求重回大宁,只是恳请改为封藩南方。开始时,他还幻想能够分到富丽的苏州,但永乐皇帝朱棣随即批示:"苏州属于南京留都,是京畿之地,不得封藩。"朱权又请求改为杭州,朱棣又断然答复:"钱塘非藩王克享之地,亦不宜封藩。"最后,下旨将他改封到江西南昌。当时的南昌是比较贫瘠的地区,既无充足兵源,又缺乏充裕物力,朱权人地生疏,无虞他有反侧之心。这样的安排,永乐是放心了,但朱权却实在揪心。

不仅如此,朱权在南昌的日子也并未安宁,一直受到严密监视。鼓破任人捶,有人善观风色,一再弹劾他有巫蛊诽谤之事,永乐为此派人核查对质,虽未落实,却严词警告,勒令必须谨守藩王恭顺朝廷之道,若有逾越规矩法度,必按家法国法惩治。永乐去世后,相继嗣位的洪熙、宣德和正统三个皇帝,也不止一次借端对他诘责。地方官观风,为了迎合皇帝,也经常来找碴儿以示恭顺朝廷。当年扬威塞上、叱咤风云的大塞王朱权,身历四帝,活到九十多岁,却长期蒙受自己侄儿、侄孙、侄曾孙皇帝的欺侮羞辱,但格于皇法,无力抗争，真个是虎落平川，凤凰脱翅，只好致力韬晦以求自保。他晚年构建了一间静室，鼓琴读书于其间，极力表示已无心世事，但胸臆间却是抑郁愤激，恫痛难已。

朱权去世前一日，妃妾子孙们环跪榻前，朱权蹙眉闭目，迟迟不语。老王妃田氏和他共患难七十余年，了解他的心事，知道他怕再惹祸，便贴近额前轻声询问："王爷是不是有话要对妾身独自说呢？"

朱权睁开眼睛，点点头。

众儿孙退出，田妃移坐床边，先给朱权擦汗和整理衣襟，看到老王爷病危，痛骨支离的样子，不觉悲从中来。瞬间，见朱权的神志转为清朗，像燃尽的油灯最后的闪亮。他伸出枯槁的右臂，紧握着田妃的手，断断续续地说："孤王和妃子奉洪武爷指配，结发成婚，已有七十多年了。"

田妃抹泪点头。

朱权叹气说："你错入帝王家，随着孤家蹈危涉险，经历了多少艰难凶戾的事故，能够幸存性命就是不易啊！"

田妃要将朱权的手臂放回被服之内，怕他受凉，但朱权紧攥不放。田妃深情说道："王爷不是还有心事要对妾身说吗？"

朱权凝神，愤然从牙缝里挤出几个字："忍，好忍啊！"

田妃一时不及理解，急问："王爷，为什么说好忍呢？"

朱权气喘更急，憋得满面通红，但又无力细说，只是哽咽重复说："好忍啊，好忍啊！"

老田妃熟知皇家恩怨，已经知道他指的是那件切齿难忘的旧事，劝说道："王爷虽然在大宁受诈，被夺兵移藩，几十年又多受侮辱，但比起湘王朱柏连性命也保不住，已是祖宗福庇了。王爷还是珍摄玉体，安心静养为好！"

朱权加重语气说："狠忍过分，迫人过甚，哪有一点皇脉手足之情！孤死后，魂魄不泯，一定要向太祖爷告他一状！"

田妃听得出，他指的是太宗永乐帝朱棣，吓得魂飞魄散，连声哀求说："王爷不要再说了，咱们还要为子孙后代的安危着想啊！"

朱权也冷静了一些，老夫妇相对而泣。

过了好一会儿，田妃小心探问："王爷有什么遗训要嘱告儿孙们吗？"

朱权已经十分疲惫。气脉微弱说："忍，还是要忍啊！"

田妃回答："妾身明白了，是要传谕子孙，应该知时识世，知白守黑，凡事总是以忍为高啊！"

朱权点头："对！对呀！"

田妃正要安排宁王就寝，惊见老王爷脸容陡变，全身颤抖，呼吸粗喘，知道已到了临终时刻，便连忙失声呼唤众子孙入室诀别，未等众人齐集，老宁王便抱恨而终了。

朱权去世后，老田妃单独对将继位为宁王的嫡孙奠培痛说家史，将朱权临终前所说的两个忍字告诫于他，并嘱命今后每逢宁王世爵交替之时，必须世代相传，勒为家训。

朱权之后，几代宁王的处境也并不平顺，朝廷一直对宁王府具有戒心，其中最露形迹的，是借故剥夺王府的护卫。王府护卫是洪武时专门配备给亲王，特别是塞王们贴身的特殊军队，挑选最忠心勇悍的官兵组成，因此也是塞王们统领大军的核心武力。朱权当年视师塞上，护卫队伍官兵过万人，都是久历战阵的雄兵枭将，具有实战经验，装备也最精良，战斗力最强，移藩南昌后，部分护卫也随从而来。对这支藩兵，永乐以次几代皇帝都极不放心，害怕宁王府挟此捣乱，一再要取缔而未能下手，直到英宗天顺皇帝时，才借口朱权的孙子朱奠培和江西地方官有矛盾冲突，下诏将宁王府的护卫尽数改编入南昌左卫，变为朝廷官军。以为削夺了护卫，宁王手上无兵，只好恭顺听命。无力异动了。

可是，第五代宁王宸濠并不甘心，也从没忘记家仇，对永乐一系的历届皇帝，都切齿痛恨。

宸濠此人最有野心，性格偏激固执，认准的事决不动摇。另一方面，他颇擅权诈，好沽名钓誉，伪饰成好读书又能虚心下士的贤王形象。

他牢记"忍"字祖训，日思夜想翻案夺权。来自上清山的术士李自然、李日芬二人如蚁附膻，投其所好，谀赞他具有雍容豁达的帝王风度，不愧天人之表，功业无可限量。又编造说南昌城东南有天子气，天意昭垂，机不可失。正德放荡纵欲，凌辱官民，相继爆出一系列骇人听闻的奇邪怪行，丑事播扬，所有这些，宸濠都倍感兴趣，每每听到，喜形于色，和李自然、李日芬等人津津乐道。

一天，二李又联袂入见，李自然抢先报告："今天清早，北京传来快讯，皇帝老倌由于责怪群臣，反对纵容刘瑾等'八虎'作恶，竟然下谕将上百个进谏的官员在午门前行杖，而且罚跪在天街上，京都臣民，莫不悲愤……"

宸濠心中暗喜，却以悲天悯人的口气叹息道："真是天祸中国，降下这个瘟君，名为国君，实为国妖，必然要颠覆祖宗基业，制造成大灾难。千万子民又何辜呢！"

李日芬应声答话："我看桀纣恶行，亦不过如此，他的恶性发作，正是天夺其魄，自取灭亡。综观时世，实急待今日的汤武、文王出来救世啊！"

宸濠微笑不语。

在座者还有不第举人刘养正和退休在籍的都御史李士实。这两个人都是宸濠身边的亲信谋士。刘养正熟读鬼谷孙武之书，自比姜太公诸葛孔明，擅权谋，能论说乱中取胜、谋定天下之术，力图将鬼谷之学应用于实际政治。而李士实沉浮宦海多年，熟悉官场隐秘和复杂已极的关系网，了解政坛中职、权、责、利的运用。宸濠认为，倚重刘出谋划策，委托李实际操作，必能相得益彰。因此拜刘、李为军师总参议，作为最亲信的左右手，视为自己的两张良。

刘养正提出："当今皇上的种种倒行逆施，确已难掩天下人耳目，官民愤激指斥的声浪日高也是实情。这样的昏君，难逃垮台之下场。但他恃正统地位，挟有举国军政权力，锄除他亦颇不易。撼大树必先动摇其本根，谋大事必应审时观变。知者善谋，贵在待时。老拙浅见，王爷当前还是应该加意隐晦，外示忠顺以去其疑，中藏机关以谋其利，扩充实力以待运用，才能处常应变，立于不败之地。"

李士实插话说："当前力量悬殊，切戒鲁莽硬拼。应知天下之势有强弱，必应审其势而应以权变……"

宸濠抢问："该怎样应用权变呢？"

刘养正胸有成竹地回答："逆攻不如顺取。当前要诛除昏君，只能先从皇帝本人入手，从宫闱入手。投其佻达癖好以取欢心，交结宠幸以添助力，请复护卫以增实力,僭越谱系以夺嫡继统,力谋兵不血刃,采取宫廷政变,是为上策。"

宸濠不断颔首,又问:"既有上策,必有中策,也请明示!"

李士实早已筹算成熟,接着说:"当然,以有道伐无道,由无德让有德,通过宫廷政变取胜当然是上选,但这也不是十拿九稳的。只有文武相济,才是万全之策。因此,必须大力整治甲兵,扩充军力,准备必要时在战场上一决胜负。在这方面,第一要着是千方百计请求恢复护卫,有了护卫,就可以名正言顺地用为掩护,大力扩充王府的武装;其次还要就地取材,笼络收买江西湖广等的豪强枭雄,陆续整编为劲旅,这些人好勇斗狠,敢于卖命,用以对付涣散的官军,必能摧枯拉朽,一战功成。"

这无疑为宸濠发动叛乱、夺取帝位奠定了大计,宸濠连连称赞二人有知时之机、拨乱之才。

刘养正又讲述了宋太祖赵匡胤发动陈桥兵变,黄袍加身而篡夺了后周政权的旧事,认为这是逆取顺守的典范,值得宸濠仿效。

计谋已定,便采取潜伏待时、按策推行的既定方针,又不断变换腔调和手段。斗争复杂微妙,起伏多变,历十多年未有停歇,几与正德在位的时间相始终。

他们曾经挖空心思,要采取合法继承的方式,以偷龙换凤的方法潜移皇统。因正德一直未育皇子,便以重金向钱宁行贿,求取中旨,召命宸濠的儿子入京伺候,名义是司香太庙。这桩事情意义深远,因为按照明朝的礼制,一贯是由太子负责司香太庙,如果宸濠之子能取得司香太庙的名义,实际上就具有了太子身份,一旦皇帝崩逝,就可以顺理成章地继登宝座。钱宁也确实为此事卖劲出力,但按照皇家谱牒,宁王一脉,并不是永乐爷的子孙,仅是远房宗室,说什么也轮不到宁王的儿子充当司香之任,宗人府和礼部都据理驳回。正德本人也无意在身旁安立一个待位的人,根本不予置理。司香太庙之谋不遂,偷龙转凤的奢想也就泡汤了。

钱宁复信致歉,说明虽然尽力,但无法完成拜托。宸濠阅信后十分沮丧,但也让他清醒,顺取皇位是十分困难的,最可恃靠的还是手中掌有军队,拥有鹰扬虎视,足可决胜疆场的实力。

按照这样的意向，宸濠集团便将谋求恢复护卫作为重中之重，视为发动叛乱成功与否的关键。为此竭尽智谋，用尽手段，务求得逞。从朱厚照刚登帝位开始，直到公开发动大叛乱的正德十四年为止，恢复或撤销宁王的护卫，经过了几起几落，都和朝廷中枢的政局演变密切相关。

正德二年，宸濠集团便看准了以刘瑾为首的"八虎"受宠专权的局面，认为必须买通刘瑾，才有可能封杀内阁和兵部的反对意见，夺回五十多年前已拨入南昌左卫的护卫军。宸濠派李士实携带重金厚礼，利用当年在北京的广泛人脉，而又特别着重于走刘瑾的门路。一个曾经官拜都御史的二品高官，竟然连日便装小轿，早晚等候在刘府门口，恳求接见。献上厚礼之后，又自甘卑贱，委婉陈词，恳求这个权势熏天、炙手可热的司礼监太监，能够跳过内阁和兵部的法定程序，直接出谕旨，特准宁王护卫回本府供役。刘瑾何等精明，早就知道来意，他也想借此结好于宗藩，扩展自己的势力。未等李士实言毕，便轻描淡写地说："都老爷真会找门路，为宁王恢复护卫的事找到俺门前，这还不是小事一件吗？明天来领取谕旨吧！"

次日一早，李士实赶来刘府等候，刘瑾也不再召见他，只命一个小内侍交给他一份名为谕旨的文件，其实也不是真的钦批，完全是"刘皇帝"拟定和颁发的。刘批谕旨：指定南昌左卫即将原属宁王府的护卫发还本府，不得有违。这是一份比真正谕旨还有效的"谕旨"。李士实喜不自胜，带着文书赶回江西。宸濠喜出望外，认为是解决了一大问题，立即安排接管护卫，并且要大力扩展，以此为基干，发展武装力量。

但是事态多变，还未到三年，正德五年八月，发生了刘瑾身败被杀的大变故，兵部也宣布凡刘瑾伪撰的诏旨一律撤销。由刘瑾一手包办的恢复护卫一案也当然无效，已由宁王府接统的护卫只好又拨回南昌左卫。

护卫得而复失，宸濠岂肯甘心，他密切留意风云变动，待机寻隙。正德八年九月，宸濠与刘养正、李士实在府中小酌，忽有探马急报，原任江西按察使的陆完已晋升为兵部尚书。宸濠听后大喜，对李、刘二人说："机会来了，陆君必不负我！"

二人忙问原委，宸濠微醺，兴奋说："二位未必详知，陆完先生字全卿，早年曾任本省按察使，曾因贿罪受到弹劾，几乎被革职判刑，孤家全力为他辩解，艰难打通关节，才得免罪结案，继续当官。全卿对孤感激，矢言必尽力报答。孤亦看重全卿才识超群，为人尊谊重义，未来必得出任公卿。公卿亦表示，如果得志，必不相忘，还暗示当前世情难料，变化无常，推誉孤终非池中之物，一旦发生雷霆霹雳，必能一飞冲天。孤与全卿彼此器重，相互扶持。现在他荣任兵部尚书，请他为孤谋复护卫，料绝不推辞！"

宸濠连夜给陆完写了一封亲笔信，坦言急谋恢复护卫，嘱托陆完鼎力玉成。陆完心领神会，着手疏通各方关系。但是，他的权威远不如当年的刘瑾，要发出准复护卫的谕旨，必须通过内阁和兵、户二部的同意，为难的是，这个问题又恰好卡在原籍江西的内阁大学士兼户部尚书费宏手里。原来费宏在阁内，正是分管潘府事务的人，加以王府护卫虽然由兵部管辖，但护卫的屯田和粮食供给却归户部管，户部不松手，恢复护卫就等于空文。陆完给宸濠出点子，建议宸濠派人给费宏送上厚礼，但却遭到严词拒绝。迫于无奈，只好自己出面请说。

一天上朝，陆完有意迎着费宏，对他说："宁王请求恢复护卫，不知费阁老有什么意见？"

费宏心知有异，故意问："不知道前几年是什么原因又给革去护卫的？"

陆完只是含糊主张："不管过去是为了什么，现在宁王缺人供役，十分困难，恢复了才算合适。"

想不到费宏愤然变色，当场严词拒绝，当着众朝臣大声说："宁王素不安分，现在又以巨额贿金活动，谋求恢复护卫。如果真的恢复了护卫，就可以仗此声威，胡作非为，几百万江西人就无法活下去了！"

由于关键人物费宏顶住，这一次恢复护卫的事又受到挫折。

宸濠听到陆完的报告，对费宏恨之入骨，于是决定放狗咬人，誓将费宏挤下台。他唆使一些人收集所谓证据，诬告费宏常有非议朝廷、抨击时政、对皇上不敬的言论，煽动了正德的反感，传旨将费宏革官。费宏罢官南归，在鄱阳湖遭到宸濠派人尾追纵火，费宏本人虽然幸逃了性命，但全部书籍行李已成灰烬。

跳过了费宏的障碍，宸濠又通过陆完和钱宁搭上了钩。钱宁因与江彬争宠不利，心怀怨气，也想另留一手，倚靠宁王为第二靠山，欣然愿倾全力以助。

陆、钱二人在北京分别出力谋求为宁王恢复护卫。宸濠也下了大本钱，支持他们的活动。他派人携带大批金银珍宝，由他们分送权要和言官，作为封口费。更以费宏持正落败的事例威慑，使一些人不敢说话，再利用另一些人一时未看透真相，用迅雷不及掩耳的办法，事先已经司礼监批红同意，内阁不敢再顶，便循例撰写了批准的制书。宸濠经过近十年的周折营求，不择手段，不遗余力，终于在正德九年五月将护卫的权力夺回。

宸濠自恢复护卫之后，大力扩充武装。除了厚给钱饷以扩大兵额，又广泛招降江湖上的山寨绿林，将历来横行鄱阳湖的湖寇，改编为王府的水陆各军。对他们的首领，分别授给都尉、将军等官衔，纵容他们分道分批出去打家劫舍，勒索田赋丁银，将交纳上来的财货进一步置办兵器、衣甲，以至添购西洋传入的佛郎机火炮，以备大举，还亲率军师幕僚及术士人等，先后在南昌教场和湖上巡视。

宸濠又特别擅长施用两手策略。他深知正德喜好恭维奉承，吃顺不吃戗。为投其所好，不但从来未对正德的乱行提过任何劝谏之词，反而巧妙颠倒事实，挖空心思赞誉，说什么"龙章凤资"，是天生圣人、真命天子的风采；一切胡言秽语，都谀称为"金声玉振"，一字不可更易的"圣谕"。故意助长正德的放纵，作为发动叛变的借口。

为了彻底麻痹对方，为叛乱创造最好的时机，宸濠还向其他藩王致意，共勉矢忠矢信，忠心维护皇上的绝对权威。他一心先捞个"贤王"的名声，可以用来号召四方。他一再贿赂权贵，多次得到礼部奏请"旌表宁王孝行"，增赐禄米的荣誉，正德一度也认为他忠诚不二，是众藩王的表率。宸濠还在江西精选美女，阉割俊男，加以调教，通过钱宁和陆完贡入豹房，教唆这些人力争宠幸，争取靠拢御前，作为安插在正德身边的谍报耳目，随时将正德的言行反馈南昌，必要时还可以协同袭击，在宫闱内部发动变乱。他在北京到南昌沿途安排下健卒快马，十二日内必传达到命令和信息。一切布置就绪，静待时机。

正德好热闹，对各种声色犬马欢场娱乐，都大有兴致，经常带头参加玩乐，以至别出心裁，亲自指挥，乐不可支。每逢时俗节庆，也是这个玩性特大的皇帝追欢逐乐之时。宦官宠臣为阿其所好，也用尽心机，张罗新玩意儿。宸濠集团则精心策划了正德九年的元宵节一出惨剧。

元宵节又是灯节，就是"正月十五闹花灯"。京城的灯市口既是盛大的灯会，又是迎春大集市。从正月十三日到十七日，大街上搭满彩栅，市面上预备有烟火盒子，置有乐器，各家铺户都张挂着用绢纱、麦秸、通草、明角等制成的各式花灯，款式上又分为鲜花灯、走马灯、冰灯和记述典故的故事灯。入夜，彩灯同时点燃，敲锣打鼓，声乐喧天。连日里人流挤拥，火树银花，狂欢彻夜。

正德在每年节前，就谕命御用监的花炮作挑选精巧工匠，赶制出各式新款花灯，悬挂在殿阁和豹房内外；又特许内臣官眷，穿着应灯景的彩裤蟒衣，歌伎演练庆元宵灯舞，接待勋戚内眷入宫同乐。每年张灯作乐，都要花费数万两银子。御用监库房存储的绢纱黄蜡不足，就命户部立即拨款补买，不得有缺欠。

宸濠集团认为，元宵节正是制造骚乱、大闹京都的最好时机。

这是预谋已久的。早在正德八年，宸濠本人、李士实、刘养正以及两术士就密切商议：怎样才能巧妙利用元宵观灯的机会，在深宫内纵火，务求烈焰滔天，波及市街，造成官眷臣民大量伤亡，制成惊天大案，再将责任尽数推到正德身上，尽情抹黑他的名声，出他的丑。一人传虚，万人传实，更坐实他昏君的恶名。另一方面，也可以就此观察他作为皇帝在遭到意外灾难之后的心态和采取的处置，使他原形毕露。

宸濠老谋深算，有条不紊地暗中作业，命李自然和李日芬两个术士一定要做到突然而发，石破天惊。

两个术士曾长期在黑道厮混，熟悉藏形匿影、埋奸下毒的勾当。二人受命后先在穷山幽谷做爆破试验，采用本地出产的极品硫黄、硝粉，又购置从西洋传入的精良药线，以药线伪冒为绑扎花灯的绵索，将强力炸药隐埋灯内。试验成功，定时在点燃灯烛之后半个时辰受热引爆，各式花灯成了定时炸弹。二李满有把握地向宸濠报告："主公放心，臣等已将连环炸灯装配妥善，既精细无破绽，又保证轰然一炬，使宫闱半成焦土。瘟君即使侥幸逃生，也必然惊魂丧胆，但绝拿捏不到我们的任何把柄。"

宸濠叮嘱依计而行，下命设置特别工场，委派两术士监工，赶制秘密武器，要求穷极奇巧，缤纷华美。他选派干练可靠的王府长史，携带这些特制灯饰，前往北京贡献入宫。他还串联钱宁，打通各层关系，破例允准宁王府派遣来京的工匠入宫布置悬挂。这些人将爆破点连接成线，好发挥最大威力，又将各种花灯组成交叉火力，间隔悬挂在殿阁的墙壁楹柱之上和出入口，说是更能交相辉映，构成斑斓色彩。正德兴致勃勃，几次亲临巡视，还指示不要漏挂，不可辜负宁王的殷勤忠顺。

元宵当晚，宫内各殿阁廊栏的花灯点亮不久，未及二更，突然连续爆炸，刹那间火舌四喷，蔓延迅猛。宫内观灯的嫔妃宦竖以及臣僚官眷，纷纷窜奔躲闪，惊惶逃命，可是跑到东头，见的是梁坍柱折，无法容身，躲到西头，却又陷入火海，惨被灼烧。哀号求生之声惨不可闻，巍峨宫阙顿时变成了一个大火葬场。

宫外，特别是东城灯市口聚集的商贩游客惊见宫里冒出冲天狂焰，又听到刺耳的呼救声，心惊胆战，害怕不幸卷入灾难，成为陪葬的冤魂。顿时乱了套，做生意的顾不上收摊，游客们也顾不了衣冠财物，只是呼儿唤妇，急着冲出烈焰肆虐之区。人群车马互相顶撞，大道堵塞，便纷纷窜入各条胡同，胡同里同样挤满了争相逃命之人，互相推拽践踏，呼痛悲恸之声揪心裂肺；摔跌而死和被踩踏致死者尸骸遍地，惨不忍睹。

这一场由于皇族恶斗而酿成的人间悲剧，从二更天到黎明，经过东城兵马司和宫廷卫军的抢救，总算接近尾声。乾清宫以内的建筑，都已经化成灰烬，焚毁和伤亡的损失实在无法计算。

当火势最为凶旺的时候，正德步出豹房，抬眼观看，未有任何怜悯或愤怒之意，却像称赏稀见的壮观情景，竟然赞叹道："这真是一场大烟火啊！"

宸濠集团成功地导演了纵火惨剧后，让正德皇帝大为出丑，进一步暴露了他的骄奢淫逸、缺德无能。他们得意忘形，对正德更加鄙视，把他的奇行怪癖作为笑料。亲信们早就揣摸出宸濠的心意，看出他衡时度世，认为正德已经失尽人心，不堪一击，起事时机已然来到。

向来谨慎持重的大军师刘养正道："目前确实已是天怒人怨，臣民翘盼圣人出。天翻地覆谁得知？如今正南看北斗，帝星正闪烁于江汉之间，众意所在，都寄托在主公身上，是一夫奋臂、九州同声的形势啊！"

从正德九年春夏，到十四年六月，宸濠集团积极准备发动叛乱，形迹大露；朝廷和江西臣僚们渐知警戒，加强防范。

时局紧张，斗争尖锐而复杂，波谲云诡，一场争夺皇位的大风暴已经呼之欲出了。

宸濠利令智昏，野心毕现，正德九年六月，竟然自称国主，擅将护卫军改编为侍卫军，将亲王令旨称为"圣旨"，兴大工拓建王府，结构图式模仿宫廷朝阙，又命江西省巡抚以下官员必须穿着朝服入见，摆出准皇帝的架势。半个江西，俨然已成一国。

江西最高级的地方长官，巡抚俞谏、左布政使张宁谦、按察使胡世宁就不理睬宸濠的谕命，硬是不穿朝服，仍穿常规官服赴会。宸濠十分气恼，质问道："孤王已颁布明旨，着令全省官员必须改穿朝服来见，俞巡抚和张、胡两使自应表率群僚，为什么不遵旨改服？"

俞谏道："我朝礼制明文规定，朝服仅用于觐见皇上，不可僭用于亲王以次勋戚贵爵。本官遵礼守法，未按令旨改服，请王爷鉴谅。"

宸濠道："圣贤有言，古无定制，礼随俗改。孤家分属懿亲，是皇上的长辈，穿着朝服来谒见，完全符合体制，同样是尊崇朝廷。汝等仍应遵旨改服为宜。"

布政使王弘为俞谏帮腔说："那就请王爷向皇上奏请。如果皇上准奏，命礼部来文敕政，全省官员自当遵照改服。未得部文之前，实不敢擅改。"

三人说罢，行礼告辞。

当天晌午，宸濠召见刘养正、李士实商量对策。他说："只不过是着命改变服装，却还被这几个地方官合力顶住。江西本地尚如此棘手，要奠定全国基业怕是不易啊！"

李士实呵呵一笑道："要成大事，立大功业，焉有毫无阻力的？商汤废桀，文王伐纣，以至我朝洪武爷打下江山，永乐爷兴师靖难，都是经过排难去险才取得胜利的。当今是大乱之局，只有敢于乱中取胜，才能制人成事。只有非常之人才能胜任非常事业。八方豪杰，都寄望于主公，盼望主公应天承运，谋定天下，切不可因区区小事而气馁。其实，臣与寿山兄（寿山是刘养正的别号）对于江西文武各官，早已根据其不同表现而区分出敌友，拟定出分别对待的方法了。"

宸濠虚心道："请寿山说明高见！"

原来李士实和刘养正对江西官场的状况早已认真摸底，对重要官僚的经历性格以及背景，近日的言论动态，特别是对宸濠阴谋大举的态度，都有详细的侦察和记录，并且依据收集来的情报一再分类排队，逐个研究，定出分别对待的策略。

由于久任都御史，李士实半生经办的都是弹劾和处分官员的案件，对于官场陋习，有着深刻了解。但长期在宦海浸泡，他也接触过一些秉持正道、注重操守的清正之官。他对江西文武各官，以及关系江西政务的朝官，逐一进行过衡量，以宸濠集团的政治利益为标尺，决定远近取舍。作为熟悉官场的老手，他表现得驾轻就熟、老辣狠准。

他先卖弄了一番道理："主公要成大事，当然要从知人着手。所谓察色知人，听言知人，因事知人，三者俱不可废。古语有云：道贵制人而不制于人。制人者胜算，制于人者失败……"

刘养正觉得他扯得太远，示意他转入正题。

李士实郑重说道："对于江西文武各官，不外乎分别采取倾、拉、杀、赶、附、防六字。"

宸濠兴奋道："好个六字诀，快快讲来！"

李士实道："所谓倾，就是倾击，专门用来对一些担任要职、踞有要害地方，但却处处作梗，阻我宁王府发展的大官。他们是我们的死对头，但他们都已身跻要职，任免出于朝廷，我们无法直接罢官夺权，只能用倾危之计，借助朝中权贵之手，利用不道昏君，使用一切手段，使他们家破人亡，声名俱裂，绝不手软。"

刘养正接过话来："譬如主公前年用了极大心力恢复护卫，但内阁大学士费宏软硬不吃，多方阻挠，明显是与我为敌，如果不痛加惩治，宁王府威信便完全扫地，势难大举。更重要的是敲山震虎，让其他人知道利害。"

李士实又举例说："曾任江西按察使的胡世宁，竟敢公然上奏，诬陷主公'反迹已著，素行无道'，请皇帝对宁王府严加监视，说是要'销隙寝邪于无形'，实际上就是鼓动声讨和撤藩。危言耸听，恶毒已极。此人不除，一切嘉谟秘计必成泡影。为此，我们先发制人，使用白金巨万、彩币珍玩等收买御史潘鹏出面，指斥胡世宁'离间亲亲，妖言诽谤'，再请钱宁、陆完二位进以危言，控告他'诬告亲王'，终于取得内旨将他逮捕，关押在锦衣卫狱。对于一切异己势力，必须尽情倾击，历来是政治的常经，胜利者的宝箴，君子无所不用其极！"

宸濠赞赏倾击之法，补充道："单凭我们的力量是不够的，必须借力于朝中内线的援手，才能内外夹击以取全胜，所以倾和拉两诀是紧不可分的。与钱宁大人和陆尚书等人的联系配合，切不可松懈。"

刘、李二人连连称是。宸濠示意李士实往下讲。

李士实目闪凶光："杀字一诀，亦是要着。自古以来，刑律三千，未有遗漏诛杀之条。以杀止杀，向来是圣贤法度。当前我宁王府正密谋大举，处在存亡续绝的关键时刻，绝不可以养痈遗患。前已破获，王府典籍官闫顺，典仗官查武，太监陈宣、刘良等人，胆敢派人间道前往北京告变，这样的内奸家贼，是潜伏在我方腑络中间的蛊毒，是可以置我于死命的蛇蝎，为害不可胜言。经请示丰公，已将闫、查、陈、刘等全家数百人尽数处死了。"

刘养正说明："这些人地位低微，不列官品，内无奥援，既无人敢为他们吊丧祭悼，也不怕有人去告状伸冤，如诛猪狗而已。抄家逮捕，或缢毙狱内，或活埋荒野，朝廷并不知闻，或知而不问，所以能够干净利落，一网打尽。但是，对另外一些人，就不能轻开杀戒，怕牵一发动全身，不得不另谋他法。"

李士实得意地说："所以，对有些应杀而未杀之人，只能使用赶字诀。"

宸濠笑道："赶字成诀，倒是闻所未闻。"

李士实又卖弄说："赶字一诀，妙用各有不同。只能因人而异，因时而变，因势利导，或挤而去之，或警而逐之，或礼而送之，总之是要将有碍大业的人统统赶出江西。

"譬如前任巡抚俞谏身为本省最高行政官员，但不时顶撞主公，事事和我们作对。我们就利用他有私杀娈童的传闻，将揭告之文的帖子遍贴南昌，唆使他的家人告状，使他有口难辩，又嘱咐省会一些文武官员，拒不接受他的命令，政令不出辕门，他只好知机求退，狼狈离开江西。

"但是，也有人是茅厕里又臭又硬的石头，这样的人平素官声较好，无隙可寻,我们就以礼相待,示意他知机离赣。布政使王弘就是这样的人物。因此,特地派人选四式果品作为礼物,就是枣子、梨子、生姜和芥子,即寓'早离疆界'之意。不料王弘还是嘴硬,悍然退礼逐客,针锋相对。我们岂肯让他继续在江西兴风作浪,于是另走迂回门径,请陆尚书在九卿会议中推荐他升任光禄寺卿,拟旨敕命他立即回京就职。光禄寺是专门伺候宫廷饮宴礼仪的衙门,和政局关系不大,使他投闲置散,不得再过问江西之事。王弘明知中计,也只好怏怏离境。"

刘养正接着阐述附字诀:"谋大事必赖附从,营造出顺天应人的气氛,顺我者昌,逆我者亡,古今一理。当前对江西全省的文武都必须逐一称量甄审,尽可能摸清他们的底细,明了其态度,加意搜罗一些有意附从力能襄助之人,分别安插于扼要位置,聚集力量。所以附字一诀,大力招降纳叛,实在关系成败。"

宸濠心领神会:"孤家深知两卿煞费苦心,为孤延揽才俊。知人最难,挖人入伙不易,必须看人下饵,分别诱以名利,见机而作,是极为费心的。"

刘养正迎合说:"招降纳叛,确实是一桩机密危险之事,必须小心试探进行,摸清不同人员的品格和欲求,深切刺探其隐私,以利诱为主要手段,要挟威迫为辅助办法,才能声应气求,结为一伙。"

他又靠拢宸濠耳畔,低声说:"承主公耳提面命,密示机宜,皇帝派来镇守江西的太监毕贞、南京留守太监刘琅都已经发誓加盟,附顺我方了。"

宸濠喜形于色:"这倒真是关系重大的人物!瘟君以为派遣两个心腹宦官来监视,就可以高枕无忧了,但他绝想不到,这两个人弃暗投明,一变成了暗藏在他腹中的痈肿。两卿巧发奇中,直入敌垒,居功至伟啊!"

李士实又说:"本省参政王纶、季异,佥事潘鹏、师念祖,南昌知府许儿,都先后加盟了。"

宸濠说:"能够得到这些人效顺,当然是大好事,但孤家也听说这几个人贪婪猥琐,名声不太好的。"

李士实笑道:"觅选走狗焉论毛色,附大义者何计贪渎?先收买利用,然后杀之以偿民怨,岂不是一举两得?"

宸濠开怀大笑,点头称是。

刘养正又特别提出："道贵制人而非受制于人。人本来是天下生灵中最复杂叵测的动物。人心不同，有如其面，观其内外，知其好恶，实在是最为困难的事。前处在义师将举之际，正是成败攸关之会，更须万分警觉。孙子说'士兵伐谋'，而谋莫难于周密，事莫难于必防。防人之心不可无。所以，防字一诀，实为六诀中的根本。"

宸濠说："人心叵测，要找出必须防范戒备之人，还是要有洞察之心的。"

刘养正回答："那当然，不但要有火眼金睛，明察细微；还要周全布置，务求监视严、信息准，编织出不露痕迹密而不漏的网，必要时出手擒拿砍杀，重要的是心中有数，见兔放鹰，心狠手辣。"又补充道："所谓防，绝不是广泛撒网，漫无目标，而是选定一些地位重要、态度违忤或隐晦难测，内藏祸心，而又一时撼不动、赶不走、杀不了、拉不进的人员。这一工作，我们已经秘密进行多时，取得了成果。"

宸濠道："最重要的是要防范在江西地面的反侧，防止他们在事势紧要关头，对我们反噬。"

李士实淡定答道："当前在江西，危险性最大，必须严加防范掌控的，有两个人。"

"哪两个人？"宸濠急问。

李士实举手指向王府对面的衙门说："第一个，就是盘踞在这里的江西巡抚孙燧，他一直公开采取反对态度，处处事事和我们对着干。他身兼副都御史宪衔，是全省监察和军政权力的长官。最近他连续施展大举措：平均赋税以收揽民心，充实仓储以增厚物力，整顿卫所以加强兵备，甚至胆敢侦伺主公动向，缉拿我王府羽翼。据说，他还一再上奏，吁请防止江西大变。这样的人可说敌意毕露，必须对他森严戒备，随时准备制裁。"

"还有另一个呢？"

"这个人姓王名守仁，年方四十，但禀赋非凡，胸有甲兵。此人进士出身，曾任职刑、兵两部，正德六年因抗章指斥刘瑾，被廷杖后贬谪贵州龙场驿丞，但仍倔强不丧志，读书治事更加精到，得夷人器重，口碑极好。刘瑾败后，他被恢复了官职，逐步擢升，大前年被派来江西，职任南赣巡抚，管治吉安、南康、赣州等府县，屡次剿平了土寇，被誉为学者巡抚，有兼资文武之才。

但此人平素实干多而言语少，对主公貌似恭敬，礼仪不失，但实际上却是深沉阴鸷，伺我虚实，步步为营，牢踞赣南以窥全省，准备随时应付突变。不吠的狗最咬人。王守仁的危险性较孙燧更甚，将来为我劲敌的必为此人，切不可小觑。"

宸濠早就听说过王守仁其人其事，他没有即时回应李士实，只是低头展笺，提起笔来，一笔一画地反复书写王守仁的名字。

第五十八章

朝无道藩王觊皇位　国有难百官判忠奸

正德十四年六月十三日，是宸濠的生辰，照例举行盛大宴会。江西巡抚孙燧以次文武各官都应邀赴宴。正在举觞祝寿、丝竹并奏之间，忽见一个侍卫官急急走近宸濠身旁，附耳密语，宸濠显得神色有异，但还是勉为欢笑，将寿宴照旧完毕，送客如仪。等客人出府，宸濠快步走进偏殿，惊见刘养正、李士实两人扶着一个衣履不整、气息微弱的年轻汉子，给他喂药。听到有人入殿，汉子知道是宸濠本人，竟然一跃而起，翻身下地："大事不好！北京要派人抓捕王爷哩！"

未等宸濠等人细问，他便撕破夹层裤裆，从里面掏出一份沾满血渍的文件，挣扎着亲手呈交，但未待宸濠接到手，便惨叫一声，倒毙在地。

汉子姓林名华，是宁王府的家生娃、世代奴才，自少受到宸濠宠养，待如心腹，他也甘心卖力。他是宁王府派到北京的密探，和其他人组成谍报组织；他又负责和钱宁单线联系。六月初七日深夜，林华已歇息，忽闻钱宁急召。见面后，钱宁也不多说话，只是将一份文件交给他并叮嘱说，皇帝要派人到南昌传达严命，准备公开制裁宁王，着他立即赶在前头去报告，早做准备。

林华奉命，来不及回住处，也未与其他谍报人员通消息，便骑快马直奔南昌。按照平常计程，从北京沿驿路南下，需要二十日才能到达，如果加急间道疾走，也要十二天，但林华日夜不歇，换马不换人。冒着溽暑高温，只用六天的时间，在六月十三日抵达。为了及时传送这份机密文件，林华以生命为代价，对主子尽了愚忠。

这份文件反映出正德与他的小"叔祖"宸濠的关系已从缓和转为严峻。

在对待宁王宸濠的问题上，正德身边的近臣分为两派，一派是以钱宁为主,陆完为辅。他们不但收受了重贿,而且在政治上早为"变天"搭上了钩,总想暗结强藩以自固,将这个野心毕露的王爷看作后备的主子。为此,几年来一直尽力为宸濠帮腔,对弹劾揭发的言论尽可能捂着瞒着,窥测形势,焦灼待变。

另一派则以边军将领江彬、许泰等为首,他们认为依靠正德是谋取富贵的上选,不愿和宸濠鬼混在一起而丢掉本钱,甚至还极力侦察钱、陆等人和宸濠的诡秘关系,千方百计觅证据,作为扳倒对方的手段。

此时,以钱、江为首的两派地位发生了微妙的变化。边帅江彬利用扈从宣府等地大献殷勤,受宠的程度逐渐超过钱宁,面觐的机会日多,进言的分量日重,更便于乘隙而入,借题发挥,逐步揭出钱宁实是包藏祸心。原来和钱宁结盟的贴身大太监张忠也看准了风势,转到拥江倒钱的一方,经常向正德吹风,还乘间送上江西地方官和朝中御史等反映宸濠在江西招兵买马、图谋不轨的情报。一次张忠向正德透露,宸濠仅在南昌郊区就收养了数千匹战马,在南康又打造了一千多艘战船,还收编了上十万的绿林武装,等等。这些情况顿时引起正德大惊,急问:"他搞这么多军马战船干什么?这样重大的军机,为什么未向朕奏报?"

张忠回答:"爷爷问一下钱宁大人和陆完尚书就明白了。"

这实际上就是揭明这些重要情报都被钱、陆阻不上闻,甚至私自销毁了。不仅是漏报军情,而且是暗通异己,用心叵测。正德自此提高了对宸濠和钱、陆的警觉。

可是钱宁并未察觉到这样微妙的变化,还是继续吹嘘宸濠忠君孝亲的德行,致力扩大他的声誉和权益,力图为他猎取到"贤王"的美名,好为不日接承皇统大造舆论。一日,他又将一份保举宸濠孝行的奏疏亲自送上来,正欲乘便进言,想不到正德冷笑一声,出其不意地说:"这份奏章是宁王让你送来的吗?"

钱宁吓得失魂落魄,只好强颜辩解,狼狈退出,他悚然醒悟,形势已经大变。不但宁王危殆,自己的阴谋也露出马脚了。

钱宁送上这份充满谀词的奏章,触发了正德更大的疑心。他问张忠道:"近来有人为宁王说好话,盛赞他品行优良,德望高逸,今天皇儿朱宁又来请求对他加恩表彰。通常保举官员的德行，是为了升官，而宁王身为亲藩，已是身居一人之下、万人之上，尊贵已极，为什么还要请加表彰呢？"

张忠知道捅出要害时机已到，冷不丁地说："是为了要当皇帝啊！"

正德又惊又怒，连说："什么？要当皇帝？岂有此理！天下还有第二个皇帝吗？"

张忠不慌不忙说道："爷爷难道还不明白吗？还没有看清楚奏疏里的隐语吗？连续称颂宁王孝行，实际上就是讽刺皇上长期不入觐孤寂住在坤宁宫的张太后，孝行有亏啊！称赞宁王勤于藩政，就是讥笑皇上荒怠不上朝啊！颂扬宁王德望高逸，就是反说皇上缺德无行啊！"

此番话狠狠戳中了正德的痛处，激起他莫大的愤怒惊惶。事关帝位，皇脉懿亲、宗室情谊，霎时转化为不共戴天的仇恨。正德立即下谕，将全部揭发宁王不臣不道野心的奏疏，都交给内阁大学士杨廷和等人严加审查。他咬牙切齿地咆哮道："朕奉天承运，天命有归，巍峨宝座，岂容贼子夺位？宸濠辜恩负德，罪不容诛，应该立即撤藩，擒拿治罪，依照皇族族规和国法处理！"

杨廷和等奉到圣旨后，一再研究应怎样着手查究。梁储认为，对宸濠的反叛势力必须铲除，但又必须慎重进行："宁王割据江西多年，已经盘根错节，蓄养了十多万的武力，而且在朝廷中又潜埋有得力党羽，要解决他的问题，不宜操之过急，鲁莽动手，以免招致反弹，狗急跳墙，造成生灵涂炭。似应采用计取，外缓内急、先礼后兵之策。"

杨廷和和蒋冕、毛纪完全同意梁储的意见，便向正德建言，不如先派遣勋戚和太监、大臣各一人，带着皇上亲笔谕旨，向宁王宣谕保存宗室至亲的厚意，切望宁王改过自新。谕旨的文词要宽容亲切，动之以情，晓之以理，但在实质问题上，必须提出严正的要求，那就是限令交出全部护卫，退回侵占的屯田和民田，遣散已收编的绿林部队，将所有战马战船和军火装备一律交给地方官验收，还要驱赶一切挑拨君臣关系的人员，不得再兴风作浪，等等。

另一方面，杨廷和等又将这份谕旨全文抄送给在江西任职、拒绝伪命的可靠官员，诸如巡抚孙燧、按察使许逵，以及南赣巡抚王守仁、吉安知府伍文定等人，让他们了解形势严峻，着令他们早为戒备。

消息传扬，从北京到南昌以至江西全省，气氛陡然紧张起来，剑拔弦张，暴戾之气已经喷薄而出了。

宸濠和刘养正、李士实接读了林华冒死送来的谕旨抄稿,都极度震撼,想不到风云剧变,原本打算等正德短命寿夭,由自己儿子僭当司香之职和平接班;或买通左右近臣,采取政变形式,从内部废黜昏君,然后取而代之,种种设想全部落空。宸濠看出,这道谕旨来意非善,绵里藏针,佛口蛇心,诱使自己走上缴械投降的绝路,再下狠手剁除。他神色沮丧,双手颤抖,将抄稿递给刘、李二人,急切问计。

李士实低头思索,沉吟未语。刘养正先说话:"形势紧迫,已经没有犹豫进退的余地了。退此一步,即无死所。试想,缴回了屯田和民田,主公还有什么财政资源可用?交出了护卫,遣散了军伍,收缴了战船战马和一切兵器,还有什么实力可恃?只要朝廷一抹脸,派来几员锦衣校尉,就可以将我们君臣押入囚车,枷锁治罪。华山狭路只一条,如果不愿束手就擒,就只有提前发难,兴兵伐罪了!"

李士实也赞同刘养正的意见,与其同归于尽,不如死里求生,舍命一搏。为了鼓起斗志,他说:"昨夜,两位李姓方士前来面告,他们最近步罡踏斗,求神问偈,玉帝诸神显圣,都指明我宁王府光澄万虚,景合妙玄,有大吉之兆,是实现宏图、安澜天下之机。昭告主公,必须当机立断。"

宸濠信心顿时振作起来,握拳说道:"两卿所言极是。孤今得两卿同心辅佐,即日挥师北伐,荡涤乾坤,锄灭瘟神。这是顺天应人的伟业,岂有不成之理?孤意已决,立即宣布革除正德年号,逆取顺受,缔建新朝!"

三人彻夜商议,八月十四日一早,便通知巡抚和三司各官来王府议事,企图强迫这些官员表态,一方面为了招降纳叛,另一方面也为了清洗异己,建立起巩固的基地。为此,特别在王府内外,埋伏三百刀斧手,另有披甲露刃的武装侍卫戒严拱护,气象森严。

巡抚孙燧和按察使许逵等三十余名官员应命而入,刚就座,就见到非同寻常的戒备,心知有异,都在静观变化。

好一会儿,宸濠昂然入殿,面容严肃,环视各官一遍,再慷慨演说道:"今天邀请各位大人前来,是为宣布一件关系君国颠危,皇统失序,奉谕平叛讨贼,以正纲常的大事。"

众官闻言大惊，错愕相视，不敢开言。

宸濠端出底牌，攻击正德皇帝，首先将矛头对准他的身世血统问题："各位还不知道，现在僭号正德、名叫朱厚照的人，根本就不是我朱氏皇家的后裔，他是被先皇错误收养的孤儿，冒充为皇子，窃据了大宝，是一个地地道道的野崽贱种！"

说到这里，宸濠突然放声大哭："可恨我朱家皇脉，竟然被野种斩断，我列祖诸宗不食香火已经十四年了，凡我忠臣义士，无不痛心疾首，吁求扶正锄奸，恢复一脉相承的神圣血统。"

宸濠接着转移焦点，义正词严地指斥正德失德违纪、伤风败俗的种种恶行。这些丑事本来已经是举国皆知，算不得新鲜事，加以刚才已提出了皇帝得位是否正当，血统有无异议，皇位是否鸠占的天大题目，丑德恶行就必然退居到次要位置，难以发挥煽动力，在座众官都没有答话。

宸濠亮出撒手锏，面东拱手，庄重宣布："孤家刚接到皇太后密诏，责令克难扶倾，立即起兵讨贼，锄除枭獍，恢复庙堂。皇皇密诏，谁敢不遵？乱臣贼子，人人得以诛之，各位忠爱皇室，一定会义切同仇，襄助孤家共成大业。"

他虽然言之凿凿，但众官员却感觉突然，而且荒诞离奇，疑点很多。大家你看我，我看你，谁也不说话。

孙燧心中有数，离座道："王爷说皇太后有密诏，何不将密诏宣示于众，以昭人信？"

宸濠变色道："这是专给孤王的密诏，事关机要，怎能公开宣示？"

"这就奇怪了，圣母命众兴兵，是头等大事，焉有不能公开宣示之理？事关顺逆大节，臣下等不便凭王爷一言便决定去从，告辞了！"

孙燧话毕反身要出殿离府，按察使许逵以及一批司道官员也紧随其后。

宸濠窘急，大喝："慢走！孤的大军即将启行，先攻略南京，再北伐燕京，誓必革废昏君，扫荡悖逆。孤要向你等问清楚，你等是弃暗投明，赴义护驾，还是怙恶不悛，助纣为虐？"

喝声未罢，殿前侍卫都露械拔刀，等待号令。埋伏四周的刀斧手也蜂拥入殿，杀气腾腾。

孙燧回身，瞪视宸濠，正色斥道："你诈传密诏，煽动叛乱，犯的是十不赦的死罪，我等决不从逆！"

许逵等二十多个官员也同声相应。

宸濠恼羞成怒，喝令侍卫："立即将这些抗命逆贼绑送刑场斩首，以儆效尤！"

众侍卫如狼似虎冲上前来，两人夹持一官，先剥去冠冕官袍，然后反绑双手，逐一交给手持杀人斩刀等候在旁的刀斧手，拖押出殿。不待半个时辰，监刑的侍卫官手捧孙燧、许逵等人的头颅上殿，高声唱报："禀告王爷，已将犯官等人斩决完毕，呈上头颅，请加检验。"

刀斧手的头目也跟着进来，躬身请功："奴才等斩决了二十八个逆犯，恭候王爷谕示。"

众官员不少人惊慌失色，遍身发抖。

宸濠挥手让侍卫和刀斧手退下，改变颜色说道："正邪决胜之间，不能不用辣手，祖宗神灵以及官民士庶等，必谅孤的苦心。各位大人亦请早决定。"

众官员由布政副使丁金钟、参政王纶和按察副使杨璋三人带头，战栗惶恐地排跪在宸濠阶前，说："臣等恭听王爷伟论，深感王爷再造之恩。良臣择主而事，臣等甘愿归顺王爷，效忠麾下，共建大业！"

宸濠大喜，下阶亲手搀扶丁金钟等人起立归座，亲切说道："众人同心，力可断金。朕对各位寄予厚望，愿意共安危、同富贵。"

丁金钟等听到宸濠从自称的"孤"转为"朕"，心中一怔，知道这位王爷已经自升为皇帝了。事情变化太快，吉凶难料，可是，生米煮成了熟饭，既然上了贼船，只好卖身投靠了。

宸濠集团揭开了造反的帷幕，立即宣布革除正德年号，自立为帝，颁行新的年号，叫作顺德。他们一方面以皇帝名义向省内外传布声讨朱厚照的檄文，宣告肇设新朝，派人到各地夺印起兵，企图造成声势，首先取得江西省内各州县，建立巩固的后方；另一方面，又任命李士实、刘养正为左右丞相，李兼为国师，刘是军师，以宁王府原有的护卫兵为基干，再委任绿林枭雄凌十三、闵廿四等为都督大将军、指挥使等职，作为主要的武装力量，号称拥有十八万雄兵。

宸濠决定先集中全力攻占南京。他对李、刘等人畅论自己的战略意图："南京龙蟠虎踞，位处长江天堑，尽得山川形势之利，是帝业兴起之地。我朝太祖高皇帝就选定它作为首都，永乐北迁以后，仍然立为陪都，又叫留都，一直设有依照中枢各部门的官衙和职官，人才和资源都厚积于此。朕率师东下攻占南京，一切都可取为我有，据大江南北，进可北伐幽燕，退可割据东南半壁，与正德伪朝对峙，立于不败之地。"

六月十四日当天，宸濠就颁发了出师令，然后带着王妃、世子等亲眷以及亲信官员，率领五万人马，乘载舟船千余艘，沿途抢占了南康、九江等地，企图以闪击突袭的战术，迅速攻下南京。

第五十九章

乐出巡喜宁王造反　得借口好御驾亲征

正德十四年春，官民反对南巡的抗争日趋激烈，京畿之内，官员们上朝受到拦截，乱石如雨。商民罢市，贸易不畅，风潮迅速蔓延，外省多有响应，谣言四起。有说皇帝中了邪，已经无法临朝视政；也有说太庙里的老皇帝神灵显圣，太祖朱元璋的偶像气歪了嘴，太祖皇后马氏脸颊显露有泪痕，深恨子孙不肖，说得有鼻子有眼。总之，如果坚持南巡，撒盐入火，难免暴发惊心动魄的大动乱，连钱宁和江彬也看到形格势禁，劝正德先躲过风头，暂缓出发，等待舆论稍为平息，寻找借口再行启程。

正德急于南下，倍感焦灼，频频下诏加强缉捕镇压，消除南巡的阻力。事态发展却未遂其愿，抗争活动如野火燎原，此起彼伏，越烧越旺，惹得他心烦意乱。

议论未定之间，已是春去夏来。六月的北京异常闷热，正德待在豹房刘良女的住房里避暑，廊檐上悬挂着遮阳帘幕，几个铜盘盛放着巨大冰块，桌上摆放着冰镇过的瓜李，几名小宫女轮流打扇，营造出一个清凉环境，但是改变不了正德的烦闷心情，他显得坐立不安。

突然间一名内侍紧急跪报："杨阁老和兵部尚书王琼赶到豹房，说有重大军机要务，必须面奏。"

正德纳闷，愠怒道："什么重大军机要务？干吗在大伏天还来惹乱儿？有事以后再议！"

内传急忙退出。但一会儿又冲撞进来，不及跪下，叫道："兵部王大人跺脚嚷叫，说有人举兵造反。非面见圣上不可！杨阁老也不肯退下。"

正德一惊，走近案前坐下，吩咐说："让他们进来吧！"

正德挥手着两个小宫女下去，良女也忙要回避，正德却以手势拦阻，吩咐说："你就不必走开了！"

良女十分尴尬，退又不敢，留也不是，只好闪缩靠近后墙，低头呆坐在矮机上。

杨廷和和王琼入室，廷和手上还拿着一份来自江西南赣巡抚王守仁火急送来的奏折，他呈上御览，一边看到后墙角落还坐着一个女人，觉得很不正常，一时也不敢过问，只好开口奏道："宁王宸濠前日揭旗造反，杀害了江西巡抚孙燧、副使许逵，封授了一批伪官伪将，僭立了年号，还发布出犯上倡乱的檄文，发兵攻取了九江、南康等地，正在围攻安庆，声言要先进占留都南京，然后北伐，不但要清君侧，还要废改帝位，气势嚣张。现在南赣巡抚王守仁和吉安知府伍文定等人已领兵迎击，并飞章告变。"

杨、王二人本以为，皇上听到藩王倡叛、兵连祸结的恶讯，必然会大为震动，立即商议讨逆戡乱的大计，但万想不到，正德却表现得神情兴奋，眉睫之间竟流露出不胜喜悦的颜色。未待奏报完毕，他蓦地站起来，猛拍了一下书案，大声说："这太好了，太好了！"

二人听到皇帝连声叫好，目瞪口呆，一时说不出话来。连坐在墙角的良女也人感惊异，面露疑惑，不禁仰脸窥望。

正德看到杨廷和和王琼错愕的样子，嗔怪他们不理解自己独一无二的心思和招数，笑道："这实在太好了，实在太好了！是大喜事哩！"

作为前辅，杨廷和莫名所以，只好请示："还请皇上明白指示！"

正德并不答理他，却低头披读王守仁的奏疏，特别是附呈上来宸濠发布的檄文。檄文的开头，宸濠严词声讨正德继位以来的累累罪行，诸如放荡纵欲，暴虐凶残；在禁内建寺，别辟豹房，身着异邦衣饰，杂处胡僧妓女；玩弄边兵，轻启边衅，丧师误国；市井屠夫下流贱品之事，靡不身试；弃置宗社陵寝，造行宫于宣府，称为家里；贪婪无厌，荒游失度；所过抢掠民女，索取赎钱；等等。

正德满不在乎，毫无羞愧之意。看完一段，竟然扑哧一笑，对杨、王二人说："宸濠收集朕的信息倒真不少，可惜都是一些陈芝麻烂谷米，是朕早就听出老茧的屁话！凭这些老谱儿，就想推翻朕的帝位，真是贼胆包天，癫皮狗要吞月亮哩!"

杨廷和正想说话,引入当前如何着手平叛的主题,却见皇帝带着嘲弄的神色,仍在继续阅读宸濠的檄文。想不到,一转眼气氛陡变,正德怒容满脸,目露凶光。二人摸不着头绪,沉默不敢言。过了一会儿,正德猛地将檄文扔到杨廷和面前,气冲冲地骂道:"你来看,宸濠竟用出这一手,真是恶毒已极!"

杨廷和连忙捡起檄文,原来宸濠对皇上的身世大造文章:"孝宗先帝当年为太监李广所误,抱养民间孤儿冒为亲儿,错将村野贱子僭侵龙脉,一误再误,遂使野种窃据帝座。此名为朱厚照之人,实乃冒入帝潢之匪类。其卑鄙淫荡,祸国殃民,亦为本性使然,无足骇异。本藩痛入肝腑者,是我大明列祖诸宗未能享受血食已十有四年,愤奸慝之干命,怨皇统之见替,臣民未戴皇天而履后土,彷徨无依,此可忍,孰不可忍!今奉皇太后密诏,着即兴兵讨贼,誓除鸩毒,扫荡秽乱。本藩奉诏当即誓师南赣,率师北伐,誓必根诛贱类,立斩野种于朝门,正本清源,为祖宗雪耻。行见扫荡淫邪,重开皇明朗朗之天……"

杨廷和看了以后,递给王琼阅读。两人心中有数,知道宸濠这一招,确实捅到了皇帝的痛处,怪不得他暴跳如雷。

宸濠采用这一手,作为克敌制胜的绝招,是接受了心腹谋士刘养正的献计。刘养正利用民间早就散播朱厚照并非张皇后所生嫡子,而是"都人"郑氏金莲所生的传闻,进一步拔高,咬定正德根本就不是朱氏的皇家血脉,而是混充来的"狗崽子",作为名正言顺的兴兵理由,充分迎合军民普遍对正统血脉的猜疑和重视,炮制出一个震撼性的谣言,煽动军心民望,瓦解朝廷士气。而且他们充分了解,正德生母问题一直疑窦丛生,对张太后深怀怨望,存在强烈的自卑不愤和报复心理。刘养正认为,这一招必然会使正德神志失措。方寸大乱,实是攻心的上策。

果然,这一段檄文确实给了正德沉重的打击。他既不敢公开辟谣,害怕越描越黑,更难洗掉"野种"的污名;另一方面,又害怕谣言扩散,真假莫辨,出乖露丑。他思索了一会儿,决定采取就地灭火,尽量消除影响的办法,反过来对杨廷和二人训斥道:"反贼宸濠伪传檄榜,张扬讪谤,企图摇动人心,尔等不行究办，竟亦入奏，岂不是为敌张目？内阁应即移文江西前线及邻近各省大小衙门，但系宸濠片纸只字，今后一律不许转送，亦无须奏报，即行就地烧毁，不准转抄，不准传言，但有持檄造谣者，一律追查擒治，严惩不贷！"

杨廷和和王琼赶快答应"遵旨"，但也知道，采取这种掩耳盗铃的做法，不过只图得眼前耳根清净而已，谣言还必然以更快的速度，在更大的范围扩散。所谓欲盖弥彰，防人之口，实难于防川。

正德并不和杨、王商议平叛大计，反而着命他们退下。杨廷和放心不下，再次请示："有关平叛军务，还请皇上训示。"

正德应声回答："明日午时，着阁部大臣及京边各军将领，齐集豹房太素殿，朕自有主张。"

杨廷和二人出去以后，良女才怯怯地站起来。从刚才的君臣对话中，感觉到发生了重大的事变。

她刚想告辞入内室，正德却唤道："良良，你留下来！"

正德走近良女，拉着她的手说："朕让你留下来，就是要听你的看法啊！"

良女大惊，退后两步："臣妾女流，哪敢议论国家大事，皇上是和臣妾开玩笑吧！"

正德忘形笑道："朕就乐意听你说话啊！"又焦急要求："刚才朕和杨阁老等的对话，你总会有些想法吧！说呀！"

良女无奈说："臣妾就是不清楚，为什么皇上刚才听到宁王兴兵造反的坏消息，反而连说是大好事呢？"

正德拉良女陪坐御座一旁，良女不敢，仍然侍立。正德夸夸其谈："实在有两个重大原因，而且都和你有关哩！"

良女慌忙说道："国家大事，怎么会和俺这样微不足道的乐籍贱妇有关呢？臣妾实在担当不起。"

她要下跪请求收回这样的说法，却被正德一手拉住："朕从来没有把你看作什么乐籍贱妇！以后不许再这样说了。"

他接着说自己的两大原因："第一，朕在今年春季，提出要巡视东南，但官民们纷纷反对，聒噪不休，大败了朕的兴致，事情也不得不暂时停搁。现在好了，宁王在江西造反，声言要进攻留都南京，东南几省顿成两军交锋之地，大敌当前，朕焉能旁顾？现在正好前去征讨，岂不是师出有名？什么谏官儒生，草民百姓，看哪一个还敢再多说话！"

他接着说："宁王困守江西，势单力薄，不堪一击。朕说南征，其实是南巡游幸。你还要听着，朕在南巡过程，都要你相陪在旁，形影不能分开。朕要和你饱览江南胜景，上有天堂，下有苏杭啊！"

良女已经羞怯难已，无地自容，不敢承受这样的"天恩"。

正德继续说第二个"重大原因"："朕自小崇尚武道，有志亲率雄师，驰骋疆场，建立不世军功，成为帝王模范。但最痛惜的是，去年亲征北寇，与蒙古小王子交锋于晋北，虽然说凯旋而归，但实际上却是打了一个大败仗，几乎送了朕的性命。现在宁王造反，正是天上掉下来的大好题目，也是朕再试身手，亲擒叛王，洗雪耻辱的最好机会！"

良女听到正德全盘相告，确实感觉得到了非同一般的信任和厚爱，关切问道："皇上是要再次亲上战场了？"

"对，朕即将宣布，决定御驾亲征！"

他又加重语气说："呵！你还是听到旨意的第一人呢！"

良女担忧，委婉说道："兵凶战危，矢石交集，危急的事，交给将军们去办岂不是好？圣驾金宝，不能闪失啊！"

正德摇头回答："朕天生神武，熟谙韬机，正要在这次平叛战役中摧锋陷阵，一试身手，岂能退缩于阵后？什么将军大臣，谁能及朕的万一？良良，你如果能够深体朕意，岂不更好！"

原来，正德近来一直对良女昵称为"良良"，作为一种特殊的爱称。"良良"和"娘娘"本来同音，宫中人等吃惊不小，还以为皇上居然会叫她为"娘娘"呢！

正德踌躇满志，得意忘形，眼看良女关切之态，不觉大为动情，难以自持，抢过一步，猛地将良女拥入怀中。良女用手推托，被正德用双臂紧紧搂住，弄得鬓横发乱，脸红耳热，只好低声哀求："皇上不要这样，不要这样！"

正德如饥似渴，用嘴巴在她的脖子上磨蹭，喃喃说道："良良，好良良，朕有心事都愿意和你说，你要明白朕的心意呀！"良女无语。

正德长期以来，一直期望着一个纤弱而为他深爱的女人，能够倾听他发自内心不加掩饰的言词,不论对错,不论美恶,都不敢顶撞,不持异议,也不必担心她会在任何场合出卖信任以换取声名。刘良女恰逢其会,不幸被攫入掌中,勉强扮演这样的角色。怨、恨、爱交缠,良女陷在如蹈汤火的感情旋涡之中,畏惧战栗,百身莫赎。

正德狂热渐退,并没有进一步的要求,松开了手臂。良女慌忙整理好发鬓衣裳,请求退回内室,正德并不拦阻。

良女跌撞进入内室,感觉透不过气来,瘫软躺倒在床榻上,满脸泪流,许多意想不到的离奇事件接踵而来,侵袭她的善良,搅乱了她的生活道路,折磨她的情性。正德将自己引为知心人,过分的宠爱,让她弄不清楚是悲是喜,是祸是福。一个小女人,竟然要参与君国大计,实在难以想象,让她不寒而栗。

这一天早朝,为了聚议平叛,内阁阁老以次所有文武大臣都准时上朝。

杨廷和早在前一天就连夜召集梁储、蒋冕、毛纪等三位大学士紧急商议。他们已经预料到,正德要借南征的题目实现南巡的目的,很可能又会打出"御驾亲征"的旗号。如果这样,必然兵连祸结,重蹈晋北战役丧师失利的覆辙。而且皇驾一出,一定劳民伤财,殃祸东南。他们反复斟酌,准备抢先提出一个派出重臣领兵南下征剿的方案,对宦官、将领、部队的配置都安排齐全,还推荐兵部尚书王琼和大宦官张忠二人领军,请授给正副提督军务的名义。杨廷和等认为,王琼和张忠都是正德宠信的人物,让他们领兵,阻力较少,易于得到同意。更重要的是,要借此堵住"御驾亲征"的借口,可谓煞费苦心。

杨廷和为抢占先机,在朝会中首先发言。他侃侃而言,群臣大都认为针对性强,判断准确,特别是注意到不耗财不扰民,运筹廊庙之中,决胜千里之外,不失为克敌制胜的上策,相继发言赞同。但端坐在御座上的正德却不以为然,低头闭目似听不听,最后问道:"老先生们是要推荐王琼挂帅,让他领兵平叛吗?"

杨廷和躬身答道:"王琼职任兵部尚书,早年曾在江西剿平土寇,对宸濠的虚实亦颇熟悉……"

正德摆手让他住口,指名说:"王琼上来!"

王琼以为要拜受钦命,走近御前施礼。想不到正德质询道:"王琼,你是文科进士出身，在兵部管些粮饷兵仗、卫所兵额的行政事务，虽然当年在江西和一些小草寇接战过，但你有过率大军、打大仗的历练吗？"

王琼跪答："微臣并无这样的历练。"

正德又逼问："你对边军延绥等四镇、京军神机等九营各有不同的战史和军力，应该如何搭配安排，用于战阵，发挥其最大威力，你有把握吗？"

这些提问完全出于王琼意外，他免冠叩头，连说："微臣才识短浅，并无丝毫把握。"

正德并不罢休，给王琼出了一个大难题："宸濠恶迹昭彰，背叛祖宗，罪不容诛。天兵征讨，锐气不可挫，战机不可失。你既敢挑重担，承担提督军务的重任，就必须在朕面前立下生死军令状。如果一战功成，生擒宸濠来献，朕不吝重赏，定必褒扬庆功；但如果战而失利，损朕军威，必处以极刑，在军前正法！"

正德态度清楚不过，王琼赶紧表白："授给臣提督军务的重任，不过是阁老们的拟议，臣事先并未知闻。微臣才器浅薄，绝难胜任，不敢就职！"

正德大笑，令王琼退下，对杨廷和等人说："老先生们怎么会推荐这样的人统领三军，他配吗？"王琼蒙受羞辱，垂头丧气地回归班列。内阁大学士们目瞪口呆，一时答不上话。

正德认为火候已到，厉声道："军国大事，朕自有裁夺，不必臣子越俎代庖，更不得强项逼君，有失君臣大体，渎乱皇纲尊严。今日集议戡乱，尚未聆知朕意，汝等即擅提领兵人选，配置部队兵仗，逾规越权，有乖臣道。念是出自公心，可不深究。但望引以为戒，恪守职分，勿违！"

这一来，几位阁老精心策划，企图抢先立案、顶住御驾亲征的奢望便全部泡汤了。

正德自以为得计，从袖背中抽出一张有团龙图像的御用笺纸，原来他早就写好了"御驾亲征"的谕旨，令中书官当众宣读。旨曰："逆藩宸濠悖逆天道，谋为不法，公然倡乱，杀害巡抚等官，传闻已至湖口，剿贼平叛，实为当前大政。朕朝乾夕惕，志在安民兴邦。即令总督军务威武大将军总兵官、后军都督府太师镇国公朱寿，亲统京边各军精锐，前往征剿。内阁大学士杨廷和、毛纪留守；梁储、蒋冕随扈，率户、兵、工部属各一员随征；锦衣卫指挥朱宁兼后军副都督护驾，随行参议机要；平虏伯朱彬、左都督朱泰俱挂威武副将军印，朱周、朱晖挂平贼将军印，俱充总兵官；司礼监太监张永提督军务，假以节制。军行在即，所以顺天应人，化难迎祥。我臣民其各凛遵。"

这是一道奇形怪状的谕旨，也是正德皇帝在位十多年罕有的亲笔，花了脑筋推敲，自认为文情并茂、考虑周详。但其实有着明显的破绽，谕旨的核心是宣布和安排"御驾亲征"，朱寿是正德的自称，谕旨中公然使用"随扈""护驾""随征"等词，就是有意表白朱寿的特殊身份，似帝非帝，不伦不类。朱宁即义子班头钱宁，朱彬就是江彬，朱泰即是许泰，朱周即神周，朱晖本名刘晖，被正德视为军中骁将，现在都被赐了国姓，收入义子府，俨然已组建成朱家班御前亲兵。

为了大造声势，正德诏令礼部加紧筹备亲征大典。他还在内教场亲自校阅"外四家"，即四镇边兵，以及京军中的神机、火炮各营。出师前夕，又专门穿戴戎装皮弁，乘坐远程军用的革辂，先后祈告天地、太庙、社稷以及祭拜旗纛、火炮诸神。每一次祭祀活动，都是仪仗严整，军容肃穆，场面壮观，极度渲染皇帝亲征出战的隆重气氛。他多次向臣僚宣讲，当此逆焰嚣张之时，唯有御驾亲征，才能有效震慑，由皇帝亲自运筹决策，才会迅速荡平叛逆。

出师当日，旌旗耀日，金鼓齐鸣，铠甲鲜明，留守的官兵在午门前跪送，从征的官兵则在外金水桥跪候。承天门当中耸立着两杆规模一式的杏黄色大纛，迎风飘扬。右杆是常见的飞龙耀日御驾旗；左杆却别出心裁，旗上亦有龙腾招展，大书"镇国公朱"四个大字，原来是专为朱寿制作的旗号。天无二日，同无二君，自古以来，未见有臣子旗纛与皇上旌帜并列的。但经过连日无效的抗辩折腾，臣僚们也无可奈何了。

辰时三刻，正德戎服佩剑，乘骑出宫。在雄壮的军乐声中，率领着大队人马，浩浩荡荡地出正阳门南下。

第六十章

龙场驿冥思识心性　何陋轩养晦系苍生

带着杖伤和怨愤，王守仁终于辗转到达了指定的戍所龙场驿。

龙场在贵州西北的宣州修文县，深山丛棘，十分闭塞。山高路险，蛇虺魍魉遍布，蛊毒瘴疠弥漫。居住在这里的主要是苗、瑶等族，语言不通，风俗迥异；另有少数同样被谪贬而来的犯官；偶尔才有商贩领着马帮路过。刘瑾等人将王守仁困囚在这样的绝地，迫使他退出政坛。

龙场驿本来是从西南边陲北上的一站，规模很小。按照规定，本应设置驿丞一人，书吏一人，马二十三匹，铺陈二十三副，驿卒若干名。但是到了正德年间，由于官役商旅等先后寻找到另外捷径，大多绕过了这里，驿站早已废颓，房屋倒塌，马匹也多倒毙，驿卒纷纷亡故或者逃散，实际上已经成为一个空壳。

王守仁出身进士，屡任刑部和兵部主事，又升职为郎中，正五品官阶，现在急降为不入流的驿丞，却不计荣辱，仍然尽心职务，先后修复了房舍，招回逃散的驿卒，接待好过往的吏役，体恤被谪戍在这里的犯官，特别和当地苗、瑶等族人民保持十分良好的关系。苗瑶的土司头人，经常来驿站探访他，给他介绍当地的风俗民情，守仁也用浅白的语言，为他们讲解中原文化，教导他们的子弟学习一些文字礼仪。修文县和邻近州县一些士子，素仰他的声名，也经常前来求教，聆听他讲授知行合一的道理，"岂不桑梓怀，素位聊无悔"。

守仁的身体本来单薄，到龙场驿后，每年秋冬，都患严重的哮喘，时有盗汗昏厥。但每当病情消减，他便坚持读书办事，并不讳言有可能客死在龙场。当地多出石头，他初到时居住在石洞里，其后才由苗瑶人民帮助搭成一间草庵，不论石洞或者草庵都是潮湿阴冷。当地日用的器物都是用石块做成，守仁干脆准备好一口石棺，表示不计生死，决不改变反对邪恶的决心，说："某之居盖瘴疠虫毒之与处，魑魅魍魉之与游，日有生死焉。"

刘瑾等人知道守仁在龙场仍然志坚行苦，动忍增益，总是放心不下，一再派出侦伺人员，化装成过路的马帮商贩，打听他的动向，又唆使当地的官吏爪牙，对他严密监视，而且无事生非，制造事端，对守仁寻衅找碴儿，意图采用欺侮凌辱的做法，迫使他心力交瘁。守仁心知肚明，在一首杂诗中自言："危机断我前，猛虎尾我后。倒崖落我左，绝壑临我右。我足复荆棘，雨雪更纷骤。"又说："贵州三年，百难备当，横逆之加，无月无有。"

其中有一桩事件却大出他的意外。

守仁在刑部任职时，曾被派往山西，会同当地巡抚、巡按御史审决重囚，处理过山西太谷县官吏书役串同贪赃枉法、共受贿赂、滥用酷刑、草菅人命的重大案件。守仁虽然官职不高，但具有朝廷刑部派出的身份，有判决之权。他秉公执法，判处知县死刑，佐贰和吏役等人分别下狱徒杖。当已初步定案，待报上司批准执刑之际，守仁注意到犯人中有左捷福其人，举人出身，职任八品县丞，本来也是受贿的要犯，按律可以处以徒刑。但此人知机，发觉案情将近告破，难再狡辩，便先行出首，揭破实情，当庭指证知县等人的罪行，按照法律，符合减刑免罪之条。守仁为慎重起见，在定案之前，传讯左捷福。

左被押入庭来，痛哭流涕，伏地不起，辩称经手受贿实因不敢违忤知县之命，而且从中并无私饱，还知道戴罪立功，揭发贪腐，等等。此人能言善辩，连声呼求："犯官自知罪犯刑条，应受惩治，但请体念身为佐贰，情非得已，只能唯主官之命是从。似符合自首立功之条，恳求给犯官超生之路……"

王守仁细听陈诉，沉思未语，一时拿不定主意，犹豫之态略有表露。左捷福察言观色，借题发挥说："犯官近年熟读王大人的著作，譬如在《陈言边务疏》中提请先帝和群臣注意'遇灾能警，临事而惧'这样的卓识警句，确是精髓深湛之言；反思犯官罹犯国法，与知县等人同流合污，没有遵照王大人的教诲做人处世，痛悔不及。"

守仁申斥道："今日传讯，是质询你犯法之事，不可涉及其他。"

左捷福继续说："犯官记得，王大人前年被派到山东主持乡试，回京后在奏文中曾有几句话，就是'官司评骘，送科复阅，各以虚心平心，从公从实'。

这不但对科举选才是至理名言,也完全适用于问案决囚的原则,犯官笃信王大人必能公正处理本人案件的……"

守仁一方面认为此人放肆,但又觉得他年未三十,能够关心时务,博闻强记,似亦难得。于是打断他的辩诉之词,当庭严肃谕知:"你涉案甚深,虽有检举揭发之功,情况仍然复杂,下去写一份事实清楚的禀状送来,如有隐瞒歪曲、避重就轻之处,就是增加罪责,本官必然从重加刑。"

第二天,狱官转送左捷福新撰的诉状,其中缕分细析,力陈自己不能自拔之痛,又引律援例,哀求宽缓。守仁反复审读,觉得此案实处于可宽可严的中线,终于动了爱才之心,想留给此人一条自新之路,于是在上禀呈时,建议对左捷福仅是革去县丞之职,严加申斥后释放,恩免判刑,也未再咨告本省学政,没有革去他的举人功名。

结案之后,左捷福连续上书,称王守仁是他的"救命恩人"。守仁对左的来书一概置之不复。

左捷福幸得免狱,又保住了功名,离开了山西,却未稍有收敛。未及一年,他便前去北京,一方面捏造情节,打着王守仁的幌子,谎称自己清廉守法,因王守仁的明察,已经申雪冤狱,借以取得信任;另一方面,又用行贿手段买通吏部司官,让他复职,分发到贵州,又在贵州官场巧为逢迎,不二年,便由八品州丞擢升为七品恩州知州,居然做了正印官。而修文县龙场驿就是他管辖之地。

王守仁刚到龙场,也听到本州知州就是左捷福,认为各安职分,没有和他取得任何联系的必要,也从未念及曾经的渊源。

一日,守仁正在山间空旷之处,给来访的士子讲授儒学,区分"君子之儒"和"小人之儒"的界线,宣扬"万物皆备于我"的心学。师生正在热烈讨论,忽见山下走上来一队官差,大模大样地吆喝让路,径直走到守仁讲学的场所。守仁注意到,为首的是一个头戴瓜皮帽,身穿竖领灰色直裰长袍,腰缠佩带的人,显然是书吏打扮;随行的是两个手持水火棍的衙役和两个轿夫。师徒并不理会他们,继续论学。

书吏突然自报家门:"我是恩州衙门的刑房总目韩道明,今奉州主左大人之命,前来了解王守仁以谪戍钦犯之身,作为驿丞,竟然继续招摇,引诱一些不明真相的人,搞什么讲学。奉左大人谕示,前来严加申饬。着立即散场罢讲,如敢不遵宪谕,讲者听者一律拘捕定罪!"

师生纳闷骇然。守仁不理会,继续宣讲。

韩吏目受窘,大声重复刚才的话。一个穿戴生员衣冠的年青人霍地站起,大步走到韩某的面前,指着他的脸驳斥道:"你休在这里耍威风,王老师讲的是圣贤之书,济世安民之学,有何不可?你还应该知道,王老师虽然现任驿丞,但他不是以驿丞身份讲学,而是以先帝钦点的进士身份讲学。太祖高皇帝有诏书明白告谕,中了进士的人,不论职位高低,都有宣讲圣道的资格和责任。你们的左州官,是不是要践视太祖高皇帝的皇皇教谕,对抗圣诏!你说清楚!"

"我是执行知州左大人的谕示,其他的事我管不着。来人,先把这个不法秀才抓起来!"

他不知利害,不晓得要抓捕秀才,必须经过主管生员的教谕学官,先褫夺其衣冠才能受刑责逮捕,未办此手续,便随便拘捕,显然是犯了规例。两衙役听命手执水火棍,要动手拘捕生员。在座听讲的士子们也愤然而起,挺身挡住衙役,保护同学。韩某站在旁边高喊:"有反对公务官差的,不论何人,一律抓起来!"

纠缠之间,忽听半山之上群声吼叫,几十个壮汉举着锄头镰铲,带头的土司头人还挥舞着一根狼牙大棒,冲向旷场而来。头人略懂汉语,高叫:"官崽们敢来欺负王先生,咱们断不依从,先把这些狗腿杂种宰了敬神!"

韩某壮着胆子喝道:"夷人不得阻碍公务,还知道有皇法吗?"

岂知话音未落,苗瑶群众已赶到现场,冲在最前面的一个少年,挥棒打向韩某。他低头躲避,瓜皮帽落地,颈脖上已挨了一棒,再也抬不起头来。一个衙役挥舞水火棍要上前保护,但未近身前,拦腰就吃了一锹,负伤倒地。小轿子亦被砸得粉碎。守仁连忙出面劝阻,让大家住手,只对韩某等人申斥一顿,将他们赶下山去。韩某威风丧尽,不敢吱声,由轿夫搀扶着,狼狈逃窜。

左捷福得知自己派出的吏役受到驱逐,觉得大失颜面,遂气冲冲奔向省会贵阳,向主管官风法纪的按察副使毛应奎告状,给王守仁扣上私设讲座、蛊惑士子、鼓动反叛的帽子,更说他率众殴官逐吏,不服从地方官府的管制。但是,他却想不到自己告错了状。贵州按察副使毛应奎是浙江余姚县人,与王守仁同乡,熟知守仁的人品学识,十分景仰。他中了进士后,一度在京任职,为回避同乡关系,极少和守仁交往,但在许多政见上具有共识。

　　左捷福满有把握地进入按察使大堂,行礼就座后,急不可待地列举王守仁的不法罪状,请求省宪大力镇慑,并即向朝廷奏报,加重王守仁的罪名。

　　毛应奎闭目细听,不露声色。左捷福急等回示。好一会儿,毛应奎发问:"请问左知州,对钦案谪犯采取处置,为什么事先未有禀知本司,又不知会修文县官,径行派出差役,宣布散场罢讲,又要抓捕王守仁以及在场的举人秀才,不知是谁的授权?"

　　左捷福顿时发了蒙,离座喃喃回答:"卑职确有失误之处。只因王守仁谪戍本省,仍未知罪认罪,依旧讲学招摇。卑职深惧邪说滋漫,为祸地方,不得已采取紧急措置。"

　　毛应奎又问:"我似乎记得,贵知州被分发到本省,首次前来谒见本司时,当时王守仁还受刑部重用,而且在学术上卓有声名。你多次向我表白,王是你的私淑恩师、救命恩人,不知还记得否?"

　　左捷福如受雷击,一时不知如何回答。但他到底多经历练,沉住气回答说:"一是卑职误识非人,二是人心不易揣测。卑职当年的见解确实是浅陋短见。现在才知道他胆敢拂逆皇上之意,恶意攻击刘瑾公公,才激发起义愤的。"

　　左捷福的答话绵里藏针,软中带硬,故意提到刘瑾,暗示自己并不是心血来潮,而是有人授意,是有硬后台的,也是礼貌地向毛应奎提出警告,不要对此事追问深究。

　　毛应奎正色说道:"你这次派人到龙场驿闹事,指控的是王守仁一人,却得罪了全省的在籍缙绅,以及众多具有举人和生员身份的人物。他们已联衔具禀给本省巡抚黄景仁和提学副使席书,以及本司,认为你恣意闹事,侮辱斯文,恳求抚司呈禀吏部和都察院,同时也咨告给本省镇守太监何然,控告你嫁祸于刘瑾公公。黄巡抚和何公公都表态支持控诉之词,主张严肃处理。更严重的是,众人又搜罗了你在恩州任内贪渎不法之事,请本司严查定案。本司亦难违众意,你即回州候参便是。"

左捷福心烦意乱，勉强行了辞礼，狼狈退出。

类似事件使守仁对世道人心有了进一步的了解，他痛切认识到："夫爱憎面背，乱白黝丹，浚奸穷黠，外良而中螫，诸夏盖不免焉。"对此忧虑重重："相规以伪，相轧以利，外冠裳而内禽兽，而犹自以为从事圣贤。如是而欲挽而复之三代，呜呼其难哉！"怎样才能正人心，摒弃虚伪，返璞还淳，挽回道德，建立健全的社会，更引发他深思知行合一的学说，探求"致良知"的道理和门径。他将自己居住的草房，戏称为何陋轩。草庵危立，寒风凛烈，却经常闪烁一盏读书灯。"地无医药凭书卷，身处蛮夷亦故山。"

当然，王守仁绝不是读死书的人，他深具儒者理想，学而优则仕，既致力于学术，又怀抱热切功业的志愿，"尚忆先朝多乐事，孝皇曾为两宫开"。对弘治的怀念，正出于对正德的痛愤，恨铁不成钢，害怕因他的荒荡而毁了江山。"思家有泪仍多病，报主无能合远投"，"畎田投闲终有日，小臣何以答君恩。"

正因此，他还花费精力，苦心探讨军事兵学，试图对历代特别是明代的军事活动进行总结，撰成《历朝武经捷录》和《国朝武经捷录》，还评点了《武经七书》等古代军事经典。

真是闻鸡起舞，面壁功深，守仁是有志将自己淬砺成允文允武、学术有成，而又兼有韬略之才的大器哩！

有这样的机遇和肇建不世之功的可能吗？

第六十一章

王守仁奇兵平祸乱　朱宸濠梦断南昌城

刘瑾倾败之后，守仁重新受到重用。正德十一年他受任南赣巡抚，管辖赣州、南康、吉安、江州等府县。对于宁王雄踞省会南昌，正在扩充军马、酝酿举事的情况，他早就森严戒备。

宸濠宣布兴兵之时，守仁正出差丰城，闻讯后急忙间道赶回吉安，和知府伍文定等商议，决定立即征调军兵粮饷，整顿器械舟楫，发布讨伐檄文，发动赣闽各地的官吏勤王。一时间，居住在赣南的在籍京官和本地缙绅纷纷响应，赶来吉安组成临时的平乱中心。众官绅表示甘愿接受指挥，但内心又多有惶惧，认为宸濠蓄谋已久，兵力雄厚，怕难收戡乱之功。

守仁洞知各人心态。一日，他邀集官绅在知府衙门聚会。会前，见众人窃窃私语，忧怛之态形于颜色。在籍进士郭持平走到守仁面前，嗫嚅说道："当前乱事日炽，寇焰嚣张，而赣南地狭兵弱，应该怎样才能克敌制胜，大家都急盼相公拿出应对之策呢！"

守仁问道："不知各位大人有何高见？"

众人沉默。

守仁从容说道："当前敌势猖獗，攻城略地颇有声势，我方则是凑集府县乡兵，兵微将寡，似乎处于绝对劣势。但兵无常势，胜败由人，贵在善用。优势是可以转为劣势，劣势又可以转为优势的。"

守仁泛泛而谈，尚未切入主题。但听到他信心十足，众人凝神等待他的妙计。

守仁接着说："本官判定，宁王之乱不日可平，他的覆败就在眼前！因为他言不顺、理不充、力不足。

"所谓言不顺。宸濠是太祖皇帝第五代子孙，按谱系虽与当今皇上有叔侄之称，但已是疏远宗室，若论皇位袭替，八竿子也打不到他的头上。他僭号称帝，举国皇亲士庶，无不认为是荒谬狂悖，难以得到认同。

"所谓理不充。他利用市井无稽传言，造谣污蔑，蛊惑人心，指控皇上僭冒帝系，危言耸听。但事体过于突兀离奇，难以令人信服。

"所谓力不足。他仅据南昌附近四府十县之地，勉强纠合十余万乌合之众，自认为可以颠覆天下，真可谓井底之蛙，不自量力。举国滔滔，难有闻风响应者。边兵京军劲旅，必以泰山压顶之势，水陆并进，直捣江西。宸濠倡乱之日，便是他自取灭亡之时！"

众官听他言之在理，仍迫切知道具体布置。

守仁仍然没有说出定计："容本官与伍知府等商议定夺，再和各位合议，同赴事功。"

众人知道，军机密事，不宜公开商讨，便先告退。但守仁一片说辞，已经安定了众心。

南昌的六月天，正是炎热季节。王守仁和吉安知府伍文定、临江知府戴德孺在密室内商议军机。

戴德孺报告最近敌情动向："逆藩十分猖獗。日前夺船顺流而下，攻陷了南康，知府陈霖弃城；又分兵进攻九江，兵备副使曹雷、知府汪颖等亦不战而退，现在凶焰嚣张，声言再图大举。"

伍文定说："浙、闽、粤邻近各省的将吏，闻知宁王造反，纷纷声讨，并且各率所部官兵勤王。在籍副都御史王懋中、编修邹守益、副使罗循、郎中曾直、御史张鳌山等，知道王大人设立讨逆行辕，都先后来归，表示愿听指挥，共赴艰难。"

守仁思索道："以反为名，贵在神速。贼军若出上策，不据城池，不占土地，轻骑长驱，席卷千里，率军直趋北京，沿途各省出于无备，未必能坚拒固守。他侥幸得据京师而传檄四方，改号建元，宗社就危险了。

"若出中策，出长江而顺流东下，陪都南京将不保，大江南北亦受其害，讨伐剿平，必费大力。

"若出下策，叛兵回旋于江西境内，十日内不出赣境，贻误了军机，则聚而歼之，就不困难了。"

戴、伍二人信服守仁的判断。三人遂缜密议定了用疑兵误敌，直捣宁王在南昌的老巢，断其后路、一举歼敌的战略。

守仁用兵，首重用计。

宸濠仓皇起兵，虽然气势汹汹，但仍然难掩怯惧。他多年来一直采取两面做法，一方面对正德尽力奉承巴结，另一方面则藏刃于心，企图弑君夺位。这样的态度，必然让自己患得患失，深怕大事未成，被揭穿真相，不但皇位到不了手，连王位也赔了进去，身家性命俱不保，故此养成了极度敏感和多疑的秉性。他擅长笼络，却不敢完全信任任何人，甚至对于李士实、刘养正这样被认为心膂左右之人，亦无例外。

守仁透彻理解敌方心理，对戴、伍两人密告："攻敌必先攻心，用兵必兼用间。我等当以计破之。"

首先，他故意透露虚假信息，拖延宸濠率军冲出江西的日期。

守仁等故意散播军情，大造声势，假称早就奉有朝廷密旨，洞悉宸濠的谋反部署，已经急令湖广按察使杨旦、秦金亲领精锐，埋伏在要害地方，静候宸濠军队路过便出动邀击，尽歼之于中途。

宸濠闻讯，果然决定暂时按兵不动，密派数员精干侍卫，化装为练武卖唱的江湖艺人，前去有关地方探明虚实。他们刚一上路便落网中，先后被守仁巡逻哨兵捕获，解押到行辕等待审讯。

守仁面露喜色，对戴德孺和伍文定说："宸濠给我送来这几个宝货，真是求之不得呢！"

他立即授计给戴德孺，让他主办处理。

戴德孺升堂，将几个人押来审讯。他们最怕暴露身份，深知一旦败露，便绝无生理。戴德孺端坐堂上，先审理几起城乡商贩和过往旅人的案件，都是着令这些人回家或者暂停来往，以避兵火之灾。

几个侦探都是精明之人，认为自己的行径未被觉察，安下心来。

等对商贩等诘问完毕，并释放结案以后，才对他们问话。几个人早就编好一套说词，极力说明自己是江湖艺人，为首的一个抢先说："俺等原籍南昌，世代在赣南各州县游串演艺为生，请看俺等随身的锣鼓箫笛，演武的刀枪，还有配演马戏的猴儿和山羊，就足可证明了。只求大老爷明鉴，放俺等回家安生，恩德如天。"

戴德孺看了他一眼，不经意地问："你叫什么名字？"

"小人姓尹，叫尹二。"

"我看你们长年跋涉，奔波在州县城乡，沿途演武卖唱，难免忍饥受寒，挣几个小钱，也确是不容易。"

尹二连忙答话："大老爷明见秋毫，知道小人们的疾苦，真是秦镜高悬啊！"

戴德孺心中有数，不露声色，指示站堂的吏役："把他们放走吧！"

几个人千恩万谢，磕头退下。尹二心中嘀咕："这样一个昏官，岂是爷们的对手！"

几个人走出行辕大门，相视以目，喜不自胜。不想刚走出数百步，忽见两个衙役赶上前来，命令道："大人有命，着尹二转回行辕，其他各人可以返回乡里！"

尹二一听，心惊胆裂，生怕刚才说话露了馅儿，会独自扛上死罪。但又无可奈何，只好随衙役回去。

衙役押送尹二入辕，却没有回到大堂，而是领入一间静室。刚才办案的官员正坐在上方，似乎正在等待他到来，室内并无他人。

尹二心虚，走上前来跪下。

官员淡淡说道："起来说话！"

尹二爬起来，垂手恭听。

官员盯了尹二一会儿，模样神秘地说："今有一件要事，要捎带两封信到南昌，不知你肯为官家效劳否？"

尹二心里一亮，忙答："小人甘愿效劳。"

官员又说："这两封信十分重要，你一不许开拆，二不准过问内容，只要将信件秘密投递给有关收件人，便算完成差事，你愿意承担吗？"

尹二表示："小人感念大老爷不杀之恩，关切草民疾苦，甘愿听从大老爷差遣。"

官员欣然，从案上取出两个蜡丸，亲手交给尹二，并且告诉他，腊丸之内各有密信，其中一封盖有红色印记的是送交闵廿四大都督，另一封有黄色印记的收信人是国师李士实，又命他即时缝置在袄衣之内，再三叮嘱："一定要谨慎，切不可泄露军机！"

尹二连声应诺。

临出，官员又赏给一锭银两，估算有五两上下，还说："办好这桩差使，还可以来领重赏！"

尹二自认为走运，这一次使命未成反被俘，本以保住性命为满足，想不到对方还将重要情报交到自己手里，真是天上掉馅儿饼，心想一定会得到王爷的重赏，便急奔回去告密请功。

他连夜求见宸濠，声言有紧急军机秘密面禀。宸濠本已入睡，也不敢耽误，赶忙起床接见。

尹二入室，见有两个内侍在侧，便闪烁不言。宸濠会意，命内侍退下。

这时，尹二拆开密缝的袷衣，取出两颗蜡丸呈递，说明一丸交闵廿四大都督，另一丸则须送交国师李士实。

宸濠唤进内侍，赏给尹二十两银子，命他退下。

宸濠急急切开第一颗蜡丸，展看内藏的密信，原来是吉安知府伍文定写给已被封为前锋骁骑大都督闵廿四的。其中约定在两军相会时，一见伍文定部发出火焰信号，闵廿四便立即率军反戈，两军配合作战，由闵部负责拘留宸濠于中军，对宸濠本人或杀或擒，悉由闵廿四相机处断。并谓经与南赣巡抚王守仁约定，事成之后，便奏请钦派闵廿四为江西都指挥使司左都督，仍然统领原部驻守鄱阳湖畔。并有深盼共守前约、同建功名等语。

宸濠愤怒不已，蓦然警觉："这个闵廿四本来只是鄱阳湖上一个湖枭恶霸，纠合了几千人的队伍。朕看他还有几分征战之勇，又多次表示效忠之心，才封他为大都督。其实，朕对这些虎狼雕鹗、无恶不作的人物，早就存在戒心，加以此人近来骄奢自大，桀骜不驯，开口要钱要粮，稍未满足，便在朕的面前瞪眼拍案，声称此处不留爷、自有留爷处。原来他早已密通了敌人，准备反水，要将朕的脑壳作为献功的重礼呢！"

他越想越气，越疑越真，怒道："绝不能再姑息养奸了。明早朝会升堂，乘其未备，命令亲军立予擒拿，即时斩首示众，以儆效尤！"

宸濠未稍停息，赶忙切开第二颗蜡丸。万想不到，是一个未署名的人写给国师李士实的密函。信中写道："来翰敬悉。吾兄格于形势，身在曹营，绝非附逆。耿耿之心，天日同证。今又矢愿从中立功，必垂英名于不朽。

"建言在赣宁要道伏兵歼击之计，与拙见相同，惟密勿从事，切宜慎之又慎，望与金刀细商。此间部署，再待奉告。阅后付丙。"

这封信使宸濠冷汗直冒，他判定这封密信是由王守仁发出的。信中所说的"金刀"，当然是军师刘养正，"留金刀"正是刘字。难道两人已经勾结起来，准备用朕的脑壳来向朝廷赎罪请功吗？一个国师，一个军师，本来都是要在夺得帝位后任为宰辅的人选，想不到竟然首鼠两端，表里为奸。此可忍孰不可忍，必须严加防范，必要时就将他们开刀问斩。

但是这个问题太严重了，宸濠也不敢像对待闵廿四一样，立即轻率开杀戒。一连几日，他都心绪紊乱，终夜难寐，苦思应对之策。

他留意李、刘二人的动态，但未发现异常，照常出谋划策，认真议事。而且在他二人合作撰写声讨正德的檄文中，用尽尖锐辛辣的语句指斥，猛揭正德实为"狗崽"的老底，清算他御位以来诸多伤风败俗禽兽不如的丑事，极尽煽摇军民、鼓动造反之能事，未有稍留余地。如果他们真要叛归朝廷，正德岂能轻饶这样的恶毒毁谤，不是自求死所吗？他密派监视李、刘两家动向的人也回来报告，说二人的家眷未有任何疏散逃遁的迹象。特别是诛杀了闵廿四之后，他的弟弟闵廿六立即率兵哗变，甚至声言要找宸濠索命。当此内讧紧急，南昌城内两军对峙的关头，李、刘二人都能因机应变，亲自指挥亲卫部队剿平了闵廿六兵变。所有这些事实，都促使宸濠深切考虑，犹豫不决，一时打乱了进军作战的方略。

一天夜半，宸濠仍然睡不着觉，反复思考李、刘二人到底是忠诚谋士，还是奉王守仁之命潜伏在自己身边的内应。苦思冥想之际，他蓦然醒悟，所谓密函，实在是王守仁施用的反间之计。他跃然起床，拍着床榻大骂："王贼也太阴险了，竟敢对朕使用疑兵，企图借刀杀人，挑动我方内讧。朕久历世情，岂能入你圈套，自斩左右股肱？朕赖士实、养正二卿辅助，信任不移。正是君臣同心，矢忠矢信，一定能肇建大业，也必将你这个狡贼分尸寸磔，以报朕数日以来心绪不宁之扰！"

宸濠以为自己已经破了王守仁挑动内讧之计，却未想到，守仁的用意本不在此，只是要专门制造疑似事端，好打乱叛军部署，拖延发兵日期，使他们失去战机。

宸濠中了离间之计，错斩了骁将闵廿四，引起部队哗变，军心解体。他猜疑李士实和刘养正，防范他们暗通朝廷，一时自乱了营垒，也耽误了行军决策。等有所觉悟，已经荒废了半个月的时光。

王守仁充分利用了这半个月的时间，除了大造声势布置反间以误敌外，又深知不能指望朝廷派来军马，只能够大力动员江西省内部府县的兵力，号召勤王。不数日，除了以吉安和临江两府的守军作为主力外，袁州、赣州、瑞州，以及新淦、宁都、万安等州县都派兵遣勇，输送粮草，汇集到临江听从号令。一时间，王守仁便拥有了约四万人的兵力。他大力整编各府县的军兵，分为十三哨，申军令，振军威，极短期内便组成了具有一定战斗力的部队。

正当此时，宸濠也摆脱了疑惑，和李士实、刘养正等商议，决定率兵冲出江西，直取南京。为表明决心，宸濠带着妃嫔、世子等从军。以水师为前锋，分乘船舰，经鄱阳湖沿江而行，颇有声势，决定先袭取扼守赣宁通道的要塞安庆。在安庆城外，猛烈攻城的宸濠部队与守军激战，十日未下。

当此关键时期，守仁军内在战略上却出现了严重分歧。

临江知府戴德孺综合不少将领的认识提出："宸濠经过半个多月的策划和准备，一定会留有精兵悍将严守南昌，务必守住巢穴。我军切不宜以主力攻其坚垒，恐怕难以克服。

"现在宸濠攻打安庆，鏖战十日，未能攻下，必兵疲意沮，我军以大军逼之于江中，再加以安庆守军出城夹击，宸濠之军必然溃败，南昌便可不攻自破。"

但是，王守仁却认为，这在战略上是不妥当的，是对敌我对峙的阵势和优劣形势估算不周。他说："戴知府建议，我军即出援安庆，与叛军决战于江上，拙见有所不同。试想，我军绕过南昌，与叛军在江上交锋，彼为主，我为客，断难一战而胜，而且在安庆的守城部队，本来就是孤军力战，仅能自保，绝无能力冲出危城，和我军会师协同作战。我军若盲目挺进，南昌叛军则可以从背后绝我粮道，他们在南康、九江的兵力又可以合势来攻，我军就会处于腹背受敌的困境，请戴知府和各位将官慎重考虑。"

经守仁分析，大家都觉得言之在理，决战于江上之议确是取败之道。戴德孺也觉悟到自己的建议确有粗率之处，便首先发言："王巡抚的判断完全符合战机。拙见决战于江中确实是以火救火，难免自陷于危殆处境。我们还是要聆听王巡抚破敌之计。"

王守仁胸中有数："本人的意见，攻其要害，捣其巢穴，是当前最为合适的战略。第一，南昌是五代宁王居守经营之处，又是宸濠赖以策动谋反的基地，绝不能轻弃；第二，他精锐尽出，久攻安庆不克，在南昌的防御必然单弱，闻我攻取南昌，必解安庆之围，还兵自救。以久战疲惫之兵，奔波道路，焉能挡我新集气锐之师？等他的部队赶来，我已先攻克南昌了。宸濠进退无据，首尾失制，成为游荡无据之师，必然束手就擒！"

于是守仁严令十三哨之兵，每哨多者三千人，少者一千五百人，以其中八哨分攻南昌八个城门，另外数哨则游击策应，随时听候调遣。他严申军令，规定在次日黎明前到达指定攻城之地，闻得一声号炮，即分别猛攻。

守仁自镇行辕中军，严令："攻城各哨，一律在一鼓进入城墙。二鼓登城，三鼓不登的诛杀无赦，四鼓仍未登的斩其哨官！"

于是，攻城各军都奋勇争先，而城中宸濠部队的守御，慌忙逃窜，闻风倒戈，所守城门竟有未关闭的，攻方军队直入占领。

宸濠方面本来正在充填壕堑，发射火器，期在攻克安庆，但惊闻王守仁已率军猛攻南昌，全军震动。是否回兵解南昌之围，便成为争议的焦点。李士实等认为事势紧急，干脆绝了后退之路，孤注一掷，力劝宸濠舍弃安庆，集中全部力量攻击南京。只要夺到南京，就可以改元称帝，登上大位，形成北南两个朝廷相持之局，再以新帝名义传檄江西及各省前来归附，据占东南为基业，然后再图大举。虽然这是一步险棋，忍痛割舍了基地，但集中力量抢先占据陪都，实为围魏救赵之策。但宸濠恋栈老巢，不肯听从此议，反而下令军队立即回援江西，后军转为前军，派遣二万精兵作为先锋，自率大军继后，誓言要夺回南昌，再议进止。

当宸濠大军退回江西，直扑南昌而来。王守仁又与诸将官商议对策。

有人认为："宸濠视南昌为命根子，其所属官兵又多籍贯南昌，急于救援家乡妻孥，其愤锐不可当。现在我方援兵未集，势不可支，不如坚壁自守，囤兵南昌省城，以待四方之援。等待他久攻坚城之下，兵力疲惫，进退无据，自然会溃散的。"

守仁则提出了以攻为守、先机歼敌的意见："宁王号称拥兵十万，但多为骁悍枭盗之徒，所到之处抢杀焚掠，实际是一支强盗部队。即使在南昌境内，亦是一支恶声远播、毫无民心支持、又无客军支援的孤军。这样的军队欺凌弱小则有余，逢大敌鏖战则无力，宸濠用以诱惑其下的不过是封爵富贵之说。今攻取安庆而不逞，退回南昌而巢穴已覆，正处于进取不能、退无后路之境，军心沮丧，众意已离，我以精锐乘胜击之，他将不战而自溃！"

众人响应。于是大军分别调整兵力，做好出击的准备。

不日，谍报宸濠的先锋到达鄱阳湖畔的樵舍，守仁认定此地处在湖滨，山峦连绵，高低重叠，正是伏兵出击的最好战场，是歼敌决战的最佳地势，于是分兵三路，命伍文定以正兵当其前，佘恩为后应；邢洵率所部官兵绕出其背；戴德孺、徐琏分两翼出击。果然，宸濠大军乘风鼓噪而来，直逼黄家渡，伍文定、佘恩且战且退，似乎已难支攻势，宸濠之军不知是计，争先抢渡，兵力分敝，前后军脱节了不相及。正在此时，宸濠忽闻号炮一声，邢洵率军从背后急击，横冲其阵，切断了前后联系。文定、佘恩又还兵反攻，徐琏、戴德孺从左右两方夹击。宸濠所部遂大溃，被擒被斩者过二千人，溺水而死的以万计。

大败之后，宸濠收拾残部退守，被官军重重围困，已如瓮中之鳖，陷于苟延残喘、垂危待歼的绝地。宸濠心情极端紧张惶恐，但还是幻想能够冲出重围。夜半，他问自己的舰船泊在什么地方，一个侍从答话道："是黄石矶。"原来江西的土音，黄、王二音相近。宸濠误听"黄石矶"为"王失机"，触动了他敏感的神经，羞恼交集，迁怒于这个近侍，命令立斩其于船首。

宸濠败势已定，所部官兵眼看势头不对，纷纷逃散。宸濠连舟为方阵，又以重金大赏将士，当先者千金，受伤者百金，又尽发南康、九江的军队前来会战，作垂死挣扎，但势穷力竭，已难抵挡凌厉的攻势。伍文定等乘风举火，使用大量火球火箭集中攻打残敌，烟焰熏天；戴、徐两军又分别从四方袭击。

宸濠身边死伤狼藉，已无侍卫之人，知道大势已去，只好与妃嫔近侍等人泣别，自己换乘小舟逃生，及见追兵将至，又企图投水自尽，但因湖岸水浅，未能没顶，遂被活捉。

宸濠从六月十四日举兵，到七月二十六日即被擒，前后只有四十二天。历史学家王世贞评论王守仁在平定这次事变中，"不在难而在速"，就是称赞他能够及时果断决策，紧急抓住战机，有大帅之才。

宸濠被擒之后，被关入槛车押回南昌。军民聚观，欢呼之声震耳。宸濠为篡夺帝位，在江西穷搜财粮，强征丁壮入伍，招徕的湖枭山贼又劫杀抢掠，掳人勒赎，给当地造成了无比的灾难。

守仁讯问宸濠，宸濠并不讳言自己的野心，而且述申说是为了报复远祖朱权被骗辱之仇，也供出与朝廷中贵钱宁和达官陆完等的策应密谋。讯问将毕，宸濠尚存求生之望，对守仁说："王先生，我情愿革除王爵，尽削护卫，请降为庶民百姓，不知可否？"

守仁严肃道："你应该最清楚朝纲国法。"

宸濠低头无语。

临将槛车押出，他又哀求："我当谋叛之初，娄妃曾多次泣谏，力劝我切不可干纪犯法，断了宁王一系的血脉，我总是斥之为妇人短见。殷纣因妇人之言而亡天下，我则以不听妇人之言而身败国除，现在悔恨无及。但求王先生能将娄妃之尸埋葬，以表我悔悟之情。"

守仁不语，其后还是命人在乱尸堆中寻出宸濠娄妃的尸骸，加以收葬。

第六十二章

君忌臣功厌闻捷报　守仁被诬遁迹九华

原来宸濠发动叛乱之事奏告到京，正德不但不认为是恶讯，反而作为一件大好事，正好利用这样的借口，堵住谏止南巡呼声，立即宣布御驾南征，亲擒拿叛王。

大学士杨廷和、梁储、蒋冕三人紧急前来豹房，请求面觐，准备作最后的劝谏努力。正德明知他们的来意，但也想利用宸濠已发动叛乱之事，转而驳斥满朝臣工反对南巡的意见。

杨廷和等进入太素殿，未及行礼，已看到正德铁青着脸，颇有气势汹汹待机而发的架势，问道："三位老先生紧急求见，有什么急于启奏之事？"

杨廷和委婉陈言："宸濠之变未起之时，群臣知闻皇上已有南巡之意，早已议论纷纷，群起谏止，因违忤圣意，兵部郎中孙凤等十六人，吏部郎中张衍瑞等十四人，礼部郎中姜龙等十六人，刑部郎中陆俸等五十五人，俱被加以'出位妄言，多方谤讪'之罪，为首的捕付镇抚司，其余百人俱罚跪午门外，先后被杖。臣民等或未体念圣意，颇有不理悟之处……"

正德听得不耐烦，大声喝斥道："这些犯官罪有应得，仅施薄惩，已经结案完毕，何故又提及这些鸟事？"

廷和只好转入正题："闻知宁王宸濠在江西造反，皇上又有亲赴江西征讨之意。内阁奉诏草拟亲征平叛檄文，愚见以为，逆藩不自量力，竟敢冒天下之大不韪，兴兵造反，不过蚍蜉之患。臣等认为只须派遣京军劲旅前去征讨，必可不日戡平，实在不宜有劳御驾亲出。今日谨将众议紧急奏闻，恭候圣裁。"

虽然言词婉转，但已惹起正德勃然盛怒，他指着这几个辅臣说："什么众议，还不是你们几个阁老带头起哄的？岂不知道皇威远振，皇统永垂，正是朕的天职，难道要朕见逆藩而不讨，视叛乱为等闲吗？你们这些浅陋陈腐之见，不要再来唠叨。若贻误军机，扰乱大计，不论是勋臣国老，都要依法惩治！"

三人一时默然。正德却又兴致勃勃地翻出本朝史事，作为自己执意亲征的依据："你们都是科举出身，自应谙识同史。岂不知我朝宣德章皇帝，圣讳朱瞻基，在查明亲藩汉王朱高煦谋反有据之后，毅然奏告天地祖庙，下诏亲征，率领大军直捣汉王的藩府乐安，将他擒拿归案。这都是祖宗威武果断、惩治不臣的辉煌往事，你们是不知其事，还是知而不言，隐瞒祖德，要陷朕于不义呢？"

对于这样的强词歪论，杨廷和等不敢辩驳。正德仍然意犹未尽，挑衅道："你们看，朕与宣德先帝相比，有何异同？"

将死去的老皇帝和现今的在位皇帝作比较，绝不是臣下胆敢轻议之事。三人低头缄口，久未回答。

正德不耐烦，咄咄逼人："你们又不是哑巴，为什么不说话呀？"

廷和无奈，说了几句门面话："宣德初年，汉王以为章皇帝刚正大位，有可乘之机，自负才武，公然造反，幸我宣宗皇帝英武果断，立诏亲征，役不逾时，兵不血刃，逼使贼臣高煦出城归降，真是威德逾天，备受后人景仰。而今我皇上允文允武，军功显赫，一新天下，御极已十有四年，皇基巩固，更岂容贼子窥窃？今宁王宸濠悖逆天道，怙恶不悛，但不过是蜉蝣之患，派一旅王师奉天讨罪，必能迅速荡平。此所谓大德至仁，无敌于天下也。"

未等杨廷和说毕，正德便大声喝止："你说的这一大堆废话，还不仍是违忤朕意，反对御驾南征吗？桀骜不驯，巧言抗旨，岂是为臣事君以忠之理？"

他接着披露自己的想法："朕对宣宗章皇帝极钦极敬。但事将百年，情势已大有不同。贼臣高煦就藩山东乐安，只有十多年，而宁王一系盘踞江西已历五世，经过一百余年的经营，扎根深厚，岂可与高煦同论？加以高煦虽然告叛，但鸷而寡谋，外夸内懦，贼兵举事之后仍未敢出乐安一步；而宸濠却蓄谋已久，羽翼丰满，今闻知已率水陆之兵直扑南京，企图撼动祖宗基业，岂能称为蜉蝣之患？章皇帝的亲征是围困弹丸之城，迫使高煦出降；朕的亲征则要率师野战于江湖,活擒逆藩于阵上,绝不是章皇帝当年所能预见和做得到的。你们看,是不是这样?"

正德这番言词,实际流露出认为自己的气魄和才能都远高于高曾祖父宣德皇帝之上。杨廷和等对于这样伐功矜能、目无祖宗的言论,忧心忡忡,意识到已无可挽回,只能沉默不语。

正德干脆宣示:"你等根据朕意,立即撰写讨逆亲征的诏书,颁布天下。宸濠大恶,必应正名讨罪,绝不赦免;必须严词申讨,口诛笔伐,不得少有延误!"

颁布亲征诏书的同时,正德大力进行南征的部署,发出的传帖一律以"总督军务威武大将军总兵官镇国公朱寿敕"作为最高军令,又命平虏伯朱(江)彬、左都督朱(神)周、锦衣卫指挥朱(钱)宁随驾从征,襄赞军机。谕命大学士梁储、蒋冕,太监张永、张忠、谷大用等人扈从。然后,又派安边伯朱(许)泰为威武副将军,领兵先往南京,定边伯朱(刘)晖为平贼将军,俱掌方面兵权。副都督朱(陈)洪兼东路关口,都督佥事朱琮兼西路关口。

这一次御驾亲征的主要特点,是极力突出朱姓的高贵地位,不但上述担任重要军职的人俱改姓为朱,而且在义子府内,大多数冒称朱姓的人也都被任为正千户;朱聪、朱玺、朱文都被任为镇抚之职。朱姓大小将官在豹房议论纷纷,各献擒濠之策,表示无限忠心。而正德则是要组成一支朱家军,借炫耀国姓来突出自己,体现皇威。

出师之日,正德拜告祖宗神庙之后,登台阅师,检阅各路军兵出发。朱寿大幡在当中高扬,各路军队也都以朱姓军衔为前导,直到千总、百总、哨官等偏裨军官,也莫不举着中小尺幅不同的朱字号旗,表明自己也是皇帝嫡属,是义子中人,哪怕是义子的义子,都表示出与众不同的贵重身份。正德身为同姓总领,见到全军俱为自己厮养的子弟,不觉神采飞扬。

行军两日,御驾到达涿州。当晚,正德在原籍涿州亲信太监张忠家里宴会。张忠早就准备好美女佳肴伺候,和江彬、张永等在便宴之后陪坐。正德鞍马疲劳,想早点休息,忽然听到张家大门外,有两骑疾驰而来,急叩大门求见,喘息未定,便向张宅门卫官佐表示:"我们是受江西王巡抚派来告捷的差官,请即将奏疏转奏皇上。"

官佐等不敢疏怠，忙将奏本送入大厅。内侍将奏疏送到御前，正德拆开一看，原来是王守仁上的《擒获逆藩宸濠捷音疏》。

正德看到奏疏的标题，倒抽一口冷气，命张忠代为宣读，自己闭目静听。

王守仁奏告，攻陷了南昌之后，又在鄱阳湖水战中捉住宸濠本人，还俘获了反叛首要及宸濠家属等百余人，正在扫荡余党。还说到，目前江西的局面已逐渐安定，准备亲自"押送逆藩"，"献于阙门，式昭天讨"等。

正德听到这一重大捷报，心情十分复杂，开始还流露出一点胜利的喜悦，但越听越觉不对劲，他绝未估算到这么快就能够平定宸濠叛乱，更未想到，以江西一隅的兵力，竟然能够歼敌告捷，平贼擒王，心中随即浮现出怅然若失的感觉。自己好容易才找到亲征叛藩的好题目，勉强堵住了臣民谏止南巡的浪潮，现在竟然迅速打了大胜仗，而且将宸濠本人也活捉过来了。这样一来，以"亲征"名义便失去了目标，大肆张扬、兴师动众的"南征"也就泡汤了。他的脸容由晴转阴，由喜转怒，无法掩饰内心的极度失落，失声骂道："谁叫你王守仁逮住宸濠的？"

江彬、张忠长期亲近正德，完全摸透他的复杂心态。他们也想随同"南征"的旗号，抢个头功，还可以大捞一把，现在也被捷报完全粉碎了，好梦一场，顿成画饼。江彬火上浇油，阴阳怪气地说："王守仁居心叵测，岂不是明摆着要和皇上抢功吗？"

正德虽然未有答话，但眉睫间已经表露出同感。

张忠更是顺杆而上，恶毒编造说："根据线人密报，王守仁和宸濠的关系微妙，早就有了勾结，不但逢年过节，必从赣州亲到南昌宁王府叩拜，二人还经常在密室长谈。他和宸濠的心腹谋士李士实早在北京共事时就极为投契，据说是拜了把兄弟的。有人揭报，王守仁本来是附和宸濠的，及至看到他必败之势，便抢先攻擒宸濠，一方面是阻挠皇上南征的宏图；另一方面，也是为了销匿罪迹。对于这样首鼠两端的人，实在不能养痈为患。"

对这样突兀离奇的告发，正德半信半疑，一时也拿不定主意。

在座的张永听言察貌，也看出正德蓦然盛怒的原由和江、张的另有用心，但也不敢当场驳斥，也采取了先迎合正德的心意，作为争取缓冲的办法，说：

"是不是暂时不宣布擒获宸濠的讯息，发檄不让王守仁押解宸濠前来，命其先在当地囚禁宸濠等犯人，一切都要等待皇上驾临再作发落。"

江彬说："末将的看法，一定要等待皇上驾临之日，将宸濠开枷解押，放回鄱阳湖，由皇上亲自和他对阵交锋，擒捉于湖上，方显得天威赫隆，旌麾飞扬，符合御驾南征的本意。"

对于这样荒唐放恣的意见，正德却很听得进。过了一会儿，他向张永指示："朕派你去传达旨意，不许宣扬捉住宸濠的消息，更不准押解前来，一切等朕亲自裁夺。你还要认真观察王守仁的为人和动向，不可不防微杜渐，让人钻了空子。"

张永接旨退出。正德却又对江彬和许泰指令说："命你等二人，立即率领劲旅直指江西，控制住局势，并为朕不日大战鄱阳，亲手擒捉宸濠做准备。"

二人心领神会，赶忙躬身行军礼，江彬高声回奏："末将等遵旨，立即开拔兵马，一定森严战备，善体圣意，绝不敢辜负圣恩！"

江西讨逆大捷，官民们雀跃兴奋的劲儿还未过去，却传来令人胆战心惊的消息。

首先是南昌城内外都沸沸扬扬地传播着一个惊人的谣言，先是有人散播王守仁曾经串通宸濠，只是因为眼看到宸濠就要兵败人亡，为了自己解脱，才不得已捉住宸濠，好消灭罪证，掩盖通叛谋反的罪行，他并不是什么平逆戡敌的功臣，而是重要的奸臣祸胎，说得有鼻子有眼。大多数官民感觉过于奇兀，很难相信，但也不敢站出来辩说澄清。随后，传来更加震撼的消息，说皇上已急派江彬、许泰两员大将，率领十万雄兵，要来江西擒拿附逆有据、诈冒军功的王守仁、伍文定等人，还要逐一缉捕严惩包括附从宸濠的党羽和追随王、伍作战的军民，要血洗江西。一时人心惊惶，市井大乱。更有人见风使舵，本来盛誉王守仁建立了殊勋伟绩，极力攀附关系的，一转成为揣摩着形势的发展，窃窃私语，相约要摆脱和王守仁、伍文定等人的关系。甚至有人竟然捕风捉影，派人逆向迎接江彬等的大军，要主动揭发王、伍的"罪迹"。一时间，掀起惊涛恶浪，大刮阴风，这样的信息很快也传到赣南府县，凡有应檄出兵，支持过王守仁征讨的官民，也好像祸将从天降，不知所措。

这个时候，江彬、许泰率领数万人马，用"剿余贼"的名义，兼程急行军，仅用了十天,便进入了南昌。官兵高傲蛮横,以收拾江西局面的胜利者自居。江彬、许泰设立钦差都督行辕,随时直接要粮要款,不但不与当地巡抚按等官联系,却是索派夫役,还巧立罪名,罗织平民,甚至逮捕勒索当地的缙绅士子,自称是肃奸追赃。对于王守仁,更看作是眼中之钉,故意挑刺。

守仁不为所动,闻恶言不急不辩,遇冲撞则先退后避,反而对待北兵以礼,只是暗嘱南昌居民尽可能避居乡下,防患于未然。他主动求见江彬和许泰,提出要犒赏北军,却遭到拒绝,还饬令各军不准接受江西地方官的一切慰劳钱物,这表明已经公然摆出查办的架势。

一晚,伍文定夜访守仁,两人都脸容肃穆,心怀深忧。文定先说:"王大人定必知道,这些天来南昌城已经被搞得昏天黑地,谣言四起,北军乱抓乱捕乱杀,怨声载道,这样下去,一定会惹成大乱的。"

守仁回答:"我的看法和您相同,但他们挟皇威而来,我们稍一对抗,就一定会陷入他们预先设好的陷阱。当前只能委曲隐忍,不作计较。对于北军官兵,必须讲究主客之礼,缓和他们的仇视情绪,体恤他们离家出征的苦处,遇有北军丧亡,一定要厚备棺椁,以礼拜祭。"

文定点头,接着说:"综合所有的谣言和乱象,显示事非偶然,都是对着我们,特别是针对王大人而来的。这些亡命之徒,是什么阴险毒辣的手段都会使出来的。"

守仁同意,反问道:"静庵兄,你以为江、许两个武夫,就敢对江西局势全面大翻盘,对活擒宸濠的大捷完全否定吗?他们气势汹汹,虎视眈眈,难道仅仅是为了'剿捕狡贼'吗?暴戾恣睢,霸气十足,难道不是有所恃吗?"

文定醒悟,但是他也同样不敢说出江、朱二人的真正后台是什么人,以及为什么采取这样意旨。两人相视黯然。

危机一触即发之际,却发生意外的情况。

原来太监张永也是奉钦命前来的,他和随从队伍按照驿道行程前进,又因为年老体衰,几次在途中歇息,所以比江许部队晚了二十多天才到达南昌。

老张永的身份地位不同于一般宦官,他不但是在宫内侍奉过两朝君王的老陈人,还因为受到弘治先帝的特殊赏誉,认为忠诚可靠,钦赐了一根龙头拐杖以示荣宠。更因为，他早在正德五年，就和都御史杨一清在宁夏定密谋，出奇计，舍性命，揭发了刘瑾阴谋戕君夺位的大罪状，而立下了特大功劳。他在正德面前受到亲信和尊重，满朝文武大臣和宫中宦竖都要看他颜色。当年为与刘瑾争功，能谋定然后动，终于置刘瑾于死命，显示出超常的见识和气魄。当前，他也不愿意看到江彬、许泰之辈气焰熏天，要借清查余党来逞威取财抢夺头功。他沿路不断派人侦探江西局势，特别是江、许等人在江西的言行活动。两相比较，他对王守仁、伍文定的事迹比较肯定，既是激于义愤，也有意借此挫折江、许的威风。

这一天，探马报来，钦差大太监张永偕同随从人等将于午时到达南昌。江西抚按各官，以及京军头目都在南门外十里的接官亭恭候。

张永的队伍由远而近，果然气势不凡，不但高扬大纛，鼓乐同奏，俨然当朝头品大官的架势，而且还专门在座轿前由四个小太监抬着一个漆金涂红的龛盒，盒内放着用红丝带拴着的钦赐龙头拐杖。大家都知道，这就是当年在御前用来殴过权宦刘瑾的拐杖，不觉肃然起敬。

轿子到达接官亭前，张永刚下轿，全体文武官将都趋前行礼。江彬和许泰全身披挂，唱喏行军礼。王守仁、伍文定等抚按官员也拱手拜揖，问候旅程辛劳。

众目睽睽之下，张永踱步向前，先对王守仁答礼，执着守仁的手，亲切地说："王大人劳苦多功，今日又劳远迎，实在不敢当！"然后拱手环揖，向众官表示谢意。

这样的表现不但大出江彬、许泰的意外，而且也引起在场众官的思量。江彬硬着头皮走到张永跟前，报告说："在都督行辕，已经为张公公准备了歇息住处，请公公光临。"

张永含笑致谢，客气地回答说："有劳都督关爱，俺看就不必劳神了，老拙还是按照规章，住在巡抚衙门的客舍方便一些。"

他又说："等稍作安顿，老拙定然要来拜候两位都督，请教一切。"

江彬无奈，只好说："恭敬不如从命，等公公稍为休息之后，职将等再来谒候。"

张永这样的表示，并不是心血来潮或者故意做作。他在沿途已经打听到，北军开抵江西之后,局面不但未见平静,反而动乱四起,故此想挫一下江彬等人的气焰,亦表示江西的局面不会完全翻盘,便于稳定局势。

当天晚上,江西文武众官盛宴欢迎张永,丝竹齐奏,觥筹交错,尽欢而散。江彬、许泰看见张永对自己并无愠意之色,反而在席上说了一些称誉的话,什么"军行迅速""治军严肃"等套语,一时也难以辨明意向。

宴会结束,张永头脑清醒,却又借着酒后微醺,约请王守仁和伍文定到客舍密室叙谈。

他首先请王、伍报告江西的现状。

王守仁先请代叩圣安,然后问到皇上是否有意驾临江西亲自擒俘宸濠。

张永据实回答:"皇上是有这样的意思,为的是表示亲自捉住逆藩,以见皇威赫振、旗开得胜的意思。"

守仁心情十分沉重,思考了一会儿,坦率陈词:"江西的老百姓长期受宸濠的盘剥,又一连三年遭遇涝旱之灾,近来又要支付京军的军饷,已是搜罗净尽,极为艰难困苦,城乡人户大多啼饥号寒,甚至有沽儿卖女、易子而食的,也有人已经逃聚山谷为乱。如果皇驾莅临,又必然要增加一笔更为巨大的供应,很可能会触成大乱!"

张永认真倾听王守仁的话,也有些动容:"王大人说的确是实情!"

伍文定接着说:"江西之贼虽已荡平,但乱萌未息,时事方艰,牵一发而动全身,万万要谨慎。现在不论是官军士卒或是宸濠党羽殁于战场的,都人数众多,正是万家悼念丧亡,忧怛伤悴之际,故不可再撮盐入火,扩大伤痛,激发动乱。公公一言九鼎,切望公公能据实转奏,恳请皇上明鉴。"

张永深知其中艰难,无奈地回答:"伍大人言重了,俺不过是宫中一个老陈人,没有什么职分的老太监,怎么可以影响圣驾行止呢?咱们还要从长计议才是。"

张永站起来蹒跚踱步,王、伍二人默坐一隅,心神不定。

好一会儿,张永蓦然站定,高声对两人说:"有了!有了!"

两人振奋,离座急问:"公公有什么高见?"

张永狡黠微笑,请两人归座,向王守仁问道:"王大人估量,你上的《擒获逆藩宸濠奏疏》,效果如何?"

王守仁现在已知自己所上的奏疏，是不知时务、不合圣意的，但还是强项辩说："疏中上奏的战报，都是实情，绝无夸大，绝不敢有欺君之事。"

张永冷笑守仁的不知时务，这种宠辱不惊的样子，虽然可敬，但却行不通。因此直截诘问："疏中奏报的确都是真情实况。但是，如果一闻逆讯便能够迅速集结赣南军兵组成劲旅，又巧用妙计布成疑阵，阻挠宸濠北上，再出奇兵突破南昌，迫使宸濠回救，终于在鄱阳大战中将他擒拿，战绩都是江西当地官民缔建的，所有声光都辉映在你们身上，那么皇上坚持御驾南征，急于亲擒枭首的宏图，岂不都成虚幻了吗？

"还有江彬、许泰等人率领数万北军，直指江西而来，但未待入境，你们便已经擒贼擒王，荡平了叛乱，他们岂不是扑了一场空，完全堵塞了评功晋爵的道路吗？"

张永稍为停歇，又严峻地对二人说："这份奏疏实在是触犯了当今的大忌啊！"

守仁虽然深感委屈，也只好顿首而言："外臣未体圣意，粗率孟浪，实在有罪！"

伍文定乘机请示："今后应该怎样措置，还得公公点拨。"

张永也不客气："见招拆招，遇结解结，问题只能从最上头求解决。与其扬汤止沸，不如釜底抽薪啊！"

二人急道："愿闻其详！"

张永推心置腹地说："老拙之意，目前应求补救之方，让皇上无须亲临江西而能收到南征的全功；江、许之流也能分沾一些劳绩声誉。如果这样做，似可解脱危局，化戾为祥！"

他接着说："其中有两项对策，不知二位能委屈迁就否？"

伍文定起座躬身："恭听公公教诲。"

张永说："第一项，就是你们切不可自作主张，要亲自押解宸濠等一干人犯献俘阙下，这是堵塞住从皇上到南征诸将奏凯论功，大煞风景，招致不满的蠢事。"

王、伍点头同意。

张永具体指出："皇上不日便会驾临南京，老拙亦将经杭州赶回南京接驾。

你们最好能毫不声张,为表示诚意和策保安全,悄悄地械系宸濠一众,乘夜过广信和玉山转入浙江杭州,将钦犯人等交由老拙转奉御前,一切悉由皇上随意处断,为御前受俘祝捷做准备。这样才可以洽合圣怀,宽释震怒。"

王守仁表示,只要能够化解君臣间的嫌隙,有利于江西幸免灾祸,自己乐于依计而行。

但是,张永说的第二策,却让王守仁面露难色。

张永的建议是:"请王大人另写一份奏疏,用以抵消前上《擒获逆藩宸濠奏疏》的失误。新疏文最主要的内容,是高度凸显皇上在平叛过程中每一环节的决定作用。不论是早在赣南预加戒备,发布声讨檄文和发兵接战的战略部署,直到分兵阻击,会师南昌,湖中生擒宸濠的各次战役,都是出于皇上的明断,指挥周详,才能取得辉煌战果。疏文只有编造精当,环环紧扣,词藻动人,善颂善扬,才能够动人听闻,然后登入《邸报》,发布天下,昭示皇上英武弘毅,思深虑远,收克敌制胜的全功。更有一点,对江彬、许泰之流也必须少加笔墨,称赞他们率领京师大军压境,是平叛的主力,才使宸濠土崩,让这厮们也分沾荣光,才能够减小阻力,纠转局面。"

王守仁一时未能理解,脱口而出:"这不是要全说假话吗?"

张永面露不悦,驳道:"上头就是要听假话,而且要假话真说,若有其事。王大人入仕多年,应是知道这个道理吧?"

守仁低头思考,默然不语。

伍文定赶快打圆场:"公公说得极是,我等细加斟酌,遵照而行。"

张永不想深论下去,借题说:"老拙也疲倦了,先告辞歇息去。"

等到张永离开,伍文定看到王守仁仍然倔强枯坐,不言不语,可见思想上还转不过弯来。文定走近,安慰说:"伯安兄,你的心意我了解,但为破解当前的艰难局面,张公公的建议还是中肯实在,你就委曲求全吧。"

守仁激昂说道:"相规以伪,相轧以利,外冠裳而内禽兽,世运沉沦,试问良知何在?公道何在?我怎么能撰写这样的虚假战况、满篇谎言的奏疏呢?"

文定生怕守仁的牢骚,又会被人陷为诽议君上、丑化现状的罪名,使问题更加复杂,便直言不讳地说:"坚持据实直陈,未尝不是诤臣忠节之道,但也必须清醒估量，当今岂是能纳谏之君？岂是明镜高悬之世？要改变皇上亲自驾临江西'肃清余贼'的圣意，是千难万难的。"

守仁坚持："这样的奏疏，我绝难执笔，任谁写了我也决不署名。"

文定无奈，蓦然上前一步，对守仁做一长揖，还要做出下跪的姿态。

守仁意外，连忙跃起扶阻："静庵兄，你何苦这样？"

文定含泪道："伯安兄，我不是个人对你有所乞求，而是为了江西的百万生灵向你一拜的。我深知要你撰写谎言迎合上意，当然是含垢忍辱之事，与你的学识素养格格不入。但保存个人的器识事小，避免江西再遭兵燹浩劫的事大。圣人亦有言：经权可以互用。俗语'尺蠖欲求伸，卑污须自屈'，亦是合于情理的名言。如果你为保存个人名节而置苍生于不问，实为不智。坐视人民涂炭，实在是百身莫赎啊！"

文定义正词严，守仁痛心说道："静庵之言旨在救世，亦是教我动忍增益的道理。好吧，我便撰写奏疏，带在身上，亲自押解宸濠等众人犯，请先到杭州的张永公公接收，再转缴皇上处理好了！"

未半个月，王守仁便由杭州渡江转回南昌。伍文定虽然知道他旅途辛劳，但为了及早知悉情况，在当晚赶紧来见："伯安兄，一行顺利吧！"

守仁平静回答："我已听从劝说，一切依照张永的意见，办理好了。张公公也有把握地说，江西地土贫瘠，又历经涝、旱、兵、濠之灾，没有什么适宜寻欢作乐的地方，皇上既然已取到南征讨逆的全功，便无意入赣之行了。"

伍文定深为庆幸，嘱咐守仁抓紧休息。刚要告辞，被守仁留住："静庵，你留一下，我还有事相告。"

文定回身询问，守仁郑重说："我在杭州也上了一本恳请辞官的奏章，相信不难邀准的。"

文定怔然变色，问道："大事刚了，民生凋敝，隐患尚多，江西士民都急盼伯安兄承担艰巨，继续施展大才安抚民生，岂有在关折之时突然告退之理？"

"这却不是突然的，我早就想返璞归真，求做一个读书人以终老。"守仁坚定地回答。

然后，他长叹了一声，痛愤地说："政坛浑沌，官场肮脏，我实在难以久厕其间啊！"

文定知道守仁平素语不轻发，定见难移，也不敢更多劝阻，便问："你还会留在江西啊？"

"不会了。"

"要回故乡余姚吗？"

"也不会。"

"那你要到什么地方去？"

守仁心有定数："我已选定一个极好的去处，就是安徽池州的九华山。我早年曾两次前去游历，深喜它云雾缭绕，远隔红尘。山巅上只有几座道观佛寺，道士僧侣多是与世无争的虔修之徒，此地秋枫红叶，寒泉潭水，正是我纶巾野服、读书思考的佳域。"

伍文定和王守仁同事江西有年，特别是在这次剿平宸濠叛乱中同赴战机，亲密合作，情谊深厚，一旦面临分袂，从此官庶两途，不觉凄然。他攥住守仁双手，动情地说："伯安兄，我知道难已挽留，你千万要珍摄啊！"

守仁也铭感他的真挚，亦请他在职时一切小心。稍过一会儿，又情难自已，沉重地对文定诵出两句似诗而非诗的心里话："容我著书才是福，历经世道始知难啊！"

第六十三章

保定府急颁禁猪诏　　临清驿亲迎刘娘娘

正德登位不久，就特别欣赏钱宁的俊秀和武技，后者擅长风情迎合，受到特殊的宠幸，可以随便进出豹房，与皇帝同卧起，陪同游乐狎玩，甚至群奸群宿，成为最亲近的娈童班头、豹房总管，自称"皇庶子"，招摇于朝野，逐渐干涉政治，揽权纳贿。文武朝臣和亲藩大吏，对他多有逢迎依附。建立义子府后，首先赐给钱宁国姓，改称朱宁，充当义子府的首领。他广招同伙，地痞流氓，三教九流，只要合乎自己需要，便荐入义子府，成为他的死党，横行霸道，以国姓爷自居，组成具有硬实后台的邪黑团伙。他们不但都被恩赐朱姓，而且都被委任实权职位，其中的朱铎、朱福、朱安、朱清、朱秀、朱通、朱达、朱祥、朱铭、朱锐等人被传升为锦衣卫正千户；朱玺、朱文、朱聪、朱忠更被委任为卫所的镇抚。正德以为，赐给这些人最尊贵的朱姓，又升官晋位，一定能使他们怀恩报德，誓死效忠，成为自己最忠诚可靠的铁杆卫队。

但是，义子们并不这样想。首先是钱宁，他本来和正德最为亲昵暧昧，是狼狈为奸的同伙和随从，但亦因此对这个皇帝的品性和丑态有着最真切的了解，又看到臣民群情汹涌，反对的声浪日高，反侧的讯息屡有传闻，思忖皇位并不那么稳固，担心一旦出了大事，后台崩倒，自己必然会首先遭到问罪诛戮，更目睹正德爱恶不常，情绪多变，不少人朝为宠儿，暮投黑狱，也害怕自己一旦失宠，也会遭到不测的危运。因此，他总是留着心眼，准备后路。

他环视内外，认为最有实力的人是远在江西的宁王朱宸濠，亦观测到宸濠早有篡位造反的野心，认为暗通宁王是最可取的盘算。如果正德在位，就力求保住现有的宠信，享受大富大贵。一旦形势变化，就立即见机而作，引虎自卫，利用自己的关系，率领义子府的难兄难弟窝里造反，取宠于新主。几年来，他不断在御前为宸濠说好话，又将最机密的信息潜报给宸濠，还为宸濠出谋划策。宸濠也认为，钱宁是他埋藏在正德身边最有用的卧底。不时馈送金银珍宝，以为赏励，并许诺一旦建立新朝，便请他入阁拜相。正德蠢蠢不疑，一直对他保持宠信，这次御驾南征，仍然命他随行，任为左都督之职。

但是，随着宸濠就擒，机密文书悉被缴获，钱宁通敌谋反的秘密便揭开了盖子。正德在涿州收到确实情报，才知道钱宁的奸狡凶险，立即下旨将钱宁及义子府随行的干儿子们全部逮捕审讯。

钱宁事件的暴露，极大地刺激了正德隐秘的神经，引起了特别强烈的情感反应，愤怒的程度远远超过郡王寘鐇和亲王宸濠的兴兵造反。他认为，戡平这些叛王逆谋，不难得到广大臣民支持，而且倾全国之力镇压地区性的叛乱，必然能操胜算，绝无碍于皇位得失，自己反而可以借名"亲征"，攫取英武的光环。但对于钱宁谋叛，则具有另一种不可言宣的深痛。这一个长期最受信任和宠爱的首席义子，竟然是宁王的同谋，甚至甘当暗害皇帝的杀手。他想不通，钱宁为什么已被恩赐国姓，身任显职，连女婿和幼儿都被封为高官，可说阖门富贵、鸡犬俱仙，却不知感激，竟然会成为对自己鄙视和倾覆的奸细？他更想不通，皇皇国姓，竟然起不到一点收买的作用，朱氏皇姓难道就一钱不值吗？

审讯义子府随征各人的口供，更令正德痛心疾首。他亲自审讯朱铎、朱福等人。据这些人供称，钱宁早就串通好，要他们做好准备，等待时机一到，就和逼近北京的宸濠叛军内应外合，控制住豹房，制止正德匿藏或者逃亡，将他挟制，胁迫他下逊位诏书。必要时，还可以借乱兵之际，将他一刀了结。

朱铎还供称："钱宁还多次对义子们说，如果不是因为这个人身居皇位，不是为了利用他的权势，谁愿意窜秧儿变为姓朱的人，给他当干儿子？我们各有祖宗血脉，有世代留下的姓氏，只要等到瘟皇倒台，就奏准新主子，解散义子府，各自认祖归宗，扔掉那个臭根儿的朱字！"

正德气得全身颤抖，骂道："你们真是忘恩负义，贼胆包天！钱宁更是长在朕身上的疔毒恶疮，贴身的豺狼毒蛇，朕一定要揭他的皮，将他零剐细剐，碎尸万段，才解心头之恨！"

为了留着钱宁和这些"逆子"，等到在南北两京举行受俘祝捷盛典时才开刀示众。正德又命将钦赐给朱姓的一干人犯，都披戴大枷重镣，押随大军之后，每到一地，就牢锁在当地监狱，让他们受尽痛苦才就死。

从涿州往保定的路途上，正德一方面盛怒不息，痛心于被出卖被侮辱；另一方面，又寒心于众叛亲离的状况，连亲自收养的义子们都是埋伏在身边的杀手，义子府变成逆子府，还有什么人可以信赖依靠？皇驾安全还有什么保障？危机重重，正德的内心变得脆弱而焦虑。

他坐在金辇上，一直心绪不定，神思恍惚，忽然听到一个女人大声吆喝："你这头瘟猪哪里跑？咱一定剥了你的皮，宰你喂狗！"

正德震惊，认为"瘟猪"实指"瘟朱"，这还了得，怒命："什么人胆敢在御前咆哮，污蔑国姓，加害于朕？速速拿来，待朕亲自审讯！"

侍卫们毫不费力就将这个老婆子扭捉前来，还将她执的一把扫帚作为"凶器"，送到金辇之前。

老妇吓得魂飞魄散，她也不知道审问她的是皇帝本人，只是哀求："大老爷饶命，民妇从未犯法，是地道的良民！"

正德厉声问她："你连声喝骂'瘟朱'，岂不知朱字是当朝国姓？你冲撞御驾，又声言要杀朕，是什么道理？从实招来！"

老妇人更是大惊失色。原来她是居住在驿道旁的农民，当地农户蓄养猪只，大都采取放饲的办法，让猪在近旁野地采食野果野菜。这一天，不知哪一家的猪竟撞破篱笆，闯进她的菜园，将萝卜白菜乱拱乱咬，妇人气恼，操持一把扫帚出来驱赶。猪只逃命奔突，竟冲过了御道，老女人不敢冲撞队伍，便停歇在道旁持帚吆骂。

"你知道朱字是国姓吗？你怎么敢污蔑是'瘟朱'？"正德怒问。

老妇惶恐回答："民妇无知，咱骂的是一头闯进来祸害我家菜园的野猪，绝对不敢谩骂国姓。"

正德蓦然想到，猪、朱同音异字，此猪非彼朱。他还算明白，未再追究，只命侍卫将她责骂放走了事。

驾临保定，对于北直隶巡抚和保定地方官预先准备的奢华行宫和诸多供应并不在意，一心只是忖度猪和朱的同异，及对运道祸福的重大关联。不由得越想越疑，越疑越怕，认定是亟待处置的大事。

他还认为，这对于本人还特别具有切身利害。因为他出生在祖父朱见深在位时的成化丁酉十三年，按生肖计算，当年正是猪年，由此认定，一切养猪、杀猪、吃猪都是有碍本命人的吉凶祸福，不能不严加禁止。

其次，朱、猪二字同音，社会上总是将用牛耕田、用马供役、以羊为吉祥，认为是固常，只有对猪，向来不过是作为育肥供宰的畜物，总是使用诸如猪猡、贱豕、蠢猪、瘟猪等卑贱的称呼来叫唤，这样的孽畜，岂能和最尊贵的朱字混同？

最重要的还在于近期的政局发展，以钱宁为首随朱姓的义子们居然合议谋反，真是猪狗不若，给他带来极大的刺激。朱字岂容他们作践？

正德在保定行官内深夜不眠，蓦然起卧，亲手动笔，以钦差总督军务威武大将军后军都督太师镇国公朱寿的名义，向全国下达了一件实为御诏的钧帖："照得养豕宰猪，固寻常通事，但当爵本命，又姓氏字异音同，况食之随生疮疾，宜当禁革。为此通谕地方，除牛羊等不禁外，即将豕牲不许喂养及易卖宰杀。如若故违，本犯并家房老小，发极边永远充军。"

这是一篇愚昧无知、滑稽可笑的诏谕，却被强制施行于全国。远近流传，人心惶骇，造成了极大的震荡和祸害。

广大地区的农户都将饲养猪只作为生计的一部分，而且也供作日用饮食和年节吉庆必备的祭祀品。一旦奉诏禁养，十日之间，各地居民畏避极边充军的重罪，有的便将本户饲养的猪只宰杀贱卖，更有的竟将小猪掘地活埋，城乡秩序大为紊乱。甚至按照朝廷原来的礼典，凡祭祀历代先帝和孔孟圣人，例必供奉牛、羊、猪"三牲"敬礼。现在禁猪，只好将"三牲"改为"两牲"。北京内阁的杨廷和与随驾在旁的梁储、蒋冕等人，都一再谏阻，甚至指出，这样做不但会影响千万户生计，而且流传于天下，恐们会被后世视为笑料。但是，正德总不能解开心中死结，一直南行到达扬州，仍然固执重颁禁猪之命。

八月下旬，正德率领大军驻在涿州时，便接到了报捷军书，知道江西之乱已告平定，罪魁宸濠也已就擒，梁储、蒋冕等大臣一一再陈奏，说亲征已无必要，请求即日回銮北京。这显然违背正德借机下江南的本意，因此对他们的意见坚决驳回,声称余党未除,南征的使命还未结束,要继续进行征伐。但另一方面,正德既已洞悉宸濠之党已经就擒,无须急促行军,正好慢悠悠地行进,边行边玩乐,从涿州往保定就走了三天。

保定是北直隶的大邑重地,巡抚都御史伍符和大小官员为皇帝驾临早作了充分准备,建立了辉煌的行宫,并设盛宴行酒。当时正德正处在为钱宁等的叛变盛怒未息、怏怏不乐的情绪当中,便拿伍符开涮,发泄自己的烦乱。他知道伍符等人有酒量,就要和他抓阄比输赢,输者喝酒。伍符偶然赢阄,惹得正德大不高兴,发脾气将手中的阄子扔到地下,叫伍符下阶捡拾。伍符当然知机,以后每抓到阄就自报是输家,连声称颂皇上洪福齐天,甘喝罚酒。这样才稍为淡化了正德心中的憋闷,觉得舒坦了一些。

由于已逮捕了钱宁一伙,又想出了折磨痛惩他们的办法,又因为颁布发了禁猪诏,还是赢得到一些慰藉和胜利感,正德便发令离开保定,继续南下,走了五六天,到达山东临清。临清虽然是南北商货汇集之处,是一个水陆码头,但终究只是一个中等城邑,没有太多玩乐之处。奇怪的是,正德却严令大军停步,在这里留驻了二十多天。

原来他沉迷于对刘良女的畸形情爱,为了表达殷勤体贴,竟做出一件完全背离常理体制的风流艳事,留下了一桩绝无仅有的千古笑谈。

自从在太原晋王府夺取到刘良女,不论在西北边塞还是在北京豹房,正德总是偕她同行,把她看作最亲密的伴侣。他虽然仍然纵情声色,不断奸占各种类型的女人,但对这些受害女子,不过当成发泄变态淫欲的用品,霸奸之后便驱赶出去,或者着家属备价领回,从不放在心上。他甚至在霸占了别的女人之后,还赶快回到良女身边,与她依偎缠绵。

此次兴师南征之初,正德原来估计总会遭遇到一些战争,怕一时照顾不便,嘱咐良女移住北京近郊通州张家湾的行宫待命。他告诉良女:"一等形势稳定,朕就会派人来接你前来,和朕同下江南,饱览江浙名胜。"

"不知道要派什么人来,臣妾才能确认是皇上钦派的信使呢?"良女问。

正德思考了一下,答道:"你说得也是。宁王诡计多端,不择手段,毒辣已极,也可能已经侦察到你是朕最关爱的人,说不定会派人来诈骗绑票,用来要挟朕的。"

他突然看到良女发髻上斜插着一根金簪，计上心来，一手拔下，说："这样吧，朕派来接你的人必须拿着这根金簪为证，这是唯一的信物。你只有见到金簪，才可以放心随他而来。如果来人没带金簪，切不可受诓随行。"边说边将金簪放在贴身口袋，体贴地说："你可以放心了吧？朕会尽快派人来接你的。"

正德兴师出京，骑马过了卢沟桥，才换乘金辇。但还在道上，尚未到达涿州，便怅然发觉衣袋里的金簪竟然失落了。他大吃一惊，回忆起是在策马过卢沟桥时，一时兴起，曾纵马疾驰，直到汗流浃背，衣履紊乱，才停鞍下马，金簪很可能就是在这个时候丢失的。在他心目中，这根金簪无比贵重，因为体念着对良女的笃情挚爱，是绝对丢不得的。他也不管行军秩序，下命全军停步，吩咐几十个内侍立即返回卢沟桥沿途仔细检索，掘地三尺也要把金簪找回来。但实如大海捞针。内侍们奏报查找无着，受到一顿申斥鞭打，责令再找。内侍们只好折回，不敢放过分寸之地，不论高阜低洼、大道曲径，寻觅过每个孔隙，筛验过每颗泥沙，但还是无法寻觅到这一根具有神奇价值的金簪，只好再据实回奏，再被打得皮开肉绽。正德本人在离开保定前往临清的道上，也一直悒郁不乐。

到达保定之后，他派一个近身内侍赶回张家湾，向刘良女说明已经丢失了金簪，请她随同来人径往临清会合。但良女仍然坚定信守正德的叮嘱，必要见到金簪才敢动身。内侍无奈，只好赶赴临清向正德奏报。

这一下，却真让正德焦灼了。他惦念良女，不能想象远离良女而能够惬意南游。他苦苦思索，像着了魔一样，断然决定要亲自迎接良女同来。他密令立即准备好一艘轻便快船，要连夜沿运河北上，在张家湾和良女相会，偕同南下。

他只带一个内侍，登上快船，嘱命船夫日夜兼程，尽快到达张家湾。可惜碰到了顶风逆浪，急催紧赶，还是无法张帆快驶。一直到第六天，才航行了四百余里水程，傍晚终于到达张家湾码头。他心急火燎地赶到行宫，见良女正静坐上房，不禁激情涌动，一把搂抱住她，声音颤抖着说："良良，朕来接你了！朕亲自乘快船来接你了！"

良女见他衣履不整，未戴冠冕，既兴奋又疲惫已极的狼狈样子，又惊惶又感动，哽咽道："皇上龙体尊贵，岂可为贱妾微躯乘船远来，万一有什么闪失，臣妾即使碎尸万段、化为灰烬也担当不起啊！"又解释道："臣妾不敢违背皇上临行的嘱咐，必得见到金簪才能动身，想不到反累皇上圣心焦急，又冒着风浪辛劳，亲自回到张家湾。臣妾万万承受不起，真是罪孽深重啊！"

正德并无丝毫见怪，说道："这是朕的失误，那天纵马奔驰，没有妥善保存好信物，你未见金簪不肯轻率而行，是应该的。何罪之有？"

次日曙明，北直隶的抚按、北京府尹和卫所镇抚等文武百官，都闻知皇帝已驾回张家湾，赶忙到行宫门外，叩请圣安。巡抚伍符本来就是一个老滑官僚，深知皇上秉性，又知道刘良女具有非同寻常的地位，便大声加上一句："恭候刘娘娘金安！"请内侍务必转奏上去。他遂被准晋见，看到正德面有喜色，心里的石头放下来，小心请示皇上的行止。

正德并无多话，只是说要立即偕同刘良女沿运河返回临清。伍符等遵命，连忙备好一艘轻快龙舟，配备了随行的护卫船只和侍从人员，当晚启航。

这一次由北而东南的航行，却是顺风顺水，河清江晏，波涛平静，第三天便回到临清。临将靠岸，只见梁储、蒋冕和副大都督朱（江）彬等人为首，早已在江边跪接。正德点头示意，领着刘良女回行宫休息。

原来正德私自乘轻船北上，在臣工间引起过一阵混乱，丢失了皇帝，不知皇帝的行踪和意向，岂不是天大的要紧事？经向随身内侍细问，才知道皇上已经轻装北上，大伙才稍稍放心，又怕违忤了皇帝的意图，不敢通示沿河地方官布置迎候。有一个山东监察御史姓黎名相，自作聪明地说："皇上孝思诚笃，一定是因为离京多日，想念皇太后，要赶回去侍候尽孝，真是足为全国臣民楷模啊！"

江彬、许泰等人早就洞知正德和张太后母子交恶，不通询问已经多年，近日京内外又纷有传闻，说张太后已流露出对皇上的严重不满。母子互为戒备，岂有专为这个老太婆赶回问安之理！对黎相的美言嗤之以鼻。江彬对许泰冷笑道："黎相虽然名字曰相，但实在是不识相。他求宠躁进，却不知道拍马屁竟然拍到马腿上了！"

第六十四章

蒋知府巧思抗逆旨 刘良女善心护诤臣

正德是在十四年八月二十六日从北京誓师出发"御驾亲征"的。刚出京城，就惊闻逆藩宁王已经兵败被擒。乱事已经结束，是否继续"南征"，便成为朝议争论的焦点。大臣们都敦劝班师回京，但正德仍然固执坚持，一定要继续"亲征"，说要亲自活捉已被关押囚笼的宸濠归案，继续率领大军南下，浩浩荡荡，势不可当。但是，既然是以游乐江南为目的，便顺水推舟，听从了王守仁们的劝说，答应放弃攻略江西、扫荡余党的"计划"。事实上，兵乱方息、贫瘠残破的江西本来对他就没有多大的吸引力，于是改途易辙，直指繁华富丽的江南。

他是到十二月二十五日才驾临南京的，距离出发之期，刚好是四个月。漫长的追欢逐乐的征途，创造了史所罕见的纪录。

他乘舟沿运河南行。九月二十四日，正逢三十岁诞辰万寿节。这是最隆重的庆节，例应举行盛典，北京所有大臣勋贵，都要亲诣庙殿，一则敬拜祖宗，二则面觐皇帝恭祝圣诞。但是，作为主角的皇帝，此时却正旅次德州。京师百官经过集议，只好办了一个缺席的仪式，在皇位空座的情况下，遥贺圣诞。正德闻知，并不在意，丝毫未减游兴，反而讪笑说："这些老爷们，就只识得按照老谱儿的俗套办事。"

沿德州南下，正是霜降前后，沿途云绕山峦，枫叶红火，好一片秋色风光。最令正德高兴的，是沿岸并未见到破烂的草屋危房，也未见到衣不蔽体、饥寒交迫的人户。反而看到不断有人连群结队，袍服鲜亮，沿岸欢庆皇上光临，叩谢皇恩。好一片升平和谐的图画。

江彬借机说："皇上治国有方，抚恤百姓，万民富足，真是旷古绝伦的盛世气象啊！"

正德点头称许，自命不凡道："朕不是只能施加小恩小惠，只重陈言俗行的皇帝。朕自有匡时济世之道，要承担起千钧重负，要做超越三皇五帝，比美尧舜，驰名千古的帝王！"

原来这一套都是江彬和张忠等费尽心思特别安排的。他们深知正德酷爱排场，喜好炫耀，乐于报喜不报忧，因此事先勒令沿途官吏，必须在皇驾路过之前，将一切危房草舍拆毁，将一切贫寒人户驱赶到离岸十里以外，又再收买和强迫一些人，扮作喜跃欢舞、感恩戴德的角色，务必营造出一片太平盛世的景象。这一来，老百姓遭殃了，居住了数代的茅寮老屋一旦被推倒，顿时失去了躲避风雪的栖身之处；被迫离开故土，衣食无着，转徙流离于穷山恶水之间。不少人无以为生，甚至葬身沟壑，送了性命。所谓太平盛世，其实是用残暴手段炮制出来的。

正德一行舟过济宁，到达徐州。在徐州增设了全套仪仗警卫，换乘豪华龙舟，一路鼓乐喧天，旌旗开道，直达淮安的清江浦。

清江浦是黄河和运河交汇之处，湖山优美，是东南的胜地，又是打猎和钓鱼的好场所。正德在这里停留了十多天，恣意渔猎。

他猎获不少野兔禽鸟和湖鱼之类。对于大量猎物该怎样安排，他也煞费心思，下谕分赐给随行人员及地方官员。但是，这不是可以白白享受的，规定凡获赐的官员必须献上金帛答谢皇恩，该献多少金帛，居然也形成了"市价"：得赐一只野兔，应献纳白银五百两；一只野鸡，应献白银三百两。至于鱼虾，则是以分量论价，三斤以上的大鱼应献白银五百两，二斤的三百两，一斤以下和虾蟹蝎螺之类是每斤一百两。受赐的官员苦不堪言，但又不敢不按数缴交，不敢辜负皇恩赏赐。其后皇驾到达宝应，也在当地著名的氾光湖上重演了一番，不但渔猎尽了兴，又收敛到一些贺喜的财帛。

为了迎接圣驾，南京、山东、河南、淮阳等地的文武官员都集合到清江浦叩问圣安。江彬示意，既为御驾亲征，当然要炫耀军威，让所有文武官员都穿着戎装觐见。武官有现成军装，文官向来没有，只好临时张罗甲胄头盔。因为是面觐皇帝，所有官员不敢骑马乘轿，都得徒步跟随圣驾后面。这一来，只见清一色军装打扮的老少官僚，蹀躞随行，既分不出文丞武尉，也不知道官阶高低,队列错乱,互相践踏。江彬也无法号令,只好草草收场。

但是,江彬之所以要以圣旨的名义,调集东南各地的官吏前来,却是有着自己的打算。首先是为了树立自己首宠强臣的地位,抖出恃强凌弱的威风。当时连南京守备成国公朱辅这样的宗室贵胄,谒见江彬时也得长跪听命。总兵镇远侯顾仕隆性格倔强,私下表露过不满之色,江彬便向正德密报仕隆有不轨之心,撤去了他总兵之职。这一下子,几省自巡抚、巡按御史以下各府州县官自然受到威慑,只好对他巴结逢迎,俯首听命。正德通过江彬屡次颁旨征索银两以及鹰犬珍玩,众官疲于应命,还是不能满足。江彬派出大批旗牌官,分别到各处官衙坐索。旗牌官狐假虎威,往往对地方官加以违忤钦命、藐视江大都督令旨的罪名,咆哮公堂,甚至拳打脚踢,限期交纳,不到手绝不肯罢休。有一个州通判名叫胡琮,受不了打骂污辱,又实在无法从干糠中挤出油水来,自知绝难在限期内交出款物,只好上吊自杀。而江彬矫旨刮索之际,也捞取了大量财富,沿着淮河三四百里境内,顿时成为重灾区。

正德一行在淮安清江浦玩乐讹索了十天,十二月初一日来到扬州。

扬州是历史名城,是富甲天下的鱼米之乡,自古以来,就一直是历代帝王、豪门巨贾以至缙绅士人们向往的名城,所谓"腰缠十万贯,骑鹤下扬州"。故此,正德将扬州作为南游的第一站。

他乘坐龙舟,与刘良女并坐舟首前舷,欣赏着沿江景物,兴奋说道:"良良,你生长在山西太原,今随朕南游,也应该知道东南几座城市,各有自己的特点:所谓杭州以湖山胜,苏州以市肆胜,扬州以园林胜。眼下就要到扬州了,我们一起看看盛极一时的当地园林,难道真是琼楼玉宇、人间仙境吗?"

良女不知道该说什么好,只能答谢皇恩。

正德接着说:"我们在扬州多住一些日子,然后再到南京和苏州、杭州。'上有天堂,下有苏杭',我们一定要玩个痛快!"

太监张忠是为正德打前站的,早在十天前就领着一批侍卫先行到达扬州。

他首先夺取扬州最大的豪门大宅,赶走原有的住户,改称为都督府,虽然来不及重新建构,但以最快的速度日夜赶工,安排好豪奢华美的铺陈。

正德进入扬州,果然见到它迥异于北方的秀丽景物。扬州沿河两岸有一条贯通南北的大街,沿街楼阁精致,点缀天然,各有风姿,似一道柳暗花明、美不胜收的长廊,所谓"春风十里扬州路""十里长街市井连"。最动人之处,是夕阳西下,夜幕揭开之际,两岸的酒肆娼楼,点燃着万盏绛纱明灯,光芒耀列于堤坝,恰与江上箫鼓齐奏、弦歌弹唱的游船交相辉映。正德偕同良女,或乘坐龙舟巨船游行于江上,或轻装简从,乘小轿溜达于长街之中,引为大乐。

张忠和江彬精工打造了一条极尽豪华的龙舟。配齐笙箫管乐,请正德遨游于瘦西湖,或者沿着护城河,俗称为小秦淮,慢驶浪行,尽情欢赏。正德乐而忘形,传令御舟上的乐工和声奏乐。湖上和江上的船只,为了迎合皇上的雅兴,也张灯结彩,追随在御舟之后,组成一队色彩绚烂的游船队列,真是"夜桥灯火连星汉,水郭帆樯近斗牛"。正德高兴得手舞足蹈,亲自鼓瑟吹笙,对良女说:"这样的风光秀丽,怡情悦性,朕从未经历,若不南游,岂不辜负了大好湖山?岂不是枉为天下之主?"

正德在饮食酒肴方面,并不拘泥。对于尚膳监派在豹房御厨供应的饮食,什么金盘玉盏、象筷银匙,每餐必备的八果子、八小菜、四案酒、十二下饭大菜,另有羹汤甜点等;鲍鱼、海参、燕窝、鱼翅等珍馐,所谓"宰凤烹龙";以及就餐前后的赞礼奏乐,早就厌烦。只要兴之所至,便不理会尊卑贵贱,不在乎街巷弄里,酒馆食肆,都要亲自尝试,但求美食惬意。风味独特的扬州菜肴和点心,亦让他食欲大增。长期的繁荣富庶和物产丰饶,加以历代传承不断改进的烹饪技术,形成了声名卓著的淮扬菜系,"会寰区之异味,悉在庖厨"。他尝到了以豆腐、面筋、菌蕈和笋芽为原料的新鲜食品,还有诸如拌鲟鳇、鞭竹鸡,尤其是名为鱼咬羊的特色菜。所谓鱼咬羊,就是将绞出内脏的鳜鱼,填入精选的羊肉,小火红烧,做成鱼不腥、羊不膻的淮扬名菜。而"鱼"和"羊"合起来就是"鲜"字,突出鲜香味美。时当腊月,又正是扬州吃风鸡和醉蟹的最佳季节,所谓"醉蟹不看灯,风鸡不过灯",就是说过了次年的元宵灯节,鸡和蟹都发老,难以保持原有的鲜美特点了。正德逐一品尝这些菜点,连声说:"仅凭扬州菜点,就不枉朕此一行了!"

他又嘱咐,要带几个扬州名厨随驾回京,进入御厨,在豹房供应饮食。

他早就听闻传说,隋炀帝曾经"阅伎于扬州",引为艳事。这个伎,并不是指娼妓，而是指扬州出色的戏剧歌舞。到了明代，扬州的戏剧歌舞更有了重要发展。正德对流行于扬州城郊的合称为草台戏的花鼓戏、香火戏都十分欣赏，下谕传集一些土班子来都督府演出，令所有文武官员随同观看。有些官员认为这是出格的事，一个御史壮着胆子进言："这些草台戏，本地叫作乱弹、土班子，人员流品复杂，演唱的又有伤风败俗之词，有碍皇上观听，实不宜召入府中。"

正德大发雷霆，指着御史痛骂："你枉读诗书，不知御史本职为何事，说的都是屁话。什么叫伤风败俗，淫秽之词？圣人还说过食色是人之本性，一切虚文俗礼，都是你们这些假道学炮制出来骗人骗己的！草台戏有什么不好，为什么不能君臣同看同乐？试问在座之人，有谁未干过伤风败俗之事？如果你的父母不动心淫秽，怎么会生育出你这个混虫？"

众人不敢吱声，御史大汗淋漓。叩头认罪。

自此以后，都督府里经常锣鼓笙笛共鸣，草台戏的演艺人员也得到钦命，不必顾忌，必须保持原汁原味。乐曲声声入耳，歌词荡气回肠，生动活泼。剧情多有怨女旷夫的吟叹，男女之间的调情骂俏，并夹有放荡的俚言荤话。众官员有的还是看不惯，心中暗自嘀咕，以为是难登大雅之堂；但也有人为之会心动情，认为泼辣可喜。正德指出，这些草台戏表达了人间的真情至性，远比官廷里演奏的圜丘乐章为好。他乐此不疲，击节赞赏，还多次召见班主和演员，赏以金帛。

扬州的园林建筑兼有北方之雄、南方之秀，建筑群又集中在瘦西湖沿岸，绵延十余里，各个景区又有不同的特色。正德向往扬州园林甲天下的盛誉，连日安排出游。江彬、张忠为此也做了周详准备，勒令园主们重新粉饰，一律摆设香案迎候，沿途派有逻卒暗探严加戒备，绝不容许稍有疏虞。两岸花柳长依水，一路楼台直到山。

一日，正德偕同良女，便衣登上扬州有名的蜀岗，远望绕山而过的运河，扬州诸胜尽收眼底，又见遍岭上下红梅绽开，恍似铺在山峦的鲜艳的彩霞，为之沉醉不已，感慨而言："当今腊月，北京只是滴水成冰的三九寒天，而扬州的梅花已经盛开，预告着盎然春意。山光水色交融，真是人间奇境！"

他们信步登上岗顶，见有一座佛寺建在巅峰之处，寺门未见人迹，只听到里面传出钟磬诵经之声，举目看到寺门顶端，悬挂着"禅智寺"的匾额。

这座佛寺极为气派。山门高敞，正门向西偏北，寺墙俱是水磨青砖精砌而成，寺门则是三重鳌角，屋顶檐下浮雕着五龙飞腾缠绕。进入寺内，门内长廊有金身雄伟的四大天王坐镇，八大金刚把守，十分森严肃穆。通过长廊，禅院当中建有一座钟鼓楼。再往前行，则是一间巨木为柱、坚石为基、巍峨广阔、气象庄严的大雄宝殿。最有特色的是，大殿房顶竟是用绿色琉璃瓦铺盖。据说当年太宗皇帝起兵"靖难"，曾以高僧道衍作为谋主，道衍出谋划策，都能洞贯机要，出奇制胜，功不可没。而道衍和尚正是出身于禅智寺。为酬功报德，太宗皇帝破例特准本寺采用本来只有皇子府邸才准采用的绿琉璃瓦。有此典故，禅智寺的身价大增，成为扬州一大禅院。

大雄宝殿正中供奉的是释迦牟尼，左边是阿弥陀佛，右边是弥勒佛，佛像尊严，金身宏伟。又在另辟的一间侧殿，专门供奉观音菩萨的素衣立像，观音素衣伫立，手持净水瓶和杨柳枝，另有一种慈悲惠爱形象。正殿和侧殿都香烟缭绕，足见信士众多。

两人刚入殿堂，禅智寺的住持云悟禅师便赶出来迎迓。云悟穿着海青色的圆领方袍僧服，又在右肩披着一件大红色绣有金线的袈裟，这既显示出他的方丈地位，又表示出待客隆重。他恭敬笑迎正德和良女，双掌合十说道："两位施主光临敝寺，实在是禅林盛事，令寺院生辉。"

云悟禅师年将八十，但思维清楚，口齿灵便。他在扬州住持禅智寺已有多年，平日交游广泛，活跃于僧俗两界。不但禅学知识得到称誉，而且颇有势利眼光。他早就听说当今皇帝用大都督的名义来到了扬州，早就做好迎接准备。今天一早，又遥望到一男一女，先是乘坐大轿来到蜀岗岗下，然后携手上岗。二人虽然便衣，但在岗前岗后，都密布警戒卫卒，便揣摸准了来人便是当今皇上，和身份特殊的刘娘娘。但又故意不揭明，只是称呼为尊贵的施主。

云悟对正德二人殷勤介绍本寺历史，又要带领他们往里观看收藏有五百罗汉的罗汉楼和藏经阁，以及以种植娑罗树和菩提树为主的佛家园林。正德兴致大发，欣然随他而行。

良女婉辞，等正德和云悟步出大殿，她疾步转入观音菩萨侧殿，先是上香礼拜，然后俯跪在蒲团之上，虔诚地忏悔祷告。她吁请观音大士理解自己的悲情苦况，甘愿承受百般劫难，堕入阿鼻地狱，只求解脱自己的深重罪孽。她为皇帝祈祷，但愿观音妙光感化，开悟皇上归善灭罪，禳灾修福，能免千万劫难，更恳切祈求观音和诸神发出菩提心，庇护怜悯远在山西太原的丈夫和幼儿弱女，望他们饶恕自己的寡恩绝情，忘记这样一个失去节操的绝情妻子和母亲，祈祝他们在家乡能够平安生活。良女在观音法座之前百感交集，悲恸无已，尽情倾诉。

正德颇有兴致地观览了罗汉楼内用檀香木精工塑造、神态各异的众多罗汉，但却无意登上藏经阁。云悟请正德进入方丈室奉茶。

正德入室，看到早有布置，侍者恭敬迎候，并且奉上香茗。在方丈室正中向阳处专门摆放着一条长几，几上铺着一张上乘宣纸和笔墨。他注视之时，云悟趋前进言："施主今日光临敝寺，真是莫大的因缘，是佛门盛事，更是敝寺无量无边的福分。僧众等殷切盼求施主能赐墨宝，为敝寺书写一个匾额。翰墨生辉，更显佛法庄严。"

正德本来在书法上就有些根底，欣然答允。随即走近案前，拈笔濡墨，笔走龙蛇，一挥而就，在宣纸当中写下刚劲有力的"禅智古寺"四个大字。

写了这四个大字之后，正德仍然握笔沉吟，若有未尽之意，又端端正正地在匾额的左下端，写下"己卯御笔"四个字。

这等于公开宣布了自己的皇帝身份。云悟和众僧大喜过望，纷纷罗拜感谢，称颂皇恩浩荡，是广结佛缘留传千古的大功德。

僧俗欢欣陶醉之间，忽然听到由远而近一个半男半女的声音嘶叫："反了，反了！这还了得？"

正德一惊，急忙举步走向大殿。

放眼一看，原来是亲信太监张忠，正气急败坏地闯入殿内。正德进入大雄宝殿，寺僧们也不管什么寺规惯例了，竟在释迦牟尼宝像之前，摆放了座椅，作为临时的御座。近身侍卫也闻风进入寺内，侍立两侧，大雄宝殿顿时变成执掌皇威的场所。

正德急问："什么事如此慌张？"

张忠回答:"有两个狗官要和皇上对抗,不但逆旨行事,而且还另出鬼主意,有意丑化皇上。事关重大,奴才才急来面奏的。"

"哪两个人?"正德问。

原来张忠有意告刁状,因为他奉行正德的指令,要在扬州搜刮美女和金银财帛,但都遭到地方官员的软磨硬扛,人和银两都未如数到手。出力筹措之间,却又遭到扬州知府蒋瑶和高邮知州吴鼎二人别出心裁的对付,气得暴跳如雷,因此押着蒋、吴二人直奔蜀岗来告御状。

张忠首先对蒋瑶猛烈攻击,说:"奴才奉旨在扬州搜选美女,想不到当地百姓却抢着将女儿嫁出去……"

正德打断说:"这是朕当年在晋绥以及南下沿途都发生过的,叫作什么抢郎配,完全是刁民们不体会皇恩的蠢行。但经过地方官的追搜和弹压,还是有不少俊俏女子被追选进来。"

正德接着又脱口而出:"这些刁民不明大体,天下之大,女儿配了郎就躲得脱吗?他们并不知道,朕不在乎大姑娘或小媳妇,只要朕看中了,都要普施雨露!"

这一番淫荡言词,让侍立殿中的僧侣们十分难堪。云悟知机,领众僧退出回避。

张忠接着揭发:"皇上有所不知。前时各级地方官都是奉旨行事,穷究追踪,深挖严查,不论已嫁未嫁女子都被查出来,将抢郎配的歪风镇压下去。但眼下这个扬州知府蒋瑶却反其道而行。据奴才收到的线报,蒋瑶竟敢放肆,说什么身为父母官,岂能眼看民女受糟蹋;又说宁愿自己受罪,也不让百姓遭罪。他在皇上未到扬州之前,便示意民户尽早为女儿寻觅夫家,立即成婚,然后由夫家携带远窜到偏僻之处,以求脱免。"

正德怒道:"真是无法无天,竟敢拒受皇恩,视皇命如空文,岂能容他?"

随又移怒于张忠等人,质问道:"你们都是死人吗?是干吗吃的?"

张忠分辩说:"奴才早就密嘱侦探,查明谁家有处女,谁家有少妇。前天夜半突击封锁道路,高举灯火,遍户穷搜,一有发现,便立即揪拿回来。"

"那不就结了吗?"正德问。

张忠懊恼回复:"由于蒋瑶早就广泛通知各民户预先逃避,也找不到几个够格的女子。"

看到正德怒不可遏,张忠又火上加油:"事后,这个蒋瑶却送来几个女人应付差事。"

"什么样的女人?"

"几个年过三十,浓眉大眼,膀阔腰圆的女人,说是在乡间种桑养蚕的农妇!"

正德气得七窍生烟,拍案叫道:"这不是公然对抗,故意戏弄于朕吗?"

随即命令侍卫:"将狗官蒋瑶押上来,朕要亲自将他审讯定罪!"

原来知府蒋瑶早就预知扬州富饶秀丽的名声在外,御驾到来,需索必多,他身当其冲,实在难以应对。他知道如果不满足皇上和随从的逼索,必罹至重罪;但如果强迫民户交出妻女,又实在对不起扬州百姓,永怀愧疚。他苦思之下,最后狠下决心,宁可自身受罪,不肯种祸于民。张忠指控的各项事实,虽有煽动夸大之处,但大体上也确有其事。

他已押入大雄宝殿,早就被剥去冠冕,戴上手铐,入殿下跪奏告:"微臣扬州知府蒋瑶叩请圣安!"

正德质问:"大胆蒋瑶,你因何鼓动抢郎配的歪风,教唆百姓妻女远窜,阻碍皇差?"

蒋瑶奏道:"扬州城内有四万户十余万人口,微臣焉有能力逐户教唆鼓动?这是没有的事,求皇上明察。"

正德追问:"你不奉献美女,反而送上几个粗壮农妇,不是有意戏弄朕躬吗?"

蒋瑶自知犯了死罪,只想一吐为快:"微臣赤心事上,深知皇上英明,必以百姓之心为心,所以才专门送上几个身家清白、勤苦耐劳的良家妇女,以备驾前驱役。"

正德烦躁挥手:"将蒋瑶押出去,等审问吴鼎之后,一并定罪!"

吴鼎入殿,一身陈旧公服,满脸清鲠颜色。未待叩礼完毕,正德便问张忠:"这个吴鼎是怎样恶意讥讽朕的?"

张忠立即回奏:"奴才奉旨,向沿途州县征收南游用费,多数州县已经如额缴交,有些州县虽未能足数,但亦表示将陆续补缴;只有这个高邮州知州,胆敢自称无力征解，拒旨赖账！"

正德怒问吴鼎："这是怎么回事？"

吴鼎叩头奏言："高邮州库藏亏空，而且遭到三年大旱，人户逃亡过半，征收确实困难。上月奉旨征银十万两，万般拮据当中，已经如数上缴。但前日张公公又下钧谕，着令再交五万，微臣确实无法张罗，因此才误了皇差。"

张忠指控："他不但违法抗旨，还居心险恶，转弯抹角侮辱皇上。"

"你说说看。"

"奴才屡次催他上缴银两，他竟交来一包簪珥之物，说是他妻子仅有的值钱首饰，要用来顶充欠款。"

这也出于正德的意外："其中确有什么稀世珍宝吗？"

张忠掏出一包用绛红色陈年纱巾包裹的饰物，解开了送到御前："请皇上亲览。"

正德一看，内中只有一双银手镯，一条镏金项链，还有一支粗质玉簪，别无他物，估价不足二十两银子，显然是吴鼎未中科名前娶亲的聘礼。不觉又气又恼，猛将包裹掷在吴鼎跟前，喝道："你是什么意思？"

吴鼎回答："微臣家中确实只有这些东西还值点钱。"

正德连续审问了蒋瑶和吴鼎二人，也实在疲累了，下谕："将这两个胆大抗旨、嘲弄朕躬的狗官推出斩首，就地正法！"

侍卫们上前捆绑，正要推出殿外行刑，突然从侧殿冲出一个女子，她披头散发，满脸泪痕，扑跪在御座旁边。

正德一看，原来是刘良女，惊问："良良，你要干什么？起来说话！"

原来刘良女在侧殿，将张忠告状和皇帝审问蒋、吴二人的经过听得一清二楚。蒋、吴的辩词和作为，触发她感怀身世，实在不忍见到两人破家丧命，情不自禁踉跄奔出。

良女跪地不起，用泪眼仰望正德，鼓起勇气说道："皇上信奉神明，怎么能在寺门清静之地，在佛陀殿前诛杀臣子呢？"

正德一怔，知道良女在为蒋、吴二人求免，强压怒火，改口说："也罢，死罪可免，活罪难饶。将这两个犯官拖出寺前，各重杖三十！"

张忠深知刘良女在正德心中的特殊地位，虽然大为不快，但不敢驳回良女的求情，反而因势利导，顺口说："刘娘娘的高见照应佛戒，极是，极是！"

正德以为事已了结，正要扶良女一同离寺，但良女仍然俯伏在地，哭泣不止。

正德忙问："良良，你还有什么话要说吗？"

良女眉睫间充盈悲切之情，哭道："臣妾今日承恩，陪同皇上驾临名山，参拜佛陀，正在为皇上祈福，求神灵保佑圣躬万福，却惊闻皇上要杖拷犯官，扬州的百姓必然以为都是臣妾进谗唆使之故，众口铄金，臣妾身负恶名，真是百口莫辩啊！"

正德犹豫。良女继续说："这两个犯官愚蠢憨直，但确实各有为难之处，并不是故意侮辱皇上的。"

正德似有所动，问良女："良良，你的意见是……"

"请皇上开恩饶了他们吧！"良女回答说。

正德在大雄宝殿上踱了几步。终于下了决心，高声传偷："把这两个犯官松绑，免杖，革去官职，驱逐回籍，永不录用！"

第六十五章

火者阿三夤缘攀附　风生浪起仓促班师

正德从扬州启程,在仪征渡江,十二月二十五日到达南京。

南京位处长江下游,西临坦荡辽阔的江淮平原,东接锦绣富饶的江南鱼米之乡。境内山冈、丘陵、平原、江河、湖泊纵横交错,雄伟秀丽。因为南京城东边屹立着一座钟山,恰似盘结在皇城一侧的巨龙,被称为"钟山龙蟠"。而在城西又有一座清凉山,亦名石头山,它地处险要,监临着长江惊涛拍岸,历来是江防要地,被称为"石头虎踞"。"龙蟠虎踞"被誉为天然的帝王之宅,自东吴、东晋、南唐以次,宋、齐、梁、陈都建都此地;明初前五十年,也被定为首都。

明太祖朱元璋在南京当了三十一年皇帝,明成祖朱棣是在永乐十九年才迁都北京的。但是,仍然给予南京特殊的崇高地位,称之为留都,也叫南都,与北京合称"两京"。

在南京,不但郑重设立朱元璋本人及祖辈的坟庙,妥善保存原来的宫阙殿宇,还按照中央朝廷建制,设有一套五府六部、六科十三道以及各司寺监衙门。所谓五府,是指中、左、右、前、后五个军事都督府;所谓六部,是指主管各方面政务的吏、户、礼、兵、刑、工六个部;六科和十三道则是负责监察事务的。其他诸如太常寺、光禄寺、鸿胪寺、大理寺、通政司、国子监等部门一概齐全,俨然另一套中央部门的格局。虽说此处未设有内阁,但这一次四个内阁大学士中有梁储、蒋冕二人随来,便显得一应俱全了。

正德认为,设在南京的中央各部寺,担任官职的都是一些失势罢退或者养老的人,是尊贵而清闲之官。这些人为了苟安自保,较少直接议论政事,也都不敢和皇帝作对,故此留都会比首都安静,便于肆意行事,加以南京绮丽繁华，是著名的风华烟月、金粉汇聚之区，于是产生长期驻跸之意。

南京有朱元璋和朱棣遗留下来的现成宫殿，内有宫城，外有皇城。宫城中间建有规模宏伟的奉天殿、华盖殿和谨身殿，通称"三大金銮殿"，是两位开国皇帝举行大典、接见臣僚和决策政事的场所。三殿后面有乾清、坤宁等东西各六宫。皇城是在宫城之外所建的另一城圈。皇城之内建有祭祀祖先的太庙和社稷坛，供皇帝祭天、祀神、敬祖之用。中央各官署也设在皇城内东西两侧。永乐北迁以后，宫殿空置，但仍然保护维修完好，于是便成为正德的新宅。

但是，正德对于深宫大殿并不欣赏，厌恶它森严肃穆的氛围，认为受到拘束，不便于随便进出。他住进宫殿没几天，便对张忠和江彬牢骚说："怎么这里也和北京宫殿一样，总有一股阴暗沉闷的酸腐味道，真不知道太祖和成祖皇帝怎样过日子的？"

张忠和江彬会意，赶紧在南京名胜玄武湖畔建了一座新院落，名为御幄。御幄是仿照北京豹房样式构建的，虽然不及建有太素殿和天鹅房，但便利舒适的程度则过之，完全适合正德改装易服、随意穿行花街柳巷的习惯。御幄之内，正德还谕命建设一个腾椿殿，专供刘良女居住。正德留跸南京八个多月，主要就是居住在御幄之内。

除了御幄之外，还必需有配套的建构。首先是对沿途搜刮来的大批女人，包括在南京和江浙等地近幸官员陆续献来的大量幼女，如何安置，就是一件棘手的事。开始时多将这些女人收容在尼姑庵内，但逐渐各庵均告爆满，便仿照北京设立了一个更加宽阔的浣衣局，将她们圈禁局内。不过因为人数实在太多，还是无法尽数收容，浣衣局内女子衣食所需费用巨大，仅薪炭一项就要支付十六万斤，却还是不够日用。正德一再谕命南京户部增加供应，户部只好罄库交纳，而库藏有限，献送上来的女子日多，故此暗底下采取赎买的办法，家里有钱的可以用金银赎回妻女。而多数家乡遥远或家庭贫困的，只好留在院内忍饥挨冻，不少人冻饿而死。南京浣衣局实在成为一座人间地狱。

张忠等还大力充实南京的教坊司。南京礼部本来配置有一班乐舞生，在庆节祭祀时承担奏乐和舞蹈，教坊司则蓄养着一批歌姬官妓，经常配合演出。但自皇权北迁以后，南京教坊司便成为一个最清闲的部门，南京官署收养着的几十个贫瘠老弱的乐舞生，只能在一些节日典礼中应应景，吹奏几曲陈腔旧调，南京各官谁也不敢请御用的教坊司官妓为自己寿诞祭仪或筵宴助兴。正德在南京谒拜太祖陵墓和举行立春庆节的时候，看到这些褴褛老弱的乐舞生技艺生疏的演奏，又看教坊司的官妓，竟都是一些四五十岁的婆娘，有些人还是鸡皮鹤发的老妪，非常憎恶不满，当场对南京礼部尚书俞谦等人斥责道："这算什么钟鼓之乐、管箫之音？不但怠慢了祖宗，也是对朕的不敬！"

俞谦诚惶诚恐，一时也想不出救急的办法。他连夜前来请教张忠："皇上对今天的演奏有愤怒之色，下官愚鲁，想不出补救的办法，只好请张公公指点。"

张忠心中有数，故意卖弄关子："俞大人职司礼乐，岂不知皇上擅长音韵，又喜好热闹新奇，让这几个歪歪倒倒的老陈人演奏过时的曲调，还能不砸锅吗？"

俞谦回答："为难之处就在于旦夕之间，怎样才能换人变调，符合圣意呢？"

张忠笑道："这有何难？乐舞生的事可以暂时搁下来，一时也培养不出新人来。就是对教坊司必须立即充实。"

"对呀，怎样才能立竿见影，及时充实呢？"

"俞大人在南京任官多年，岂不知此地是风流侈丽、争妍斗艳的美人窝？把民间一些妙龄俏丽女子弄到教坊司来改为官妓，必能使龙颜大悦。"

俞谦千恩万谢："幸得公公一言提醒，鄙人立即照办。在皇上驾前，还请公公美言照拂，定会厚谢！"

教坊司虽然引进了不少新人，但这些少女们都惊慌不定，一时也排演不出艳舞新歌。

而正德早就知道，南京最集中的勾栏中心、歌舞优胜之地是享誉千年的十里秦淮河。

秦淮河在南京城南最繁荣的中心地区，又和天然景致美妙交融，像一条玉带横贯南京城，玄武湖和莫愁湖又像两颗明珠衬托左右。秦淮河和扬州瘦西湖的景象大有不同，瘦西湖湖面宽阔，以楼台点缀为胜，而秦淮河则是两岸河房密布，雕栏画栋，绮窗朱帘，灯火万家。两岸有用大块青石铺设的路面，其间商铺林立，是市肆和居民密集之区。但却未因锱铢贸易和世俗民生，显出混乱浠杂，反而衬托出它的人文特点——"河房水阁，桨声灯影"的风貌。正德随意漫行在两岸河畔，观看百货骈集、商贾兴旺、酒帘高招的市况，也注意到两岸房舍的建筑风格，都是前门临街，后窗面水，正厅对河开有大窗，便于欣赏秦淮风光，被称为河房。正德在河岸酒肆，喝到当地用诸色花蕊含苞初放时采集起来酿制而成的花露酒，这种酒经年香味颜色不变，红鲜如新摘，花汁融渗在酒露之中，沁人心脾。

刚到达南京，便迎到正德十五年春正月，除了在元旦之日要拜祀朱元璋的坟墓孝陵外，初八日是立春之期，十五日便是元宵节。正德游兴大增，下谕盛大举行，而且着重铺陈在秦淮河中和两岸河畔。应天府奉谕大力催办。城内城外，河中河畔，高悬各种式样的花灯，有菱灯、藕灯、荷花灯、鱼灯、蟹灯、虎灯、蛤蟆灯、花篮灯，还有宫灯、走马灯。特别有一种纱灯，用丝帛织成，薄如蝉翼，有竹木框架支撑，内燃蜡烛，透出五彩缤纷的明亮。秦淮河上灯船接连不断，徐徐而行。在接近御幄前，大舫上高悬着一架鳌山万岁灯，规模宏大，制作精巧，前后近傍的其他游船，又点燃着千万盏灯，叠为山形，以不同颜色的明月歌灯衬托，熠熠生辉，还特地以大红彩灯为框架，瑰丽庄严，会合编造为"恭祝皇上万寿无疆"的灯景。正德兴高采烈，不断挥手示意。正是：银烛灯影明月下，君王陶醉在秦淮。

南京是十朝古都，历史上偏安东南的各个小王朝又都崇佛，广建寺院，所谓"南朝四百八十寺，多少楼台烟雨中"。

朱元璋和朱棣都信仰佛教，之后又相继敕建和重修了一批寺院，其中规模宏伟者就有所谓灵谷、天界、天禧、能仁、鸡鸣五大寺。

正德在南京偕同刘良女遍游各寺院，而其中最使他念念不忘的是城南的大报恩寺。

大报恩寺反映了明初政治动态的特点。它的建构模式、供祀的神灵、钦赐田亩的数量以至香火祭品和钱粮供应，都和其他寺院迥然不同。永乐十年，朱棣在天恩寺的原址上修建而成，工程浩大，征集军工、匠人十万人，用了十九年的时间才完成工程。寺内建筑都按照宫廷模式，还专门建了一座九级五色琉璃宝塔。这座塔五彩绚丽，夜间佛火升腾，全城可见，是南京第一高塔。

大报恩寺除了例设供祀三大佛的大雄宝殿外，还另建一座大殿，俗称硕妃殿，专门供奉硕妃娘娘的牌位。所用一切香油蜡烛都由宫廷定期奉供，每年由礼部按时祭祀，此外便终年封闭，不许任何人进入。

为什么寺名报恩，又专辟一个神秘的供奉硕妃的大殿？其中原委，正德从小便有耳闻。

原来朱棣的生母并不是朱元璋的发妻马皇后。明朝建国前，朱元璋率军攻打南京，在乱军中抢掠到一个高丽籍金姓女子，朱棣就是这个高丽女子生育出来的。马皇后认为女子出身不正，而且怀胎不足月，便将她贬斥凌辱致死，另派宫人抚养朱棣。朱棣成年后，被封为燕王，坐镇北平，表现得英武智勇，得以管辖沿边兵马，威名大振。但生母的不幸遭遇，成为他内心的长久心病。

朱棣起兵夺取侄子建文皇帝朱允炆的帝位时，为了抬高自己的身价，一直强调是马皇后嫡出的圣子神孙，举兵靖难，绝非僭逆。称帝后，为稳定局势，一时也不敢说明真相。直到永乐十年，马皇后也早就去世，他才在南京建立大报恩寺，专辟辉煌大殿供奉生母硕妃神像。朱棣的深意，臣民们都有觉察，只是不敢明言而已。

一日，正德下谕，要偕同良女前去大报恩寺，还特别指明是为了拜祀硕太妃。太监张忠等早就知会了礼部和寺院住持，迅速做好准备，还指派了供奉祭典的仪礼奏乐人等，等候御驾莅临。

不一会儿，正德穿着素服，和良女分乘金辇大轿到来。张忠趋前恭敬奏报："恭祀硕妃老娘娘的仪礼供品等都已准备齐全了。"

正德进入寺院，穿过大雄宝殿，径直来到硕妃殿门前。

张忠小心请示："奴才等是不是也追随圣驾，陪祀硕妃老娘娘？"

正德指示："不必了。只有朕和刘娘娘才进入殿内，其他人等都留在殿外。非经传唤，一律不准入殿！"

正德和良女进入殿堂，殿内已粉饰一新，神位前高悬一盏象征功德无量的明灯，几案上供奉着香花宝烛酒醴玉帛等物。张忠等人早就知道这段历史，也揣度到正德前来拜祀硕妃的别样心理，力求洽合圣意。

殿中神龛供奉着硕太妃的坐姿塑像，虽然称号不过是妃子，但却戴着九龙四凤的皇后宝冠，阔袖大衫霞帔，腰环玉带。霞帔里却是穿着一件粉红色的团龙袄衫，束带几及腰际的淡黄色长裙，可以看出结合了高丽的服装打扮。塑像年青秀丽，纤纤细足，并不是马皇后年过五旬圆脸膛的神像，也没有著名的淮西大脚。正德在塑像前凝神默视，自言自语："对了，对了！"

良女不知其意，不敢答话。

接着，正德濯手整冠，亲自在硕妃灵前酹酒上香，口中念念有词，最后叩头跪拜。

良女也跟在正德身后跪拜。

礼毕，正德似乎遂了一大心愿，态度也比较平静了。他简略地将远祖永乐爷本来是硕妃所生，而硕妃本人受虐含冤而死的家史告诉了良女。

正德若有深思，继续说道："永乐爷初起靖难，面对强敌，为了讨伐奸恶，强调自己的嫡出身份，用以号召内外，便于排除艰阻，堵塞非议，表现出大智大勇；而在正位以后，又隆重敕建大报恩寺，礼拜生母，永志孝思，却又是大仁大义啊！

"这样的事件，在朕皇家中也不是唯一的特例。先帝弘治爷本是纪氏所出，但因万贵妃凶恶狠毒，一直被匿养在周太后宫中，直到六岁仍未剪去胎发，未有命名，其后才揭破阴谋，得与成化爷父子相认。但纪氏却也因此舍命殉身，先帝为之哀感愤激，正位之后，平反了此一大冤狱，追封生母纪氏为孝穆皇太后。沉毅果断，拨乱反正，确实是大人虎变，是非分明，足为皇家式范！"

最后，他决然说道："朕也一定要建立一座大报恩寺！"

步出硕妃殿，正德和良女浏览了大报恩寺内的大悲殿、金刚殿、天王殿和法堂，转回大雄宝殿。为了礼敬佛陀，百官群臣连同随驾而来的大学士梁储和蒋冕等人都在宝殿恭候。殿内宝鼎燃点高烛，香烟缭绕，住持率同众僧，正在敲磬诵经，为皇上祈福添寿，国泰民安。正德循例上香，不顾群臣众僧在旁，拉着良女的手，别有兴致地指着正殿右侧悬挂着的一面上有九龙飞腾的巨大幡幔说："良良，你仔细看看！"

良女不知原委，仰面观看，只见幡幔用大红锦缎特制，右下端却绣有一行闪亮的金色文字。一时也未看清楚，却听到正德兴高采烈地抢先念给她听，原来绣的是"威武大将军镇国公朱寿与夫人刘氏施用"十几个字。

正德强调："良良，这是以朕和你的名义布施给寺院，上供佛陀的。"

良女听到这句话，惊骇震慑，这是万万没有想到的事，并未感到是破格得到的福分殊荣，反而觉得和自己的身份太不相称，害怕招致不祥，情不自禁地跪在御前，哭求："皇上，务请将贱妾的夫人名义取消。"

正德一笑，亲手托她起来："你可知道，朕今日和你一起来到大报恩寺，拜祭硕太妃娘娘，实为表明朕本来就是太妃的血脉，是她老人家的远代子孙。这既是发扬光大成祖皇帝的孝思，也表明朕慎终追远、澄清混乱的本意，意义实不寻常啊！而朕以大都督的名义给寺院布施，称呼你是夫人，也为了表明你是她老人家的远代媳妇。"

良女一时说不出话来，更加流露出畏怯的神色。

梁储、蒋冕及众臣僚都觉得正德的言论实在出格，却又无法当众劝阻。

几个小和尚意外听到皇帝的怪诞言论，也大觉新奇，不自觉地停住诵经，互相注目，个别的还在嘴边微露哂笑。老住持觉察徒弟的失态，狠狠地瞪了他们一眼，小和尚连忙收敛，低头继续敲磬念经。

正德大声呼叫："张忠听谕！"

张忠应答："奴才在。"

"着你立即通谕南京各寺院，特别是灵谷、天界、鸡鸣等大寺，必须制作同样大幡模式，即日悬挂在大雄宝殿之内，不准延误！"

正德在南京，继续征歌逐色。一日江彬入见，似如获至宝，向正德密奏："最近有一个佛郎机国的使臣，名叫阿三，身怀奇术，挟有秘藏异器和神奇香料，带领使团人员来到南京，表示归顺和入贡。如果皇上能赐见，必能侍奉供应如意。"

正德动心，答复说："延见夷使，接受进贡，正好体现天朝风范，有什么不可以呢！"

第二天，江彬带领阿三觐见。这个阿三身材高大、金黄鬈发、高鼻绿眼、皮肤白皙，身穿燕尾服，足蹬半筒皮靴，却极为熟悉中朝礼法，懂得跪拜仪式，又用中国话说："外臣佛郎机国大使阿三，奉敝国国王之命，携带国书和贡物，前来晋谒天朝皇帝，敬祝大皇帝万寿无疆！"

正德看到这个人长相轩昂，又礼貌周全，颇有好感，命起立，赐座，和他交谈。从此，皇帝便与阿三缔结下暧昧交谊。

其实，这个阿三生长在广东香山县属的香山澳，即是澳门，但他的身世却很不平常。早在正德登位前三四十年，就有西洋佛郎机国的商船经常游弋到广东沿岸，企图打开贸易门路。船上的护兵和水手，也有偷渡上岸，兜卖私货购买土产，甚至抢掠财物和人口，其中也有奸占或骗占当地妇女，留下孽种的。洋人远航他去，有些妇女却不得已诞下混血儿，当地人称这些混血儿为"杂种崽"或"咸虾灿"。所谓咸虾，是指来自外海远洋血脉的野种，"灿"是广东方言中对某些卑贱人的鄙称。统辖该地的香山县衙门，不准将这类"杂种崽"登入编户齐民，有些人又无法找到自己的洋人生父，处于无所依傍，姥姥不疼、奶奶不管的尴尬地位。长大后，他们多数仍向偷泊近海的洋船私售土产，暗销洋货，做些中介翻译和扯皮的勾当。

阿三头脑灵活，聪明精干，和经常往来的佛郎机洋船上的官商人等混得厮熟，熟谙洋文洋语，而又洞知中国的世风民俗和官场规矩。故此来往于华洋之间，颇为得意，算得上一个有头有脸的人物。

到正德年间，佛郎机国为了扩大贸易，急于和明朝朝廷建立直接联系，屡派使节疏通，希望能进入北京或者南京，面见皇帝，但都告失败。特别苦于互相语言不通，文字也不互识，更加以国情风俗迥异，无法沟通。及至正德十二年，当时的佛郎机使团头目皮雷斯看中了阿三特具的条件：外形酷似洋人，精通东西语言文字，为人又机警，既可以诈冒为使团成员，出面和中国官方交往，又便于打开各方面关系。当知道正德皇帝正驻跸南京，便先买通了广东官吏，准许使团队伍北上，前往南京。

他们到达南京以后，怎样才能够进入宫闱，直通御前，确实颇费心机。这时的阿三则起了无可替代的作用。

阿三冒称佛郎机国的大使，以尊贵的身份和明朝各方面交往联系。皮雷斯为了达到既定目的，自称是阿三的随员，让他放手活动。

阿三早就了解到江彬当时处于首要宠臣的地位，可以左右皇帝的意旨。便向江彬贿送重金，请求方便，终于通过江彬的荐引，得以面觐正德。

阿三极有心计。他分步骤从不同方面入手，终于取得正德的好感。

在第一次入觐的时候，他便以"恭献贡品"的名义，向正德送上许多新奇罕见的礼物，都是一些西洋特产，舶来珍物。他先送了一棵高逾两丈的珊瑚树。

这棵珊瑚树根盘茁壮，枝叶婆娑，亭亭玉立，而且色彩斑斓，树的枝干为红褐色，叶片则呈深浅不同的翠绿，宛如深海里的琼瑶，十分罕见。宫廷里虽然也收藏有海内外进贡来的珊瑚树，但却无一可比。正德环绕欣赏，啧啧称奇，不由得问道："汝国是怎样觅到这样一棵宝树的？"

阿三答道："敝国国君一向仰羡天朝大皇帝，为了表示归顺和敬意，特别派船远航大洋，不恤死伤人命，精选熟悉海情的水手潜入深渊，终于找到这棵宝树，发掘出来之后，再仔细修饰包裹，责令外臣越洋携带到南京专门贡献的。"

正德闻言大悦，又问："还有什么奇品异物吗？"

阿三说："有的是！有两盒由敝国精工制作的琉璃产品，专门贡献给陛下的。现放置在御幄门厅，只等陛下传唤，便可以送奉过目。"

正德忙命把这些精品送进来。

内侍们随即捧进一大一小两个用檀香木制作的锦匣，在第一个较小的匣内，摆放着一壶四盏的酒具，俱是以天然水晶巧手雕琢而成。造型别致，晶莹澄澈，确是珍奇贵重。

在另一个锦匣里，则安排有序地陈放着各式杯盅瓶壶的琉璃制品，包括赤、白、黑、黄、青、绿、缥、绀、红、紫十种颜色，配置适宜，互相衬托，相得益彰。

正德一边观赏这些贡品，一边自道："夷人制作的水晶和琉璃，远比内府匠人的工艺优良呢！"

"还有吗？"他再问。

阿三吞吞吐吐地说："敝国国主素仰天朝皇帝崇尚武功，所以还备有一些军用物品，事关利器，未经允准，不敢送呈御览。"

正德忙答："这有何妨！快送来！"

内侍们送入一个锦匣和一柄利剑。正德趋前细细观看。

这个锦匣用鳄鱼皮制作，衬以镂金花纹，匣内以红绸绢帛为里，镶嵌有明珠细玉，当中端放着一套金色盔甲，流金铄石，光彩夺目。正德禁不住动手把它拿起来，只觉得轻薄坚实，穿着方便，而又能抵御强弓硬弩，远比明军使用的铁盔皮甲便捷实用。正德爱不释手，连声称赞。

阿三看准火候进言："这套盔甲精选最优质的钢材，历经千锤百炼制成，而且是为陛下量身定做的。陛下出师行军，亲临锋镝，或者是用得着的。"

正德点头："用得着的！"

接着，他又将宝剑抓在手中，拔开剑鞘，抽出剑刃。只见寒锷闪烁，熠熠生辉，是一把双刃利剑，剑锋坚利，但又柔茹刚顺，可以如意卷曲伸直。正德亲自挥剑试用，居然削铁如泥。怔喜之后，顾问随侍在侧的江彬："你戎马半生，见过这样的利器吗？"

江彬窘迫答道："未曾见过。"

正德又问："据你所知，兵部武库司能铸制这样的利器吗？"

江彬沉吟不敢回答。

正德叹气说："天朝上国，也有些地方不如外夷小邦呢！"随即命将阿三及其率领的使团安置好，并谕示阿三可以随时入见。

阿三试探得逞，取得了亲近皇帝的机会，他和佛郎机头目皮雷斯仔细商量。必须利用这样难得的机会，逐步深入，扩大影响。

他们摸准了正德淫乱好色的特性，决定要在这方面取得突破。

阿三利用可以随时进出御幄以至宫廷的机会，连续送进西洋的裸女画以及各种男女交媾的春宫图册。正德反复翻阅，色眯眯地咂着舌头对阿三说："洋人女子的风姿肉感，比色目女人更迷人呢！"

阿三绘声绘色地讲述洋人宫廷的秽乱故事，其情节奇特，纵欲恣乐的款式，远胜中国历代君王的享受程度，似乎这些国王们的生活圈子，都有千娇百媚的美女相伴，又以金珠宝石铺垫，繁华缤纷，随心所欲。正德听得神迷，经常忘形地和阿三嬉笑玩乐。阿三顿时成为受到特殊宠爱的近臣，侍从人等暗中将他比为第二个钱宁。

阿三有备而来，为正德献上龙涎奇香。

龙涎香是产在远洋深处的特殊香料，也是一种具有奇效的春药。洋人故为神秘，编造了许多有关龙涎香的神奇故事。有说龙涎香是天上两龙交媾流下精液的结晶，也有说是两大鲸鱼寻欢洋上的产物，是耗费了巨大人力，甚至牺牲了许多人命才淘制而成的。制成的龙涎香呈白色粉末状，有特殊的香味，具有神异的壮阳功能。明代历届皇帝都早有所知，也曾经试用过，都视之为最珍贵的用物，早就规定广东省官员向远洋来华的商人高价收购，称之为"上供香料"，钦命"不问何时，不问数量，来则取货"，并且由广东地方官郑重保管包装，派专差直接送入宫闱。有些洋商就乘机以送香料为名，突破了海禁，将洋船泊岸，销售货物，大做生意。其中，又以佛郎机国最为狡黠和善于运用。

这一次以皮雷斯为首，又让阿三出面组成的团队，就事先收罗了重达半斤高质纯净的龙涎香粉，要利用这种特殊用料挟持正德，同意放宽贸易，而且慎重谋划，必须等到最关键的时刻才拿出来，好钢要使用在刀刃上。

一天，阿三在和正德纵谈"女人经"的时候，有意问道："陛下也知道西洋出产的龙涎神香吗？"

正德霍然来了劲，答道："当然知道，也使用过，真是神奇宝物。"

阿三加意补充说："龙涎香不但有壮阳助兴，收百战不殆之功，还具有舒肝补肾，强壮筋骨，滋阴补阳的神效！"

正德点头："朕已经谕命广东的巡抚、布政等官不惜重价收购，可惜来货不易，能送上来的往往只有一两几钱，太稀少啊！"

阿三顺水推舟："有一个佛郎机商人皮雷斯，向来仰慕天朝，他特地搜罗了一些极品龙涎香，嘱托外臣贡献给陛下。"

正德惊喜，忙问："这些龙涎香现在哪里？"

阿三回答："外臣已携带在身上，正要供奉上用。"

他从衣袷内取出一个小包裹，以红丝绒紧密缠绕，拆开后则是用多层白细绢垫衬的一个晶莹透明的琉璃瓶子，其中储放着半瓶多白色粉末。说道："这就是皮雷斯贡献给陛下的极品龙涎香，半斤有余呢！"

正德接过瓶子，旋开瓶盖，放近鼻子一嗅，感觉微有腥腻味道，问："怎么才知道它是极品的龙涎香呢？"

阿三不慌不忙地回答："非常易于鉴别。请陛下着内侍送来一个炭火盘子，将少量粉末撒在火焰之上，可见火焰闪烁蓝光，又转为一股清澄的白光，遍殿之内，立可嗅到一种透人肺腑、动人遐想的奇异香味。"正德忙命内侍照办，果然神奇无比。未等火焰熄灭，正德便对阿三说："这确实是极品的龙涎香，这个洋人却真是知道朕的所需呢！"

阿三恭敬地说："侍奉天朝圣主，是外臣等的素愿，也是表示归顺的诚意，务请陛下笑纳。皮雷斯等人，还准备继续搜罗，源源不断贡奉前来！"

"太好了！正合朕意！"

阿三见已到火候，接着说："但是，朝廷颁行海禁，广东的官吏又不轻许洋船泊岸，不准洋商做点生意，要送进龙涎香也是十分困难的，外臣等都不敢违犯天朝法令。"

正德不假思索："这有何难？海禁是可以放宽的。朕可以谕命广东官员特准你们的船只泊岸贸易，但极品龙涎香必须接续送来才是。"

阿三得意，连声应和："陛下明见万里，外臣等感谢隆恩，一定遵照圣旨行事。"

南京六月酷暑，整个石头城就像一个大火炉，即使住在高大殿堂里，有巨大冰盘降温，宫娥打扇，仍然难解闷热的暑气，正德烦躁不安。

距南京三十余里，有一座驰名当地的牛首山。它高不及千尺，但地处南京盆地的东侧，正好隔离热浪，被认为是避暑胜地。

正德听到当地官员的介绍，决定起驾前往牛首山暂住数日。这一来，忙坏了文武官员，一方面采取"净山"行动，宣布戒严，驱赶所有在山的僧尼和游人；另一方面，又布置军兵警卫，分内外三重布岗封锁。牛首山便成为另一处御用园林。

正德偕刘良女乘辇登山，住在山巅清峰观内。他们步出观门俯视，只见山峦青翠，泉水明净，草长莺飞，云蒸霞蔚，不觉大乐。正德高兴地对良女说："良良，我们就在这里享受几天清凉吧！"

却料不到，就在当天夜半，突然爆发骚乱。半山间人声鼎沸，喊打喊杀，还夹杂刀枪拼击搏斗之声。正德惊起，喝唤内侍："什么事？"

内侍也不知究竟。正德斥道："还不快去打听！"

他急急穿戴衣履，准备应变，却见到张忠神色紧张地走进来奏道："奴才听到嘈杂声浪都是延绥口音，似是边兵兵变，与近卫京军发生火拼！"

正德大吃一惊。他知道京军的力量比不上边军。如果边军兵变，自己的安全就成为大问题。他勉强保持镇静："谁敢惊驾？"

张忠向来与江彬面和心不和，互相戒备，遂乘机说道："须知人心难测啊！"

正德一阵惊怖，脊背发冷，难道最受宠信的江彬也要造反？

说话间，只听拼击之声迫近，间断传来"老子饶不了你！""看老子宰了你！"这样杀气腾腾的鼓噪。

张忠觉得情势危急，建言："奴才之意，皇上还是先避开烽火，以策万全。奴才早已查勘到，山后有一个名叫虚静的岩洞，有百丈之深，是山上道士辟谷潜修之所，只有一个洞口进出，易守难攻。只要有死士百人捍守，任他千军万马也难攻陷。不如先请皇上移驾入洞，以防万一。"

正德一时也拿不定主意，只好听从张忠的意见，带着亲卫军，由两个内侍左右扶护，一脚低一脚高地往后山奔逃，也顾不得茅高地滑，山径陡峭，虽然不慎闪了腰，也只能咬牙忍受，终于进入虚静岩洞，只见洞内漆黑，也无法燃灯点火。万千只蝙蝠惊闻人声，纷纷飞遁吱叫，更增加了恐怖的气氛。

张忠安排亲卫军分哨在洞口布防，准备迎战叛军。正德一屁股坐在岩石上喘气，忽然惊叫："怎么没有将良良也带出来呢？"

待到天色曙明，厮打拼击的声浪逐渐停竭。正德惊魂未定，命张忠出洞到山前山后窥探情况。

未半响，见张忠同江彬进入洞内。江彬神色紧张，向正德行礼，惶恐跪奏："昨夜臣的部属两哨官兵，因分领粮饷数目争执而起纠纷，发生火拼，搏斗之声惊动了圣驾。臣治军不严，爆发内讧，实在是罪过深重。已将该两哨哨官处斩，恳请皇上将臣依照军律处决，以示军法庄严。"

说罢，他自卸甲胄，继续叩头认罪。

正德快快不悦，但没有发作。

还是张忠打了圆场："奴才已着内侍准备好了轻轿便辇，恭迎皇上返回清峰观休息。"

正德由内侍搀扶，忍着疼痛，出洞乘辇回到清峰观。由于发生了这样的事故，正德游兴全无，稍作养息，便传旨下山，回南京去。

但是他一直心绪不宁，觉得这次牛首山事件，是一个重要信号，难道仅是为了区区粮饷争拗而大动干戈吗？还是发生了军队哗变，甚至是一场未遂的军事政变？他不敢往下细想。他又想到，随驾"南征"的军队，以江彬统辖的延绥军最为强劲，如果真的发生政变，没有任何力量可以抗御。江彬虽然一直表示恭顺效忠，但世事难料。当前，他不敢穷究牛首山发生的事件，但已对江彬存有戒备之心。

回到南京以后，又发生了一桩异常事件。

一夜，正德和良女在鸿禧殿内闲坐。正德似有心事，闷闷不语，酌饮着南京特产的花蕊酒，直到醺醺欲醉。良女陪坐在旁，未敢多言。

由于刚发生过牛首山事件，还特别加强了对皇驾的警卫，规定内侍人等只许在殿外恭候传唤，由禁卫军在御幄内外分三重布岗巡逻，密派锦衣卫人员监视审察，以确保万全。

想不到，正德略有醉意，正在倦怠欲眠的时候，突然听到一声沉闷的巨响，从殿檐间掉下一个沉重的物件。正德醉意全消，惊呼："怎么回事？"

良女也吓得脸容失色，仓皇走避殿角。

守候在殿外的内侍也慌忙进来，见皇帝和刘娘娘都告无恙，才竦立两旁，不敢吱声。

正德惊魂甫定，指着坠下的物件吩咐："看看这到底是什么东西？"

内侍遵命上前，大惊失色，竟然是一个特大的猪头，竖耳瞪眼吐舌，遍处长着绿毛，发出腐臭的恶味。他们不敢形容，只是回奏："是一个猪头。"

正德强作镇静，抬步走过来亲自观看。不看犹可，等看到这样一个凶相毕露的怪物，又闻到刺鼻恶臭，蓦地一阵战栗，退缩两步，胆战心惊。

这个时候，张忠闻声慌张赶来。他知道情况不妙，吞吞吐吐地挤出几句安慰的话："此等妖孽之事，不过是草木禽虫之变，无足诧异，更不可能惊动圣躬，请皇上宽心。"

又赶紧命在旁的内侍："还不快把这个臭猪头扔去埋掉！"

正德想不通，为什么会在重重禁卫之内，竟能瞄准自己坐息之地，掷下这样一个精心制作的臭绿猪头？他敏感地将猪和朱联想在一起，砍去猪头，难道是警告也要砍掉"朱"头吗？

他对张忠怒道:"什么草木禽虫之变,完全是屁话!朕问你等是怎样安排警卫的?奸徒难道真能飞檐走壁,隐身藏匿在殿陛之上,从容扔下二三十斤的大猪头?是谁个主使?是谁人混入宫闱,几乎要做出戕君之举?你查究了没有?"

张忠额头冒汗,跪倒在地:"奴才身任总管,未履职责,今警觉事态非常,几乎危及圣躬,奴才实在罪不容诛,自请死罪!"

见正德不语,张忠又说:"奴才已将值夜内监拘拿待审,还要请江都督将护军官佐追查严究。对于作案的歹徒,务必明查细访,一定要将这些犯上作乱的奸贼缉拿严办!"

正德没有答话。

正当此时,内侍又传话进来,说以大学士梁储、蒋冕为首的大小官僚,都已经听说此事,聚集御幄门前跪问圣安。亦有人急上奏疏,说这是天心示警,说什么要"进身修德,防止天谴"。正德并不理会,只是沮丧担心,难道内官、御林军加上锦衣卫都不能保障自己的安全吗?

他有时觉得,在自己寝息之处,墙壁四周好像有许多女人的面孔,有的向他作态媚笑,有的在流泪涕泣,更有的眦眼裂目,像要猛扑过来,向他索命。这些脸孔若隐若现,重叠往复。他更加敏感恐惧,外表极力保持处变不惊,但有时为了排解难耐的忧郁苦闷,往往加倍服用龙涎香,更加放荡地纵欲宣淫,不分昼夜,着浣衣局和教坊司送入美女。但往往又在销魂极乐之后,寂寞和恐惧竟像无底洞一样向他张开大口。

刘良女注意到正德的心态变化和身体变化,常为他担心不已。正德经历变故之后,经常睡眠多梦,惊叫猛醒。由于酒色过度,他时常表现得软弱疲惫,脸色苍白,不像一个年刚三十的人的模样。良女似乎预感到不祥,终于忧虑不安。

她独处室内,拿出扬州特产的菱花镜自照,不由得大惊失色,镜中这个穿戴霞帔、珠光宝气的女人,竟在短短的三年多时日里,变得苍老许多,眼角的鱼尾纹已经联结成网状,浓脂厚粉也掩盖不住极度的憔悴。自顾明镜里,深处有秋霜。良女暗自啜泣,但绝不敢哭出大声来。

让正德心惊肉跳的坏消息还不断传来。

他为了炫耀威武，表示亲手捉到叛藩宁王宸濠，为防止逃逸或发生余党劫狱，他特命将宸濠等一干要犯押解到南京，重兵看守，又将宸濠等人囚禁在一艘大船里，泊在江心之上。

正德指令以大学士梁储和蒋冕为首，督领南京刑部、都察院、大理寺所谓留都三法司，对宸濠等犯严加审讯，组成一个特别的法庭。

一经审问，竟然爆出许多意想不到的案情。

首先是朝内宫内潜藏着大批密通宸濠，通谋造反，而且担任要职的人员，首要的是吏部尚书陆完。吏部居六部之首，负责全国文职官员任免考核。陆完本来是正德特别赏识和视为亲信的人，所以才亲自提名，先任他为兵部尚书，管辖军事行政，南下前又专敕升任为吏部尚书，意在用他作为把守北京后院的忠实护犬，却想不到陆完竟然是宸濠的死党。原来陆完在前些年任江西按察使时，就和宸濠亲善，认为宸濠具有帝王之器，远胜于放荡猥亵的朱厚照。在搜查到的宁王府档案中，已发现他们频繁交往的密件，在审讯中，宸濠又供出了与陆完长期勾结的细节。正德知情震怒，立命将陆完逮捕，查抄其家，禁锢他的母妻子女，清查余党。

陆完以外，还有锦衣卫都指挥薛玺、指挥陈善、御史张鳌山、河南右布政使林正茂等数十人与宸濠勾结的案情。

宫内的情况也不平静。宸濠继续供出，原来司礼太监萧敬、李英，太监高忠、杜裕，少监卢明、秦用、赵秀都先后加盟。还密商好，宸濠军队一旦兵临北京城下，督守宣武门的太监立即开门迎入；留在宫内和豹房的党羽便结合锦衣卫军挟持正德，或者乘乱将他杀害。

每一桩案件的审讯结果奏报上来，都使得正德勃然变色，恼恨交加，深感到被出卖的屈辱，恨不得将这些人凌迟细割。但他终究也想不通，这些自己认为最忠心可靠，得到宠幸和重用的人，为什么却都是潜藏身边的内奸？人心真是难以测度，他觉得有一种日渐迫近的危机感，似乎不久会面临杀身之祸。

从北京也不断传来坏消息。留守的内阁大学士杨廷和、毛纪以六百里加急的奏章报告军情，自入春以来，蒙古小王子纠合十万精兵连营四十里不断侵犯宣府，声言要直捣北京。由于延绥等地边兵主力都已护驾南巡，守军无力抗御，纷纷告急求援，并且说到，宣府和大同一旦沦陷，北京必成危城。廷和等吁请正德尽快回京调度兵马，安定人心。正德听到后院起火，军情紧急，也感到万分焦急。

接着他又收到豹房亲信的密报，原来宫廷之内也出现了火头。据报，张太后连日命令宗人府进呈皇族玉牒，又数次密召杨廷和等入谒乾清宫。似乎是要以当今皇帝无子嗣，又违例未在新春圣诞亲到太庙和奉天殿祭祀祖先，违悖祖规，加以民穷国乱，民意沸腾，有密谋声罪、迫命逊位之意。这样一个惊天传言，最是攫中要害，让正德揪心。他得讯后彻夜难眠，咬牙切齿地痛骂："乘朕不在，老太婆要下毒手了。朕岂能甘受欺凌，拱手让位？等着瞧吧！"

诸多惊人事实和传言，也使随驾南京的臣僚们人心惶惶，似乎大祸临头。甚至还盛传，江彬准备挟兵自重，要在南京发动兵变，迫使正德下诏逊位于他，宣布改朝换代。

梁储、蒋冕和众臣一再奏请尽速回京，正德虽然心烦意乱，但又不甘心，还是下不了半途而返的决心。他讨厌梁储等人的唠叨，拒绝接见。

梁、蒋迫于情势，知道干焦急也无法解决问题，于是带头跪伏在宫门前请求回銮。梁储年过七十，跪了半个时辰就支持不住，但还是不肯退下。正德几次传旨，叫他们立即起来，但众人执拗不退，甚至说如果不蒙召见，宁愿伏死宫门。这些人在八月酷日烤灼之下，不饮不食，势必发生死伤，又酿成一场大变故。南京城内外震动，人心惊惶。正德无奈，只好传旨准许梁储和蒋冕入殿，让其他人回去候旨。

梁储由两个内侍搀扶，与蒋冕一同进入殿内。蒋冕就近扶着他。好让他能坚持跪奏。

正德着内侍扶他们站立起来说话，问道："两位老先生何必如此？朕自有主张，还是再过几个月班师为好。"

蒋冕率直，冲动说道："就怕再过几个月，想回北京也做不到了。"

正德一愣，质问："此话怎讲？"

梁储担心惹怒正德，有误大计，解释道："蒋阁老是怕由南往北的路途上，向来有秋霖暴雨，道路泥泞；加以从临清到天津的水路，届时又是洪流汹涌，怕影响圣躬行止，故此主张早日回京。"

谁知蒋冕并不买账，继续说道："当前江汉湖广连续发生地震，孝陵之上降下的陨火，其大如斗，显然是天鼓鸣放、祖宗警告之意，皇上不能不认真考虑。

"加以连岁灾荒，百姓颠扑流离，困苦已极，南京城郊就有大批饥民集聚，哀求救济，因皇上南巡而征发的数十万人夫，为索取口粮和工钱已屡次发生骚乱，几同于暴民。如果有人借此倡乱，实难扑灭。皇上旅寓南京，实在亦是居住在危城之内。不如及早回銮，借以安定民心，缓和冲突。"

正德并不认可，傲然回答："黎民供役皇差，是天经地义之事。朕下江南，是为了平定叛逆，恤民痛苦，与迟早回銮何干？"

梁储也按捺不住："蒋阁老说的都是真情，老臣实有同感，还望皇上垂听。"

正德不再说话。

蒋冕知道只是说天道民，难以改变正德心意，于是狠下决心说道："皇上以万乘之尊，自任为将帅之事，贬称为大都督，这样的举措，名不正言不顺，亘古未有，不但招致非议，实在便于谗佞野心之人乘隙作乱，干位夺权。万一发生兵变，可以说是只对待一个大都督而已，变生肘腋，祸患实深，还望皇上三思！"

这话却对正德大有触动，经过牛首山军人哗乱之后，他对副都督江彬已暗怀戒心。两个月以来，他实际上已经停用大都督的署名，改回一切以诏旨行事。蒋冕觉察到这些微妙变化，才敢于发出这样尖锐直白的言词，挑出现实存在的问题。

蒋冕接着说："皇上统驭寰宇，实宜防微杜渐。名号不容假借，权力不可倾斜。此在古代及我朝史事，都有鉴戒。后周柴氏重用赵匡胤，授予兵权，终于发生陈桥兵变；我朝英宗皇帝不幸落难，皇弟景泰代位，改立己子为太子，英宗回銮，却被囚于南墙。史事彰明，值得引以为训。"

正德皱眉，但并未打断。蒋冕因势利导，继续陈词："古代皇家宫闱，亦有难言之事：唐太宗李世民曾发动玄武门之变，杀害了原被立为太子的兄长李建成；武则天为搞'大周革命'，建立了武周王朝，甚至废黜了自己的亲生儿子唐中宗李显,几乎要将李显处死。为了权位,哪里有兄弟母子之情?"

听到这里,正德突然从御座中跃起,问道:"李显是武则天的儿子吗?"

"没错,是亲生儿子。"蒋冕答。

这一段史事勾起了正德和张太后之间的旧怨新仇。他不禁想:武氏能做到的,张氏难道就不能做到吗?自己远在江南,万一北京发生废立政变,确实猝不及防。不如借坡下驴,早日回京坐镇。他下定决心,果断谕示:"朕素以社稷为重,也体念诸卿家护国忠心。即时传诏,班师回京!"

颁布了班师谕旨,大太监张忠却很失望。按照原来的设想,张忠早就和苏杭两地的镇守太监和地方官周详布置,加意营造南游终站的享乐高峰,便于自己取得更大的宠信,顺便猛捞一把。现在听到罢游苏杭,觉得十分沮丧。

当晚,乘正德饮醇自醉之际,就近进言:"听说皇上不去苏州和杭州了?"

正德断然回答:"不去了。"

"可是,苏州镇守太监许真和杭州镇守太监吴全都一再请奴才转奏,一切修葺园林,装饰游船舞榭,以及精选歌郎美女,都已经准备齐全了呢!"

正德悻然火起,瞪了张忠一眼:"不去就是不去,朕自有主张,还要等你来唠叨吗?还不快滚开!"

第六十六章

天街受俘虚张皇威　众叛亲离殒命豹房

正德无奈宣告班师,在离开南京的前夕,匆忙举行了一个名为受俘的典礼。

当天一早,在大校场上召集数万戎装整齐的军兵,手执全套刀枪剑戟。校场正当中竖立着一个高台,在大红绛帐中间,正德端坐在虎皮交椅上,有江彬、神周、朱晖等环列左右,大太监张忠侍立身后,大学士梁储、蒋冕以及南京各官按序站班。

一声号炮,锦衣护卫们押解着以宸濠为首,李士实、刘养正紧随,以及宁亲王府从逆的郡王宸涛、宸澜和伪官伪将等一行百余人,缁衣囚服,身戴枷铐,背插姓名标示,跪在台前。典礼官奏告受俘仪式开始,正德起立睨视各犯,谕命将一千人犯还押牢狱,依国法惩处。一时金鼓齐鸣,旗幛飘扬,高奏凯旋大捷之曲。正德轻狂自负,神采飞扬。

而这个典礼的重头戏,却是由鸿胪寺卿高声宣读王守仁编写的铺叙皇帝亲征奏捷的表章。正德居功不愧,毫无尴尬之色,似乎确有其事。大声传谕将表章印刷万份,通告南北军民,表明自己是以平叛胜利者的姿态回师北京的。众多官员军佐,虽然心中有数,也只好随声祝贺。

另一方面,他又敕命南京兵部和户部,从速制作金质和银质的功牌,以及彩旗锦幛来壮行色。规定所有官员分别献纳彩绫若干匹,作为贺礼,以示普天同庆。拿不出彩绫的,规定折价缴纳。

与此同时,他又命知会北京的内阁各部寺和沿途官员,须以最隆重奢华的礼仪,迎接皇上"南征凯旋"。

正德在十五年闰八月十二日离开南京,沿途行行止止,吃喝玩乐。经扬州、淮安、东昌到达临清,乘大龙舟沿运河北上,直到十月间才到达天津。

班师的行列也很有特点，指定凡走陆路时，要将关押宸濠等要犯的囚笼放置在特制的囚车上，将这些囚车安排在御驾车辇队列的后面，另派持刀护卫监押，任由城乡人民观看。从临清航道北上时，又特命打造大小不同的囚船，将宸濠的囚船放在第一艘，船首高悬黑幡，又在白色旗帜上写有斗大的"亲擒逆藩"四个大字；其余犯人乘坐的囚船，除悬挂黑幡外，又分别插有"掘除奸党""除恶务尽"等大字白旗，每船配备亲信护卫监押，同样敕命沿途官府宣集民人齐来观看。这样光怪陆离、奇怪组合的船队十分罕见，而正德是要用这些俘犯作为道具，作为"御驾亲征"的遮羞布。

出人意料的是，正德到了天津，却并不进京，反而留住在京津之间的偏僻小州城——通州。

从十月二十六日到十二月十日，正德一行竟驻跸通州达四十四天之久。

通州距离京城只有四十里，驿道广阔，官民往来顺畅，步行不过半天，骑马则只要半个时辰。正德知道自己离开北京已经有一年多，政事多变，人心难测，反对的声浪蓬起，其间北京朝廷的动态和伏隐在深层的变动，自己并不摸底。豹房亲信不断送来的密报，也确实让他揪心。最令他担心的还不是小王子率领蒙古兵来犯西北边陲，而是警惕张太后可能会结合在京群臣，密设陷阱，乘他狼狈回京、行色未稳之际，制造一次大政变，逼他下罪己诏，自请逊位；或者是以太后懿旨的形式，声斥其累累罪恶，宣布废立。在这方面，北京城内外各种谣言纷传，人心不稳，似乎山雨欲来。因此，他宁愿先留在京郊而不贸然回京，一则便于观察形势，保证安全；二要借通州弹丸之地摄卫皇权。他深信，江彬的五万边军在侧，可攻可守，张太后是不敢轻易动手的。

皇帝临时驻跸和处理公务的地方被称为"行在"。于是，小小通州城变成"行在"之地。正德要将危机四伏的皇权收拢到这里来，将通州变为临时权力中心。

他首先下旨，着将已在北京就捕勾结宸濠的要犯，递解到通州来，其中首要的是吏部尚书陆完、司礼监太监张雄、东厂太监张锐、锦衣卫都指挥薛玺等，这几个人都是隐匿在朝廷和豹房，拥有巨大权势的人物。正德想借此测试自己的实在权力。不多日，这些犯人俱已遵旨解到，他的紧张心情稍为放宽。

进一步，他又发出圣旨，命令北京朝廷一切中央部门，包括五府、六部、都察院、通政司、大理寺、鸿胪寺、锦衣卫、六科十三道等所有正印官员一律前来通州，每座衙门只留一个副职看摊子；又传旨，内阁大学士、皇亲贵戚包括公侯伯、驸马等也一律前来候旨。这一来，实际上就是将北京中央朝廷掏空了，而通州才是真正的朝廷。

大学士杨廷和、毛纪为首，率领百官和皇亲贵戚等如期来到，这又使正德进一步放下心，自己还拥有绝对的权威，惊天大政变似不可能爆发。

还有就是如何审理和处置宸濠等要犯的问题。内阁大学士和礼部官员提出，按照法例成规，对于造反的亲王，应该祭告宗庙社稷，禀告皇太后，诏告天下及各处王府，进行"庙议"，然后才在京城处决，名正言顺地"与众弃之"。但正德不愿请示张太后，下旨在通州草率处决，将宸濠赐死，亲属十人斩首，已死的戮尸，以显示"不测之威"。

经过四十多天的观望和折腾，正德认为，可以正式回北京了。

北京虽然没有爆发公开的政变，但围绕皇位继承问题的柔性政变却在紧锣密鼓地进行。张太后通过乾清宫的亲信太监章和，买通了随侍正德身边负责医疗保健的太医吴杰，不断了解到正德的健康状况，特别是在南京，相继发生过牛首山兵变疑案和绿猪头等事件后，他情绪焦躁，身体虚弱衰竭，表面上虽然亢奋，还能强撑着活动，但终究神思恍惚，病入骨髓。吴杰在通州偷偷告诉章和："皇上的病已非药石所能挽救，能维持到今冬明春就不错了！"

章和紧急赶回坤宁宫向张太后密奏。张太后只是淡然回答："知道了。"

等章和退出，老太后却徘徊廷阶，深沉思索，自言自语道："自作孽，不可逭啊！"

根据这样的情报，张太后认为不必即时对正德采取声罪和逼令逊位的办法，避免震动。她决定采用在宝鼎内慢火炼丹的法子，反正正德已陷入身心交病、朝不保夕的状况，不如稍加忍耐，静待他尽情暴露，一命归阴之后再作措置。故此对正德在通州的异常作为，一概保持缄默，静观其变。

但她对后正德时期的政局则进行着缜密的安排。她与留京的内阁首辅杨廷和及皇族近亲商议，并得到支持，决定无须征求正德本人同意，先选择一个皇位继承人。对于人选问题，张太后主张选择一个与朝内各派权势集团并无胶葛，而且年纪幼小，可以听从自己操纵的人为合适。几经酌量，看中了远封在湖广安陆兴王朱祐杬的儿子朱厚熜。一因祐杬是弘治先帝的异母弟，亲等相当；二因朱祐杬已在前年病逝，而朱厚熜年才十三岁，继承皇位不可能掀起什么大风浪，保证自己继续作为国母的尊贵地位。按照规定，亲王去世，世子应等到成年之后才能袭封王位，张太后却借用正德的名义下旨，破格特许朱厚熜提前承袭王位。这些措施，实际上表示已经有了现成的皇位继承人，就等正德寿终咽气了。

正德一心为自己"南征大捷，凯旋班师"大造声势，一再下旨，谕命北京各部寺及顺天府，必须用最隆重的仪式以示欢迎。

从通州进入北京数十里的驿道上，被装饰成一条彩旗飘扬、金鼓齐鸣的通道，架设起几十座用大量罗纱、绫缎装点而成的高台，每座高台四周又遍插诸如"功盖乾坤，福被生民""气吞山岳，威振华夷""御驾亲征，大捷凯旋"的金字标牌。还特设长桌，桌上摆放数百匹红绸金缎，以备正德路过时，随时着命分发给聚观的军民。甚至还铸制了大量金银徽章，上面写有"功牌"字样，用红丝贯穿，看到顺眼的官佐，便命赐给，让他们悬挂胸前，以示荣宠，并借此换取谢恩之声，粉饰喜庆。

进入北京的队伍式样，也是奇怪异常。原来安排在御驾前头的，竟是原吏部尚书陆完和曾被称为"皇庶子"的钱宁等"大逆要犯"，一律裸体反绑，插着白色的姓名标示；随后是其他"从逆"的犯人，数百犯人排成队列，每犯都由军兵四人监押。更耸人听闻的，是在这些罪犯后面，又有另一个队列，由特别选取的剽悍军兵充任，分编多组，每组二人担着一个特制的架子，架子上放着两个头颅的骸骨，标明是南行征战斩获叛军的首级。正德意在用这些逆犯加上骷髅开路，既可以证明自己功非假托，战绩昭凿，又能够起到莫大的威慑作用。

正德的御驾紧随这两队怪异行列行进。他在整齐马队和精壮军队的拥卫下，乘坐金辇进京，临近正阳门前换乘白色骏马，披戴金盔铠甲，在御驾前面，高擎一面书有"三军司令"的帅旗。他跨乘骏马，昂立在正阳门下，看到大小臣工跪伏道路两侧，被押解的罪俘们自东安门沿皇城而出，心满意足，踌躇满志。却在头脑里突然涌现出一阵强烈的昏眩，只觉得天旋地转，几乎摔下马来。随从们见状大惊,赶紧扶持住,急忙送回豹房。

正是从回到北京开始,正德的严重病情便公开展露在全体臣民面前了。

回京后第三天,恰逢郊祀大典的日期。郊祀既是祭祀天神,又是奉祀祖宗的礼典,必须由皇帝亲自主持。为了表示自己仍然康健,皇威未替,正德拖着病躯,出城到南郊行礼。在行初献礼时,他照例下跪叩拜皇天后土和列祖诸宗,却一下瘫倒,再也无法站立。众人七手八脚扶他起来,只见他脸色苍白,遍身颤抖,呕吐鲜血不止,只好紧急回驾,郊祀大典也就告吹。

此后,又拖了两个月,正德一直缠绵病榻,病势日重,促喘难眠,无力起坐。御前医官吴杰等知道他已生命垂危,只好开些调理保健的药剂,希望能苟延一些日子。吴杰受过密嘱,不敢怠慢,慌忙来到乾清宫谒见张太后,如实奏报。张太后似乎已有预见,神态如常,还是淡淡回答:"知道了。"

正德临终前,无人照料,极其寂寥凄冷。张太后从未探视过这个病重的"皇儿"。至于正德的原配夏皇后和吴、沈两位皇妃,和正德本来只是名义上的夫妻,不过是被禁锢深宫的弃妇,从来也不敢过问皇帝的活动和行止。虽然知道正德病重,但未经张太后特准,绝不敢要求去护视。

至于内阁以杨廷和为首的众阁老,都在与张太后密切谋划如何应对正德之后出现的复杂局势,千头万绪,紊乱如麻。如何弥缝善后,防止不测事变,尽快建立新的统治秩序,已经让他们费尽心力,实在无暇关心这个垂死的皇上。

一般官僚大臣,知道政治气候必将大变。正德一旦驾崩,难免会被追责,还会清算余党和处置作伥助恶之人。西瓜偎大边,昔日渴求皇恩赏识的人,现在都要极力摆脱关系,更不敢自涉嫌疑,前去问候,干脆借口以前奉有"非经传召,不准进入"的谕旨,避之唯恐不及,绝足于豹房。

就这样,不久前还前呼后拥、任情放肆的皇帝,辗转呻吟在病榻上,只有两个小太监陪侍。

一天夜半,两个小太监坐在病床前的小机上打盹,忽然听到一声惨叫:"朕难过极了,不成啦!"小太监慌忙走近病床,只见正德全身抽搐,大喘粗气,连续喷吐鲜血。两人知道不妙,留下一人照料,另一人则飞奔去找太医。谁知太医未及赶到,正德却两腿一蹬,翻滚在地,断了气息。

一个怪诞突兀、多变多难的时代结束了。

尾　声

皇帝去世，要一连七天七夜，敲响三万杵钟声。

但是，这一阵阵沉重的钟声，并未引起多大的哀思。人们像终于被解了重压，舒了一口气，又像从噩梦中惊醒过来。官民们表现出特别的麻木，既不敢放肆评议先帝，更担心怎样才能收拾残局，过好今后的日子。

以杨廷和为首的内阁，在张太后的支持下，进行了一系列果断的举措，既要防范发生政变，又要除旧布新，拨乱反正。一方面，宣布紧急戒严，委派大太监张永和武定侯郭勋等统率马步官军，严格防守京城；又敕令各边驻京军队和镇守太监等一律返回原驻地，逮捕了江彬、神周、朱泰等边军枭雄，重新掌握兵权，保证局面稳定。另一方面，宣布重新审理和释放牢狱里的囚犯，申雪冤案；再命将各处掠取来的妇女释放还家；又宣布革除皇店和重复的关卡，停建各种工程；将豢养在豹房的番僧和各种名号的僧尼全部遣散。对于在正德后期以进贡特种春药龙涎香来博取殊宠，实际上促短了皇帝性命，冒充佛郎机大使的阿三立予处决。

特别重要的是，在正德驾崩次日，便派大学士梁储、定国公徐光祚、礼部尚书毛澄等一行，赶到湖广安陆迎接年幼的兴王朱厚熜来京嗣位，是为嘉靖皇帝。

最后，如何处置仍留住在豹房的刘良女，让大臣们大伤脑筋。

刘良女几年以来，一直和正德并肩齐坐，共同接受叩拜，是被广大臣工公开尊称为"娘娘"的特殊人物，甚至曾经奉敕共同署名布施幡幔，身份非同寻常。加以良女作为先帝亲近的身边人，为人善良，在豹房内外，特别在南行沿途，一直尽力劝解正德的过分放纵，出面解救过不少宦人和犯官，口碑甚好。梁储、蒋冕和张永等人对她颇有怜惜之心，但在实际处理上，既不能给予她任何名分，更不可能收纳她进入宫闱，但又绝不宜随便流放到社会上。

负责解散豹房的张永左右为难，专门去请教蒋冕。

蒋冕对此采取了比较务实和宽容的态度，说："不能将刘良女定为宠幸恶党，也不要追究她在伴驾期间的言行活动，一笔勾销算了。以我之意，可以派一内侍，知会顺天府，送她回太原原籍，仍交晋王府管辖，再嘱咐晋王对她酌为照顾。不知公公意下如何？"

这正符合张永的本意，连说："蒋阁老所见甚是，俺就按照遵行。"

张永带着一个内侍来到良女在豹房的居室，温和说道："已经和蒋阁老商量好，决定专派一名内侍照应，将你交付顺天府，再由他们按照驿道行程送你回晋王府，也便于你与家人团聚。"

良女点头，未有说话，转身在卧榻上取出一个长及一尺有余的锦绣盒子，双手交给张永，郑重叮嘱："这个锦盒里放置的，是先帝历年恩赐给妇人的全部金银首饰、珠宝翡翠。妇人不敢留用，恳请公公转交朝廷。"

张永意外，颇受感动，未及回答，又听良女继续说："妇人历年得赐的凤冠霞帔，用湖丝苏绣制作的宫闱衣饰，都是妇人不配服用的，现在也都整理好了，妥放在柜橱之内，也请公公派人点收。"

张永答复："这样也好，你就放心吧！"

他又问："还有什么事吗？"

良女突然下跪泣道："妇人还有一桩不知自量的请求，盼望能给先帝上一炷香，奠拜一次。"

张永皱眉思索，一时拿不定主意，好一会儿才慎重回答："你的心意俺也知道。但要进入宫城，在神主前拜奠是绝不可能的。这样吧，你就和一般民人祭祀国殇一样，可以到京城承天门外面的广场遥祭，尽了心就是了！"

第二天曙未明，良女由内侍陪同走出豹房，从西华门沿着皇城墙根，步行到了广场边上。

良女已经完全卸去宫妆，穿戴玄灰色乐妇衣履，如同吊丧的民妇一样，在腰际围着一根白色孝带，头上披着一角孝巾。

承天门前广场热气沸腾，火焰升天。原来按照皇家治丧的惯例，今天是焚烧供先帝在阴间享用的冥器之期。这些冥器不但有金辇宝车、龙床几案、金杯银盏、四季龙袍，还有排成队列的护驾兵马，侍应起居的宦竖宫人，还根据正德皇帝的喜好，妥备征袍铠甲、长短兵器，更有他一生喜爱的虎豹鹰犬。更特别的是，居然还塑制有豹房和太素殿的模型，俱用优质竹木扎好成架，再裱贴各色彩纸，甚至有采用绸缎作为面料的，以达到逼真效果。承天门两侧堆积如山，几十个内侍和护军陆续将它们投在火堆中，不断疏拨火道，以保证焚烧通畅。承天门广场一时成为一个火炬炎炎的大焚化场。

内侍领着良女走到距离焚化中心约二十丈开外的地方。良女点着带来的香烛，跪伏在地，遥向宫城叩头拜祭。过了很长时间，她还未站立起来。

她处在百感交集、万箭穿心的极大伤痛之中。往事并不如烟。她既哀泣自己命途曲折，遭受千古罕有的人生奇遇，受过非同寻常的宠幸、侮辱和损害，又思量自己现在的处境和去处。太原故乡本来是她魂牵梦萦的热土，但是，这个样子被发放回去，将怎样面对自己的丈夫和儿女？怎样向晋王府上下，特别是同在乐籍的姐妹们说明经历和委曲？几天以来，她就暗下决心，准备自绝于世，以一死回答遭遇，也要以一死洗刷蒙受的污垢，求得解脱。今天来到这个烟火燎绕、烈焰熊熊的广场，悚然想到，这不正是自己最好的去处吗？

内侍有点不耐烦，一边搀她站立，一边埋怨说："咱们不能再耽搁了，要在午时以前赶到顺天府衙门呢！"

良女缓缓站起，放眼远眺，环视广场四周。一瞬间，抹干眼泪，紧咬牙关，猛然跃向前方，像一支出了弦的箭镞，直冲入焚化场的熊熊烈火之中。

内侍始料未及，慌忙拉扯，但哪里拉得住！

刘良女飘忽的身体，像一只扑向烈火的飞蛾。片刻，通红明亮的火焰中间，冒出一缕黑烟，袅袅地向黎明前的天空飞去。

她终于魂归离恨之天，玉殒香消了。